김우창 金禹昌

1936년 전라남도 함평 출생. 서울대학교 문리과대학 정치학과에 입학해 영문학과로 전과했다. 미국 오하이오 웨슬리언대학교를 거쳐 코넬대학교에서 영문학 석사 학위를, 하버드대학교에서 미국 문명사 박사 학위를 취득했다. 서울대학교 영문학과 전임강사, 고려대학교 영문학과 교수와 이화여자대학교 학술원 석좌교수를 지냈으며《세계의 문학》편집위원,《비평》편집인이었다. 현재 고려대학교 명예교수, 대한민국예술원 회원으로 있다.

저서로『궁핍한 시대의 시인』(1977),『지상의 척도』(1981),『심미적 이성의 탐구』(1992),『풍경과 마음』(2002),『자유와 인간적인 삶』(2007),『정의와 정의의 조건』(2008),『깊은 마음의 생태학』(2014) 등이 있으며, 역서『가을에 부쳐』(1976),『미메시스』(공역, 1987),『나, 후안 데 파레하』(2008) 등과 대담집『세 개의 동그라미』(2008) 등이 있다. 서울문화예술평론상, 팔봉비평문학상, 대산문학상, 금호학술상, 고려대학술상, 한국백상출판문화상 저작상, 인촌상, 경암학술상을 수상했고, 2003년 녹조근정훈장을 받았다.

다원 시대의 진실

다원 시대의 진실

현대 문학과
사회에 관한
에세이

2000~2009

김우창 전집

10

민음사

간행의 말

1960년대부터 글을 발표하기 시작한 김우창은 문학 평론가이자 영문학자로 글쓰기를 시작하여 2016년 현재까지 50년에 걸쳐 활동해 온 한국의 인문학자이다. 서양 문학과 서구 이론에 대한 광범위한 천착을 한국 문학에 대한 깊은 관심과 현실 진단으로 연결시킨 김우창의 평론은 한국 현대 문학사의 고전으로 읽히고 있다. 우리 사회의 대표적 지성으로서 세계의 석학들과 소통해 온 그의 이력은 개인의 실존적 체험을 사상하지 않은 채, 개인과 사회 정치적 현실을 매개할 지평을 찾아 나간 곤핍한 역정이었다. 전통의 원형은 역사의 파란 속에 흩어지고, 사회는 크고 작은 이념 논쟁으로 흔들리며, 개인은 정보 과잉 속에서 자신을 잃고 부유하는 오늘날, 전체적 비전을 잃지 않으면서 오늘의 구체로부터 삶의 더 넓고 깊은 가능성을 모색하는 김우창의 학문은 우리가 믿고 의지할 수 있는 소중한 자산의 하나가 아닌가 한다. 그리하여 간행 위원들은 그 모든 고민이 담긴 글을 잠정적이나마 하나의 완결된 형태로 묶어 선보여야 할 필요성을 절감했다. 이것이 바로 이번 김우창 전집이 기획된 이유이다.

김우창의 원고는 그 분량에 있어 실로 방대하고, 그 주제에 있어 가히 전면적(全面的)이다. 글의 전체 분량은 새로 선보이는 전집 19권을 기준으로 약 원고지 6만 5000매에 이른다. 새 전집의 각 권은 평균 700~800쪽 가량인데, 300쪽 내외로 책을 내는 요즘 기준으로 보면 실제로는 40권에 달한다고 봐야 할 것이다. 이 막대한 분량은 그 자체로 일제 시대와 해방 전후, 6·25 전쟁과 군부 독재기 그리고 세계화 시대에 이르기까지 한국 현대사를 따라온 흔적이다. 김우창의 저작은, 그의 책 제목을 빗대어 말하면, '정치와 삶의 세계'를 성찰하고 '정의와 정의의 조건'을 탐색하면서 '이성적 사회를 향하여' 나아가고자 애쓰는 가운데 '자유와 인간적인 삶'을 갈구해 온 어떤 정신의 행로를 보여 준다. 그것은 '궁핍한 시대'에 한 인간이 '기이한 생각의 바다'를 항해하면서 '보편 이념과 나날의 삶'이 조화되는 '지상의 척도'를 모색한 자취로 요약해도 좋을 것이다.

2014년 1월에 민음사와 전집을 내기로 결정한 후 5월부터 실무진이 구성되어 본격적인 활동을 시작했다. 방대한 원고에 대한 책임 있는 편집 작업은 일관된 원칙 아래 서너 분야, 곧 자료 조사와 기록 그리고 입력, 원문 대조와 교정 교열, 재검토와 확인 등으로 세분화되었고, 각 분야의 성과는 편집 회의에서 끊임없이 확인, 보충을 거쳐 재통합되었다.

편집 회의는 대개 2주마다 한 번씩 열렸고, 2016년 8월 현재까지 42차례 진행되었다. 이 회의에는 김우창 선생을 비롯하여 문광훈 간행 위원, 류한형 간사, 민음사 박향우 차장, 신새벽 대리가 거의 빠짐없이 참석했다. 이 회의에서는 그간의 작업에서 진척된 내용과 보충되어야 할 사항에 대해 서로 의견을 교환했고, 다음 회의까지 무엇을 해야 할지를 결정했다. 일관된 원칙과 유기적인 협업 아래 진행된 편집 회의는 매번 많은 물음과 제안을 낳았고, 이것들은 그때그때 상호 확인 속에서 계속 보완되었다. 그것은 개별 사안에 대한 고도의 집중과 전체 지형에 대한 포괄적 조감 그리고 짜임새 있는 편성력을 요구하는 일이었다. 이렇게 19권의 전체 목록은 점차 뚜렷한 윤곽을 잡아 갔다.

자료의 수집과 입력 그리고 원문 대조는 류한형 간사를 중심으로 서울대학교 국어국문학과 대학원의 천춘화 박사, 김경은, 허선애, 허윤, 노민혜, 김은하 선생이 해 주셨다. 최근 자료는 스캔했지만, 세로쓰기로 된 1970년대 이전 자료는 직접 타자해야 했다. 원문 대조가 끝난 원고의 1차 교정은 조판 후 민음사 편집부의 박향우 차장과 신새벽 대리가 맡았다. 문광훈 위원은 1차로 교정된 이 원고를 그동안 단행본으로 묶이지 않은 글과 함께 모두 검토했다. 단어나 문장의 뜻이 불분명한 경우에는 하나도 남김없이 김우창 선생의 확인을 받고 고쳤다. 이 원고는 다시 편집부로 전해져 박향우 차장의 책임 아래 신새벽 대리와 파주 편집팀의 남선영 차장, 김남희 과장, 박상미 대리, 김정미 대리, 김연정 사원이 교정 교열을 보았다.

최선을 다했으나 여러 미비가 있을 것이다. 독자 여러분들의 관심과 질정을 기대한다.

2016년 8월

김우창 전집 간행 위원회

일러두기

편집상의 큰 원칙은 아래와 같다.

1 민음사판 『김우창 전집』은 1964년부터 2014년까지 한국어로 발표된 김우창의 모든 글을 모은 것이다. 외국어 원고는 제외하되, 『풍경과 마음』의 영문판은 포함했다.(12권)

2 이미 출간된 단행본인 경우에는 원래의 형태를 존중하였다. 그에 따라 기존 『김우창 전집』(전 5권, 민음사)이 이번 전집의 1~5권을 이룬다. 그 외의 단행본은 분량과 주제를 고려하여 서로 관련되는 것끼리 묶었다.(12~16권)

3 단행본으로 나온 적이 없는 새로운 원고는 6~11권, 17~19권으로 묶었다.

4 각 권은 모두 발표 연도를 기준으로 배열하였고, 이렇게 배열한 한 권의 분량 안에서 다시 주제별로 묶었다. 훗날 수정, 보충한 글은 마지막 고친 연도에 작성된 것으로 간주하여 실었다. 예외로 자전적 글과 수필을 묶은 10권 5부와 17권 4부가 있다.

5 각 권은 대부분 시, 소설에 대한 비평 등 문학에 대한 논의 이외에 사회, 정치 분석과 철학, 인문 과학론 그리고 문화론을 포함한다.(6~7권, 10~11권) 주제적으로 아주 다른 글들, 예를 들어 도시론과 건축론 그리고 미학은 『예술론: 도시, 주거, 예술』(8권)에 따로 모았고, 미술론은 『사물의 상상력과 미술』(9권)으로 묶었다. 여기에는 대담/인터뷰(18~19권)도 포함된다.

6 기존의 원고는 발표된 상태 그대로 싣는 것을 원칙으로 삼아 탈오자나 인명, 지명이 오래된 표기일 때만 고쳤다. 단어나 문장의 의미가 불분명한 경우에는 저자의 확인을 받은 후 수정하였다. 단락 구분이 잘못되어 있거나 문장이 너무 긴 경우에는 가독성을 위해 행 조절을 했다.

7 각주는 원문의 저자 주이다. 출전에 관해 설명을 덧붙인 경우에는 '편집자 주'로 표시하였다.

8 맞춤법과 외래어 표기는 국립국어원 규정에 따르되, 띄어쓰기는 민음사 자체 규정을 따랐다. 한자어는 처음 1회 병기하는 것을 원칙으로 하고, 문맥상 필요하다고 판단되는 경우 여러 번 병기하였다.

본문에서 쓰인 기호는 다음과 같다.

책명, 전집, 단행본, 총서(문고) 이름: 『 』

개별 작품, 논문, 기사: 「 」

신문, 잡지: 《 》

간행의 말

1부 시적 객관성과 문학 비평

흐린 주점의 시, 청동에 새긴 시 — 오늘의 시에 대한 세 낱의 생각 15
불확실성의 시대, 불확실한 시 29
중용의 미덕, 그리운 선비의 글멋 — 김태길 교수 수필집 『초대』 서평 31
주의 깊게 본 작은 현실 33
삶의 다양성과 이론의 획일성의 사이 36
역사와 인간 이성 — 조세희, 『난장이가 쏘아 올린 작은 공』 사반세기 40
문화 시대의 노동 — 최종천 시집 『눈물은 푸르다』에 부쳐 69
시적 객관성 82
이윤학, 『꽃 막대기와 꽃뱀과 소녀와』 144
김경수 시집 『지구 밖으로 뻗은 나뭇가지』 발문 147
절도와 감흥 — 김종길 선생의 최근 시 152
오늘의 새 물결과 현실을 분명히 이해시키는 평론 175
세계 속의 한국 문학 — 문학의 보편성에 대하여 179
시집 발간을 축하하며 — 김현곤 시집 『사랑해』에 부쳐 199
삶의 근본에 대한 성찰 — 김동호 시집 『노자의 산』에 부쳐 204
바다의 시 — 바다를 읽는 몇 가지 방법 210
작가는 어디에서 말하는가? — 큰 이론 이후의 문학 236

2부 다원 시대의 문학과 교육—시장, 세계화, 교육

21세기 외국 문학·문화 어떻게 연구할 것인가 **249**
가지치기와 뿌리 다스리기—과외 자유화와 더불어 떠오르는 이런저런 생각 **265**
문학과 세계 시장 **274**
다원 시대의 문학 읽기와 교육 **324**
영어 교육의 효용—언어의 구체성과 추상성 **347**
문학과 존재론적 전제—비교 시학적 관점에서 **368**
대학과 대학원의 변화 그리고 학문의 이념 **385**
대학과 국가—평등과 수월성 **394**
홍보 전략과 문학—번역 사업에 대한 몇 가지 생각 **421**
21세기 아시아와 동아시아 문학—동아시아문학포럼에 부쳐 **440**
2008 제1회 한일중 동아시아문학포럼 환영사 **446**
보편적 담론을 향하여—동아시아와 출판문화 **450**

3부 진실의 기율—정치와 철학 사이

『문명의 충돌』에 대하여 **473**
통일의 조건—지역 환경과 시민 사회 **482**
정치 변화의 이상과 현실—지금 우리는 어디에 있는가 **488**
진리의 삶에 이르는 길 —이문영, 『인간 · 종교 · 국가』 **520**
진실, 도덕, 정치 **523**
미국의 이라크 전쟁과 세계 질서 **560**

테러리즘의 의미—시대와 조건 589
주체와 그 지평 594
세계와 우리의 변증법적 지평 619
의도를 가진 말—매체와 자율적 기율 624
혁명과 이성 631
공부의 내적 의미와 외적인 인증 644
잃어버린 마음을 찾아서—성찰과 삶 650
정치와 휴머니즘 671
우리는 어디에 있으며 어디로 가야 하는가—경제, 정치, 문화, 환경의 오늘의 문제를 생각하며 707
오늘의 세계의 두 문화—버지니아 공대의 참극을 생각하며 724
투쟁적 목표와 인간성 실현 730
또 하나의 길을 찾아—경제 위기와 기회 736
행복의 이념—사적 행복과 공적 행복 754
민주 사회에서 인문 과학의 의의 788

4부 인간적 사회를 향하여

세 가지 시작—전통 사회의 이해를 위한 한 서론 823
세계화와 민족 문화—일본 문학이 시사하는 것 837
지식 사회와 사회의 문화—도서 체제와 문화 853
문화의 안과 밖—지방 문화를 위한 하나의 도식 867
문화적 공공성 구축을 위하여 885

이파리와 바위—세계적 공론의 다원적 형성 **888**
민족과 보편적 지평 **903**
문화적 기억과 세계화 시대의 인간 **926**
복간에 즈음하여—뜻을 성실하게 하기 **939**
하나의 세계—그 외면과 내면 **944**
인간적 사회를 위하여—산업화와 민주화의 반세기를 돌아보며 **949**
일상성 비판—삶의 작고 큰 테두리에 대하여 **984**
지각적 균형 **1021**
부름과 직업, 학문의 현실적 의미 **1041**
봉사와 보람으로서의 직업 **1097**

5부 추억 몇 가지

이 선생님의 말씀 **1109**
무상의 가르침 **1113**
나의 자서전과 나 **1116**
서서 기다리는 사람들의 공헌 **1146**
순정성과 삶의 미로 **1150**
전체성의 모험—글쓰기의 회로 **1156**
피천득 선생님에 대하여 **1225**

출전 **1247**

1부

시적
객관성과
문학 비평

흐린 주점의 시, 청동에 새긴 시

오늘의 시에 대한 세 낱의 생각

1

모든 시대에는 그 시대의 시가 있다. 적어도 그 점에 있어서 문학에서 리얼리즘을 말하는 것은 정당하다. 리얼리티 또는 현실이 문학의 핵심이고 이 핵심에 시대적인 것이 놓여 있다는 것 또는 놓여 있어야 한다는 것은 틀림이 없다. 사람이 사는 현실을 떠나서 문학이든 철학이든 다른 무엇이 있는가. 사람에게 그의 삶의 현실은 있을 수 있는 모든 경우이다. 다만 이러한 명제의 포괄성은 역사와 사회 더군다나 사람의 사회에 대한 어떤 기계 장치로 환치될 수는 없다. 삶의 현실과 문학의 현실은 그것으로 포획할 수 있는 이상으로 복잡하다.

1990년대의 한국 문학의 여러 증후들은 문학이 세상과 더불어 미묘하게 바뀌고 있음을 느끼게 한다. 재작년에 발간된 황지우 씨의 시집 『어느 날 나는 흐린 주점(酒店)에 앉아 있을 거다』는 바뀌는 현실을 생각하게 하는 시대를 대표하는 시집이라고 할 수 있다. 이 시집이 비평적 찬사와 대중적 관심의 대상이 되는 것은 당연하다. 이 시집 제목에 표현된 심상은 많은 사람에게 오늘의 삶의 느낌을 집약해 준다.

그러므로, 어느 날 나는 흐린 주점에 혼자 앉아 있을 것이다.
완전히 늙어서 편안해진 가죽 부대를 걸치고
등뒤로 시끄러운 잡담을 담담하게 들어 주면서
먼눈으로 술잔의 수위(水位)만을 아깝게 바라볼 것이다.

시인이 이와 같이 그리는 그의 미래상은 결코 낙관적 현실 인식을 표현하고 있는 것은 아니다. 시인은 술집에 앉아 있을 자신의 모습을 그렇게 좋은 눈으로 바라보지 않는다. 그는 자신의 육체를 가죽 부대라고 말하고 있거니와 자신의 육체가 인간의 능동적 의지가 사라진 물건이 되어 가는 것을 개탄하고 있는 것일 것이다. 가죽 부대는 젊음을 잃어버린 육체를 말한다. 사실 이 시집에는 젊음이 사라지는 것을 섭섭하게 생각하는 표현이 많다. 그러나 그보다 더 큰 개탄의 대상이 되어 있는 것은 정신 상태이며 삶에 대한 태도이다. 그는 가죽 부대가 되는 것을 다분히 편안하게 볼 가능성을 가지고 있다. 또 그의 눈에 보이는 것은 먼 수평선이 아니라 줄어져 가는 술잔의 수위이다. 젊음의 사라짐과 인생의 수평의 축소 사이에는 일정한 함수 관계가 있다. 위에 인용한 구절의 앞쪽에서 시인이 묘사하는 바에 의하면, 시인의 딸은 사춘기에 들어가 있고 딸의 방에는 굶주린 아프리카인들의 사진이 있고, 성금을 적어 놓는 난이 설정되어 있는 "사랑의 빵을 나눕시다"라는 제목의 포스터가 걸려 있다. 시인은 이러한 딸을 보면서 자신이 밖으로 뻗어 나가는 에너지 — 다분히 정치적이고 인도주의적인 에너지로부터 소원하게 되었음을 느낀다. 그리하여 자신이 늙고 가죽 부대가 되고 심신이 흐릿한 — 날이 흐린 것이 아니라 심신의 흐림을 날이 흐린 것으로 잘못 파악하고 있는 사람들의 "흐린 주점"에 앉아 있을 자신을 괴로워한다. 시의 결구의 표현으로 그는 "아름다운 폐인(廢人)"이 되어 갈 것을 괴로워하는 것이다.

『나는 어느 날 흐린 주점(酒店)에 앉아 있을 거다』가 순전히 개인적인 시인 것은 아니다. 그것은 사실적인 시이고 우리 사회의 일반적인 상황을 말하고 있는 시이다. 시인이 개인적인 괴로움을 말하고 있다면, 그것은 이 상황 자체가 그렇게 할 수밖에 없는 것이 되게 하기 때문이다. 상황 전체가 흐린 주점과 같은 것이다. 황지우 씨는 다른 시에서 정각 스님을 인용하여 진광불휘(眞光不輝)라는 말을 언급하고 있지만, 참다운 빛은 찬란한 것이 아니라는 것은 큰 종교적 진리의 하나이다. 그러나 역설적으로 한 갈망이 있는 곳에서만 그러한 명제가 위안이 될 수 있다. 이 빛은 황지우 씨에게는 종교적인 깨우침, 자비심이나 인도주의 그리고 정의로운 사회의 이상 등과 같은 것이다. 이 빛이 흐려진 것은 일단 시대적으로 설명될 수 있다. 그러니만큼 위에 든 것들 가운데 정의로운 사회의 이상 — 또는 황지우 씨의 관심 대상이었던 사회 혁명의 이상의 퇴조가 그 가장 중요한 원인이라고 할 수 있다. 이러한 관련에서 황지우 씨가 표현하는 우울은 무엇보다도 시대의 우울이다.

그러나 오늘의 시의 존재 방식과 관련하여도 사회와 관련하여 우울의 이중 구조를 다시 한 번 생각할 필요가 있다. 오늘의 사회에서의 우울은 어둠에 못지않게 밝음으로 인한 것이다. 물론 이 밝음은 분명하지 않다. 또 다른 문제의 하나는 어둠도 어둠으로서 분명한 것이 아니라는 사실이다. 그것은 편안함을 제공해 준다. 주점의 시인의 편안함은 마음이 마비되었기 때문만이 아니다. 그것은 그간의 경제 발전의 덕으로 인한 물질적 생활의 여유를 의미한다. 그리고 이것은 적어도 세속 역사의 관점에서는 완전한 부정의 대상이 될 수 없는 것이다. 사회 혁명의 이상의 퇴조의 원인도 이 발전에 있다. 그러나 우울은 남는다. 진광불휘는 부처의 빛이 진세에서 쉽게 알아볼 수 없는 모양을 가지고 있다는 불교적 진리만이 아니라 경제 발전의 시대의 세상의 형편을 말한다. 오늘의 시대에 있어서 하이데거의 표현으로 "공적인 빛은 [진리를] 어둡게 한다." "폐인"이 "아름다운" 것이 될 수 있는 것이 오늘의 시대이다. 앞의 시에서 황지우 씨는 주점에 앉아 있는 자신을 그려 보고 "그런 아름다운 폐인을 나 자신이/ 견딜 수 있는가……"라고 말한다. 그리고 그는 이 시의 다른 곳에서, "슬픔처럼 상스러운 것이 또 있을까"라고도 말한다. 그러나 시대의 우울한 편안함에 탐닉하는 것은 혐오스러운 일이다. 그러나 편안한 우울도 마찬가지로 혐오스러운 것이다. 『어느 날 나는 흐린 주점에 앉아 있을 거다』가 말하고 있는 아름다운 폐인에 대한 혐오감의 표현에도 불구하고, 독자는 이 시 자체가 그러한 우울의 탐닉을 드러낸다는 의심을 완전히 버릴 수 없다. 물론 황지우 씨의 시가 퇴폐의 여러 포즈 — 많은 경우 자유로운 예술의 이름으로 쓰이는 퇴폐의 포즈의 시 — 또는 대중적 저널리즘이나 상업 언어를 빌려 쓰는 많은 시들과 같다는 말은 아니다. 오늘의 시는 오늘의 현실을 이야기하려고 할 때에도 흐린 현실의 여러 단층의 상호 반사를 통하여 어렵게 얻어 내는 빛이 될 수밖에 없다. 다시 말하여 이러한 퇴폐의 언어에 비슷해지는 것을 피할 수가 없는 것이다. 그러면서 그것으로부터 스스로를 빼어 냄으로써 그 배면에 있는 다른 것을 보여 준다. 이러한 진술은 옥석을 구분하기 어렵게 하는 복잡한 대위 구조의 아이러니를 통해서 이루어진다. 관계된 언어와 사실과 아이러니는 직접적인 언어의 표면에서보다도 해독하는 사고(思考) 작용 속에서 드러난다. 황지우 씨의 시는 이러한 복잡한 시의 전략을 잘 드러내 준다.

오늘의 상황은 시의 언어의 성격에서 나타난다. 황지우 씨의 시의 언어가 전통적인 의미의 시적인 언어가 아님은 말할 것도 없다. 그것은 절제 없는 내면 독백이나 시정의 속된 언어에 가까이 간다. 그것은 산문적이다. 그러한 만큼 그것은 시적 언어의 단순성, 명확성 그리고 위엄을 보여 주지 아니한다. 이것은 더 중립적인 말로는 조소성(造塑性)의 상실이라는 말로 표현할 수도 있다. 한때 뉴크리티시즘은 하나의 작품 — 특히 시가 그 주변 환경으로부터 독립하여 존재하는 단단하게 짜인 구조물의 성격을 가지고 있음을 강조하였다. 윔잿(W. K. Wimsatt)의 '언어적 도상(verbal icon)'은 이러한 생각을 요약하여 표현하는 말의 하나이다. 언어적 도상이란 시각적 영상이면서 동시에 작가가 표현하고자 하는 현실 해석에 완전히 대응하는 심상을 말한다.('아이콘'은 종교적인 이미지이다. '아이콘'이라는 숭암의 대상으로서의 그림은 그림에 정신적 의미를 완전히 표현하는 것으로 생각된다.) 그러한 도상이란 물론 작품 자체일 수밖에 없지만, 말 자체가 드러내 주듯이 그것은 그림, 도상, 영상들, 시각적인 것 — 일목요연이란 말에 들어 있는 바와 같은 시각적인 것의 선명함을 의식과 언어의 명료도에 비유적으로 적용하여 말한 것이다. 어떠한 전달에 있어서나 이미지가 중요한 역할을 하는 것임은 틀림이 없다. 그러나 시에서 이것은, 이미지스트 운동에서 볼 수 있듯이, 특히 중요하다. 시는 전달과 더불어 분명한 언어이기를 원하기 때문이다.

그리고 시는 분명한 언어 자체가 하나의 독립된 물건이 되려는 경향을 갖는 언어 행위이다. 어떤 언표를 분명한 것으로 결정화하는 데에 시각 이외에 여러 요인들이 작용한다. 여기에 개념의 명증성이나 언어의 음악이 관여되는 것은 우리가 다 아는 일이다. 분명한 언어는 어쩌면 그 효과로써 더 잘 알 수 있다고 할 수 있다. 그러한 언어는 쉽게 기억되는 것으로 보인다. 유종호 교수는 여러 자리에서 외울 만한 시구들에 대한 사랑을 표현한 바 있다. 외울 만하다는 것은 시의 본질적 요구에 깊이 관계되는 것이다. 이러한 관찰들은 요즘의 시가 이러한 시의 요구에서 멀리 있다는 것을 말하는 것이다. 어쨌든 황지우 씨의 시가 시조나 김소월이나 정지용이나 박목월의 시는 물론 김수영의 어떤 시로부터도 멀리 있는 시임은 틀림이 없다. 아마 사람들은 이러한 시들을 부분적으로나 전체적으로 외우고 있을 것이다. 그러나 황지우 씨의 시를 포함하여 많은 요즘의 시에서 기억되는 것은 불변의 형태로 배열된 언어이기보다는 어떤 종류의 생각이나 이미지의 단편이기 쉽다. 앞에서 말한 것처럼 이것은 불가피한 것으로 생각된다. 그렇다고는 하나 시가 다시 그 조소성을 되찾는 도리는 없는 일일까.

2

전국 도처에 시비(詩碑)라는 것이 있어, 돌에 새긴 시가 있다. 이러한 것이 언제 어떠한 동기에서 생겨나게 된 것인지 자세히 따져 보면 재미있는 일이겠지만, 말을 돌에 새기는 것은 오래 기억될 만한 언어가 있다는 생각이 사람들 마음속에 있는 때문일 것이다. 바로 이러한 생각을 로마 시대의 시인 호라티우스는 그의 시에 다음과 같이 말한 바 있다.

> 청동보다 영원하고 왕들의 무덤 피라미드보다 높은
> 기념비를 세웠노라. 비바람도 북풍도 그리고 수없는
> 세월의 쌓임과 시간의 흐름도 무너지게 할 수 없는.
> 모든 것이 죽어 없어지지는 않으리. 나의 일부는
> 죽음의 여신을 넘어 살아남으리니……

청동보다 영원한 것이란 물론 호라티우스 자신의 시를 두고 하는 말이다. 사람의 한정된 삶을 넘어서 살아남는 것이 있을 수 있고 거기에 언어도 포함된다는 생각은 호라티우스에 한정된 것은 아니다. 죽어 가는 육신에 비하여 오래 남을 명성의 주제는 단순히 그 개인의 소망이기보다 하나의 문학적 관습의 표현이다. 불후의 명작이라는 말이 있지만, 이 말은 삶의 무상에 대한 절실한 느낌과 그것의 초월이라는 실존적 느낌을 표현하는 것이라기보다 별생각 없이 사용하는 통속적인 용어에 불과하다. 호라티우스의 시도 문학 작품을 통하여 불후의 명성을 얻는다는 통념적 주제의 변조에 불과할 것이다.

시를 비석에 새기고 청동에 새기고 또는 주입식이라고 불리는 교육을 통하여 마음에 새겨 놓는다고 하여 시가 저절로 기억될 만한 것이 되는 것은 아니다. 앞에서 비친 바와 같이, 시에는 그 안에 조소성을 향한 충동을 지니고 있다. 그것은 시각과 인식의 명료성을 향한 언어의 지향성에 근거한다. 그것은 삶의 혼란에 대하여 스스로를 지키려는 인간의 소망에 의하여 부추겨진다. 불후의 명성에 대한 욕구는 이러한 소망이 개인적인 삶의 연장의 문제로 전이된 것이다. 하여튼 이러한 시의 지향성과 인간의 소망이 이루어지는 것은 상당 부분 시의 조소성을 통하여서이다. 이 조소성의 강화에 리듬과 수사적 디자인이 중요한 역할을 하는 것은 이미 말한 바와 같다. 디자인은 모든 의미 있는 지속성의 원리이다. 그것은 언어에 있어서도 말의 조소성을 높이고 또 기억되는 데에 도움이 된다.(기하학은 물질과 생물체의 원리이면서 정신의 숨은 소망이라고 할 수 있다.) 한문으로 된 성구(成句)들 — 안분지족(安分知足), 교언영색(巧言令色), 새옹지마(塞翁之馬) 등의 말들이 대체로 4분의 4박자의 간단한 리듬 구조를 가지고 있는 것은 우연이 아니다. 리듬의 균형은 다른 디자인의 요소들에 의하여 보강된다. 위에서 사언(四言)은 다시 둘로 나뉘어서 규칙적인 분절을 이룬다. 여기의 성구들에서는 그것이 분명치 아니하지만, 대체로 한시에서 그리고 일반적으로 한문에서 대조는 시적인 조소성의 기본적인 요소이다. 강류천지외(江流天地外)/ 산색유무중(山色有無中)과 같은 구절은 분명하게 대구를 이룸으로써 강한 디자인의 효과를 낸다. 그러나 지나치게 뚜렷한 기악적 구조는 음악과 수사의 소박성 — 미세련의 표시가 되는 수도 있다. 우리는 긴가민가하는 형식을 시사하면서 그것을 모호하게 하는 모양을 더 애틋하게 기억할 수도 있다. 월낙조제상만천(月落鳥啼霜滿天)/ 강촌어화대수면(江村漁火對愁眠)과 같은 시구에도 그 근본적 디자인으로 하늘과 땅의 대조가 들어 있지만, 이 대조는 여러 다른 요소들에 의하여 가리워 있다. 한시에 있어서 대구나 대련은 시와 수사의 핵심적인 수법이면서도 주제, 이미지 또는 평측(平仄)의 음악과 관련되어 무수히 변조된다. 이것은 내용에 있어서도 마찬가지이다.

그러나 음악이나 수사의 디자인을 뒷받침하는 것은 주제이다. 이것이 그 바탕을 이룬다. 수사나 음악도 그러하기는 하지만, 주제는 더욱 분명하게 작자의 마음대로만은 만들어질 수 없다. 주제는 많은 경우 개인적인 선택의 결과인 듯하면서도 시대가 한정하는 문제의 영역 속에 있다. 주제는 다른 요소보다 더 직접적으로 우리의 생각의 대상이 된다. 그러나 사람의 생각은 사물에 대한 식별의 역사적 퇴적과 시대적 상황의 지평 속에서 결정화된다.(오늘의 대중 획일주의 시대에서 그것은 더욱 간단하게 전적으로 시대적 유행의 소산이라고 하겠지만.) 조소성의 기본 요소는 단순함이다. 그러나 주제의 단순성 그리고 기억할 만한 표현의 단순성은 시대적 공감 — 특히 삶에 대한 세계관적·도덕적 이해의 시대적 공감이 없이는 이룩해 내기 어렵다. 말할 것도 없이 쉽게 정형화되는 생각은 상투적인 생각에 가까워진다. 앞에서 든 안분지족(安分知足) 등의 한문 성구가 도덕적 격언이나 처세훈의 성격을 가지고 있는 것은 당연하다. 청동에 새긴 언어보다도 영원한 언어를 말하는 호라티우스의 시들은 대체로 그러한 내용을 가지고 있다. 그의 시의 도덕은 대체로 상식과 중용의 관점에 입각한 것이다. "잘못 없이 깨끗하고 흠 없는 사람은/ 창도 활도 독 묻힌 살도 나부끼는 깃발도 필요 없나니……" 하는 식의 시는 대표적인 것이다. 깨끗한 군자는 도둑이나 다른 잡배들이 범할 수 없다는 생각이 우리의 유교 전통에도 있지만, 호라티우스에도 비슷한 생각이 있는 것이다.(재덕부재험(在德不在險)!) 물론 공감의 기초가 단순히 도덕적인 것만은 아니다. 지나치게 도덕적이고 교훈적인 시가 비시적이 되는 것은 우리가 다 아는 사실이다. 많은 경우 공감은 보다 불분명한 형태로 시적 표현의 토대를 이룬다. 앞의 월낙조제상만천(月落鳥啼霜滿天)의 장계(張繼)의 시구는 도덕적 교훈을 내세우기보다는, 많은 전통적인 한시(漢詩) 특히 당시(唐詩)가 그러하듯이, 인간 활동의 배경을 이루는 광대무변한 우주적 배경을 상기시킨다. 이 상기는 번설한 인간사로부터의 거리를 유지할 마음을 준비하여 줌으로써 도덕적 의미를 갖는다. 후반의 두 줄, 고소성외한산사(姑蘇城外寒山寺)/ 야반종성도객선(夜半鐘聲到客船)이 절간에서 울려오는 종소리를 말하는 것은 자연스러우면서 논리적인 전개라고 할 것이다.

우리 시대에 어떤 공감이 있는가. 우리 시대에 있어서 공감은 아닐망정 삶에 대한 전체적인 개념을 제공해 주는 것은 오랫동안 이데올로기였다. 적어도 민족이라든가 통일이라든가 민중이라든가 민주주의를 말하는 것은 생각과 언어의 단순한 명료화를 가능하게 했다. 오늘에 와서 무소유와 금욕의 아름다움이나 자연의 위로를 말하는 것은 그에 비슷한 시대의 공감대에 가까이 가는 것으로 보인다. 그러나 참으로 깊은 의미에서 우리의 삶을 감싸고 있는 공감의 지평이 있는가. 그것은 어떠한 것인가. 앞에서 언급한 황지우 씨의 시를 통하여 우리는 오늘의 언어가 다층적 사유와 복잡한 아이러니를 구사할 수밖에 없음을 말하였다. 어떤 경우에나 참으로 기억할 만한 언어는 이데올로기가 제공하는 생각이나 공적인 정치 목표나 도덕적 교훈을 요약한 상투구로 만들어지지 아니한다. 조금 전에 호라티우스의 고결한 삶에 대한 시를 언급했지만, 고결한 삶에 대한 요구로 시작하는 이 시는 끝까지 읽어 보면 간단하지 않은 아이러니를 포함하고 있음을 알 수 있다. 덕 있는 자에 해 없다는 것을 호라티우스는 예를 들어 말한다. 농장에서 멀리 산보를 하다가 그는 늑대를 만났다. 그런데 늑대는 자기를 보고 멀리 도망쳤다. 그러니 도덕적 인간이 어떠한 곳을 가든지—황무지든 늪이든 열풍의 사막이든 그 온전함이 손상이 될 수가 없는 것임은 분명하지 아니한가. 그러나 사람이 고결하니 늑대가 도망가는 것인가 아니면 늑대가 도망가니 사람이 고결함을 알 수 있는 것인가. 또 시의 마지막 부분에서 호라티우스가 말하는 것을 보면, 깨끗한 양심의 인간으로서 시인이 하겠다는 것은 애인 랄라게를 찬미하는 것이다. 도덕적 인간은 험지에서도 안전하지만, 사랑에 헌신하는 사람도 위험이 없는 것이다. 위험이 없는 인간은 어떠한 험지에서도 애인만을 노래하는 그러한 인간이다. 이 시에서 주장되는 것은 도덕적 인간의 안전이 아니라 그러한 것이 세상의 이치인 듯 살아가는 순진한 헌신의 중요성으로 보인다. 이렇게 호라티우스의 간단한 시에도 아이러니는 있다. 그것 없이는 그의 시는 재미있는 시가 되지 못하였을 것이고 그 개인의 시적 표현이 되지도 못하였을 것이다.

3

여러 해 전 미국의 시인 로버트 크릴리(Robert Creeley)가 한국을 방문하여 시 낭독과 강연을 행한 일이 있다. 여러 해 전의 일로서 분명한 기억이 없지만, 그의 소박한 차림새와 인품에 대한 인상과 함께 두 가지 말이 머리에 남아 있다. 하나는 몇 사람이 시내의 허름한 식당에서 그와 식사를 같이했을 때에 그가 표명했던 매우 소박한 희망이다. 그는 식사를 끝내고 헤어질 것이 아니라 어디에서 밤샘을 하면서 이야기를 나눌 수는 없는가 하고 말하는 것이었다. 크릴리가 한국에 들른 것은 그것이 처음이었는데, 그는 한국에 대해서 조금 더 알고 싶은 것이었고, 그의 생각으로는 한 사회의 사람들의 삶의 느낌을 아는 데에는 주마간산의 여행이나 추상적인 사회 조사 보고서보다도 제한된 사람과 구체적인 삶의 이야기를 나누어 보는 것 — 말하자면 첫 대면의 예절을 넘어갈 만한 긴 시간 동안 이야기를 나누어 보는 것이 좋은 방법이라는 것이었을 것이다. 나는 그때 그가 제안한 밤샘의 담론에 참여하지는 못하였다. 그러나 그의 제안이 시인의 삶의 구체성에 대한 감각으로부터 또 그의 개인적인 여러 체험으로부터 끌어낸 깊은 교훈에서 나오는 것이라는 것을 짐작할 수 있었다. 사람의 삶의 진실은 현대 사회의 획일화, 일반화 그리고 사회관계의 상투적 공식의 저편에 있는 것일 것이다. 크릴리의 다른 말은 그가 고려대학교에 와서 강연과 시 낭독을 하면서 한 말이다. 그것은, 시는 언어로 쓰이는 것이면서 동시에 시의 언어의 에너지는 사물의 에너지에서 온다는 말이었다. 구체적인 인간과의 깊은 대화, 이것도 말하자면 구체적인 삶의 에너지를 감득하자는 것이었을 것이다.

"시의 언어의 에너지는 사물의 에너지에서 온다." 시는 단순히 언어의 예술이 아니라 물질세계의 현실이다. 그런데 이 현실은 무엇인가. 그것은 물건인가, 상품인가 또는 이러한 것들의 체계로서의 사회 구조인가. 크릴리의 생각에 근본적인 것은 유동하는 경험의 현실이다. 그는 한 시집의 서문에서 말하고 있다. "사물은 지속된다. 나는 단지 그것들과 더불어 있었을 뿐이라는 느낌을 가지고 있다." 그리고 이러한 지속하는 사물과의 공존 속에서의 자신에 대하여 이렇게 말한다. "……그리하여 이 세상에서 내가 느끼는 것 — 이 느낌은 적어도 그 순간 내가 그것인 바의 유일한 것이다." 보다 큰 삶의 기획은 이러한 순간의 느낌에서 넘쳐 나는 여분이다. "의도란 이러한 모든 느낌의 변형 가능성, 그 가능성의 계기이다." 또 그는 다른 시집에서 말한다. 세계는 "능률이나 이해나 또는 다른 어떤 상급 노선 등등의 가당치도 않은 것으로 하여 잊어버리게 된" 바로 우리가 그때그때 살고 있는 곳이다. 윌리엄 제임스(William James)는 자기 철학을 근본적 경험주의(radical empiricism)라고 불렀는데, 그의 생각에 모든 것의 근본은 순수 경험 — "나중에 개념적 범주를 사용하는 성찰에 질료가 되는 삶의 직접적 흐름(the immediate flux of life)"이었다. 크릴리의 위의 말들에서 표명하고 있는 것은 근본적 경험주의의 입장이라고 할 수 있다.

그러나 정도의 차이가 있을망정 근본적 경험주의자가 아닌 시인이 있을까. 내가 이 자리에서 이 순간 느끼는 것이 바로 내가 세상과 더불어 있는 것이며 나의 존재가 확인되는 것이라는 느낌이 없다면, 이미 존재하는 시와 문학 그리고 수많은 말 — 이러한 것들에도 불구하고 새로 내가 시를 써야 할 이유가 없는 것일 것이다. 시의 순간은 순수한 경험의 순간이다. 이것은 이미 있는 언어 표현을 넘어간다. 그러나 이러한 순수 경험을 "원초적 질료(primary stuff)"라고 말하고 그것을 세계의 근본에 있는 어떤 형이상학적인 실체로 생각하는 것은 옳지 않을 수 있다. 인간 생활의 쓰레기들이 가득 떠 있는 경험의 강물의 밑바닥에 원초적 맑음이 있다고 상정하는 것처럼 순수 경험은 관념과 습속과 제도의 밑에 맑게 존재하는 것일까. 우리의 경험은, 그것의 근원이 인공적인 것이든 아니든, 개념적 범주와 관습과 제도를 포함한다. 또 이러한 것들은 틀림없이 경험 속에서 체험되는 것이면서 그와 동시에 경험 자체를 형성한다. 우리의 감각, 느낌, 감정, 개념 — 이러한 것들은 모두 역사적으로 형성된다. 이 역사는 개인의 역사와 더불어 사회의 역사를 말한다. 우리의 경험은 철학적 성격과 함께 사회학적 성격을 갖는다. 사회를 규정하는 추상적인 공식들도 사람의 현실적 삶의 일부임에 틀림이 없다.

그러나 이것을 다시 한 번 뒤집어 되풀이한다면, 이러한 것들도 사람의 경험 속에서만 현실이 된다. 사회학적 범주들은 경험 속에서 형성 또는 구성된 것이다. 인간 존재에 대한 사회 결정론은 이 형성 또는 구성적 측면을 놓치고 그것을 지나치게 변함없는 사실로만 본다. 사람이 사는 세계에는 무수한 사실들이 있다. 그것은 생겨나고 또 사라진다. 역사는 이러한 사실들이 단순히 개개의 사실로 끝나지 않고 원인과 결과 또는 의미의 연쇄를 이룬다는 것을 말한다. 이 연쇄를 지나치게 일직선적 인과 관계에서 볼 때, 그것은 실증주의나 이데올로기의 경직성으로 귀착한다. 그러나 이러한 사건의 연쇄에는 주체의 움직임이 있는 것으로 생각할 수도 있다. 이 주체는 하나의 지속하는 힘이다. 무엇이 역사를 일정하게 지속하게 하는 것은 사실들의 관계, 집단적 행동, 개인의 이니셔티브 — 이 모든 것의 총체라고 할 수도 있다. 그러나 이 총체는 궁극적으로 우리의 파악을 넘어간다. 그리하여 그것은 신비에 속한다고 말할 수도 있다. 철학의 궁극적인 물음은 어찌하여 아무것도 없는 대신 있음이 있는가 하는 것이라고 말하여진다. 그러나 또 다른 궁극적인 질문은 왜 정지가 아니라 움직임이 있는가, 어찌하여 시작이 있는가 하는 것이다. 궁극적인 있음의 원리, 움직임이 있게 하는 힘이 무엇이든지 간에, 그것은 새로운 개체로서 태어나는 인간 그리고 그가 세상을 경험하고 삶을 살아가는 일에도 들어 있다. 산다는 것은 늘 새로운 일이다. 이 새로움은 주어진 삶의 조건의 확인에 불과할 수 있다. 그런 경우라도 이 확인 그 자체가 새로운 것이다. 이 새롭게 하는 힘은 어디에서 오는가. 결국 사회와 역사가 새로워지는 힘의 한 근원은 이 개체의 시작하는 힘에 있다. 그렇다고 한다면 개인이 행동하고 생각하는 것만이 아니라 느끼고 감각하는 일에도 그 힘이 관계되어 있는 것일 것이다.

순간의 느낌에 대한 크릴리의 긍정은 그러한 느낌의 가능성 — 이 가능성의 힘에 대한 경이의 표현이다. 그의 경험주의는 이것을 보이지 않게 하는 능률이나 이해나 다른 상급 노선을 거부한다. 그의 경험주의 또 현대 문학의 근본적 경험주의는 모든 상급 노선의 경직성과 허위 — 그것들에 의한 살아 움직이는 삶의 위축에 대한 항의이다. 20세기에 있어서 문학의 새로움은 이 항의를 계속하는 전위 문학 또는 전위 예술에 의하여 가능하여졌다. 이 전위 예술은 개체의 회의와 모색으로써 사회적 관습의 허위를 깨트리려 한다. 그러나 우상 파괴적인 문학의 경우에 있어서도 단지 그것만으로 널리 인간에게 공통된 것 — 사회적임과 함께 형이상학적인 삶의 공동 기반을 떠난 것은 아니다. 개체의 경험은 이미 그것을 포함하고 있다. 전통적으로 깊은 정신적 추구는 극단적으로 개체적인 추구이면서 동시에 가장 보편적인 자아의 깨우침으로 끝났다. 모든 시인은 그의 개체성의 깊이로부터 경험하고 말한다. 그러나 그의 말은 철저하면 철저할수록 그 개체성을 가능하게 하는 보편적 지평을 암시한다. 그 보편적 언어는 쉽게 상투어로, 슬로건으로 옮겨지고 동리의 송덕비에 새겨질 수 있는 종류의 언어가 아닐는지 모른다. 그러나 그것은 우리에게 시의 언어가 갖는 근원적인 조소성의 암시를 느끼게 한다. 현대 문학의 계시 — 또 모든 문학의 계시는 모두가 각각의 개체로 있으면서, 우리의 말이 시대의 구호에 맞든지 아니 맞든지 간에, 우리가 삶의 새로움 속에 있는 한, 같은 시간과 공간, 사회와 역사 그리고 인간 존재의 신비 속에 있다는 사실이다.

(2000년)

불확실성의 시대, 불확실한 시[1]

무엇을 할 것인가 — 이것만이 문제인 것은 아니다. 무엇을 말할 것인가도 분명치 않다. 그러나 어떻게 느껴야 할 것인가도 저절로 아는 것이 아니라는 것을 사람들은 쉽게 간과한다. 이러한 질문에 대한 답변이 불분명한 상황에서 시를 쓰는 것은 극히 어려운 일이다. 그것은 시의 서정, 서사, 웅변이나 화법이 여러 가지로 이미 설정되어 있는 이러한 물음과 답의 틀을 전제로 하기 때문이다. 오늘의 시대를 어떻게 보든지 간에, 이러한 틀이 매우 어지러운 상태에 있는 것은 틀림이 없다. 이 혼란감은 형식적으로 시를 특징짓는 전통적 관습과 약속들이 모두 무효가 된 데에서 잘 드러난다.

시라고 하면 아무래도 크든 작든 감정을 떠나서 생각하기 어렵다. 우리는 오늘날 특히 어떻게 느껴야 할지를 모른다. 그리고 대체로 시적 감정이라면 곧 작위적인 것이라는 느낌을 받기 쉽다. 이것은 반드시 시인의 잘못으로 인한 것만은 아니다. 삶의 감정처럼 헤프면서 인색한 것도 없다. 감정

---

1 제19회 김수영문학상 심사평.

은 쉽게 피곤해지고 상투적인 형식으로 스스로를 대체한다. 정치와 광고와 사회생활은 쉬지 않고 우리의 감정을 그들의 편의대로 촉발하고 자극하고 조종하기를 원한다. 그리하여 우리는 어느 때보다도 쉽게 억지 서정과 감격과 정신적 경지에 혐오를 느낀다. 그러나 시는 계속될 수밖에 없다. 시는 보이지 않는 어둠 속으로 숨어 들어갔을까. 시인들의 시를 향한 모색은 계속된다. 시인의 어둠 가운데의 모색에 경의를 표하는 것이 마땅하다. 시는 사회의 생각과 느낌과 행동에 의하여 규정된다. 그러나 동시에 시가 우리에게 무엇을 어떻게 말하고 느낄 것인가를 가르쳐 주지 않는다면 우리 사회의 삶은 스스로의 높이와 낮음을 알지 못하는 것이 될 것이다.

이번에 예심에서 선정된 여러 작품들을 읽어 보면서 나는 거기에 표현된 시적 모험이 경의에 값한다고 생각했다. 그러나 나는 이 경의를 넘어서 경하할 만하다는 느낌을 가질 수는 없었다. 별수 없이 나 스스로는 올해에 상을 거르는 쪽을 선택하고자 했으나, 다른 심사 위원들의 결정에 승복하기로 했다.

(2000년)

중용의 미덕, 그리운 선비의 글멋

김태길 교수 수필집 『초대』 서평

수필은 정서가 실려 있는 글이다. 문학 연구가 아니라 문학 자체가 되는 모든 글이 그러하다. 이것이 오해되어 문학적인 글에서 정서적 요소가 흔히 과장된다. 이것이 자칫 잘못하면, 다른 어떤 종류의 글보다 문학의 글로 하여금 비속성에 떨어지게 하는 원인이 된다. 이러한 폐단은 우리 주변에서 너무나 흔히 발견되는 것이다.

김태길 교수의 수필의 특징은 무엇보다도 그 절제에 있다. 이번 수필집 『초대』(샘터) 서문에서 그는 절제를 위하여 자신이 직접 가지치기를 하여 글들을 새로 다듬었다고 밝히고 있다. 그러나 그러한 절제는 필자의 철학자로서의 기율에서 나오는 것이기도 하고, 필자의 품성에 관계되는 일이기도 할 것이다. 그러나 문학적인 글의 문제는 어떻게 감정을 피하면서 감정을 표현하느냐 하는 것이다. 김태길 교수의 글도 그 절제에도 불구하고 근본적으로 감성적인 것임은 말할 것도 없다.

철학자로서의 김태길 교수의 전문 분야는 윤리학이다. 『초대』에 모은 글들은 주로 일상적인 일들에 대한 관찰과 그에 대한 그때그때의 소감을 담고 있지만, 이 관찰과 소감에는, 그것이 개인적 삶이든 사회적 삶이든, 인간의 윤리적 생존에 대한 관심이 배어 있다. 그러나 수필에서 우리가 접하는 것은 거창한 철학적 사변이나 탐색이라기보다는 조용한 인간적인 감성이다.

김태길 교수가 그의 수필에서 자주 떠올리는 것은 충청도 시골에서 보낸 유년 시절의 추억이다. 필자가 성장했던 지역과 환경의 온화함은 삶의 모든 고비 때마다 하나의 지표로서 작용하는 것으로 보인다. 『초대』에 실린 글들에서 근본이 되어 있는 것은 극단은 피하고 중용과 형평을 지키는 온화한 옛 심성이다. 바쁘게만 돌아가는 세태를 개탄하는 수필이 이 책에도 들어 있지만, 이제 이들 수필에 드러나는 조용하고 신중한 태도와 사람 사이의 그러한 관계는 지나간 시대의 것이 되어 버렸다. 오늘날같이 급하고 혼란스럽고 갈등에 찬 시대에 그것은 설 자리가 없는 것처럼 보인다.

중용은 일반적으로 중심을 지키면서 여러 사람이나 사물과 함께하는 것을 말한다. 김태길 교수의 수필은 중심을 지키는 선비의 글이기도 하지만, 그 중심은 오만으로 치닫는 것이 아니고 보통 사람의 자연스러운 겸손에 일치한다. 갈등의 시대에 있어서도 그것은 사람 사는 원리로 작용한다. 이러한 예스러운 중용의 화평이 김태길 교수와 같은 분의 수필에 가까스로 남아 있는 것은 자못 섭섭한 일이다.

(2000년)

주의 깊게 본 작은 현실[1]

정치에 대한 신뢰가 크게 떨어지고 있다. 정치의 쇄신을 위해서는 현 집권당에서 당정 개편을 하여야 한다고 한다. 그러나 당정 개편을 하고 정부 진용을 일신한다고 하여 세상이 크게 달라질 것이라고 생각하는 사람은 별로 많지 아니할 것이다. 실업자가 늘어나고, 생활고에 짓눌린 사람들의 소식이 날마다 신문과 텔레비전에 전달된다. 생활의 문제는 기다릴 수 없다. 그것은 어떻게 해서든지 긴급하게 풀어 나가야 하는 문제이다. 그러나 당정을 뒤집고 뒤집어도, 또 현재의 상황에서 정치를 쇄신하고 쇄신해도 정치와 경제의 부패가 사라지고, 책임 있는 정치, 사회의 도덕적 질서가 확립되고 나날의 삶이 살 만한 것이 되리라고 말할 수는 없다.

객관적으로 볼 때, 그동안 삶과 정치의 조건이 크게 향상되어 온 것은 분명하다. 그럼에도 불구하고 마음에 전망이 어둡게 비치는 것은 어쩐 까닭인가. 일희일비하는 마음의 날씨 변덕 때문인가. 좋아진 것은 당연한 것

1 제46회 현대문학상 시 부문 심사평.

으로 치고 좋아져야 할 것만을 생각하는 사람의 욕심으로 인한 것인가. 사람 사는 일이 늘 불만족한 것일 수밖에 없다는 것을 받아들이지 못하는 미숙한 마음으로 인한 것인가. 이러한 이유가 맞든 아니 맞든 그동안 사람들이 정치의 가능성을 지나치게 크게 전망해 온 것도 여기에 관련이 있는 것일 것이다. 사람들은 사회의 발전 가능성에 대한 큰 이야기들을 많이 들어왔다. 그리고 그것은 현실적인 힘을 잃었다. 문학도 큰 이야기를 말하거나 들으려고 하여 왔다. 이것은 정치적인 문제에서만이 아니다. 우리는 우리를 일상으로부터 구제하는 것이 문학이란 생각을 가지고 있다. 그것을 버리는 것은 극히 어려운 일이다. 그러나 이제 일상을 넘어가는 큰 이야기를 어디에서 찾아야 할 것인가. 그것은 신문 사진과 광고와 그 허황한 매력 속으로 숨어 들어간 것으로도 보인다.

김기택 씨는 큰 이야기가 아니라 작은 이야기를 꾸며 내는 시인이다. 그는 풀벌레의 작은 귀를 생각하고, 빗방울이 먼지 위에 구르는 것을 주의 깊게 살핀다. 물론 이러한 작은 것들을 말하는 것은 그만이 아니다. 작은 것을 말하는 것도 하나의 허세일 수 있고, 허세는 — 작은 것을 꾸미는 허세까지도 크게 보이고 크게 말하려는 태도의 계략 — 자기도 모르는 계략일 수 있다. 김기택 씨의 작은 자세가 참으로 이러한 허세인지 아닌지는 더 두고 보아야 할 것이지만, 적어도 지금 그의 작은 것에 대한 주의는 순정한 것으로 생각된다. 그는 작은 것에 기탁하여 거기에 시를 부어 넣으려는 것이 아니다. 그의 빗방울, 그의 풀벌레, 그의 깎인 머리, 자루에 담은 죽은 개의 시체, 쓰레기 퇴적장의 온기 또는 천막과 비닐로 기워 놓은 상계1동의 집 — 마디마디 쑤시는 몸을 버티면서, 땅값 오르기를 끈질기게 기다리는 집 — 그가 주목하는 이러한 작은 것들은 시를 곁들여 넣지 아니하여도 시가 된다.

작은 것들이 중요한 것은 그것이 유달리 시적인 때문만은 아니다. 그것이 우리가 사는 현실이다. 답답하고 따분할망정 주의 깊게 살필 수 있는 현실이 있다는 것은 시인에게 얼마나 다행한 일인가. 그 현실이 누구에게나 존재하는 것은 아니다. 그것은 발견되고 궁리되어야 한다. 그리고 그것이 시가 된다는 것은 이미 작은 현실을 벗어난다는 것을 말한다. 시가 될 작은 것은 이미 큰 이야기로 나아가고 있다.

사람들이 시에서 원하는 것은 — 또 삶에서 원하는 것은 결국은 큰 이야기이다. 그러나 지금의 상황에서 이 큰 이야기는 당정 개편으로 이루어질 수 있는 것이 아니다. 또 어딘지 모르게 우리의 삶에 어울리지 않게 되어 버린 큰 이야기를 이리 바꾸고 저리 바꾸어도 그것은 적실한 것이 되기 어렵다. 어떤 사람들은 큰 이야기가 영상과 사이버와 디지털과 디자인의 세계 — 그것이 풍기는 쉬운 생활의 환상에 있다고 한다. 요즘은 그 '콘텐츠'가 문제라고 한다. 이렇게 말하면서도 나는 이번 심사에서 읽어 본 젊은 시인들의 시에서 고무적인 증후들을 발견했다. 이것은 나로서는 이번 심사의 개인적인 소득이었다. 그것은 어려운 가운데에도 뻗어 가는 우리 시의 힘으로 인한 것이겠지만, 예비 심사를 맡아 주신 분들의 성실한 발굴 작업 덕택이기도 한 것일 것이다. 이 자리를 빌려 감사드린다. 물론 가장 축하받아야 할 사람은 수상자 김기택 씨이다. 그리고 다른 시인들에게는 그들의 노작에 경의를 표한다. 김기택 씨 그리고 후보자가 되었던 여러 시인들의 계속된 정진을 기대한다.

(2001년)

삶의 다양성과 이론의 획일성의 사이[1]

류보선 씨의 글 「두 개의 성장과 그 의미: 『외딴 방』과 『새의 선물』에 대한 단상」은 거대 담론이 사라진 상황에서 어떠한 서사 또는 소설이 대두되고 있는가 하는 문제를 그 탐구의 주제로 삼고 있다. 거창한 개념과 구호를 내걸거나 그것을 숨겨 가진 문학 작품들의 의의를 전적으로 부정하는 것은 아니지만, 그는 정해진 밑그림을 가진 작품들이 줄어 가는 것에 대하여 안도의 숨을 쉬고 있는 것으로 보인다. 그러면서 거대 담론의 공백 속에서 새로운 거대 담론 — "광기의 이성"이 만들어 내는 새로운 거대 담론의 출현에 대한 갈망이 일어날지도 모른다는 데 대하여 우려를 표현한다. 그리하여 그에 대신하여 등장한 "다양한 목소리의 실체"를 확인하는 것이 필요하다고 그는 말한다.

「두 개의 성장과 그 의미: 『외딴 방』과 『새의 선물』에 대한 단상」은 그러한 확인 작업의 일부이다. 오늘의 문학의 실체의 전부는 아닐망정 그 일

1 제47회 현대문학상 평론 부문 심사평.

부는, 가령 신경숙 씨의 『외딴 방』에서처럼 삶과 사회에 대한 어떤 긍정과 희망을 바탕으로 하는 것이든 아니면 은희경 씨의 전적으로 희망도 타협도 없는 비관적 서사 — "성장이 없는 성장"으로 끝나는 이야기이든, 성장 소설의 대두로 대표된다고 류보선 씨는 진단한다. 그의 생각으로는 — 물론 다른 평론가의 같은 지적에 대하여 언급하고 있기는 하지만, 성장 소설은 1990년대 소설 일반의 특징으로서, 최인훈의 『화두』, 박완서의 『그 많던 싱아는 누가 다 먹었을까』, 이윤기의 『하늘의 문』, 이문열의 『변경』, 박정요의 『어른도 길을 잃는다』가 그 범주에 든다. 다만 이러한 소설들과 두 작품의 차이는, 전자가 식민지, 해방, 분단, 전쟁, 근대화 등의 거대한 역사적 상황과의 관계에서 개인의 삶을 말하는 것이라면, 후자는 그러한 큰 상황과는 큰 관계 없이 개인의 구체적인 삶의 문제를 다룬다는 점에 있다. 이 소설들은 삶에 작용하는 거대한 역사의 힘들이 아니라 다른 작은 삶의 계기들에 주의하는 것이다.

그러나 신경숙 씨나 은희경 씨의 소설이 성장 소설로 규정되는 한, 또는 소설이 처음과 끝이 있는 이야기로 남아 있는 한, 소설이 어떠한 의미를 — 하나로 종합될 수 있는 의미를 나타내는 것은 불가피하다. 이를 확인하는 류보선 씨의 평론도 거대 담론의 소멸을 말하면서 동시에 오늘의 시대로부터 하나의 의미를 추출해 내고자 하는 것이 될 수밖에 없다. 이것은 또 하나의 거대 담론을 시도하는 것일 수 있다. 거대 담론 이후의 시대를 "거대 서사의 위력에 짓눌려 침묵을 강요당하고 주변부로 밀려나 있던 인간의 영역들이 하나하나 텍스트화되기 시작"하는 시대로 규정하는 일 자체가 하나의 거대 담론에 비슷한 것으로 생각될 수 있기 때문이다.

이렇게 말하는 것은 이러한 노력이 자기모순을 범하고 있다거나 잘못되었다는 것은 아니다. 모든 이해는 궁극적으로는 큰 개념과 작은 사실들의 상호 귀속 관계를 규정하는 작업을 포함한다. 이것은 문학 작품의 경우에도 그러하지만, 문학 비평과 같은 이론적 작업에서는 더욱 불가피한 일이다. 오늘날 큰 이야기에서 풀려난 많은 글들은 주로 그 기발함 때문에 독자를 즐겁게도 하고 지루하게도 하는 환상적인 개념과 논리로 엮어진다. 이러한 글들은 대체로 포스트모더니즘이라는 이름으로 정당화된다. 포스트모더니즘을 표방하든 아니하든 이러한 글들이 "삶을 구성하는 다양한 계기들"로 우리의 이해를 열어 놓는 것이라고 생각되어야 하는 것인지 아닌지 분명하게 말할 수 없다. 많은 경우 그것들은 독자의 마음을 삶의 계기가 아니라 말놀이의 계기들을 향하여 열어 놓는 데에 불과한 것으로 보이기 때문이다. 그간 억압적이고 상투적인 큰 개념들이 삶의 다양한 모습들을 협박해 왔던 것도 사실이다. 그러나 비평을 비롯한 이론의 작업은 그 성격상 삶의 다양한 현상들 또는 그것의 다양한 문학적 표현들을 큰 개념 속에 포섭하는 일을 할 수밖에 없다. 이것이 피할 수 없는 것이라면, 이 개념들은 일시적인 말놀이보다는 공적으로 검증될 수 있는 현실을 말하는 것이 될 필요가 있을 것이다. 그럼으로써만 그것은 삶의 공적 자원이 될 것이다.

류보선 씨의 글은 거대한 것들로부터 거리를 지키면서 동시에 다시 한번 큰 흐름을 규정하고자 한다. 이 회귀는 필수적이다. 다만 우리에게 너무나 자주 이야기된 큰 것들로부터의 거리를 조금 더 지켰더라면 어떠했을까 하는 생각은 해 볼 수 있다. 그의 글도 당대의 거대 담론으로부터 거리를 지키는 데에 그가 원하는 만큼 성공한 것이라고 하기는 어려울 것이다. 성장 소설, "현실의 잠재적 연관", "우리의 객관적 현실 속에 있는 잠재적 가능성"—루카치에 원류를 갖는 이러한 말들이 참으로 우리의 현실에 대한 느낌을 새로이 일깨울 수 있을까. 크고 낡은 말들의 의미를 새로 새기며 동시에 그것들로부터 거리를 지키면서 작품과 현실 그리고 언어에 대한 보다 유연한 열림을 시험하는 수가 없을까. 이러한 질문은 하필이면 류보선 씨에게 하는 질문이 아니다. 이것은 많은 사람들이 스스로에게 발하는 질문일 것이다.

「두 개의 성장과 그 의미: 『외딴 방』과 『새의 선물』에 대한 단상」이 당대의 문학을 유연하게 읽으면서 문학과 현실 전체에 대한 조망을 잃지 아니하려 한 것은 매우 중요한 일이다. 그 노력은 모범적인 것이다. 류보선 씨의 수상을 축하하며 계속적인 정진을 빈다.

(2002년)

역사와 인간 이성

조세희, 『난장이가 쏘아 올린 작은 공』 사반세기

1

안암동의 고려대학교 근처의 뒷길을 다니는 사람은 최근에 종전 같으면 무허가나 불량으로 낙인찍힌 것으로 보이는 주택들이 철거되는 현장을 보았을 것이다. 살던 집이 헐린다는 것은, 어떤 이유로 인한 것이든지 또는 어떤 새로운 전망을 가진 것이든지 간에 삶의 근본을 흔들어 놓는 일이다. 그러니만큼 거기에 막심한 고통이 따를 수밖에 없고 또 저항이 없을 수 없다. 지난 7월의 철거 현장에서도 현수막이 나붙고 데모가 있었고 대결이 있었다. 8월에 들면서 적어도 외면적으로는 이 철거의 갈등은 일단의 결말에 이른 것으로 보인다. 만족할 만한 해결이 났는지 아닌지 그저 지나다니는 사람에게는 알 수 없는 일이기는 하나, 철거 현장의 갈등과 대결이 옛날과 같이 격렬한 것이 아니었던 것은 분명하다.

지금의 서울 그리고 기타 도시에서 이러한 철거 현상이 없어진 것은 아니고, 지금도 서울은 아마 세계에서 유례를 찾아보기 어려울 정도로 철거와 건축이 되풀이되고 있는 도시이지만, 철거는 그 범위에 있어서 또 거기에 따르는 갈등의 격렬성에 있어서 그전에 비할 수 없게 작은 것이 되었다. 요즘에 와서, 적어도 신문에 나는 것이나 주변에서 쉽게 볼 수 있는 현상으로는, 집을 무너뜨리고 새로 짓고 하는 데에 집단적 갈등이 생기는 것은 저층 아파트 재건축의 문제를 싸고 일어나는 일들이라고도 할 수 있다. 문제가 되는 것은 삶의 원초적인 터전의 존폐가 아니라 그 수준의 향상 또는 그보다 이 향상에 따르는 금전적인 이해관계이다. 철거와 재건축을 둘러싼 갈등의 성격과 격렬도의 이러한 변화는 적어도 외적인 변화의 관점에서 1970년대에서 오늘에 이르기까지의 사회 변화의 크기를 생각하게 한다.

조세희 씨의 연작 단편집이라고 할 수도 있고 장편 소설이라고 할 수도 있는 『난장이가 쏘아 올린 작은 공』의 첫 부분에서 가장 큰 사건은 소위 무허가 주택 철거이다. 이러한 철거는 1970년대, 1980년대를 거치는 근대화 시기에 서울 그리고 다른 한국의 도시에서 가장 많이 볼 수 있는 현상의 하나였다. 산업화와 도시화를 특징으로 하는 사회의 대변화가 가시적인 주거 환경의 변화 — 격렬한 변화에 나타나는 것은 당연하다.

『난장이가 쏘아 올린 작은 공』(문학과지성사, 1978(초판). 이하 이 책의 인용은 4판(1997))에서 모든 중요한 사건들이 이 생활의 뿌리를 송두리째 뒤집어엎는 철거로부터 시작된다. 소설의 몇 군데에서 이야기되듯이, 주인공 난장이의 집은 500년 또는 1000년이 걸려 이룩된 삶의 터전이다. 이것이 파괴되는 것이다. 주택의 철거로 하여 난장이의 집에는 크고 작은 대변화가 일어난다. 난장이의 딸이 가출한다. 그것은 부당하게 중개업자 손으로 넘어간 입주권을 회복하기 위한 것이었다. 그는 그 과정에서 순결성을 잃는다. 결국 집은 다른 사람의 손으로 넘어간다. 가장인 난장이는 스스로 목숨을 끊는다. 그러나 장기적인 관점에서 더욱 중요한 일은 난장이의 유족 일가가 은강의 공업 지대로 이사를 하고, 난장이 삼남매가 다 같이 공장 노동자가 되는 것이다. 이 소설의 주제는 이 변화를 기록하고 이해하는 데에 있다. 이것은 사회의 하층민으로 하여금 농촌으로부터 도시 주변으로, 다시 공장으로 생활 근거를 바꾸어 가지 않을 수 없게 하는 산업화의 흐름에 궤를 같이하는 것이다. 이러한 변화에서 더 중요한 것은 의식화된 노동자의 노동 운동의 탄생이다. 난장이의 장남은 공장의 노동자가 되지만, 중요한 것은 그가 의식화된 노동자가 되고 노동 운동가가 된다는 사실이다. 크게 취급되지 않았지만, 철거 사건과 관련하여 또 하나 주목할 사건은 지섭이라는 청년이 자신과는 별 관계가 없는 그 일에 분개하여 항의하다가 폭행을 당하는 일이다. 그는 이 일을 계기로 하여 꿈꾸는 청년으로부터 행동가로 탈바꿈을 하게 된다. 그리하여 노동 운동의 한 중요한 지주가 된다. 『난장이가 쏘아 올린 작은 공』이 보여 주는 것은 이러한 역사적 변화의 과정이다. 최근에 하와이 대학의 구해근 교수가 『한국 노동 계급의 형성』(창작과비평사, 2002)이라는 책을 내었지만, 이것은 소설로써 쓴 노동 계급의 형성사의 일부를 이룬다고 말할 수 있다.

이 작품은 이러한 형성의 추이를 정확히 기록하고 또 그 고통의 의미를 생각함에 있어서 그 작업을 폭넓고 다양한 원근법 속에서 행한다. 이 원근법이 약간 추상적인 것은 논란의 대상이 될 수 있지만, 그 폭이 이 작품에 소설적인 현실을 확보해 준다. 또 이것이 이 작품으로 하여금 오늘날에도 깊은 의미를 갖는 것이 되게 한다. 이것은 뛰어난 소설이 역사나 이론을 넘어서 인간 현실을 확보해 주고, 시대를 넘어서 인간적 현실의 감동을 우리에게 전달해 준다는 뜻에서만은 아니다. 이 소설의 다양한 가능성의 검토는 작가의 뜨거우면서도 침착한 이성으로 인하여 가능해진 것이다. 현실을 이성적으로 또는 합리적으로 본다는 것은 그것의 다양한 모습을 두루 살핀다는 것이고 그것들을 하나로 아울러 본다는 것이다. 여기에서 이 조망은 현실태를 넘어선 가능태로 그것을 저울질한다는 것을 말한다. 이 작품이 노동 계급의 형성에 관한 것이면서, 인간의 삶에 대한 보편적인 윤리 이상에 관한 깊은 성찰이 되는 것은 이러한 연유로 인한 것이다. 이 책이 쓰여진 1970년대를 지나서 한국 역사가 진행된 방향이 이 책의 서술을 정당화하는 것인지 아닌지를 정확히 판단할 수는 없다. 그러나 그 이후의 역사가 어떻게 전개되었든지 간에 이 책이 비치고 있는 보편적 삶의 이상은 그대로 살아 있다고 말하여야 할 것이다. 그것은 이 책의 의미를 과거의 기록이 될 뿐만 아니라 오늘에 살아 있는 비판서가 되게 한다.

2

이 작품에서 이성은 주인공들이 획득하게 되는 인간적 능력이기도 하지만, 작가 자신의 관점을 나타낸 것이라고 할 수 있는데, 그것은 무엇보다도 서사의 수법에 스며들어 있다. 그는 주어진 고통의 현실에 분개하고 동정하고 또 그것을 소설로 재현하지만, 동시에 그러한 현실이 고통당하는 사람에게, 우리 사회에 또 인간에게 주어진 피할 수 없는 유일한 현실인가를 묻는 것처럼 보인다. 이 물음을 가지고 그는 주어진 현실을 여러 다른 대안적 가능성에 비추어서 살펴본다. 이 가능성이 상당 부분 환상이나 공상을 통하여 제시되는 것이다. 이 작품의 매력의 상당 부분은 사회 현실 문제를 다루는 것이면서도 높은 환상적인 성격을 가지고 있다는 데에서 온다. 그것은 단순한 수법이 아니고 주어진 현실을 다른 가능성으로 비추어 보는 방법 중의 하나이다. 이 작품의 환상은 단순한 환상이기도 하지만, 과학 공상 소설에서 보는 바와 같은 황당무계하면서도 과학적인 정당성을 갖는 환상이다. 공상에 불과한 것 같으면서도 과학적인 것은 결국 현실에서 이루어질 수 있는 것에 이어져 있다. 그리하여 환상의 대안은 보다 현실적인 관점에서의 대안 — 법률과 설득 또 이해와 타협 그리고 물론 투쟁으로 얻어질 수 있는 새로운 현실의 가능성으로 이어진다. 『난장이가 쏘아올린 작은 공』의 이러한 대안적 검토는 작가의 특이한 방법이고 성향에서 나오는 것이기도 하지만, 당대의 현실에서의 이성의 존재 방식이라고 할 수도 있다.

환상은 이 작품에 여러 가지 형태로 스며 있다. 그리하여 그 의미도 다양하다. 그러면서도 그것은 결국 현실에 대한 작가의 독특한 자세를 표현한다. 가령 사실적 묘사에서 장면과 장면의 돌연한 전환, 경고 없이 회상이 뒤섞이면서 현재의 사건과 과거를 구별하기 어렵게 하는 오버랩과 같은 것도 이 소설을 환상적이게 하는 요소이다. 이러한 것들은 일단 묘사의 대상이 되는 인물이나 독자로 하여금 묘사되는 사건으로부터 거리를 가질 수 있게 한다. 환상은 인물에게 내면을 부여한다. 그것은 그가 생각하고 느끼는 존재라는 것을 보여 준다. 그것은 인간 현실의 중요한 측면이다. 모든 것이 외면적 조종의 대상이 되어 가는 세계에서 이것은 인정될 필요가 있는 일이다. 그러면서 내면성은 현실을 비판하고 개조하는 데에 있어서 중요한 계기이다. 독자의 관점에서도 그가 하는 일은 단순히 재현된 사실을 흡수하는 것이 아니라 거기에 대해서 공감하고 생각하는 것이다.

물론 이 환상적인 요소는 이야기의 핵심에 보다 깊이 관계되어 있다. 모순된 사회의 희생자들의 대표로서 주인공을 난장이로 설정한 것 자체가 환상적이다. 난장이는 도시 주변의 생활에 생기는 작은 잡일들을 처리하여 주는 일로써 삶을 꾸려 가는 도시의 떠돌이 노동자이다. 그의 삶은 극히 기초적인 작업 — 먹고 집을 지니고 아이들을 먹이고 학교에 보내고 하는 일들에 있어서 끊임없는 위기에 부딪힌다. 수돗물이 나오지 않는 서민의 생활의 곤경을 해결해 주는 그의 수도 수리업은 그로 하여금 우물을 파는 회사의 폭력배들의 희생물이 되게 한다. 새 아파트 건설을 위한 무허가 주택 철거는 그의 삶을 뿌리째 흔들어 놓는다. 이미 언급한 바와 같이 뿌리 뽑힌 그의 가족은 새로운 터전—공장 지대로 옮겨 가야 한다. 그러나 그것은 그에게 죽음을 가져온다. 이러한 현실 속에서 그는 오직 무력할 뿐이다. 그는 거인들 사이의 난장이에 불과하다. 그가 난장이라는 것은 그의 무력을 나타내기도 하지만, 동시에 그에게 가해지는 물질적·사회적 폭력의 불필요성을 돋보이게도 한다.

사회의 폭력적 변화에 대하여 그가 꾸미는 대책은 어디까지나 비현실적이다. 그는 몸을 구경거리로 제공하는 약장수의 패에 가담할 생각을 하지만, 그것은 궁핍한 생활을 벗어나게 하는 진정한 대책이 될 수 없다. 그리고 이 소설의 마지막 에피소드에서 드러나듯이 그것은 사기와 폭력의 세계에서, 그의 수도 사업이나 마찬가지로, 제대로 지속될 수 없는 꿈에 불과하다. 생활의 어려움에서 탈출하기 위한 그의 궁극적인 방책은 우주여행의 꿈이다. 그는 지구를 탈출하여 달나라로 이주하고 그곳의 천문대에서 일하는 꿈을 꾼다. 이 꿈이 그로 하여금 공장 굴뚝으로 올라가게 하고 거기에서 추락사하게 한다.

우주여행의 꿈은 이 소설에서 가장 길게 자주 이야기되는 환상적 주제이다. 그것은 난장이의 환상이기도 하지만, 소설의 다른 사람들에게도 전파된다. 그의 달에 대한 꿈—이 세상의 부조리가 없는 과학적 유토피아에 대한 환상은 난장이 일가 그리고 다른 노동자들 사이에 적어도 꿈의 차원이 살아 있게 한다는 의미를 갖는다. 비록 터무니없는 것이라고 하더라도 그것은 그가 그에게 주어진 현실을 부정하고 보다 행복할 수 있는 세계를 생각했다는 증거이다. 그의 우주여행의 꿈은 노동 운동가 한지섭과 공유하고 있는 꿈이다. 이 꿈의 출처는 당초에 지섭일 것이다. 이 꿈은 난장이의 딸 영희의 환상에서 보다 구체적이고 현실적인 유토피아로 변형되어 나타난다. 영희는 난장이인 아버지를 위하여 난장이 공동체를 꿈꾼다. 독일의 어느 공장에 있다는 이 공동체는 국적이나 출신을 가리지 않고 난장이들만 모여서 사는 마을이다. 그곳에서 난장이들은 "세계를 자기들에게 맞도록 축소시"켜 산다. 여기에서 모든 것은 자율적으로 또 공동체적으로 이루어진다. 거기에서는 의료 문제, 사회 문제, 경제 문제 등이 민주적이면서 공동체적인 토의를 통하여 해결된다. "억압·공포·불공평·폭력"은 있을 수 없다.(「은강 노동 가족의 생계비」, 169쪽)

이 난장이의 사회는 생각해 볼 수 있는 그러나 동화와 같은 사회이다. 그러나 이 소설 속에서도 사회의 모순에 대체되는 다른 가능성들은 환상이나 유토피아의 꿈에서만 찾을 수 있는 것은 아니다. 이 작품에서 모든 것의 시초가 되는 무허가 서민 주택의 철거에 대한 문제를 보면, 거기에 현실적일 수도 있는 방안이 없는 것은 아니다. 철거민에게는 새로운 아파트에 입주할 수 있는 권리가 주어진다. 다만 대부분의 철거민에게 입주금이 준비되어 있지 않다. 그러나 이 소설에서 강조되는 것은 입주권을 싼값에 매입하여 잇속을 챙기려고 하는 중간 브로커들의 문제이다. 그들은 입주권 포기에 대한 적절한 보상까지도 받을 수 없게 한다. 어쩌면 이러한 브로커만 없다면, 그들의 오도가 없다면, 그리고 정부의 정책이 바르게 집행된다면(입주금 대부 조치가 무엇보다도 핵심이라고 하겠지만), 철거민의 주거 권리를 확보하는 것은 가능할 것으로 보인다. 난장이의 딸 영희가 몸을 팔아 입주 관계 서류를 되찾은 다음 입주를 위한 예비 수속을 취하는 일은 쉽게 진행된다. 수속을 받아 주는 동회 직원들도 협조할 용의가 없는 것은 아니다. 물론 사태의 경위를 보면, 정부의 정책은 사회 평등과 정의 수행을 위한 의지를 나타낸다기보다는 위선적인 호도책에 불과한 것이라고 할 수 있다. 또 작가는 작중의 악덕 브로커를 재벌 가족의 일원으로 설정하여 철거민의 곤경이 빈부 차의 사회 구조에서 나온 것이라는 것을 시사한다. 개인적으로는 헤쳐 나올 수 없는 사회 구조가 빈부의 차이와 그 억압적 관계를 만들어 낸다는 인식은 난장이 일가의 빈곤이 대를 물려 내려온 사실에도 새겨져 있다. 그러나 적어도 이야기의 전개 과정에서 철거민의 곤경과 빈곤의 문제는 반드시 막힌 아포리아를 나타내는 것으로 그려지지는 아니한다고 할 것이다. 그것은 법대로만 한다면 평화적으로 해결될 수 있는 것으로도 보이는 것이다. 특히 난장이 일가가 산업 노동자로 편입된 다음 그들이 전개하는 투쟁의 과정에서 계속적으로 강조되는 것은 법에 규정된 노동자의 권리들이다. 난장이의 큰아들이나 그의 선배인 한지섭 그리고 이들의 도움으로 노조의 지부장이 되는 영이가 펼치는 노동 운동의 핵심은 노동법의 규정을 현실이 되게 하려는 데에 있다. 노사 분규의 현장에서 그들이 되풀이하여 낱낱이 법의 조항들을 열거하는 것은 이것을 예증한다.

결국 법이 지켜질 수만 있다면, 노동자의 삶 그리고 사회의 삶은 좀 더 나아질 수 있다는 생각이 이 작품 속에 있는 것일 것이다. 그러나 법은 지켜지지 않는다. 이 소설은 한편으로 법을 강조하지만 다른 한편으로 준법의 불가능을 이야기한다. 이 소설에서의 환상적 요소도 이 불가능이 설명하여 준다. 불가능의 현실 속에서 모든 것은 환상이 된다. 그러면서 그것은 가능한 환상이기도 하다. 이것은 이 소설의 과학에 대한 언급에도 해당되는 말이다. 우리는 앞에서 이 소설이 환상적이라고 하면서, 그 환상의 과학적 성격에 대해 언급하였다. 과학은 현실의 법칙을 가리킨다. 그러나 그것은 주어진 조건하에서는 환상으로 비치기도 한다. 달나라의 환상이 과학적이고 난장이의 공동체가 동화적이면서 가능한 사회 기획이라고 한다면, 이 소설을 앞뒤로 묶으면서 서두와 대미를 이루고 있는 「뫼비우스의 띠」나 「클라인 씨의 병」과 같은 수학 이론은 과학이면서 환상적인 것이다. 그러나 이러한 과학은 이 소설에서 궁극적으로 과학적인 현실 인식을 뒷받침하는 근본이다. 물론 과학은 현실에 적용되어서도 어떤 입장에서는 — 법이 착취자에게는 환상에 불과하듯이 — 현실로 인정되지 아니한다는 점에서 비현실의 일부이다.

『난장이가 쏘아 올린 작은 공』은 과학에 대한 언급을 많이 가지고 있는 작품이다. 이것은 내용에서도 그러하지만, 전체적인 분위기나 묘사의 수법 등에서도 그러하다. 묘사에 있어서 조세희 씨는 정확한 과학적 묘사를 즐긴다. 난장이의 신장은 117센티미터, 체중은 32킬로그램이고(「난장이가 쏘아 올린 작은 공」, 81쪽), 난장이 가족의 거주지가 되는 은강의 면적은 196제곱킬로미터이고 인구는 81만 명이다. 은강은 바다와 접해 있고 도시의 풍경에서 먼저 눈에 띄는 것은 하루에 두 번 바뀌는 간만의 차이를 가진 해류이고, 이것은 은강이라는 도시 "전체가 지구 밖 천체의 인력에 따라 움직이고 있는 것처럼 느"끼게 한다.(「기계 도시」, 159쪽) 그러나 그것은 산업 폐수가 마구 유입되는 오염된 바다이다. 이 바다의 투명도는 2.7미터이다. 이것은 동해의 18미터에 대조된다.(「클라인 씨의 병」, 213쪽) 그러한 곳의 노동자의 생활 환경이 좋을 수가 없다. 은강의 공기는 전체적으로 유독 가스와 매연 그리고 분진으로 차 있다. 작업 조건도 전적으로 비인간적이다. 은강의 방직 공장에서 일하는 난장이의 딸의 점심시간은 15분이다. 그는 기계를 돌보기 위해서 1분에 120보를 걷는다. 한 시간에 7200보를 걷는다. 작업장의 온도는 39도이다. 소음은 90데시벨이다. 이것은 대화를 불가능하게 하는 50데시벨을 훨씬 초과한다.(「은강 노동 가족의 생계비」, 176쪽) 작품의 첫 부분에서 이 작품에 독특한 풍미를 가하는 것의 하나는 장황하게 기록되는 무허가 주택의 철거 관련 서류, 금액 등이다. 후반의 한 장의 제목은 「은강 노동 가족의 생계비」인데, 여기에는 노동자의 생활을 설명하는 여러 금전적 조건들이 상세하게 적혀 있다.

비슷한 정신에서 노동자들의 문제를 해결하기 위한 방안도 매우 구체적으로 제시된다. 앞에서 비친 바와 같이 이 방안이 법률적인 성격을 띠는 것은 자연스럽다. 이 작품에 나오는 노동 교과서인 『노동 수첩』에는 더 일반적으로 노동 조건의 개선을 위하여 이루어져야 하는 일들이 항목으로 나열되어 있다. 이 책의 목차는 "근로 조건의 준수, 균등 처우, 폭행의 금지, 중간착취의 배제, 공민권 행사의 보장" 등을 들고 있지만, 이것은 이루어져야 하는 일들의 항목이다. 그리고 이 책이 열거하고 있는 여러 법률들과 규약들 — 근로 기준법, 근로 기준법 시행령, 근로 안전 관리 규칙, 노동조합법, 노동조합법 시행령, 노동 쟁의 조정법, 노동 쟁의 조정법 시행령, 노동 위원회법, 노동 위원회법 시행령, 국가 보위에 관한 특별 조치법, 은강방직 단체 협약, 은강방직 노사 협의회 규칙, 은강방직 지부 운영 규정 등은 면밀하게 검토될 필요가 있는 것으로 말하여진다. 그 일부는 물론 노동자의 권익을 제한하는 것이지만, 노동의 인간화를 위한 여러 규정도 이미 들어 있는 것이다.(「궤도 회전」, 138쪽)

3

이와 같이 『난장이가 쏘아 올린 작은 공』에서 환상과 과학과 법은 자연스럽게 하나가 된다. 이 모든 것들은 현실에 대한 이성적 진단이 끌어내는 여러 가능성이다. 그러나 이 가능성은 오늘의 현실에서, 너무 떨어져 있음으로 하여 환상으로 비치게 된다. 이 현실의 현실태와 가능태의 이성적 고찰에서 우주여행은 가장 비현실적인 것이고 법률로 이미 규정되어 있는 것은 현실의 일부를 이루면서 현실이 아니다. 과학은 세계의 근본적 합리성을 보장한다. 그러나 그것은 오늘의 현실의 합리성을 보장하지 못한다. 그리하여 이 소설은 이성의 근원성을 강조하는 한편 거꾸로 이성적 현실 직시에서 가장 현실적인 것으로 판단하는 부분까지도 환상에 불과하다는 것을 말한다. 가장 간단한 법률적 현실 규정까지도 시행되지 않는 것이 주어진 현실인 것이다.

문제의 합법적·합리적·평화적 해결이 불가능하다는 것이 『난장이가 쏘아 올린 작은 공』의 핵심적 교훈의 하나이다. 그러나 작가는 이 교훈을 받아들이기를 주저한다. 작가가 한편으로는 노동 계급의 고통을 사회 계급적 모순이라는 한 가지 원인으로 단순화하여 설명하지 않으면서 다른 한편으로는 여러 가능성 사이에서의 최선의 선택이 이 모순의 해결책이 되는 것도 아니라는 것을 밝히려 하는 것은 분명하다. 이 소설에 등장하는 대학생들은 당대의 사회에 대한 비판적 글에서 "보이지 않는 힘이 평화로운 변화를 방해하고 있다."(「육교 위에서」, 129쪽)라는 말로써 시대의 핵심을 말한다. 그러면 어떻게 할 것인가? 합리적 그러니까 결국 평화적 해결이 불가능하다면, 그 대신에 혁명적 투쟁만이 문제의 해결책인가? 결국 폭력에 대한 폭력의 행사는 불가피한가? 『난장이가 쏘아 올린 작은 공』의 마지막 에피소드가 재벌 기업의 총수의 사촌을 살해한 사건이 되는 것은 이러한 어떻게 보면 불가피한 결론을 맴도는 것으로 생각된다.

그러나 가령 이 소설의 흐름이 시사하는 교훈의 한 가닥이 폭력 투쟁이라고 하더라도, 이야기의 복잡한 얼크러짐으로부터 그것의 형식과 의미를 간단히 추출해 낼 수는 없다. 이 소설이 그리는 것으로는 사회 전체가 혁명적 기운으로 변화해 가는 것은 틀림이 없다. 물론 각성된 노동 계층의 투쟁이 그 구심점이 된다. 그러나 사회의 다른 계층도 그러한 시대적 흐름에 의하여 영향을 받고 그 흐름의 일부를 구성한다. 소설의 상당 부분은 억압적 산업화에 대한 저항과 비판을 수용하지 않을 수 없게 되는 중산 계층 또는 자본가 계층의 갈등을 그린다. 법을 어겨 불의의 사회 제도에 봉사하는 율사를 아버지로 둔 윤호는 부(富)가 가능하게 해 주는 퇴폐적인 생활의 쾌락을 버리지는 아니하면서도 그것에 환멸을 느끼고 보다 보편적인 사람의 가능성을 생각하고 그의 가정 교사 한지섭의 이상주의에 이끌린다. 그러면서 아버지가 원하는 출세 가도를 향하여 나아가는 것을 거부한다. 그리고 노동 운동에 헌신할 것을 생각한다. 소중산 계급으로 분류될 수 있는 신애는 소시민 생활 속에서 사회 전체의 부조리에 절망한다. 작은 수도 사업으로 서민 생활의 문제를 돌봄으로써 생계를 이어 가는 난장이가 우물 파는 회사의 폭력배에 의하여 죽을 뻔하게 되는 것을 보고 신애는 폭력배들을 칼을 휘둘러 막아 낸다. 신애의 동생은 다른 친구와 더불어 대학생 운동권에서 활동한다. 이 작품의 뒷부분에서 은강 그룹 총수의 동생이 살해된 후 미국에서 공부하다가 온 그 아들까지도 노동자들에게 동정을 표시한다.

그러나 보다 심각하게 노동 운동의 성장에 직접적으로 참여하는 사람들이 있다. 노동자들의 의식화를 돕는 일에 큰 몫을 담당한 것은 노동자 교회의 목사이다. 그는 사랑과 희생을 대표하는 인물이면서 역사, 철학, 정치, 경제 등의 지식을 섭렵·종합하여 노동과 노동자의 사회적 의미를 깨우쳐 주는 일을 한다. 이러한 의식화에, 작가의 생각으로는 과학자도 중요한 역할을 한다. 그는 과학과 기술 그리고 기술 노동의 의미를 깨우쳐 주면서 사회 조직의 과학적 이해를 도와주는 일을 한다. 노동 운동가 한지섭이 노동 운동의 세포 조직을 하고 떠나는 날, 그를 배웅하는 것은 "목사와 과학자 그리고 몇몇 공장 조합 지부장들"이다.(「클라인 씨의 병」, 224쪽) 이것은 작가가 생각하는 바 노동 운동의 의식화 작업에서 빼놓을 수 없는 인적 구성원이다. 말할 것도 없이 노동 운동의 핵심은 노동자 자신이다. 한지섭이 노동자 교육 과정에서 눈을 뜨게 되었다고 하는 난장이의 큰아들 영수에게 하는 말, "현장 안에서 이미 잘 알고 있는 사람이 바깥에 나가서 뭘 배워?"(「클라인 씨의 병」, 222쪽) 하는 말은 바로 핵심이 노동자 자신에게 있다는 것을 말하는 것이다.

노동자 자신이 스스로를 위하여 할 수 있는 일은 무엇인가? 그것은 이미 비친 바와 같이 노동의 법과 현실을 하나로 하는 것을 주안으로 하는 권익 옹호이다. 그러나 법은 준법 투쟁만으로는 현실이 될 수 없다. 법이 지켜지지 아니할 뿐만 아니라 법을 수단으로 하여 벌이는 투쟁은 노동조합을 와해시키려는 여러 음모로 하여 붕괴 직전에 놓이게 된다. 합법적 투쟁의 불가능성은 노동자를 투쟁 — 폭력을 통한 투쟁으로 몰아가는 것으로 보인다.

『난장이가 쏘아 올린 작은 공』의 노동 운동의 서사는 노동자에 의한 자본가의 살해로써 마감한다. 이 소설이 난장이 일가의 2대에 걸친, 또는 소설 내의 주장에 따르면, 누대에 걸친 체험 — 결국은 현대적 산업 사회에서의 일반적인 사회 변화를 그리는 것이라고 한다면, 그 이야기가 도시 주변의 철거민으로서 자신의 주택의 소멸과 함께 자살하는 것으로 시작하여 의식화된 산업 노동자로 변모한 그의 장자 영수의 체제와의 대결로 끝나는 것은 당연한 대칭을 이룬다. 아버지의 죽음에 대하여 죽은 자의 아들에 의한 자본가의 살해가 대칭이 되는 것이다. 물론 그것이 개인적인 의미를 가지고 있다고 하더라도, 노동자 계급 전체를 대표하는 현실적인 행위가 될 수 있느냐 하는 것이 문제로 남는다.

영수는 아버지가 죽은 후 공장의 노동자가 되고 숙련공이 된다. 어머니가 원하는 것은 무엇보다도 그가 충실한 생활인으로서 직장의 일에만 충실한 사람이 되는 것이다. 그러나 그는 의식화되고 노동자의 권익을 수호하고 보다 바른 사회를 실현하고자 하는 노동 운동의 지도자가 된다. 각성한 노동자로서 또 그 지도자로서 그의 마지막 행동은 살인이다. 그가 원한 것은 그가 근무하는 산업체의 총수, 은강 그룹의 회장을 죽이는 것이지만, 그는 사람을 잘못 보아서 회장이 아니라 그 동생을 살해한다. 그러나 이 착오가 정당한 노동의 대가를 지불하지 않고 노동자의 인간적 삶의 가능성을 빼앗고 노동 운동의 내부로부터의 와해를 꾀하는 자본가를 살해한다는 그의 의도의 의미를 변화시키지 아니한다. 살인 사건의 교훈은 사회의 구조적 폭력에 대한 대책은 다른 폭력밖에 없다는 것이라고 할 수 있다. 그러나 다른 한편으로 이것이 소설의 끝이고 노동 운동의 결말이라면 그것은 매우 허망한 것이라고 할 것이다. 그러한 결론의 이론적·도덕적 옳고 그름을 떠나서 그것은 매우 무력한 것이다. 살인 대상에 대한 영수의 착오는 벌써 이것을 나타내 준다. 그 어느 쪽이 죽었든지 그것으로 노동 계급의 상황이 나아지고 사회가 개선될 수 있다는 징조는 없다.

불합리한 사회의 한 특성은 폭력이다. 제도적 폭력은 그것에 대한 반대 폭력을 유발하게 마련이다. 이 폭력에는 두 가지가 있다. 하나는 사회에 내재하는 작은, 만성적이지만 부차적인 폭력이고, 다른 하나는 사회를 근본적으로 바꾸어 놓는 혁명의 이론가들이 혁명적 폭력이라고 부르는 계획된 폭력이다. 『난장이가 쏘아 올린 작은 공』을 보면, 이 소설이 가지고 있는 표면적인 가벼운 느낌, 경쾌한 스타일에도 불구하고 작은 폭력들이 늘 일어나거나 일어나려고 하는 것을 볼 수 있다. 첫 에피소드는 뫼비우스의 띠에 관한 것이면서 동시에 집을 잃은 두 도시 주변인이 악덕 부동산 브로커를 살해하는 사건에 관한 것이다. 난장이의 수도 수리업은 곧 폭력 조직의 참혹한 폭력을 가져오고, 이어서 이것을 목격한 서민 주부의 분노한 칼질이 폭력배를 거의 죽음에 이르게 한다. 난장이의 딸 영희는 자기의 아버지를 난장이라고 부르는 사람은 죽이겠다는 의도를 말하지만, 이것은 전후 관계로 보아 단순한 수사가 아니다. 소설의 맨 마지막 에피소드도 살인 계획과 죽음에 관한 것이다. 그러나 난장이의 세계에서 흔히 일어나는 폭력은 대체적으로 그 자체로나 또는 어떤 목적을 위한 수단으로나 작가에 의하여 긍정되는 것으로 보이지는 아니한다. 영수의 은강 그룹 회장 동생의 살해는 어떤 의미를 갖는 것일까. 그것이 소설의 다른 데에 나오는 우발적이고 일시적인 폭력과 같은 것이라고 할 수는 없다. 그러면 그것은 사회 변화의 한 유기적 계기를 이루는 폭력인가.

영수가 여러 방해로 노동 운동에 좌절을 느끼고 은강 그룹 회장을 살해하려고 할 때, 그는 회장의 이웃에 사는 부유층 출신이면서 노동 운동에 동조하는 윤호와 의견을 교환하면서 그의 살인 의도를 밝힌다. 이에 대하여 윤호는, "사람을 죽인다고 해결될 일은 없어. 너는 이성을 잃었어." 하고 말한다.(「기계 도시」, 167쪽) 그러나 영수는 살의를 굽히지 않고 살인을 감행하고 만다. 그는 윤호의 말에 대하여 아무런 반론을 펴지 않는다. 윤호는 은강 노동자들의 비참한 삶에 책임이 있는 부유층 변호사의 자제이다. 그가 온건한 타협을 추구할 동기는 충분하다. 그것은 그렇다고 치고 작가의 견해는 어떤 것일까. 그것을 분명하게 알 도리는 없는 것으로 보인다. 그러나 소설의 전개라는 관점에서 볼 때, 작가가 영수의 폭력 행위를 긍정적으로 보는 것으로는 생각되지 아니한다. 영수의 살인과 그 재판은 이 소설의 결말을 이루는 사건이다. 이 살인 사건이 『난장이가 쏘아 올린 작은 공』이 그리는 노동 계급과 노동 운동의 서사에서 대단원을 이룬다. 그러고는 그것에 이어지는 다른 사건은 없다. 서사의 흐름으로 보아 이 살인은 소설의 마지막 의미로 간주할 만하다. 그러나 모든 것을 큰 테두리에서 밝혀 보려는 것이 이 작품의 이성적 태도라고 한다면, 이것은 그 흐름에 어긋난다고 할 수 있다. 윤호는 영수의 결심을 꺾지 못한 다음에 혼잣말로 말한다. "단체를 만들자. 그 사람 혼자의 힘으로는 안 되는 일야."(「기계 도시」, 168쪽) 이 견해는 단순한 타협주의에서 나온 것으로 들리지 않는다. 그리고 여기서의 윤호의 견해는 작가 자신의 "이성을 잃지 않은" 판단으로 보이기도 한다.

『난장이가 쏘아 올린 작은 공』에서 사유의 중심 지점을 이루고 있는 인물은 한지섭이다. 한지섭은 다른 등장인물에 비하여 중심적으로 다루어져 있지는 않지만, 이 작품의 여러 일들의 일관성을 부여하는 데에 중심적인 인물이다. 그만이 모든 흐름의 의미를 노동자들의 이상의 관점에서 정확히 파악하고 있다. 이 소설이 노동 계급의 형성 그리고 노동 운동의 역사적 대두를 그리는 것이라고 할 때, 이것을 전체적으로 파악하고 있는 것이 한지섭이다. 그리고 그 관점에서 그는 모든 면에서 완전한 자격을 가지고 있다. 그가 이 작품에 처음 등장하는 것은 윤호의 가정 교사로서이다. 그의 할아버지는 독립운동에 종사하였다. 그의 아버지는 그로 인하여 교육도 받지 못했고 불우한 삶을 살아야 했다. 그러나 그 아들인 그는 공부를 하고 가정 교사를 하면서, 가장 책을 많이 읽고 생각을 많이 하는 사람이 되었다. 우주여행의 환상을 시작한 것은 그이다. 그는 무허가 주택 철거에 항의하다 부상하고 그다음 노동 운동에 종사한다. 그는 여러 생산 현장으로 전전하며 하위 임시직 노동자로서 노동 운동의 조직화에 헌신한다. 그는 전국적인 노동 운동을 북돋고 연결하는 데에 핵심적인 역할을 한다. 공상과 과학 그리고 노동 운동을 한데 거머쥐고 있는 것은 한지섭이다. 그는 김영수 살인죄 공판에서 증인으로 등장한다. 이 소설의 서사의 핵심에 있는 만큼 그의 증언은 경영자의 살인으로 끝나는 듯한 서사에 가장 적절한 해석을 내리는 것으로 생각될 수 있다. 그러나 살인이라는 일시적이고 우발적인 폭력도 아니고, 또 계획된 혁명 속의 폭력도 아닌 행위에 대한 그의 해석은 반드시 분명치 않다. 그가 증언에서 강조하는 것은 어려운 상황에 몰린 노동자 또는 영수의 입장에서 살인은 불가피한 것이었다는 것이다. 노동자의 지위 향상을 가장 중요한 사명으로 생각하는 그가 목전에서 벌어지는 부당 임금, 부당 해고, 노동조합의 부당 해체를 경험하면서 격분하고 살인을 범하게 되는 것은 너무나 당연한 일이었다. 중요한 것은 이 비이성적인 살인이 반드시 일시적 광기로써 일어난 비이성적 행위가 아니라는 판단이다. 그것은 전체적인 상황이 이성의 가능성을 허용하지 않는 데에서 일어나는 일이다. 지섭의 생각으로는 영수의 행위는 근본적으로 사용자 측이 "이성을 잃었"기 때문에 다른 방도가 없게 된 상황에서 발단한 결과인 것이다.(「내 그물로 오는 가시고기」, 255쪽)

그러나 지섭의 이러한 설명은 상황 설명이지, 반드시 폭력 옹호는 아니다. 여러 증거로 보아 그는 평화의 인간이다. 우선 그에게 가장 중요한 것은 사랑이다. 난장이의 아들을 움직인 것은 그가 심어 준 "사랑이 기본이 되는 이상"(「내 그물로 오는 가시고기」, 257쪽)이었다. 사랑이 사실 이 소설의 여러 군데에서 되풀이되는 주제이다. 그러면서 그는 사회 운동에 필요한 다른 자질들을 갖추고 있다. 영수가 지섭에 대한 인상을 요약하여 말하는 바에 의하면, 그는 "여러 가지 면에서 목사·과학자와 비슷한 사람이었으나 한 가지 면에서만은 전혀 다른 사람이었다. 그 자신이 바로 노동자였다."(「클라인 씨의 병」, 220쪽) 그는 목사의 사랑, 과학자의 이성 그리고 노동자의 현장 의식과 행동을 아울러 가진 사람인 것이다. "공원들보다 더 더러운 옷을 입고, 공원들 것보다 더 더러운 손수건을"(「내 그물로 오는 가시고기」, 261쪽) 쓰며, "사심 없이 많은 사람을 위해서 일하고 있는 사나이"(「클라인 씨의 병」, 214쪽) — 이러한 기술에서 그는 성자와 같은 사람으로 비친다. 그의 증언을 전달하는 경영주의 아들의 눈에 그가 산업화의 비인간적인 면을 괴로워한 "허풍쟁이 도학자"(「내 그물로 오는 가시고기」, 252쪽)로 비친 것도 그의 윤리적 인간으로서의 측면을 말한 것이다. 물론 이러한 자질들이 반드시 폭력 옹호와 양립할 수 없는 것은 아니다. 아마 더 중요한 것은 과학적인 사고를 하는 사람으로서 폭력이 문제를 해결해 주는 것이 아니라는 생각일 것이다. 폭력 혁명론의 밑에는 계급 투쟁의 이론이 있게 마련이다. 그러나 지섭이 사회 발전에 모순된 계급의 상쟁 또는 계급 투쟁의 동력이 된다고 생각하는 것으로는 생각되지 않는다. 은강 그룹 회장의 아들을 통하여 굴절되어 전달되는 것이기는 하지만, 지섭의 증언에 나온 그의 의견에 의하면, 영수에게 중요한 것은 "어떤 계층 집단이 아니라 바로 인간"이었고, "노동자와 사용자는 다 같은 하나의 생산자이지 이해를 달리하는 두 등급의 집단은 아니라는 것"이었다.(「내 그물로 오는 가시고기」, 257쪽)

이러한 여러 정황이 영수의 자본가 살해와 같은 폭력을 이해하고 동정은 하지만, 지섭이 문제의 해결을 폭력 투쟁에서 찾았을 것으로 보이지 않게 하는 것이다. 그리고 이것은 『난장이가 쏘아 올린 작은 공』 전체에 해당되는 것일 것이다. 이 작품의 「에필로그」의 삽화가 뒷받침해 주는 것도 이러한 우리의 해석이다. 「에필로그」는 이 소설의 처음이나 마찬가지로 교실로 돌아간다. 교실은 결국 아무리 현실은 그와 다른 듯하더라도 이성적인 것이 궁극적으로 현실의 이치일 수밖에 없다는 것을 확인하는 의미를 갖는다고 할 수 있다. 소설의 맨 처음에 나오는 교실의 뫼비우스의 띠 강론에서도 그러했던 바와 같이, 여기에도 교실에서 행해지는 교사의 이야기에 꼽추와 앉은뱅이의 이야기가 병행한다. 그들은 다시 폭력을 유발하는 부당한 일을 당한 위치에 있다. 처음에는 그들은 무허가 주택 철거 브로커를 살해한다. 마지막 에피소드에서 잠에서 깨어난 그들은 함께 일하던 사장과 차력사 그리고 그 부하들이 저희들끼리 임금도 지불하지 않고 달아나 버린 것을 알게 된다. 그들은 도망한 배신자들을 쫓아 나선다. 꼽추가 이들을 추적하는 것은 돈을 받아 내자는 것이다. 그러나 복수를 생각하는 앉은뱅이는 "그 자식의 배를 갈라 버리"겠다고 말한다. 꼽추는 그의 심정을 이해하면서도 "그래서 무슨 해결이 나야 말이지." 하고 말한다.(「에필로그」, 270~271쪽) 그리고 보다 적극적으로 "자네 주머니 속의 칼은 이제 버리는 게 좋아."라고 말하면서 무기를 버릴 것을 권한다.(「에필로그」, 274쪽) 어쨌든 두 사람은 도망간 자들을 찾기 위하여 길에 나가서 차를 얻어 타려 한다. 그러나 그들의 계획은 꼽추가 차에 치이는 것으로 끝나게 된다. 그들은 꼽추가 치이기 전에 차를 세우려는 한편 갑자기 눈에 띄는 개똥벌레를 쫓고 있었다. 오염된 들에서 기적처럼 나타난 개똥벌레 — "어둠 속에서 빛을 내는 작은 생물체”(「에필로그」, 274쪽)의 발견에 그들은 일시 감동하였던 것이다. 마치 그들과 또 이 작품의 다른 고통 속의 인간들이 근본적인 생명의 밝음을 말하는 이상에 감동하여 희생되고 희생을 무릅쓰듯이.

4

분노의 순간적인 폭발로서의 폭력으로 무슨 해결이 날 수 없는 것이라고 한다면, 해결은 어디에 있는가? 우리는 다시 한 번 『난장이가 쏘아 올린 작은 공』의 세계를 뒷받침하고 있는 것이, 현실의 불합리에도 불구하고 세계의 근본을 이루는 것으로 생각되는 합리성에 대한 신뢰라고 할 수밖에 없다. 별과 달을 움직이고 기술을 가능하게 하는 것은 물리학의 법칙이고 얼핏 납득하기 어려울 수도 있지만, 세계의 근본에는 수학 법칙의 확실성이 있다. 사람 사는 세계에도 과학적인 법칙이 있는가. 모순에 얽힌 풀리지 않는 잘못된 사회의 문제가 그것으로 풀리는 것일까. 이 작품의 처음과 끝에 나와 있는 「뫼비우스의 띠」와 「클라인 씨의 병」은 세계의 모든 일이 결국은 비록 모순 속에 있는 것처럼 보이더라도 일정한 법칙 속에 있다는 것을 암시하는 것처럼 보인다. 이 작품에 들어 있는 과학과 이성에 대한 신념은 사회에도 그대로 확장되는 것으로 생각할 수 있다. 그렇다면 이 사회는 종국에 가서는 자체 내의 일정한 변증법으로 하여 새로운 세계의 실현으로 나아가는 것일까. 우리의 근대화의 역사를 되돌아볼 때, 일단의 발전이 있었다고 할 수는 있을 것이다. 그러나 그것이 참으로 『난장이가 쏘아 올린 작은 공』이 지향하는 발전인가. 또는 그것과 일치하든 아니하든 그것은 이 책이 말하는 바와 같은 동력에 의한 것인가.

사회의 모순이 그에 대항하는 다른 힘을 불러오는 것은 사실이다. 그리고 그것은 상황을 개선하는 힘이 된다. 그러나 그것이 보다 나은 역사의 단계로 나아가는 힘, 혁명적 변화의 힘이 되는 것인지는 분명하지 않다. 이 작품의 범위 안에서 사회의 힘의 법칙은 모순된 사회의 억압에 대하여 노동자 계급의 형성과 그 의식화와 노동 운동을 불러일으킨다. 이 반작용이 그들의 상황을 개선하는 데에 힘이 될 것은 틀림이 없다. 물론 이 작품의 처음이나 끝에서 사회의 하층에서 고통당하는 사람들의 삶이 실질적으로 향상되는 것을 볼 수는 없다. 그러나 이 작품의 밖으로 나와 이 작품이 쓰이던 1970년대의 중반으로부터 4분의 1세기가 지난 오늘에서 우리 사회를 돌아볼 때, 상당 정도의 변화—또는 진보가 있었음을 인정해야 할 것이다. 『난장이가 쏘아 올린 작은 공』의 나중 에피소드의 주인공인 영수가 노동자의 비참한 삶을 요약하여 말하는 것에 의하면, "좋지 못한 음식을 먹고, 좋지 못한 옷을 입고, 건강하지 못한 몸으로 오염된 환경, 더러운 동네, 더러운 집에서" 사는 것이 노동자였다.(「잘못은 신에게도 있다」, 189쪽) 여기에 열거되어 있는 비참한 삶의 조건의 모든 항목에서 노동자의 삶이 개선되었다고 할 수는 없지만, 적어도 나아진 것들이 있는 것은 사실이다. 먹고 입고 사는 문제가 개선된 것은 틀림이 없다. 주택에 있어서도 이 작품에 그려져 있는 바와 같은 극단적인 비참이 많이 나아진 것도 사실일 것이다. 또 어떤 다른 것보다도 진전을 보인 것은 한지섭과 김영수가 그들의 모든 것을 바쳐 추진하던 노동 운동이다.

이러한 변화의 동력은 어디에서 왔는가? 『난장이가 쏘아 올린 작은 공』의 영웅 한지섭이나 김영수에게 말하라고 하면, 여기에 큰 몫을 담당한 것은 강력해진 노동 운동이라고 할 것이다. 이것은 그들만의 의견은 아닐 것이다. 이것은 노동자 자신에 의하여 쟁취된 것이다. 그러면서 그것은 그간 한국 사회의 움직임의 주조를 이루었던 보다 광범위한 민주화 운동의 일부를 이루는 것이었다. 그러나 어떤 관점에서는 노동과 민주화가 모든 것을 만들어 냈다고 말하지 아니할 것이다. 결국 노동자의 물질적 생활의 향상이 경제적 부의 창조에 기초한 것이라고 한다면, 노동과 민주화는 다른 창조 행위에 대한 반작용 또는 교정 행위라고 이야기될 것이다. 경제적 부의 창조에 관한 한 그것은 흔히 말하여지는 경제 발전론으로 설명될 것이다. 영수가 살해하려고 했던 은강 그룹 회장의 아들은 경제 발전론자이다. 그는 발전은 경제 발전 계획을 세우고 추진하는 정부와 기업인들의 힘에 의하여 가능해진다고 믿는다. 그중에도 경제를 만들어 가는 것은 기업가들이다. 기업가들은 시대의 변화에 발맞추어 기업을 혁신하고 새로운 공장을 세워 경제를 발전시킨다. 경영은 엄격한 경쟁과 능률의 원칙에 의하여 움직여야 한다. 여기에서는 노동자에게는 물론 가족 사이에서도 온정이 경영 원리를 혼란시키게 해서는 아니 된다. 필요한 것은 경제를 위한 모든 자원의 동원과 조직이다. 여기에는 인적 자원도 포함된다. 노동자들이 노동 현장에서 『노동 수첩』을 교과서로 한다면, 기업의 교과서는 『인간 공학』이다. 조직의 근본은 엄격한 위계질서이다. 여기에 대응하는 정치 질서는 한 사람 그리고 소수자의 명령에 따라 움직이는 독재 또는 권위주의적 질서라야 한다. 그 세계는 약육강식, 적자생존의 세계이다. 강자가 약자를 지배하는 것은 당연하다. 어리석은 약자에 양보하는 것은 경제 발전을 포기하는 것이다. 노동자들의 저항은 경제의 큰 동력을 이해하지 못하는 데에서 온다. 보다 낮은 생활의 차원에서도 노동자들에게 "공장을 지어 일을 주고 돈을 준" 것은 기업가이다.(「내 그물로 오는 가시고기」, 245쪽)

이러한 경영 이론은 그간 경제 발전에서 많이 들어 왔던 것이고, 좋든 싫든 한국 경제 발전의 결과를 설명해 주는 이론이라고 할 수 있다. 그리고 이러한 이론과 발전이 『난장이가 쏘아 올린 작은 공』의 도시 빈민과 노동자의 많은 실질적인 문제 — 굶주리고 헐벗고 집 없고 하는 문제들의 해결에 도움을 주게 되는 것이라고 할 수 있다. 그런데 「뫼비우스의 띠」나 「클라인 씨의 병」에 시사된 안과 밖이 뒤바뀌는 역사의 변증법의 과정이 이러한 것이고 같은 과정의 연장선상에 역사의 종착역이 있는 것일까? 『난장이가 쏘아 올린 작은 공』에 시사되는 좋은 사회의 이상은 이러한 경제 발전 또는 물질적 번영을 가져오는 사회일까? 그렇게 말하는 것은 그 이상을 매우 한정적으로 보는 것이다. 그리고 좋은 사회의 그 이상에 인간 생존의 근본으로서의 이성에 대한 신뢰가 들어 있다고 할 때, 이 이성을 지나치게 좁게 보는 것일 것이다. 『난장이가 쏘아 올린 작은 공』에 이상이 있다면, 그것은 물질적 관점에서보다도 윤리적 관점에서 제시된다. 아마 궁극적으로 이성적이라는 것은 이러한 윤리적 가치를 포함하는 것일 것이다. 이 가치의 존재 자체가 물질적 변증법을 부정하는 것은 아니다. 이 책은 강한 현실주의의 책이다. 먹고사는 일의 절대적 중요성 그리고 그 현실적 조건의 확보는 이 책이 가장 강조하는 바이다. 그러면서도 이것이 — 어떤 조건하에서라도 이 현실이 인간 생존의 모든 것이 되는 것은 아니다. 마르크스에게 역사의 종착점은 물질적 번영에 못지않게 인간성의 실현이었다. 앞에 언급한 경제 발전론자도 경제 발전의 일정한 단계가 지나면 윤리적 가치가 재등장한다고 생각한다. 그에게 오늘날은 "경제 발작 시대"이며, "윤리·도덕·질서·책임"이 모두 경제 발전의 적이 되는 시대이다. 그러나 자신의 손자 시대에 그들은 이러한 가치를 도외시한 자신들을 비난할 것이라고 말한다.(「내 그물로 오는 가시고기」, 236쪽) 다만 여기에서 말하여지는 윤리를 포함한 인간적 이성은 마르크스에서처럼 역사의 텔로스라기보다는 에피페노메논(epiphenomenon, 부수 현상)으로 들린다. 그러나 두 관점은 다 같이 역사의 변증법적 전도(顚倒)가 궁극적으로 물질과 정신을 포함한 인간성 실현을 가져올 것임을 시사한다. 『난장이가 쏘아 올린 작은 공』에서도 좋은 사회의 이상은 이렇게 실현되는 것일까?

이 책의 이상은 이러한 관점에 의하여 수용되기에는 지나치게 강한 윤리적 성격을 가지고 있는 것처럼 보인다. 여기서의 윤리적 가치들은 반드시 역사의 발전 속에서 나타나는 윤리 — 질적 풍요의 부대 현상으로 나타나는 윤리적 가치를 말한다고 할 수는 없다. 그것은 언제나 존재하는 또 존재하여야 하는 것으로 생각된다. 그것은 말하자면 역사의 진전을 초월하는 가치이다. 또 그것은 역사의 어느 시점에서나 존재하여야 하는 가치이다. 앞에서 우리는 이 작품의 중심이 되는 지섭의 성격에 대하여 언급하였다. 그는 목사와 비슷한 사심 없는 헌신적인 노동 운동가이며 사랑에 기초한 사회의 실현을 갈망하는 사람이다. 그 이외에도 『난장이가 쏘아 올린 작은 공』의 세계의 사람들은 이상을 여러 가지로 표현한다. 윤호에게 오늘의 사회의 문제는, 사회가 "시간을 터무니없이 낭비하고, 약속과 맹세는 깨어지고, 기도는 받아들여지지 않"(「우주여행」, 57쪽)는다는 데에 있다. 또는 그에게 오늘의 세상에서 실천하여야 할 과제는 "사랑·존경·윤리·자유·정의·이상"(「궤도 회전」, 154쪽)이다. 이것은 부르주아 계급 출신의 윤호가 하는 말이지만, 그것은 한지섭의 영향하에서 말하여지는 말이다. 영수는, 노동자들에게 깨닫게 하고 싶은 것은 "기쁨·평화·공평·행복"이라고 하고 또 그들이 "위협을 받아야 할 사람"이 아니라는 사실이라고 한다.(「잘못은 신에게도 있다」, 190쪽) 그에게 가장 중요한 것은 아버지로부터 배운 "사랑"이다. 이 사랑의 사회에서는 인간이 인간을 억압하고 착취하는 일은 있을 수 없다. 거기에는 "[정당성이 없는] 기회·지원·무지·잔인·행운·특혜"도 없다.(「클라인 씨의 병」, 227쪽)

이러한 윤리적 가치들은 어디에서 오는가? 그것은 역사에서 오는가? 그것은 역사라기보다는, 목사가 말하는 것이기도 하고 이 작품이 자주 강조하는 것처럼, 교육을 통하여 일깨워지는 것이면서도, 궁극적으로는 인간성 안에 있는 것이라고 하여야 할 것이다. 그것은 인간성 안에 두루 존재하는 어떤 천부의 바탕이다. 다만 말하자면 맹자의 불인지심(不忍之心)처럼, 그것은 삶의 현장에서 촉발되는 것이다. 난장이는 그 아들의 노동 운동을 지지하면서(아마 아들이 그렇게 상상하는 것으로 생각되지만), "사장에게 당신이 당하고 싶지 않은 일을 공원들에게 강요하지 말라"는 점을 이해시키려는 것이 아들의 일이라고 말한다.(「은강 노동 가족의 생계비」, 177쪽) 영수의 살인 사건 이후 여기에 동정을 표하는 사람 가운데에는 살해된 경영 총수의 동생의 아들이 있지만, 그가 아버지의 죽음에 대하여 궁금해하는 일의 하나는 "칼을 맞고 숨을 거두는 순간에 [아버지가] 아픔을 느꼈을까" 하는 점이다.(「내 그물로 오는 가시고기」, 234쪽) 노동자의 현장성이 강조되는 것도 다른 상황에서의 같은 현장적 느낌의 중요성을 말한 것이다. 이 책의 윤리적 가치는 다시 말하여 인간성의 보편적 조건을 말한다. 그러면서 그것은 개체적인 관점의 보편화를 그 구체적인 계기로 한다. 그러한 의미에서 여기에 관련되는 이성은 칸트적 이성이다. 조금 전에 언급한 난장이의 역지사지의 논리는 칸트가 윤리적 보편성을 설명하기 위한 논리를 달리 표현한 것으로 볼 수 있다.

그러나 『난장이가 쏘아 올린 작은 공』의 윤리가 반드시 개인적 실천 윤리의 격률로 귀착하는 것은 아니다. 인간성의 필요에 대한 보편적 윤리는 사회 전체의 이해와 화해의 원리이다. 그것은 반드시 사람의 마음에 남아 있는 것이 아니라 사회가 성립하기 위한 필요 불가결한 조건이다. 영수의 살인에서도 그러하고 다른 곳에서도 누누이 강조되는 것은 윤리의 보편적 관계가 깨어진 곳에 일어날 수밖에 없는 것이 폭력이라는 사실이다. 말하자면 그것은 사회의 구성 원리인 것이다. 작품의 첫 부분에 지섭이 스스로를 이제 멸종이 되어 버린 도도새에 비교하는 장면이 있다.(「우주여행」, 55쪽) 그가 말하는 것은 이미 지난 시대에도 존재하던 것이다. 그리하여 그것은 오늘의 시대에 회복되어야 하는 것이 되었을 뿐이다. 이 작품의 이상이 반드시 물질적 발전을 통하여 구현되는 것이 아닌 것은 이 소설의 중심적인 상징인 난장이 그리고 난장이 마을의 동화에 들어 있는 이상에도 나타난다. 그것은 물질적 풍요 또는 그것이 가능하게 해 주는 인간의 잠재력의 최대한의 실현으로 표현되지 아니한다. 그러니까 이상적 사회는 사람이 거인이 되는 그러한 사회가 아니다. 좋은 사회란 난장이가 난장이로서도 인간답게 사는 세계이다. 그것은 사람이 더 커지는 세계가 아니라 "자기들에게 맞도록 축소시킨" 세계이다.

이렇게 윤리적 가치가 초역사적인 인간성에서 나온다고 하여 반드시 그것이 역사를 초월하는 것은 아니다. 그리고 물질의 세계가 무시된다고 말하는 것도 잘못이다. 그것은 전근대로의 후퇴를 통하여 낙원에 이르고자 하는 것이 아니다. 아마 추구되는 것은 물질과 윤리의 균형일 것이다. 그리고 이 균형이 변하는 것이라면, 그 변화는 물질에서 오는 것이기 때문에 정신은 새로운 물질적 조건 속에서 새로운 균형을 찾아야 하는 것일 것이다. 그리고 이 균형은 사회 제도와 정책 속에 구현되어야 한다. 난장이 마을은 원시 공동체가 아니다. 그것은 대체적으로 말하여 복지 국가 또는 사회 민주주의의 국가를 생각하게 한다. 조세희 씨가 근년에 『당대비평』에 쓴 민주화 이후의 우리나라에 대한 여러 편의 비판적 에세이들에서 주장하는 것들도, 중진국의 경제와 민주화를 이룩한 한국 사회의 현실에 대한 격렬한 분노에도 불구하고 같은 종류의 사회 이상—사회 민주주의의 이상의 실천인 것으로 생각된다.

그가 보편적 윤리를 말하고 작은 사회를 말한다고 해서 그가 복고적 원시주의자일 수 없는 것은 그의 과학적 심성에 이어져 있는 것일 것이다. 그는 그 점에서 벌써 근대성을 부정할 수 없다. 앞에서 언급한 바와 같이 『난장이가 쏘아 올린 작은 공』의 한 특징은 과학과 과학자의 중요성을 강조하는 점이다. 근대성에 대한 긍정은 이미 여기에 시사되어 있다. 과학적 이론과 환상에 추가하여 이 작품은 도처에 공구와 기계 그리고 과학적인 공정에 대하여 유별난 애착을 나타낸다. 이것은 생활의 태도에도 드러난다. 은강 노동자의 자세한 생활비에 대한 기록 같은 것도 그러하지만, 노동자나 노동 운동의 동조자가 말하는 능률의 중요성 또 생활 철학으로서의 시간 낭비에 대한 혐오 등도 현대 과학의 태도이다. 다만 조세희 씨가 과학이나 기술의 발전을 그 자체로서 찬양하는 것은 아니다. 그에게 과학은 물질세계에 나타나는 인간의 윤리적 생활의 표현일 것이다. 과학과 기술의 발전은 이 윤리적 삶의 일부이다. 중요한 것은 그것이 인간적 사회의 발전의 한 부분으로서 발전한다는 것일 것이다. 그리고 그것은 보다 인간적인 사회의 발전을 자극하는 것이기도 하다. 그러나 이 양자는 보조를 나란히 하여서 비로소 의미 있는 것이다.

유보 조건들이 있다고 하지만, 조세희 씨의 과학에 대한 태도는 어디까지나 긍정적이다. 과학은 역사적 발전의 선물이다. 그러나 역사가 그것의 인간적, 윤리적 의미를 선사하는 것으로는 말할 수 없다. 역사의 발전은 과학을 가져오고 과학은 역사의 발전을 가져온다. 그러나 이 발전이란 주로 경제적인 것을 말한다. 그것은 윤리적 발전을 보장하지는 아니한다. 달리 말하여 윤리적 이상은 역사에서 도출되지 아니한다. 그것은 역사 속에 있으면서 그것에 대하여 무력하다. 그것이 역사 안에서 힘이 된다면, 그것은 체제를 보존하고 부정하는 힘이다. 그것을 적극적으로 새로운 것으로 전환시킬 수 있는 혁명적 힘은 되지 못하는 것이다. 그것은 역사 속에서 역사를 만들어 가는 힘이 되지는 아니한다. 앞에서 본 바와 같이 사회의 모순을 해결할 수 있는 것은 노동 계급의 자기 각성과 투쟁이나, 사회 전체를 혁명적으로 바꾸지는 못하는 것으로 보인다.

지금의 시점에서 『난장이가 쏘아 올린 작은 공』은 한편으로는 노동 계급의 승리 ―부분적인 승리를 예언하면서 동시에 함축적으로 역사의 양의성을 시사한다고 할 수 있다. 보다 역사의 진전에 대하여 열렬한 낙관적 전망을 기대하는 사람에게는 이것은 조금 곤혹스러운 일일 수 있다. 그러면서 보다 냉철하게 볼 때, 이 양의성은 피할 수 없는 문제이다. 이와 관련된 문제들을 여기에서 자세히 논할 수는 없다. 그러나 인간 이성의 이원적 성격이 소설에 미치는 영향에 대한 주제를 벗어난 관찰은 적어도 이 소설의 문제점과 가능성을 밝히는 데에 도움이 될지 모른다. 그리고 보다 넓은 문제에 대한 시사점을 제공할는지 모른다.

인간 이성의 이중성은 이 소설의 짜임새에 관계되어 있다. 이 소설의 약점의 하나는 이 소설에 어떤 윤리적 교훈이 있다고 할 때, 그것이 이야기의 흐름으로부터 저절로 나오는 것이 아니라는 것이다. 이야기의 힘은 에피소드 하나하나의 현실에 있지, 이야기의 커다란 진전과 전개에서 나오지 아니한다. 그리고 이미 지적하였듯이 그것은 공상 — 과학적 공상에 크게 의존하고 있다. 그러면서 우리는 이 과학이 매력적인 것이면서도, 이야기의 진전에서 우러나오지 않는다는 것을 느낀다. 소설이 어떤 정연한 일원적인 설명을 제공하여야 한다는 말은 아니다. 소설이 이론서와 다른 강점은 하나의 이론적 주장 속에 요약될 수 없는 삶의 구체성과 다양성을 표현하는 데에 있다. 『난장이가 쏘아 올린 작은 공』은 흔히 보는 현실주의 소설과는 달리 하나의 관점에 삶의 다양한 면을 단순화하지 아니한다. 그리고 그러니만큼 삶의 현실성을 확보한다. 그러나 이 다양성은 현실보다 이론적 가능성으로 파악된다. 이론적 가능성에 대한 고찰은 현실의 여러 면을 거두어들일 수 있게 한다고 할 수도 있다. 그러나 이 이론적 범주들을 통한 현실 창조는 소설을 추상적이게 하고 궁극적으로 하나의 거대한 서사로 아우러지지 못하게 한다. 이 작품이 장편 소설이 아니라 연작 소설일 수밖에 없는 것도 하나의 이야기의 흐름으로 모든 것이 수렴되지 못하기 때문인 것이다.

『난장이가 쏘아 올린 작은 공』의 소설로서의 이러한 특징은 이 소설이 가지고 있는 사회와 역사의 이해에 연결되어 있다. 그것이 하나의 흐름으로 파악되지 않는 것이다. 모든 소설이 사회와 역사를 하나로 파악하는 것을 전제로 하는 것은 아니다. 소설은 주어진 이야기의 자료 — 많은 경우 사회와 역사 전체를 포함하지 않는 자료에서 어떤 변증법을 투영해 냄으로써 서사적 통일성을 확보한다. 『난장이가 쏘아 올린 작은 공』은 산업화 과정 속에 있는 사회와 역사를 그 서사의 자료로 한다. 그런데 그 서사적 흐름이 반드시 일체적인 것으로 드러나지 못하는 것이다. 이것은 사회와 역사의 과정을 하나로 파악할 수 없는 데에 연결되어 있다.

그것이 가능한 것인가? 그 가능을 주장한 마르크스주의 또는 그것에서 출발하는 예술론은 옳은 것인가? 적어도 오늘의 현실에서 볼 때, 넓은 의미의 인간 이성과 현실 사이의 간격은 지나치게 큰 것으로 보인다. 현재의 체제하에서 산업의 발전이 인간적 발전으로 역전할 가능성은 보이지 않는다. 과학과 기술의 발달은 물질적 생활의 향상을 더욱 보편화할지 모른다. 그러나 그것이 보편적 인간을 태어나게 하고 인간의 보편 윤리가 살아 있는 사회를 실현해 줄 것으로 보이지는 않는다. 또 자원의 한없는 개발에 의지하는 그러한 발전이 인간과 자연의 관계를 보다 평화로운 것으로 돌려놓을 것 같지도 않다. 『난장이가 쏘아 올린 작은 공』의 경제 발전론자의 아이디어의 하나는 노동자의 음식물에 약물을 투여하여 노동자를 행복하게 하고 그것을 통하여 낭비적 갈등이 없이 산업을 발전케 한다는 것이다. 경제 발전이 조장하는 소비주의의 삶은 이미 일종의 약물 중독처럼 보이기도 한다. 과학적 법칙이 세계의 근본에 있고, 그것이 역사의 법칙이라고 하여도 그것은 윤리적 사회, 참으로 인간적인 사회를 보장하지 못한다. 물론 보편 윤리는 사회의 구성 요건이라고 할 수 있다. 그것 없는 사회는 끊임없는 부정적인 요인들의 분출에 시달리게 마련이다. 그러나 그것은 역사의 힘이 아닌 인간 내면의 힘이다. 이것을 현실 속의 실천이 되게 하는 것이 문제인 것이다. 이것은 현실의 힘을 포착하지 못하는 관념주의일 수 있다. 그러나 이것이 오늘의 시점에서 유일한 현실주의인지도 모른다. 완전한 역사의 변증법이나, 현실 속에 움직이는 보편적 이성은 이상에 불과한 것처럼 보이는 것이 오늘의 상황이다. 『난장이가 쏘아 올린 작은 공』은 근대화의 인간적 고통을 가장 넓게 기록·비판한 작품이다. 그러면서 물질적 생활의 빈곤의 극복 그리고 풍요의 저쪽에 있는 인간성의 요구를 시사한다. 이 요구는 혁명의 동력이 사라진 시대에 있어서 사람다운 삶의 확보를 위한 노력이 의지해야 하는 유일한 근거라고 할 수도 있다.

(2002년)

문화 시대의 노동

최종천 시집 『눈물은 푸르다』에 부쳐

최종천은 줄곧 노동 현장에서 시를 써 온 시인이다. 그것이 쉽지 아니한 것은 말할 것도 없다. 몸을 움직이는 노동과 가만히 앉아 일하는 정신 작업으로서의 시 쓰기 사이에는 생활의 양식이라는 점에서도 조화시키기 힘든 것이 있다. 또 삶을 살아가는 스타일로도 그러하고, 이러한 활동들의 사회적 존재 방식에서도 그러하다. 시 쓰는 일이 노동자의 삶에 어울리지 않는다는 것을 느낀 것을 그는 일상생활의 에피소드를 통하여 다음과 같이 말하고 있다.

> 김정구는 알곤 용접을 하는 사람이다.
> 한때 그는 노동 운동도 했었다.
> 언젠가 그에게 내가
> 시를 쓴다고 했더니
> 아! 이빨 까는 거? 하고 말했다
> 일 끝나고 들어가서

마누라 엉덩이나 토닥거리다가
토끼 같은 자식들 귀여워해 주다 보면
곯아떨어지는데
언제 그런 걸 하느냐고 한다
그런 뒤부터는
회식을 하는 날에도 잔치에 가는 날에도
굳이 잡아끌며 가자고 하는 일이 없다
일찍 집에 가서 시나 쓰라고 한다
장편 소설이나 한 권 쓰라는 사람도 있다!

—「부(富)란 무엇인가?」

시 쓰는 일은 노동의 삶에는 어울리지 않는 일이다. 장편 소설 정도라면 글 쓰는 일이 정당화될는지 모른다. 그것은 최소한도 사실성이 높거나 그보다도 돈이 될 수도 있는 일이기 때문일 것이다. 노동과 문화의 거리는 개인적인 삶에만 존재하는 것은 아니다. 「문화의 시대」는 노동과 시 쓰기와 같은 일 사이에 존재하는 간격 또는 모순을 좀 더 일반화하여 문화 일반에 확대시켜 말한다.

음악도 미술도 문학도 빼앗기고
스포츠와 무용까지도 빼앗겨 골절상을 입은
노동(勞動)이 걸어간다
야구장에서 야구를 보고 그림을 보고
침을 흘리고 있다. 노동의 기억은 희미하게
켜져 있다. 노동의 도수 높은 안경 너머로
도면에 기입된 숫자들이 꾸물거린다

문학이 그에게 말한다, 너는 너고 나는 나다.

문화가 노동에게 해 주는 좋은 말들과 일이 있다. "쉬어 가면서 하라"든가, 화장품을 쓰게 한다든가. 그러나 다른 한편으로 이 시에서는 이유가 분명히 주어지지는 않지만 문화와 예술은 노동을 필요로 한다. "예술들이 모여 노동을 찾는다." 그러나 그것은 진정한 것이기 어렵다. 정부는 앞으로의 시대가 문화의 시대라고 말하지만, 그것도 종속적인 조종의 의미를 크게 벗어나지 않는 것으로 생각된다. 그리하여 최종천은 예술에 대하여 "노동은 그들에게 놀림감이다"라고 하고, 노동과의 관련에서 "바야흐로 문화의 시대"라고 하지만, 그것은 매일 벌어지는 "공연"—즉 가짜 놀이에 불과하다.

그러나 말할 것도 없이 최종천이 문화와 예술을 부정하는 것은 아니다. 그것은 노동하는 사람이면서 시를 쓰는 사람이라는 그의 삶으로써 증명되어 있는 사실이다. 그 거리를 몸으로 이으면서 그는 둘 사이에 존재하는 모순을 생각하는 것이다. 그러나 이 모순은 반드시 노동과 예술이라는 큰 테제로 집약되어 나타나는 것은 아니다. 논리적으로는 어떠한 관계에 있든지 간에, 삶을 사는 데에서 그것들은 서로 뗄 수 없는 관계 속에 있다. 시적인 순간은 사람이 어떠한 일에 종사하여도 그러하듯이 노동하는 삶에도 찾아온다.

전통적으로 시적 순간은 특수한 조건 아래서 나타나는 것으로 생각되었다. 대체로 시적인 것은 일과 삶의 번잡한 관련으로부터 해방되는 것을 전제로 하는 것으로 보이는 것이다. 자연의 아름다움을 접하고 문득 시를 경험하는 것도 대체로는 일상에서 해방된 순간에 있어서이고, 남녀 간의 사랑의 경우에도 시로 노래되는 사랑이란 일상적 맥락에서 벗어난 황홀의 체험을 표현하는 경우가 보통이라 할 것이다. 오늘의 시 문제의 중요한 과제 중 하나는 도시와 일로써만 규정되는 삶을 어떻게 시 속에 포착하는가 하는 것이다. 이것은 대체적인 상황이지만, 노동의 절대적인 지배하에 있는 삶에서 이것은 더욱 어려운 문제일 수밖에 없다. 그러나 시적 깨우침은 반드시 그러한 순간에만 한정되는 것은 아니다. 다시 말하여 그것을 비시적인 것 속에서 깨우치고 표현하는 것이 어려울 뿐이다.

당연히 사람과 사람 사이, 특히 남성과 여성 사이의 그리움이나 사람의 관계는 어떠한 상황에서나 중요한 시적인 영감의 원천일 수밖에 없다. 「편지」, 「갈치」, 「십오 촉」, 「신맛」, 「작약」, 「독(毒)」, 「섬」, 「사랑이여」 등 최종천의 시집 중 가장 많은 시가 사랑을 주제로 한 것이다. 이 시들은 솔직하고 사실적인 사랑을 말한다. 그리하여 그것들은 일상적인 상황 속에 스며들어가 있는 사랑이다. 그러면서 그의 사랑의 시들은 대체로 어떤 특이한, 영시(英詩) 같으면 형이상학적 기상(奇想)이라고 할 계기를 가지고 있다. 가령 「표정」은 사랑에 대한 갈구를 있는 대로 표현한 것이지만, 노변의 구걸이라든지 우체통이라든지 하는 이미지를 통하여 묘사의 기율을 얻는다.

> 마주치는 얼굴마다 눈길을 주며 구걸을 했다
> 살고 싶어서, 목숨보다 갈(渴)한 것이 있더라
> 알뜰히 내 기도를 거두어 가는 것은 다만 햇살뿐
> 가슴은 바래지고 해지고 수많은 발길만 지나갔다
> 그렇게 나는 거리의 우체통처럼 서서
> 백짓장 같은 한숨을 삼키느니

또는 「미혼모(未婚母)」에서 떠나간 사랑의 자취는 들에 핀 꽃이 짝 없는 씨를 품고 있는 것에 비유되어 기인한 형이상학적 시상과 함께 형이상학적 의미를 획득한다. 멀리 떠나간 다음 홀로 결실하는 꽃이라는 이미지는 사랑의 상실과 생명의 결실이라는 모순된 결합이라는 형이상학적 모호함을 적절하게 전달한다.

시적인 순간이란, 분명하게 표현되든 아니 되든, 형이상학적 계기 또는 적어도 체험의 의미를 되돌아보는 반성적 계기로 매개되는 것이다. 사랑의 시들의 특징이 되는 일상성과 그에 대한 반성의 복합은 다른 일상의 계기에서도 일어난다. 일상적인 일들에서 문득 생각되는 것이 있게 마련인 것이 사람의 삶이고, 그것을 포착하는 것이 시가 되는 것은 자연스럽다. 그 일상이란 많은 경우 일터의 일상이다. 「용접봉」은 용접봉을 보면서, 사람의 성적 흥분을 생각한다. 「철야 작업」은 망치질로 지새우는 삶과 성을 연결하여 생각한다. 「쥐」는 직장의 상하 관계 속에서 호랑이 앞에 쥐처럼 왜소해지는 하위 계급자의 심정을 말한다. 이러한 일상성도 사랑의 경우나 마찬가지로 종종 형이상학적 의미를 띤다. 가령 「심부름」에서 튀밥 튀는 광경을 보고 있다가 심부름 길을 재촉해 가는 아이들을 보고, 시인이,

> 무엇이 되겠다는 의지(意志)의 관성(慣性)으로
> 나는 한 알의 탄환과도 같이
> 시방 누구의 심부름을 가고 있는 것이냐!

하고, 자신의 삶의 방향을 생각하게 되는 순간은 시의 순간임이 틀림없다.

최종천의 시가 일상적 삶에서 나오는 생각의 기회를 포착하는 것이라고 할 때, 그 기회는 이미 말한 바와 같이 일반적으로 노동의 현장에서 주어지는 것이다. 그것은 개인적이면서도 사회적으로 규정되는 것일 수밖에 없다. 그리하여 그의 노동에 대한 발언은 당연히 사회적 성격을 띤다. 그러나 그의 노동에 대한 생각은 일상성에 밀착되어 있는 만큼 흔히 보는 계급적 이데올로기로 간단히 처리될 수는 없다. 그는 힘 드는 작업으로서의 노

동의 불가피성을 받아들인다. 그리고 그에 대한 긍지를 느끼기도 한다. 그러나 그는 지나치게 힘겨운 노동이 인간적인 삶을 확보해 주는 것이 아니라는 것에 대한 인식을 가지고 있다.

「되는 것일까?」는 일만으로 이어지는 삶의 피로를 말하면서 그것과 정치적 구호의 거리를 생각한다.

> 일요일도 공휴일도 모르고
> 음악은 그만두고 뉴스도 듣는 시간이 없이
> 시는커녕 책 한 페이지 읽을 틈이 없이
> 신문마저도 볼 시간이 없이
> 자고 먹고 일하고 자고 먹고 일하고

이러한 끊임없는 일만의 삶은, "선진 조국 새 역사 창조의 주역"이라는 정치적 구호로부터 부여받는 긍지와 자부심에도 불구하고, 구호만으로는 완전히 정당화할 수 없다고 그는 느낀다. 「출근-지각」에서도 노동의 피로는 중요한 관찰의 대상이다. 여기에서도 야간작업을 하고 올라온 사람들이 얼굴을 소파에 묻은 채, "빈 봉투처럼 기침을" 하는 장면이 이야기된다. 이러한 조건에서 "……산다는 것이/ 쓰레기통에서 먹을 것을 뒤지는 개의/ 흐느적거림에 지나지 않"는다는 느낌이 나온다. 그러나 최종천은 시의 말미에서 "쓰디쓴 환약 같은 라면"을 먹고 태양을 응시하며, 그의 삶에 대하여 "그러겠노라"라는 긍정의 말을 발한다.

「출근-지각」이 말하듯이, 노동의 비참성은 그것의 과다가 삶의 비참을 초래한다는 데에 있다. 「한명옥 신위(神位)」는 죽은 친구에 대한 추도시지만, 서정적이라고 하여야 할 온화한 묘사에는 낭비된 삶의 기회에 대한 느낌이 죽은 자의 어머니의 말로써 표현되어 있다.

총각으로 죽었으니까 그래야 해요
애인이 있다고 그랬던 것 같았어요
얼마나 하고 싶은 것들이 많았겠어요
가지고 다니면서
아무 데나 뿌려 주세요
바람에 날리면 더 좋을 것 같네요

시인은 죽은 친구의 잠바를 물려 입는다. 그 왼쪽 주머니에서 딸랑거리는 2700원의 동전은 지나치게 싸게 낭비된 삶을 생각하게 한다. 「친구를 묻으며」는 또 하나의 추도시이다. 여기에서 저승에의 길은 징검다리가 있고 주막이 있고 노송이 있는 옛 삶의 환경으로 묘사되어 있다. 그러나 여기에도 사람의 삶의 허무와 낭비에 대한 느낌은 그대로 들어 있다. 시인은 친구를 두고 말한다.

죽어도 못 잊는다는 말은 빈말이고
영 섭섭하지 않게
조금은 잊어버리세.

길게 잊히지 않는 죽음도 그리고 삶도 없는 것이 오늘의 시대이다. 사람들의 마음은 한 사람의 삶이나 죽음에 오래 머무를 수 없다.

「그해 여름」에서의 죽음은 조금 더 무정한 환경에서의 죽음을 말한다. 그것은 삶의 무상이나 죽음의 불가피성으로도, 그리하여 모든 자연적인 것이 그러하듯이 형이상학적인 또는 시적 서정으로 말해질 수 있는 것도 아니다. 이 시의 죽은 친구 "영철이"는 동료들에 의하여 오래 기억되지 아니한다. 그리고 그가 사용하던 장비는 폐기 처분 품목 보고서에 오르고, 임금 지금 명세서에서 이름이 지워질 뿐이다.

고깃값 계산이 끝나기를 기다리며
거적때기에 싸인 영철이가
살 냄새 땀 냄새를 풀어 놓으며
썩어 가던 장마철 내내
추석 상여금 얘기와
여자 얘기만 했을 뿐
아무도 영철이의 죽음을 그리워하지 않았다.

여기에서는 비유적으로 간결하게 말하여지고 있지만, 영철이의 죽음은 아마 주검이 쉽게 매장될 수 없게 한 보상금 투쟁을 일으키게 한 것이었을 것이다. 오늘의 어떤 상황에서 중요한 것은 "고깃값"으로 환산될 수 있는 사람의 몸값이고, 그 외의 삶과 죽음의 의미는 상실되는 것일 것이다.

삶의 야만성은 「날개」에서는 보다 직접적으로 노동 현장의 사고에 드러난다. 이 시는 10층 높이의 건설 현장에서 작업하던 노동자의 추락사를 취급한 것이다. 추락한 사람은 여러 개의 에이치 빔에 부딪히면서 떨어져 "피 떡"이 된다. 시인은 이러한 일은 자주 있는 일이라고 말한다. 그는 흩어진 사체의 살덩이를 태연하게 쓸어 모으고 합판으로 덮는다. 대부분의 사람들은 그러한 일이 있었던 것 또는 그러한 사체가 그곳에 놓여 있다는 것도 알지 못한다. 이러한 사고의 원인은 무엇일까. 최종천은 그 원인을 대체로 노동하며 살아야 하는 사람의 운명과 사람들을 무리한 노동으로 이끌어 가는 경제적 욕망에서 발견한다. 추락한 노동자는 "날개"를 가졌던 것으로 이야기된다. 이 날개에 무게를 가한 것은 "몇 개의 적금 통장과 아파트였다." 그러나 날개가 적금 통장이나 아파트와 같은 것으로 표현되는 물질적 생활의 향상에 대한 욕구에 대하여 반드시 대치되는 위치에 있던 것으로 생각되지는 아니한다. 그가 추락한 자리에는 그의 살점과 더불어 보이지는 않지만 추락한 자의 날개에서 떨어진 깃털이 있을 법하다. 깃털은 당연히 땅으로 떨어져 오는 것이기 때문이다. 이에 더하여 "날개와는 달리 욕망은 착륙하지 않"는 것이라고 말하여진다. 결국 이것은 깃털 그리고 날개가 허황한 꿈—즉 적금 통장과 아파트와는 별개로 있는 허황한 초월의 이상이 아니라 땅 위의 삶에 필요한 것을 벌려는 욕구를 나타내는 것이고, 한없이 치솟아 가는—생활과 관계가 없는 욕망을 뜻하는 것은 아니라는 말로 생각된다.

최종천의 시에서 노동은 대체로 개인적인 삶의 맥락에서 생각되고 있지만, 사회적인 맥락이 사상될 수는 없다. 노동이 개인적인 필요나 욕망에 관계되어 있는 것이라면, 그 고통으로부터 벗어나는 것은 개인적인 대안을 찾음으로써 가능하다. 그러나 그 대안도 사회적인 확대로 나아가게 마련이다. 「잔업 시간」은 과다한 노동의 현장에서 이는 생각을 적고 있다. 사람들은 피로에 지쳐 있으면서도 잔업을 한다. 여기에서 우선 노동의 문제는 과도한 육체적 부하로서 경험된다. 잔업의 현장을 보면, "잔업을 할 사람들은 젖은 듯이 흐물거리며 들어오고/ 안 할 사람들은 작업복에 쌓인 피로를 털고 있었다." 피로에 젖은 일하는 사람들에게 "……용접기의 울음소리/ 그 소리는 도살장으로 끌려가는 소들의/ 목청보다 더 애절한 음색을 띠었다"라고 느껴진다. 노동의 과다한 부담 속에서, 일하는 사람들은 일단은 그들의 노동에의 순응을 사회 평화의 조건으로도 문화의 산출을 위한 기초 작업으로도 생각한다. 그러나 시인은 결국 노동의 문제는 착취에서 나오는 것이든 또는 "처자식과 회사 사이"에서 생겨나는 압력에 굴하는 것이든, 모두가 낮은 생활의 수준을 받아들이면 해결될 것이라고 생각한다. 그러나 잔업은 개인적인 이유에서이든 사회적인 이유에서이든 계속된다. 시인은 말한다.

……우리 모두가 부자일 수는 없어도 가난하게 살 수는 있는 것이다.
그것을 알면서도 나는 잔업을 하고 있다.
인간의 역사란 어쩌면 하지 않아도 되는
잔업 시간인지도 모른다.

가난하게 사는 것에 대한 생각은 여러 곳에서 표현된다. 「과적(過積)」에서는, 너무 많은 인생의 짐을 싣고 있다는 시인의 생각은 죽음이 해방이라는 생각으로 이어진다. 「남의 떡」도 애인의 배신을 말하면서 욕망의 과다가 인간의 고통과 불화의 원인이라는 생각을 피력한다.

인간은 너무나 풍요하기에 소유를 다툰다
남의 떡은 언제나 커 보인다
우리가 서로 가난하다면
그녀가 나를 버리지는 않았으리라.

「부(富)란 무엇인가」에서 가난의 이상은 사회 철학으로 일반화된다. 그리하여 그에게 부(富)는 예술, 상품 또는 문화가 아니라, "손상되지 않은 자연과/ 소외되지 않는 노동이다."

보다 인간적인 사회는 어떻게 도래할 것인가? 그것은 가난의 철학을 받아들인다면 상당 정도는 마음의 변화에 달린 것이라는 진단이 가능하다. 사회적 행동의 필요를 고려하지 않는 것은 아니다. 최종천은 그것이 필요하다고 하더라도 아마 점진적인 개혁과 같은 것이 되어야 한다고 생각하는 것으로 보인다. 「녹슨 볼트를 푸는 법」은 매우 재치 있게 노사 분규에서 승리하는 법을 이야기하고 있다. 풀리지 않는 볼트를 푸는 방법 — 정확한 간격을 두고 두들기고 경유를 붓고 태워 볼트가 기름을 빨아들이게 하고 몽키로 "90도 돌리고 45도 후퇴/ 180도 돌리고 90도 후퇴/ 360도 돌리고 180도 후퇴"하는 식으로 풀어 나가는 것이 방법인 것이다.

최종천의 시는 다시 말하여 예술과 노동 사이를 잇는 시이다. 그는 노동을 말한다. 그의 시는 많은 부분이 노동의 현장에서 일어나는 감상들이다. 그는 노동에 대하여 일반화된 사회적·정치적 발언을 자제한다. 노동의 시인이라고 해서 그에게서 혁명적 구호를 기대했던 사람은 그의 관점의 온건함에 실망할는지 모른다. 그러나 생존의 절벽에 선 것이 아니라 저축과 아파트와 문화를 생각하는 그리고 욕심의 문제를 생각하는 오늘의 어떤 노동자들의 실상을 현실감 있게 말하고 있는 것이 이러한 관점이라고 할 수도 있다.

약간의 여유가 있다고 하여 노동의 삶에서 시를 쓰는 것이 쉬울 수는 없다. 그에게 시를 쓰는 일은 노동과 생활의 여력 모든 것을 거기에 집중함으로써만 가능한 것일 것이다. 이 집중은 노동의 일상적 현실을 말하는 데로 향하여 있다. 그의 시의 가치는 노동의 삶 그리고 우리 사회의 삶과 현실을 별다른 가공 없이 전달한다는 데에 있다고 할 수 있다. 그러나 다른 한편으로 보다 강한 시적 고양을 기대하는 사람은 그의 시가 조금 지나치게 일상성 속에 머물러 있다고 말할는지 모른다. 그런 관점에서 시는 현실에 있는 것이 아니고 어쩌면 그것에 대치하는 다른 세계 — 초월의 차원에 존재하는 것이라고 말할 수도 있다. 그러나 시의 또 다른 기능은 — 다른 모든 예술적 표현이나 마찬가지로 현실을 있는 그대로 그려 내는 데에 있다. 시가 초월이라면, 그것은 현실 속에서 초월을 익혀야 한다. 이것은 오늘날과 같은 걷잡을 수 없는 사회 변화 속에서 한 사람의 시인이 이룩할 수 있는 일은 아니다. 그것은 점차적으로 이뤄져야 할 새로운 시적 과업이다. 그것이 어떻게 가능한지는 시인들의 작업을 기다려서야 알 수 있을 것이다.

다만 최종천의 시와 관련하여 우리가 충고를 한다면, 이 초월의 상당 부분은 언어를 통하여 이루어진다는 점을 잊지 않을 필요가 있다는 점일 것이다. 그의 언어가 더욱 압축되고 탁마된 것이었더라면, 그의 시의 인상은 더욱 강한 것이 될 수 있었을는지 모른다. 또 그의 발언의 많은 것에서 보다 분명한 명제의 완결성을 느낄 수 있었더라면, 그것만도 그 나름의 강도를 추가할 수 있었을 것이다. 물론 이것은 조사(措辭)의 문제만은 아니고, 생각의 골똘함 또는 시적 과정의 열도를 말하는 것이다. 이번의 시집에서 명제의 완벽함에 가까이 가고 있는 시 중 하나는「없는 하늘」이다.

새는 새장 안에 갇히자마자
의미를 가지기 시작한다
이제까지 새는
의미가 아니어도 노래했지만
의미가 있어야 노래한다
하늘과는 격리된 날개
낱알의 의미를 쪼아 보는 부리
새의 안은 의미로 가득하다
새는 무겁다
건강한 날개로도
날 수가 없게 되었다
주저앉은 하늘 아래에서
욕망을 지고 나르는
인간의 등이 휘어진다

물론 이 시도 조금 더 압축된 시적인 언어로 쓰일 수도 있었지 않을까 하는 느낌을 주는 면이 있다고 할는지 모른다. 그러나 이것은 그 나름으로 드문 의미의 압축을 가지고 있는 시이다. 그리하여 그것은 독자에게 어떤 형이상학적 전율을 느끼게 할 것이다. 그러나 이 시에서 느끼는 철학적 활달함은 우리로 하여금 다시 한 번 시란 참으로 일상성과 양립할 수 없는 무엇을 가지고 있지 아니한가 하고 생각하게 하기도 한다. 오늘날 사람의 일상은 많은 경우 노동의 일상이다.

(2002년)

시적 객관성

시적 관심과 대상 세계

1

흔히 시나 문학은 감정의 표현이라고 생각된다. 우리의 통념이나 동아시아의 전통에서, 이러한 생각은 『모시(毛詩)』「대서(大序)」에 나와 있는 "시언지(詩言志)" — 시는 사람의 뜻을 표현하는 것이라거나, 더 직접적으로 정동어중형어언(情動於中形於言)과 같이 정이 마음속에 움직이는 것을 말로 표현한 것이 시라는 말에 이미 들어 있다. 서양의 시학에서도 역점이 다를 뿐, 시가 감정에 관계되어 있다는 것은 예로부터 인정되어 왔다. 다만 아리스토텔레스의 시학으로부터 시작하여(물론 그의 시학이란 연극학이지만) 서양 전통의 시학은 시 또는 더 일반적으로 문학이 사실적 표현의 기능을 가지고 있다는 것을 동양에서보다는 조금 더 중요시하였다. 동양에도 사실성의 존중이 없는 것은 아니다. 동양 전통에서는 문학이 허구에 관계된다는 것을 부정하였다. 그것이 문학을 심각한 것이 되게 하는 대전제였다.

시도 당연히 사실성 — 또는 더 포괄적으로 말하여, 진실에 관계되는 것으로 간주되었다.

그러나 감정 표현과 사실의 의무 사이에 반드시 모순이 있는 것은 아니다. 감정 현상 그것도 사실의 일부임에 틀림이 없다. 그러나 사실이 참으로 사실이 되는 것은 여러 그럴싸한 연관 속에서이다. 문학의 일이 심정의 표현이라고 하여도 그것이 단순한 심정의 외침이 될 수는 없다. 그것은 설득력 있는 외침이어야 한다. 그 외침은 검토되고 설명되는 외침이다. 이러한 설명은 물론 구구하게 드러나는 것이라기보다는 서술의 기율 자체에 들어 있어야 마땅하다. 그것은 논리적 설명 또는 상투적 공식, 편리한 이데올로기를 넘어가는 육화된 지적 능력을 요구한다. 그것이 사실 자체에서 나오는 것이라는 인상을 주는 것은 이로 인한 것이다. 감정의 표현도 지적인 기율 — 주관적인 발산이 아니라 객관적인 지적 기율을 요구하는 것에는 틀림이 없다. 그러나 감정과 사실성은 그것이 사실적 기율을 통하여서 표현될 수 있다는 것만을 의미하는 것은 아니다. 감정은 사실에 이르는 한 통로이다. 이 사실은 이 통로를 통하여서만 드러나는 사실이다. 그러므로 시적 감정이 없이는 드러나지 않는 사실이 있게 마련이다.

그것은 다른 객관적 사실 — 흔히 과학 속에 가장 극명하게 규명되는 사실과 전혀 관계가 없는 것은 아니다. 시의 감정이 드러내 주는 사실성은 과학적 사실성과 복잡한 방식으로 중첩된다. 물론 모든 감정이 사실 계시의 기능을 가진 것은 아니다. 그것은 그 나름의 기율을 필요로 한다. 이것은 과학적 사실 또 그것을 획득하는 데 필요한 객관성을 위한 정신 기율이 필요한 것과 같다. 시의 기율이 요구하는 정신적 훈련은 일반적으로 심성의 훈련에 기여할 수 있다. 인간의 삶의 경제에서 이것이 시의 의의라고 할 수도 있다. 이것이 전통적 교양에서 시가 중요시되었던 사연일 것이다.

전통적 시론을 말할 때 흔히 인용되는 『논어』의 구절 "사무사(思無邪)"

라는 말이 있다. 시가 감정을 표현한다고 하여도 표현을 가능하게 하는 것은 사가 없는 주관 — 다시 말하여 감정으로부터 스스로 거리를 유지할 수 있는 객관성에 가까이 간 주관이어야 한다는 것을 말하는 것일 것이다. 사무사가 되면, 일반적으로 사물을 있는 그대로 보기가 쉬워지는 것이겠는데, 감정을 표현하는 경우에도 그러한 것일 것이다. 그러니까 주관적인 세계를 말한다고 하더라도, 그것은 투명한 마음에 비친 주관적인 세계 또 그것에 일치된 객관적인 세계를 말하는 것이라고 말하는 것이 옳을 것이다.

그러나 감정과 사실의 회로는 시인의 감성 속에서도 연결되지만, 보다 넓은 사회적 관련 속에서 이어지는 것으로 볼 수도 있다. 사람이 느끼는 희로애락은 그 자체로서 사람의 삶의 중요한 부분을 이룬다. 그러한 감정이 없는 삶이란 참으로 살 만한 삶이 아닐 것이다. 감정 자체의 적절한 표현은 사람의 원초적인 표현 욕구를 만족시켜 준다. 그것은 사회적인 기능을 가진 것이기도 하다. 감정은 우리 마음을 대상에 열어 놓는 역할을 한다. 이것은 우리의 일상생활에서 흔히 보는 일이다. 가령 집안에 환자가 생겼을 때 치료의 방편을 구하는 것은 환자를 걱정하고 생각하는 사람이다. 이 걱정에서 출발한 탐구와 모색은 의학적인 진단과 치료로 완성된다. 그러나 이 걱정을 공유하는 의사를 만나기는 쉽지 않다. 오늘날의 비인간화된 의료 제도하에서 사람들이 얻기 어려운 것이 보살핌과 의료술을 아울러 가진 전문가이지만, 이것은 우리의 모든 사회관계에 해당되는 일이다. 거기에서 개인적으로 구축되는 인간관계가 중요해지고, 감정의 절규들이 사회적 행동의 필수적인 부분이 된다. 이러한 사회의 현상을 볼 때, 단순한 감정의 표현으로서의 시도 중요한 역할을 할 수 있다. 많은 사람들이 당사자들의 안타까운 마음을 생생하게 느낀다면 일은 조금 더 인간적으로 처리될 것이다.

2

그러나 감정과 사실의 연결은 대체로 이미 시 속에 있고, 시적 훈련의 사회적 의미도 이 연결에 의하여 매개되는 것이라 할 수 있다. 정지용은 아이의 병을 지켜보는 심정을 그의 시 「발열(發熱)」에서 기술하였다.

처마 끝에 서린 연기 따러
포도(葡萄) 순이 기여 나가는 밤, 소리 없이,
가물음 땅에 시며든 더운 김이
등에 서리나니, 훈훈히,
아아, 이 애 몸에 또 달어 오르노나.
가쁜 숨결을 드내 쉬노니, 박나비처럼,
가녀린 머리, 주사 찍은 자리에, 입술을 붙이고
나는 중얼거리다, 나는 중얼거리다.
부끄러운 줄도 모르고 다신교도(多神教徒)와도 같이
아아, 이 애가 애자지게 보채노나!
불도 약도 달도 없는 밤,
아득한 하늘에는
별들이 참벌 날으듯 하여라.

이것은 병의 고통에 시달리는 아이를 두고 애타 하는 부모의 마음을 비교적 진솔하게 토로한 것이다. 여기에 비하여 김춘수의 「새봄의 선인장」은 비슷한 심정을 더 복잡하게 표현한다.

한쪽 젖을 짤린
그쪽 겨드랑이의 임파선(淋巴線)도 모조리 짤린

아내는 마취(痲醉)에서 깨지 않고 있다.
수술실(手術室)까지의 긴 복도(複道)를
발통 달린 침대(寢臺)에 실려
아내는 아직도 가고 있는지.
지금
죽음에 흔들리는 시간(時間)은
내 가는 늑골(肋骨) 위에
하마(河馬)를 한 마리 걸리고 있다.
아내의 머리맡에 놓인
선인장(仙人掌)의
피어나는 싸늘한 꽃망울 느낄 뿐이다.

그러나 이러한 시들은 있는 그대로의 고통의 절규이면서 그 이상의 것이라는 점에 우리는 주의하지 않을 수 없다. 두 시는 다 같이 고통의 의식을 점검하는 데에 관심을 가지고 있다. 「발열」에서 언급된 아이의 병은, 「유리창(琉璃窓) 1」에서 다시 이야기되는데, 그것은 결국 죽음으로 끝나는 병이다. 시인은 죽어 가는 아이와 더불어 세상이 어두워지고 천지의 이치가 흐트러짐을 느낀다. 아마 이것보다 더 흥미로운 것은 시인이 아이의 고통과 더불어 그의 사물에 대한 느낌이 섬세해지는 것을 깨닫는 것일 것이다. 시의 처음, 자라는 포도 순에 대한 언급은 이러한 것을 표현하는 것일 것이다. 여기에서 아이는 포도 순과 등가가 된다. 「새봄의 선인장」도 비슷하게 수술 환자가 된 가족의 괴로움을 객관화한다. 이것을 요약하는 하마의 이미지는 정지용의 이미지보다 더 새롭고 즉물적이고 더 효과적이다.

이렇게 말하는 것은 시인의 심정의 표현은 형상화를 통하여서 시가 되며, 이들 시에서 심정의 형상화된 표현이 시의 주안이 된다는 말이다. 그렇다고 하여 대상적 세계에 대한 이해가 없는 것은 아니다. 늑골을 밟고 지나가는 하마는 시인의 심정에 느끼는 중압감을 말하는 것이기도 하지만, 환자의 수술이라는 사실에도 관련되는 것일 것이다. 그리고 그것은 어디에서나 존재하는 삶의 폭력성을 말한다. 밟히는 일은 언제나 가능하다. 그러면서도 생명은 생기고 피어난다. 새로 피어나는 선인장의 이미지는 시인의 심정과 함께 수술받은 사람의 생명의 간고함 그리고 그 개화 또는 재상을 말하는 이미지이다. 정지용의 「발열(發熱)」의 포도 순은 너무 쉬운 감정의 비유로 보이지만, 그래도 병이 난 아이의 상태에 대한 일종의 철학적 이해를 함축하고 있는 이미지이다. 대지는 가뭄이 들었고, 포도 순의 생장은 연기처럼 허무하다. 가뭄의 열기는 아이를 보는 아버지의 등에 느껴지면서 아이의 고열이 된다. 세상이 어둡고 하늘의 별들도 벌처럼 약해 뵌다. 아이의 시련은 불모의 대지와 어둠의 천지에서의 생명의 연약함이라는 철학적인 명제 속에서 파악되는 것이다.

이것은 시의 주제가 모르는 사이에 바뀌어 버린 듯한 느낌을 준다. 시의 초점은 아픈 사람에 있다가 그에 대한 동정심으로, 다시 동정심의 시적 형상화에로 옮겨 가고 마지막으로 아픈 사람의 인간 조건에 대한 이해 그리고 일반적인 인간 조건에 대한 이해로서 거둬들여진다. 언어로 기술한다는 것은 늘 기술되는 사실로부터 한 걸음 물러선다는 것을 뜻한다. 이들 시에서도 이 주의와 관심의 전이 현상이 일어난다. 그러나 그것이 반드시 의도적인 것이라고 할 수는 없다. 급한 환자가 있는데, 시나 쓰고 있다니 — 이렇게 말할 수도 있다. 그러나 스트레스의 상황은 의도하지 않더라도 표현을 요구한다. 그리고 그것은 마음을 가라앉히는 효과를 갖는다. 이것은 관심의 대상에서 이탈해서 자기 속으로 들어가는 이기적인 행동인가. 여기에 대한 판단은 표현 행위에 들어 있는 의도의 미묘한 차이에 따라 다른 것이 될 것이다. 그러나 철학적 성찰이 반드시 사물의 직접성으로부터 멀리 있는 것만은 아니다. 사람의 사람과 사물에 대한 관계는 많은 경우 철학적인 성찰에 의하여 매개된다. 우리가 어떤 사람의 고통에 공감하는 것은, 가까운 사이가 아니라도, 그 사람과 우리 자신이 보편적 인간성에 참여하고 있다는 의식을 바탕에 가지고 있기 때문이다. 그것은 무의식적인 직관적인 것일 수도 있고 보편적 인권에 대한 신념으로 의식화된 것일 수도 있다. 그것은 잘 알지 못하는 타인과의 관계라고 할는지 모르지만, 사실 매우 가까운 사이에도 있을 수 있는 일이다. 어머니가 아들을 깊이 사랑하면서도 그를 독립된 삶으로 놓아주는 것은 그의 개체로서의 존재를 인정하는 것과 관계가 있다. 물론 이것은 다만 더 깊은 사랑이라는 형식을 취할 수도 있지만. 자연이나 물건에 대한 우리의 태도에서도 그것들의 독자적 삶에 대한 의식은 우리의 행동을 보다 조심스러운 것이 되게 한다. 이것도 의식화된 형태로 보다 단순히 타고난 조심스러운 마음으로 표현되기 쉽다. 사람의 존재는 근본적으로 철학적인 것이라 아니 할 수 없다. 시는 보이지 않는 인간 존재의 철학적 구조에 뿌리내린 표현 행위이다.

이러한 시들에 대한 간단한 고려에서도 우리는 감정 또는 심정의 표현이 불가피하게 어떤 객관성에의 지향을 포함한다는 사실을 볼 수 있다. 되풀이하여 말하건대, 시의 절규는 절규가 된다고 하더라도 이해를 수반하는 절규일 수밖에 없기 때문이다. 표현의 가능성은 한편으로 감정 자체에 대한 객관적인 이해, 다른 한편으로는 감정의 원인이 된 사실이나 상황에 대한 이해로써 생겨나게 된다. 이 두 측면이 서로 따로 있는 것은 아니다. 느끼는 감정을 이해하려고 하는 것은 저절로 느낌을 일으키는 원인에 대한 어떤 이해에 이어져 있다. 감정의 깊이와 그에 대한 이해의 깊이는 사물의 이해에 대한 깊이와 같이 움직인다. 물론 감정은 깊어도 그에 대한 이해가 깊지 못하면, 그것은 사물의 이해로 나아가지 아니한다. 시는 깊은 감정에 대한 이해와 함께 그것을 사물에 대한 이해로써 완성한다.

요즘 듣는 말에 '가슴에 와 닿는다'는 말이 있다. 사람들은 이 표현에서, 주로 가슴만을 생각하는 것으로 보인다. 더 중요한 것은 와 닿는 것이 무엇인가 하는 것이다. 이 와 닿는 내 가슴만을 생각한다면, 그것은 자기 탐닉의 일종에 불과할 수 있다. 무엇보다도 가슴에 와 닿는 것은 다른 사람의 딱한 사정일 것이고 조금 더 너그러운 사람이라면 다른 사람의 기뻐하는 사정일 것이다. 그러나 남의 사정이라도 그것을 동정하고 이해하는 데에 여러 가지의 다른 깊이가 있을 수 있다. '값싼 동정'이라는 말은 이러한 사실을 말하는 그야말로 값싼 표현의 하나이면서 그 나름의 진리를 담고 있는 말이다. 값싼 동정은 자신이 인지한 어떤 상황에 대하여 책임 있게 행동할 준비가 되어 있지 않은 감정의 움직임을 말한다. 그런데 책임 있게 행동하기 위해서는 인지한 상황에 대한 사실적 이해가 있어야 한다. 사실성의 추구의 밑에 놓여 있는 것이 같이 느끼는 것이고 그 느낌에 의하여 움직여진 도덕적·윤리적 책임의 의식이다. 이렇게 따져 볼 때, 가장 중요한 것은 사실적 인식이다.

이렇게 말하면서 덧붙여야 할 것은 책임 있는 행동은 아무 행동도 하지 않는 것을 포함할 수 있어야 한다는 점이다. 우리가 행동한다는 것은 있는 사실에 변화를 가져온다는 것을 말한다. 그런데 이 변화가 참으로 필요한가. 또는 이것이 변화의 대상에 참으로 맞아 들어가는 것인가 — 이러한 질문이 없을 수가 없다. 가장 큰 도덕적 의무는 이 있음을 보존하고 존중하는 것이다. 무엇이 대상의 참있음이며 무엇이 손상인가. 이러한 질문들은 간단히 답할 수 없는 것들이다. 우리의 감정은 대상의 본연적 있음에 대한 손상일 수도 있다. 그리하여 다시 한 번 감정의 책임은 가장 엄밀한 인식론을 필요로 한다. 가슴에 와 닿는 것에 대한 정확한 인식은 더욱 중요한 것으로 간주될 수밖에 없다.

이 관점에서 감정은 가장 원초적인 상태에서 세계에 열려 있는 감성이다. 앞에 언급한 전통적 감정의 분류 방법인 희로애락은 감정 자체를 지나치게 주제화함으로써 감정의 대상적 관계—그 진리 기능을 보이지 않게 한다. 감정은 원래 어원에 있어서 마음에 느끼는 정이면서 동시에 밖에 있는 세계에 대한 정보를 매개한다. 두 번째의 뜻은 우리가 흔히 쓰는 말들—정세, 정황, 사정, 적정(敵情) 등에 포함되어 있다. '정보부'가 국민의 감정생활을 관장하는 정부 부처가 아닌 것은 누구나 아는 일이다. 그런데 감정의 사실적 의미는 감이라는 말에 더 잘 나와 있다고 할 수도 있다. 앞으로 일어날 일에 대한 '예감'이 생기고 그것이 맞아 들어가는 것은 특별한 능력을 타고난 사람의 경우이지만, '감으로' 아는 일은 어떤 사람의 삶에서나 알게 모르게 중요한 역할을 한다. 우리는 감으로써 세계에 대하여 열려 있는 것이다.

시가 감정의 표현이라고 하는 경우, 시인은 이러한 열림을 의식화하는 사람이라고 할 수도 있다. 그는 세계의 많은 것이 그에게 감으로 전해 오는 미묘한 진실들을 표현하고자 하는 사람이다. 그리고 그의 작업은 감정적 자기 탐닉처럼 보이면서 사람이 사는 세계의 진실 혹은 진리를 드러내 주는 일이다. 그러나 이것은 역설적으로 감정의 절제 및 억제 아니면 적어도 기율을 요구한다. 진리의 기능을 수행하는 감정은 비록 그것이 격렬한 형태를 취하는 경우라도 그 밑바닥에 사무사의 기율—스스로를 괄호 속에 넣고 바라볼 수 있는 정신의 기율을 가지고 있는 것이어야 할 것이다. 이 기율의 성격이 어떤 것인가—이것이 이 글에서 생각해 보고자 하는 주제이다.

3

현대에 와서 진리의 담당자는 과학이다. 과학은 우리가 사는 세계의 일반적이고 보편적인 진리를 밝히고자 한다. 시도 사실 계시의 사명—진리를 드러내는 사명을 그 핵심에 가지고 있다고 한다면, 그것은 과학적 진리에 어떻게 구별되는가? 우리는 일단 과학과 시를 같은 차원에서 바라볼 필요가 있다. 시적 체험은 우리의 관심에 대응하는 구체적인 관점에서 세계를 구성한다. 과학은 또 하나의 구성법이다. 새삼스럽게 기억해야 할 것은 이 구성법도 주관의 특정한 관점에 의존한다는 사실이다. 다른 것은 이 관점의 성격이다. 과학에 있어서 그것은 분명하고 확실한 논리 그리고 인과관계에 의하여 뒷받침된다. 시적 관점은 그 구체적 성격을 벗어나지 아니한다. 그러면서도 그 특수성을 초월한 진리의 계시가 가능함을 암시한다. 그것은 논리의 힘이 아니라 보다 원초적인 인간의 현존의 느낌에서 그 신뢰성을 얻는다.

하여튼 과학도 하나의 관점에 입각한 세계 구성이라는 것은 우리의 일상적 체험에 대한 간단한 반성으로도 짐작할 수 있다. 사람의 초보적인 체험 가운데 하나인 공간의 체험은 가장 풀기 어려운 수수께끼이다. 지금 이 방은 반듯한 입방체이다. 이것을 나는 어떻게 아는가? 그것을 내가 직접 체험하는 것은 불가능하다. 이 방이 입방체라고 말해 줄 수 있는 유일한 방법은 투시도를 만들어 보여 주는 것이다. 그러나 투시도가 객관적인가? 그것은 하나의 관점에서 이성적 방법으로 구성된 것이다. 이 관점은 보는 사람을 상정한 것이고 그러한 의미에서는 주관적임을 면할 수 없다. 다만 그 주관의 관점이 특이하게 추상화되어 주관성이 보이지 않을 뿐이다. 관점이 없는 입방체는 어떤 것일까. 그것은 생각하기도 어려운 것이다. 일차원적 또는 이차원적 존재가 있다면, 그 존재의 관점에서는 이 방이 단단한 평면의 연속이었을 것이다. 사실 일정한 시각의 거리를 허용하지 않는 커다란 공간에서의 우리의 경험은 이러한 일차원이나 이차원의 존재의 경험에 크게 다르지 않다. 그리하여 사람들은 오랫동안 지구가 구형이라는 것을 알지 못한 것일 것이다. 미술의 역사에서 르네상스기 이탈리아의 원근

투시법 발견은 인간의 공간 체험을 명증하게 하는 데에 획기적인 사건이었다. 그러나 원근법의 그림이 반드시 체험의 진실이나 물리적 세계의 진실을 그대로 드러내 주는 것은 아니다. 이집트 사람들은 정원을 그릴 때에, 나무들이 중심으로부터 사방으로 뻗어 나가는 것으로 그렸다. 이 경우 그것은 오히려 우리를 둘러싸고 있는 공간에 대한 실제 경험에도 맞고 물리적 공간의 진실에도 맞는 것이라고 할 수 있다.

투시도에서 보는 바와 같은 기하학적 공간은 특정한 관점을 상정하는 것이기는 하나 이미 말한 바와 같이, 많은 사람이 무리 없이 스스로를 거기에 일치시킬 수 있는 관점을 가지고 있다. 그것은 사유(cogito)를 통하여 추상화되는 관점이다. 이 관점의 신비는 간단히 해명할 수 없다. 거부할 수 없는 것으로 군림하는 논리의 힘은 어디에서 오는가. 간단히 말하면 물리적 세계의 법칙성이 그 보이지 않는 토대인 것처럼 생각된다. 하이데거를 비롯한 어떤 과학 비판에서 과학적 추상화의 밑에 놓여 있는 것은 기술적 조종의 동기라고 한다. 적어도 수학적 구성의 가능성이 그 아래 전제되어 있다고 할 수는 있다. 이것은 틀린 것은 아니면서도 오히려 간단한 비판이다. 사유의 관점이 가능하게 하는 보편성의 신비는 아직도 해명되어야 할 어떤 것이다.

확실한 것은 과학적 사유의 신비가 무엇이든지 간에 그것이 일정한 관점 또는 충분히 검증되지 아니한 준거점을 상정하여 이루어진다는 것이고 세계와 그 과학적 기술 사이에는 간격이 있을 수밖에 없고 또 그렇게 기술된 세계는 부분적인 것이라는 사실이다. 사회 과학의 경우에서 이 관점 내지 준거점은 자연 과학에서보다도 더 중요한 논란의 대상이 될 수 있다. 사회 과학은 그 성격상 이 준거점을 순수 사유에 위치시킬 수 없기 때문이다. 사회 과학의 연구의 대상은 사회 구조이지만, 그 구조는 인간의 행동과의 복잡한 상호 관계에 있다. 인간 행동은 동기와 목적에 의하여 이루어진다.

이것들은 합리적인 인과 관계로 환원되기에는 너무나 복잡하고 유동적이다. 사회는 이러한 동기와 목적들을 규정하면서 또 그 결과이다. 인간 행동이 전적으로 자의적인 것은 아니다. 물론 행동의 가능성은 인간의 자유로부터 온다. 그러나 그것도 사실은 물리적 세계의 법칙성 속에 있다. 그리고 어쩌면, 칸트가 주장하듯이 인간 행동의 세계에도 거부할 수 없는 이성의 규율이 있다고도 할 수 있다. 그리고 이것에 따라 행동하는 것은 인간의 인간됨의 근본이라고 할 수도 있다. 그러나 대체로 인간의 행동이 법칙적으로 예견될 수 없는 것임에는 틀림이 없다. 그리고 제한된 법칙이나 도덕 규범의 관점에서 인간을 이해하고자 하는 시도가 인간의 현실을 왜곡하는 결과를 가져오는 것도 흔히 볼 수 있는 일이다. 이 점에서 인간을 보다 경험적으로 파악하고자 하는 사회 과학의 기여를 가볍게 볼 수 없다.

방법론적으로 사회 과학의 문제는 경험과 합리적 법칙의 모순에서 온다. 그것이 과학이라면, 모든 것을 하나의 합리적 체계로 이해하려는 노력을 포기할 수 없기 때문이다. 물론 사회 과학은 인간의 행동이 사회 구조에 의하여 규정된다는 것을 받아들인다. 그러나 그 구조의 밑에 있는 근본적인 가치나 정향성의 선택은 비교적 자의적인 것으로 보인다. 막스 베버의 가치 중립적 사회 과학에 관한 입론은 이러한 난점을 해결하려는 노력의 소산이다. 그는 과학적 설명의 대상으로부터 인간 행동 가운데 가치의 부분 — 동기와 목적을 규정하는 가치의 부분을 제외하고 행동의 절차적 합리성만을 남겨 놓으려고 하였다.(그렇다고 그가 가치에 의하여 규정된 사회 문화의 분석을 시도하지 않은 것은 아니다. 그의 가장 큰 업적은 이 부분에 있다.) 하버마스의 초기 저작의 제목인 『인식과 관심(이해)(*Erkenntnis und Interesse*)』은 학문의 구성 원리에 존재하는 바 베버가 인정한 것과 같은 분열 — 인식과 이해관계 또는 관심 사이에 존재하는 균열을 말하고 있다고 할 수 있다. 그러나 그는 이 분열을 인정하면서도, 사회 과학이나 인문 과학의 구성 원리가 단순한 이론이 아니라 실천에 있다는 설정에 의하여 이 갈등을 해결하려고 하였다. 그리하여 이러한 학문은 인간 해방을 그 동기로 가지고 있어야 한다고 말하였다.

여기에서 이러한 문제들을 말하는 것은 시의 주정적 성향이나 그것이 생각하게 하는 주관성이 반드시 시에 한정된 것이 아니라는 것을 상기하자는 것이다. 모든 세계 인식은 되풀이하건대 일정한 관점을 전제로 한다. 그리고 관점은 주관의 일정한 구성에서 나온다. 시적인 주관도 이러한 주관의 관점의 하나라고 할 때, 그것은 이론적·실천적 관심에 대하여 어떠한 성격을 가진 것으로 규정될 수 있는가. 주정적인 관점이 시의 관점이라고 한다면, 그것은 이미 말한 바와 같이 단순히 감정 자체의 흥분 상태로서만 의미 있는 것이 아닐 것이다. 여기에서 감정은 심리 상태로보다도 세계를 향한 지향성으로서 이해됨이 마땅하다. 넓은 의미에서 그것은 이론이나 실천보다도 더 원초적인 열림이라고 할 수 있다. 이론이나 실천도 어떤 관심에서 시작한다면, 그 시작은 감정 또는 감성의 열림에서 시작한다고 할 것이기 때문이다.

그러나 이 시작의 관심이 곧 다른 관심으로 변해 간다는 것은 되풀이하여 주목할 필요가 있다. 그것은 실천적 관심이 된다. 이것은 당연한 일이다. 많은 경우 감정과 관심의 환기에는 실존적 위기의식이 관계되기 때문이다. 또 그것은, 특히 직업적 연관 속에서, 이론적 관심으로 바뀔 수도 있다. 이것은 실천적 관심에도 이어져 있다. 문제로써 관심을 끄는 상황은 해결을 요구하고 기술적 과정의 분석을 요구한다. 시적 관심은 이러한 변화 이전에, 더욱 긴밀하게 최초의 관심 — 그 열림에 집착하는 것일 것이다. 그리하여 시적 체험은 실천적·과학적 세계 이해에 선행하는 원초적 체험의 성격을 가지고 있다고 할 수 있다.

그런 의미에서 시적 체험은 인간과 존재의 근본에 닿아 있다고 할 수 있다. 시의 보편성은 이것에 의하여 정당화되는 것일 것이다. 그러나 거기에 보편성이 있다고 할 때 그것은 역설적인 형식으로 나타난다. 시는 과학과 같은 의미에서 사물의 세계나 인간사의 진리를 완전히 공평하게 — 다시 말하여, 객관적으로 기술하지 아니한다. 시의 특징은 과학의 일반적인 세계 인식에 대하여 구체적인 삶을 매개하는 데에 있다. 시의 주정적 성격이 이것을 가능하게 한다. 어떤 구체적인 사건에 있어서 우리를 참으로 그 안으로 끌어들이는 것은 감정적 개입이다. 그것이 우리에게 심화된 관심을 촉발한다. 구체적인 사람, 사건, 사물에 대한 관심으로부터 그에 대한 탐구가 시작된다. 이 구체적인 것은 일반화하는 과학에 의하여 사상된 것이기 쉽다. 그리고 이 사상의 대상은 구체적인 사례에 들어 있는 미묘한 뉘앙스이다. 그리고 그것을 구체성의 사건이 되게 하는 역사적 궤적이다. 이것은 삶의 내용으로서는 가장 중요한 부분을 이룬다. 그것을 추상화하여 보이지 않게 한다는 점에서 과학의 진리는 모든 것을 말하면서 모든 것을 말하지 아니한다. 시는 구체적인 사물을 그리므로 불가피하게 부분적인 진실이나 진리를 말한다. 그러나 그 표현의 시도에는 늘 구체적인 것을 넘어가는 일반적인 범주가 개재된다. 그리하여 그것은 하나를 말하면서 모든 것을 말하려는 시도이다. 이 시도는 한 번으로 끝날 수 없다. 구체적인 것이란 무한한 것이면서 또 일반적인 것을 포함하면서도 끊임없이 생성·소멸하는 사건으로서만 존재하기 때문이다. 이 사건적인 것과 그것을 넘어가는 일반적인 것의 결합이 시적 표현에 에피파니(epiphany) — 초월자의 현현의 느낌을 준다.

또 하나의 역설은 시적 관심과 현실의 관계이다. 그 관심은 구체적인 사실에 대한 강한 현실적 개입에서 출발하면서 그 관심 안에 머물러 있는 한에 있어서 변화하는 현실을 벗어난다. 심미적 거리는 미학자들의 발명만은 아니다. 그 관심은 현실적이면서 순수하다. 시는 그러한 순수성을 그 선험적 준거점으로 가지고 있다. 그러면서도 이 정지의 순간은 가공되지 않은 현실에의 독특한 근접을 허용한다. 그것이 현실에로 나아가는 관심에 인식론적 준거점을 제공한다. 그러나 그 이전에 이것은 시적인 순수성을 유지하여야 한다. 그것이 시가 역설적으로 현실에 기여하는 방법이다. 이것은 과학의 과학적 순수성이 결국 현실에 기여하는 것과 같다.

앞에서 언급한 바 과학이 일정한 관점의 구성에 의존한다는 사실은 그 진리의 확실성을 상당히 손상하는 것으로 들린다. 그것이 말하여 주는 것은 과학의 진리들도 그 형이상학적 근거에 있어서는 잠정적 성격을 갖는다는 사실이다. 그러나 진리의 명제들의 관점 또는 기준점이 의존적이고 또 그로 인하여 불가피하게 잠정적·가설적 성격을 갖는다고 하여 진리 자체가 부정된 것은 아니다. 그것은 단지 인간의 한계를 말하여 주면서 진리에의 노력이 부단한 정진과 폭넓은 관용을 요구한다는 것을 말하는 것일 것이다. 놀라운 것은 일단의 관점 또는 준거점에 입각하여서는 그 자체의 명증성이 확보될 수 있다는 것이다. 그리고 동시에 이 준거점 자체에 대한 반성도 불가능한 것이 아니라는 사실이다. 이것은 시에도 해당된다. 그것은 반성을 통하여 보다 시적인 진실에 가까이 갈 수 있다. 이것이 더 분명하게 드러나는 것은 어떤 종류의 현대시에서이다. 그러나 모든 시에는 어떤 순수한 핵심이 들어 있는 것이 아닌가 한다. 그것이 시를 깊은 감정을 표현하면서도 객관성을 지니게 하는 것일 것이다.

시가 세계에 대하여 어떤 특별한 통찰을 주는가? 어떻게 하여 그것은 진리의 객관성을 얻는가? 주관이 이 객관성에 가까이 가기 위하여 필요한 수련은 어떤 것인가? 이러한 물음은 시를 생각함에 있어서 중요한 물음이면서, 사람의 삶 일반에 중요한 물음이다. 객관성의 훈련 — 인간적 삶의 전체에 대응하는 객관성의 훈련은 삶의 필수 요건 — 특히 사회적 공존의 삶의 필수적 요건이기 때문이다. 이하에서 나는 그것을 특히 주제화하고 있는 몇 편의 시를 통하여 세계에 대한 시적인 접근을 예시해 보고자 한다.

4

의도한 것을 아닐는지 모르지만, 케네스 코크(Kenneth Koch)의 시 「끓는 물(The Boiling Water)」은 그러한 접근—적어도 하나의 접근과 관심의 형태를 재미있게 설명해 주는 시로 보인다. 이 시는 어떻게 하여 사물이 우리의 관심사가 될 수 있는가를 가벼운 수법으로 말하고 있지만, 그것은 시나 사람의 일에 대한 중요한 관찰을 담고 있다.

이 시는 작년에 작고한 코크의 시를 개관하는 찰스 시믹(Charles Simic)의 평론에 인용된 것인데, 나는 이 평론을 읽으면서 그가 흥미로운 시인이라는 것을 처음으로 알게 되었다.[1] 그의 시의 주된 특징은 의표를 찌르는 기발한 착상들인 것으로 생각된다. 그의 생각들은 농담처럼 가벼우면서도, 바로 그 가벼움을 통하여 통념 속에 잠겨 있는 우리들의 마음을 새로운 가능성으로 이끌어 간다. 가령 셰익스피어의 『햄릿』이 인간 심리와 국가 질서에의 착잡한 모순에 고민하는 심각한 주인공이라는 것은 모든 사람이 아는 일이지만 우리는, 그가 비극적 종말 이외에 다른 가능성을 가질 수도 있었을 것이라는 생각을 하지 않는다. 코크는 「햄릿(Hamlet)」이라는 제목의 시에서 그를 남쪽 바다의 유흥지에서 한가한 휴가를 즐기는, 우리가 더러 신문에서 듣게 되는 망명 왕족들과 같은 사람으로 말한다.

햄릿은 남쪽 바다의 섬에 갔다는 소문이다
그는 곁에 누운 미인의 허리에 손을 얹고
열사의 해변에 아무 말 없이 누워 있다.

---

1 Charles Simic, "The Water Hose is on Fire", *The New York Review of Books*, vol. 50, no. 1(January 16, 2003).

인터뷰를 요청하자 큰숨을 내쉬더니 손을 휘저어
다사다난한 북녘을 가리킨다. 외쳐 말하기를,
그쪽의 일이야 내가 알 바 아니고, 더구나
사랑이야 있을 리 없고. 이렇게 말한 다음
햄릿은 다시 아름다움 속에 빠져 들어간다.[2]

이 시에서도 햄릿은 다시 덴마크로 돌아가는 것으로 되기는 하지만, 코크가 비쳐 보이는 다른 가능성은 적어도 우리의 관심이 어떻게 이미 통념의 외길에 빠져 있기 쉬운가를 상기시켜 준다. 대상 세계에 주의하고 관심을 갖는다는 것은 바로 그것에 빠져든다는 것을 말하지만, 동시에 그것은 우리 자신의 관심으로부터 또 그것이 만들어 놓은 상궤로부터 빠져나감으로써 가능해진다. 그것은 초연함과 몰두의 역설적 결합으로 가능하여지는 것이다.

다시 「끓는 물」로 돌아가서, 세계는 주의할 일로 가득하지만, 우리는 이것에 별로 주의하지 않는다고 — 이 시는 이렇게 말한다. 그 간단한 이유는 우리가 우리 스스로가 구축한 익숙한 세계 속에 잠겨 있기 때문이다. 가령 물이 끓어오르려는 순간은 심각한 순간이다. 그러나 우리는 그것을 목욕이나 식탁의 필요라는 관점에서만 생각하고 그것에 주의하지 않는다. 그러나 때로 그것이 물에게 얼마나 중요한 순간인가를 이해하는 사람이

---

2 They say Prince Hamlet's found a Southern island
Where he lies happy on the baking sand
A lovely girl beside him and his hand
Upon her waist and is completely silent;
When interviewed, he sighs, and makes a grand
Gesture toward the troubled Northern places.
I know them not, he cries, and love them less.
Then he is once more lost in loveliness.

나타난다. 그는 성인일 수도 있고 시인일 수도 있다. 아니면 미친 사람일 수도 있다. 그것도 아니면 일시적으로 흐트러진 마음이 자신의 깊은 개인적인 관심을 벗어나서 '부유' 상태로 '비현실적인 것들'에 이르는 순간의 일일 수도 있다.[3]

코크의 이러한 관찰은 별로 중요한 것이 아니라고 할는지 모른다. 그것이 시적인 감흥을 주지 않는 것도 여기에 관계되어 있다. 대부분의 사람에게 물이 끓어오르는 순간이 우리가 사는 세계에 대한 새로운 깨우침을 주는 일이 될 수는 없다. 그러나 처음으로 물의 비등 현상을 과학적으로 설명한 사람에게는 그것이 그러한 순간이었을 가능성이 있다. 그러나 이것이 심정적으로 의미 있는 사건이지는 아니하였을 것이다. 그렇기는 하나 개인적 집착과 상식적 삶을 벗어남으로써 비로소 여러 현상에 자세한 주의를 기울이게 된다는 코크의 관찰이 일리가 없는 것은 아니다. 코크의 심각한 순간의 목록은 계속된다.

> 섬에게 심각한 순간은 나무들이
> 그늘을 드리울 때이고, 또 다른 그런 순간은
> 바다가 무거운 것들을 기슭에 밀어 올릴 때이다.
> 섬 주위를 거닐고 섬을 보지만, 우리는 그것을 보는 것은 아니고,
> 섬 위의 것을 보는 것도 아니고, 여기에 이렇게

---

3 A serious moment for the water is when it boils
And though one usually regards it merely as a convenience
To have the boiling water available for bath or table
Occasionally there is someone around who understands
The importance of this moment for the water — maybe a saint,
Maybe a poet, maybe a crazy man, or just someone temporarily disturbed
With his mind "floating," in a sense, away from his deepest
Personal concerns to more "unreal" things…….

섬이 되어 있는 것도 심각한 일일 거라고 — 이런 생각 정도를 할까.
이렇게 바다에 완전히 노출되어 있으니. 시시각각 일체가
심각할 거고. 그렇게 바람 많은 날씨에 돛배가 되는 것은
심각하고 유리창을 여는 것도 아니면, 길거리로 나는 깃털인 것도.
……
바람이 폭풍이 되어 기슭으로 불어 올라오고
모래 둔덕이 바람을 막아 내지 못할 때.
기절한다는 것은 심각함의 한 증상이고, 우는 것도.
온몸이 부르르 떨리는 것은 또 하나의 그런 증상.[4]

이렇게 계속된 목록은 앞의 목록에 비슷하면서도 약간 다른 의미의 목록을 구성한다. 사람들은 작은 현상에서는 느끼지 못하는 심각성을 큰 현상에서는 느끼게 된다. 섬을 보면서도 섬을 참으로 보지 않는 경우가 많지만, 그렇다는 것을 생각하게 되는 자체가 심각함의 필요에 대한 깨달음의 한 단계이며 또 깨달음 그 자체의 일부가 된다고 할 수 있다. 그러나 정작

---

4 A serious moment for the island is when its trees
Begin to give it shade, and another is when the ocean washes
Big heavy things against its side. One walks around and looks at the island
But not really at it, at what is on it, and one thinks,
It must be serious, even to be this island, at all, here,
Since it is lying here exposed to the whole sea. All its
Moments might be serious. It is serious, in such windy weather to be a sail
Or an open window, or a feather flying the street……

……the wind,
When it becomes part of a hurricane, blowing up the beach
And the sand dunes can't keep it away.
Fainting is one sign of seriousness, crying is another.
Shuddering all over is another one.

심각함을 느끼게 되는 것은 큰 현상들이 움직이는 것이 되어 하나의 위기를 조성하는 것처럼 보이게 될 때이다. 바람이 심한 날 배를 타고 가는 것은 사람들로 하여금 그 사실을 심각하게 생각하게 한다. 그런 때 유리창을 닫는 것도 생각 없이 행하는 일상적인 일은 아니게 되고, 바람에 불리는 깃털의 어려움에도 공감하게 된다. 이러한 것은 사람의 스케일에 맞는 정도에서 특히 그 힘에 도전하는 현상의 정도에서만 사람들이 사물의 심각성을 느낀다는 것을 말하는지 모른다. 사람의 일 — 기절한다거나 운다거나 하는 사람들의 위기가 곧 심각한 것으로 생각되는 것은 자연스러운 일이다. 이러한 사실은 다음의 목록에서 더욱 분명해진다. 전화의 심각한 순간은 벨이 울릴 때, 그리고 저쪽에서 말하는 사람이 누구인가 하고 순간적으로나마 의문이 떠오를 때, 우리는 심각함을 경험한다. 그리고 이에 유추적으로 동물이나 사물의 작은 위기들 — 가령 파리가 날개를 편다거나 오리가 물로 들어간다거나 성냥이 불꽃으로 켜진다거나 하는 사물들의 움직임에 공감하게 된다. 인간의 상황에 대한 유추는 사물의 기미를 알 수 있게 하고 우리로 하여금 모든 것에서 발견할 수 있는 심각함의 의미를 깨우칠 수 있게 한다.

> 심각함, 나는 얼마나 자주 심각함을 생각하면서도
> 그것을 이해하지 못했던가, 그러나 이제는 이것을 안다.
> 심각함은 급박함이며, 또 변화와 관계된다는 것을.[5]

시인의 깨우침은 매우 조심스럽게 한정적으로 말하여졌지만, 이것은

---

5 Seriousness, how often I have thought of seriousness
And how little I have understood it, except this: serious is urgent
And it has to do with change.

다시 그가 처해 있는 상황에 대하여 심각한 이해를 제공해 준다.

> 내가 그대를 만났다는 것은 심각한 일이다. 그대가
> 나를 만난 것은 심각하다. 또 우리가 어떤 다른 사람에게
> 이처럼 가까워질 수 있을지 모른다는 것도 그리고 긴긴 시간이
> 펼쳐진 후라고 하더라도 그럴 확률이 없지 않음을 인정하는 것도.[6]

두 사랑하는 사람이 만났다는 것은 평범한 일이면서, 심각한 일이다. 그렇다는 것은 일체의 것의 위기적 성격을 배경으로 하여 깨닫게 되는 일이다. 위기적이란 다른 말로는 사건이라고 할 수 있다.(화이트헤드의 유기 철학에서 우주는 사건들의 연속적 과정으로 생각된다.) 사람이 만난다는 것은 특별한 사건이다. 그러한 친밀함이란 있을 수 없는 귀중함을 가지고 있다. 그것은 그 사건적 성격으로 인한 것이다. 그리하여 그 두드러지는 귀중함은 다시 앞으로의 이별의 가능성을 생각하게 한다. 또는 이 가능성이 귀중함을 알게 한다고 할 수도 있다. 만남의 기적과 헤어짐의 확률은 하나이다.

이러한 인간사에 대한 이해는 독립된 것이 아니다. 그것은 사물에 대한 인간의 이해와 하나를 이룬다. 사물의 심각성에 대한 인식은 사람의 삶의 심각성에 대한 이해의 바탕이 되고, 거꾸로 그것이 의식의 표면에 있든 아니면 그 바탕에 가라앉아 있든, 사람의 삶의 심각성은 사람으로 하여금 사물의 심각성 — 하찮은 것처럼 보이는 것까지도 포함한 사물의 심각성을 알게 한다. 시는 이러한 전체 과정을 통하여 인간과 사물에 대한 진상을 드

---

6 Serious for me that I met you, and serious for you
That you met me, and that we do now know
If we will ever be close to anyone again. Serious the recognition of the probability
That we will, although time stretches terribly in between…….

러내는 데에 기여한다.

코크의 시가 세계에 대한 시적 계시의 양상을 다 밝혀 준다고 할 수는 없을 것이다. 그러나 그것은 이 점에 대하여 중요한 통찰을 담고 있다. 시가 할 수 있는 것은 등한시되는 사물의 양상에 주의를 환기시키는 데에서 출발한다. 그것은 우리의 관점을 대상적 세계에로 옮길 것을 요구한다. 물론 우리는 좁게 한정된 우리 자신의 관점을 벗어날 수 있어야 한다. 그러나 그것이 일반화되는 것은 아니다. 다른 관점에서 본다는 것은 나의 관점을 폐기하는 것이 아니라 그곳으로 나의 관점을 이동하는 것이다. 그 관점에서 세계를 봄으로써 새로운 양상이 드러난다. 그런데 대체로 이 관점의 이동을 자극하는 것은 대상의 위기적 성격으로 인한 것이다. 또는 보기에 따라서는 모든 것은 이러한 위기의 과정 속에 있다. 다만 우리가 그것에 별로 주의하진 않을 뿐이다. 다시 화이트헤드를 상기하면, 세계가 사건들의 집합체라고 한다면, 그것은 작고 큰 위기의 특징을 가지고 있을 것으로 생각할 수 있다. 그러나 화이트헤드의 철학에서, 사건은 늘 일어나고 소멸하면서도, 거기에 지속성이나 항구성이 없는 것은 아니다. 사건들은 변화하면서도 주관적 통일성을 표현한다. 코크의 시에서 관점의 이동은 대상적 사건의 주관으로 우리의 관점을 이동하는 것을 의미한다고 말할 수 있다. 이러한 사물의 사건적 성격은 인간의 실존의 방식과 상동 관계에 있다. 생성·소멸은 사람의 삶의 가장 중요한 특징이다. 환경에 일어나는 폭력은 이러한 삶의 취약한 특징을 더욱 쉽게 위기로 몰아갈 수 있다. 코크의 시에 그러한 교훈이 직접적으로 표현되었다고는 할 수 없지만, 사물의 세계의 위기적 변화가 급박하게 느껴지는 것은 사람의 삶의 위기적 성격으로 인한 것이다. 그것이 세계 인식의 바탕이 된다. 사물에 대한 우리의 인식은 근본적으로 우리의 실존의 존재 방식에 의하여 결정된다.

그렇다고 직접적으로 사람의 감정을 자연 현상에 이입시키는 것이 사물 인식의 방법이라고 코크가 말하는 것은 아닐 것이다. 그의 교훈이 감정의 직접적인 개입을 말하는 것이 아닌 것은 시의 건조한 표현에서도 알 수 있는 일이다. 그가 지적하고 있는 것은 단순히 인식의 현상학이라고 말하는 것이 옳다. 인식에의 인간 존재의 깊은 개입이 우리에게 감정적인 도움을 주는 것이 있다면, 세계를 보다 풍부하게 그리고 삶의 계기를 보다 감사한 것으로 보아야 한다는 암시에 있다고 할 것이다.

내면과 외면

5

대상적 세계를 어떻게 주관에 의하여 왜곡하지 않고 알 수 있는가. 사물을 사물의 관점에서 이해하거나 적어도 생각하는 것은 어떻게 가능한가? 코크의 시에 시사된 것을 다시 요약하여 보면, 앎의 첫째의 계기는 관심이다. 그다음에 관심의 대상에 주의를 주게 된다. 그리고 대상의 관점에서 사물을 보고 느끼고 생각하는 일이 시작된다. 이를 위하여 가장 간단한 방법은 우리의 감정을 대상에 대입하는 것이다. 이것은 사람과 사람 사이에서 일어나는 일이다. 역지사지하는 것이 그것이다. 사물을 아는 데에도 비슷한 방법이 있을 수 있다. 코크는 아이들에게 시를 가르치면서 물건의 입장에서 사물을 그려 보는 것을 권장하였다. 가령 사람들의 무거운 체중에 밟혀야 하는 마루의 입장은 어떤 것인가—이러한 것을 생각하면서 글을 써 볼 것을 권하였다. 이것은 아이들에게 시를 가르치는 데에 중요한 방법으로 더러 이야기된 것이다. 그러나 중요한 것은 반드시 인간이 느끼는 것을 사물에 투입하는 것이 아니라, 그 느낌을 통하여 느낌 너머의 세계로 나아가는 것이다. 이것이 가능한 것은 사물과 인간이 다 같이 우주적인 사건에 동시에 참여하고 있기 때문이다. 마지막 부분은 우리의 독해를 통해서 추측하는 것일 뿐이지만, 코크의 시에서 우리가 깨달을 수 있는 시적 인식의 방법은, 이미 앞에서 시사한 바와 같이 이러한 것이다. 그러나 코크의 말에는 주관적 요소에 의한 대상의 왜곡에 대한 경계가 충분히 의식되어 있는 것으로는 보이지 않는다. 여기에 대한 가장 조심스러운 의식을 가지고, 사물을 있는 그대로 안다는 것이 어떻게 하여서 가능한가 — 이 문제를 생각하는 데에 도움을 줄 수 있는 시인 중의 하나는 릴케이다. 그는 시적 인식에 대한 가장 근본적인 탐색을 한 시인이다.

릴케의 시의 상당 부분은 사물을 있는 그대로 새겨 내고자 하는 의도에서 결실된 것이다. 소위 그의 '사물시(Ding-Gedicht)'가 그것이다. 그렇다고 하여 그의 시들이 대상물의 외부적 특징들을 사진처럼 베껴 내는 것은 아니다. 그의 시들은 매우 추상적이고 철학적이다. 그러면서도 독자에게 사물의 진상에 접한 듯한 느낌을 준다. 추상과 구상의 결합 — 그것이 바로 사물 인식의 비밀이라는 것을 그의 시는 생각하게 한다. 시적 또는 철학적 명상의 힘이 사실을 드러내는 힘이기도 한 것이다. 그의 시 「검은 고양이(Schwarze Katze)」는 그러한 대상 세계에 대하여 시적 인식의 문제를 생각하는 시의 하나이다.

귀신이란 그래도 빈집과 같다. 눈길은
큰 소리로 거기에 부딪쳐 볼 수 있다.
그러나 이 검은 털가죽에 부딪쳐서는
가장 센 눈빛도 주저앉는 도리밖에.

미친 사람이 한껏 미쳐
검은 어둠에 부딪쳐 날뛰다가

감방의 스펀지 벽에 맞부딪쳐
기운 사위고 제풀에 가라앉듯.

눈길이 저에게 부딪칠 때마다,
고양이는 이를 받아 감추어 놓고,
위협하는 듯, 미워하는 듯,
뜯어보다, 그를 품고 잠이 든다.
그러나 다시 한 번, 잠에서 깨어난 듯,
얼굴을 돌려 빤히 당신의 얼굴을 본다.
거기에서 당신은 전혀 뜻하지 않게,
자신의 눈길을 본다. 그 눈알의
금빛 호박 속에서 오래전
사멸한 곤충처럼 박혀 있는 눈길을.[7]

---

7 **Schwarze Katze**

Ein Gespenst ist noch wie eine Stelle,
dran dein Blick mit einem Klange stößt;
aber da, an diesem schwarzen Felle
wird dein stärkstes Schauen aufgelöst:

wie ein Tobender, wenn er in vollster
Raserei ins Schwarze stampft,
jählings am benehmenden Gepolster
einer Zelle aufhört und verdampft.

Alle Blicke, die sie jemals trafen,
scheint sie also an sich zu verhehlen,
um darüber drohend und verdrossen
zuzuschauern und damit zu schlafen.
Doch auf einmal kehrt sie, wie geweckt,
ihr Gesicht und mitten in das deine:

「검은 고양이」는 고양이를 말한 시이지만, 이미 비친 바와 같이, 반드시 고양이의 참모습을 객관적으로 설명한 것은 아니다. 그것은 사람과의 인식론적 관계를 생각하면서 고양이를 말한다. 이 관점에서 가장 중요한 것은 고양이의 타자성이다. 모든 사물, 특히 동물이 인간에 대하여 타자적인 존재라는 것은 사람이 알아야 할 또는 직접적으로 느끼는 첫째 사실이다. 많은 사람들은 사람과 함께 살면서도 그 독자성을 버리지 않은 고양이에게서 이것을 강하게 느낀다. 그리하여 그것은 고양이의 본질적 속성으로 생각된다.

물론 타자성의 인식은 이러한 요약이 시사하는 것보다 복잡한 경로와 함축을 가지고 있다. 타자성은 사물의 따로 있음을 말하면서 역설적으로 우리에게서 동일화와 의사소통의 갈망을 유발한다. 이 동일화와 소통의 갈망은 사람을 거의 미치게 할 수도 있다. 귀신도 반응이 없는 존재이나, 고양이는 실체가 있으면서 소통을 거부하기 때문에 오히려 더 사람을 안타깝게 한다.(동물에게 먹이를 주고 기뻐하는 사람이나 동물원에서 반응이 없는 동물을 꼬챙이로 찔러 대는 사람이나 이러한 갈망을 무반성적으로 현실화하는 사람이다.) 다른 한편으로 이러한 갈망이 없이는 타자성의 깨달음도 가능하지 않다. 그러므로 동일화와 소통의 갈망 그것도 깨우침의 길에서 하나의 방편이 된다.

타자성의 또 하나의 소득은 동일화와 타자성의 변증법으로 얻어지는 자아 인식이다. 타자를 타자로 인식함으로써 인식의 주체는 자신이 다른 주체 앞에서 타자로 존재함을 알게 된다. 즉 우리 자신을 객체적으로 파악

---

und da triffst du deinen Blick im geelen
Amber ihrer runden Augensteine
unerwartet wieder: eingeschlossen
wie ein ausgestorbenes Insekt.

하게 된다. 그러나 이 시가 주는 자아에 대한 객관적 또는 객체적 인식의 교훈이 반드시 분명한 것은 아니다. 고양이를 보는 자는 자신의 눈길이 호박(琥珀) 속에 박혀 있는 곤충과 같은 모습으로 되돌아오는 것을 발견한다. 이 이미지는, 가장 간단하게는, 보는 자가 보이는 자로, 즉 주체가 객체로 바뀌게 된 것을 뜻하는 것일 것이다. 그러나 이렇게 객체화되었다고 하여 그것이 반드시 부정적인 의미를 갖는 것은 아닌 것으로 보인다. 사람의 눈길은 고양이의 눈을 통하여 보석으로 바뀐다. 물론 보석 안에 들어 있는 것은 죽은 곤충이다. 객체화되는 것은 죽음을 의미할 것이다. 그러나 다른 한편으로 보석이 되는 것은 영원한 영광 속에 있는 것인지도 모른다.

릴케의 다른 시 「풍뎅이 돌(Der Käferstein)」은 호박의 이미지의 미묘한 의미에 대한 주석이 될 수 있다. 「풍뎅이 돌」은 릴케가 이집트의 박물관에 있을 것으로 상상한 풍뎅이가 박힌 홍옥을 주제로 한 것이다. 이 시에서 보석 속의 풍뎅이는 영원한 공간 속에 안정하고 있는 것으로 말하여진다.

공간은
아무도 그것을 쓰거나 칸 막지 않는 곳에서
수천 년 동안 이 풍뎅이들 위에 쉬고 있다.
그리고 풍뎅이들은 그 요람의 무게 아래에서
스스로를 닫고 잠들어 있다.[8]

---

8 Er[Raum] ruht
seit Jahrtausenden auf diesen Käfern,
wo ihn keiner braucht und unterricht;
und die Käfer schließen sich und schläfern
unter seinem wiegenden Gewicht

아무런 장애가 없는 공간 속에 자리하여 수천 년의 잠에 들어 있는 풍뎅이 — 이것은 릴케에게는 사물이 평안하게 존재하는 모습을 상징하는 것일 것이다.(그는 「장미의 화병」에서 평화스러운 안주의 모습을 "공간으로부터 공간을 빼앗음이 없이 공간을 사용하는 것"이라는 말로 표현한 바 있다.) 「풍뎅이 돌」의 쓰지 않는 공간은 전혀 빼앗음이 없는 자족의 공간을 말한다고 할 수 있다. 우주 공간과 장구한 시간 속에 있는 스스로를 확인하는 것은 주체적 요구의 자신을 넘어 자신을 객관적으로 보는 것이면서도 그것을 소외가 아니라 귀속으로 파악하는 것일 것이다.

6

「검은 고양이」는 대상적 세계 특히 다른 생명체와 인간의 관계에 대하여 깊은 통찰을 준다. 그것은 고양이와 같은 동물을 나의 주관 속에 해체하고 그 관점에 합일하려는 수리의 습관에 제동을 가한다. 최근의 시각의 철학자들이 해석하듯이 눈길은 타자를 객체화하고 그것을 주체의 소유물이 되게 하는 주된 수단이다. 그런데 시각뿐만 아니라 인간의 모든 사물과의 대상적 관계에는 이러한 요소가 있다. 그리하여 주체적 존재의 만남 — 아니면 모든 주체와 세계의 만남은 주체와 객체의 사생결단의 투쟁이 된다고 하는 헤겔적 명제가 성립한다. 이 투쟁적 관계 또 거기에서 오는 진리의 왜곡은 인식론의 문제이기도 하고 사회생활 또는 생태계 내의 여러 생물체의 관계에 있어서의 문제이기도 하다. 「검은 고양이」의 교훈을 빌린다면, 이것의 극복은 타자를 타자로서 존중하는 것을 배우는 데에서 시작될 수 있다. 그러기 위해서 우리는 주체로서의 우리 자신에 한계를 그어야 한다. 즉 스스로를 객체화·객관화하여야 한다. 이것은 모순된 요구이다. 이 모순의 해결은 매우 복잡한 변증법으로 풀어 나갈 수밖에 없다.

그러나 일단 문제를 간단히 말하여 보자. 주관의 제한에 대한 요구에 대해서는 세 가지 반응이 있을 수 있다. 과학은 그에 대한 하나의 답변이다. 과학이야말로 주체의 자의를 최대한 한정하고 객관적 인식에 이르고자 하는 인간의 노력을 대표한다고 말할 수 있다. 물론 객관성에 대한 요구는 간단히 그 요구를 거부할 수도 있다. 다소간에 세계에 대한 시적 태도는 이러한 거부를 내포하고 있다. 엄밀한 객관성의 요구는 시의 존립 근거를 극히 좁은 것이 되게 한다. 시는 세계를 주관으로 채색하는 일인 것처럼 생각될 수 있다. 그러나 과학은 참으로 객관적인가? 프랜시스 베이컨은 "제어하기 위해서는 복종하여야 한다."라는 유명한 말로써 과학의 방법을 설명한 일이 있다. 이것은 과학에서 필요로 하는 주관의 절제를 말한 것이면서 동시에 숨어 있는 주관적 의도를 드러내는 말이라고 할 수 있다. 제어의 의도를 넘어가는 객관적인 실재에 이른다는 것은 어떻게 하여 가능한가는 다시 한 번 숙제로 남는다. 과학이 엄정성을 요구하는 것은 사실이지만, 그것을 넘어가는 엄정성도 존재할 것으로 여겨진다. 어떤 사람들의 생각에 의하면, 시의 엄정성이야말로 그러한 엄정성이다. 릴케의 생각은 시의 주관성이 바로 객관성의 기초라는 것이다. 여기에서 엄정한 주관성은 엄정한 객관성의 전제이다.(이것은 베이컨의 욕구에 비슷하면서도 조건을 더 강화한 것이다.)

그러나 시는 일반적으로 과학의 언어나 특별한 인식론적 반성을 경유한 시의 경우에 비하여 주관적인 언어이다. 이 점은 다른 시를 하나 읽어 봄으로써 쉽게 이해될 수 있다. 마침 최근 호의《시와 정신》에 이수익 씨의 「들고양이」라는 시가 실려 있다. 이 시를 인용해 본다.

> 놈은 필시
> 소용돌이치는 역사의 격랑에 치여
> 원통하게,

한을 품고 숨진 어느 사대부의
넋의 재현임이 분명하다.

밤의 컴컴한 화단이나
아파트 주차장 숨죽인 차들 사이에서
느닷없이 불쑥 나타나는, 무슨 자객 같은
놈은 나와 맞닥뜨리는 순간 멈칫하는 듯도 싶지만
그러나 결코 도망가는 법 없이, 민첩한 몸을
천천히 움직이는 것이다. 날카롭게 나를
쏘아보면서.

이제는 어떤 위협에도 굴하지 않고
당당히 보복하리라는 일념만이
놈의 저 검은 등줄기 위로 털을 꼿꼿이 서게 하고
적의에 떨리는 몸을 바짝 웅크리게 하고
동그란 두 눈엔 인광처럼 새파란 불을 켜서
저주의 불꽃을 날리게 만드는 것이다. 들고양이,

오늘밤에도 삼생(三生)을 건너뛰며
어둠의 내부를 샅샅이 뒤지고 있는
저
불운한 피의 테러리스트.[9]

---

9 《시와 정신》, 2003년 봄호.

「들고양이」는 고양이에 관한 시라기보다 정치적 풍자시로 읽는 것이 옳다. 이 시에서 고양이는 비유적인 상황을 제공하고 있을 뿐이다. 이것은 하등 이상할 것이 없다. 이것은 너무나 자주 쓰이는 시의 문법을 나타낸다. 여기에서 내가 예시하고자 하는 것은 이러한 문법이다.

오늘날 도시에서 보는 소위 들고양이는 공격적인 동물로 간주될 수 있다. 고양이의 공격성은 그 신분 하락에서 오는 것이다. 들고양이는 집 안의 고양이의 위치로부터 들고양이의 위치로 전락한 존재이다. 인간의 정치에서도 정치 폭력은 신분의 하락을 경험한 자에 의하여 구사되기 쉽다. 즉 과격한 정치는 원한과 복수(ressentiment)의 한 형태일 가능성이 큰 것이다. 이것은 직접적으로 드러내지는 않지만 이 시의 주된 의미이다. 이미 말한 바와 같이 이 시의 주제는 고양이가 아니다. 그것은 정치적 우화의 편리한 방편이 되었을 뿐이다. 고양이와의 관련에서 여기에 사실적인 부분이 있다면, 도시 환경에서 이질적인 생물체로서 들고양이가 사람에게 불러일으키는 경계감 같은 것이 그러한 부분일 것이다.

이 시의 의도를 떠나서, 더 객관적으로 들고양이는 어떤 존재인가를 물어보는 것은 흥미로운 일일 수 있다. 도시에서 마주치는 '들'고양이는 사람의 하는 일들의 그리고 삶의 여러 가지 모순을 생각하게 한다. 고양이는 원래 야생 동물이고 지금도 그 야생적인 특질을 많이 가지고 있다. 그러나 그것이 사람들에 의하여 순치되어 사람들에 기생하여 사는 동물로서 진화해 온 것은 틀림이 없을 것이다. 이러한 동물이 다시 야생의 상태로 돌아간다는 것은 쉽지 않은 일이다. 그것도 참으로 야생의 상태로 가는 것이 아니라, 동물이 살 공간이라고는 할 수 없는 도시 환경에 버려진다는 것은 무자비한 일일 수밖에 없다. 그렇다고 버려지는 고양이를 위하여 현실적인 조처를 취하는 것은 쉽지 않은 일이다. 틀림없이 고양이를 처음 기르기 시작할 때, 사람과의 관계는 집단적으로나 개인적으로나 적어도 공생이나 사랑의 관계였겠지만, 그렇게 시작한 일이라고 그에 대한 책임 있는 처리가 늘 가능한 것은 아니다. 이것은 사람이 사람의 자식을 낳는 경우에도 마찬가지이다.

사실 오늘날 많은 생태적인 문제들은 비슷한 성격을 가지고 있다. 며칠 전의 신문 보도에는 도시의 새들에 관한 이야기가 나와 있다.[10] 17층의 아파트 베란다에 황조롱이가 알을 까고 박새, 딱새가 담 구멍, 우체통, 자동차 바퀴에 둥주리를 틀고 많은 새들이 교통사고로 죽고, 도시의 참새가 불면증에 걸린다고 한다. 그래도 이러한 새들의 곤경에 동정을 보내는 것은 자연스럽지만, 새가 적극적으로 사람의 적이 되는 경우도 있다. 오늘날 까치가 위해 조류로 분류되게 되었는데, 그것은 까치가 과수원의 과일 같은 것에 피해를 주기 때문이다. 이 기사에 의하면, 보다 근본적인 원인은 까치의 거주지가 사람에 의하여 박탈당한 때문이라고 한다. 결국 자연의 일을 함부로 간섭하지 않는 것이 근원적으로 바른 행동이었을지 모른다. 다른 생명체의 타자성에 대한 인정은 이러한 불간섭에 선행하는 깨우침인지 모른다. 그러나 나쁜 결과가 닥치기 전에 그렇게 하는 것은 쉽지 않은 일이었을 것이다. 다시 말하여 반드시 시작과 끝의 책임을 아우를 수 없는 것이 사람의 일이다. 이것은 자연과 인간의 관계에서도 그러하지만, 인간의 사회적인 행동—정치적 행동에서도 그러하다. 얼마나 자주 선의의 정치 행동이 의도되지 않은 나쁜 결과를 가져오는가. 적어도 들고양이의 문제와 관련하여 우리가 조금 더 객관적이고자 한다면, 이러한 것들을 생각할 수 있을 것이다.

나의 이야기가 샛길로 들어간 감이 있지만, 그것이 반드시 부적절한 것은 아니다. 앞에서 말한 대로 「들고양이」는 그 나름의 의미가 있는 정치적

---

10 이광표, 「서울 도심의 새들」, 《동아일보》(2003년 5월 23일).

풍자고 정치평이지만, 비록 이 시에서 들고양이가 단지 비유로 쓰인 것에 불과하다고 하더라도, 들고양이의 문제에 대한 생태적 고려는 풍자의 대상이 된 정치적 상황에 대하여서도 보다 깊이 있는 분석과 이해에 이르는 데에 도움이 되었을 것이다. 진리의 문제는 그것이 시적인 것이든 과학적인 것이든 이러한 일상적인 관련을 가지고 있다. 그러나 되풀이하여 말하건대 「들고양이」를 두고 그 객관적 성격을 탓하는 것은 옳지 않은 일이다. 여기에서 내가 의도하는 것은 다만 있을 수 있는 차이를 예시하려는 것뿐이다.

그리고 이것은 사실 앞에서 말한 두 시인의 차이라기보다는 역사적 차이로 생각된다. 우리 전통에서 동물과 관계하여 인간 중심의 사고는 너무나 당연한 것일 것이다. 그것은 우리의 전통적 삶이 그것을 달리 생각하게 할 정도로 자연과 환경에 압박을 가하는 것이 아니었기 때문이다. 사실 릴케의 「검은 고양이」는 서구 사회의 문제 — 과학 기술의 세계의 문제에 깊이 관련되어 있는 사유의 양식을 드러내는 것으로 말할 수 있다. 「들고양이」와 같은 한국 시와 릴케의 경우의 비교가 보다 형평을 갖는 것이 되기 위하여 잠깐 역사적인 고찰을 피할 수 없는 것으로 보인다. 여기에서 문제가 되는 것은 서구의 역사에서의 인식론적 선회이다. 이것은 시에 있어서까지 인식론적 자의식을 불가피한 것이 되게 하였다.

7

「검은 고양이」에는 서양의 문화 전통이 숨어 있다. 많은 독자는 제목만 보아도 에드거 앨런 포의 단편으로 생각할는지 모른다. 더 비슷한 것은 보들레르의 고양이에 관한 시들이다. 보들레르에게 고양이는 관능적 동물이다. 그런데 이 관능의 한 특징은 그것이 사람과 쉽게 친근해질 수 없다는 점 — 그 타자성에 있다. 그의 시에서 관능의 유혹과 타자의 이질감이 시적 긴장을 일으킨다.

보들레르에게는 고양이에 관한 여러 편의 시가 있는데, 한 시("Le Chat")에서 고양이의 눈은 마노(瑪瑙)와 같은 보석을 지닌 것으로 말하여지고, 그 눈길은, "깊고 차가우면서, 독침처럼 베고 자르는" 애인의 눈길에 비교된다. 그러면서도 고양이는 사랑스러운 존재이다. 다른 또 하나의 고양이 시("Les Chats")는 릴케의 시에 더 많은 유사점을 지니고 있다. 여기에서 고양이는 과학자나 사랑하는 사람에 비교된다. 과학이나 욕망이 그러한 것처럼 고양이는 '어둠의 고요와 두려움'을 추구한다. 그 오만함만 아니었더라면, 지하계의 죽음의 사자일 수도 있었을 것이다. 그러면서도 고양이는 고귀한 존재로서 스핑크스의 위의를 갖추고 있다. 그리고 궁극적으로 금과 모래와 별들을 상기하게 하여 우주적 신비감을 자아낸다.

> 끝 간 데 없는 꿈속에 잠들어 있는 듯,
> 꿈꾸는 고양이는, 고독의 깊은 곳에 길게 누운
> 거대한 스핑크스의 위의를 갖추고 있다.
>
> 그 풍요의 허리는 마술의 불빛으로 찬란하고
> 금 조각들이 세사(細沙)의 들처럼 아득하게
> 그 신비의 눈동자를 별로써 수놓는다.[11]

---

11 Ils prennent en songeant les nobles attitudes
Des grands sphinx allongés au fond des solitudes,
Qui semblent s'endormir dans un rêve sans fin;

Leurs reins féconds sont pleins d'étincelles magiques,
Et des parcelles d'or, ainsi qu'un sable fin,
Étoilent vaguement leurs prunelles mystiques.

보들레르의 고양이는 관능적인 부드러움, 그러니까 사람과의 가장 친밀한 소통을 자극하는 성질을 가지면서 또 그것을 거부하는 어둠, 잠, 꿈, 냉담 등의 심연을 지니고 있는 존재이다. 이 점에서 그것은 릴케의 고양이와 계통을 같이한다. 그런데 앞에 언급한 마지막 시는 더 구체적으로 릴케의 시에 비슷하다. 릴케의 풍뎅이가 이집트 박물관의 보석을 연상시킨다면, 보들레르의 시에는 단적으로 이집트 문명의 상징의 하나인 스핑크스가 등장한다. 그리고 마지막에, 어느 비평가의 표현을 빌려 "고양이와 우주의 융합"이 말하여지는 것에서도 우리는 이 시와 릴케의 시의 평행 관계를 볼 수 있다.

이와 같이 릴케의 시는 그 이전의 유럽적 주제를 포함한다. 이러한 비교의 요점은 여기에서는 그것이 시대와의 관련을 말하여 준다는 데에 있다. 특히 보들레르나 릴케의 시에서 중요한 주제로 생각되는 타자성의 의식은 순전히 시인들의 개인적인 취미의 소산이라고 말할 수 없다. 앞에 언급한 시들에서 고양이는 여러 가지로 비유되면서 타자적인 존재라는 점이 강조된다. 그것은 주관에 흡수되기를 거부한다. 그리고 이것이 시적 인식의 방향을 정한다. 즉 역점을 감정으로부터 객관적 대상으로 방향을 바꾸어 놓는 것이다. 이러한 방향 전환은 대체적으로 문화적 의의를 가진 것으로 생각된다. 여기에서 이 문화적인 관련을 다 밝힐 수는 없지만, 우리는 시의 수법의 성격에 주의함으로써 이를 이해하는 실마리로 삼을 수는 있을 것으로 생각한다.

시는, 인식 행위라는 관점에서 볼 때, 감정과 세계의 일치를 바탕으로 하여 가능해진다고 할 수 있다. 그러나 이 감정과 세계의 관계에서, 그 어느 쪽에 역점을 두느냐에 따라서 시의 성격에 미묘한, 그러면서 매우 중요한 차이가 생긴다. 앞에서 말한 감정 투입의 방법 — 사람의 발에 밟히는 마루의 관점에서 마루를 보는 것 같은 것은 아이들의 작문 연습에도 활용될 수 있는 기본적인 사물 인식의 방식이다. 그러나 동시에 그것은 까다로운 시적 사고를 요구하는 방법이기도 하다. 시적 인식은 감정으로부터 출발하여 세계로 나아가는 것이 아니라 감정에 남아 있고 또 거기에 세계가 간여되더라도 그 세계를 감정 속으로 흡수하는 경향을 가지고 있다. 그러기 때문에 사물의 관점으로의 이행은 특별한 방법적 반성을 필요로 한다.

가령 바다를 두고 최남선의 「해(海)에게서 소년에게」가 그러한 것처럼,

> 철썩, 철썩, 철썩, 쏴아.
> 때린다, 부순다. 무너 버린다.
> 태산(泰山) 같은 높은 뫼, 집채 같은 바윗돌이나
> 요것이 무어야, 요게 무어야.
> 나의 큰 힘 아느냐, 모르느냐……

하고 시인이 직접 사물의 관점에 서는 것은, 적어도 소박한 형태로는, 시적 설득력을 가지기가 어렵다. 물론 전통적 시에서 사물이 주체가 되고 거기에 정감이 의탁되는 것은 그렇게 드문 것은 아니다. 이것은 특히 한시에서 흔히 보는 것이다. 그러나 그것은 대체로 정해진 자연 현상 그리고 그에 대한 상투화된 감정에 한정된다.(한시의 불분명한 문법이 여기에 일조를 한다.) 그러나 이것은 대체로 사람을 위주로 하면서 사물을 비유로 쓰는 것과 별로 다르지 않다. 그리하여 그것은 정지용의 시에서 예를 들어, "보고 싶은 마음 호수(湖水)만 하니……"(「호수(湖水) 1」) 할 때 호수가 감정의 그릇으로 쓰인 것과 크게 다르지 않다. 마음과 호수는 서로 상동 관계에 있지만, 호수는 마음의 어떤 상태에 대한 비유이지, 그 자체로서 파악된 주제가 된 객관적 대상물이 아니다.

정지용에 많이 등장하는 호수의 이미지 가운데에 어떤 것은 호수를 주

제로 한다. 그러나 이 주제는 간단한 감정 대입보다는 조금 더 복잡한 시적 그리고 인식론적 조직을 거친 것이다. 「호면(湖面)」이란 제목의 시의 묘사에 호수는 다음과 같이 말하여진다.

손바닥을 울리는 소리
곱드랗게 건너간다.

그 뒤로 흰 게우가 미끄러진다

이것은 객관적 대상으로서의 호수를 매우 선명하게 포착하고 있다고 할 수 있다. 다만 여기서 객관적이란 매우 주관적인 시인의 느낌 — 호수의 수면의 투명한 정지 상태에서 단단한 고체면과 같은 느낌을 갖는 시인의 (감정이라기보다는) 감각을 통하여 파악된 사물의 특성을 말한 것이다. 호수를 말하는 다른 시, 「호수 2」에서도 우리는 비슷한 관계를 볼 수 있다.

오리 목아지는
호수(湖水)를 감는다.

오리 목아지는
자꼬 간지러워.

여기에서 묘사된 대상들의 객관성과 시인의 주관성 — 여기에서도 감각이라고 불러야 할 주관성의 관계는 더 복잡하다. 시인의 관점은 오리에 있다. 그것이 호수를 묘사하는 준거점이 된다. 그러나 다른 한편으로 전체 묘사는 시인의 시각에서 파악된 것을 그의 촉각으로 번역하고 그것을 다시 오리라는 동물에 전이한 것이다.

정지용의 이러한 시 기법 — 주관을 통한 객관화의 기법은 한국 현대시에서는 전혀 새로운 것이고 어쩌면 우리의 전통 전체에서도 — 적어도 의도된 방법론으로부터 나오는 것이라는 점에서는 — 새로운 것이라고 할 수 있다. 물론 정지용의 이와 같은 수법은 그만의 것은 아니다. 그것은 김기림과 기타 모더니스트들에서도 발견되는 것이다. 그리고 그것의 궁극적인 원천은 영미 현대시의 모더니즘, 그중에도 이미지즘이다. 그리고 또 이러한 현대 영미 시의 움직임은 문화사 또는 정신사적 변화의 한 표현이라고 할 수 있다. 그것은 전체적으로 과학 기술 문명의 테두리 안에서 이해되어야 할 현상이다. 이미지즘과 같은 시 운동의 선언에 나오는 "사물의 직접적인 처리"는 과학의 객관주의의 분위기를 시론으로 표현한 것이다. 릴케의 '사물시'도 이러한 테두리 안에 들어간다고 할 수 있다. 이러한 시의 움직임은 객관주의적이면서 과학에 대하여 비판적인 '사물 자체에로'를 모토로 삼은 현상학과 같은 사상적 움직임에 병행한다. 그러나 일반적으로 과학의 대두와 함께 시는 그 이전부터 과학의 객관주의의 도전에 반응하지 않을 수 없었다. 물론 시와 과학 기술의 관계는 직접적인 것이라고 하기보다는 과학 기술 문명의 전체적인 압력이 시적 사고의 방법에 영향을 준 것이라고 하는 것이 옳을 것이다. 어떤 경우에나 시도 과학과 마찬가지로 진리의 요청을 온전히 외면할 수는 없다. 당대의 진리의 존재 형태에 대한 규정은 시의 진리에 대한 관계 — 시적인 진리이면서도 다른 진리로부터 완전히 자유로울 수 없는 진리에 대한 관계의 파라미터를 이룬다.

과학적 진리관의 상승은 일반적으로 모든 인간의 인식 행위에 있어서 이성적 합리성의 기준을 강화한다. 또 이것은 사회적 삶의 구성에도 반영된다. 공동체적 합일 속에서 이해되던 인간관계도, 이질적일 수도 있는 개인들의 관계 — 서로 대상적으로 인지되어야 하는 타인들의 관계로서 재평가된다. 물론 인식론적 객관주의와 타자들의 사회적 관계 — 어느 쪽이 원인이고 어느 쪽이 결과인가를 쉽게 말할 수는 없을 것이다. 진리의 엄밀화를 말하는 것은 하나의 속기술에 불과하다. 이러한 환경 속에서 적어도 진리는 진리에 대한 자기반성과 함께 존재한다. 칸트의 비판 철학은 이러한 인식론적 선회를 대표한다고 할 것이다. 시가 과학과는 다른 세계 인식의 방식을 나타낸다고 할 때, 인식론적 반성은 시에서도, 그것이 표면에 나타나든 나타나지 않든, 시적 계기의 중요한 요소의 하나가 된다. 그리하여 시가 그 나름의 인간적 진리를 표현하는 매체라고 하더라도 그것의 진리 주장은 인식론적 반성의 우회를 통하여 회복될 수밖에 없다. 이미지즘이 과학적 객관성은 비교적 표면적으로 수용하려고 하였다면, 릴케의 사물시는 시에 있어서의 대상적 인식 — 그리고 인간의 대상 세계에 대한 관계에 대하여 보다 근본적 질문을 발한다고 할 수 있다. 이 질문은 이미 서구의 시들에 잠재해 있던 것이지만, 릴케는 이것을 극명하게 의식화한다.

8

주관적 감정을 중심으로 시를 생각할 때, 우리가 놓치는 것은 어떤 경우에 있어서나 시에서 진리의 문제가 쉽게 배제될 수 없다는 사실이다. 자연스러운 시의 인식이 객체를 주체 속에 흡수하는 감정적 동화를 특징으로 하는 경우에도, 그러한 언어는 그것이 진리 또는 진실을 전달한다는 믿음에 의하여 정당화된다. 과학의 객관적인 기준은 그러한 시적 인식의 근거를 위태롭게 한다. 그러나 시가 이러한 주관적 입장을 완전히 버릴 수는 없다. 인간의 주관적 능력은 시의 존립 근거이기 때문이라기보다, 인간이 세계로 열리는 근원적인 통로이기 때문이다. 현대적 상황에서 그것은 매우 복잡한 객관의 우회를 통하여 다시 회복될 수 있다.

진리의 절차의 요구 사항으로서 주관적 감정이 억제될 때, 우선 드러나는 것은 나의 밖에 엄연히 존재하는 대상의 타자성이다. 모든 것은 여기로부터 시작한다. 그러나 이것은 시작일 뿐이다. 그렇다는 것은 타자성의 인정이 타자를 소멸시키는 것이 아니라면, 타자와의 관계에 대한 정의는 여전히 과제로서 남아 있기 때문이다. 타자성의 인정은, 모르는 것을 모른다고 인정하는 것이 진정한 앎의 첫걸음이라는 예로부터의 지혜이다. 그러나 앎의 역정은 그대로 남는 것이다. 바른 인식의 문제는, 위에서 말한 바와 같이, 주체와 객체의 투쟁적 관계로 변주되어, 윤리적·정치적 의미를 갖는다.(정치는 윤리에 긴밀히 관계되어 있으면서도 윤리 이전의 공존의 현실에 존재한다. 이 현실은 윤리화되기 전에 이익과 힘의 관점에서 협동적일 수도 있고, 투쟁적인 것일 수도 있다.) 말의 의미는 사실 인간과 인간의 관계에서 그 참의미를 드러낸다. 인식론의 문제도 정치적 함축 속에서 더 분명하게 이해될 수 있다.

헤겔이 상정한 주체 간의 투쟁에서, 두 인간 또는 인간과 동물 — 그리고 그 확대로서의 인간과 사물의 주객의 투쟁은 끝없는 것이 될 수 있다. 그러나 현실적으로 이 투쟁의 종식은 주체의 인정과 함께 그 한계의 인정에서 찾아진다. 그러나 이론적으로 해결의 한 방법이 칸트의 '목적들의 왕국'의 이념에서 찾아질 수 있다. 칸트의 윤리적인 완성을 나타내는 목적들의 왕국에서 모든 구성원은 스스로의 주체적 판단에 의하여 행동한다. 그러나 그 행동은 보편적 이성의 규칙에 의하여 규제된다. 다만 이 규칙은 각 성원이 스스로에게 부과하는 규칙이기 때문에 외부적 강제의 성격을 갖지 아니한다.

목적들의 왕국에서 사람들이 이성을 통하여 스스로에 충실하면서 공존의 규범에도 복종한다고 할 때, 그것이 완전한 인간적 만족을 줄 수 있는가. 이성은 욕망이나 정서 그리고 다른 개체적 요구의 사상(捨象)이나 억제를 불가피하게 한다. 연인들의 사랑은 — 이 사랑이 두 주체적 존재의 평등한 관계에 입각한 경우에도—단지 이성적 규범의 일치를 지향하는 것이라고 할 수는 없을 것이다. 이것은 우정이나 다른 일차적 인간관계 그리고 심지어는 정서적 요소를 포함하는 집단이나 지역에 대한 사람의 관계의 경우에도 마찬가지이다. 인식의 차원에서도, 인식의 주체로서의 사람과 인식 대상의 관계는 합리적 이해로써만 충족되지 아니한다. 합리적 이해는 이 점에서 사물에 대한 진정한 이해를 주는 것이라기보다도 사물을 이론적 구성과 기술적 조종의 필요에서 일방적으로 재단한 것이라는 비판은 정당한 것처럼 들린다. 그것은 최선의 경우에도 사물에 대한 외면적인 접근을 나타낸 것이다. 이 외면적 구성은 사물 자체의 지식을 주지 아니한다. 인간에게는, 객관적 과학의 지식을 넘어가는 존재 전체에 접하고자 하는 갈구가 있는 것으로 보인다. 아름다움의 인지 또는 장엄한 풍경에 접하였을 때의 외경심, 종교적 체험에서의 '대양적 일치감(oceanic fusion)'—이러한 것들은 사람들에게 합리적 이해를 넘어가는 만족감을 준다. 아마 시적 인지의 순간—시적 체험에 들어 있는 에피파니의 순간도 이러한 반드시 이성적이라고 할 수는 없는 이해의 순간일 것이다. 그러면서 이 에피파니의 순간이 반드시 주관적 자의의 소산인가 하는 것은 분명치 않다. 시는 이성적인 것을 무시하지는 아니하면서도 이러한 이성을 넘어가는 타자와의 관계에 깊이 개입되어 있는 것으로 보인다.

릴케의 「검은 고양이」는 타자로서의 고양이에 대한 인정을 말한다. 동시에 그것은 인간의 객관화를 말한다. 그러면 고양이의 타자화 그리고 인간의 객관화—또는 객체화가 인간에게 만족을 줄 수 있는 것인가. 그리고 이 객관화를 수용하는 세계는 어떤 것인가. 릴케는 이 동물이나 인간이 객관화되어 존재하는 세계가 인간의 실존적 안정을 뒷받침하는 세계라고 생각하는 것으로 보인다. 아마 이것이 가능한 것은 칸트가 주체적 존재로서의 개체가 전체의 이성적 질서에 동의하는 것에도 비슷하고 또는 그것보다는 어떤 종교적 체험에서처럼, 외적인 강제를 통하여서가 아니라 내적인 동의를 통하여 우주의 질서를 받아들이는 것에도 비슷하다고 할 수 있다. 그러한 절차를 통하여서만, 객관화되는 존재들은 그것을 포용하는 세계 전체에 동의하는 것이다.

그러나 내적인 동의는 어떻게 가능한가? 종교적인 또는 관념적인 매개를 통하지 않고도 이러한 내적인 동의 관계가 존재하는 것을 릴케는 확인하려고 한다. 이 점에서 그는 매우 현세적·유물적 또는 과학적이다. 그러면서 그는 내면적 존재로서의 인간을 가장 강하게 긍정하려 한 시인이다. 사물의 타자성은 두 가지 의미를 갖는다. 그것은 일단 세계와 인간이 상호 소외되어 있다는 것을 말한다. 그러나 대상적 존재들은 나의 주체성에 의하여 객체화될 수 없는, 나에 대등한 독자적인 존재, 주체적 존재이다. 그것의 인정은 그 자체로서 사물이나 다른 사람에 대한 존중을 내포한다. 그리하여 벌써 그것은 윤리적 성격을 갖는다. 타자성의 윤리적 의미는 위에서 말한 것 이상으로 직접적이라고 하여야 한다. 타자성의 인정은 감정적·지적인 의미에서 독특한 자세를 나타낼 뿐만 아니라 깊은 윤리적 결정을 수반하는 것이다. 다시 생각하면 이 사물의 독자성에 대한 존중은 사람이 본능적으로 가지고 있는 세계에 대한 윤리적 경외감에서 나오는 것이라고 할 수 있다. 그리하여 세계에 대한 경외감 — 윤리적 자세는 순수 이성의 범주들에 선행하는 인식의 선험적 조건들 중에도 선험적 조건이 된다. 흔히 생각하는 것과는 달리 과학의 관점에도 이러한 윤리적 선험성이 들어 있다고 할 수 있다. 다만 그 존재론적·형이상학적 의미가 그 전략적 동기에 의하여 쉽게 잊히고 끝까지 추구되지 아니할 뿐이다.

이렇게 세계와 사물의 독자성에 대한 인정에는 심오한 형이상학적 근거가 있다. 그러나 우리는 독자적 존재들은 서로 어떻게 연결될 수 있는가를 다시 묻지 아니할 수 없다. 그것들의 통합은 과학에서처럼 인간 이성의 구성 작용 속에 나타나는 법칙적 체계 속에서만 이루어질 수 있는 것인가. 아니면 상호 존경의 거리 속에 따로 존재할 수밖에 없는 것인가. 사람과 사람의 관계에서 연인들은 주객의 투쟁, 지배와 예속의 불균형을 사랑을 통하여 극복한 사람들이다.—문학적 상상력은 이렇게 말한다. 그리고 사람과 사물의 관계도 이러한 모형으로 생각될 수 있다고도 말한다. 사랑의 관계는 내면과 외면의 대립이 없는 내면적 동의 또는 일치의 관계이다. 여기에서 중요한 역할을 하는 것은 감정이다. 우리가 사랑을 감정의 한 종류로 생각하는 것은 자연스럽다. 사물과 인간을 내적으로 연결해 주는 것은 무엇인가. 그것이 사람과 사람 사이의 사랑일 수 있는가. 사랑이 단순히 나의 감정의 표현이라면 그것은 타자의 독자적인 존재의 말소 또는 망각을 의미할 수 있다. 거기에서도 인식적 요소 또는 보다 형이상학적 근거에 대한 깨우침이 있어서 비로소 그것은 감정적 동화 이상의 것이 될 것이다. 아마 사물의 경우는 사랑보다는 이러한 대상적 관계의 다른 계기들이 작용하는 것일 것이다. 사물이 그 자체로 볼 때 사람의 후생이용을 위하여 존재하는 것이 아니라는 것은 생각할 수 있는 일이다. 인식은 조금 더 객관적인 거리를 요구한다. 그러나 여기에서도 사람의 지적인 구성이나 기술적 조종의 대상으로서 파악된 사물은 사물 자체의 모습이 아니다. 사물은 독자적으로 있다. 그것을 규정하는 것은 그 자체의 있음이지 그것의 외적인 관계가 아니다. 그것은 그 스스로에 대하여 내면으로 존재하는 것이다. 다시 한 번 문제는 이 내면적 존재로서의 사물이 인식의 대상이 될 수 있는가이다. 인식은 인식의 대상을 외면화함으로써 출발한다. 마주 선다는 뜻을 가진 독일어를 번역한 대상이란 말 자체가 그러한 뜻을 가지고 있다. 내면적 존재의 바른 인식은 모순된 말이다. 그러나 동시에 내면과 내면의 소통이 불가능한 것은 아닌 것처럼 보이기도 한다.

릴케는 스스로의 내면으로서 존재하는 모든 사물, 생명체, 인간 그리고 세계는 하나의 공간—내면 공간에 존재한다고 생각하는 것으로 보인다. 그렇다면 상호 소통과 인식은 이 내면 공간—물리적 현상을 넘어가는 수수께끼의 내면을 통하여 이루어지는 것이 된다. 시적 진리의 순간은 사물의 존재에 대한 그리고 사물을 에워싸고 있는 숨은 공간의 계시이다.

9

릴케의 시에서 장미는 중요한 시적 명상의 주제이다. 그에게 장미는 무엇보다도 내면적 존재이다. 「장미의 내면(Das Rosen-Innere)」은 제목으로부터 장미의 내면성을 말하지만, 그것은 장미가 존재하는 자연스러운 방식이다. 장미는 자연 속에 편안히 자리하고 있는 여느 식물에 다르지 않다. 그것의 존재 방식의 특이함을 말하고 있는 것은 그 제목이고 내면이 아니라 외면의 필연성을 회의하는 첫 시작이다.

이 내면에 대하여 어디에
외면이 있는가? 어떤 낭패를
입으려 그러한 천을 덮으리.
어느 하늘이, 열린 장미의,
이 시름없는 장미의
내면 호수에 비치는가, 보라,
풀림 가운데, 풀려
장미들이 놓여 있음을,
떨리는 손에도 엎지름 없는.
장미들은 스스로를 가누지 못하는 듯,
개중에는 내면의 공간으로 차올라서
넘쳐흐르고 날들로 흘러내려,

날들은 가득하여 스스로 닫히고

여름이 온통 방 안이 된다.

하나의 꿈속의 방 안이.[12]

일체를 포함하는 우주 공간에 외면이 있는가? 외면이 없는 공간의 느낌을 위하여 우리는 우주 공간 전체를 생각해 볼 수 있다. 어쨌든 모든 것을 가지고 있는 공간에는 내면만이 있을 뿐 외면은 없다. 모든 자족적인 것의 존재도 이와 유사하다. 제한된 존재일 것임에 틀림없는 장미에 대하여 외면을 생각할 수 없는 것은 아니다. 그러나 그것은 부질없는 짓이다. 장미에는 이미 하늘과 호수가 서로 조응하고 있다. 외면으로서의 하늘은 장미의 내면에 투사되어 혼연일체가 되어 있다. 다른 편에서 보면, 장미는 그 스스로의 충만함이 넘쳐 그것이 우주를 채운다. 채워지는 것은 공간만이 아니라 시간이다. 그것으로 여름이 가득한 것이다. 그리하여 장미가 만들어 내

---

12 Wo ist zu diesem Innen
ein Außen? Auf welches Weh
legt man solches Linnen?
Welche Himmel spiegeln sich drinnen
in dem Binnensee
dieser offenen Rosen,
dieser sorglosen, sieh:
wie sie lose im Losen
liegen, als könnte nie
eine zitternde Hand sie versch?tten.
Sie können sich selber kaum
halten; viele ließen
sich überfüllen und fließen
über von Innenraum
in die Tage, die immer
voller und voller sich schließen,
bis der ganze Sommer ein Zimmer
wird, ein Zimmer in einem Traum.

는 우주는 사람을 위하여 실내처럼 친밀한 것이 된다.

이러한 해석은 이 시를 시적으로 읽는 것이다. 그러나 논리적으로 납득될 수 있는 것은 아니다. 다른 장미를 주제로 한 시들에서 완전하게 내면적이면서 공간 속에 있는 장미의 존재의 구조는 조금 더 자세히 설명된다. 장미에 관한 또 하나의 시 「장미의 접시(Die Rosenschale)」의 자족적인 장미도 일단은 낭만주의적 평화와 안정의 상징이다.(「장미의 내면」이 『신시집』 2부에 실려 있는 데 대하여 이 시는 그 전해의 『신시집』에 실려 있고, 이 두 시집의 시들은 서로 주제적 연관을 가지고 있는 경우가 많다.) 시의 서두에 싸우는 아이들, 과장된 수사를 토하는 연극배우, 이빨을 드러내고 싸우는 말들에 대한 언급은 이 점을 강조하기 위한 것으로 보인다. 대조적으로 장미는 "소리 없는 삶, 끝없는 상승/ 주변의 사물들이 왜소화하는 공간으로부터/ 공간을 빼앗지 않고 공간을 쓰는" 존재이다. 그것은 "순수한 내면, 더없이 귀중한 부드러움"이다.

그러나 내면적 존재로서의 장미는 다시 말하여 낭만주의자들이 생각하는 자연스러운 장미이다. "저 스스로의 뜻에 따른 있음, 자기 나름으로 있는 사물의 지속, 스스로의, 불변의 법칙에 따른 존재자"—실러는 자연적 존재를 이렇게 말하였지만, 이 장미도 이렇게 특징지어질 수 있다. 그러니까 릴케의 생각으로는 그것은 신비의 장미가 아니다. 따라서 장미의 이러한 있음은 불가해한 것이 아니다. 오히려 이것은 우리가 이미 잘 알고 있는 일이다.—릴케는 이렇게 주장한다.

이렇게 잘 아는 것이 달리 또 있는가?

그리고 이것도. 꽃잎과 꽃잎이
서로 스치는 동안, 느낌이 일고,

그리고 꽃잎 하나가 눈꺼풀처럼 열리고
그 아래에도 오로지 닫힌 눈꺼풀들뿐,
열 겹으로 잠들어 그 내면의 시력을
막아야 하는 듯. 무엇보다 우리가 아는 것은
이 꽃잎들로 빛이 투과한다는 것. 그리고
수천의 하늘로부터 한 방울의 어둠을
걸러 내고, 그 불빛 속에 얼크러진 다발의
수술들이 설레고 일어선다는 것.

그리고 장미의 움직임. 그것을 보라:
그렇게 작고 좁은 열림의 몸짓, 그리하여
그 빛이 우주로 비추어 나가지 않는다면
장미는 보이지 않을 것임을.[13]

---

13 ist irgend etwas uns bekannt wie dies?

Und dann wie dies: daß ein Gefühl entsteht,
weil Blütenblätter Blütenblätter rühren?
Und dies: daß eins sich aufschlägt wie ein Lid,
und drunter liegen lauter Augenlider,
geschlossene, als ob sie, zehnfach schlafend,
zu dämpfen hätten eines Innern Sehkraft.
Und dies vor allem: daß durch diese Blätter
das Licht hindurch muß. Aus den tausend Himmeln
filtern sie langsam jenen Tropfen Dunkel,
in dessen Feuerschein das wirre Bündel
der Staubgefäße sich erregt und aufbäumt.

Und die Bewegung in den Rosen, sieh:
Gebärden von so kleinem Ausschlagswinkel,
daß sie unsichtbar blieben, liefen ihre
Strahlen nicht auseinander in das Weltall.

잎과 잎이 스치는 데에서 느낌이 인다. 내가 나에게 관하여 갖는 나라는 느낌은 아마 무엇보다도 신체 각 부위를 통합하여 하나의 몸으로, 전체로서 느끼는 막연한 느낌에 기초한다고 할 수 있다. 영어의 시너시지어(coenesthesia)는 느낌을 말한다. 이 말은 신체 각 부위가 하나로 통합되어 느껴지는 느낌이다. 앞에서 릴케가 말하는 느낌은 장미가 일체적인 존재로서 스스로에 대하여 갖는 느낌일 수도 있고 장미로 인하여 우리가 갖게 되는 느낌일 수도 있다. 그러나 모든 것이 내면에 존재한다면, 장미와 우리는 내면의 통로인 느낌으로 소통하는 상태에 있다고 할 수 있다.

눈꺼풀의 비유는 잠깐 보류하고 그다음을 보면, 그것은 앞의 시에서나 마찬가지로, 장미가 우주와 혼융의 상태 속에 있다는 것을 말하고 있다. 장미는 스스로 있는 존재이지만, 이미 우주의 힘에 의하여 뒷받침되고 있는 존재이다. 어떤 천문학자는 오늘날 지구의 생명이 존재하기 위해서는 최초의 대폭발로부터 100억 년 내지 150억 년의 우주의 진화가 있었어야 한다고 말한다. 장미를 비롯하여 모든 생명체는 이러한 의미에서도 우주와 일체적인 관계에 있다. 수많은 하늘로부터 비쳐 오는 빛이 장미로 들어가서 장미가 되는 것이다. 다만 그것은 생명체 안에서 보이지 않는 숨은 힘이다. 그리하여 그것은 어둠으로 변한 상태에 있다. 그것은 생명의 불이 되어 장미의 수술을 생성한다. 그러나 이러한 장미라는 생명 작용의 우주적인 연관은 잘 보이지 않을 수도 있지만, 아름다움으로, 즉 다시 우주적인 빛의 일환으로 퍼져 나간다.

앞의 시에서 본 바와 같이(사실 시대적으로 그것은 「장미의 접시」보다 후에 쓰인 것이지만), 장미는 내면의 존재이고 그 자신 속에 갇힌 존재이다. 그러나 이 내적인 존재는 우주적인 연관 속에 있음으로 하여, 단순한 의미에서의 폐쇄된 존재는 아니다. 그것은 스스로의 안에 있으면서 또 우주 공간에 나와 있는 존재이다. 이 역설은 앞의 인용 부분의 이해하기 어려운 눈꺼풀의 이미지에 예시되어 있다. 눈꺼풀이라면, 당연히 그 아래에 눈이 있어야 한다. 그러나 장미 잎은 겹겹이 쌓인 눈꺼풀일 뿐이다. 장미가 그 일치하는 우주 속에 있다면, 우주를 볼 필요가 없다. 또는 장미에서 빛이 어둠으로 변하는 생명 작용을 생각한다면, 보는 힘을 막고 안으로 되돌아가는 것이 참으로 보는 일이라고 할 수도 있다. 내면의 진리를 알고자 하는 사람은 외면을 향한 눈길을 막고 그것을 안으로 돌려야 한다.

그러나 여기의 내면과 외면의 관계는 어쩌면 더 복잡한 것일 것이다. 「장미의 접시」의 눈꺼풀의 이미지는 릴케의 묘비명에 새겨진 시에 나오는 눈꺼풀과 같은 것으로 보인다.

> 장미여, 아, 순수한 모순, 기쁨이여!
> 그 많은 눈꺼풀 아래 아무의 잠도 아닌.[14]

장미는 왜 순수한 모순인가? 장미 꽃잎은 누군가의 눈꺼풀처럼 생겼다. 그렇다면 그 눈꺼풀 뒤에는 잠자고 있는 자가 있을 법하다. 외면은 내면을 암시한다. 적어도 이 암시를 가지고 있다는 점에서 그것은 내면성의 존재이다. 그렇다면 눈꺼풀 뒤에 숨어 있는 자가 있는가. 장미는 있는 그대로 있을 뿐이다. 자연의 형상은 우리에게 어떤 비밀 — 우주의 비밀과 같은 것을 가지고 있는 듯 우리의 지적 호기심을 자극한다. 그러나 그것은 존재할 뿐 다른 의미를 가지고 있지 아니한다. 그런 의미에서 그 존재는 순수하게 외면적인 것이다.

그러나 장미는 또 하나의 의미에서 내외 모순의 존재이다. 장미는 보는

---

14 Rose, oh reiner Widerspruch, Lust,
Niemandes Schlaf zu sein unter soviel
Lidern.

자가 본다는 점에서 그의 외면에 있으면서 그의 내면에 존재한다. 보는 자는 이미 그 존재에 감응하고 동의하고 있는 것이 아닌가. 그가 느끼는 기쁨은 이 동의의 가장 직접적인 표현이다. 그리하여 객관적 존재로서의 장미는 보는 자의 주관에 일치한다. 그러나 이러한 의미에서 장미가 내적으로 존재하는 것은 개인적 주관화의 의지 때문인 것은 아니다. 사물의 인간 내면과의 관계는 본래적인 내면적 동일성의 기반 위에서 이루어진다. 「장미의 접시」에 이야기되어 있듯이, 사람이 장미에서 기쁨을 느끼고 그 존재에 동의한다면, 그것은 사람이 이미 세계 안에 존재하고 있기 때문이다. 또는 거꾸로 세계 자체가 커다란 내면적인 존재라고 말할 수도 있다. 뿐만 아니라 사물의 세계는 사람을 통하여 내면적 존재로 바뀌게 된다. 릴케의 생각이 신비주의에 가까이 가는 것은 이 명제에 있어서이다. 사람은 우주에서 그 나름의 사명을 가지고 있다. 우주의 내면화가 그것이다. 사람의 마음 가운데 태어나 보이지 않는 세계 속에 있고자 하는 것 — 그것은 사물 자체의 희망이다. 『두이노 비가』 제9번에서 릴케는 이렇게 말한다.

> 지구여, 우리 가운데 보이지 않는 것으로
> 태어나는 것, 그것이 너의 뜻이 아닌가?
> 언젠가 전적으로 보이지 않게 되는 것이
> 너의 꿈이 아닌가?[15]

그러나 이러한 명제 — 사람의 내면을 통하여 세계가 보이지 않는 것이 된다는 명제는 이것으로 끝나지 아니한다. 다른 시들에서 그가 말하는 것

---

15 Erde, ist es nicht dies, was du willst: unsichtbar
in uns erstehn? — Ist es dein Traum nicht,
einmal unsichtbar zu sein?

으로 미루어 그것은 단순히 내적인 의미를 가지게 된다는 것을 말하는 것으로 생각된다. 그리하여 그것은 오히려 어둠 속으로 돌아간다는 것이 아니라 시적인 체험으로 변형되어 그 모습을 뚜렷이 한다는 것을 의미하기도 한다. 『두이노 비가』의 마지막 비가들에 나오는 지상의 삶에 대한 강한 긍정은 이러한 우주적 연관의 의식에 의하여 정당화되는 것일 것이다. 사물을 시로써 말하는 것이 사물과 삶 그리고 삶의 이야기를 존재하게 하는 것이라는 입론이 바로 그러한 것이다. 같은 생각은 "새들이 떨어져 가는 공간은 익숙한 공간이 아니다."라는 구절로 시작하는 만년의 짤막한 시에 잘 요약되어 있다.

새들이 떨어져 가는 공간은 익숙한
공간이 아니다. 거기에서 모양이 고양되는.
(허허한 공간에서 그대는 부정되고
돌아올 길 없이 스러져 버리고 만다.)

공간은 우리로부터 뻗어 나가 사물들을 세운다.
한 그루의 나무 그 존재가 이루어지기 위하여는
그 둘레로 내면의 공간을 던져 놓으라 — 그대 가운데
넘치는 공간으로부터. 나무에 절제로 금을 그으라.
나무는 스스로에게 금을 긋는 것을 모르니. 그대의
체념 속에 형상화되어 나무는 비로소 실재의 나무가 된다.[16]

---

16 Durch den sich Vögel werfen, ist nicht der
vertraute Raum, der die Gestalt dir steigert.
(Im Freien, dorten, bist du dir verweigert
und schwindest weiter ohne Wiederkehr.)

나무라는 것은 사람이 나무라고 지칭하기에 나무가 된다. 사람의 명명이 있기 전 사물의 세계에는 개체를 한정하는 구획이 없다. 우리가 보는 사물의 세계는 사람의 인지 행위가 만들어 낸 것이다. 앞의 시의 요지는 이러하다.

그러나 모든 것이 사람의 작위의 결과라는 말은 아니다. 사물들을 구성하는 공간은 반드시 사람이 만들어 내는 것이 아니다. 사물을 구성하는 것은 공간이다. 이 공간은 사람으로부터 나오고 사람의 본질을 이루는 것이다. 그러나 역시 주체는 사람이 아니고 공간이다. 사람은 그 담지자일 뿐이다. 구성에 사람의 행위가 작용한다고 하더라도 구성 행위는 사람이 스스로를 버리는 가운데에서만 일어난다. 구성되는 것은 '나무의 거기 있음(Das Dasein eines Baums)'이고 '실제로 있는 나무(wirklich Baum)'이다. 그러면서도 우주의 참바탕은 어쩌면 허허한 공간—사람과 생명체를 넘어가는 우주 공간인지 모른다. 그것은 새가 떨어져 가고 다시 돌아오지 못하며 인간의 자기 인식이 불가능한 공간이다. 사람이 친숙하게 만드는 공간 너머에 또 하나의 공간이 있다. 삶의 시적 노력은 이 공간을 분명하게 분절화된 사물이 있는 세계로 형상화하려는 것이다. 그리고 그 결과가 사실의 세계이다. 인간의 내면 공간은 보다 방대한 공간과는 다른 것이면서 그 일부인 것이다.

Raum greift aus uns und übersetzt die Dinge:
daß dir das Dasein eines Baums gelinge,
wirf Innenraum um ihn, aus jenem Raum,
der in dir west. Umgib ihn mit Verhaltung.
Er grenzt sich nicht. Erst in der Eingestaltung
in dein Verzichten wird er wirklich Baum.

10

『신시집』에 실린 「검은 고양이」는 1908년의 작품이다. 『두이노 비가』는 1922년에, 「새들이 떨어지는……」은 1924년에, 묘비명은 릴케가 죽기 몇 달 전인 1925년에 쓰였다. 릴케의 관심사는 지속적인 것이었지만, 여기에 말하여진 것들은 그의 최종적인 긍정을 표현한 것이었다. 앞에 언급한 말년의 작품은 그의 형이상학적 근거를 살피게 하고 그의 많은 발언을 설명하는 데에 편리한 발판을 마련해 준다. 그러나 인간과 사물의 내면성, 그 사실성의 관계 그리고 그 우주적인 근거에 대한 릴케의 생각은 『신시집』에서 이미 충분히 깊이 있는 것이 되었던 것으로 보인다. 이것을 자세히 살피기 위하여서는 다시 『신시집』으로 돌아갈 필요가 있다. 이하에서 나는 『신시집』에서 몇 편의 시를 더 살펴봄으로써 이 글을 끝내고자 한다.

릴케의 『신시집』 전후편에는 세 편의 부처를 주제로 한 시가 있다. 이 시들은 내면과 사실 그리고 그 형이상학적 근거에 대한 릴케의 조금 더 상세한 생각을 엿볼 수 있게 한다. 똑같이 「부처(Buddha)」라는 제목을 가진 시 중, 하나는 시적 진실의 인식론에 대하여 흥미로운 암시를 포함하면서도 통속적인 삽화의 성격을 가지고 있어서 쉽게 이해될 수 있다는 장점을 가지고 있다.

> 머뭇거리는 낯선 순례자는 멀리서부터
> 금빛이 듣는 것을 느낀다. 마치 왕국들이
> 뉘우침에 가득한 마음으로 그들의
> 은밀한 것들을 쌓아 올려놓은 듯.
>
> 그러나 가까이 다가옴에 따라 순례자는
> 그 눈썹의 높이에 당황한다. 왜냐면

그것들은 그들의 술잔들도 아니고
그 아내들의 귀걸이들도 아닌 까닭에.

그런데 말할 수 있는 사람이 있을까,
연화 잔 위의 이 불상을 세우고자
어떠한 물건들을 녹였었는지를.

금상보다 고요하고 보다 편안한 황색의,
그가 그 자신에 닿아 있듯이
두루 공간에 닿아 있는 상을 위하여.[17]

이 시의 의미는 비교적 간단하다. 부처는 우리가 생각하는 존재가 아니다. 부처는 외면적 대상이 아니라 우주 공간 그 자체이다. 그의 자아는 우

---

17 Schon von ferne fühlt der fremde scheue
Pilger, wie es golden von ihm träuft;
so als hätten Reiche voller Reue
ihre Heimlichkeiten aufgehäuft.

Aber näher kommend wird er irre
vor der Hoheit dieser Augenbraun:
denn das sind nicht ihre Trinkgeschirre
und die Ohrgehänge ihrer Fraun.

Wüßte einer denn zu sagen, welche
Dinge eingeschmolzen wurden, um
dieses Bild auf diesem Blumenkelche

aufzurichten: stummer, ruhiggelber
als ein goldenes und rundherum
auch den Raum berührend wie sich selber.

주 공간에 일치한다. 그리하여 그에게서 자아의 내면과 외면으로서의 우주 공간은 하나이다. 그러나 이러한 부처에 대한 설명이 본래의 순례자를 이끌어 갔던 것들의 의미를 전적으로 부정하는 것은 아닐 것이다. 부처의 금빛, 뉘우침 속에 바쳐진 왕국의 재화 — 이러한 것들은 순례자로 하여금 그러한 것을 초월하는 부처에로 가게 하는 방편일 수도 있을 것이다. 또 하나의 「부처」라는 제목의 시는 부처의 진실의 어려움을 더욱 미묘한 언어로 전달하고자 한다.

마치 그가 귀 기울이는 듯. 고요 먼……
더욱 삼감에, 우리는 고요와 먼 것을 듣지 못한다.
그리고 그는 별이다. 그리고 우리가 보지 못하는
다른 큰 별들이 그 별들 주변에 있다.

아, 그는 모든 것이다. 참으로 우리는
그가 우리를 보기를 기다리는가? 그가 그럴 필요가 있는가?
우리가 그 앞에 몸을 던질 때에,
그는 깊고 짐승처럼 느릿하게 있으니.

우리를 그의 발밑으로 앗아 가는 그것은
백만 년을 그의 안에서 맴돌았거니.
우리가 아는 것을 잊어버리고
우리에게 금지된 것을 아는 그의 안에.[18]

---

18 Als ob er horchte. Stille: eine Ferne……
Wir halten ein und hören sie nicht mehr.
Und er ist Stern. Und andre große Sterne,

우리가 부처에게 이끌리는 것은 부처가 우리의 소리에 귀를 기울이며 우리를 기다리고 있는 듯하기 때문이다. 그러나 그것은 단지 고요함 또는 먼 거리가 불러일으키는 마음의 반응인지 모른다. 오히려 그것을 경청하고자 근신하면, 아무것도 들리지 않음을 알게 된다. 부처는 우리를 초월해 멀리 있는 별과 같다. 초월적인 것의 깊이는 한이 없다. 부처가 별이라면, 그것을 넘어가는 별은 그 너머에 또 존재한다. 그리하여 그는 우리와 무관하다. 그의 무관심은 「검은 고양이」에서 고양이의 무관심에 비슷하다. 그러나 다른 한편으로 부처는 참으로 우리를 넘어서 다른 세상에 있는가. 부처가 일체의 것이라면, 우리는 이미 부처 안에 있는 것이 아닌가. 그렇다면 우리에게 부처가 화답하기를 기다릴 필요가 있는가. 우리가 부처에게 절을 올리는 것 그것은 이미 우리가 부처에 이어져 있다는 것을 뜻한다. 우리 마음의 움직임은 부처로 인하여 무르익었던 것이다. 그러나 부처는 역시 우리를 초월해 있다. 우리가 알고 겪는 일이 부처에게 전혀 무관한 것은 아닐는지 모르지만, 그는 그것을 잊어버렸다. 그리고 그의 앎은 우리의 앎의 저쪽에 있다.

『신시집』 제2부의 마지막을 장식하는 「영광의 부처(Buddha in der Glorie)」는 내재하며 초월하며 일체이며 세계인 부처 — 또 세계의 이러한

---

die wir nicht sehen, stehen um ihn her.

O er ist Alles. Wirklich, warten wir,
daß er uns sähe? Sollte er bedürfen?
Und wenn wir hier uns vor ihm niederwürfen,
er bliebe tief und träge wie ein Tier.

Denn das, was uns zu seinen Füßen reißt,
das kreist in ihm seit Millionen Jahren.
Er, der vergißt was wir erfahren
und der erfährt was uns verweist.

이음새에 대한 가장 완숙한 설명이며 계송이다.

가운데의 가운데. 씨알의 씨알,
스스로 닫혀 스스로 단물을 기르는 아몬드 —
별에 이르기까지의 일체는
당신의 과육: 절 받으시라.

보라, 이제 당신에게 매임이 없는 느낌,
가없음에 당신의 껍질이 있고.
저편에 강한 즙이 모이고 밀친다.
그리고 밖으로부터 하나의 빛이 이를 돕는다.

저 위로 당신의 해들이 가득히 빛나면서
선회하고 있음으로 하여.
허나 당신 가운데는 이미 비롯되었거니,
수많은 해를 넘어서 있는 무엇이.[19]

---

19 Mitte aller Mitten, Kern der Kerne,
Mandel, die sich einschließt und versüßt, —
dieses Alles bis an alle Sterne
ist dein Fruchtfleisch: Sei gegrüßt.

Sieh, du fühlst, wie nichts mehr an dir hängt;
Im Unendlichen ist deine Schale,
und dort steht der starke Saft und drängt.
Und von außen hilft ihm ein Gestrahle,

denn ganz oben werden deine Sonnen
voll und glühend umgedreht.
Doch in dir ist schon begonnen,

부처는 세계의 중심이다. 첫 연은 매우 감각적인 이미지로써 이렇게 말한다. 두 번째 연은 중심인 부처가 동시에 가장자리라고 말한다. 부처의 중심성이 과일의 속으로 표현된 것은 사실 부처가 중심에도 있지만 가장자리에도 있는 것을 말한 것이다. 그 과육은 별이라는 저 멀리 있는 천체까지를 포함한다. 그러면서도 부처가 우주의 끝에 이르는 존재라는 명제는 말하여질 필요가 있다. 부처는 일체이면서도 스스로를 넘어가는 일체이다. 이것은 가없는 것에 부처의 끝이 있다는 모순어법으로 표현되어 있다.

사실 과일의 비유는 부처의 자기 초월적 일체성도 이미 암시하였다고 할 수 있다. 과일을 자라게 하고 무성하게 하는 것은 그 내적 생명의 힘이다. 그러나 그것은 동시에 환경의 도움을 받지 아니하면 아니 된다. 이것은 과즙의 경우에 가장 쉽게 설명될 수 있다. 과즙이 생기는 것은 과일 내부의 힘으로 인한 것이다. 그러나 그것은 태양의 빛과 열을 받음으로써 진한 과즙으로 무르익는다. 그러니까 과즙은 안으로부터 오는 것과 밖으로부터 오는 두 개의 힘이 이루어 낸 결과이다. 그러나 생명의 힘 그것도 생명의 환경이나 마찬가지로 하나의 우주 과정에서 생겨난 것이다. 하나의 우주적인 원리가 안의 원리와 밖의 원리 둘로 나뉘었다가 다시 하나로 합치는 것이다. 부처는 세계의 안에 있는 내재 원리이면서 동시에 멀리에서 비쳐오는 빛이다. 그러나 물론 이 빛 — 저편에, 밖에, 높이 있는 빛은 초월의 빛 — 부처마저도 초월하는 빛이면서 이미 부처의 안에 있다. 부처의 밖에 해가 있지만, 그 안에는 그것을 넘어가는 것이 이미 시작되어 있다.

부처의 내재하면서 초월하는 일체성은 사람의 우주와의 관련, 부처 그리고 진리와의 관련으로 옮겨 생각해 볼 수 있다. 아마 릴케의 모순된 세계 원리에 대한 설명의 밑에도 이러한 인간 존재의 상동적 지향이 놓여 있는

---

was die Sonnen übersteht.

것일 것이다. 부처의 우주적 일체성을 받아들인다면, 즉 부처가 우주와 일치하는 것이라고 한다면, 모든 것은 부처의 내면에 존재한다고 하여야 한다. 일체의 사물은 그 자체의 정당성을 가지고 있다. 그 참모습 속에 존재하기 위하여 아무것도 외적인 대상으로서의 부처에 매여 있을 필요는 없다. 그것들은 부처로부터 자유롭다. 이 사물의 자유는 또 부처를 자유롭게 한다. 부처는 완전한 존재이다. 그러니만큼 그가 다른 사물에 의존적일 수 없다. 부처의 일체성은 부처를 또는 우주의 현황을 완전한 것이 되게 한다. 인간도 다른 사물처럼 부처 안에 있다. 인간이 느끼고 아는 것은 바로 부처의 진리이다. 그것은 인간의 지혜를 정당화해 준다. 앞의 시 「부처」가 말하듯이, 사람은 부처를 기다릴 필요가 없고 부처는 사람의 말을 들어 줄 필요가 없는 것이다. 그렇지만 사람이 느끼고 아는 것이 부처의 느낌이고 앎 그것일 수는 없다. 부처는 사람을 초월한다. 사실 사람이 스스로 부처이기 때문에 부처를 필요로 하지 않는다면, 그것이야말로 부처를 필요로 한다는 증거라고 할 수도 있다. 사람에게는 중심에 있으면서 멀리 밖으로 나가려는 갈망이 있다. 과일의 즙이 가장자리에서 더 진하다는 것을 사람은 느낀다. 그로 인하여 과즙에 작용하는 태양을 발견한다. 그리고 하나의 햇빛 너머에 또 다른 해들이 있음을 안다. 동시에 이 모든 밖을 향하는 초월의 행위는 궁극적으로 부처 안에 내재하는 것이고 — 그리고 아마 인간의 내면에 내재하는 것이다.

11

릴케의 형이상학은 극히 사변적으로 들린다. 그러나 릴케가 형이상학이 아니라 사물에 대한 강한 지향을 가지고 있는 것도 틀림이 없다. 그의 사변적 형이상학은 사물 자체를 향하는 시적 진실의 문제성이 전개되는 한 방식이다. 릴케의 형이상학은, 시적 진실의 탐구에서, 논리적 필연성을 나타내는 면이 있고 또 개인적·문화적인 선택을 포함하는 면이 있다.

지금까지 살펴본 릴케의 부처 주체의 시적 인식론에서 모든 것은 최종적으로 부처 속에 내재한다. 그것은 인간의 모든 것을 정당화하는 근거가 된다. 이 모든 것은, 적어도 릴케의 사물 시학에서는, 인간을 외부 세계로 이어 주는 모든 인간 능력, 느낌이나 감정을 포함한다. 또는 이러한 인간의 지향적 능력은 이성적 능력보다 근원적이다. 내면과 내면의 소통은 객체화에 의존하지 않는 어떤 통로를 요구한다. 그러나 그것은 그 반대의 것 — 객관 세계의 타자성을 인정하는 것으로부터 시작하여야 한다. 타자의 타자성에도 불구하고, 타자들의 관계는 선택을 넘어가는 실존적 조건이다. 어떤 형태로든지 공존의 방식이 있음이 상정될 수밖에 없다. 타자와의 거리도 공존의 방식이다. 그리고 이것은 공간적·시간적 전체성의 테두리 안에서 존재론적 동일성으로 수렴된다.

그러니까 이러한 동일성은 타자성의 역설적 종착점이라고 할 수 있다. 그러나 이것은 처음부터 동일성을 받아들이는 것과는 다른 것이다. 여기에는 변증법적 경로가 있다. 이 사실은 여러 가지의 인식론적·윤리적·사회적 함축을 가지고 있다. 가령 시에서 감정이 중요하다고 할 때, 그것이 그 자체로 중요하다고 생각하는 것과 그것을 외부 세계와의 통로, 객관적 진리에의 실마리로 보는 것의 차이는 여기에서 일어난다. 우리가 타자와 동일성 — 이 둘 사이의 회로를 인식하는 것은 윤리적 계기를 인식하는 일이다. 타자와의 거리는, 앞에서 시사한 바와 같이 불가피하게, 타자에 대한 고려, 배려 그리고 존중의 태도를 함축한다. 어떤 경우에나 안다는 것은 알아보아야겠다는 결정에 뒤따르거나 병행하는 일이다. 이 결정에 윤리가 작용한다.

물론 여기에서 핵심적인 것은 진리에 대한 인식론적 관심이다. 분명한 것은 릴케의 시에 들어 있는 진리 지향성이다. 뿐만 아니라 그의 시는, 많은 서구의 현대시가 그러하듯이, 인식론적 반성을 시의 내부에 숨겨 가지고 있다. 이것은, 앞에서 말한 서구 정신사에서의 인식론적 선회가 가져온 피할 수 없는 부담이다. 언술 행위는 그것이 어떠한 것이든지 간에, 진리의 주장을 다소간에 가지고 있다. 과학의 시대에 있어서 과학이 유일무이한 진리의 담지자라면, 여러 형태의 언술 행위들은 자기 성찰적이 될 수밖에 없다.

인식론적 선회는 한편으로 과학의 진리 주장을 확실한 기초 위에 놓으려는 데에 동기를 가지고 있다. 다른 한편으로 그것은 과학의 진리 주장을 한정하고 비판하는 데에 관심을 가지고 있다. 인식론적 관심의 현대적 표현이라고 할 수 있는 과학 철학의 많은 부분이 앞의 일에 관계된다면, 그 일부는 과학의 토대의 허약함을 지적하고 비판하는 일에 주의를 기울인다. 하이데거나 후설은 과학에 대한 강한 비판을 내놓은 바 있지만, 대체로 현상학적 철학 사상은 암묵리에 과학의 진리 주장에 대한 비판을 포함하는 경우가 많다. 시인의 작업도 과학적 진리에 선행하여 그것을 한정하는 '기초 존재론(Fundamentalontologie)' 그리고 더 넓은 의미의 존재론에 기여함으로써 과학의 독존적 진리 주장에 의문을 제기한다고 할 수 있다. 물론 이것은 시적 진리에 대한 심각한 반성을 포함하는 시의 경우이다. 그러한 시는 이성 이외의 사람의 세계에로의 통로, 느낌, 감정, 신체적 감각 등에 주의하면서 그것에 머무는 것이 아니라 그것이 지칭하는 세계를 향한다. 그러나 그것은, 흔한 대조가 시사하는 바와 달리, 과학에 대립하는 것이라기보다는 그것에 보완적이다. 릴케의 시는 대상적 세계의 진실에 대한 인식론적 또는 존재론적 관심을 드러낸다. 이 글에서 시가 어떻게 객관적 진실을 말할 수 있는가를 생각하면서 논의를 릴케에 의존하는 것은 이러한 이유로 인한 것이다.(물론 그의 시에 문제가 없다는 말은 아니다. 그것은 여기에서 논하지는 아니하였을 뿐이다.)

말할 것도 없이 릴케의 시는 서구의 여러 역사적인 관련 속에서 형성된 것이다. 그러나 적어도 앞에서 논한 시에서 그의 철학적·시적 명상의 주제가 되었던 것이 부처라는 것에도 주의할 필요가 있다. 앞의 시들에서 부처는 그의 생각을 피력하는 방편이 되어 있을 뿐이라고 하겠지만, 그의 해석은 불교적 진리에 대한 놀라운 직관을 담고 있는 것으로 생각된다. 릴케는 불교에 이미 이야기되었던 진리의 형이상학을 현대적인 인식론적 기율로서 표현하였을 뿐이다. 모든 위대한 시는, 동이든 서이든, 그것이 분명하게 진술된 것이든 아니든 시적 진실을 강하게 지향한다. 이것은 시적 객관성을 향한 기율의 훈련을 요한다. 그리고 이 훈련은 넓은 인문적 의미를 갖는다. 사람의 삶에서 사실의 진리와 진리의 전체성이 알게 모르게 모든 것의 준거가 된다. 그러나 이것이 필요 없는 것처럼 생각되어 가고 있는 것이 오늘의 상황이다. 그리하여 이러한 문제를 말하는 것은 부질없는 일로 보인다.

(2003년)

이윤학, 『꽃 막대기와 꽃뱀과 소녀와』[1]

민주화가 먼저인지 아니면 민주화를 가져온 사회와 역사 속에 움직이는 어떤 힘이 먼저인지는 알 수 없는 일이나, 민주화 이후 많은 것이 자유로워졌음은 틀림이 없다. 문학의 세계에서 이것은 지금까지의 어느 때보다도 자유분방해진 발상이나 수사로써 감지되는 일이다. 우리의 기대는 이러한 자유가 우리의 문학을 조금 더 폭넓게 그리고 깊게 해 주리라는 것이다. 그러나 자유로워진 상상력과 금기 없는 소재와 기발한 수사들의 번성에도 불구하고 아직은 믿음이 가는 과실이 그렇게 눈에 띄지는 아니한다.

그런데 이 과실을 어떻게 알아보는가. 모든 새로운 탐색과 실험에도 불구하고 작품의 효과는 읽는 사람에게 — 사실 쓰는 사람에게도 — "과연 그럴 수 있겠다." 또는 "그럴 수밖에 없겠다."라는 느낌으로 검증되는 도리밖에 없다. 결국은 문학에서 우리가 원하는 것은 삶의 표현의 필연성에

1 제22회 김수영문학상 심사평.

다름이 아닌 것이다. 자유는 보다 크고 바르고 풍부하고 또 새로운 필연성을 위한 탐구의 방편에 불과하다. 탐구되는 것은, 다시 말하건대 삶의 표현의 필연성이다. 그것은 물론 삶 그것의 필연성에 이어져 있다. 모든 삶의 필연의 기초는 사실이다. 우리가 나날이 보고 느끼고 체험하는 사실이 모든 것의 기초이다. 그러나 물론 이것은 새로 확인되는 것이라야 한다. 사실은 표현 속에서 새로워진다.

수상작으로 선정된 이윤학 씨의 시는 요즘의 많은 현란한 수사들로부터 멀리 있다. 그 특징은 사실적 진지성에 있다. 사실은 흙길에 나는 바큇자국이기도 하고 칼자국 난 도마이기도 하고 부서지고 버려져 가는 농촌의 지게이기도 하다. 이윤학 씨는 이러한 사물들을 사실적으로 말하면서, 그것을 그 이상의 의미를 가진 것으로 변화시키는 것을 거부하는 것처럼 보인다. 이것은 쉽지 않은 일이다. 사물에 의미를 부여하는 일이 쉬운 것은 아니지만, 의미화를 자제하는 것은 그에 못지않게 또는 그 이상으로 쉽지 않은 일이다. 짧으면서도 산문의 언어처럼 딱딱한 언어의 절제는 이 의미의 금욕주의를 보강한다. 아마 많은 독자들에게 그의 시는 시가 아닌 듯한 인상을 줄 것이다.

그러나 잘 읽어 보면, 사실적으로 지시되는 사물들의 모습에 의미가 없는 것은 아니다. 흙길의 바큇자국은 사람의 길의 여러 의미를 생각하게 한다. 버려진 농촌의 물지게는, 시의 제목 「십자가」에 시사되듯이, 삶의 고통에 순응하던 농촌적 삶의 양식의 소멸을 말한다. 그러나 더 중요한 것은 그러한 삶의 형태와 더불어 있는 사물들의 미묘한 의미이다. 사물에는 그 나름의 독자성이 있다. 그러면서 그것은 사람의 쓰임을 통하여 어떤 역사를 갖는다. 「순간」에서 시인은, "바람에 날려 하얗게/ 손바닥을 펴 보이는" 닥나무를 보면서, 그러한 닥나무에게도 "순간, 순간이 차곡차곡 채워지는 게 느껴질 때가 있다"라는 것을 깨닫는다. 이것은 불상 앞에서 기도하는 할머니들이나 주인 앞에 서서 가는 개의 경우에도 해당된다. 시인은 기도하는 할머니들을 보며, "누굴 위하여 간절한 적이 별로 없던" 자신을 부끄럽게 느낀다고 하지만, 사람이나 동물이나 사물의 독자적인 있음, 그 독자적인 시간을 느끼지 못하는 것이 우리의 보통의 삶이다.

이러한 독해가 불가능한 것은 아니나, 이윤학 씨의 시가 의미에서나 언어에서나 시적인 울림이 부족하다는 느낌은 부당한 것만은 아닐 것이다. 그러나 기발하고 현란한 의미와 수사가 진정한 시를 생산하지는 아니한다. 이윤학 씨의 시는 시와 삶의 기본을 다시 생각하게 해 준다. 이 기본을 잊지 않으면서 더욱 깊은 울림이 있는 시를 보여 주기를 기대하면서, 이윤학 씨의 김수영문학상 수상을 축하한다.

(2003년)

김경수 시집 『지구 밖으로 뻗은 나뭇가지』 발문

돌아가시고 얼마간의 간격이 있은 다음인 지난가을에야 김경수 선생의 작고 소식을 나는 들었다.

오늘의 복잡한 삶에서 우리는 마땅히 주의를 기울였어야 할 많은 것에 주의를 기울이지 못하고 경황없는 삶을 산다. 이것은 일상의 작은 일만이 아니라 삶과 죽음의 커다란 고비의 경우에도 마찬가지이다. 마치 커다란 파도 속에 무자맥질하며 휩쓸려 가는 것이 오늘의 삶과 죽음이라는 느낌이 든다. 끊임없이 밀려오는 삶의 번쇄한 파도는 죽음을 위한 빈자리를 남겨 두지 아니한다. 그 결과의 하나로 삶이 오늘의 모든 것이라는 느낌을 준다. 이것은 삶의 힘을 말하고 삶에 대한 대긍정을 뜻하는 것으로 여겨질 수 있을는지 모른다. 그러나 죽음이 남겨 놓은 빈자리를 생각하고, 또 현재로 이어지는 과거의 기억을 되돌려 주는 공간이 있어야 삶은 오히려 온전한 것이 된다. 가득한 삶은 사실 스러져 가는 것들로 인하여 가득한 것이고 이 스러져 가는 것을 스러져 가는 것으로 보존하지 않는 한 참으로 모든 것은 공허한 것이 된다. 그러나 오늘의 삶은 소용돌이치는 물결처럼 몰려오고 또 몰려가고 스스로 스러지는 것이라는 것조차도 의식하지 못한다.

내가 김경수 목사님을 알게 된 것은 명륜동의 창현교회 목사로 계실 때였다. 그는 서글서글한 눈과 깊은 목소리를 지닌 분이었다. 그것은 거무스름한 빛의 함경도 분의 얼굴과 함께 감정이 깊은 분이라는 느낌을 주었다. 그때부터 수유리 쪽으로 이사하신 후나 제주도로 옮기신 후에도 출판하시는 시집을 보내 주셨다. 그것은 대체로 군사 정권하의 억압적인 현실에 대한 분노를 직접적으로 또는 풍자적으로 표현하는 것들이었다. 1975년에 나온『목소리』가 긴급 조치 위반으로 판매 금지가 된 것은 그것이 이러한 분노를 담고 있는 시들을 수록하고 있기 때문이었다.

그가 처음으로 시를 발표한 것은 1948년의 평양의《로동신문》의 지상을 통해서였다. 목사로서의 직무가 그의 평생의 사업이었으므로 그에게 가장 중요한 것은 신앙과 신앙의 실천이었지만, 시도 그에 못지않게 일찍부터 그의 정열적 헌신의 대상이었던 것을 알 수 있다. 북에서 남으로 옮겨오신 다음에도 이미 1955년부터 시를 발표하기 시작했고 그 시들을 지금까지 총 열세 권의 시집으로 정리하였다. 그리고 처음 시를 발표한 지상으로 보아 정치와 사회 참여에 대한 관심도 일찍부터 그의 정열의 하나였던 것으로 짐작된다. 방향을 잡기 어려운 우리의 정치 상황에서 그는 그 나름의 방향타를 가지고 한결같이 현실에 대한 관심을 지속하였다. 그의 시가 가장 많이 표현한 것도 그의 이러한 관심이었다.

그러나 그의 일생의 결정적인 사건으로 가장 중요했던 것은 고향인 함경도 성진에 할머니와 어머니 그리고 일곱 형제를 남겨 두고 홀로 월남을 하게 된 일이 아닌가 한다. 이번의 시집에서도 아마 가장 절실한 부분은 망향과 함께 어머님에 대한 그리움을 표현한 사모곡들이라고 하겠는데, 고향과 어머니 그리고 두고 온 사람들을 생각하는 그의 마음은 세월이 40년이 되고 50년이 되고 나이가 육십이 되고 칠십이 되어도 이렇게 간절했던 것으로 보인다. 정치적인 문제로서의 이산가족 문제는, 그의 시에서 인간적 실체를 얻고 있다는 느낌이 든다.

나의 개인적 사정으로 하여 나는 이 글을 지금 미국의 캘리포니아 주 어바인에서 쓰고 있다. 이곳이 좋은 곳인 것임에는 틀림없지만, 나는 여기의 토지에서 공허한 공간의 느낌을 받는다. 그것은 사막에 가까운 이곳이 모든 것이 조밀한 서울에서 온 사람에게는 그렇게 비치는 까닭이기도 하지만, 모든 낯선 곳은 대체로 그러한 느낌을 주는 것일 것이다. 그리하여 눈에 보이는 땅의 내용은 지도에서 보는 이름처럼 공허하고, 새로 만나는 사람들은 그 이름이나 직능 이상의 깊이를 갖지 못한다. 그러나 우리가 익숙한 고장에서의 토지나 사람도 사실 따지고 보면 그렇게 의미 있는 깊이를 가진 것이 아니기 쉽다. 시와 문학이 하는 일은 이름으로, 표면으로, 추상적인 문제로서만 존재하는 것들에 깊이 있는 실체를 부여하는 일이다. 김경수 목사의 사모곡이 수행하는 것은 이러한 일이다.

가족을 뒤에 두고 단신 월남한다는 것은 이별만을 뜻하는 것은 아닐 것이다. 그것은 우리의 삶 속에 깊이 들어와서 삶의 가장 중요한 부분이 된 토대로부터 뿌리 뽑혀 나온다는 것을 말한다. 가족과의 이별은 이 커다란 실존적 박탈에 대한 하나의 인간적 비유라고 할 수 있다. 김경수 목사는 파울 틸리히(Paul Tillich)의 저서 여러 권을 번역 소개한 바 있다. 틸리히는 심연 위에 있는 인간 실존의 두려움과 불안을 신을 향한 믿음으로—심연의 저쪽에 있는 두려움의 존재로서의 신을 향한 믿음으로 연결하려 하였다. 이것은 뿌리 뽑힌 현대의 불안한 상황 속에 신학을 정립하려 한 것이지만, 틸리히 자신이 나치스 독일을 떠나서 미국의 피난민이 되어야 했던 사정과도 관계되는 일일 것이다. 김 목사의 틸리히에 대한 관심도 그 비슷한 삶의 체험들로 인한 것인지 모른다.

그러나 모든 것을 우리가 겪은 삶의 체험으로 설명하는 것은 옳지 않다.

사람의 삶은 구체적인 사건들의 연쇄이면서 그 사건들을 초월한 의미를 드러내고 그것으로 하여 우리를 어떤 깨달음에 이끌어 간다. 이러한 차원에서 어머니로부터의 분리나 실존적 박탈의 의미는 그것이 우리에게 삶의 절실함을 잊지 않게 해 준다는 데에 있다. 사람들은 삶의 구체성을 통하여 어떤 보편적 차원에 이른다. 그러나 이것이 구호적인 경직된 말로 요약되고 맹목적인 확신으로 응결되는 경우가 얼마나 많은가. 삶의 구체적인 내용에서 오는 절실함은 삶의 깨달음을 보편적이면서도 개성적 유일성을 가진 것이 되게 한다.

김경수 목사의 시들은 그가 절실하게 느끼고 기록한 삶의 흔적들을 담고 있다. 그는 죽음의 순간에도 그 무서운 사실에 대한 여러 성찰을 잊지 않았다. 이번 시집의 많은 시들은 다가오는 죽음을 예상하면서 병상에서 보고 느끼고 생각한 것을 적은 것이다. 그의 죽음의 시는 당연히 죽음의 허무와 그 허무의 절실성을 나타내고 있지만, 동시에 그것을 통하여 그가 내다보는 자연과 우주 공간의 허허함과 그 해방의 약속을 말하고 있기도 하다. 그리고 그는 죽음을 통하여 삶 — 미물의 삶이라고 하더라도 그 삶이 긍정될 만한 것임을 말한다.

그의 신앙에 있어서도 어둠과 밝음, 고통과 기쁨, 믿음과 회의, 선과 악의 미묘한 연결에 대한 느낌은 그대로 작용하고 있다. 그의 많은 신상의 시가 통상적인 신앙의 확인의 테두리를 벗어나는 것이 아니면서도 호소력을 가지고 있는 것은 이러한 역설을 담은 삶의 절실성을 잃지 않고 있기 때문일 것이다. 궁극적으로 그가 신앙의 인간인 것은 틀림이 없는 일일 것이다. 그는 분노와 고통에도 불구하고 바탕에 있어서 선의의 인간이다. 그의 단순한 삶의 현실에 대한 긍정은 아내를 비롯한 가족에 대한 시에서 담담하게 나타나 있다. 그의 신앙은 실존적 고뇌를 통하는 것이면서도 진리의 단순함에 이른다. 그것은 그로 하여금 가까이 있는 것에 대한 따뜻한 마음을 견지하게 하는 것이다.

그가 작고한 후인 지금의 시점에서나마 나는 이번 시집을 통하여 그를 위한 기념의 공간을 만드는 데에 도움을 줄 수 있게 된 것을 기쁘게 생각한다. 그의 발자취는 이미 여러 군데에 보존되어 있다. 그의 시는 240여 수가 나운영 교수 작곡의 찬송가가 되었다. 그의 활동은 기독교 문학의 세계에 여러 가지 족적을 남겼다. 말할 것도 없이 그를 위한 기념의 공간은 가족과 친지 그리고 그가 보살폈던 이들의 가슴속에서 가장 절실한 것일 것이다. 그러나 민음사에서 그의 최후의 시들을 수록한 시집을 내게 된 것은 그를 추억하고 기념할 수 있는 공간을 더욱 확실하게 마련하는 일이다. 기쁜 일이 아닐 수 없다.

(2003년)

절도와 감흥

김종길 선생의 최근 시

1

김종길 선생의 시 낭독을 나는 자주 들었다. 물론 그것은 공중 장소에서의 낭독이 아니라 대화 중 시나 시구가 낭독풍으로 말하여지는 경우를 말하는 것이다. 낭독이 되는 것은 우리말 시, 한시 그리고 일본어 또는 자작 시이다. 시가 인용될 때면 선생의 기억력에 감탄하고, 자작시의 경우는 구두 인용의 뒤에 있을 시의 조탁 과정에 경탄을 느낀다. 그런데 이보다도 귀에 새겨지는 것은 낭독의 음악이다. 이 음악은 어떤 낭독에서 보는 바와 같이 과장된 것이 아니다. 일상적인 말의 일부이기에 그렇기도 하겠지만, 그것은 음악의 가락보다는 말의 자연스러운 리듬을 약간 더 돋보이게 강조한 것이다. 이러한 말의 리듬을 나는 김종길 선생의 일상적인 언어에서도 느낀다. 그것은 의식적 노력의 결과가 아니다. 서두름 없이 절도를 가지고 분명하게 발음되는 선생의 말에서 한국어 고유의 리듬이 살아나는 것이다. 김종길 선생은 경상도 분인데, 경상도 말은 한국어 중에도 유독 분명한 강세를 가지고 있다. 그것은 그 자체로서 음악적 요소를 이루기도 하지만, 그로 인하여 언어에 전체적으로 분명한 마디를 만들어 내는 일이 쉬워지는 것이 아닌가 하는 생각이 든다. 김종길 선생의 발성의 리듬이 경상도 말에 반드시 나타나는 것은 아니다. 이 리듬은 배경과 인품과 언어 감각 모두가 뒷받침되어서 가능해지는 것이다. 어쨌든 그의 한국어는 소리의 강약, 고저, 장단, 말의 구절(句節)과 단속(斷續)에서 분명한 질서가 느껴진다.

절도 있는 리듬의 말은 우리 마음의 어지러운 생각에 질서를 부여하는 것이 언어라는 사실을 새삼스럽게 생각하게 한다. 언어는 생각과 경험과 세계를 일정한 모양으로 정리하는 수단이 되는 것이고, 이 질서에 큰 역할을 하는 것이 논리고 의미지만, 그 이전에 단초가 되는 것은 소리의 문양이다. 그것은 단초라기보다는 바탕이라고 하는 것이 옳다. 거기에는 의미 발생의 근원 — 대상 세계에 대한 지각 그리고 그것을 가능하게 하는 질서 지향, 삶의 숨은 벡터가 합쳐져 일어나는, 의미라는 사건의 모든 근원이 암시되어 있다. 시는 그러한 근원에 이어져 있는 언어 행위이다. 물론 언어는 근원적인 의미에서가 아니라면, 늘 질서화를 향하는 것은 아니다. 말은 인간의 내부에 있는 또 인간의 외부에 존재하는, 온갖 무질서와 폭력의 분출구이고 그것을 자극하는 흥분제이기도 하다. 언어는 자연의 에너지 회로의 일부이다. 그러나 그 근본은 어지러운 에너지에 질서를 부여하는 데에 있다고 할 것이다. 특히 이것은 시의 언어에 있어서 그러하다.

무질서한 에너지를 드러내려고 하는 듯한 시도는 근본적으로 질서를 지향하는 시를 바탕으로 한 대위적 변주인 경우가 보통이다. 결과적으로 그것은 언어가 구현할 수 있는 가상적 질서를 새롭게 하고 풍부하게 하는 역할을 한다. 시는 그것이 의미 발생의 근원에 이어져 있는 한, 당초부터 삶의 에너지에 이어져 있으면서 그것을 어거(馭車)하려는 언어이다. 그러니까 시적 언어의 질서를 말한다고 하더라도 그것은 살아 움직이는 현상으로 이해되어 마땅하다. 그러나 다시 한 번 그 본질적 기능은 삶의 질서화라는 것을 상기할 필요가 있다. 그러는 한에서 그것은 문명된 삶의 기초 작업이 된다. 오늘처럼 시적 언어의 혼란이 극심한 시대에 김종길 선생의 시가 확인하는 것은 질서의 원리로서의 삶과 사회의 문명화된 질서의 기초로서의 시적 언어의 존재이다. 이러한 생각을 여기에 적게 되는 것은 그의 시를 대하면서 — 특히 이번 시집의 시들의 경우 산문적이라는 인상을 줄 수도 있을 것이기 때문에, 우리의 사고 습관의 옷깃을 다시 한 번 여미자는 뜻이다. 시는 과장이 아니라 절도이다.

우리말에서 청록파의 시만큼 애련한 음악을 많이 캐어 낸 시도 없다고 할 것이다. 이번 시집에도 조지훈을 회상하는 시가 있지만, 김종길 선생은 조지훈이나 박목월과 매우 깊은 교류를 가졌던 분이다. 작고한 청록파의 시를 생각하게 하는 시들이 많이 있는데, 「고향 길」과 같은 시는 가장 뚜렷한 예이다.

철길 섶 마른 풀잎
잎 진 가지들

그 위에 펼친 하늘
피는 흰 구름

한나절 육백 리 길
하염없고나

앞으로 몇 번이나
오르내릴지

이러한 시는 음악에서도 그러하지만, 소재에 있어서도 박목월을 연상케 한다. 그러나 이번 시집의 시들의 전체적인 인상은 이러한 시적인 시로부터는 상당히 떨어져 있다고 할 수밖에 없다. 오늘의 현실에서 가능한 한 시에 충실하기 위해서는 당연한 일이다. 그렇다고 거기에 리듬이 없는 것이 아니다. 이 시집의 어느 시를 예를 들어도 좋겠지만, 거기에는 그 나름의 절제된 리듬이 있다. 그러면서 이 화려하지 않은 리듬은 그 나름으로 시의 근본으로 돌아가는 것을 뜻한다고 할 수 있다. 되풀이하여 말하건대 김종길 선생의 시는 우리말의 리듬의 중심을 드러내 준다. 그러나 리듬은 발성의 과장이 아니라 절도에서 일어나는 것이다. 여기에서의 절도는 시의 소재와 내용에서도 반영된다. 이것은 시가 표현하는 것으로 되어 있는 감정이나 의미 그리고 태도에도 해당된다. 그의 시의 특징은 전체적으로 자기 절제에 있다.

2

리듬은 감정에 깊이 관계되어 있고, 감정은 세계에 대한 일정한 태도에 관계되어 있다. 시는 이러한 것들을 언어의 질서 속에 통합하려는 노력의 표현이다. 사람과 세상을 이어 주는 기능으로 이성이나 감정이나 의지 등을 나누어 말할 수 있지만, 아무래도 사람이 세상에 존재하고 있다는 느낌을 끊임없이 전해 주는 것은 감정이라고 할 것이다. 그것은 기분이나 몸의 온기 — 쉴 새 없이 변하면서도 지속하는 느낌의 흐름과 같은 것이기에 딱 감정이라기보다는 세상에 나를 접속하는 감성의 자기(磁氣)에 가깝다. 그러나 그러한 자기의 흐름이 강하게 드러나는 경우에 그것은 감정이라고 하여도 무방하다. 언어는 어떤 경우에나 사람과 세상의 접속을 여러 가지로 표현하는 것이지만, 시는 특히 감정의 얼룩을 드러내게 마련인 언어이다. 그렇다 보니 시는 강한 감정만을 표현해야 하는 것처럼 생각하고, 또 그것이 불충분하면, 억지로 지어서라도 감정을 만들어 내거나 꾸며 내는 것이라고 생각되기도 한다.

시에서 감정의 한 기능은 사물의 의미를 단순화하는 것이다. 말을 한다는 것은 말하는 일이 어떤 의미 또는 의의를 가지고 있다는 것을 전제하는 것인데, 과장된 감정은 손쉬운 발화의 의의와 표현의 의미를 제공해 준다.(이러한 사정은 소위 리얼리즘을 표방하는 작품에서도 그러하다. 또는 그러한 시일수록 그러한 것으로도 생각된다.) 그러나 이런 경우에 사실 또는 진실은 뒷전으로 물러나기 쉽다. 시에서 감정이 중요하다면, 그것은 감정이 사실과 진실의 매체(媒體)이기 때문이다. 물론 감정 — 격앙된 감정도 사실이나 진실의 일부이다. 다만 시에서 그것을 전달하는 데 작용하는 매체로서의 감정은 격앙된 감정일 수는 없다. 시적 감정의 의의는 사람과 세계가 맞닿는 부분에서 사람과 세계의 모습을 전달하는 데에 있기 때문이다. 절도를 가진 시적 감정은 사실적 세계의 다양함에 참여하고, 사람의 감정으로 하여금 섬세한 앎의 수단이 되게 하는 데에 기여한다.

김종길 선생의 시는 과장된 감정의 시가 범람하는 오늘의 시단에서 가장 절제된 감정을 드러내 보이는 시라고 할 수 있다. 절도로서의 리듬은 이것과 짝을 이루는 현상이다. 그의 시는 대체로 거의 감정 없이 기록한 사실의 세계를 그리고자 하는 것처럼 보인다. 이것은 그의 삶의 기본적인 정향과 관계되어 있는 것이기도 하지만, 의식적인 결정에 기초한 것으로도 생각된다. 이번 시집에 실린 「사진」에서 그는 사진과 예술의 관계를 다음과 같이 말한다.

사실에만 충실하다고 해서

예술이 아닌 것은 아닐 것이다.

저 빨랫줄에 아무렇게나 널려 있는
헌 옷가지들이 받는
따스한 저녁 해를
무엇이 이토록 참답게
기록하고 보존해 주랴.

이 시는 논리적 진술과 그 진술에 대한 사실적 예시로 이루어진다. 그리하여 하나의 산문적 진술에 가깝다는 인상을 준다. 이에 비슷하게 언어가 가진 음악도 거의 느껴지지 아니한다. 그러면서도 조심스럽게 귀를 기울이면, 적어도 여기의 언어들이 분명하게 분절화된 것임을 부정할 수 없다. 시행의 이행은 확실하게 숨을 쉬어야 하는 공간과 일치한다. 위에서 말한 산문적 진실의 시적 울림도 이 음악과 같은 정도의 깔끔함을 가지고 있다.

예술은 극히 사실적인 사진에 비슷한 것일 수 있다. — 이 시는 이렇게 말한다. 그러나 그런 경우에도 사진이 단순히 사실을 복사하는 것은 아니다. 소재의 선택과 소재가 놓여 있는 공간만으로도 사진은 사실 세계의 사물들과는 다른 의미를 전달한다. 그러나 이러한 의미에서가 아니라도, 이 시의 사진 예술 옹호에도 불구하고, 김종길 선생의 시가 사진적이라고 말하기는 어렵다. 사진의 사실주의는 물리적·사회적 결정론의 세계에서 나온다. 김종길 선생의 시의 경우 소재나 소재의 공간은, 그것이 아무리 사실적이라고 하더라도, 어떤 결정론적 세계보다는 그 특유의 시적 세계를 암시하는 것으로 생각된다. 위의 시에서 햇빛 속에 있는 헌 옷가지들은, 그것이 생활의 구질구질한 고달픔을 나타내는 것으로 취해지는 것이라면, 그의 시에서 많이 발견되는 종류의 구상물은 아니다. 그러한 뜻이 전혀 없는 것은 아니지만, 중요한 것은 빨래의 헌 옷가지들이 따스한 햇빛 속에 있다는 점일 것이다. 빨래와 같은 번설한 것도 해의 운행에 비추어질 때 어떤 아름다움의 사건이 된다는 것이 이 시의 배후에 있는 영감일 것이다.

햇빛은 일상적 사물들을 다른 차원으로 고양한다. 김종길 선생의 사실들은 그 사실성에도 불구하고 대체로 형이상학적 공간 속에 있다. 그렇다고 사물이나 인생의 의미에 대한 사변(思辨)이 시의 주안점이 되는 것은 아니다. 앞의 시가 말하는 대로, 그의 시는 단지 기록하고 보존한다. 그러면서 그것은 사실주의의 기록보다는 철학적 명상의 성격을 갖는 것이다. 이번 시집에서 가장 사실 기록에 가까운 것들은 기행시들이다. 그중에서도 「캘리포니아」와 같은 시는 전적으로 사실 기록에 그치는 듯하다. "칠월 달인데도 길가엔 풀이 하얗게 말라 있었다." "북에서 남으로 찬 사흘 동안 자동차로 달려 애리조나 접경에 이르러서야 비로소 푸른 강물을 보았다." ― 이러한 사실적 관찰이 시의 전부이다. 물론 이렇듯 건조한 사실에서 시적 의미나 감흥을 연역해 낼 수 없는 것은 아니다. 그러나 역시 더 중요한 것은 사실 관찰 자체인 것으로 생각된다.

보고 스쳐 가는 일들을 두고 거기에 어떤 세간적인 또는 피안적인 의미를 궁리하여 첨부하려고 하는 것이 사람의 본능이다. 그러나 세상의 사실들을 보고 지나쳐 갈 뿐인 것이, 사람이 세상에 태어나서 할 수 있는 전부일 가능성은 없을까. 어쩌면 이것이 더 큰 철학적 발언일는지 모른다. 이렇게 생각하는 것은 세상을 무의미한 것으로 말하는 것일 수 있다. 그러나 역설적으로 이러한 생각은 이미 그 무의미에 의미를 부여한다. 후고 폰 호프만슈탈(Hugo von Hofmannsthal)은 그의 시 「외적인 삶의 발라드」에서, 일생의 여러 기쁨과 괴로움과 이룩함에도 불구하고 모든 것은 결국 부질없는 것이 아닌가 하는 물음을 낸 다음 말한다.

그래도 "저녁이군" 하는 말을 한 사람은
많은 말을 한 것이다. 거기로부터
깊은 느낌과 슬픔이 나오는 한마디 말을,

마치 빈 벌집에서 진한 꿀이 흘러나오듯

김종길 선생의 사실적 관찰은, 감정이나 의미의 장식이 없는 호프만슈탈의 한마디 말에 유사한 데가 있다. 그런데 호프만슈탈의 "저녁"이란 말이 감흥을 일으키는 것은 그것이 저녁때의 말이기 때문이다. 인생에 의미가 있는 것이든 아니든 그것은 인생을 되돌아보는 말이기 때문에 의미를 얻는다. 김종길 선생의 이번 시집의 사실적인 시는 삶을 전체적으로 끊임없이 되돌아보는 일의 일부라는 데에서 깊은 느낌을 준다. 이 시간의 테두리가 사실적인 관찰에 의미를 부여하는 것이다. 이번 시집의 시의 이해에도 이 테두리를 마음에 두는 것이 중요하다.

3

시집의 목차에서 밝히고 있는 시의 분류와 배열은 그 전체적인 테두리를 가늠해 볼 수 있게 해 준다. 사실성과 그 시간적 테두리는 이미 시인 자신의 비평적 반성 속에 들어 있는 것으로 생각된다.

1부는 '해가 많이 짧아졌다'이다. 여기에서 해는 하루의 해를 말하지만, 1년의 계절의 순환 그리고 삶의 회로를 말한다. 이 다른 뜻들은 서로 비유적인 관계에 있으면서 사실 하나이기도 하다. 그러나 시집에서 특히 두드러진 주제이면서, 여러 시들의 기조음을 이루고 있는 것은 해가 기울듯 기울어져 가는 인생이다. 변화가 없는 것은 아닌 대로 노년—인생 행로의 마지막 단계로서의 노년이 대부분의 시의 주제이다.

2부는 '길을 떠나서'라는 제목을 가지고 있다. 김종길 선생은 원래 새로운 고장에 호기심이 많으신 분이지만, 근년에 와서 여행을 많이 하신 것으로 나는 알고 있다. 여행의 체험이 시의 소재가 되는 것은 자연스럽다. 여기서는 미국, 일본, 영국 등의 여러 나라를 여행한 소감들을 표현한 시들이 많다. 앞부분에는 국내 여행, 그것도 김종길 선생의 고향을 중심으로 경상도 일대의 여행을 다룬 시들이 실려 있다. 그리고 고향 길은 옛 어린 시절의 추억이 서려 있는 곳이다. 그러니까 여행은 고향을 비롯하여 지구의 여러 곳을 공간적으로 소요하는 것이면서 시간을 소급해 가는 것이기도 하다. 인생여로라는 말이 있지만, 이 시들은 지상의 여행기면서 인생의 여로를 두루 되돌아보는 시들이다. 이 시집의 여행은, 사실로서 또 우의(寓意)로서, 철학자 가브리엘 마르셀(Gabriel Marcel)이 인간 생존을 해석하는 기본 비유로 사용한 말, "길 가는 인간(homo viator)"의 여행을 뜻한다 할 수 있다. 길다면 긴 인생에서 발길이 미치고 머물렀던 곳도 많게 되지만, 인생의 마지막 고비에 이르러 되돌아볼 때, 이것들은 모두 도상(途上)의 정지점이었다는 것을 깨닫게 되는 것이다.

시집의 마지막 부분인 3부는 '새벽에 잠이 깨어'이다. 나이와 더불어 자고 깨는 일이 불규칙해진다. 그리하여 새벽에 깨어나는 일도 많게 된다. 자야 할 시간에 깨어나는 시간으로서의 새벽은 밤이 되어야 하는 시간이지만, 새로운 날의 시작이기도 하다. 그리고 잠을 자고 난 다음의 새벽은 하루 가운데 정신이 가장 총총한 때이다. 노년의 새벽은 잠 못 드는 시간이면서 동시에 정신이 총총해지고 많은 것이 새롭게 느껴지는 시간인 것이다. 노인에게 새롭게 느껴지는 것은 옛 추억이기 쉽다. 3부에 옛일을 회상하는 시들이 많은 것은 당연하다. 그러나 옛일의 무상함은 어떤 때는 오늘의 일들에 더욱 간절하게 반응하게 한다. 그리하여 기억과 사건이 쉽게 섞이어 시적 순간을 이룬다. 이때 인생 전체가 그리움으로 되살펴지게 된다. 그러나 그것이 "삶은 아름답다"라는 식의 쉬운 긍정으로 나아가는 것은 아니다. 옛일에는 그리움이 있고 오늘의 일은 간절하다. 그리고 이와 더불어 분명히 표현하기 어려운 깊은 감흥 — 슬픔과 짝하는 감흥, 호프만슈탈의 "Tiefsinn und Trauer"가 인다. 긍정이나 부정보다 이러한 정서가 인생에 대한 평가라고 한다면 하나의 평가라고 할 수 있다.

시집의 분류에서 보듯이, 거기에 실려 있는 시들은 인생에 대한 철학적인 성찰 또는 보다 적절한 말로 철학적 감흥의 구도를 가지고 있다. 그러나 이 구도가 체계를 이룬다는 말은 아니다. 또 갈라놓은 주제들이 구분을 서로 넘나들지 않는 것도 아니다. 앞에서 비친 바와 같이, 낱낱의 시들은 감흥의 전체성 속에서 그 숨은 의미를 드러낸다. 물론 한 편 한 편의 시는 그 자체로써 구체적인 시적 계기를 이룬다. 그러니만큼 전체에 관계없이 그것대로도 음미되어야 한다.

4

'해가 많이 짧아졌다'는, 이미 말한 바와 같이 늙어 감에 대한 시들을 주로 싣고 있다. 그런데 늙어 간다는 것은 그 자체보다도 전체적인 삶의 맥락 속에서 생각된다. 그러나 한편에서는 말하여지는 사실의 명상적 성격이 분명하지 않을 수 있다. 흔히 철학적 반성보다도 사실에 대한 절도 있는 관찰이 완전히 전경을 차지하기 때문이다.

해가 많이 짧아졌다는 주제를 담은 첫 시 「가을」도 마찬가지이다. 그 머리의 구절 몇은 많은 사람들이 익히 알고 있는 사실을 간단히 서술한 것이다.

먼 산이 한결 가까이 다가선다.

사물의 명암과 윤곽이
더욱 또렷해진다.

가을이다.

그러나 이다음에 이어지는 구절 "아 내 삶이 맞는/ 또 한 번의 가을!"에 비추어 볼 때, 산이 가까워지고 사물의 명암과 윤곽이 뚜렷해지는 것은 가을에 일어나는 물리적 현상만이 아닌 것으로 생각된다. 이것은 「풀벌레 소리」와 같은 시에서 "밤이 깊어 갈수록/ 시계 소리는 더욱 또렷해진다."라는 평범한 물리적 현상이 "내 유한한 생명의 소모를/ 냉엄하게 계산하는 시계 소리"라는 말로 다른 의미를 띠게 되는 것과 비슷하다.

다른 시들에서도 늙어 감의 주제는 사실적인 진술에 어울려 흥미로운 다성 화음의 명상이 된다. 「봄날」에서 꽃이 피고 산이 운애 속으로부터 나오고 하는 계절적인 현상은 번데기에서 애벌레가 나오는 것에 이어지고, 이것은 시인 자신의 자기 인식에 겹쳐진다. 여기의 마지막 비교는 거대한 기상과 자연 속에서 자신이 벌레처럼 작은 존재임을 깨닫게 된다는 의미일 수도 있다. 또는 그것은 기상 현상이나 개화(開花)나 시인의 생명이나 벌레의 변용이, 같은 변화 생성의 조화(造化) 가운데에 있다는 의미일 수도 있다. 자연은 크고 삶은 작지만, 그것은 다 같은 조화의 일부이다. 여기의 비교는 우주와 삶의 현상의 어떤 것도 높이거나 낮추는 것이 아니다.

길고 짧은 것, 크고 작은 것의 대조는 그 나름의 정감을 자아내면서 세계와 삶의 기본 구도를 이룬다. 같은 생각의 패턴은 다른 시에서도 확인된다. 이 시집에는 영국의 케임브리지를 말하는 시가 두 편 있는데, 첫 번째 것은 다음과 같다.

육칠백 년 동안
사암(砂岩)이나 벽돌이
담쟁이와 이끼를 기른다.

창틀 속에 새벽을 맞는
시어진 등불.

—「케임브리지」

이 시는 장구한 시일을 지속하는 석조나 연와(煉瓦) 건물과 짧은 주기로 생성·소멸하는 식물을 대조한다. 등불로 밤을 밝히는 사람의 삶은 그 사이에 존재한다. 인생은 바위 위에 자라는 식물과 비슷하다. 인생 그것만을 떼어서 볼 때, 거기에도 긴 인생과 그 한순간—기쁨의 시간과 범용한 시간의 대조—다른 길고 짧음의 대조가 있을 수 있다. 「목백일홍」에서 시인은 백일홍을 보며, 자신을 고목에 비유하고 자신이 계속 "열렬히 꽃을 피우고 불붙을 수" 없다는 사실을 한탄한다. 꽃잎이 어깨에 져 오는 봄날의 순간을 알 수 없는 축제의 컨페티로 말하는 「슬픈 컨페티」의 기본 구도도 비슷한, 짧고 긴 명암의 시간의 대조이다. 그러나 그것이 반드시 값없는 것은 아니다.

크고 작은 것의 대조는 「원근법」에서는 재미있는 변주를 이루고 있다. 그 기분은 조금 다르다고 해야겠지만, 노년이 허용하는 멀고 가까움에 대한 관찰은 이 시에서 '형이상학적 기상(奇想)'으로 집약된다고 할 수 있다.

흰 눈과 검은 숲으로
시베리아 산등성이는
얼룩말 잔등.

그 잔등을
호랑이 한 마리가
벼룩처럼 뛰며 달린다.

그놈을 추적하는
헬리콥터의 그림자가
진드기처럼 그 뒤에 붙어 다니고.

거리를 유지하여 보면, 호랑이와 벼룩, 헬리콥터와 진드기의 차이가 별로 다르지 않고, 자연의 거대함도 얼룩말의 잔등이와 비슷할 수 있다. 다만 이러한 원근법을 인생에 적용하고 인생의 짧음과 아름다움의 허망함을 생각할 때에, 우리는 깊은 감흥과 슬픔이 이는 것을 어찌할 수 없다. 이 시집에서 더 자주 보는 것은 추상적인 요약보다는 정서적인 순간 — 비록 사실의 절제하에 있기는 하지만, 정서적일 수밖에 없는 순간들이다. 그러나 결론 없는 깊은 감흥과 슬픔은 그 나름의 의미이다.

5

시공의 원근법에 넣어서 시집의 시들을 읽으면, 이 시들이 상당히 추상적인 구도를 가지고 있는 것처럼 생각될 수 있다. 그러나 이 구도는 노년의 자연스러운 관찰에서 저절로 드러나는 것일 뿐이다. 그리고 이 관찰들은 다시 이야기 속에 녹아 들어가, 보다 자연스러운 것이 된다. 앞에서 언급한 「목백일홍」은 함양의 남계서원(藍溪書院)을 찾아갔을 때의 관찰이다. 그때 자미화(紫薇花) 또는 이름이 바뀌어 목백일홍이라고 하는 꽃이 고목같이 생긴 나무에 피어난 것을 본 일이 시상의 실마리가 된 것이다.

2부 '길을 떠나서'의 시들은 이미 말했듯이 대체로 관찰들을 여행이라는 움직임 속에 담고 있다. 이 여행은 공간의 여행이면서 동시에 추억의 여행이 된다. 산다는 것은 시공 속을 지나가는 사건이다. 이 지나감은 단순히 보고 지나가는 일일 수도 있고, 깊은 감흥을 일으키는 것일 수도 있다. 어떤 경우에나 여행은 지나가는 일이고, 그러니만큼 지나가며 보고 경험하는 일로부터 거리와 고독을 느끼는 일이다. 옮겨 가는 일에서 멈추어 있는 것과 지나는 것의 대조가 불가피하기 때문이다. 고향의 옛집 터를 찾아간 경험을 적은 시, 「고향에 돌아와서」는 그것이 타향처럼 되었다는 사실을 느끼는 것으로 끝난다. 시인은 옛집이 있던 산등성이 또는 새로 생긴 호수를 "우두커니", "낯선 사람이 낯선 풍경을 보듯" 보는 것이다. 또는 「석포에서」라는 시에서 말하여지고 있듯이, 귀향객은 어머니가 돌아가신 할머니 집을 멀리서 "훔쳐보듯 바라보"고 옛 고장과 추억을 더듬고 자신의 모습을 혼자 걸어가고 있는 사람의 모습으로 그려 본다.

언제나 그러한 것은 아니지만, 추억이 가져오는 것은 감흥이다. 사라진 사람들의 추억은 추억하는 사람의 마음에 적어도 사물의 외로움을 일깨우게 마련이다. 말할 것도 없이 가장 가깝게 추억되는 것은 육친이지만, 추억의 주인공은 옛 친지일 수도 있고, 역사의 인물일 수도 있다. 주실은 조지훈의 고향 마을인데, 시인은 그곳에서 30년 전에 타계한 시인의, 금시라도 그의 "귀에 익은 기침 소리"가 들리는 듯함을 느낀다.(「주실에서」) 죽령에서 추억되는 것은 그 열두 굽이를 나귀를 타고 넘었을지도 모르는 퇴계이다.(「죽령에서」) 청량산은 퇴계의 삼촌 송재(松齋) 그리고 당 대(唐代)의 선승(禪僧) 한산(寒山), 습득(拾得)을, 생각하게 한다. 한산은, 지나가는 사람들에게 무조건 차를 대접하는 "중년의 사나이"의 모습에 중복된다.(「청량산에서 2」)

외국 여행의 풍치는 추억과 사람들에 대한 느낌이 없는 단순한 서술일 수밖에 없다. 그 외국 여행시의 서경(敍景)은 매우 건조한 듯하면서도 낯선 세계에 낯선 사람으로 지나가는 사람의 근본을 더 잘 나타낸다고 할 수 있다. 미국 펜실베이니아 애팔래치아 산맥을 넘어가는 곳의 산세의 묘사는 매우 정확하다.

수십 마일은 됨 직한 몬투어 산줄기가
이제 막 전지(剪枝)를 끝낸 생울타리처럼
하늘과 맞닿아 있다.

한결같이 높이가 같아
담장 같기도 하고 성벽 같기도 한
능선을 눈여겨보며
펜실베이니아 신록을 헤쳐 나가면,

그 능선 너머로 멀리 저무는
뉴저지와 뉴욕의 희멀건 하늘.

—「펜실베이니아」

이러한 묘사의 절제는, 시적 정서와는 먼 듯하면서도 화가의 날카로운 눈으로 본 듯한 시각적 인상을 만들어 낸다. 일본 동북 지방의 기타카미(北

上) 강의 묘사—

바다에서 배가 올라온다지만,
배는 보이지 않고 강폭 가득
희뿌연 하늘을 담근 채 잠이 든 강물,

그 강물은 모든 소음도 흡수하는지,
유역(流域)의 풍경은
고요하기만 하다.

—「일본 기행 1」

여기의 기술은 일본의 전통적인 우키요에(浮世畵)처럼 선명하다. 이러한 회화적 순간—아름다움의 순간이 있음에도 불구하고 묘사의 건조함은 "내게는 미국은 필경 고독한 대륙이었다"라는 진술이 요약하는 여행 소감에 대응하는 것일 것이다. 앞에서 말한 바와 같이 이 고독 그리고 낯섦은 길 가는 존재로서의 삶의 근본적인 진실이다. 이것은 섭섭한 일일 수도 있다. 그러나 원근의 의식은 삶의 태도에 초연한 평형을 준다.

월리스 스티븐스(Wallace Stevens)는 일흔이 넘은 나이에 인생을 돌아보며 삶을 바위와 바위를 덮는 잎사귀로써 설명한 일이 있다. 삶의 잎이 황량하면서도 숭엄한 바위에 자란다는 것을 아는 것은 중요한 일이다. 그것은 역설적으로 여리기 한없는 삶에 숭엄함을 부여한다. 김종길 선생의 시에서 중심적인 이미지도, 이미 비친 바대로, 같은 의미를 갖는다. 가령「청량산에서 1」에서 가을의 산에서 생각하는 선비의 모습은 바로 바위와 잎의 대조를 기본 구도로 하고 있다.

단풍이라는 말에 어울리는 것은
석벽을 기어오르는 담쟁이,
아니면 개옻나무 잎사귀.

맑게 여위다 못해 이미
춥게 여위기 시작하는
초로(初老)의 선비,

가을 청량산!

바위와 나뭇잎의 대조가 영국의 대학 도시 케임브리지를 요약하는 이미지가 되어 있음은 앞에서 본 바와 같다. 그것은 이 시집에서 케임브리지를 주제로 한 또 한 편의 시에서도 볼 수 있다. 이 시는 같은 이미지의 예가 되지만 그 변주를 통하여 어떤 통일된 삶의 비전을 보여 주는 까닭에 여기에서 전부 인용하여 볼 만하다.

언제 와 봐도
달라진 것이라곤 없다.
옛날 그대로인 거리 킹스 퍼레이드.

세인트 존즈, 트리니티, 키이즈, 클레어, 킹즈,
돌도 벽돌도 닳고 빛바랜
학료(學寮) 건물들.

지식도 지혜도 쌓이고 쌓이면

저렇게 탄탄한 탑루(塔樓)가 되어
이끼를 앉히고 고아(古雅)한 빛을 띠는가.

단풍 든 담쟁이와 초록 꽃잔디만이
생성과 소멸을 가리킬 뿐
공간이 곧 시간이요 시간이 곧 공간인 이 거리에서는

아침저녁의 구분도
계절의 추이(趨移)도 느낄 수가 없다.
태고연한 고요에 그저 숨을 죽일 뿐.

—「케임브리지에서」

이 시에 의하면, 바위와 나뭇잎이 전부인 것은 아니다. 서로 지탱하는 이 두 삶의 요소는 서로 어울려 지속적인 지식과 지혜가 되고 장구한 세월에 변함이 없는 탑루가 될 수도 있다. 문명된 삶이 그러한 것이다.(스티븐스의 시 「바위」에도 이와 비슷한 문명관이 들어 있다.) 오늘날 이러한 문명의 위로가 쉽게 있을 수는 없다. 장구한 자연의 과정이 알게 하는 원근법으로 삶을 바라보는 일 — 그것만이 유일하게 가능한 일인지 모른다. 그런 의미에서 위로 없는 사실의 관찰을 담는 시들이 조금 더 오늘의 사정에 맞는 일이라고 할 수 있다. 또 그것은 동양의 전통에 조금 더 가까운 것이다.(그러면서 이러한 관찰, 그것이 이미 문명을 만들어 내는 작업의 일부이다.)

6

이 시집의 시들에는, 그 건조한 사실주의에도 불구하고, 모두 회고의 우수가 서려 있다. 사람의 일은 모두 한순간의 사건으로 존재한다. 그러나 그것은 보다 넓은 삶의 테두리 속에서 다른 의미를 띠는 것으로 태어날 수도 있다. 이 시집에서도 유독 3부 '새벽에 잠이 깨어'의 시들은 덧없는 것이면서 영원 속에 있는 순간들을 기록하는 시들이다. 새벽에 잠을 깨어 생각하고 또 살펴보는 것들은 새삼스럽다. 이미 말한 바와 같이 이러한 새벽의 순간은 노년의 순간이다. 그러나 이 순간을 가장 극명하게 규정하는 것은 죽음이다. 모든 것을 큰 테두리에서 볼 수 있게 하는 것도 이것이다.

3부의 표제가 된 시 「새벽에 잠이 깨어」에는,

> 늘그막의 온갖 망측한 일들이
> 저무는 구름송이로밖에 보이지 않는다는
> 육십 대 전반에 시인 예이츠가 내다본 죽음의 순간,

이라는 예이츠의 만년의 명상에 대한 언급이 있다. 죽음의 관점에서 많은 것은 구름과 같을 수 있다. 그러나 이 지점에서 사물은 구름처럼 흐려지면서 동시에 조금 더 생생해지기도 한다. 이 시의 다른 부분에서 시인은 그 근원을 얼른 확인할 수 없으면서 귀에 들려오는 개울물 소리를 듣는다. 이 개울물 소리는 위에 인용한 구절에 이은 조금 난해한 구절에서 이렇게 해석된다.

> 그 순간을 나는 새벽 침상에서 응시하고 있지나 않는지,
> 내가 누린 이승의 시간이 한순간 여울물 소리로

귓전을 울리며 흐르는 동안.

죽음이 가까운 순간에, 흘러가는 시간의 일들은 유달리 귀에 가까울 수 있는 것이다. 「우체국에 갔다 오면서」에 번역 인용된 만해의 "한번 소리치면 잠잠한 우주/ 눈 속에 펄펄펄 붉은 복사꽃"이라는 시는 깨우침의 체험에 구체적 사물의 에피파니가 있음을 말한 것이다. 이러한 개안의 순간이 아니라도 중요한 것은 삶의 순간들을 "영원의 상 속에서(in species aeternitatis)" 보는 것이다. 여하튼 노년의 잠을 깨는 새벽의 순간은 추억이 일고, 세상의 일이 새삼스러워지고 그것의 큰 원근법이 드러나는 순간이다. 그리고 그때에 인생 전체에 대한 어떤 철학적인 결론과 같은 것이 떠오를 수도 있다.

시집의 3부에 소개된 여러 편의 시는 친구나 친지의 죽음에 관한 것이다. 이것은 삶을 되돌아보는 일의 극단적인 지점은 죽음이라는 생각 때문일 수도 있고, 전망보다는 추억이 많은 자연스러운 노년의 현상이기 때문일 수도 있다. 박재삼, 이근우, 이성선 그리고 이름을 밝히지 않고 있는 피아니스트 친구 등 돌아간 이들의 회고가 시집의 이 부분에 모여 있다. 살아 있는 사람들도 과거로부터의 사람이기 쉽다. 동창회 모임에서 나이를 잊고 만나는 사람들이 그러한 사람들이다. 물론 이러한 회상들은 구체적인 계기를 통하여 일어난다. 동창회는 의도적으로 그러한 계기를 만드는 것이지만, 이 세상을 떠나간 사람들도 그 위태로운 "종종걸음"이라든지(박재삼), 마을버스에서 본 어느 노인의 여윈 얼굴이라든지(이근우), 새벽달이 상기시키는 "찬물로 세수하고/ 막 올라온" 기미 낀 그의 얼굴들이라든지(이성선), 구체적인 계기를 통하여 기억된다. 이러한 계기는 단편적인 것이면서, 프루스트의 마들렌처럼 기억의 감흥을 재구성한다.

잠을 깬 새벽에 인생 전체가 하나의 이미지나 의미로 돌아오는 것은 극히 자연스럽다. 「폐광」은 노년의 삶을 채광이 끝난 광산과 같은 것으로 본다. 「황견탄(黃犬嘆)」은 좀 더 복잡하게 삶 전체의 의미를 되돌아본다. 이사(李斯)의 시가 말하듯이, 새옹지마의 우여곡절과 영욕성쇠의 회한을 피하기 어려운 것이 인생이지만, 시인 자신의 삶은 비교적 평범한 — 녹록한 것이었다고 회고한다. 그러나 인생의 기복에도 불구하고 이 시에서 적지 아니한 것은 이사(李斯)가 왕희지(王羲之)에 필적하는 명필이었다는 점일 것이다.

그러한 기이함과 그렇게 커다란 명성이 아니라도 인생에서 아름다운 것은 언제나 존재한다. 노년의 인생이 폐광과 같다면, 거기에 한때의 채광이 있었던 것은 틀림이 없다. 그리고 무엇보다도, 폐광에 부는 스산한 가을바람 속에도 몇 송이의 들국화가 피어 있을 수는 있는 것이다. 지구(持久)하는 것이 있는 것이다. 이것은 죽음의 경우에도 그렇다고 할 수 있다. 시인 이성선에 대한 시가 몇 편 되지만, 그의 죽음에도 불구하고 그를 말하는 데에 중요한 것은 그의 시비에 새겨진, 죽음 후에도 물속에 비쳐 있는 산 그림자는 변함이 없다는 시구이다.

「황사와 산벚꽃과」에서 지구하는 것은 조금 더 복잡하다. 제목의 산벚꽃은 생명의 생성, 소멸과 동시에 영원한 삶의 순환을 말한다. 황사는 기후의 변화를 말하지만, 아마 지구 환경이나 시대가 바뀐다는 표지일 것이다. 그리하여 그것은 조금 더 지속적인 산벚꽃의 변화에 대조된다. 그 대조는 말하자면 황사가 있어도 또는 시대가 어지러운 것이 되어도 꽃은 피는 것이라는 사실을 느끼게 한다. 그런데 흥미로운 것은 이러한 변화와 지속 가운데 예술에 드러나는 지각 체험도 한결같이 이어질 수 있다는 이 시의 관찰이다.

황사와 산벚꽃과 동트는 하늘 —

요즘 나의 일과는 이런 것들로 시작된다.

긴 봄가뭄인데도
어쩌다 조금 비가 올라치면
개울물 소리가 제법 들을 만하다.

골짜기의 어느 지점에서는
깁실 같은 흰 물줄기가
바위틈에 걸릴 때도 있다.

새벽마다 펼쳐지는 한 폭의 진경산수,
골짜기를 거슬러 올라가는 산책길 끝엔
다소곳이 자리 잡은 암자 하나.

영국의 케임브리지가 지식과 학문과 건축이 영원한 시공간을 만들어 낸 문명의 도시라면, 바뀌는 시대 속에서도 봄과 동트는 하늘과 가뭄과 비는 옛 예술의 풍경을 재현한다. 「수유리에서」의 긍정은 보다 전통적이다. 영원한 것은 백운대, 인수봉 같은 자연이다. 세상이 바뀌고 사람이 늙는다는 것은 이에 대조된다. 그러나 그러한 바뀜은 바로 자연의 질서이다. 예로부터 하늘의 구름은 이 무상의 질서를 상징하는 대표적인 자연 현상이었다. 사람의 길은 그 무상함 속에 평안을 얻는 것이다.

흐르는 물소리에
세상일 잊고

흰 구름 그늘 아래
늦잠을 자네.

「수유리에서」는 이러한 옛 시구를 상기하는 것으로 끝난다. 만년의 예이츠는 죽음의 영원함 속에서 인생을 관조하고자 했다. 이 관조에서 망측한 일들은 구름으로 보였다. 그러기에 그는 마지막으로 인생을 요약하면서 찬 눈으로 인생을 보고 지나가라고 하였다. 김종길 선생은 삶을 보다 따뜻하게 본다. 그러나 그는 또한 사실과 시의 엄격함을 늦추지는 아니한다.

(2004년)

오늘의 새 물결과 현실을 분명히 이해시키는 평론[1]

심사 대상에 오른 평론을 읽은 인상으로는, 젊은 평론가들은 오늘의 우리 문학에 분명하게 포착되는 일정한 경향들이 있다는 느낌을 가진 것으로 보인다. 신형철 씨의 표현으로는 뉴웨이브가 있는 것이다. 물론 이 뉴웨이브, 누벨바그 또는 새 물결은 하나가 아니고 여럿이다. 그러면서도 그 여러 개의 물결은 하나로 형성되어 가는 시대적 특성의 여러 변주라고 말할 수 있다. 이번의 여러 평문들의 진단에 따르면, 정치의식을 바탕으로 하던 문학이 쇠퇴한 다음 그에 대한 반작용으로 우리 작가들은 개인적 체험의 회복에 주의를 기울였다가 이제는 다시 그와는 전적으로 다른 새로운 실험을 시작한 것이다. 이 실험은 정치 상황이나 체험의 현실 재현보다는 자유로운 상상력의 놀이에 관심을 가지고 있다. 놀이는 개념, 말, 인물, 무대 장면들을 이리저리 조종하여 볼만한 형상을 만드는 게임의 성격을 가지고 있다. 아마 문학의 이러한 흐름은 전자 정보 수단의 확산이 촉진하는 현실

1 제52회 현대문학상 평론 부문 심사평.

의 가상화의 일부를 이루는 것일 것이다.

이번 심사 대상이 된 평론들 상당수가 이러한 현실의 변화와 문학의 변화에 관심을 집중하고 그 성격을 파악하는 데에 성공하고 있다. 그리하여 한 편의 평론만을 최우수작으로 고르기가 쉽지 않았다. 그런데 많은 평론들은 그 자체가 이러한 가상의 놀이에 휩쓸려 있는 것으로 보인다.(물론 평론이 시대적 누벨바그의 일부가 되는 것은 자연스럽다.) 새로운 흐름을 진단해 내는 데에 가장 많이 이용되는 것들은 포스트모더니즘의 개념들 ― 여성성, 남성성, 주체, 정체성, 타자, 차이, 몸, 혼종, 전복, 기의, 기표, 차연, 계몽, 담론 등등이다. 이번의 많은 평론들은 이러한 개념들을 작품의 해독에, 그리고 시대적 흐름의 포착에 차용하고 있다. 말할 것도 없이 차용하는 의도는 그것을 통하여 작품과 작품의 현실적 동기를 조금 더 명석하게 읽어 내자는 것이다. 그러나 이러한 개념들에 대한 과도한 의존은 작품들을 추상적 개념들의 사례에 불과한 것처럼 보이게 한다.

평론은 대체로 추상적·개념적·분석적일 수밖에 없다. 그러나 그것이 과도해지는 것은 언제나 문제가 되지만, 이것은 오늘의 평론에 차고 넘치는 포스트모더니즘의 경우에 특히 그러하다. 많은 포스트모더니즘의 개념들은 대체로 사회관계에 대한 주관적 체험에 드러나는, 미묘한 계기들을 추상적으로 유형화한 것들이다. 이러한 개념들은 사람의 의식과 사회관계를 규정하는 요소들로 받아들여진다. 보다 전통적인 개념들에 비하여, 그것들은 잠정적인 성격을 가지고 있다. 그것은 현실을 움직이는 힘들을 지칭하는 것으로 생각되면서도 사실은 심리적 기제의 여러 마디를 말하는 것이기 때문이다. 비슷한 개념들은 사회관계에서 일어나는 자기의식을 되돌아볼 때 쉽게 새로 생산될 수 있다. 그리하여 마치 모든 인간 현실 그리고 그것을 재현하고자 하는 문학적 노력은 여러 크고 작은 심리적 개념들 ― 그것도 갈등의 심리에서 순간적으로 생성·소멸되는 개념들의 놀이라는 인상을 주게 된다. 작품도 그럴 수 있지만, 작품을 다루는 문학 평론도 그러하다. 그러한 개념들의 놀이에서 조작의 능숙성은 감탄의 대상이 되기도 하지만, 과연 그 조작이 현실에 맞닿는가 하는 의문을 가지게 하기도 한다.

평론과 문학의 건강이라는 관점에서, 또 하나의 문제는 이러한 개념 과잉 속에서 작품 하나하나가 참으로 읽을 만한가 하는 문제가 시야의 밖으로 벗어나게 되기 쉽다는 것이다. 포스트모더니즘적 개념에 의한 문학의 해체는 고전 작품을 상대로 하는 수도 있지만, 아무래도 오늘의 정보화 시대의 작품에서 더 좋은 분석의 대상을 찾을 수 있다. 이것이 이번 평론들이 한결같이 젊은 작가들의 작품만을 — 그것도 대체로는 작품 자체의 평가를 위해서보다 어떤 흐름을 적출하기 위한 사례로서 다루고 있는 이유일 것이다.

이번에 수상작으로 선정된 복도훈 씨의 평론 「축생, 시체, 자동인형: 2000년대 젊은 작가들의 소설에 등장한 캐릭터와 신(新)인류학」도 오늘의 평론의 누벨바그에 속하는 글이라 할 수 있다. 이 글에 움직이고 있는 것도 포스트모더니즘적 사고이다. 그 제목이 벌써 정보 시대의 현상 그리고 포스트모더니즘적 사고에 관계되어 있다는 것을 알게 한다. "자동인형"이나, "캐릭터"란 말은 작품에 나오는 인물을 현실 모사가 아니라 인위적 조형의 결과로 받아들인다는 것을 시사한다. "축생"과 "시체"는 과장된 그로테스크의 우의를 함축하고 있는 것으로 들린다. "인류학"은 계보학, 고고학, 정치학 등의 과장된 학문적 명칭을 즐겨 사용하는 포스트모더니즘의 명명 방식을 생각나게 한다. 그러나 복도훈 씨의 "축생, 시체, 자동인형"은 오늘의 어떤 젊은 작가들의 작품에 드러나는 상상의 흐름을 정확하게 추출하고 분류한 결과이다. 그의 깊이 있는 분석적 노력은 오늘의 시대가 가지고 있는 인간 이해의 유형을 분명히 해 준다. 이러한 유형은 대상 작품들에 드러나는 상상의 특징만을 말하는 것이 아니다. 이것은, 여러 가지로 손상·파괴되어 가는 인간성의 현실을 비유적으로 지칭한다. 복도훈 씨가 다루고 있는 작품들 그리고 그의 평론은 적어도 지금의 시점에서 한국 사회의 인간 이해를 겨냥하는 인류학적 탐구의 일부로 간주될 수 있다. 복도훈 씨는 서구에서 들어온 여러 가지 사상에 대하여, 또 그것의 역사적 배경에 대하여 깊은 이해를 가지고 있다. 그러나 이 외래적인 것들은 한국 문학과 한국 사회를 이해하고 분석하는 데에 장애 요소가 아니라 중요한 보조 장치로 작용한다. 그리하여 그의 비평적 분석은 우리로 하여금 오늘의 새 물결 그리고 현실을 보다 분명히 이해할 수 있게 한다. 이러한 것들이 복도훈 씨를 수상자로 추천하는 이유이다.

(2007년)

세계 속의 한국 문학

문학의 보편성에 대하여

1

주어진 제목을 제대로 다루려면, 한국 문학의 특징을 세계 여러 다른 문학과 비교하는 관점에서 한국 문학의 특징을 밝혀내야 할 것이다. 문학 인류학 연구가 될 그러한 연구는 참으로 중요한 연구가 될 것이다. 이것이 있어야 한국의 문학을 바르게 이해하고, 오늘의 세계 문학과의 관계에서 그 위상을 정의하고, 가치를 평가하고 앞으로의 진로를 헤아려 볼 수 있을 것이다. 문학이라고 말하지만, 오늘날 우리가 그 이름으로 분류하는 글쓰기의 의미가 다 같다고 할 수는 없다. 그것은 사회의 생활 세계의 구성과의 관계에서만 바르게 정의될 것이다.

전통 시기의 우리 문학을 생각할 때, 그 유산의 많은 것이 한국의 구어가 아니라 한문으로 쓰였다는 것 자체가 문학을 생각함에 있어서 매우 중요한 의의를 가질 것이다. 한국에서 또는 오늘날 여러 언어의 문학에서 좋건 싫건, 세계적인 기준이 되어 있는 서구 문학에서와는 달리, 동아시아의 전통에서 문학의 본질이 허구에 있다고 보지 않은 것이 무엇을 뜻하는 것인가도 규명되어야 할 것이다. 하나만 더 이야기하면, 비록 모국어로 쓰인 것은 아니지만, 문학이 관료 질서의 등용문의 역할을 하였다거나 신분의 표지가 된 것도 문학의 본질과 실천을 생각할 때 고려해 보아야 할 사항이다. 현대 문학에서 문학의 정치적·사회적·도덕적 역할이 중요시된 것도, 우리 현대사의 혹독한 시련에 더하여, 이러한 지배 질서와의 전통적 연계가 있었기 때문이라고 할 것이다.

간단히 생각하여도 이것은 문학이 사회에서 어떤 규범적인 위치에 있었다는 것을 말하는 것으로 생각된다. 그것은 한편으로 인간의 삶에서 문학의 높은 위치를 말한다. 문자 체계, 세계 이해 체계 그리고 정치 체계는 모두 삶을 일정하게 정식화하는 기능을 갖는다. 위에 아무렇게나 열거한 동아시아 문학 또는 우리 문학의 환경이 이러한 사회의 규범적 정식화의 수단의 일부였다는 것을 말한다. 방금 말한 것처럼 이것은 문학의 높은 사회적 위치를 말하는 것이면서 동시에 민중적 연관이 약하고, 이데올로기적 지침에 종속되지 않은 자연스러운 인성의 표현으로부터 거리를 가지고 있었다는 것을 말한다. 이러한 문학에 대한 근본적 규정은 아직도 우리 문학에 보이지 않는 틀이 되어 있는 것으로 보인다.

그러나 우리 문학의 고유한 특질에 대한 고찰 또는 문학 인류학적 고찰을 떠나서 여기에서는 비교적 피상적인 문제를 주제로 삼아 보고자 한다. 주어진 제목 「세계 속의 한국 문학」은 우리 사회에서 관심이 큰 노벨상 수상의 가능성을 마음에 둔 제목으로 생각할 수도 있다. 물론 이것은 본 강연자의 천박한 오해일는지도 모른다. 그러나 접근 방법에 따라서는 그 문제를 염두에 두고 문학을 생각하는 것도 오늘날 문학의 존재 방식의 해명에 도움이 될 것이다. 그 경우 어떻게 해서 문학이 세계적 보편성을 얻게 되는가 하는 핵심적인 문제가 우리의 주제가 될 것이다. 물론 이것은 보편성의 존재를 전제하는 것으로서 그것 자체가 어떤 편견—대체로는 오늘날 경제나 힘의 관점에서만이 아니라 문화적으로 세계의 패권 세력이 되어 있는 서구의 편견을 수용하는 것이라는 비난을 받을 수 있다. 문학에 보편성이 있다면, 그것은 서로 다를 수밖에 없는 여러 다른 문학 전통—우열에 의하여 서열화할 수 없는 문학의 총체를 집적한 다음 그로부터 추출되어야 하는 것이지, 어떤 높은 차원에 따로 존재하는 특성이 아니라고 하는 입장이 있을 수 있다. 그런 경우 보편성이란 높은 데에 있는 것이 아니라 경험적으로 탐구되어야 하는, 문학의 기층에 자리해 있는 특성이 될 것이다.

그러나 문학의 보편적 호소력이라는 관점에서 볼 때—우리는 상식적으로 이 호소력이 노벨상의 수상에 중요한 역할을 한다고 생각한다.—이 보편성은 저 높이에 자리한 가치이다. 물론 호소력은 반드시 시간을 초월하여 존재하는 특성보다는 새로운 매력—고유한 매력에서 온다고 할 수도 있다. 그 경우에도 이 새로움은 보편성의 영역을 확장하는 것이 될 것이다. 사실 보편성이란 고정되어 있는 것이라기보다는 새로운 발견을 포함하는 창조의 매트릭스이다. 여러 가지 논의, 특히 오늘날과 같이 비판과 반비판의 논쟁이 끊이지 않는 상황에도 불구하고 조금 순진하게 이야기하면, 보편성이 있고, 그것을 특징으로 드러내는 세계 문학이 존재하는 것이라면, 우리 문학은 이 세계 문학의 수준에 이르러야 세계적으로 수용될 것이다. 그런데 보편성을 가진 세계 문학에 끼어든다는 것은, 개략적으로 말하여 개인적인 작품의 문제라기보다는 문학 전통 전체의 문제이다. 그러니까 그것은 문화의 총체적인 발전의 한 표현이 되는 것이다. 그렇다면 보편성의 문제는 더 복잡한 것이 될 수밖에 없다.

비교 문학 연구에서 세계 문학의 개념에 관한 논의는 으레 그에 관한 괴테의 발언으로부터 시작한다. 그의 세계 문학론은 교역의 발달과 더불어 여러 다른 전통의 문학들이 서로 교류하여 더 풍부한 문학이 탄생한다는 말이었다. 그러니까 그것은 어떤 절대적인 기준을 두고 특정한 문학을 높이 생각하거나 낮게 생각하려는 것은 아니었다는 해석이 가능하다. 그러나 다른 한편으로 그에게, 다른 많은 독일인들에게 그랬던 것처럼, 그리스의 문학은 높은 수준의 문학의 원형이 되는 것이었다. 그리고 당대의 문학에 대해 언급하면서 그는 당대의 독일 문학이 프랑스 문학의 수준에 미치지 못한다는 발언을 한 바 있다. 미리 주어진 세계 문학의 기준이 없다고 하더라도, 한 언어의 문학이 일정한 수준에 이르기도 하고 이르지 못하기도 한다는 생각을 그가 가지고 있었던 것은 사실이다. 다만 이 수준은 일정한 관점에서 예상되는 것이라기보다 독특한 성취의 결과이다.

그러한 수준을 어떻게 정의하든지 간에, 사실 독일 문학도 괴테의 시대를 전후하여 세계 문학의 반열에 서게 되었다고 할 수 있다. 그 기준이 타당한 근거를 가지고 있는지 모르지만, 독문학을 말할 때, 전문가의 경우를 제외하면 일반적으로 또는 독일에서 고전적인 의미를 갖는 문학은 레싱이라든가, 괴테라든가 실러부터라고 생각할 수 있다. 그러니까 독문학은 18세기 말엽에야 일정한 수준의 문학이 된 것이다. 같은 관점에서 프랑스 문학은 코르네유, 라신, 몰리에르 등에서, 그러니까 조금 더 소급하여 17세기쯤에 일정 수준을 이룩해 냈다고 할 수 있고, 영국에서는 그 시기가 셰익스피어의 16세기까지 올라가게 된다. 그런가 하면 러시아 문학에서는 19세기 초 푸시킨 이후에야 국경을 넘어 널리 알려지게 된 작가들이 나온다.

대체적인 상식으로, 이것이 있을 수 있는 연대적 구획화라고 한다면, 한 문학이 성숙하는 시기가 있다고 가정하는 것이 가능하다. 무엇이 이러한 성숙을 가능하게 하여 일정한 시기에 세계 문학의 고전이 나타나게 하는가를 연구해 보는 것은 흥미 있는 일일 것이다. 앞의 연대적 구획화에, 영국, 프랑스, 독일, 러시아의 순서가 서는 것을 보면, 문학의 성숙은 사회 전체의 성숙의 일부를 이룬다고 할 수 있다. 물론 여기의 연대순으로 보아,

여기에서 세계 문학의 보편적 기준으로 삼은 것은 서구 사회의 근대성이라고 할 수 있다. 사실 인류 역사 전체의 변화를 보다 보편적으로 생각하려면, 이러한 기준을 초월하는 것이 필요하겠지만, 지금 이러한 기준의 포로가 된 우리의 의식을 넘어가는 것은 쉽지 않은 일일 것이다. 또 첨가할 것은 오늘의 기준을 받아들이더라도 거기에 맞는 문학의 존재 여부를 가지고 한 전통이나 사회의 질을 평가하는 것은 정당한 것이 아니라는 점이다. 문학이 있고 없고가 인간의 삶의 보람을 결정하는 것은 아니다. 단지 우리는 당대의 기준에 잠정적으로 동의하는 것일 뿐이다.

유보를 두면서도 일단의 기준이 있고, 그것이 문학의 보편적 지평을 정의한다고 한다면, 우리가 세계 문학 안으로 진출하는 것은 이 지평으로 나아가야 한다는 것을 말한다. 물론 이것이 의지와 노력으로만 이룩할 수 있는 일은 아니다. 앞에서 말한 바대로 한 나라의 문학의 고전적 수준이 시대에 의하여 구획되는 것이라면, 한 사람 또는 몇 사람의 노력으로 거기에 이르는 것이 가능하지 않다는 말이 된다. 그리고 가능하다고 치고 지나치게 애를 쓰는 일이 역효과를 낼 수도 있다. 문학은 만드는 것보다도 되는 것이고, 이 자연스러움이 문학의 매력을 이루는 것이라고 할 수 있다. 바이런이 어느 날 아침에 일어나 보니 자기가 유명해진 것을 알게 되었다는 말을 했다고 하지만, 문학의 과정에 이러한 사건적인 요소가 큰 것은 사실이다. 대부분의 사람의 말은 원래 다른 사람을 설득하려는, 또는 휘어잡으려는 의도를 가지고 있다. 그리하여 세상살이 속에서 사람들은 말을 의미로 듣는 외에 숨은 의도로 듣는 법을 배우게 된다. 상거래의 말이 그렇고 정치의 말이 그러하지만, 험한 사회에서 살다 보면 사람들은 말을 곧이곧대로 듣지 않는 법을 배운다.

그러면 문학의 말은 무슨 의도를 가진 것일까? 시인이나 작가가 말을 하고 말을 글로 쓰는 데에도 숨은 의도가 있을 것이다. 베스트셀러로 돈을 벌려고 하는 야심이 있을 수 있고 유명해지려는 의도도 있을 것이고, 노벨상을 겨냥하는 명예욕도 있을 것이다. 그러나 쓰여진 말 그것에 이러한 숨은 의도가, 적어도 직접은 배어 들어가지 않는 말이 문학의 언어일 것이다. 예이츠는 시는 시인이 다른 사람에게 말을 거는 것이 아니고 다른 사람이 스스로에게 하는 시인의 말을 엿듣게 되는 말이라 하였다. 물론 이 경우에도 시인은 마치 스스로에게 말하고 있는 것처럼 연출을 하는 것이지 진정으로 혼자 중얼거리는 것은 아니라고 할 수 있다. 그러나 적어도 이 연출이 있어야 하는 것은 틀림이 없을 것이다. 그것은 연극 무대에서 하는 배우들의 말은 정녕코 관중이 들으라는 말이면서도, 마치 연극의 주인공들이 자기들 사이에서만 주고받는 말인 것처럼 말하는 것에 비슷하다. 이것은 그야말로 연극에 불과하다. 그러나 그것이 연극의 진실에 이르고 삶의 진실에 이르고 나의 진실에 이르는 방법이 된다. 적어도 문학은 이러한 의미에서 숨은 의도가 없는 언어이다. 그러니 노벨상도 그렇고 문학의 성숙도 짐짓 모르는 체하고 있다가 가까이 오면 바이런처럼 놀래 보는 것이 좋을는지 모른다.

2

방금 말한 대로, 문학의 언어는 사람이 자기 속으로 들어가서 하는 언어이다. 이러한 의미에서 시인이나 작가는 자폐증에 걸려 있는 사람으로 볼 수 있다. 그런데 그것이 문학적 진실에 이르는 길이다. 다시 말하여 자기 속으로 숨어 들어가는 것이 보편성으로 열리는 길인 것이다. 모든 진실의 작업은 이러한 성격을 가지고 있다.

수학 분야에서 가장 이름난 상은 필즈 메달이다. 1998년에 이 상을 받은 케임브리지대의 리처드 보처즈(Richard Borcherds)가 수상 얼마 후 인터뷰에서 자신의 이야기를 말하면서, 자기가 조금 자폐증의 인간이라고 말한 것이 보도된 일이 있었다. 수학자의 작업도 시인의 작업에 비슷하게 자신의 안에 들어감으로써 보편적인 지평으로 나아가는 일이 된다. 수학자는 자신의 마음 안에서 움직인다. 그렇다고 수학자가 다른 사람의 수학적 업적을 공부하고 참고하지 않는 것은 아니다. 수학처럼 협동적 작업이 필요한 학문 분야도 드물다.(사실 모든 과학 분야는 대체로 그러하다.) 그러나 다른 사람의 업적을 참고하더라도 그것은 자신의 폐쇄된 마음의 공간 속에 끌어들여지고 거기에서 활성화되어야 의미 있는 것이 된다. 가장 간단한 운산에 있어서도 그러하다. 가령 내가 1에서 10까지를 더한다고 하면, 다른 사람의 합산 결과에 이어서 하여야 하지만, 나는 그것을 마음으로 끌어들인 다음 그것으로부터 내가 맡은 범위를 나 스스로 챙겨야 한다. 그 일을 다른 사람에게 맡길 수는 없다. 검산의 경우는 특히 그러하다. 이러한 경우 나의 마음은 열려 있는 흰 종이와 같다. 그 종이 위에서 운산이 이루어진다. 그런데 운산의 항목들을 바르게 이어 가는 것은 종이 속에 이미 들어가 있는 이성의 힘이다. 그것은 비어 있는 공간이면서 보편적 이성의 법칙으로 열려 있는 공간이다. 모든 수학의 운산에 관한 법칙이 현재적으로 거기에 들어 있지는 않지만, 잠재적으로 그것은 거기에 있다. 그러니까 내 마음의 공간은 나의 마음속에 있으면서 이성의 움직임에 넘겨진 공간이다.

물론 이렇게 되려면 마음의 일정한 조정이 있어야 한다. 그것은 주로 마음을 비우는 일이다. 수학 하는 마음은 모든 잡념을 버려야 한다. 잡념은 수학을 하는 세속적인 동기를 포함한다. 상식적인 의미에서의 자아의식도 삭제되어야 한다. 그러면서도 많은 것은 수학자의 반영이고 수학자의 자기 연출이다. 과제는 수학자의 관심이 정한 것이다. 이 관심은 과제의 중요성에 대한 판단에 관계된다. 판단은 본질적인 것도 있지만, 명예욕, 성취욕, 업적의 필요 등 비본질적이고 세속적인 일에 대한 것도 있다. 그가 전에 훈련한 이력, 집중력, 지구력 등이 선택한 문제의 해결에 작용한다. 그러나 전체적으로 수학 문제의 해결에 작용하는 것은 정화된 자아이다. 이 정화가 자폐와 열림의 역설적 합일을 가능하게 한다.

작가도 작품을 쓸 때에 비슷한 마음의 조정이 필요하다. 그도 자기 속으로 들어간다. 그러나 그것은 그의 자아를 비워 내기 위한 것이다. 그는 마음을 정화하여야 한다. 또는 현상학식으로 말하면, 마음을 세상의 이해관계에서 떼어 내어 괄호에 넣어야 한다. 동시에 마음은 괄호에 들어간 세상의 사물을 있는 그대로 비추게 된다. 마음은 작품이 쓰이는 종이가 된다. 이 종이에 여러 사항들이 서로 어울려 하나로 구성된다. 마음은 구성 작용의 공간이다. 구성 요소는 있는 대로의 사물의 세계에서 온 사물과 감정과 이야기의 단편들과 인물 등이다. 이것들은 자기 자신에 속하는 것일 수도 있고 작가가 관찰하고 상상한 것들일 수도 있다. 어느 쪽이거나 이 구성 요소는 객체라기보다는 작가의 마음에 비추어진 바의 요소들이다. 그것들은 결국 작가의 마음에서 나오는 것이다. 그러니만큼 작품은 자기표현의 성격을 갖지 않을 수 없다. 그러면서도 마음에서 나오는 구성 요소들은 구성하는 마음에 일치하지 않는다. 같은 작가의 마음이라도 둘 사이에는 보이지 않는 간격이 있다. 모든 것이 자기에게서 나오는 경우라도, 이 간격이 그 모든 것에 객관성을 부여한다. 이 간격의 한쪽에 있는 마음은 강력한 느낌과 인상의 소유자이다. 그것의 강도가 작품에 정열을 부여한다. 이것들이 반드시 작가 자신의 소산일 필요는 없다. 그것은 작가가 다른 곳에서 공감과 감정 이입을 통하여 빌려 온 것일 수도 있다.

구성 요소는 풍부하여야 한다. 그러나 마음은 이러한 것들 저편에 서서 간격을 유지해야 한다. 이 간격은 투명하다. 그것은 마음의 투명성에 일치한다. 그러면서 이 간격의 공간에는 조용한 힘이 작용한다. 그러나 동시에 그것은, 보이지 않게 느껴지지 않게 오로지 구성의 힘으로만 존재한다. 이 보이지 않음—모든 것에로의 열려 있음이 구성의 힘, 형성의 힘의 결과에 보편성을 부여한다. 물론 자료로서의 마음의 소유에도 이미 이 구성의 힘은 작용하고 있었다고 할 수 있다. 왜냐하면 자료를 모으는 일 자체가 이미 구성의 힘이 작용하고 있었어야 가능할 것이기 때문이다.

여러 소재를 모아 하나로 구성한다는 것은 보통 어려운 일이 아니다. 거기에는 여러 도움이 필요하다. 특히 주목할 것은 작가의 매체의 도움이다. 앞에서 우리는 마음을 비어 있는 종이에 비유했지만, 실제 이 마음의 종이는 글을 쓰는 종이이기도 하다. 또는 요즘 같아서는 컴퓨터의 스크린이다. 작가의 작업은, 수학자나 화가의 경우도 그러하지만, 단지 마음 또는 머리로 하는 작업이 아니라 손을 움직여 쓰는 일과 더불어 이루어지는 일이다. 사람의 마음은 끊임없이 움직인다. 이 흐름을 하나의 공간에 모이게 하는 데에는 상당한 정신 집중이 필요하다. 바탕을 이룬 마음 위로 흘러가는 마음의 작용, 즉 인상과 느낌과 생각의 흐름을 하나로 모으기 위하여서는 그 흐름을 하나의 공간 속에 고정하여야 한다. 글을 쓰는 것은 이 고정화의 작업이다. 거기에 물질적 수단이 도움을 준다. 그러나 그 물질은 또 다른 자기 조직의 느낌에 삼투되어 있다.

마음의 종이 위를 스쳐 가는 것이 감각적 또는 시각적 인상이라고 한다면, 그것을 어떻게 고정할 수 있을 것인가? 화가는 인상의 어떤 것을 선정하고 그것을 물감과 캔버스 그리고 시각에 들어 있고 또 예술 기교의 발달에서 추출된 규율에 따라 그림으로 구성해 낸다. 이 구성에 도움을 주는 것은 물질과 시각의 규율이다. 글쓰기에서 비슷한 역할을 하는 것은 언어다. 언어의 규율은 구성의 시간적 전개를 통제한다. 언어는 이미 그 자체로 하나의 체계를 이루고 있어서, 종이를 넘어가는 거대한 종이—일정한 구조적 벡터를 내장하고 있는 종이이다. 사실 정신 작용으로 볼 때, 글을 쓴다는 것은 이 종이 위의 어떤 부분을 눈앞에 드러나게 하는 일이라고 할 수도 있고 이미 글씨가 있는 종이 위에 다시 겹치기로 쓰는 일이라고 할 수도 있다.

그러나 일반적 체계로서의 언어는 무색무취한, 극히 개략적인 골격만을 가지고 있는 구조물이다. 그러나 골격에 다른 속성들이 첨가된다. 랭보는 프랑스의 모음들이 일정한 색깔을 가지고 있다고 하였지만, 말은 골격 이상의 여러 뉘앙스를 가지고 있다. 그것은 여러 사람에게 공통된 것일 수도 있고 어떤 개인에게 고유한 것일 수도 있다. 말에는 또 리듬이 있고 연상이 있다. 리듬은 말의 소리에 따르는 것이면서 개인의 역사에서 또 그 사용자 집단의 역사에서 특별한 형태를 얻게 된다. 말에 따르는 연상은 특히 말의 역사와 문학 전통의 역사에 깊은 연관을 가지고 있다. 이러한 모든 것들이 시인과 작가의 구성 작업에 도움을 준다. 그것은 구성을 위한 매체의 물질적 성격에 연결된다. 사람의 하는 일은 어떤 경우나 세상의 질료적 측면과의 상호 작용을 통해서 행해진다.

그런데 이러한 질료의 도움이 있더라도 그것들은 마음과 겹쳐 있어야 한다. 컴퓨터도 구성의 공간이지만, 그것은 소프트웨어와 겹쳐 있어야 한다. 그리고 그것을 조종하는 마음이 있어야 한다. 그래야 그것은 구성의 공간이 된다. 구성의 근원적인 힘은 마음의 종이에 내장되어 있다. 다시 말하여 여러 사물과 세계의 인상들 — 대개는 감정이 배어 있는 인상들을 마음의 공간에 모으는 것이 작품을 쓰는 일이라고 할 수 있는데, 이때 마음은 소재를 모으는 것을 가능하게 하는 공간이면서, 동시에 일정한 관계를 지니도록 구성하는 힘을 가지고 있는 공간이다. 그런데 이 구성의 힘이 활용하는 원리는 무엇인가? 수학자의 마음의 공간에는 수학적 논리가 스며 있다. 거기에 들어오는 소재들은 이 논리에 따라 배열된다. 작가의 구성 원리는 무엇인가? 그것은 의미를 만들어 내는 힘이다. 마음의 공간에서 소재는 의미가 드러나게끔 구성된다. 의미는 어떻게 하여 생성되는가? 일상적인 삶에서 의미는 실용적인 목적에 의하여 부여된다. 의자는 사람이 앉기 위하여 있다. 직장은 밥벌이를 위하여 나가는 곳이다. 대통령은 나랏일을 하기 위하여 있다. 나라는 나라 안의 민생의 안정을 위한 테두리이고 틀이다.

그러나 목적의 달성, 의미의 달성에는 다른 목적과 의미가 개입한다. 앉을 수 있는 의자를 만들기 위해서는 재목을 준비하여야 하고 연장을 갖추어야 한다. 재목을 준비하는 것은 산에 가서 나무를 베어 오고 그것을 말리고 하는 일을 요구한다. 산에 가기 위해서는 밥을 먹고 복장이나 연장을 갖추고 — 여러 가지 산행을 위한 준비 행위들이 필요하다. 이 산행에서는 산에 가는 것이 목적이 되고 그것이 다른 준비 행위에 의미를 부여한다.

이렇게 보면, 목적과 의미는 중첩적으로 구성되는 것을 알 수 있다. 사람의 작업은 하나의 목적으로 지배되는 것이 아니다. 그러나 이 모든 것은 사람의 행동이 그려 내는 모양 속에 종합될 수 있다. 이것이 이야기가 된다. 이야기 또는 서사(敍事)는 위에 말한 구성의 중요한 원리이다. 서사가 잘되고 안되고를 평가하는 방법의 하나는 당초에 이룩하려고 하는 일 — 목적이 성공적으로 수행되었느냐 아니 되었느냐 하는 것이다. 그런데 사람이 어떤 일을 하더라도 그 일을 수행하는 길에는 일로부터 주의를 빼앗아 가는 해찰 거리가 있게 마련이다. 그리고 이것이 없이는 일에 대한 사람의 관심은 크게 줄어든다. 일은 전혀 재미없는 것이 될는지 모른다. 벌재를 위하여 산행을 할 때, 그날이 눈 내리는 겨울이 아니라 밝은 가을이면 재목을 마련하는 일은 더욱 즐거운 일이 될 것이다. 의자는 앉기 위하여 있지만, 그 재료와 모양이 마음에 드는 것이면, 그것을 만든 솜씨가 닦여 있는 것이면, 의자를 사용하는 것은 더 기쁜 일이 될 것이고, 그 의자를 놓아두는 것만도 기쁜 일이 될 것이다. 어떤 종류의 물건은 실용적 의미가 없어도 그 닦여 있는 모양만으로도 의미 있는 것이 된다. 그림의 떡처럼, 그림의 의자가 될 수도 있다. 그러니까 물건은 좋은 모양—심미성만으로도 의미를 갖게 된다. 이것은 사건에 대해서도 말할 수 있다. 산행의 아침은 그 자체로 세상의 아름다움과 보람을 느끼게 하는 사건이 될 수 있다. 마음의 공간의 사물들의 구성에 작용하는 원리를, 생각만큼 간단히 하나로 요약하기는 쉽지 않은 일이다. 그러나 그것을 종합하여 말하면, 삶의 모든 양상, 서사되는 삶의 길에 있는 실용적 목적과 그것의 수행 과정에서 일어나는 세계의 사물과 사람의 감각적·감정적·지적인 교섭을 빠짐없이 하나의 서사 속에 엮어 내고자 하는 것이 작가의 궁극적인 야심이다. 최고의 작품은 신의 관점에서 모든 것을 조망하고 인간의 모든 것을 하나의 희극으로 모은, '신곡(La Divina Commedia)' 또는 '인간 희극(La Comédie humaine)' 또는 '신과 인간의 희곡(La Commedia Divina e Humana)'이 될 것이다.

3

이렇게 말하는 것은 사람 사는 일이 서사적 완결성을 가질 수 있다는 것을 가정하는 것이다. 하지만 인생살이가 참으로 그러한 완결을 허용하는 것인지는 확실치 않다. 그러나 작가는 그의 서사 속에 그것을 시사하고자 한다. 그것은 그가 현실 세계에서 투시하는 어떤 일관성—서사적 일관성 또는 전체적인 모양새, 게슈탈트에 기초하여, 그의 구상력으로 만들어 낸 어떤 결과물이다. 작품에 처음이 있고 가운데가 있고 끝이 있어야 한다는 원리는 간단한 것이면서 작품의 전체적 구성에 있어서 중요한 원리이고 그것에 완결된 게슈탈트의 느낌을 주는 요소이다. 그러나 그것이 참으로 거대한 서사의 삶에 적용될 수 있는 것인지는 확실치 않다. 그러나 작가와 작가의 독자는 그것이 시사되는 데에서 심미적 만족감을 얻는다. 구조는 그것을 구성하는 작은 요소들로 이루어진다. 요소들이 부적절해서는 구조물이 제대로 설 수 없고, 그것들 자체가 만족감을 주는 것이 아니면 전체가 만족할 만한 것이 될 수 없다. 언어의 특성들, 낱말의 의미의 적절성, 부분적으로나 전체적으로 언어의 리듬, 색깔, 역사적 연상, 작품 안에서의 언어의 상호 조응—단어, 구조, 리듬의 되풀이와 변주가 일으키는 언어적 상호 조응 등, 이러한 것들이 구조물의 형상을 만족할 만한 것이 되게 한다.

이러한 것들은 삶과 물질세계의 사실성에 첨가한 인위적인 요소로 생각될 수 있다. 그러나 적어도 현실 세계가 아니라 현실 세계의 구성으로서의 작품에서 사람들이 원하는 것은 이러한 것을 포함한다. 이것은 우리가 사는 세계와 우리의 크고 작은 경험이 만족할 만한 것이기를 원하는 소망에서 나오는 것이라고 할 수 있다. 그러나 형상은 삶의 기본 원리를 나타낸다고 할 수도 있다. 사람의 삶은 삶의 행동과 거기에 수반하는 감각적 체험으로 이루어진다. 행동은 물질세계를 지배하는 기술적 필연성에 따라 또는 그 법칙에 따라 움직여야 한다. 그러나 인간의 움직임에는 늘 외부 세계와의 지각적 교섭 그리고 자신의 심신의 움직임에 대한 체감(體感, coenesthesia)이 수반한다. 이 두 가지의 좋은 조합을 적절하게 표현하는 것이 좋은 형상이다. 그리고 사실 그것은 물리적 세계가 드러내고 있는 원형일 수도 있다. 그리하여 물리적 세계의 법칙은 이 원형의 이성적 연역이라고 볼 수도 있다. 이러한 사실적 근거를 떠나서도, 좋은 형상은 사람의 현실 행동에도—사회적 또는 개인적 행복의 추구에서도 하나의 지침이 될 수 있다.

그러나 작품의 언어적 구성에 좋은 형상만이 작용하는 것은 아니다. 그것만을 작품 구성의 원리라고 하는 것은 비현실적일 뿐만 아니라 작품의 현실감을 높이는 일이 되지 못한다. 앞에서 말한 바와 같이 사람의 행동에서 가장 중요한 원리는 실용적 목적이다. 이것은 생활에 필요한 사물을 대상으로 하는 것일 수도 있고, 다른 사람들과의 관계에 작용하는 것일 수도 있다. 또 그것은 개인적인 것일 수도 있고 집단적인 것일 수도 있다. 이 행동을 이해하는 법칙들이, 또는 그러한 것으로 받아들여지는 것이 작품의 구성의 원리로 작용하게 되는 것은 자연스럽다. 자연주의 소설, 졸라나 드라이저의 소설에는 사람의 행동을 생물학의 유전 법칙으로 설명하려는 시도가 들어 있다. 문학 작품의 서사는, 한 사람의 주인공의 내적 독백으로 이루어지는 것이 아니라면, 사회적 차원을 가질 수밖에 없다. 우리 문학에서, 특히 1960년대 이후 민족주의 그리고 마르크스주의적 사회 이론은 주도적인 서사 전략의 원리가 되었다. 이 이외에도 인간 현실을 이해하는 데 사용되는 여러 추상적 이론들이 서사적 구성의 원리로 사용될 수 있다. 권선징악의 소설은 사람의 삶이 근본적으로 삼강오륜의 윤리에 의하여 지배되고 지배되어 마땅하다는 생각에 의지하여 쓰인 작품이다.

이러한 추상적·개념적 구도는 불가피하고 또 그 자체가 삶의 현실의 일부를 이루는 것이지만, 그것들이 삶을 단순화하고 또 공허하게 하는 것도 사실이다. 그리고 그것은 다양한 현실에 비추어 작품의 실감을 감소하는 것이 된다. 다른 곳에서 이미 이야기한 일이 있는 것이지만, 심훈의 『상록수』에서 여주인공 채영신은 일제 경찰로부터 야학의 학생을 줄이고 강제 기부 독촉을 하지 말라는 경고를 받는다. 채영신은 이것을 정치적 탄압 행위로 받아들인다. 그러나 경찰이 내어놓은 학생 감원의 사유는 야학의 교사로 쓰는 교회가 많은 학생을 수용하기에는 안전하지 못하여, 학생을 150에서 80 이하로 줄여야 한다는 것이었다. 내 경험으로는 영어 번역으로 이것을 읽는 외국의 학생들은 이것이 정치적인 것으로 해석되는 것을 잘 이해하지 못했다.

이 사건을 보는 데에는 두 가지 시각이 있을 수 있다. 외국의 학생들에게는 강제 모금은 물론 부당한 행위이다. 또 학생의 안전은 면학에 우선하는 일이고 안전 수칙을 지키게 하는 것은 공안 당국의 제일차적 의무이다. 심훈은 적어도 소설에서 두 가지 시각이 있을 수 있다는 것을 인정하고, 일제의 잘못을 들추어낼 생각이었다면, 어떻게 한 시각에 들어 있는 강제로부터의 자유와 안전이라는 명분이 정치적 탄압을 위한 위장이 될 수 있는가를 설명하거나 보여 주었어야 할 것이다. 또는 같은 소설에는 남주인공 박동혁이 고리대금업자 강씨로부터 농민들의 부채를 기록한 문서를 얻어내는 장면이 있다. 그가 속임수로 술을 먹여 가면서 문서를 빼앗아 오는 것이다. 이것이 사회 정의를 위한 행위였다고 하지만, 속임수는 이 도덕적 행위의 의미를 크게 줄어들게 한다. 인간 행동의 규범에는 정치적 정당성과 개인행동의 도덕성, 두 가지 다른 것이 있을 수 있다.(큰 정의가 작은 정의를 짓밟는 행위를 우리 사회는 아직도 별 의식 없이 받아들인다. 이것을 다른 나라 사람들은 수긍하지 못한다.) 심훈은 적어도 이 두 가지 또는 더 여러 다른 윤리의 테두리가 있다는 것을 인정하고, 그 사이에 있을 수 있는 갈등을 고려하고 그렸어야 한다.

이러한 경우가 아니라도 작품의 구성에 작용할 수 있는 인위적인 조작은 대체로 작품의 현실감을 감소시킨다. 나는 며칠 전에 한 평론가로부터 한국 현대 시의 명편인 서정주 선생의 「국화 옆에서」가, 외국어 번역으로는 큰 반응을 얻지 못한다는 말을 들었다. 그것이 사실이라면, 아마 그것은 이 시의 어떤 인위적인 요소로 인한 것일 가능성이 크다. "한송이의 국화꽃을 피우기위해/ 봄부터 솥작새는/ 그렇게 울었나보다"—이 구절에서 국화꽃과 소쩍새 사이에는 단단한 사실적 관계가 있다고 하기는 어렵다. 물론 두 사항을 잇고 있는 것은, 소쩍새 소리를 듣고 안정을 잃기도 했지만, 국화꽃을 보고 안정을 되찾은 시인의 마음이다. 그리고 시인이 이야기하려는 것은 설렘이 있었던 마음이기에 평온을 더 깊은 고마움으로 받아들인다는 것으로 생각된다. 그러나 제시되어 있는 사실의 그릇은 이 모든 메시지를 담기에는 너무 약한 감이 있다. 이 시가 적절한 예가 될는지 어쩔는지는 불확실하지만, 미당의 시에 사실과 의미를 성공적으로 결합하고 있는 시가 드물다는 것은 부정할 수 없다. 이것이 그의 시가 기대하는 만큼 강한 충격을 주지 못한 이유라고 할 수 있다. 사람들은 시에서 마치 사물 자체에서 그대로 전달되어 나오는 듯한 느낌을 주는, '형이상학적 전율(frisson métaphysique)'을 원한다. 서정주 시의 약한 사실성은, 그의 보들레르적 관능주의에도 불구하고, 그의 시에 스며 있는 인생에 대하여 확정적 발언을 하고자 하는, 다분히 한국의 도덕주의적인 경향의 영향 때문이라 할 것이다. 결국 그도 그 나름의 도덕주의자인 것이다.

도덕주의 — 삶의 복합적인 현실을 도덕적 또는 정치 이데올로기적 관점에서 요약할 수 있다는 생각은 한국 문학의 큰 특징의 하나임에 틀림이 없다. 또 하나의 예로서, 가령 이상화의 「빼앗긴 들에도 봄은 오는가」와 두보의 "국파산하재(國破山河在)/ 성춘초목심(城春草木深)"을 비교해 볼 수 있다. 앞의 시행이 의문문이라는 것만으로도, 독자는 시인이 들을 빼앗기면 봄도 오지 않는 것이 당연하다고 생각했다는 것을 느낀다. 두보의 시는 나라가 깨어져도 산천은 그대로 있고 봄은 온다는 당연한 사실을 서술하는 데에 그친다. 그러나 이 두 다른 계열의 사실의 병치는 정치를 넘어가는 삶의 비극적 모순에 대한 착잡한 느낌을 불러일으킨다. 이상화가 봄 들에서의 노동을 긍정하고 시의 끝에 가서, 다시 한 번 애국적인 선언, "……들을 빼앗겨 봄조차 빼앗기겠네" 하는 경고로 끝내는 것은 당연하다. 자연의 봄과 깨어진 나라 사이에 착잡한 감정이 있음을 이 시가 말해 주고 있는 것은 사실이지만, 그 사이의 간격은 두보의 시에서만큼 인간 실존에 내재하는 깊은 심연으로 느껴지지 아니한다. 정치와 도덕이 없을 것 같은 자연에 관한 시에서도 의무적 감정으로 또 시적 소재의 구성 원리로 추상적 이념이 이와 같이 중요한 것이다.

4

시에서 추상적 이념이 앞에 든 시들을 손상하는 요소로 크게 작용한다고 잘라 말할 수는 없다. 그러나 그런 강박(强迫)이 마음의 열림을 제한하는 것은 사실일 것이다. 심훈의 경우 그러한 요소가 소설의 보편적 가치를 저하시키는 것은 틀림이 없다. 그로 인하여 현실의 이데올로기적 해석에 독자가 불편을 느끼기 때문만이 아니라, 그것이 작품의 한구석에 충분히 사고되지 못한 부분이 있다는 감을 주고 그것이 심미적 완결감을 느끼는 데에 방해가 되기 때문이다. 사고와 형상의 완결감이 존재한다면, 필자와 독자의 정치적인 차이가 작품 감상에 반드시 큰 방해물이 되지 않을 수도 있다. 사람들은, 비록 다른 시각이 들어 있다고 하더라도 그 관점으로부터의 철저한 사고와 형상화가 있다면, 많은 것을 관대하게 볼 용의가 있는 것일 것이다. 그런 의미에서 작품의 심미성은 거짓의 일종이라고 할 수도 있다.

다시 중요한 것은 작가가 그의 마음을 현실적 이해관계로부터 떼어 내어 열려 있는 공간이 되게 하고, 그 안에서 작품의 소재들이 적어도 외적 모양으로는 자연스러운 것으로 보이는 형상을 이루게 하는 것이다. 이 '현상학적 환원'으로 성립하는 마음은 언제 어디서나 열릴 수 있는 것이라고 할 수 있다. 원칙에 있어서 그렇다. 그것은 마음을 어떤 것으로 채우는 일이 아니라 마음을 비워 내는 일에 불과하다. 그러면서도 앞에서도 말한 바와 같이, 그러한 마음을 얻어 내는 것은 쉽지 않은 일이다. 그것은 개인의 노력에 못지않게 역사의 선물이다. 물론 이 선물은 손에 잡힐 만한 것으로 보이는 것이 아니다. 이 선물은 그림자처럼 마음을 스쳐 가는 하나의 순간이다. 이 순간이 만든 공간에 마음은 흰 종이를 펼친다. 그리하여 작가로 하여금 자기의 현실적 관심을 넘어 많은 것을 거기에 펼쳐 놓고 보게 한다. 그것은 개인의 습관이면서 사회가 북돋는 습관이다.

괴테가 문학을 이야기하였을 때, 그는 여러 전통의 문학 — 특히 유럽의 문학들이 한데 어울려 세계 문학을 형성하게 될 것이라고 생각하였다. 이것은 무역과 교통이 발달하는 것과 병행한다. 앞에서도 잠깐 비쳤지만, 괴테가 세계 문학을 이러한 어울림으로 보았느냐 또는 높은 보편적 기준으로 보았느냐 하는 데에 대하여는 논란이 있지만, 사실 이 두 어울림과 보편성은 하나의 과정을 이룬다. 어울림은 여러 다른 관점들을 고려하지 않을 수 없는 상황을 조성한다. 그리고 그것을 의식하는 우리의 생각을 넓혀 주게 된다. 그리하여 사물 하나를 두고 생각하더라도 그것을 내가 서 있는 자리에서만이 아니라 360도를 돌아 자리를 바꾸면서 — 반드시 몸이 아니라도 마음을 돌려 움직여서 — 더 다양한 관점에서 고려하게 된다. 이것이 정신적 습관이 된다. 그러나 반드시 정신 훈련 때문에 그런 것은 아니다. 교역과 교통이 이것을 조장하고 사회의 민주화가 이것을 시민적 의무가 되게 한다. 그리고 과학적 사고의 발전은 이러한 정신의 습관을 방법론적으로 심화한다. 이렇게 하여 마음에 보편성 — 있을 수 있는 모든 관점과 사물의 양상을 두루 포함하는 보편성에의 열림이 생긴다. 그리고 이 열림은 객관적인 진리의 인식에, 보편적 호소력을 가진 작품의 형상화에 작용한다.

이 열림에의 길은 간단하게 습득될 수 있는 것이 아니지만, 또 상당한 모험을 요하는 것이다. 여기에서 그러한 철학적 문제를 논하려는 것은 아니지만, 현상학은 과학이 참으로 마음을 열어 놓는 것이 아니라는, 그리하여 사물을 있는 그대로 보려는 것이 아니라는, 과학에 대한 강한 비판을 담고 있는 철학 유파이다. 현상학이 보기에는 과학은 사실의 세계의 실증적 법칙에 사로잡혀 있다. 세계에 대한 더 철저한 인식을 위해서는 이 실증적 세계의 사실성 여부를 괄호에 넣고 선입견 없이 과학 이전의 사실을 그대로 보고, 어떻게 거기로부터 과학적 법칙이 지배하는 세계가 구성되어 나오는가를 알아보아야 한다. — 현상학은 이렇게 주장한다. 앞에서 이야기한 것은 시인이나 작가가 가져야 하는 마음도 이에 비슷하게 선입견 없는 것이 될 수 있어야 한다는 것이었다. 상식적 세계 또는 과학의 객관적 세계에 사는 사람에게, 상식을 의심하라는 말은 어리석은 일로 들린다. 사물을 놓고 나의 관점, 나의 신념을 버리거나 적어도 괄호 속에 넣어 두라는 말은 어리석고 위험한 말이다. 그것은 허무주의를 실험해 보라는 말과 같다. 뿐만 아니라 우리의 신념은 우리가 소속되어 있는 집단이 요구하고 있는 것일 경우가 많기 때문에, 그것을 회의 대상이 되게 하는 것은 집단 내에서 설 자리를 잃어버리는 일이 될 수 있다. 물론 이것은 나의 믿음, 나의 소속 집단의 믿음을 다시 더 강화하려는 노력으로 간주할 수도 있다. 하지만 허무의 실험 — 작품의 구성 작업에 삽입되는 허무의 실험은 그 흔적을 남길 가능성이 크다. 적어도 우리를 현실로부터, 나의 그리고 집단의 현실로부터 일정한 거리를 유지하게 할 것이기 때문이다.

앞에서도 말한 바와 같이, 보편의 지평에서 생각하고 쓴다는 것은 반드시 어떤 보편적 주제를 가지고 보편적 관점에서 두루뭉수리로 생각하고 쓴다는 말이 아니다. 작가의 주제와 자료의 선택은 그의 관심에 의하여 정해진다. 다시 작가의 자폐성은 이것을 그만의 주제와 자료가 되게 한다. 그러면서도 그것은 대체로 다른 사람이 관심을 가질 만한 것이 된다. 그가 작품을 쓰는 것은 자신의 삶의 이해를 위한 것이고, 그것은 불가피하게 그가 처해 있는 상황을 탐구하는 것이 될 것이기 때문이다. 그런데 작가가 그의 관심과 주제에 대하여, 또 그의 시대의 관심과 주제에 대하여 쓴다고 하더라도 마음의 빈 공간에서 쓰는 것이라면, 그것은 자신의 신념을 독단론의 수사로 옮겨 놓는 일은 아니게 된다. 그것은 보편의 지평 위에서, 그러니까 있을 수 있는 다른 관점과 다른 사실들을 생각하면서, 자신의 주제를 평가하는 작업이 된다. 이 평가는 비판을 포함하면서 그것을 더 분명하게 정립하는 일이고, 전달한 메시지가 있다면 그것을 더욱 선명하게 전달하는 일이다. 그리고 무엇보다도 이러한 보편적 열림으로부터의 글쓰기는 심미적 완성으로 나아가는 데에 가장 중요한 기초 작업이 된다.

그럼에도 불구하고 보편적 지평에서의 글쓰기는 그것 이전의 글쓰기의 단순성, 단순성에서 오는 강력함과 같은 것을 잃어버리는 것이 될 수 있다. 그리하여 아마 또 필요한 것은 보편화의 과정 후에 그것을 다시 잊어버리는 것이다. 그리고 다시 단순성과 단순성의 힘을 되찾는 것이다. 앞에서 말한 보편성에의 열림은 아무래도 서구적 사고의 습관을 말하는 것으로 생각할 수 있다. 단순성의 힘은 비서양의 — 우리의 경우, 우리 고유의 전통에서 찾아낼 수 있는 어떤 맑음과 직절성에서 올 것이다. 그런데 순진성을 잃어버린 다음에 그것을 되찾는 일이 가능한 것일까? 이러한 의문을 가질 수는 있지만, 우리는 그것이 가능하다고 믿고 싶다. 이 가능성이 실현될 때, 한국의 문학은 세계 문학에 독특한 원숙성을 보여 주게 될 것이고 새로운 기여를 하게 될 것이다.

(2007년)

시집 발간을 축하하며

김현곤 시집 『사랑해』에 부쳐

수유인생(須臾人生)은 시인들이 시에 읊은 바 있고 보통 사람도 느끼는 인생 감회지만, 심산(心山) 김현곤과 함께 고등학교를 다니고 대학을 다닌 지 벌써 50년이 훨씬 넘어간다. 우리가 고등학교에 들어간 것은 6·25 전쟁이 난 다음 해이고 졸업은 휴전이 된 다음 해였다. 그러니까 전쟁 중이었는데, 그래도 지금 생각해 보면, 그 시절은 조금은 전원시의 여백이 있던 시절이었던 것으로 기억된다. 광주는 적어도 물리적인 면에서는 전쟁 피해가 크지 않았던 곳이었다. 또 인생의 역정에서 고등학교 시절이란 본격적인 인생으로부터의 긴 유예 기간이 되는 때이기도 하다. 제일 중요한 것은 도시의 성격이다. 그때 광주의 인구는 추측하건대 15만을 넘지 않았을 것이다. 길에는 거의 자동차가 없었다. 내가 통학하던 거리는 가깝다고 할 수는 없는 거리였지만, 다니기에 전혀 힘이 드는 거리가 아니었다. 이런저런 생각을 하며 길거리를 걸어도 문제될 것이 없었다. 머리로 수학 문제를 생각하며 길을 갔던 일도 있다.

그런 데다가 길거리가 멀게 느껴지지 아니하였던 것은 학교까지 가는 길에 헌책방이 많았기 때문이었다. 이들 헌책방에 책이 많았던 것은 아마 6·25 전쟁의 혼란기에 여러 집들에 소장되어 있던 책들이 쏟아져 나온 때문이었을 것이다. 책방의 헌책들이 대부분 일본 책들이었던 것을 보면, 해방과 더불어 식민지에 거주하던 일본인들이 황겁하게 본국으로 돌아가면서 책들을 내놓고 간 것이 6·25로 인하여 나오게 된 것들과 합친 것인지도 몰랐다. 결국 6·25는 해방이 되고 5년밖에 되지 않아서 일어난 일이었다.

학교 가는 길에 있었던 헌책방의 책들은 나의 지적 역정의 시작에 영향을 끼친 것이 아닌가 한다. 학교에 오가는 사이에 쉬기도 할 겸 책방에 들러 이런저런 책들을 보았다. 책읽기에 약간의 지침이 된 것은 가와이 에이지로의 『학생과 독서』와 같은 책이었다. 거기에는 읽어야 할 책들의 목록이 있었다. 누가 이 책을 보라고 했는지는 기억이 나지 않는다. 책방의 주인이었을 것 같기도 하고 주변의 친구나 선배였을 것 같기도 하다. 일본의 철학자들도 읽곤 했지만, 나는 주로 낭만주의 문학이나 이상주의 또는 관념론 철학에 관심을 가지게 되었다. 나중에는 나종일 선생님이 특별 지도를 해 주신 덕택에 독일어를 열심히 하게 된 것도 여기에 관계된 일이었을 수 있다. 파우스트의 지적 열정이나 헤르만 헤세의 주인공들의 낭만적 방황은 나의 삶을 생각하는 데에 전범들을 보여 주는 것으로 생각되었다.

그러나 이때는 전쟁기였다. 해방 후 들끓어 오른 혼란과 갈등이 천지개벽의 폭발이 된 것이었다. 학교에는 배속 장교가 있었고 군사 훈련이 있었다. 학교의 군사적 성격은 학도호국단이라는 학생 조직으로 더 강화되었다. 넘치고 있는 것은 반공 표어와 수사였다. 나의 마음에 이 강제 조직 체제는 집단 동원 체제에 대하여, 그리고 반공의 언어들은 표어나 구호, 상투 언어에 대하여, 영원한 혐오를 심어 주었다. 이 혐오증은 반공 수사를 넘어 모든 정치적 언어에 확대되었다. 그리고 구호로 정식화된 언어에도, 경우에 따라서는 그 나름으로 현실을 말하여 주는 것이 있다는 것을 배우는 데에는 오랜 시간이 걸렸다. 지적 낭만주의나 관념 철학에 대한 나의 경도도 당시의 긴장된 현실에 대한 반발이거나 현실로부터의 도피였는지 모른다.

이러나저러나 나는 고등학교와 대학 시절을 통괄하여 대체로 자폐적인 학생 시절을 보냈다. 그리고 대부분의 동료 학생들도 그러리라고 생각하고 있었다. 그런데 몇 년 전 나는 나의 동기생인 심산이 「원탁시」에 그의 조숙한 독서 경험을 적은 것을 보고 적이 놀라지 않을 수 없었다. 사실 민감한 친구들은 이미 고등학교 시절부터 시대적 각성을 가지고 있었다. 우리 동기생에는 박봉우, 윤삼하, 강태열, 주명영 등 시인들이 많았고, 이미 고등학교 시절부터 시들을 발표하고 있었다. 박봉우는 그중에도 유명한 시인이 되었지만, 내가 대학의 3학년이 되어 세상모르고 지내던 1956년에 이미 당대의 정치적 시로는 가장 유명한 「휴전선」을 발표하고 그 이듬해에는 참여시의 고전이 된 시집 『휴전선』을 상재(上梓)하였다. 심산은 이러한 조숙한 선구자들 그룹에 속한 것이었을 것이다.

내가 심산의 조숙한 시대적 각성에 놀란 것은 나의 무지로 인한 것이기도 하지만, 별로 주의해 보지 않으면서, 그의 삶의 역정이 그러한 것과는 관계가 없는 것으로 보였기 때문이었다. 그는 대학을 졸업하자마자 명동에, '칠'이라는 다방을 개점 운영하였다. 그때 다방을 열게 된 동기를 묻지는 못했지만, 그것은, 이상(李箱)과 같은 시인이 그러했듯이, 일종의 낭만 취미겠거니 하고 생각하고 있었다. 그리고 훨씬 나중의 일이지만, 몽펠리에 대학에 가서 학위를 하면서도 폴 발레리를 주제로 삼은 것으로도 그는 시대나 정치와는 일정한 거리를 가진 사람이거니 하고 생각하게 하였던 것이다. 그런데 그가 정작 시대의 상황을 고민하고 그것에 대하여 발언하는 사람이라는 것이 공적으로 크게 드러난 것은 1978년 6월 27일, 그 무서운 유신 시대에, 전남대학의 몇몇 동료들과 함께 「우리의 교육 지표」라는, 학문과 대학과 교육의 자유와 자율을 옹호하는 성명서를 발표하였을 때였다. 그는 이 일로 하여 큰 고초를 겪었던 것으로 알고 있다.

이번에 내는 시집의 목차만으로도, 거기에는 개인적인 이야기와 함께, 시대적인 이야기들이 많이 들어 있는 것을 볼 수 있다. 그러나 그 이야기들이 단순한 의미에서의 정치 평론은 아닐 것으로 생각된다. 그는 전화 통화에서, 그의 시의 주제는 '귀향'이라고 말하였다. 그에게 돌아가는 고향은, 그의 자서(自序)에 설명되어 있듯이, 현실의 고향이라기보다는 사람이 피안에 또는 차안(此岸)에 그리는 이상향, 동경의 땅을 말한다. 그는 이 주제로서 그의 시에 일정한 통일성을 부여하려 한 것으로 생각된다. 심산의 고향은 광산군 서창리이지만, 지금은 광주시의 일부가 되어 있으니, 그간의 엄청난 사회 변화 속에서, 현실의 고향이 없어졌다는 것도 이에 관계있는 일인지 모른다. 한국에서는 이제 거의 모든 사람이 실향민이 되었다. 그리하여 고향을 이상향에다 설정할 수밖에 없게 되었다. 심산의 고향 생각도 이러한 사정에 관계되는 것인지 모른다.

그리고 귀향은 그의 생각을 조직하기 위하여 필요한 하나의 방법일 것이다. 그는 이번 시집의 시들이 서사시가 아니라 서정시라고 말하고 있지만, 여러 시들이 서사시를 이루지 못한 것을 유감스럽게 생각한다. 그러나 그의 성향으로 보아 모든 시들이 하나의 서사적 구조를 드러낼 가능성이 높다. 정작 출판되어 나오면, 시들이 어떤 일관된 메시지를 전할지 자못 궁금하다. 심산의 조숙한 시대 의식이나 주제 의식이나 서사 의식으로 보아, 그가 준비하고 있는 두 편의 소설과 함께 그에게 중요한 것이 어떤 일관성이라는 느낌이 든다. 의식화된 시대와의 관계는 그것을 확보해 줄 수 있다.

파리 목숨이라는 말이 있다. 사람의 손에 쉽게 죽임을 당하는 까닭이기도 하지만, 실제 파리의 수명은 60일 정도라고 한다. 그것이 인생의 60세와 어떻게 비교될 수 있을까? 길고 짧은 것은 그야말로 상대적인 것일 것이다. 파리의 60일이 사람의 60년에 비하여 짧다고 한다면, 사람의 60년은 역사의 600년이나 6만 년, 진화의 6억 년에 비하면 찰나에 불과하다. 그러니 중요한 것은 시간의 궤적의 의미일 것이다. 파리의 일생에도 어떤 일관된 궤적이 있다면, 그것은 의미 있는 것이 될 수 있을는지 모른다. 서두에 나는 지금까지의 삶의 전체도 그러하지만, 우리가 고등학교를 다니고 대학을 다닐 때부터의 세월이 눈 깜짝할 사이에 불과한 것처럼 말하였다. 그러나 그동안에 세상이 변한 것을 보면, 그 세월이 많은 것이 일어날 수 있는 세월이라는 생각이 들기도 한다. 일제 36년은 지금도 사람들의 마음을 짓누르는 긴 세월이다. 5·16, 민주화 운동도 어느새 40년, 20년이 넘었고, 그사이에 엄청난 변화가 있었다. 그때와 지금 우리가 살고 있는 세상은 같은 날에 이야기할 수 없을 정도로 다른 것이 되었다. 사람의 삶이 길고 짧은 것은 하는 일에 따라 다른 것일 것이다.

많은 일이 삶을 긴 것이 되게 한다고 할 수도 있지만, 이런저런 일이 잡다하게 넘치는 것은 짧은 에피소드의 연쇄가 되게 하고 오히려 삶이 짧다는 인상을 줄 수도 있다. 중요한 것은 삶이 하나의 서사가 되느냐 아니 되느냐 하는 것일 것이다. 서사에 대한 관심으로 보아 심산의 삶은 하나의 일관된 서사가 되지 않을까 하는 생각이 든다. 이 서사에서 작품의 서사적 일관성은 주요한 일부가 되는 것일 것이다.

시집 출간에 제하여 두서없는 말을 적어 축하의 뜻을 전한다.

(2007년)

삶의 근본에 대한 성찰
김동호 시집 『노자의 산』에 부쳐

사람이 하는 말은 궁극적으로 모두 어떻게 사느냐 하는 질문에 관계되어 있다고 말할 수 있다. 모든 발언은—사실 모든 행동도 그렇다고 하겠으나—삶에 대한 일정한 태도를 그 바탕으로 하기 때문이다. 그러나 그것은 그야말로 '궁극적'인 지평에서의 문제이고, 이 지평에의 환원은 매우 복잡한 경로를 통하여서만 가능하다. 시는 어떠한 언어보다도 긴박한 현실적 관련이 없는 자리에서 일어나는 언어이다. 그러니만큼 일단은 삶의 긴박한 질문으로부터 가장 떨어져 있는 말이 될 수 있다. 그러나 다른 한편으로 긴박한 현실적 관련이 없을수록 사람의 생각이 저절로 삶의 근본에 대한 성찰로 돌아가게 되는 것도 자연스럽다. 그때에 그것은 오히려 더 근본적이고 더 복합적인 의미 관련을 드러내어 보여 줄 수도 있다. 그럼으로 하여 깊은 의미에서 시는 산다는 것은 무엇이며, 어떻게 살아야 하는가 하는 문제를 묻는 언어가 된다.

그러나 이것은 어디까지나 궁극적 차원의 문제이다. 시는 체계적 탐구의 언어나 교훈적인 언어로부터 가장 멀리 있어서 비로소 시적인 효과를 얻는다. 그것은, 적어도 얼핏 받는 인상으로는 즉흥적이고, 또 지적이기보다는 정감적이고 감각적임으로써 호소력을 갖는다. 그것은 어떤 경우는 정상 상태가 아니라 광적 도취 상태의 언어가 되기도 한다. 그런 의미에서 그것은 대학의 논리적 언어와는, 적어도 일단은 전혀 딴판의 언어이다. 대학교수가 시를 쓰기 어려운 이유가 이러한 데 있는지 모른다. 대학의 삶을 특징짓는 것은 이성의 습관이지 광증이 아니다.

대지의 불을 비가 꺼 준다.
머리의 불을 잠이 꺼 준다.

그믐이 가까워 오면
다시 애기 얼굴이다.

가슴의 불을 시간이 꺼 준다.

이것은 김익배 교수(김동호 시인)의 「상극과 상생」의, 인생의 어떠한 면에 대한 성찰이다. 그 내용은, 인생의 정열은 시간과 더불어 사위게 된다는 상식이다. 그러나 그것은 그렇게 단순한 상식으로만 환원될 수 없는 면을 가지고 있다. 시에서 말하고 있는 불이 반드시 정열을 말하는 것은 아니다. 그것이 정열을 가리킨다고 하더라도 그것은 불의 급함, 그 괴로움 등의 성질을 강하게 가지고 있는 정열이다. 또 그것은 대지의 불이 비에 꺼지고 머리의 의식 작용이 잠으로 하여 휴식을 얻게 되는 것에 비교되어 있다. 즉 그것은 자연이나 생리 작용에 유사한 것으로 파악된다. 젊음의 괴로운 정열도 그러한 자연 과정의 일부이다. 자연 과정은 저절로 그 스스로의 리듬에 따라 움직인다. 사람의 일에 젊음으로 인한 괴로운 일이 있다면, 그것은 그 스스로의 리듬에 따라 해소를 향하여 움직이게 마련이다.

「상극과 상생」의 몇 줄은 이러한 여러 가지를 말하여 준다. 그러한 말의 수단이 된 것은 자연이나 생리의 시간적 과정에 대한 우리의 감각적 체험이다. 그러나 전체적으로 이 시가 교훈적 성격을 풍기고 있는 것은 김익배 교수의 직업과 나이로 보아서 불가피한 것인지도 모른다. 그러나 다시 한 번 그 교훈은 어떤 확연한 도덕적 가르침의 의도에서만 나오는 것이라기보다는 감각과 체험에서 나온 것이다. 그 효과도 이러한 점 때문이라고 할 수 있다.

또 다른 예로서 우리는 「할아버지의 별똥」과 같은 시를 들 수도 있다. 여기에 보이는 인생 성찰도 단순한 도덕적 교훈으로 끝나는 것을 피함으로써 시로서의 효과를 잃지 않는다. 이 시는 대부분이 산길에서의 젊은 처녀 애들과 시인 자신인 듯한 노인의 대화로 이루어진다. "할아버지, 왜 혼자 다니세요?" 하는 물음에 대하여 화자는 혼자인 것이 사람의 운명이라고 비치면서, 주검은 자식이 맡을 수 있는 것도 아니고, 자식들은 아마 "갖다 버리기에 바쁠걸"이라고 답한다. 이러한 답변은 우리가 듣는 바 자식의 무정함을 탓하는 흔한 노인의 원정(怨情)을 넘어가지 못하는 것으로 보인다. 그러나 그것은

> 한동안 조용하더니
> 그중 제일 조용한 바람, 한 자락이
> 피식 언 흙덩이를 깨문다

와 같은 구절의, 인간 애원(哀怨)의 작은 계산을 넘어가는, 자연의 이미지와 섞여 들어감으로써 원정이나 교훈을 살짝 피해 간다. 그리고 이 시의 교훈은 형이상학적 깊이에 이른다. 이러한 자연의 작은 현상이 현실 행동이

나 도덕적 개념보다도 많은 것을 말해 주는 것이다.

김 교수의 시적 주제는, 다시 그의 교육적 성찰의 습관과 나이로 인하여, 앞에서 언급한 시에서도 이미 볼 수 있듯이, 노년의 인생의 달관, 조화 또는 고요를 향한다. 「사향소와 혹뿌리새」에서 그는 생명의 세계를 상생의 조화 속에 있는 것으로 본다.

사향소가 털갈이를 하면
혹뿌리새는 털을 주워다가
집을 짓는다.

새로 지은 집에서
새로 눈을 뜬
새끼들의 울음소리가

대륙 넘어 예까지 들릴 때까지.

이러한 상생은 대체로 갈등을 일으키고 있는 것 같은 자연과 사람 사이의 일반적인 관계이다. 「아이와 파도」에서 그는 파도 속의 아이를 보면서 파도와 아이의 관계가 갈등의 관계가 아니라 조화의 관계라고 말한다.

아이가 파도를 향해 달린다.

파도가 싯퍼런 갈기로
아이를 후려친다.

맞선 두 심줄이
오르다가 오르다가
시퍼렇게 다시 고누며
치솟는 대결, 재대결

그러나 둘은
넘어뜨리는 사이가 아니다.

흔들리고 옴추리고
휘어청 매달려

날을 듯 넘어질 듯
휘감아 끌어안은 품에
은빛 고기들이 와르르 쏟아진다.

말할 것도 없이 인생에 고통이 없고 늙어 감과 죽음이 없는 것은 아니다. 그러나 그것은 앞의 「상극과 상생」이나 「할아버지의 별똥」이 비치듯이 커다란 자연의 순일한 과정 속에 승화되게 마련이다. 이러한 것이 김익배 교수의 시가 우리에게 투사하여 보여 주는 세계와 인생에 대한 관점이다. 이것은 알 만한 것이고 공감할 수 있는 세계를 이루는 것이지만, 그보다 중요한 것은 그의 인생에 대한 성찰들이 그 나름의 감각과 체험을 통하여 진술된다는 것이다. 이 후자의 조건은 대학의 테두리에서는, 이미 비쳤듯이 조금 충족시키기 어려운 것이다. 그것은 대학이 감각과 체험에 빈약하고 그러한 언어로부터 멀리 있기 때문이기도 하지만, 그것이 가지고 있는 지적 오만에도 기인한다.

김익배 교수의 경우 그러한 오만은 삶의 진실이 "잡히지도 보이지도 않는 무(無)"이며, 그것이 "이 세상 어느 보물보다 귀하다"는 노장적 깨우침에 의하여 해소되어 버리는 것이라고 할는지도 모른다.(「가을 배추통」) 과연 그가 「석화(石花)」에서 말하듯이

어떤 형태로도 쉽게 잡히지 않는
어떤 색깔로써도 잡을 수가 없는
진흙 속 뼈에 붙은 꽃

인 것이다.

그러나 김익배 교수를 접해 본 사람이라면, 그의 인품이 바로 그러한 겸손을 바탕으로 한 것임을 곧 알 수 있다. 그의 시가 보여 주는 조화의 세계도 사실은 그의 온화한 인품의 반영일 것이다. 자주 만나 보지는 못하면서도 그의 그러한 인품의 감화를 오래 느껴 온 사람으로서 그의 새 시집에 몇 마디 말을 부치게 된 것을 기쁘게 생각하며, 시집의 출간을 축하하는 바이다.

(2007년)

바다의 시

바다를 읽는 몇 가지 방법

1

한국 현대시는 흔히 최남선의 「해에게서 소년에게」로 시작되는 것으로 말해진다. 이것은 사실적인 관점을 떠나서 중요한 의미를 갖는다. 새로운 시의 형식을 널리 보여 주었다는 것이 시의 역사적인 의미로 이야기되지만, 이 시는 우리 현대 문학에서 바다의 의미를 생각하는 데에, 그리고 그 특이한 시적 발상과 그 배경이 되는 사고의 전형을 넘겨볼 수 있게 하는 데에 중요한 실마리를 제공한다.

처얼썩 처얼썩 척 쏴아
따린다 부순다 무너 버린다
태산 같은 높은 뫼 집채 같은 바윗돌이나
요것이 무어야 요게 무어야
나의 큰 힘 아느냐 모르느냐 호통까지 하면서

—「해에게서 소년에게」 중에서

바다는 이런 첫 구절에서만이 아니라 시의 다른 부분에서도 거대한 파괴력의 상징으로 표현된다. 바다는, 산과 바위가 거대하더라도, 자연의 모든 것을 파괴할 수 있는 자연이면서 자연 위에 있는 힘을 가지고 있다. 그런데 이 시에서 그 힘이 특히 위협적인 것으로 생각되는 것은 그것이 주로 정치권력을 파괴할 수 있는 힘이기 때문이다. 진시황이나 나폴레옹 같은 절대적인 통치자도 바다의 힘 앞에는 몸을 굽힐 수밖에 없는 것이다. 이러한 절대 권력자가 대표하고 있는 것은 절대 권력과 함께 도덕적인 관점에서의 오만이다. 그들의 권력이나 오만이 아무리 크다고 하여도 그것은 바다의 거대함에 비하면 '좁쌀만 한' 것이 될 뿐이다. 바다의 거대함에 비할 수 있는 것은 하늘뿐이다. 바다와 하늘의 거대함 앞에서 — 이것도 아마 정치와 관계된 것으로 생각되지만 — 인간이 궁리하는 '작은 시비, 작은 싸움, 온갖 더러운 것' 등은 무의미하다. 하지만 바다는 이와 같은 파괴력으로 세상의 모든 것, 인간의 전부에 대하여 부정적으로 작용하는 힘이면서도, 오로지 '담 크고 순진한 소년배들'에게만은 예외적으로 입을 맞추고 껴안아 주는 부드러운 존재로 작용한다.

「해에게서 소년에게」에서 바다는 파괴의 힘이고, 정치 변화의 힘이고, 도덕적인 힘이다. 그러나 그것은 새로운 세대의 새로운 삶의 모험, 아마 정치적이고 도덕적인 모험에 대해서는 긍정적인 힘으로 작용한다. 한국의 전통에서 바다는 자주 등장하는 시적 소재가 아니었다. 대체로 한국인은 바다에 대하여 호감을 가지고 있지 않았다. 그러다가 20세기 이후의 시에서 바다는 의외로 많은 시에 등장한다. 최남선의 시가 발표된 1908년은 한일병합이 되고 식민지 시대가 공식적으로 열리는 대격변의 시점이었다. 바다는 이러한 정치적 격랑의 시대를 요약해 주는 이미지로 적절했던 것으로 생각할 수 있다. 최남선 이전의 전통에서 산과 물, 하늘과 땅, 하늘과 땅과 사람—이러한 것들이 그러했던 것처럼 바다는 하나의 전체성의 상징이었다. 다만 그것은 전통적인 세계 상징물에 비하여, 파괴적이고 부정적인 전체를 나타낼 수 있다는 점에서 격변의 시기에 더욱 적절한 것이었다고 할 수 있다. 흥미로운 것은 「해에게서 소년에게」와 같은 시가 바다를 파괴적인 힘으로 보면서도 새로운 희망의 전망을 품고 있는 힘으로 생각되었다는 것이다. 이것은 바다를 말하는 다른 시들에서도 볼 수 있는 것으로서 조선조의 구제도를 흔드는 시대의 격랑이 단순히 친일, 반일로만 설명할 수 없는 혁명적인 의미를 가지는 것으로 받아들여진 것이라 볼 수 있다.

일반적으로 바다가 새로운 시적 모티프가 된 것은 여러 새로운 변화의 가능성이 바다 건너편에서 오는 세력과 문명의 충격으로 인한 것이라는 사실에 관계된다. 말할 것도 없이 조선의 기존 체제를 흔들고 있는 것이 일본과 같은 바다 건너편에서 온 세력이고, 보다 추상화된 차원에서는 서양, 서쪽 바다를 건너온 문명이었다. 이것은 국가적 자존에 대한 위협이면서 근대적 문명의 도전을 의미하는 것이었다. 또 바다의 중요성은 개인적인 차원에서, 유학, 유람 등을 포함하여 일본이나 중국, 또 다른 외국으로 가는 여행의 길이 열린 것과도 관계한다. 이러한 모든 것이 바다로 하여금 시대적 무의식의 상징물이 될 만하게 하였다고 할 수 있다.

그런데 이러한 구체적인 사정들이 있지만, 바다는 주로 그 우의(寓意)적 의미로서 치국평천하(治國平天下)의 의지를 펴는 것과 관계된 이미지로 제시된다. 이것은 한국의 한시나 시조의 전통을 그대로 잇는 것이다. 「해에게서 소년에게」에서도, 우의는 시적 기술(記述)의 대상의 사실성이나 시적 진실성을 압도한다. 그 결과 냉정히 생각할 때, 우의의 설득력 자체가 소실되는 것은 불가피하다. 엄격하게 말할 때, 최남선의 우화에서 진시황이나 나폴레옹의 정권이 망한 것은 바다 때문일 수도 없고, 그것이 대표하는 자연의 힘 때문일 수도 없다. 또 간단한 논리로 어찌하여 바다와 같은 거대한 파괴의 힘이 태산과 바위와 진시황이나 나폴레옹은 두들겨 부수면서도, 어린 소년은 보호하고 보양하는가 하는 것도 알 수 없는 일이다. 자연의 힘에 그러한 생명 친화적인 그리고 도덕적인 배려가 스며 있는 것일까? 그러나 그것은 필자의 단순한 주장 이상의 논리적인 전개를 필요로 한다. 그러면서 시적인 설득력을 위해서 그것은 하나로 종합될 수 있는 시적 체험 속에 구현되어야 한다.

「해에게서 소년에게」에서 보이는 우의화의 경향은 그 이후의 다른 시들에서도 — 바다가 주 모티프가 아닌 경우에도 그렇지만 — 한국 시의 큰 특징을 이룬다. 그것이 반드시 문제적이라는 말은 아니다. 우의를 떠난 문학적 표현은 생각할 수 없다. 문제는 우의 또는 그럴싸한 서사적 기술이 어떻게 전개되어 구체적인 체험적 현실에 일치하느냐 하는 것이다.

2

제목에 바다가 나와 있지 않아도 우리 시에서 바다를 환기하는 시로 널리 알려진 시가 유치환의 「깃발」일 것이다.

> 이것은 소리 없는 아우성,
> 저 푸른 해원을 향하여 흔드는
> 영원한 노스탤지어의 손수건,
> 순정은 물결같이 바람에 나부끼고
> 오로지 맑고 곧은 이념의 깃대 끝에
> 애수는 백로처럼 날개를 펴다.

아! 누구인가?

이렇게 슬프고도 애달픈 마음을

맨 처음 공중에 달 줄을 안 그는.

―「깃발」 전문

이 시는, 말할 것도 없이 바다에 관한 시가 아니라 깃발을 말하는 시이다. 깃발은 물론 시에서 설명하듯이 "맑고 곧은 이념의 깃대"에 달려 있다. 이 이념은 어떤 것인가? 그것은 아직은 막연한 그리움의 대상으로 존재하는 것으로 보인다. 그것은 노스탤지어와 순정과 슬픔과 애달픈 마음에 이어져 있다. 그리하여 그것은 깃대가 시사하는 바에도 불구하고 "맑고 곧은 이념"의 상태에는 이르지 못했다. 그것은 아우성이면서도 소리가 없는 아우성이다. 어쩌면 "영원한 노스탤지어"라는 말이 뜻하는 것은 그러한 이념은 오로지 지나간 추억으로만 존재할 뿐 현실로는 존재하지 못함을 뜻하는 것인지도 모른다. 그것은 멀리 가 버린 것 또는 앞으로 올 수 있는 것을 향하여 흔드는 손수건 같은 것이다. 이러한 것들을 하나의 상상 가능한 장면으로 종합해 주는 것은 "저 푸른 해원"이라고 불린 바다이다. 이 시에서 시사한 바다 ― 특히 푸른 들처럼 보이는 바다가 생각나게 하는 어떤 향수 ― 독일 사람들의 먼 곳을 향한 그리움과 비슷한 슬픔, Fernweh이다. 함축된 뜻이 그것에서 시작하여 정치적 이념이 시작된다는 것인지, 아니면 사라진 이념적 정열의 끝에 남는 것이 이러한 먼 것에 대한 애수라는 것인지는 확실하지 않다. 이념과 애수 사이에 존재할 수 있는 갈등이나 전환에 대한 시사가 없기 때문에, 이 시가 참으로 그러한 복잡한 의미를 전달하려는 것인지 밝힐 수는 없다.

그러나 이 시가 어떤 우의를 가지고 있는 시임은 분명하다. 그러면서 그 우의는 불분명하다. 그러한 논리적 혼란에도 불구하고, 시의 시적 효과를 부정할 수 없는 것은 어떤 까닭인가? 우의가 묘사를 짓누르고 있음에도 불구하고 이 시에는 느낌의 통일이 존재한다. 앞에서 본 최남선의 시에서, 우의의 개념적 전개가 시에 통일성을 부여한다면, 여기에서는 느낌이 통일을 부여하는 것이다. 독자를 움직이는 시는 대체로 느낌 또는 그 외의 주체적 에너지이다. 이것은 한 번에 느껴지는 것이고, 이 시가 반드시 그렇다고 할 수는 없지만 어떤 상황에 대한 전인적(全人的) 대응을 표현한다. 「깃발」에는 바다에 대한 묘사가 별로 없다. 그러나 푸른 해원으로서의 바다, 물결, 바람, 백로 — 이러한 것들은 바다와 관련된 것들임에 틀림없다. 그러면서 이것들은 전체적으로 바다에서 일어날 수 있는 작은 움직임들로써 슬프고 애달픈 마음에 대응하는 것들이다. 여기에 배경이 되는 바다는 먼 것의 애수를 시사한 채로, 펼쳐진 여름의 해수욕장을 생각하게 한다. 시의 모든 것은 하나의 감정의 광경 그리고 상상할 수 있는 장면을 구성한다.

3

20세기 시인 가운데 아마 바다를 소재로 하여 가장 많은 시를 쓴 시인은 정지용일 것이다. 정지용에게 바다가 중요한 것은 물론 바다가 경험적으로 그에게 중요한 사실이었기 때문이지만, 그의 삶의 궤도에 비추어 상징적인 의미를 가지고 있었기 때문이다. 그의 시적 주제의 변화는 농촌-바다-산, 이 세 가지로 분명하게 나누어 생각할 수 있다. 그의 첫 작품들, 그리고 나중에 쓴 것들이라도, 고향의 삶을 이야기하는 시들은 대체로 시골의 삶과 풍경에 관한 것이다. 그러다가 일본 유학 그리고 근대적 삶에 대한 각성과 더불어 바다는 중요한 모티프가 된다. 그다음 정지용의 주요 시제(詩題)는 비로봉, 옥류동, 백록담, 장수산 등 조선의 산천이다. 그러니까 바다는 그의 삶의 역정, 정신의 진로를 획하는 한 시기를 대표한다.

바다에 관해 그가 쓴 시의 특징은 재치와 상상력이 넘치면서 다른 한편으로 매우 사실적이라는 것이다. 여기에서 사실적이란 흔히 리얼리즘 등을 말할 때의 사실이 아니라, 감각을 정확히 포착하는 데에 뛰어나다는 말이다. 이 감각 또는 체험의 직접성의 리얼리즘에서 정지용을 능가하는 사람을 찾기는 쉽지 않다. 문학 묘사, 특히 시적 묘사에서의 현실성은 정학하게 기술(記述)하려는 노력으로 성취할 수 있는 것이 아니다. 그것은 뛰어난 형상적 상상력의 업적이다. 이것은 크고 작은 재현의 노력에 두루 해당되지만, 감각적 또는 지각적 사실을 포착하는 데에는 이미지즘의 기발한 재치가 좋은 방법이 된다. 이러한 점에서 대표적인 바다의 시는 1927년에 발표한 「선취(船醉) 1」[1]을 들 수 있다. 높은 파도 위를 오르락내리락하는 배를 묘사하는 첫 연은 그 예이다.

> 해협(海峽)이 일어서기만 하니까
> 배가 한사코 기어오르다가 미끄러지곤 한다.

배 안에서의 움직임에 대한 묘사도 비슷한 수법과 사실성을 보여 준다.

> 계단(階段)을 나리랴니깐
> 계단(階段)이 올라온다.

재치 있는 묘사에도 불구하고 이렇게 흔들리고 있는 배를 타는 것은 괴

---

1 시의 인용과 연대기적 사실은 김학동(金澤東) 교수 편집의 『정지용 전집(鄭芝溶全集) 1』(민음사, 1988)에 따랐다.

로운 일일 수밖에 없다. 이러한 격랑 속에서 시인은 머리가 지끈지끈하고, 심장이 쥐어짜는 듯하다고 말한다. 항해의 고통 속에서는 신혼부부의 여행도 단말마의 고통 속으로 사라진다. 한 사람이 다른 사람에게 애련을 느끼면서 도와주려고 해도 구토가 이를 막는다. 이 고통은 보통 사람이 느끼는 자연스러운 감정도 완전히 차단하는 절대적인 한계 상황의 고통이다. 물론 여기에서 영양(令孃)이라는 호칭이 나타내는 사회적 신분이나 예의도 별 의미를 갖지 못한다. 시인은 신부를 묘사하여 말한다.

영양(令孃)은 고독(孤獨)도 아닌 슬픔도 아닌
올빼미 같은 눈을 하고 체모에 기고 있다.

이러한 지경에 이를 때, 유일한 삶의 방법은 무조건 견디는 것이다. 다만 그것은 견디겠다는 굳은 의지와 관계가 없는 견딤이다. 앞에 인용한 높은 파도 속을 가는 배를 그린 첫 절에 이어 두 번째 절은 미리 선취(船醉) 속의 한계 상황을 요약한다.

괴롬이란 참지 않아도 겪어지는 것이
주검이란 죽을 수 있는 것같이.

어떤 괴로움은 죽고 죽지 않는 것을 사람의 의지로 선택하는 것이 아닌 것처럼 선택의 여지가 없는 절대적인 사실인 것이다. 그러면서도 그것을 견딜 수 있는 능력은 부러운 것일 수밖에 없다. 그리하여 태풍 속을 헤쳐 가는 배에서 하모니카를 부럽게 생각하기도 한다.

정지용은 현실을 간결하고 생생한 이미지로 재현하는 데 뛰어난 것으로 알려져 있지만, 그러한 수법 속에서도 인간의 어떤 절실한 실존적 상황을 파악하는 데에도 추종을 불허하는 시인이다. 선취의 고통과 죽음에 관한 관찰과 같은 데에서 우리는 감각과 예리한 실존적 통찰이 교차하는 것을 본다. 그는 감각주의자이면서 가장 날카로운 실존적 도덕 감각의 감각주의자이다.

그런데 이것이 보다 큰 삶의 의미로 해석되어지는 것은 또 다른 차원의 문제라고 할 수 있다. 「선취 1」은 정확한 사실 묘사 — 흔들리는 배 그리고 그 배를 탄 사람의 고통을 묘사하는 것은 사실이지만, 그것을 넘어 보다 큰 인간적 서사의 의미를 전달한다고 할 수 있을까? 그렇게 생각해 보는 경우, 보다 넓게 해석한다면 이 시가 말하고 있는 것은 과정의 고통이라고 할 수 있을지 모른다. 시인이 마치 본인 자신인 것처럼 말하고 있는 선객 신랑과 신부는 가장 행복해야 마땅한 신혼여행 중의 남녀이지만, 그들의 여행은 짐짝 트렁크에 이마를 대고 계속 울고 간구(懇求)하는, 고통의 여행이 된다. 이 바다 여행의 고통은 정지용의 도일(渡日) 항해에도 해당되는 것이고, 또 확대하여 그의 일본 유학 경험에도 해당된다고 할 수 있다. 이것을 더 확대하면, 현대적인 교육을 받고자 했던 소망 또는 한국인의 식민지 경험 또는 근대화 경험에 — 후자에 대한 희망과 전자는 매우 복합적으로 얽힌 것이기 때문에 — 해당된다고 할 수 있다. 담 크고 순진한 소년배의 큰 뜻이나 깃발을 쳐들고 나아가려는 맑고 곧은 이념이나 그 낭만적인 흥분으로서의 혁명적 이상이 부딪치게 되는 것도 시작과는 다를 수밖에 없는 실천 과정의 고통이다. 물론 이러한 거시적 의미가 「선취 1」에 구체적으로 표현되어 있다고 할 수는 없다. 그러나 그러한 단초의 암시가 있는 것은 틀림없고 정지용의 개인사는 — 모든 현대 시인의 삶이 그러하듯이 — 시대적 전형을 나타낸다고 할 수 있기 때문에, 다른 문학도의 삶의 궤적에서도, 불가피하게 이러한 의미로 해석할 수 있다.

고향에 관한 정지용의 시는 우리 현대시에서 가장 간절한 향수를 담은 시일 것이다. 가장 잘 알려진 시가 「향수(鄕愁)」라는 것은 자연스럽다. 그러나 고향에 대한 그의 느낌이 착잡한 것임은 분명하다. 「향수」에서도 마찬가지로 애틋한 애향의 정서를 말하면서도, 「넷니약이 구절」에서 그가 그곳의 이야기를 “그 녜전부터 엇던 시언찬은 사람들이/ 끗낫지 못하고 그대로 간 니야기”라고 요약한 것은 근대 교육과 일본 유학 등을 통하여 근대 지향을 품게 된 그에게 지극히 자연스러운 일이었을 것이다. 즉 근대의 세계는 새로운 세계의 발견을 의미했다. 「바다 2」는 이것을 가장 적절하게 표현한 시이다.

> 한 백 년 진흙 속에
> 숨었다 나온 듯이,
>
> 게처럼 옆으로
> 기여가 보노니,
>
> 어언 푸른 하늘 알로
> 가이없는 모래밭.
>
> —「바다 2」 중에서

이것은 아름다운 모래사장의 풍경을 그린 것이다. 풍경은 흙 속에 갇혀 있던 게가 넓은 모래밭에 나왔을 때의 느낌을 그림으로써 매우 호소력 있는 것이 된다. 이 시에서 바다는 해방을 약속하는 넓은 공간이다. 그러면서 동시에 그러한 게의 당혹감—뉴턴이 자신의 과학적 발견을 두고 미지의 거대한 바닷가의 모래톱에서 노는 철모르는 아이라고 말했다는 것과 비슷한, 지적 놀라움과 방황을 표현하는 것이기도 하다. 이렇게 하여 이 시는 지극히 간단하고 소박한 묘사를 통하여 복합적인 의미를 가진, 바다 너머를 알게 된 정지용 삶의 한 조각을 그린다.

여기의 착잡함은 조금 더 복합적으로 표현되어, 정신 분석적인 접근을 요구하는 경우도 있다. 정지용은 보다 적극적인 의미에서 고향과 이향의 모순과 고통을 벗어날 수 없었던 것으로 보인다. 고향에 관한 시들이 감상적일 만큼 서정적이고, 또 만년에 쓴 고향 관련 시들이 조금 더 단단한 의미에서 서정적인 데 대하여, 바다를 모티프로 한 시가 주조를 이루는 중기의 시 — 그의 짧고 불행했던 시력을 이렇게 시기별로 쪼갠다고 한다면 — 는 재기발랄한 모더니스트의 시이다. 이것은 근대성 — 일본과 당대의 일본 시 그리고 영시를 통하여 습득하게 된 근대성의 표현이기도 하지만, 근대 이행의 갈등을 뛰어넘으려는 시도의 결과라고 할 수도 있다. 그로 인해 우리는 그의 재치 속에 들어 있는 갈등과 고민을 놓치기 쉽다. 얼핏 보기에 매우 밝은 색조를 띠고 있는 그의 시들에서, 프로이트의 기지(機智)에 대한 해석이 설명하는 바와 같은, 발랄한 기지의 위장(僞裝) 속에 갈등과 고민이 숨어 있기 때문이다.

해석에 따라서는 다를 수도 있지만, 가장 직접적인 모순의 폭발은 죽음을 유희에 결부시킨 다음과 같은 시에서 볼 수 있다. 「갑판(甲板) 우」는 유쾌한 음조의 시이다. 시작은 백금 빛으로 빛나는 하늘, 화려한 짐승 같은 선박 등을 말하고 갑판 위에서 넥타이가 바람에 날리며 바다를 보는 멋쟁이 청년 선객을 이야기한다. 마지막 부분에서 선객들은 바다 아래에 바나나 껍질을 던지는 장난을 한다. 바다로 빠지는 바나나 껍질은 바다에 몸을 던져 자살할 수도 있다는 가능성을 생각게 한다. 그러나 물론 이것은 모두 장난의 일부이다.

별안간 뛰여들삼어도 설마 죽을라구요

바나나 껍질로 바다를 놀려 대노니.

젊은 마음 꼬이는 구비도는 물구비
우리 함께 굽어보며 가비얍게 웃노니.

—「갑판 우」 중에서

이러한 대화로 표현되고 있는 농담은 오직 장난만을 뜻하는 것일까? 가볍게 웃었다는 진술에도 불구하고, "젊은 마음 꼬이는 구비도는 물굽이"는 의식에 순간적으로 열리는 심연을 느끼게 한다고 할 수 있지 않을까? 이 같은 유혹은 또다시 희롱조로 쓰여 있는 「바다 5」에서도 볼 수 있다. 이 시는 조금 공간을 차지하지만 전문을 인용할 수밖에 없다.

바독돌은
내 손아귀에 만져지는 것이
퍽은 좋은가 보다.

그러나 나는
푸른 바다 한복판에 던졌지

바독돌은
바다로 각구로 떠러지는 것이
퍽은 신기한가 보아.

당신도 인제는
나를 그만만 만지시고,

귀를 들어 팽개를 치십시오.

나라는 나도
바다로 각구로 떠러지는 것이,
퍽은 시원해요.

바독돌의 마음과
이 내 심사는
아아무도 모르지라요.

—「바다 5」 전문

시각적으로 이 시에서 가장 특이한 것은 바다로 떨어지는 바둑돌이다. 이 돌이 있음으로써 독자는 바다가 깊은 곳까지 맑은 상태에 있음을 느낀다. 이미지의 뒤에는 보는 눈이 있기 때문이다. 그러나 시의 깊은 의미는 시각적 효과에 있는 것이 아니다. 시각이 중요하더라도 그것은 다른 의미와 연결되어 특별한 의미를 갖는다. 그 의미는 바다에 떨어지는 돌이 화자의 마음에 모방 충동, 자살 충동을 일으킨다는 것이다. 죽음의 유혹은 바둑돌이 불러일으키는 맑은 느낌으로 인하여 종말의 깨끗함을 짐작하게 하는 까닭에 더욱 강박적인 것으로 보인다. 바둑돌을 화자(話者)의 처지에 비교한다면, 화자가 특별히 죽음을 택할 이유는 없다. 바둑돌은 그의 손아귀에 만져지는 것—즉 사랑받는 것을 좋아하는 것이다. 그러면서도 바둑돌은 바다에 던져지는 경험의 신기함을 싫어하지 않는다.

그런데 바둑돌처럼 바다에 떨어지는 것이 죽음을 의미하고 또 그것이 맑고 아름다운 것이라고 한다면, 화자는 어찌하여 죽음을 원하는 것일까? 죽음은 다른 상징적인 의미를 가지는 것일까? 그것은 사랑하는 것들을 떠나 이질적인 것으로 간다는 것을 의미하는 것인가? 그리고 여기에서 사랑하는 것들이란 도해(渡海)의 결심 이전의 고향을 말하는 것인가? 도해, 도일 그리고 근대로의 진입은 그에게 죽음과 같은 것, 넓고 맑은 것으로 가는 것이면서 죽음과 같은 것이었을까? 아무도 알 수 없는 것이 바둑돌과 화자의 심리 상태라고 시는 서술하고 있지만, 이 시의 의미는 전체적으로 매우 알기 어려운 것이라고 할 수밖에 없다. 그리고 시인 자신이 사람과 사물의 숨은 동기는 이해할 수 없는 것이라고 선언한다. 「바다 5」는 다시 한 번 정지용의 바다에 관한 발랄한 상상력이 단순한 모더니즘의 기교로 인한 것이 아니라 그의 의식 내의 복합적 갈등을 극복하는 기지의 방법이었다는 것을 생각하게 한다. 이러한 것들을 통해서 우리는 그의 이향과 이국행이 복합적 모순의 충동을 포함하고 있음을 확인하게 된다.

1933년은 정지용의 정신의 역정에서 매우 특별한 해였던 것으로 보인다. 그해에 발표한 바다를 소재로 한 거의 마지막 시라고 할 수 있는 「해협(海峽)」에서 그는 바다의 고독과 눈물을 이야기하다가 "나의 청춘(青春)은 나의 조국(祖國)!/ 다음 날 항구(港口)의 개인 날세여!"라고 선언한다. 조국이 자신의 나라나 고향이 아니라 청춘이라는 것은, 지금이나 옛날이나 지극히 대담한 선언이라고 할 것이다. 이러한 선언 후에 그는, 익숙한 세계를 떠나 새로운 세계로 가는 것을 청춘의 정열이 해결할 것이라고 한다.

> 항해(航海)는 연애(戀愛)처럼 비등(沸騰)하고
> 이제 어드메쯤 한밤의 태양(太陽)이 피여오른다.
>
> —「해협」 중에서

그러나 이러한 선언, 대담한 결심이 정열과 함께 모순된 동기를 가지고 있지 않을 수 없는 것은 분명하다. 대담한 언어는 바로 마음에 움직이고 있는 모순된 인력의 힘에 대한 강한 반작용으로 인하여 필요한 것이다. 정지용의 바다의 시는 대체로 20대 때 쓴 작품이고, 그의 생전에 출판된 두 시집 중 두 번째 시집인 『백록담(白鹿潭)』(1941)에서는, 바다에 관한 언급이 전혀 없는 것은 아니면서도, 새롭고 거대한 참구의 영역으로서의 바다는 완전히 사라지고 만다. 30대에 들어 그는 가톨릭 신앙에 관한 시를 쓰지만, 그의 주제는 이제 바다가 아니라 산이고, 출렁이는 파도보다 높은 산봉우리에 얼어붙은 얼음이 된다. 그리고 그의 삶의 지혜는 끓어오르는 연애나 젊음이 아니라 산중 거사(居士)의 침잠이다. 연대기적으로 앞에 언급한 「해협」과 바로 같은 해 1933년에 발표된 시들은 바다에 관한 그의 시에 나타난 정열과 결단과 전혀 다른 심성을 표현한다. 「해협」은 같은 해의 다른 시들 사이에서 완전히 예외적인 경우가 된다. 「비로봉(毘盧峰) 1」은 비로봉을 "육체(肉體) 없는 요적(寥寂)한 향연장(饗宴場)"이라고 하고, 또 같은 해의 「임종(臨終)」은 기이하게도 32세의 시인 자신의 죽음을 이야기하고, 그 후기의 시에 자주 나오는 "다른 세상의 태양(太陽)"을 말한다. 이 시는 그의 가톨릭 신앙을 언급한 최초의 시로서 그는 그의 죽음에 이르러 — 지금까지의 삶의 끝을 말하는 것인지 — 성모 마리아의 이름을 부르는 데에 그의 입술이 타게 하여 달라고 쓰고 있다. 같은 해의 「갈릴레아 바다」는 바다를 주제로 삼고 있지만, 여기의 바다는 내면의 바다이다. 시에서 예수는 제자들과 함께 갈릴레아 바다를 건넌다. 풍랑이 심함에도 예수는 잠을 자고 있는데, 제자들이 그를 깨우고, 그런 다음에 배는 다시 돛을 펴고 제대로 방향을 찾아간다. 시인은 높은 파도에 흔들리는 마음의 바다가 고요하게 다스려진 다음에 그 안에서 "주(主)가 잠자신 줄을" 깨닫는다.

이러한 시의 증거로 보건대 32세를 전후하여 정지용의 삶에는 큰 변화가 있었던 것으로 보인다.(이것은 더 자세히 연구되어야 할 과제이다.) 그 이후에 그의 시는 보다 전통적인 주제와 형태로 바뀐다. 그렇다고 그것이 완전한 복고나 회귀를 뜻한다고 할 수는 없다. 바로 전해에 발표된 「고향(故鄕)」의 첫 연은 "고향에 고향에 돌아와도/ 그리던 고향은 아니러뇨"이다. 「별 1」에서 그는 창을 통하여 바라보는 별을 말하고, 그때 영혼 안에 일어나는 외로운 불과 같은 회한을 말한다. 그리고 이 회한이 "거룩한 은혜(恩惠)"(「은혜」)라고 한다. 그는 뉘우침을 통하여 별빛에 가까이 다가가고자 하는 것이다. 이 회한을 통하여 별을 향해 가는 탐구에서 그에게 도움을 주는 것이, 전통적인 구도자에게 그랬던 것처럼 산과 산의 은거에서 오는 지혜이다. 그러니까 그의 시에 나오는 전통은 새로운 정신적 가치로 확인되는 전통이다. 이러한 정신적 추구에의 회귀는, 시의 수법에 이어서 주로 풍경을 포착하는 데에 집중된다. 이 풍경에는 여전히 그의 형상적 상상력이 크게 작용하여 산수를 소재로 한 다른 전통적인 시에 비해 그의 산시(山詩)는 지극히 날카로운 형상을 조탁해 낸다. 다만 여기의 형상화는 바다의 시에서의 발랄한 재치보다는 보다 심각한 성격을 가지고 있다. 그리하여 그의 시는 전통적인 자연시에서 보는 바와 같은 침착하고 위엄 있는 것이 되지만, 아직도 이미지즘의 선명함을 지니고 있고 그 가벼움 속에 갇혀 있어서, 서사적인 폭을 얻는다고 할 수는 없다.

결국 시의 깊이는 지각적 명확성 속에 삶의 넓은 의미를 시사할 수 있는 데에서 온다. 서사시가 아니라도 시에는 서사적 암시가 따름으로써 더욱 넓은 의미가 생겨난다. 하지만 그의 지각적 명확성은 이러한 의미로 확대되지는 않는 것이다. 그러나 정지용의 삶이 전쟁과 이데올로기에 의하여 단절되지 않았다면, 그의 시적 발전은 가장 의미심장한 것이었을지도 모른다.

4

시의 서사적 차원은, 이미 시사한 바와 같이 우의와 우화 또는 상투적인 이념에 의하여 대신하는 경우가 많다. 이것도 이미 말한 것이지만, 이것으로부터 시 — 그리고 인간의 체험을 구해 주는 것은 지각 체험의 직접성이다. 한국 현대시의 고민 중 하나는 이 직접성에 이르는 일이었다. 이것은 모순된 요구처럼 보이면서도, 대체로 복잡한 지적 조작을 요구한다. 그 발원지인 서양에서도 그러하지만, 모더니즘이나 이미지즘의 시도는 지적인 조작을 통한 체험의 직접성에의 도약을 향한 — 많은 경우에 불충분한 — 시도의 일부였다고 할 수 있다. 그러나 체험의 직접성은 물론 간단한 서술에도 열려 있는 것이어야 마땅하다. 양주동의 다음과 같은 시에서의 묘사는 특별한 궁리를 요구하는 것이 아닌 단순한 묘사이다.

아침이면 해 뜨자
바위 위에 굴 캐러 가고요
저녁이면 옅은 물에서 소라도 줍고요.

물결 없는 밤에는
고기잡이 배 타고 달내섬 갔다가
안 물리면 달만 싣고 돌아오지요.

— 양주동, 「해곡(海曲) 3장」 중에서

이것은 이미 말한 바와 같이 단순한 묘사이면서도 전원시적인 낙원을 시사한다.(그만큼 시적 서술은 서사를 요구한다.) 이동주(李東柱)의 「해녀(海女)」는 기본적인 단순성을 유지하면서 보다 적극적으로 서사적 내용을 통하여 바다의 정경을 환기하려고 한다. 외지에서 온 시인과 해녀가 주고받는 대화로 이루어진 이 시에서 다음과 같은 희롱의 말은, 모나리자나 비너스 같은 그리고 제주의 전설의 신화적 여신을 상상하면서도 그것으로 잡히지 않는 제주 해녀의 토착적 발랄함을 느끼는 시인의 인상을 전달한다.

"그대가 삼성(三姓)의 따님이뇨."
"무사 말씀
아지방 어디서 오람수꽈"
우렁우렁 내부치는 항아리 울음인데
끝이 슬픈 것은 여자라서 그렇던가
상고(上古)의 강한 악센트를 눈치로 풀었다.
"아이구 원 부치럽다
무사 보암수꽈"
"아마도 전설 앞에 꿈을 꾸나 보오
내사 뭍에서 불려 온 뜨내기지"
"뭍!"
손을 모두면서
"좋아게 좋아게"
부푼 두 포도알로 바다가 모자라는 열일곱……
나는 고향을 물러일으킨다
"날 업고 헤어서 아니 갈련"
"없습니다 나는양
바당에서 자람수다께"

—「해녀」 중에서

이러한 시가 전달하는 것은 그 나름의 현실적 영상을 이룩하면서도, 삶의 보다 복잡한 현실을 보지 않는 낭만화된 현실이라고 할 것이다. 김명인의 「소금바다로 가다」는 근년의 한국 리얼리즘 계열에 속하는 시이다. 이 시는 염전에서 일하는 사람의 노동을 다음과 같이 묘사한다.

> 저기, 사람이 있네, 염전에는 등만 보이고
> 모습을 볼 수 없는 소금 굽는 사람이 있네
> 짜디짠 땀방울로 온몸 적시며
> 저물도록 발틀 딛고 올라도 늘 자기 굴헝에 떨어지므로
> 꺼지지 않으려고 수차를 돌리는 사람, 저 무료한 노동
> 진종일 빈 허벅만 퍼올린 듯 소금 보이지 않네
> 하나, 구워진 소금 어느새 썩은 살마다 저며 와 뿌옇게
> 흐린 눈으로 소금바다 바라보게 하네
> 그 눈을 다시 쓰린 소금으로 뭉치려고
> 드넓은 바다로 돌아서게 하네
>
> —「소금바다로 가다」 중에서

여기에 서술의 대상이 된 것은 염전의 노동자이지만, 그것의 의미를 파악하는 데에는 상당한 노력이 필요하다. 소금이 저며 들어가는 썩은 살은 무엇을 말하는가? 그것은 물론 인용된 시의 앞부분에 어느 정도 설명되어 있다. 시인의 생각에 스스로 건설적인 노력을 하고 있는 것으로 생각하지 않는 자신의 육체와 같은 것을 말한다. 육체는 썩지 않기 위해서 소금이 필요한데 자신은 그것을 생산하지 못한다는 것이다. 다만 노동자를 향한 동정의 눈물에서 나오는 소금이 생산적 의미를 가질 수는 있다. 그것은 하나로 뭉쳐서 바다를 이룰 수도 있다. 물론 이 눈물의 바다란 노동자의 힘에

도움을 주는 동정의 집성을 말하는 것이다. 그러나 여기의 논리는 난해하다. 그것이 노동자의 고통의 인식에 입각한 단결이라는 것으로 해명되기는 하지만, 소금이나 생명체를 일관할 수 있는 사실적 논리로 해명되는 것은 아니다. 이것은 최남선의 우의보다 더 사실적 또는 직접적인 체험적 이해로 이어지기 어렵다.

체험적 사실의 이데올로기적 해석은 1939년의 시집 『현해탄(玄海灘)』에 실린 임화의 시 「현해탄」에서 보다 직접적인 수사적 효과를 갖는다.

> 이 바다 물결은
> 예부터 높다.
> 그렇지만 우리 청년들은
> 두려움보다 용기가 앞섰다.
> 어린 사슴들을
> 거친 들로 내몰은 거다.
> 대마도를 지나면
> 한 가닥 수평선 밖엔 티끌 한 점 안 보인다
> 이곳에 태평양 바다 거센 물결과
> 남진(南進)해 온 대륙의 북풍이 마주친다.
>
> —「현해탄」 중에서

여기에서 바다의 묘사는 물론 현실 그대로일 것이다. 그러나 그것은 체험적 또는 지각적 현실성을 가지고 있지 않다. 여기의 현해탄은 실재하는 바다이고 물결이 험한 것으로 알려져 있는 곳이지만, 그것이 특히 하나의 사실로서 중요한 의미를 갖는 것은 아니다. 중요한 것은 그것이 험한 시대상의 비유가 될 수 있다는 것이다. "청년들은 늘/ 희망을 안고 건너가/ 결의를 가지고 돌아왔다"—임화는 이렇게 말한다. 이렇게 결의가 굳어진 것은 물론 현해탄이 험한 것 때문은 아니다.

5

메를로퐁티의 글들을 영어로 번역하여 모아 놓은 책의 제목 가운데『지각의 원초성(*The Primacy of Perception*)』이라는 것이 있다. 사람에게 다가오는 세계의 현실은 지각을 통해서만 접수된다. 그러나 그 의미는 생물학적·사회적 맥락—삶의 맥락 속에서 이해된다. 또 이에 덧붙여, 더 깊이 생각한다면 이 모든 것 아래에는 세계에 대한 형이상학적인 전제가 놓여 있다고 봐야 한다. 즉 모든 인지와 인식 작용 아래에는 생물학적·사회적 연결 이외에 형이상학적 맥락, 전제 또는 열림이 들어 있는 것이다. 거꾸로 이러한 맥락과 전제들은 우리의 가장 원초적인 지각 속에 이미 스며들어 있다. 이러한 복합 구조는 시각(視覺)에도 들어 있다. 메를로퐁티가 즐겨 지적하듯이, 시각 체험이 한정된 형상(figure)과 그 배경(background)으로 구성되는 것은 인간 지각의 이러한 근본적 복합성을 예증하는 것이라고 할 수 있다. 지각의 대상으로서의 책상은 말할 것도 없이 그 쓰임새의 맥락 속에서 또는 그것이 놓여 있는 공간을 배경으로 하여 지각된다. 그러면서 이것들은 원초적으로 인간의 존재론적 열림에 의하여 조건 지어진다.

그런데 시각이 이러한 구조를 가졌다고 한다면, 어떤 작은 대상이 아니라 커다란 것, 하늘이나 땅이나 바다와 같은 것들은 형상과 배경의 관점에서 어떻게 인지되는 것일까? 아마 이러한 거대한 현상에서도 인지의 관문은 구체적인 지각일 것이다. 다만 여기에서 더 크게 압도하는 것은, 일상적 사물의 경우와 달리, 형상보다 배경으로서의 대상이라 할 수 있다. 그러면서도 배경이 되는 큰 자연은 우리에게 좀 더 직접적으로 지각된다. 그렇다면 지각 현상의 구조는 전체가 있고, 그다음에 형상이 눈에 들어오고 배경이 그 뒤로 펼쳐지는 그러한 구조일까? 모든 지각은 근접 감각을 기초로 한다. 그런데 먼 배경 또는 그 이전의 전체가 어떻게 감각적 직접성을 가질 수 있는 것일까? 회화에서 이것은 큰 문제가 되지 않을 수 없다. 시에서도 이러한 거대한 자연 현상을 기술하는 경우 문제는 비슷하다. 하늘과 땅, 바다는 가장 중요한 시적 체험이다. 그러면서 그것은 직접적으로 지각된다. 그리하여 그것은 우리의 상상 속에서, 그리고 지각 체험에서, 삶의 형이상학적 전체를 상징하는 것으로 — 그러면서 직접적으로 인간의 지각에 열리는 추상적 상징으로 취하여진다. 그러나 이것의 의미는 쉽게 말로 표현할 수도 없고 의미화할 수도 없다. 시의 기술에서도 지각의 복합 관계는 그대로 작용한다. 많은 사물은 이 복합성을 암시하게끔 제시되어야 한다. 그렇다고 하더라도 큰 배경만이 제시되는 경우, 그것은 어떤 구체성을 가질 수 있을까? 큰 배경은 물론 삶의 실존적 조건의 전체에 일치하는 것으로 해석된다. 그리하여 그것은 다시 시대적으로 사회적 삶을 결정하는 조건에 일치하게 된다. 그러나 그 경우 그것은 자칫하면 그 구체성, 그 직접성을 잃어버린다. 바다의 여러 우의적인 해석은 이러한 문제에 관계된다고 할 수 있다. 그것은 전체성의 이미지이지만, 사회적 조건에 지나치게 일치되는 것이 될 때 그 지각적 기저(基底)를 잃어버린다. 배경으로서의 자연현상은 전체로서 있으면서 직접적이지만, 사회 현상은 전체로 있으면서 지각의 직접성을 유지하기가 어렵기 때문이다. 그러나 전체성으로서의 자연과 정치와 사회 사이에 연결이 없을 수가 없다. 다만 그것이 직접적으로 하나가 되는 것은 아니다. 자연은 사회와 정치와 도덕의 위에 있다. 모든 것은 전체로서의 자연 안에서 벌어진다. 그리하여 이 모든 것은 서로 포섭의 관계에 있으면서도 그 차원을 달리하는 것이다. 삶 그리고 정치나 사회의 전체적인 테두리로서의 자연은 정치와 사회 그리고 도덕과 윤리에 대하여 결정적인 의미를 갖는 것이 아닐 수 없다. 다만 그것은 정치에서의 적과 동지, 시비 그리고 인간적 선악과 시비로 쉽게 환원될 수 없다.

거대한 것이면서 직접적이고 그러한 의미에서 자연 현상에 가까운 것은 종교적 체험이다. 종교적 체험을 말할 때 이야기되는, 신령스러움의 체험, 누미노제(Das Numinose), 엄청난 신비의 공포감(mysterium tremendum)과 압도하는 인력(mysterium fascinans)을 가진 신비 체험이 그러한 것들이다. 그것은 인간의 이해 또는 언어의 표현을 초월하는 체험이라고 한다. 그러니만큼 그것은 정치는 물론 도덕적 선악이나 옳고 그름을 초월한다. 그러면서 이러한 것은 인간의 삶에 막대한 영향을 끼친다. 자연도 사실 이러한 포괄성과 초월성을 갖는다. 자연의 모든 것은, 작든 크든 우리의 열렬한 소망에도 불구하고 간단한 구분들을 넘어간다. 그러면서도 종교 체험이나 비슷하게 정치를 포함한 사람의 삶에 깊은 함의를 갖는다. 김남조의 「겨울 바다」가 이야기하는 종교적 체험은 그러한 장르에 속하는 것이다.

> 겨울 바다에 가 보았지
> 미지(未知)의 새
> 보고 싶던 새들은 죽고 없었네.
>
> 그대 생각을 했건만도
> 매운 태풍에
> 그 진실마저 눈물져 얼어 버리고
>
> 허무의 불
> 물 이랑 위에 불붙어 있었네.

나를 가르치는 건
언제나 시간
끄덕이며 끄덕이며 겨울 바다에 있었네.

남은 날은
적지만

기도를 끝낸 다음
더욱 뜨거운 혼령을 갖게 하소서
남은 날은 적지만

겨울 바다에 갔었네
인고(忍苦)의 물이
수심(水深) 속에 기둥을 이루고 있었네

—「겨울 바다」 전문

이 시에서 이야기하는 체험의 맥락이 쉽게 해석되지는 않는다. 그것은 반드시 이 시가 커다란 신비의 체험을 서술하고 있기 때문도 아니고, 우리의 해석의 능력이 부족한 때문만도 아니다. 그러나 그것이 어떤 종교적 체험을 이야기하고 있는 것은 틀림없다. 적어도 우리의 논지와 관련해서 중요한 것은 여기에서 바다가 우의화된 인간적 의미만을 나타내는 것은 아니라는 점이다. 그러니만큼 바다가 나타내는 것은 말로 표현할 수 없는 것이면서 직접적인 호소력을 갖는다. 그것은 견뎌 낸 고통의 단단함과 깊이의 상징이다. 그러면서 그것은 거대하다. 그리하여 그 거대함만으로도 인간의 인고를 정당화하는 느낌을 준다.

김남조는 종교 시인이다. 앞의 시는, 허무의 체험이 기도를 유발하고 그것이 다시 뜨거운 영혼을 가질 수 있게 한다고 말한다. 이것은 앞에서 본 정지용의 종교 체험에서도 이야기되는 것이지만, 거대한 형이상학적 체험은 반드시 좋고 나쁜 인간적 기준으로 재단되지 않는다. 그러면서도 그것은 사람의 삶에 보다 높은 차원을 만들어 준다.

20세기 미국의 시인 로빈슨 제퍼스(Robinson Jeffers)는 인간적 가치나 의미 판단을 초월하여 있는 자연의 위대함에 대하여 가장 많은 시를 쓴 시인이다. 그의 시 「안개 속의 선박들(Boats in a Fog)」도 이러한 것을 이야기하는 시이다. 다만 여기에서 그 무서운 거대함은 단순히 허무나 공포를 드러내 주는 것이 아니라 사람의 삶에 적극적인 위엄을 부여하는 것으로 말하여지고 있다. 이것이 가치와 의미를 허무하게 하는 것은 아니다. 가치나 의미는 바로 그것을 초월하는 이 근거에서 나온다. 그리하여 모든 차이에도 불구하고 삶의 모든 것은 하나로 포용될 수 있는 것이 된다. 이러한 복합적인 교훈이 어찌 사회와 정치 그리고 도덕과 윤리를 생각하는 데에서 커다란 함의를 갖지 않겠는가? 구태여 문학을 위한 교훈을 끌어낸다면, 문학이 이르고자 하는 것은 이 근거이고, 그것으로부터 인간의 도덕에 대하여 근본적으로 반성하는 것이다. 제퍼스의 「안개 속의 선박들」이라는 시를 번역하여 이 산만한 글을 끝내기로 한다.

스포츠나 무용담이나 무대나 예술, 무용가들의 재주,
음악의 화려한 소리들,
이것들은 아이들을 매료할 수 있지만, 고귀함을 결한다.
아름다움은 아픈 진지함에서 온다.
이것을 성숙한 마음은 안다.

돌연한 안개 대양을 감싸고,

기관의 소리가 맥동하고,

이윽고 돌 던지면 맞을 거리, 바위와 안개 사이로, 하나씩 하나씩

모습을 드러내는 그림자들,

신비의 베일 벗고 나오는 그림자들, 고기잡이 배, 서로 잇따라,

절벽을 길잡이 삼아, 바다 안개의 위험과

화강암 안벽에 부딪쳐 이는 물거품 사이 좁은 길 따라.

하나씩 하나씩, 선두의 배를 쫓으며

여섯 척의 배 내 곁을 지났다,

안개에서 나와 다시 안개 속으로,

안개의 강보에 싸인 기관의 소리,

인내와 조심으로, 반도의 해안을 따라 길 잡으면서,

몬테레이 항구의 모항으로 회항하기 위하여.

지켜보기에 펠리칸의 비상도 이보다는 아름답지 않으리.

사람의 모든 예술은 힘을 잃는다.

생명체들의 나날의 일, 그에 못지않게 진지한

자연의 원소들 사이에서 행하는

진지한 작업의 근원적 현실에 비교할 때.

—「안개 속의 선박들」 전문

(2009년)

작가는 어디에서 말하는가?

큰 이론 이후의 문학

이론과 문학은 서로서로에 대하여 없을 수 없는 그러나 편한 것만은 아닌, 공생 관계 속에 있다. 문학이 큰 이론들에 의지해 있는 것은 편한 일이 아니었지만, 그것이 없는 것은 황야에 버려진 것과 같이 막막한 느낌을 줄 수 있다. 그리하여 깨어지고 남은 이론의 조각들과 — 거기에서 파생된 기발한 착상과 억지스러운 비유의 구조물이라도 이용하지 않으면 아니 되는 것이 문학의 상황이 되었다. 이 조각들은 큰 집이 무너진 다음 언어의 들에 남아 있는 폐허 같기도 하지만, 문학이 살림을 차리려면 그것들이라도 주워 모아 집을 엮어야 되는 것으로 보인다. 그 자체로서 독자적인 구성물들로 이루어지는 것이라는 인상에도 불구하고, 문학은 다른 이론적 구조물에 의지하지 않고는 저 스스로의 모양을 갖추지 못하는 언어 형식이 아닌가 하는 생각이 든다. 물론 큰 이론이 있기 전에도 문학은 있었다. 그러나 그때 그것은 독자적으로 있었던 것이 아니고, 보이지 않는 신화적인 구조를 빌려 오거나 그것을 변형하여 스스로의 모양을 이룩해 냈다고 할 수 있다. 그러던 것이 큰 이론들이 지배를 확보하게 되면서, 문학은 그 구조적 편의를 이용하게 되었다. 그것은 신화 또는 무의식적이거나 반무의식적인 삶의 무의식적인 구조적 형식에 비하여 너무나 편리하게 의존할 수 있는 발판이었다. 큰 이론이 무너진 후, 이제 보는 것은 큰 이론에서 파생한 여러 포스트모던 이론 — 현실을 설명하는 이론이라기보다 비유의 차용이거나 발명이다. 이것은 이것대로 현실을 알게 하는 듯한 설명의 충족감을 준다. 그러나 그 어설픈 상황은 새삼스럽게, 문학은 어디에 발을 내리고 어디에서 말하여야 하는가 하는 질문을 던지게 한다.

1

큰 이론의 죽음이라는 말이 한참 나돌았다. 여러 이론이 여기에 포함될 수 있었지만, 큰 이론이 죽었다는 단적인 증거가 된 것은 소련과 공산권의 붕괴였다. 이론의 관점에서 죽은 것은 마르크스주의였다. 경제와 사회에 대한 마르크스의 통찰이 다 죽었다기보다는 혁명과 유토피아의 약속이 죽고 그 실현 가능성이 죽은 것이라고 할 수 있다. 이 죽음을 크게 외친 말의 하나가 프랜시스 후쿠야마의 "역사의 종말"이라는 말이었다. 물론 이것은 역사가 다 끝났다는 것보다는 역사가 자본주의의 승리로 끝났다는 말이었다.

이번에는 소위 금융 위기 및 경제 위기가 닥쳐 큰 금융 회사와 기업이 연속하여 쓰러지고, 그 부작용으로 실업자가 늘어나고 경제가 공황 상태에 빠졌다. 이에 따라 자본주의 — 적어도 지금까지의 형태의 자본주의가 끝에 이르렀다는 견해들이 나오고 있다. 그러나 사회주의의 붕괴와는 달리, 정말 자본주의가 무너졌다면, 무엇이 그것을 대체할 것인가에 대해서는 별생각들이 없는 것으로 보인다. 그걸 보면 어떤 형태로인가 자본주의가 살아 있을 것이라고 할 수도 있다. 이번의 위기 상황이 사회주의 붕괴 이전에 일어났더라면, 사회주의에 대한 희망이 그것을 대체하는 것이 되었을는지 모른다.

한국에서 대표적인 큰 이론을 든다면, 민족주의이다. 그것은 서구의 민족 국가 모형과 제국주의 그리고 일본의 식민화에 대항하는 큰 사상으로 등장하였다. 그러나 지난 수십 년간의 민족주의의 역할은 민주화에 있었다. 반독재 투쟁에서 민족주의는 군사 독재의 대미 종속 관계를 매도하였다. 그것은 다른 한편으로 통일의 당위에 비추어 남쪽만의 단독 정부가 민족의 항구적인 정부가 될 수 없다는 것을 암시하였다. 민족주의는 또 민족의 이름으로 친일파 문제나 남북의 이데올로기적 갈등에 일어난 여러 자학 행위의 문제를 부각하고 그 연장선상에서 독재 정권의 도덕적 정당성을 부정하였다. 한동안 많이 쓰인 말에 매판 자본이라는 말이 있었지만, 남한의 정치 체제의 문제를 전체적으로 테두리 짓고 있는 것은 세계 자본주의 체제이고, 그것이 자족적인 국민 경제를 불가능하게 하고 체제적 모순을 뒷받침한다. — 이러한 마르크스주의적인 상황 이해도 민족주의에 포함될 수 있었다.

그러나 군사 독재기의 민족주의는 민주주의가 현실 제도가 되고 자본주의적 산업화의 가시적 효과가 드러나기 시작함에 따라 많이 후퇴하였다. 물론 그렇다고 한국인의 사고 아래 흐르는 가장 커다란 물결로서의 민족주의가 사라진 것은 아니다. 자기가 소속하는 집단은 사람의 현실 의식과 자기의식을 결정하는 기본적인 요소이다. 통일 문제는 아직도 숙제로 남아 있고, 이웃 나라들과의 길항도 사람들의 사고의 지평에 중요한 지표가 되어 있다. 한국의 자본주의 체제 편입이 현실이라고 하면, 그 안에서의 국가 서열은 다시 마음에 걸리는 점이 된다. 선진국인가 아닌가 하는 것은 현실문제이기도 하지만, 알게 모르게 사람들의 자존심과의 관계에서도 의미를 갖는 문제가 된다. 역사를 소급하여 인류 문명에서 민족과 국가의 국제적·영토적·문화적 위치가 어디에 있는가, 어디에 있었다고 할 수 있는가 하는 것도 사람들의 의식을 자극하는 문제이다. 그 가운데 문명의 질서에서 오늘의 세계를 주도하는 것이 서양이라는 것은 또 다른 각도에서 마음에 걸리는 일이다. 그것이 자존심에 관련되는 것이든, 보다 순수한 세계 인식에 대한 관심에서이든, 서양적 사고의 진실성에 대한 회의는 늘 사람들의 마음을 사로잡는다. 그리고 마음의 한구석에 서양에 대비되는 동양의 세계 이해, 서양을 대체할 수 있는 동양의 세계 구제론이 자리한다. 그리하여 서양적 사고, 이론, 세계관뿐만 아니라 동양적 신화의 세계사적 의미를 높이려는 판매 전략이 궁리된다.

2

이러한 이론과 이념 그리고 개념적 공식들의 옳고 그름을 떠나서, 분명한 것은 사람들이 현실에 대한 큰 개념들을 필요로 한다는 사실이다. 자기가 처한 상황에 대한 판단은 삶의 필요의 하나이다. 그런데 세상이 자기 주변에서 오관으로 확인할 수 있는 것을 넘어가는 사실들에 의하여 결정된다는 것이 너무나 분명하다. 이러한 것들을 이해하는 데에는 일상을 넘어서 큰 것을 크게 설명하는 개념과 이념이 필요하다. 소설이나 시도 이야기를 조금 크게 하려면, 이러한 이론들의 도움이 필요하다고 할 수 있다. 그런데 큰 이념적 공식들이 문학에 들어오는 경우, 그에 따라 문학 자체의 힘은 약화되는 것으로 보인다. 그것을 어떻게 설명해야 할 것인가?

큰 이론에 의존하는 이야기는 이미 아는 이야기를 다시 되풀이한다는 인상을 준다. 소설이나 시가 어떤 이론을 예시하는 것에 불과하다면, 그것은 지루할 수밖에 없다. 그렇다면 독창성의 부족이 문제인가? 그러나 모든 이야기의 내용이 독창적인 것일 수는 없다. 옛날의 이야기꾼들은 여러 이야기를 빌려 온 것을 새로 이야기하였다. 대표적인 사람이 셰익스피어이다. 괴테의 『파우스트』는 전설을 새로 각색한 것이다. 물론 이러한 작품들이 빌려 온 것은 이론이 아니라 이야기이다. 이야기는 빌려 와도 이론을 빌려 오면 안 되는 것일까? 이론과 이야기는 서로 상극의 관계에 있는가? 모든 이야기에도 이론이 없는 것은 아니다. 셰익스피어나 괴테에도 인생과 사회를 재단하는 이론들이 있다. 프루스트의 소설이나 토마스 만의 소설은 심리적·철학적 관찰들로 가득 차 있다. 시의 경우 그것은 늘 철학적인 논설에 가까이 간다. 옛날의 철학은 시로 쓰이기도 했다.

그럼에도 불구하고 할 수 있는 말의 하나는, 이야기와 이론이 함께 어울려 있는 경우 그래도 이야기가 강한 인상을 주기 위해서는, 이론과 이야기 사이에 이야기가 우위를 점하고 있어야 한다는 것일 것이다. 이 관점에서 이론과 이야기의 차이는 무엇인가? 말할 것도 없이 이야기는 논리를 따라서 전개되는 것이 아니라 시간 속에 펼쳐지는 인간사의 재현이다. 정연한 논리로 풀려 나가는 것이 아니라 새로운 발견이 있고 의외의 일들이 벌어질 수 있는 것이 사건이고 사건의 연쇄이다. 그리하여 이론과 이야기가 함께하는 경우 그것은 사건에 의한 이론의 검증이 될 수 있다.

이야기의 또 중요한 특징은 모든 일이 사람에게 일어난 것으로 말하여진다는 것이다. 그러므로 이야기는, 말하여지는 이야기가 몇 사람에게 일어난 것이든지 간에 일단 개인적인 관점에서 이야기한다고 할 수 있다. 이야기에는 적어도 개인의 체험의 관점이 배어 있지 않을 수 없다. 어떤 이야기에는 이론이 숨은 전제가 아니라 내용으로 직접 등장할 수가 있다. 그런 경우 그것은 이야기꾼의 이론이 아니라 이야기에 등장하는 인물의 이론이다. 그것은 인물됨의 한 부분이고, 이론과 인물됨의 모든 것은 사건의 전개 속에서 검증된다. 결국 이야기는 사람의 이야기인 것이다.

그렇다고 그것이 아무런 법칙성이 없이 흘러가는 이야기가 되지는 아니한다. 독자를 감동하게 하는 것은 구체적으로 이야기되는 사연만이 아니라 사연이 그럴 수밖에 없었다는 필연의 느낌이다. 다만 이 필연은 미리 정해진 것이 아니라 사후에 소급하여 나타나는 필연이다. 물질의 세계에서도 모든 것이 예정되어 있는 것은 아니다. 자연의 합법칙성의 많은 것은 사전이 아니라 사후에 나타나는 법칙성으로 증거된다. 이런 관점에서 본다면 사람의 이야기는 이론보다도 이론적일 수 있다.

그렇다면 큰 이론들을 멀리하고 사람의 이야기만을 한다면 좋은 이야기가 될 것인가? 극단적으로 말하여 좋은 소설이나 시는 이론에 한눈을 팔지 않고 자기 이야기만 하면 되는 것인가? 실화가 최고의 문학인가? 실화란 무엇인가? 대부분의 실화는 그 나름의 이론 — 이론이라고 의식되지도 않는 인생론에 기초하는 경우가 많다. 그러니만큼 그것은 이론적으로 검토될 수조차 없는 이론에 기초하는 것이 보통이다. 사람의 실제의 이야기로서의 실화는 쉽게 얻어질 수 있는 것이 아니다. 사람의 이야기는 보통 자신의 삶의 기슭에 밀려오는 쓰다 버린 이야기와 이론의 모음으로 이루어진다. 그리하여 이론의 경우도 이론에 — 다시 말하여 이론이라고 의식조차 하지 않는 이론에 사로잡혀 사는 것이 사람이다. 언어의 당대적인 관습 자체가 그러한 검증되지 아니한 이론 또는 삶의 공식(公式)으로 가득 차 있게 마련이다. 이 이론도 우리의 삶을 설명해 준다. 그러나 그것은 개체적인 삶 자체에서 우러나오는, 그리하여 개체적 삶을 개체적 삶이 되게 하는 그러한 이론이 아니다.

3

앞에서 말한 큰 이론의 붕괴 또는 후퇴는 무엇보다도 현실의 변화로 인한 것이었다. 그러나 그것은 이념의 근거에 대한 비판적 검토와 더불어 일어났다. 큰 이론들은 사람이 사는 현실을 하나 또는 몇 개의 개념으로 파악할 수 있다는 전제하에 성립한다. 자본주의는, 사회주의와 마찬가지로, 사회가 전체적으로 발전한다는 생각에 기초한다. 그리하여 그것은, 사회가 일정한 구조를 가지고 있고 그것 안에 발전을 밀고 나아가는 이성적 원리 — 사회 구조 전체에 내재하는 것이면서도 특정한 집단이나 집단의 의지에 의하여 대표되는 이성적 원리가 있다는 것을 상정한다. 큰 이론에 대한 비판은 전체라든지, 이성이라든지, 그것을 담당하는 주체라든지 하는 개념들을 새로 분석하고 해체한다. 역설은 큰 이론에 대한 비판 자체도 역시 현실을 이론적으로 분석하는 데에서 온다는 것이다. 그리고 그 나름의 개념들을 만들어 낸다는 것이다. 서양에서 큰 이론들의 붕괴 후에 등장한 그리고 우리나라에서도 유통되게 된 개념적 용어들의 예를 들면, 성별(gender), 여성성, 인종, 잡종성, (이론의 대체물로서의) 서사, 문화 다원주의, 몸, 식민주의 후기 증상(post-colonialism), 신식민주의, 패권주의, 노비적 성품(subaltern), 영토성, 전복, 극복, 개입 등등의 낱말들을 생각할 수 있다.

이러한 개념들을 생산해 내는 사상적 흐름은 포스트모더니즘이라고 하지만 — 현실의 이성적 파악을 전제하는 모더니즘이라고 하는 데 대하여 — 비판 이론이라고 불리기도 한다. 여기서의 비판이란 이론적인 의미에서의 비판이면서 정치적 함축을 가진 말이다. 위에 든 용어의 대부분은 이미 그 자체로 전투적인 의미를 가지고 있는 것에 주목할 수 있다. 투쟁의 대상은 물론 정치 현실 — 또는 정치성을 부여받는 삶의 현실이다. 이 현실은 현실이면서 추상적인 생각들 또는 개념이 만들어 내는 현실이다. 성이 문제가 된다면, 자연에 의하여 주어진 성이 문제가 되는 것이 아니라 그 것을 규정하는 개념이 문제가 된다. 여기에는 그것이 사회적 현실을 만들어 낸다는 생각이 따른다. 그 전제는 직접적인 힘이나 물질적 관계보다 암암리에 작용하는 영향의 총체 — 그러기에 다분히 심리적 요소가 강한, 영향의 총체가 현실의 실상이라는 것이다. 식민주의는 보이지 않는 식민지 '적' 힘에 의하여 형성되는 국가 간의 관계를 말한다. 이러한 것들에 대항하는 중요한 수단은 개념적 분석이다. 그리하여 지배적인 언어에 대한 반론이 곧 '전복'이 되고 '개입'이 된다.

이러한 말들의 특징은, 말이 현실을 지시할 수 없고 그 지시가 말의 연속적 대체로서 무한히 연기될 수밖에 없다는 해체주의를 받아들이면서도, 현실이 개념에 의하여 조종되고 전복된다는 믿음이다. 포스트모더니즘의 비판 이론들은 현실의 개념화를 비판하면서도 개념의 망령들을 통하여 현실을 해석하고 또 현실을 구성해 낸다. 이렇게 구성된 대체 현실은 거의 현실에 의하여 검증될 필요가 없다. 현실 자체가 개념이고 가상의 결과이기 때문이다. 그런 데다가 이 개념들은 많은 경우 비유적이다. 권력은 정치권력에만 있는 것이 아니다. 물리적 힘을 행사하는 것만이 폭력이라고 불리지 않는다.

비유를 의미 있는 것으로 받아들이느냐 받아들이지 않느냐 하는 것은 해석에 달려 있다. 해석은, 현실 근거가 없다고 한다면 다분히 심리적 공감의 문제이다. 공감의 바탕의 하나는 르상티망(ressentiment)이고 다른 하나는 판타지이다. 많은 개념들이 전투적이라고 한다면, 그것은 적극적인 내용을 가진 것이라기보다는 침해 의식에 연결되어 있다. 무엇이 침해되는가? 침해되는 것은, 정당성의 느낌에 관계되었다는 점에서 권리라고 할 수 있다. 이 권리는 집단의 것일 수도 있고 개인의 것일 수도 있지만, 그것은 적극적인 내용을 갖지 않는 한 어느 쪽으로도 규정될 수 없는 것일 것이다. 그러나 아직도 계급을 포함하여 집단적 현실을 설명함에는, 부분적으로나마 마르크스주의와 기타 큰 이론들이 적용될 수 있다고 한다면, 그것은, 표방하는 것과는 관계없이 다분히 개인적인 것 — 르상티망으로 구성되는 개인의, 또는 개인적인 것으로 느껴지는 침해 의식이다. 또 그것은 개인적으로 중요한 의미를 갖는다.(보다 넓은 삶의 비전에 뒷받침되지 않는 분노는 그 자체로서 일정한 기능을 갖는다.) 물론 넓은 의미에서 이러한 침해 의식이나 르상티망은 체제 일반에 대한 불만 — 프로이트적인 의미에서의 불만(Das Unbehagen)을 나타낸다고 할 수 있다. 이러한 심리적·현실적 배경 속에서 보다 적극적인 보상으로 판타지가 등장한다.

4

큰 이론과 그 도움이 사라진 오늘에 있어서 많은 문학적 표현이 의존하는 것은 이러한 개념들이다. 문학은 그 개념들로써 가상 현실(hyperreality)을 조합해 낸다. 그러나 이론은 큰 이론의 경우나 마찬가지로 문학의 힘을 손상한다. 또는 그 이상으로 문학을 손상한다. 그렇다는 것은 큰 이론이 현실을 설명하려 노력하는 가운데 현실을 단순화하고 사람의 이야기를 밀어낸다고 한다면, 가상 현실의 개념들은 완전히 현실을 대체한다. 이런 상황에서 문학이 말할 수 있는 사람의 이야기는 설 자리가 있는 것일까? 그 자리는 더욱 좁아질 것으로 보인다. 작은 개념들은 그것 자체가 이야기의 기능까지를 떠맡는다.

사람의 이야기란 무엇인가? 앞에서 우리는 이론의 도움을 받는 것이든 아니든 이야기는 — 사람의 이야기로서의 이야기는 개인적인 관점에서 또는 개체적인 체험의 관점에서 말하여지는 사건들의 연쇄라고 하였다. 이때 개인이란 반드시 작자 자신을 말하는 것이 아니다. 오히려 작자가 뒤로 물러감으로써 얻게 되는 것이 개인적 체험의 관점이다. 개인적인 관점, 개인적인 체험의 관점이란, 가령 소설이라면 등장인물의 관점을 말한다. 그것이 전면에 나오려면 작자가 뒤로 물러가야 한다. 작자가 어떤 정치적 입장 또는 도덕적 입장에 서 있고, 그 등장인물이 작자의 입장에서 규탄되어야 할 인물이라면 어떻게 할 것인가? 그러한 경우에도 작자는 일단 그 인물의 관점에서 그 인물의 체험을 이야기하여야 할 것이다. 작자의 입장에서 적대적으로 보아야 할 인물이 아니라도 소설에는 작자로서는 동조할 수 없는 인물과 행동과 사건이 포함된다. 실생활에서도 크고 작은 일에서 — 도덕적·윤리적 문제만이 아니라 옷 입고 먹고 머리 단장하고 손 놀리고 하는, 작은 일들에서 못마땅하게 느껴지는 것이 얼마나 많은가? 이러한 것들을 모두 사람의 체험으로 이야기하려면 작자는 특히 넓은 공감력을 가져야 할 것으로 보인다. 그렇다고 반드시 그의 정치적·도덕적 판단을 버릴 필요는 없다. 가령 『신곡』에서 지옥의 인간들의 이야기를 하면서 단테는 그들에게 강한 동정을 표한다. 그리하여 아픈 가슴을 가누지 못하여 기절을 하는 경우도 있다. 그럼에도 불구하고 그의 도덕적 판단은 엄격하다. 이야기의 주인공들을 지옥에 있는 것으로 그리는 것 자체가 그의 엄격한 판단을 드러낸다.

그렇다면 다시 말하여 이야기의 작자는 특히 너그러운 마음의 인간, 자비의 인간인가? 그러나 문제가 되는 것은 반드시 도덕적으로 수양된 인간을 말하는 것은 아니다. 사람은 생각으로 산다기보다는 현실에 열려져서 산다. 이 현실은 모든 것을 포함한 현실 전체이다. 다만 여러 가지의 이해관계와 자기 계획 — 이념적 계획 속에서 이 열림은 쉽게 감추어져 버린다. 그러면서도 모든 계획은 이 열림의 바탕 위에서만 가능하다. 이 열림 속에서 계획은 늘 잠정적이고 수정될 수 있는 것이다. 예술적 관조는 현실의 열림에 — 계획까지도 포함하는 현실에 나아가는 한 방식이다. 어떤 경우에 이 열림은 이미 닫혀 있는 계획과 서사를 통해서만 또는 그것을 넘어서만 시사될 수 있는 것인지 모른다. 그러나 그러한 열림을 지향하는 관조도 완전히 대상 세계에 일치할 수는 없다. 그것은 자기 금욕 속에서 — 그러니까 자기 정신의 집중 속에서 일어나는 역설적인 자기 초월이다. 그리고 그것은 곧 작품을 향한 집념이 되어 현실의 이해관계로 바뀌게 된다. 그러나 예술 작품은 자기 초월과의 끊임없는 교환 속에서만 생산될 수 있다. 거기에는 자기 집중과 자기 초월의 특권적 결합이 있다. 그러나 현실은 처음부터 현존의 무한한 열림의 사건으로서 사람에게 주어진다. 그것은 우리가 부딪치는 현실 자체이다. 다만 그것을 깨닫게 되는 것은 어떤 순간에 또는 어떤 계기에 일어나는 특별한 사건이다. 이야기가 진정으로 사람들의 이야기가 되는 것은 작자가 이 무한히 열려 있는 존재의 바탕에 서 있을 때이다. 사람은 언제나 이 현재의 현재 됨 안에 있다. 이것은 자신들이 서 있고 그리워하는 것이면서 오래 머물지 못하는 바탕이다.

(2009년)

2부

다원 시대의 문학과 교육
: 시장, 세계화, 교육

21세기 외국 문학·문화 어떻게 연구할 것인가

뵙게 되어 반갑습니다. 그리고 한국일본문학회에서 초청해 주셔서 감사합니다. 일본 문학을 전공하지 않는 사람으로서 이 자리에 서게 되어서 먼저 쑥스러운 느낌을 금할 수가 없습니다. 우리나라는 학문 간의 장벽이 너무 높기 때문에 서로 교류가 안 될 때가 많은데, 좀 무식한 얘기겠지만, 그 장벽을 넘어서 얘기를 풀고 간다는 것도 좋겠다는 생각이 들어서 이 얘기를 해 보기로 했습니다. 그래서 쑥스러움에도 불구하고 나올 수 있게 되었습니다.

모두 알고 계시다시피, 이영희 선생님께서 일본 『만엽집(万葉集)』에 대해서 책을 내시고 그것이 일본에서 출판이 되었는데, 그것이 일본 학회에 어떤 영향을 끼치느냐, 어떻게 받아들여지느냐의 문제에 대하여 논할 능력은 없지만, 해 보겠습니다. 어떤 분이 거기에 대해서 논의를 하면서, 이영희 선생님이 말씀하시기로, 새롭게 생각하는 것이 중요하다고 하면서 어떤 학문에 있어서 아마추어가 문제를 제기하는 것에도 귀를 기울여야 된다는 얘기를 하는 것을 들었습니다. 그러니까 옳고 그름을 판단하는 것은 이차적인 문제이고, 아마추어들이 제기하는 문제가 의미가 있을 수 있고 오히려 틀 안에서 보지 못한 것을 볼 수도 있기 때문에 이번 학회에서 문제 제기의 길을 이용해 보자고 하는 얘기를 들은 적이 있는데, 저는 그런 자격이 있는 것도 아니지만 엉뚱하게 밖에서 와 가지고 말씀을 드리는 것이 큰 흉이 되지는 않겠다는 생각에서 말씀드리도록 하겠습니다.

영문학의 경우를 우선 말씀을 드리겠습니다. 영문학의 경우에 영문학 연구라는 것이 상당히 시간을 들이고 많은 사람들이 영문학 연구에 참여를 하고 있고, 수적으로 봐서 우리나라에서 제일 큰 학회 중의 하나가 영문학회입니다. 그러나 영문학을 하는 사람들이 가진 문제는 영문학 해서 도대체 무엇을 할 것인가 하는 의문입니다. 우리나라에서 영문학이 잘되면서도 잘 안되는 이유 중의 하나는 '도대체 이걸 해서 무엇을 하나' 하는 생각이 많기 때문이라고 생각이 드는데, 영어가 실용성이 있다는 건 너무나 중요하다고 봅니다. 영어를 해야 세계로 통하는 창이 열린다는 것은 분명하기 때문에 영어를 가르친다고 하는 것에 대해서는 별로 왜 그것을 해야 되냐는 질문을 할 필요가 없지만, 그러나 영문학 연구의 경우에는 왜 그것을 해야 하나 하는, 해서 뭐에 쓰나 하는 느낌이 듭니다. 이것은 영문학 경우도 그렇고, 외국 문학 경우에도 대부분 다 일어나는 질문이라고 생각합니다. 밖에서 하는 질문이기도 하고, 또 스스로도 내가 왜 이것을 하나 이런 느낌이 듭니다.

영어를 가지고 영어를 말하는 나라에 접근하려면 어떤 장사를 하기 위해서라든지 아니면 어떤 소기의 목적을 위해서라든지 하여튼 간에 그 나라의 문화를 알아야 한다고 정당성을 찾을 수 있겠지만, 영문학 하는 사람들이 잘 소개할 수 있고 말하기도 어렵다는 점, 또 하나는 영문학을 공부하는 것이 우리 한국인의 자기 이해를 위해서도 필요하다고 말할 수 있습니다. 왜 한국 사람이 영어를 통해서, 영문학을 통해서 자기 이해를 해야 하는가 하는 것은 우리 사정이 아니라 세계 사정, 세계사의 흐름에 보조를 맞춰야 하기 때문입니다. 우리가 자신 있게 영어를 하는 나라의 문을 열고 살아야 되게 되어 있고, 또 그것이 세계사적인 하나의 흐름 속에서 일어난 일이기 때문에 간단히 모른 척할 수 없다, 그러니까 영어를 하는 나라의 정신사를 이해하려는 문학 학회의 조금 궁색하지만 그런 첨단성을 쉽게 느낄 수 있습니다. 그러나 이렇게 이야기를 하면서도 우리가 느끼는 것이, 우리는 우리의 관점에서 연구를 해야지 영국인이나 미국인처럼 영문학을 연구해서는 곤란하다는 이야기를, 우려를 각계에서 듣기도 하고 스스로 생각하기도 합니다.

어떤 경우에 있어서나 우리가 한국에서 외국 문학을 하는 것이 미국이나 영국 또는 기타 영어 사용 국가의 영문학 연구의 지부가 아니라는 인식을 필요로 한다고 생각합니다. 그러기 위해서는 한국의 위치로, 한국적 관점이 필요하다는 생각이 듭니다. 이것은 세계적인 관점에서 영문학을 연구하는 경우도 그렇고 영문학 연구라는 것은 세계적인 문학 연구이기 때문에, 물론 일본 같은 경우도 있지만, 독일, 프랑스의 경우도 있습니다. 요즘 좀 잠잠해졌지만, 한동안 독일에서 나온 유명한 연구 중의 하나로 볼프강 이저(Wolfgang Iser)의 연구를 들 수 있는데, 그는 독일의 영문학자로서, 사실 영문학 연구에서 자기의 입장을 꼭 가져서 잘되었다기보다는 영문학 연구를 그대로 비판적으로 탐구하여 그 속을 들여다보면 독일적인 입장이 들어 있기 때문이었다는 것을 알 수 있습니다. 이저는 독일적이고 철학적인 사변을 수용했는데, 독일이라든지 독일 문예학 또 독일에서 영문학뿐만 아니라 다른 데에도 많이 적용되는 독자 수용 미학이 역사 속에 들어 있기 때문에, 이저가 본 영문학이란 것이 그 나름의 새로운 관점이 되었다고 이야기할 수 있습니다. 이렇게 보면 우리가 미국 문학이나 영국 문학을 연구하는 경우도 우리의 관점을 필요로 하지만, 우리의 입장을 세워서 내세우는 것뿐만 아니라 세계적인 관점에서 저 사람들이 하는 것도 활발한 활동을 의미하는 것이므로, 귀 기울이는 것이 우리의 입장을 밝히는 데 필요하다고 하겠습니다.

영국의 경우에 영문학 연구를 한다는 것의 공통적인 정당성이라는 것은 근대화라는 것이 세계사에 있어서 매우 중요한 것이기 때문이라고 말할 수 있는데, 우리 역사에 있어서도 근대화라는 것이 주요한 과제였기 때문에 영문학 연구가 필요하다고 할 수 있습니다. 근대화 역사에서 영국이 차지하는 위치가 독특하기 때문에 영문학도 의미가 있습니다. 근대화라는 것은 과학이라든지 산업화라든지 지역주의라든지 이런 것들과 관련지어 생각해야 하는데, 이런 것들은 영국에서 맨 처음에 시작되었고, 또 유럽에서도 영국이 선도적인 위치에 있었기 때문입니다. 오늘날 미국이 연구되는 것이 중요하고, 그래서 그 사람들의 정신생활을 이해하기 위해서 미국 나들이를 하는 것을 많이 볼 수 있습니다. 이것은 영국의 중요성이라든지 미국의 중요성, 특히 영국의 중요성은(사실 오늘날은 미국이 중요하지만) 19세기 말부터 영국이 주도적인 세계 국가였기 때문에 그렇고, 우리가 그 속에서 영문학을 공부하는 것은 어쩌면 일본 사람들이 그렇게 생각했기 때문이라고 할 수 있습니다. 일본을 모델로 삼고 한쪽으로는 독일을 모델로 삼아 근대화를 추진하였기 때문에, 우리도 그 다수의 성격을 갖고 근대화를 볼 수 있습니다.

영문학이라는 것은 서구의 근대적 발달하의, 근대적 발전에 있어서의 정신사의 일부를 이루고 있다는 식으로 연구가 될 수 있는데, 서구의 이해가 우리한테 중요하다는 것은 우리의 역사 자체가 근대화라는 것을 주요한 과제로 받아들였기 때문에 그 근원인 서구를 이해하기 위해 필요하다는 데서 나온 시도라고 볼 수 있습니다. 이것은 단순히 서구를 이해한다는 것보다도 우리 자신을 존중했기 때문에 우리와 서구의 관계에서 일어나는 문제라고 볼 수 있습니다. 그러니까 일본 사람들이 연결해서 만든 이런 말들이 전부 다 동서양을, 마르크스주의 속에서 서양을 파악하려는 노력이지요. 서양 문화라고 해서 그냥 나오는 것이 아니라 우리의 위치에서, 또 세계사적인 위치에서 긴밀한 관계를 가지고 나왔다고 말씀드릴 수 있습니다. 근대라는 관점에서 서양의 역사를 볼 때, 고대 문명, 르네상스, 종교 개혁, 17세기 이후 자연 과학의 기술 발달, 산업이 중요하기 때문에 그걸 이해하는 게 필요합니다. 또 정신사적으로 보면 인본주의라든지 법치주의라든지 보편주의, 이것이 거짓말인 경우도 많지만, 속으로 내걸고 있는 것은 보편적인 인간과 이념이기 때문에 그런 것에 대해서는 우리들이 고전을 읽고 공부해야 하는 것입니다. 영문학에서는 이런 것을 합니다.

지금까지 말씀드린 것을 종합해서 말씀드리면, 영문학이란 것이 세계사에서, 세계사의 발전에서 중요한 위치를 가질 수 있는 것은 이러한 관점에서이고, 그 관점에서 영문학은 연구되어야 한다. 그러니까 우리 영문학 연구도 그러한 문제의식 속에서 연구하는 것이 의미가 있고, 그것이 우리에게 절실한 호소력을 가진다는 것입니다. 이것은 서구라는 전체적인 현대의 삶을 보아야 한다는, 방법론적으로 이해하는 관점입니다. 그러니까 영문학의 부분적인 이것저것을 연구하는 것을 서양 사람들이 많이 하는 것에 대해서, 우리는 서양이란 무엇을 의미하는가, 영국이란 무엇을 의미하는가를 생각하면서 연구해야 하기 때문에 서양의 전체적인 역사 발전을 배경으로 하는 것이 전체적인 작품 이해에 있어 필요하다는 것입니다. 여러분도 다 알다시피 서양 연구도 그렇고 아마 일본 연구도 그럴 것 같은데, 우리나라의 연구 방법이라는 것이 상당히 이데올로기적인 것으로서 추상적이면서 일반적인 면들을 많이 가지고 있습니다. 그래서 비과학적이, 비경험적이 됩니다. 영국인들이 이야기하고 우리도 이야기하고, 또 일본 사람 관찰자들이 그런 이야기를 하는 것을 들었는데 대강대강 하는 습관이 생기니까 전체를 보는 것이 잘못되고 있다는 이야기를 들었습니다. 예를 들어 자못 큰 테두리 안에서 의미를 갖는다고 하는 의식은 지키고 있는 것이 우리 입장에서 의미 있게 영문학을 하는 것입니다. 지엽적인 연구를 하더라도 큰 테두리 안에서 의미가 부여된다는 것을 잊지 말아야 합니다. 억지로 학문을 이렇게 연구해야 한다는 당위성으로부터 학문 연구의 방법을 정하는 것에 대하여, 그렇게 당위성으로부터 무엇인가를 정한다는 것에 대해서 회의를 가지고 있습니다. 생각하는 것 자체가 이거 해야 된다 해서 하는 것은 객관적으로 초연한 자세로 연구하기가 어려워질 우려가 있기 때문에 거기에 대해 회의를 가지고 있긴 합니다.

다시 말씀드리면 우리가 무엇을 해야 한다는 의미에서가 아니라 우리가 제기한 모든 문제가 사실 문제의 지평에서 일어난다는, 일종의 철학적인 관찰로부터 유도해 낼 수 있는 주장이라고 말할 수 있습니다. 우리가 어떤 것을 가지고 문제를 삼고 연구를 해 보고자 할 때, 연구해 보고자 하는 관심 또 문제의식 같은 것 자체가 문제를 일으키는 지평 안에서 일어나게 되는 것입니다. 이 지평을 구분하는 것, 이 지평으로부터 문제의 전개 양식이 나타난다는 것, 우리가 영어 또는 서양 말이라고 하는 것이 문제의 지평으로부터 나타난다는 것, 이 문제의 지평을 분명히 하면서 의식하면서 그것을 밝히면서 연구를 하는 것이 필요합니다. 거기서 직관적 입장과 관점에서 무엇이 우리로 하여금 이러한 문제를 제기하게 하는가를 생각할 수도 있고, 개인적인 입장에서 무엇이 나로 하여금 여기에 관심을 가지게 하는가라는 질문에 답할 수도 있고, 또 보편적으로 인간이라는 것을 이해하고자 할 때, 이 문제가 어떤 관련을 갖는가, 인간으로서의 나 자신을 의식하기 위해서도 다른 사람들에 대해서도 생각하고자 할 때 이것이 왜 문제가 되는가, 이런 의식에서 연구의 주제가 출발하고, 이러한 의식 전체, 우리를 둘러싸고 있는 상황 전체가 결국은 문제의 지평을 구성한다는 것입니다. 아까 처음에 말씀드린 것은 우리가 이런 관점에서 영문학을 연구해야 된다는 얘기이지만, 사실 이런 관점에서 얘기를 해야 된다는 당위성의 문제가 아니라, 우리가 갖는 어떠한 문제도 문제의 지평에서 저절로 일어나게 된다, 그러니까 문제의 지평을 우리는 밝혀야 된다, 왜 우리가 이것을 문제로 삼는가, 왜 이것이 나한테 중요한 것이 되는가, 하는 것을 자의식 속에서 스스로 해명하는 것이 중요합니다. 여기서부터 저절로 아까 말씀드린 당위적인 문제들이 일어난다는 것입니다. 그러니까 '민족주의적이어서 뭐해'라는 말을 씁니다. 상황, 책에서 요구하는 모든 학문적인 질문, 특히 인문·사회 과학에서의 질문이라는 것은 그러한 문제의 지평으로부터 발생하기 때문에 문제의 지평을 극명하게 의식화하는 것이 중요합니다. 이것은 무엇인가를 해야 한다는 당위성으로도 우리에게 느껴지지만, 또 동시에 나에게 절실한 느낌으로도 의식되어야 합니다. 나한테 왜 이것이냐는 질문도 어쨌든 내 마음 깊은 데서부터 우러나오는 것이고, 마음 깊은 데서부터 우러나오는 것은 결국 문제의 지평 속에서, 동기화되어 제기된 것입니다. 이러한 연구의 지평이라는 것은 좀 철학적인 문제가 되지만, 일본 문학의 경우도 그렇다는 생각이 듭니다.

일본 문학의 문제는 오늘 오후에 여러 선생님들이 토의를 하시고, 또 그 전에 지명관 선생님이 말씀하셨던 것이지만, 막연히 느껴지는 것들에 대해서 몇 가지만 이야기하겠어요. 일본 문학의 경우도 우리의 현실과의 관련 속에서 문제 제기가 되어야 한다, 이것은 당위의 입장이 아니라 그것이 제기하는 문제를 충분하게 반성적으로 응용하고 의식한다는 관점에서, 우리가 현실과의 관련성을 살려서 문제 제기를 해야 한다고 말씀드리고 싶습니다. 일본 문학이 실용적인 관점에서 연구되어야 한다는 건 너무나 자명하죠? 우선 이웃 나라이고 경제 대국이고 세계에서 미국 다음으로 큰 경제 규모를 가지고 있고, 이런 여러 가지 이유에서 실용적인 연구의 대상이 되어 왔습니다. 일본 문학도 그것과 더불어 실용적인 관점에서 연구해야 한다고 말할 수 있습니다. 또 우리에게 처음에 일본 문학이 문제가 되는 것은 영문학과 마찬가지라고 생각합니다. 이것도 근대사적 관점에서 문제가 된다고 보고 있습니다. 19세기 말에서 20세기 초에 한국 유학생과 중국 유학생에게 일본이 의미한 것은 그것이 근대화를 빨리 한 성공적인 사례였다고 생각합니다. 이런 문제는 동양 사람들의 상상의 모델로서 중요했고, 또 19세기와 20세기 초에 근대성의 관점 안에서 일본 문학은 이루어졌습니다. 여러분도 잘 아시겠지만, 일본 문학에서 문제가 제기되는 그 지평에 있는 여러 가지 채널이 뭐냐를 몇 개를 줄잡아서 말씀드리면, 오늘날 일본은 선진 기술이 발전되어 있고, 선진 사회 조직을 가지고 있는 것도 다 근대라는 관점에서입니다. 『격변의 넘버원』이라는 책이 있습니다. 한편으로는 굉장히 기분이 나빴지만, 근래에 와서 아시아의 경제가 나빠지니까 일본은 넘버원이라는 말은 틀렸다, 일본은 서양, 미국을 배워야 한다고 밝혀졌지만, 아직도 한편에서는 넘버원, 넘버원은 아닐는지도 모르겠지만, 매우 중요한 근대적인 국가이기 때문에 이러한 일반적인 동북아시아 국가에 대한 모범을 떠나서 한일 관계에는 특별한 것이 있다는 것은 우리가 새삼스럽게 말할 것도 없지요. 침략자로서의 일본, 식민지 시대의 일본 문제는 일본 문학과 일본 문화를 연구하는 데 있어 빼놓을 수 없는 것입니다. 그것은 일본은 잘못했다는 것을 연구하는 것이기도 하지만, 또 동시에 어떻게 해서 제국주의나 침략주의가 발생하게 되었느냐에 대한 일반적인 관심이 담겨 있을 수 있습니다. 또 우리가 침략을 당한 것은 일본만의 잘못이 아니라 우리 역사가 그러했기 때문에 우리 역사와도 관계있습니다. 일본과 한국의 관계사에 대해서는 조선조 시대 통신사 문제라든지, 지금 많은 연구를 하고 있는 분야이지만, 고대사 분야라든지 어떤 특별한 관계 속에서 연구하는 것이 아주 중요하다고 말씀드리고 싶습니다. 또한 한국 사람인데 일본 학자이죠, 가지무라 히데키라는 사람이 한국과 일본은 동아시아의 쌍둥이로 태어났다는 얘기를 하고 있는데, 실제 어느 정도는 맞는 이야기입니다. 한일 관계사는 단지 침략이나 교류 관계뿐만 아니라 한국 학문의 기초를 아는 데 아주 중요합니다. 쌍둥이로 태어난 기초 학문이 어떻게 서로 다른지 아는 데 일본 문학과 일본 문화가 중요하다고 할 수 있습니다.

어쨌든 일본에 비해서 한국은 이렇고 한국에 비해서 일본은 이렇다는 인식을 우리가 일본 문학이나 일본사를 보아도 느끼지만, 일본 작가 내에서도 느껴지는 것입니다. 그런데 이런 이야기를 할 때 일본은 좋고 한국은 나쁘고, 또 한국은 좋고 일본은 나쁘다는 판단을 하기 쉬운데, 이런 것을 초월해야 합니다. 객관적인 면에서 바라볼 수 있어야 합니다. 근대화는 봉건적인 사회 제도를 넘어서는 데 중요한 역할을 하였다는 얘기를 많이 하는데, 봉건적 사회 제도를 어떻게 평가하느냐 하는 것은 장점으로 평가할 수도 있지만 단점으로 평가할 수도 있을 것입니다. 일본이 서양과 실제로 접촉하던 때에, 신부 중에 프로이스란 사람이 일본에 관한 책을 낸 사람인데, 여러분이 잘 아시는지 모르겠지만, 길을 가다가 백성들의 목을 그냥 칼로 베었다 해도 꼼짝 못하는 것이 일본의 사회라는 얘기를 했는데, 이건 봉건 제도와 밀접한 관계가 있을 것이고, 그 무렵 한국은 그렇지 않았다고 얘기할 수 있습니다. 그렇기 때문에 간단히 평가할 수 없습니다. 역사라는 것은 모순을 통해서 이루어진다고 하는 것은 일본 연구뿐만 아니라 전체적으로 상당히 중요하죠. 그것이 우리가 가져야 되는, 가져야 된다고 하기보다 갖지 않을 수 없는 상대방의 역사입니다. 일본의 예를 많이 들 수도 있지만, 간단히 얘기하면 만리장성 같은 것은 백성들을 모아 가지고 굉장히 사람을 괴롭게 하는 것인데, 실제로 또 방어의 역할도 별로 하지 못하는 것이지만, 지금 중국의 중국 사람들이 자랑으로 생각하고, 또 관광 수입의 큰 원천이 되고 있습니다. 그러므로 좋은 것과 나쁜 것을 가려서 얘기하면 안

되겠다 하는 것, 좋다 나쁘다 하는 판단을 하는 것이 모순 속에서 전개되는 것입니다.

한국 문학이 일본 문학의 영향하에서 현대 문학을 성립했다는 것을 더 극명하게 인식해서 연구할 필요가 있습니다. 몇 가지 말씀드리고 싶은 것은, 현대의 맹아가 우리나라에서는 18세기에 싹텄다 하는 이야기입니다. 우리가 근대화하는 데 일본의 식민 정책이 상당한 기여를 했다는 주장들에 대해서 너무 예민하게 신경을 쓸 필요가 없습니다. 우리나라에도 지금 경제가 침투해 들어와 있지만, 일본에서도 아마 암암리에 한국 근대화에 일본의 식민지가 기여를 했다는 생각이 있을 것입니다. 미국 같은 데서 상당히 많이 얘기를 하는 것 같은데, 우리는 상당히 불쾌하게 생각합니다. 그리고 한국 안의 근대 맹아론 같은 주장도 많이 듣게 되는데, 근대화라는 것이 꼭 좋은가, 서양 사람들이 식민주의 문제, 제국주의 문제를 얘기하면서 근대화를 논하는 것 자체가 인간을 괴롭히는 하나의 이데올로기에 불과하다는 생각이 듭니다. 우선 근본적인 학문의 관점에서 한일 관계에 대해서 생각해 보아야 합니다. 근대화라는 것은 반드시 사실로만 이루어진 것이 아니라 우리가 진짜로 역사를 창출해 가려는 역사의 가능성도 포함하고 있는 것입니다. 무슨 얘기냐 하면, 다 역사가 끝나고 나면 결국 실질적으로 이루어진 것으로만 되겠죠. 그러나 실제 역사 속에서 사람들이 사는 방식은 이런 여러 가능성 속에서의 선택을 직면하면서 사는 것이 중심으로 되어 있습니다. 다시 얘기를 하자면, 일본 사람들이 한국에서 철도도 세웠지만, 안 그랬다면 오히려 달리 어떻게 할 방법이 없었겠느냐 할 때, 일본 사람들이 안 했더라면 우리는 못했을 것이라고 말하기는 어렵죠? 어떤 역사에서 이루어지지 않은 가능성에 대하여, 이것은 별반 새삼스러운 이야기도 아니지만, 역사라는 것을 이루어진 것만으로 보면, 진짜 역사의 움직임, 다이내믹성을 이해하기 어렵다는 것입니다. 이런 말씀을 드리고 있는 이유 중의 하나는, 제가 몇 년 전에 미국에 가서 한국 문학을 가르치는 분을 뵈었고, 거기에 교포 학생들이 많았는데, 교포 학생들이 이 문제를 가지고 너무 수그러들고 있는 것 같았습니다. 일본이 한국 근대화에 기여했다는 것에 대해서. 일본이 철도를 놓고 운영해서 산업지도 만든 것만을 가지고 모든 답변이 되는 것은 아닙니다. 역사에는 이루어지지 않았지만 죽어 없어진 가능성들이 있기 때문에, 그 관점에서 고려해 볼 때 반드시 일본이 아니었더라도 우리가 근대화를 못 했겠느냐고 물어볼 때, 그렇게 답하기 어렵다는 것입니다. 민족주의라든지, 누가 가르치고 누가 배우고 하는 것들이 중요한 것은 아니라는 것, 좀 더 대범한 입장이 모든 학문 연구에서 필요하지만, 일본 연구에서 특히 필요하다고 말할 수 있습니다.

시간이 많이 되었으니까 두 가지만 말씀드리겠습니다. 하나는 일본 연구가 단지 한일 관계의 문제가 아니라 세계사적인 관점에서 중요한 것이라는 것, 그 지평도 우리가 생각해야 한다는 것입니다. 요즘 동아시아 담론이 국문학회에서도 많이 나오고 있는데, 실제 일본과 한국이 서로 같으면서도 다른 하나의 아시아, 동북아시아의 문화권을 이루고 있다는 것도 부정하기 힘든 것이고, 여기에는 중국이나 베트남도 포함되는 것이라고 생각합니다. 동양의 전체를 하나로 파악할 때, 이것은 또 서양에 대한 하나의 단위가 될 수 있습니다. 서양의 기대에는 지금까지의 근대 세계사에서 동양이 앞으로 무엇을 할 수 있느냐를 생각해 볼 때, 일본과 한국 관계, 또 중국과 일본과 한국의 관계를 새삼스럽게 생각해야 하고, 그것은 일본 문학과 일본 문화 연구에서도 연구의 테두리가 되는 하나의 문제의 지평이 되지 않겠느냐고 생각합니다. 서양과의 관계를 우리가 생각할 때, 서양과 동북아시아의 관계가 무엇이냐 할 때, 여러 가지 손익적인 관계가 있지만, 정신사적으로 볼 때 아마 제일 중요한 것은 합리성의 문제일 것입니다. 합리성이라는 것이 세계 현대사의 기본적인 주제라고 할 때, 그 주제에 핵심으로 들어 있는 중심적인 태도로 우리는 합리주의, 합리성을 논합니다. 서양이 합리화를 이루고 있던 당시에 동북아시아가 가질 수 있는 자세는 아주 중요한 문제가 됩니다. 서양은 많은 좋은 것을 이루었습니다. 과학 기술이나 복리 제도, 인간 행동의 규제 등 많은 것들을 이루었지만, 아시아 사람들은 서양의 그러한 것이 몇 가지 잘못된 점을 가지고 있다고 느낍니다. 서양은 너무나 합리주의를 추구한 나머지 인간관계가 참 냉정하다, 우리 동양 사람, 한국 사람은 따뜻하다, 일본 사람도 따뜻하다고 느끼는데, 사실 이것도 단순하게 생각할 수는 없습니다. 그것은 인간관계가 따뜻한 대신에 자타의 구별, 너와 나의 구별이 없다는 얘기입니다. 이것은 인간관계를 내세워 서로 따뜻하게 지낸다는 얘기도 되겠지만, 인권 침해가 일어날 수 있는 바탕이 되기도 합니다. 따라서 너와 나의 구별을 분명히 하고, 너의 권리와 나의 권리를 분명히 규정하는 것이 필요합니다. 인권 침해와 인간관계의 따뜻함 사이에 중요한 관련이 있기 때문에, 아까 말씀드린 대로 역사의 모든 문제는 일률적으로 다 이러하다고 할 수는 없습니다. 서양이 이성을 존중했다면 동양에서는 정이나 정서를 중요하게 생각했다고 말씀드릴 수 있습니다. 이것은 일본과 한국 전부 다에 해당합니다. 그러나 그것도 좋게만 이야기할 수는 없습니다. 인간의 인력만이 아니라 여러 면을 고려하면 좋은 점이 있지만, 또 다른 한 면으로 보면 정서를 중시함으로써 정서를 사회적으로 규제하려고 하는 여러 가지 노력이 있어요. 그러니까 마음을 어느 때 어떻게 가져야 된다는 것을 사회적으로 굉장히 많이 규정하고 있어요. 그렇기 때문에 거기에서 어떤 정서의 자발성, 자유롭게 생각하고 자유롭게 느낀다는 것은 죄악을 의미해요. 그러니까 서양에 대해 정서의 중요성을 얘기하면서도 좋다고만 얘기하기도 그렇고, 필요한 것이면서 어떻게 다른 것들과 공존하는가를 생각해야 합니다. 한 가지 더 제가 말씀드리고자 하는 것이 있습니다. 이것은 제가 개인적으로 생각하는 것인데,

동양에서 정서를 중요하게 생각하면서 정서가 일어나는 바탕으로서 예절이라는 것 — 제사를 지낸다든지, 일본에서는 제사를 안 지내지만, 예절과 절차를 통해 우리는 매우 형식적인 사회가 되고, 예절과 절차를 통해서 우리가 감정적이 돼요. 그러니까 우리가 어른들한테 절을 잘하고 있는가에서 나타나듯이, 예절을 통해서 공경심을 표현하는 것입니다. 또 반대로 윌리엄 제임스(William James)와 랑게(Carl Lange)의 정서 이론, 감정 이론이라는 데서 이야기하듯이, 슬퍼서 우는 것이 아니라 우니까 슬프다, 무서워서 도망가는 것이 아니라 도망가니까 무섭다는 것이지요. 그것처럼 예절을 통해서 우리의 정서를 규제하려는 것이 많이 있습니다. 이런 것은 정서의 위치를 인정하기 때문에 인간관계를 떳떳하게 하고 예절 바르게 하는 동시에 자발성을 규제하는 것입니다. 여기에서 제가 개인적으로 생각하고자 하는 것은 예술성에도 엄격한 절차, 엄격한 예술의 형식성이 존재한다는 것입니다. 이것은 특히 일본의 여러 가지 공예와 연극, 노나 가부키 속에도 들어 있습니다. 이례적인 표현을 최소한도로 하고 정통적으로 전수된 형식과 양식을 그대로 무대 속에 재현하려고 하는 노력들이 크게 나타나는 연극들입니다. 이러한 연극이 무엇을 얻고자 하는가는 서양 문물과의 관계 속에서 생각해 볼 수 있습니다. 그것이 정서와 관련해서 자연에 대해서 친밀한 느낌을 가지고 있다는 것도 맞는 얘기입니다. 이것도 일본이나 한국이나 중국이나 다 공통되는 것으로 보입니다. 이것과 관련해서, 제가 또 아까 말씀드린 대로 모순도 많이 있다고 하는 것을 설명하려고 합니다. 자연과의 관계를 존중하는 동양 사상은 기본적으로 농업 사회 사상이라는 것 — 모든 것이 균형된 일정한 것을 추구하는 사회 모드에 연결됩니다. 서양에서 자연을 정복하려 한다는 말들을 흔히 하는데, 이것은 정복하려는 의지 자체보다도 산업 사회의 계속적인 팽창력에 관련해서 일어나는 현상이라고 생각합니다. 동양 사상이 생태학적으로 보다 건전하다고 말하는 것만으로는 설득력이 없고, 그 밑에 들어 있는 균형된 산업 체계에 대한 인식이, 균형된 상태의 농업 사회에 대한 인식이 어떻게 해서 오늘날의 산업 사회 속에서 의미가 있는 것이 되겠는가 하는 것을 우리가 같이 생각해야 할 것입니다. 정서의 중요성, 예술이나 문학 형성에 있어서의 정형성의 중요성, 동양의 생태학적인 점을 말씀드리고 싶습니다. 이런 것들이 다 동양 문화가, 서양의 합리적인 모든 체계에 대해서, 잘난 것이라고 한국 사람들이 말하기보다는 세계를 이해하는 데 필요한 것으로 여겨야 합니다. 동양 좋고 서양 나쁘다고 생각할 것이 아니라, 더 복잡하고 더 다양하게 생각하는 것이 필요합니다. 이 이야기를 하면서 하나만 제가 부탁하겠습니다. 아이젠슈타트(Shmuel Eisenstadt)라는 이스라엘의 사회학자가 『일본 문명(*Japanese Civilization*)』이라는 책을 내었어요. 이 책을 가지고 제가 2년 전에 정부에서 인문학연구소에 있었는데, 그때 학자들과 그 책에 대해서 이야기하면서 어떻게 일본 사람들은, 일본 문명이라는 독자성을 가진 문명을 만들었다고 할 수 있는가라는 논란들을 들었어요. 일본 문화를 세계적으로 구축한 특수주의적인 문화로, 한국과 중국 문화는 서양 문화와 아울러서 보편적인 문화라고 아이젠슈타트가 얘기를 하고 있는 느낌을 가졌어요. 언젠가 정부에 있었을 때, 아이젠슈타트가 이 자리에 와서 강연하는 것을 들은 적이 있는데, 그는 액시얼 에이지 시빌라이제이션(axial age civilization)이라는 말을 썼는데, 한국과 중국과 서양이 다 보편성을 중시하는 사회인 데 반하여, 일본은 특수성을 중시하는 사회, 특수성이라 하면 일본은 특수하게 자기 것만 좋아한다는 뜻도 되지만, 또 다른 의미에서는 특수하고 작고 자상한 것들을 좋아한다는 말도 될 것이기 때문에, 어떻게 일방적으로 좋다 나쁘다 말하기는 어렵습니다. 이어령 교수가 『축소 지향의 일본인』이라는 책을 썼지만, 그것은 작은 것을 좋아한다고 칭찬하면서도 또 당신들은 큰 것은 못 하는 사람들이라는 것도 약간 함축해서 이야기했는데, 그것도 양쪽으로 균형 있게 봐야 할 것입니다. 이렇게 말씀드린 것은 세계 문화의 유형, 세계 문명의 유형, 무엇이 앞으로의 인류에게 중요한 것일까를 이해하는 데 일본 문학이 아주 유니크한 문명을 이룩한 사회로서 일본 문학 설정에 아주 중요한 것이 될 것이라는 뜻에서 말씀드렸습니다.

여기서 아쉬운 점도 있겠지만, 이다음으로 『중국의 과학과 문명사』라는 책이 상당히 중요한, 특히 제 생각으로는 20세기 동양 문명에 관한 가장 좋은 책이라고 생각합니다. 이 책에서 중국 과학에 대해서 많이 이야기하고 있는데, 그 한 얘기는 다른 책에서, 다른 에세이에서 니덤(Joseph Needham)이 중국 과학이 굉장히 중요한 과학이면서 왜 현대 과학으로는 발전하지 못했는가를 크게 문제 삼고 있어요. 여러 가지 이유가 있지만, 간단한 대답으로는, 유럽에 있어서 현대 과학이 발전하는 데 다국가 체제가 필요했다, 그러니까 여러 나라가 있었던 것입니다. 여러 나라들이 서로 자극하고 경쟁하고 또 한 나라에서 잘 안되면 다른 나라로 옮겨 가고 하는 터전을 제공했다는 것입니다. 그에 비해서 중국은 일찍이 통일 국가를 형성하여 거대한 제국을 형성하였기 때문에 그런 다원적인 국가 체제가 성립할 수 없었다는 것이 현대 과학이 중국에서 발생하지 못하고 서양에서 발생하게 된 이유 중의 하나라고 이해하면 될 것입니다. 여기서 일본이나 중국이나 한국이 역사의 어느 시기보다도 서로 가깝게 지내지 않을 수 없게 되었다고 생각되고, 이런 것이 서로 동질적인 문화를 같이 가지면서 동시에 차이를 개발해서, 차이를 인정하면서 서로 하나의 다원적인 국가 체제를 이룩해 나갈 때 피차에게 다 도움이 되는 사회가 될 것이고, 이것이 세계 문학에 있어서 중요한 비약이 될 것이라 생각합니다. 서양 문명으로 근대사가 많이 형성되었어요. 서양 문명을 추구하여 동양이 부상하고 있다는 것은 서양 사람들이 다 인정하고 있습니다. 앞으로 동양 문학, 서양 문학이 반드시 보편적인 문학인 것은 아니기 때문에 서양적인 것과 동양적인 것이 합쳐져 새로운 문학, 세계적인 문명이 탄생하고, 잘사는 세계, 평화적인 세계가 될 수 있으리라고 생각합니다.

(2000년)

가지치기와 뿌리 다스리기

과외 자유화와 더불어 떠오르는 이런저런 생각

1

이런저런 이유로 신문이나 잡지에 짤막한 논설류의 글들을 쓰는 일이 적지 않다. 요즘은 그러한 일이 없어졌지만, 나의 글에서 우리말 틀린 것들을 지적하여 적어 보내 주는 분이 있었다. 다른 집필자들도 경험한 일일 것이다. 고마운 일이다. 틀린 용법이나 문법을 고쳐 주는 경우도 있었거니와, 일반적으로 글을 쓴다는 일에 대한 조심스러운 마음을 일깨워 주기도 했다. 그러나 다른 한편으로 지나치게 독단적이고 좁은 입장에서 우리말의 용법을 제한하려는 것으로 판단하지 않을 수 없는 것들도 있다. 가령 '생각된다'와 같은 수동적 표현을 일절 허용하지 않는 경우와 같은 것이 그러한 것이다. 말은 끊임없이 변해 가는 것이고, 특히 오늘날과 같은 엄청난 사회 변화 속에서 새로운 경험을 수용하기 위해서 우리말의 자원을 넓히는 일이 필요한 것으로 생각되기 때문이다.

말의 용법은 사람들을 이상하게 흥분케 한다. 사람들마다 이 점에 대해서는 일정한 견해를 가지고 있어서, 그 견해의 타당성을 옹호하고 어긋나는 것을 규탄하는 일은 많은 사람들의 인격적 정열을 불러일으킨다. 오랫동안 이러한 정열의 대상이 되었던 것이 일본식 한자의 사용이다. 국어 순화 운동과 관련하여 그러한 말들이 상당히 사라지게 되기는 하였다. 마지막으로 그러한 언어적 정열을 불러일으킨 것이 국민학교라는 이름을 초등학교로 바꾸는 일이었다. 그것으로 무엇이 향상되었는지는 알 수 없지만, 많은 사람들의 출구를 찾지 못하는 정열을 집약해 주는 일은 했을 것이다. 참으로 일본식 한자를 다 제거하기로 작정하고 정부와 사회 기구, 학술 용어에서 일본식 한자를 제거하면 얼마만큼이 남을는지, 정부 부처의 이름부터 계속 사용하기 어려운 것이 많을 터이니, 문자 생활이 불가능해질 가능성이 크다고 할 것이다.

얼마 전에 우리가 쓰는 영어 틀린 것을 뽑아내어 사전을 만든 경우가 신문에 보도된 바 있다. 가령 핸드폰은 영어가 아니고 그것을 셀폰이라고 해야 한다고 한다. 언어 시비 열이 외국어에도 전파된 듯하다. 그런데 이렇게 말하면, 일본식이든 아니든, 우리가 사용하는 한자는 어떻게 되는 것일까. 우리가 기차라고 하면, 중국 사람은 그것을 자동차로 알아들을 터인데, 괜찮을까. 중국에서 이발청이라는 것은 국민의 머리 스타일을 단속하는 관청일까. 중국에는 대학이란 말은 있어도 대학교란 말은 없는데……. 학생 데모가 많은 때에, 나는 프랑스 사람이 한국에서 일어나는 '마니페스타숑(불어에서는 시위 행위를 말하나, 영어식으로 해석하면, 드러남)'에 대하여 물어보는 것을 듣고, 그 뜻을 얼른 이해하지 못한 일이 있다.(시위를 뜻하는 데모는 '데몬스트레이션'이라는 영어가 일본을 경유하여 들어온 것이 아닌가 한다.) 영국에서는 에티켓이라면 예절을 의미하지만, 독일에서는 꼬리표를 의미한다.

2

언어 관계에서 사람들의 열을 올려 주는 또 하나의 일은 로마자 표기 문제이다. 어떤 관련에서 그렇게 되었는지는 분명치 않지만 나는 작년에 이 문제를 다루는 정부 주도의 회의에 참석한 일이 있다. 추측건대 아마 지금도 이에 관한 토의가 진행되고 있을 것으로 짐작된다.(“짐작한다”?) 한글의 로마자 표기 문제는 해방 후부터 시작하여 주기적으로 제기되는 문제이다. 그 주기는 더 조사를 해 보아야 하겠지만, 해방 직후에 성립한 일단의 표기안이 이승만 정권 때 계승되고, 박정희 시대에 개정되었다가, 올림픽 개최 직전에 다시 개정된 것 — 이러한 것이 대체적인 큰 마디들이었던 듯하다. 대체로는 영어 사용자의 관점에서 편리한 매큔-라이샤워 체계의 원리를 받아들이는 것이었는데, 박정희 시대의 것은 로마자와 우리말의 한글 철자를 일대일로 옮겨 적을 수 있게 하려는 독자적인 체계였다. 그러나 이것은 영어 사용자 그리고 또 다른 인도 유럽어 사용자의 관점에서는 발음 표기 기능을 하기에는 너무나 특이한 것이어서, 올림픽을 앞두고 개안 의문을 느끼는 인사가 있어서 이유를 규명하고 이것을 바로잡아야 한다고 나서면, 말릴 도리는 없는 것이 우리 사회의 풍조이다. 약간의 시정이 가능하다고 하여도, 그것이 거기에 따를 혼란에 값하는 것일까. 다행히 우측 통행을 고치자는 사람은 없지만, 도로 표지를 보면 표지들이 이유를 알 수 없게 끊임없이 바뀌고 있는 것을 발견한다. 완벽을 기하려는 노력이 끊이지 않음이 분명하다. 내가 근무하는 대학에서도 교내 도로를 비롯하여, 근래에 와서는 왼쪽이 오른쪽이 되고, 오른쪽이 왼쪽이 되는 변화가 비일비재하다.

3

지난 수십 년 동안 크게 문제되어 온 일 중의 하나가 대학 입시 제도이다. 장관이 바뀔 때마다 입시 제도가 바뀌었다. 입시의 담당처가 대학이나 문교부나 교육부이다가, 이를 적당히 섞어 보다가, 시험 문제를 제한 없이 내다가 교과서로 제한하다가 교과서 밖에서 내기로 하다가, 점수의 배정에 차등을 두다가, 특별 전형제를 제한적으로 또는 전면적으로 보태다가…… 문제가 있으면 고치려는 것은 당연한 일이나, 고치는 빈도와 정열로 보아서는 우리의 입시 제도는 지금쯤은 세계에서 가장 완벽한 제도가 되고 그것을 배우려는 사람들이 각국에서 운집해 올 것 같은데, 실제는 별로 뾰족한 개선이 이루어진 바가 없다고 결론을 내릴 수밖에 없다. 멀리서 관측의 기회를 가져 본 것에 불과하기는 하지만, 나는 10여 년 전에 정부의 입시 제도 개혁 방안 연구에 참여한 일이 있다. 그때 이런저런 문헌을 들여다보면서 발견한 사실의 하나는 미국이나 일본의 경우 그때 이들 나라에서 시행되고 있는 입학 전형 방안이, 적어도 그 기본 골격에 있어서는, 1930년대에 세워진 것이라는 것이었다. 부분적으로 수정은 있었지만, 그 기본은 대체로 같은 것이 지속되고 있었다.

입시 문제에 있어서도 정답이 없는 것일까. 적어도 지금까지 고쳐 온 것과 그에 따른 효과로 보아서는 그렇다고 하는 것이 옳을 것이다. 시험을 학교에서 주관하는 것과 나라에서 주관하는 것 — 거기에 무슨 근본적인 차이가 있는 것일까. 과외 열을 줄인다는 것이 입시 제도 개혁의 한 목표라는데, 그 방안의 하나가 입학시험 문제를 쉽게 하여야 한다는 것이다. 그럴까? 과외란 대체로 교과를 되풀이하여 학습게 하는 훈련일 터인데, 문제가 쉬울수록 이러한 훈련이 효과가 있을 것이고, 효과가 있다면, 과외가 성할 수밖에 없을 것이다. 문제가 참으로 어렵다든지, 참으로 창의적인 사고를 통한 해답을 요구하는 것이라면, 어떻게 될까. 그런 경우 시험을 과외로 대비할 수는 없게 될 가능성이 있다. 물론 이것이 필연적인 결과가 될는지는 알 수 없지만. 모든 논의를 떠나서 지금까지의 시행착오의 결론은 일도양단의 해결책이 없다는 것일 것이다. 가장 좋은 것은 어느 쪽으로 하는 것이든지 개혁보다는 그대로 두어두고 부분적인 수정을 시도하는 것일 것이다.

그런데 다른 한편으로 지금까지의 입시 제도의 새 방안들은 그전 것들을 뒤집어 놓는 것들이면서도 근본적인 문제를 피해 가는 것이었다고 할 수도 있다. 대학 입학에 따르는 열기가 교육열이고 진리 열이라는 면을 가지고 있는 것도 사실이지만, 그것이 무엇보다도 학벌 열이라는 것은 새삼스럽게 말할 필요도 없다. 대학 입학이 직장과 사회적 지위 그리고 수입의 수준을 일생을 두고 결정하는 것인데, 대학 입시에 혈안이 되는 것은 당연하다. 그러나 이러한 연계 관계를 끊어 낼 방도 — 또는 적어도 느슨하게 할 방도가 연구된다는 것은 별로 들어 보지 못한다. 또는 더 중요한 일로, 직위와 수입이 크게 문제되지 않는 사회가 어떻게 가능한가를 의도하는 정책이 논의된다는 것도 들어 보지 못했다. 물론 이러한 것은 우리가 좋아하는 단방약과 같은 정책으로 풀어 나갈 수 있는 문제는 아니다.

요즘 입시 제도가 문제되는 이유의 하나는 과외이다. 그런데 입시를 주로 과외의 관점에서 생각하는 것이 옳은 것인가. 전형 제도의 취지는 개개의 학생의 재능을 확인하여 그들의 자아실현을 도우며 국가의 인재를 낭비 없이 발굴·개발한다는 것일 터인데, 이 점은 이 문제를 생각하는 데에서 지표가 되는 것으로는 보이지 않는다. 그런데 그것은 그렇다고 치고, 과외 그 자체가 문제되는 것은 그럴 만하다고 할 수 있다. 그런데 최근에 과외 금지에 대한 위헌 판결을 둘러싸고 일어나는 논의들을 보면, 찬부 어느 쪽을 막론하고 그 논의가 문제의 핵심에 관계되어 벌어진다고 할 수 없다.

무슨 갑작스러운 인권 문제라도 일어나는 듯 교육의 자유를 옹호하고 나선 판결 자체가 기이한 것이지만, 과외의 폐단을 주로 과외비의 과중함이나 사회적 위화감이라는 차원에서 말하는 것은 문제를 반드시 바른 시각에서 보는 것이 아니다. 논의의 핵심이 되어야 하는 것은 과외의 교육적 의의이다. 역시 오늘의 세상이 세상이니만큼, 돈 문제가 중심에 놓이는 것일까. 그러나 우리는 돈을 생각하면 모든 것이 비뚤어지는 것을 여기에서도 볼 수 있다. 참으로 그것이 교육에 도움이 되어, 그걸로 하여 아인슈타인이 나오고 나라의 문화와 과학과 기술을 괄목하게 개선할 인재가 나오고 또 그것으로 사람다운 사람이 길러지는 것이라면, 경제적 부담에도 불구하고 과외는 권장하여야 할 국가적인 사업일 것이다. 과외로 인하여 공교육이 파괴되는 것을 걱정하는 소리도 있지만, 이 경우도 마찬가지이다. 공교육이 중요한 것이 아니라 교육이 중요한 것이다. 사교육이 위에 말한 교육적 효과를 더 갖는 것이라면, 간단히 그것을 비난만 할 수는 없을 것이다.

문제는 과외가 진정한 의미의 교육에 별로 도움을 주지 않는다는 것이다. 뿐만 아니라 그것은 교육을 왜곡한다. 학생들이 그들의 모든 시간을 교과 과정의 반복 훈련에 빼앗긴다면, 자유로운 배움과 개성의 신장에 필요한 시간은 어디에서 찾을 것인가. 표면의 명분이야 어떠한 것이든지, 사회 모든 부분의 사람들이 과외를 반대하는 것은 그것이 바로 비교육적인 교육이라는 직관 때문일 것이다. 이러한 문제를 총체적으로 해결할 연구를 하지 않는 한 지금까지 있던 과외 금지를 그대로 두는 것이 가장 좋았을 것이다. 20년 가까이 위헌 상태가 지속되다가 이제야 법리를 깨닫게 되어 잘못을 시정하려 한다고 하니 별수 없는 일이기는 하겠지만.

4

방안도 많고 아이디어도 많은 시대이다. 그런데 많은 경우 이들 아이디어는 그 자체로 흥미롭지만, 별로 현실적 의미를 갖지 못하는 것이 많다. 또 그것이 현실 문제에 관계된다고 하더라도 그 많은 것이 단방약처럼 효험이 있다고 선전이 되지만, 근본적 치료를 목표하는 것은 아니라고 생각된다. 이것은 문학의 경우도 마찬가지이다. 새로운 주제, 새로운 세대, 새로운 매체가 문제라고 한다. 그러나 새로운 것들이 얼마나 사람 사는 근본에 깊이 관계되는 것일까. 사람의 사는 모습을 충실하게 그리고, 사람의 참모습을 탐구하고 이 둘 사이에 존재하는 틈을 저울질하고 — 문학이 예로부터 해 온 일은 이러한 것이다. 이것이 크게 바뀐 것일까. 어떤 사람들의 생각으로는 이제 사는 문제는 모두 다 해결되었고 새로운 감각과 욕망과 흥분을 찾는 것이 오늘의 문학과 예술이 해야 할 일이라고 한다. 그리하여 문학과 예술은 날로 새로운 편의와 멋과 흥분을 제공해 주는 전자 매체들과 경쟁할 수 있어야 한다고 하는 것이다.

근대라는 것이 바로 그러한 것을 의미하는 것일 터인데, 사람의 삶은 어느 때보다도 새로운 기술, 새로운 경제에 의하여 크게 그 전과 다른 것이 되어 간다. 그러나 그 변화가 참으로 사람 사는 근본을 바꾸는 것인지는 분명치 않다. 최초의 통신 수단과 교통수단의 발명 — 가령 마르코니의 무전기나 기차나 자동차의 발명은, 좋든 나쁘든, 사람의 삶을 전적으로 다른 것이 되게 한 면이 적지 않다. 지금의 많은 새로운 발명들은 이러한 초기의 발명들을 비교할 수 없게 능가하는 것이다. 그러나 그만큼 근본적인 변화를 가져오는 것이라고 할 수는 없다. 앞의 것은 사람의 필요 — 보다 쉽게 교통하고 교역하기를 원한, 오랜 사람의 소망과 필요에 답하는 것이었으나 지금의 개선은 반드시 이러한 원초적인 필요와 소망의 속도를 넘어가서 개선이 인간적 의미를 크게 갖는 것이 되지 못한다고 할 수 있다. 가령 전자 시장에 가면 날로 속도가 빠른 컴퓨터가 나오고 그것을 사야 된다고 하고 그것이 진보라고 한다. 그러나 초를 다투는 통신의 향상이 사람의 삶에 얼마만큼의 질적 변화를 가져올 수 있는가. 우편보다도 팩스가 또는 전자 우편이 편리한 것은 사실이지만, 그것이 사람의 중요한 의사 교환을 얼마만큼 향상시키는가. 한 달이 아니라 하루 만에 서울에서 런던에 갈 수 있다는 것이 무엇을 의미하는가.

중요한 기술과 생활의 발전이 있기는 할 것이다. 그러나 전자 기술의 발달로 인한 변화에서 대표적인 것은, 적어도 일상생활의 면에서는, 게임 기기가 아닌가 하는 생각이 든다. 얼마 전에 소니 회사는 플레이스테이션 2라는 게임기를 내어놓았는데, 그것으로 세계 시장을 석권하리라는 예측이 있었다. 우리가 원하는 것이 이러한 게임기일까. 또는 그것이 가져올 수입일까. 그리하여 또 더 나은 게임기의 개발에 투자하기 위하여? 게임과 오락이 사람의 삶에서 중요치 않다는 것이 아니다. 그것은 살맛을 더해 주는 삶에 불가결한 조미료이다. 그러나 그것이 삶의 몸체가 되는 것은 아니다. 그리고 그것이 사람의 삶의 근본을 보지 못하게 하는 효과를 낳아서는 곤란하다.

사람의 삶이나 일에 근본이라는 것이 있다면, 그것은 별로 변화하지 않는 것이기 때문에 근본이 되는 것일 것이나, 오늘은 대체로 뛰어난 아이디어로 무장한 종횡가들이 횡행하는 시대이다. 좋은 아이디어도 많지만, 많은 경우 표피적인 변화를 위한 인위적인 처방이란 현실의 개선보다는 종횡가들의 입신에 도움을 주는 것일 것이다. 자신의 삶을 온전하게 사는 일은 현란한 아이디어로부터 자신의 삶을 지켜 나가는 것을 포함한다. 문학이 사람의 사는 모습 — 거짓 모습과 참모습에 관계된다면, 문학의 할 일이 별로 없게 되었다는 주장에 대하여, 어느 때보다도 문학의 할 일이 많아진 때가 오늘이라고 할 수도 있다. 이것은 옛날과 크게 다르지 않은 의미에서이다. 전자 소음과 사이버 공간의 현실을 대치해 가는 허상을 꿰뚫고 사람의 삶을 인지하는 일이 어려워져 가고 있다. 이 진위가 뒤섞인 데에서 사람 사는 일이 무엇인가를 생각하는 것이 문학이 할 일이다. 이것은 옛날부터 문학이 해 온 일이다. 그런 점에서 문학의 근본은 예나 지금이나 별로 크게 바뀌지 아니하였다.

(2000년)

문학과 세계 시장

1. 서언: 자본주의의 팽창과 문학

오늘날 세계의 많은 지역의 삶을 규정하는 중요한 현상의 하나가 세계화이다. 말할 것도 없이 세계화는 세계가 단일 체제로서의 자본주의에 의하여 통합되는 것을 말한다. 자본주의의 팽창적 성격은 그 시초로부터 많은 이론가들에 의하여 지적된 바 있다. 어떤 이론가들의 관점에서는 19세기 말로부터 20세기 중엽까지 세계사의 한 파괴적 국면을 이루었던 제국주의나 식민주의 또는 세계적 규모의 전쟁도 자본의 국제적 팽창 운동의 한 표현이었다. 이렇게 말하면서 우리는 이 팽창이, 적어도 한국과 같은 지역의 관점에서는, 지금은 제국주의나 전쟁의 형태를 취하고 있지 아니할 뿐만 아니라, 회의적 입장이 없지 아니한데도 자본주의의 번영에 보다 본격적으로 참여하는 기회로 받아들여지기도 한다는 사실에 주목하게 된다. 오늘의 자본의 팽창이 제국주의와 같은 일방적이고 공격적인 이름이 아니라 세계화와 같은 보편적이며 유연한 이름으로 불리는 것은 그 현상의 모호한 성격과도 관계되는 일일 것이다.

자본의 제국주의적 팽창은 전통적으로 그 대상 지역에 착취와 파괴, 인위적 저개발과 빈궁, 불평등 교환 또는 주체성의 상실들을 선물하였다. 그러나 자본주의의 결과가, 사람의 선 자리나 사회나 국가의 세계적 위치에 관계없이, 일률적으로 부정적인 것이 아님은 물론이다. 자명한 사실로 제국주의적 불평등 관계에서 주변부의 희생은 중심부의 이익을 위해서 필요한 것이었다. 그러나 손익은 반드시 하나의 축을 중심으로 양분되는 것이라기보다는 여러 가지의 이분법에 의하여 복합적으로 계산되는 것이라고 말하여야 할 것이다. 제국주의 국가 내에서도 지배 계급에 대하여 피지배 계급은 희생자의 위치에 있지만, 식민지인에 대하여서는 가해자 또는 유리한 자의 위치에 있다. 물론 이러한 구분은 식민지 내에서도 가능하고 자본의 세계 체제 전부에도 해당시켜 생각될 수도 있다.

다른 한편으로 자본주의 체제가 가져올 수도 있는 보편적인 이익을 생각할 수도 있다. 자본주의의 생산성은 적어도 지금의 시점에서는 분명하다. 이 생산성의 혜택은 언제나 양분 축의 한편에만 한정되는 것이 아니다. 이 생산성은 물질적인 것과 문화적인 것을 포함한다. 또 이것은 큰 규모에서만이 아니라 마이크로 규모로도 일어난다. 포스트콜로니얼리즘의 논자들이 잡종성이라고 부르는, 식민자와 피식민자의 상호 삼투 관계는 — 특히 문화적 차원에서의 삼투 관계는 일반적인 순정성의 손상과 함께 문화적 이익의 증대를 가져올 수도 있다. 세계화로서의 자본주의의 경우도 지역에 따라서는 분명한 손익을 계산할 수 없는 것이다. 그러나 다시 손익의 양분 축을 생각해 볼 때, 자본의 생산성은 궁극적으로 자원과 자연에 대한 부정적 효과로서 환원될 것이다. 그리고 이것은 오늘날 참으로 가장 중요한 재난을 의미하는 것이 되어 가는 것으로 보인다.

궁극적인 의미에서 팽창적 자본주의가 인류를 위하여 그리고 지구 환경을 위하여 무엇을 뜻하는가를 접어 두고 생각한다면, 자본의 충격의 다양성을 말하는 것은 우선적으로 자본주의가 그 진로 앞에 놓이게 되는 지역 구조와의 관계 속에서 여러 결과를 낳을 수 있다는 것을 말하고, 그에 대항하는 가장 중요한 기구로서 탄탄한 지역 구조의 중요성에 주목하자는 것을 말하는 것이다. 팽창적 자본주의는 모든 지역적 사회 구조, 삶의 여러 구조들을 파괴한다. 역사적으로 자본주의의 국제적 확대가 지역 사회의 소규모의 산업, 특히 수공업들을 파괴하고 그에 관련된 삶의 양식을 파괴하는 것은 잘 알려진 일이다. 그런데 자본주의의 팽창에 맞서서 그로부터 비켜서 있는 지역의 삶을 보호하는 것도 지역 사회 구조의 탄탄함이다. 그러나 다른 한편으로 자본주의가 적어도 당분간 불가항력적인 추세라고 할 때, 이 지역 구조들이 살아남는 것은 지금의 시점에서 자본주의 체제와의 일정한 타협을 통해서이다. 여기에는 힘의 관계, 정치적 고려 그리고 현실 정치 세계 속에 그러한 것이 존재하는 것이 사실이라고 한다면, 인간적 보편 의식이 작용한다. 지역 구조의 방어, 타협 그리고 보편주의적 고려의 전형은 자본주의 체제 내에 존재하는 노동조합과 같은 데에서 찾아볼 수 있다. 일반적으로 선진 자본주의 국가에서 발전되어 온 사회 정책들도 같은 경위를 표현한다. 자본주의의 국제 질서 속에서의 신흥 자본주의 경제의 등장도 방어와 타협 그리고 보편주의의 결과로 볼 수 있다.

어떤 경우에 있어서나 자본주의 내에서의 타협의 구조가 믿을 만하고 항구적이라고 할 수는 없다. 이것은 특히 신흥 또는 후진 지역에서 그러하다. 이 타협의 구조 — 또는 자본주의의 공격성을 완화할 수 있는 사회 내적 구조의 발달이나 국제적 협상의 힘의 토대는 극히 취약하다. 이것을 더욱 분명하게 한 것이 국가를 포함한 모든 지역 구조의 중간 매개를 배제하려고 하는 세계화이다.

문학이 사회에 대하여 또 사회의 자본주의적 발달에 대하여 어떠한 관계를 가지고 있는가 하는 것은 오랜 논의의 역사가 말하여 주듯이 간단하게 요약될 수는 없다. 그러나 우선 분명한 것은 문학은 직접적인 의미에서 자본주의적 경제 활동에 속하는 것이 아니라는 사실이다. 그리하여 자본주의가 극성을 떨게 됨에 따라 그것은 소멸하거나 주변화하거나 단순한 오락으로 전락할 처지에 놓이게 된다. 어떤 경우에나 그것은 자본주의 체제 내에 있는 한, 다른 많은 인간의 활동이나 마찬가지로 자본주의 질서로부터 완전히 자유로울 수는 없다. 그렇다는 것은 문학도 타협 속에서 존재할 수밖에 없다는 것을 말한다. 자본주의 체제의 전체화 작용 속에서 문학은, 그 고유한 의미와 기능이 무엇이든지 간에, 그 본래적 성격을 방어하면서 동시에 그것에 타협하고 봉사하는 방식으로 존재하게 되는 것일 것이다.

그러나 문학의 고유함과 자본주의 질서가 두 개의 독립된 인자들의 결합이나 병존으로 문학 속에 존재하는 것은 아니다. 다시 말하여 문학에 어떤 고유한 질서가 있다고 한다면, 이 고유성 자체가 자본주의 질서 속에서 새로이 생겨난 것이다. 그러한 의미에서 자본주의 속에서의 문학은 자본주의에 종속한다. 그러면서도 문학은 이것이 자본주의 시장 속에서의 모든 문학에 해당된다고 할 수는 없지만, 그 고유성을 유지할 수 있다. 또는 여기에서 더 나아가 타협의 압력이 크면 클수록 이 고유성은 강하게 표방되고 그것을 표방하는 문학이 씌어진다고 말할 수도 있다. 가장 자본주의적 문학이라고 할 수 있는 것이면서도 그것으로부터의 독립을 가장 강조하는 예술 지상주의 또는 문학 지상주의가 바로 그러한 경우라고 하겠지만, 문학의 자기주장은 문학과 예술의 교훈적 기능을 강조하는 입장에도 그에 못지않게 표현되어 있다. 이것은 복합적 사회 구조로 인하여 가능하다. 그러면서 다른 한편으로, 모든 인간 활동은 궁극적으로 사회적 정당성 또는 인간적 정당성을 필요로 하는 까닭에, 그러한 자주적 또는 자율적 문학도 사회와 인간에 더욱 커다란 의미와 공헌을 확보하는 것이라고 주장된다.

자본주의 체제 속의 문학 그리고 예술이 어떻게 하여 체제의 일부를 이루며 동시에 그로부터 자유로운 영역을 구성하느냐 하는 것은 가장 정치한 연구를 필요로 하는 문제일 것이다. 그것이 어떻게 이루어지는 것이고 또 어떠한 것이든 간에 제3세계 문학의 문제는, 한국 문학의 경우로 볼 때, 그러한 역설적 타협과 조화가 자본주의의 중심부에 비하여 더없이 어렵다는 것이다. 자율성은 자본주의에 대항하는 것이면서 자본주의의 생산물이다.

서구에서 오는 문화의 충격은 전승된 표현의 관습들을 파괴하고, 동시에 현실 자체가 개조되는 것인 까닭에, 그것들을 부적절한 것이 되게 한다. 물론 이 충격은 제국주의나 자본주의의 현실적 힘에 의하여 뒷받침되는 것이다. 그러면서도 전통적 사회가 새로운 힘들에 적응하면서, 새로운 질서로 재편성되는 동안 표현의 양식들도 그 나름의 변화와 적응을 경험한다. 이것은 자본주의적 또는 서구적 전통으로부터의 거리에 따라서 편차가 있는 대로, 착잡한 경로를 거치게 마련이다. 한편으로는 새로운 양식이 도입되고, 다른 한편으로는 그럼에도 불구하고 잔류하는 전통적 양식과 삶이 파편화·화석화되고, 또 전통적인 것들의 정당성에 대한 새삼스러운 항수와 그 회복을 위한 노력이 일어난다. 불협화음과 어색함은 불가피하다. 그러면서도 서서히 새로운 양식 — 결국은 새로이 성립하는 자본주의 체제에의 적응을 의미하는 새로운 양식이 출현한다. 여기에서 문학의 위엄과 자율성은 새로이 생겨난다. 이것은 무엇보다도 시간 — 역사적 진화의 시간이 필요한 일이다.

한국 현대 문학에 이러한 역사적 시간이 충분하였던가 하는 것은 분명치 않다. 한국 현대 문학사는 식민지와 내란과 권위주의 체제하에서의 산업화를 포함하는, 넓은 의미에서의 근대화의 과정의 일부를 이루는 것이었다. 이 과정의 착잡함으로 하여 문학은 미처 그 자율적 기제를 발전시키지 못하였다 할 수 있다. 세계화는 이러한 준비 없는 과정을 한결 가속화한다. 이러한 가속화는, 다른 사회의 많은 기능이나 마찬가지로, 독자적인 방어 기제가 없이 문학을 더욱 자본주의 체제의 작용들에 노출시키는 것이다. 그 작용이란 물론 시장을 말한다. 이 시장은 문학적 표현의 방식을 그 나름으로 결정한다. 그것은 단순히 외부적인 양식의 변화를 말하는 것이 아니고 우리의 느낌과 생각의 방식이 그에 맞추어 달라지고 그 표현에 맞는 양식이 형성되는 것을 말하는 것이다.

문학은 일단 표현이다. 즉 그것은 마음 안에 느끼는 것을 언어로써 전달하고자 하는 행위이다. 표현은 두 기제를 통하여 의미 있는 것이 된다. 하나는 표현자가 자신의 표현 자체에 집중하는 것이고 다른 하나는 이것을 공공 공간에서 소통하는 것이다. 이 내적·외적 계기의 모순된 균형을 이루는 것이 중요하다. 그러나 먼저 중요한 것은 그 내적 계기를 튼튼히 하는 일이다. 자본주의 시장 체제 또는 대체의 획일화 체제에서 위협받는 것은 우선 표현의 내적 계기의 독자성이다. 이 계기는 그 나름의 일정한 공간과 공간의 보호 장치를 필요로 한다. 그것이 직접적으로 외부의 압력 — 시장의 압력에 노출되는 것은 표현의 진실성을 손상하는 일이 된다. 생각의 시장이라는 말이 있듯이 시장은 표현의 자유를 위하여 중요한 역할을 하는 것으로 말해질 수도 있다. 그러나 그것은 비유로서만 의미가 있다. 시장의 미묘한 압력과 유혹은 표현 체계를 근본에서부터 왜곡한다. 특히 다른 사회적 요인이 최대한도로 배제되는 세계 시장은 그렇게 작용할 가능성이 크다. 물론 위에서 말한 표현의 여러 계기들, 마음이라든가, 마음 안에 느낀다든가, 그것을 표현하고 전달한다든가 하는 것이 무엇을 뜻하며, 어떻게 일어나는가는 별도로 문제 삼을 수 있다. 그 결과 이러한 전달 행위와 전달되는 의미의 출처가 발화자 자신이라고 말할 수 없게 될 가능성이 있다. 여기에서 표현이라고 하는 것은 반드시 내면적 인간을 전달 행위의 궁극적 근원이라고 말하는 것은 아니다. 표현의 참다운 출처가 어디에 있든지, 보호 장치 없이 시장에 노출된다는 것은 문학이 어느 때보다도 강하게 외적인 영향하에 놓이고 주체적인 표현이기를 그친다는 것을 말한다. 포스트모더니즘은 주체의 실재를 부정한다. 이것은 바로 오늘의 현실을 말하는 것으로 취할 수 있다. 주체의 실재성에 대한 위협이 자본주의 체제하에서의 문학의 환경을 이루는 것이다. 그러나 사람이 하나의 실존적 개체로 존재하는 한, 비록 그것이 끊임없이 이동하는 하나의 잠정적 중심점에 불과하더라도, 우리는 자유와 책임의 구심점으로서 또는 상황의 한 초점으로 종합의 원리를 상정하지 아니할 수 없다. 이러한 의미에서의 주체는 시장 체제 아래에서 어느 때보다도 강하게 외면화하게 된다. 사람은 주체적 존재이기를 그치거나 주체적 존재로서의 자신으로부터 소외된다. 이론적이든 실제적이든 사람이 자신의 삶을 스스로의 필요로부터 이해하고 이 이해로부터 출발하여 그의 상황을 파악하는 존재가 아니게 된다는 말이다.

물론 시장이라고 반드시 그러한 것은 아니다. 시장은 옛날부터 존재해 왔다. 그러나 이 시장이 세계로 확대될 때, 이 세계는 우리의 삶의 상황을 이루는 환경으로서 구체적으로 파악될 수 있는 여러 형태의 공동체와 전혀 다른 것이다. 그것을 계량화된 숫자가 아니라 구체적인 삶의 실감으로써 파악하는 것은 불가능하다. 그리고 이러한 세계의 좌표 속에서의 우리 자신의 위치도 추상화될 수밖에 없다. 개인들은 단순화되고 계량화되고 유동화된 세계의 움직임 속에 존재하는 소립자들에 불과하다. 그것은 독립된 내면을 가진 존재가 아니다. 그러한 것이 있다면, 그것은 체제에 의하여 충족되는 필요와 욕망의 단위일 뿐이다. 이러한 인간과 세계의 단순화는 원래부터 자본주의 체제의 한 특성을 이루는 것이었지만, 세계화 속에서 그 이념형이 극명해지는 것이라고 할 수 있다. 이 점에서 포스트모더니즘이 주체를 부정하는 것은 당연하다.

주체적 존재로서의 인간의 소멸은 문학에도 반영된다. 이러한 현상은 아방가르드적 문학에도 반영되고 무엇보다도 시장 지향의 문학에 반영된다. 근대성의 역설적인 변증법에 대한 체험이 약한 지역에 있어서 시장의 영향은 더욱 큰 것으로 생각된다. 오늘의 한국 문학이 처한 것은 이러한 상황이다. 그러한 상황에서 문학이 인간적 자기표현과 세계 이해로서 어떻게 살아남을 수 있느냐 하는 것이 오늘의 가장 중요한 문제이다. 그러나 다음에서 우리가 간단히 살피려는 것은 이러한 문제에 대한 답변의 모색이라기보다도 이러한 문제를 제기하는 조건으로서의 근대화와 세계화의 효과에 대한 개관일 뿐이다. 이러한 조건과 효과들은 자본주의 체제하에서 일반적인 문학 환경을 이루는 것이라고 하겠지만, 한국과 같은 후발 자본주의 경제 체제에서 특히 압축되어 되풀이하여 나타나는 것으로 생각된다.

2. 시장과 대중 매체의 정치학

IMF 사태로 인하여 주춤해졌다고는 하지만, 요즘만큼 출판이 활발하던 때는 우리 출판사에서 일찍이 없었다고 할 수 있다. 판매 부수 100만 부의 책이 나오고 생업을 전적으로 작품에 걸고 있는 전업 작가가 상당수 존재하고 있는 일은 우리의 문학과 책의 역사에서 새로운 현상이다. 이것은 문학 자체의 일이라기보다는 출판의 사정을 말하는 것이다. 그러나 문학의 생산 조건의 변화가 문학에 변화를 가져오는 것은 당연한 일이다. 적어도 출판의 호조는 문학으로 하여금 어느 때보다도 시장에 대하여 긴밀한 관계를 가지게 하였다. 현대 문학이 시작되는 20세기 초 이래 문학은 늘 경제적인 의미를 떠날 수는 없었다. 그러나 근년에 와서야 이 관계는 문학 전반에 어떤 질적인 변화를 가져올 만한 것이 되었다.

문학과 시장 또는 경제의 연계는 두 가지 결과를 낳는다. 모든 독립은 경제적 독립을 기초로 한다는 의미에서 문학의 경제적 기반의 강화는 문학의 독립에 기여한다. 다른 눈치를 볼 필요 없이 문학이 그 원하는 것을 추구할 수 있게 된다는 말이다. 그러나 현실적으로 경제적 조건의 향상의 결과는 문학의 경제에 대한 예속을 강화할 가능성이 더 크다. 작가에게나 작품을 출판하는 출판사에나 지금처럼 베스트셀러가 중요한 시기가 없었다. 베스트셀러의 자리를 추구하는 것이 아닌 경우에도 문학의 시장성에 대한 의식이 문학 행위 안에 침투하는 것은 피할 수 없다. 이 개입은 시장이 요구하는 인간에 대한 가정으로부터 시작된다. 이것은 매우 간단한 것이면서도 보이지 않는 가정이다. 그러나 시장의 상황에서 그것을 벗어난다는 것은 지난한 일이다.

어떤 경우에나 글쓰기는 글 쓰는 사람의 행위이고 그러니만큼 그의 주체에서 나온다고 해야겠지만, 글 쓰는 사람의 어깨너머로 가상의 독자들이 있어서 그 영향을 강하게 받게 된다. 글쓰기는 그들과의 상호 관계에서 이루어지는 행위이다. 그러니까 글을 쓰는 작가의 의식에는 다른 여러 의식이 숨어 작용한다. 물론 이러한 의식은 대체로 분명한 타자라기보다는 일반화된 의식 — 작가 자신도 그 일부를 이루는 의식이기 때문에 그러한 것으로서 느껴지지 아니하는 의식이다. 은폐되어 있는 의식은 분명한 독자층이 아니라 막연한 독자를 상대로 쓰이는 글일수록 이러한 일반화된 의식의 형태로 작용한다. 한 걸음 더 나아가 이 일반화된 의식은 독자적·선험적 규범을 가진 보편 의식처럼 생각되기도 한다. 문학이 그 형식이나 내용에 있어서 스스로의 보편성에 대한 주장을 내세우게 되는 것도 이러한 사정에 관계된다. 아마 시장 체제에서 약화되는 것은 이러한 보편 의식일 것이다.

소설이 일반화된 독자와의 관련에서 보편적 문학 형식으로 발전하게 된 것은 더러 지적되는 일이다. 서구 리얼리즘 소설의 전성기였던 19세기에 있어서 작가 속에 작용하는 일반화된 의식에 대응하는 공간은 하버마스의 용어를 빌려 공론의 장이라고 부르는 공간이었다. 이 공간을 지배한 것은 부르주아 계급이었다. 그러면서도 이 공간의 공론은 사회적 현실을 포괄하는 보편성을 지향하는 것이었다. 그리하여 사회의 현실적 전체성은 보편성에 의하여 뒷받침되었다. 물론 그 보편성은, 되풀이하건대 계급이나 국가의 지역적 구조에 의하여 한계 지워지는 것이었다. 그러나 한정된 사회 공간에 대응하는 것일망정 보편적 지향이 무의미한 것은 아니다. 그것은 사회의 현실과 이상 사이에 긴장을 만들어 내면서, 인간을 국부적 이해로부터 한 단계 높은 차원으로 옮겨 가게 하는 기능을 가질 수 있다. 인간은 오늘의 상황의 한계 속에 있더라도 보다 넓은 가능성으로 열려 있는 보편적 존재라고 암시될 수 있다는 말이다. 세계화된 시장 경제의 의식은 세계의 현실에 대응한다. 그러나 그것을 통합하는 것은 인간에 대한 보편적 이념이 아니라 단순화되고 계량화된 세계의 현실이다. 이러한 단순화, 계량화는 거기에 구체적인 인간 공동체의 기초가 결여된 것에 관계된다. 구체적인 공동체에서 인간의 다양한 현실과 이상은 하나의 척도로써 단순화되기가 어려울 수밖에 없다. 세계 시장에서 인간은 단순화된다. 이 단순화된 인간 이념에서 인간은 시장 경제가 만들어 낸 욕망과 그 충족 체계이다. 이 인간의 모델이 작가의 의식 속에서 일반화된 의식 또는 보편 의식의 축을 이룬다.

시장의 문학에 어떤 인간 유형이 있다면, 그것은 보편적 의식 속에 드러나는 인간 이념이 아니라 단순화된 평균치의 인간이다. 그것은 시장의 논리에서 나온다. 상품의 공급은 시장 수요와의 관계에서 결정되지만, 상품 수요의 예상을 위해서는 수급의 법칙을 상정할 수 있어야 한다. 상품으로서의 문학은 극히 불분명한 성격을 가지고 있다. 그러나 이것은 일반화 또는 법칙화되어야 한다. 적절한 상품의 성격 규정이 유동적인 것인 만큼, 예측 가능한 인간 유형을 설정하여야 한다. 상품 수요 공급의 법칙이 궁극적으로 경제 인간이라는 단순화된 인간형과 그 욕구 체계에 대한 가설로부터 추출된다고 할 때, 문학 작품의 경우도 수요 공급에 대한 예상을 그러한 일반화된 인간 유형과 그 욕구에 대한 일정한 일반화에 의존할 수밖에 없다. 다만 그것은 경제 인간이라는 단순화된 모델보다도 조금 더 심리적 뉘앙스를 참조한 것일 것이다. 시장은 이러한 일반화된 의식을 통해서 문학에 원천적으로 개입한다.(시장 경제 속의 인간 유형을 말하면서, 우리는 그것이 단순화이고 추상화라고 생각해서는 안 된다. 정치와 경제와 생활의 실제가 그러한 유형을 전제로 하여 구성될 때, 사람들은 실제 생활의 교육을 통하여 그 유형을 자기의 것으로 내면화한다. 그리하여 경제와 시장이 요구하는 인간으로 형성된다.)

시장 의식 또는 일반적 의식의 형성 공간은 대중 매체이다. 이것은 특히 한국의 경우처럼 출판과 그 유통의 질서가 분명한 형태를 갖추지 못하고 또 일반적으로 사회적 통념의 상정이 어려운 경우에 그러하다. 대중 매체는 대체적으로 현대 사회의 어디에서나 중요하지만, 사회적 소통의 구조가 많은 점에서 불분명한 상태에 있으면서도 일반적 문자 능력이 높은 한국과 같은 사회에서 더욱 중요할 수밖에 없다. 문학에 대중 매체가 중요한 것은 우선 현실적인 이유에서이다. 대중 매체는 상품의 판매 전략의 매개체이다. 그것은 상품 경제에 있어서 판매 전략에 빼어 놓을 수 없는 고리를 이룬다. 판매 전략이 판매를 만들어 내는 것이 오늘의 경제 상황이기 때문이다. 문학의 시장도 자체가 대중 매체를 통하여 형성된다. 이것은 유통 구조나 소통 구조의 비전문화로써 더욱 조장되는 일이다. 판매에서도 그러하지만, 의사소통이라는 점에서 우리만큼 전문적 공공 영역이 약한 사회도 드물다 할 것이다. 단일 구조, 단일 시장은 문화의 통합적 이상을 표현하는 듯하면서도, 전문성과 자율성에 입각한 기준을 지켜 나간다는 점에서는 반드시 좋은 것이라고 할 수는 없다. 대중 매체에 있어서의 출판 광고의 활발함을 보면 우리 사회만큼 문학 활동이 대중 매체에 의존하는 경우가 흔하지 않을 것으로 생각된다. 문학 작품의 성가에 판매와 신문의 기사와 논평이 끼치는 영향의 경우도 그러하다.

그러나 보다 더 넓은 의미에서 대중 매체가 중요한 것은 그 정치적·사회적 의의로 인한 것이다. 즉 대중 매체의 중요성은 정치와 시장에서의 대중의 중요성에서 온다. 대중은, 모든 민주주의적 입론이 주장하듯이, 권력 또는 힘의 원천이다. 그런데 대중을 형성하는 것은 대중 매체이다. 이때의 대중은 특정한 정치적 목표에 의하여 조직된 대중과는 다른 종류의 대중이다. 국가와 사회 조직의 강화는 의식 속에 흡수되어 주체화된다. 또는 그러한 조직은 주체화된 의식을 가진 대중의 힘의 표현이다. 정치적 의미의 대중은 집단 이념과 조직의 집중 구조와의 관계에서 스스로를 정의하면서, 정치적 이념과 행동의 주체가 된다. 시장 체제의 사회에서의 대중은 대체로 사실적 조직과 이념적 지향성을 가지고 있지 않은 상태의 다수이다. 그것은 산만하고 다양하다. 그러나 그것이 조직과 이념의 전적인 부재를 의미하는 것은 아니다. 다만 시장 사회의 대중은 그것을 현재적으로 가지고 있다기보다는 그것을 향한 예비 상태에 있다. 이 예비 상태를 심리적 실체로서 준비하는 것이 대중 매체이다. 그런데 이 예비 상태는 항구적인 것이기 쉽다. 사실 그것이 대중이 대중으로 존속하는 기제이고 이것이 대중 매체의 존속과 힘을 보장한다. 매체에 의하여 형성된 대중에는 여러 형태의 권력과 이익이 삼투한다. 대중은 권력의 관점에서 그 잠재적 동원 가능성으로 하여 중요하다. 다른 한편으로 항구적 예비 상태로 하여 유지되는 대중의 산만성은 권력과 이익 관계의 삼투를 불투명하게 한다. 이 불투명성은 시장의 목적에도 적합하다. 시장이 필요로 하는 것은 특정한 목적에 의하여 움직이는 군중이 아니라 여러 가지 암시에 대하여 개방되어 있는 군중이기 때문이다. 중요한 것은 이러한 군중이 존재한다는 사실이고 그것이 예비적·심리적 실체를 이룬다는 것이다.

대중은 물론 다수 대중을 말한다. 다수는 권력과 이익의 예비적 동원 체제로서 그것 자체가 가치이다. 정보의 공유는 다수 군중을 만들어 낸다. 대중 매체는 이 정보를 창출하고 공급한다. 정보의 내용 그 자체는 중요하지 않다. 중요한 것은 대중을 대중으로 유지하는 다양하고 흥미로운 정보이다. 대중을 위한 중요한 정보의 기준은 예비적 성격의 정치 담론, 당대적인 통념과 상투 개념 — 그리고 흥미와 센세이셔널리즘이다. 이것은 대중 사회의 글쓰기의 일반적 규범이다. 문학이 시장 속에 존재한다는 것은 그것이 대중 매체화한다는 것을 의미한다. 시장의 가치는 금전이지만, 그것이 대중 매체로 매개될 때, 그것은 정치화한다. 글쓰기가 두 가지 기준에 의하여 지배되게 된다.

문학의 대중 지향성은 두 가지로 표현될 수 있다. 하나는, 결국 대중을 하나로 통합하는 것은 어떤 정치 이념과 그로부터 연역되는 행동 강령과 규범이기 때문에 문학의 교훈적 기능의 강화로 표현된다. 이것이 나쁜 것이라고 말할 수는 없다. 교훈은 문학의 공적 의의의 일부이다. 이 교훈은 오늘의 시대에서 정치적인 성격을 갖는 것이 불가피하다고 할 수 있다. 다만 문학의 교육적 기능이 도덕적 교훈이나 정치적 이념으로 수행되는 것이냐 하는 데에 대해서는 의문을 가질 수 있다. 그러나 더욱 중요한 문제는 예비적 동원 체제로서의 대중의 존재가 암시하는 권력의 가능성일 것이다. 또는 그러한 대중의 존재는 권력이 아니라도 힘의 유혹으로서 작용하게 마련이다. 문학의 정치적 의의를 중요한 것으로 생각하는 경우에도, 이 유혹은 문학의 진실성을 손상하는 것이 되기 쉽다. 이것은 특히 우리의 경우처럼 정치와 문학이 밀접한 관계를 가지고 있던 전통에서 그러하다.

대중 지향적 문학의 문제로서 더욱 직접적인 것은 앞에서 비친 바와 같이 단순화되고 정형화된 인간의 틀 안에서 움직이게 된다는 것인데, 그것은 이 인간의 기본 동기라고 상정되는 것에 호소한다. 상품 판매에서 전략은 시장과 상품의 성격에 관계되어 있다. 물건을 사는 것은 생활의 필요 때문이다. 경제학자들이 말하듯이, 궁핍의 경제를 넘어선 산업 사회에서 단순한 필요의 단순한 충족은 중요한 소비 형태가 아니게 된다. 많은 상품은 긴급한 필요를 충족시켜 주는 역할을 가지고 있는 것이 아니다. 판매 전략은 필요 없는 것을 사게 하려는 경우에 필수적이다. 그러나 필요의 충족도 그 수단이 풍부해질 뿐만 아니라 날로 새로워지고 날로 다양해질 때 복잡한 경로를 거치게 된다. 필요 충족의 행위는 어느 경우에나 단순히 기능적인 의미를 넘어서 행복의 실현이라는 의미를 가지고 있다. 충족 수단의 발전과 다양화는 필요 충족에 있어서의 행복의 의미를 더욱 강화하게 된다. 조금 전에 말한 바와 같이, 많은 상품은 필요와는 관계없는 심리적 욕구에 대응하는 데에서 그 의미를 얻는다. 이 의미는 간단히 정의하여 심리적 만족감 — 달리 말하여 행복이라고 할 수 있다. 소비주의 사회에서 문학 작품은 이러한 소비주의적 욕망의 자극과 행복에 한 보조적 역할을 맡을 수 있다.

문학의 두 기능으로서 교훈과 즐김은 동서양을 막론하고 전통적으로 말해져 왔던 것이다. 권위주의 체제에서 그리고 권위주의적 발상에서 교훈이 중요한 문학의 기능이었다면, 시장 경제 체제하에서 이 기능은 강하게 즐김의 쪽으로 기울어진다. 물론 즐김은 깊이 있는 것일 수도 있고 얄팍한 것일 수도 있다. 깊이 있다는 것은 그것이 사람과 세계의 조화 — 매우 깊은 의미에서의 조화된 상호 작용을 말하는 것일 경우이다. 여기에 대응하는 심리 상태가 행복이다. 즐김은 매우 피상적인 행위와 심리를 나타내는 것일 수 있다. 오락은 이러한 피상적 즐김의 하나이다. 소비의 대상으로서의 물건이나 사람에 대한 관계에서 세상에 대한 깊은 조화감과 행복감을 경험하는 것은 극히 예외적인 일일 것이다. 소비주의 사회에서 문학도 다른 소비재와 같은 대열에 놓일 수밖에 없다. 소비되어 없어지는 것에 대하여 사람들은 항구적이고 깊은 관심을 가질 수 없다. 소비 행위의 즐거움의 피상성은 다른 한편으로 대중 사회의 개체의 존재 방식에 이미 전제되어 있다. 사실 대중화된 개인은 자신의 개체적 존재의 깊이로부터 사물과 사람을 대할 수 없다. 대중 사회에서 행복의 의미는 개인에 의하여 발견되고 정의되는 것이라기보다는 두 가지의 대중적 기준 — 대중 순응주의와 소비주의적 과시에 의하여 정해진다. 결국 다수 대중의 다수라는 사실 자체가 행복의 대상의 성격을 결정한다고 할 수 있다.

그런데 여기에 더하여 소비주의 시장에서의 성공은 다만 상업적 승리를 말하는 것이 아니라 힘을 나타낸다는 것에 주목할 필요가 있다. 모든 성공이 그러한 측면을 가지고 있다고 하겠지만, 소비 시장에서의 문학의 성공의 쾌감이 금전적 보상과 다수 대중과의 관계에서 생겨나는 힘의 느낌 어느 쪽에서 오는 것인지 가려내기는 쉽지 않은 일이다. 이것은 우리의 경우처럼 정치와 권력이 중요한 사회에서 특히 그러하다고 할 것이다. 이것은 독자의 경우에도 마찬가지이다. 정치권력의 내부 갈등에 관한 기사와 소설, 권력과 술수의 무대로서의 역사 또는 국제 관계를 소재로 한 소설 등이 흥미로운 읽을거리가 되는 것은 상당한 정도로 이러한 관련으로 인한 것일 것이다. 즐거움과 권력은 서로 그렇게 먼 관계에 있는 것이 아니다. 교훈적 작품들에도 이러한 계기는 존재한다. 교훈은 권력을 매개로 하여 즐거움으로 전환된다. 다시 한 번 대중 사회의 대중의 존재가 문학에 끼치는 영향은 소비주의적 타락에 못지않게 또는 그보다도 권력의 유혹으로 나타나는 것이다. 결국 다수 대중과의 관계가 문학의 많은 것을 결정한다.

3. 문학의 자기 이해의 변화

문학에 대한 대중과 대중 매체의 영향은, 이미 시사한 바와 같이, 간단한 의미에서의 시장이라는 외부 요인으로 인한 것만은 아니다. 그런데 그러한 영향은 문학 내부의 자기 이해에 의하여 준비된 것이다. 여기에서 문학의 자기 이해란 대중 사회에서 일어난 변화를 반영하는 것이지만, 그것은 우리 전통 내에 존재하고 또 우리 현대사의 경험에 의하여 강화된 어떤 관점을 계승하는 것이라고 할 수 있다.

언론과 문학은 다 같이 글쓰기 활동의 일종이며 또 여러 형태의 글쓰기 가운데 일반화된 수용자를 상정하는 공적 활동이다.(요즘의 말로는 지식 산업이라고 정의하여도 좋다.) 그러나 언론이 그 수용자에 대하여 직접적인 관계를 가지고 있다면, 문학의 그에 대한 관계는 보다 간접적이다. 이 차이는 서양에서 수사학과 시학의 차이로 설명하였다. 언론은 직접적으로 수용자에게 영향을 미치고자 한다. 그것을 위한 수사 전략 또는 설득의 전략은 그 활동에 있어서 필수적이다. 이에 대하여 문학도 독자에게 주는 영향을 고려하지 않는 것은 아니나 그러한 영향을 원하는 경우에도 그것은 어떤 전략을 통하여서라기보다는 문학 고유의 기준에 따른 적절한 수행 결과의 당연한 소득이라고 생각하고자 한다. 작가의 관심사는 제일차적으로 작업의 대상이 되는 언어 구조물이다. 그리하여 그의 작업은 만드는 기술—시학으로 설명된다. 그에게는 무엇보다도 이 구조물의 완결감이 중요하다. 결과물이 수용자에게 설득력을 갖는다면 그것은 작품의 구조적 완성을 수단으로 하여 저절로 이루어지는 소득일 뿐이다. 과학적 명제의 경우에도 그 설득력은 설득의 전략에서 온다기보다 명제 자체의 완결성에서 온다. 문학 작품의 경우에는 이 완결감이 사실이나 논리보다도 심미적 감각 — 궁극적으로는 사실적 세계 이해의 한 원형이라고 해야겠지만, 우선은 비현실적인 듯한 심미감에 의지한다는 차이가 있을 뿐이다. 문학은 다른 과학의 경우나 마찬가지로 자기 자신의 진실에 충실할 뿐이다. 그것은 객관적이고 그러니만큼 홀로 서는 것이다. 대중 매체에 동화되면서 문학은 자기 충족성의 많은 것을 잃어버린다. 언론은 시장 지배하의 대중 매체가 되면서 수용자에게 영향을 미치려는 전략을 강화하게 된다. 대중 매체는 단순한 영향 — 주로 설득에 의존하는 영향이 아니라 상품 전략을 통하여 그것을 추구하게 된다. 문학도 반드시 상품 전략은 아니라도 대중에 대한 영향 — 그것이 어떤 종류의 영향이든지 간에, 이 영향과의 고려에서 그 수행 전략을 생각하게 되는 것이다.

그런데 이 대중적 영향에 대한 고려는 더욱 극단적인 형태를 취할 수도 있다. 대중 사회에서 대중 매체가 단순히 영향이 아니라 조종의 통로가 되는 것은 더러 지적되는 일이다. 물론 이것은 정치권력과 시장 이해관계에서 연유하는 것이지만, 대중 매체에서 기원하는 것일 수도 있다. 대중 매체의 매개를 통하여 시장에 연결되는 문학도 그 수법에 있어서 극히 전략적이 되기 쉽다. 문학 자체를 위해서보다 시장 가치의 추구를 위해서 전략을 사용하게 되는 것이다. 그 결과 시장과 대중 매체가 만들어 내는 것이 베스트셀러이다. 물론 전략으로 추구되는 것은 시장과 관계되면서도 반드시 시장의 이익이 아닌 다른 목표물일 수도 있다. 대중적 명성도 그 하나이지만, 다른 종류의 힘의 암시도 그 대상이 될 수 있다. 전략이 조종으로 바뀌는 것은 아마 이 후자의 경우에 더욱 쉽게 일어나는 일일 것이다.

오늘의 포스트모더니즘의 문학 논의에서 많이 나오는 용어 중의 하나가 전략이라는 말이다. 종전 같으면 수법, 작법 또는 구성의 원리 등과 같은 것들이 전략이라는 이름으로 불리는 것이다. 소설에서 이야기가 펼쳐지는 방식이나 경로도 전략이라는 말로 설명되고 또 전략의 산물로서 간주되는 것이다. 언어 구조물의 구성에 전략적 고려가 전혀 작용하지 않는다고 말하는 것은 옳지 않겠지만, 그것을 전적으로 전략이라 말하는 것은 보편적 상황을 말하기보다는 오늘의 상황을 말하는 것이다. 이것은 시학이 아니라 수사학이 모든 언어 사용의 근본이라고 하는 주장에도 들어 있다. 오늘의 문학은 실제 시장을 의식하는 것이든 아니든 대체적으로 시장적인 것이 되었다. 포스트모더니즘의 문학론은 이것을 반영한다.

문학에 대한 전략적 사고는 문학의 자기 이해에 못지않게 인간 이해와 작가 의식에서의 변화를 나타낸다. 전략이란 객체에 대하여 가질 수 있는 태도이다. 객체는 나의 작용의 대상이 되는 존재이다. 작가는 전략가의 반대에 서 있는 사람이다. 조금 낭만적이기는 하지만, 작가는 우선적으로 자기의 내면의 소리에 귀 기울이는 사람이라 할 수 있다. 그러면서 그는 그의 주관성 또는 주관성 속에서 나오는 직관의 언어가 다른 사람에게 전달될 수 있고 보편적인 진실을 전달할 수 있다고 믿는다. 사실 그러지 않는다면, 자기 내면으로부터 말하는 자기의 말을 입 밖에 낼 이유가 없다고 할 수 있다. 물론 이것은 사회 전체가 하나의 주관적 또는 주체적 과정 속에 있다고 하는 것을 전제로 하는 것이다. 알튀세르는 (조금 다른 맥락에서) 사람이 주체가 되는 것은 사회의 주체의 부름에 응한 결과라고 말한 바 있다. 이것은 두 개의 주체가 하나의 과정 속에 있다는 것을 말한 것이다. 사실 개인의 주체와 사회의 주체는 대립과 긴장이 있는데도 하나이다. 작가는 누구보다도 개체적 주체성의 차이를 절감하면서 또 다른 한편으로 사회 전체 속에 형성되는 사회 전체의 주체성을 의식하는 사람이다. 그의 개인적이면서 보편적인 언어가 가능한 것은 바로 이로 인한 것일 것이기 때문이다.

전략적 사고는 이러한 주체성의 변증법을 포기한다. 타자는 나와 같은 주체적 과정 속에 있지 아니하다. 그는 오로지 전략적으로 조종되어야 할 대상일 뿐이다. 이러한 의식적 존재의 타자화는 자기 인식에도 되돌아온다. 인간의 상동성이 무의식 속에서나마 잊힐 수는 없다. 다른 사람이 나에 대하여 객체라면, 나는 다른 사람에 대하여 객체이다. 다만 주객의 모순은 투쟁과 거래를 통해서만 극복될 수 있다. 이에 더하여 다른 사람이 나를 객체로서 파악할 수 있다면, 나 자신도 그러한 타자적 존재로서 여러 객체적 특징에 의하여 파악되는 것이 불가피하고, 이것은 여러 객관화된 사회적 재화 — 금전, 권력, 평판, 명성 등이 다른 사람뿐만 아니라 자기 인식에도 중요해진다는 것을 말한다. 사회는 나를 포함하여 객체적 존재들의 집합체이고 그들은 전략을 통하여 서로 관계된다. 전략이 필요한 것은 타자들 사이의 기본 관계라고 할 수도 있지만, 그들이 모두 투쟁적으로 사회적 재화를 추구하기 때문이다.

그런데 타자화된 의식들의 사회에 통합적 원리가 없는 것은 아니다. 전략은 하나의 좁은 공간 속에 제한된 수량의 같은 재화를 목표로 추구할 때만 필요하다. 이러한 전략의 마당에 통합의 원리는 시장의 원리이고 여기에서 변수로서의 인간은 그것에 의하여 규정된 경제 인간, 시장 인간의 모형이다. 그러나 그보다 중요한 것은, 앞에서도 말한 바 있지만, 좁은 공간에서의 권력의 추구이다. 다른 물질적 재화의 경우와는 달리 권력은 오로지 사회관계 속에서만 발생하는 무형의 재화이다. 그러한 권력이 인간의 객체화 의식의 타자화 그리고 전략적 사고를 격화시키는 것은 당연하다. 주목할 것은 대체로 권력이 사회의 주체성을 강조하는 명분을 동반하며 추구된다는 사실이다. 권력의 정당성은 그것이 공동체적 가치와 목표를 강조하는 데에서 주어진다. 전제되는 것은 사회의 통합, 단일성, 그 주체적 일체성이다. 그러나 이 경우에 이 사회의 주체성은 나에 의하여 대표되는 것이고 다른 사람은 그에 대하여 타자로 존재한다. 그들은 이 주체성 속에 통합되도록 조종되어야 하는 존재이다. 물론 이때의 주체성은 살아 있는 주체성은 아니다. 그것은 이미 타자화된 사람들에 대하여 그 스스로 타자로 존재한다. 그러니만큼 그것을 나타내는 나 자신도 이미 타자로서 존재한다. 그러나 실제에 있어서 나는 이미 보다 낮은 차원에서도 다른 사람에 대하여 타자로 존재한다. 그리하여 사회적 주체성은 경직되고 추상적인 이데올로기로서만 존립한다. 문학의 의식이, 앞에서 말한 바와 같이 개인과 사회의 주체성에서 생겨나는 언어라고 한다면, 그것이 이러한 전략적 사고의 공간에서 그 본령을 찾는 일은 매우 어려운 일이라고 할 수밖에 없다. 문학은 언제나 시장이나 사회의 권력 체계와의 관련 속에 있다. 주체적 변증법의 추구는 결국 문학의 정치에의 예속화 — 앞에서 말한 추상적 주체 작용에 스스로를 내맡기는 결과가 될 가능성이 크다. 한국의 전통과 경험이 말하는 것도 이 점에서의 교훈이라고 할 수 있다. 한국의 전통에 있어서 문학은 어느 사회에서보다도 높은 권위를 향유하고 권력과의 밀착 관계를 가지고 있었다. 문학의 특권적 위치는 그것이 사회에 대하여 중요한 교훈적 기능을 부여받고 있었던 데에서 온 것이지만, 그렇지 않은 경우에도 그것은 높은 정신적 활동으로서의 권위를 인정받고 있었다. 현대에 와서 한국의 정치사 — 일제, 국가 건설, 산업화, 권위주의 정권, 분단 — 이러한 사건으로 점철된 정치사는 문학에 높은 정치적 사명을 부여하였다. 이것은 그 나름으로 역사적 정당성을 가진 것이지만, 문학이 그 주체적 의식을 획득하고 그 자율적 발전을 성취하는 데에 도움이 되는 일은 아니었다.

하여튼 한국의 전통과 역사는 문학으로 하여금 오랫동안 사회에 대하여 지배적인 영향을 가질 수 있다고 생각하게 하였다. 오늘날 문학이 시장의 지배하에 있다면 그것은 적어도 일부는 문학의 특권이 문학을 사회와 정치에 그대로 노출하였기 때문이라고 할 수 있다. 이것이 시장의 공세에 약하게 만드는 원인이 되는 것이다. 사회의 일반적 의식을 지배할 수 있다는 생각이 시장과 대중 사회의 지배에 스스로를 맡기게 되는 결과를 초래하는 것으로 생각되는 것이다. 그러나 여기에 대하여 다른 방도가 쉽게 발견될 수 있는 것은 아니다. 현대 문학사에는 순수 문학의 슬로건으로 요약되는 문학에 대한 비사회적인 인식을 가진 입장이 있었다. 그것도 문학을 그것 자체로 높은 정신적 활동으로 보았던 옛날의 전통에 이어지는 것이라고 할 수 있다. 그리고 그것은 그 나름의 업적을 쌓았다. 그러나 그것이 깊은 사회적 주체의 변증법에 뿌리내린 것이었다고 말하기는 어렵다. 그리고 그것은 시대와의 관계에 있어서 정당성을 얻기가 어려운 것이었다. 결국 어떤 어려운 상황에서는 문학은 근본으로부터 타락하고 분열되게 마련이라고 할 수밖에 없다.

이러나저러나 (문학의 독자성이 어느 사회에서나 전혀 없었다고 할 수는 없지만) 특히 강한 의미의 문학의 자율성은 서양 근대 문학에서 생겨난 이념이다. 그것은 자본주의 사회의 모순 속에서 생겨난 문학의 존재 방식이다. 그것이 반드시 바람직한 것도 아니고 또 역사가 다른 사회에서 그대로 반복될 수 있는 것은 아니지만, 그 경위를 살펴보는 것은 우리의 상황을 이해하는 데에 도움이 된다. 서구에 있어서 문학의 자율성은 시장과의 기묘한 공생과 투쟁 관계 속에서 시장에 대한 문학의 방어 기제로서 생겨난 것이다. 근대의 산업 경제는 노동 분업 또 여러 인간 활동의 전문화를 촉진하였다. 문학의 전문화도 이에 병행하는 현상이라고 할 수 있다. 그러나 전문화는 문학을 산업의 일부가 되게 하고 시장의 법칙에 복종하게 하면서 일어났다. 사실 문학의 자율성은 이 보이지 않는 예속 관계의 강화에 대한 피나는 투쟁으로 얻어진 것이다. 여기에 대한 피에르 부르디외의 분석은 자본주의 사회에서의 자율성 — 또는 복합적 사회에서의 자율성이 얼마나 복잡한 것인가에 대하여 흥미로운 시사를 준다. 그에 따르면 예술의 자율성의 이념은 19세기 유럽의 예술가들에 의하여 획득된 것이다. 이 예술가들이란 예술에 교훈이나 오락을 배제하고 예술적 가치만을 담고자 했던 일종의 예술 지상주의자들이다. 그가 생각하고 있는 것은 인간주의나 사회주의적인 입장을 포함하여 당대의 사회 인식과 사회에 대하여 철저하게 부정적인 눈길을 돌리면서 자신의 예술의 이상만을 추구하면서 결과적으로 가장 철저한 사실주의적 문학 표현을 산출한 보들레르나 플로베르이다.

부르디외의 분석이 흥미로운 것은 시장의 인기는 물론 사회 교훈의 의도에도 등을 돌린 예술 지상주의자들이 획득한 자율성이 가장 깊은 의미에서 정치적인 저항을 표현한 것이며, 결과적으로 역사적 소득이 된 것이라는 것을 보이려고 한다는 점이다.[1] 부르주아 사회에 대한 저항은 그만큼 철저한 단절을 요구했다고 할 수도 있고, 또 장기적인 역사의 관점에서 볼 때 일시적인 후퇴를 통해서라도 예술 자율성을 쟁취한 것이야말로 가장 중요한 역사적 업적이 되었다고 할 수도 있다. 어쨌든 사회의 많은 것은 일관된 논리의 소산이라기보다는 모순의 현실 과정 속에서 생겨나고 보존되고 없어지는 것일 것이다. 민주적 정치 이상이 자본주의 속에서 생겨난 것도 이와 비슷하다. 서양 문학의 자율성의 존재 방식이 다른 역사에서 되풀이될 수는 없을 것이다. 거기에 교훈이 있다면 현실 과정의 생산성에 대한 것이다. 역사의 현실은 많은 모순을 낳게 마련이지만, 중요한 것은 그 과정에서 무엇을 얻어 내느냐 하는 것이 아닌가 하는 생각이 드는 것이다. 예술의 이상이 역사의 모순된 과정의 소산이라는 점을 생각해 보는 것은 단순화하는 사고에 대한 경계심을 갖는 데에 도움이 될 수는 있을 것이다.

---

1 Pierre Bourdieu, "Part I, 1. The Conquest of Autonomy: The Critical Phase in the Emergence of the Field", *The Rules of Art*(Stanford University Press, 1996).(*Les Regles de l'art* 영역)

4. 문학의 권위와 전체성의 외면화

시장 경제 사회에서 문학은 내적으로 다른 것이 되지만, 그 사회적 지위에 있어서도 큰 변화를 겪게 된다. 그것은 전통 사회에서의 지위에 비하여 현저하게 낮은 것이 된다. 지위 저하는 문학 시장의 확대에 비례한다. 시장의 확대가 문학의 지위를 확대하는 면이 없지 않아 있기는 하겠지만, 그 지위는 문학 자체의 중요성이 아니라 시장에서의 가치를 말하는 것이다. 이 지위 하락은 시장 경제의 수반 현상으로서 사회의 정신적 질서의 재편성에 관계되어 있다. 문학은 앞에 말한 바와 같이, 생활필수품이 아니지만 어떤 전통적 사회에서는 그러한 것으로 구성된다. 정신 경제의 필수품이 되는 것이다.

문학의 의의와 권위는 앞에서 말한 바와 같이, 상당 정도로 정치권력과의 관계에서 생겨난다. 얼마 전에 파리 대학의 한 프랑스 문학 교수와 잡담을 주고받으면서, 프랑스에서 몰리에르나 코르네유 또는 말라르메나 발레리를 아는 것이 대통령으로 당선되는 데에 어떤 역할을 할 수 있는가 하는 것을 화제로 삼은 일이 있었다. 그의 말은, 가령 퐁피두 대통령의 무렵까지만 해도 그런 면이 있었지만, 지금에 와서는 프랑스 고전 문학에 대한 지식은 거의 정치적인 의미를 가질 수 없다는 것이었다. 과연 퐁피두는 잘 알려진 프랑스 시 선집의 편자이다. 이러한 사정은 우리나라의 전통에서 더욱 그러하다. 조선조에서 유교의 경전이나 한시를 모르는 사람이 관직에 나아간다는 것은 생각할 수 없는 일이었다. 관직의 최초의 관문인 과거 자체에 한시 능력이 포함되었다. 시험에서만이 아니라 교육받은 사람의 일상적 사회관계에서도 고전과 시문을 아는 것은 중요한 일이었다. 『요로원야화(要路院夜話)』는 초라한 행색의 양반이 주막에서 천대를 받다가 그 한문 실력이 드러남으로써 양반으로서의 대접을 제대로 받게 되었다는 것을 흥미롭게 서술한 이야기이다. 중국에서 『시경』과 같은 고전이 중요하였던 것은 그것으로부터의 인용이 사교나 외교에서 필수적이었던 것에 관계있다. 이러한 사실들은 문학의 권위의 현실적 근거에 대해서 많은 것을 시사해 준다.

이것은 정치에서 문학이 중요하니까 사회의 정신 경제에서 문학이 주요한 것이라고 설명되겠지만, 그 반대로 문학이 그 자체로 중요하니까 권력 질서에서 중요해진 것이라는 주장도 있을 수 있다. 문학과 권력의 유착 관계에서 전통 사회에서는 문학과 학문의 권위가 적어도 상징적으로는 정치권력보다도 우위에 있었다고 말할 수는 있다. 현실의 힘의 소재가 어찌 되었든 정치의 정당성은 문학과 학문의 권위에 기초하였다. 정치와 문학 내지 학문 — 또는 이것을 넓은 의미에서 통괄하여 문(文)의 관계는 긴장을 포함하면서도 상호 의존적인 것이었다. 또 이것은 공허한 권위만을 말하는 것은 아니다. 『모시(毛詩)』의 「대서(大序)」에서, 시를 풍(風)으로 분류하면서 윗사람은 그것으로써 아랫사람을 교화하고 아랫사람을 풍자하여 서로 간접적으로 의사 전달을 한다고 한 것은 시가 바람과 같이 상하 사이에 소통하는 정보 통로가 된다는 것을 말한 것이다. 그것은 사회 전체에 대한 일정한 통합의 느낌을 형성하는 역할을 했다고 할 수 있다. 전통적 사회에서 높은 문학적 표현은 일반적으로 말하여, 대체로는 계급적 한계 속에서이지만, 사회의 종합적이고 조화된 문화를 총체적으로 대표하는 것이었다. 이것은 한국에 있어서만이 아니라 서양에서도 그러했다. 근대에 들어선 이후에도 문학이 상당한 정도의 권위를 유지한 것은 이러한 전통의 관성과 또 서양에서의 비슷한 정치적 소통의 사정에 영향된 것이라고 할 수 있다.

거기에다가 이미 언급한 바와 같이, 식민지 시대와 그 이후의 정치적 상황은 일제 식민지로부터 1960년대 이후의 근대화 시기에까지 문학에 특권적인 권위를 부여하였다. 이에 더 나아가 높게 설정된 문학의 위치는 다양한 분야의 전문 지식이 미발달한 것에도 관계되는 일이라고 하여야 할 것이다. 물론 이것은 근대적 사회의 필요가 부재하였기 때문이다. 근대화의 진전과 더불어 사회의 지적 활동이 점점 다양해지고 전문적·기술적 지식이 번창하게 됨에 따라 사회 경영과 산업 기술의 전문적 필요를 충족시키지 못하는 문학은 그 권위를 상실할 수밖에 없을 것이다. 전문화된 세계 — 그리고 그것이 시장 경제의 법칙에 지배받는 세계를 구축해 내는 가운데, 문학은 소비주의 경제 속에 편입되고 오락과 레크리에이션이 되는 것이다. 그리고 정작 사회 전체의 모습을 보여 줄 수 있는 것은 사회 과학이다. 사회 과학이 존재하는 터에 시나 문학이 상호 소통의 수단이 될 필요는 없다. 소통을 위해서는 여론 조사, 사회 조사, 통계 등이 있고, 이것을 분석·종합하는 사회 과학이 있고, 국민을 동원하는 데에는 여러 행정 과학이 있다.

그런데 이렇게 말하면서 다시 생각해야 할 것은 문학의 사회적 지위의 하락은 사회의 성격의 변화 — 궁극적으로는 인간성의 변화에도 관계된다는 점이다. 전통 사회도 다른 인간 집단이나 마찬가지로, 조직이고 제도이지만 그것을 하나로 하는 것은 그 이외에도 내적 통합 — 그 생활의 여러 표현과 실천의 내적 통합의 원리이다. 국가도 이러한 공동체로서 파악될 수 있는 면을 가지고 있지만, 통합의 원리를 부단히 의식화된 이념으로써 표현하고 보강할 필요를 느낀다는 점에서 이미 자연스러운 공동체라고 할 수는 없다. 자유주의는 국가를 포함한 사회 집단을 보다 더 조직과 제도로써 파악하고자 하는 원리라고 할 수 있다. 산업주의는 인간의 사회적 삶을 한결 그러한 것으로 파악하는 또 하나의 원리이다. 인간 집단의 구성 그리고 이해에서의 이러한 원리와 제도의 발달은 저절로 인간에 대한 내면적 이해를 주변적인 것이 되게 하였다.

문학도 일종의 지식이라고 한다면, 그것은 어떤 형태 또는 어떤 비율로든지 인간에 대한 내면적 이해를 포함하는 지식이다. 그러나 대상 세계에 대한 지식이란 관점에서 문학을 포함한 인문적 지식이란 비전문적이고 막연한 의식의 표현이라고 할 수밖에 없다. 그러한 점에서 과학적 사실성과 엄밀성을 결여하고 사회의 경영에 정확한 사실적 지식의 기초를 제공할 수가 없다. 필요한 것은 과학적 인식이다. 그것만이 사회 인식에 필수적이다. 그러나 과학적인 인식은 사회에 대한 외부자의 관점 — 객관적 관점을 취함으로써 성립한다. 이러한 지식의 절대적인 우위 그리고 삶의 느낌의 평가 절하는 저절로 내면적 존재로서의 인간을 보이지 않게 하는 결과를 가져온다. 또는 거꾸로 내면적 인간의 소멸이 그러한 사회 과학적 지식의 중요성을 돋보이게 하였다고 할 수도 있다.

현대에서 사회의식의 존재 공간은 이미 시사한 대로, 문학에서 인문학으로 또 사회 과학으로 옮겨 간다. 최근에 우리는 인문 과학의 위기라는 말을 많이 들었다. 이것은 인문 과학자들의 현실적인 이해관계를 표현한 말이라고 할 수도 있지만, 실제 그보다는 깊은 사회 변화의 중요한 증후를 드러내는 것이다. 문학이 쇠퇴하는 것 — 적어도 본래적인 의미에서의 문학이 쇠퇴하고 인문 과학이 사라져 간다는 것은 위에 말한 바와 같이, 사회에서 내면적 존재로서 또 근원적 존재로서의 인간이 보이지 않게 된다는 것을 말한다. 그러나 더 중요한 것은 그것이 이와 더불어 인간이나 사회에 대한 총체적 사고가 끝났다는 것을 말한다는 점이다. 아무리 사실을 총체적으로 망라한다고 하여도 인간의 내면으로부터의 자기 이해 — 거기에서 나오는 소망과 이상을 포함하지 않는 것이 적어도 인간의 관점에서 인간과 세계의 전부일 수는 없다. 근년에 와서 신자유주의는 외면적 인간의 사회관계가 전체라고 말한다. 신자유주의에서 오늘의 삶의 테두리는 자유로운 시장 경제 체제이며 이 시장 경제 체제를 확대·유지하는 것이 모든 국가의 유일한 정치적 과제이다. 이 테두리 안에서 사회나 기업이나 개인의 할 일은 최대한의 경제적 이점을 확보하는 일이다. 그것이 사회적 번영과 개인의 행복을 위한 유일한 행동의 가능성이다. '역사의 종말'이라는 말은 이러한 시장 체제 내에서의 행위 이외에 인간 행동의 모든 가능성이 종말에 이르렀다는 것을 가장 극적으로 표현한 것이다.

말할 것도 없이 문학은 사람이 사는 세계를 반영한다. 그러면서 그것은 단순히 단편적으로 그러는 것이 아니라 그 나름으로 사회와 세계에 대한 종합적인 비전을 제공한다. 이 종합적인 비전은 쉽게는 문학의 도덕적·교훈적 일면에 일치한다. 그러나 문학의 특이성은 이 도덕적 지평을 표현하면서도 그러한 것에 포괄되고도 남아돌 수밖에 없는 욕망을 표현하고 그것으로써 도덕을 수정·확대하였다는 사실에 있다. 동아시아의 시론에서 시의 존재 이유의 하나는 앞에서 말한 바와 같이, 시가 나라의 풍정을 전달한다는 데에 있었다. 이 풍정이란 과학적 사실에 비할 수 없는 막연한 삶의 느낌을 말한다. 그것은 하나의 전체적 구도로보다는 사회의 여러 작은 관습과 일상적 행동 양식에 삼투되어 있는 어떤 유동적 일관성으로 지양될 수 있는 전체성의 느낌이다. 이것은 계량적 포괄성과 엄밀성의 결여에도 불구하고 흔히 생각하는 것보다는 실제 삶의 일상적 삶에서 중요한 원리이다. 그리고 사회의 통합적 이해에 있어서도 생활 세계의 다양성을 유연하게 흡수한다는 장점을 가지고 있다. 이러한 생활 세계의 일관성의 원리에 비슷한 것이 문학의 인식의 수단인 감수성이고 판단력이다. 이 원리를 통하여 직접적이든 간접적이든 문학은 삶의 전체성에 대한 이해를 전달한다. 여기에 대하여 사회 과학적 이해는 계량적 측면에서 보다 신뢰할 만한 것이라고 할 수 있지만, 인간의 내면이 제공하는 특이한 세계 이해를 무가치한 것이 되게 한다. 이러한 이해에서 인간은 자기의 삶의 내면으로부터 소외된 — 곧 자기로부터 소외된 세계를 유일한 세계로 받아들이지 아니하면 안 된다.

오늘날의 핵심적인 문제는 인간의 내면을 포함한 삶의 전체성에 대한 관심이 시계로부터 사라진다는 것이다. 이것은 일부는 역사나 사회를 전체성 속에서 파악하려는 노력들이 범한 역사적 과오들로 인한 것이다. 그러나 그러한 전체성의 소멸이 참으로 바람직한 것인지 또는 도대체 가능한 것인지는 분명치 않다. 우리가 전체성을 말할 때, 그것은 있는 모든 것(das All des Seienden) 또는 만유(Weltall)를 의미할 수 있다. 그러나 동시에 전체란 이러한 개방적인 무한을 말하기보다는 어떠한 관점에서 한정되는 일체성을 말한다. 전체란 철학적 사고에서 개념이나 목적인에 합당한 사실을 말한다. 우주나 존재에 대한 생각에서나 작은 일상적인 일에서나 우리가 목적인 또는 그에 비슷한 것을 추구하는 것은 이러한 전체성을 마음에 두고 있기 때문이다. 세계가 우리에게 전체로 파악되는 것은 그것이 우리의 삶의 목적에 대응하거나 또는 삶의 어떠한 의미에 대응할 때이다. 시장경제 체제는 목적을 불문에 부치고 욕망과 물질적 수단의 무한한 추구를 가능하게 한다. 이 무한한 욕망이라는 것 자체가 무목적성으로 인하여 가능해지는 것이다. 정상적인 상태에서 욕망은 충족에 의하여 일정한 정지에 이른다. 궁극적으로 욕망은 삶의 표현이다. 따라서 그것은 삶의 목적으로 흡수된다. 그리고 삶의 완성의 추구를 위하여 새로이 형성되어야 한다. 완성은 물론 정지를 포함한다.(서양어에서 목적이란 말은 끝이라는 말과 어원을 같이하는 경우가 많다.) 무한한 욕망, 무한한 수단의 추구는 인간 삶의 목적의 부재를 은폐한다. 또는 그것을 해체함으로써 가능해진다. 그리하여 삶은 무의미한 것이 된다. 이것은 사회 전체의 경우에도 마찬가지이다.

문학이 표현하는 전체성은 막연한 삶의 느낌으로 주어진다. 이 느낌은 — 물론 이것도 표피적인 것이 있고 깊이 있는 것이 있다고 할 것이나 — 사람의 삶의 단순화되고 체계화될 수 없는 실제적인 욕구에 열려 있고, 앞에서 비친 바와 같이 또 그것의 변화와 다양성 그리고 이러한 것들의 근원인 내면의 깊이에로 열려 있는 것이다. 그리고 궁극적으로 그것은 이 모든 필요와 욕구를 넘어가는 만유의 우주 그리고 존재에 열린다. 문학의 한 영광은 인간 존재의 세계에 대한 근원적 열림을 보여 주는 것이다. 이 열림에서 특정한 입장으로 구성되는 것이 외부적 지식과 인식의 대상으로서의 세계이다. 특히 과학적 이론으로 구성되는 세계는 그러하다. 이 세계가 유일한 세계로 받아들여진다.

그러나 문학이 말하는 인간 내면의 진실 그리고 거기에 이어지는 전체성을 말하면서, 다른 한편으로 인간의 내면으로부터 나오는 모든 것이 인간을 보다 넓은 인간의 가능성으로 이끌어 가는 것은 아니라는 것을 상기하여야 한다. 모든 것은 역사적 연관 속에서 복합적인 의미를 갖는다. 사회 과학은 그 나름으로 인간의 역사적 해방을 위하여 일정한 기능을 수행해 왔다. 현대 사회 과학의 큰 특징의 하나는, 대체적으로 객관성이고 또 그것을 위한 요건으로서의 가치 중립성이라고 말해진다.(그간 가치 중립성에 대한 비판은 자의적 가치 개입을 자랑으로 생각하는 사회 과학을 등장하게 하기는 하였지만.) 이것은 과학의 방법적 요구에서 나오는 것이기도 하지만, 여러 가치의 폐쇄적 가치 — 종교나 신앙 그리고 윤리적 규범으로부터의 해방을 추구하는 계몽의 움직임을 나타낸 것이다. 과학적 입장 또는 이성적 입장에서는 독단적이라고 할 수 있는 이러한 가치는 공동체를 성립하게 하는 기초일 경우가 많다. 여기에서 연역되어 나오는 규범이 사회 집단에 하나의 합법칙적 — 또는 유사 합법칙적 모습을 가질 수 있게 한다. 이러한 규범은 공동체의 원리이면서 개인의 정신과 실제의 원리이다. 그런데 사회와 인간에 대한 보다 넓은 이해의 관점에서 이것은 — 사실은 모든 다른 법칙적 제한이 다 그러한 것이지만 — 사회의 발전에 대한 그리고 개인의 자유에 대한 제약으로 느껴진다. 그리고 말할 것도 없이 모든 가치는 개인에게나 사회 집단에게나 다른 가치의 개인과 사회에 대한 비관용성의 원리로 작용한다. 여기에서 사회에 대한 가치 중립적이고 기능주의적인 통합의 가능성에 대한 요구가 생겨난다. 이 요구에 대응하는 것이 이성의 원리이고, 이성은 불가피하게 도구적인 성격을 가질 수밖에 없다. 인간이 다양성과 자유를 지향하는 한, 그것은 다양성과 자유를 내용으로 하는 인간의 내면 생활에 대하여 초연한 것이 될 수밖에 없는 것이다. 그리하여 사회가 하나의 질서로 성립하기 위하여 규제의 대상이 되는 것은 사회의 그 외면적 부분이 된다.

그러나 인간의 내면이 완전히 사라지는 것은 아니다. 사라지는 것은 거기에서 나오는 가치와 규범 등 넓은 삶의 현실에 관계되는 내면적 범주들이다. 욕구와 충동은 보존된다. 주어진 필요와 욕구와 충동과 욕망은 사회의 기능적 균형이 허락하는 한은 추구되어도 나무랄 것이 없는 것이다. 주어진 욕망들이 어디에서 주어진 것인가 하는 것은 문제의 밖에 놓인다. 또 욕구와 욕망의 어떤 형성적 관리도 생각되어서는 안 된다. 흔히 독단적 윤리 도덕의 규제에 놓이는 형성적 관리는 다분히 억압적 성격을 가지게 마련이고, 바로 사회의 기능적 발달 그리고 과학 기술에 의한 그 기능의 확대와 균형은 이러한 억압적 성격의 내적 규제로부터 인간을 해방하려는 것이었다. 인간에게 주어진 남은 문제는 욕망 충족의 도구와 수단의 무한한 확장이다. 들뢰즈와 가타리는 사람은 하나의 '욕망의 기계'이고 세계는 그에 대응하는 또 하나의 '욕망의 기계'라고 하였다.[2] 이것은 오늘의 자본주의 체제에서의 욕망의 억압과 왜곡을 비판하기 위한 도구로서 제시되는 인간상이지만, 분명 오늘의 사회를 말하는 현실 모형이기도 하다. 과연 오늘의 사회에서 인간은 무한한 욕망의 기계이고 사회는 그 무한한 충족을

---

2 Gilles Deleuze and Félix Guattari, *L'Anti-Oedipe*(Paris: Les Éditions de Minuit).

약속하는 거대한 기구라는 인상을 준다.

여기의 무한성의 유혹은 기계의 제한을 생각하지 않고 하는 말이다. 모든 것은 이미 설정된 기계에 의하여 정해져 있다. 무한한 욕망도 기계에 투입될 수 있는 것으로 미리 조종되는 것일 것이다. 세계는 바야흐로 일정하게 설정되어 있으면서도 아무도 통제할 수 없는 욕망의 기계 — 미리 재단된 욕망을 처리할 수 있는 거대한 기계로 변한 것으로 보인다. 문학의 위치도 이 기계 안에서 재평가되어야 하는 것으로 생각된다.

이러한 모든 변화를 하나로 묶고 있는 것이 세계 시장의 원리이다. 그것이 이러한 변화를 절대적으로 보장하는 통일장을 이룬다. 세계라는 것은 쉽게 말할 수는 있지만, 구체적으로 파악하기는 어려운 구성물이다. 그것은 개념으로 파악하기도 어렵지만, 행동의 대상으로 파악하기는 더욱 어렵다. 이 두 사실은 밀접하게 관련되어 있다. 사람의 생각은 생각할 수 있는 행동의 가능성에 의하여 크게 제한된다. 국가와 같은 것도 개인과 지역을 넘어가는 커다란 범주이다. 그러나 그것은 우리에게 그렇게 추상적이고 막연한 것만은 아니고 무엇인가 우리의 삶에 구체적인 실체를 가진 것으로 생각된다. 그것은 국가가 여러 가지 역사와 수사와 관습을 통하여 익숙해 온 것이기 때문이기도 하지만, 그것이 행동의 대상이 될 수 있기 때문이다. 여기에는 그것이 체제로서 구성되어 있다는 것이 중요하다. 그것은 우리에게 행동적 접근의 통로를 보여 주는 구성체이다. 국가는 민주적 체제를 가지고 있을 때 가장 분명하게 작용과 반작용의 대상으로서의 실체성을 갖는다. 그러나 어떤 경우에나 그것은 우리가 대화할 수 있는 주체가 있는 존재이다. 여기에 대하여 세계의 추상성이나 막연함은 그것이 하나의 체제 — 주체적 작용·반작용의 지점들을 가진 체제가 아니라는 데에 관련되어 있다. 대부분의 사람에게 세계는 그것이 어떻게 되든지 그 실상을 놓고 책임을 물을 수 있는 실체가 아니다. 그것을 변화시키고 시정하기 위해서는 어디에서 무엇을 해야 하는가? 세계는 개념적으로나 행동으로나 파악되지 않은 대로 전제되고 복종되어야 하는 궁극적 한계이고 그러한 의미에서 그것은 예측할 수 없는, 그러면서 가차 없는 운명과 같은 것이다. 그러면서 그것은 인간의 행동과 사고에 어떤 준거점이 된다. 정치 지도자들에게 이것은 그들의 정책의 근거가 된다. 적어도 그것은 많은 정책에 대한 설명이 된다. 세계 시장의 가혹한 경제 법칙이 국내 정책을 정당화해 주는 것이다.

세계 시장은 오늘날 세계 어느 곳에서나 운명의 힘으로 작용하지만, 이 운명의 효과는 나라에 따라 다를 수밖에 없다. 미국이나 유럽의 선진국에서도 그동안 쌓아 왔던 사회 정책의 해체 작업으로 정당화시키고 있는 것이 세계 시장의 자유 경쟁의 원칙이다. 그러나 시장의 원칙은 저절로 성립하는 것이라기보다는 그 작용을 허용하는 의지와 힘에 의하여 뒷받침되는 것이고, 이 힘은 이 선진국 — 그중에도 미국의 의지와 힘이다. 그렇다면 그것이 선진국들에 유리하게 작용하는 바가 있을 것임은 자명하다. 자유로운 세계 시장은 미국 또는 선진 자본주의 국가가 합의한 국가 정책이다. 운명은 이들 국가에게 의도된 선택이라는 면을 가지고 있는 것이다. 이렇게 볼 때 세계화된 시장 경제가 참으로 운명이 되는 것은 경제력에서 선진국에 비교될 수 없는 또는 그에 의존적인 나라에서이다. 여기에서 세계 시장의 법칙은 복종하지 않을 수 없는 지상 명령이 된다. 이것은 문학의 경우에도 그러하다.

앞에서 말한 바와 같이 시장의 지배는 문학으로부터 그 본래의 심각성을 박탈한다. 그리고 현대적 조건하에서 문학의 심각성의 한 근원은 그 자율성에 있다. 그러나 자율성 또는 독자성의 상실은 비서방 지역의 문학의 경우 시장의 문제를 떠나서도 이미 오래전부터 진행된 현상이다. 경제적 세계화 이전의 문화적 세계화 — 그것을 개화, 근대화, 제국주의, 식민주의 또는 다른 어떤 이름으로 부르든지 간에 지구 위의 인간의 삶을 세계 문명이라는 관점에서 말하고 거기에 어떤 진보적인 방향을 설정하고 문학을 그 틀 안에서 파악하는 문학적·역사적 세계화 과정에서, 이러한 세계사의 주변에 위치하게 되는 한국과 같은 지역의 문학은 이미 그 독자성을 상실하고 있었다. 한국에서는 20세기 초에 모든 것을 새로 시작하여야 한다는 것은 당연한 것이 되었다. 그리고 이것은 지금까지 계속되고 있다. 이러한 사정을 더욱 강화하는 것이 오늘의 세계화이다. 근년에 우리는 한국 문학의 세계화라는 말을 들었다. 이러한 생각을 가장 극적으로 표현하는 것이 지난 10여 년간의 노벨상 강박 관념이다. 그것은 말할 것도 없이 노벨상이라는 세계적인 인증 기구의 인증을 받아야겠다는 소원의 표현이고 동시에 문학의 기준이 오늘의 세계의 중심부에서 온다는 사실의 확인이다. 그것은 여전히 한국의 문학의 성숙보다는 대외 의존성 또는 주변성을 나타내는 것이라고 하는 것이 옳을 것이다. 문학의 세계화라는 개념이 가지고 나타내는 또 하나의 문제점은 국제적이고 세계적인 문학, 문화, 학문이 얄팍한 전략—투자와 경쟁이라는 전략으로 생겨날 수 있다는 생각이다. 사람의 일이 잘되기 위해서는 각별하게 집중적인 노력이 있어야 하고 그러한 노력의 지속을 가능하게 하는 사회 기구가 필요하다. 이러한 외적인 조건을 무시하는 것은 극히 순진한 일이 될 것이다. 그러나 중심과 주변에 대한 불필요한 의식이나 전략적 사고는 참으로 창조성의 원리를 망각하게 할 수 있다. 그것은 자신이 세계의 중심에 있다는 느낌이 행동과 마음에 자연스럽게 자리하여 비로소 가능해진다. 되풀이하건대 창조성의 근원은 자율의 정신인 것이다. 문학이 가치를 지닌다면 그것은 적어도 그 핵심에 있어서 그러한 자유의 표현이기 때문이다.

그러나 이렇게 말하면서 우리는 다시 한 번 역사의 모순들을 상기할 필요가 있다. 한국의 현대사에서 근대화는 중요한 동기를 이루는 것이지만,

그것은 제국주의의 팽창 속에서 외부로부터 추동되는 동기였다. 그러니만큼 그것은 다른 사람, 다른 사회, 다른 필요와 욕망에 우리 자신을 맞추는 자기 소외를 의미한다. 그러면서 그것은 단순히 밖에서 강요되는 것이 아니라 자신의 소망이기도 하였다. 그것은 우리 자신을 개조하고 밖에서 오는 것을 우리 자신의 것으로 만들려는 의지를 나타내는 것이기도 했다. 제국주의는 문화의 측면에서 복잡한 양상 — 어떤 이론가들이 잡종화라고 부르는 상호 작용을 포함하는 복잡한 양상을 띤다. 이것은 한국의 경우에 특히 그러하다. 19세기 말부터의 근대화의 필요에 대한 한국인의 자각은 역사에 대한 적극적 의지를 표현하는 것이면서 동시에 문화 제국주의의 위험을 스스로 껴안는 것이었을 것이다. 그러나 어떤 경우에나 제국주의의 세계 체제 내에서 중심과 주변의 관계는 비슷하게 양의적인 것이다. 앞에서 언급하였던 포스트콜로니얼리즘의 잡종성도 이 양의성을 말한 것이다. 그것은 침략과 억압 그리고 거기에 따른 고통과 상처에도 불구하고 상호 삼투·변형하여 잡종을 이루는 것이 제국주의, 식민주의 또는 신식민주의하에서의 문화의 역사적 진로라고 하는 것이다. 이것은 지나치게 낙관적인 견해라고 해야겠지만, 한국은 비슷한 착잡한 과정을 거치면서, 20세기의 후반에 이르러 남아 있는 많은 문제에도 불구하고 근대 사회로서의 조건들을 어느 정도 갖추게 되었다고 할 수 있다.

우리의 작가들이 어느 때보다도 한국 밖의 세계에 대한 관심을 가지게 되었다는 조짐을 많은 곳에서 본다. 이러한 일들이 경제가 본격적으로 편입되는 일과 동시에 일어나는 것은 당연한 일이다. 이러한 세계화의 한 측면은 지금의 시점에서 양의적으로 생각하는 것이 옳은 것인지도 모른다. 한국의 근대화는 그것의 혜택이 분명한 만큼, 부정적으로만 볼 수 없는 현실이면서 동시에 세계 자본주의에의 종속을 의미하기도 한다. 비슷한 기대와 위험은 문학에서도 생각할 수 있다.

5. 문학의 주체성과 제국주의: 소설의 정치학

역사의 과정을 일방적인 도덕적 관점이나 이데올로기로 재단하는 것은 잘못된 일이다. 문화는 조금 전에 말한 바와 같이, 힘의 우열의 차이에도 불구하고 충돌하고 섞이며 변형되며 궁극적으로 역량에 따라서는 많은 것을 지양·수용하는 새로운 주체적인 문화가 된다. 그러나 주체적인 문화는 어떻게 가능한가? 그것이 우리의 주어진 여건에서 가능한 것인가? 주체성의 새로운 성립이 없이는 문학은 독자적인 업적이 되기 어렵다. 문학은 사람의 이야기이고, 진정한 사람의 이야기이다. 진정한 사람이란 모방하거나 연출된 사람이 아니라 자신의 마음의 깊은 자발성으로부터 행동하고 말하는 사람이다.

주체성이란 무엇인가? 주체성의 문제는 철학과 정치와 사회의 난제이고 또 문학의 난제이다. 간단히 그것은 개체의 개체됨 또는 어떠한 의미 있는 집단의 개체성 내지 정체성의 원리를 말한다. 그러나 그것을 변하지 않는 본질로서 생각할 수는 없다. 여러 가지 외적 조건에 의하여 규정되지 않
는 본질로서 생각할 수는 없다. 여러 가지 외적 조건에 의하여 규정되지 않
는 개체성이나 정체성은 공허하다. 그것은 세계 — 변화하는 세계에 대응하는 어떤 자발성의 원리 — 변화하는 자발성의 원리이다. 그것은 세계와의 교섭 속에서만 존재한다. 그것은 세계 속에서 세계에 의하여 형성되고 세계를 형성하는 일관된 움직임의 원리이다.

어떤 사람이 주체적이라는 것은 외부에서 오는 영향과 왜곡 그리고 억압으로부터 자유롭게 자기의 자기됨을 내세울 수 있는 상태를 말하기보다는 그가 자기의 세계 속에서 그것을 자신의 세계로 인지하며 편안하게 있을 때의 상태를 말한다. 날카로운 자기주장이 필요하다는 것은 바로 세계가 그의 주체적 능력에 대응하지 않는다는 것을 말한다. 또 그러니만큼 그

의 주체적 존재는 손상된 것이다. 이것을 문학으로 옮겨, 문학의 주체성도 문학의 자기주장에 있는 것이 아니라고 할 수 있다. 작가의 주장이나 교훈이나 설교가 많은 작품이 주체성을 표현하는 작품은 아니다. 되풀이하건대 주체성은 사람이 세계 속에 있는 상태를 지칭한다. 그것은 그 세계가 믿을 만한 것이라는 데에 보이지 않게 표현된다. 또는 그것은 말하자면 세계를 자기의 표현으로 받아들이는 것이다. 더 적극적으로는 그것은 세계 구성의 숨은 원리이다. 작가의 작품 구성은 이 원리에 일치한다. 물론 작품을 구성하는 능력은 작가 스스로 획득하여야 하는 것이지만, 그가 처해 있는 사회, 그의 세계의 도움 없이는 획득 불가능한 것이다. 이렇게 볼 때 작가의 주체성은 간단하게 말하여 작품의 구성 원리 또는 구성하는 능력에 표현된다.

그런데 작품의 구성 원리가 곧 세계의 구성 원리에 중복된다는 것은 이러한 조건이 있다는 말이고 또 그러한 조건이 없이는 작품의 구성도 어려워진다는 말이 된다. 후자의 경우 작품의 구성적 원리는 그 자체로 생겨나기는 심히 어려운 것이 된다. 그 반대로 잘 구성된 문학은 잘 구성된 세계의 산물이라고 말할 수도 있다. 이것은 개인적인 문제이기도 하지만, 그것만으로는 해결될 수 없는 개인이 속한 사회의 문제이다. 우리가 세계 문학이라고 할 때, 사실 그것은 서양 문학을 말하는 것이거나 서양 문학을 정점으로 하여 조감되는 가상의 세계 문학의 총체를 말하기 쉽다.(요즘의 형편으로는 세계의 문학 시장에서 제3세계의 문학 작품들의 대거 진출을 본다. 그러나 그러한 작품들—가령 마르케스, 소잉카, 월코트 또는 루슈디와 같은 작가들의 작품이 서양 문학과 언어의 전통에 이어지거나 그 언어로 쓴 것이라는 점에 주목할 필요가 있다.) 여기에는 단순한 제국주의 이상의 것이 있다. 오늘의 세계는 바로 서양의 제국주의가 만든 세계이다. 그것이 오늘의 세계이다. 이 세계—우리가 우리의 좁은 지역 속에 갇혀 산다고 하더라도 우리는 이 세계 속에 있다. — 를 만들어 낸 힘이 우리가 세계 문학이라고 부르는 문학을 만들어 낸 것은 이상할 것이 없다. 두 가지 구성 원리는 상동적이다.

우리는 서양의 현대 문학을 보면서, 그것이 그리는 세계가 서양 사람들이 사는 세계에 일치하는 것을 발견하게 된다. 일차적으로 그들의 세계는 민족 국가 또는 국민 국가이다. 민족 국가가 가공의 실체라는 베네딕트 앤더슨의 명제는 서양의 정치 담론에서 유명한 명제가 되었다. 그렇게 말하면서 그는 소설을 포함한 여러 언론 매체가 중요한 역할을 담당한 사실에 주목하였다. 하여튼 그가 이미 주목한 바와 같이, 소설의 흥기가 민족 국가의 흥기와 일치하는 것은 틀림이 없다. 소설의 세계는 민족 국가의 세계이다. 그렇다고 하여 소설이 국가와 민족에 대한 정치 설교나 선전이 되었다는 말은 아니다. 오히려 흥미로운 것은 그것이 전혀 그러한 점을 내색하지 않는 경우가 많다는 것이다.

오스트레일리아의 비평가 사이먼 듀링(Simon During)은 영국의 소설의 역사를 예로 들면서(사실 다른 서양 소설에도 그것은 해당된다.), 소설은 민족주의 또는 국민주의에 봉사한 것이 아니라 오히려 그것을 보이지 않게 하는 일에 봉사하였다고 한다. 소설은 '시민 사회적 상상계(Civil Imaginary)'를 만들어 낸다. 그것은 풍속과 취미, 행동 양식, 화법 등을 그려 내어 하나의 사회적 공간을 만들어 내는 일을 하는 것이다. 그리하여 그것은 윤리와 정치적 함의를 강하게 가지고 있는 민족주의 또는 국민주의의 의미를 무디게 한다. — 듀링은 이렇게 말한다.(그는 정치성의 호도나 약화에 관계되는 소설로서 19세기로부터 20세기까지의 서양의 리얼리즘 소설 그리고 조금은 더 호의적으로 보면서도 마르케스나 루슈디와 같은 소위 제3세계의 리얼리즘 작가의 작품을 포함시킨다.)[3] 듀링의 주장은 소설의 민족주의적 역할에 대한 앤더슨 등의 정설

---

3 Simon During, "Nationalism's Other? The Case for Revision", *Nation and Narration*, ed. by

을 반박하고 소설의 정치적 사명의 배반을 폭로하려는 것이지만, 그의 논쟁의 맥락을 떠나서 보면, 소설은 여전히 민족주의에 봉사하였다고 할 수 있다. 그것은 그 자신이 지적하는 바와 같이, 정치적인 것을 풍습으로, 문화로 또 보편적 인간성으로 받아들이게 함으로써 오히려 민족주의와 국가의 정착에 도움을 주었다고 할 수 있기 때문이다. 그러나 여기에서 듀링을 언급하는 것은 그가 소설에서, 또 문학 일반에서 국민 국가가 — 또는 그 안에서의 사회생활이 얼마나 자연스러운 것으로 표현되었는가를 지적하고 있기 때문이다. 소설은 그 묘사하고 있는 세계를 사회 과정과 역사의 산물, 인공적인 구성물이 아니라 자연으로 인지되게 하였던 것이다. 그것은 문화화와 자연화의 수단이었다. 그러면서도 그 세계, 즉 민족 국가는 소설을 위하여 당연한 테두리이며 전제였다.

영국 소설의 역사에서 가장 비정치적인 작가의 한 사람이라고 할 수 있는 제인 오스틴은 그 소설에서 선택된 개인들의 예절과 습성과 도덕 그리고 물론 재산의 드라마에만 관심을 가지고 있는 것처럼 보인다. 그러나 오스틴의 세계가, 듀링이 지적하는 바와 같이, 에드먼드 버크의 보수적 정치 사상이 설파하는 영국의 사회 질서에 기초하고 있다는 것은 분명하다. 다만 그것은 자연스러운 인간적 질서가 되어 있을 뿐이다. 이것은 듀링이 지적하는 일이다. 그런데 한 발자국 더 나아가 더욱 놀라운 것은 오스틴의 세계의 더 넓은 테두리를 이루고 있는 것이 영국의 제국주의이며 그 식민지 체제라는 사실이다. 에드워드 사이드가 그녀의 소설 『맨스필드 장원』의 분석에서 밝히고 있는 것이 이 점이다. 맨스필드 장원의 평온한 질서를 뒷받침하고 있는 것은 그 주인이 경영하는 안티구아의 농장이다. 그러나 식민지 경영은 단순히 물리적 힘으로만 가능한 것은 아니다. 그것은 오스틴

Homi K. Bhabha(Routledge, 1990), pp. 138～139 참조.

의 생각으로는 특별한 도덕적 기율을 요구하는 것이다. 이것은 영국에서나 식민지에서나 마찬가지이다. 오스틴에게 가정 또는 국가의 질서와 가치는 해외의 영토를 분명하게 장악하는 것과 구분할 수 없는 일이었던 것이다.[4]

여기에서 우리의 관심사는 이러한 분석 — 불가피하게 논쟁적이 되는 분석의 정당성보다도 소설 — 또는 일반적으로 문학 작품이 어떻게 자신의 세계를 믿을 만하게 그릴 수 있는가 하는 문제이다. 오스틴의 경우나 또 다른 서양 작가의 경우 그들이 하나의 믿을 만한 세계를 민족주의나 제국주의가 아니라 풍습이나 예절 등을 통하여 또는 비정치적인 '시민 사회적 상상계'로서 표현할 수 있었다는 사실이 많은 것을 시사한다. 그들은 그들의 세계에 자연스럽게 거주할 수 있었고, 이 거주에서 그들의 세계는 가까이 있는 것이어서 일상적 삶의 묘사에 있어서도 그것의 자연스러운 모태로서 전제되었다. 이러한 안주는 국민 국가나 제국주의 질서의 복판에 앉아 있는 사람에게나 가능한 것일 것이다. 그들은 그들의 작품으로 '국가적 상상계' 그리고 '세계 질서의 상상계'의 형성에 기여하지만, 동시에 형성되어 있거나 형성되어 가고 있는 그러한 상상계의 존재에 의존해서 비로소 그것으로 자신들의 작품을 쓸 수 있었다.

이것은 많은 주변부의 작가나 사람에게는 불가능한 것이다. 이것은 정보의 차이로 인한 것이기도 하지만, 작가가 세계를 그리려면, 그것은 외적인 한계가 아니라 이해 가능한 그리고 거기에 대하여 작용과 반작용이 가능한 그리고 여기 이 자리에 삼투되어 있는 것으로 생각되는 것이어야 하기 때문이다.(여기에서 문제되는 것은 세계의 현실이 아니라 세계의 중심적 상상력에의 접근 가능성이다. 경험적 현실이라는 관점에서 더 강력한 진실이 주변부의 사람

4 Edward W. Said, *Culture and Imperialism*(Knopf, 1993), p. 87 et passim.

에게 있을 수 있다.) 중심적 상상력의 문제를 더 간단히 생각하면, 이것은 우리가 사는 세계를 얼마만큼의 범위에서 생각할 수 있느냐 하는 문제로 치환될 수도 있다. 이 범위의 차이는 촌락의 범위에 한정된 세계에 사는 시골 사람과 보다 넓은 세계에의 연관을 의식하고 사는 도시 사람의 차이에서 쉽게 볼 수 있다. 19세기 영국 작가에게 제국주의적 질서에 의하여 조직된 세계는 자연스러운 의식의 지평이 될 수 있었다. 그러나 19세기 대부분의 한국 지식인에게 그것은 생각할 수는 있지만 현실감을 초월하는 것이었을 것이다. 그러나 한국이 근대 세계에 노출되면서 이러한 사정은 바뀌게 되었다. 세계는 한국인의 삶의 의식 속에 삶의 지평으로 의식되지 아니할 수 없었다. 그러나 이것은 일본 제국주의와의 접촉을 제외하고는 비교적 추상적인 의식으로 남아 있었다. 그러다가 지난 40년의 근대화 과정을 통해서 그것은 구체적인 내용을 가지게 되었다. IMF 위기로 인하여 드러나게 된 것은 한국이 얼마나 세계 경제에 단단히 묶여 있는가 하는 사실이었다. 그럼에도 불구하고 이 사실이 문학 작품의 토양이 되는 일상적이고 구체적인 삶의 지평이 되었다고 할 수는 없다. 아직도 우리는 세계라는 사실이 문학에 어떠한 의미를 갖는 것인지 잘 알지 못한다. 그것은 삶의 테두리로서의 세계가 아직 외부에 있는 타자로가 아니라 내부의 원리로서, 상상력의 자연스러운 준거로서 존재하지 않기 때문이다. 어쩌면 그렇게 되는 것은 한국이라는 사회가 세계 자본주의 질서의 중심부에 들어가기 전에는 불가능한 것일는지도 모른다.

작품 구성 능력이 세계 구성 능력에 겹친다는 명제는 조금 더 단적으로 소설의 형식적 구조로서 설명될 수 있다. 서양의 근대 소설은 모든 문학 장르 중에서 가장 큰 규모의 장르이다. 이것은 민족 국가—또는 제국주의적 근대 민족 국가의 규모에 상동하다. 여기에서 소설의 규모가 크다는 것은 단순한 길이에 있어서 소설이 가장 길다는 말은 아니다. 서사시나 설화나 로망스에 소설의 길이 또는 그보다 더 긴 길이를 가진 것이 없는 것은 아니다. 다만 그러한 것들의 길이는 집합적인 것이다. 아라비아 야화는 많은 이야기로 이루어져 있고 거기에는 다른 더 많은 이야기들이 첨가될 수 있다.(물론 이러한 집합적 규모도 아랍 세력의 규모에 관계되는 것일 수 있다.) 이것은 중세 유럽의 아서 왕의 이야기와 같은 경우에도 마찬가지이다. 근대 소설의 초기에 위치하는 피카로(picaro)를 주인공으로 하는 소설들도 상당 정도 집합적인 성격을 가지고 있다. 더 보태거나 자르기 어려운 유기적 구성체로서의 소설 — 진정한 의미에서의 단일체로서의 소설은 플로베르나 헨리 제임스의 소설에서 그 절정에 이른다. 반드시 이러한 규범적인 것이 아니라고 하더라도 우리가 소설의 규모를 말하는 것은 어느 정도는 이러한 단일체로서의 소설의 규모를 말하는 것이다. 그런데 이 규모는 민족 국가나 제국주의 체제의 크기에 상동성을 가지고 있는 것으로 생각된다.

긴 길이의 소설을 쓴다는 것은 우선 작가의 능력의 크기를 말한다. 그러나 이 길이는 사회적으로 성장한다. 또는 그것은 사회의 정치적 능력에 비례한다고 할 수 있다. 이것은 서양의 근대 문학에서 볼 수 있는 것으로도 생각되지만, 한국의 근대 문학에서도 관찰할 수 있는 것이다. 한국에서 근대적인 소설이 시작된 것은 20세기 초이고, 이것은 다분히 일본과 서양 소설의 영향을 받은 결과이지만, 근대화와 제국주의가 한국을 하나의 전체로서 포착게 한 사실도 여기에 중요한 요인이었는지 모른다. 그러나 오랫동안 현대 한국 문학의 서사 양식의 진수는 단편에 있다는 생각이 있어 왔다. 그러나 1970년대와 1980년대에 유달리 열 권을 넘는 다수의 책으로 이루어지는 대하소설들이 쏟아져 나왔다. 이 시기는 근대화와 민주화 운동이 격렬하였던 시기로서, 한국 사회 전체가 하나의 격렬한 역사 변화 과정 속에 있는 것으로 체험된 시기이다. 이 체험의 에너지가 소설에도 전달된 것일 것이다.

그러면서도 지난 30~40년간의 대하소설들은 그 구성에 있어서 서구의 근대 소설보다는 그 초기의 피카로 소설에 비슷하다고 할 수 있다. 그 형식은 상당히 느슨하다. 그것들은 하나의 큰 규모의 구조물들이면서도 그 구조의 원리가 반드시 내면으로부터 확산되어 가는 것은 아니다. 적어도 이러한 작품들은 서구 문학의 기준에서 건축적 통일성을 가진 작품들은 아니다. 이렇게 말하는 것은 흠을 말하는 것이라기보다도 서구로부터의 거리를 지적하는 일이다. 작품의 구조적 철저성은 체험의 에너지나 밖으로부터 부과되는 구성의 원리로서의 이데올로기에 의해서가 아니라 반성적 구성력에 의하여 성취된다. 이것은 소설에서만 이루어지는 것이 아니라, 한편으로는 국가에 관계되면서, 다른 한편으로는 사회 다른 영역에서의 비슷한 발전에 의하여 북돋아진다. 가령 그것은 미적인 영역의 자율화와 전문화를 통해서 주제화되는 미적인 능력의 성장에 병행한다. 비록 그 형식의 완성은 더 시간을 요구하는 것이지만, 소설의 발생이 바움가르텐이나 칸트의 미학과 시대를 같이한 것은 우연이 아니다. 미학에서의 미적 능력의 반성적 소유가 소설에 도움을 준 것일 것이다.

세계 각지에서 발견되는 사람의 상상력의 결과물들은 지속적 구조보다는 단편적이고 변덕스러운 환상성을 특징으로 한다. 사람의 능력 가운데에서 지속적 구조물을 만들어 내는 능력은 이성의 능력이다. 그것의 특징은 체계성이다. 이 체계성 이상으로 현실에 있어서나 의식의 세계에서 끈질긴 구조물을 조성할 수 있는 인간 능력은 달리 찾기 어렵다. 소설에 작용하는 구성력은 개념적이고 체계적인 사고가 아니라 구체적인 것들 속에서 움직인다. 그러면서도 그것은 거의 체계적인 사고의 구성력을 보여 준다. 칸트는 심미적 영역을 이성적 영역으로부터 분리하는 데에 많은 노력을 기울였다. 그러나 이 구분의 노력 자체가 그것들이 얼마나 가까이 있는가를 증거해 준다고 할 수 있다. 칸트가 이러한 두 능력의 근접성에 주목한 것은, 미적 판단력이 '상상력과 오성의 주관적 일치'에 의존한다고 하거나 미적 효과가 상상력과 오성 사이의 자유로운 상호 작용과 유희에서 생겨난다 말할 때에 단적으로 드러난다. 서양의 근대화의 과정을 막스 베버 등 사회학자들의 견해에 따라 합리화의 과정이라고 한다면, 서양의 근대적 심미 의식 그것도 사실 이 지배적인 원리에 종속하는 부대 현상이라고 보는 것이 옳을 것이다. 소설과 같은 예술 작품이 보여 주는 것은 이성의 원리에 가까이 간 상상력이다.

이 관계를 철학적으로 규명하는 것은 매우 흥미로운 것이 될 것이다. 그러나 정치적인 관점은 여기에 개재되어 있는 문제에 대하여 더 간단한 암시를 제공한다. 국민 국가의 성립은 원초적 정서의 유발을 그 하나의 심리적 토양으로 한다. 우리나라, 우리 민족 또는 민족주의라는 말은 많은 사람들의 마음에 강한 정서적인 반응을 불러일으킨다. 그러나 근대 국가를 하나로 통합하는 것은 각종의 합리적 제도들의 확립을 통해서이다. 소설이 근대 국가와 모태를 같이하는 것이라면, 그것은 법과 제도의 국가의 발흥과 그 요인을 같이한다는 것을 말한다. 이러한 제도의 특징은 강조되는 이념들에 비하여 우리의 일상생활 속에서 무의식이나 잠재의식으로 침하한다는 점이다.(모든 형식은, 형성적 요인이면서 무의식화한다.) 앞에서 언급한 사이먼 듀링을 포함하여 어떤 사람들에게 소설은 원초적인 공동체적 정서, 그에 따르는 도덕적·정치적 사명을 표현하는 것으로 생각된다. 그러나 이것은 반드시 의식적으로 주체화되는 것은 아니다. 이 비평가가 지적하듯이 대표적인 근대 리얼리즘의 소설들은 그보다는 '시민 사회적 상상계'를 구성하여 통합적·사회적 공간의 조성에 기여하였다. 그러나 이 모든 것은 합리화의 표현으로서 또 그 담당자로서의 근대 국가에 의하여 결정되는 종속적 사회 기구에 불과했다고 할 수 있다. 소설의 구성 원리 — 또 일반적으로 문학의 구성 원리로서의 상상력은 이러한 틀 속에서 말한다면, 합리성에 의한 국가 통합을 내면화하는 또는 무의식화하는 기제인 셈이다.

앞에서 말한 바와 같이 문학 장르로서의 소설의 크기는 국가의 크기에 대응한다. 그리고 우리가 합리적 국가 통합과 소설 또는 문학에 대하여 말한 것은 저절로 서양의 제국주의와 식민지 체제에도 해당되는 것이다. 국가의 통합적 경향은 자연스럽게 우리의 이성과 상상력을 보편화 가능성을 향하여 열어 놓는다. 그런데 제국주의적 세력의 확장은 서양 고유의 양식인 소설 그리고 일반적으로 보편화하는 상상력의 문학을 세계 전체에 확산시킨다. 그러면서 그 내적 기제가 비서방 세계에 주어지지는 않는다. 그것은 중심의 능력이다. 그럼에도 불구하고 세계 문학에 진출하는 문학은 그 출신지에 관계없이 이 양식을 학습하여야 한다. 합리적·심미적 양식이 오늘의 문학 담론 장의 기본 규칙이다. 뿐만 아니라 국가나 세계라는 큰 공간을 문학적인 모방 또는 구성의 대상으로 하고자 할 때, 그러한 공간의 규모에 맞는 미적 방법을 달리 생각하기 어려운 것으로 생각된다.

6. 포스트모던 시대의 비서양 지역의 문학

어쨌든 세계화 — 단순히 경제적·정치적 의미에서만이 아니라 내면화된 세계 내의 거주 원리로서, 그리고 상상력의 원리로서의 세계화는 진행될 것이다. 그것이 좋은 것이든 아니든, 이러한 세계화가 일정한 성숙성에 이르게 되는 데에는 어떠한 경로, 어떠한 요인이 있을 수 있는가? 성숙성이라는 것이 있을 수 있는가? 가장 중요한 것은 말할 것도 없이 한국이 선진 산업 국가로서 그러한 국가들의 문제 영역과 자신의 문제 영역을 공유하게 되는 것이다. 여기에서 문제 영역의 문제란 해석학적 용어로 이해되어야 하지만, 실제적 삶의 문제를 말하기도 한다. 나는 독일의 한국 문학

연구자가 한국 문학이 독일인들의 당대적인 문제 그리고 그의 생각으로는 서구와 미국인의 문제 — "청소년 문화, 과학 기술의 문제, 가족의 가치 등 전통적 가치의 붕괴, 역사의 종말, 외국인 차별, 시민 사회의 쇠퇴 등"[5]의 문제로부터 멀리 있는 한, 독일인의 진정한 관심의 대상이 되기 어렵다는 것을 말하는 것을 들었다. 그렇다고 그가 한국의 독자성을 부정하려는 것은 아니다. 다만 그가 말하려고 하는 것은 한국의 문학이 선진 국가와 공유하는 문제를 한국 고유의 방법으로 접근한다는 것을 보여 줄 때, 독일인과 독일 문학 그리고 다른 세계 문학의 대화에 본격적으로 참여하게 되리라는 것이다.(이러한 문제들을 공유하기 위하여 선진 산업국의 대열에 진입하는 것이 좋은 일인가 하는 질문은 우스운 질문이면서 사실 매우 심각한 질문이다. 중심부의 문학적 상상력에 참여한다는 것도 문제적인 것이라는 것에 우리는 유의하여야 한다.) 그러나 적어도 중심부의 문학권에 들어가기로 작정한다면, 관심과 문제가 공통되어야 한다는 것은 맞는 지적이라고 할 수밖에 없다.

그런데 아마 더 중요한 것은 문제의 공유가 아닐 것이다. 문제는 문제의 지평에서 나온다. 이 지평이 공유될 때, 설사 공유하지 않는 다른 문제도 관심의 대상이 될 수 있을 것이다. 그리스 비극에서 일어나는 사건들이 보통 사람에게 일어날 수 있는가? 아버지를 죽이고 어머니와 결혼하는 것이 보통 사람의 체험의 범위 안에 있을 수 있는 사건인가? 이 사건은 그 자체로서보다도 인간에 대한 일정한 이해 — 세계의 신비와 지혜, 자유와 운명, 죄와 벌, 진리와 책임, 가족 간의 의무와 무의식적 갈등 등의 주제가 인간의 실존적 문제로서 생각될 수 있을 때, 중요한 연극의 자료가 될 수 있다. 또 그 바탕에는 이것을 근본으로부터 생각해 보려는 충동이 있어야 한다.

---

5 Werner Sasse, "Die gengenwärtige Stellung der koreanische Literatur und ihre Wirkung auf die Weltliteratur"; 국제펜클럽 한국 본부, 『제1회 해외 한국 문학자 및 번역가 초청 국제 세미나(1994년 1월 20~22일, 경주) 자료집』, 159쪽.

결국 문제의 지평, 암암리에 전제되어 있는 인간 이해, 인간 존재의 철학적·문학적 해석에 대한 관심 등이 여기에 개입되는 것이다. 오늘의 시점에서 결국 문제가 되는 것은 서구적 구성 능력과 서구적 발상법이다. 다시 말하여 한국 문학 또는 비서방 문학이 세계 문학의 시장에 진출하고자 한다면, 서양 문학이 대표하는 어떤 종류의 문학적 요건을 충족시켜야 할 것으로 생각되는 것이다.

그렇다고 하여 서양의 리얼리즘 미학이 비서양 세계의 경험에 반드시 맞아 들어가는 것일 수는 없다. 합리성이나 합리화된 표현 양식이 실질적으로 그렇지 못한 삶을 적절하게 포괄하는 것은 불가능하다. 그러나 어떤 경우에나 삶의 잡다한 구체성이 형식화된 구조물에 포착될 수 있다는 것은 하나의 권위주의적 가설에 불과하다. 이것은 이미 서양 문학의 자기 이해에서도 인정되어 가고 있는 사실이다.

리얼리즘의 규범을 파괴하는 포스트모더니즘의 작품들은 이 가설이 가설에 불과함을 보여 주려고 한다. 그러나 포스트모더니즘에 이르는 길은 모더니즘을 통한다. 가설의 가설됨을 보여 주는 것은 가설을 경유해서만 가능하다. 많은 포스트모더니즘에 공통된 주장의 하나는 합리성의 진리 기능의 부정이다. 그러나 그 역설은 그러한 진리의 불가능에 대한 주장 자체가 진리라는 것을 부정하지 않는다는 것이다. 물론 포스트모더니즘의 주장은 자기 부정의 아이러니를 포함한다고 말할 수 있을 것이다. 그러나 아이러니를 포함하는 주장도 또다시 부정되어야 할 명제가 되는 까닭에 역설은 무한한 되풀이 속에 계속될 수밖에 없다. 그러나 되풀이하여 말하건대 포스트모더니즘의 더 심각한 역설은 그것이 어떠한 것이든 간에, 그러한 주장이 합리적 논의 구조 속에서 이루어진다는 것이다. 포스트모더니스트가 잊어버리는 것은 합리성의 밖에 있는 현실과 그것에 대한 입언 사이에 존재하는 간격이다. 그러한 현실 속에 살고 있는 것과 그러한 현실 속에 살고 있다고 말하는 것은 근본적으로 다른 것이다. 그렇다고 말하는 것은 말하여지는 것을 대상화하고 그것을 넘어가는 일이다. 실러는 순진한 시와 감성적 시를 구분하는 그의 유명한 논문에서, 반성적 사고가 시작된 시대에 있어서 자연의 순진성을 회복하는 것은 불가능하고 그것은 향수로서만 유지될 수 있다고 말한 바 있지만, 합리성에 대한 포스트모더니즘의 입장에도 이것은 그대로 해당되는 것이다. 포스트모더니즘이 지시하는 비합리성의 세계는 합리성을 통하여 넘겨다본 향수의 성격을 가지고 있다. 그러나 여기에 동기로 작용하는 것은 칸트적 이상주의를 순수하게 받아들였던 실러의 경우와는 달리, 향수보다는 기묘한 지배 의지라고 해야 할는지 모른다. 그것은 포스트모더니즘의 여러 논의들이 드러내는 경쟁적이고 상호 투쟁적인 언어에서도 볼 수 있다. 요즘의 문학 이론의 논의들이 보이는 스콜라 철학의 번쇄성은 그러한 언어 싸움의 결과이다.

포스트모더니즘의 역설은 제3세계의 문학에도 해당된다. 서양 소설의 전통을 크게 떠나지는 않으면서도 그것과 다른 것으로 보이는 마르케스의 소설의 특징을 비평가들은 마술적 리얼리즘이란 말로 설명하려고 했다. 마술은 제3세계의 문학과 현실의 특징이다. 그러나 마르케스에 있어서 그것은 전체의 테두리가 되는 리얼리즘의 배경 가운데 간헐적으로 드러나는 것이어야 했다. 이것은 일반적으로 오늘날 비서양적 체험이 문학 속에 존재하는 양식의 한 방법을 예시한 것이다. 그것은 현실의 환상을 만들어 내는 합리화된 구상력을 받아들여야 한다. 그러면서 비합리적 체험의 표현을 통하여 이 현실의 환상에 회의와 아이러니의 눈길을 던지는 것으로 말해진다. 인류학은 원시 사회를 다루는 학문이지만, 학문 자체가 원시성 속에 있는 것은 아니다. 그것은 원시 사회의 현실과 서구적 이성에 기초한 학문적 방법을 결합하여 성립한다. 이러한 결합은 대체적으로 제3세계에 대한 사회 과학적 연구에서도 볼 수 있다. 더러 지적되듯이, 서양 학문의 제3

세계에 대한 태도는 "이론은 우리가 알아서 할 터이니까, 사실적 데이터나 공급하라."라는 말로 요약될 수 있다. 제3세계 리얼리즘의 아이러니컬한 이중 구조도 이러한 모순의 일부를 이룬다고 할 것이다.

그렇다고 이것이 잘못된 것이라고 말하는 것은 아니다. 그것은 불가피하다. 리얼리즘의 기법 또는 포스트모더니즘의 아이러니는 단순한 문학상의 수법 문제가 아니다. 오늘날 세계의 현실이 서구에 기원을 둔 산업화, 합리화, 근대화 등의 지배 속에 있는 것을 부정할 수는 없다. 이것은 그러한 흐름에서 한 걸음 물러나 있는 경우에도 마찬가지이다. 한때 종속 이론에서 주장되었던 바 어떤 지역에서의 소위 저개발 또는 발전이 다른 지역이나 부분에서의 발전의 결과라는 말은 사실 지금 어느 때보다도 맞는 말이라고 해야 한다. 이러한 지적은 바로 이러한 서양적 근대화의 지배가 문제적이라는 것을 말하는 것이나, 반대로 기왕에 그것이 불가피한 것이라면, 여기에 대한 다른 접근 방법은 어떻게 저발전 지역을 발전 지역으로 바꿀 수 있느냐 하는 것이라고 할 수도 있다. 한편으로는 지금의 이해 갈등의 세계 질서 속에서 그것을 가능하게 하는 방법이 무엇이겠느냐 하는 문제가 있고 또 다른 한편으로는 절대적인 의미에서 그것이 가능하겠느냐 — 다시 말하여 환경과 자원의 제약이라는 관점에서 그것이 가능하겠느냐 하는 문제가 있다. 이보다 더 궁극적인 문제는 계량될 수 있는 외면적 요인들만을 인간 현실의 전부로 생각하는 지금의 시대에는 말하기조차 힘든 것이 되었지만, 지금까지 보아 온 바와 같은 근대적 산업 발전이 참으로 인간에게 인간다운 인간성 실현을 가져다줄 수 있느냐 하는 것이다. 문학의 문제도 여기에 이어져 있다. 서구적 근대화 — 세계화란 이름으로 세계의 모든 지역을 포함하게 된 서구적 근대화는 긍정적으로 받아들여지든지 부정적으로 받아들여지든지 일단 그것을 그 중심으로부터 또는 하나의 전체로서 파악할 필요가 있다. 한국에서 문학의 경향으로서 리얼리즘이라는 말이 — 서구 문학, 특히 19세기 이후의 서구 문학의 한 경향을 나타내는 리얼리즘이라는 말이 오랫동안 투쟁적 구호 또 명예로운 이름으로 받아들여져 왔던 것은 이러한 사정에 관계되는 것으로 설명할 수 있다. 물론 그것이 서구의 경우와 같은 것일 수는 없다. 지금까지의 경우를 보면 그것은 서구의 비판적 리얼리즘의 경우보다는 정치적·도덕적 성향을 강하게 띤 것이었다. 그러나 이제 리얼리즘에 대한 요청은 한국이 상당 정도 근대화되고 세계 자본주의에 편입된 지금에 와서 상당히 약화되는 것으로 말할 수 있다. 그러면서도 그것은 정치적·도덕적 사명으로부터 시민적 상상계로 옮겨 가는 것으로 생각되지는 않는다. 한국인의 정치 집착은 한 발 물러났다 다시 나아가는 여유를 갖지 못한다. 또 이미 리얼리즘이 지속되기에는 포스트모더니즘의 영향 그리고 포스트모더니즘의 상황이 너무 강한 것이다. 물론 이것은 한국의 리얼리즘이 순정한 것이었다는 것을 상정한 것이지만, 주변부의 리얼리즘이 참으로 순정한 것이겠느냐 하는 것은 의문으로 남는다고 해야 할 것이다.

리얼리즘이 유사 합리성의 상상력에 의존하는 문학 작품 생산 원리라고 할 때, 포스트모더니즘은 이미 말한 바와 같이 이 합리성의 원리를 벗어나는 것은 아니다. 그것은 아이러니와 함께 존재한다. 또는 이것을 달리 말하면, 그것은 무책임한 합리성으로 존재한다. 합리성의 원리가 정당을 주장하는 근거는 그것이 진리에 근거해 있다는 것이다. 또는 그 정당성은 사실과 사실의 연계가 만들어 내는 어떤 일관성이 현실을 말해 줄 수 있다는 데에 근거해 있다. 그러나 포스트모더니즘의 가장 중요한 주장은 어떤 것이든 간에, 이성 그리고 언어까지도 현실에 대하여 아무런 입언을 할 수 없다는 것이다.

사람이 거주할 수 있는 공간으로서의 세계의 묘사가 불가능하다면, 또 그러한 것이 오늘의 사회 조직에서 아무런 의미를 가질 수 없다면, 심각한 인간 경영으로서의 문학은 종말에 이른 것이라고 하는 것이 옳을 것이다. 남은 것은 아이러니뿐일까? 그런데 가장 큰 아이러니는 포스트모더니즘이 현실과 진리에 대하여 무엇이라고 말하든 간에, 그 밖에 있는 세상은 탄탄한 현실로서 존재한다는 것이다. 또 세계 자본주의의 진로 앞에 생기는 고통과 불합리도 탄탄한 현실로서 존재한다. 세계의 전체상이 존재할 수 없다 해도, 지역적 필요와 지역적 믿음의 지역적 생존에 대한 보고서들에 대한 수요는 남아 있다.(그 보고도 리얼리즘 또는 마술적 리얼리즘의 형식을 취해야겠지만.) 그리고 다른 한편으로는 주관적 상상력과 이해로는 접근할 수 없는 다른 삶과 표현 방식의 암시로 남아 있는 전통의 생존 방식에 대한 추억이 있다.

(2000년)

다원 시대의 문학 읽기와 교육

1

참으로 진정한 동기가 그러할지는 더 연구해 보아야 할 일이나, 많은 사람들, 특히 청소년들이 소설이나 시를 보는 것은 재미가 있어서 그러는 것일 것이다. 그런데 이러한 문학 읽기를 교육의 수단으로 부과한다고 할 때, 그것이 이룩할 수 있는 목표는 매우 불분명하다고 할 수밖에 없다. 사회가 청소년을 교육하는 것은 사회에서 적절한 역할을 맡을 수 있는 사람을 길러 내려는 데에 그 목적이 있다. 사실 모든 교육은 사회적이다. 현대 사회는 사회의 의사소통 체계에 참여할 수 있는 사회인을 요구한다. 자라는 세대가 글을 읽을 줄 아는 것이 필수적이다. 여기에 추가하여 요즘 같아서는 문자 해독 능력은 컴퓨터 사용 능력에 이어질 필요가 있는 것으로 보인다. 간단한 문학 교육의 목적은 문학이라는 재미있는 텍스트를 사용하여 이 의사소통 능력을 기르자는 것으로 볼 수 있다.

옛날에는 중요한 것은 문학을 통해서 사회가 요구하는 인격을 함양하는 것이었을 것이다. 서구 문학에서의 서사시의 역할은 그러한 것이었다. 여기에서 인격이란 도덕적인 인간을 말하는 것인데—물론 여기에서 도덕이란 집단을 위하여 용맹이나 흉맹을 발휘할 수 있는 영웅적 능력을 포함한다.—이것은 도덕과 윤리 교과서 또는 예법의 교과서로도 가능한 것일 것이다. 그러나 영웅시가 없는 동양의 전통에서는 그러한 서사시가 교육에서 중요한 자리를 차지하지 아니하였다. 이에 대신하여 시—서정시라고 하여야 할 시는 적어도 그 일부가 경전의 위치에까지 받들어 올려질 정도로 중요한 것으로 생각되었다. 『예기(禮記)』의 공자의 말에, "온유돈후시지교야(溫柔敦厚詩之敎也)"라는 말이 있다. 이것은, 시가 성정을 바르게 한다거나 존심양성(存心養性)하는 데에 관계된다는 말과 더불어, 시가 개인적인 수양에도 그러하지만 사회적으로 유용한 몫을 한다는 것을 말하려는 것일 것이다. 적어도 시는 사람을 순화하여 자기를 넘어가는 어떤 명령과 지침에 순응할 수 있는 사람을 기르는 데에 도움을 준다고 할 것이다.

문학은 흔히 소설, 시, 연극, 수필 등 여러 장르의 것을 포함하는 것으로 말하지만, 재미라는 관점에서 본다면, 소설이 압도적인 우위에 있다고 할 것이다. 그런데 소설이 어떤 가르침의 역할을 하는 것인지는 분명치 않다. 군자의 수신에 시가 중요한 것이었으나 소설이 전혀 고려되지 아니한 것은 당연한 일이었다고 할 것이다. 물론 본격적인 소설이나 이야기를 말하는 것이 아니라면, 넓은 의미의 이야기는 교육 과정에서 배제되었다기보다도 오히려 중심이 되었다고 하는 것이 옳다. 다만 이것은 특별한 방향과 길이를 가진 것이었다. 그러한 이야기란 우리가 일화, 삽화, 우화 등으로 부르는 우의를 담은—즉 좁은 의미에서이든 넓은 의미에서이든 도덕적 의미를 담은 짧은 이야기들이다. 그 남상(濫觴)을 어디에서 찾아야 할는지는 알 수 없지만, 『서경』이나 『춘추』와 같은 역사서들도 이러한 우의적인 이야기들의 집성이라고 볼 수 있는 책이다. 이러한 우의적 이야기는 중국의 문자 생활에서 절대적인 중요성을 갖는다. 이러한 우의적 표현들로 이루어진 것이 중국의 문학어이다. 중국 문학의 표현을 가득 채우고 있는 숙어란, 많은 것이 고사를 압축한 것이다. 고사는 역사적으로 일어나기도 하고 일어나지 않기도 한 우의를 가진 이야기이다.

앞에서 남상이라는 말은 의도적으로 써 본 것인데, 그것은 양자강의 근원이 술잔을 겨우 띄울 정도의 사천성의 어느 물줄기에서 시작한다는 말에서 나와서 시작한다는 의미로 쓰이게 된 것이다. 원래 그것은 공자가 자로에게 한 말로, 작은 허물도 큰 흠이 될 수 있으니 작은 몸가짐에 주의하여야 한다는 도덕적 교훈을 우의적으로 전하는 말이다. 그것이 쓰이는 사이에 뉘앙스를 달리하게 된 것이다. "옛날에 제헌이 천하를 다스리는 도를 말을 먹이는 사람에게 묻자 해를 없애는 것으로 말하였으니 이것은 잘 비유한 것입니다." 이것은 어느 상소문의 머리 부분에 나오는 표현이다. 상소문과 같은 데에서도 중요한 것은 적절한 고사를 예로 드는 일이었다. 『장자(莊子)』에 나오는 포정의 이야기 — 십수 년을 칼을 쓰면서 칼을 갈 필요가 없이 소를 잡는 포정의 이야기는 다른 추상적인 논의보다도 무위자연의 도를 전달하는 데에 효력을 발휘한다. 역사이든 철학이든 중국의 사고 또는 한문 전통에서의 사고는 이러한 우화를 중요한 전달의 수단으로 하였던 것이다.

긴 이야기 중에도 권선징악의 소설은 우화적인 삽화에 비슷한 교훈적 함의를 가지고 있다. 작품 자체가 그럴 수도 있고 그렇지 않을 수도 있지만, 현대에 와서도 일제 시대에 쓰여진 시나 소설을 개화 운동의 일부로서 또는 항일 독립 정신의 표현으로 보려는 관점이나, 최근에 와서 일체의 문학은 민중의 고통과 투쟁을 표현하는 것이 되어 마땅하다는 주장에도 문학의 교훈적 기능을 강조하는 태도가 들어 있다. 그러나 대체적으로 말하여 본격적인 의미의 이야기나 소설의 교육적 기능은 매우 모호하다고 할 수밖에 없다. 서양 근대 소설의 남상이 되는 대니얼 디포의 『몰 플랜더스』는 금전적으로나 성적으로 부도덕한, 모범이 될 수 없는 인물을 주인공으로 내세우고 있다. 디포는 그러한 인물의 행적을 이야기하는 이유를 범죄적 삶의 무서운 경과에 대하여 경고하기 위한 것이라고 말하였다. 물론 이것은 표면적인 체면 차리기에 불과하고, 그 소설을 읽은 사람이면, 당대의 독자나 현대의 독자나 아무도 저자의 이러한 의도를 심각하게 받아들이지 아니할 것이다. 어쨌든 도덕적 인간을 길러 내는 것이 교육의 목적이라고 한다면, 적어도 소설 — 현대 소설을 가르치는 것보다는 도덕을 직접적으로 가르치는 것이 적절한 일이 될 것이다.

2

그런데 도대체 도덕을 가르치려면 어떻게 가르쳐야 하는가. 사람들이 아는 것 같으면서도 모르는 것이 이것이다. 간단하게 생각하면 문자를 가르친 다음에 곧 좋은 도덕적인 말씀 — 특히 성인의 말씀을 가르치고 외우게 하는 것이 그 방법이라고 할 수 있다. 이것이 효과가 없는 것은 아닐 것이다. 가령 공자의 말로서 "입즉효(入則孝) 하고 출즉제(出則弟)" 하라는 말을 누구에게나 외우게 할 수는 있다. 그러나 그 뜻이 무엇인가를 알게 하기는 어려운 일일 것이다. 그러나 많은 경우 이러한 도덕적 규칙은 자세한 행동 수칙으로 번역된다. 그리하여 그것은 어린아이도 쉽게 몸에 익힐 수 있는 것이 된다. 『소학(小學)』에 있듯이, 효는 "아들이 부모를 섬길 때에는 닭이 처음 울면 모두 세수하고, 양치질하고, 머리 빗고, 검은 비단으로 머리털을 싸매고……"[1] 하는 자세한 행동의 절차로 번역된다. 이것은 조금 더 추상적으로, "남의 자식 된 자는 방 아랫목에 거처하지 않으며, 한가운데

앉지 않으며, 길 한복판으로 다니지 않으며, 문 한가운데 서 있지 않는다."[2] 와 같은, 부모에 대한 공경으로부터 시작하여 일반적인 겸양으로 확대되는 행동 수칙이 되기도 한다. 이러한 것들은 비록 배우는 자가 그 의미를 알지 못하더라도 배움의 내용을 몸에 인각하는 것이다. 사람의 몸이 그러한 외부로부터의 인각에 사용될 수 있는 한, 이러한 몸을 통한 교육이 가능하다. 그러나 인각은 잠재적으로 남아 있을 뿐 언제나 즉각적으로 가능한 것은 아니다. 많은 행동의 수칙은 배우는 자의 즉각적인 실천 범위를 넘어간다. 가령 『소학』에 나와 있는 임금 앞에서 하는 행동에 대한 여러 규칙은 여덟 살 내외의 어린아이에게는 현실적인 실천으로 배울 수 있는 것이 아니다. "임금 앞에서 과실을 하사받았을 때에 과실에 씨가 있으면 그 씨를 품에 간직한다."[3] 와 같은 것은 매우 간단한 지시 사항이지만, 배우는 자는 이것을 몸이 아니라 마음에 각인할 도리밖에 없을 것이다. 뿐만 아니라 이것을 임금이 주신 것을 감히 함부로 버리지 못한다는 의미로 이해하는 것은 그것을 몸이나 마음에 각인하는 것만으로는 불가능한 것일 것이다.

주입식 교육의 폐단을 지적하는 말이 많지만, 주입식 교육 방법은 교육의 방법으로서 반드시 비효과적인 것은 아니다. 주입식에 대조되는 것은 이해 또는 더 나아가 흔히 주장되듯이 창조적 자발성의 교육이지만, 행동적 절차의 습득이 중요하다면, 그것은 반드시 이해나 자발적 창조성을 요구하는 것은 아니다.(창조성이란 초보적인 교육의 단계에서 사실 이해의 다른 면이다. 그것은 어떤 사항의 원리를 파악하고 그것의 적용을 스스로 발견하는 일을 말한다. 그러니까 선택은 주입식 각인이냐 이해냐 두 가지로 줄어든다.) 도덕적 명령의 경우, 그 명령이 한 사회의 공리로 간주되는 것일 때, 거기에 무슨 새로운 이

---

1 이기석(李基奭) 역해, 『소학』(홍신문화사, 1982), 30쪽.

2 같은 책, 36쪽.

3 같은 책, 63쪽.

해와 창조성이 필요할 것인가. 그러한 것이 필요하다면, 그것은 몸이나 마음에 각인되는 수칙의 보강을 위해서 필요할 뿐이다.

이 보강에 이해의 과정이 필요하다. 이 이해에 도움이 되는 것이 앞에서 말한 바 우화적인 일화들이다. "어린이의 배움은 암기하고 외우는 데 그치지 않고 그 양지(良知) 양능(良能)을 길러 주어야 하니, 먼저 들려주는 말을 위주로 하여야 한다." 여기에서 가언(嘉言)의 필요가 생긴다. 그러나 이에 더하여 도움이 되는 것은 "고사를 기억하게 하"는 일이다.[4] 그리하여 『소학』도 많은 부분이 이야기로 이루어진다. 가령 위의 인용에 이어서 여러 고사가 언급되어 있지만, 황향선침(黃香扇枕)의 고사는 황향이 여름에는 부모의 이부자리를 부채질로 서늘하게 하고 겨울에는 체온으로 따뜻하게 하였다는 이야기를 언급한 것이다. 우의를 함축하는 고사를 통해서 참으로 양지와 양능에 이르게 되는지는 알 수 없는 일이지만, 적어도 이야기는 상상을 통해서라도 어떤 것을 체험적으로 깨닫는 데에 도움을 줄 것으로 생각된다. 도덕만이 아니라 어떤 일에 있어서도 사람이 스스로를 교육하는 데에 가장 자연스러운 방법은 사례를 통한 배움이다. 한문의 전통에 있어서 역사나 철학 또는 문학은, 위에서 말한 바와 같이, 사례를 통한 교육을 그 핵심으로 한다. 구체적인 것은 대체로 추상적인 것보다는 쉽게 알아볼 수 있는 것이다. 이야기에 나오는 구체적인 것이란 하나의 상황이다. 상황은 일정한 입장에 서 있는 사람과의 관련에서 펼쳐져 보이는 세계의 특정한 양상이다. 실존주의자들은 사람은 언제나 상황 속에 있는 존재라고 말한다. 그러한 점에서 어떤 상황에 있고 그에 대한 반응을 결단해야 하는 인간의 이야기는 지적인 훈련이 있는 사람이든 아니든 사람이 저절로 습득하는 세계와 자기에 대한 이해 형식을 빌려 오는 것이다. 이것이 사람이

---

4 같은 책, 179쪽.

사는 곳이면 어디나 이야기가 있는 이유일 것이다. 이야기의 보편성에 미루어, 고사(故事)가 도덕적 가르침에서 중요한 역할을 하는 것은 자연스럽다.

3

그러나 고사를 통한 이해는 이해라는 관점에서 매우 모호한 지역에 있다. 체험이란, 그것이 직접이든 아니면 대리적인 것이든, 일단 체험자의 주관 내지 주체의 개입을 전제한다. 그러니만큼 암묵적일망정 주체의 이해를 수반하는 현상이다. 그러나 엄밀하게 말하면, 그것은 어디까지나 암묵적인 것일 뿐이다. 고사의 이해가 완전해지는 것은 그것의 우의를 밝힘으로써이다. 그것은 체험을 지적인 명제로 다시 포착하는 것이다. 임금이 준 과일의 씨를 품에 간직한다는 것은 임금이 준 것을 함부로 버리지 않는다는 의미로 번역되어서 비로소 이해가 완성된다. 황향선침의 경우도 마찬가지이다. 다만 그 교훈이 지적인 명제로 옮겨진다고 하더라도, 구체적인 이야기가 말해 주는 애틋한 사정이 조금은 여운으로 남는다고 할 수 있다. 그런 의미에서 구체적인 사례의 교훈은 지적인 명제로 완전히 변역되지 않는다. 도덕은 추상적으로 말할 수 있는 의무의 수행만이 아니라 일정한 감성적 태도의 규범화에도 관계되는 만큼(가족이나 인간관계를 기본으로 하는 동양 윤리에 있어서 이것은 특히 그러하다.) 도덕적 가르침에서의 우화가 단순히 가외의 방편에 불과한 것은 아닐 것이다. 그러나 도덕 교육의 주안점이 추상 명제로 표현될 수 있는 도덕적 깨우침에 있는 것은 분명하다. 도덕적 우화는 두 가지 단계의 이해를 상정한다. 첫째는 그 체험적 이해이고, 두 번째는 이 체험에 대한 반성적이고 지적인 이해이다. 그리고 중요한 것은 이 두 번째의 것이다.

유교적 수양에 있어서 이러한 종류의 구체적인 체험을 통한 이해 — 그것이 직접적인 것이든 아니면 고사 일화를 통한 대리적인 것이든, 이러한 체험적 각인이나 유추가 중요한 것은 사실이나, 그 최고의 경지를 이루는 것은 추상적인 원리들의 이해 — 이기(理氣)라든가 성리(性理)라든가 또는 태극과 같은 보다 본격적인 의미에서의 원리의 이해이다. 여기에서도 행동적 조작 — 앞에 든 여러 예법과 아울러 정좌(靜座)의 여러 규칙들을 지키고 몸에 붙이는 것도 중요한 일이지만 — 수양(修養)은 수신(修身)이다. — 수양의 과정은 단순히 전수되는 말들을 외우는 것이 아니라 마음으로 깨우치는 것을 포함한다. 옛 물음에 이러한 것이 있다. 경서를 깨우친다는 것은 무엇을 말하는가. 경서의 말씀을 등에 적어 놓으면 그 적어 놓은 말씀을 알았다고 할 수 있을 것인가. 손바닥에 적어 놓으면? 마음에 외우는 것은 어떠한가? 마음에 기록해 두는 것과 손바닥에 적어 두는 것이 어떻게 다른가. 경서를 이해하는 것은 공부하는 자의 주관적인 마음이 움직이는 계기를 포함하게 마련이다. 유학에 있어서 이러한 주관적 계기에 대한 정당성은 이(理)는 곧 마음이라는 데에 있다.(“불시(不是) 심외별유개리(心外別有箇理), 이외별유개심(理外別有箇心)”, 『주자어류(朱子語類)』) 마음은 모든 교육 과정에서 불가결의 계기인 것이다. 물론 이 마음이 완전히 텍스트를 떠나서 자유롭게 움직이는 것이 도덕적 교육 — 적어도 전통적인 의미에서 또는 사회의 도덕적 확신에 있어서 허용될 수 있는 것은 아니다. 전통적 도덕 교육에서 마음의 자유와 가르침의 엄격한 테두리는 주자의 경서에 대한 태도에서 요약된다. 한 연구자는 주자의 독서법을 이렇게 설명하고 있다. “주자의 독서법은 독서에서의 개체의 자율에 큰 가치를 두었다. 그러나 이 과정의 자율이 결코 이해의 주관성에 이르는 것을 말하는 것은 아니다. 주자의 생각에 텍스트의 진리는 모든 사람에게 다 같은 것이다. 그것은 성인들이 옛날에 이미 말씀하신 객관적 진리이다. 주자가 독자에게 텍스트를 개인적으로 '체험'할 것을 요구했다고 하더라도, 이것은 성인의 말씀이 자기 자신의 것이 되게 하려는 것일 뿐이다. 말씀이 독자를 바꾸는 것이지 독자가 말씀을 바꾸는 것이 아니다."[5] '글을 가지고 글을 보는 것("이서관서(以書觀書)", 『주자어류』)'이 책을 보는 원칙이고, 이것은 궁극적으로는 텍스트의 문면에 집착하여야 한다는 말이다.

전통적인 도덕 교육은 어디까지나 밖으로부터 오는 권위 — 실제적인 권위와 더불어 객관적으로 분명하고 성인의 말씀으로 확정된 진리의 권위를 존중하는 것이었다. 그것은 먼저 신체에 그리고 마음에 각인되는 명령으로 이루어지는 것이었다. 고사 일화의 체험이 이를 보강하였다. 최고의 경지에서 도덕은 도덕의 근본 원리 그리고 우주의 원리에 대한 관조적인 직관에 의하여 틀림없는 근거를 얻었다. 이 직관은 비록 주관 또는 주체적인 과정을 포함하는 것이지만, 경험적인 차원의 개인의 마음 — 여러 가지 충동과 감각과 욕망과 계산이 작용하는 개인의 마음의 반응이 아니라 그러한 것을 괄호에 넣은 허령(虛靈)한 진리의 기구로서의 마음의 기능을 통하여 이루어지는 것으로 생각되었다. 마음은 다만 거울이나 멈추어 있는 물처럼 객관적인 진리를 비추는 것일 뿐이다. 그런데 현대는 전통적인 외적 권위, 곧 신체와 마음을 기율할 진리 — 성인의 책과 말씀이 나타내는 진리가 상실된 시대이다. 예로부터 문학은 도덕적 훈련의 요청에 대하여 양의적인 관계를 가지고 있었지만, 현대에 와서 이 관계는 특히 문제적인 것이 되었다.

---

5 Chu Hsi, *Learning to Be a Sage*, trans. with a commentary by Daniel K. Gardner(University of California Press, 1990), pp. 55~57.

4

소설은 특정한 사람 또는 사람들이 세상에서 겪은 일들을 적은 것이다. 그러니만큼 그것은 주관적 성격의 체험의 이야기이다. 그 주관성은 전통적 도덕 훈련에서의 깨우침의 주관성보다는 우화의 체험적 주관성에 가깝다. 그리하여 일단은 깨우침의 주관성 내지 주체의 요소는 거의 없는 것으로 말할 수 있다. 물론 그렇다고 하여 소설을 일정한 지적인 관점에서 이해하는 일이 불가능하다는 말은 아니다. 그러나 적어도 사회적 관점에서의 도덕적 교훈에 이르는 이해를 생각한다면, 그것은 반드시 그러한 것을 포용한다고 하기 어렵다. 물론 모든 소설이 그러한 것은 아니다. 권선징악 소설은 일정한 도덕적 의도를 가진 것이다. 앞에서 말한 바와 같이 도덕적 우의는 다른 관점에서의 흥미로운 이야기에 외면으로부터 부과한 것일 수 있다. 그러나 적어도 그 부과한 만큼은 도덕적 의미를 갖는다고 할 것이다. 그뿐 아니라 도덕은 억지로 부과된 것이 아닐 가능성이 많다. 소설 — 소설보다는 단순히 이야기라고 하여야 하겠지만, 이야기는 당대적 삶의 주제들을 모방하고 그 주제의 하나에 도덕적 주제가 들어 있는 것이라고 하는 것이 옳다. 그것에 추가하여 사회적 삶을 유형화하는 다른 주제들 — 대부분의 사회에서 사회생활의 중요한 동기를 이루는 성과 부귀의 주제가 등장한다. 물론 이것들은 인물과 행동의 동기에 연결되어 선악의 기준에 의하여 일정한 질서 속에 정형화된다. 사회적으로 제공되는 동기와 주제 그리고 유형과 정형성 이외에 따로 순수한 동기의 순수한 인물에 의한 순수한 사건으로서의 이야기는 존재하지 않는다.

그러나 현대 소설은 고대 소설에 비교하면 순수한 체험의 세계 속에 있다고 말할 수 있다. "소설은, 삶의 외연적인 전체성이 직접적으로 주어지지 아니하는, 삶의 의미가 문제적이 된, 그러면서도 전체성의 관점에서의 생각을 가지고 있는 서사시"[6]라는 소설에 대한 루카치의 정의는 우리에게도 잘 알려진 것이다. 전통적인 세계에서 삶의 의미는 사회가 가지고 있는 최고의 상징체계 또는 이데올로기 체계로 주어진다. 이것은 동양적 세계에서, 그것이 삶을 사회 속에 정위하는 주된 방법인 까닭에, 도덕에 의하여 주어진다. 그러나 도덕을 떠나서 삶은 어떠한 의미를 가질 것인가. 루카치의 정의에서 미루어 알 수 있듯이, 그것은 당연한 것으로 주어질 수 없다. 그러한 것이 가능하다면, 그것은 의미를 찾는 탐구로 주어진다. 의미가 삶을 하나로 묶어 줄 수 있는 의미의 탐구로 대체된 것이다. 이러한 전환과 변화를 전형적으로 보여 주는 것이 삶의 의미 추구를 그 주된 동기로 하는 교양 소설이다. 이 탐구에서의 의미의 탄생은, 루카치의 리얼리즘론에서는, 주어진 현실로부터 사회주의적 이상을 향한 사회적 움직임이 태동하는 과정에 일치한다. 그러나 현대 소설이나 현실을 볼 때, 교양 소설이나 현실주의의 소설의 탐구가 암시하는 의미는 개인적이든 객관적이든 전시대로부터의 습관이 만들어 내는 항수에 불과한 것인지도 모른다. 적어도 소설이나 이야기의 사건들은 그저 일어나는 것일 뿐 어떤 도덕적이거나 정신적인 의미를 가진 것은 아니다. 그러니만큼 그것들은 우연적이고 의미 없고 하잘것없는 이야기들의 단편의 집적을 구성할 뿐이다. 물론 거창한 이야기들 — 영웅적 차원으로 부풀려진 무용담, 무협담들이 있을 수도 있고 그것들에 정치적인 의미가 주어질 수도 있으나, 그것은 많은 경우 무법한 세상의 무법한 정치를 반영할 뿐이다.

소설의 순수 경험의 세계에 일관된 것이 있다면, 그것은 소설의 형식에서 오는 것이다. 세상과 신변의 잡사나 혼란의 시대의 특징인 원한(ressentiment)이나 소망 충족 그리고 심리적 환상의 이야기들을 하나로 묶

6 Georg Lukács, *The Theory of the Novel*(MIT Press, 1971), p. 56.

을 수 있는 유일한 원리는 머리와 가운데와 끝을 가진 소설의 형식이다. 교육의 관점에서 소설이 궁극적으로 주는 교훈은 어떤 특정한 도덕이라기보다는 이 형식의 교훈이라고 할 수 있다. 이 형식은 어떤 장르적 관습으로 주어지는 것이라기보다는 작가 스스로가 발견하고 만들어야 하는 모양새이다. 그것을 만들어 내는 것은 소설가의 주관 또는 주체의 힘이다. 소설의 형식의 암시는 삶에 확대될 수 있다. 그것은 사람의 삶이 일정한 형식을 형용하는 것이며, 또 그렇게 형성되어야 한다는 것이다. 다시 말하여 그 교훈은 삶의 형식적 완성에 관한 것이다. 그러한 의미에서 교양 소설은 역시 소설의 교훈에 관한 전형을 제공한다. 다만 교양 소설의 건축의 원리가 되는 암묵적인 초월적 이상이 이 형성의 숨은 동기로서 작용한다고 말하기에는 현대는 너무나 혼란스럽다. 아마 더 포괄적으로 소설의 교훈은 이러한 형성이 가능하든 아니하든 그것에 작용하는 여러 동기 관계에 대한 이해 — 간단히 말한다면 인간의 내면생활에 대한 이해 정도라고 하는 것이 옳을는지 모른다. 이해는 체험의 최소한도의 일관성을 만들어 내는 연계작용이 없이는 불가능하다.

소설의 형식을 만드는 힘은 소설가의 주관적 역량의 문제이면서 역사가 허용하는 집단의 업적에 밀접하게 연결되어 있다. 리얼리즘의 소설관은 이것을 역사 자체의 변증법적 전개에서 발견할 수 있다고 생각한다. 그러나 그보다도 이 형식의 힘은 과학의 정신이 만들어 내는 인간 현실의 일부를 이루는 것일 것이다. 그것은 과학과 산업의 발달로 진행되는 합리화 과정의 내적 표현이다. 그것은 내면생활의 합리화 과정의 소산이다. 서양 현대 소설의 기원이 데카르트를 비롯한 서양 현대 철학의 시작 그리고 현대 과학의 시작과 비슷한 시기가 되는 것은 우연이 아니다. 영국 소설의 발생에 대한 고전적인 연구인 『소설의 기원』에서 이언 와트는 모든 것을 자신의 주체적인 사고에서 시작하려 한 데카르트의 방법적 사고 그리고 개인의 체험적 진실에 역점을 두고 그것의 새로운 방식에 의한 진술을 꾀하는 소설 사이에 평행 관계가 있음을 지적한 바 있다.[7] 개인이 단순히 사회적으로 유형화된 동기의 덩어리들이 아니라 독자적인 내면을 가진 존재라고 생각되는 것은 다분히 데카르트의 홀로 사고하는 주체의 발견에 관계되는 일일 것이다. 데카르트적인 사고의 목적은 만인이 수긍할 수 있는 법칙에 이르려는 것이다. 그러나 이 사고가 그 개체적 실존에 연결되어 있는 한, 사고의 장소로서의 개체적 내면 공간의 상정은 불가피하다. 진리는 개체적인 관점 — 공간적으로 하나의 지점에서 원근법적으로 조망되고 또 끊임없이 움직이고 있는 사건의 세계 속에서 드러난다. 뿐만 아니라 이 개체적 관점은 사실 여러 가지 실존의 우연성들 — 단지 그 원근법적 제한만이 아니라 사람의 내면으로부터 나오는 여러 정서적 요인에 의하여 위협을 받는 지점이다. 과학적 진리의 투명한 보편성은 개체적 실존의 어두운 내면에 위태롭게 근접해 있다. 그러나 유일하게 합법적인 원리인 합리적 사고는 인간의 여러 부분을 이러한 사고의 영역의 밖에 놓이게 하면서 성립한다. 또는 이러한 합리적 사고가 비합리성의 비합법성의 구역을 만들어 낸다고 할 수도 있다.(동양적 사고에서 정서야말로 도덕 — 즉 사회적 도리의 본거지가 된다. 그것은 반드시 개인적인 것이 아니다.) 심리도 이 제외된 구역에 속한다. 심리는 개체의 특성이다. 독자적 사고와 심리의 음영을 지니게 된 개체는 세계를 독자적으로 느끼고 지각하게 된다. 그런데 이 내적인 세계도 그것이 과학의 영향하에 있는 한, 어떤 합리적 인과 관계를 완전히 벗어날 수는 없다. 다만 그것은 법칙적으로 설명되기보다는 그럴싸한 동기 관계로 설명되는 차이를 갖는다. 19세기 소설의 정점을 이루는 리얼리즘은, 어떤 이론가들이 말하듯이, 주어진 체험에서의 지각과 감정의 인과 관계

---

7 Ian Watt, *The Rise of the Novel*(University of California Press, 1965), p. 13 et passim.

의 구축을 겨냥한다고 할 수 있다.

그러니까 소설은 교육적 관점에서 이러한 요소 — 합리적 사고와 감정과 지각으로 이루어진 경험의 세계에 대한 합리적 이해를 준다고 말할 수 있다. 그러나 이 경험 세계가 반드시 사실적인 세계에 일치하는 것은 아니기 때문에, 여기서의 이해는, 앞에서 비친 바대로, 주로 인간의 내면생활에 대한 것이라고 하는 것이 옳다. 이것은 다른 사람의 경우에도 해당되고 독자 자신의 경우에도 해당된다. 그러니만큼 그것은 심리에 대하여 대체로 추측 가능한 이해를 줄 뿐만 아니라, 하나의 공적인 의사소통의 장의 구성을 위한 예비 조작의 의미를 갖는다. 근대적 소설이 등장하는 사회는 합리화가 진행되는 사회이다. 합리화의 사회는 모든 것이 합리적 법칙이나 규칙에 의하여 움직인다. 그러나 앞에서 비친 바와 같이 합리성의 시대는 심리의 시대이기도 하다. 합리성의 지배하에서 개인은 어느 시대에 있어서보다도 심리적인 존재가 된다. 합리적 사회가 그 규칙으로 얽어매야 하는 개체들은 심리적 존재이다. 그리하여 효율적인 합리적 규칙은 개인적 심리를 참조하는 것이어야 한다. 그러면서도 이 심리는 이미 예비적으로 합리화의 도정 속에 있는 것이다. 이 도정에서 내면성은 특히 중요하다. 왜냐하면 사회의 합리적 규칙과 심리는 분명하게 객관적인 법칙에 의하여서라기보다는 여러 협상을 통하여서 조정되기 때문이다. 이 협상의 장소가 내면성의 공간이다. 여기에서 여러 요인에 대한 고찰과 타협이 이루어진다. 근대 사회가 합리적 사회이면서도 개인의 독자성 — 독자성이란 개체의 사회적 환원의 불가능성을 말한다. — 아니면 적어도 그의 적절한 정도의 이해관계를 존중하는 사회라는 것은 우리가 잘 아는 바이다. 이것은 심리 영역을 통하여서 이루어진다. 소설은 사회의 합리성과 개체의 적절한 정도의 심리적 성격의 틈에 존재한다. 그것의 교훈은 이러한 심리와 사회적 합리성에의 통합의 이해에 기여한다. 또는 그것은 이 이해의 예비적 조건으로서의 내면 공간의 형성에 기여한다고 할 수 있다.

물론 이러한 것 이외에 소설이 보다 직접적으로 사회적으로 의미 있는 도덕에 기여하는 것일 수도 있다. 어느 사회나 도덕 없이 존립할 수는 없다. 그것은 단순한 차원에서의 행동 규범일 수도 있고 보다 포괄적이고 철학적인 의미에서의 화해의 메시지일 수도 있다. 보다 포괄적인 차원에서의 이 도덕적 교훈은 궁극적으로 개체들의 실존의 총체적인 질서를 암시하는 형식의 교훈에 일치한다.

5

그러나 이러한 교훈론은 합리성의 관점에서 오늘의 사회에 대한 지나치게 낙관적인 견해를 표명하는 것이라고 할 수 있다. 포스트모더니즘이 비판하는 표적의 하나는 합리성이다. 계몽주의 이래의 역사적 기획으로서의 합리성은 당초의 약속처럼 자유와 평등 또는 행복을 가져오지 못했다. 그러니만큼 그것은 이 기획에서 제외된 요소들에 의하여 훼손되고 전복될 수밖에 없다. 뿐만 아니라 합리성이란 당초부터 어떤 권력에 의한 억압의 기획이라고 할 혐의를 가지고 있다. 또는 더 나아가 합리성이란 하나의 허구에 불과하다. 본래부터 세계의 실상은 합리성이 미칠 수 없는 저쪽에 있다. 합리성의 담당자로서의 주체란 무엇인가. 그것은 타자를 객체화하여야 하는 억압의 기구로서 성립한다. 다른 한편으로 주체는 그 자체로도 사람 안에 있는 스스로의 다른 가능성을 억압하고 주어진 질서에 스스로를 예종함으로써만 성립한다. 이러한 비판은 소설 — 그리고 문학 일반의 형식에도 커다란 영향을 미친다. 일관성으로서의 형식이란 허구에 불과하다. 그것은 현실에 대하여 아무런 연관을 갖지 아니한다. 그것은 파괴되거나 놀이의 대상이 될 수 있을 뿐이다.

형식이 형성적 의미를 가지지 못한다면, 거기에서 얻어질 수 있는 교육적 의미도 사라지고 말 것으로 보인다. 포스트모더니즘의 문학은 도덕적 내용은 물론 형식적 질서의 교훈도 주지 못하는 것이 되고 마는 것이다. 그럼에도 굳이 말한다면, 입장에 따라서는 교훈적 의미의 추출이 불가능한 것은 아니다. 하나는 단순한 즐김의 교훈이다. 삶의 모든 것은 즐김을 위하여 있다. 그러한 즐김이 모두 어떤 궁극적인 의미에 기여하는 것은 아니다. 삶의 교훈은 즐김의 아나키에 있다. 그리하여 이 교훈은 어떤 의미에서는 인간의 자유에 대한 — 의미로부터의 자유에 대한 교훈이다.

그러나 이 즐김의 한 근원은 틀림없이 당대의 현실에서 온다. 그러니만큼 그것은 예속의 한 표현이라고 할 수도 있다. 그것은 요즘에 와서는 대중문화 — 곧 상업 문화가 공급하는 쾌락의 대리자이다. 그러는 한에 있어서 소설 그리고 문학은 대중문화의 일부를 이룬다. 그러나 이러한 양상이 소설의 상황을 근본적으로 바꾸어 놓는다고 말할 수는 없을는지 모른다. 소설이 합리성의 세계의 소산이었다면, 포스트모던 시대도 합리성의 시대인 것은 틀림이 없다. 다만 이 합리성은 내면적 원리로서 작용할 필요가 없을 만큼 철저하게 진행되었다. 그것은 이제 참으로 두 개의 차원에서 존재할 필요가 없는 일차원적인 것이 된 것이다. 그것은 산업 사회 전체에 구현되어 있다. 이 산업 사회 체제의 일부 또는 그 안에 기능하는 개인은 이 전체적인 합리적 기구에 의하여 근본적으로 정당화된다. 그의 쾌락 — 그의 예측 가능한 불합리성은 전체적인 산업 합리성의 일부를 이룬다.(이렇게 말하면서 우리는 이러한 일차원적 합리성의 원리가 전근대적인 사회 — 합리화 이전의 사회로부터 포스트모던의 사회에서 직접적으로 진행되는 가능성을 생각하게 된다. 그렇다는 것은 제3세계의 많은 사회들은 서구의 합리성의 역사적 전재를 거치지 않고 일차원적인 포스트모더니즘의 세계로 편입된다고 할 수 있기 때문이다.)

그런데 우리가 흔히 포스트모더니즘의 문학이라고 부르는 문학은 상업주의적 대중문화와는 전혀 다른 종류의 문학일 수도 있다. 그것은 근대 문학의 합리적 형식에 대한 의식적 저항으로서 등장하는 문학이다. 그것도 그 나름의 즐거움을 제공한다. 그것은 합리주의의 실재주의 — 철학적 의미의 리얼리즘 — 에 대하여 현실과 형식을 놀이의 대상이 되게 한다. 즐거움은 마음과 환상의 놀이가 주는 즐거움이다. 그러나 이것은 의식의 즐거움이다. 그리고 그 즐거움은 적잖이 합리성의 계획을 주축으로 하는 놀이의 즐거움이고, 또는 그 파괴의 놀이의 즐거움이다. 그러니만큼 그것은 합리적 기획에 대한 의식을 전제로 한다. 또는 문학의 형식으로 옮겨 생각하면, 포스트모더니즘의 파괴는 근대적 문학 형식을 그 자료로 한다. 이러한 의미에 있어서 포스트모더니즘의 교육적 의미는 합리적 형식의 습득과 그것의 초월의 동시적 성취에 있다.

포스트모더니즘의 합리성 비판의 한 소득은 식민주의와의 관련에서의 소득이다. 그것은 서구적 합리성의 기획 — 흔히 근대화라고 불리는 기획에 의하여 억압된 비서구 사회의 전근대적인 것의 명예를 회복시키는 데 도움을 주었다. 그리하여 반드시 합리적인 원리로 설명할 수 없는 많은 것 — 문학에 있어서는 내용과 수법에 있어서의 비합리적이고 전체성의 충일감에 미달하던 것의 현실성이 되살아날 수 있게 되었다. 토속적이고 구비적인 것도 이러한 상황하에서 합법성을 얻게 되었다. 그러나 그 경우에 있어서도 아마 현대적인 합리적 정신의 매개는 불가피한 것일 것으로 생각된다. 그리하여 교육적으로 볼 때, 합리성의 각성을 거친 시대에 있어서 전근대적인 것은 근대적 해석을 통하여 비로소 총체적인 해석의 테두리 속에 들어가게 된다. 삶의 많은 것이 무의식 상태의 순진성에 있다고 할 때, 이것은 불행한 일이라고 할 수도 있지만, 불기피한 것이다.

6

오늘날 문학은 매우 다양한 형태로 존재한다. 이 다양한 문학의 형태는 각각 다른 교육적 의미를 가질 수 있다. 그것은 문학 교육의 문제를 어렵게 한다. 그것은 단순히 교사가 여러 다른 교훈을 유도해 낼 준비가 되어 있어야 한다는 의미에서만이 아니다. 우리 시대는 많은 것들이 동시적으로 다양하게 그리고 어지럽게 존재하는 시대이다. 그러나 시대와 사회가 이 모든 것을 쉽게 수용할 수 있는 시점에 있는 것은 아니다. 교육은 새로운 것을 배운다는 전제를 가지고 있지만, 이 새로운 것이란 사실 무의식적으로 전제되어 있는 시대의 사고방식 안에서의 새로운 것을 말할 뿐이다. 그리하여 교육적 노력에서 모든 교훈을 끌어내는 것은 지난한 일이다. 우리 시대가 그 인지를 허용하는 문학의 교훈은 무엇인가.

이것과 관련되면서 조금 다른 또 하나의 문학 교육의 문제는 문학은 근본적으로 교육하기 어려운 인간 활동 분야라는 데에 있다. 그것은 문학이 개념적으로 전달될 수 있는 것이 아니라 체험이기 때문이다. 이것은 어느 시대에나 존재하는 문제이지만, 특히 서구의 또는 서구적인 현대 소설 — 그리고 현대시나 다른 장르의 문학 형식과 관련하여 존재하는 두드러진 문제이다. 앞에서 언급한 바 전체성이 상실된 세계 또는 신이 버린 세계의 서사시는 아니라도 설화와 표현이라는 점이 그것을 절대적으로 체험적인 것이 되게 하는 것이다.

앞에서 본 바와 같이 전통적 도덕 교육에서 도덕은 분명하게 표현된 직접적인 행동 수칙으로 전달된다. 이것은 몸에 각인되고 그러지 아니한 경우는 대체로는 암기되는 경서의 말로써 마음에 각인된다. 고사 일화의 경우 그것은, 교사가 설명하든 학생 스스로 깨닫든, 도덕적 우의로 번역될 수 있다. 이러한 것들로부터의 유풍은 민족주의적·현실주의적 이야기와 소설에 그리고 문학론에 그대로 남는다.(이것은 시의 경우에도 마찬가지이다. 가령 한용운이나 김소월의 '님', 박두진의 「해」에서 '해'를 민족이라고 번역하는 일들이 단적으로 이것을 예시한다.) 그런데 적어도 체험적인 요소가 강한 문학 표현에 있어서 그러한 번역이 작품의 빈곤화를 가져오는 것은 부정하기 어렵다. 아마 많은 경우 작품의 의미는 어떤 우의를 포함하는 경우에도 보다 복잡하게 체험적 현실로부터 추출되는 것일 것이다. 즉 우의는 체험의 전개를 통하여서만 구현된다. 이 구현을 가능하게 하는 것은 형식이다. 그리하여 극단적인 경우 작품의 의미는 오로지 형식 속에만 있다. 그러나 이 형식은 반드시 어떤 형식적 특징으로 지시될 수 있는 것이라기보다는 체험되는 어떤 본질이다. 우리는 마치 작품이 어떤 수사적 기술로 설명될 수 있는 것처럼 이야기되는 경우들을 본다. 특히 우리 교육에서 인물 구성이라든가 플롯이라든가 플롯의 복선적 구성이라든가 또는 비유의 여러 형식, 직유, 환유, 제유 또는 다른 수사적인 형식들은 매우 중요한 교육 항목들을 이루는 것으로 보인다. 이러한 형식적 요소들이 현대적 작품에서의 형식의 우위성을 말하여 주는 증표가 될 수는 있지만, 그것이 체험적 현실의 모방으로서의 작품을 대신할 수는 없다. 그것은 작품의 우의적 환원보다도 더욱 작품을 빈곤하게 하는 결과를 가져올 뿐이다.

그런데 작품의 체험에 어떻게 들어갈 수 있는가? 이것은 문학 교육의 핵심적인 문제이면서 확실한 답변을 찾기 어려운 문제이다. 감정 이입은 문학을 읽는 기본적인 심리적 기제로 말하여진다. 그러나 이것을 확보하는 방법을 이론적으로 설명하기는 거의 불가능하다. 방법 자체가 이론이라기보다는 체험이고 기껏해야 개인적으로 습득되는 기술일 뿐이다. 그것은 집중의 기술이고 집중을 통하여 주어진 것에 자기를 일치시키는 기술이다. 스타니슬랍스키는 연극의 배우가 주어진 역할을 연출할 때, 배우가 어떻게 그것에 스스로를 일치시키는가 하는 데에 많은 관심을 가지고 있었다. 그는 연극배우의 수련에서 "자기를 버리고 배우의 전 주의력을 저자나 작곡가가 제공하는 조건에 집중하고 그 정열을 자신 속에 반영"하여야 한다고 말하였다.[8] 물론 이것은 이렇게 간단히 요약될 수 없는 구체적 테크닉과 수련으로써 가능한 것이다. 어쩌면 문학 읽기에서도 그에 비슷한 테크닉과 수련이 있을는지 모른다.

그러나 교육은 이러한 자기 일치를 통한 체험 또는 대리 체험으로 끝나지는 아니한다. 그것은 이 체험에 대한 이성적 이해에 이르러 완성된다. 이것은 체험에 대한 분석을 필요로 한다. 이 분석은 물론 앞에서 말한 작품 구성의 기술이나 수사적 분석을 포함한다. 그러나 그것은 훨씬 더 복잡하고 섬세한 언어의 분석을 통하여 이루어진다. 그간 수없는 비판이 있었음에도 불구하고 신비평의 작품 분석은 언어 구조를 통한 작품의 가장 정치한 분석의 범례가 된다. 문학 작품의 형식은 체험의 형식이고, 그것은 인간의 내면이 세계를 사는 방식이다. 이 내면의 형식은 여러 가지로 직관될 수 있는 것이다. 주자의 이치와 심의 일치에 기초한 독서도 이러한 직관의 가능성을 전제로 한다. 그런데 이성적 분석도 사람의 내면에 이르는 한 방식이다. 또는 그것은 내면을 구성하는 한 방식이다. 현대적 자아는 사유하는 자아로서 가장 분명한 지위를 부여받는다. 신비평의 작품 분석은 사실 이러한 내면성에 이르는 분석이다. 언어의 짜임새에 주목하는 것은 이 내면성의 구성에 이르려는 노력이다. 이것은 달리 말하면 문학의 체험적 내면에 숨어 있는 합리성에 이르려는 것이고, 동시에 스스로의 마음 가운데 그러한 가능성을 인지하는 것이다. 이것은 자아 발견과 자아 형성의 어려운 과정이면서, 앞에서 말한 바와 같이 사회의 합리적 공간의 구성

---

8 Konstantin Stanislavsky, *Stanislavsky on the Art of the Stage*, trans. by David Magarshack(Faber & Faber, 1950), p. 115.

에 기여한다.

강조되어야 할 것은 이 합리성이 스스로 발견되고 구성되어야 하는 것이라는 점이다. 이것은 결국 개념적으로 표현되는 어떤 의미로 표현될 수 있을는지 모르지만, 그것이 주어진 교사의 개념들에 의하여 미리 구속되는 한, 학생의 자아의 과정은 그만큼 자율성을 상실한다. 그것은 결국 공공 광장에 이르는 준비의 성격을 가지면서도 개인의 유니크한 자기실현으로서만 의미를 갖는다. 물론 이것이 좁은 의미에서의 자기만족을 의미하는 것은 아니다. 스타니슬랍스키에 있어서 배우가 연극에 종사하는 것은 자기중심적인 자아로부터 창조적인 자아를 해방하고 스스로를 위하여서나 그의 관객을 위하여서나 보다 풍부한 삶의 가능성을 실현할 수 있게 하려는 것이다. 모든 것이 여기에서만 끝나는 것도 아니다. 이러한 궁극적인 자기실현은 작품의 감상에서 이루어지는 것도 아니고, 또 개인적 삶의 테두리 안에서 이루어지는 것도 아니다. 그것이 전부를 결정하는 것은 아니지만, 모든 삶은 사회적이고 역사적이다. 문학의 이해는 보다 큰 삶의 광장으로 나아가기 위한 전주곡이란 면을 가지고 있다.

이와 같이 현대적 문학의 교훈은 합리적 사회에서의 자기실현과 인간실현에 관한 것으로 말하여질 수 있다. 그러나 문학의 영역은 현대성의 문학을 넘어간다. 또 현대성의 교훈은 모든 사회의 모든 사회 단계에서 얻어지는 것은 아니다. 또 한국의 모든 문학 — 현대 문학을 포함하여 한국의 모든 문학이 그러한 교훈의 매개가 되는 것은 아니다. 우리는 서양 말의 교육인 education, Erziehung은 끌어내는 것이라는 뜻을 가진 것이라는 말을 듣는다. 이미 잠재적으로 피교육자 안에 들어 있는 것을 끌어내어 발전시키는 것이 교육이라는 뜻이다. 끌어내어지는 것은 타고난 잠재력일 뿐만 아니라 피교육자가 이미 사회로부터 암암리에 흡수한 것들일 것이다. 사회가 피교육자에게 넣어 놓은 것은 어떤 주입된 선입견이기도 하지만,

이것을 넘어서 사회 안의 많은 말과 실천과 제도가 가지고 있는 어떤 생각과 느낌의 양식이다. 교육은 이것을 확인하는 행위에 불과하기 쉽다. 사회가 넣어 놓은 근본 양식에서 벗어나는 것은 교육되기 어렵다. 현대 문학의 교훈이 합리성의 훈련의 일부를 이룬다면, 그 합리성은 사회 속에 이미 전제되어 있는 것이다.

그런데 우리 사회가 합리적인 사회인가? 또 우리의 시각을 한국의 현대 문학에 한정해 볼 때, 그것이 합리성의 영향 아래에서 형성된 것인가? 여기에 대하여 우리가 100퍼센트 긍정적인 답을 할 수 없다면, 앞에서 말한 현대 문학의 교훈은 허망한 것이 될 수밖에 없다. 이렇게 말한다고 하여, 합리성의 문화 속에서 나온 문학이 아니면 좋은 문학이 아니고 교훈이 없다고 말하려는 것이 아니다. 우리는 합리성의 해방적 기능과 함께 억압적이라는 비판을 심각하게 받아들여야 한다. 합리성은 인간 생존의 가능성의 한 방향을 말할 뿐이다. 내가 말하고자 하는 것은 우리 상황에서 — 과거와 현재, 동과 서가 혼재하는 우리 상황에서 문학의 교훈은 여러 가지로 파악되어야 마땅하다는 것이다. 이 다양한 문학 읽기의 균형이 어떤 것이어야 하는가 하는 것은 또 다른 문제로 남을 것이다.

그러나 우리가 문학을 어떻게 읽고 그 교훈을 어떻게 추출하든지 간에, 다양한 문학의 존재 방식에 대한 접근은 일단 현대적 자기 인식 — 합리성의 기치 아래서의 자기 인식을 거치지 아니하면 아니 되는 것으로 보인다. 그런 다음 다른 가능성에의 이행은 합리성의 자기 한정을 통해서 가능해질 수 있을는지 모른다. 자기비판은 합리성의 원리인 이성의 커다란 강점의 하나이다. 다른 가능성이 있다면, 그것은 아마 이 비판이 드러내는 한계의 저쪽에서만 성립하는 것일 것이다. 이것이 오늘의 우리의 상황이다. 얼마 전 동서의 철학적 관점을 비교하는 한 세미나에서 나는 고려대의 이승환 교수가 퇴계에서의 이성과 감성의 관계를 논하라는 주문을 받고, 그것은 칸트에 있어서의 이기론을 논하라는 것과 비슷한 주문이라는 것을 말했다는 발언을 들었다. 모든 개념이 모든 현실과 모든 철학에서 같은 설명력을 가질 수 없다. 그러나 이 교수도 인정한 바와 같이, 퇴계의 이성과 감성을 논하기보다도 칸트의 이기를 논하기는 더욱 어려운 일이다. 이 비대칭성이 오늘의 상황의 일부이다.

이와 관련하여 나는 우리의 문학 연구와 교육에 관련하여 매우 현실적인 요청에 대해 언급하는 것으로써 이 글을 끝내려고 한다. 그것은 우리 문학의 교육의 재료에 있어서의 동서의 통합에 대한 요청이다. 서양 문학의 전통에 대한 어떤 교육 없이는 오늘의 문학 교육은 바른 것이 될 수 없다. 우리의 삶이 이미 그에 대한 밀접한 관계를 가지고 있는 것이다. 우리 고전 전통의 중요성은 말할 것도 없다. 그것은 국문의 전통에 못지않게 한문의 전통을 포함한다. 이러한 것을 생각할 때 우리의 현대 문학은 우리의 문학 교육에서 지나치게 많은 비중을 차지하고 있는 것으로 말할 수 있다. 그 비중은 조금 더 낮아져야 한다. 그러면서 이러한 여러 전통을 통합하기 위해서는 모든 것에 대한 새로운 해석이 있어야 한다. 특히 우리의 전통에 대한 현대적 해석이 절실히 요망된다. 이 모든 해석은 불가피하게 현대적인 관점 — 그러니까 서구적인 관점을 많이 흡수한 것일 수밖에 없다. 물론 그것에 대한 비판도 포함하여야 한다. 앞에서 말한 바와 같이 한국이나 동아시아 또 더 일반적으로 비서구의 문학들은 그 나름으로 문학과 인간 생존의 다른 가능성들을 대표하고 있기 때문이다. 이것을 발전적으로 포섭하는 비판적 해석이 필요한 것이다. 그러나 이러한 것들을 구체적으로 교육 프로그램으로 발전시키는 것은 지난한 일이다. 그것은 많은 연구를 거친 다음에 가능한 것이 될 것이다. 그러나 이러한 방향을 다짐하는 것은 필요한 일이다.

(2000년)

영어 교육의 효용

언어의 구체성과 추상성

1

영어 교육 또는 외국어 교육에 있어서 실용성의 강조는 어제 오늘에 시작된 것이 아니지만, 작금에 와서 모든 다른 관점을 압도하는 지상 명령이 되었다. 나는 이미 오래전부터 외국어 교육이나 습득에 있어서의 실용성의 강조에 대하여 비판과 반대를 여러 곳에서 표명해 온 바 있다. 그러한 글을 쓰기 시작한 것은 벌써 20여 년 전부터이지만, 지금도 마찬가지이다. 그리하여 지금 말하려는 것은 다분히 지금까지 말해 온 것을 되풀이하는 것이 될는지 모른다. 그런데 그것이 어떤 것이든지 간에, 말을 배워서 쓸데가 없는 수가 있겠는가. 수메르 말을 배워서 어디에 쓸 것인가 하는 사람들이 있겠지만, 그것은 수메르 문명을 이해하려는 사람에게는 틀림없이 매우 중요한 쓸모를 가진 말일 것이다. 또는 불경이나 인도 사상을 원점으로부터 연구하고자 하는 사람들에게는 산스크리트 어나 팔리 어가 매우 쓸모 있는 말이 될 것이다. 실용 영어라는 말이 어떻게 시작되었는지는 모르지만, 그것을 문자 그대로 해석할 때 그것은 실제로 쓸모가 있는 영어라는 말일 것이다. 그것이 국민 교육의 일부가 되고 또 그러지 않은 경우도 널리 많은 사람이 배워야 하는 것으로 이야기되기 때문에 저절로 영어는 산스크리트와 같은 언어와는 전혀 다른 쓰임새를 가질 수밖에 없을 것이다. 그리고 이 다른 쓸모는 자명한 것처럼 생각된다. 그러나 참으로 이것이 자명한 것일까.

영어의 쓸모로서 쉽게 생각할 수 있는 것은 영어를 말하는 사람과 소통할 능력을 갖출 수 있게 영어를 교육, 습득한다는 것이다. 그러나 다시 생각해 보면 이 소통이라는 것이 그렇게 간단하게 이해될 수 있는 개념인 것은 아니다. 소통이 수준에 이르는 것이 어렵다는 것을 말하는 것이 아니다. 그것은 어려울 수도 쉬울 수도 있는 것이겠지만, 그보다도 그 정의에 있어서 무엇을 누구하고 어느 정도의 수준에서 이야기한다는 것인가 하고 물어보면, 대답은 참으로 막연한 것이 되는 것을 면치 못한다. 택시 운전수, 관광객, 상사원, 외교관, 과학자, 인문 과학자 각각 필요가 다르고 쓸모가 다를 것이다.

쓰임새는 대개 최소 공약수로 생각된다. 최소 공약수로 생각하면, 모든 국민이 영어를 말하여, 영어 말하는 외국인이 길을 물어보면, 대답할 수 있어야 한다거나 또는 한국인으로서 외국에서 나가서 그에 비슷하게 길을 물어볼 수 있어야 한다는 요구가 존재하는 것으로 보인다. 그런데 얼핏 생각되는 것처럼 이것이 참으로 현실성이 있을까. 텔레비전에서 영어를 몇 년 배워도 길거리에서 외국인에게 길을 일러 줄 수 없는 사람이 많다고 개탄하는 경우를 보았지만, 길거리를 별로 나다니지 않는 때문인지도 모르지만, 사실 나는 이날까지 길을 물어보는 외국인을 서울에서 한 번도 만나본 일이 없다. 그런 일이 드물다고 하여도, 그렇게 할 수 있는 능력을 기르는 것이 나쁜 일이 아님은 물론이다. 다만 이 정도의 확률을 위하여 그 많은 시간과 정력과 비용을 써야 되는가를 물어볼 수는 있을 것이다. 상점을 경영하는 사람이 상품을 고르고 값을 묻는 외국 관광객을 상대로 영어를 구사할 수 있다면, 그것은 조금 더 영어에 들이는 밑천을 뽑은 것이라고 할 수 있을 것이다. 컴퓨터 시대의 도래와 더불어 컴퓨터에 나오는 영어의 지시어를 해독하는 것은 더욱 투자 가치가 있는 것으로 생각될 수 있다. 다만 요즘에 와서 컴퓨터 언어가 상당 부분 한국어화되고 또 그러지 않은 경우도 그 언어는 비교적 제한된 것이라는 것도 지적될 수 있을 것이다.

길거리 표지라든지 관광 안내라든지도 영어로 써야 되는 경우가 있다. 이러한 것을 일일이 영어 전문가에게 물어서 해야 한다면, 그것은 번거로울 것이다. 이러한 정도의 일은 담당 공무원이 스스로 해결할 수 있는 것이 좋다고 할 수 있다. 그러나 누구나 잘할 수 있다는 생각이 오히려 실수를 범하게 하는 경우도 있다. 북악 스카이웨이에 가면 서울시를 조감할 수 있는 곳으로 팔각정이라는 곳이 있고, 스테인리스 판에 새겨 놓은 사진 촬영 금지 표시가 있다. 그 영문은 "Don't take a photography of a here because of military protection area." 운운으로 되어 있다. 이러한 것은 그 외의 공공장소의 안내에서도 많이 볼 수 있는 것이다. 잘못된 일임에는 틀림이 없으나, 이러한 잘못은 화제를 제공해 주고 이국적 정취를 자아내고 웃음을 자아내는 데에는 도움을 주는 것으로 치부할 수도 있는 일이다. 다만 위엄을 갖추고 정확을 기해야 할 중요 문서들에서 이러한 실수가 생겨나는 일이 많다면, 그것은 그렇게 간단한 문제만은 아니다. 이것은 문학 작품의 번역에서도 마찬가지이다.

그러나 이것이 쉽게 해결될 수 있는 것은 아니다. 문제의 하나는 외국어가 쉽게 정복될 수 있다고 생각하는 사람들의 자신감이다. 모든 사람이 영어를 잘할 수 있다는 생각은 저절로 아무나 잘한다는 자신감으로 옮겨지게 마련이다. 모든 사람이 영어를 완벽하게 할 필요는 없다. 그러나 도로 표지와 같은 간단한 것도 공식적 표현은 완벽한 영어 능력이 없이는 제대로 만들지 못한다. 맡은 바 일에 맞는 다양한 수준의 숙달이 필요하다. 영어의 쓸모를 생각하면서 우리는 이러한 영어의 문제가 최소 공약수의 기준으로는 해결될 수 있을 것인가를 물어야 할 것이다. 최소 공약수의 실용성을 강조하다 보면 실용성의 수준과 다양함을 놓치고 결국은 실용성도 놓치는 결과를 가져오게 된다. 한 곳에서 쓸모 있는 것은 다른 곳에서 쓸모 없는 것이 된다. 또는 낮은 차원에서 쓸모 있는 것으로 정의되는 실용성은 더 높은 차원에서는 그렇지 않은 것이 된다.

이러나저러나 간단한 의미에서의 실용이란 대체로는 정의되는 경제 활동의 관점에서 정의되는 것이다. 이것을 받아들인다고 하여도 쓸모가 길거리에서 길을 안내해 준다거나 관광 상품의 가격을 말하는 것으로 끝나는 것은 아니다. 경제적 의미의 실용은 말할 것도 없이 보다 복잡한 산업과 무역 관계에서의 의사소통을 포함한다. 그런데 이러한 경제 관계의 의사소통은 반드시 경제 관계의 의사소통에 한정되어서 능률적인 것이 되는 것은 아니다. 한국의 은행들이 외국에 진출하던 초창기에 독일에서 은행을 개설하고 경영을 맡았던 어떤 사람이 독일에서 돌아와서 나에게 이러한 말을 한 일이 있다. 그는 독일에 파견되기 전에 이미 독일어를 많이 공부하고 있었다. 그리하여 일상적인 의사소통에는 큰 불편을 느끼지 아니할 독일어 능력을 갖추고 있었다. 그러나 그가 독일 근무에서 발견한 것은 일상 회화(Umgangssprache)로는 불충분하다는 사실이었다. 상거래를 말하면서 사람들이 잊어버리는 것은, 아무리 상거래의 핵심이 금전 거래라고 하더라도, 그것도 인간이 하는 행위라는 사실이다. 인간적 주고받음이 거기에 있는 것이다. 이것은 장기적이고 큰 거래일수록 그렇다. 우리는 큰 무기 거래에 뇌물이 오고 가는 것을 알지만, 이 뇌물은 아는 사람들의 연줄을 통해서 또는 미인의 매력의 줄을 타고 순환한다. 이것 자체가 돈의 거래에

돈 이상의 것이 돈다는 증거이다. 조금 더 정직한 거래의 차원에 내려와서, 앞에 말한 은행 지점장의 이야기는, 오래 은행 사업을 하려면 만찬이나 음악회 또는 가정 간의 친교 등의 기회를 가지게 되고 이런 기회의 통화는 여러 가지의 문화적인 담소를 포함하게 되고, 그러니 참으로 유리하고 지속적인 상거래를 위해서는 이러한 담소를 할 수 있는 문화 상식과 문화 회화의 습득이 필요하다는 것이다. 상거래에도 돈과 수표 이외에, 문화적 화제를 주고받는 데에 필요한 문화적 잔돈이 예비되어 있어야 한다는 것이다. 이러한 문화의 잔돈을 준비하고 그것을 그때그때 적절하게 사용하는 것은 고도의 언어적·문화적 수련을 요구하는 일이다. 그러나 한 걸음 더 나아가 이러한 문화의 잔돈은 보다 넓은 문화 자금으로부터 나오는 것이다. 그리고 이 자금이 튼튼하다면, 문화 화제의 상거래는 조금 더 여유 있는 것이 될 것이다. 이러한 자금을 축적하는 데에 요령과 준비서가 있을 법하니, 그에 대한 벤처 기업도 있을 수 있는지 모르겠다.

그런데 교양 입시 준비서가 아니고 이 문화 자금이 참으로 깊은 교양과 지식에서 나오면 그보다 더 좋을 수는 없을 것이다. 그러나 이것은 금전적 이해관계의 관점에서는 반드시 수지 타산이 맞지 아니하는 것일 수 있다. 깊은 의미의 문화 학습은 경제적으로나 시간과 정력으로나 많은 투자를 필요로 한다. 일단 단기적인 관점에서 투자에 대한 회수가 쉽지 아니할 것이다. 아마 더 중요한 것은 참다운 교양과 금전적 효용 사이에는 깊은 적대 관계가 있다는 사실이다. 문화적 지식은 과학적 지식이나 마찬가지로 호기심에서 나온다. 그 결과는 이러저러한 지식의 잡동사니의 퇴적을 의미할 수 있다. 그러나 그것이 문화에 관련되는 한(사실은 과학적 지식의 경우도 그러하다고 하여야 하겠지만) 문화는 인간의 내면적 지향—아름다운 것을 향하고 그것을 넘어서 어떤 이상적 형태를 향하는 지향에 대응하여 생겨나는 것이라고 할 수 있다. 영어에는 가령 독일어의 Bildung이나

Ausbildung과 같은 말에 비할 수 있는 교양이란 말이 없지만, 아널드가 문화와 교양을 아울러 의미하는 말로서 culture라는 말을 사용하면서, 이것을 인간 능력의 최대한의 발전, 인간의 완성이라고 정의한 것은 문화의 내면적 충동으로서 인간의 깊은 자기완성에의 — 그리고 궁극적으로는 세계 완성에의 지향을 말한 것이다. 문화이든 교양이든 그것이 인간 자체의 완성을 목표로 하는 것이라면, 인간의 수단화 또는 인간 수련의 수단화는 교양의 이념에 모순된다고 할 수 있을 것이다. 교양의 관점에서 교양의 상거래에의 이용은 그 자체로 이미 혐오감을 불러일으키는 것이 된다. 오늘의 현실에서 아마 깊은 의미에서의 교양을 가진 상사원은 사업의 세계로부터 조기 탈락하게 될 확률이 높다.

이렇게 말하면서도 우리는 — 인문 과학자의 아전인수라고 할는지 모르지만, 본질적인 의미의 문화도 장기적으로 볼 때 인간의 번영에 — 경제적인 것을 포함한 인간의 번영에 기본이 된다고 생각하고 싶어 한다. 경제이든 국가이든 사회이든, 사람의 경영은 궁극적으로 사람의 심성에 부합하는 것이어야 하고, 이 심성의 깊은 곳으로부터 나오는 소망을 이룩하여 주는 것이어야 할 것이고, 그렇지 아니한 경우 그 경영은 파탄에 이르게 될 수밖에 없다. — 우리는 이렇게 생각하고 싶어 하는 것이다. 문화 현상의 전부가 그렇다고 할 수는 없지만, 궁극적인 의미에서는, 이 인간 심성의 깊은 현실과 소망에 관계되는 것이 문화이다. 조금 더 단기적으로 말하더라도, 결국 상거래나 경제도 사람이 하는 일이고 사람과 사람 사이에 일어나는 일인 한, 일을 궁극적으로 결정하는 것은 사람의 능력 — 하나만을 밀고 나아가는 능력이라기보다 여러 가지 것을 널리 고려하고 해낼 수 있는 능력 그리고 이러한 다기한 능력에 기초한 도덕적 신뢰성이라고 한다면, 문화적 능력이 여기에서도 결국에는 중요할 수밖에 없을 것이다. 얄팍한 의미에서의 문화와 교양이라도 중요해지는 것은 그것이 이러한 인간에 대한 또는 인간됨에 대한 증표로서 작용하기 때문일 것이다.

돈이 되는 것이든 아니든, 그것이 인간의 능력의 신장 그리고 인간의 인간됨의 신장에 관계된다고 할 때, 문화와 교양을 등한시하는 사회가 장기적으로 잘되는 사회일 수는 없다. 영어의 효용이 앞에서 말한 바 실용적인 것을 무시할 수는 없지만, 영어 또는 일반적으로 외국어 습득이나 교육의 의의는, 적어도 그 일부에 있어서 또는 근본적으로, 교양적인 것이라고 해야 할 것이다. 그것이 어떻게 시작된 것인지는 알 수 없지만, 대학에서 영어를 교양 영어라는 이름으로 가르쳐 왔던 것은 암암리에 이러한 이해로 인한 것일 것이다.

교양이란 관점에서 영어의 의의는 제일 간단히 말하여 영어권의 문화에 나아가는 통로라는 점에 있다. 분야가 무엇이든지 간에 영어로 인하여 접근이 가능하게 되는 정보가 방대하다는 것은 누구나 아는 것이지만, 여기에 수단을 제공하는 것이 영어 교육의 중요한 기능의 하나라는 것이 별로 지적되지 않는 것은 이상한 일이다. 간단한 의사소통 그리고 영어 정보의 획득 — 국가 전체라는 관점에서 어느 쪽에 더 큰 비중이 두어져야 하겠는가는 새삼스럽게 말할 필요가 없는 일일 것이다. 이것은 자연 과학이나 사회 과학에 있어서도 그러하지만, 문화의 측면에서도 그러하다. 오늘날 사회 과학이나 자연 과학이 한국어 정보만으로 존립할 수 없는 것은 다 아는 일이다. 문화에 있어서는 한국어 이외의 문화유산과 업적에 대한 지식이 그만큼 필요한 것은 아닐는지 모른다. 그러나 문화의 자족성은 흔히 생각되고 주장되는 것만큼은 완전한 것이 아닐 것이다. 이것은 어느 전통에서나 그러하지만, 한국처럼 오늘의 세계에 새로 적응해 나가야 하는 경우에 특히 그러할 것이다.

그러나 여기에 관련되면서 또 다른 영어 또는 외국어 습득과 교육의 교양적 의의가 있다. 이것은 분명하게 그 얻는 바를 말하기는 어려우면서도 사실 가장 근본적인 의미에서 영어 또는 외국어 교육을 교양 교육의 일부가 되게 한다. 이 점에 대하여 나는 10여 년 전에 이미 길게 논한 바 있다.[1] 그때도 언급한 바 있는, 뉘른베르크의 김나지움의 교장을 하던 헤겔의 말은 외국어 교육의 핵심을 지적하는 말이다. 그는 학생들이 고대어와 문학을 공부하는 것을 정당화하면서, 인간의 자아 형성은 자기에 대립되는 타자를 필요로 하고, 이 정신 형성 과정에서 가장 적절한 타자가 되는 것이 고대어 문학이라고 말하였다. 이 타자의 매개를 통하여 사람의 자아는 보다 넓고 확실한 원리로서 또는 궁극적으로는 보다 보편적인 정신 원리로서 정립되는 것이다. 이 자아 수련의 과정은 고전어 문법의 학습, 이 학습을 통한 로고스에 대한 개안 그리고 고대 문화의 보편적 지평에의 진입 — 이러한 단계로 나아간다. 고대어든 영어든 아니면 다른 언어든, 외국어 학습의 깊은 의미는 오늘에 있어서도 같은 의미를 갖는다고 할 수 있다.

오늘날의 외국어 교육에서 가장 욕을 많이 먹고 있는 것 중의 하나가 문법 교육이다. 비단 언어 교육에서만이 아니라, 현상에 대한 지나친 법칙적·분석적 접근은 교육의 대상과 함께 그것에 대한 흥미를 죽여 버리는 결과를 가져온다. 살아 있는 직관을 벗어나는 모든 번쇄철학은 죽음의 증표이다. 이것은 학습 대상으로서의 문법의 경우에도 그러하다. 그러나 헤겔적인 의미에서 정신의 발전의 한 기초 단계로서의 문법에 대한 각성이 반드시 살아 있는 언어 체험의 죽음을 의미하는 것은 아니다. 그것은 창조적인 로고스에 대한 각성의 계기가 될 수도 있다. 우리가 언어에 문법이 있다는 것을 아는 것은 외국어와의 접촉을 통해서일 것이다.(그것이 자국어의 것이든 아니면 외국어의 것이든, 아마 역사적으로도 문법에 대한 학문적인 연구는 언어와 언어의 접촉으로 인하여 유발되었을 가능성이 크다.) 우리가 처음으로 습득

---

1 김우창, 「외국 문학 수용의 철학」, 『법 없는 길』(민음사, 1993).

하게 되는 문법은 언어의 법칙성 — 그 창조적 법칙성에 대한 최초의 증거가 된다. 문법은 언어의 창조적 사용을 위한 조합의 원리이다. 그러나 언어는 문법적 법칙성으로 단어를 조합할 뿐만 아니라 세계를 조합하는 로고스이다. 사람은 언어를 통하여 세계를 객관적으로 구성한다. 그것이 가능한 것은 한편으로 언어가 객관적 세계에 대응하는 것이기 때문이다. 그러나 동시에 그것은 인간의 구성 능력의 발현으로 인한 것이다. 언어는 인간과 세계의 중간에 존재한다. 그럼으로 하여 그것은 인간으로 하여금 세계 자체를 재구성할 수 있게 한다. 이 언어의 구성과 재구성 작용은 인간 자신에도 그대로 적용된다. 인간은 언어를 통하여 세계의 구성과 재구성 작용의 주체로서 구성되는 것이다.

물론 세계나 자아와 관련하여 언어가 수행하는 창조적 기능은 우리에게 쉽게 인식되지 아니한다. 그리고 그러니만큼 그 창조적 기능을 한껏 수행하지 못하기도 한다. 세계와 자아에 대한 언어의 창조력 자체가 반드시 의식화됨으로써 한껏 발휘된다는 말은 아니다. 아마 그것은 언어 학습의 과정에서 안으로부터 자라나는 것이 되는 것일 것이다. 그러나 문법을 포함하여 언어에 대한 대상적 인식이 이러한 성장에 하나의 중요한 계기가 되는 것은 생각할 수 있는 일이다. 그리고 우리의 자국어 습득이 너무나 무의식적인 것이기 때문에, 우리 자신의 일부가 아니라 객관적인 이물질로서 접하게 되는 외국어의 학습은 일반적으로 언어 능력의 성장과 또 그에 대한 의식적 각성에 중요한 방법이 된다. 외국어를 통하여 알게 되는 문법을 비롯하여, 외국어의 학습은 일반적으로 인간과 언어의 창조성의 변증법적 전개의 중요한 계기가 된다. 물론 이것은 단순히 언어의 문제가 아니고 세계와 자아 인식 그리고 그것의 창조적 가능성의 각성에 대한 문제이다.

방금 말한 바와 같은 주장은 외국어 학습에 지나치게 과장된 의의를 부여하는 것이라고 할는지 모른다. 이것은 과학적으로 증명될 필요가 있는 주장일 것이다. 그러나 이 언어 습득이 가질 수 있는 이러한 가능성이 실용성에 대한 지나치게 단순화된 강조로 인하여 시계로부터 사라지는 것은 유감스러운 일이다. 서양에 있어서나 한국에 있어서나, 외국어 학습은 장구한 세월 동안 학문과 수양의 커리큘럼에 있어서 가장 중요한 부분이었다. 한국에서 한문이라는 외국어의 학습에 있어서, 반드시 실용의 관점이 중요하였던 것이 아님은 말할 것도 없지만, 동시에 단순히 보다 나은 사회의 정보를 획득하자는 전략적 계산이 있었다고 할 수도 없다. 설사 그러한 생각이 있었다고 하더라도, 외국어 학습이 정신적 기율 — 세계와 인간의 형성에 있어서 핵심적인 요인이면서 객관적 인식의 대상이 되지 못하는 정신의 기율의 형성에 중요한 역할을 수행하였을 것은 짐작할 수 있다. 외국어를 통하여 얻는 고전에 대한 지식에 못지않게 그 학습의 과정 자체가 중요한 의미를 가지고 있었을 것이라는 것이다. 이러한 측면이 오늘의 실용 외국어의 강조에서 보이지 않게 되는 것이다.

2

그러나 이렇게 말하면서, 다시 생각해 보면 영어 또는 외국어 교육에 있어서의 실용성의 강조는 사실 꼭 간단한 소통의 관점에서의 소통을 그 목적으로 해야 한다는 주장이 아닐는지 모른다. 거기에 들어 있는 전통적인 학습 체제에 대한 비판은 그 학습의 내용이나 목표를 향하는 것이라기보다는 그 방법에 대한 것이라고 할 수 있다. 그리고 이것은 심각하게 생각해 볼 만한 것일 것이다. 가령 문법 학습에 있어서 목표로 해야 하는 것이, 특별한 학문적 목적의 경우를 제외하고는 그 규칙을 학습·암기하는 것이거나 그 이론을 배우는 것이 아니라 그 활용을 익히는 일이어야 한다는 것은 누구나 쉽게 인정할 수 있는 일이다. 즉 우리는 머리에 저장하는 것이 아니라 몸에 익히는 것이 중요한 것이라는 것을 안다. 그것은 운동 기술은 익힌다거나 악기를 배우는 일에 비슷하다. 야구에 대한 이론을 배우는 것과 야구를 잘하게 되는 것은 전혀 다른 것이다. 바이올린을 아무리 이론적으로 배워 보았자, 바이올린의 연주자가 되는 것은 아니다.

언어 습득의 바른 방법의 문제를 생각하는 데에는 단순히 교육이나 학습의 기술의 문제 이상의 근본적인 문제들을 생각해 보는 것이 도움이 될는지 모른다. 한 가지 생각할 수 있는 것은 학습의 문제를 사람의 두뇌의 구조에 관계시켜 보는 것이다. 가령 언어 학습이 위에서 비친 바와 같이 운동에 숙달해지는 과정에 비슷한 것이라고 한다면, 운동이 관계되는 뇌의 부분은 운동의 이론의 학습에 관계되는 부분과 전혀 다른 것이 되고, 이론 학습의 관점에서 언어 학습을 접근하는 것은 주소를 잘못 잡은 것이라는 결론이 나올 것이다. 촘스키는 사람에게 타고난 언어 능력이 있다는 것을 말한 바 있지만, 이것은 인간의 여러 능력이나 뇌 기능의 측면에서 어떻게 생각하여야 할지에 대하여서는 분명하게 말하지 아니한 것으로 보인다. 근년의 스티븐 핑커(Steven Pinker)의 저서의 제목, 『언어 본능(*The Language Instinct*)』은 언어가 인간 본능의 하나라는 것을 시사하고 있지만, 이 경우에도 그것의 생리적 근거나 성격에 대하여 분명한 답을 주고 있지는 아니한 것 같다. 또 요즘 우리가 흔히 듣는 이야기의 하나는 언어 습득의 능력이 열두 살을 경계로 하여 슬그머니 사라진다는 것이다. 그렇다면 이 현상은 두뇌의 어떤 부분의 변화로 인한 것인가. 이러한 능력 소멸 현상은 언어 능력의 성격에 대하여 무엇을 말하여 주는가. 우리가 이러한 질문들에 답할 수 있다면, 언어 학습에 대한 이해는 조금 더 쉬운 것이 될 것이다.

이러나저러나 언어 능력이나 본능이 다른 지적 능력과 같은 것이 아니라는 것은 분명하다. 그것이 무엇인가는 잘 모른다고 하더라도, 상식적으로 말하여 가령 문법의 규칙을 머리로 이해하는 것과 그것을 활용하는 것은 전혀 다르다는 것이다. 지적 대상으로서의 문법은 다른 모든 지식 학습처럼 두뇌의 가장 발달된 부분의 소관사일 것이다. 그러나 창조적 수행으로서의 문법이 관계되는 부분은 두뇌의 어떤 부분인가. 또는 적어도 어떤 종류의 두뇌 기능이 관계되는 것일까. 운동의 숙달에 관계되는 것일까.

생물체의 자기 보존의 본능들과 함께 운동이 관계되는 것은 인간의 뇌 가운데에서도 가장 오래된 부분 — 많은 다른 동물과 공유하고 있는 오랜 뇌 부분이다. 이러한 뇌 부위의 관점에서 축제나 사회적 의례의 문제를 접근하면서, 인류학자 빅터 터너(Victor Turner)는 그것이 인간 두뇌의 고등 기능에 못지않게 하등 기능, "파충류적 그리고 고포유류적 두뇌(reptilian and paleomammalian brains)"에 관계되는 것임을 말한 바 있다. 사실 그의 생각으로는 연극을 포함하여 모든 수행적인 행위(performance)는 두뇌의 하등 기능에 밀접한 관계를 가지고 있다.[2] 지식으로서의 문법이 두뇌의 고등 기능을 소장하는 신외피 부분(neocortex)에 관계된다고 한다면, 수행으로서의 문법은 다른 수행적 행위와 같이 보다 오래된 두뇌 기능에 관계된다고 하여야 할 것이다.(두뇌의 고등·하등 기능을 말한다고 해서, 수행의 습득이 지식의 습득보다 낮은 종류의 성취라는 말은 아니다. 그리고 터너가 의례 행위에 관하여 말하듯이, 수행에는 단순히 하등 기능만이 아니라 하등 기능을 포함하는 두뇌의 여러 기능이 동원된다. 또 하나 주의할 것은 어쩌면, 모든 창조적 수행은 이러한 여러 기능의 조화, 특히 정신 작용에서의 하등 기능의 작용을 조건으로 하는 것인지 모른다는 것이다. 수행 중의 문법은 의식의 대상이 되지 아니한다. 우리가 학습으로 습득하는 모든 원리는 완전히 습득될 때 대상적 의식에서 벗어난다. 그럼으로써 그것은 말하자면 의

---

2 V. Turner, "Body, brain and culture", *The Anthropology of Performance*(New York: Performing Arts Journal Publications, 1987).

식의 대상(figure)이 아니라 배경(background)으로 작용할 뿐이다. 말하자면 완전 습득된 지식은 하등 기능의 두뇌에 저장되는 것일는지 모른다. 그렇다면 창조성의 근본은 두뇌의 하등 기능 속에 들어 있다고 하여야 할 것이다.) 하여튼 여기에서 이러한 두뇌 기능에 대한 고찰은 과학적인 근거를 가진 것은 아니다. 다만 내가 지적하고자 하는 것은 수행적 언어를 지향하는 학습에 있어서, 그것을 지식의 대상으로 접근하는 것이 얼마나 어긋나는 방법인가 하는 점이다. 이것은 많은 사람들이 직관적으로 느끼는 일이다.

언어 습득이 지식 습득의 과정이 아니라는 것은 말할 것도 없이 어린아이들의 언어 습득이 단적으로 증거해 주는 일이다. 언어를 배우는 가장 좋은 방법은 아이들이 언어를 배우듯이 무의식적으로 또 자연스럽게 배우는 방법이 될 것이다. 언어 습득에 작용하는 것은, 되풀이하건대 지적 능력이 아니라 그것이 성숙하기 이전에도 작용하는 언어 능력 또는 언어 본능이다. 그러나 그것은 10대에 사라진다.(성인의 언어 습득은 어떤 능력 또는 본능을 통하여 이루어지는 것일까? 여기에 대한 답변은 없는 것으로 보인다.) 그렇다고 하여도, 어떤 경우에나 언어 학습이 수행 학습이라는 것은 맞는 말일 것이다. 그러나 어린아이가 아닌 경우 그리고 자연스러운 생활 환경이 존재하지 않는 경우에는 수행적 학습이 그대로 적절한 것이 되지 않을 수도 있을 것이다. 그런 경우 학습은 불가피하게 지식으로부터 수행으로 나아가는 것이 될 수밖에 없다. 그러나 지적 인식에서 수행으로 나아가는 방법이 무엇인가에 대해서는 아직까지는 분명한 답이 없는 것으로 보인다.

이 이행의 문제는 언어 습득에서만이 아니라 인간의 자기실현에도 ― 즉 교양적 형성에도 중요한 의미를 갖는다. 일반적으로 사람의 지적 발달을 생각할 때, 많은 것은 수행으로부터 시작한다. 그리하여 수행으로써 터득하게 된 세계는 인식으로 명료화되고 대상화된다. 여기에서 태어나는 것이 개념과 상징의 체계로서의 학문이다. 그리하여 몸으로 알던 세계는 개념과 상징으로 대치된다. 말할 것도 없이 이러한 개념화나 상징화에서 핵심적인 것은 언어이다. 우리의 일상적 삶에서도 이것은 비슷하다. 우리는 삶의 많은 면에서 수행적 환경에 대한 참조 없이 상징들과 언어만으로 구성된 세계에서 산다. 그러한 경우, 문제는 우리의 정신생활 그리고 삶 자체가 현실로부터 유리될 수 있다는 것이다. 현실의 상징체계로의 환원은 현실에 대한 보다 폭넓은 인식과 조종 가능성을 열어 놓게 된다. 한편으로는 상징과 개념 체계 또는 언어의 세계와 다른 한편으로 사실적 현실의 세계 — 이 두 급수의 정합이 문제인 것이다. 과학은 어떤 면에서는 그 자체의 상징 세계 속에만 폐쇄되어 있는 자족적 체계라고 할 수 있지만, 현실적 관련을 유지하기 위한 사실과 논리의 검증 절차를 가지고 있다. 그러나 우리의 일상적 언어생활에 있어서 그러한 점검은 우리의 경험적 직관 그리고 직관을 가지고 있을 다른 사람과의 부단한 소통 이외에 다른 쉬운 방법이 없다. 인문 과학의 경우도 비슷하다. 그러나 인문 과학은, 단순한 언어로서도, 그 진술이 지속적 언술로 표현되는 한, 논리적·수사적 타당성이라는 검증 척도를 가질 수는 있다. 그리고 물론 그것이 과학적 진리 기준을 완전히 버리지 않는 한 과학의 엄정성까지는 아니라도 그에 근사한 객관성을 얻을 수도 있다. 학문의 경우에 비하면, 우리의 일상생활이 검증되지 아니한 편견과 상투 개념과 오류 속에 영위되는 것은 불가피하다. 이것은 다시 말하여, 우리의 언어가 체험적 세계로부터 언어의 세계로 환치됨으로써 생겨나는 부작용이다.

그것을 억설로써 전복하려는 많은 노력에도 불구하고 일상적 삶의 이점은, 적어도 생활의 범위 안에서는, 그것이 늘 현실의 직관에 가까이 있다는 점이다. 직관적으로 접근되는 세계는 보통의 삶에 있어서 가장 중요한 참조 근거이다. 그것이 우리를 정상성에 매어 두는 끄나풀이다. 우리의 삶의 터전으로서의 생활 세계는 수행의 세계이다. 그렇다는 것은 우리가 물질적인 세계와 교섭하는 상태에 있다는 것을 말한다. 이 물질세계는 오관 또는 더 일반적으로 신체를 통하여 우리에게 다가온다. 언어가 수행이라는 것은 그것이 이러한 물질과 신체의 세계로부터 태어난다는 것을 말한다. 말을 배운다는 것은 이러한 물질의 세계를 — 단지 우리의 직관에 파악되는 정도일망정 이 물질세계를 또는 달리 말하건대, 몸으로 느끼는 감각들의 혼재 상태를, 언어의 체계 속으로 분절하여 재구성하는 작업이다. 이러한 분절화는 단순히 개념적으로 확인될 수 있는 의미와 의미의 연결을 뜻하지 않는다. 언어는 의미 이전에 소리이며, 소리의 음악이며, 리듬이며, 이미지이다. 언어는 그 물질적 탄생의 모든 흔적을 가지고 있다.(시는 이러한 언어의 원초적 탄생의 흔적을 지닌 언어이다.) 언어를 구사하는 것은 이러한 언어의 물질적 요소 또는 수행적 행동 속에 묻어 나오는 물질적 요소의 분절화이다. 그다음에 통사적으로 표현되는 의미의 문제가 일어난다. 벤자민 워프가 의미의 원시적 토대를 신체적·음성적 차원에서의 "순수한 형태화(pure patternment)"라 한 것은 이에 비슷한 현상을 지적한 것이라고 할 수 있다.[3]

그런데 많은 경우 외국어를 공부한다는 것은 이러한 물질적 생성의 과정을 생략하는 것이기 쉽다. 이것은 언어 습득에 있어서 근본적인 결여를 나타내는 것이면서 언어와 세계 그리고 언어와 우리 자신의 관계를 왜곡시키게 될 가능성이 크다. 이것은 교양과 문화에 중요한 의미를 갖는다. 생성의 근원에서 먼 언어는 추상적이 된다. 이것은 대개의 경우 앞에서 비친 바와 같이 우리의 일상적 언어생활을 상투적인 것이 되게 한다. 상투성의 문화 속에서 언어 학습은 일정한 공식들의 학습과 암기로 생각된다. 이것이 물론 전적으로 틀린 것은 아니다. 언어 소통이란 어느 경우에나 관습적

---

3 B. E. Whorf, *Language, Thought and Reality*(Cambridge, Mass.: MIT Press, 1964).

공식을 활용하는 것을 말하고, 그러한 공식을 활용하면서 그것을 넘어가는 주관적 또는 객관적 진실의 뉘앙스를 표현하는 것을 말한다. 그러나 언어가 전적으로 정해진 공식에만 한정되는 것은 진실의 가능성을 상실하는 일이다. 단순한 사교적 전환(phatic communication)은 공식의 적절한 사용으로 수행되는 것이지만, 공허하고 기계적일 수도 있는 사교의 공식도 계기와 감정의 적절한 조화를 통하여서 — 또는 더 일반적으로 하나의 문화에 고유한 감정의 구조 속에 동화되어서 진실성 또는 진실성의 효과를 얻는다. 이것은 기계적 인사말을 외국어로 사용하는 경우에 우리가 금방 경험하는 일이다.

어떤 경우에나 우리의 언어생활이 상투적인 공식으로 이루어진다고 하면, 그것은 비참한 일일 수밖에 없다. 그것은 세계와 나 자신에 대하여 순정한 접촉이 없이 산다는 것을 의미할 것이기 때문이다. 학문의 세계에서도 이것은 심각한 결과를 가져온다. 외래 사상은 많은 경우 수용자의 현실에 그대로 맞아 들어가기 어렵다. 이것은 물론 단순히 추상화되고 공식화된 언어로만 그렇게 되는 것은 아니다. 그러나 그 중요한 계기의 하나는 물질적·발생적 근거로부터의 분리이다. 공허한 공식으로서의 학설이 살아 움직이는 현실에 맞아 들어가지 않는다면, 그것은 다분히 언어에 대한 살아 움직이는 체험이 결여된 것과 관계되는 일이다. 이러나저러나 언어를 단순히 사회와 제도의 프로토콜의 일부로만 이해하는 것이 인간 현실을 잘못 파악하는 결과를 가져올 것은 분명하다.

그런데 외래 사상의 문제를 말한다고 해서, 그것이 특히 오늘에만 해당되는 것으로 생각하는 것은 잘못이다. 그것은 전통 시대에 있어서 더 큰 문제였다고 할 수 있다. 언어 자체에 커다란 균열을 가져올 정도로 외래 사상의 문제가 컸던 것은 오히려 전통 시대였다고 할 수 있다. 우리나라에서만큼 학문의 언어와 일상 언어의 거리가 컸던 예는 달리 찾아보기 어려울 것이다. 모든 학문의 언어 또는 개념적 언어는 완전히 한문이어야 했다. 그리하여 그것은 사람의 일상적 체험 — 일상적으로 감각하고 느끼고 생각하는 체험적 현실로부터는 유리된 별개의 세계에 속하는 것이었다. 뿐만 아니라 한문의 추상적인 언어는 일상적 체험의 세계에까지 침범하여 그것을 현실로부터 차단하였다. 이것은 현실 묘사라는 기준에서 고전 설화들의 묘사를 살펴보면 쉽게 예시될 수 있다. 『임진록(壬辰錄)』은 설화이면서 전쟁의 기록이지만, 여기에서 체험적 현실의 묘사를 기대하는 것은 전적으로 잘못된 것이다. 선조조의 치세는 "시화연풍하고 국태민안하여 백성이 창하고 시절이 태평"한 때요, 이순신은 "기골이 장대하고 힘은 삼천 근을 들고 말타기와 활쏘기를 일삼"던 사람이고, 그 전투하는 모습은 "일월투구를 쓰고 만성갑을 입고 칠 척 장검을 손에 들고 호달마를 타고 진중에 나와 싸움을 재촉하"는 것으로 말하여진다.[4] 물론 이러한 고전 시대의 묘사를 리얼리즘의 기준으로 비판하는 것은 범주 적용의 착오를 범하는 일이다. 그러나 이러한 묘사에서 상투화된 공식이 현실적 표현의 가능성을 압도해 버리는 것은 틀림이 없다. 그리하여 그것은 일상 언어의 리얼리즘을 어렵게 만들고 급기야는 우리의 사고의 현실성을 감소시키는 효과를 가져온다.

국한문의 분열로 인하여 일어나는 언어의 빈곤화는 공식화된 표현의 침해로서만 일어나는 것은 아니다. 어떤 경우에나 언어는 자연스러운 수행적 조건에서 습득되는 것인 만큼, 감각적·정서적 체험의 현실성은 습득된 언어 속에 남아 있다고 할 수 있을지 모른다. 그러나 감각적 체험도 보다 높은 분절화에 의하여 변형됨으로써만 그것의 복합성을 드러낸다. 사람의 감정은 희로애락의 네 가지라든가 또는 희로애구애오욕(喜怒哀懼愛惡

---

4 소재영·장경남 옮김, 『임진록』(고려대학교 민족문화연구소, 1993).

慾) 일곱 가지라고도 한다. 하여튼 그것은 간단히 분류될 수 있는 유형 몇 개로 생각되는 것이다. 그럼에도 불구하고 감정은 이 유형으로부터 수없는 다른 형태로 변주될 수 있다. 그것은 감정이 구체적인 상황에 연결됨으로써이다. 문학이 사람의 감정을 표현한다고 할 때, 그것은 원형적인 감정을 표현한다기보다는 구체적인 사건의 맥락 속에서 여러 가지로 나타나는 감정의 변주를 표현하는 것이다. 이것을 언어적 표현과의 관계에서 다시 말하면, 감정은 여러 언어적 맥락 속에서 수많은 뉘앙스를 가진 것으로 변주된다. 이러한 사정은 감각이나 지각의 체험의 경우에도 마찬가지이다. 그것은 사물이나 인물과의 상호 작용 그리고 사건 — 이러한 것들을 일정한 맥락으로 구성하는 언어 속에서 그 복합성을 드러낸다. 감정이나 감각 또 다른 인간의 체험의 복합성은 잠재적인 것에 불과한 것으로서 사건의 신택스 속에서 비로소 현실이 된다. 감각을 포함하여 인간의 구체적 체험을 구출해 내는 것은 그것을 넘어가는 언어를 통하여서이다. 분열된 언어의 상황 속에서는 우리의 감각 체험도 단순화 또는 빈곤화된다.

감각의 빈곤화는 삶을 빈곤화한다. 또는 거꾸로 그러니만큼 그 풍부화는 삶을 풍부하게 하는 것이라고 할 수 있다. 그러나 여기에서 문제되는 것은 단지 향수의 풍부성이 아니라 삶의 조건으로서의 현실 인식이다. 풍부한 감각은 우리로 하여금 주어진 현실을 보다 정확하게 또 섬세하게 인지할 수 있게 한다. 이 기능은, 이미 비친 바와 같이, 단순히 그 자체로 우리의 감각을 예리하게 하는 것을 뜻하는 것이 아니라 여러 사물과 인물 그리고 사건과의 상호 작용 속에 있다. 또 달리 말하건대, 예리하여진다는 것은 사물과 인물과 사건의 여러 구체적인 뉘앙스에 주목하게 된다는 것을 말한다. 경험이 중요한 것은 감각을 예리하게 하여 사물의 구체적 모습과 차이를 인지할 수 있게 하기 때문이다. 이 경험의 중요성은 개인적인 것일 뿐만 아니라 집단적이다. 이 집단적 경험의 시간적 확장이 전통이다. 특히 인간과 세계에 대한 섬세한 교섭의 역사를 기록한 전통은 특별한 의미를 갖는다. 우리의 전통적 언어생활도 이러한 기록을 많이 남겼다. 그러나 그 언어가 원천적으로 분열된 것일 때, 감각의 예리화, 경험의 구축 그리고 현실의 정확하고 섬세한 인식을 위한 언어적 작업이 어려워지는 것이 불가피하다. 우리의 단순한 도덕주의, 표어주의, 집단 정서주의, 이러한 것들에 일관되는 연역주의 등은 이러한 유산의 문제성에 연결되어 있다고 나는 생각한다.

서양의 영향이 다시 한 번 언어와 현실을 분리시키는 일을 한다면, 그것은 한문과 한문의 고전에 지배되었던 우리의 전통이 해 놓았던 일을 더 계속하는 것이라고 할 수 있다. 그러나 나는 역설적으로 이러한 상황의 극복에 있어서도 서양 언어의 학습은 중요한 기능을 수행할 수 있다고 생각한다. 한문 전통이 우리의 감각과 사상과 삶의 태도에 어떠한 영향을 미쳤는가 하는 것은 우리 문화에서 가장 심각하게 검토되어야 할 문제이다. 여기에서의 나의 견해가 매우 부정적인 것으로 들릴는지 모르나, 이것을 전적으로 부정적으로 보는 것은 매우 편벽된 관점이라고 해야 할 것이다. 그러나 적어도 언어의 문제와 관련하여 여기에서 간단히 말해 본다면, 한문이 생활 언어로부터 분리되어 존재해 온 것은 틀림이 없다. 한문은 중국에서도 이미 그러한 상태에 있었다. 그것이 바로 한문의 성격이요, 특징이라고 할 수 있다. 그러나 우리나라에서 이것은 더 강조되었다. 한문의 서적들의 철저한 경전화는 그것을 역사적·사회적 생성의 상황으로부터 분리하는 데에 결정적인 역할을 하였다. 오래전에 김용옥 씨가 지적한 일이 있는 일이지만, 한문의 경전들이 우리말로 번역되어 흡수되었더라도 사정은 달랐을 것이다. 한문에 대신하여 가장 강력한 외래어가 된 영어와 다른 서양어(그리고 그것이 살아 있는 언어라는 의미에서 중국어까지도 포함하여) 또 일반적으로 외국어의 경우 그것들은 한문과 같은 위험을 내포한 것은 아니라고 생각된다. 물론 그 이유의 하나는 오늘날 우리 사회에 강하게 성립되어 있는 주체 의식이지만, 그들 언어 자체가 경전의 언어가 아니며, 설령 경전적인 텍스트가 있다고 하더라도 그 경전이 역사와 사회 그리고 인간의 생활 현실로부터 고립하여 존재하는 경전일 수 없는 것이 오늘의 사정이라는 것들도 이유가 될 것이다. 그리고 우리가 지금 배우는 대부분의 외국어는 신체적 언어와 추상적 언어의 창조적 교섭에서 이루어진 위대한 문화 전통들을 가지고 있는 언어들이다. 우리는 이러한 언어들을 통하여 — 그 문학과 철학을 통하여 언어가 신체적 체험의 직접성과 개념적 추상화 사이에 어떻게 존재하는가를 체험할 수 있다. 참으로 외국어 학습의 궁극적인 의미는 이러한 언어의 복합적 존재 방식에 대한 깨우침에 있다고 할 수 있을는지도 모른다. 그리고 이것은 다시 자신의 모국어로 돌아오는 일을 의미할 것이다. 결국 모국어는 그 속에서 태어난 사람에게는 자신의 가장 근원적인 뿌리와 같이 있는 것이기 때문이다.

되풀이하건대 한문에 비하여 오늘의 외국어 학습에 따르는 위험도의 감소를 말한 것은 정도의 문제에 불과하다. 앞에서 이미 말한 바와 같이 살아 있는 언어의 움직임으로부터 떨어져 있는 언어는 언제나 공식화하고 상투화한다. 그러면서도 우리와는 다른 언어의 역사를 가지고 있는 언어의 깊은 체험은 우리를 그러한 언어 소외(동시에 현실 소외)로부터 해방할 계기가 될 수도 있다고 말하는 것이다.

오늘날 실용 영어의 강조에서도 나는 이중의 가능성을 본다. 앞에서 말한 바와 같이 그것은 일부는 언어의 수행적 성격에 대한 통찰에 기초하고 있다. 이것을 어떻게 언어 교육에 도입할 수 있는가 하는 것은 가장 심각한 의미의 문제 제기이다.(이것은 영어와 외국어에만 한정되는 것이 아니라 국어 교육에도 해당된다.) 그러면서 이것은 보다 풍부한 언어 표현의 체험으로 승화될 수 있어야 한다. 그러나 다른 한편으로 실용 영어의 강조에서 다시 언어의 문제가 쉬운 공식이나 처방으로 해결될 수 있다고 생각되는 것을 본다. 그 통찰은 참으로 깊은 언어의 원천에 대한 것은 아니다. 우리는 영어 공부를 안 하면 영어가 공부된다, 교과서와 선생님을 버리면, 영어를 마스터할 수 있다, 또는 어떤 종류의 체조를 통하여 영어를 할 수 있게 된다, 이러한 말을 듣는다. 우리는 얼마 안 있어 영어 잘하는 한방약의 광고를 보게 될지 모른다. 실용 영어의 강조는 어쩌면 모든 것을 단순한 공식으로, 단방약으로 처리할 수 있다고 생각하는 우리 풍토의 가장 대표적인 표현인지도 모른다. 그것은 높은 우주론이나 사회 이론에서 인생의 모든 답변을 발견하던 사고방식의 통속화인지도 모른다. 어쩌면 우리는 우리의 분열된 언어 체험의 오랜 전통의 미로에서 아직도 헤매고 있는 것일 것이다.

(2000년)

문학과 존재론적 전제

비교 시학적 관점에서

우리는 당연하고 자명한 것으로서 문학이라는 말을 쓴다. 그렇기는 하나 '이것이 곧 문학이다' 하고 구체적으로 문학이라는 것을 잡아내어 말하기는 심히 어려운 일이다. 우리가 한국 문학을 말하고, 영국 문학을 말하고 동양 또는 서양 문학을 말할 때, 여기에 들어 있는 문학이라는 것은 같은 현상을 지시하고 있는 것일까. 이러한 여러 전통의 문학에 공통된 것이 없지는 아니할 것이다. 그러나 우리가 공통된 것으로 인지한다고 생각하는 문학을 지나치게 단일한 것으로 생각할 때, 우리는 문학 현상을 잘못 이해하고 문학의 가능성을 좁히는 결과를 가져오는 것이 아닌가 하는 생각이 든다.

오랫동안 문학 연구는 국민 문학의 테두리 안에서 이루어졌다. 물론 여러 나라와 언어의 문학이 동시에 연구된 일이 없었던 것은 아니다. 다언어, 다국적의 문학 연구가 바로 비교 문학이 의도하는 것이다. 서구에서의 비교 문학은 서구의 여러 문학을 하나의 테두리에서 연구하는 데에서 시작되었다. 이것은 자연스러운 일이다. 20세기 초의 모더니즘, 19세기의 낭만주의, 더 소급하여 르네상스 등은 한 나라나 한 언어에 국한된 것이 아닌, 서로 평행적인 또는 상호 영향 관계를 가지고 있는 현상이다. 이것을 넓게 알아보고자 하는 연구가 생겨날 수밖에 없다. 이 외에도 구미 문학의 여러 현상은 국제적인 측면을 가지고 있다. 많은 모티프나 관습이나 생각의 틀은 하나의 역사적 모체에서 나온 것으로 종합하는 것이 가능하다. 학문적 동기가 인과 관계의 철저한 규명과 더 나아가 일반적인 설명과 이해의 구축에 있다고 할 때, 문학 연구의 비교 문학적 확대는 학문의 논리가 요구하는 것이다.

그러나 문학 연구 범위를 구미의 전통에 한정하는 것은 문학 현상의 이론적 이해를 그 논리적 귀착점까지 밀고 나가는 것이라고 할 수 없다. 문학에 대한 경험적이고 이론적인 연구가 믿을 만한 것이 되려면, 그것은 서양 문학의 테두리 밖에 있는 문학을 포함하는 것이라야 한다. 이것은 논리적으로 당연한 요구이다. 또 서양 문명의 밖에 있는 우리에게는 자명한 것으로 생각된다. 그러나 놀랍게도 이 점에 대한 각성은 매우 느린 속도로 확산되어 왔다. 이것은 서양에서도 그렇지만, 자각되고 반성된 의식으로는 우리 자신들의 경우에도 그러하다. 작금에 와서야 겨우 사정이 달라지고 있는 것으로 보인다.

지난번 남아프리카 공화국 프리토리아의 국제비교문학회에서 파리 대학의 장 베시에르(Jean Bessière) 교수가 그 회장 이임사에서 특히 역점을 두고 강조한 점의 하나는 보다 집중적인 비서구 문학 연구가 앞으로의 비교 문학 연구의 과제라는 것이었다. 몇 년 전 국제비교문학회에 문화간연구회(Intercultural Studies Committee)라는 것이 생겼지만, 이것도 문명권이 다른 지역 사이의 문학을 비교 문학의 영역으로 확대하자는 의도를 가진 것이다.(이것은 역설적으로는 서양 학자들의 생각에 비교 문학 일반은 서구 전통 내에서의 문학 연구였다는 것을 말하는 것이라고 할 수도 있다.) 하여튼 가장 보편적인 차원에서의 문학의 연구는 서구 문학의 테두리를 넘어가는 것이어야 할 뿐만 아니라, 이상적으로 말한다면, 세계의 모든 문학을 널리 포괄하는 것이라야 한다. 필요한 것은 문학의 인류학이다. 모든 전통의 모든 언어의 문학을 종합적으로 수합하고 비교 연구함으로써 비로소 문학이라는 현상의 바른 이해가 가능할 것이다.

그런데 문학의 인류학적 종합은 우리가 가지고 있는 문학에 대한 생각을 새로이 검토하여야 한다는 것을 말한다. 서구 전통을 넘어서 여러 전통에서의 문학을 연구의 대상으로 한다고 할 때, 우리는 여러 전통에 문학이 동일한 현상으로서 발견된다는 것을 전제하고 있다. 그러나 그러한 것으로 분명히 알아볼 수 있는 독자적인 현상으로서의 문학이 존재하는 것일까? 문학이 무엇인가를 말할 수 있기 위해서는 문학의 범인류적인 연구를 기다려야 한다고 할 수도 있다. 방법론적으로 순환 논법은 불가피하다. 알아볼 수 있는 문학이 있어야 문학의 인류학이 출발할 수 있고, 이러한 인류학이 완성되고 나서야 참으로 문학이 무엇인가를 알고 그것을 알아볼 수 있을 것이기 때문이다. 출발은 주어진 것에 대한 경험적 접근이다. 그러한 경우에도 우리의 연구는 결국 문학의 본질이나 존재 방식 자체를 향하는 것이 될 수밖에 없다.

오늘날 문학에 대한 우리의 생각은 다분히 서양적 문학 이해에 의하여 결정되어 있다. 그 결과 우리는 그 이해를 통하여 다른 많은 문학을 판단한다. 그러나 이것은 오해의 원인이 될 수 있고, 우리 문학의 현 위치를 정확히 이해하는 데에도 왜곡을 가져올 수 있는 것으로 보인다. 현대 문학의 연구에서 우리는 자연스럽게 한국의 시와 프랑스의 시, 김춘수의 시에 있어서의 릴케의 영향, 염상섭의 자연주의 — 이러한 주제들을 생각한다. 그러나 여기에서 우리가 시를 말하고 소설을 말할 때, 같은 종류의 시와 문학을 말하고 있는 것일까? 현대 문학의 경우에 그렇다고 말하여도 크게 틀린 것은 아닐는지 모른다. 어차피 그것은 서양의 문학 이념의 영향하에서 이루어진 것이다. 그럼에도 불구하고 그것이 서양의 문학의 이념에 일치하는 것은 아니다. 우리 현대 문학에 성숙의 고통이 있고 토착화된 자연스러움을 성취하는 데에 어려움이 있다면, 그것은 상당 정도는 문학의 밑바닥에 흐르고 있는 서로 다른 이념의 부조화로 인한 것이다. 더구나 현대 문학이 아니라 전근대 문학의 경우를 현대 문학—서양의 영향 아래 이루어진 문학의 이념으로 볼 수는 없는 일이다. 춘향전에 서양의 비슷한 서사 형식을 말하는 소설이라는 이름을 붙이는 것이 옳은 것일까? 아니면 그것은, 어떤 연구가들이 한 바와 같이, 구연 서사시라는 장르에 포함시키는 것이 옳은 것일까? 근대 이전에 있어서 시라는 말은 전적으로 한시를 말하는 것이었는데, 외국어를 자국어처럼 쓰는 시가 서양의 근대시와 같은 테두리에서 또는 우리가 현대에 와서 시라고 할 때 생각하는 것과 같은 테두리에서 이야기되어야 옳은 것인가?(더구나 이 외국어는 본고장에서도 이미 일상적 언어의 지위를 잃어버린 것이고, 또 수용 국가에서는 어휘나 어음 그리고 역사적 연상에 있어서 상당한 정도로 토착화된 바가 있는 언어이다.) 서양 문학—그것도 서양의 근대 문학에서 생겨난 장르로써 우리의 문학을 이야기하는 것이 맞지 않는 것이라는 것은 우리가 다 가지고 있는 느낌이다.

서양의 절대적인 우위는 비서양 지역의 문화나 사회를 그 눈으로 보게 만들었다. 인류의 역사의 발전이라는 관점에서 볼 때, 세계의 서양화가 바람직한 것인가 아닌가 또는 그것과는 상관이 없이 불가피한 것인가 아닌가는 간단히 논할 수 없는 일이다. 그러나 그것이 어떤 현상의 정확한 이해를 방해하는 일임은 틀림이 없다. 우리의 입장에서, 해야 될 일의 하나는 쉽지는 아니한 대로 동서양의 차이의 느낌을 분명히 하는 것이다. 한국의 시와 서구의 시, 한시와 서구의 시, 한시와 시조, 한시와 우리의 현대시, 전근대의 소설들과 현대 소설—이러한 것들 사이에 존재하는 차이는 무엇인가? 우리가 서양과 동아시아의 문학들을 아울러 생각할 때, 그 차이는 무엇인가? 또 동아시아의 전통에서 서로 같으면서도 다른 것은 무엇인가? 이러한 질문에 대한 답은 우선은 경험적 시론을 통하여 밝혀질 것을 기다릴 수밖에 없다. 그러면서도 그 의미는 경험적인 것만은 아니다. 시가 무엇인가, 이야기가 무엇인가 하는 것에 대한 의식적·무의식적 이해는 거의 선험적으로 작가의 글쓰기를 결정하고 독자의 수용 조건을 설정하고 비평적 기준이 된다. 그리고 그것은 암암리에 우리의 삶의 선택에 영향을 준다.

이러한 문제들을 쉽게 답할 수는 없는 일이다. 여기에서는 서양 문학과 동아시아 문학을 크게 나누는 듯한 한 가지 특징을 가지고 이러한 문제들에 대한 생각의 실마리를 열어 보고자 한다. 한 가지 특징이란 동아시아 문학에서의 감정의 중요성이다.

서양 문학은 일찍부터 현실의 재현이 문학의 핵심이라는 생각을 가지고 있었다. 이것은 이야기뿐만 아니라 시에서도 그러하다. 그러나 동아시아에서 가장 핵심적인 문학 장르인 시가 현실 모사의 의도를 가지고 있었는지는 분명치 않다. 프린스턴대의 얼 마이너(Earl Miner) 교수도 그의 비교 시학적 저서에서 서양의 사실성에 대조하여 동아시아의 시학에서의 정서적 표현의 핵심성을 말한 바 있다. 물론 이것은 「모시서」로부터 시작한 많은 동아시아의 시론에 근거하여 말한 것이다. 이 점은 우리가 옛날의 시나 세상이 전혀 다른 것이 된 21세기에 와서도 우리의 시에서 직관적으로 느끼는 것이다. 이것은 시학의 문제만은 아니다. 문제는 이러한 차이를 지적하는 것만으로는 끝나지 아니한다. 문학 형식의 존재 방식의 차이는 궁극적으로는 인간의 존재 방식의 차이를 나타낸다. 그것이 문학의 생산과 수용에 결정적인 요인으로 작용하는 것은 그것이 삶의 심층으로부터 올라오는 것이기 때문이다. 그것은 문학적 실천 깊은 곳에 가라앉아 있어 우리의 의식을 벗어난다. 그것을 이해하는 일은 고고학적 발굴 작업을 필요로 한다. 이러한 문학의 아프리오리를 밝히는 작업은 문학과 마찬가지로 인간 존재의 심층 — 현재와 마찬가지로 그 역사적 심층을 캐어 나가는 작업이 된다.

프랑스의 중국 철학 연구가 프랑수아 쥘리앵(François Jullien)의 관찰은 중국 시의 감정주의를 중국 사상에 대한 넓은 관련 속에서 더 정치하게 이해하려 한다는 점에서 흥미롭다. 감정의 표현이 중국 시학의 핵심이라는 관찰에는 변함이 없다. 중국에 있어서도 시의 효용은 물론 다른 것들을 목표로 할 수 있다. 가령 부(賦)는 사실적 기술을 주안으로 하고, 비(比)는 정치적·사회적 풍자를 시도한 것이다. 그러나 어떠한 효용이 전면에 있든지 간에 중요한 것은 감정의 표현이다. 그러니만큼 아무래도 중국의 시의 이해에서 가장 중요한 것은 흥(興)에 관계되는 시의 효용이다. 흥은 감정의 촉발을 목표로 한다. 쥘리앵의 관찰에서 특이한 것은 촉발되거나 환기되는 감정이 수행하는 역할에 대한 것이다. 그것은 다분히 사회적인 목표를 가지고 있다. 가장 간단한 예는 감정의 환기를 통하여 정치적 목적 수행의 의도를 가진 시적 수사이다. 고대 중국에서 시가 널리 정치적인 계기에 중요한 역할을 한 것은 잘 알려진 사실이다. 가령 『시경』의 시들은 외교 관계에서 완곡하게 — 많은 경우 고사를 빌려서 유추적 이해가 가능하게 의사를 전달하는 방법으로 사용되고, 또 아랫사람이 주군에게 간할 때에도 주군의 역린을 다치지 않고 의견을 피력하는 방법으로도 사용되었다. 가령 『시경』의 「정풍」에 실려 있는 시, 담을 넘어와 뽕나무를 꺾지 말라는 내용의 시("將仲子兮, 無踰我里, 無折我樹杞")는 월장하는 애인에 관한 시로 들리지만, 그 목표는 정나라의 제후가 이 시를 낭송하여 환기되는 비유적인 상황의 감정에 호소함으로써 진공이 억류하고 있는 위공을 풀어 주게 했다는 것이다.[1] 우리나라의 한시의 역사에서 맨 처음 나오는 시의 하나인 을지문덕의 시(“神策究天文, 妙算窮地理. 戰勝功旣高, 知足願言止”)도 우중문의 철군을 가져왔다는 것인데, 듣는 사람의 감정에 호소하는 간접적 암시의 시가 될 것이다.(우리에게는 이러한 호소로써 전쟁이 끝난다는 것은 믿을 수 없는 일이지만, 이러한 순진한 세계가 있다는 것은 믿고 싶은 일이다. 그리고 그러한 세계가 어떻게 가능한가 또는 적어도 그 시대에는 가능했던 것인가는 더 깊이 역사적 연구가 필요한 일이다. 나는 동아시아 시의 감정주의를 생각하면서, 그것이 이러한 믿기 어려운 세계에 관련이 있는 것이 아닌가 하고 생각한다.)

앞에 든 것은 외교와 군사 관계의 일이지만, 이것이 군신의 관계 또는 임금과 백성 사이의 간접적 교감의 방법으로 전용되는 것은 더 쉽게 생각할 수 있는 일이다. 더 복잡한 예도 있지만, 가령 “지칠 대로 지쳤는데,/ 아니 돌아가고 어이리/ 님이 아니라면/ 우리 어이 이슬 맞고 있을 건가?(式微式微, 胡不歸. 微君之故, 胡爲乎中露)”와 같은 시는 임금에게 부질없는 전역으로부터 회군할 것을 호소하는 간단한 시이다. 이러한 경우는 이것이 군신의 관계, 국제 관계에 관련되는 일이니까 그렇지, 사사로운 관계라면 있을 수 있는 것이라고 할 수 있다.

어떻든 이러한 시들이 표현하고 있는 세계는 인간의 사회관계가 감정에 의하여 맺어지는 세계이다. 일단 감정에 호소하는 어법은, 일단 그것이 요구가 아니라 호소로써 일이 결정되는 세계라는 점에서, 위계적 질서의 사회에서 통하는 일이라고 할 수 있다. 위계적 힘의 관계가 강한 자리에서의 의사소통에 완곡한 수사법이 널리 활용된 것은 주로 신변의 위험을 최소화하기 위한 것이었다. — 쥘리앵은 이렇게 말한다. 완곡한 수사는 공평한 공론의 광장과 자신의 의견을 당당하게 개진할 수 있는 개인이 없는 전

1 François Jullien, *Le détour et l'accès : Stratégies du sens en Chine, en Grèce*(Editions Grasset, 1995); *Detour and Access: Strategies of Meaning in China and Greece*(Zone Books, 2000), p. 79.

제주의 사회에서 불가피한 것이었다는 지적이 틀린 것은 아니다. 그리고 이러한 상황에서 수사의 핵심은 진리나 정당성의 주장이 아니라 정서적인 호소를 통하여 사람의 마음을 움직이는 일이다. 그것은 어떤 인간관계를 부드럽게 하면서 동시에 존명의 수단이 된다. 그리고 그것은 표현의 자유의 축소, 쥘리앵이 지적하고 있듯이, 이견 제시의 봉쇄 그리고 궁극적으로 개인의 주체성의 쇠퇴와 소멸 등에 이어지기도 한다. 쥘리앵이 이와 같이 부정적인 결과만을 강조한다는 말은 아니다. 그는 다른 면과 함께 이러한 연관이 있음을 지적할 뿐이다. 이러한 문제를 생각함에 있어서는 인간의 선택은, 좋은 시초를 가진 것이라고 하더라도, 역사의 변증법 속에서 그 반대의 결과로 귀착하는 수가 있다는 점을 새삼스럽게 상기하는 것이 필요하다.

그러나 원천적으로 시적인 완곡어법의 배경에는 섬세한 인간 이해가 있는 것으로 볼 수 있다. 엄격한 신분 질서의 사회에서 상급자에게 대하여 갖추어야 할 예의 또는 존경의 표시와 해야 할 말 사이에 있을 수 있는 갈등은 단순히 존명의 방법 이상의 윤리적 딜레마였을 것이다. 유교적 질서에서 상급자에 대한 경의는 단순히 신분의 차이에서만 일어나는 것이 아니라 덕 또는 도덕적 품성의 차이에 기인하는 것으로 상정된다. 이러한 조건에서 완곡어법은 진정한 의미에서의 타자에 대한 존경과 자신의 판단에 대한 겸손의 갈등을 표현하는 것이라고 볼 수 있다. 모든 것은 타자의 주관의 자율적 판단에 맡겨지는 것이다. 의사소통의 바탕이 되는 것은 상대의 윤리적 공정성에 대한 신뢰이다. 완곡한 어법은 외교 관계 그리고 적과의 거래에서 사용될 때 분명 상대방의 주체적 결정에 대한 존중을 표현한다. 이것은 두려움이 없는 비교적 평등한 인간관계에서도 작용할 수 있는 심리적 기제이다. 비근하게 못마땅한 일이 있어도 싫은 소리를 하지 못하는 경우가 그러한 것이 아니겠는가. 일반적으로 중국 시의 완곡어법에는 깊은 의미에서의 인간 주체에 대한 존중이 들어 있는 것이라고 할 수도 있지 않을까 한다.

쥘리앵은 스스로 깨달아 행동 의지를 바꾸게 하는 종류의 간접적 수사의 전략은 서양의 애정 관계에서나 볼 수 있는 것이라고 말한다.[2] 중국의 수사법에서의, 모든 것을 상대방의 주관적 판단에 맡기는 듯한 대화 전략은 단순한 전략이 아니라 그 실체로서 사회적으로 확대된 친밀한 사적 관계일 수도 있다. 감정에 기초한 사랑만이 진정한 것이라는 것은 낭만주의의 사랑에 대한 통찰이다. 그러나 이러한 관계는 동아시아 사회에서는 보다 보편적인 것이었는지 모른다. 동아시아의 군신의 관계는 극히 사적인 관계로서 이해된다. 「사미인곡(思美人曲)」과 같은 조선조의 작품이 표현하고 있는 것도 그러한 것으로 말할 수 있다. 그러나 이것은 보다 넓게 서양식으로 말하면, 비정서적 공적 관계 또는 반드시 애정의 관계가 아닌 각종의 집단 사이에서의 인간관계에도 작용한다고 할 수 있다. 일본의 심리학자 도이 다케오(土居健郎)는 일본의 사회관계의 연구에서 어머니와 아들 사이에 존재하는 바와 같은 감정적 의존 심리 — 일본어로 '아마에'라고 불리는 응석의 심리가 인간관계를 규정하고 집단적 결속의 원리가 된다는 점을 밝히려 한 바 있다.[3] 정도와 범위의 차이는 있다고 하더라도 이 '아마에'의 관계는 동아시아의 인간관계의 원형이 아닌가 한다.(사실 숨어 있을 뿐이지 감정적 의존의 욕구는, 도이가 지적하듯이, 모든 인간관계의 기본 바탕이 된다고 할 수도 있다.)

시에 있어서의 감정의 문제가 이렇게 간단하게 심리화되어 설명될 수만은 없을는지 모른다. 내가 시사하고자 하는 것은 문학의 숨은 전제와 존

---

2 Ibid., p. 137.

3 土居健郎, 『甘えの構造』(東京: 弘文堂, 1993).

재론적 선택 사이에 밀접한 관계가 있다는 사실이다. 시의 완곡어법, 고사성어에 대한 암시, 유추적 독해, 감정 촉발 작용에 대한 강조 등은 위계 사회에서의 표현의 존재 방식, 그리고 더 깊게는 인간 상호 관계에서의 주체의 구성과 작용에 대한 존재론적 이해에 연결되는 것으로 생각되는 것이다. 이렇게 볼 때, 구체적인 의미에서의 문학의 존재 방식 그리고 문학의 본질의 이해는 이러한 관련들을 밝힘으로써만 이루어질 수 있을 것으로 말할 수 있다. 문학 연구는 문학과 인간의 역사적 존재론으로 나아갈 수밖에 없다.

감정의 중요성은 인간관계 이외에도 여러 가지 함의를 갖는다. 가령 이것은 인간의 개인의 존엄성 또는 자기 정체성의 핵을 어디에 두느냐 하는 것에도 관계된다. 감정에의 호소, 그것으로부터의 행동의 조정 — 이러한 것이 가능하려면, 인간 주체의 핵심이 감정에 있다고 본 것이라고 할 수 있다. 여기에서 정체성의 원리는 감정이다. 이것은 법률적 체계로서의 사회관계에서 법률 행위의 당사자로서의 개체가 주체성의 핵심을 이루는 것에 비교해 볼 일이다. 일반적으로 이익 사회 또는 합리화된 사회에서 개인의 주체성은 이성에 있다. 문화적 측면에서 우리는 서양의 행동 양식과 동양의 행동 양식에 합리성의 면에서 상당한 간격이 있다고 느끼는 경우가 많다. 이 간격의 성격을 이해하는 것은 쉽지 않지만, 대체적으로 서양의 합리성에 대하여 동양은 사회 조직이 그 점에 있어 결여된 것이 있다는 것은 일반적인 견해이다. 그리고 또 더 말하여지는 것이 동양에 있어서 분명한 개인의 개념이 존재하지 않는다는 것이다. 이 부재는 주체성의 부재, 인권 개념의 부재 등에 대한 지적으로 이어진다. 이러한 지적이 간과하고 있는 것은 그 관점이 어디까지나 서양의 관점이라는 사실이다. 어느 인간 사회에서나 사회에 대한 일정한 생각이 없을 수가 없고, 또 생물학적 개인이 존재하는 한, 개인에 대한 생각과 그에 대한 인정이 없을 수가 없다. 다만 그것은 서양의 원리가 아닌 다른 원리로서 이해되고 구성되는 것일 것이다. 개인의 경우, 그것은 없는 것이 아니라 그 구성의 중심 원리가 다른 것일 것이다. 이미 시사한 바와 같이 서양에서 개인이 이성을 핵으로 하여 이루어지는 것이라고 한다면, 동양에서 그것은 감정을 핵으로 하여 이루지는 것일 것이다. 즉 동양에서는 감정이 개인의 주체적 원리가 된다. 그리하여 문학적 표현이나 외교 관계나 군신의 관계에서 가장 중요한 것은 이 감정적 주체를 존중하는 일이다. 이성이나 이익이나 규범 관계가 없는 것은 아니다. 그러나 그것은 이 감정적 주체를 중심으로 하여 배치된다. 그리하여 현실과 수사는 이 배치 안에서 그 전술적 위치를 점하게 되는 것일 것이다.

감정주의는 사회관계의 근본에 대한 이해 그리고 그에 대한 선택에서 나오는 것이라고 할 수 있지만, 거기에는 그 나름의 형이상학적 또는 존재론적 정당성이 있다. 동아시아에서 감정적 존재로서의 인간이 오랫동안 사회관계에서 중요한 것으로 생각되었다면, 그것은 이곳의 사람들이 이 자신의 감정적 주체성에 대하여 지나치게 민감하였다는 것을 말하는 것만은 아니다. 감정은 인간관계에서뿐만 아니라 사람의 사물이나 세계와의 관계에서 인식론적인 매개체로 생각되었다. 미국의 중국 철학 연구가 채드 핸슨(Chad Hansen)은 정(情)을 "감정, 느낌(emotion, feeling)"과 "현실 정보, 현실 반응(reality input, reality response)"으로 번역한 일이 있지만,[4] 감정은 현실을 매개하는 인식 능력인 것이다. 이것은 우리의 일상 언어에서의 '사정', '정세' 또는 '정보' 등에서도 볼 수 있는 것이다. 서양의 인식론에서 외부 정세를 인식하는 인간 기능이 오성이나 이성으로 생각되었다면, 동

---

4 Chad Hansen, "Qing in Pre-Buddhist Chinese Thought", *Emotions in Asian Thought: A Dialogue in Comparative Philosophy*, eds. by Joel Marks and Roger T. Ames(Albany, N. Y.: State University of New York Press, 1995).

아시아에서는 여기에 감정이 개입됨을 널리 인정한 것이다. 물론 유교의 인식론에서 인식을 위한 인간의 능력은 심(心)으로 대표된다고 할 수 있지만, 이것은 사실상 지능과 감정을 포괄하는 능력을 나타낸다. 대상적 인식에서의 감정의 역할을 특히 두드러지게 한 것은 왕양명의 학설이지만, 유교의 심은 대체로 인식의 심정적인 요소를 포괄적으로 인정한다고 해야 할 것이다. 인간관계에서 감정이 중요하고 시가 중요하다면 그것은 단순히 감정적인 인간성으로 인한 것이라기보다는 인간과 세계의 매개소로서의 감정의 원초성을 인정한 때문이라고 할 것이다. 이것이 시의 정서 중심주의로 표현되고 감정적 인간 이해에 나타나는 것이다.

중국의 시에서 감정이 어떻게 작용하는가를 보면 거기에 철학적·형이상학적 내용이 있음을 볼 수 있다. 가령 쥘리앵이 인용하고 있는 완적(阮籍)의 시는 일종의 자연 묘사로 시작한다.

잠 못 이루는 한밤,
자리에서 일어나 비파를 탄다.
달빛 사창에 어리고
맑은 바람 옷자락으로 분다.
외로운 기러기 들 밖을 날고,
나는 새 북쪽 숲에 운다.
가고 오는 일 — 무엇을 보리,
외로이 가슴에 차는 서글픈 생각.

이 시의 자연 묘사는 물론 어떤 정서를 표현한 것이다. 그것은, 쥘리앵의 생각으로는 (당대의 정치 상황에 대한 은유가 들어 있다는 해석이 가능하기는 하지만) 감정을 불러일으키기는 하지만, 그것은 그 자체보다는 자연 풍경을 제시하여 "그 맑음을 퍼지게 하고 [그에 따라] 의식이 그 영향을 향하여 열리고 그에 삼투될 수 있게 하는" 역할을 한다.[5] 그런 다음 마지막에 정치적 불안에 대한 언급이 있지만, 그것은 열려 있는 감정의 상태에 의하여 준비된 언급이다. 일반적으로 중국의 시의 사실적 기술은 이와 같이 사물에 대한 인상을 정확히 기술하기보다는 어떻게 보면 상투적이라고 할 표현들을 통해서 역사적 연상을 환기하고, 그것을 통하여 어떤 감정적 상태를 유발하려는 의도를 가지고 있는 것이다. 이 상투성은 또 특별한 의미를 갖는다. 중국의 시에서 이 상투성은 독창성에 앞선다. 목적이 감정을 공동체적인 것으로 확인하려는 것이기 때문이다. 그리하여 시에서 말하여지는 상황과의 공감은 더욱 쉬워지는 것이다. 앞에 인용한 시의 자연도 그러한 상투성이 높은 것임에 우리는 주목할 수 있다.

시에서 감정이 중요한 것은 아마 어느 전통의 시에서나 같은 것일 것이다. 이것은 사실 서양의 시에서도 마찬가지이다. 서양의 시에서 감정은 빼놓을 수 없는 것이다. 다만 그것은 객관적 사물이나 상황에 이차적으로 서식하는 것으로 생각된다. 이에 대하여 동양의 시에서 그것은 적극적으로 추구되며, 그것을 매개로 하여 인간과 사물이 이해된다. 그 매개하에서 인간과 인간 그리고 인간과 사물의 조화가 이루어지는 것이다. 이것은 어떻게 보면 종교적 기도의 경우에 비슷하다. 기도에 있어서 제일 중요한 것은 일정한 심정의 상태이고, 그 심정의 상태 속에 사람의 일과 신의 이치가 일치하는 것이다. 동양 시론에 시의 품격이라는 것이 있지만, 이것은 심정의 높고 낮음과 종류를 말하는 것으로 생각된다. 가령 사공도(司空圖)의 『이십사시품(二十四詩品)』은 그러한 심정의 상태를 스물네 가지로 분류한 것이다. 제임스 류(James J. Y. Liu)는 이것을 영어로 "스물네 가지의 시의 기분

---

5 François Jullien, op. cit., p. 183.

(Twenty-Four Moods of Poetry)"이라고 번역하고,[6] 또 다른 영문 번역자인 양시안이(Yang Xianyi)와 글래디스 양(Gladys Yang)은 류의 "기분(moods)"을 "모드(modes)"라고 번역하였는데,[7] 이 다른 번역은 시품이 뜻하는 바가 심정의 상태이면서 동시에 마치 음악에서 일정한 음의 구성의 기본 형태를 나타내듯이, 시의 소재를 일정하게 구성하는 원리를 의미한다는 것을 서로 다르게 옮겨 놓은 것으로 생각된다. 사공도는 시품에는 웅혼(雄渾), 충담(沖淡), 섬농(纖禯) 등 — 세고, 조용하고, 섬세한 것 등의 기분이 있어서, 이것들이 사물이 사람에게 나타나는 일정한 양태로 드러날 수 있다는 것을 스물네 가지까지 가려 보려 한 것이다.

이러한 데에서 우리는 동양의 시 — 감정을 중시하는 동양의 시 그 나름의 존재론적 전제가 들어 있다는 것을 짐작하게 된다. 그러나 여기에서 나오는 선험적 아프리오리들은 경험적 관련들을 가지고 있는 것으로 생각되어야 할 것이다. 서로 다른 전통에서 문학의 존재 방식에 차이가 있다면, 그 가장 큰 원인은 그 사회적 기능의 차이에 있는 것일 것이다. 이 차이가 역사적 변화에도 불구하고 반복됨으로써 하나의 선험적 전제가 된다. 그러나 출발에 있어서 또 그 시대적인 변화에 있어서 문학의 조건은 삶의 환경을 이루는 자연 조건과 그 조직의 기본이 되는 사회의 상호 작용 속에 있다.

동아시아 문학의 사회적 배경을 이루었던 것은, 가령 근대 서구는 물론 고대 그리스와 같은 사회에 비교하여서도, 오랫동안 그리고 압도적으로 농경 사회였다고 하겠는데, 비형식화된 친밀한 인간관계는 농촌 공동체에는 큰 무리가 없이 확대되어 적용될 수 있을 것이다. 농촌 공동체에서 합의

---

6 James J. Y. Liu, *Chinese Theories of Literature*(University of Chicago Press, 1975), p. 35.

7 Yang Xianyi and Gladys Yang, *Poetry of Tang and Sung*(Peijing: International Publishers).

과정은 공개적인 토의보다는 이심전심의 과정이다. 물론 합의는 현대적인 의미에서의 개인들의 의견의 차이를 조정한 결과라기보다는 개인들의 의사와 공동체적 압력 사이에서 쟁점의 분명한 부각이 없이 이루어질 것이다. 그러나 작은 공동체에 등장하는 문제는 비교적 자명하고, 또 대개는 공동체적 화합을 위협할 만큼 중요한 갈등을 내포한 것이 아니기 쉽다. 이익의 관점에서도 지속적인 공동체에서 궁극적인 공평성은 확보되게 마련이다. 따라서 이성적 관계 이전의 보다 원초적인 감정의 관계는 그 나름의 타당성을 가졌던 것일 것이다.

이러한 공동체적 조건이 역사적으로 얼마나 오랫동안 유지될 수 있었는지는 알 수 없다. 그러나 동아시아에 있어서 질서관의 근본적인 모형으로서의 가족의 중요성은 공동체적 이념의 수사적 지구성을 말해 준다. 가족은 원초적 감정의 결합체이다. 그것은 공론의 절차적 매개를 가장 적게 수용하는 사회 단위일 것이다. 모든 것은 이심전심과 감정의 교환으로 이루어진다. 사회관계의 틀로서 정립된 가족이 일반적으로 문학에도 영향을 준 것은 당연하다. 완곡한 비유로서 또는 풍자로서 해석되는 『시경』의 시나 「사미인곡」은 이러한 틀에서 보아야 할 것이다.

앞에서 우리는 감정의 일치를 조성하여 의사를 전달하는 간접적 수사를 시의 주된 방법으로 말하였다. 감정의 경중을 결정하는 개인의 주체적 존재 방식의 차이는 서사 형식에서도 볼 수 있다. 앞에서 비친 바와 같이, 친밀한 사적 인간관계 또는 농촌의 인간관계에 비하여 도시의 인간관계 또는 그에 비슷한 다중 사이에서의 인간관계는 보다 덜 정서적이고 덜 전인적이고 더 비개인적·기능적·타산적 그리고 합리적일 수밖에 없다. 서양의 대결적 개인은 여기에서 생겨난다고 할 수 있다. 소설은 이러한 사회 배경과 인간학적 배경을 가지고 대두되었다. 소설에 일관된 흐름을 제공하는 합리적 사건의 전개, 인물의 성격, 심리학 등은 이에 힘입어 가능하다.

여기에 대하여 전기(傳奇) 소설과 같은 전통적 서사 형식은 갈등하는 개인들 사이에서 합리적 맥락과 심리학으로 이야기를 전개시키는 것이 아니라 원초적 개인들의 원초적 판타지들을 주제로 하는 것으로 말할 수 있다. 합리성을 기본 원리로 하는 개인이 존재하지 않는 한, 그것은 당연한 일이다. 그 서사의 의미는 다른 것일 수밖에 없다. 그리고 이러한 역사적 관련은 오늘날의 우리의 서사 양식에도 그 영향을 미치고 있다고 하여야 할 것이다.

되풀이하건대 지금 말해 본, 시나 소설의 존재론적 토대나 또는 사회적 토대는 가설에 불과하다. 그러나 문학의 존재 방식이 이러한 관련 속에서 생겨나는 것은 틀림이 없을 것이다. 또 그럼으로 하여 문학의 작업은 사람의 삶에서 중요한 자리를 차지하는 것일 것이다. 결국 문학의 의의는 그 삶의 토대로부터 나온다. 문학이 물질적·사회적 그리고 이념적 환경과의 상호 작용 속에서 역사적 패턴으로 성립하는 아프리오리를 전제한다고 할 때, 그것을 바르게 이해하기 위해서 우리가 필요로 하는 것은 문학의 역사적 존재론이고, 또 그에 더하여 문학의 생태학이다. 이러한 이해에 기초하여 우리는 우리의 문화유산을 바르게 평가할 수 있다. 반드시 직접적 연쇄를 이루는 것은 아니지만, 문학의 평가를 위한 비평적 기준도 이 기초에 이어져 있다. 그리고 우리의 궁극적인 공감도 단순히 시나 설화의 표현적 수사가 아니라 그 세계에 대한 이해를 통하여 심화될 수 있다.

이러한 근본적 문제를 통한 접근은 단지 문학의 이해만을 위해서 필요한 것이 아니다. 이미 말한 바와 같이 문학은 인간의 존재 방식에 깊이 관계되어 있다. 그리하여 문학의 연구는 이 존재 방식을 밝히는 데에 중요하다. 그리고 이 존재 방식의 여러 형태와 그 가능성을 가시적인 것이 되게 하는 일은 우리의 역사적 선택에 중요한 의미를 갖는다. 서양에서 문학은 현실의 재현으로 규정되어 왔다. 문학이 현실을 재현하여야 한다는 요구는 현대의 리얼리즘에서 더욱 강화되었다. 그러나 리얼리즘의 요구는 궁극적으로는 냉혹한 법칙적 관계에 의하여 지배되는 인간을 상정하여야 성립한다. 이것이 크게 틀린 것은 아닐 것이다. 결국 그것이 옛날에나 지금에나 인간의 상황의 실상일 것이기 때문이다. 이것을 무시하는 문학은 심각한 의미에서 인간의 삶에 중요한 의미를 가진 것일 수 없다. 그러나 이것만이 전부라고 하는 것은 문학의 가능성을 축소시키는 것이고, 무엇보다도 인간의 존재론적 가능성을 축소시키는 일이다.

나는 우리의 전통 문학과 동양 문학이 투사했던 세계가 지금은 불가능한 것이면서도 다른 조건하에서는 사라져 버린 인간 존재의 중요한 가능성을 암시해 주는 것이라는 생각을 금할 수가 없다. 문학이나 삶의 방식에는 시대가 가하는 현실적 조건이 있다. 이것을 떠나서 문학과 삶의 가능성을 찾으려 하는 것은 비속한 키치를 생산할 뿐이다. 그러나 감정의 아프리오리로부터 펼쳐지는 세계가 하나의 근원적 행복과 평화의 소망에 관계되어 있는 것은 틀림이 없다. 그것은 억압과 굴종과 불투명의 세계로 이어져 있는 소망이기도 하다. 그러나 시대와 현실에 있으면서도 보다 행복한 세계에 대한 향수만을 잊지 않는 것도 중요한 일이다. 여기의 소론은 우리의 전통 문학에 대한 이해의 길을 모색해 보려는 하나의 작은 시도일 뿐이다. 그러나 나는 그것이 다른 잊힌 세계를 생각하게 하는 데에도 도움이 되기를 바란다.

(2002년)

대학과 대학원의 변화 그리고 학문의 이념

1

오늘날 대학은 큰 변화의 과정 속에 있다. 대학원도 마찬가지이다. 이러한 변화는 그간 있었던 사회 변화의 자연스러운 결과로서, 대학이 이에 맞추어 보다 발전해야 한다는 요구에 호응하는 것이라 할 수 있다. 연구와 교수의 역점이 이동하고 새로운 학문 환경과 체제 그리고 새로운 종류의 연구 요원들이 필요해진다. 여기에서 눈에 띄는 것은 시설과 자금의 규모의 확대이다. 학생의 입장에서도 연구 참여의 기회도 늘고 여러 가지 형태로 학비를 지원받을 수 있는 기회도 늘어난다. 그렇기는 하나, 상향적 바람의 관점에서 볼 때 아직도 부족한 것이 많다는 느낌이 있는 것도 사실이다. 연구비도 더 늘어나야 할 것이고, 시설, 특히 도서관의 장서나 시설이 더 늘어야 하고 물론 이에 따라 재정적 지원이 확대되어야 한다는 느낌이 있다. 학비 부분에서, 모든 학생에게 그럴 수는 없겠지만, 우수한 학생들로 하여금 산업체의 유혹을 떨치고 학문의 길을 선택하게 하는 데에는 장학금의 수준이 수업료는 물론 적어도 생활의 최저선을 확보할 정도가 되어야 한다는 견해도 있다. 또 이러한 생활의 문제에 도움을 받는 것은 반드시 직접적인 방식으로만 가능한 것은 아니다. 저렴하고 편리한 주거 공간이라든가 탁아 시설이라든가도 그에 도움을 줄 수 있다.

보다 나은 연구와 교수 그리고 생활 조건에 대한 요구는 부당한 것이 아니지만, 이 요구에는 순서가 있게 마련이다. 모든 것은 가용한 자원의 형편에 따를 수밖에 없다. 그리고 이 형편에 따라서는 우리의 요구가 사치스러운 것으로 간주될 수도 있다. 뿐만 아니라 목전의 일만이 아니라 넓고 먼 관점에서도 생각하여야 하는 대학의 관점에서 어떠한 생활의 편의는 환경과 형평에 어긋나는 것이기도 하다. 그리고 적절한 자기 절제는 학문에 필수적인 정신 기율의 자연스러운 요구이다. 어떤 경우이든, 새로운 변화는 늘 원칙과 우선순위에 대한 충분한 고려에 입각한 것이라야 보다 나은 것을 기약할 수 있다. 변화의 시기는 희망의 시기임과 동시에 불안의 시기이다. 많은 것이 새로 조정되어야 하는 과정에서 조정이 늦어지거나 탈락하는 부분이 있고, 또는 좋은 의도에서 시작한 조정에서도 무리가 일어나고 심지어는 본말이 전도되어 전체의 선(善)은 놓치고 부분의 열매를 큰 성과로 착각할 수도 있다.

2

적어도 필요한 것은 변화의 간단없는 자기 점검이다. 많은 일에서, 예견에 의하여 미래에 대한 전망 가능성을 높이는 일은 이 불확실성을 줄인다. 유감스럽게도 점검과 예견은 별로 중요시되지 아니하는 것으로 보인다. 대학과 대학원과 관련하여, 개인적인 현실로서 가장 절실한 부문을 들면,

변화는 학문과 학과와 연구원들의 입지를 불확실하게 하고 학생의 입장에서는 학업을 끝낸 후의 전망을 불투명하게 한다. 학부에서 인기 과와 인기 없는 과의 차이가 커지는 것도 이러한 것과 관련이 있다. 대학원 과정의 경우 취업 전망의 불투명은 많은 학문 분야의 대학원생에게 가장 큰 불안과 사기 저하의 요인으로 작용한다. 그러나 대학교수나 연구소의 연구원 등의 수급 상황에 대한 체계적 정보는 쉽게 발견되지 아니한다. 그러한 정보가 있다면 그러한 정보에 입각한 전망은 대학원의 학생 모집에도 반영되어야 마땅하다.

적절한 수급 예상이 있다고 하더라도, 오늘의 현실 속에서 취업은 대학이나 연구소의 경우에도 경쟁적 관문을 통과하는 것이 불가피하다. 여기에 필요한 것은 여러 가지 평가 기준의 투명화이다. 이 투명화라면 대체로 일목요연하게 볼 수 있는 계량화를 생각하기 쉽고 그것이 큰 도움이 되는 것은 사실이나, 그것이 가져올 수 있는 왜곡 효과에 대하여서도 고려가 있어야 마땅하다.

오늘의 변화에서 아마 가장 중요한 불안의 요소는 지금 일어나고 있는 일들이 참으로 학문의 이념을 충실화하는 것이냐 하는 것일 것이다. 이념의 문제는 어떤 경우에나 끊임없이 상기되고 반성될 필요가 있는 것이다. 변화의 풍랑 속을 가는 어려운 항해에서 그것은 하나의 방향타나 지남침의 역할을 할 것이기 때문이다. 문제가 있는 대로 대학이 더 대학다운 곳이 되는 것이 좋다는 것에 반론을 펼 사람은 없을 것이다. 그러나 오늘의 변화를 관찰하는 많은 사람들 사이에는 대학의 발전이 너무 좁은 관점 — 대체적으로는 경제의 관점에서만 생각하는 것이 아닌가 하는 의심이 높은 것도 사실이다. 그간 인문 과학의 위기, 기초 과학의 위기 또 최근에는 이공계열의 위기 등의 말이 나왔지만, 이러한 말들은 대학의 변화에 대한 부정적 경험을 표현한 것이다. 외골수의 관점과 기획에 의하여 현실이 제대로 개조되는 것은 드문 일이다. 대학의 문제를 경제의 관점 또는 다른 좁은 관점에서만 저울질하는 것은 우리 사회의 학문의 체제를 왜곡시키고 사회의 균형 있는 발전에도 도움이 되는 일은 아닐 것이다.

대학이 국가의 발전에 봉사하여야 한다는 요구가 틀린 것은 아니다. 이 요구에 답할 수 있는 것은, 크게 보면 모든 학문 분야라고 하겠지만, 좁게 보면 경제 여건의 변화에 따라 특정 시점에, 그에 해당될 수 있는 분야가 있을 것이다. 공공 영역에서 이러한 부분에 집중적인 지원을 하는 일은 당연한 것이다. 이러한 지원이 형평성이라는 관점에서 문제될 수는 있지만, 그 기준이 어디에서나 적용될 수 있는 것은 아니다. 공공의 필요는 간단한 배분적 형평성의 원리를 넘어간다. 그러나 다른 한편으로 어떤 특정 분야에 대한 지나친 강조는 장기적으로 학문 체제의 왜곡을 불러일으킬 수 있다. 그것은 해당 분야 안에서도 그러하고 다른 분야와의 관련에서도 그러하다. 경제적 필요는—특히 경쟁적 이점에 지나치게 매달리는 경제적 필요는 항구적이라기보다는 어떤 시점에서의 상황을 말하는 것이라는 것을 생각하여야 한다. 이것은 한때 경제적 의의가 높았던 이공 계열의 오늘의 곤경을 보아도 금방 알 수 있는 일이다.

그리고 학문의 필요는 반드시 경제적 필요와 일치한다고 할 수 없다. 학문 그리고 그것을 위한 주된 사회 기구인 대학이 진리를 탐구하는 곳이라는 말은, 진부한 대로 또 진리가 무엇인가 정의하기가 어려운 대로, 일단 받아들일 수 있는 진리이다. 진리는 사람의 삶의 전체 그리고 그것을 넘어가는 세계를 겨냥하는 어떤 명제이다. 적어도 이것을 겨냥하는 정신적 여유를 잃어버린 사회가 온전한 삶을 허용하는 사회일 수는 없다.

3

대학의 변화에 또 우려할 만한 요인이 되는 것은, 그것이 대학의 자율적 결정보다는 외부에서 오는 압력에 의하여 촉진된다는 것이다. 더욱 문제인 것은 이 압력의 음성적인 성격이다. 이 압력은 주로 특정 계획을 위한 연구비 그리고 대학 교원의 신분에 관계하여 요구하는 자격 심사 규준들을 통하여 작용한다. 사회 변화가 완전히 자각과 자율을 통하여서만 이루어지기를 기대할 수는 없는 일이고 압력의 분위기를 조성하는 것이 불가피하다는 생각이 여기에 들어 있다. 그 현실성을 부정하기도 어려운 일이지만, 이러한 압력은 — 특히 음성적 압력은 대학의 자율성을 앗아 가고 이성적 논의와 설득 그리고 그 조건으로서의 자유를 생명으로 하는 학문과 대학의 근본정신을 훼손한다. 압력을 행사하는 자는, 쉽게는 보이지 않는, 그 나름의 학문에 대한 정의와 과제 목록과 기준을 숨겨 가지고 있다. 이렇게 말하는 것은 현실의 복잡한 사정과는 관계가 없는 구름 위의 이상을 말하는 것이 될 수 있다. 그러나 자유 또는 적어도 자율성은 모든 학문의 작고 큰 단계에 있어서 진정한 탐구를 위한 필수 요건이다. 외부 요인이 주로 작용하는 지금의 학문 상황에서 이러한 자유나 자율성이 어떠한 상태에 있는가 하는 것은 심각하게 연구되어야 할 일일 것이다.

오늘의 변화에서 널리 인정되고 있는 변화의 도구는 경쟁이라는 개념이다. 거친 척도에 의한 경쟁 또한 진리의 자유를 손상한다. 관료적으로 강요되는 경쟁은 거칠게 마련이다. 결국 단순화하는 하나의 척도가 중요한 것이 될 수밖에 없기 때문이다. 시장 경제에서의 경쟁은 궁극적으로 사회 전체의 경제적 이익에 기여하는 것으로 생각된다. 그것이 자원 배분의 효율성을 높여 준다는 것이다. 이것은 삶을 극단적으로 단순화하는 척도를 말하는 것이지만, 적어도 인간의 물질생활의 면에서는 있을 수 있는 단순화이다. 그러나 이것이 학문 일반에 옮겨질 수 있을까. 진리가 변증적 투쟁을 위하여 보다 잘 드러날 수 있다는 것은 그리스 사람들의 지혜이다. 그러나 지금의 경쟁이 그것을 의미하는 것으로 생각되지는 아니한다. 지금의 경쟁은 자원 분배의 경쟁이고 그 잣대는 경제적 이익의 잣대이다. 아니면 가장 단순하게 선택된 명성과 수량의 잣대이다. 그렇지 않은 경우라고 하더라도 재정 지원을 위한 경쟁의 기준이 반드시 학문이 존재하는 방식에 맞는 것인지는 분명치 않다. 경쟁은 결국 하나의 잣대로 저울질될 수밖에 없다. 그리고 이 잣대는 결국 학문을 거기에 맞는 것으로 몰아가게 된다.

단순화된 경쟁의 잣대는 교수 채용, 승진 또 대학의 평가에서도 절대적인 것이 된다. 오늘날 여기에 기준으로 작용하고 있는 것은 논문의 편수이다. 논문의 편수가 문제되는 것이 반드시 나쁜 일이라고 할 수는 없다. 그러나 그것이 참고 사항을 넘어서 핵심적인 평가 기준이 되는 경우, 그것은 학문과 대학의 근본에 대한 또 하나의 중요한 도전이 된다. 여기에서 희생이 되는 것은 질적인 평가이다. 이보다 더 중요한 것은 학문에 있어서의 주관성의 중요성이 보이지 않게 된다는 것이다. 이 주관성은 한 사회의 학문의 바탕을 이루고 이것의 성장이 결국은 학문의 성장을 가져온다.(그리고 이것은 사회에서의 도덕적 삶을 보장하는 근본이기도 하다.) 우리 사회에서 잘 인정되지 아니하는 것은 많은 일에서 최종적인 근거가 되는 것이 훈련된 주관적 판단이라는 사실이다. 진리는 객관적인 것이라고 할 수 있다. 그러나 그 객관성을 판단하는 것은 주관이다. 객관적 타당성을 갖는 논문을 작성하는 것은 연구자의 주관의 능력에 힘입은 것이다. 우리 교육에서 늘 구두선으로 말하여지는 것이 창의력인데, 창의력은 환상적 이미지와 아이디어를 만들어 내는 능력만을 말하지 아니한다. 사실을 인지하고 이것을 체계화하는 데에도 그러한 능력이 관계되는 것이다. 그러한 과정의 결과를 표시하는 것이 단순하게 계량화된 수치라고 할 수는 있다. 그러나 수치의 의미는 거기에 이르게 된 과정을 통해서 드러난다. 이 과정을 구성하는 것이나 그것을 검증하는 것은 개인의 주관의 능력에 의한 것이다. 결과로서의 수치는 하나의 방편일 뿐이다.

수치를 통한 교수 능력의 평가와 함께 무비판적으로 받아들여 문제가 되는 것은 논문의 게재지로서 소위 국제적인 학술지에 부여하는 우선권이다. 연구의 질이라는 관점에서 그것은 불가피하다고 할는지 모른다. 그러나 그것은 학문이나 사회생활에서의 책임 있는 주관성의 의미를 훼손하는 것이다. 스스로 판단하고 스스로 기준을 정하는 것을 포기한 사회가 학문의 능력을 바르게 축적하고 있는 사회라고 할 수는 없다.

국제 학술지 우선주의는 다른 면에서도 문제를 가지고 있다. 학문은 학문이 전제하는 공동체를 가지고 있다. 이 공동체는 세계적인 것일 수도 있고 국민 국가일 수도 있고 또는 그보다 더 크거나 작은 집단일 수도 있다. 이 여러 범위의 공동체가 반드시 서로 배타적인 것은 아니다. 좋은 학문적 업적이란 다층적 공동체와의 관계에서 의의를 갖는 것일 것이다. 그러나 공동체는 학문의 성격에 따라서 크게 또는 좁게 규정되는 면이 있다. 과학이 무시간적 그리고 무공간적인 보편성 속에 존재하는 것이 아니라는 것은 최근 몇십 년 동안에 많이 논의된 명제이다. 그것은 다소간에 여러 가지 관심 또는 이해에 의하여 지배된다. 학문 가운데에도 인문 과학이나 사회 과학은 특히 여러 관심에 의하여 동기 지워진다.(물론 이 관심은 정당성의 관점에서 검토되고 반성적 성찰의 대상이 되어야 한다.) 이 관심은 학문 공동체에서 나온다. 이 경우에 특히 그러하지만, 어떤 경우에나 학문 공동체는 학문이 뿌리내리고 있는 사회와 겹쳐서 존재한다. 사회 과학이나 인문 과학은 한 사회의 자기 이해의 노력의 성격을 가지고 있는 면이 강하다. 이러한 자기 이해를 위한 노력이 다른 사회의 학문 기준에 의하여서만 저울질된다는 것은 우스운 일이다. 물론 학문이 존재하는 공간이 단순히 민족이나 국가 공동체인 것만은 아니다. 그러한 경우라고 하더라도 오늘의 삶의 환경으로 보아 좁게 해석한 공동체를 학문의 궁극적인 테두리라고 말하는 것은 그러한 공동체의 자기 이해에도 도움이 되는 일은 아니다. 그러나 일정한 공동체 — 그것도 여러 의미의 관심의 출발점이 될 수밖에 없는 공동체가 학문의 제일차적인 테두리가 되는 것은 마땅한 일이다.

비록 그러한 문제의식의 지평으로부터 나오는 것은 아니지만, 오늘날 대학과 학문에 가해지는 여러 변화의 압력이 학문의 자기 이해 또는 정체성에 대한 질문을 불가피하게 하는 것은 좋은 일이다. 학문은 스스로가 속해 있는 공동체와의 관계를 생각해 보아야 한다. 이 관련에서 자기 정체성에 대하여 질문하는 것은 학문의 핵심적인 작업의 하나이다. 학문의 방법론과 과제의 쇄신이 나오는 것은 이러한 질문과 반성으로부터이다. 다만 유감스러운 것은 대학과 학문의 거시적 목표와 미시적 작업 조건이 타율화되는 마당에서 하나의 반작용으로 그러한 반성이 나오게 된다는 사연이다.

4

이러한 논의들은 매우 추상적인 것으로 들린다. 그러나 그것은 오늘의 현실 문제에 관련되어 있다. 연구 지원의 공정하고 섬세한 체제의 수립은 이러한 문제에 대한 이해로부터만 나올 수 있다. 또는 더욱 비근하게 교수 채용과 심사와 같은 일에 이것은 직접적으로 관계된다. 가령 요즘의 교수 채용에 있어서 깊은 고려 없이 대학과 대학 또 국내 대학과 외국 대학 출신의 학위 소지자들의 자격을 선입견으로 차별하는 경우가 많음을 본다. 이것이 부당함은 말할 필요도 없다. 차별 없는 공정한 기준 확립이 절실하다.

되풀이하여 그 기준에는 학문의 정체성에 대한 이해, 학문과 그 테두리로서의 공동체에 대한 관심, 자질과 업적에 대한 외면적이고 안이한 편견이 아니라 깊은 판단력을 행사하는 판단—이러한 요인들이 작용하고 있어야 한다. 같은 고려는 교수 업적의 평가나 연구 계획의 심사, 시설의 투자 등에서도 바탕이 되어야 한다. 경제나 다른 차원에서의 국가적인 이해관계가 고려될 수 있어야 하는 것은 물론이다. 그런데 국가적 고려가 받아들여질 수 있는 풍토를 조성하는 것도 학문의 공평성의 정신이 존재하는 곳에서 가능하다. 그렇지 않은 경우 국가적 결정도 단순히 이익의 불공평한 분배로 받아들여지고 분규와 갈등의 씨앗이 된다.

(2002년)

대학과 국가
평등과 수월성

1. 대학과 사회와 국가

논의의 발단

이번의 심포지엄을 열게 된 구체적인 계기가 있을 성싶은데, 그것이 무엇인지 나는 자세히 알지 못한다. 심포지엄 개최의 취지문을 전달받고 느끼는 것은 미래의 희망이라기보다는 사회나 정부의 비판적 압력과 같은 것이 주최 측의 동기로서 작용하고 있는 것이 아닌가 한다. 더 구체적으로 이 압력은 서울대학교의 특권적 위치에 대한 비판으로 생각된다. 서울대학교가 학벌을 형성하고 사회적 특권과 정치권력을 독점하고 있다는 인상이 사회와 정치계에 확산되고, 이것이 문제의 바탕이 되는 것이 아닌가 하는 것이다. 다른 한쪽으로 서울대학교의 학벌 체제가—그러한 것이 있다고 한다면—누리는 특권에 비하여 이룩한 것이 무엇인가, 한국 사회의 발전에 기여한 것이 무엇인가에 대한 질문의 비판과 반성도 생각할 수 있다. 여기에서의 질문은 서울대학교의—또는 여기에 연세대학교나 고려

대학교와 같은 소위 일류 대학교를 끼워 넣을 수도 있다.—사회적 책임에 대한 질문으로 말하여질 수 있다. 평등의 문제도 결국은 대학의 잘못된 사회적 역할을 비판하는 것이기 때문에, 결국은 대학의 사회적 책임에 대한 문제가 되지만, 조금은 각도를 달리하여, 즉 일정한 사회적 이상의 관점에서 그것을 문제화하는 것이라고 할 수 있다.

어떤 대학들의 엘리트적 위치에 대하여 비판과 반성이 일어나는 것이 나쁜 것은 아니다. 그것이 자기 점검의 계기가 되고 개선의 발판이 될 수 있기 때문이다. 그러나 우리 사회에서 흔히 보는 일은 사태를 개선한다고 하면서 그것을 그 반대의 방향으로 밀어붙여 다른 문제를 일으키고 이 대응책의 널뛰기 속에서 일의 근본을 그르치는 일이다. 우원한 듯하면서도 일의 근본을 생각하고 여러 갈래의 효과들을 꼼꼼히 가려 보는 것이 이러한 관련에서 중요한 일이다. 가령 우리나라의 교육 문제에서 가장 큰 논란의 대상이 되는 것은 대학 입시의 문제이지만, 이것은 대체로 입시 경쟁의 과열이라든가 과외 비용의 부담이라든가 관점에서 말하여지지 그것이 교육의 참뜻과 전체 체제에 어떻게 관계되는가 하는 관점에서는 말하여지지 아니한다. 문제는 과외나 그 부담보다는 그것이 가져오는 교육의 본질과 체제의 왜곡일 터인데, 그러한 근본적 검토는 별로 시도되지 않는 것이다. 극단적으로 말한다면, 비용에도 불구하고 과외의 번창으로 참으로 교육이 잘되는 일이라면 그것은 권장되어야 하는 일인지도 모르는 것이다. 물론 이 특정한 문제를 이렇게 보는 것이 옳다는 말은 아니다. 그 반대의 진단이 옳다고 나는 생각한다. 그러나 문제는 근본으로부터 그리고 그 광범위한 영향에 비추어 생각되어야 한다.

산업 경제 속의 대학

서울대학의 다른 문제는 국가와 사회에서 오는 압력에 관계된다. 이 압력은 대학이 보다 큰 규제의 틀로서 사회와 국가의 요청을 받아들이라는 요청이다. 이것은 어떤 경우에는 대학의 완전한 종속을 강요하는 것처럼도 보인다. 그런데 평등의 문제도 대학과 사회 그리고 국가에 대한 관계 안에서 일어난다. 예로부터 대학과 국가의 관계는 밀접하면서 긴장에 찬 것이지만, 개인적 차원에서나 집단의 차원에서나 오늘날에 와서 이 관계를 널리 규정하고 있는 것은 삶의 근본 바탕으로서의 산업의 체제이다. 결국 모든 것은 산업 사회 — 아니면 적어도 자본주의 경제 체제를 바탕으로 하는 국가와 사회에서 대학이 어떤 위치를 차지하느냐 하는 문제로 환원된다.

경제의 성장은 대학의 국가나 사회에 대한 관계를 복잡한 것이 되게 하였다. 경제 발달은 사회 내에서의 인간관계를 어느 때보다도 경쟁적인 것이 되게 하였다. 경쟁에서 대학의 자격 인증은 가장 중요한 요인의 하나이다. 이 자격 인증은 산업 체제의 필요에 관계되지만, 개인들에게 그것은 사회적 특권에의 접근의 문제로 나타난다. 대학의 관점에서 이것은 산업 체제에 맞는 인적 자원을 배출하라는 요구로 나타난다. 연구에 있어서도 이 요구는 날로 증대되어 왔다. 이것은 산업체 그리고 산업의 후견인인 정부로부터의 자금 투입의 형태를 띠기 때문에 제도로서의 대학에 훨씬 더 강력한 압력으로 작용한다. 이러한 것들이 대학의 존재 이유를 크게 바꾸어 놓게 된 것이다. 산업계와 정부에 의하여 발주되는 연구 계획과 자금은 대학의 학문의 체계 그리고 대학의 존재 방식에 대하여 어떠한 영향을 미치는가? 어떤 형태로든지 돈과 권력이 미치는 곳에 그것에 영향 받음이 없이 독자적인 존재를 주장할 수 있는 것은 없다. 대학은 어떠한가? 시대의 생산성과 능률의 이데올로기에 의하여 추동됨으로써, 연구와 교수와 대학은 어떻게 변하는가? 이러한 변화와 함께 대학에 도입되는 관료적·계량적 평가제의 부과는 학문에 어떠한 영향을 미치는가? 일종의 엘리트층을 구성한다고 할 수 있는 지식과 학문의 종사자와 사회의 다른 부분 — 국민과 사회 그리고 국가와의 관계는 어떠한 것이어야 하는가? — 이러한 것들이 새삼스럽게 고려될 것을 요구한다.

두 가지 질문

여기에서 이러한 문제들 전부에 대하여 답변을 시도하자는 것은 아니다. 다만 사회와 국가 그리고 대학과 학문의 관계에서 일어나는 많은 질문과 문제들이 대학과 학문에 대하여 새로운 고려가 필요하게 한다는 것을 상기하자는 것일 뿐이다. 이하에서는 오늘날 현실적인 문제로 제기되는 대학의 — 일부 대학의 특권적 위상의 문제 — 또는 그와 관련된 평등의 문제로부터 시작하여 대학과 사회와 국가의 관계를 규정하는 원리에 대한 약간의 원론적 고찰을 시도하고자 한다. 여기에서 원리라고 하는 것은 대학이 대표한다고 생각되는 이성의 원리를 말한다. 이것이 사회와 국가에서 어떤 위치를 갖는가를 생각해 보고자 한다는 것이다.

2. 특권과 전체성의 이념

특권과 평등

서울대학이 하나의 특권 집단을 만들어 내는 기구가 되어 있다는 생각은 몇 가지 각도에서 고려해 볼 수 있다. 오늘날 한국 사회의 현실주의는 대학을 출세의 관문으로 본다. 그리고 이 관문을 통과한 사람들은 단독으로 또는 집단을 이루어 사회적 특권을 보장받는다. 이 보장은 다분히 그러한 배경의 사람들이 하나의 이익 집단을 형성하고, 그들이 가지고 확보한 — 요즘의 유행어를 빌려 — 기득권 방어를 획책하기 때문이다. 이 관점에서 보면, 이러한 관문의 존재와 특권 그리고 그것에 기초한 기득권 계급의 형성은 민주 사회가 요구하는 평등과 개방성에 역행한다. 이러한 명분의 뒤에는 원한과 울분, 르상티망의 동기도 크게 작용한다. 어떤 동기에서든지 부당한 불평등의 창조는 개혁되어야 할 중요한 사회적 병폐의 하나이다. 서울대학과 같은 대학 — 이러한 기득권의 형성에 크게 관여되어 있으면서도 국민의 세금에 의존하고 있는 서울대학과 같은 대학을 없애거나 평준화해야 한다고까지는 아니하더라도, 그것을 평등 원리에 부합하는 쪽으로 개혁의 목표가 향해야 한다. — 이러한 생각들이 우리 사회에 있는 것은 틀림이 없다.

그러나 밖으로 표현되든 아니 되든 이러한 생각에 대하여, 서울대학과 같은 대학의 졸업생이 특권을 누려야 하는 이유가 있다고 생각하는 사람들도 있다. 그들이 특권을 누린다면, 그것은 그들의 우수성에 돌아가는 당연한 보상이다. 이 우수성에 대한 보상은 두 가지 관점에서 정당화될 수 있다. 우선 개인의 우수성의 인정은 전통적인 인문주의의 관점에서 정당한 것이라고 말할 수 있다. 문명된 사회에 있어서 개인의 자질과 능력의 신장과 발전은 그 자체로서 중요한 가치이다. 좋은 사회는 개인의 발전에서 우수성을 드러내는 자를 돕고 인정하는 사회이다. 우수한 자에게 어떤 보상이 주어진다면, 그것은 자극제로서 필요한 것이고 또 자연스러운 인간사의 귀추이다. 그것이 비난과 공격의 대상이 되어야 할 이유가 될 수는 없다. 여기에 대하여 또 하나의 관점은 자유 시장의 원칙의 관점이다. 경쟁은 자유 시장의 원리이다. 전리품이 승리자에게로 돌아가는 것은 당연한 일이다. 개인 능력의 발전의 가치를 존중하는 것으로 인한 것이든, 자유 경쟁의 보편적 원리에서이든, "모든 재능 있는 사람들에게 사회적 지위가 열려 있어야 한다.(carrières ouvertes aux talents)"라는 원칙은 개방적이고 민주적인 사회의 기본 원칙의 하나이다. 그 결과가 서울대학교나 다른 소위 명문 대학의 존재인 것이다.

우수성이 명문 대학에서 최종적으로 닦인다면, 명문 대학에 들어가기 위하여 적용되는 선발 기준은 참으로 재능의 우수성을 헤아려 보는 데에 적절한 것인가. 그 기준을 통과하는 데에 필요한 준비가 모든 사람에게 공평하게 열려 있는 것인가. 그것은 지금 사람들이 생각하듯이, 어떤 특정한 계층에 유리하게 되어 있는 것이 아닌가. 그 준비를 위하여 필요한 금전적 지출 자체가 선발의 제도를 왜곡하는 것이 아닌가. 대학의 입시에서 상정하는 우수성이 참으로 학문적 우수성 또는 인간적 우수성에 일치하는 것인가. 잘못된 우수성의 정의가(그것이 의식적으로 검토된 것이라기보다는 암묵리에 전제되는 것이라고 하더라도) 재능과 인간성의 왜곡을 가져오고 진정한 의미에서의 우수성을 보이지 않게 하는 효과를 갖는 것은 아닌가. 그리고 그 우수성의 기준이 그런대로 믿을 만한 것이라고 하더라도 그것이 지금과 같은 시험 제도—기계적으로 환산된 학교 성적, 극히 제한된 시간 안에 시행되는 시험 그리고 일생에 한 번만 주어지는 시험, 되풀이되어도 성장의 일정 시기에 정지되어 되풀이되는 시험에 의존하는 선발 제도가 옳은 것인가. 이러한 선발 제도를 통하여 선발된 학생들을 받아들이는 대학들은 참으로 그들의 우수성을 계발하고 진전시키는 교육을 하고 있는가. 유명 대학의 명성은 실질적인 교육의 업적에 별로 관계가 없는 것은 아닌가. 이 외에도 비슷한 많은 물음들이 물어질 수 있을 것이다.

이러한 기준과 교육의 본질의 문제가 평등의 문제에 얽혀 있다. 그러나 그것이 평등의 질문의 본질적인 내용이 되는 것은 아니다. 그것은 특별한 자격증의 소유자의 특권에 반대하는 것이다. 평등의 이념의 관점에서 아마 보다 비판하기 어려운 것은 개인의 재능의 계발에 근거한 특권의 보상일 것이다.(칸트는 이러한 계발을 인간의 도덕적 의무라고 규정하였다.) 아마 여기에 대하여 평등의 관점에서 할 수 있는 것은 그 보상을 인정으로 대체하는 것일 것이다. 그러면서도 인정에 저절로 따르는 어느 정도의 보상이나 특권은 허용될 수밖에 없을 것이다. 더 변명하기 어려운 것은 자유 경쟁의 원칙에 입각한 특권의 획득이다. 그리고 재능의 계발이 상품의 개발과 같은 것인가, 또 그렇다고 하더라도 그것과 시장이라는 공적 공간의 관계는 어떠한 것인가, 그것이 상품적 가치를 갖는다고 하더라도 시장의 변동과 관계없이 보상되는 것이 옳은 것인가? — 이러한 물음들이 제기될 수 있을 것이다. 모든 개인이 사회적 경쟁의 공간에 존재한다는 사실을 인정한다고 하더라도 인문주의적 입장은 아마 인간의 재능과 상품을 등가화하는 데 대하여 가장 강하게 반발할는지 모른다. 그 관점에서 재능의 계발은 그 자체로서 가치 있는 것이라고 생각되고 있기 때문이다.

평등주의가 더 강하게 반대하는 것은, 이미 비친 바와 같이, 이러한 인문주의적 관점보다도 시장주의적 관점이다. 그것은 개인의 자아 계발에 대하여 동의할 수도 있고 아니 할 수도 있지만, 특권의 독점을 혐오하는 것이다. 그 근거는 공평성에 있다.

사적인 것의 공적인 것

지금까지 말한 명문 대학이라는 것의 의미는 다시 돌아보건대, 개인의 성장과 우수성 그리고 그에 따르는 보상이라는 관점에서 말한 것이다. 이것이 대학의 의미의 전부일 수도 없고 또 가장 중요한 것이 아닌 것은 말할 것도 없다. 다만 이것이 오늘날의 대학의 의미에 대한 일반적인 그리고 모든 이상주의를 빼어 놓은 현실주의적 관점에서의 이해인 것은 부정할 수 없다.

경제에서 자유 시장의 경쟁 논리의 정당성은 그것이 사람들이 받아들일 수 있는 전리품 분배의 원리라는 것 이상으로 결국 사회 전체의 이익에 도움이 된다는 데에 있다. 경쟁 속에서 드러나는 개인의 우수성의 가치는 사회적 계약의 룰이라는 점에서만이 아니라 동시에 사회 전체의 이익이라는 관점에 의하여 정당화된다. 사회에는 할 일이 있고 그 일은 바르게 수행할 수 있는 사람, 능력 있는 사람에 의하여 수행되어야 한다. 그래서 우수성의 수련을 거친 사람들이 필요한 것이다. 재능의 체제(meritocracy)는 개인의 재능에 대하여 사회적 인정과 보상을 주는 체제라기보다는 사회 전체의 이익을 증대하기 위한 체제이다. 시장 경제에서 경쟁 논리의 정당성의 한 근거는 모든 사람들에 의한 개인적 이익의 추구가 보이지 않는 손에 의하여 하나의 커다란 조화 속에 거두어진다는 주장에 있다. 그러나 그러한 경제의 원리가 참으로 맞는 것인가. 설사 그것이 경제 영역에서 작용한다고 하여도 삶의 모든 영역에서 작용하는 것일까.

여기에 대한 회의로부터 개인 이익의 추구가 아니라 사회 전체에의 헌신이 인간 활동의 중심 원리가 되어야 한다는 주장이 나온다. 평등주의적 지향은 전체를 규범적 규제 원리로 받아들인다. 그러나 엄밀하게 말하면 평등의 개념 자체는 반드시 전체를 포함하지 않는다. 평등에서 중요한 것은 부분들의 평등이고, 전체가 있다면 그것은 부분들의 총화일 뿐이다. 평등에서 전체가 강조되는 것은 부분 간의 공정한 배분 관계를 확보하는 데에 힘을 합하는 것이 필요하기 때문이다. 그러한 전체와 관련하여 전체 사회를 위하여 행해져야 하는 일의 배분은 어떻게 이루어질 것인가. 누가 자기 몫 이상의 전체를 위하여 일할 것인가. 전체를 위한 헌신을 무엇으로 보상할 것인가. 이러한 질문들은 완전한 공익에 입각한 정치 체제인 플라톤의 공화국에서부터 풀기 어려운 문제의 하나로 남아 있다.

단선적인 평등주의도 여기에 대한 답변을 가지고 있지 않다. 전체와의 관계에서 그것도 경쟁적 시장의 원리나 마찬가지의 원리에 입각한 것일 수가 있다. 왜 어떤 사람만 특정한 보상과 특권을 독차지해야 하는가. 거기에서 제외되었던 사람도 보상과 특권에 참여할 기회를 가져야 하지 않는

가. 불평등에 대한 질문이 이러한 것에 한정될 때, 평등을 위한 투쟁은 결국 보상과 특권의 자리바꿈, 전리품의 재분배로 끝나는 것이 될 수 있다. 이러한 경우 자유 경쟁의 원리에서 전체가 보이지 않는 것처럼, 평등에서도 전체는 분명하게 포착하기가 어려워지는 것이다. 두 경우 다 경쟁이나 평등의 정당성의 근거는 그것이 사회 전체에 대하여 갖는 의미에서 새로 찾아져야 한다. 그리하여 어떤 경우에나 사회에서 개인을 넘어가는, 가시적인 전체에 대한 호소는 불가피해진다. 여기에 관계하여 등장하는 것이 민족, 국가, 민중 등등의 집단적 이념이다. 이러한 집단적 범주 중 어느 쪽에 더 역점이 두어지는가 하는 것은 역사적 현실의 차이와 통합 원리의 이념적 차이에 의한다. 위의 집단 범주 중에서 서구의 근대 정치사상에서 국가는 모든 특수한 이익을 초월하는 전체 이익 또는 보편성의 대표로서 생각되었다. 시민 사회의 사적인 성격은 국가라는 전체성 속에 지양된다. 그것은 국가의 제도가 어느 정도의 합리적 통합을 이룩할 수 있었기 때문이다. 여기에 대하여 우리 사회에서도 국가의 이념이 아주 무력한 것은 아니면서도 민족이나 민중이 더 중요한 전체성의 범주로 거론되는 것은 국가가 갈등하는 이해관계를 법률적 타협 속에 통합하는 기능과 신뢰를 확보하지 못한 때문일 것이다.

그러나 또 하나의 중요한 사실은 이러한 전체성의 이념들을 뒷받침하고 있는 것이 경제라는 사실이다. 그렇게 말하여지든 아니하든 현실적으로 지금의 상태에서 상당한 신뢰를 획득한 것은 한국의 경제 체제로서의 단일성이다. 이것은 대체로 사사로운 관계를 초월하면서 동시에 개인의 이익에 밀접하게 이어져 있는 전체성이다. 가장 중요한 전체 이익을 대표하는 것은 사회의 총생산량이다. 공평한 분배가 말하여진다고 하여도 그것은 경제적 전체성의 테두리 안에서이다. 그러면서 이 전체성은 매우 모호한 전체성이다. 시장 경제의 전체성은 전체를 위한 기제가 부재한 전체성이다.

그렇기는 하나 어떤 경우이든 국가, 민족, 민중 등의 개념이 나타내는 전체의 이익은 모순 속에 추구된다. 개인과 전체의 모순은, 그 관계가 외적인 것으로 남아 있는 한, 저절로 없어질 수가 없기 때문이다. 경제의 전체성은 모순을 심화하는 것일 뿐이다. 공평성과 공평한 분배에 대한 요구도 이윤을 다른 형태 속에서 유지하는 것일 가능성이 크다. 평등의 기회에서도 공적인 이익 추구의 현실적인 기제는 개인이나 집단의 이익 추구이다. 그것은 집단의 명분하에서의 여러 적대 집단의 투쟁을 의미한다. 집단 이기주의는 이러한 사정을 설명하는 기이한 표현이다.

대학이 존재하는 것은 이러한 전체적인 환경 속에서이다. 그것은 현실적으로는 출세의 관문이며 특권에의 접근 통로이면서, 이념적으로는 민족과 국가와 민중에 봉사할 것이 요구된다. 후자의 공적 명분 중에 국가는 가장 중요한 것일 것이다. 대학은 이미 존재하는 사회와 정부의 기구의 하나이기 때문이다.(물론 대학을 테두리 짓는 전체성을 민족이나 민중에서 발견하는 경우가 없다는 것은 아니다. 그러나 공적인 명분에서 대학은 국가에 봉사할 것을 요구받는다.) 그렇지 않고서는 그것은 출세의 관문이 될 수도 없고 정당성을 가진 공적인 사명의 담당자일 수도 없을 것이다. 개인적으로 대학은 출세를 약속하는 자격 증서의 발부처이지만, 공적 명분의 차원에서 그것은 사회에 필요한 인재를 양성하는 곳이라야 한다. 위에서 말한 것은 주로 학생의 교육과 자격 인증에 관한 것이지만, 대학의 다른 기능도 같은 근원에서 나온다. 오늘날 대학이 수행하여야 할 중요한 국가적인 역할의 하나는 산업과 연결된 연구이다. 말할 것도 없이 오늘날 국가의 번영은 산업에 연결되어 있고, 산업의 발달에는 그에 관련된 연구가 필수적이다. 뿐만 아니라 이미 비친 바와 같이, 사적 영역과 공적 영역, 사회와 국가 조직을 아우르며, 사람들이 받아들이는 유일한 전체성은 경제 단위로서의 한국이다. 우리나라의 대학들은 근년에 올수록 산업의 인적 자원을 배출하고(교육인적자원부라는 이름이 이미 이를 말하고 있다.) 산업에 관계되는 연구에서 그 존재 이유를 찾는 쪽으로 움직여 왔다.

3. 대학의 현실과 이상: 보편적 이성의 의미

진리와 실용성

그러나 대학의 기능을 여기에 한정하는 것은 전통적으로 대학이 가지고 있다고 생각되던 기능을 좁히는 일이다. 묵은 상투적 수사는 대학은 진리 탐구의 전당이라고 한다. 이 탐구는 개인의 이해관계를 그 자체로서 값진 것으로 생각한다. 이해관계가 있다면, 호기심이나 학문적 정열에 만족감을 준다는 의미에서의 이해관계이다. 같은 맥락에서 그것은 반드시 앞에서 말한 전체성의 범주들에 유익하다는 관점에서 정당화되지도 아니한다. 그것이 사회, 국가, 민족 또는 민중에 봉사할 수는 있으나, 그 경우에도 그것은 보다 높은 범주로 생각되는 진리에 의하여 정당화되는 한에서이다. 이렇게 볼 때, 대학이 국가 기구의 일부라는 것은 간단한 현실적 또는 이론적 위계에서 연역적으로 유도되어 나오는 것은 아니다. 그러면서도 대학은 종종 위계를 벗어남으로써 국가에 봉사한다고 주장된다. 어떤 전통적인 관점에서의 대학의 존재 방식은 이와 같다.

그런데 진리는 무엇인가? 물론 이것을 쉽게 답할 수는 없다. 그러나 우선 간단한 가설로서 미리 정해진 입장이나 선입견이 없이 드러나는 사물의 모습이라고 정의할 수 있을는지 모른다. 이것은 너무나 막연하고 또 다른 정의를 필요로 하는 것이 사실이다. 그리고 참으로 정해진 입장이나 선입견이 없이 말해질 수 있는 명제는 없다는 것이 20세기의 과학 비판의 주조의 하나이다. 그럼에도 불구하고 사물을 보는 명증하고 공명정대한 태도 — 또는 그에 근사한 태도가 있을 수 있다는 것을 완전히 부정할 수는 없다. 초보적인 의미에서의 진리는 감각으로 확인되는 사실이다. 그러나 실험으로 확인되고 추론되는 것도 이에 비슷하다. 물론 이 사실들은 동시에 논리적 연관 속에서 정당한 것이 되어야 한다. 이 연관들이 논리적 가능성의 극한까지 추구될 때, 그것은 이론을 구성한다. 물론 이론은 새로운 사실에 의하여 재구성된다. 이러한 사실 확인의 명증한 절차는 과학에서 넘쳐 나온 것이지만, 그것이 상식적인 사실 확인의 방법을 크게 벗어나는 것은 아니다.

여기에서 진리나 사실은 반드시 실용적인 의미를 가진 것을 말하는 것은 아니다. 학문의 대상은 실용성에 의하여 제한되지 아니한다. 학문에 종사하는 사람들은 어떠한 사실도 학문적 연구의 대상이 될 수 있다고 생각하고 싶어 한다. 미국에 반노벨상(Ig Nobel Prize)이라는 것이 있는데, 금년에 수상 대상은 미국의 캔자스 주가 팬케이크보다 조금 더 평평하다는 지질학자들의 증명이었다.(이들은 기준치 1에 대하여 팬케이크는 0.957, 캔자스 주는 0.997이라는 것을 증명하였다.) 이것은 학문 연구의 다양성을 희화적으로 과장한 것이지만, 학문 연구가 어떤 실용적 가치 정향에 제한되는 것이 아니란 것을 증명한 것이라고 할 수도 있다. 지적 호기심에서 출발하여 사물과 삶의 의미를 지적으로 탐구하고 이해하고자 하는 것은 단순히 인간의 한 속성이라고 말할 수 있다. 우리는 종종 그러한 탐구의 결과에 이유 없이 탄복을 금할 수 없는 경우가 있기 때문에, 또 그것을 인간성의 고유한 영광이라고 치켜세우고 싶어 하기도 한다. 그러나 대체로 비실용적인 지식의 경우, 그것의 연구 동기가 되는 것은 형이상학적·철학적인 것이라고 할 수 있을는지 모른다. 이러한 동기가 정당화할 근거는 없으면서도 많은 지적 탐구를 탐구할 만한 것이게 한다. 가령 별의 세계는 예로부터 인간의 지적 호기심의 중요한 대상이었지만, 그것은 다분히 인간의 세계와 인간 존재의 신비에 이끌리는 형이상학적 충동에 대응하는 것일 것이다.

앞에서 이미 비친 바와 같이, 최근의 과학과 과학적 이성에 대한 비판은 그 무사공평성의 주장의 근거를 축소시켰다. 과학이나 학문의 탐구도 검토되지 아니한 전제와 특정한 이해관계에 의하여 편파적으로 움직인다는 것이다. 지식 사회학은 다른 한편으로 사람의 생각이 상황 구속적이라는 점을 강조하였다.(그렇다고 무사공평한 지식의 불가능만 말하여진 것은 아니다. 만하임의 "자유부유(自由浮遊)하는 지식인"은 어느 정도 그러한 사고가 가능한 사람이다.) 물론 그 이전에도 사람의 생각이 계급적 이해관계에 의하여 결정된다는 것은 마르크스주의의 가장 중요한 신조의 하나였다.(그러나 프롤레타리아의 입장은 계급적이면서도 보편적 사고를 가능하게 하는 것이라고 생각되었다.) 우리나라에서도 이러한 서양의 지식 비판 또는 이성 비판이 크게 영향을 미칠 소지는 충분히 존재하였다. 그것은 무엇보다도 20세기 내내 지속된 역사적 위기가 보편적 사고보다는 '파당적' 사고를 정당화하였고, 또 성리학의 전통에서도 사유의 실천적 성격의 강조는 이러한 파당적 사고 — 그들의 주장으로는 미리 정해진 윤리적 정당성에 입장을 고정시킨 사고를 옹호하였다.

그러나 사실적 관련의 명증한 이해는 인간의 실용적·실천적 관심에도 중요한 의의를 갖는다. 결국 실천적 기획은 보다 넓은 관련 속에서 이해·분석됨으로써 실천으로서의 바른 평가를 얻을 수 있는 경우가 많은 것이다. 베버는 가치가 배제된 중립적 객관성만을 지키는 것만이 학문의 바른 태도라고 생각하였다. 실용적·실천적 가치와 관련하여 과학적 학문이 할 수 있는 일을 그는 가치와 실천 기획에서 유래할 수 있는 결과를 분석하는 일에 사용되어야 하는 수단과 또 불가피한 효과의 총체로 합리적으로 한정하였다. 그러나 그의 학문적 활동에 함축적으로 들어 있는 것은 그러한 분석이 가치와 실천 기획을 넓게 평가할 계기를 제공한다는 사실이다. 학자적 양심은 실천적 명제에 대하여 이미 그 길에 있는 사람이 듣거나 보고 싶지 않은 부대 사실들을 지적하는 것이라고 말하기도 하였다. 이러한 의미에서 학문은 그 가치 중립성에도 불구하고 그 엄정하고 객관적인 분석을 통하여 실천의 타당성을 검증하는 데 기여한다. 어떻게 보면, 베버가 주장한 것은 분석의 결과에 따른 결정이 어디까지나 실천자의 선택으로 남아 있다는 것이었다고 할 수 있다. 베버와 같은 객관주의적 입장에서도 객관적 분석이 실천적 의미를 갖는 것이라면, 나는 한발 더 나아가, 이러한 객관적 분석이 실천의 궁극적 의미를 확보하는 데에 필수적이라고 말하고 싶다. 총체적인 효과를 생각하지 않는 실천의 기획이 참으로 좋은 기획이 되기는 어려울 것이기 때문이다.

어떠한 사고도 일체의 현실적 제한을 떠날 수 없다는 것은 극히 인간적인 관찰이다. 그러나 모든 사고에는, 적어도 이성의 방편에 의지한다고 생각하는 모든 사고에는 보편성의 한 계기가 들어 있다. 주어진 사실과 사실 그리고 상황을 하나로 정리하려고 할 때, 그것은 일체적인 사고의 움직임에 의하여 뒷받침되지 아니하면 아니 된다. 그러한 사고의 일체적인 움직임의 확대와 심화가 바로 학문의 방법의 기초가 된다. 그리하여 학문은 시대와 환경과 집단적·개인적 이해관계에 얽혀 있으면서도 그것을 초월할 수 있는 계기를 스스로 안에 가지고 있다. 보편적 사고의 가능성을 포기하는 것은 이 계기를 미리 포기하는 것이고, 궁극적으로는 현실 실천의 수단으로서도 인간의 사고를 무력한 것이 되게 하는 일이다. 그러한 포기의 결과 남는 것은 그때그때 행동의 현장에서 움직이는 단기적 사고만일 것이다.

지식의 객관성의 문제는 이러한 대체적인 논의보다도 더 엄정하게 논의되어야 할 것이다. 그러나 우려되는 것은 충분한 검토도 없이 대학과 학문의 실천적 또는 실용적 측면만을 강조하는 반지성주의의 팽배이다. 자유롭고 제한 없는 지적 활동에 대한 편견은 정부의 정책에서 실익만을 강조하는 태도에도, 또 참여 지식인들의 사회 정의를 위한 실천 프로그램에도 들어 있다. 그러나 우리가 학문의 실용적·실천적 의미를 중시하는 경우에도 우려되는 것은, 앞에서 비친 바와 같이, 단기적 실용과 실천은 장기적인 관점에서의 진정한 문제 해결의 가능성을 손상할 수 있다는 것이다.

이것은 단지 충분히 포괄적인 사실 인식에 기초하지 않은 실천 기획이 신뢰하기 어려운 것이라는 뜻에서만은 아니다. 아마 더 중요한 것은 포괄적인 사고의 밑에는 그것을 가능하게 하는 사유 능력이 있고, 그 능력은 그 자체로서 개체를 전체에로 또는 보편성에로 열어 놓는 능력이라는 사실일 것이다. 그것은 개체와 전체를 모순 없이 또는 최소한의 모순으로 하나가 되게 할 수 있는 윤리적 가능성을 가진 능력이다. 앞에서 말한 바 외면적 관계로서의 개인과 국가 사이에 존재하는 모순, 또 이익의 획득과 분배를 기제로 하는 경제적 전체의 본질적 모순을 풀어 갈 실마리도 여기에 있을 수 있다. 인간의 지적 활동을 좁은 의미의 실용과 실천에 한정하는 것은 이 실마리가 열어 줄 수도 있는 가능성을 미리 닫아 버리는 것이다. 이것을 간단히 예시하기 위하여 처음에 들었던 대학에 관계된 평등주의의 문제로 돌아가 보자.

잉여의 보편성

앞에서도 지적하였지만, 서울대학을 비롯하여 소위 명문 대학이 출세의 불공평을 조장하는 기구가 된다면, 거기에 대한 가장 간단한 해결 방식은 대학의 평준화이다. 여기에 배경이 되는 것은 되풀이하여 말하건대 평등주의이다.

평등은 어떻게 하여 태어나는가? 쉽게는 이미 비친 바와 같이 그것은 수많은 개인과 집단으로 이루어진 사회에서 일어나는 현실의 또는 가상의 만인 전쟁의 결과이다. 모든 사람이 각자의 이익을 무제한으로 추구하는 만인 전쟁의 괴로움은 세력 집단 사이의 일정한 영토 분할과 세력 균형에 입각한 휴전으로 나아갈 수 있다. 집단 내에서의 내전의 가능성을 생각할 때, 결국 모든 개인들이 이 협상의 당사자가 되어야 한다. 실제에 있어서 현실적 힘의 차이가 그러한 조건을 실현시켜 주지는 아니하겠지만, 일단은 이 당사자들은 모두 평등한 출발을 받아들여야 한다. 그리하여 말하자면 공정성을 생각하기 위하여 존 롤스가 상정한 바와 같은 "최초의 상황(the original position)"이 성립한다. 각 개인이 자신의 특별한 이점을 알지 못하고 있는 상태, '무지의 베일' 속에서 어떤 사회적 마련을 선택한다면, 그것은 모든 사람에게 공평한 것을 선택하는 결과를 가져올 것이라는 것이다. 평형의 조건하에서 이익을 확보하는 가장 좋은 방법이 그것일 것이기 때문이다.

그런데 이것은 물론 롤스가 말하는 바와 같이 사람들의 '합리적 선택'의 능력을 전제하는 것이다. 그러나 여기에 관계되는 합리적 선택은 합리성의 원리 또는 이성을 상당히 제한된 관점에서 해석한 것이다. 그것은 여기에서 개인이 자신의 이점을 상황 전체와의 관계에서 합리적으로 저울질하는 능력으로 생각되어 있다. 다시 말하여 그것은 합리적인 손익 계산의 능력을 말한다. 그러나 가령 칸트의 지상 명령 "당신의 행동하는 방법이 보편적인 규범이 되어야 할 것처럼 행동하라."라는 명제 안에 움직이고 있는 것도 같은 종류의 손익 계산의 능력일까. 이 명제는 사람이 사람인 한 모두에게 같은 규범이 적용되는 것이 마땅하다고 주장한다. 여기에도 개인적인 관점이 없는 것은 아니지만, 그것이 손익의 관점에 일치하는 것은 아니다. 모든 사람이 인간적으로 대접되어야 하는 것은 바로 나도 그것을 원하기 때문이다. 그러나 여기에서 나를 준거점으로 삼을 때, 그것은 단순히 내가 원하는 것을 말하는 것이 아니라, 나의 존재의 가치에 대한 판단을 포함하는 것일 것이다. 그것은 나의 존재가 값있는 것이라고 하고, 다시 그것을 인간 존재의 본연의 가치로 일반화한다고 할 수 있다. 또는 그 반대로 일반 명제가 나의 특수한 경우를 정당화해 주는 것이라고 할 수도 있다. 윤리에 대한 또 하나의 칸트적인 명제인 "사람은 누구나 수단이 아니라 목적으로서 존재한다."라는 주장을 보면, 후자의 경우가 맞는다고 할 수 있다. 그러니까 이러한 논리에서 나오는 바 인간은 두루 보편적 규범하에서 생각되어야 한다는 명제는 반드시 전략적 계산의 관점에서 나왔다고 할 수 없다. 그리고 여기에서 전제되어 있는 인간관은 이점을 두고 인간이 서로 적수로서 또는 잠재적 적수로서 존재한다는 것이 아니다. 그러나 칸트의 생각은 이러한 논의를 떠나서 대체적으로 인간에 대한 보편적인 이성의 이해에서 거의 직접적으로 나왔다고 하는 것이 옳을 것이다. 평등은 이러한 보편적 이성의 인간 이해에 함축되어 있다고 할 수 있다.

또는 조금 더 심정적인 면을 넣어서, 내가 필요로 하고 원하는 것이라면, 다른 사람도 물론 필요로 하고 원하는 것일 것이라는 생각은 간단한 보편적 이성보다는 상상력이나 동정적 감정을 더 필요로 하는 것이지만, 그것도 반드시 합리적 선택의 운산의 결과로 일어나는 것이라고 하기는 어렵다. 맹자가 측은지심을 사람의 본성의 한 발현으로 본 것도 그러한 마음의 직접성을 지적한 것이다. 합리적 선택의 운산, 보편적 사고의 능력, 보편적 동정의 능력, 측은지심, 이 모든 것이 평등의 이념 속에 투입될 수 있다. 그럴 때 평등의 이념은 전략적 선택만이 아니라 모든 사람의 목적으로서의 존엄성을 인정하는 이성적이면서 윤리적인 능력에서 도출된다.

어쨌든 보편적 이성의 능력은 인간에게 본래적인 것으로 생각되어 마땅하다. 그것을 빼놓고 인간의 문제를 생각하는 것은 인간 이해를 그르치는 것이다. 적어도 이념에 있어서 인간의 존엄성과 평등의 필요에 대한 인정은 그 일부로 존재한다.

공적인 영역과 사적인 영역의 연결은 언제나 문제적인 것이다. 이것은 두 가지로 이루어질 수 있다. 하나는, 앞에서 이미 비쳤던 것을 더 첨예화하여, 사적인 영역을 완전히 제거하는 방법이다. 자주 강조되는 집단 이념이나 한없는 지속을 원하는 모임과 축제, 전체주의적 정치 체제까지에 두루 숨어 있는 것은 개체의 전체 속으로의 몰입을 향한 희망이라고 할 수 있다. 그러나 다른 한편으로 전통적으로 공사(公私)의 간격은 개인의 인간적 완성을 전체와 보편성에 이르게 하는 인간 수련을 통하여 어느 정도 이루어진다고 생각되었다. 그리스에서의 '파이데이아'나 동양 사상에서의 도학이나 성학의 이상은 개인의 자아 완성이 궁극적으로 보다 공적 인간과 공적 공간의 완성에 일치한다는 것을 전제하는 것이다. 그 핵심적 이념 — 또는 모든 교육의 핵심적 이념은 헤겔적 교양의 의미를 표현한 '보편성에의 고양'이란 말로 요약할 수 있다. 교육을 통해서, 사람은 "타자 — 타자이며 보다 보편적인 것에 열릴 수 있고 자신과의 관계에서 절도와 거리의 감각을 얻고, 자신을 보편성에로 올려놓는 것을 배운다." 그러나 이러한 보편화는 자기 자신에로 돌아가는 것이기도 하다.(가다머의 해설)

자아를 추구하면서 스스로를 보편화하는 교육의 과정이 — 이것이 개체와 사회의 문제의 관건이 되는 것이다. 물론 여기의 보편화는 반드시 국가 또는 정치가 요구하는 전체성은 아니다. 보편성은 그러한 전체를 포함하면서, 한편으로는 그것을 넘어가는 불특정한 전체성이다. 이것은 절대화를 지향하는 정치적 전체성을 불편하게 한다. 그것은 전체가 요구하는 절대적인 충성을 거부할 뿐만 아니라 그것에 대한 비판의 발판이 된다. 그리하여 보편성의 이념이란 특권 계급의 허위의식에 불과한 것이라는 비판이 나온다. 마르크스주의의 입장에서 그것은 부르주아 개인주의의 거짓된 표현일 뿐이다. 이러한 비판들에 일리가 없는 것은 아니다. 그것은 결국 역사적인 사례들이 보여 주듯이 특권의 창설을 위한 구실이 되는 것이 보통이다. 그 명분에도 불구하고, 보편적 자아는 비록 좁은 의미의 이해관계에 기초한 것은 아닐망정 자아를 완전히 벗어나지 아니함으로써 현실적으로 공적인 책임에 완전히 일치하지는 아니한다. 실천의 세계에서 실천의 주체는 어디에서나 한정된 개별자일 수밖에 없다.

이러한 보편성의 개념에서도 우리는 현실의 모든 개념적 설정의 비현실성을 잊지 않는 것이 옳을 것이다. 그러나 적어도 이러한 전통적인 교육의 이념의 현실적 의미를 상기하면서, 교육의 핵심에 개인적 보편성 또는 보편적 개인의 계기가 있다는 것을 놓칠 수는 없다. 그것의 도움이 없이는 근본적으로 평정된 삶의 질서를 생각할 수 없기 때문이다. 노동하는 자가 자신을 타자에게 열고, 그것을 지배하는 보편적 법칙을 익히고, 그것을 통하여 일을 완성하고, 자아의 내용을 풍부하게 한다. — 이러한 과정에서 헤겔은 노동의 의미를 발견하였다. 이것은 가장 실제적인 일의 경우이지만, 모든 실천과 노동 그리고 사고의 바탕에는 보편성의 계기가 들어 있음으로써 의미 있는 것이 된다. 사회에서의 실천적 작업은 개인의 삶의 이해관계를 포함하는 현실적 요인의 투쟁에서 이루어지는 것이라고 하는 것이 옳을 것이다. 그러나 그것이 의미 있는 작업이려면, 그것은 보편성의 계기를 가져야 한다. 그리고 사회의 공존적 질서는 어쩌면 이 보편성이 잉여로 축적됨으로써 이루어지는 것인지 모른다. 이에 비슷한 것은 평등의 이상에서도 작용한다. 즉 그것도 보편성의 계기를 포함함으로써 진정한 인간적인 의미를 획득한다는 말이다. 다만 그것이 어떻게 항구적인 사회 질서의 일부가 되느냐 하는 것은 별개의 문제라고 할 수 있다.

이념의 실현은 현실 속에서만 이루어질 수 있다. 그리고 현실은 보편성의 세계가 아니라 특수성의 세계이다. 거기에서는 구체적인 생존의 구체적인 행동 — 특수성의 특정한 표현만이 존재한다. 이것이 어떻게 보편성에 이르는가 하는 것은 매우 착잡한 변증법적 매개를 요구한다. 인간 수련이라는 관점에서도, 우리가 다 알다시피 인간의 이성적 수련이 행동적 인간을 만들어 내지는 아니한다. 이성적 인간이 행동적 인간은 아닌 것이다. 그리고 그는 반드시 평등의 인간은 아니다. 행동적 인간은 생존의 현실적 기반에 대한 투철하고도 심정적인 일치와 의지의 행동적 단련으로 수련되어야 한다. 그러나 다만 파토스적인 현실 행동은 이성을 통하여서 일반화되고 제도적 항구성을 갖는 것으로 바뀔 수 있다. 적어도 이 점에 있어서 보편적 이성의 훈련은 실천 세계의 잉여이면서 그 바탕이 된다고 하지 않을 수 없다.

현실과 현실을 넘어가는 큰 지평의 관계는 많은 경우 모순된 것처럼 보일 수 있다. 필요한 것의 하나는 모순된 것들을 지나치게 초조함이 없이 마음속에 동시에 지닐 수 있는 능력이다. 이것은 많은 윤리적 가르침 그리고 지행합일을 강조하는 우리의 전통 속에서 쉽게 수긍이 안 될 수 있는 점이기도 하다. 그러나 진정한 윤리적 실천은 현실의 복합적이고 무거운 움직임 속에서 성숙하는 느린 이성의 원리에 의하여 더욱 실질적이 된다.

4. 대학과 오늘의 현실

심성의 도야는 전통적으로 인문 과학의 소임이었다. 격물치지를 확대하여 물리적 세계에 대한 탐구로 본다면, 그 도야는 자연 과학의 훈련을 포함한다. 물론 이 둘 사이에는 밀접한 관계가 있다. 학문하는 데에 일정한 심성의 계발 없이는 과학적 탐구가 바르게 이루어질 수 없다. 그런가 하면, 인간과 그의 세계에 대한 과학적 이해가 없이 인간을 이해할 수 없고, 그러한 이해가 수반되지 않고서는 바른 자기 수양이 이루어질 수 없다. 말할 것도 없이 이러한 자아와 세계에 대한 이해에 추가하여, 사회적·정치적 존재로서의 인간에 대한 이해가 없이 인간에 대한 학문에서 탐구가 이루어질 수 없다는 것은 너무나 상식적인 이야기이다. 이러한 추구들은 얼핏 보기에는 개인의 이해관계가 사회적 실천에 직접적인 연관을 가지고 있지 않다. 그것은 무엇보다도 당장의 이해로부터 초연한 객관적 자세를 요구한다는 점에서 그러하다. 그러나 실천적 이해에서 초연한 것이, 앞에서 말한 바와 같이, 실천에 의미를 갖지 아니하는 것은 아니다. 초연함은 실천을 넓게, 또 장기적인 관점에서 생각하는 데에 필수적이다. 그러나 이러한 관련을 지나치게 강조하는 것은 그러한 학문적 탐구를 손상하는 것이기도 하다. 그렇다는 것은 비실용적인 학문의 영광은 바로 그것이 인간 정신의 자유와 기쁨의 표현이라는 데에 있기 때문이다. 그러면서 그것은 자유와 기쁨 속에서, 그리고 자신의 일에 대한 열중 속에서 사회적으로 유용한 일이 이루어질 수도 있다는 것을 보여 준다.

오늘날의 사회에서 이러한 학문에 대한 이해는 점점 사라지고 있다. 사회의 전체적인 분위기가 그러한 것의 존립을 위협하는 것이 되었지만, 정부의 시책도 바로 그러한 것을 위협하는 중요한 원인이 되고 있다. 정부는 정부 나름의 긴급한 실천적 지상 명령하에 있는 사회 기구이다. 그것은 실천에 옮겨야 할 과제들을 가지고 있고, 현대 사회에서는 특히 경제와 관련해서 취해야 할 여러 정책들이 있다. 그러므로 정부의 생각은 급한 것일 수밖에 없다. 그러나 좋은 정부란 사회의 모든 것을 당면한 과제 속에 흡수하지 않고 그것의 과제 영역을 벗어나는 인간 활동 분야에 자유와 아울러 보호와 진흥의 힘을 빌려줄 수 있는 정부이다. 그러나 정부가 그 정치적 책임과 경제적 관련을 깊이 깨우칠수록 정부는 모든 것을 그 당면한 과제에 종속시키려 한다. 오늘의 정부의 책임을 생각할 때, 정부의 대학에 대한 현실주의적 압력을 반드시 부정적으로만 말할 수는 없으나, 정치의 힘 그리고 사회에서 오는 여러 압력이 대학에 중요한 위협이 되고 있는 것을 무시할 수는 없다.

이렇게 말한다고 하여 대학이 현실적 이해관계에서 초월하여 자유롭게 선정된 지적인 작업에만 골몰하는 상아탑이 되어야 한다는 말은 아니다. 대학의 본질은 지적인 자유의 영역이라는 데에 있다. 그러나 그 자유는 공동체에 대한 책임을 포함한다. 사회적으로나 적절한 형태의 삶의 보장이 없이 지적인 자유는 있을 수 없는 사치이다. 대학이 사회의 생존과 유지에 기여하여야 한다는 것은 너무나 당연한 일이다. 그리고 궁극적으로 지적 자유는 좋은 삶의 일부로서 그 의미를 갖는 것일 것이다. 다만 대학의 실천적 개입은 대학의 존재 이유에 대한 전체적인 전망을 유지하면서 이루어져야 한다. 이것이 내가 여기에서 주장하고자 하는 것이다. 앞에서 말한 바와 같이 현실의 실천적 명령은 그것을 떠나는 것 같은 보편적 이성의 명령으로부터 도움을 받을 수 있다. 이러한 의미에서 초연한 이성의 성찰을 필요로 한다. 그러나 대학은 직접적으로 현실의 기획에 참여할 수 있다. 또 그러는 것이 마땅하다. 그리고 이것은 오늘의 시점에서 불가피한 것인 경우가 많다. 다만 그러한 경우도 그것이 대학의 전부가 아니라는 것, 대학은 조금은 다른 영역에 그 본령을 가지고 있다는 것을 잊지 말아야 한다. 이러한 관점에서 오늘날 대학이 가지고 있는 몇 가지 문제에 대하여 나는 다음과 같은 권고를 생각하게 된다.

1. 대학의 평준화

학문적으로 우수한 재능의 양성을 위한 사회적 제도는 개인적 자기실현을 위하여서나 사회를 위하여 폐지할 수 없다. 물론 이러한 제도의 정당화를 위해서는 여러 가지 부대 사항이 따라야 한다. 잘못된 선발 제도는 진정한 재능을 발굴하는 데 실패할 수 있다. 그리고 자라나는 세대의 자기 인식과 계발에 잘못된 신호를 보낸다. 선발의 방법은 다양한 재능을 철저하게 식별할 수 있는 것이라야 한다. 이것은 개인적 성취의 다양성을 인정하는 것일 뿐만 아니라 여러 단계에서의 여러 기회를 통하여 자기 발견과 사회적 검증을 가능하게 하는 것이라야 한다. 이것은 중등 교육의 어느 정도의 계열화와 서열화를 불가피하게 할는지 모른다. 여기에 대하여서는 계열화가 사회적인 낙인이라는 결과를 낳지 않도록 하는 조처가 필요하다. 기회는 여러 번 주어져야 한다.

대학 입시와 관련하여서 과외 수업과 비용의 문제도 물론 해결되어야 하는 과제이다. 그러나 과외의 문제에 대한 간단한 해결책은 말하기 어렵다. 과외는 주로 비용의 문제 — 소위 사교육의 경제적 부담의 문제로 말하여진다. 이것이 중요한 고려의 대상이 되는 것은 이해할 만한 일이나, 이 문제를 사회적인 측면에서가 아니라 교육 본래의 관점에서 다시 이야기해 보았으면 하는 생각이 든다. 과외에서 받는 교육이 참으로 인간과 지식의 성장에 도움이 되는 것인가가 생각되어야 한다는 말이다. 비정상적인 과외의 결과가 인간적 성장을 측정하는 기준이 될 수 있다는 것은 측정의 방법이 잘못되었다는 것을 뜻한다. 입시 경쟁의 문제에 대처하는 데에 있어서 물론 가장 큰 테두리는 유명 대학을 나오지 않아도 사람다운 삶을 살 수 있는 길을 다양하게 다층적으로 만들어 가는 것이다.

우수한 재능을 가진 자의 교육으로 하여, 다른 보다 대중적인 교육이 등한시되어서는 아니 된다. 사회는 다양한 재능과 교육을 필요로 하고, 모든 청소년의 자기 발견과 계발을 도와줄 책임을 가지고 있다. 이러한 교육의 관심은 물론 대학뿐만 아니라 그 외의 다른 학교에도 두루 중요한 것이라야 한다. 그런데 생각의 방향을 바꾸어 보면, 대학의 입시 경쟁이 치열한 것은 반드시 특권의 문제가 아니라 명문 대학에서 제외되는 사람들이 기본적인 생존의 권리를 확보하지 못하고 있다는 사실에서 야기되는 현상이라고 할 수 있다. 대학을 나오지 않는 사람의 안정되고 만족할 만한 삶의 문제가 여기에 깊이 관계되어 있는 것이다. 그리고 무엇보다도 각 단계에서 끝나는 교육은 일정한 삶의 궤도로 이어지는 것이 중요하다. 앞에서도 말한 바와 같이 오늘의 교육의 문제는 소위 유명 대학을 나오지 않고는 각 교육 단계로 이어지는 신뢰할 만한 삶의 궤도가 없다는 것이다. 정부에서 이 문제를 해결하지 않고는 사실 많은 교육 정책은 임시변통을 넘어가지 못할 것이다.

유명 대학 출신자가 특권을 독점하는 문제는 사회의 일반적 평등화로써 해결되어야 한다. 우수한 자에게 주어지는 것은 특권이 아니라 봉사의 기회이어야 한다. 이것은 공적 기능이 특권과 이권에 이어지지 않도록 하는 사회 정화를 기다릴 도리밖에 없겠지만, 주관적으로는 선택된 자의 특권이 봉사의 특권이지, 이권의 특권이 아니라는 자각을 위한 사회적 계몽이 필요하다.

2. 대학의 교육

대학의 교육은 두 부분으로 이루어져야 한다. 그것은 보편적 이성의 능력과 전문적 작업의 수행 능력, 둘을 길러야 한다. 이것은 사실 오랫동안 대학의 교육에서 채택되어 온 목표이다. 교양과 전공 두 부분을 나누었던 것이 바로 이것이다. 교양은 참으로 교양을 위한 교육으로 강화되어야 한다. 앞에서 시사한 바와 같이, 교육의 가장 중요한 부분은 보편적 이성 능력을 길러 주는 것이다. 직업 교육이나 전문직 교육이 학부에서 실리를 추구하는 학부생의 주의를 모두 차지하게 되는 추세가 그대로 방치됨으로써 교양 교육은 약화되고, 내용상으로도 보편적 이성 능력의 함양이라는 목표는 상실되고 말았다. 제도적으로 직업적·전문적 부분의 본격적인 수련은 대학원 수준으로 옮기는 것이 마땅할 것이다. 그러나 그것이 학부로부터 완전히 제거되는 것도 옳지 않다. 이성적 능력은 전문 지식의 습득에서 훈련되는 능력이기도 하다.

앞에서 말한 바와 같이, 대학 교육은 다차원적 사고의 능력을 훈련할 수 있어야 한다. 현실의 전문적인 일에 전념하는 능력, 그것을 보편적·윤리적 관점에서 평가할 수 있는 능력, 이러한 것들을 보편적 인간 이상의 관점에서 조감할 수 있는 능력 — 교육은 이러한 능력의 계발을 목표로 하여야 한다. 이론적으로 이 다른 능력들은 하나로 통합되어 마땅하지만, 그것들이 현실에서 늘 하나로 작용하는 것이 아니라는 것도 생각하여야 한다. 일의 여러 차원을 마음에 따로 지니고 또 여러 다른 지평에서 사고할 수 있는 힘이 필요하다. 인간 이상과 사회 이상은 목하의 일을 근본적으로 다르게 하는 것이 아니라 역사의 최종적인 결과를 새로운 것이 되게 하는 바탕이 된다. 대학 교육의 편제도 여기에 부수하여 생각될 수 있다.

다차원적인 편제와 관련하여 대학의 교육과 연구를 하나의 차원으로 수렴해 버리는 일은 근시안적인 발상이다. 이것은 대학이 보편적 이성을 대표할 수 있어야 한다는 목표에도 배치된다. 또 무엇이 우리의 지평을 넓혀 주며 무엇이 우리에게 필요한 것이 될지는 반드시 현재에 알 수 있는 일이 아니다. 지금 당장에 쓸모가 분명치 않은 분야의 지식도 언제 유용한 것이 될지 알 수 없다. 쓸모없는 것의 연구는 통일된 이성과 지식의 체계로서의 학문에 대한 도전으로도 필요하다. 결국 모든 학문다운 학문은 어떤 방도론가 이 통일 속에 존재하고, 그 통일성은 여러 이질적 체계와 정보로부터의 도전을 통하여 확대된다.

3. 대학의 연구

오늘날 대학의 학문의 자주성과 폭에 중요한 위협이 되고 있는 것이 대학의 연구 제도이다. 대학의 연구의 방향과 종류와 체제는 지금 관 주도로 편성되고 있다. 이것은 제일 큰 연구비 출처가 정부라는 점에 관계된다. 정부가 제시하는 과제와 평가 기준은 연구의 기본 의제를 정한다. 정부 주도의 연구와 연구 의제가 반드시 옳지 않다는 것은 아니다. 문제는 그것이 연구의 의제를 일정한 방향으로만 몰고 가는 데에 있다. 정부의 과제는 국가에서 필요한 긴급 과제로 한정되어야 한다.

정부의 의제 설정이 계속적으로 확대된 것은 대학의 연구자들의 요청으로 인한 것이기도 하다. 정부가 필요에 따라서 연구 과제를 설정하고 연구비의 할당을 발표하면, 모든 연구자들이 정부 지원의 일반적 확대를 요구하게 되는 것이 지금까지의 실정이었다. 잘못된 균등 분배에 대한 요구가 일어나는 것이다. 이것은 학계의 균형 발전에도 문제를 일으키지만, 실용적 관점에서 국가가 결정한 연구에 대한 자원의 집중을 희석화하는 결과를 낳는다. 기본적인 연구 여건 이상의 수준에서 모든 분야의 평준화를 요구하는 것은 공익에 배치되는 일이다. 물론 정책적 연구에 대한 지원은 비정책적 일반 연구 여건에 불균형을 가져올 수 있다. 말할 것도 없이 어떤 분야도 연구 지원의 망각 지대가 되어서는 아니 될 것이다. 정상적인 학교 환경에서 가능한 것 이상으로 연구에 자원이 필요한 연구는 지원되어야 한다. 그러나 그것은 연구자 자신의 연구의 연장선에서 발의되는 과제에 대한 지원을 원칙으로 하여야 할 것이다.

정부 발주의 연구와 관련하여 별 비판 없이 수용된 파급 효과의 하나는 관료적 연구 평가제의 수용이다. 학문하는 사람들의 강한 개성은 학문의 도덕적 효과의 하나이다. 그러나 압력을 가하면, 어느 정도의 결과가 있게 마련인 것이 약한 인간성이라는 것도 사실이다. 이것은 학문인의 경우에도 그렇다. 그리하여 오늘날 연구에 대한 여러 가지 제도적 압력은 그만큼 연구와 학문의 생산량을 높이는 효과를 낳고 있다. 이 압력의 하나가 관료적·계량적 평가이다. 그런데 이것이 참으로 의미 있는 연구에 이어지는 것인지는 생각해 보아야 할 문제이다.

관료적 사고의 삼투는 그 도덕적 의미에 있어서 장기적으로 우려할 만한 결과를 낳게 될 것이다. 양은 질로 전환된다, 그리고 방법과 수단이 어떻게 되었든지 간에 무엇인가 결과를 낳으면 된다. — 이것이 오늘을 지배하는 다스림의 철학이다. 그러나 이것은 냉소적인 인간관을 함축하고 있다. 그러한 인간관은 그러한 현실을 만들어 낸다. 대학도 현실과의 타협을 피할 수는 없다. 그러나 대학은, 이상적 공화국의 모범이라는 면을 지니고 있었다. 현실 정치의 전술적 사고와 경제 능률의 기준은 대학의 이러한 면을 사라지게 하고, 현대 산업 국가의 한 기능적 기구로서만 존재 이유를 가지게 하고 있다. 대학은 국가 정책에 봉사할 의무를 가지고 있다. 그러나 정책과 국가와 정치를 초월함으로써 그에 봉사한다는 것도 그 의무의 중요한 부분이다.

(2003년)

홍보 전략과 문학

번역 사업에 대한 몇 가지 생각

1. 홍보 전략과 문학

1. 홍보

작년 프랑크푸르트 도서전에서 주빈국이 되었던 한국의 여러 문화 행사는 한국의 역사상 해외 문화 활동으로는 최대의 행사였다고 할 수 있다. 그에 대한 평가는 국내외를 통하여 성공적이었다는 것이었다. 문학 행사는, 약간의 해설 행사가 있었지만, 낭독회 중심으로 열렸는데, 독일어권의 30여 개의 도시에서 열린 110회의 행사에 62명의 시인, 작가가 참가하였다. 여기에 대한 독일의 문학 관심자들의 반응도 높은 것이어서, 낭독회장은 대체로 청중이 만석을 이루었고, 신문들도 이를 충실하게 보도하여 주었다. 주빈국행사조직위원회에서 집계한 것으로는, 문학에 한정된 것은 아니지만, 도서전 관계 독일 언론의 보도는 1800건에 이르렀다. 과연 문화나 문학으로, 외국에 스스로를 알리는 한 행사로서 이번 일만큼 대규모였던 것은 일찍이 없었던 일이었다. 프랑크푸르트 도서전 주최 당국자들의 의견으로도 일찍이 한국만큼 대대적인 문화와 문학 행사를 벌인 나라가 없었다. 작년의 프랑크푸르트 주빈국 행사 동안 독일에는 한국의 문화적 실체가 크게 느껴지지 않을 수 없었을 것이다.

그러나 이 행사에 대한 평가가 모두 긍정적인 것은 아니라고 하는 것이 옳을 것이다. 국내에서도 그러했지만, 국외에서도 이 행사를 부정적으로 또 비판적으로 보는 눈이 없었던 것은 아니다. 독일에서 식사를 같이 한 어떤 한국 측 인사는, 한국이 주도한 홍보 활동과 독일 내의 언론사 등의 보도가 큰 규모였던 것을 인정하면서도, 그러한 보도가 주로 행사에 대한 것이지, 그 내용에 대한 것이 아니라는 사실을 직시해야 된다는 말을 하였다. 이것은 내용이 본격적으로 논하여져야 할 문학의 경우에 생각해야 할 일이라는 것이었다. 독일에서 낭독되고 번역된 문학의 내용들에 대한 논의가 전혀 없었다고는 할 수 없지만, 그것이 본격적인 것이었다고 하기는 어려울 것이다. 그러니까 작년의 행사가 적어도 문학이나 문화의 홍보가 외형적인 관점이 아니라 실질적인 내용에 있어서는 반드시 성공적이라고 할 수는 없다는 것이다.

더 나아가 작년의 행사를 성공적인 것으로 보든, 실패까지는 아니라도 노력과 경비에 비하여 그다지 큰 성과를 거두지 못한 것으로 보든, 문학의 해외 소개나 전파가 작년에 한국이 펼쳤던 바와 같은 홍보 활동으로 이루어진다고 생각하는 것 자체가 문제가 있는 태도라고 반성해 볼 수도 있는 일이다. 작년 행사의 슬로건은 스밈과 대화였다. 이 슬로건은 침투와 협상이라는, 외교 전략이나 군사 전략처럼 들릴 수도 있을 것이다. 그렇게까지는 보지 않더라도 문학이라는 것이 대대적인 홍보 활동의 성격을 띤 행사들로써 스미고 대화를 이끌어 낼 수 있는 것인가. 이러한 슬로건에 문학을 권력의 전략으로 보는 관점이 스며 있는 것은 사실이다. 작년 행사의 조직위원장이라는 직책을 맡고서 나는 국내외의 기자들과 만나 이야기할 기회를 여러 차례 가졌다. 기자들의 질문 중 가장 날카로운 질문은, 한 독일 기자가, 첫 질문으로서 어떤 이유로 하여 한국은 이번 일에 그렇게 많은 돈을 쓰는가 하고 물은 다음에, 두 번째 질문으로서 문화나 문학을 이렇게 행사화하는 것이 옳은 일이라고 생각하는가 하고 물은 것이었다. 이러한 종류의 질문이 한국의 매체에서 나오지 않은 것은 착안의 차이에서 오는 것이기도 하겠지만, 우리의 생각이 얼마나 전략적인 사고에 길들여져 있는가를 보여 주는 것이라고 할 수도 있고, 문화에 대한 우리의 이해가 얼마나 손상되어 있는가를 나타내는 것이라고 할 수도 있다. 문학이나 문화가 홍보에 연결되는 것이 옳은 것인가. 예이츠는, 시란 본래 시인이 스스로에게 혼자 말하는 것을 독자가 엿듣는 것이라고 이야기한 일이 있다. 시인 정현종 씨도 시를 썼으면, 쓴 다음에 땅에다 묻어 버리든지 할 일이지 무엇 때문에 발표는 하는가 하고 말한 일이 있다. 이러한 말들은, 시란 다른 사람을 향한 전략의 언어가 아니라 스스로에게 말하는 언어이고 거기에 시적 언어의 순정성이 있다는 뜻이다. 그러면서도 시는 역설적으로 바로 이러한 순정성으로 하여 오히려 다른 사람을 설득할 수 있는 힘을 가지게 된다. 모든 인간 행위에는 이러한 면이 있지만, 문학과 홍보 사이에는 무엇인가 서로 맞지 않는 것이 있는 것이다.

2. 문화적 인정

이제 모든 행사가 끝나고 1년도 안 되어 독일에서 과연 작년에 그렇게 분명한 것으로 보였던 한국 문화와 문학의 실체는 어디에 있는가? 그 실체는 작년 10월 행사가 끝난 직후부터 쓸쓸해지고 종적이 없는 것처럼 보이기 시작했다. 다시 한 번 뒤집어 보면, 문화나 문화에 대한 의식이, 자기 나라의 것이든 남의 나라의 것이든, 계속적 흥분으로 남는다고 생각하는 것이 잘못이라고 할 수 있다. 문학이 의식에 스며든다면, 그것은 매우 복잡한 경로와 형태로 그리하는 것일 것이고, 대화의 대상이 된다면, 그것은 더욱 특수한 관계 속에서만 그렇게 되는 것일 것이다.

독일 문화가 한국에 존재하는 방식을 생각해 보아도 이것은 자명하다. 한국에서의 독일 문화의 영향은 결코 작은 것이라고 할 수 없다. 남북을 막론하고 마르크스의 영향은 적어도 현대사의 짧은 시간대에 한정해 볼 때, 한국에 영향을 끼쳤던 다른 어떤 사상가, 가령 공자나 주자에 못지않게 지대한 것이었다고 할 수 있다. 마르크스에 이어 헤겔이나 칸트 또는 프랑크푸르트학파 사회 사상가들의 영향은 그다음의 자리에 놓을 만하다. 문학으로서도 학교를 다닌 사람으로서 괴테를 모르는 사람은 없을 것이다. 독일에서 라인 강의 로렐라이 언덕을 찾는 사람에는 일본인과 한국인이 가장 많다고 한다. 한국인이 하이네를 잘 모른다고 하더라도, 이 사실만으로도 독일의 시가 한국에 삼투해 있는 정도를 짐작할 수 있다. 로렐라이의 경우는 시보다도 노래로 인한 것이라고 할 수 있는데, 한국에 독자적인 음악의 전통이 없지 않음에도 불구하고 독일 음악은 이제 한국 음악의 가장 중요한 부분이 되었다고 할 수 있다.

이렇게 말하면서, 우리는 몇 가지를 알게 된다. 우리가 독일에 대하여 아는 것은 극히 선택적이다. 위에 열거한 것들만으로도 우리에게 알려져 있고 영향을 끼친 독일 문화는 대단히 큰 것이지만, 여기에 빠진 것이 많은 것은 말할 필요도 없다. 그중에도 우리는 독일의 현대 문학의 경우, 그것이 우리에게 크게 알려지지 않고 있다는 사실에 주의할 수 있다. 뿐만 아니라 우리가 알고 있다고 또는 의식하고 있다고 하는 독일 문화나 문학의 경우에도, 그 앎이나 의식이 얼마나 깊은 것일까. 마르크스의 경우는, 어쩌면 깊이 있게 안다는 것보다 어떤 형태로든지 그의 생각의 이것저것을 의식한다는 점에서는, 비교적 널리 알려져 있다고 할 수 있을는지 모르지만, 한국의 독자층이 괴테, 특히 칸트나 헤겔을 얼마나 알고 있다고 할 수 있는

가. 구체적으로 따져 볼 때 독일의 문화적 전통에 대한 우리의 이해와 수용은 극히 피상적이고 단편적이라고 할 수밖에 없다. 그럼에도 불구하고 우리에게 독일의 문화적인 실체는 여전히 크다 하여도 틀린 말이 아니다. 그것은 단편적인 것이면서도 전체적인 것으로 존재한다. 우리는 독일 문화 전체가 일정한 폭과 높이를 가지고 있다는 것을 전반적으로 받아들이는 것이다. 이것은 가령 인도네시아에 대하여 발리도의 춤이나, 가믈란이라는 민속 악기나 프라뮤댜 아난타 투르(Pramoedya Ananta Toer)와 같은 작가를 아는 것과는 다른 것이다. 이 경우 인도네시아는 우리에게 문화 전체로서 실재감을 주는 것이라고 할 수는 없다. 여기에 관계되어 있는 것은 지식이 아니라 존경이다. 이것은 자세한 것을 넘어가는 전체에 대한 느낌에 관계되어 있다.

이것은 우리가 다른 나라에 우리를 알리는 경우에도 적용되는 일이다. 어떤 경우에나 다른 나라에 한국 문학이 번역되고 또 한국 문화가 소개된다는 것이 나쁜 일일 수는 없다. 특히 한국의 번역 작품이 팔린다고 할 때, 그것은 우선 상업적 성공으로 축하할 만한 일이라고 할 것이다. 그러나 우리가 바라는 것은 그것의 문학적인 가치를 인정받는 것일 것이다. 그러면서 또 우리는 그 특정한 작품의 진가를 인정받는 것보다도 그러한 작품이 결국 한국의 것이라는 것을 알아주기를 바라는 것이다. 더 나아가 바라는 것은 우리의 일반화된 능력을 인정받고 또 우리를 존경할 만한 대상으로 받아들여 달라는 것일 것이다.

3. 인정의 의미

이렇게 말하는 것은 표피적인 의미에서의 자존심이나 우쭐한 과시욕처럼 생각될 수 있다. 일반적으로 타자에 의한 인정의 추구는 반드시 그 자체로서 값있는 일이라고 할 수 없다. 이 경우에 인정은 예속과 비굴을 의미할 수 있다. 그러나 이것은 개인의 경우이고 국가의 경우는 다르다고 할는지 모른다. 개인의 도덕이나 윤리라면, 타매의 대상이 되었을 것이 집단적 목적을 위해서는 쉽게 정당화되고 이상화되는 경우가 많다. 그러나 개인의 사회적 관계나 집단의 대외 관계가 반드시 다른 윤리적 규범으로 움직이는 것은 아니다. 이 둘 사이의 차이는 단순히 사회의 윤리적 수준의 차이를 말하는 것에 불과한 것일 수 있다. 개인의 관점에서 타인의 인정을 추구하는 것은 무엇을 뜻하는가? 그것은 이미 비친 바와 같이 자기 과시욕 또는 루소가 말한 자신에 대한 허영심(amour de soi에 대한 amour propre)을 말할 수 있다. 그러나 다른 한편으로 그것은 사회관계에서 모든 사람이 동등한 인격적 존재로서 인정되어야 한다는 윤리적 요구를 담고 있다. 인정의 요구는, 한층 높은 차원에서는, 나의 특수성, 나의 우수성에 대한 인정을 요구하는 것이라기보다 나와 타자의 관계를 규정하는 윤리적 질서를 확인하고자 하는 행위라는 면을 가지게 된다. 즉 나를 구체적으로 알아 달라는 것보다는 보편성의 관점에서 내가 다른 사람을 존중할 의무가 있는 것처럼 나를 존중하라는 당위적 요구가 되는 것이다. 이것마저도 반드시 단순히 개인적인 의미를 갖는 것이 아니다. 보편적 질서 인정의 전제하에서 비로소 나와 타자 사이에 공동체적 유대가 확실하게 된다. 그러므로 이것은 나의 인격의 문제이면서 동시에 공동체의 성립에 대한 관심의 문제이다. 이러한 의미에서 그것은 단순히 인식이 아니라 실천의 과제가 된다.

그런데 이러한 의미에서의 인정에 대한 요구는, 다시 말하여 사람의 구체적 자격 여건에 관계없이 모든 사람에게 해당되어야 마땅하지만, 그것이 내가 존경할 만한 능력—사물 판단력과 윤리적 능력을 갖춘 인간이라는 것이 드러날 때, 보다 용이하게 충족되는 것이 현실이다. 그리하여 타자가 나를 알아야 할 필요가 생긴다. 개인의 경우 이것은 자칫하면, 인격의 존엄성을 손상하는 일이 될 수 있다. 그러나 집단의 경우 윤리적 목적의 손상의 위험은 조금 더 줄어든다고 할 수 있다. 국가 홍보가 자기 홍보는 아니기 때문이다. 이것도 조심스럽게 생각하여야 할 면이 없는 것은 아니다.

4. 국가 간의 인정

일반적으로 자기와 타자 사이에 존재하는 보편성의 변증법은 국가 간의 관계에도 존재한다고 보는 것이 옳다. 앞에서 시사한 바 우리가 원하는 것은, 따져 보면 어떤 한 작품의 우수성보다도 우리의 문학 전체의 존재를 인정받는 것이고, 또 그것을 넘어 그러한 문학을 만들어 내는 문학 창조, 문화 창조의 능력을 인정받자는 것이다. 이것은 추구되는 것이 구체적인 대상물에 대한 인정 또는 그 내용에 대한 자세한 사실적 정보보다도 어떤 보편적 질서 내에서의 대등한 관계 — 나아가 존중과 존경의 관계라는 증거이다. 이러한 관계는 두 사회 사이에 일어날 수 있는 모든 문제의 바른 해결의 기초가 된다. 한 나라가 존재하는 데에도, 개인 간의 관계에서나 마찬가지로, 다른 나라의 사람들이나 사회와 공존을 기하지 않을 수 없고, 거기에서 일어나는 교섭과 협동과 타협이 없을 수 없다. 이 공존의 여러 맥락에서 대등한 자격을 인정받는다는 것은 현실적 생존의 조건이고, 더 나아가 공동의 미래의 창조를 위한 조건이다.

이러한 관점에서 비로소 문학과 문화의 홍보는, 둘 사이에 존재하는 상호 혐오의 관계에도 불구하고, 정당화될 수 있다. 프랑크푸르트의 문학과 문화 행사가 정당화되는 것도 이러한 상호 인정의 현실적인 필요라는 관점에서일 것이다. 중요한 것은 한국이 국가 공동체의 정당한 일원이며 인류 문화 창조의 동반자라는 것을 알 수 있게 하는 일이다. 이것은, 되풀이하건대 우리 자신을 위하여 필요한 것이고, 또 세계의 인류의 공동체를 위하여 필요한 일이다. 이러한 인정은 여러 가지 요인들의 누적된 결과로 이루어진다. 프랑크푸르트 행사와 같은 것도 그에 기여할 수 있다. 그러나 더 중요한 요인은 말할 것도 없이 국가 전체의 힘 — 경제력, 군사력, 정치력이다. 그러면서 이 힘이 단순히 물리적 성격일 수는 없다. 이것은 피정복 사회가 된 그리스 문화의 로마 제국에서의 위치를 생각해 보거나, 현대사에서 겪은 여러 굴욕적인 일들에도 불구하고 중국이 누리고 있는 어떤 문화적 후광 같은 것을 생각하여 보아도 느껴지는 것이다. 또는 이와 관련하여 우리는 외부에 알려질 정도로 큰 업적이 없다고 하더라도 적절한 문화적 수준을 유지하고 있는 것으로 추측되고 있는 스칸디나비아 여러 나라를 비롯한 유럽의 작은 나라를 생각해 볼 수도 있다. 이 경우들을 보면 실제로 잘 알려진 것이든 아니든, 중요한 것은 일정한 문명된 사회적 삶을 영위하고 있다는 인상이라고 할 수 있다. 그러면서도 그러한 인상의 뒤에는 문화적 사회의 핵심으로, 헤겔이 철학을 정의하는 말로서 사용한 표현을 빌려, "시대를 생각 속에 포착"하는 노력을 게을리하지 않는 사회라는 사실이 들어 있다고 할 수 있다. 즉 자신들의 삶을 (철학만이 아니라) 여러 가지의 의식적 노력을 통해서 검토하고 표현하는 일을 계속한 사회라는 것이 문화가 있는 사회라는 인상의 핵심일 것이라는 말이다. 그렇다는 것은 이러한 노력이 있다고 할 때, 앞으로 세계 속에서의 공존에 서로 존경할 수 있는 동참자가 될 수 있다는 믿음을 주게 될 것이기 때문이다.

여기에 말한 것들은 프랑크푸르트 도서전을 통하여 내가 별로 좋아할 수 없는 일이라고 생각했던 홍보와 선전에 종사하면서 자기변명으로 생각했던 것을 토로한 것이다. 이러한 말들은 불필요하게 복잡한 것으로 보이지만, 결국 문학의 해외 소개의 철학으로서도 일단의 역할을 가질 수 있는 것이 아닌가 하는 생각이 든다. 즉 홍보의 의의가 이러한 복잡한 관련 속에서 발견되어야 한다는 것은 그것을 바르게 유도하는 데에 필요한 것으로 보이기 때문이다. 다시 말하여 문학의 해외 소개는 단순히 그 자체로 의의를 갖는다기보다는 국가 전체의 문화적 실체를 보여 주는 — 그것도 자기 과시적인 것 이상의 보다 높은 관점에서, 문화의 진지성에 뒷받침되는 넓은 테두리 안에서 이루어지는 것이 바람직하다는 말이다. 홍보는 불가피할 것이다. 그러나 단순히 홍보 행위가 얻을 수 있는 소득은 한정되어 있고, 또 어쩌면 자기당착적인 것이다. 그것은 보다 높은 변증법 속에서 생각됨으로써 개인이나 국가의 위엄에 어울리는 것이 된다.

2. 문화 번역

1. 고전 번역

앞에 말한 것은 문학 번역 사업이 문화 번역 사업으로 확대될 필요가 있다는 것을 말하는 데 이론적 기초가 된다. 한국문학번역원이라는 이름을 보면, 그 임무는 문학의 번역에 한정되는 것으로 보인다. 이것으로 생각되는 것은 이것을 문학 이상의 것으로 확대하는 것이다. 그러나 그 이전에 새삼스럽게 고려하여야 할 것은 이 문학 번역 사업 자체도 지금까지 지나치게 좁게 해석되어 오지 않았나 하는 것이다. 그렇다는 것은 한국 문학 번역을, 그 사업의 내역을 완전히 파악하지 못한 채로 이야기하는 것이 될 것이나, 지나치게 현대 문학으로 한정시켜 온 것으로 보이기 때문이다. 이것은 우리 문학계의 풍습에도 관계되어 있다. 이러한 풍습은 문학 전통 단절이라는 사실에서 생겨난 것일 것이다. 물론 현대 문학이 특히 중요시되는 것은 오늘의 문학인들의 이해관계가 작용한 때문이기도 할 것이다.

그러나 현대 문학만으로 우리 문학을 대표하게 할 수는 없다는 것은 다시 상기할 필요가 있다. 한 사회의 문화란, 조금 전에 시사한 바와 같이, 그 사회가 시대를 생각하면서 사는 습관을 발전시키고 그것을 지속하여 왔다는 사실로 대표된다. 이것은 당대적인 문학의 업적 속에서만은 드러날 수 없다. 그 한 이유는, 이러한 문화적 특징은 시대의 가장 뛰어난 작품이나 사상적 저작에서만 드러날 수 있기 때문이다. 우리 현대 문학의 전집들이 수십 권 내지 100여 권이라는 방대한 전집으로 묶여 나오는 것을 볼 때 나는 낭패감을 느낀다. 한 시대가 산출하는 불후의 명작이 그렇게 많아서 쉽게 기념비적인 전집으로 모아질 수 있는 것이 아닐 것이다. 물론 한 시대에 중요한 것은 불후의 명작만은 아니다. 당대의 작품 그리고 자기 나라의 작품은 이러한 척도로만 말하여질 수 없다. 그것은 사람이 이룩하여 가는 역사의 일부이고 그 역사 창조의 모색의 일부가 당대와 자기 나라의 문학이기 때문이다. 그러나 시대의 핵심적인 사고와 상상력의 전형을 표현하는 것이 문학이고 문화라고 한다면, 다른 나라에 소개하는 문학이 우리 자신이 읽는 당대적 기준을 그대로 적용하는 것일 수는 없다. 그것은 조금 더 초시대적인 가치 기준을 도입하는 것이라야 한다. 이것은, 문화 전통의 인정을 위한 번역 사업은 현대 문학을 넘어서 한국의 고전 번역을 포함하여야 한다는 말이 된다.

나는 한국의 문학적 전통이 세계적으로 호소력을 가진 것인지 아닌지에 대하여 바른 판단을 내릴 준비가 되어 있지 않다. 그러나 나는 적어도 지난 500년 동안 한국인이 다른 어느 나라 사람 못지않게 자신의 시대를 사고하면서 산 사람들이라는 사실은 분명하다고 생각한다. 그리하여 이 사고하면서 산 사람들의 사고의 흔적을 번역하는 것이 문화 번역의 중요한 부분이 되어야 하지 않을까 하는 것이다. 그런데 여기에는 두 가지 고려하여야 할 점이 있다. 하나는 오늘날 우리가 문학이라고 정의하고 있는 것이 반드시 전통 시대의 문학에 대한 또는 문(文)에 대한 정의와 일치하지 않는다는 점이다. 지금에 우리가 문학으로 받아들이고 또 그 당연한 장르로 구분하고 있는 것은 서구의 영향하에서 또 우리의 현대적인 필요에서 생겨난 것이다. 가령 문학의 중요 장르는 시, 소설, 희곡, 수필 등으로 이루어지는 것으로 되어 있다. 그러나 옛날에 시나 부(賦), 송(頌)이나 축문(祝文), 심지어는 논설이나 역사 기술 또는 상소문이나 서간문 등도 문으로 분류되었던 것은 어떤 문집을 열어 보아도 금방 알 수 있는 일이다. 물론 이러한 문학의 분류를 현대적 장르 구분으로 다시 생각해 보는 것이 불가능한 것은 아니다. 그러나 이것과 비교하여 보면, 적어도 장르의 의미를 생각할 때, 그것이 재래의 장르 구분과는 경중에 있어서 다른 것을 알 수 있다. 현대의 눈으로는 시나 소설이 중요하고 이제 절대적으로 소설이 중요하지만, 우리의 전통에서 소설을 찾아서 지금의 무게를 거기에 싣는 것은 옛사람들의 생각을 바르게 보는 것이 아니다. 지금으로 보면 수필은 문학의 장르 중에도 가벼운 것이지만, 옛글들을 구태여 현대적으로 재정리한다면, 문학의 중심에 있는 것은 넓은 의미에서의 수필일 것이다. 결국 이렇게 말하는 것은, 사고와 상상력의 기록으로서의 문학을 생각하고 그것을 밖에 알리려는 경우, 문학에 대한 해석은 오늘의 달라진 정의가 아니라 옛사람의 사고를 존중하는 쪽에서 이루어져야 한다는 것을 말한다. 즉 소설이나 시에 못지않게, 또는 그보다도 수필집이 중요한 것이다. 이것들이 대체로 한문으로 쓰여진 것들을 의미한다는 것은 또 하나의 난점이 될 것이다.

그 자료가 어디에서 오는 것이든, 다시 한 번 주의하여야 할 것이 있다. 옛 문학이나 문화를 소개할 때, 그것은 옛것에 대한 존중을 포함하는 것이면서 현대적인 관점에서 해석된 것이라야 한다. 앞에서 문학의 소개를 문화의 소개의 일부로 보고, 또 문화를 시대의 삶을 사고 속에 거두어들이는 습관과 거기에서 이루어진 궤적으로 본다는 것 자체가 이미 현대적인 관점에서 옛것을 해석하여 말한 것이다. 넓은 의미에서의 전통 문학을 번역하는 경우, 그것은 오늘의 관점에서 해석되는 것이라야 한다. 그러나 이것은 반드시 길고 복잡한 해설의 필요를 말하는 것이라기보다는 선정과 편집의 현대적 관점의 중요성을 말하는 것이다. 따라서 번역에 선행하여야 할 것은 이 편집의 작업이다. 이것은 번역자에게 과다한 요구가 될 수 있다. 선정과 편집에는 그 방면의 전문가의 도움이 있어야 한다. 이것은 한 사람이 겸하는 것일 수도 있으나, 대개는 두 전문가의 공동의 작업을 요구하는 것이 될 것이다. 지금의 형편에서 우리의 전통적 문학 유산에 대한 현대적 편집 작업 자체가 완전히 이루어져 있다고 하기는 어려울는지 모른다. 그러나 번역 소개의 필요는 오히려 이러한 해석의 작업을 자극하는 촉매의 작용을 할 수도 있을 것이다.

2. 시각 자료의 번역

앞에 말한 것들은 문학의 번역이 문화의 인정을 위한 노력의 일부이며, 그것을 위하여서는 번역의 대상을 현대 문학을 넘어 한문학을 포함한 고전 문학에까지 확대하여야 한다는 주장이었다. 나는 얼마 전에 벨기에의 겐트에서 열리는 국제비교문학회의에 참석하는 길에 파리에 들르게 되었다. 파리에 며칠 머무는 동안 루브르 박물관의 서점에 들렀다. 이 서점은 도판이 있는 미술 서적과 미술사·미술 관계 이론서 등 상당히 많은 책을 구비하고 있는, 관광 책자 전시장이 아니라 본격적인 서점이다. 많은 책들은 주로 메소포타미아로까지 소급하여 연결한 서양 미술사에 관계된 것들이지만, 중국 미술과 그 배경을 다룬 책도 상당수에 이르고 일본 미술에 관계된 책도 적지 아니하였다. 그러나 한국의 미술 관계의 서적으로 내 눈에 띈 것은 한국 민화집 한 권이 유일한 것이었다. 미술이 한 사회의 문화의 가장 중요한 한 부분을 이루는 것은 새삼스럽게 말할 필요도 없다. 그것은 특히 외국과의 교섭에서 가장 손쉬운 교신의 통로가 된다. 그런 데다가 오늘날 시각 매체 기술의 발달은 책의 형태로 된 시각 자료에 대한 관심도 높여 주게 되었다. 내가 루브르 서점에서 우연히 보게 된 것이 얼마나 객관적 타당성을 가지고 있는지는 모르지만, 지금 일반 외국인이 쉽게 접근할 수 있는 한국의 미술적 전통과 현황에 관한 외국어 서적이 이와 같이 빈약하다는 것은 매우 큰 문제점이 되는 것일 것이다. 지난번의 프랑크푸르트 도서전과 관련하여 시각 자료의 책들의 번역에 적극적인 지원이 있었다. 루브르 서점에 한국 미술에 관한 책이 거의 없었던 것은 유통 과정에 잘못이 있었던 때문인지도 모른다. 그러나 대체로 한국의 미술 관계 서적들이 일반적으로 구하기 어려운 것은 사실일 것이다. 이 점을 보완하는 데에 번역원의 적극적인 지원이 중요하다. 이 경우에도 선정과 편집은 한편으로 충분히 전문적이면서 다른 한편으로 세계적인 관점에서 현대적인 것이라야 한다.

3. 사회 과학 및 문화 배경과 이론의 번역

앞에서 고전의 번역이 현대적 관점에서 취사선택된 편집을 거쳐야 한다고 하였지만, 사실 한국에 대한 관심은 세계에서 한국이 차지하게 된 오늘날의 위상을 통하여 여과되는 것이 보통이다. 한국은 그 과거의 업적보다도 현대사에서의 고통과 그 고통의 극복의 사실을 통하여 알려지게 되었다. 여기에 관계되는 저작들이란 역사, 정치, 경제, 사회에 관련된, 사회 과학의 저작이다. 번역원의 일에 사회 과학 서적의 번역까지 포함된 것인지는 알 수 없는 일이다. 아마 이 부분에 있어서는 다른 정부 부처나 공공 기구에 담당 부처가 있을 성싶다. 그러나 그러한 경우에라도 번역원에서 여기에 관심을 갖는 것은 자연스러운 일일 것이다. 번역 전담 기구로서 어떤 번역에서나 번역의 수준과 질에 특별한 관심을 가질 수밖에 없을 것이기 때문이다. 그리고 문화적 업적으로 설명하는 일에도 이러한 사회 과학적 저서 특히 역사 부분의 저작물 같은 것은 빼어 놓을 수가 없다. 오늘의 한국의 문화 마당을 이해하는 데에는 그간 한국이 이룩한 발전에 대한 사회 과학적 해설이 필요하다. 해설의 필요는 근대 이전의 문화유산을 설명하는 데에는 더욱 큰 것이 될 수밖에 없다. 프랑크푸르트 도서전 행사에는 백자와 불화(佛畵)의 전시가 있었다. 독일의 한 신문은 이 전시에 대한 긴 논평을 실었다. 대체로 긍정적인 보도였으나, 그 해설 기사에는 이러한 미술품들을 바르게 이해하는 데에는 역사적 배경에 대한 설명이 있어야 할 터인데, 그것이 없는 마당에 정확한 평가를 시도할 수는 없다는 생각이 피력되어 있었다. 우리로서는 상당히 자명한 것들인 것 같은데도, 외국의 관객에게는 문화적·역사적 배경에 대한 해설이 필요한 것이다. 비슷한 이야기는 한국의 전통 음악과 같은 부분에 대해서도 할 수 있다. 전통 음악 자원에 기초한 사물놀이 같은 것도 그러하지만, 보다 전통적인 음악의 경우에도 마찬가지이다. 『악학궤범(樂學軌範)』은 이미 일단의 영문 번역은 되어 있는 책이지만, 그와 같은 책이 번역 지원의 대상에서 빠져야 할 이유는 없다고 할 것이다. 또는 이것은 번역의 범위를 넘어가는 것이지만, 국외자들을 위한 한국 고전 음악 해설서를 저작하게 하고 이를 외국어로 내는 일도 사실 문화 교류의 중요한 사업이라고 할 수 있다.

3. 번역 일반의 총괄

1. 문학 번역의 수준 확보

1. 번역자

문학 번역이든 문화 번역이든, 번역의 중재가 필수불가결한 것이라면, 많은 것이 번역의 수준에 달려 있다는 것은 말할 필요도 없다. 지금까지 나온 번역이 — 영어 번역의 경우를 주로 자료로 하여 말하는 것이지만 — 반드시 만족할 만한 것이라고는 말할 수 없다. 높은 수준의 번역이 아니면, 번역은, 잘되면 좋고 안돼도 그만이라고 할 수 없는 부정적 효과를 가져온다. 좋은 번역자를 확보하는 것은 어떻게 가능한가? 여기에 대한 쉬운 답변이 있을 수 없다. 한 시대에 좋은 작품이 많이 나오는 것이 아니듯이, 좋은 번역자도 쉽게 나오는 것은 아니다. 좋은 번역자는, 상상력의 적극적 이니셔티브에 있어서는 좋은 작가에 이르지 못하지만, 추경험의 상상력과 구상력에 있어서는 그에 맞먹는 정신 능력을 가지고 있어야 한다. 우리는 이러한 능력의 소유자가 희귀하다는 것을 지나치게 가볍게 생각하는 것이 아닌가 한다.

우선 나쁜 번역자를 가려내는 일에 조금 더 변별력을 행사할 필요가 있다. 번역자를 평가하는 데에 있어서 원어민이라면 모두 자국의 언어를 적절하게 구사할 수 있는 것으로 선판단하는 경향이 있다. 모든 한국인이 한국말을 잘하는 것도 아니고, 특히 한국어 글을 깊이 있게, 섬세하게 쓸 수 있는 것이 아니라는 것은 누구나 알고 있다. 그러나 원어민의 경우, 사람들은 이것을 곧 잊어버린다. 이러한 문제는 외국어를 사용하는 한국인에게도 해당된다. 영문과 교수라거나 영어 사용국에서 학위를 취득하였다 하여 높은 수준의 영어를 글로 쓸 수 있는 사람이 되는 것은 아니다. 또는 통역대학원에서 영어 통역이나 번역의 훈련을 받았다는 것이 좋은 번역을 보증한다고 생각하는 것은 더욱 큰 잘못이 된다. 이것은 다른 언어의 경우에도 마찬가지이다. 모든 것은 한 사람 한 사람의 실력에 따라 새롭게 판단하고, 그렇게 판단되어진 능력을 존중하여야 한다.

그러나 나쁜 번역자를 말하면서, 주의하여야 할 것은 모든 책임이 번역자에게 있는 것은 아니라는 사실이다. 프랑크푸르트 도서전을 전후하여 한국 문학의 번역을 논하면서, 마치 번역만 잘된다면 한국 문학이 당장에 세계의 정상에 오를 수 있는 것처럼 이야기되는 경우가 많았다. 이러한 논의에서 가장 발언권이 없었던 것이 번역자들이었다. 참으로 한국 문학이 세계 문학의 경쟁장에서 빛을 내지 못하는 것은 번역의 잘못 때문인가? 앞에서도 말하였지만, 한 시대를 적절하게 표현할 수 있는 작품은 어느 사회에서나 극히 작은 수에 한정되게 마련이다. 피상적인 평등주의적 이해는 이 평범한 사실을 너무 자주 잊히게 한다.

2. 번역자 양성

그러나 좋은 번역자를 어떻게 얻을 것인가 하는 문제는 간단히 해결될 수 없다. 하나의 방법은 문학을 공부한 외국인에게, 전공이 다르더라도, 한국의 문학과 문화에 흥미를 갖게 하는 것이다. 이것은 물론 번역원의 소관 임무를 벗어나는 일일 것이다. 그러나 다른 관계 기구에 조언하고 협력하는 방안을 마련할 수는 있을 것이다. 생각하여야 할 것은 한국만이 아니라 동아시아 일반에 관심을 가진 사람들로 하여금 한국에까지 그 관심을 확대할 것을 자극하는 일이다. 이것은 인재의 풀을 확대하는 결과를 가져올 것이다. 물론 가장 간단한 방법은 한국학을 공부하는 대학원의 학생들에게 장학금을 지급하는 일이지만, 이것도 번역원의 한계를 벗어나는 일이 될 것이다. 그러나 견학을 위한 잠깐의 체재를 허용하는 펠로우십 제도 같은 것을 만드는 것은 가능할는지 모른다.

3. 교정과 편집

외국 출판의 높은 수준이 단순히 저자, 필자 또는 번역자의 힘만으로 유지되는 것은 아니다. 영미의 경우, 원고가 접수된 후 책이 나오기까지는 가장 면밀한 교정자(copy-editor)의 작업이 중간에 개입한다. 평가하고 교정하는 데에 1년에서 2년 또는 그 이상이 걸리는 것이 보통이다. 이것은 철자나 오자, 문법적 실수를 고치는 기술적 작업에 한정되는 것이 아니다. 문장의 표현과 구성의 논리성의 향상도 교정 과정의 중요 내용이 된다. 숙련된 원저자들까지도 자신들의 원고가 교정자의 손에서 너무나 문장이 바뀌는 까닭에 고통을 겪는 경우가 많다. 물론 원저자의 동의 없이 문장이나 구성이 바뀌는 것은 아니다. 원고는 교정자의 제안과 원저자의 동의 사이를 여러 차례 왕복하여 최종적 형태를 갖추게 된다. 한국 출판에서는, 외국어 출판의 경우에도, 이 카피리딩의 과정의 중요성은 흔히 간과되는 것으로 보인다. 이것은 번역을 위촉하는 측에서도 마찬가지이다. 기간, 예산, 전문 요원 등을 생각할 때, 번역에 못지않게 이 부분에 대한 고려가 중요하다는 것을 다시 인식할 필요가 있다. 이 부분은 전적으로 독립된 전문 분야이다.

4. 출판사 선정

출판사 선정에 있어서도 이 부분을 잘 해내는 출판사를 선정하여야 한다. 부실 출판사는 이 부분을 소략하게 하는 출판사이기 쉽다. 더구나 출판에 금전적 지원이 있을 경우, 그것만을 목표로 하는 출판사들이 생기게 된다. 그러한 출판사는 대체로 이러한 편집 부분의 작업을 소략하게 하고 출판비 지원만을 겨냥한다. 여기에 덧붙여 생각하여야 할 것은 출판사는 단순히 책 찍어 내는 일만을 하는 곳이 아니라는 사실이다. 출판사는 평가, 편집(앞에서 말한 면밀한 교정 작업으로서의 편집), 인쇄와 제본, 판매망, 명성으로 이루어진 ― 어느 한 부분도 소홀히 해서는 아니 되는 유형무형의 결집체이다.

어떤 경우에나 번역원이, 번역 사업이 그 구실을 철저하게 해내려면, 출판 관계의 정보를 가지고 있어야 한다. 그 관계의 자료를 수집하는 작업을 맡는 부분이 있어야 할는지 모른다. 이것은 출판협회와 공동으로 벌일 수 있는 일이다.

5. 번역의 총괄 조정

프랑크푸르트 조직위원회의 일을 추진하면서, 나는 직원들에게 문학,

문화, 출판 관계의 행사에 못지않게, 직원 한 사람 한 사람의 바른 행동이 중요하다는 말을 여러 차례 되풀이하였다. 어떤 특정한 문학 작품 또는 문화 산물이 아니라 한국의 문화적 힘을 보여 주는 것이 해외 문화 홍보의 목표라면, 외국인들은 문화물보다도 직원 한 사람 한 사람의 행동을 통하여 한국 문화의 실상을 미루어 볼 것이기 때문이다. 번역을 통하여 전달되는 한국 문화의 경우에도, 문화의 전달은 특정한 범위에 드는 번역물을 통해서만이 아니라 한국에서 주관하는 모든 외국어 표현물을 통하여서 이루어진다. 일본의 근대화 경위를 연구한 것에 보면, 일본의 외교 문서는 일본이 개국한 후 30여 년 만에 완전히 국제적 수준에 이르게 된다. 그리고 일본의 사회 과학 논문들의 경우, 일본이 개국하고 반세기쯤 지나서, 그러니까 한국을 병합하기 조금 전에 해외의 학술지에 한국 병탄의 불가피성, 정당성을 논술하는 일본 학자들의 글들이 실리게 된다. 고려대학에서는 학술논문의 외국어화를 돕는 기구를 설치하자는 제안이 나온 일이 있다. 한국문학번역원의 임무가 문학의 번역에 있다고 하더라도 그 임무를 넓은 의미에서 문화 번역의 범위 안에 드는 것으로 파악한다면, 한국에서 발원하는 모든 외국어 번역의 문명된 수준에 대하여 번역원이 무관심할 수는 없지 않은가 한다. 또는 그러한 관심을 가지고 그것을 관장할 수 있는 기구로 발전될 필요가 있다고 할 수 있다. 작은 푯말에서부터, 정부 발행의 문서 등에 이르기까지, 외국어 표현의 수준을 높이는 기구를 번역원의 부속 기구로 둘 것을 건의할 만하다.

다시 한 번, 앞에 적은 이런저런 생각들은 번역 업무를 한정된 것으로 파악할 것이 아니라, 국가의 문화적 능력에 대한 세계적 차원에서의 인정을 궁극적인 목표로 생각하는 것이 옳다는 관점에서 말한 것이다. 그렇게 생각하지 않고 문학이나 문화를 상품 판매 전략으로 또는 피상적 의미에서의 국가 브랜드 홍보로서 말하는 것은, 개인의 이미지 판촉 전략의 경우나 마찬가지로, 문학과 문화의 위상을 크게 떨어뜨리는 일이 된다.

(2006년)

21세기 아시아와 동아시아 문학

동아시아문학포럼에 부쳐

한국과 중국 그리고 일본, 또 다른 동아시아의 나라들이 밀접한 상호 관계에서 산다는 것은 너무나 당연한 일이다. 이것을 말하는 것이 새삼스러운 일이 되는 것은 오랜 역사 속에서, 세계사의 중심으로 서양이 등장하고 동아시아의 여러 나라가 그 사실에 적응하지 않을 수 없었던, 잠깐의 과도기적 시기가 있었기 때문이다. 이제 이 과도기는 끝에 이르고 동아시아는 다시 자기 자신으로 그리고 근린의 나라들로 눈을 돌리게 되었다.

이웃들이 가까워지는 것은 우리의 현실의 터전은 물론 경험과 이해의 터전이 넓고 깊어진다는 것을 말한다. 그러나 이것은 이웃들과의 관계가 화목한 것이라는 것을 전제로 한다. 가까워진다는 것은 갈등과 마찰의 가능성이 커진다는 것을 말하는 것일 수도 있다. 화목한 관계를 위해서는 정치나 경제적인 관계를 잘 다스려 나가는 것이 급하지만, 장기적으로 중요한 것은 이웃과 이웃이 서로서로에 대한 이해를 깊이 하는 것이다. 그리고 이것은 정치와 경제를 넘어서는 인간적인 이해에 기초하는 것이라야 한다. 여기에 크게 기여할 수 있는 것이 문학이다. 이러한 점에서, 지금 가까워지고 가까워질 수밖에 없는 동아시아의 여러 나라들이 문학과 문학인의 교류를 촉진하는 것은 극히 중차대한 기획이라 아니 할 수 없다. 또 이것은 세계적으로도 커다란 의미를 가질 수 있는 일이다. 모든 나라와 사회 그리고 사람이 상호 의존적인 교류 속에 있는 세계에서, 동아시아가 스스로를 분명하게 인식한다는 것은 인류 전체의 자기 이해를 풍부하게 하고 세계사적인 선택의 폭을 넓게 하는 일이기도 하기 때문이다.

영국의 인도 전문가 윌리엄 댈림플(William Dalrymple)은 얼마 전 한 서평에서 유럽과 동양의 관계에 대하여 매우 흥미 있는 관찰을 한 일이 있다. 영국의 인도 경영의 교두보 역할을 한 동인도회사(East India Company)가 창립된 1600년에 영국의 국민 총생산(GDP)이 세계 경제의 1.8퍼센트인데 대하여, 경제적 번영을 누리고 있던 인도의 총생산은 22.5퍼센트였다. 영국의 인도 식민지 통치가 절정에 있던 1870년에는 영국이 세계 경제에서 차지하는 비중은 9.1퍼센트에 이르게 되고 인도는 기근과 빈곤으로 시달리는 제3세계의 국가가 되었다. 그러나 이제 세계정세가 달라져서 번영의 상대적 비중은 옛날로 돌아가고 있다. 이러한 변화를 나타내는 몇 가지 상징적 사건들을 든 다음에 댈림플은 결론적으로 말하고 있다. "인도와 중국 경제의 성황은 넓은 관점에서 볼 때 세계 무역 관계를 예로부터의 균형으로 되돌려 놓게 되었다. 그리하여 유럽인은 총을 들고 전함을 타고 나타난 식민주의 상전이 아니라, 동방의 사치품과 서비스, 그 이름난 제품의 소비자로서의 옛날의 역할로 돌아가게 되었다." 근년에 와서 인도와 중국의 경제 성장은 세계적인 주목의 대상이 되고 있다. 위에 언급한 댈림플의 말이 흥미로운 것은 이것을 세계사적인 전환이라는 관점에서 본 것이다. 동서의 세력 관계가 1600년 이전으로 돌아가게 될지 또는 어떤 새로운 관계로 발전하게 될지는 알 수 없지만, 세계사적 전환이 일어나고 있는 것은 틀림이 없다. 이 전환은 궁극적으로 세계 전역을 포함하게 될 것이다. 그러나 그 이전에 그것은 다른 어느 곳보다도 먼저 동아시아에서 조짐을 보이기 시작했다. 오늘까지 세계를 지배한 선진 질서의 대열에 일본이 낀 것이 언제부터라고 하여야 할지는 확실치 않다. 그러나 일본은 오랫동안 동아시아에서 또 세계에서 근대화에 성공한 유일한 선진 산업 국가였다. 한국의 근대화는 대개 1960년대 이후라고 말할 수 있지만, 실제 그 경제가 세계적인 주목의 대상이 된 것은 1970년대 또는 1980년대 이후이다. 댈림플의 인도와 중국에 대한 관찰은 동아시아 전체에 그대로 해당되는 것이라 할 수 있다.

말할 것도 없이 근대화는 서양으로부터 시작된 세계사적인 변화의 일부이다. 그것은 제국주의라는 현실적 힘으로 또 인간 해방을 약속하는 새로운 사회의 모형으로서 비서양 세계의 다른 나라들에도 변화를 강요하였다. 아시아의 여러 나라들도 그 도전을 받아들여 자기 변용을 시도하지 않을 수 없었다. 이것은, 현실적으로, 문화적으로, 지적으로, 그러한 과정에 있는 사회가 서양과의 관계에서 스스로를 정의한다는 것을 의미하였다. 그 결과 이 나라들은 서양 이외의 다른 나라들과의 관계를 소홀히 하게 되었다. 지리적으로 또 문화적으로 수천 년간 근린 관계 속에 있던 동아시아의 나라들이 서로 소원해지고 또는 종종 불행한 갈등의 관계에 들어가게 된 것도 이러한 사정에 관련된 것이라고 할 수 있다.

최근의 동아시아의 성장이 가져온 변화의 하나는 그로 인하여 아시아 국가들이 비로소 자기를 되돌아볼 여유를 가지게 된 것이다. 물론 아시아의 나라들이 그 이전에도 자기를 되돌아보지 않은 것은 아니다. 그러나 그것은 대체적으로 근대적 변화를 위하여 과거의 전통에서 무엇을 고쳐야 할 것인가를 궁리하는 방안의 일부였다. 이제 아시아는 전통을, 그리고 자신이 가진 문화적 자원을 조금 더 너그러운 여유를 가지고 되돌아보게 된 것이 아닌가 한다. 이것은 공교롭게 서양에서 시작된 근대화가 여러 가지 문제점을 드러내기 시작한 것과 일치한다. 그리하여 사람들은 그것이 약속한 인간의 물질적 번영과 행복이 참으로 인간성의 실현을 가져오는가에 대하여 회의를 가지게 되고 그 한계를 넘어 새로운 대안들을 생각하기 시작하였다. 그리고 이러한 탐색에서 아시아의 문화도 새로운 가능성을 보여 줄 수 있다는 자신이 생겨나고 있다.

이렇게 말하는 것은 동과 서를 대립적인 관계에서 말하려는 것이 아니다. 서양 근대화의 이상은 흔히 계몽주의로부터 시작된 것으로 말하여진다. 계몽주의 시대를 말하는 서구어는 모두 그러한 뜻을 함축하고 있지만, 프랑스어는 가장 분명하게 그것을 '빛의 시대(L'Âge des lumières)'라고 이름한다. 계몽주의는 사회와 삶의 어둠에 빛을 가져오는 사상적 운동이다. 그러나 사람들이 깨닫게 된 것은, 관념과 이상이 역사의 현실 속에서 그러하듯이, 이 역사의 움직임이 빛과 어둠을 아울러 가지고 왔다는 사실이다. 그러나 서양의 밖에 있다고 하여 마음대로 어둠을 버리고 빛을 취할 수 있는 것은 아니다. 빛과 어둠을 포함하는 역사의 움직임은 이미 우리의 현실이 되어 있다. 역사의 아이러니는 문제를 만든 자가 문제를 해결하거나 적어도 문제의 방향을 재조정할 여유를 갖는 경우가 많다는 것이다. 말하자면 문제를 생각하는 데에도 자신이 일으킨 문제의 꼭대기에 자리하고 있어야 하는 것이다. 이것은 에너지나 환경 문제에 대한 대책이 산업 문명의 선진 단계에 있는 나라들에서 가장 많이 연구되고 준비되고 있다는 사실에서도 볼 수 있는 현상이다. 이러한 관점에서 볼 때, 그 대열에 늦게 참여하게 된 사회는 그 문제에도 더 깊이 빠져 있을 수 있다. 그런데 비서양 세계 그리고 그 나름의 독특한 전통을 가지고 있는 동아시아의 여러 나라와 사회들은 이제 이러한 문제들의 위에 서게 되었고, 그와 더불어 자신들의 문화적 자원과 사회적 관습에서 미래를 위하여 — 그들 자신과 인류의 미래를 위하여 새로운 가능성의 탐색을 시도할 수 있게 되었다.

문학이 이러한 대안의 탐구에 직접적인 의미에서 기여할 수 있는 것은 아닐 것이다. 그러나 인간의 현실과 희망을 가장 잘 이야기할 수 있는 것이 문학이라고 한다면, 문학이 이에 깊은 관계를 갖지 않을 수 없다. 문학의 장은 커다란 문명의 장이 아니다. 그러나 사람이 하는 다른 일이나 마찬가지로 문학도 문명 전체가 주는 자신감 속에서 — 또는 이미 이룩한 것이 열어 놓는 문제의 지평에 들어섬으로써, 참으로 깊은 자신감을 가지고 자기의 일에 전념할 수 있다.

문학은 한 사람의 목소리를 나타낸다. 역설적으로 그것이 문학의 힘이다. 그러면서 그것은 역사와 사회 속에서의 인간의 삶에 목소리를 부여한다. 물론 문학의 매체인 언어 자체가 사회적 성격을 가지고 있는 것은 말할 필요도 없다. 그러나 그것은 개인과 개인들을 통하여 여과된다. 문학이 집단의 목소리를 대변하여야 한다는 주장이 없는 것은 아니다. 그것은 종종 정치적 목적을 가진 선전의 수단이 된다. 그러나 문학은 늘 의무화된 집단주의를 멍에로 느끼는 것이 아닌가 한다. 이에 대하여 문학의 관점은, 다시 말하여 늘 구체적인 인간의 구체적인 현실 — 그때그때의 현실 또는 현존재(Dasein)의 현실이다. 이 현실의 최소 단위는 아마 감각으로 감지하는 세계일 것이다. 구체적인 이미지 그리고 그 이미지에 의한 현실의 환기가 없는 시나 소설의 묘사를 우리는 생각할 수가 없다. 그리하여 문학은 추상화된 집단의 신화에 대하여 이 현실로, 그리고 감각적 진실로 맞선다고 할 수 있다.

물론 그러면서도 이 현실, 개인의 삶의 현실 또는 구체적인 감각적 현실은 단순히 현실이 아니라 그 현실에 대한 진실이다. 현실은 큰 진리의 바탕 위에서 진실이 된다. 언어로 표현된다는 것은 그 현실이 언어의 어휘와 관습과 문법에 의하여 구성되어야 한다는 것을 말한다. 언어는 흔히 말하는 언어의 문법을 넘어가는 언어의 총체적인 문법 속에 존재한다. 그것은 태고로부터의 인간의 체험의 질서에 뿌리를 내리고 있다. 그리하여 인간 체험의 언어적 구성은 인간의 감각적 체험을 포함하면서, 동시에 그 총체적 문법이 나타내는 인간 체험의 깊은 바탕을 가리킨다. 그리하여 문학은 가장 직접적이면서 가장 보편적인 인간 교류의 수단이 될 수 있다.

동아시아의 여러 나라들에서 상호 교류는 공적인 차원에서만이 아니라 개인들의 차원에서도 긴밀한 것이 되어 가고 있다. 신문 보도는 작년 한일간의 방문객 수가 400만 명을 넘어섰다고 전했다. 나는 중국의 경우의 통계는 가지고 있지 않지만, 그것도 상당할 것으로 생각한다. 이제 나라와 나라 사이의 교류에 보통 사람들이 직접 눈으로 보고 경험하는 것이 중요한 시대가 되었다. 이것이 곧 공적 교류보다 더 중요한 것이 될지 모른다. 그러나 이러한 개인들이 구성하는 다른 나라 사람의 삶을 보다 더 깊이 있게 아는 데에 문학을 능가하는 수단이 있을 수가 없다. 그동안 한국에서 번역되는 외국 문학은 서양 문학이 주종을 이루고 있었다. 이제는 일본이나 중국의 문학이 그와 겨루게 되었다.

되풀이하건대 동아시아 그리고 세계정세의 변화는 다시 아시아 지역의 여러 나라의 교류를 증가시키고 상호 의식을 높이게 되었다. 문학도 이 흐름의 한 부분을 이룬다. 문학은 이 교류를 보다 깊이 있는 것이 되게 하여, 그것이 평화와 번영과 인간적 삶의 확보에 도움을 주는 것이 되게 할 것이다. 아시아의 평화와 안녕을 위한 문학의 기여는 물론 21세기의 세계 전반의 진로에 지혜를 보태는 일이기도 하다. 최근에 일본과 한국 그리고 중국에서 일고 있는 문학인 교류 운동은 이 지역 전부에 시작된 자연스러운 흐름을 보다 의식적인 것이 되게 하고 생산적인 것이 되게 할 것이다. 그것은 문학인 스스로에게도 문학이 깊은 인간들의 교류에 관계된다는 것을 가까이서 확인하게 하여 그들의 문학을 보다 풍부하게 할 것으로 생각한다.

(2008년)

2008 제1회 한일중 동아시아문학포럼 환영사

제1회 동아시아문학포럼에 오신 것을 환영합니다. 작가 여러분에게는 이러한 회의에 참석하는 것이 매우 어려운 결정을 내리는 일입니다. 그것을 알기 때문에 여기에 오신 것에 특히 감사의 말씀을 전합니다. 이 회의를 준비하면서, 한국과 일본, 중국 세 나라 사이에 여러 번의 예비 모임이 있었습니다. 그리고 이러한 모임이 근본적으로 어려운 것임을 충분히 참작하면서도 모이는 것이 뜻깊은 일이 될 수 있다는 것에 동의하고, 이 모임을 순차적으로 세 나라에서, 또 가능하다면 다른 여러 동아시아의 나라들에서, 개최하기로 합의하였습니다. 그동안 예비 모임에 참석하여 도움을 주신 분들께도 환영 인사와 함께 감사를 드립니다.

되풀이하건대 작가가 공식 행사를 좋아하지 않는 까닭은 여러 가지를 생각할 수 있습니다. 그것은 작품을 생각하고 쓰고 할 소중한 시간을 빼앗기는 일입니다. 또 대중 앞에서 정해진 화제를 가지고 말을 준비하는 것은 자신의 참다운 목소리를 내는 일이 아니기 쉽습니다. 작가는 언제나 자신의 목소리로 말하고자 합니다. 이것은 그 목소리가 가상(假想)으로 상정된 목소리일 때에도 그러합니다. 가상에도 진정한 것이 있고 그렇지 못한 것이 있습니다. 이러한 의미에서 작가는 어떤 집단을 대표하지도 않고, 국가를 대표하지도 않습니다. 작가는 자기를 대표할 뿐입니다. 그리하여 작가가 국제회의에 오시는 일은 쉽지 않은 일이 됩니다. 그런데 이러한 회의에서는 원하든 원하지 않든, 누구나 국가 또는 개인을 넘어가는 큰 테두리를 대표하게 되어 버리고 맙니다.

작가의 삶의 핵심은 작품에 있고 자신의 말과 자신의 상상 속에 있습니다. 그러나 작가의 말에 널리 독자의 마음에 호소하는 것이 없다면, 작가의 작품이 독자에 의하여 읽힐 수가 없습니다. 작가는 자신의 깊이에서 엮어낸 이야기를 하면서 동시에 여러 사람의 깊이에 그대로 통할 수 있는 이야기를 합니다. 사실 작가의 말은 자기만의 말이면서 모든 사람의 말입니다. 또 나라를 대표하는 말입니다. 지금은 보기 어려운 것이 되었지만, 세계적인 서사시는 한 나라의 마음을 그리는 것으로, 그리고 인류 전체의 재산으로 생각되어 왔습니다. 지금도 위대한 작가의 위대한 자기 서사는 자기 나라에서는 물론 국가적 언어를 넘어 다른 나라 사람과 인류 전체에 호소력을 가지게 마련입니다.

그런데 언어가 각자의 마음에 있고 나라 안에 있으면서도, 그것을 넘어 상통할 수 있다는 역설은 모든 사람의 삶에도 그대로 해당되는 것이 아닌가 합니다. 모든 사람은 자신의 삶을 살고, 공동체의 삶을 살고, 또 여러 지역과 문화 영역 안에서 삽니다. 물론 이 중에 어느 하나가 나타내는 정체성(正體性)이 강조되는 경우가 많은 것도 사실입니다. 주목할 것은 문학에서와 마찬가지로 개인으로서의 자아에 충실한 것이 자아의 다른 범주에 충실한 것이 되는 경우도 많다는 것입니다. 이것은 자기를 통하는 길이 보다 넓은 데로 나아가는 길일 수도 있다는 말입니다. 자기 자신으로 사는 것은 다른 사람이 다른 사람으로 사는 것을 직관적으로 아는 일이 되기 때문입니다.

동아시아의 여러 나라들은 수천 년간 근린적 관계를 가지고 있었음에도 불구하고, 근대에 와서는 서로서로에 대하여 가까우면서도 먼 나라가 되었습니다. 최근에 와서야 이 관계는 바뀌어 가고 있습니다. 다시 서로 가까워지고 있다는 말입니다. 이러한 변화는 동아시아의 여러 나라들이 보다 서로를 이해하고 보다 평화로운 관계에 들어갈 것이라는 희망을 가지게 합니다. 그러나 동시에 우리를 놀라게 하는 것은 긴장과 갈등을 유발하는 일들이 문득문득 발생하는 것입니다. 이러한 일들이 위험한 경계를 넘어 확대되는 것 같지는 않다는 것을 알 때, 우리는 놀란 마음을 가라앉히게 됩니다. 이러한 착잡한 현상은 서로서로의 교류와 교통이 많아진 데 따른 자연스러운 결과일 것입니다.

서로 오고 가는 것이 빈번해지면, 갈등의 가능성이 늘어나면서, 그것이 위기에 치닫게 되는 일도 억제된다 할 수 있습니다. 동아시아의 여러 나라들의 오고 감에 중요한 부분을 이루고 위기를 억제하는 데에 중요한 요인의 하나가 되는 것은, 날로 늘어 가는 개인적 방문자들이 아닌가 하는 생각을 하게 됩니다. 여러 나라를 왕래하는 보통 사람들은 새로운 풍경이나 경험이나 벗을 찾아서 길을 나선 사람들입니다. 자기가 속하는 나라라는 테두리를 완전히 잊어버리는 것은 아니면서도, 그것을 대표하려는 것은 아닙니다. 그리하여 그들이 갖는 관심은, 근본적으로, 하나의 공식 입장으로 수렴되지 않고, 개인적인 관심의 집중과 다양성 속에 남아 있습니다. 이러한 마음의 상태의 사람이 오가는 일이 나라들의 관계를 정치적으로 단순화하고 위험한 위기로 몰아가는 흐름을 어렵게 하는 것이라고 생각합니다.

작가의 근본적 마음가짐이 자신을 떠나지 않으면서도 바로 그것을 통해서 바깥세상에 연결되어 있다고 한다면, 그것은 보통 사람의 마음에 비슷한 것이 아닌가 합니다. 요즘 왕래가 많은 사람들 가운데 쉽게 눈에 띄는 사람은 관광객입니다. 관광객이 되는 것은 인간으로서 가장 피상적인 상태에 떨어지는 것이라는 생각이 있습니다. 그것이 사실이라면, 작가를 이에 비교하는 것은 미안한 일입니다. 그렇기는 하나, 관광객의 마음 또는 보통 사람의 마음을 보다 진정한 것으로, 보다 심화된 것으로 표현하는 것이 현대의 문학 작품이라고 할 수 있습니다. 동아시아 지역의 보다 인간적이고 평화로운 질서에 보통 사람들의 왕래가 도움이 된다는 말을 했지만, 이 질서는 확실한 것이 되어야 하고, 그것을 위해서는 그에 대한 보다 확고한 인식이 있어야 할 것입니다. 그것을 작가가 맡아야 한다고 주장할 수는 없습니다. 그러나 사람의 교류가 상호 이해를 증진한다면, 문학적 교류는 이를 위한 깊고 넓은 바탕을 구축하는 일이 될 것입니다. 그리고 알게 모르게 문학인의 교류는 문학의 교류를 현실화하는 데에 큰 비중을 차지할 것입니다.

이러한 말을 한다고 문학인들이, 어떤 의미에서든지, 동아시아 평화의 대사(大使)가 되어야 한다는 것은 아닙니다. 밖에서 오신 작가는 물론, 국내에서 참가하시는 문학인들에게도 이번의 회의가 그 자체로 즐거운 일이 되기를 바랍니다. 또 보람이 있었다고 느끼실 수 있는 일이 되기를 바랍니다.

(2008년)

보편적 담론을 향하여

동아시아와 출판문화

출판 권력, 시장, 문화적 기준

출판은 사회 안에서, 그리고 세계적인 환경에서 일어나는 소통 행위를 중개하는 매체의 제공자이다. 매체의 팽창은 현대 사회의 특징의 하나이다. 여러 경쟁적 매체의 번창에도 불구하고 출판도 '매체가 메시지'라는 말이 해당되는 부분이다. 소통의 범위가 넓어지고 추상적이 되고 일반화됨에 따라 매체의 중요성은 커질 수밖에 없다.

다른 매체와 마찬가지로 그것은 권력의 성격을 갖는다. 물론 이것은 사실이라기보다는 비유이다. 그러니까 그것이 현실 권력의 강제력을 행사하는 것은 아니다. 현대 사회의 가장 큰 힘은 돈에서 온다. 비유적인 의미에서나마 돈은 권력이다. 모든 권력은 자유를 제한하고 왜곡을 가져온다. 문화와 학문에 있어서의 돈의 힘은 늘어나는 연구비가 연구의 방향과 속도 그리고 종류에 영향을 끼치는 일에서 쉽게 잘 볼 수 있다. 출판의 권력도 이러한 압력과 영향의 권력이다. 돈의 권력은 정치권력의 강제성보다는 간접적인 압력으로 작용한다. 사람들은 전자의 폭력성에 비하여 후자의 부드러운 성격을 선호한다. 시장 전체주의란 말도 있지만, 그것은 정치적 전체주의에 비하여 한결 부드러운 전체주의이다. 시장이 살아남는 이유의 하나는 아마 이것일 것이다. 시장의 권력은 일방적으로 행사되기보다는 견제와 균형의 질서 속에 움직인다. 출판은 저자에게 일방적인 권력으로 비칠 수 있지만, 독자가 이루고 있는 독자 시장의 견제와 균형 속에 존재한다. 이것은 독점이 배제된 시장에서의 기업의 상황과 같다.

출판이 시장의 독자로부터 출발하는 견제를 경험한다고 한다면, 그것은 독서의 필요에 의해서보다는 돈에 의해서이다. 여기에 문화적 기준에서의 왜곡이 따른다. 그러나 다른 한편으로 출판의 시장으로부터의 독립을 위하여 공적 자금에 의한 출판 지원이 있다면, 그것은 어떤 공정성의 기준이라는 관점에서 더욱 큰 문제가 될 수도 있다. 한국에서는 한국 문학 작품 번역과 출판을 위한 지원금이 비교적 너그럽게 지급되고 있지만, 이것은 출판되어야 할 재료들의 선정에 상당한 왜곡을 가져오는 것으로 보인다. 이것은 정부 지원에 의한 출판물의 상당 부분에도 그대로 해당된다. 반드시 사사로운 이해관계가 거기에 작용하기 때문에만 그러한 것은 아니다. 어떻게 보면 문화의 기준이라는 관점에서도 시장이 더 믿을 만한 것일는지 모른다.

그러나 시장과 공적 지원의 우열을 저울질하는 데에는 다른 문제도 있다. 사실은 이것이 보다 근본적인 것으로 생각된다. 번역 지원 사업에서 느끼는 것은 한국의 문화적 기준이 세계적 또는 번역이 공급되는 나라의 문화 기준에 일치하지 않는다는 것이다. 세계에는 세계의 보편적 문화 기준이 있고, 한국 또는 지역 사회에는 지역 사회의 기준이 있다. 이것은 양편에서 조정되어야 할 문제이다. 기준의 불일치는 어느 쪽이나 그 기준이 보편적 평면에 이르지 못한다는 것을 말한다. 보편성은 시대적으로 세계적으로 통용되는 것이 있다. 그리하여 지역적 기준 또는 지역에서 받아들여지는 보편성은 일반적으로 통용되는 시대적 보편성에 의하여 설명될 필요가 있다. 그렇게 함으로써 그것은 보다 큰 보편성 안에서 일정한 자리를 가질 수 있고, 그것을 통하여 당대에 통용되는 보다 넓은 보편성, 그것도 더 풍부한 것이 될 수 있다.

이러한 일에서 드러나는 것은 문제가 있기는 하지만 넓은 시장에서 형성되는 다수 독자에 의한 자발적인 선정은 그 나름으로의 의의를 가지고 있다는 사실이다. 적어도 그것은 독자의 선호에 존재하는 어떤 민주적인 기준을 통용되는 화폐가 되게 한다. 장기적으로 볼 때, 이 기준은 어떤 사회 또는 인간의 보편적인 기준에 접근하는 것으로 생각할 수도 있다. 결국 많은 사회에서 고전의 지위는 오랫동안 많은 사람들 사이에서 살아남은 기준에 의하여 시험된 것일 것이다. 그러나 고전과 시장 그리고 독자의 관계는 간단히 연결시킬 수 없는 것일 것이다. 일반적으로 고급문화의 저작 그리고 학문적 저작과 출판 시장이 직접적으로 일치할 수는 없다.

오늘날 대부분의 나라에서 전문적 학문 분야의 출판은 공적 지원 속에서만 살아남을 수 있다. 고급문화의 독자와 시장에 대한 관계는 더욱 복잡하다. 고급문화의 서적들 — 교양서적들은 일정한 수준의 사람들이 스스로 감당할 수 있는 자기 훈련을 통하여 접근할 수 있는 문화유산이다. 그러니만큼 그것은 정신의 계발을 심각하게 생각하는 모든 사람들에게 접근할 수 있는 것이어야 마땅하다. 그러나 문화의 상하중 급의 분화(分化)는 오늘날의 문화가 부딪치는 커다란 문제의 하나이다. 한 원인은 사회의 민주화에 있을 것이다. 그러므로 그것은 크게 개탄할 일은 아니라고 할 수도 있다. 그러나 고급문화를 중시하는 사람들에게 이것은 유감스러운 일이다. 그리고 이 사람들의 관점에서는 고급문화의 쇠퇴는 사회적 삶의 질을 떨어트릴 뿐만 아니라, 그것의 문명화된 지속을 불가능하게 하는 것이 될 것이다. 그리하여 고급문화는 인위적으로 유지되어야 하고, 또 사회 속에는 그것을 유지하는 부분이 존재하여야 한다고 생각된다. 그런데 이와 관련하여 완전히 대중적인 출판에 전력하는 출판업이 없는 것은 아니지만, 많은 출판업 종사자들의 동기에도 문화에 대한 일정한 관심과 고려가 작용한다고 할 수 있다. 그리고 그 관심은 저절로 고급문화에 대한 일정한 이해에 이어지는 것일 것이다. 출판업은 시장과 독자와 문화의 계승과 유지에 대한 관심 사이에 존재하는 모호한 취지와 의미의 기업이다. 그러한 점에서 현대 사회의 문화의 존재 방식을 첨예하게 대표하고 있다고 할 것이다. 그러면서도 이 모호성 가운데 핵심을 이루는 것은 문화의 기준에 대한 그리고 그 유지에 대한 관심이라고 말할 수 있을 것이다.

그러나 앞에서 시사한 바와 같이, 국내 시장과 세계 시장, 하급 또는 중급 문화와 고급문화 그리고 그것의 이해에 대한 지역적·세계적 이해의 차이 등이 존재하여, 문화의 기준 문제는 착잡한 변증법 속에서 생각될 수밖에 없다. 그러나 이 착잡함 속에도 하나의 보편적 지평의 존재를 상정할 수 있다. 그리고 출판을 포함하여 문화 종사자의 관심은 이 지평과 자신의 지역적 사업의 관계에 있다고 할 수 있다. 반드시 의식되는 것은 아니라도, 그 사업상의 관심은 이 지평의 전제 속에서 정당화된다고 느낀다.

고급문화의 장(場)과 출판

출판이 시장에 대한 관심을 떠나서 문화적 사명에 전념한다고 상정할 때, 그 사명을 어떻게 정의할 수 있을까? 그것을 생각하는 데에 있어서 가장 쉬운 방법은 공공 공간에서의 행동 기준을 생각하는 것이다. 말할 것도 없이 공공 공간의 행동은 공정하고 정의로운 것이라야 한다. 그렇다고 공공 공간에서의 모든 행동이 공공의 명분을 가져야 한다는 말은 아니다. 오랫동안 민족의 독립과 민주주의를 위한 공적 투쟁에 익숙해 온 한국 사회에 있어서 공적 공간에서의 모든 행동은 공적 명분을 위한 것이어야 한다는 생각이 강하다. 그런 데다가 한국은 그 전통 시대에서도, 도덕주의적이고 집단주의적인 이데올로기에 의하여 지배되는 사회였다. 이에 비하여 이러한 투쟁의 역사를 갖지 아니한, 또 도덕주의적 사회 이념을 일찍이 버린 사회에서 공공 공간은 사적 이익의 거래 장소로, 시장의 공간에 일치하는 것으로 생각되었다.

한국과 같은 사회는 지금 어떤 부분적 이익을 대표하는 행동도 공공 공간의 무대에서 수행될 수 있다는 것을 잊어버린다. 그리하여, 사람이 자신의 것을 포함하여 어떤 이익을 위하여 행동하는 것은 불가피한 일이기도 하기 때문에, 부분적 이익도 공공의 명분을 빌리게 되고, 그것은 위선적인 명분의 만연을 가져오는 결과를 낳기도 한다. 공공 공간에서의 행동은, 그 동기가 어떠한 것이든지 간에, 즉 그것이 공적인 목적을 표방하는 것이든, 또는 개인적인 이익을 대표하는 것이든, 공정성 — 여러 사람들의 다른 이익을 배분적인 정의 속에 생각할 수 있는 공정성의 원리를 받아들이는 가운데 이루어져야 한다. 이러한 공공성의 기준은 공공의 명분처럼 분명하지는 않다. 그러면서도 그것이 존재하는 것이 문명된 사회이다. 그것은 개인이나 사회의 보다 깊은 의식의 저층(底層)에 존재하는 것일 것이다. 그러면서도 그것은 저절로 존재하기보다는 적극적으로 주제화되고 유지되는 기준이어야 할 것이다.

모든 의식과 행동의 기층으로서의 공정성의 원리는 어떻게 하여 일반화될 수 있는가? 이것을 여기에서 따지는 것은 새삼스럽게 정의론을 말하는 것이 될 것이다. 그러나 우리의 편의를 위하여 간단히 말하면, 현대의 민주주의 사회에서의 정의는 사람들로 하여금 배분적 균형 속에서 자기의 지분을 확보할 수 있게 하는 원리이다. 이러한 정의의 토대인 균형을 인지하는 인간의 능력 그리고 사실 효과적인 원리는 가치 중립적인 이성이다. 그러나 그 현대적 이성 이전에 정의의 질서의 성립에는 적어도 모든 사람이 받아들일 수 있는 진리의 기준이 있어야 한다. 이 진리는 일정한 집단이 동의하는, 그 범위 안에서의 삶의 윤리적 영위에 대한 동의를 말한다고 정의될 수 있다. 그러나 여기에도 이성의 역할이 없는 것은 아니다. 그리고 가치 공리에서 도출되는 여러 부분도 일정한 균형으로 질서화되어야 하기 때문이다.

고급문화는, 정도를 달리하여, 이성의 원칙 그리고 집단적 동의에 기초한 진리 그리고 그것의 가치 지향적 이성에 관계되어 있고, 스스로의 사명을 이러한 원리들의 계승과 유지에서 발견한다고 할 수 있다. 고급문화의 바탕에는 삶의 일관된 질서 그리고 그것의 가치 고양적 기능에 대한 믿음을 담고 있는 삶의 이해가 들어 있다. 이러한 삶의 이해는 — 삶의 일관성의 원리로 정립되는 이 이해는 삶의 다양한 표현을 억압적으로 단순화할 수 있다. 그러나 적어도 그 현대적 형태에서는 그것은 삶의 다양함과 풍요함을 보장하는 바탕으로도 존재할 수 있다고 생각된다. 인류학이 이해하는 문화는 삶의 표현적 총체를 말한다. 다양성과 일관성을 동시에 강화하는 형태로 그것을 지양한 것이 고급문화라고 할 수 있다. 이것에 통일성을 부여하는 것이 이성과 진리라는 원리이다. 또는 역으로 전체가 어떤 기본적인 일관성의 논리를 드러내고 포괄의 장(場)을 구성하게 될 때, 그 원리가 이성이나 진리라는 이름으로 인식되는 것이라고 할 수 있다. 문화에 대한 적극적인 관심은, 그것이 삶의 표현의 부분적인 영역에 관계되는 경우라도, 이 전체성에 대한 의식을 갖는 관심이라고 할 수 있다.

출판은, 어떤 경우에 있어서나, 삶 그 자체가 아니라 그 재현을 매개하는 현실 행동이다. 삶의 재현은 언제나 전체성과 그 원리의 바탕 위에서 이루어짐으로써 설득력을 갖는다. 그러니만큼 출판은 잠재적으로 삶의 부분적 표현을 넘어 삶의 전체성에 관심을 갖는다고 할 수 있다. 그리고 출판은, 그것이 진정한 삶의 재현에 관계되는 일인 한, 고급문화의 존재에 관심을 아니 가질 수 없다. 그렇다고 그것이 언제나 고급문화의 표현에 ─ 삶의 표현의 보다 일관되고 포괄적이고 보다 풍요한 존재에, 또는 그것을 위한 인간 정신의 역사적 움직임에 봉사한다는 말은 아니다. 그러한 경우에도 개별적 출판 행위는 이 삶의 표현의 한 부분에 특별히 집중적인 관심을 가질 뿐이다. 예술가나 작가, 학자는 자신의 특별한 영역의 일에 그 주의와 노력을 집중한다. 그러면서도 그들의 노작은 넓은 문화의 지평 속에 존재한다. 출판의 경우도 비슷하다. 출판을 포함하여 문화 영역의 일들은, 삶의 믿을 만한 재현에 관계되는 한, 넓은 문화의 장 속에 존재한다. 그러니만큼 그것에 무관심할 수는 없다. 출판의 어떤 부분은 이 문화의 존재 방식을 분명히 하는 데에 중요한 역할을 맡는다. 그래서 그것은, 의식적 관심을 가지고 있든 그렇지 않든, 문화의 진흥에 관계한다. 출판의 깊은 긍지는 여기에서 나온다. 그러는 한에서 그것은 문화 전체의 ─ 그것이 문화의 의식화에 관계된다는 점에서 특히 고급문화의 공간 안에 자리한다. 그리고 이 문화의 공간은 보편적인 것이라야 한다. 그리하여 그것은 이성과 진리의 공간이 되고 그것에 기초한 보편성의 담지자가 될 수 있다. 그런데 이 보편성은 어떻게 하여 얻어지는가?

보편성의 담론과 동아시아의 출판

1. 보편성: 로고스와 도(道)

되풀이하건대 이와 같이 참다운 문화 공간은 보편성의 공간이라야 한다. 보편성의 공간으로 정의되는 문화 공간은 그러한 것으로 의식되기가 쉽지 않다. 보편성이란 문화 활동과 의식 활동의 전제 조건으로 존재하면서도 의식의 대상이 되지 않는다. 스스로를 규정하는 지평을 벗어나서 그것을 대상화할 수 있을 때만, 지평은 의식될 수 있기 때문이다. 완전히 보편적인 공간이 어떻게 대상화될 수 있겠는가? 이 지평에 굳게 자리 잡고 있을 때에, 그 지평을 벗어나는 것은 불가능하다. 그러기 위하여서는 의식을 한정하는 지평은 보다 다른 주연을 갖는 것이 되어 있어야 한다. 그러나 이 지평이 자신의 의식과 활동의 지평으로 존재하는 것은 지극히 중요한 일이다. 그러므로 사람의 의식 그리고 실천은 그 모든 움직임에서 자신감을 갖는다. 그것은 아무런 선입견에도 매이지 않는다. 또는 그렇다는 자신을 갖는다. 매이는 것이 있다면, 그것은 오로지 진리에 대한 동의이다. 진리는 그것을 떠맡은 사람에게 그 권위를 부여한다. 사람의 사고를 자유롭게 움직이게 하는 것은 이러한 보편성의 지평 속에 서 있을 때이다. 보편성이란 공적 공간의 소유이면서 동시에 개체의 활동 속에 아무 제한 없이 작용한다. 문화 활동도 그것이 뒷받침이 되어야 자신감과 자유를 얻는다.

우리가 알고 있는 바와 같이, 모든 의식 활동은 그 의미 연관을 통하여서만 의미 있는 것이 된다. 경험적으로 말하여, 의식 활동의 지평은 엄격한 것이라기보다는 주의의 대상에 관계된 의미와 실천의 연관성의 테두리에 의하여 규정된다. 과학자가 주어진 문제를 풀려고 할 때, 그가 의식하는 것은 관계 전문 분야에서의 문제들의 영역이다. 보다 넓고 막연하게 사회적 담론의 영역 안에 존재하는 것이 문화 담론이라고 한다면, 문화 담론과 문화 활동의 총체적 지평은 그 활동이 위치하고 있는 문화 상황의 전체이다. 이것은 대체로 오늘날 국민 국가 또는 언어의 테두리에 일치한다. 그러나 지금의 시점에서 그것은 다시 한 번 보다 큰 동심원적인 세계의 테두리에 열려 있다. 과학적인 연구는 세계 학계에로 열려 있는 것일 수밖에 없다. 문학 분야에서의 연구는 그 문학이 중요한 국민적 정신생활이 되어 있는 언어의 한계 속에서만 의미를 갖는다. 그러면서 그것은 세계적 담론 또는 세계적인 지배적 담론의 영향을 받는다. 한국에서의 영문학 연구는 어떤 의미를 가지고 있는가? 그것은 영어 사용권에서의 문학 연구의 일부를 이루는 것인가? 영문학 해석에 있어서, 원어민 전문가의 해석은 저절로 비원어민의 해석보다 권위를 갖는 것이 되고, 원어민 가운데에도 해석의 타당성은 권위와 명성에 의하여 뒷받침되게 마련이다. 그러면서도 한국에서의 영문학 연구는 한국 문화와 한국 사회의 테두리 안에서 의미를 얻는 문화 활동 — 한국의 문화 활동이라고 하여야 할 것이다. 그것은 한국 문화에 영문학 이해를 추가한다. 그러면서 동시에 그것은 세계의 문학 연구의 일부이다. 그러니까 그것은 영어 사용 국가, 한국 그리고 보편적 세계 문학의 중층적 지평에서 의미를 갖는다. 그렇기는 하나 아직도 분명하게 정의되지 않은 것이 한국에서의 영문학 연구라고 할 것이다.

되풀이하건대 이 모든 것을 포괄하는 가장 넓은 관점에서 보편적 테두리는 세계 문학이라고 할 수 있다. 그러나 세계 문학이나 문학의 보편적 이론의 지평도 아마 영문학이나 또는 다른 서양의 문학 이론에 의하여 이미 점유되어 있는 것이 오늘의 실정이라고 할 수 있을 것이다. 영문학 또는 외국 문학의 연구는 조금 예외적인 경우라고 하겠지만, 많은 지역적 또는 부분적 연구에 궁극적인 의의를 부여하는 것은 보편적 지평이다. 이것을 규명하는 것은 가장 중요한 자의식의 확립을 요구하는 일이다. 지금 말할 수 있는 것은 오늘날 이것을 지배하고 있는 것이 서양의 담론이라는 점이다. 그러한 의미에서 그것은 진정한 보편성이 아니라고 할 수 있고 진정한 보편성은 앞으로 확인되고 수립되어야 할 어떤 것이라고 말할 수 있다. 물론 여러 문화 담론에서 서양을 벗어난 관점의 추구가 없는 것은 아니지만, 탈식민지 이론이나 민족 해방의 이론 같은 것까지 서양과의 관계에, 또는 서양에서 발원하는, 민족 해방의 담론에 이어져 있는 경우가 보통이다.

보편성의 중심이 서양에 있는 데에는 여러 가지 원인이 있다. 쉽게 생각할 수 있는 것은 제국주의라든가 과학 기술, 경제의 발전에 대한 서양적 이해의 지배와 같은 것이다. 그러나 이 우위에 본질적인 원인이 없는 것은 아니다. 문화 활동에서의 보편성을 그것이 미칠 수 있는 범위 또는 외연(外延)으로만 생각하는 것은 잘못이다. 우리가 삼단 논법의 예 "소크라테스는 사람이다, 사람은 죽는다, 따라서 소크라테스는 죽는다."와 같은 논법이 정당성을 가지고 있다고 생각하는 것은 그것의 경험적인 외연이 넓기 때문이 아니다. 그것은 그 자체로서 보편성을 갖는다. 물론 이러한 논리적 정당성 아래에는 여러 가지 전제가 들어 있다. 가령 모든 사람은 죽는다는 것은, 적어도 생물학적으로 노쇠와 죽음의 불가피성이 증명되기 전에는, 한정된 경험 안에서 확인된 것만을 일반화한 것이라고 할 수도 있고, 죽음은 개체로서의 인간의 육체적 죽음이라는 정의로 한정되어야 한다고 할 수도 있다. 물론 이 명제의 의미는 이러한 사실적 내용보다도 그 논리적 연결의 타당성을 예시하는 데에 있다. 더 많은 경험적 요소를 가지고 있는 명제의 경우, 그 보편적 타당성은 논리에 못지않게 경험적 차원에서의 동의의 범위에 관계되는 것일 것이다. 그렇기는 하나 보편성에 있어서의 서양의 우위가 그 전통에서의 논리적 사유 방식의 우위에 관계되어 있는 것은 사실이라고 할 것이다. 논리는 그것이 관류하는 모든 것을 모든 사람의 사유와 의문에 열어 놓는다. 그러면서 동시에 그 진리로서의 위치를 강화해 준다. 논리적으로 검토될 수 있는 명제는 그 열림으로 이미 잠재적인 외연의 확대 내지 보편성을 함축한다. 이것의 기초는 논리적 명제의 진리로서의 자명한 성격(apodicticity)이다. 이것은 우리의 사유에 그대로 옮겨진다. 논리는 사유자에게 자명한 것이면서 잠재적 보편성을 갖는다. 그리고 그것은 사유자로 하여금 논리에 기초하여 자신감을 가지고 자유롭게 움직일 수 있게 한다.

서양 전통에서의 로고스 — 논리의 근본으로서의 로고스가 중요하다고 한다면, 동양에서 이에 맞서는 원리로 생각할 수 있는 것은 더러 도(道)라고 말하여진다. 그것은 만유의 원리이고 사유의 원리이지만, 로고스처럼 쉽게 접근될 수 있는 것은 아니다. 발견의 방법으로 지나친 단순화를 무릅쓴다면, 동양의 문화유산이 보편적 의의를 가졌음에도 불구하고 그것이 쉽게 설득력을 갖지 못하는 것은 이 로고스와 도의 차이에 기인한다고 할 수 있다.

도를 간단히 말하면, 그것은 문자 그대로 길을 말한다. 어떤 지역에서 하나의 지점과 다른 지점의 관계를 현실적인 관점에서 연결할 때 길의 개념이 성립한다. 두 지점 사이를 어떤 길로 가야 하는가 하는 실천적 맥락에서 길이라는 개념이 주제화된다는 말이다. 물론 두 점 사이의 관계는 기하학적 관계로 환원될 수 있다. 그럴 때, 두 지점의 최단 거리는 직선이라는 것과 같은 명제 또는 공리가 성립한다. 그러나 길을 가야 하는 사람의 관점에서 가장 좋은 길이 어떤 길인가를 문제로 할 때, 그에 대한 답은 기하학적 답변에 일치하지 않는다. 길의 주제화는 직선을 가려내는 로고스에 비하여 조금 더 사람의 삶에 대한 관심에 이어져 일어난다고 할 수 있다. 물론 여기에서 길이란 여러 가지 일에 작용하는 일관된 원리를 말하는 비유이다. 그러나 사람 사는 일에서 수행해야 할 크고 작은 선택의 문제는 길의 개념에 근원적인 관심으로 어느 경우에나 잠재해 있다고 할 수 있다.

도는 삶의 기술의 원리이면서 만물의 원리이다. 삶의 기술은 단순히 인간의 필요나 욕망만을 고려하는 것일 수는 없다. 삶의 선택은 천지라는 우주적인 좌표를 포함한 환경과 삶의 조건을 두루 고려하는 것이어야 한다. 그러나 중요한 것은 바른 선택을 위한 마음의 능력이다. 도를 말할 때 관심의 초점은 이 마음의 능력의 계발에 있다. 그리하여 도는 우주적 원리이면서 마음의 원리이다. 여기에서 마음의 원리로서 빼어 놓을 수 없는 것은 이성이라고 하겠지만, 그것은 그 이외의 요소들 — 감정과 지각 그리고 일상적 행동에 있어서의 수행적 능력을 포함한다. 마음 또는 심(心)을 영어로 번역할 때, 흔히 'mind-heart'라는 복합어로 번역되는 것에서도 이것을 알 수 있다. 수행적 능력이란 서도(書道)나 다도(茶道) 또는 심지어는 궁도(弓道) 등의 어법에서 보는 바와 같이, 어떤 일을 성공적으로 수행하게 하는 능력을 말한다. 여기에 원리가 되는 것이 도이다. 그것은 사람으로 하여금 행동적·기술적 연계를 통하여 세계 안에 존재하는 것을 도와주는 일체적 원리이다. 수행으로서의 도는, 기술적인 일에서보다, 아무래도 사회관계에서의 윤리적 행동에서 가장 중요한 의미를 갖는다. 사람은 사회 안에 수행적으로 존재하기 때문이다. 그리하여 도를 닦는다는 것은, 적어도 유교적 전통에서는 인간의 윤리적 완성을 말한다.(이것이 유교 사회의 도덕주의적 경직화에 관계된다고 할 수 있다.)

여기에서 이러한 문제에 대해 언급하는 것은, 되풀이하건대 그것을 본격적으로 따져 보자는 것보다는 동서양의 비교 우위를 생각하는 방편으로 삼아 보자는 뜻에서이다. 이 관점에서, 도는 사람이 필요로 하는 삶의 기술을 닦는 데에 있어서, 로고스에 비하여 더 넓은 원리가 될 수 있다고 할 수 있다. 그러면서도 그것은 로고스만큼의 보편성을 갖지 못한다. 삶의 문제에 선택을 뺄 수 없다고 한다면, 선택의 원리는 필연성을 결하는 것이고, 그러니만큼 그것은 자명성과 보편타당성을 갖지 못한다. 길은 언제나 여러 개일 수 있다. 길이 윤리적 당위성을 나타내는 경우라도 그것은, 칸트식으로 말하여, 자유에 의하여 뒷받침되어 자유의 이면(裏面)으로서의 당위일 뿐이다. 어떤 길이 갖는 설득력은 필연의 논리가 아니라 집적된 지혜의 호소력이다. 도의 불편한 가르침은, 적어도 삶의 지혜라는 측면에서는, 그것이 자연의 관찰에서 발견되는 것이 아니라 스승을 통한 경험적 지혜의 전승을 통해서 전달된다는 점에서도 드러난다. 도에서 얻을 수 있는 삶의 지혜는 서양 전통에서의 프로네시스(phronesis)나 프루덴티아(prudentia)와 비슷하다고 할 수 있다. 가다머(Hans-Georg Gadamer)와 같은 철학자는 로고스의 객관적 사고에 대립시켜 인간 이해에 있어서 이러한 지혜의 전통적 중요성을 강조한 바 있다. 로고스를 넘어가는 이러한 삶의 지혜는 전통의 새로운 해석의 노력을 통하여서만 전승된다. 여기에 관계되는 것이 해석학(Hermeneutik)이다. 논리가 아니라 해석이 그것을 널리 유통될 수 있게 하는 것이다. 그러니만큼 해석이 이어지지 않을 때, 그것은 유통의 힘을 상실한다. 또 그것은 해석에 뒷받침되어야 하는 만큼, 특정한 전통 속에서만 유통될 수 있다. 동양의 도가 그 유통력을 상실하였다면, 그것이 본래부터 쉽게 보편적 유통력을 가진 것이 아니라는 점 이외에, 해석학적 노력이 중단되었기 때문이다.

다시 서양의 로고스를 생각해 보면, 도에 비하여 그것은 훨씬 넓은 그리고 쉬운 보편성을 갖는다. 방금 말한 것은 그 원인이 논리의 필연성, 자명성 그리고 보편성에 관련되어 있다는 것이었다. 그런데 이에 못지않게 중요한 것은 논리 또는 논리적인 것의 현실에 대한 관계이다. 논리는 사유의 원리이면서 사실적 인과 관계의 원리와의 일치이다. 과학적 명제는 — 따지고 보면, 일정한 범위 안에서이지만 — 논리적 타당성을 가지고 있어야 한다. 그러나 그에 못지않게 중요한 것은 그것이 실험으로 시험될 수 있어야 한다는 것이다. 그리고 실험은 반복될 수 있어야 한다. 이러한 특징들은 과학의 분야에서의 논리적 명제가 사실적 보편성을 함축한다는 것을 말한다.(수학은 순수한 논리적 사유의 학문이면서 대체로는 물리학적 발견을 예견한다.)

인간 현실의 전체 상황에서 볼 때, 중요한 것은 논리와 사실의 연결이 더없이 확대될 수 있다는 것이다. 이 확대의 결과가 과학과 기술의 발전이다. 로고스적인 사고의 권위는 무엇보다도 이 확대에 관계되어 있다. 그것은 물질의 세계뿐만 아니라 인간의 사회적 세계에도 적용된다. 그 결과 전반적으로 이성적 사고의 확대는 새로운 역사를 실현할 것으로 생각되었다. 그리하여 인간의 모든 문제는, 이성의 원칙에 따른 세계의 공학적인 개조로써 — 물질세계나 사회나 공학적인 방법으로 개혁함으로써 해결될 수 있다는 믿음이 일반화되었다. 물론 이것이 반드시 긍정적 결과만을 생산한 것은 아니다. 우리가 아는 바 도구적 이성에 대한 여러 비판은 인간과 사회의 공학화에 대한 비판이다. 그러나 이러한 비판이 대체로 이성을 버리자는 것은 아니다. 이성의 도구화에 대한 비판은 보다 커다란 의미에서의 이성 — 인간성의 총체적인 요구를 포괄하는 개념으로서의 이성의 회복을 주장한다. 앞에서 언급한 프로네시스나 프루덴티아에 대한 재인식도 이성을 대치하자는 것보다는 그것의 확대 또는 수정을 위한 노력에 관계되는 것으로 생각할 수 있다.

어쨌든 동양의 도(道)는 이성 비판의 테두리 안에서 새로운 각광을 받을 수 있는 원리이다. 사람의 현세적 기획에 인간성 실현이 포함되는 것이라면, 도구화된 이성은 그것을 충분히 포괄하는 원리가 되지 못한다. 사람이 세계 안에서 살아감에 있어서, 사람의 심리의 전체 — 그 감각과 지각 그리고 감정의 삶을 한 극(極)으로 본다면, 인간에 대한 보다 넓은 이해가 필요하다. 그리고 여기에 도(道)로 대표되는 윤리적·수행적 원리는 더 포괄적이고 더 유연한 심성의 결정(結晶)이라고 할 수 있다. 그러나 그것이 실증적 이성을 대체하는 것이 될 수는 없을 것이다. 그것은 현실 공학을 생각하지 않은 시대의 원리이다. 지금에 와서 사람이 필요로 하는 새로운 원리가 무엇이든지 간에 그것은 현실을 이해하고 변화시킬 수 있는 원리에 연결되지 않고는 설득력을 가질 수도 없고 보편적 유통의 힘이 될 수도 없다. 인간은 이제 삶의 환경 — 물질적·사회적 환경의 인위적 변혁에 너무 익숙해져 있다.

보다 넓은 삶의 가능성의 확인을 위하여 필요한 것은 근대적인 이성과 여러 다른 문화가 가지고 있던 다른 삶의 이해, 다른 삶의 구성을 통합하는 것이다. 거기에서 아시아적인 삶의 모형에 대한 이해는 극히 중요한 요소가 될 것이다. 물론 이것은 물질과 사회의 현실 논리에 접목되는 것이라야 한다. 그러나 그것이 기계적인 종합을 의미하는 것일 수는 없다. 그것은 사유와 삶의 내적인 원리가 되고 우리의 모든 문화 활동 안에 움직이는 보편적 지평의 원리가 되어야 한다.

2. 보편성의 진화: 그것을 위한 외적 조건

사실 이러한 보편적 지평은 의식적 노력의 소산이라기보다는 역사 발전에서 저절로 형성되는 현실 여건이라고 하는 것이 옳다. 의식적 노력이 있다고 하더라도 그것은 그러한 지평이 저절로 구성될 수 있는 기초 조건을 돌보는 일일 수밖에 없다. 그러한 지평은 말하자면 스스로 조직되고 새로 출현하는 복합적인 체계의 장이다. 이렇게 말하는 것은 한편으로 그것이 직접적인 개입의 대상이 될 수 없는 것이라는 것을 말하는 것이면서, 다른 한편으로 새로운 환경, 새로운 지평의 자연스러운 출현을 위한 조건들과의 관계에서 여러 현실적인 일들이 시도될 수 있다는 것을 의미한다. 모든 유기적인 전체성이 그래야 하듯이, 그것을 건조(建造)하는 것이 아니라 성장을 위한 조건들을 시험하는 것이다. 앞에서는 보편성을 외연으로 판단할 수만은 없다는 말을 하였다. 그러나 외연이 자유로운 내적 사유의 원리로서의 보편성을 조성하는 것도 사실이다.

개별 문화의 좁은 우물을 벗어나는 데에는 다문화적 접촉이 필요하다. 중국 과학사가 조지프 니덤은 현실 조건의 다양성을 과학 발전의 중요한 원동력이라고 지적한 일이 있다. 그는 중국 과학사에 새로운 경지를 연 역사가이지만, 중국 과학의 역사적 위대성을 밝히면서, 어찌하여 중국의 과학이 서양의 과학에 — 특히 17세기 이후에 뒤지게 되었나 하는 질문을 되풀이하여 묻고 있었다. 그가 찾은 대답의 한 실마리는, 근대의 서구에는 경쟁적인 관계에 있는 여러 나라가 존재하였는데, 중국은 너무나 일찍 통일된 나라가 되어 있었다는 사실이었다. 중국이 일찍이 통일 국가가 된 것은 좋은 일이지만, 역사에서 좋은 일은 반드시 늘 좋은 일로 남아 있는 것은 아니다. 과학자나 사상가가 한 나라에서 불편을 느낄 때는 다른 나라로 옮겨 갈 수 있는 것이 근대 유럽이었다. 반드시 엄격한 의미에서 과학자는 아니지만, 데카르트가 자신의 학문의 정착지를 찾아 프랑스에서 네덜란드로 옮겨 가고 스웨덴을 방문한 것은 하나의 예라면 예가 될 것이다. 중요한 것은 여러 다른 문화와 언어를 사용하는 사람들이 국경을 넘어 대화할 수 있는 환경이 유럽이었다는 사실이다. 근대 과학의 가장 중요한 원조라고 할 뉴턴은 코페르니쿠스, 갈릴레오, 케플러 등을 읽고 있었다. 이러한 이름들을 떠올리면서, 우리는 그 국적의 다양성에 착안하지 않을 수 없다. 이들의 이론들은 국경을 넘어 전수, 교환되었다. 보다 좁게 미적분학의 발달에 있어서의 하위헌스나 라이프니츠, 뉴턴의 관계를 생각해도 이것을 생각하게 된다. 이러한 국제적 교류가 과학 분야뿐만 아니라 다른 학문과 문화 분야에서도 널리 행해졌다는 것은 새삼스럽게 말할 필요도 없다. 그리고 이것은 사실상 근대에 있어서만이 아니라 그리스 시대 이후의 유럽의 역사에 있어서 계속 볼 수 있는 유럽 문명의 한 특징이라고 할 수 있다. 이 주제는 사상사적인 탐구를 필요로 하는 일이지만, 이러한 국제 관계의 다양성이 문화적 차이를 넘어서 사유와 실천에 있어서 보편성에 이르는 데에 큰 도움이 되었을 것은 틀림이 없다고 할 것이다.

동양에 있어서도 이러한 국제적 교류가 없었다고 할 수는 없지만, 그것은 유럽에 비교할 만한 것이었다고 할 수는 없다. 동아시아의 문화적 발전에서 가장 큰 영향을 끼친 것은 중국 문명임에 틀림이 없지만, 어떤 분류에서 동아시아 문명을 중국 문화권이라고 부르는 데에서도 알 수 있듯이, 이 교류가 대등한 사회들 사이의 활발한 대화적 관계였다고 하기는 어렵다 할 것이다. 당 대(唐代)의 불교의 경우가 하나의 예외가 될 수는 있겠지만, 공자나 맹자 또는 노자가, 플라톤이나 아리스토텔레스가 그리스의 철학자이기도 하면서 전 유럽 사상의 원류라고 하는 것과 같은 의미에서 동아시아 전체를 대표한다고 하기는 어렵다. 우리는 그들을 아직도 아시아적인 사상의 원류보다는 중국의 사상가로 생각하는 것으로 보인다. 오늘날 과거 역사의 영토를 두고 벌이는 보이지 않는 줄다리기도 동아시아가 유럽과 같은 에쿠메네(ecumene)를 형성하지 못하였던 일과 관계되는 일이라고 할 수 있다. 지금에 와서도 동아시아는 유럽에 비하여 개별 사회를 넘고 개별 문화를 넘어 하나의 문화권을 형성하고 있다고 하기 어렵다. 그 원인의 상당 부분은 물론 근대사에 있어서의 상호 관계의 중단으로 인한다고 할 수 있다. 그것은 서구가 선도(先導)한 근대화의 필요로 인하여 동아시아의 나라들이 이웃보다는 서구로 눈을 돌리게 되었기 때문이기도 하다.(그리고 근대사의 동아시아 국가 간의 전쟁과 갈등도 이에 관련되어 있다.)

그러나 우리는 분위기가 바뀌는 것을 느낀다. 동아시아의 여러 나라들은 이제 다시 이웃을 이웃으로 의식하기 시작하였다. 그리고 여러 차원에서의 교섭이 시작되었다. 교섭은 과거 어느 때보다도 여러 차원에서 이루어지는 것이고, 또 비교적 대등한 관계에서 이루어지는 것이다. 이러한 새로운 이웃으로의 관계는 자명한 사실로 눈에 보이는 것이면서도 여러 설명을 요하는 것일 것이다. 있을 수 있는 요인의 하나는 물론 근대화의 학습이 마감되어 감으로써 아시아가 서구에 대하여 어느 정도 거리를 가질 수 있는 여유가 생긴 것이다. 그러면서 아직도 분명하게 하나의 문화 구역이 되지 못한 것은 국제 관계의 실질적인 내용에 있어서나 의식의 차원에서나 아직도 서양과의 관계가 핵심적인 국제 관계, 문화 관계로 남아 있기 때문이다. 그런데 이에 덧붙여 말할 수 있는 것은 동아시아 여러 나라들이 비교적 동등하게 그러면서도 독자적인 성격을 가진 사회들로 만날 수 있는 것은 이들 나라의 의미 관련의 중심이 — 앞에서 말한 것으로, 의식의 지평의 중심이 동아시아의 어디에도 없다는 사실에 기인한다는 것이다. 그러나 이 무중심의 상태, 무보편성의 상태는 진정한 의미에서 독립성을 획득한 상태는 아니다. 우리에게 많은 일의 준거점은 서양에 있다. 그렇지 않은 경우에 우리의 문화적인 노력은 우리 자신의 지역 사회에서만 의미를 갖는다고 생각한다. 출판의 경우에도 물론 우리의 출판은 우리 자신에게 의의 있는 것일 뿐이다.

이에 대하여 우리는 너무나 자주 서양의 문화적인 표현이 인류의 보편적인 입장을 대표하고 있다는 주장에 부딪친다. 물론 이 주장이 반드시 의식적이라는 것은 아니다. 그러나 서양의 지배적인 문화 담론은 다른 문화권에서 이루어진 인간의 삶의 전형화를 참조할 필요를 느끼지 않는다. 이것 자체가 그 보편성의 확신을 드러낸다. 이미 말한 대로, 스스로의 보편성에 대한 전제는 사유의 자유와 자신감을 주는 것이기 때문에 이 자족적인 관점은 부러운 것이기도 하지만, 그 보편성의 비보편성을 의심하게 하는 것이기도 하다. 오늘의 역사적 순간에 맞는 참다운 보편성이 무엇인가는 실로 막중한 문제이지만, 적어도 자유와 자신감을 위하여서도 동아시아는 동아시아의 보편성을 새로 발견하고 그 담론을 발전시킬 필요가 있다. 한 민족의 문화가 그 자체의 보편성을 가졌다고 생각할 수도 있지만, 이미 앞에서 시사한 바와 같은 이유만으로도 그러한 소신을 갖는 것은 이제는 불가능한 것이 되었다고 할 것이다. 지금에 와서는 그런 지역적 확신의 경우에도 그것은 지역적인 문화 영역을 의식하고 세계를, 그리고 세계사에서의 서양의 독특한 역사적 의의를 의식하는 보편성일 수밖에 없다.

나는 동아시아의 출판사들이 서로 만나고 공동의 기획을 연구한다고 듣는다. 그 구체적인 내용에 대하여 듣지는 못하였지만, 가령 이들 나라의 출판 서적 가운데, 지역 시장에서 의미를 갖는 것을 서로 번역하여 출판하는 것은 상업적인 의미에서도 좋은 일일 것이다. 그러면서 그것은 교류를 밀접하게 하고 복합적 관계를 만들어 내는 일에 기여할 것이다. 궁극적으로 문화의 교차는 저절로 이러한 결과를 가져올 것이라고 할 수 있다. 이러한 교차가 참으로 의미 있는 것이 되는 것은 그것이 진정한 교환이 되고 그 교환의 장이 보편성의 권위를 가지게 될 때이다. 그때 한 나라의 연구자는 다른 나라의 연구 결과에 귀 기울이지 않을 수 없게 될 것이다. 그것은 선의의 선택이 아니라 필수적인 일이 될 것이기 때문이다. 상업적인 손익 그리고 선린 관계에 대한 자연스러운 관심에서 출발하는 출판 교환은 자연스럽게 이렇게 발전하는 것이겠지만, 거기에 더하여 보다 크고 장기적인 목적에 의한 기획이 시도될 수도 있을 것이다. 그때 바랄 수 있는 일의 하나는 그러한 기획에 무엇이 동아시아의 공통의 문화 공간 그리고 보편 담론을 형성하는 데에 기여할 것인가에 대한 고려가 수반되게 하는 일이다.

동아시아의 공동의 문화 공간이 이루어진다고 하여 그것이 배타적인 것이 될 수는 없다. 그 경우 그것은 보편성이 갖는 열림과 권위를 얻지 못할 것이다. 이 문화 공간의 구성은 세계적으로 열려 있는 것이라야 할 것이다. 지금의 시점에서 핵심 과제는 주변화되었던 문화들이 그 주체적인 위엄을 회복하는 일이다. 앞에서 누누이 이야기한 바와 같이 여기에서 중요한 것은 스스로가 분명하게 자리해 있는 문화 공간을 갖는 일이다. 그러면서도 그것은 다른 문화와의 관계에서 서로서로에게 열려 있는 공간이라야 한다. 그럼으로써 그것은 보편성의 공간이 된다.

흥미로운 그러면서 현실적인 문제의 하나는 새로운 보편의 장에서도 중심과 주변의 재구성이 일어날 것인가 하는 것이다. 그 경우 거기에 여러 요인으로 구성되는 불균형의 권력 관계가 들어갈 수 있을 것이다. 그러나 중심과 주변의 문제는 단순히 권력의 문제가 아니라 인간의 제한된 지적 노력의 경제를 위하여 일어날 수밖에 없는 것이라고 할 수 있다. 이것은 오늘날의 정보 과잉 내지 정보 폭발의 시대에 있어서 의미 있는 정보 추출의 문제가 크게 부각되는 것에 비슷한 일이다. 최종적으로 문화 공간의 위계적 구성이 어떻게 될 것인가는 지금 예측할 수 있는 일이 아니지만, 어쩌면 그것은 나라와 언어와 지역과 세계라는 동심원적 구성을 가질 것으로 생각해 볼 수 있다. 당분간 보편적 지평의 중심이 또는 하나의 중심이 서양에 있다는 것은 인정할 수밖에 없는 현실일 것이다. 이것은, 이미 언급한 바와 같이, 여러 관련에서의 제국주의적 함축을 갖는다고 할 수도 있지만, 역사 전개의 한 현실이다. 보편성의 중심이 어떤 지역, 문화, 문명에 놓이게 되는 것은 보편성의 역사적 출현 방식이다. 동아시아가 지향하는 문화적 보편성은 근대 문명의 중심 — 세계적인 중심이 되어 왔던 서양과의 일정한 관계에 — 따라잡기, 비판, 경쟁 등이 뒤섞인 일정한 관계에 들어감으로써 형성될 수밖에 없다.

이것은 거창한 이야기이지만, 출판과 문화 활동의 관련에서도 서양의 출판문화와의 관계가 특수한 것이 될 수밖에 없다는 말이 된다. 동아시아 출판 활동의 상호 교류는 상당 기간 동시에 서양의 출판문화를 의식하는 것으로 남아 있을 것이다. 앞에서 동아시아 문화 사이의 번역을 말하였지만, 이것을 다시 서양 언어와의 교류에 이어지게 하는 것이 좋은 전략적 포석이 될 것이다. 이것은 번역의 노력에서 공동의 기획을 말하는 것이지만, 보다 현실적으로는, 세계적인 학술지나 문화지를 서양어권을 상대로 출판하는 협동적 노력으로 나타날 수도 있을 것이다. 이때 그 내용은 아시아적인 것일 수도 있고 그러한 지역적인 연관을 떠난 보편적인 것일 수도 있다. 세계적인 학술 간행물이 — 많은 경우 서양 학계가 주도하는 — 싱가포르나 홍콩에서 출판되는 것을 보지만, 우리는 이러한 일에서 이미 아시아의 문화적인 위상이 높아지는 증거를 본다.(여기에서 서양어란 대체로 영어를 말하는 것인데, 영어의 세계 공동어로서의 지위는 인정하지 않을 수 없는 현실이다. 문화적 보편성은 문화의 교차에 못지않게 언어의 다양한 교차를 요구한다. 그러나 세계적 공동어(lingua franca)의 대두는 현실적 편의의 하나이다.)

문화의 교류에서 앞으로 무엇이 일어날지는 쉽게 예측할 수 없다. 더구나 특정 분야에서 일어날 수 있는 일, 이루어질 수 있는 일에 대하여 외부자가 무어라고 말하는 것은 어리석은 일이다. 내가 여기에서 말한 것은 그러한 일들에서 기대할 수도 있는 하나의 방향이다. 그 방향은 막연한 것이면서 보편성의 공간의 구축에 관한 것이다. 나의 의도는 이 방향에 대한 생각을 개진하는 것으로써 국적과 언어와 전통을 달리하는 여러 출판사 관계자들이 모여서 좋은 일을 생각하는 이번 기회에 그것을 기리는 뜻을 표하자는 것일 뿐이다.

(2009년)

3부

진실의 기율
:정치와
철학 사이

『문명의 충돌』에 대하여[1]

처음에 『문명의 충돌』을 놓고 토론회를 갖는다는 말을 들었을 때, 저는 헌팅턴 교수의 논문을 읽지 아니한 상태였습니다. 헌팅턴 교수가 전략 이론가란 것은 알고 있었지만, 토론회의 제목을 듣고, 그 주제는 광범위한 의미에서의 문명의 차이와 갈등에 대한 것이 될 것이며, 그렇다면 문학을 공부하는 사람에게도 관심이 갈 만한 문제들이 있을 것이라고 생각하고 토론회에 참석하기로 하였습니다. 그러나 헌팅턴 교수의 글을 읽고 보니, 그것은 전적으로 국제관계에 대한 것이어서, 제가 그것을 놓고 토의한다는 것은 그렇게 잘 맞지 아니하다는 것을 알게 되었습니다.

그러나 이왕에 토의에 참석하게 된 이상, 비전문가가 논평하지 못할 것도 없다는 핑계를 찾을 수 없는 것은 아닙니다. 그렇다는 것은 이 논문이 그렇게 전문적인 글이라고 할 수는 없기 때문입니다. 이 글은 평이한 글입니다. 그것은 모든 글이 이상으로 할 만한 일입니다. 그러나 다른 한편으로

1 1994년 3월 아태재단 국제학술회의 토론에서의 단평.(편집자 주)

이 글의 평이함은 유감스럽게도 그 안이함으로 인한 것이라고 아니할 수 없습니다. 그것은 심각한 생각이나 사실적 탐구에 기초했다기보다는 우연히 떠오른 기발한 생각을 가지고 상투적으로 유통되는 역사적 사실과 오늘날의 뉴스거리들을 정리해 본 것입니다. 수학적 환상을 재미있게 풀이한 것으로 모든 생물체가 삼차원이 아니라 이차원의 세계에서 산다면, 그때의 공간의 기하학은 어떠한 것이 될까 하는 관점에서 수학적 환상을 풀이한 수학 오락서가 있는데, 그 비슷한 하나의 관점의 연습에 비슷한 것이 이 글이 아닌가 합니다. 다만 그것이 이러한 수학적 환상처럼 재미있는 것도 아니고, 독창적인 것도 아닌 데다가, 상당히 유해한 결과를 가질 수 있다는 것이 차이가 되기는 하겠습니다,

'문명의 충돌'이라는 말은 주의를 끌 만한 제목입니다. 그것은 '세계들의 전쟁', '별들의 전쟁'이라는 말들처럼, 커다란 재난을 연상시키고 또 어떤 숭고미에 대한 느낌도 자극합니다. 그런데 다른 거대한 제목들의 경우나 마찬가지로, 실속이 있는 말, 오늘의 현실의 중요한 동인을 지칭하는 말로는 생각되지 않습니다. 지구에 여러 가지 문명이 존재해 왔고 그것들이 서로 상이한 점을 많이 가지고 있으며 그러니만큼 갈등의 원인이 될 수도 있다는 것은 누구나 알고 있는 일입니다. 그러나 그것이 미소 대립의 경우에 가상적으로 생각되던 바와 같은 대규모의 무력 갈등을 유발하는 종류의 차이와 갈등이냐 하는 것은 의문입니다.

헌팅턴 교수는 문명의 차이를 1000년 2000년의 긴 기간 동안에 걸치는 현상으로 말하고 있는데, 그렇게 오랫동안 지속되는 인간 집단 간의 근본적 차이가 참으로 무력 갈등의 원인이라면, 왜 하필 그것이 1990년대 와서야 위험스러운 차이가 되는 것인지 알기 어렵습니다. 물론 기독교의 이념으로 동원된 십자군이라는 이름의 중세 유럽의 중동 공략, 백인들의 문명사적 사명으로 정당화되기도 하던 서양 식민지 경영에서 문명의 충돌을

볼 수 있었다고 말할 수 있습니다. 그러나 이러한 갈등에서 정작 원인이 되는 것은 정치, 경제, 인종 같은 전통적인 국제간의 갈등이 요인들이며, 기독교나 서양 문명의 이념 등은 진짜 동기를 은폐하는 이데올로기에 불과하다는 것이 오늘날까지의 역사 연구의 결과들입니다. 댄 스미스 소장은, 문명의 차이가 국제적 갈등에 기여하는 바가 전혀 없다고 할 수는 없지만, "차이를 갈등으로 체계적으로 전환시키는 기제"를 밝히지 않는 한, 헌팅턴의 테제가 별 의미가 없다고 말하고 있습니다.[2] 이 기제는 위에 말한 전통적 갈등의 원인에서 찾아질 것이고, 이 원인들과 문명 사이에는 "체계적인", 즉 필연적인 관계는 없기 때문에 문명의 차이라는 대전제는 국제 분쟁의 설명에는 옥상옥(屋上屋)에 불과한 것이 될 것입니다.

숭고미에 대한 감각을 자극하는 '문명의 충돌' 이론을 뒷받침하는 사실들이 엉성하기 짝이 없는 것이라는 것은 새삼스럽게 말할 필요도 없습니다. 이것은 스미스 소장의 글에서도 여러 가지로 지적되어 있습니다. 되풀이하건대, 헌팅턴 교수의 사례들은 현대사의 사건들과 오늘의 중요한 사태들만을 들어 보아도 맞아 들어가는 것들이 아님이 분명합니다.

그의 충돌 이론은 구 유고슬라비아의 분규를 전혀 설명하지 못합니다. 유고의 싸움은 이슬람인과 기독교의 싸움이기도 하고, 기독교인과 기독교인의 싸움, 슬라브인과 슬라브인의 싸움이기도 합니다. 구 유고슬라비아의 비극에 대한 간단하고 현실적인 설명은 국내, 국제 질서의 붕괴에서 찾아질 것입니다. 그것이 사회주의 블록의 붕괴의 후속 결과라는 것은 너무나 빤합니다.

헌팅턴 교수의 도식으로는 일본은 유교 문명권인 중국과는 다른 독자적 문명권으로서 서양 문명권에 대치하면서도 서양에 친밀해질 수 있는

---

2 Dan Smith, "Why Should Civilizations Clash?", 세미나 발표 원고.

지역이라고 합니다. 오늘의 관점에서 전혀 안 맞는 말은 아닙니다. 그러나 긴 역사적 관점에서 또 문명 간의 차이에 주목하여 문명권을 나눈다고 할 때, 문화적으로 적어도 서양보다는 중국이나 한국에 가깝다는 의미에서 일본은 동아시아 문명권에 속한다고 하는 것이 자연스러운 일일 것입니다. (헌팅턴의 일본관에 일본인의 어떤 지식인들이 주장해온 탈아시아론, 일본 문명 독자성론의 영향이 있는 것으로 보입니다.)

삶의 느낌의 뉘앙스에 있어서 또 제도적으로 서양과 다른 데가 많다고 하여도 일본은 오늘날 자유주의 국가입니다. 헌팅턴 교수는 서양 문명의 중요한 특징으로 "민주주의와 자유주의"의 가치를, 더 자세히는 "개인주의, 자유주의, 헌정주의, 인권, 평등, 자유, 법치, 민주주의, 자유 시장, 정교 분리"[3]와 같은 가치들을 들고 있습니다. 독일에 민주 제도가 정착한 것은 일본의 경우나 마찬가지로 2차 대전 이후의 외압에 의한 것입니다. 헌팅턴 교수가 말하는 서양 문명의 중요한 체험 가운데 독일이 르네상스나 계몽주의를 제대로 경험했다고 할 수는 없습니다. 독일의 근대사의 체험의 차이에도 불구하고, 헌팅턴 교수의 분류대로, 서양 문명권에 있어서의 독일의 지위는 확고합니다. 이것은 역사상 전례 없이 파괴적이었던 1차, 2차 대전 중에 서구의 전쟁의 대상이었던, 권위주의적이고 전체주의적이었던 독일에도 그대로 해당되는 일입니다. 문명권과 싸움이 여기에 큰 관계가 있다고 할 수 없습니다.

오늘날은 그렇지 않다고 할는지 모릅니다. 헌팅턴 교수는 오늘날의 동유럽에 대해 1500년경 기독교의 서부 교회와 동부 교회를 나누었던 지리적 분계선이 오늘날에 다시 국제 정치의 중요 분계선이 되었다고 합니다.

---

3 Samuel P. Huntington, "The Clash of Civilizations?", *Foreign Affairs*, vol. 72, no. 3, summer 1993, p. 40.

이 분계선의 동서에 차이가 있는 것은 사실입니다. 폴란드는 러시아와 다릅니다. 그렇다고 사회주의 붕괴 이후의 폴란드의 문제가 러시아의 문제보다는 독일의 문제 또는 영국의 문제와 비슷한 것은 아닙니다. 물론 러시아와 폴란드 사이에는, 같은 사회주의권에 속했던 과거에도 불구하고, 강한 적대적인 감정이 존재합니다. 그러나 독일과 폴란드 사이에서도 그것은 마찬가지입니다. 2차 대전에서 독일 사람은 650만 명의 폴란드인을 죽였습니다. 독일인이 죽인 600만의 유태인 중 반쯤은 폴란드인입니다. 오늘날 독일에서 일어나는 외국인 살해와 박해 이야기를 듣습니다. 그것은 독일 내의 터키 사람이나 베트남 사람에 대한 것이기도 하지만 이웃 나라 폴란드 사람에게 대한 것이기도 합니다. 이것이 큰 분쟁적 요인이 될 정도의 것이 아닌 것은 사실입니다. 그러나 이러한 사정들이 새삼스럽게 말하여 주는 것은 오늘의 평화가 어제의 평화를 말하는 것이 아니듯이 내일의 평화를 기약해 주는 것이 아니라는 사실입니다. 물론 폴란드가 러시아에 비하여 서구권에 편입될 가능성은 크다고 하겠지만 그것은 문명적 요인에 못지않게, 또는 그보다도, 보다 좁은 의미에서의 역사적 이유, 지정학적 이유 때문이라고 하는 것이 옳을 것입니다.

말의 내용의 과학성 또는 진리 가치가 문제 되지 아니할 때, 우리가 생각하게 되는 것은 말하는 사람의 주관적인 또는 숨은 의도입니다. 공성진 교수가 지적한 바와 같이,[4] 헌팅턴 교수가 보수주의적 관변학자라는 것은 참고하여야 할 중요한 배경입니다. 그러나 이러한 배경은 개인적인 동기 이상의 의미를 가지고 있습니다. 스미스 소장이 말하듯이 헌팅턴 교수의 생각은 미국과 서방 세계가 필요로 하는 전략과 정책이라는 관점에서 평가되는 것이 좋을 것입니다. 그것은 사실의 검증에서 나오는 결론이 아

4 공성진, 「『문명 충돌론』의 지성사적 함의」.

니라 정책 수립을 위한 시나리오의 성격을 가지고 있습니다. 냉전 이후의 새로운 세계 질서 구축의 전략에 있어서 미국은 세계를 미국과 서구에 대하여 우호적인 지역과 비우호적인 지역, 또 중간 지역('분열된' 나라들(torn countries))로 나누고 합종연횡의 정책을 추진하는 것이 바람직하다는 것입니다. 이 구분은 미국과 서구의 이익에 순응할 가능성이 있는 나라와 없는 나라의 구분입니다. 그리고 이 구분을 강화하기 위해 내세울 수 있는 명분은 서양 문명의 우위성과 그것에 적대하는 타자로서의 비서구 문명의 본질적 양립 불가능성입니다. 인종적, 민족적, 종교적 편견들을 이용하여 정치적 정열을 불러일으키는 일은 우리가 자주 보는 일입니다. 그것은 적대적인 타자를 설정하고 그 위협을 과장하여 사람들의 자기 보호 본능을 자극하고 그것을 통하여 정치적 목적을 수행하려는 것입니다. 헌팅턴에게 — 그 자신 "문명 간의 갈등을 바람직하다고 주장하려는 것은 아니"라고 말하고 있으나 — 문명은, 십자군 시대에 그러했던 것처럼, 서양 세계의 패권과 이익을 추구하는 데에 인종이나 민족에 비슷한 선동적 의미를 가진 것입니다.

노골적인 패권과 이익의 추구 또는 인종적, 민족적 편견의 자극보다는 문명의 명분은 조금 더 그럴싸한 것으로 들립니다. 문명의 근본적 정당성은 그것이 보편적 가치를 역사 속에 구현하는 과정으로 흔히 생각되어집니다. 그러나 현대사의 교훈은 보편적인 가치가 보편을 표방하는 사람들이 특수한 이익을 다른 사람에게 부과하는 명분으로 사용되기 쉽다는 것 즉 그것은 보편을 가장한 특수, 가짜 보편성이기 쉽다는 것입니다. 이것은 한 사회 안에서도 그러하고 국제 사회에서도 그러합니다. 서양 문명은 스스로를 보편적 문명이라고, 즉 세계의 모든 사람들이 받아들여 마땅한 보편적 가치를 담당하고 실현하는 문명이라고 자처했습니다. 제국주의 시대에 식민지 정복의 명분으로 사용된 것이 이러한 보편성의 주장이었습니다. 그러나 2차 대전 이후의 비서방 세계의 각성은 이러한 보편성의 주장을 계속하기가 어렵게 만들었습니다. 헌팅턴도 서양 문명이 보편적 문명이 아니란 점은 시인하고 있습니다. "'보편적 문명'이 있을 수 있다는 생각 자체가 서양의 생각이고, 그것은 대부분의 아시아 사회의 특수주의와 어긋나는 것이다."[5]라고 그는 말합니다. 보편성과 특수성, 가짜 보편성 그리고 진짜 보편성에의 지향은 추상적인 말들이면서 인간 역사의 이해와 실천에 있어서 중요한 기능을 가지고 있습니다. 서양의 특수성의 인정은 참다운 보편성으로 나아가는 데에서 중요한 단계를 이룰 수 있습니다. 그러나 그것을 계기로 하여 보편적 인간 역사로 나아가는 것이 쉬운 것은 아니고, 그 인정 자체는 다른 부정적 가능성도 포함하고 있습니다.

헌팅턴의 서양의 서양임을 말한 대목에 들어 있는 묘한 뒤틀림은 흥미롭습니다. 그는 서양만이 보편적 문명의 이념을 인정하고 있으며, 다른 사회는 그러한 이념을 가지고 있지 아니할 뿐만 아니라 특수주의를 근본적으로 문명의 철학으로 삼고 있다는 것입니다. 서양의 보편주의는 서양의 것에 불과하다고 그는 말합니다. 그러나 동시에 서양의 것이기는 하지만 그래도 그것은 보편적인 것인데 다른 특수주의적 문명이 그것을 인정하지 아니하고 있는 것이라는 뜻이 여기에 들어 있는 것입니다.(모든 문명은 스스로를 보편적 운명으로 생각하기 마련이고 거기에 갈등의 요인이 있는 것입니다.) 헌팅턴의 생각이 제국주의 세대의 긍지 또는 오만을 버리지 못하는 것은 이해할 만합니다. 프랑스 사람들이 La civilisation이라고 말할 때 그것은 프랑스 문명을 말합니다. 영국의 유명한 예술사가 케네스 클라크의 인기 있는 저서에 Civilization이란 것이 있습니다. 내용이 되어 있는 것은 단지 서구 미술사일 뿐입니다. 그렇기는 하나 헌팅턴을 포함하여 서양 사람들이

---

5 Samuel P. Huntington, op. cit., p. 41.

서양의 보편성에 대한 도전이 만만치 아니함을 느끼고 있는 것이 오늘의 상황입니다. 다만 헌팅턴은 이러한 불안한 느낌을 포착하여 새로운 냉전, 서양 대 비서양의 냉전의 도구로 격상시켜 보려는 것이라 하겠습니다.

서양의 보편성의 위기, 또 모든 문명의 보편성의 위기 — 오늘의 다원적이고 상호 의존적이고 협소해져 가는 지구에서 모든 보편적 주체성은 위협을 받고 있습니다. — 이 위기는, 이미 비친 바와 같이, 부정적인 가능성만을 가진 것은 아닙니다. 오늘날 문명 간의 충돌은 — 반드시 무력의 갈등이 아니라 단지 삶의 방식 간의 부조화를 포함한 비유적 의미에서의 갈등을 지칭하는 말로 이것을 사용하여 만든 말입니다만은. — 불안정의 요소와 함께 인간의 다양한 업적과 가능성을 모든 사람이 즐길 수 있게 하는, 하나의 다원적이며 관용적이며 그러면서도 보편적인 평화의 질서에로 나아가는 한 단계가 될 수 있습니다. 인류의 진로에서 그러한 계기가 되리라는 조짐도 충분히 볼 수 있습니다. 건설적이므로 동시에 현실적인 정치적 사고는 이 희망적 가능성을 잡아 그것을 위한 정책 수단을 현실에서 찾아내는 것일 것입니다.

냉전의 대치 관계를 절대적인 전제로 하고 전략을 연구하던 사람들의 설 자리가 없어지고 있습니다. 미국의 국방 정책 연구가들은 그들의 연구 과제와 연구비의 증발을 눈앞에 두게 되었습니다. 그리하여 국방 정책 연구가들은 그들이 연구 영역을 재정의하기 시작하였다고 합니다. 그 결과 무역 경쟁의 문제나 환경의 문제 등도 국방의 문제로 재정의되어 간다는 소문을 들었습니다. 헌팅턴 교수의 글은 문명의 문제를 새로운 냉전 전략의 범위 속에 편입하려는 것으로 볼 수도 있겠습니다. 국방 전략 연구에서 시작한 다른 재정의의 노력이나 마찬가지로 문명 충돌론은 냉전의 대결적 사고를 문명의 문제에도 확대하려는 노력이 아닌가 하는 생각이 듭니다. 그러나저러나 오늘의 상업 문화에서 학자들은 기발한 아이디어를 빨리 빨리 생산해 내어 정책 수행자의 일거리로 만들고 대중 매체의 뉴스거리로 만들라는 압력을 받습니다. 그러한 아이디어가 우리에게 도움이 되는 경우도 있기는 하겠지만 대개는 사실의 과학적 검증과 인류의 보편적 미래에 대한 선의의 고려에 입각한 것이 아닌 기발한 아이디어가 오래 살아남으리라고 생각하지는 않습니다. 아마 미국의 정치학계에서도 헌팅턴 교수의, 결코 학문적 깊이를 가졌다고 할 수 없는, 신냉전의 발상이 오랫동안 학계에서 중요한 이론으로 받아들여질 가능성은 희박하지 않나 생각합니다.

(1996년)

통일의 조건

지역 환경과 시민 사회: 포크, 마이어, 번스 교수의 발표에 대한 논평

통일과 관련하여 유럽과 아시아 지역의 정치 상황에 대한 저명한 여러 교수 여러분의 발표에 논평을 가하는 것은 문학을 공부하는 사람으로서 심히 거북한 일이다. 다만 여기에 대하여 할 말이 있다면, 통일에 대한 관심이 없을 수 없기 때문이라고 할 것이다. 이것은 모든 한국인들에 해당되는 말이다.

우선 우리 사이에서 또는 우리 마음에 이것을 너무 생각하고 말하고 하다가 그 객관적인 조건을 고찰하는 글들을 대하는 것은 새로운 공기를 마시는 것처럼 시원한 느낌을 준다고 말하고 싶다. 너무나 자신의 관심에 빠져 있다 보면 사람은 그것을 규정하고 있는 객관적인 여건들을 잊어버리게 된다. 통일은 우리에게 집념이고 울적증이고 정열이고 수난으로서, 무슨 희생을 하든지 견뎌 내야 하는 천명처럼 되어 있다.

유럽에서 배울 수 있는 교훈은 통일을 추구하되 그 대가—경제적·사회적·정치적 그리고 무엇보다도 인간적 대가를 최소화하도록 노력하여야 한다는 것인지 모른다. 유럽과 아시아의 사정 사이에는 유사점도 있고 차이점도 있지만, 더 두드러진 것은 차이점이다. 우리는 우리의 사정에 맞는 해결책을 찾아야 한다. 역사의 교훈은 한 상황을 또 한 번 되풀이할 수 있다는 데에 있는 것은 아니다. 교훈은 세부에보다도 대체적인 전체에 있다. 이 교훈은 최소의 인간적 희생으로서 집단적 삶의 번영을 위한 조건을 이룩해 내야 한다는 것이다. 발표자들의 유럽에 대한 관찰은 우리에게 새삼스럽게 통일에 있어서나 또는 다른 정치 문제 있어서 건전한 정책의 척도는 이 점에 있다는 것을 상기하게 한다.

1989년 이후의 유럽의 변화는 역사에는 묵시록적 순간이 있어서 엄청난 규모의 변화가 돌연하게 시작될 수 있으며, 이러한 순간은 사람의 지식이나 의지를 초월하여 오기도 하고 가기도 하는 것이 아닌가 하는 생각을 하게 한다. 많은 한국 사람들은 유럽에서 일어나는 변화와 함께 통일이 오는 순간이 이제 다가온 것이 아닌가 하는 느낌을 가졌었다. 그러나 사태는 그렇게 전개되지 아니하였다. 유럽의 묵시록적 순간은 유럽의 역사가 유럽 고유의 환경에서 오래 준비한 일이라는 것을 우리는 새삼스럽게 깨닫는다.

독일과 한국은 세계의 패권 경쟁의 동력학 속에서 서로 다른 위치를 점유하고 있다. 독일은 그 가운데에 있고 한국은 주변에 있어 영향을 달리 받는다. 냉전이 세계적으로 끝나게 되자 그것은 그대로 유럽과 독일에 반영되었다. 마이어(Charles S. Maier) 교수가 말하듯이 "두 독일 사이의 이념적 차이가 미소 경쟁의 중요한 요인이 아니게 되자 독일의 분할은 끝나게 되었다." 그러나 냉전은 한국에서는 중심부의 변화에도 불구하고, 그 여력을 그대로 지속하고 있고, 중심부의 세력들은 그것을 해결하는 데에 긴급한 관심을 가지고 있지 않다.

세계적 국제 관계 내에서의 독일의 위치는, 더 섬세하게 말하여서는 유럽 지역 내에서의 독일의 밀착 상태에 반영된다. 지역적 연계는 아시아에는 매우 느슨한 상태로밖에 존재하지 아니한다. 포크(Richard A. Falk) 교수는 유럽과 아시아에서의 국제 관계의 기본 도식이 각각 지역 동력학과 독립된 주권 국가 간의 관계라고 말하고 있다. 독일에 있어서는 지역 구도의 변화는 곧 지체 없이 통일에 도움이 되는 조건을 형성하게 되었다. 그러나 한국의 통일에 관련하여서는 지역의 영향은 그렇게 작용하지 아니하였다. 적어도 지금까지는 그러하다.

새로운 변화에는 다른 요인들도 있다. 그중에도 가장 중요한 것은 물론 경제로서, 지역의 동력학을 작동케 한 것도 경제이다. 세계적 경제 경쟁 속에서 동유럽 국가들의 경제 능력의 낙후는 유럽의 변화의 근본 원인이 되었다. 이것은 세 발표자가 다 같이 강조하는 바이다. 로크(Richard M. Locke) 교수의 분석으로는, 세계화하는 경제는 지역 통합의 정도에 따라서 동유럽과 아시아에 다른 결과를 가져왔다. 냉전의 양 진영을 포함하는 국제 경제는 유럽에 있어서 구심적 작용을 하여, 낙후된 경제 지역인 공산 진영의 국가들을 자본주의의 궤도로 끌어들였다. 그러나 아시아에서는 같은 단일 효과를 내지 아니하였다. 소련과의 관계가 이미 느슨한 상태에 있었던 중국은 국가 체제의 붕괴가 없이 자본주의 체제에 적응하여 적정한 이득을 얻을 수 있었다. 북한은 전혀 자본주의의 견인력에 반응하지 아니하였다. 이것은, 마이어 교수가 지적하는 바와 같이 북한의 경제가 포드주의적인 중공업 단계에 머물러 있었던 사실에 관계되는 일이기도 하다. 1980년대에 북한은 그로 인하여 외부 세계로부터 독자성을 유지할 수 있었다. 그러나 1990년대에 와서 그것은 북한의 사정을 더 어렵게 하는 요인이 되었다. 그럼에도 불구하고 이러한 지역적 그리고 산업의 성격에 있어서의 원인들이 합쳐서 북한은 냉전이 끝난 이후에도 오랫동안 그 경제적·정치적 체제를 유지하는 것이 가능했다.

유럽의 강한 지역적 통합은 역사의 유산이다. 연합국은 1945년 이후 독일의 서유럽 편입을 독일 견제의 방편의 하나로 삼았다. 이것은 동구 지역에는 미치지 못하는 것이었으나, 동구에서도 이에 대응하는 통합이 있었고 또 역사적인 유럽의 통합적 성격은 그대로 유지되었다고 할 수 있다. 서독의 높은 소비 생활의 예는 동독에 매력적인 것으로 보였다. 이것은 동서 유럽 사이의 정보 교환이 지역적으로 유통될 수 있었던 때문이라고 할 수 있다. 이러한 점에서 북한은 훨씬 더 고립되고, 또 그러니만큼 자본주의의 유혹에 대하여 강할 수 있었다. 또 남한은 오랫동안 반드시 민주주의의 모범이 되지 못하였고, 남한의 자본주의적 성취를 민주주의의 결과라고 볼 수는 없었다.

민주주의는 모범으로서도 중요하지만, 변화의 능동적 요인으로도 중요하다. 널리 인정되듯이 동유럽에 최종적으로 정권의 붕괴를 가져온 것은 민중의 움직임이었다. 이것은 발표자가 모두 강조하는 바이다. 정치적 움직임 — 마이어 교수가 꼽는 것을 들건대 폴란드의 솔리다리노스치, 여야 원탁회의, 체코의 반체제 운동가들의 움직임, 헝가리 자유화, 헝가리 국경 개방 — 이러한 일련의 정치적 움직임이 유럽과 독일에 변화의 조건을 조성하였다. 그러나 최종적으로 동독 정권을 무너뜨린 것은 가두로 나선 민중들이었다. 번스(Valerie Bunce) 교수의 동부 유럽 여러 나라의 상황 분석에서도, 시민 사회의 힘은 빠른 변화를 이룩하고 자본주의적 사회 체제를 구성하는 데에서도 가장 중요한 요인이 되었다.

유럽과 한국의 상황을 비교하여 보면 한국 통일의 전망은, 긍정적인 지역 환경의 부재와 지역 전체에서의 시민 사회의 취약성으로 하여 비관적이라는 결론을 내릴 수밖에 없는 것으로 생각된다. 발표자들은 모두 여러 요인들의 형국이 조속한 통일을 내다볼 수 있게 하지 않는다고 시사하는 것으로 보인다. 그리고 발표자들은, 독일의 경우에 비하여 급속한 통일이 가져올 비용에 대하여 경고를 발하고 있다. 또 우리가 번스 교수의 동유럽에 대한 분석을 옮겨서 생각한다면 변화에 따르는 분규와 혼란 그리고 폭력 사태에 대한 경고도 들을 수 있다.(물론 동유럽의 경우는 하나의 나라가 여러 단위로 깨어지는 경우이고, 한반도의 경우는 두 나라가 하나로 통합하는 것이지만, 중심 세력이 취약하거나 부재한 상태에서 국가의 통합 또는 해체는 그러한 위험을 갖는다고 하여야 할 것이다.)

포크 교수는 남북 관계에서 가장 현실적인 미래는 한반도의 두 부분이 타협과 양보를 통하여 근접하고, 말하자면 "한 국가 두 체제"라는 형태로 공존하다가 점진적으로 통일되는 것이 아니겠느냐고 전망하는 것으로 생각된다. 그리고 나의 이해가 옳은 것인지는 모르지만, 그는 그러한 것이 일부 동유럽 국가에서 보는 바와 같은 "난폭한 자본주의(Predatory Capitalism)"에로의 추락을 피하는 점에서도 바람직한 길이라고 보는 것이 아닌가 한다.

이것은 현실성 있는 전망이지만, 이렇게 말하고 그치는 것은 한국민의 통일에 대한 갈망을 상당히 낮게 평가하는 것이 된다. 이 열망은 때로는 비이성적인 격정으로 표현되기도 하고, 정치적 전략에서 한 슬로건으로 전락하기도 하지만, 현실적인 의미를 가지고 있는 것으로 보아야 할 것이다. 한국은 통일을 통하여 보다 안정된 정치 단위가 될 수 있을 것이다. 갈등과 대결에서 오는 여러 가지 비용과 희생이 감소되는 것이 도움을 줄 것이라는 것은 자명한 일이다. 통일 한국의 상대적 지위 강화는 동북아시아 지역의 질서에 중요한 기여를 하게 될 것이다. 약한 한국은 자연스럽게 이웃 세력의 영향하에서 안정도 자주도 없는 나라가 되고, 정치적인 면에서만이 아니라 여러 면에서 번창하는 나라가 되지 못할 것이다. 이것은 역사적인 교훈이다. 그러나 지역적으로 통일 한국의 성장은 지역 국제 관계의 질서를 강화하는 결과를 가져오게 될 것이다. 다른 부분에서 이호재 교수의 발표가 있지만, 이 교수가 지적하듯이 두 강대국 그리고 그 사이에 약체의 한국이 끼어 있는 형국의 지역 구성은 적정한 힘의 균형의 추구가 아니라 패권주의 모험을 국제 관계의 현실이 되게 할 것이다.

마지막으로 새로운 변화의 동인이 될 수 있는 시민 사회에 대하여 약간의 말을 첨가하고자 한다. 통일을 향한 움직임에서 중요한 원인은, 발표자들의 분석에서 시사되듯이, 지역과 국가 내에서의 시민 사회의 힘이다. 포크 교수는 톈안먼 사건이 중국에서의 시민 사회의 한계를 정한 것이라고 말하고 있다. 일본의 전후 처리 문제를 살펴볼 때, 또 다른 이유들로 하여 일본이 참으로 보편주의적 민주주의의 원리에 대한 확고한 믿음을 그 정치적 기반으로 하고 있느냐 하는 점에 대하여서는 적지 않은 의문이 있다. 지역 전체에서의 시민 사회의 성장은 한국 통일을 위해서 호조건이 될 것이다. 그런데 가장 중요한 점은 북한에 시민 사회가 존재한다는 것을 확인할 도리가 없다는 점이다. 남한은 시민운동이 강한 곳이다. 최근의 한국의 민주화는 시민 세력의 힘으로 이루어진 것이다. 그러나 구미의 관측자들이 당연한 것으로 받아들이는 것과는 달리, 한국의 시민 세력이 확연하게 자유민주주의를 신봉한다고 판단하기는 어려운 것이 아닌가 한다. 여기에 마이어 교수가 말하는 바 독일에서는 바이마르 공화국의 자유주의 전통이 있었고 법치 국가의 이념이 동독의 헌법에도 분명하게 기술될 정도로 일정한 민주주의 전통이 존재했었다는 것을 생각할 필요가 있다. 한국의 변화에 영감을 준 것은 자유주의라기보다는 민족주의적 열망이고, 권위주의적 산업화에서 일어난 여러 일에 대한 분노이고, 조금 더 소급해 올라가면 조선조 유학의 정의 정치라고 할 것이다. 한국의 민주적 정치 에너지가 어떠한 제도를 받아들일 것인가는 불분명하다. 그것은 시민 사회라는 느슨한 조직으로 발전할 생활 세계에 깊은 뿌리를 내린 것은 아닌 것이다. 여러 요인들이 운수 좋게 합류하여 통일이 되는 경우, 최종적인 정치 형태가 자유민주주의 국가가 될지 어쩔지는 확실치 않다.

(2000년)

정치 변화의 이상과 현실

지금 우리는 어디에 있는가

현대 사회는 이념적 소산이다. 사회는 공동의 삶의 기본 전제가 무엇인가 또 사회의 과제가 무엇인가에 대하여 합의를 가지고 있어야 한다. 이것이 사회의 자기 이해의 기초가 된다. 이 이해가 없이는 모든 사회 행동은 혼란과 갈등에 빠질 수밖에 없다. 한국의 현재의 상황이나 미래의 방향의 인식은 극히 불분명한 상태에 있는 것으로 보인다. 그 책임의 많은 부분은 누구보다도 정치 지도자들에게 있다. 사회의 자기 이해는 정치적 수사와 이데올로기보다 정책의 일관성과 현실 수행에 드러나기 때문이다. 그것을 통하여 그들은 사회의 자기 이해에 명징성과 포괄성을 부여한다.

지금 필요한 것은 우선 현실과 현실을 지배하는 이념들을 냉정하게 분석·검토하는 일이다. 이에는 합리적 또는 이성적 접근이 허용되어야 한다. 이것은 정치 문화 그리고 문화 일반의 합리성을 전제하는 일이다. 이번의 강의는 이러한 문제들을 의식하면서 오늘의 정치와 사회 문화의 상황을 간단히 진단해 보고자 한다.

혼미의 상황

2000년에 근년에 쓴 시사적인 글들을 책으로 내면서 책의 제목을 『정치와 삶의 세계』라고 했습니다. 그 뜻을 간단히 풀이하면, 정치는 사람 사는 일의 큰 테두리에 관계되는 것인데, 사람 사는 데에는 정치에 잘 잡히지 않는 작은 것들이 있다, 정치는 사람 사는 것을 잘 보살피자는 것인데, 이 작은 것을 잘 보살피지 않으면 큰 정치만으로 사는 일이 잘될 수가 없고 정치가 잘될 수 없다. — 책 제목은 이러한 뜻을 전하려는 것이었습니다.

다시 말하면 우리의 삶에서 정치처럼 중요한 것은 없지만, 정치는 그 자체로서 목적일 수가 없고 삶이 그 목적이며, 이 삶은 여러 작은 것으로 이루어진다는 말입니다. 오늘 여기에서도 정치가 그 자체가 아니라 사람의 현실 문제를 풀어 가는 정치가 되어야 한다는 것을, 오늘의 삶에 대한 내 느낌을 통하여 말하는 것으로써 내 맡은 바 책임을 대신할까 합니다.

민주화의 업적: 두 개의 혁명

생각하여 보면 이 느낌은 조금 이상한 일이고, 근거가 없는 일이라고 할 수 있습니다. 우리 사회는 지난 반세기 동안 많은 발전을 이룩하였습니다. 50년 전 한국은 세계 최빈국 중 하나였는데, 오늘날 한국은 세계에서 경제적으로 11번째에서 13번째 가는 경제 강국이 되었습니다. 개인 소득으로 보아도 아마 20번째에서 30번째 사이의 위치에 있을 것입니다. 이것은 상당히 뒷자리 같지만, 세계의 140개 가까운 나라들 가운데에서 그렇게 뒤지는 것은 아닙니다. 이러나저러나 한국은 세계의 부국들이 들어 있는 OECD 회원국이기도 합니다. 1950년대의 전쟁 기간을 거쳐서 1960년대로 들어서면서도 겪은 빈곤 — 많은 사람들이 먹을 것이 부족하여 끼니를 걱정하던 시기의 기억은 아직도 남아 있는데, 오늘날 세계 여러 곳을 여행하는 사람들이 아직 그러한 빈곤 속에 헤매고 있는 나라들을 방문하면서 감회를 표현하는 것을 여행기나 소설에서 보면, 나는 우리가 참으로 멀리 왔다는 느낌을 갖습니다.

경제 발전에도 불구하고 우리가 민주주의의 신장의 면에서 큰 문제를 가졌던 것은 사실입니다. 그러나 그것도 여러 사람들의 끈질긴 노력으로 — 국민 전체가 뒷받침해 준 노력으로 — 소수의 지도자와 영웅들의 용기와 희생이 중요했지만, 국민 모두가 여기에 참여했다고 보는 것이 옳다고 나는 생각합니다. — 완전한 것은 아니겠지만, 많은 면에서 큰 진전을 이룩해 내었습니다. 자신의 일에 대하여, 국가의 일에 대하여 어떤 말을 한다고 하여 잡혀 가고 곤욕을 치르는 사람이 있어서는 아니 된다는 것을 공적 약속으로 받아들인 세상이 된 것입니다. 중요한 부분은 부당한 처우에 대하여 자신의 인간됨 그리고 그 권리를 주장하는 말을 할 수 있게 되었다는 것입니다. 이러한 말을 허용하고도 사회가 온전하게 유지되려면, 그러한 말이 가리키고 있는 사태 자체를 시정하여야 하겠지요. 그러니까 말만 자유로워진 것이 아니라 정의도 상당히 확보된 것입니다. 이러한 민주화의 큰 정치적 표현이 대통령의 자유로운 선거입니다. 노태우 대통령의 특별한 경우를 빼놓고도 벌써 세 번째로 국민의 자유로운 투표에 의하여 대통령이 선출되었습니다. 그간의 대통령 선거나 당선된 대통령에 대해서나 여러 가지 평가가 있겠습니다마는, 그 성과를 어떻게 말하든지 간에, 대를 거듭할수록 더 민중적이고 민주적인 대통령이 당선되었습니다. 그러니까 보다 넓은 기반의 민주 정부가 선 것입니다.

흔히들 근대 국가의 성립에 두 조건으로 두 가지 혁명 — 산업 혁명과 민주 혁명을 말합니다. 한국은 20세기에 들어서 이 두 혁명을 단시일에 해

낸 세계 몇 안 되는 나라입니다. 그런데 지금 우리가 갖는 혼미의 느낌은 어디에서 오는 것입니까?

혁명적 정열과 정열의 절제

조금 어리둥절한 상태에 있다는 것은 사태가 그렇게 급한 것은 아니라는 말이라고 할 수 있지 않나 합니다. 해야 될 일이 없을 수가 없습니다. 우리나라처럼 해야 될 일이 태산 같은 나라도 많지 않습니다. 나라의 기본 틀로서 가령 통일의 문제와 같은 엄청난 기초 과업을 떠맡고 있는 나라가 그리 많을 수 없습니다. 그럼에도 불구하고 해야 할 일의 압박이 조금 느슨해진 것이 아닌가 하는 것입니다. 이것이 오늘의 혼미한 느낌의 한 요인이 아닌가 하는 것입니다. 이렇게 말하는 것은, 되풀이하여 그간 우리 사회가 해 놓은 일이 상당하다는 말입니다. 조금 전에 말한 산업화, 민주화의 업적이 이러한 느슨한 심리를 가능하게 하는 것일 것입니다. 이렇게 볼 때 우리가 해야 할 일의 하나는 지금까지의 이룩된 일을 되돌아보고, 한편으로는 그것을 더욱 튼튼히 하고 다른 한편으로는 보완하고 또 더욱 튼튼히 하는 일입니다. 물론 이것은 생각만을 그렇게 한다는 것은 아니고 그러한 토대 위에서 일을 계획하고 해 나가야 한다는 말입니다. 이것을 다시 말하면 이러한 회고와 전진을 요구하는 상황을 분명히 의식하지 못하는 것이 오늘의 혼미의 한 원인이라는 말이 됩니다.

이러한 회고와 전진의 의식은 국민 각자의 문제이기도 하지만, 정부의 문제이기도 합니다. 현 정부는 스스로의 역사적 위치를 충분히 파악하고 있는 것으로 보이지 않습니다. 그리고 이것이 우리의 혼미의 느낌의 한 부분을 이루고 있다. — 이렇게 생각되는 것입니다. 어쩌면 정부도 그것을 모르고 있는 것은 아니지만, 그것을 분명히 하지 못하고 있는지도 모릅니다. 많은 사람들이 정부의 방향을 분명하게 느끼지 못하는 것이 사실일 것입니다. 정부의 언어는 분명하여야 합니다. 문학의 언어가 반드시 그런 것은 아닙니다. 지금 정부에는 시인이 너무 많다는 느낌도 듭니다.

앞에서 혼미, 혼미 했지만, 이 혼미는 물론 조금 더 구체적으로 파악·설명·분석될 필요가 있습니다. 이것을 여기에서 다 풀어낸다는 것은 불가능하지만, 어느 정도는 이야기가 진전되는 사이에 감을 줄 수 있기를 나는 희망하고 있습니다. 오늘날의 정국의 특징의 하나는 개혁과 수구의 세력들의 대립에 있다고도 하고, 또는 좌우의 대립의 격화에 있다고도 합니다. 그러나 이것이 우려할 정도인지는 확실하게 말할 수 없습니다. 어느 사회에서나 여야의 대립, 정치와 사회의 방향에 대한 갈등은 있게 마련입니다. 민주주의라는 것은 이러한 분열과 갈등을 인정하면서도 그것을 다원적인 타협의 질서 속에 통합하겠다는 정치 원리이고 질서입니다. 민주화된다는 것은—물론 완전한 민주화는 아직도 멀었다고 하겠지만, 그리고 어떤 사회에서나 민주화의 과정이 끝날 수는 없다고 하겠지만, 우리가 민주주의의 기본적인 틀은 일단 받아들일 수 있게 되었다고 한다면, 사회 내의 갈등을 극단적으로까지 밀고 가지 않더라도 해결할 수 있게 되었다는 것일 것입니다.

국민적 합의 그리고 우리가 산업화와 민주화의 역정에서 일단의 고비를 넘겼다는 것은 단순히 경제 발전의 세력이나 민주화의 세력만이 그것을 받아들였다는 것은 아닐 것입니다. 일단 그것을 우리의 삶의 틀로서 국민 대부분이 받아들였다는 것이라고 보는 것이 옳을 것입니다. 이 사실을 확인하는 것이 중요합니다. 물론 모든 일에서 그러하듯이 일단의 합의에 이르렀다고 하더라도 구체적인 안건에 부딪쳤을 때 해석의 문제는 늘 남게 마련이고, 그 해석이 단순히 시험 문제처럼 정답을 찾아내는 문제는 아니지요. 거기에는 늘 현실의 이해관계가 개입되게 마련입니다. 그리고 민주 사회에도 잠재적으로 남아 있게 마련인, 개혁적 성향과 보수적 성향은 정치적 힘으로 대립적 양상을 나타낼 가능성이 있습니다. 민주주의 사회는 갈등의 사회이고 갈등의 해결의 사회입니다.

내가 확인하고 싶은 것은 민주화가 일단 수긍의 단계를 지났다면, 이러한 대립이 극단화할 필요가 없을 것이라는 사실입니다. 민주 정부가 섰고 그것도 벌써 대통령이 세 번 바뀔 정도로 시간이 갔다면, 완전한 승복은 아니라도 많은 정치, 사회의 문제를 이성적으로 해결할 바탕이 이루어진 것이라 해야 할 것입니다. 나는 정부와 관련하여 말하고 싶습니다. 오늘의 상황은 상당 부분은 정부의 역사 인식의 잘못에도 관계되었다는 점입니다. 정부는 오늘의 상황을 지나치게 분열적으로 파악하고, 이것을 투쟁적으로 타개하는 도리밖에 없다고 생각하는 것으로 보이는 것입니다. 코드니 개혁 주체니 하는 것이 다 그렇고, 대체적으로 차분한 사실적인 접근보다도 감성이나 마음을 겨냥한 수사에서 이것을 느낄 수 있습니다. 서로 안 맞는 사람들이 같이 살아 보자는 것이 민주주의 사회입니다.

마음을 맞추자는 것을 이해할 수 없는 것은 아닙니다. 민주화를 위한 결정적인 변화를 가져온 것은 혁명적 정열이었고, 그것을 지탱해 온 것도 혁명적 정열입니다. 혁명은 마음을 하나로 하는 사람들이 수행할 수 있습니다. 혁명적 정열의 유지가 필요 없는 것은 아닐 것입니다. 삶의 이상적 변화는 영구적인 것일 터이니까요. 그러나 이상은 하나고 살림살이의 일은 무수한 작은 일들로 이루어집니다. 작은 일은 구체적인 기능의 분담을 요구합니다.

또 다른 면에서 정열은 우리 사회에서 현실의 일부입니다. 그것이 반드시 사회 개혁의 의지에 관계되는 것만은 아니고, 우리 사회의 여러 사회 심리적 역학의 표현이라고 생각되지만, 우리 사회는 혁명적 정열의 축제적 도취를 필요로 하는 상태에 있는 것으로 보입니다. 해방의 한 표현 — 정치적·경제적·심리적 해방의 한 표현이 그렇습니다.

그러나 시기에 따라서는 그러한 정열은 삶의 현실을 왜곡할 수도 있습니다. 혁명을 추구하는 사람에게 혁명은 지상의 목표입니다. 그러나 동시에 많은 혁명은 정지를 모르기 때문에 실패합니다. 사람들이 혁명적 변화를 요구한다면, 그것은 혁명 자체를 위한 것은 아닙니다. 결국 사람들이 원하는 것은 사람의 삶에 있습니다. 그러나 혁명, 정치 또 많은 높은 이념을 담은 구호로 표현되는 — 현실 초월의 이념들은 그 자체로 계속되기를 원합니다. 그것이 높은 이념이 아니라 일상의 사실 속에 살아야 하는 보통 사람의 삶을 괴롭히는 것이 될 수 있습니다. 나쁜 이름으로 행해지는 정치적 억압은 없습니다. 구호가 좋으면 좋을수록 억압은 보이지 않고 감추어질 수 있습니다.

공산권 국가들이 무너질 때 우리나라에 처음 상영된 동구 영화 가운데 폴란드의 「예스터데이」라는 영화가 있었습니다. 「예스터데이」는 아시다시피 비틀스의 노래입니다. 영화에 그려진 폴란드의 젊은 세대는 비틀스의 노래를 좋아하고, 그것을 듣고 연주하고자 합니다. 그리하여 비밀리에 라디오를 만들어 영국에서 들어오는 이러한 음악을 듣고는 합니다. 이런 것과 대조하여 영화에서 어른들의 세계는 대독 항쟁과 공산 혁명의 수사와 장식과 교훈으로 가득 차 있습니다. 이 대조는 전투적 혁명 이념과 젊은 사람들의 새로운 삶의 소망의 괴리를 잘 나타내 줍니다. 이 영화의 현실이 우리 현실에 맞는다는 말은 아닙니다. 우리는 정치적으로는 오히려 그 반대의 상황에 있는 것으로도 보입니다. 그러나 적어도 한때의 정치적 정열이 그다음 시대의 정치적 정열이 될 수 없고, 한 시대의 행동 모형이 그다음 세대의 모형이 될 수 없다는 비교적 가벼운 교훈은 이 영화에서 따올 수 있습니다. 지금에 와서 6·25로부터 박정희 시대까지 지속된 반공주의가 오늘날 지극히 공허하듯이, 오늘의 상황을 혁명적 비유로 파악하는 것도 자기도취적인 것이 되기 쉽습니다. 그러한 접근은 마치 지난 수십 년간의 민주화 투쟁이 아무런 결실을 맺지 못하였다고 생각하는 것과 같습니다.

대결과 컨센서스

나는 정부가 하여야 할 맨 처음 일은 이 성취에 입각해서 그것을 튼튼히 하는 일이라고 생각합니다. 그리고 지금에 와서 그것은 대체적인 상호 동의, 컨센서스가 이루어진 것이라는 것을 전제해도 된다고 생각합니다. 그렇다면 정부가 말하는 개혁은 적대화, 편 가르기, 대열 정비 그리고 투쟁이 아니라 설득과 법과 제도에 의하여 이루어 내도록 해야 할 것입니다. 설득이란, 일반적으로 말하여 혁명적 정열보다 이성적 언어에 의존하여야 한다는 말입니다. 이것은 수사의 문제이기도 하지만, 현실적으로 제도와 법을 현실적 수단으로 삼아야 한다는 말입니다.

적대적인 세력이 많이 잔존하여 있는 곳에서 어떻게 법과 제도로만—물리적 힘 또는 정치적인 힘을 쓰지 않고 상황을 바로잡아 갈 수 있느냐 하는 우려가 있을 것입니다. 물론 힘이 필요합니다. 그러나 법과 제도는 보이지 않는 강제력인 것입니다. 법과 제도를 타고 넘어가려는 노력이 왜 생깁니까? 그 강제력—내 이익에 배치되는 그 강제력을 피하려는 결과 일어나는 일이지요. 그것은 지속적인 압력에 의한 힘의 행사입니다. 그러면서 노골적인 폭력의 나쁜 부작용을 상당 정도 피할 수 있는 것이지요. 하여튼 이성의 설득이 오래 걸리고 지루한 일일 것은 말할 것도 없습니다. 그러나 프로이트가 무의식과의 투쟁—투쟁보다는 타협에서 이성적 문명을 만들어 내는데, 이성의 소리는 느리고 작지만 끈질긴 것이고 이겨 내기 어려운 것이라고 한 것을 기억할 필요가 있습니다.

그리고 한 가지 생각하여야 할 것은 사실적인 접근의 중요성입니다. 다시 마음의 문제입니다. 우리에게는 마음을 하나로 하여 큰일을 해낸다는 생각이 있습니다. 위기적 상황에서는 그럴 수밖에 없습니다. 그리고 안 되면 그럴 때 강제 수단, 심지어 폭력적 수단이 나오게 되기 쉽지요. 또 그런 경우 그 불가피성이 많은 사람들에게 용인되는 경우도 있을 것입니다. 여기에서는 마음을 하나로 하는 것이 중요하고, 하나가 될 수 없는 사람은 우리 편이 아니라고 제쳐 놓을 필요가 있을는지 모르지요. 그러나 지금 상태에서 그것은 기본적인 민주적 틀이 안 되었다는 것을 전제합니다.

민주주의는 다원적 질서라고 말하여집니다. 다원과 질서는 서로 모순된 것이라고 할 수도 있습니다. 민주 사회에도 그것이 다원적이라고 하여도 공유하고 있는 가치들이 없는 것은 아닙니다. 그것 없이는 사회가 하나로 성립할 수가 없습니다. 그러니까 이 가치를 공유할 필요가 있습니다. 그리고 그것은 때로 확인될 필요가 있습니다. 다만 그것이 독단적인 것이어서도 아니 되고, 또 독단적 형태를 띠어도 아니 됩니다. 가령 도덕적 가치에 대하여 나는 미국의 정치 철학자 세일라 벤하비브(Seyla Benhabib)가 도덕이 없이는 유지될 수 없는 것이 민주 사회이면서, 그 도덕을 법제화할 수 없는 것이 민주사회인데, 이것이 민주주의의 근원적인 문제라고 말하는 것을 들었습니다. 하여튼 여러 어려움에도 불구하고 다원적 질서가 가능할 것이라고 믿고, 또 상당한 정도는 그것이 가능할 수도 있는 것처럼 보이는 것이 민주주의 사회입니다. 근본적으로 마음이 맞든지 아니하든지, 세상의 여러 일에서는 이 근본에 있어서 맞지 않는 사람이라고 모든 일에서 마음이 맞지 않는 것은 아닙니다. 이 일에서는 마음이 맞지 않는다고 해도 저 일에서는 서로 맞고, 맞든 안 맞든 서로 필요로 하는 것이지요. 택시를 타고 가는데 서로 근본적으로 마음에 맞는 사람의 택시만을 골라 탈 필요가 있습니까?

정부의 일에서도 중요한 것은 일이지 마음이 아닙니다. 정부가 하여야 할 일은 무엇을 어떻게 하여야겠다는 것을 밝히고, 그것을 어떻게 하겠다는 것을 밝히고, 또 그것이 어떻게 현실적으로 가능한가를 보여 주는 것입니다. 일이 있고 난 다음에야 같이 일할 사람이 있고, 같이 일하지 못할 사람이 생기게 됩니다. 일이 있기 전에 반드시 내 사람이 있고 저쪽 사람이 있을 수가 없습니다. 사회 안의 갈등을 최소한으로 하기 위해서는 하여야 할 일이 분명하고, 또 갈등을 최소화하려면 하여야 할 일이 구체적인 세목일수록 좋을 것입니다. 해야 할 작은 일들이 많으면, 그것이야말로 마음으로 사람을 가릴 수 없고, 일에 적합한 기능이 중요해질 것입니다. 정부가 내어놓아야 할 것은 자세한 작업 계획서입니다. 그것은 사실적일수록 좋습니다.

그런데 해야 할 사실을 존중하여 한다고 할 때, 사실을 존중하는 마음이 필요하다고는 하겠습니다. 사실을 분명히 하고, 사실이 연결하여 이루는 전체 구도를 가려내고, 그것을 점검하고 하는 데에는 일정한 마음의 자세가 필요합니다. 과학적 정신이 있어야 한다는 말이지만, 이 요구를 제도에 적용하면, 자주 이야기되어 온 투명성을 확장시켜 가야 한다는 말이 되기도 합니다. 개인의 차원에서는 정직성이 그것입니다. 민주 사회가 필요로 하는 도덕적 가치가 있다면, 제일차 항목이 정직성입니다. 사실성, 과학성, 투명성이 여기에 기초하여 가능한 것일 터이니까요. 여기에서 출발하여, 그것이 무엇이 되었든지 간에, 공동체의 계획을 말할 수 있을 것입니다.

오늘날 우리 정치가 해야 할 일이 무엇인가요? 되풀이하여 말하건대 한국 사회의 그간의 족적을 중시한다면, 제일차의 과업은 그간의 경제 발전과 민주화의 성과를 보전하는 것일 것입니다. 이것은 사실 김대중 정부가 출발하면서 분명하게 천명한 것입니다. 여기에 더하여 이 두 가지의 발전과 성과에서 일단의 고비에 이른 것이 한국 사회라고, 단계가 달라진 것을 인정하는 것이 필요할 것입니다. 이 단계에 더하여 해야 할 일이 무엇인가, 이 질문에서 해야 할 일을 끌어내야 할 것입니다.

한국 사회가 그 역사적 진로에서 하나의 새로운 단계에 들어선 것은 분명합니다. 많은 사람들이 지금 한국 사회는 선진국으로 들어서느냐, 아니면 여기에서 주저앉거나 후퇴하여 중남미의 여러 나라들처럼 되는 것이냐 하는 기로에 서 있다고 말합니다. 며칠 전 노무현 대통령이 우리가 1만 달러 국민 개인 소득의 틀 속에 8년 이상 배회하고 있었으니 이제 2만 달러를 목표로 하여 나아가야 할 시기라고 말한 것도 이러한 생각을 달리 표현한 것일 것입니다. 그런데 이러한 희망 그리고 좌절감과 연결되어 있으면서 반드시 그것과 같은 것은 아닌 다른 희망이 있습니다. 그것은 이제 우리도 복지 국가를 향하여 조금 더 적극적으로 나아갈 때가 되었다 또는 넘었다 하는 생각입니다. 김대중 정부가 경제와 민주주의를 말한 것도 이 복지 국가의 이상을 생각한 때문이었을 것입니다. 여기에서 복지란 간단히는 의료와 교육의 사회화 그리고 고용과 실업에 대한 정부의 대책 등을 말하는 것이라고 하겠지만, 광범위하게 기본적인 인간적 생존의 권리를 보장하는 일체의 사회적·정치적 방안을 말하는 것으로 생각하여도 좋습니다. 간단히 말하면 의식주의 기본에 대한 보장을 말하는 것인데, 지금의 단계에서 의식주에서 '주'가 매우 긴급한 복지의 항목이라는 것을 강조해 둘 필요가 있습니다.

경제와 민주주의 또는 그보다도 복지 사회 — 이 두 개의 희망은 연결된 것이기도 하고, 서로 갈등을 일으키고 있는 것이기도 합니다. 그 관계가 어떤 것이든지 간에, 둘 다 무시할 수는 없는 것임에 틀림이 없습니다. 그런데 삶의 가치 기준이라는 이상적 척도의 순위로 말할 때, 둘 가운데 위에 서야 할 것은 복지의 이상입니다. 많은 사람들이 삶의 기초적 안정의 보장을 가지고 있어야 한다는 것은 삶의 기본적인 요구이고, 경제는 아무리 중요해도 삶 자체도 아니고 그 목적이나 내용도 아닙니다. 그것은 어디까지나 수단입니다. 다만 삶의 많은 일이 그러하듯이, 직선으로 가는 것이 반드시 가장 좋은 길이 아닐 수는 있습니다. 목적만을 향하여 가는 것이 목적을 이루는 유일한 방법은 아닙니다. 경제가 수단이라고 하여도 그것에 많은 사람과 국가의 노력이 집중하게 되는 것을 나무랄 수만은 없습니다. 그러나 말할 것도 없이 수단이 목적을 타고 넘어서는 아니 되지요. 그런데 다른 한편으로 경제라는 수단만을 추구하는 경우에도 사람이 없이 경제가 가능합니까? 또는 구체적인 정치, 경제의 문제에서도 이것은 서로 필연적인 연계 속에 있는 것을 다시 생각하여야 합니다. 오늘날 경제의 계속적 발전에 필요한 것으로 말하여지는 소위 '노동 시장의 유연성'이라는 것을 생각하여 보지요. 적어도 서구의 발전된 자본주의 체제하에서는 복지 혜택의 안전망이 있어서 가능한 것입니다.

하여튼 여러 가지 요인으로 보아 지금 정부의 정책의 핵심은 복지 사회의 실현에 있어야 마땅할 것입니다. 그것이 하루아침에 이루어질 수는 없다고 하더라도 그 전망은 보여 주어야 할 것입니다. 경제를 이루고, 기본적인 인권이 존중되는 민주화가 달성된 다음 단계의 목표는 복지 사회의 건설이 아니겠습니까. 이 이행이 자동적인 것은 아닙니다. 경제-민주-복지, 이 셋 사이에 자동적인 연관은 없습니다. 다만 정치적 의지에 따라서는 그것을 서로 이을 좋은 환경이 준비되는 점은 있을 것입니다. 실제에 있어서 경제와 민주가 자동적으로 연결되지 않은 것은 미국과 같은 나라에서 볼 수 있습니다.(그렇다고 미국이 복지가 없는 사회는 아닙니다. 계산은 전문가가 해야겠지만, 아마 복지적 고려는 현실에 있어서 우리 사회의 수준을 훨씬 능가하는 것일 것입니다.) 그러나 어떻든지 간에 우리나라에서 복지는 전혀 상관이 없는 무제한적인 자유 시장 체제가 성립할 수 있다고 생각하는 것은 그 정당성의 문제를 떠나서 우리의 전통으로 보나, 역사의 궤적으로 보나, 국토의 크기로 보나 전혀 비현실적인 생각일 것입니다. 공동체적 평화가 없이 개인적인 이해나 부나 귀를 추구하는 일을 있을 수 있는 정치 이상으로 받아들여 본 일은 우리 역사상 한 번도 있었던 일이 아닙니다.

그리고 이러한 당위론을 떠나서 우리 사회 안에 복지 사회의 이상은 이미 하나의 컨센서스로 존재한다고 생각합니다. 아마 우리 사회에서 실제 이해관계가 걸리면 다른 계책들이 있겠지만, 공동체적 상호 부조에 대한 아무 마련이 없는 이윤 추구 체제를 이상으로 내걸 수 있는 바탕은 전혀 없다고 생각합니다. 정부가 복지 이념을 추구하는 데에 있어서 이것은 의지할 수 있는 적어도 수사적인 큰 자원일 것입니다. 비록 수사적일망정 이 컨센서스가 있다는 것을 전제하고, 또 그것을 계속 계발하여야 할 것입니다.

물론 그러기 위해서는 있을 수 있는 대화 상대자의 말에 귀 기울일 수 있어야 합니다. 그리고 컨센서스의 테두리를 만들면서 될 수 있는 대로 그 테두리에서 정책을 조정하여야 할 것입니다. 이것은 커다란 양보를 말하는 것은 아닙니다. 모든 것을 대화와 설득 그리고 무엇보다도 법과 제도의 틀 안에서 처리하도록 해야 할 것입니다. 그리고 제도와 법 부분에서 좋은 것이 없다면, 그것을 만들어 나가도록 해야 할 것입니다. 정부의 언어는 혁명의 언어가 아니라 제도와 법의 언어입니다. 그것은 격정적 수사 없는 언어입니다. 물론 그것을 만들어 가는 데에 갈등이 없을 수 없고, 투쟁이 없을 수 없습니다. 중요한 것은 그것을 표현하는 언어가 법과 제도를 통하여 이루어지느냐 아니하느냐 하는 것입니다. 물론 사회적 통합을 위한 정책을 추진하는 데 그러한 순리의 언어로써 풀리지 않을 일이 얼마나 많을 것인가에 대하여서는 실제 당국자나 전문가들이 잘 알 터이니까, 국외자의 이러한 막연한 느낌은 엉뚱한 공리공담에 그칠 가능성이 있기는 합니다.

최근의 많은 데모와 쟁의 중에 울산의 한 하청업체에서 일하다가 해고

된 이영도란 분의 글을 보았습니다.[1] 그가 일하던 노동 현장의 문제들을 그는 이렇게 열거하고 있습니다. 근무 시간 이전의 조회, 근로 시간 제한 위반, 임금 계산 부실, 노사 협의회 미설치, 산재 대책 부재 등이 그것입니다. 또 정규직 노동자도 없고, 짐작건대 사용자도 책임 기피를 목적으로 간접 고용자만을 채용하고 있다는 사실도 그는 규탄하고 있습니다. 그는 또 조회 시간에 보호 장구를 지급하고 안전 교육을 할 것과 취업 규칙을 게시할 것을 요구하였습니다. 이러한 요구의 결과는 그의 해고였습니다. 이 외에도 고통과 갈등의 원인들이 많았겠지만, 우리가 주목할 수 있는 것은 그의 요구가 어디까지나 법률 준수라는 것입니다. 그는 정부가 노동자들에게 법을 지키라고 하지만, 법에 어긋나는 것이 있다고 한다면, 그 원인은 회사 측에서 원천적으로 법을 지키지 아니하였기 때문이라고 주장하는 것입니다. "'대화와 법'이 노사 관계의 합리적 수단으로 자리 잡도록 하려면 법 집행의 공평성을 확보해야 한다. 국민 대다수인 노동자의 상식을 반영하는 제도(노동법) 개혁도 단행해야 한다." — 그는 이렇게 쓰고 있습니다.

이것은 매우 온당한 주장으로 들립니다. 그가 말한 것 가운데 회사에서 근로 기준을 지키게 하는 것은 정부가 하여야 할 당연한 일로서 준수를 정부가 요구했어야 할 것이고, 노동법 개정은 아마 더 큰 갈등과 투쟁을 요구하는 것일 가능성이 있습니다. 노사 어느 쪽에서나 합리성의 기준이 다를 것이고, 진정으로 합리적인 타협점이 제시되었을 때, 쉽게 숙이고 들어갈 용의가 있을지는 알 수 없는 일입니다. 우리 사회에서 집단 행위의 역학은 반드시 쉽게 예측할 수 있는 것은 아니고, 또 궁극적인 결과는 구체적인 상황에서 해결되기가 쉽습니다. 그러나 이영도 씨의 글에서 분명한 것은 법과 제도에 따라서 일을 해결할 것을 기대하고 있다는 것입니다. 이것은 중

---

1 이영도, 독자 토론란, 《한겨레》(2001년 6월 12일).

요한 자원입니다.

이것은 비단 노동자에게만 한정된 것은 아닙니다. 사용자 측에게도 법의 위반을 추궁하면, 아마 그까짓 법이 무슨 상관이냐 하는 태도보다는 위법한 일이 없다고 주장할 가능성이 십중팔구일 것입니다. 이것은 현실 행동이 어떠하든지, 법과 제도를 원리로 받아들인다는 말입니다. 이것도 중요한 자원입니다.

정부 정책은 이러한 자원을 계속 믿을 수 있는 것으로 계발해 나가는 것에서 찾아질 수 있는 것이 아닌가 합니다. 이러한 점에서 정부는 확실한 태도를 취할 필요가 있습니다. 비록 그것이 현실이라고 하더라도 정부가 법과 기준을 확립하지 않고 — 물론 그 기준을 적절하게 고치는 일을 하지 않아야 한다는 말은 아닙니다. — 동네 싸움 말리듯 해서야 어느 쪽이든 자신의 일을 합리적으로 길게 생각할 수가 있겠습니까?

복지 정책의 현실적 기초

법과 제도의 언어는 사람이 사람과 사람 간의 일을 사실처럼 고정하는 일입니다. 그것은 사실이면서 사람이 서로 약속하는 사실입니다. 그런데 이것보다는 조금 더 사실적인 기초가 복지 정책의 추구에 필요합니다. 복지는 사회에 축적된 자금을 직접적인 경제 활동보다는 경제 활동에 종사하거나 종사할 수 있는 사람들의 기본 생존과 그 안정을 위하여 사용하겠다는 것입니다. 경제 성장을 중시하는 입장에서는 이러한 지출이 경제와 생산에 도움이 되느냐 하는 것을 문제 삼을 수 있을 것입니다. 이러한 문제의 정확한 답변을 찾는 것은 쉽지 않은 일입니다. 그것을 제쳐 두고라도 복지 지출이 가능하기 위해서는 지출의 능력이 있어야 한다는 것은 자명한 일입니다. 그러므로 복지의 목표를 추구하는 사람, 더 나아가 사회 평등 그리고 사회 정의를 추구하는 사람은 그것을 위한 자세한 수입, 지출의 명세서를 제출하여야 합니다. 수입이 없고 그러니까 지출 능력이 없는데 지출을 결의하는 것은 결국 실현되지 않을 일을 말하는 것이기도 하고, 흥부네 식구 이부자리 잡아당기기처럼 하나는 지출하고 다른 하나를 구멍 내는 일이 될 것입니다. 더 나아가 모든 것이 파탄이 나는 경우도 생각할 수 있습니다.

그런데 복지 지출은 돈이 없어서도 문제를 일으키는 수도 있지만, 있는 돈이라도 적절하게 염출할 방도를 생각하지 않았기 때문에 일정한 복지 목표의 달성에 실패하기도 하고, 국가 재정 전반에 문제를 일으킬 수도 있습니다. 우리 정부에 정말로 자세한 복지 계산서가 있는지 궁금합니다. 이렇게 말하면서 다시 되풀이하여 가장 중요한 것은 도대체 복지 지출을 위한 돈이 있는가 하는 문제일 것입니다. 그러나 대체로 우리의 경제가 흔히 이야기되듯이 상당한 정도라면, 그 단계에 맞는 지출은 가능할 것입니다. 그리고 사람의 일이 계획대로 되는 것이 아니라고는 하겠지만, 보다 인간적인 사회가 되기 위하여 우리가 어떤 단계를 거쳐서 언제 거기에 이를 수 있는가에 대한 단계적 계산서가 준비되어야 할 것입니다. 미국이 이스라엘 정책과 관련하여 쓰고 있는 말이기 때문에 쓰기가 편한 말은 아니지만, "로드 맵(도로 지도)"을 만들어야 합니다.

복지의 비용과 관련해서 꼭 그것이 사용자의 말에 귀 기울이는 것을 말할는지는 모르지만, 경제 전체에 대하여 주의하는 것은 단지 노사 평화를 위해서는 아닙니다. 경제의 성과가 있어야 복지가 가능할 것이기 때문입니다. 며칠 전에 독일의 사회 민주당의 전당 대회에서 복지 정책 축소를 정책으로 채택하였습니다. 사민당의 정치 목표는 기본적으로 경제 성장보다 복지 확보에 있다고 할 수 있습니다. 그 점에서 그것은 사회주의적 뿌리를 버리지 않고 있는 정당이라고 할 수 있습니다. 그러니 복지 축소에 대한 반대도 격심했지만, 결국 그것을 당의 정책으로 채택하였습니다. 그것은 침체 상태에 있다고 판단되는 독일 경제의 부담을 줄이고, 그것을 보다 더 활기 있는 길로 가게 하는 데에 필요하다고 판단한 때문입니다. 그보다 먼저 스웨덴에서도 같은 정책 전환이 있었습니다. 이러한 사례를 드는 것은 우리도 경제의 부담을 줄이기 위해서 그렇게 해야 한다는 말이 아닙니다. 단지 이러한 사례를 드는 의도는 복지가 경제 전체의 업적에 긴밀하게 관계되어 있음을 말하려는 것일 뿐입니다. 이 관계를 인정하는 것은 다른 중요한 사실을 인정할 것을 요구합니다. 사회 국가, 복지 국가가 자본주의 경제에 긴밀하게 연결되어 있다는 사실입니다. 이것은 잘 알려진 사실이지만, 우리 사회에서는 한번 확인될 필요가 있는 일입니다.

자본주의 경제에 의존하지 않는 복지 국가 또는 평등 사회의 구현은 불가능한가? 물론 이것을 물어볼 수 있습니다. 지금의 시점에서 분명한 것은 자본주의에 대체 방안으로서의 공산주의의 실패입니다. 자유와 인권의 대가를 말하지 않더라도, 기본적인 인간적 복지의 확보에 실패한 것이 사회주의 국가로 보이는 것입니다. 패자는 다 잘못한 것으로 보이기 마련이기 때문에 정확한 판단인지는 알 수 없습니다. 그러나 만성 물자 부족, 제품의 불량, 산업의 비능률화 등은 대체적으로 소비에트 블록의 경제의 특징이었던 것 같습니다. 결국 자본주의는 오늘날 유일한 능률적 경제 체제이고, 할 수 있는 일은 그 과도한 병폐들을 고치고 더 나아가 그것을 적절하게 이용하여 그것을 인간적인 삶의 목표를 위하여 수정하는 도리밖에 없는 것으로 보입니다.

현실과 잠정적 조건들

자본주의와 그 한계

이렇게 말하는 것이 자본주의를 이상화하는 것은 아닙니다. 그것은 단지 그것이 오늘의 현실이며 현실의 조건이라고 말하는 것일 뿐입니다. 그 생산성에도 불구하고 자본주의의 문제점은 새삼스럽게 말할 필요도 없을 것입니다. 자본주의의 비인간성은 충분히 논의된 바 있습니다. 인간 노동의 착취 그리고 정치, 사회 조직을 통한 그 제도적 강요가 자본주의 특성이라는 것은 마르크스의 자본주의 분석의 핵심입니다. 그런데 비인간화는 사회의 하층에 한정된 것은 아닙니다. 모든 것이 능률로 환산되고, 능률은 소비재의 양산으로 재어지고, 그것이 다시 이윤으로 환산되는 세계는 인간의 삶에서 모든 목적과 내용이 사라진 세계입니다. 능률과 생산에 대한 강조가 모든 인간 활동을 수단화하고 그 자체로는 무의미한 것이 되게 한다는 것은 우리나라에서도 한껏 경험하고 있는 일입니다.

그러나 오늘의 시점에서 문제는 현실 사회주의의 대체 방안도 그에 못지않은 또는 그를 넘어가는 비인간화를 낳았다는 사실입니다. 정치적 억압은 말할 것도 없고 경제적 비능률은 현실 사회주의 사회를 가장 낙후된 사회가 되게 하였습니다. 낙후란 단순히 물질적 수준이 자본주의 사회만 못하다는 뜻에서만은 아닙니다. 얼마나 믿을 수 있는 기사인지는 모르지만, 사회민주주의 경향을 가진 독일의 주간 시사지《디 차이트》에서 최근에 나는 동독에 관한 기사를 읽었습니다.[2] 이 기사에 의하면 동독 사회는 만년 결핍의 사회였을 뿐만 아니라 불성실의 사회였던 것 같습니다. 만년 결핍의 문제는 소비자 또는 수요자의 필요가 시장의 기제를 통하지 않고

---

2 Wolfgang Zank, "Pullover fuer Viereckige", *Die Zeit*, no. 25(June 12, 2003).

는 잘 조절되지 않는 것이라는 자유주의 경제학의 지적이 맞다는 생각을 하게 합니다. 소아복과 성년복은 있어도 그 중간 크기의 옷을 찾을 수 없다거나, 키와 품이 똑같은 네모난 체격의 사람에게 맞는 옷이 생산된다거나 하는 일이 많았다는 것도 이런 시장의 조정 기능이라는 관점에서 말할 수 있을는지 모릅니다. 그런데 국영 식당의 종업원들이 빈자리를 미리 예약이 끝난 자리로 해 두고 손님을 받지 않다가 서방 세계의 돈을 내겠다는 사람이나 받았다는 사실은 인간성의 조건에 대하여 비관적인 생각을 아니 가질 수 없게 합니다. 이런 것들에 대한 대책으로 계속적인 혁명의 수사와 열의의 고취가 필요했던 것으로 보입니다. 물질의 부실을 마음으로 메우는 것은 개인적 삶의 선택일 수 있어도 사회적 선택이 되기는 어려운 일임에 틀림이 없습니다. 주어진 현실 속에서 승자는 자본주의일 수밖에 없는 것 같습니다. 이것이 인간성에 대한 결론이 되지 않나 합니다.

그러나 자본주의의 문제는 인간성의 문제를 떠나서 환경의 문제로 한계에 부딪치리라는 생각을 아니 할 수 없습니다. 막연한 생각이기는 하지만, 도대체가 유한한 체제 속에서 무한한 발전과 성장이 가능하겠느냐 하는 생각이 드는 것입니다. 독일의 사민당이, 경제 성장과 복지를 연결시켜 생각하지 않을 수 없기 때문에, 비록 사회 복지를 최종적인 목표로 삼는다고 하더라도 경제의 계속적인 성장을 위하여 정책을 변경할 수밖에 없다고 합니다. 그런데 그것이 지구 전체에 가능한 것인가를 우리는 묻지 아니할 수 없습니다. 이것은 순전한 자원의 문제입니다. 레스터 브라운(Lester Brown)과 같은, 환경과 경제를 하나로 생각하는 사람들은 오래전부터 그것이 불가능하다고 말하여 왔습니다.

그러나 다시 심리로 돌아가면 무한한 성장이 인간의 행복을 실현하는 참다운 조건이 되겠느냐 하는 것을 물어보게 됩니다. 나는 최근에 캐나다 작가 마거릿 애트우드가 어느 서평에서, 자본주의 사회의 인간의 욕심에 대하여 재미있게 풍자하는 것을 읽은 일이 있습니다.[3] 오늘을 대표하는 인간은 욕망의 인간입니다. 그는 욕망하고 욕망하는 존재입니다. 그는 무엇이 있어도 더 있어야 하겠다는 존재입니다. 애트우드는 "더"를 원하는 사람 두 가지를 대조합니다. 하나는 찰스 디킨스의 소설 『올리버 트위스트』에서 고아원에서 굶주리는 올리버가 배가 고파서 "더" 하고 말하는 경우입니다. 다른 사례는 험프리 보가트가 나오는 영화 「키 라르고(Key Largo)」에서 따온 것입니다.(미국의 극작가 맥스웰 앤더슨의 연극에 기초하여 제작된 존 휴스턴 감독의 1948년 작품입니다.) 악한 역인 에드워드 로빈슨은 그가 원하는 것이 무엇인가 하는 질문을 받습니다. 그는 이 물음에 어떻게 대답하여야 할지 모릅니다. 선인 역인 험프리 보가트가 대신 대답을 합니다. "더 원하는 것이지." 무엇을 더 원하는 것인지는 분명치 않습니다. 무엇이 되었든지 더 원하는 것이 악한의 소원이라는 것입니다. 결국 더 많은 부와 더 많은 힘 — 권력을 원하는 것이겠지만. 이 영화의 악한은 자기가 원하는 것이 무엇인지조차 모르는 사람입니다. 이것이 경제 세계의 경제 인간의 한 전형인 것입니다.

그러나 내가 이런 이야기를 하는 것은 단순히 자본주의를 비난하려는 것이 아닙니다. 반대로 이것이 우리가 받아들여야 할 세계라는 것을 말하려는 것입니다. 지금의 시점에서 그것을 받아들이며, 그것을 타고 넘고 또 궁극적으로 벗어나는 것을 생각하는 도리밖에 없는 것으로 보이기 때문입니다. 지금의 시점에서 다른 대안은 없습니다. 넘어진 사람은 하늘을 잡고 일어날 것이 아니라 땅을 밟고 일어서야 한다는 농담이 있습니다. 개인이 아니라 사회의 관점에서는 이것은 대체로 진리인 것으로 보입니다. 그것

---

3 Margaret Atwood, "Arguing Against Ice Cream", *The New York Review of Books*, vol. 50, no. 10(June 12, 2003).

이 많은 재난을 예고하는 것이라고 하더라도, 자본주의 그리고 그것과 함께 가는 자유주의 체제가 베푸는 혜택도 결코 작은 것은 아닙니다. 그것은 적어도 잠정적으로는 인간 생존을 위한 물질적 기본을 확보해 주고, 개인의 자유와 행복, 인권 그리고 어쩌면 변화를 위한 에너지까지도 확보해 줍니다. 1960년대 이후의 역사에서 우리도 이러한 것들을 어느 정도 경험한 바 있습니다.

그러나 여전히 나에게는 여러 가지 것을 경험한 다음의 지금 시점에서 볼 때, 인간이 사는 방법 가운데 가장 좋은 것은 생명 유지를 위한 최저의 경제를 받아들인 생태 친화적인 녹색 공동체의 삶이 아닌가 하는 생각이 듭니다. 그리고 그것에 더 보탠다면, 한편으로는 생존의 기초를 보다 지속적인 것이 될 수 있게 하는 지혜를 계발하고, 다른 한편으로는 학문과 예술을 포함하여 풍요한 정신생활을 가능하게 하는 투자를 허용하는 체제였으면 좋겠다는 생각이 듭니다. 그러나 이것은 가능할 수도 있는 세계의 비전일 뿐입니다. 그것이 현실이 되는 데에는, 가장 섬세한 현실적 방안이 필요합니다. 발전에도 발전의 방안이 필요하지만, 발전으로부터의 후퇴도 현실적 후퇴의 방안이 필요합니다. 그리고 이것과 관련하여 하나 첨가하여야 할 것은 이러한 후퇴가 참으로 이루어질 수 있는 것이 되려면, 그것은 세계 역사의 변화로 이루어질 것이라는 점입니다. 지금의 세계는 너무나 서로 얼크러져 있고, 국가들에 내재된 제국주의적 에너지는 단독 강화나 단독 후퇴를 불가능하게 합니다.

지금 시점에서 우리에게 가능한 것은 우리가 최선의 세계가 아닌 자본주의 세계 질서 속에 끼여 있다는 것을 받아들이고, 그 안에서의 최선의 인간적 삶을 기획하는 것입니다. 그러면서 끊임없이 새로운 세계에 대한 비전과 방책을 궁리하는 것입니다. 그리고 지금의 시점에서 우리가 할 수 있는 것은 복지 사회를 확실하게 수립하는 것입니다. 이것은 물론 경제가 그것을 가능하게 한다는 것을 받아들이는 것이기 때문에 자본주의적 경제의 원리에 좋든 싫든 어느 정도는 동의하는 것입니다.

기타 현실의 조건들

이렇게 말하는 것은 자본주의적 세계 현실에 대하여 우리가 물어야 할 질문을, 적어도 현실적으로는 그것이 좋은 것이냐 나쁜 것이냐가 아니라, 그 세계 속에서 어떻게 최선의 것은 아닐망정 차선의 인간적 사회를 만들어 가느냐 하는 것으로 바꾼다는 것을 말합니다. 앞의 질문은 실현 가능한 대안이 없는 한 현실적 의미를 가지고 있지 못할 것이기 때문입니다. 말하자면 날씨에 대하여 우리가 가지고 있는 태도가 그러한 것입니다. 날은 궂을 수도 있고 좋을 수도 있지만, 날씨에 대하여 우리가 갖는 반응은 이러한 날씨의 좋고 나쁨보다도 그에 대하여 어떤 대비를 하고 어떤 장비를 갖추느냐 하는 것에 관계되는 것입니다. 삶의 조건에도 그러한 것들이 있습니다. 모든 것을 날씨 취급하면 아니 되지요. 옛날에 한국 사람들의 숙명주의에 대한 논의가 많았습니다. 그것이 그러한 태도에 가깝습니다. 그러나 동시에 어떤 것은 성숙한 조건이 성립할 때 날씨처럼 생각해야 할 필요가 있습니다. 이것이 현실적 대비를 가능하게 합니다.

물론 무엇이 날씨 같고 그렇지 않은가를 잘 생각하여야 합니다. 그리고 그것이 늘 바뀌는 것을 알아야 합니다. 그리고 중요한 것은 현실이 그러하더라도 이념의 세계에서는 모든 것이 열려 있어야 한다는 것입니다. 이 가능성은 단순한 꿈 그리고 더 엄밀하게 연구되는 유토피아 계획을 포함합니다. 보다 나은 사회의 이상은 어려운 시대에 동면에 들어갑니다. 그러나 동면은 죽음이 아닙니다. 그리고 동면이 꿈까지 잠에 드는 것을 말하는 것은 아닙니다. 이것은 어려운 시대의 일이지만, 어떤 시대에나 현실과 이상의 사이에 일정한 간격을 유지하는 것은 정신 건강에도 필요하지만, 집단적 삶의 유지에는 특히 필요한 일입니다. 우리의 이상은 현실의 인간적 의미를 바로 보고, 그것을 비판하는 숨은 동력이 됩니다. 오늘의 현실에 대한 비판적인 입장을 가능하게 하는 것도 이것입니다.

그러나 아직도 현실에의 가교를 가지지 못한 막연한 정열이 오늘날의 인간적인 삶의 최소한의 실현을—직접적으로는 복지 사회의 구현을 불가능하게 하는 것이어서는 아니 된다고 나는 생각합니다. 그리하여 오늘의 여건하에서의 인간적 사회를 위한 노력에 자유 경제 체제를 일단 수긍하고, 그것을 어떻게 인간적 사회의 구현에 연결하느냐가 오늘의 과제라고 말하는 것입니다. 이렇게 말하면서 이외에도 현실 조건으로 받아들여야 할 것들이 있음을 간단히 상기하고자 합니다. 이 조건들에 대해서도 좋으냐 나쁘냐에 우선하여 물어야 하는 질문은 그러한 조건들하에서 우리의 삶을 어떻게 꾸려 가느냐 하는 것입니다.

이러한 조건으로 생각할 수 있는 것의 하나가 미국의 패권주의입니다. 패권주의라고 하는 말은 지나치게 단순화하고 추상화하는 말입니다. 미국과의 불균형 관계라고 말해도 좋습니다. 엊그제《동아일보》에 김용기 기자와 영국의 런던 스쿨 오브 에코노믹스(London School of Economics)의 앤서니 기든스 교수의 인터뷰 기사가 나와 있습니다.[4] 여기에 미국의 패권주의의 문제가 거론되어 있습니다. 여기에서 기든스는 부시 행정부의 잘못된 정책을 말하면서, 패권주의로서 미국을 말하는 것은 과장된 것이라는 말을 하고 있습니다. 다른 이유도 있겠지만, 가장 간단한 이유는 미국이 세

---

4 김용기, 「앤서니 기든스 교수 "해고와 고용이 유연해야 선진 사회"」,《동아일보》(2003년 6월 25일).

계를 지배할 만큼 강하지 않다는 사실입니다. 제국주의 또는 패권주의의 의도가 미국의 정책 수립자들 사이에 없다고 할 수는 없을 것입니다. 다만 그러한 의도가 있다면, 그에 대항하는 사람들도 있다는 것은 생각하여야 할 것입니다. 중요한 것은 다시 말하여 그것이 현실이 되기에는 세계는 너무 복잡하고 거대하다는 사실일 것입니다.

참으로 강한 것은 군사적인 의미에서의 패권주의보다도 미국이 떠받치고 있는 세계 자본주의 체제일 것입니다. 그것은 군사력처럼 보이는 힘이 아니라 경제의 힘입니다. 그리고 그것은 체제가 되어 있습니다. 이 체제를 미국이 주도합니다. 그러나 그것은 미국만의 체제는 아니고 소위 선진국들이 두루 참여하고 있는 체제이고, 또 거기에 참여하지 못한 국가—제삼 세계와 구 공산권 국가들이 끼고자 열망하는 체제입니다. 체제 내의 선수들에게 그것은 집단적으로나 개인적으로나 적절한 생존과 사치를 보상하고, 열패자에게는 빈곤과 혼란의 벌을 주기 때문입니다. 장기적으로 또 전체적으로 볼 때, 환경 파괴와 불평등과 비인간화가 동반함이 분명하고, 지속 불가능함이 내다보이는데도 말입니다. 그러나 중요한 것은 그것이 지금의 시점에서 최소한의 사회적 생존—적어도 어느 정도의 성공이 있는 경우, 그러한 생존 그리고 상당한 정도의 번영을 가능하게 한다는 점입니다. 미국의 패권이 유지된다면, 그것은 패권의 체제가 최종적인 결과야 어찌 되었든 공생 기식의 체제이기 때문입니다. 그리고 정치 체제에서 미국이 패자가 아니라면, 다른 패자가 나올 것입니다. 결국 세계 자본주의의 체제는 미국의 체제이면서 미국을 넘어가는 체제라는 말입니다.

군사적 의미에서의 미국의 패권주의는 올봄의 이라크 침공의 경우에 분명하게 예증되었습니다. 그 부당성의 지적은 한국뿐만 아니라 세계 모든 국가의 사람들 보여 준 전쟁 반대 운동, 저항, 비판 논의 그리고 최근까지의 여러 번 조사에서도 나타난 전 세계적인 여론 조사 등에서 드러난 바 있습니다. 미국과 한국의 관계가 복잡하다는 것을 제쳐 두고라도, 이라크 침공에 대한 한국인의 분노는 한국인의 깊은 역사적 체험에서 나온 것이라고 할 수 있습니다. 외세 침공과 제국주의의 탄압 그리고 전쟁의 잔인성에 대한 체험 — 이러한 것이 한국인으로 하여금 본능적으로 약자의 편에 서게 합니다. 이것이 한국인으로 하여금 약자의 고통을 아는 세계 인민의 평화와 정의를 위한 부르짖음에 저절로 동참하게 합니다.

현실의 문제를 떠나서, 이번의 이라크 전쟁은 우리의 세계 이해의 근본적 구도에 커다란 위기를 가져왔다고 할 수 있습니다. 의식적이든 아니든, 또 그것이 완전한 것이든 아니든, 세계를 생각하는 우리의 태도 밑에는 우리가 받아들이는 세계 질서의 지도가 있습니다. 이 지도는 현실적인 요소를 포함하면서도 또 정당성의 이상에 의하여 종합됩니다. 정치학자들이 말하는 정당성(Legitimation)이 종합의 원리입니다. 우리는 정치 제도의 밑에 그것을 정당화해 주는 근거를 볼 수 있기를 원합니다. 오늘날 국가 질서 그리고 그것을 지키는 권력의 근거는 국민의 동의에 있습니다. 그러나 옛날에 이것은 막연히 '천명'이라는 말로도 표현되었습니다. 그것은 결국 삶의 질서와 그 번영의 실적으로 증명되어야 하는 것이기 때문에 선험적(a priori) 요구이면서 현실적으로는 후천적(a posteori) 원리입니다. 그러니까 애매모호하고 막연한 개념입니다. 그러나 다른 차원에서도 그것은 애매모호한 점을 가지고 있습니다. 실제 사회나 국가 질서가 권력에 의하여 — 조직된 힘에 의하여 유지된다는 것을 전혀 무시하지 못하면서, 사람들은 정당성을 요구하는 것입니다.(세상을 순전히 힘과 음모로 보는 사람들의 경우에도 아마 그들 자신의 정치적 기획은 모든 정당성이 없는 권력에 대한 유일한 정당성을 가진 기획이라는 주장을 포기하지 않을 것입니다.) 이라크 전쟁은 이러한 극히 모호한 개념이면서도 무시할 수 없는 정당성의 위기를 가져왔습니다.

5월 31일에 유럽의 대표적 지식인 — 독일의 하버마스, 프랑스의 자크 데리다, 이탈리아의 움베르토 에코와 잔니 바티모, 스위스의 아돌프 무슈크, 스페인의 페르난도 사바테르 그리고 여기에 미국의 철학자 리처드 로티가 가담하여 오늘의 세계적 상황에 대하여 성명을 발표하였습니다. 그 주장의 핵심은, 미국의 부당한 전쟁 행위에 항의하여 정당성을 상실한 미국으로부터 거리를 유지하면서 유럽이 보편적 윤리 기준을 다시 다짐하고, 그것으로 국제 질서에 참여하여야 한다는 것입니다. 물론 제국주의 침략의 선구자 노릇을 한 것은 유럽 여러 나라들이고 전쟁과 인종 갈등의 원형이 된 것도 유럽입니다. 하버마스에 의하여 이러한 경험에 대한 반성에 입각해서 유럽은 그 국제적 보편주의 기준을 튼튼히 하는 데 기여할 수 있다는 것입니다. 유럽이 이것을 할 수 있는 바탕으로 그는 사회 민주주의로 표현된 사회 정의와 국가의 과대한 힘을 넘어가는 국제적 연대를 내세웁니다.

물론 이러한 입장을 다시 확인하는 것은 이라크 전쟁의 부당성에 대한 느낌이 계기가 된 것입니다. 전쟁이 시작되기 전 작년 가을 하버마스는 미국의 잡지에 발표된 한 글에서, 이라크 침공 논의로 흔들리기 시작한 자신의 정치적 소신에 대하여 말한 바 있습니다. 1945년 독일 패전 시에 청년이었던 하버마스는 미국의 독일 점령을 경험하였습니다. 그러나 그는 그것을 긍정적으로 평가하였습니다. 그의 경험을 통하여 그는 미국이 종전의 승전국과는 달리 보편주의적 원칙을 존중하면서 2차 대전의 전후 처리에 임한, 그의 생각으로는 들고나는 것이 있음에도 불구하고 대체로 강대국이면서도 이러한 보편주의적 원칙을 완전히 버리지는 아니한 특이한 나라로 받아들였다는 것입니다. 그것이 그로 하여금 제1차 걸프전과 같은 전쟁을 지지하게 한 것이었다고 그는 말합니다. 그의 이러한 믿음을 완전히 흔들어 놓은 것이 이번의 이라크 전쟁입니다. 그에게 이것은 미국의 보편주의적 원칙을 완전히 깨트려 놓은 것입니다. 이러한 배신감은 많은 미국의 지식인에 의하여서도 표현된 바 있습니다. 리처드 로티의 글은 아직 접하지 못하였지만, 그가 이번 지식인 성명에 가담한 것은 미국 내에 있는 이러한 생각을 대표한 것이라고 할 수 있습니다.

이러한 느낌은 다른 나라의 많은 지식인들도 가지고 있었을 것일 것이고, 우리나라의 이라크 전쟁 반대에도 작용하고 있었을 것입니다. 그런데 이렇게 말하고 보면 마치 이라크 전쟁 전에는 미국의 패권주의가 정당성을 가졌던 것으로 말하는 것이 아닌가 하는 의심을 가질 수 있습니다. 물론 이것은 사람들의 입장에 따라 다르게 생각하는 문제이겠지만, 이것은 정치권력의 정당성의 애매한 의미 속에서 생각되어야 할 문제입니다. 되풀이하건대 정치적 정당성은 반드시 완전한 도덕적 정당성과는 다른 것입니다. 앞에서 말한 바와 같이 정치의 현실적 실체는 권력입니다. 현실적으로 문제가 되는 것은 정당성에서 출발한 권력이 아니라 권력의 정당성입니다. 현실을 이미 주무르고 있는 힘이 그 힘과 아울러 정당한 근거를 가지고 있는가를 문제 삼는 것입니다. 말하자면 지배적인 권력이 정당화되고 적극적으로가 아니라 소극적으로나마 수긍만 한 것이냐 하는 것이 이 정당성에 걸려 있는 문제라고 하겠습니다. 아마 많은 사람들이 강대국으로서의 미국을 못마땅하게 생각하면서도 그 현실에 체념한 것은 적어도 이러한 소극적인 의미에서의 정당성을 받아들였기 때문이었을 것으로 생각됩니다.

하버마스의 글은 독일의 《프랑크푸르트 알게마이네 차이퉁》에 발표되었는데, 동시에 발표된 비판들에도 이러한 문제들이 스며 있습니다. 그의 선언에 대한 비판의 하나는 현실적으로 유럽이 미국의 힘으로부터 독립할 힘을 가지고 있지도 아니하면서 이념적 독자성 내지 우월성을 내세우는 것은 무의미하다는 것입니다. 결국 정당성은 그 자체보다 현실적인 힘과의 관계에서만 의미가 있는 것이라는 말이지요. 다른 비판에는 서구의 몇몇 지식인이 유럽을 대표할 수 없다는 것과 유럽 민족주의 또한 우려해야 할 대상이라는 것이 있습니다. 이러한 비판에서 특히 동유럽의 경우 이라크 전쟁에 대하여 미국에 동조적인 입장을 취한 것은 단순히 미국의 강압과 회유 전략 때문만은 아니라는 점이 참조되어야 한다는 지적은 중요합니다. 이것은 바츨라프 하벨 대통령의 경우에도 그러하지만, 폴란드의《가제타 비보르차》의 아담 미흐니크의 경우 그의 이라크 전쟁 지지는 순전히 편의주의라고 할 수 없는 데가 있습니다. 그는《디 차이트》와의 인터뷰에서 사담 후세인 같은 독재자 — 그의 표현으로 정권에 반대하는 자의 혀를 뽑아 죽이는 독재자는 국내의 힘으로 안 되면 국외의 힘으로라도 제거되어야 한다는 극단적인 말을 했습니다. 그것은 폴란드의 공산 정권하에서 투옥까지 되었던 정치 저항의 개인적인 체험에서 유추된 견해로 생각됩니다. 이 말이 옳다는 말은 아니지만, 사태가 복잡한 것을 엿보게 하는 말이기는 합니다.

그런데 이러한 미국의 군사적 패권주의에 대하여 우리의 입장은 극히 현실적일 수밖에 없지 않은가 합니다. 잘잘못을 가리는 문제도 중요한 것이 아닌 것은 아니지만, 그러한 환경 속에서 우리가 살아갈 길이 무엇인가 하는 것이 우리가 물어야 하는 물음일 것이라는 말입니다. 그것은 우리가 대비하여야 하는 날씨 조건입니다.

이와 관련하여 또 하나의 문제는 우리의 남북 관계의 문제입니다. 여기에 미국의 패권주의는 직접적인 관계를 가지고 있습니다. 부시 정부의 세계 전략이 힘의 사용을 중요한 요소로 하고 있는 것은 분명합니다. 그것이 우리의 남북문제를 악화시키는 것은 사실일 것입니다. 그러면서도 북한은 그 자체로서 미국에 대하여 전략적으로 큰 중요성을 가질 것으로는 보이지 않습니다. 핵 문제만 없다면, 그리고 북한이 미국의 불가침 의도를 믿을 수 있게 되는 방도가 있다면, 다시 한 번 북한의 문제가 미국의 세계 전략에서 큰 의미를 갖지 아니할 것으로 생각됩니다. 이렇게 볼 때 여기에 필요한 것은 상황에 대한 이데올로기적 해석이 아니라 현실적 생존의 전략이라고 생각합니다.

말할 것도 없이 전쟁과 혼란은 우리가 도저히 허용할 수 없는 일입니다. 인간적 고통을 떠나서도 모든 것을 다시 시작해야 하는 영도의 지점에로의 후퇴는 생각만 하여도 끔직한 일입니다. 김대중 정부에서 햇볕 정책을 시작하면서 통일보다 평화 정착을 목표로 한 것은 — 그리고 이것은 최근 노무현 대통령도 확인한 것이지만 — 절대적으로 정당한 것이라고 할 수밖에 없습니다. 물론 통일을 잊을 수는 없습니다. 그것은 우리의 민족 감정의 문제이기도 하지만, 우리의 영구적인 관점에서의 살길이기도 합니다. 남북 분단이 가져오는 정세 불안의 대가가 너무 큰 것인 것은 모두 잘 알고 있는 일입니다. 그리고 일본과 중국의 사이에서 독자적인 발언을 하면서 살아가려면, 남북이 다 합쳐도 힘이 충분하지 아니할 수 있습니다. 그러나 이것이 일본이나 중국과의 적대적 관계를 말하는 것은 아닙니다. 유럽이 하나가 되어 그 나름의 인간 가치 옹호의 기수가 되어야 한다면, 동북아시아도 그러한 지역적인 관계를 생각하여야 할 것입니다. 동북아시아의 문화 전통에는 유럽의 보편적 인간 가치에 못지않은 인간성에 대한 이해가 축적되어 있습니다. 중국 문명권 안에서 전쟁이 국제 관계의 당연한 수단이라는 생각은 없었던 것이 아닌가 하고 나는 생각합니다. 이것은 발굴해 보아야 할 유산입니다. 남북통일은 이러한 일에도 연결되어 있습니다.

통일의 문제는 국제 정치 전문가나 다른 보다 그 문제에 밝은 사람의 영역이고, 내가 여기에서 논할 문제는 아닙니다. 여기에서 그것을 언급하는 것은 그것도 잊지는 아니하면서, 또 늘 골똘히 생각하면서도 천천히 대하여야 하는 문제라는 느낌을 나는 금할 수 없기 때문입니다. 이렇게 말하는 것은 두 가지 뜻에서입니다. 하나는 지금까지의 우리의 역사적 발전을 보전하면서 또 하나의 단계로의 도약이 통일이어야 한다고 생각하기 때문입니다. 한 가지를 골똘하게 생각하면, 그 한 가지를 빼놓고는 다른 것들은 어떻게 되어도 좋아하는 낭만적인 경향에 빠지기 쉽습니다. 현실적인 태도는 그것도 필요하고 저것도 필요한 집단적 삶의 조건들을 개인적인 낭만적 정열로 수렴하는 것을 경계하는 태도입니다. 물론 역사상, 이것 아니면 저것 — 이렇게 선택을 하지 아니하면 아니 되는 경우가 없다는 것은 아닙니다. 그러나 그것은 어디까지나 최후의 선택으로 남아 있어야 합니다. 그런데 다른 하나의 이유를 말한다면, 지금 남북문제는 너무 불확실한 요인들 속에 있기 때문에 너무 급한 태도는 별로 도움이 되지 않을 수도 있다는 것입니다. 그렇다면 지금 여기의 우리 삶의 문제에 노력을 경주하는 것이 오늘의 당면 과제일 것입니다. 그러는 사이에 형세가 달라지게 되는 계기가 있을 것입니다.

살아가는 법

우리의 지금 여기의 일이 아닌 것은 날씨처럼 조금 거리를 두고 생각하는 것이 좋을 것이라는 관점에서 몇 가지 일을 언급하였습니다. 그러나 역설적으로 날씨처럼 중요한 것이 어디 있습니까? 단지 날씨에 대하여 우리가 할 수 있는 것은, 대비가 우선은 적절한 대응책입니다. 앞에 말한 몇 가지 조건들이야말로 우리의 집단적 삶을 결정하는, 또는 그것을 영위하는 데에 있어서 결정적인 불안정의 요소가 되는 것들입니다. 그러나 지금의 시점에서 우리는 그것으로 하여 급한 현실의 작업 — 그간의 발전을 공고히 하고, 그 테두리 안에서 삶을 충실히 하는 일에서 이탈하여서는 아니 될 것이 아닌가 하는 것입니다.

그런데 더 적극적으로 삶의 많은 것을 날씨처럼 생각하고, 그것에 대비하면서 또는 그것에 적응하면서 살아가는 방도가 없지 않다는 것을 마지막으로 말하고자 합니다. 그 방도의 하나가 앞에서도 말한, 환경 친화적인 녹색 공동체의 삶입니다. 앞에서 나는 이것이 집단적 선택으로는 이상은 되면서도 당장에 현실이 되기는 어렵다고 말하였습니다. 희생을 적게 하고 선택의 다양성을 유지하기 위해서 집단적 선택은 언제나 현실적 조처의 명세서가 분명하여야 합니다. 그러나 개인적 선택에서 그러한 고려는 훨씬 더 줄어들 수 있습니다. 선택의 대가는 좋든 나쁘든 사회적 선택과는 달리 선택한 사람이 떠멜 수 있으니까요. 그렇다고 꼭 비장한 이야기를 하는 것은 아닙니다. 죽자는 것이 아니라 살자는 이야기이니까요. 사는 데에 필요한 것은 매우 여러 가지로 정의될 수 있습니다. 환경 친화적 자연의 삶으로의 후퇴는 오늘의 사회에서도 가능한 개인적 선택으로 남아 있습니다. 행복은 무한한 욕망 추구와 소비에서가 아니라 적절한 금욕적인 절제 속에서 찾아질 수 있습니다.

미셸 푸코는 현대적 삶의 모든 억압적 기제를 가장 강력하게 비판하는 일방(그의 비판의 대상에는 통제와 감시를 불가피하게 하는 복지 국가도 들어 있습니다.) 성을 포함한 쾌락의 해방을 옹호한 철학자입니다. 그러나 만년에 그의 관심은 그가 '나를 돌보는 일'이라고 부른 인생철학으로 향하였습니다. 그리고 그는 스토아 철학에서 많은 지혜를 발견하였습니다. 스토아 철학의 이상은 금욕주의 또는 더 적절하게는 이성적 절제의 삶입니다. 다만 푸코는 금욕과 절제가 강요가 아니라 자유로운 선택이라야 한다는 점을 강조하고, 또 그것이 삶의 쾌락의 부정이 아니라 행복의 이상에 부합하는 것이라야 한다고 생각하였습니다. 이러한 절제의 생활은 스토아 철학이 아니라도 많은 생활의 철학이 가르치는 바입니다. 동양 사상은 늘 은자의 삶의 이상으로부터 멀리 있지 않았습니다. 다만 푸코의 경우 스토아 철학을 비롯한 헬레니즘의 철학에서 그가 발견하는 것은 엄숙한 윤리 규범의 삶보다도 자유로운 선택과 행복의 삶이라는 점에서 동양의 엄숙주의보다는 현대적이라고 하겠습니다.

그리고 또 한 가지 그는 세상을 피해 가는 것을 말하지는 않습니다. 그는 정치적 행동주의를 지향합니다. 그러나 그것이 어떤 종류의 것인지는 분명치 않습니다. 금욕적 삶은 개인적인 선택일 수 있지만, 그것이 은일과 둔세로 귀결된다면, 인간적 행복의 관점에서도 반드시 만족한 삶일 것 같지는 않습니다. 인간에게는 다른 인간에 대한 윤리적 책임이 그 완성을 기다리는 면이 있기 때문입니다. 금욕적 삶도 세간 안에서 완성될 수밖에 없습니다. 스스로는 금욕을 선택한 사람도 세간에서 다른 사람의 행복 — 금욕적일 수도 금욕적이 아닐 수도 있는 다른 사람의 행복한 삶에 개입되어서 비로소 그의 삶의 완전한 실현이 있게 될 것입니다. 그러나 그 스스로의 내적인 행복을 발견한 그에게 다른 사람의 문제 — 사회의 문제는 좀 더 여유 있는 넓은 원근법 속에서 보이게 될 것입니다. 세상에서 벗어나고 세상에 있는 이러한 개인적 삶의 길은 그렇게 어려운 길이 아닐 것입니다. 이 길은 극한 상황을 면한 웬만한 사회에서는 열려 있는 것이라 하겠습니다.

(2003년)

진리의 삶에 이르는 길

이문영, 『인간·종교·국가』

학문적 저작은 흔히 차고 메마른 느낌을 준다. 이유가 없는 것은 아니다. 감정은 사람으로 하여금 객관성을 잃게 하는 요인이 된다. 그리고 그것은 흔히 개인의 이해관계가 얽히는 일에서 일어나는 것이기 때문에 사물에 대한 공평한 조감과 분석 그리고 이해를 방해하게 된다. 그러나 어떠한 글도 진리를 밝히고자 하는 정열이 없이는 좋은 글이 될 수 없다. 우리에게 깊은 감동을 주는 것은 이러한 정열이 뒷받침하고 있는 책들이다. 다만 그것은 진리에의 정열로 승화되고 그 기율에 동화되어 스스로의 감정적 근거를 잘 드러내지 아니할 뿐이다.

이문영 경기대 석좌 교수의 이 저작은 그 제목, 특히 그 부제인 '미국 행정, 청교도 정신 그리고 마르틴 루터의 95개조'가 시사하는 바와는 달리 정열적 사유의 소산이다. 그러면서 정열과 사유의 긴장에서 정열이 더 넘쳐 난다. 그런데 이 교수의 책에 드러나는 정열은 매우 개인적인 것이다. 이 책을 읽는 독자는, 정치를 논하는 맥락에 개인적인 사연이 자주 등장하는 것에 놀란다. 그러나 이 책이 개인적인 것은 그러한 사연 때문만도 아니다. 또 그 정열이 개인적인 삶의 이해관계에 이어져 있기 때문도 아니다. 그 정열은 아마 실존주의에서 말하는 '본래적 삶'에 이르려고 하는 정열과 같은 것일 것이다. 그것은 진리의 삶에 이르고자 하는 실존적 관심에서 나온다.

이 관심의 뿌리는 기독교에 있는 것으로 생각된다. 이 기독교는, 스스로를 제도적 권위를 매개로 하는 것이 아니라 단독으로 하느님 앞에 서는 것으로 파악하는 루터나 칼뱅의 개신 기독교이다. 그의 정치적 신념도 여기에 이어져 있다. 그의 출발점은 개인의 양심의 자유와 존엄성이다. 그것은 하느님 앞에 있거나 스스로의 진리 속에 있다. 그것은 제도에의 예속을 거부한다. 그러나 그것은 이해에 얽혀 있는 개인의 속셈을 말하는 것은 아니다. 그것은 진리와 이웃에 대한 의무를 내용으로 한다. 개인은 사회 속에서 산다. 그 사회는 이웃 간의 협동에 기초한 사회이어야 한다.

이웃 가운데에 가장 중요한 것은 사회적 약자이다. 약자를 포함한 협동적 사회가 성립하기 위해서는 사회의 변혁이 필요하다. 그러나 그것은 증오나 시기보다는 사랑에 기초한 비폭력을 수단으로 하는 것이라야 한다. 이러한 신앙적이고 정치적인 신념의 특징은 그것이 합리적으로 전개되는 것이라기보다는 정열로써, 행동으로써 체험된다는 것이다. 그것은 어떤 신학자들이 카이로스라고 부르는 계시의 순간으로 일어난다.

이러한 내적 확신에도 불구하고 이 책에 주로 이야기되어 있는 것은 정치이다. 그것은 필자의 1970년대에서 1990년대에 이르는 정치적 체험 이외에 여러 사례들을 통하여 이야기된다. 자주 언급되는 것들은 『논어』, 『맹자』, 『성경』, 미국의 청교도사, 미국사, 미국의 행정 제도, 루터, 『이솝 우화』, 호손의 『주홍 글씨』, 톨스토이의 『전쟁과 평화』 등이다. 그러나 이것들은 대체로 그 자체로보다는 신념의 예시로서의 의미를 갖는다. 성서 해석의 우의적 방법이 많은 사례 해석에 적용된다. 자료와 그 해석의 특이함에서 개인적 편향을 보는 사람들이 있을 것이다. 놀라운 것은 뜨거운 심정에서 나오는 믿음이 얼마나 많은 것을 이룩할 수 있는가 하는 것이다.

자유와 평등 그리고 정신적 가치에 대한 이문영 교수의 신념은, 적어도 사회의 이상에 관한 한, 그의 판단을 늘 바른 것이 되게 한다. 이것은 양심적 행동인으로서의 그의 삶에서도 증명된다. "사람으로 변하여 가는 것을 스스로 느끼는 감정"은 제도와 이념을 초월하여 많은 것을 제자리로 인도해 간다.

(2001년)

진실, 도덕, 정치

1. 사물과 시

1902년 스물일곱의 나이로 릴케가 파리에 가서 로댕을 만나고 그의 비서를 하게 된 것은, 시에 대한 그의 태도에 있어서 커다란 전기를 이루는 일이었다. 로댕은 그에게 동물원에 가 볼 것을 권고하였다. 로댕에게는 정확한 관찰이 예술의 근본이었다. 로댕은 그 작업에서도 사실적인 규율을 존중하였다. 예술가적인 영감이나 도취가 아니라 노동의 집요함으로써 일에 임하는 그의 태도에도 릴케는 큰 감명을 받았다. 관찰은 사실의 기율을 받아들임으로써 가능한 일이었다. 릴케는 시나 시를 쓰는 그의 태도가 지나치게 주관적이었다는 것을 반성하였다.

로댕을 만났을 때부터 시작하여 6년 동안 쓴 200편에 가까운 시는 주관성을 벗어나 객관성에 이르고자 한 그의 노력을 나타낸 것이었다. 그가 동물원에 가서 동물을 보고 쓴 「표범(Der Panther)」은 그러한 객관적인 시들 가운데 가장 유명한 시의 하나이다.

창살을 넘나들기에 지친 그의 눈길은
이제 아무것도 지니지 아니한다.
그에게는 천 개의 창살이 있고 천 개의 창살
너머에는 어떠한 세계도 없는 것과 같다.

날렵하고 센 걸음걸이의 살풋한 거닒은
움츠러들어 작은 맴을 돌고, 그것은
커다란 의지가 마비되어 멈춘 중심을
두고 회전하는 힘의 춤과 같다.

때로 눈동자의 장막이 소리 없이
열리고 — 그럴 때면 영상은 안으로 들어,
사지의 팽팽한 고요 속으로 흘러가다
심장에 이르러 멈추어 스러진다.

동물원에 갇혀 있는 표범을 그린 이 시는 반드시 어떤 특정한 표범을 그린 것이라고 할 수는 없고, 그러한 표범만이 아니라 모든 갇혀 있는 동물 또는 사람까지 포함하여 부자연스러운 감금 상태에 있는 생명체를 그린 것이라고 하여야겠지만, 이러한 모든 것을 포함하면서도 이 시가 갇힌 짐승의 한 모습의 정곡을 찌른 묘사임에는 틀림이 없다.(우리의 현대 시인 가운데 서정적이면서도 드물게 객관적일 수 있었던 박목월의 동물에 관한 시에도 이에 비슷한 시들이 있다. 그가 '타조'를 묘사하며, "너무나 긴 목 위에서 그것은 비지상적(非地上的)인 얼굴이다. 그러므로 늘 의외(意外)의 공간(空間)에서 그의 얼굴을 발견(發見)하고, 나는 잠시 경악(驚愕)한다. 다만 비스킷을 주워 먹으려고 그것이 천상(天上)에서 내려올 때, 나는 다시 당황(唐慌)한다."라고 할 때, 우리는 그 직관의 정확함에 감탄한다.)

사물을 객관적으로 말한다는 것은 관찰한 대로 본 대로 말한다는 것이다. 관찰의 결과를 그대로 적고자 한 릴케의 시는 '사물의 시(Dinggedichte)'라고도 불린다. 사물이란 우리의 주변에 널려 있는 것이고, 우리는 그것들을 나날이 또는 매순간 보면서 살아간다. 사전에 있는 많은 낱말들은 사물을 지칭하는 말이다. 대체로 사물을 말한다는 것은 보는 사물에 맞아 들어가는 사전의 이름을 말하는 것에 불과하다. 이름을 말하는 것은 사물을 있는 대로 말하는 것일까? 눈으로 본다는 것은 보이는 것을 바르게 보는 것일까?

앞의 릴케의 시는 '표범'을 객관적으로 말한 것이지만, 동시에 보는 일—사물을 있는 그대로 보는 일이 얼마나 어려운가를 말하는 시라고 읽을 수도 있다. 또는 릴케는 보는 일의 어려움을 통하여 보는 일의 역설을 말한다고 할 수도 있다. "……그의 눈길은/ 이제 아무것도 지니지 아니한다." 표범에게 보는 것은 보아도 보지 않는 것과 같은 것이다. 그에게 보이는 세계가 있다고 하더라도 그것은 존재하지 아니하는 것과 같다. 본다는 것은 단순히 사물을 노려봄으로써 이루어지는 일이 아니다. 그것은 삶의 세계와 관련하여 의미를 가지게 될 때에만, 참으로 보는 일이 된다. 표범의 보는 일을 무의미하게 하는 것은 그가 우리에 갇혀 있어 삶의 공간을 갖지 못하고 있기 때문이다. 창살을 넘어 세계를 보아도 그것은 없는 것과 같고 그러니만큼 보는 일은 보지 않는 것과 같다. 표범에게 세계는 그의 날렵하고 센 걸음걸이로 움직여 다닐 수 있는 공간이다. 그의 의지는 이 움직임에 대응한다. 그러나 오랜 갇혀 있음은 이러한 의지를 무화(無化)시켰다. 여기에 관계되어 있는 것은 의지와 더불어 심장에서 이는 느낌이다. 심장이 죽어 아무 느낌이 없을 때, 눈으로 들어오는 이미지는 스러져 없어지게 마련이다.

2. 물질적·사회적 쓸모

보는 일은 보는 자와 그 대상과 그것들을 에워싸고 있는 테두리의 상관관계에서 일어난다. 어느 하나만으로는 보는 일은 완전한 것이 되지 아니한다. 보는 일의 테두리를 완전히 포함하는 시각적 직관을 완성하는 것은 극히 어려운 일일 수밖에 없다. 그러나 단순한 출발점은 보는 자의 상태 — 그의 의도와 느낌이다. 시 「표범」에서 표범의 보는 일이 중단된 것은, 앞에서 비친 바와 같이, 그의 의지와 심장이 마비되고 죽어 있기 때문이다. 관심의 근거가 없어져 버린 것이다. 대체로 우리가 사물을 보고 사물을 알고 그 의미를 확인하고 하는 것은 이미 우리의 관심을 전제로 하여 가능한 것이다. 보는 일은 이미 관심에 의하여 정의되어 있다. 유교의 인식론에서 말하듯이 보는 것 또는 안다는 것은 이미 그것에 대하여 일정한 호오(好惡)를 갖는다는 것을 말한다. 사실 우리가 쓰는 단어 그것은, 반드시 심정적 호오는 아니라고 하여도 이미 사람의 어떤 관심의 태도를 일반적으로 반영하고 있게 마련이다.

그러나 우리 자신의 관점과 관심은 타자의 관심과 관점을 무화한다. 릴케의 시에 사용된 '판터(Panther)'는 그리스 어의 어원을 생각하여서 이해할 수 있는 말이지만, 우리말이나 한문에서 표범이란 말이 나타내고자 한 것은 무엇일까? 어원적인 의미를 본격적으로 알아보아야 하겠지만, 대체로 그것은 가죽의 얼룩진 문양을 중시하여 생겨난 문자로 생각된다. 용례에 있어서도 그 문양의 아름다움을 강조하는 것이 많은 것을 볼 수 있다. 그것은 우선적으로 사람의 관점에서 두드러진 특징을 잡아서 생겨난 이름일 것은 틀림이 없을 것이다. 그것이 표범의 본질적 존재를 말하는 것일까? 그러나 문양의 아름다움에 주목하는 것과 같은 심미안은 사물의 일단을 드러내 주는 것처럼 보인다.

중국인의 상상 속에서, 표범은 워낙 그 가죽의 아름다움을 좋아하여 눈비가 내리면 그것을 손상할까 하여 일곱 날을 굶어도 산에 숨어 나오지 않는다는 이야기는 심미안의 관점을 나타낸 것이라 할 수 있다. 그것은 표범의 아름다움을 실감하게 한다. 그러나 이것은 곧 도덕적 비유로 전이되어 생각될 수 있다. 다르게는 가령 "범은 죽어서 그 가죽을 남기고 사람은 죽어서 그 이름을 남긴다.(豹死留皮, 人死留名.)"와 같은 성어(成語)에서 표범은 전적으로 보는 사람의 관점으로 정의된다. 동물원에 표범을 포획하여 놓고 구경거리로 삼는 것도 표범의 사정을 생각한 것이 아님은 물론이다. 학교에서 곤충을 배우면서, 그것이 해충인가 익충인가를 먼저 헤아리게 하고, 풀을 대할 때에도 거의 본능적으로 잡초인가 아닌가를 따지게 되는 것을 보면, 얼마나 인간 중심의 관점이 일반적이며 또 거의 객관적인 세계의 속성처럼 받아들여지는가를 생각하게 된다.

이렇게 이야기하는 것은 물론 그러한 인간 중심의 오류를 말하고 그것을 비판적으로 말하는 것이지만, 그러한 관점을 반드시 탓하는 것만은 아니다. 이것은 쓸모의 관점에서 사물을 보는 것이다. 쓸모는 사람과 대상 세계의 관계에서 가장 중요한 관점이다. 해충과 잡초에 대한 변별은 농경 사회에서 중요한 지식이었을 것이다. 사람의 일에 초연한, 참으로 객관적인 부처님과 같은 관점에서는 어떠할는지 몰라도 그것은 사람의 삶의 경영의 근본에 닿아 있는 면이 있는 것이다. 다만 우리는 그것이 객관적인 세계의 양상을 말하는 것이 아니며 사람의 삶의 제한적 조건 — 비극적이라고도 할 수 있는 제한적 조건에 관련되어 있다는 것 그리고 사람의 삶에서도 그것이 전부는 아니라는 것을 너무 쉽게 망각한다. 나는 오랫동안 집에서 개를 길러 왔다. 별로 내가 돌보아 주지도 못하는 개가 무엇을 뜻하는 것인지는 나도 잘 모르지만, 집에 찾아오는 손님이 "그 개, 집 잘 지키겠다."라고 평하는 것을 들으면 놀라움을 금치 못하는 경우가 있다.

설사 가축 동물에 대한 사람의 관계가 쓸모의 관점에서 시작되었다고 하더라도, 그것은 반드시 계속적으로 그러한 관계에서 정의되는 것은 아니다. 『맹자』에 이러한 이야기가 있다. 왕이 제사에 희생(犧牲)으로 쓰기 위해서 끌려가는 소가 떨고 두려워함을 보고 그것을 풀어 주고 양으로 대체할 것을 명한다. 이것을 보고 사람들이 그 인색함이나 모순을 이야기한 일이 있는데, 맹자는, 왕이 그렇게 행동한 것은 소는 이미 눈으로 본 것이고 양은 보지 않은 것이니, 소를 양으로 대체한 것은 차마 하지 못하는 어진 마음의 발현으로서 자연스러운 것이라고 설명한다. 왕의 행동에 모순이 있음에는 틀림이 없지만, 이 모순은 오히려 사람의 상황의 근본적 진실을 나타내는 면이 있다고 할 것이다.

오늘날 우리 사회에서의 문제는 이러한 모순의 의식도 없이 철저하게 공리적으로 사물을 대하는 일이 한결같아졌다는 점이다. 이미 말한 바와 같이 풀과 나무가 그러하고 땅이 그러하고 또 사람에 대한 태도가 그러하다. 사람도 돈으로 또는 조금 더 고상하게 국가의 산업 역군으로 생각되는 것이다. 신지식인이라는 발상에서는 지식인도, 또 지식인이 종사하는 바와 같은 사고의 작용도 쓸모의 관점에서만 의의를 갖는 것으로 생각된다. 그러나 더 큰 문제는 따지고 보면 공리적 태도의 쓸모가 반드시 엄밀한 의미에서의 쓸모가 아니라는 데에 있다고 할 수도 있다. 사용 가치가 교환가치에 의하여 대체된 세상이 오늘의 사회인 것은 새삼스럽게 말할 필요도 없다. 오늘날 풀과 나무와 땅 그리고 자원이라고 불리는 자연물을 훼손하는 것은 직접적인 의미에서 쓸모를 위한 것이 아니라 경제와 이윤 증대라는 관점에서의 쓸모를 위한 것이다. 이것은 산업체들의 관점에서의 이야기이지만, 소비자의 관점에서 물건을 대하는 경우에도 그 쓸모는 반드시 참다운 의미에서의 쓸모는 아니다.

사람의 진정한 쓸모로 따진다면, 오늘날의 많은 것들 — 옷이나 음식이나 집은 쓸모와는 관계가 없는 것들이라고 해야 할 것이다. 그중에 대표적인 것으로 옷을 본다면 그것이 추위를 막아 준다든가 하는 기능을 수행하는 것이 아니게 된 것은 오랜 일이다. 옷의 의미는 미적인 것인가? 아마 그것보다도 사회적인 의미를 갖는다고 하는 것이 맞을 것이다. 그것은 계급적인 권위 또는 개인적 허영에 관계되는 것일 수 있다. 대체로 교환 가치는 경제적으로는 이윤으로 환산되지만, 사회관계에서 그리고 인간의 심리에서는 허영으로 환산된다. 복잡한 사회관계 속에서 사물의 진실은 풀어낼 수 없는 수수께끼가 된다. 그러나 진실이 문제가 되는 것은 반드시 구체적인 대상물의 인식에 관계해서만 그러한 것은 아니다. 사물의 진실의 상실은 우리의 사회적 행위의 규범에 영향을 미치고, 또 규범의 왜곡으로 인하여 일어나는 현상이다.

대상물의 진실은 모든 진실의 인식에서 최종적인 진실이다. 이것은 곧잘 잊히게 되는 일이다. 그리고 이것을 잊게 될 때, 우리의 사고 자체에 문제가 생길 수 있다. "표사유피, 인사유명(豹死留皮, 人死留名)"은 사회적 존재로서의 인간이 가질 수 있는 욕망 또는 보기에 따라서는 그 존재론적 특성을 표현한 것이다. 그러나 이것은 동물의 생존에 대한 매우 공리적이고 자의적인 인식에 의하여 정당화된 처세훈이다. 동물의 삶에 대한 우의적인 해석은 우리의 사고에서 ―특히 비교적 원시적 사고에서 자주 볼 수 있는 일로서 여기에서 탓할 것은 아니다. 잘못된 것은 표범의 가죽에 우의를 부여한 것보다는 그러한 우의화의 습관이 우리의 사고의 객관 구속성을 약화시킨다는 것일 것이다.

3. 도덕

사물의 우의화는 도덕적 사고에서 즐겨 사용되는 방법이다. 그것은 우리의 도덕적 사고가 대상 세계의 진실로부터 떠나기가 쉬운 것이 되게 하는 하나의 큰 요인이 된다. 가령 "해도 하나 임금도 하나"와 같은 발상법은 우의적인 것인데, 이러한 발상은 사실의 정당성에 관계된다기보다 사실과 우의 사이에 벌어지는 틈을 이용하여 사회관계에 우주론적 정당성을 부여하려는 것이다. 이러한 봉건 시대의 우의적 도덕관은 사라졌지만, 그에 비슷한 담론이 사라진 것은 아니다. 그러나 다른 한편으로 사실과 사회적 의미의 삼투 관계는 범주 오류로서만 취급될 수 없다.

옷의 의미는, 원초적 쓰임새를 벗어난 허영의 의미 이외에, 예의범절에 의하여 규정된다. 의관을 바르게 한다는 것은 실용도 허영도 아닌 사회적 의무가 되는 것이다. 옷의 대상성은 그에 의하여 해체된다. 그리고 옷의 진실은 거의 전적으로 그 사회성으로 규정된다. 예의범절은 이성적으로 이해하기 어려운 인간 행동이지만, 인간의 개인적인 그리고 집단적인 삶에 질서와 의의를 부여하고 또 어떤 경우에는 그 고양화를 가져오는 일을 한다. 그러나 동시에 그것이 더없이 억압적 기능을 수행하는 것이 될 수 있다는 것은 예절을 중시한 우리 사회에서 흔히 볼 수 있는 일이다. 그리고 아마 이러한 두 기능 가운데 더 큰 것은 그 억압적 기능이라고 해야 할는지 모른다.

사회의 규범은 예절 이외에도 분명한 언어적 표현을 가지고 있고, 또 상당한 정도로는 이성적인 방법으로 정당화되기도 하는 것이 도덕이다. 도덕은 인간 존재의 근원적 의미 또는 형이상학적·정신적 토대로부터 나온다. 그러나 오늘의 세계에서 사람의 행동은 다른 어떤 것보다도 사회관계의 틀을 통하여 그 의미를 얻는다. 도덕은 사회관계가 요구한다. 도덕이 어디에서 오든, 도덕적·윤리적 판단의 테두리는 사람의 행동의 의미뿐만 아니라 그것을 인지하는 준거가 된다. 여기에서의 사실적 진리는 어떠한 역할을 하는가?

일단 사람의 행동의 도덕적·윤리적 의미는 사실의 세계로부터 독립되어 있는 것이라고 말할 수도 있다. 많은 도덕 철학자, 윤리학자의 노력은 도덕과 윤리를 경험의 불확실성으로부터 분리하여 독자적이고 절대적인 기초 위에 올려놓으려는 데에 경주된다. 그러나 우리가 그러한 입장—흔히 의무 윤리학(deontological ethics)으로 요약되는 입장에 동의하든지 아니하든지 그것이 사실적 진리에 무관할 수는 없다. 그것이 인간 실존의 사실적 구조를 떠나는 것일 수는 없다. 가령 경험의 사실성을 초월하는 보편성의 원리에 입각한 칸트의 지상 명령 같은 것도 사람이 사회적 존재라는 사실을 떠나서는 아무 의미가 없는 것일 것이다.

물론 그러한 지상 명령 이외에도 절대적으로 받아들여야 하는 도덕적 당위가 있다고 주장하는 사람이 있을 것이다. 참으로 어떤 도덕규범이 보편적인가 또는 그것이 어느 사회의 어느 역사적 시점에서 정당성을 가진 것으로 간주될 수 있는가, 이러한 것들이 재정(裁定)되어야 한다. 후자의 경우, 사실적 검증은 불가피하다. 그러나 우리의 도덕규범이 무엇을 명령하든 윤리적·도덕적 판단에 있어서도 그러한 판단이 가능하기에는 행동의 사실적 확인이 필요하다. 또 개별 사실에 대한 것이 아니라도 윤리적·도덕적 규범의 정당성은 삶의 전체적 상황—형이상학적·사회적·시대적 상황의 사실적 판단에서 온다. 여기에서 일탈될 때, 도덕적·윤리적 규범은 사람의 삶에 불필요한 억압으로 느껴진다. 아마 도덕적 의미 연관에서 인간을 말할 때 가장 중요하게 주장될 수 있는 것의 하나는 인간의 모든 것이 도덕에 포함되는 것은 아니라는 것일 것이다. 도덕 우위의 생각에서 일어나는 인간 왜곡은 인간의 다른 면—스스로 사물처럼 있으면 다른 생명체들처럼 생명의 작용 속에 있다는 사실을 무시하고 모든 것을 도덕의 명령에 의하여 재단하는 일일 것이다.

실러는 산천초목의 자연에서 "조용한 창조적인 생명, 스스로에서 나오는 편안한 움직임, 스스로의 법에 따른 있음, 내적인 필연성, 스스로와의 영원한 일체성"[1]을 보았다. 인간은 물론 이러한 자연의 삶을 떠나 있는 존재이다. 그러나 실러에게 인간의 도덕적 이상의 하나는 이 자연의 본래의 상태를 회복하는 일이었다. 어떠한 경우에나, 그것이 무엇이든지 간에, 본성에 맞는 상태에 있는 인간의 삶은 실러가 말한 조용한 있음에 근접하는 것일 것이다.

도덕의 조건에서 인간은 그러한 상태에 있는 것은 아니다. 도덕은 제한과 애씀을 의미한다. 그것은 대체로 기율, 제어, 강압, 강제의 성격을 가지기 쉽다. 개개인의 삶이 도덕의 근본의 하나라고 할 때, 극단적으로 말하면, 도덕은 부도덕한 것이라고 말할 수도 있다. 사람이 개체로서 태어나고, 개체가 스스로의 삶을 스스로 살아가는 데에 개체의 의미가 있다고 한다면 그렇다. 이 관점에서 도덕은 이러한 실존적 개체에 제한을 가하고 그것에 강제력을 작용하거나 강제성의 명령을 발한다. 서양의 대표적인 도덕 강목과 동양의 그것을 비교하여 보면, 특히 이것은 후자의 경우에 그러한 것으로 생각할 수 있다. 가령 아리스토텔레스의 윤리 강목, 중용, 인내, 정의, 지혜 등은 상당 정도 개인의 삶의 균형을 위하여서도 필요한 것이지만, 삼강오륜의 덕목은 거의 전적으로 사회적 의무의 수행을 명령하는 것이다.

어느 쪽이든 도덕은 쉽게 정치적 강제력과 결합하고, 적어도 권위주의

---

1 Friedrich Schiller, "Über Naive und Sentimentalische Dichtung", *Werke in Zwei Bänden, II* (München: Knauer, 1964), p. 625.

적 체제를 생산해 낸다. 그러나 다른 한편으로 도덕이 없이 사람이 살 수 없다는 것도 분명하다. 만인의 만인에 대한 투쟁의 상태를 벗어나기 위해서이든, 아니면 어떠한 관점에서 생각되듯이 인간의 보다 높은 본성의 실현을 위하여서든 도덕은 필요할 수밖에 없다. 그러나 도덕에 대한 이 개체적 실존의 필요와 사회적 또는 형이상학적 필요 — 이 둘이 반드시 절대적인 모순의 관계 속에만 있는 것은 아니다. 그것은 몇 가지의 계기를 전제로 하여 하나로 합칠 수 있다.

이미 말한 바와 같이, 많은 것은 요구되는 도덕과 윤리가 참으로 필요한 것인가 — 생존의 절실함과 관계하여 필연성의 성격을 갖는 것인가 하는 점에 달려 있다. 이 필요에 비추어 사람에게 요구되는 도덕적 의무와 덕성이 어떤 것인가 하는 것은 인간에 대한 바른 이해가 어떤 것인가에 따라 달라질 수밖에 없다. 그것은 초시대적인 것으로 생각될 수도 있고 시대에 따라 바뀌는 것이라고 할 수도 있다. 필연성으로 확인되는 도덕은 인간에게 괴로운 제약이면서도 또 자기실현의 지표이다. 그것은 억압적이면서 필연적이다. 그 점에서 그것은 사실적 진리의 경우와 같다.

사람의 삶에 대하여 사실은 한계와 제약이 되는 삶의 조건이다. 자연이 사람과 투쟁의 관계에 있는 것으로 말하여지는 것은 사실적 세계의 이러한 면을 말한 것이다. 기술의 발전이 자연의 제약을 극복하기 위한 투쟁의 결과라고 하는 것은 일리가 있는 말이다. 그러나 다른 한편으로 사실의 제약 — 특히 그것이 자연에서 오는 것일 때 사람의 삶의 의의를 제공하는 바탕이기도 하다. 위험한 높은 산이 즐거움의 대상이 되고, 식욕이나 성욕은 불행의 요인이 되기도 하지만 행복의 요인이 되기도 한다. 자연 — 거기에 입각한 사실들은 삶 그 자체이다. 도덕적·윤리적 진실의 경우도 이에 비슷하다. 어떤 도덕과 윤리가 삶의 필연적인 바탕인가 하는 것은 끊임없이 검토되어야 하는 것일 것이다. 오늘날의 세속화된 사회에서 그러한 검토가 어떻게 가능한 것인지를 말할 수는 없지만, 전통적 사회에서 인간의 도덕적 생존에 대한 철학적·종교적 반성은 그 나름의 역할을 수행했었다고 할 수 있다. 다만 그러한 도덕적·윤리적 사고는 흔히 기성도덕의 법전화에 치중함으로써 살아 움직이는 인간 현실에 대한 성찰이기를 그치고 체제 변호론이 되기 쉬웠다.

도덕의 필연성은 어떤 것이든 자연의 사실성과 달리, 그것이 사람의 마음에 내면화됨으로써만 참다운 규범으로 작용한다는 점이다. 그리하여 그것은 자발적인 동의를 조건으로 한다. 그럼으로써 그것은 억압적이기를 그친다. 동의는 직각적인 것일 수도 있고 일정한 교육이나 자기 형성적 과정을 통하여 주어질 수도 있다. 동의의 의미는 어디까지나 자유의 조건하에서만 진정한 것이 된다. 칸트의 도덕 철학에서 특히 강조되는 것은 인간의 자유 의지를 전제로 하지 않고는 도덕이 무의미하다는 점이다. 다른 편으로 보면, 도대체 자유가 없다면 무엇 때문에 도덕이 필요할 것인가. 그러면서 도덕은 필연성을 나타낸다. 그것은 자유와 필연의 모순의 종합으로써 성립하는 인간 행동의 양식이다. 이 종합은 동의와 설득을 통하여 이루어진다.

동의는 준비된 바탕이 있어야 가능한 일일 경우가 많다. 이것은 교육이 맡고 있는 일이다. 어느 사회에서나 교육의 중요한 부분의 하나는 도덕에 관한 것이다. 이 도덕 교육은 사회에서 필요로 하는 행동 양식의 훈련과 규범의 주입을 목표로 한다. 그러나 보다 성숙한 사회에서 그것은 전체적으로 정서적·이성적 성숙을 지향하는 자아 형성을 돕는 일이 된다. 어떤 경우이든 도덕적 동의 과정이 직각적인 것이 아니기 쉽기 때문에 거기에는 늘 조작의 가능성이 들어간다. 그것은 극단적인 경우는 여러 가지 견디기 어려운 조건하에서의 세뇌로부터 선전에 이르는 조작일 수 있다. 교육도 그러한 면을 갖는다. 이 점은 우리 사회에서 쉽게 인정되지 아니한다.

흔히 생각되듯이, 도덕을 교육하는 것은 어떤 조건하에서 어디에서나 좋은 일인 것은 아니다. 도덕이 부도덕일 수 있다는 것은 도덕 교육에도 해당된다. 아동의 도덕 교육은 어른의 사회에서의 규범의 주입이 아니라 아동의 단계에서의 삶의 필요에 대응하는 것이 되어야 한다는 생각은 근대 교육 철학의 중요한 주장이지만, 이것이 우리나라에서 교육의 현실이 되는 일은 아직도 요원한 것으로 생각된다. 물론 조작이나 강압이 없이 완전히 자유로운 바탕 위에서 교육이 어떻게 가능한가 하는 것은 쉬운 답변이 있을 수 없는 문제이다. 특히 자유로울 수 없는 존재, 정서적·이성적 성숙에 이르지 못한 존재로서의 인간을 어떻게 하느냐 하는 문제는 어려운 문제로 남을 수밖에 없다. 다만 어느 단계에서이든 강압적 도덕 교육 또는 강압 교육이 이율배반적 개념이라는 것은 상기할 필요가 있는 일이다.

4. 정치

도덕의 문제를 참으로 복잡하게 하는 것은 정치이다. 정치란 원래 권력 현상에 기초한 것이고 권력은 강제력을 의미하며 강제력의 행사는 근원적인 의미에서 부도덕의 가능성을 갖는다. 사람들은 정치가 도덕적이 되어야 한다고 생각한다. 도덕 없는 정치는 단순한 폭력으로 전락한다. 그러나 다른 한편으로 도덕에 — 그것도 단순화된 교조적 도덕이나 정의에 스스로를 일치시키는 정치도 견디기 어려운 것이다. 도덕의 강제적 성격은 정치에 의하여 참으로 정치권력의 수단으로 이용된다. 그 결과 정치의 강제력은 신체를 억압하고, 도덕의 강제성은 그에 짝하여 정신을 억압한다. 이러한 상황에서 도덕은 스스로의 위엄과 권위를 상실하게 마련이다. 차라리 정치와 도덕의 양립을 부정하는 현실주의는 최소한도의 진실을 건질 수 있게 하고, 도덕을 냉소주의적 전략으로부터 지킬 가능성을 남겨 놓는다.

어떤 경우에나 정치는 도덕을 단순히 권력 행사를 위한 명분으로 사용하기 쉽다. 그렇지 않더라도 모든 행위가 하나의 거대한 혁명적 정의로서만 정당화될 때, 그것은 모든 사람으로부터 구체적인 도덕의 현실을 앗아가고 기계적인 수사 — 구체적인 도덕과는 관계없는 또는 어느 관점에서나 부도덕한 것일 뿐인 행동을 은폐하는 수사적 명분으로 떨어지게 된다. 그러한 모든 것이 거대 도덕에 의하여 정당화되는 사회에서 순정한 의미의 도덕은 사라져 버리고 만다. 한국이 특히 혁명적인 역사 과정 속에 있었다고 하기는 어렵지만, 정치와 도덕 — 큰 명분의 도덕의 밀착을 도덕의 핵심으로 하였던 한국에 있어서 이것은 특히 쉽게 느낄 수 있는 일이다.(이것은 유교 사회의 성격이 그러했던 때문이기도 하고, 지난 100여 년 한국의 역사가 큰 도덕의 주제화를 끊임없이 요구하였기 때문이기도 하다. 이 후자의 사정은 이러한 도덕주의를 나무랄 수 없게 하지만, 그것의 착잡한 결과를 인정하는 것도 필요한 일이다.)

바른 도덕의 정치를 전혀 생각할 수 없는 것은 아니다. 도덕이나 정치의 강제적 상황을 변화시킬 수 있는 것은 다시 한 번 사람들의 동의이다. 모든 것이 조작될 수 있는 환경에서 이것도 조작될 수 있다. 진정한 도덕과 정치는 진정한 내적 동의의 경로를 등한시하지 않는 정치이다. 이 점에서, 쉽게 모방할 수 있는 일은 아니겠지만, 간디의 정치적 행동은 시사해 주는 바가 있다. 간디는 파업이나 시위 등의 정치적 행동에 있어서 참여자의 내적 각성을 지극히 중요시하였다. 그의 비폭력주의는 단순히 물리적 폭력의 사용을 억제하는 것을 의미하는 것이 아니라, 정치의 드라마에 참여하는 모든 사람의 인격에 강압을 사용하지 않는 것을 의미한다. 여기에서 인격이란 사람이 진리로 열릴 수 있는 가능성이다. 간디의 비폭력은 물리적 강제력을 피할 수 없는 경우에도, 이 진리의 가능성을 존중하는 것을 말한다. 사람이 절대적인 진리를 안다는 것은 불가능하므로 우리는 다른 사람의 진리에 대한 감찰을 수행할 수도 없고 벌을 줄 수도 없다. 자신의 절대적인 정당성에 입각하는 사람은 심리적으로나 윤리적으로나 자신의 입장 자체를 허물어뜨리는 것이 된다.[2] 결국 도덕이나 정의가 권력 의지에 봉사하는 것으로 드러날 것이기 때문이다. 그러나 모든 것이 작용의 대상으로서만 존재하는 정치의 현실 역학 속에서 깊은 내적 동의가 설 자리가 있을까? 우리 사회에서 정치권력자나 권력 엘리트의 행태로 판단하면, 보통 사람의 도덕적 판단에 대한 정치가들의 믿음은 극히 약하다고 할 수밖에 없다. 또 그 믿음은 현실적 근거를 가진 것일 것이다. 그리고 이 현실은 도덕 냉소주의의 악순환 속에서 끊임없이 재생산된다.

도덕적으로 정당화되는 정치를 최대한으로 도덕의 테두리 속에 유지하도록 한다고 하더라도, 정치에 있어서의 도덕성의 모순은 거의 정치적 행동의 본질 속에 들어 있는 것으로 보인다. 도덕은 몇 가지 다른 차원에서 존재하면서, 이 다른 차원의 도덕은 서로 갈등을 일으키기 때문이다. 전통적인 윤리 규범에서 충효는 하나로 묶어서 말하여지지만, 나의 가족에 대한 의무와 국가에 대한 의무는 상충하는 것일 경우가 많다. 크고 작은 도덕이 극단적 모순의 관계에 들어가는 것은 큰 도덕적 의무로 요구되는 것 — 흔히 정의의 이름으로 요구되는 것이 작은 도덕의 희생을 조건으로 할 때이다. 이것은 특히 도덕을 적극적인 정치 기획으로 삼는 혁명의 정치학에서 그러하다. 그러한 기획은 도덕과 윤리의 전부를 정의로서 단순화하고 내일의 정의로운 질서를 위하여 오늘의 희생을 요구하는 것을

---

2 Erik H. Erikson, *Gandhi's Truth: On the Origins of Militant Non-Violence*(Norton, 1969). 이 책은 간디의 진리의 정치 양식에 대한 연구이다. 여기의 해석은 이 책에 의존하였다. 그러나 특히 410~415쪽 참조.

서슴지 않는다. 이 희생이란 전쟁의 경우에서처럼 무고한 생명의 희생을 말하는 것이기도 하고, 과거나 오늘의 질서에서 우세한 위치에 있는 사람의 희생을 말하는 것이기도 하다. 메를로퐁티는 살인을 절대적인 악으로 보는 기독교인은 혁명가가 될 수 없다는 것을 경멸적으로 말한 일이 있다. 마르크스주의는 구체적인 행동의 도덕과 혁명의 도덕의 갈등을 인정하는 것조차 부르주아적 심약함이라고 조소하였다. 그러나 자기 정당성을 내세우는 모든 정치적 집단은 섬세한 도덕적 고려가 의지의 박약을 나타내는 것으로 안다.

이러한 모든 측면이 있음에도 불구하고, 큰 도덕과 작은 도덕의 갈등은 참으로 심각하게 인간 생존에 내재하는 균열을 나타낸다고 할 수밖에 없다. 이 갈등 가운데 현대 정치에서 가장 많이 보는 것의 하나는 정치와 사실적 진리의 갈등이다. 이것이 도덕의 문제가 되는 것은 진리를 말하여야 한다는 도덕적 근거에 의하여 진리가 존재하기 때문이다. 한나 아렌트는, 「진리와 정치」라는 글에서, 제1차 세계 대전의 책임을 논하는 계기에 클레망소가 하였다는 말 "[그 문제에 대한 답변이 어떠해야 하는 것인지] 나는 모르지만, 벨기에가 독일을 침공했다는 말은 안 나오겠지." 하는 것을 논의의 한 출발점으로 삼았다. 아렌트는 옛날에는 이러한 사실적 진실(factual truths)이 부정되는 법이 없었는데(이것은 물론 인간 역사를 지나치게 낙관적으로 보는 것이라고 하여야겠지만) 이러한 사실적 진리 자체가 은폐되고 조작되는 것이 당연시되는 것이 오늘의 정치 현실이 되었다고 말한다. 그 결과 현대 정치는 진실도 거짓도 없는 냉소주의에 침윤된 것이 되었다. 사실적 진실을 잃어버리는 것은 현실 세계에서 우리의 선 자리를 가늠하는 데에 필요한 원초적인 감각을 잃어버리는 일이다. 그리하여 사람들은 현재를 모를 뿐만 아니라, 미래를 위한 의미 있는 변화를 가져올 수도 없게 된 것이다.[3]

아렌트의 이러한 진단은 그 이후의 세계적 변화에서 더욱 분명하게 확인되었다고 할 수 있다. 소련을 비롯한 사회주의 국가의 몰락은 다분히 사실과 정치 선전의 혼동이 초래한 현실의 상실에 그 일부 원인이 있다고 할 수 있다. 어떤 해외의 논평자는 우리나라의 IMF 위기에 대해 중앙은행의 통계를 믿을 수 없는 나라가 겪을 수밖에 없는 일이라는 말을 한 적이 있다. 사실의 조작과 그로 인한 현실 인식의 허구화가 그 중요한 원인이라는 것을 말한 것이다. IMF 경제 위기에 대한 대처 방안으로 투명성이 강조된 것은 이러한 맥락에서도 이해될 수 있다. 다시 한 번 정치의 세계와 도덕 그리고 진실의 세계가 별개의 것이라는 정치 현실주의는 사태의 일부를 말한 것에 불과하다. 상호 신뢰의 바탕을 어느 정도 상정하지 않고는 정치를 포함하여 사회적 행동의 예측 가능성은 사라져 버리고 만다. 정치의 바탕에도 진실은 존재하여야 한다. 그리고 사람의 삶의 궁극적인 보람의 하나가, 정도의 차이가 있고 종류의 차이가 있다고 하더라도, 진리 속에 사는 것이라고 할 때 허위의 정치는 그 목표를 잃어버린 헛된 낭비와 소동에 불과할 것이다.

5. 정치와 사고의 유연성

그럼에도 불구하고 다시 한 번 정치에서 크고 작은 도덕의 갈등은 거의 본질적인 것이다. 앞에서도 비친 바 있는 마르크스주의의 혁명적 폭력의 정당화 이론은 극단적 무자비성의 정당화로 사용되는 수가 많다. 그러나

3 Hannah Arendt, "Truth and Politics", *Between Past and Future: Eight Exercises in Political Thought*(New York: The Viking Press, 1961), pp. 257~258.

사회를 변화시킴에 있어서 미래의 기획과 현재의 도덕적 섬세함 사이에 갈등이 나타나게 마련이다. 지주 제도하에 있어서 모든 지주가 제도적 폐단에 대하여 개인적 책임을 갖는 것도 아니고, 또 주어진 여건하에서 반드시 일률적으로 착취·부패의 인간인 것은 아니다. 그럼에도 불구하고 제도적 개선은 선의의 개인에게 일정한 제재를 가하는 결과를 가져오게 된다. 사회 전체의 관점에서의 정의와 개인의 구체적 사정의 모순은 사람이 사회적 존재로서 사는 한 피할 수 없는 일이라고 할 것인데, 이 모순은 정의의 기획이 전면적인 것이 되면 될수록 확대된다. 유토피아적 기획 — 그것도 한정된 지역이 아니라 사회 전체에 걸치는 유토피아적 기획은 이 모순을 극대화한다. 부분적으로 일어나는 폭력, 고통, 죽음은 유토피아에 의하여 정당화된다.

20세기의 많은 혁명의 실험은 유토피아의 불가능을 드러내는 것으로 끝났다. 그러나 유토피아의 꿈 자체가 무의미한 것은 아닐 것이다. 그것이 꿈으로 남아 있다는 것은 보다 나은 사회를 생각하고 만들어 가는 데에 있어서 중요한 일일 것이다. 그것은 희망을 주고 목표를 제공한다. 다만 그것의 지나친 경직화가 반유토피아적 결과를 가져오는 것이었을 것이다. 인간 현실은 너무 복잡하고 유동적이다. 정치의 현실에 있어서 분명한 기획은 가설적 성격을 갖는다. 이것은 사회 전체의 유토피아적 기획에도 해당되지만, 제도 개선을 위한 국지적 정책의 집행에도 해당된다. 어떠한 목표도 삶의 전체를 통괄할 수는 없다. 설령 하나의 목표가 달성되었다고 하더라도 그것이 삶의 다른 측면 또 목표에 어떤 영향을 미치게 될는지는 알 수 없는 일이다. 더구나 이 삶이 여러 사람의 삶을 말한다는 것을 생각할 때, 그리고 포괄적이고 지속적인 기획은 여러 사람에 의하여 또 세대를 달리하는 사람에 의하여 수행되는 것이라는 점을 생각할 때, 이것은 더욱 그럴 수밖에 없다. 결국 그것이 어떤 것이든지 간에 유토피아가 지향하는 좋은 삶이란 여러 희망과 여러 목표, 또 여러 사람의 삶의 희망과 목표로 이루어진 총체를 말하는 것일 것이다. 이 총체 안에서 특정한 목표는 그 자체만의 의미와는 다른 의미를 가질 수밖에 없다. 뿐만 아니라 어떠한 정치적 목표도 그 자체로서 정당한 것은 아니다. 그것은 그것이 가능하게 하는 삶에 의하여 정당화된다.

이 삶은 언제나 미래가 아니라 현재 속에 있다. 정치적 목표는 다가올 미래에 의해서만이 아니라 현재에 의하여 — 현재의 삶에 의하여 정당화되는 것이라야 한다. 유토피아가 접근되면서 실현되지는 않는 소멸점이라고 한다면, 그러한 한계 개념적 측면은 모든 정치적 목표에 들어 있는 것이다. 정치적 목표는 하나의 이념에 불과하고, 그것은 현실의 변증법 속에서 변화되게 마련이다.

현실 변증법으로부터의 유리가 갖는 위험은 정치의 실제에 못지않게 정치적 사유에도 들어 있다. 경직된 정치적 목표란, 생각이 현실로부터 분리되는 데에서 경직화하는 것이기 때문에, 위험은 정치적 사유에서 더 크다고 말할 수도 있다. 개념이란 — 또는 말 그 자체도 — 현실과의 관계에서 볼 때 잠정적 가설에 불과하다. 이것은 보다 체계적인 이론의 경우에 더욱 그렇다. 그렇다고 언어, 개념 또는 이론이 필요 없다는 것은 아니다. 이러한 것들은 현실 발견을 위한 도구이다. 어떤 경우에 현실은 그것을 기술하는 언어를 떠나서 존재하지 않는다고 말할 수도 있다. 물리학이나 천문학의 세계에서 존재는 언어의 기술(記述)에 거의 일치하는 것으로 보인다. 그러나 이러한 경우에도 기술 언어의 발견적 기능은 그대로 남는다. 그것은 새로운 기술에 의하여 늘 수정·변화될 수 있는 것이라야 한다.

이러한 기술 언어의 발견적이고 현실 정합적인 성격은 사회와 정치의 현실을 다루는 언어에 있어서 더욱 강조되는 것이 마땅하다. 결국 문제는 살아 움직이는 사람의 삶이다. 그러나 많은 이론가들은 삶의 사회적·정치적 현실에 있어서도 마치 현실이 개념을 증명하기 위해 있는 것처럼 행동한다. 사회 조직에 있어서의 계급이나 계급 간의 갈등은 사회 현상의 가장 중요한 국면의 하나이다. 그러나 어떤 특정한 삶의 현상에서 그것을 확인하였다고 하여 그 진실이 다 밝혀지는 것은 아니다. 그것은 그 현상을 보는 한 가설적인 테두리에 불과하다. 시장과 경쟁의 경우에도 그것은 있을 수 있는 삶의 제약 조건이며 삶의 구체적 현실을 발견하는 데에 적용될 수 있는 가설로서만 의미를 갖는다. 필요한 것은 기술과 분석의 언어를 현실에 대하여 — 목하 문제가 되고 있는 구체적인 현실을 향하여 열어 놓는 것이다. 그러나 이것은 동시에 우리의 생각을 열어 놓는 것을 말한다. 개념과 이론은 현실에 의하여 해체되어야 한다. 그러나 이 해체가 이루어지는 것은 결국 우리의 사고 작용에서이다. 그리고 그것들은 사고 작용 속에서 재구성되어야 한다. 그러므로 현실 개방성은 사고의 성찰적 균형 또는 느낌의 균형을 말한다.

여기에서 성찰적 균형이란 존 롤스가 바른 도덕적·윤리적 결정에 이르기 위하여 필요한 생각의 절차를 이름 지어 부른 것을 빌려 온 것이다. 그것은 경험의 직관에서 출발하여 그 판단의 규범 원리를 발견하고 그것을 다시 구체적인 사례와의 교환 속에서 수정하고 또 다른 이론적 가능성과 대비·검토·숙고하는 마음의 상태를 말한다. 그러나 우리의 생각은 보다 더 구체적인 상황에 밀착한 것이어야 할 경우가 많을 것이다. 그리하여 우리는, 미국의 윤리학자 마사 너스바움의 표현을 빌려, "구체적인 느낌에서 '수미일관 조화되고' — 그렇다는 것은 그 앞뒤가 맞고 또 행동자의 원칙에 일치하고, 새로운 요인에 대응하여 스스로를 재구성할 용의가 있는 [마음의] 균형", 즉 그가 "느낌의 균형"이라고 부르는 균형을 추가하여야 할는지 모른다.[4] 이러한 치밀한 사고의 균형 상태에서만이 의미 있는 도덕적·윤리적 그리고 정치적 행동의 장으로서의 현실의 재구성은 가능하다.

이데올로기적 사고의 폐단은 구체적 현실을 경시한다는 데에 있지만, 그 다른 폐단은, 극히 지적인 또는 지나치게 지적인 인상에도 불구하고, 정치한 사고와 감정의 변별 작용에 대하여 자기중심적인 경멸감을 조장한다는 데에 있다. 물론 경직된 개념주의의 폐단은 구태여 이데올로기라고 부를 만한 사상의 체계에서만 발견되는 것은 아니다.

모든 도식적 사고는 현실과 사고를 동시에 단순화한다. 그리고 이것은 아마 우리의 도덕적·정치적 교육에 등장하는 많은 개념의 도구들이 하는 일일 것이다. 생각을 못 하게 하는 것은 권력 정치 집단에게는 편리한 일이고 또 대부분의 사람에게는 편하게 사는 일이기도 하다.

6. 역사

이데올로기적 편향이 강하게 드러나는 지적 영역의 하나는 역사이다. 최근에 우리는 일본 교과서의 역사 왜곡에 대한 논의를 많이 보았다. 역사 왜곡의 동기는 단순화된 정치 프로그램의 경직된 사고와 비슷하기도 하고 다르기도 하다. 프로그램과 구체적 현실의 갈등은 앞에서 말한 바와 같이 정치적 기획의 본질적 모순이다. 그러나 전체는 실질적으로 개체와 그의 구체적 진실을 억압하는 구실이 된다. 권력 행사는 한 사람의 의지의 다른 사람에 대한 직접적인 작용일 수도 있으나, 전체의 이름을 빌린 도덕적 의무의 형태로서 부과되게 마련이다.

이 전체는 가족, 회사, 지역, 국가일 수도 있고 또는 "……법이야" 하는

---

4 John Rawls, *A Theory of Justice*(Harvard University Press, 1971), pp. 46~53, 그리고 Martha C. Nussbaum, "Perceptive Equilibrium: Literary Theory and Ethical Theory", *Love's Knowledge: Essays on Philosophy and Literature*(Oxford University Press, 1990), p. 183.

형태로 표현되는 여러 가지의 명령 — 격률일 수도 있다.(일상적인 삶에서의 강제적 규율들을 임지현 교수는 "우리 안의 파시즘"이라고 명명한 바 있다.) 이것은 적어도 직접적인 강제력의 사용보다는 나은 것이라고 할 수 있지만, 사실은 그것도 실질적인 강제력을 배경으로 하여서만 효과를 얻기 십상이다. 그러나 역설적으로 전체성의 수사가 효력을 갖는 것은 사람이 언어적 존재라는 것을 — 그리하여 사유적 존재라는 것을 증거하는 것이다. 전체성의 언어는 특히 대중 조작이 필요한 정치적 여건하에서 두드러진 역할을 한다. 그것은 의무를 말하기도 하고 사실을 말하기도 한다. 결국 사실은 의무를 설득할 수 있는 바탕이기 때문이다. 사실적 정보의 조작은 대중으로 하여금 사실적 추세를 일정한 방향으로 알게 함으로써 새로운 지시를 사실적 필연성으로 받아들이게 하려는 것이다. 소련에 있어서의 사실적 정보의 조작은 이렇게 설명할 수 있을 것이나, 이러한 사실 조작의 혐의를 벗어날 수 있는 정치 체제는 아마 존재하지 않는 것일 것이다. 역설적으로 독단론의 신앙으로 모든 것을 다스릴 수 있던 시대와는 다르게, 오늘날과 같이 정보의 유통이 광범위한 시대에 있어서 사실 조작의 필요는 절실한 것이 된다. 역사 왜곡도 이러한 각도에서 생각할 수 있다.

역사는 왜곡된 역사이든 왜곡되지 않은 역사이든 지배 이데올로기가 원하는 상황의 그림을 기정사실화하는 역할을 가지고 있다. 그러나 달리 생각해 보면, 역사가 반드시 직접적인 의미에서 오늘의 상황 구성에 관계되는 것은 아니다.

이번에 문제가 되고 있는 일본의 후소샤(扶桑社)의 새 교과서 맨 앞부분에 보면 "일본미의 형태"라는 제목 아래 여러 가지 미술품들의 사진이 나와 있다. 거기에는 호류지(法隆寺)의 '백제 관음상'이 포함되어 있다. 그 설명은 "아스카 시대를 대표하는 우미한 불상. 소재가 된 '구스노기'는 중국, 조선에는 자생하는 것이 아니므로 일본에서 제작된 것임을 알 수 있다."라고 되어 있다. 하필이면 자료가 일본산 목재라는 것을 내세운 설명의 역점은 무엇보다도 일본의 민족적 프라이드에 있다.(1만 년 또는 1500년의 역사를 관류하는 일본미의 원형적인 형태가 있다는 것을 함축하는 제목 자체가 특이하다고 할 수 있다. 아마 그러한 전제를 받아들이고 있는 역사서는 세계적으로 많지 아니할 것이다.)

1400년 내지 1500년 전에 일어난 일이 오늘의 어느 집단에게 큰 자랑거리가 된다는 것은 생물학적으로 또는 과학적으로는 이해되기 어려운 일이다. 심리적인 요구가 있다고 할 수는 있겠으나, 그것도 왜 그러한 자랑거리가 필요한지는 보다 자세한 설명이 필요할 것이다. 또 이러한 사실이 일본 민족 또는 국민의 자랑스러운 역사의 일부가 된다고 하더라도, 결국 그 자랑을 느끼는 실체는 일본인 개개인이기 때문에, 그러한 집단의 역사의 자랑이 어떻게 개인의 자랑으로 바뀌는지도 더 면밀한 연구가 필요한 일일 것이다. 이렇게 말한다고 해서, 어떠한 역사적 업적이 집단이나 개인에게 무의미하다는 말은 아니다. 아마 이러한 것들의 연관은 과학적·합리적 인과 관계만으로는 설명할 수 없는 것일 것이다. 역사는 일반적으로 인간의 서사(敍事)에 대한 필요로 연결된 것일 터이나, 서사가 인간사에서 갖는 의미는 아직 충분히 이해할 만한 것이 되지 못하고 있다.

서사, 설화 또는 이야기는 실천적 존재로서의 인간이 그 자신과 세계에 대해서 가지고 있는 가장 원초적인 이해의 방식이다. 우리는 우리 자신의 행동을 서사적으로 이해한다. 그보다 더 근원적으로는 서사에 대한 욕구는 인간 존재의 기본 구조에서 온다고 할 수 있다. 사람은 일정한 공간에 존재하고 또 시간의 지속 속에 존재한다. 그 안에서의 좌표를 확인하는 것은 생존의 필수 조건이다. 실천적 행동은 시공간을 일정한 구도 속에 조직화함으로써 가능하다. 그러면서 이 구도는 여기 이 자리만이 아니라 일체의 시공간을 지향한다. 공간과 시간의 전체화는 여러 가지 전체성의 현실적·비현실적 공식들을 낳는다. 시간의 측면에 있어서 기억은 개체적 존재의 시간의 깊이를 말하여 준다. 사람이 사회적 존재인 한 역사는 집단의 시간을 전체화한다. 그리고 이것은 개인적·집단적 정체성의 구성에 깊이 짜여져 들어간다. 그러니만큼 우리의 기억과 역사가 부정적인 것보다는 긍정적인 것이기를 원하는 것은 자연스럽다. 부정적인 것이 있더라도 그것은 저항의 대응 기억으로, 아니면 적어도 그만큼 늘어난 지혜 또는 정의로운 분노를 통하여 긍정적인 것으로 보상되어야 한다. 이것은 정체성 구성을 위하여서만이 아니라 그것을 발판으로 행동해야 하는 자신감을 갖는 데에 도움이 되는 일이다. 이러한 것은 심리적인 — 그러면서도 다른 것으로 환원할 수 없는 심리적 요청으로 기억과 역사를 이해하는 것이다.

물론 역사는 심리적으로 자신감을 북돋는 데에만 도움이 되는 것은 아니다. 사람의 행동의 차원에서의 배움이란 압도적으로 모범을 통한 것이다. 역사는 모범을 제공해 준다. 비록 이것은 사실적 인간관계에서의 모범이라기보다는 도덕적 모범이고, 사실에 관계된다고 하더라도 실제적 행동의 시나리오에 씨앗이 될 만한 이미지에 있어서의 모범이다. 이러한 모범은 동양에서 역사가 갖는 가장 큰 의의였다.

이러한 교훈적 기능으로 하여 역사에 객관성이 없는 것은 아니다. 그러나 그 객관성은 오늘의 과학적 기준의 객관성은 아니다. 객관적 역사 서술 또는 역사의 법칙성에 대한 추구는 서양 사학의 목표의 하나였다. 그러나 객관적 역사가 가능한 것일까? 19세기 초부터 20세기 중반까지에 계속된 역사의 실증주의, 과학주의는 20세기 후반부터 수그러들기 시작하고, 지금에 와서 역사를 생각하면서 거기에 과연 객관성이 있고 법칙이 있느냐를 묻는 비판적이고 회의적인 물음은 피해 갈 수 없는 것이 되었다. 이것은 모든 진리의 고정성을 의심하는 포스트모더니즘 사조의 일부이다. 그렇다고 그러한 비판이, 역사가 조작하기 나름이라거나 허구라는 것을 당연시하는 것은 아니다. 미국에 있어서 역사학의 객관성과 방법에 대하여 포스트모더니즘의 질문을 발하는 데에 중요한 역할을 한 사람의 하나는 헤이든 화이트(Hayden White)이다. 그의 질문은 역사 서술이 추구하는 사실의 과학적인 전개 — 역사의 흐름이 일정한 시작과 원인에서 확대·연장되어 일정한 결과에 이른다는, 역사 기술의 일반적인 형태를 향한다. 그의 분석으로는 그것은 객관적 사실에서 귀납되어 나오는 것이라기보다도 사람의 인식의 구조에서 — 비판적으로 검토되지 아니한 인식의 구조에서 나오는 것이다. 그리하여 과학적인 듯한 역사 서술도 본질적으로는 다른 허구적 서사에 비슷한 주관성을 가지고 있다는 것이다. 그렇다고 하여 그가 자의적으로 발명되는 주관적인 역사를 지지하는 것은 아니다. 그는, 칸트가 사람의 인식이 그 인식의 조건을 떠나서 있을 수 없다고 한 것처럼, 역사 인식의 일정한 규칙을 통해서만 역사의 구성이 가능하다고 말한 것일 뿐이다. 그러니만큼 절대적으로 객관적인 역사 현실에 대한 지식이 불가능함을 함축적으로 말한 것은 사실이나, 역사에 있어서의 학문적 기준 자체를 부정한 것은 아니다.[5]

조금 전에 말한 바와 같이, 우리의 전통에서 중시된 역사의 도덕적 교훈 기능은 화이트의 역사 비판의 경우보다도 더 역사의 주관적 효용에 역점을 둔다고 할 수 있다. 그렇다고 그것이 자의적인 역사의 허구화를 허용한 것은 아니다. 도덕적 요청 자체가 거짓을 금지한다고 할 수 있다. 그러나 다른 한편으로 바로 도덕은 그러한 위험을 내포하는 것이기도 하다. 앞에서도 말한 것처럼 큰 도덕은 작은 도덕의 희생 — 사실의 변경과 조작을 허용하는 면허가 될 수 있기 때문이다. 우리 현대사를 특징짓는 역사관은 한편으로 도덕의 역사적 의미에 대한 신념이고, 다른 한편으로는 역사 변

---

5 Hayden White, "Introduction: Tropology, Discourse, and the Modes of Consciousness", *Tropics of Discourse: Essays in Cultural Criticism*(Johns Hopkins University Press, 1978), pp. 1~25.

화의 근본 요인으로서의 힘의 지배에 대한 믿음이다. 그리하여 기묘하게 권력에의 의지와 도덕적 의지가 일치한다. 여기에서 도덕적 정당성은 자기 정당성이 된다. 부도덕한 힘에 대하여 도덕은 그 스스로를 힘으로서 정립해야 하기 때문이다. 높은 도덕주의에도 불구하고 공공 공간의 이해에서 전략, 권모술수와 음모의 중요성이 여기에서 나온다.

다시 역사의 객관성의 문제로 돌아가서, 역사가 소설과 같은 허구에 비슷한 것이라고 해서 그것이 그 절대성을 손상하게 하는 것이기는 하지만, 이미 말한 바와 같이 역사 서술의 타당성을 부정해 버리는 것은 아니다. 화이트와 같은 비평가의 생각으로는 역사는 서사적 구조를 가지고 있고 거의 선험적인 이 구조가 내용을 미리 결정한다. 그만큼 역사 서술은 객관적인 사실이 아닌 것이다. 그러나 선험적 서사 구조는 그 나름의 정당성을 가질 수 있다.

역사는 행동하는 인간으로 이루어지고 인간 행동 자체가 시작과 가운데와 끝이 있는 구조를 가지고 있다. 역사는 이것을 재현하고자 한다. 다만 인간의 행동은 다른 행동들과 다른 사회적·물질적 조건에 의하여 흩어지게 마련이다. 그리고 역사가의 역사 구성 그것도 또 하나의 행동적 기획을 이루게 된다. 이러한 편차들이 모여서 역사가 이루어진다고 할 때 어떤 한 역사가의 역사 구성의 자의성은 증대될 수밖에 없는 것이다. 그러면서도 이 자의성은 여러 요인에 의하여 제약된다. 말할 것도 없이 그것은 기초적인 사실적 자료를 떠날 수 없다.(물론 기초적인 자료 자체가 주관적 선택에 의한 구성이란 점도 생각은 해야 한다.) 그리고 그것은 이러한 사실들이 일관성 있는 연쇄로서 현실을 구성할 가능성을 넘어설 수 없다.

그런데 여기에 우리가 더 추가하여 생각하여야 하는 것은 일관된 구조로서의 역사의 가능성은 역사 내의 행동자들이 스스로의 삶을 그렇게 보고 그러한 형태에 따라서 행동한다는 전제를 가지고 있기 때문에 그러한 행동자의 출현에 밀접한 관계를 가지고 있다는 점이다. 이러한 행동자는 현대적 인간—그 사고와 행동에 있어서 주관적 지속성을 특징으로 하는 현대적 인간의 출현을 전제로 하는 것이기 때문에 시대의 성격에 따라서 역사와 역사 서술의 성격도 달라질 것으로 말할 수 있다. 가령 근대 이전의 연대기적 역사와 근대 이후의 서술적 역사의 차이도 단순히 서술 기법의 차이가 아니라 역사적으로 달리 성립하는 주체성의 차이로 볼 수 있다. 그렇다고 근대적 역사가 연대기 시대의 역사보다도 더 확실하게 일관성의 보장을 받는다고 말할 수는 없다. 주관적 또는 주체적 인간의 등장은 사회 공간의 갈등을 증대시킴으로써 역사의 서술적 일관성을 더욱 인지하기 어렵게 한다.

그리하여 근대적 역사 서술의 역사가 더욱 복잡하여지고 서로 달라지고 어려운 것이 된다고 할 수 있다. 그러나 서술의 편차를 만들어 내는 이러한 요인들이 반드시 허구와 날조라는 의미에서의 자의성을 갖는 것은 아니다. 그러니까 역사 서술의 자의성도 객관적으로 인지할 만한 한계와 제약으로 인하여 일어나는 것이고 이것에 의하여 정당화된다. 또는 정당화되는 것이라야 한다. 궁극적으로 역사의 자의성은, 화이트가 리쾨르(Paul Ricoeur)의 서사 이론을 설명하면서 비치듯이, 인간의 시간 체험의 아포리아, 그 비극성으로부터 온다. 즉 시간적 존재로서의 사람은 시간 내의 일들을 분명하게 파악할 수 없고 그 의미를 상징적으로 추측할 수 있을 뿐이다.[6] 역사는 이 의미를 탐색하는 노력이지만, 그 해독에 성공할 수는 없는 것이다. 그러나 이 노력의 진지함에 의하여 그 타당성을 담보하고자 한다. 이러한 범위 안에서 역사는 자의적인 구성이면서 완전히 자의성의

---

6 Hayden White, "The Metaphysics of Narrativity: Time and Symbol in Ricoeur's Philosophy of History", *The Content of the Form: Narrative Discourse and Historial Representation*(Johns Hopkins University Press, 1987), pp. 177~184.

구성은 아닌 것이다.

7. 보편성과 실존적 균형

타당성이 있는 사실의 재구성 또는 구성으로서의 역사는 여러 요인에 의하여 영향을 받는다. 이 요인들의 차이와 상호 작용의 유동성으로 하여 그 자의성은 불가피하다. 그러면서 이 자의성은 이 요인들의 객관성에 의하여 수긍 가능한 것이 된다. 역사 서술에 작용하는 요인들과 그 결과로서의 역사 서술은 주관적인 것이 아니다.

그러나 이 역사 서술의 장이 되는 것은 역사가의 의식이다. 그러니만큼 그것은 주관적이다. 다만 이 주관적 의식은 최대한도로 시간 이해의 객관적 기율의 조건에 스스로를 내맡겨야 한다. 그럼으로써만 수긍할 만한 역사 서술은 가능해진다. 더 간단하게 이것은 역사 서술에 있어서 학문적 수련을 배제할 수 없다는 말이다. 달리 말하면 역사는 주관에서 나오지만, 그 주관은 훈련된 주관이다. 사실에 근접한 이해를 간단히 객관적이라고 한다면, 객관성은 주관성에 대응하여서만 나타나는 세계의 한 양상이다. 주관의 수련이 없는 곳에 객관은 존재하지 않는다. 이것은 초보적인 명제임에도 불구하고 자주 잊히고, 마치 오늘날 유행하는 계량적 기준에서 객관적인 사실은 따로 세계에 존재하는 것처럼 그리고 그것으로 주관의 신중한 판단을 대신하게 할 수 있는 것처럼 생각된다. 그런가 하면 다른 한편으로 모든 것은 주관에 의하여 또는 주체적으로 조작될 수 있는 것처럼 생각된다.

역사에 있어서 주관적 능력의 수련은 단순히 학문적 수련만을 뜻하는 것은 아니다. 그것은 모든 현실적 믿음을 괄호에 넣는 현상학적 환원의 경우와 비슷한 판단 정지를 필요로 한다. 그러면서 그것은 더 나아가 긴급한 현실적 요구에 초연한 일종의 자기 정화까지도 요구할 수 있다. 사실 학문적 관심의 밑에는, 반드시 의식되는 것도 아니고 또 우리 자신의 의도로 그러한 것도 아니지만, 현실적 관심이 숨어 있다. 그러니만큼 학문에는 더 철저한 자기 정화 — 도덕적 의미를 포함한 자기 정화가 요구되는 것이다. 이러한 수련은 수치스러운 역사에 대한 사람들의 태도에 직접적으로 관련된다. 역사가 사람의 정체성에 적극적인 내용을 부여하는 은밀한 사명을 가지고 있다고 한다면, 역사에 드러나는 부정적 사실들을 어떻게 할 것인가?

역사적 업적의 결여나 부정적인 일들을 있는 그대로 받아들이는 데에는 성숙한 정체성이 필요하다. 사실을 있는 그대로 받아들이는 것은 궁극적으로 세속적인 모든 가치를 초월하는 거의 종교적인 달관을 통하여서만 가능한 것인지는 모른다. 이 경우에도 세속성이 여전히 남아 있을 수는 있다. 가문과 출신을 자랑으로 하는 대신 출세간이 긍지가 되고 또 어떤 경우는 오만이 될 수도 있는 것이다. 이때에 정체성의 핵심은 물질적·문화적·정신적 자산으로부터 그러한 세속적인 것을 넘어가는 보편적 진리에로 옮겨진 것이라고 할 수 있다. 그보다도 현실적 정체성은 내놓을 만한 과거에서 찾아지기보다 현재와 미래에서 찾아질 수 있다. 오늘의 삶이 훌륭하다면 또 오늘의 삶이 보다 나은 미래에로 나아갈 수 있는 것이라면, 과거는 별로 큰 문제가 아닐 수 있을 것이다. 이것은 개인이나 집단의 경우나 마찬가지여서, 진보주의가 수구적인 보수주의보다도 과거의 실상에 대하여 더 관대할 수 있는 것은 이러한 관련에서 설명될 수 있을 것이다. 과거와 현재 그리고 미래를 잇는 서사가 근원적인 실존적 욕구라고 하더라도 그것이 삶과 세계에 대한 진실을 보장해 주는 것은 아니다.

사실 생각해 보면, 충만한 오늘의 삶만이 생존의 유일한 시간이고 그것의 연장선상에서의 미래만이 의미 있는 관심의 대상이 되어야 마땅하다. 과거가 의미를 갖는다면, 그것은 그것이 오늘에 있어서도 살아 있는 힘으로서 작용하는 한도에서이다. 또 인간 존재의 시간성의 신비의 일부로서 과거의 수용은 생존의 형이상학적 고양에 기여할 수 있다. 그러나 이것은 사람들이 추구하는 세속 역사와는 다른 차원에서 획득되는 역사의 다른 의미에 관계되는 일이다. 우리의 지향이 과거를 향한 것이든 현재와 미래를 향한 것이든, 어떤 경우에나 그것은 깊은 차원에서 오늘의 실천적인 기획에 의하여 동기 지워진 것이라고 할 것이다. 말할 것도 없이 진보주의나 보수주의나 다 같이 현재의 정치에 대한 입장을 나타낸다.

정치적 또는 도덕적 기획에서도 실천적 기획에 불가피한 듯한 모순과 갈등을 최소한으로 하고 또 참으로 보다 나은 삶의 실천을 향해 가는 데에 있어서 주관과 주체의 정화는 필수적이다. 실천적 기획은 그 현실적 실현 가능성을 위해서나 사회와 자연에 있어서의 보다 평화로운 공존의 질서의 수립을 위해서 보편적 투시에 입각한 것이라야 한다. 이성의 기획이 역사 속에 들어 있다는 생각은 상당한 정도로 그 설득력을 잃었다. 또 발전이라는 말 자체가 가치에 대한 일정한 해석을 담고 있는 말인데, 이 발전에 많은 사람들이 동의한다고 할 수는 없다. 그러나 사회의 움직임에 합리성이 전혀 없다면 사람의 기획은 어떠한 것도 불가능한 것일 것이다. 합리적 고려는 불가결하다. 그러나 그것은 단순한 합리성의 원칙으로 수행될 수 있는 것은 아니다.

전체적 합리성 속에서도 현실의 유동적인 정황은 늘 새로운 형태를 띤다. 실천적 기획은 객관적 합리성으로부터 기계적으로 연역되어 나오는 것이 아니라 여러 대안 가운데 하나로서 선택될 뿐이다. 또 그것은 주관적 의도와 입장에 연결된 것일 수밖에 없고, 그러는 한 그것은 더욱 대안적 선택이게 마련이다. 여러 대안은 현실 속에 열리는 미래에의 통로의 다기성

(多岐性)을 말한다. 동시에 이 여러 통로는 동시대적 공간 안에서의 여러 사람의 실존적 위치를 나타낸다. 하나하나의 개별적 실존은 참다운 보편성의 적어도 하나의 근거가 되는 것이다. 우리 사회에서는 이러한 보편성이 아니라 그것을 대신하여 전체성이 너무나 자주 정치적·도덕적 수사의 최종적 심급으로 생각된다. 현실의 역학 속에서 개체적 실존의 종합으로서의 보편성이 실현되는 것은 어려운 일이다. 그러나 그것 없이는 참다운 전체성은 존재하지 아니한다.

앞에서 현실에 대응하는 사고는 모든 직관과 원칙과 경험 그리고 대안을 고르게 검토하고 생각할 수 있는 반성적 균형을 유지하는 사고라고 말한 바 있다. 또 상황적 구체성에 개입하기 위하여서는 구체적 느낌의 균형이 필요하다는 것도 말하였다. 이러한 마음의 상태는 주관 또는 주체의 보편성의 훈련 또 현실성의 훈련을 통해서 얻어지는 결과물을 말한다. 물론 보편성으로 훈련된 정신이 우리의 개인적 또는 집단적 실천의 기획의 정당성이나 현실성을 보장해 주는 것은 아니다. 인간의 현실은 고른 결의 연속성이 아니라 너무나 많은 비극적 균열로 특징지어지는 것일 것이다.

그러한 균열의 딜레마에서 할 수 있는 일은 무엇인가? 행동하는 개인의 관점에서 그것은 실존적으로 결단될 수밖에 없는 것으로 생각된다. 모든 대안에 대한 고려가 이율배반과 아포리아에 이르는 것이라고 해서 모든 행동이 정지에 이르는 것은 아니다. 어떤 삶의 실천적 요청은 그 절실성 속에 여러 모순의 해결 또는 용해를 강요한다. 그리고 사실상 사람들의 행동은 이 절실성 안에서 결정되는 것일 것이다. 이럴 때에 사람들이 호소하고자 하는 것의 하나가 양심의 명령이다. 그것은 현실적 균형에 대한 고려 없이 우리가 우리로서 할 수 있는 최선을 다했다는 것을 호소하는 것이다. 그러나 이 경우에도 그것은 참으로 최선을 다한 것이어야 한다. 그것은 깊은 사고와 성찰을 포함한다. 다만 그 성찰은 객관적으로 조감된 상황의 판단

보다는 주어진 상황—실존적 상황에서의 선택에 관계되는 것이다. 앞에서 잠깐 언급한 간디론에서 에릭슨은 간디를 여러 가지로 설명하면서, 그를 '현실(actuality)' 속에 산 사람으로 규정한다. 현실에 산다는 것은 "주어진 순간에 통일된 행동의 가능성"을 실현하는 것을 말한다. 그것은 자신의 주어진 조건을 완전히 받아들이면서 자신이 본 진실을 세계 속에 실현하기 위하여 정열과 헌신으로 행동하는 것을 말한다. 그 행동은 주어진 현실의 순간에 충실한 만큼 기획된 목표에 의한 오늘 이 자리의 진실을 말살하지 아니한다. 적어도 그러한 자세의 범위 안에서 또는 그러한 순간에 있어서는 부분적 기획과 전체 구도, 목표와 수단, 큰 선과 작은 선, 사람과 사람의 모순들은 극복되는 것처럼 보인다.

이러한 통일적 행동의 통일성은 정치적 행동에 있어서의 목표의 선과 수단의 악의 분리에 대조되어 극명하게 드러난다. 에릭슨의 설명으로 간디적 의미에서의 '종교적 현실주의자'로서의 '진실'의 인간은

> 민주주의, 공산주의, 국가 없는 사회 또는 다른 유토피아적 미래가 실현되는 그때, 진리가 보편적인 수단이 되는 그때까지는 당분간 '좋지 못한' 수단도 불가피하다는 허황된 정당화로서 좋지 못한 수단을 사용하는 일을 자신에게나 다른 사람에게 허용하지 아니한다. 그에게 지금의 진실은 지금 그것에 주의하지 않는 한 영원히 진실이 되지 못한다. 지금 진실이 아닌 것은 별수를 통하여서도 다시 나중에 진실이 되는 일이 없을 것이다. …… 지금의 진실을 위해서 죽을 각오가 되어 있다는 것은 충만한 삶을 살 수 있는 유일한 기회를 포착한다는 것을 뜻한다.[7]

7 Erik H. Erikson, op. cit., p. 399.

이러한 순간의 선택과 진실 — 아마 양심의 진실이 표현하는 것이 이것일 것이다. 이러한 양심적 진실의 순간, 그러한 행동이 세계를 그 형이상학적 진실에 묶어 놓을 수는 있지만, 그것으로써 세상의 진실이 실현되는 것은 아닐 것이다. 그러나 그것만이 인간에게 주어진 유일한 선택일 수도 있다. 그리고 그것은 그 나름의 보편성을 가진 것이고, 그것은 실존적 균형을 나타내는 순간이다. 정치와 역사의 선택의 복잡성과 다양성 속에서 이러한 양심의 선택은 현실성에 관계없는 대로 정치의 행동의 한 전범일 수 있다. 반성적 균형, 구체적 느낌의 균형이 끝난 곳에 실존적 균형이 있고, 사실 이것은 역사의 불확실성 속에서 유일한 확실성일 수 있는 것이다.

8. 문학의 진실과 보편성

삶의 현실 속에서 주어진 삶의 협소함을 넘어 사고와 느낌 그리고 실존적 균형을 얻는 일이 쉬운 일일 수는 없다. 그러나 생각하고 표현하는 세계의 한 이점은 그것을 모범적으로 보여 줄 수 있다는 것이다. 문학은 이러한 말들이 나타내는 주관 또는 주체의 기율을 전제하고 성립하는 표현의 한 양식이다. 문학에 있어서 그러한 기율이 잠재적으로 전제되어 있지 아니한 작품은 좋은 작품이 될 수 없는 것으로 생각된다. 적어도 관점의 보편성은 문학적 사유가 움직이는 바탕이다. 보편적 관점이 없이는 좋은 문학이 있기 어렵다는 것을 나는 외국 독자들을 상대로 한국 문학을 말하면서 경험한 바 있다. 가령 김동인의 「배따라기」는 원초적인 사랑과 그 비극의 이야기이지만, 외국의 독자에게 주인공의 난폭성 — 구타와 학대와 오해를 사랑에 일치시키는 난폭성은 독자의 동정을 불러일으키는 데에 방해물이 되고, 결국 소설이 부각시키려고 하는 비극적 파토스에로의 감정 이입을 불가능하게 한다.

그러한 난폭한 애정이 없다는 것도, 그것이 문학의 소재가 될 수 없다는 것도 아니다. 문제는 작가 자신이 그 면에 대하여 아무런 의식을 가지고 있지 못하다는 것이다. 독자는 작자의 이해가 모든 등장인물과 모든 행동의 국면에 고르게 배분되지 아니한 서사적 구성을 높은 문학적 사유의 표현으로 받아들일 수 없는 것이다. 이러한 면이 더욱 분명하게 문제가 되는 것은 식민지의 억압과 봉건적 사회 질서에 대한 비판적 관점을 소설적으로 형상화한 심훈의 『상록수』와 같은 경우이다. 이 소설의 근본적인 입장의 정당성에도 불구하고 이 소설의 전체적인 전개나 장면들의 형상화가 충분한 성찰을 바탕으로 하고 있다고 할 수는 없다. 가령 농민 운동가 박동혁이 농민의 빚을 무이자로 갚기 위하여 지주와 교섭하는 장면 같은 것은 그 한 예가 된다. 지주 기천을 찾아간 동혁은 아부도 하고 책략도 쓰고 위협도 하고 거짓 술을 마시기도 하면서 교섭에 성공하게 된다. 그는 그의 이러한 행동을 "너무 외곬으로 고지식하기만 하면, 교활한 자의 꾀에 번번이 속아 떨어진다. 과거의 경험으로 보더라도 제 양심을 속이지 않는 정도로는 꾀를 써야 하겠다."[8]라는 말로 변명한다.

큰 도덕의 정당성은 이렇게 하여 너무 쉽게 작은 도덕의 부정으로 나아간다. 이러한 쉬운 도덕의 논리에 스스로를 맡기는 사람의 인격이 참으로 감동적인 주인공으로 생각되기는 어렵다. 보다 보편적인 관점에서 볼 때, 참다운 도덕은 적어도 모든 사람에 대한 존중은 아니라도 모든 사람의 진실에 대한 존중에서 출발한다.(그것은 악인도 포함한다.) 심훈이 본 현실은 물론 이러한 도덕의 모순을 받아들일 여유를 허용하는 것이 아니었을 것이고, 그의 정치적 신념의 열정은 정치적 현실주의를 정당화할 수밖에 없었

8 심훈, 『상록수』, 심훈문학전집 1(탐구당, 1966), 315쪽.

을 것이다. 그러나 작가로서 그가 이러한 문제를 참으로 깊이 생각했다고 할 수는 없다.

현실이야 어찌 되었든 문학적 사유에 있어서 사람은 모두 그 자체가 목적이라는 칸트의 도덕적 명제는 일단은 옳은 것이다. 다만 칸트의 도덕 철학이 답하여 주지 않는 것은 부조리한 인간 현실에서 도덕이 곧 아포리아에 부딪친다는 사실이다. 문학은 아마 칸트적 명제를 형상화하는 것보다는 그 아포리아를 그리는 일을 하는 경우가 많을 것이다. 그러나 이 아포리아는 칸트적 보편 명제가 없이는 아포리아로 인지되지 아니할 것이다. 문학은 드러나 있는 것이든 숨어 있는 것이든 보편적 관점 없이는 널리 설득력을 획득할 수 없다. 이것은 다른 도덕적·윤리적 변증이나 행동의 경우에도 마찬가지이다. 심훈의 책략주의는 있을 수 있는 일이라고 하겠지만, 적어도 그의 작품 속에서는 보편주의 그리고 그것의 아포리아에 대한 고민과 맞부딪쳐야 한다. 그럼으로써만 그의 소설은 보편적 설득력을 가질 것이다.

인간의 도덕적·정치적 의무 속에 들어 있는 아포리아는 비극적 문학의 커다란 주제이다. 그러나 보다 작은 차원에서도 진정한 문학적 인식은 문학적 주체의 보편성 훈련을 필요로 한다. 앞에서 본 바와 같이 릴케의 「표범」은 세계의 사물을 바라봄에 있어서 주관을 최소화하고 그것을 있는 그대로 인식하고자 하는, 사물 자체를 향한 정열에서 나온 작품이다. 이 정열은 일체의 현실적 이해관계 — 지적 상투화 속에 숨어 있는 이해관계로부터 스스로를 단절하는 환원의 기율과 절제를 가능하게 한다. 이 자기 절제를 통하여 시인은 밖에 있는 타자에게로 나아갈 수 있게 된다. 이 타자에의 접속이 단순히 동정의 감정을 통한 일체감을 말하는 것은 아니다. 시인이 「표범」에서 드러내 주는 것은 그가 본 표범의 존재의 본질적 규정이다. 그의 일종의 본질 직관이라 할 이해는 철학적이고 추상적이며, 그러니만큼 우리에게는 냉정한 눈을 느끼게 하기도 한다. 이 결점은 그것이 대상물에 대한 파악이면서 그것을 그 본질의 자유 속에서 긍정한다는 장점에 의하여 보상된다.

시적 상상력은 주체의 관점을 나 자신으로부터 대상물로 옮길 수 있는 힘이다. 시인은 사물을 그 본질로부터 — 그 존재를 규정하는 조건이면서 그것의 내면을 이루는, 본질의 관점에서 본다. 사물과 세계에 대한 릴케의 태도에서 중요한 것은 내면성이다. 이 내면성은 사물을 나의 관점에서만이 아니라 사물의 내면으로부터 보는 것을 말한다. 그러나 나의 내면에 대한 깊은 통찰 — 그 기율과 갈망에 대한 깊은 통찰이 없이 어떻게 사물의 내면에 이를 수 있겠는가? 또 내 안에서 알게 되는 내면이 보편적인 것이 아니라면, 그것이 어떻게 다른 사물의 내면이 되겠는가? 그 내면은 사실은 우리가 살고 있는 삶의 공간이기도 한 것이다. 이 공간은 다른 시(「새들이 스스로 떨어져 가는……(Durch den sich Vögel werfen……)」)에 잘 표현되어 있다. 여기에서 릴케는 나와 사물 그리고 그것을 에워싸고 있는 공간의 인식론적 그리고 실존적 관계를 가장 극명하게 설명한다.

> 새들이 스스로 떨어져 가는 하늘은 모든
> 형상이 돋보이는 익숙한 공간이 아니다.
> (저기 저 허공에서는 그대는 거부되고
> 돌아올 길 없이 멀리 사라질 뿐인 것을.)
>
> 공간이 우리로부터 뻗어 나와 사물들을 놓는다.
> 그대 한 그루의 나무의 존재에 이르려면,
> 그대 안에 존재하는 그 공간으로부터 내면 공간을
> 나무 주위에 던져 놓아라. 그를 한계로 감싸라.

나무는 스스로 금을 긋지 아니한다. 나무는 그대의
체념 속에서 모양이 되어 비로소 참으로 나무가 된다.

우리가 나무를 사실로서 있게 하려면 우리 스스로를 버리면서, 내면이면서 동시에 우리를 에워싸고 있는 공간을 나무에 던져야 한다고 릴케는 말한다. 그것이 모든 것을 뚜렷한 형상이 되게 하는 '친숙한 공간(der vertraute Raum)'이다. 시인이 바로 보고자 하는 사물은 이러한 세계의 테두리에서 바로 보인다. 거기에서만 사물은 제 모습으로 — 두드러지는 형상으로 존재한다. 릴케의 표범은 그의 스스로를 버리는 기율로써 보이게 된 것이다. 그러나 표범은 스스로를 볼 수는 없었다. 릴케의 보는 행위에는 이 표범의 보지 못함에 대한 직관이 들어 있다. 그것은 이 표범이 보게 되는 조건에 대한 소망을 숨겨 가지고 있다.

우리에 갇혀 있는 표범에게 친숙한 공간은 어떤 것인가? 그것은 그의 익숙한 삶의 공간 — 야생의 숲일 것이다. 사람에게 이 공간은 어떠한 것인가? 릴케는 파리의 가난한 사람들에게 깊은 동정을 표하는 시들을 썼다. 그러나 그는 정치적인 시인은 아니었다. 그러나 그가 말하는, 외면으로부터 재단되지 않는 세계, 모든 생명체와 사물이 그들에게 익숙한 공간에 자리하고 있는 세계 — 이것이야말로 목적만의 왕국일 것이다. 이러한 세계에 대한 비전에 정치적인 의미가 없다고 할 수 있겠는가?

(2014년)

미국의 이라크 전쟁과 세계 질서

1

2003년 봄의 미국의 이라크 침공은 그 자체로 인류사의 또 하나의 재난이지만, 세계 여러 나라와 그 나라들의 사람들에게 커다란 문제로서 논란의 대상이 되었고, 지금도 논란의 대상이라는 점에서 중요한 사건이다. 전쟁이 시작되기 전에 세계 모든 국가에서 일어난 전쟁 반대 운동은 일찍이 볼 수 없었던 규모의 것이었다. 2월 15일에 있었던 반전 시위는 세계적으로 600개의 도시에서 1000만 명이 참가했던 것으로 집계되었다. 신문들은 이를 일찍이 없었던 역사상 최초의 일이라고 보도하였다. 작다면 작다고 할 수 있는 세계의 한 지역에서 일어난 일에 이렇게 세계적인 관심이 집중된 것은 희귀한 일이라 할 수 있다. 이러한 관심 그리고 분노의 동원은 전쟁의 불행한 사태와는 별도로, 세계가 별수 없이 하나가 되어 가고 있으며, 이 하나가 되는 과정에서 새로운 세계 질서에 대한 관심과 탐구가 일고 있다는 증거이기도 하다.

한국 정부는 미국의 이라크 침공에 지지를 표명하고 파병을 결정했다. 그러나 한국 국민 가운데에도 지지하는 견해가 없지는 않겠지만, 미국의 이라크 침공에 대해서 한국인들은 대부분 비판적이라고 생각된다. 이는 국민들 사이에 있는 반미 감정 탓일 수도 있겠지만 한국인의 깊은 역사적 체험에서 나온 교훈으로 인한 것일 것이다. 한국인의 무의식과 의식의 기반에는 외세의 침공과 제국주의의 탄압 그리고 전쟁의 잔인함에 대한 체험이 있다. 민주화 투쟁에서 성장한 투쟁 정신과 그 투쟁 가운데 성장해 온 정의의 원칙에 대한 감성 또한 많은 사건에 대한 반응의 기본 방향을 결정한다. 이러한 것들이 한국인으로 하여금 본능적으로 약자의 편에 서게 하고 세계 인민의 평화와 정의를 위한 부르짖음에 자동적으로 동참하게 하는 것이다.

말할 것도 없이 전쟁에서 가장 핵심적인 관심사는 그것이 가져오는 인명 살상과 파괴이다. 미국의 새로운 전쟁 기술로 인하여 살상과 파괴의 범위가 재래의 전쟁에 비해 비교적 줄어들었다는 것이 우리가 가질 수 있는 아이러니컬한 위안의 하나이다. 그러면서도 기계화된 전쟁에서 한쪽의 압도적 우세는 전쟁의 비인간성을 더욱 강하게 느끼게 한다. 어떤 경우든 살상과 파괴가, 정도가 적다 하더라도 그 살상의 인간적 의미를 계산 외로 하는 것은 옳지 않은 일이다. 미국과 서방의 대중 매체들을 통해서 전파되는 뉴스는 대체로 미국과 영국의 피해만을 집중적으로 보도하고 — 그것도 경시해서는 안 되지만 — 미 국방성의 둔사구(遁辭句)로서 '간접 피해(collateral damage)'라고 불리는 민간인의 피해가 자세히 보도되지 않는 것은 우리의 주의력을 희석화한다. 런던에 있는 '이라크 민간인 사망자 집계 프로젝트(Iraq Bodycount Project)'의 집계에 의하면, 지금까지의 민간인 사망자는 6000명에서 7000명에 이른다고 한다.

전쟁이 가져오는 고통 가운데 죽음과 파괴에 못지않게 괴로운 것은 생활의 하부 구조와 공동체 그리고 인간적 삶의 맥락이 파괴되는 것이다. 전쟁과 같은 위기에서 준비되지 않은 사회는 야만 상태에 떨어진다. 최근 영국의 한 시사지의 조사에 의하면, 현재 미·영군의 점령하에서 이라크인들이 가장 두려워하는 일의 하나는 사회 안에 팽배하는 폭력의 난무이다. 많은 사람들이 길에 나갔다가 화를 입을 것을 두려워하는 것이다.[1] 일상생활의 붕괴, 그리고 그로 인한 야만성의 폭발은 정치를 추상적으로 생각하고 집단적 기획을 절대시하는 사람들이 간과하는 인간 현실의 진상 중 하나이다.(소련 혁명기에 시인 마리나 츠베타예바(Marina Tsvetaeva)는 혁명에 동조한 후에야 혁명의 현실이 폭력과 약탈과 피라는 것을 알게 되었다고 고백했다. 사담 후세인의 체제 붕괴 후의 이라크의 혼란은 정치 체제가 만들어 내고 파괴하고 또 그 너머에 존재하기도 하고 존재하지 않기도 하는 삶의 기본 질서에 대하여 여러 가지 생각을 하게 한다.)

2

전쟁의 현실적인 문제를 떠나서, 이라크 전쟁은 사람들의 세계 이해의 근본적 구도에 커다란 변화를 가져왔다. 어떤 사태든 현장의 인간적 진실이 가장 중요하지만, 현장으로부터 거리가 멀어짐에 따라 사람들의 반응이 간접화되는 것은 불가피하다. 비극에 대한 관객의 반응이 연민과 공포라는 것은 아리스토텔레스의 상식적이면서도 깊은 관찰이다. 여기에서 공포는 비극적 사건이 관객 자신에게도 일어날 수 있다는 가능성을 인지하는 데서 생겨나는 감정적 반응이다. 무대의 엄청난 사건은 세계의 일반적

---

1 영국의 《스펙데이터(*The Spectator*)》 조사, 《디 차이트(*Die Zeit*)》 인터넷판(2003. 7. 19).

가능성으로 확장되고 그것이 위협으로 감지되는 것이다. 비극의 관객이 아니라도 사람들은 많은 사건을 그가 거주하고 있는 세계에 대한 위협으로 받아들인다. 이러한 반응의 간접화가 반드시 나쁜 것은 아니다. 그것은 사건을 보다 넓은 테두리에서 이해하게 하고 또 최선의 경우 실천적 전략을 궁리할 수 있게 한다.

사람들의 세계 이해의 구도는 세계의 현실에 대한 이해와 함께, 그것의 정당성에 대한 믿음을 포함한다. 이 믿음이 그것을 받아들일 수 있는 현실이 되게 한다. 이라크 전쟁의 충격은 전쟁이 우리가 받아들이고 있는 세계 질서의 정당성 또는 적법성을 새삼스럽게 문제적인 것으로 만들었다는 것이다. 여기에서 정당성 또는 적법성(Legitimation)이라는 것은 막스 베버의 뜻에서 국가나 회사와 같은 사회 조직에서 지배 질서를 정당화하는 제도적·정서적·법률적·이념적 근거를 말한다. 그러나 정당성은, 피터 버거(Peter Berger)와 토마스 루크만(Thomas Luckmann)의 확대 해석으로는, 사회의 상징적 구조 그리고 궁극적으로 우주와 인간에 대한 그럴듯한 설명을 제시하는 '상징적 전체성'의 차원을 포함한다.[2] 우주론에 이를 정도로 포괄적이고 체계적이지 않더라도 사람들은 의식적이든 아니든 또 그것이 완전한 것이든 아니든 세계를 생각하는 준거가 되는 세계 질서의 지도를 가지고 있다고 할 수 있다. 그리고 사람들은 이것이 사실로서, 도덕으로서 정당하다는 믿음으로 뒷받침되기를 원한다. 이 지도는 이렇게 형이상학적인 차원까지 확대될 수 있지만, 보다 현실적으로는 자기가 살고 있는 나라와 그 나라가 위치해 있는 세계라는 중간 지대에 대한 가상적 지도도 포함한다. 그리고 세속화된 이 시점에서 이러한 지구 공간에 대한 정치 지도는

---

2 Peter L. Berger and Thomas Luckmann, *The Social Construction of Reality*(Anchor Books, 1967), p. 95.

더욱 중요한 것일지도 모른다. 미국의 이라크 침공은 이 세계의 많은 사람들의 오늘의 세계에 대한 지도와 그것의 정당성에 대한 믿음을 뒤흔들어 놓았다.

물론 세계 질서의 정당성이 문제가 된다고 할 때, 이를 지나치게 개념적으로 생각할 것은 아니다. 세계 질서의 정당성 또는 적법성으로 말할 때, 그것은 상징적 일관성을 가지고 있는 어떤 질서 또는 정의에 의하여 수립된 질서를 말하는 것은 아니다. 사람들은 그들의 정치 제도의 밑에 그것을 정당화해 주는 근거를 원한다. 그러나 이 정당성은 권력 이전에 존재하기보다는 권력 이후에 존재한다고 할 것이다. 오늘날 국가 질서 그리고 그것을 지키는 권력의 근거는 국민의 동의에 있다. 적어도 이 동의는 모든 사람의 동의를 전제로 하는 만큼 보편적 정의의 전제를 가지고 있다. 이 정의가 현실이 되지 못하는 것은 사회 자체의 여러 부분과 또 개인 사이의 이해관계의 모순으로 인한 불가피한 현실적 타협으로 인한 것이다. 그러나 옛날에 정치 질서의 정당성은 적어도 동아시아에서는 '천명(天命)'이라는 말로 표현되었는데, 이 막연한 말이 정치적 정당성을 보다 현실적으로 표현하는 말이라 생각된다.

그것은 권력자에 의해 주장되면서도 실제로 증명되어야 하는 약속이다. 처음의 주장을 뒷받침하는 것은 어떤 종류의 카리스마와 더불어 힘의 현실이다. 이러한 것들이 합쳐서 내세워지는 천명은 사후적으로 믿을 수 있는 것이 되어야 한다. 그러니까 천명은 한편으로, 실제 사회나 국가 질서가 권력에 의해 — 조직된 힘에 의해 유지된다는 것을 무시하지 못하면서, 사람들의 정당성에 대한 요구를 수용하는 개념이다. 이러한 개념의 문제는 이 글의 주제에서 조금 빗나간 것이기는 하지만, 세계 질서를 포함하여 정치적 질서를 현실적으로 이해하는 데 필요한 문제이다. 하여튼 이라크 전쟁이 미국의 패권적 질서에 새로운 정당성의 문제를 제기한 것은 이러한 현실적 정당성에 대한 것이지, 완전한 정의의 질서로서 존재하였던 세계 질서의 정당성에 대한 것은 아니다.

정치적 정당성이 복잡한 것이라고 하더라도, 국제 관계에 이러한 정당성의 문제가 일어나는 것은 오늘날 그리고 앞으로의 세계에 대한 새로운 조짐을 나타내는 것일 수 있다. 이제까지 정당성이나 적법성의 문제는 한 사회나 국가의 내부를 넘어 국가 간의 관계에서 문제되는 것은 아니었기 때문이다. 물론 20세기 중반 이전의 제국주의에서도 문명의 발전이라는 이데올로기가 있었지만, 좋은 명분의 실체가 단순한 군사력의 우위라는 것은 탈식민지 시대의 각성의 한 내용이었다. 오늘날 신식민주의론자들이 주장하듯이 이러한 사정이 근본적으로 바뀐 것은 아니다. 다만 군사력에 못지않게 경제의 힘이 중요해지고, 보다 연성의 힘, 과학 기술과 문화의 힘이 작용하게 되었다는 점이 군사적인 관계를 어느 정도 수정한다고 할 수 있을 뿐이다. 그리고 많은 우여곡절이 발생하지만, 세계가 하나의 평화 공존의 질서 속에 존재할 수 있어야 한다는 생각은 사람들의 마음속에 점점 현실적인 의미를 가지게 되는 것처럼 보인다. 이번의 이라크 전쟁에 대한 세계적 반응이 나타내고 있는 것이 바로 이러한 세계적 흐름이다.

이는 우리나라에서의 이라크 전쟁에 대한 반응에서도 볼 수 있다. 한때 한국인이 세계 무대에서 스스로의 위치를 생각할 때 사용하던 약소국이라는 말이 사라진 지는 꽤 되었지만, 한국인의 세계 질서에 대한 관심은 대체로 한반도 그리고 그 주변에 한정된 것이었다. 그러나 최근에 와서 우리의 삶의 테두리에 대한 관심은 점점 지구 전체를 포괄하는 것으로 보인다. 이것은 한국의 국제적인 행동반경이 넓어졌다는 것을 말하기도 하고 실제로 지구의 어느 곳이라 할 것 없이 삶의 지평이 전 지구적인 것이 되었다는 것을 말하기도 한다. 이번 이라크 전쟁에 대한 한국인의 반응은 이렇게 변화하는 현실을 반영한다. 그리고 이 반응은 다른 나라의 반응들과 한 고리를 이룬다. 한국에서의 비판적 반응과 관련하여 다른 나라들의 반응들을 살펴보는 것은 우리의 반응의 위치를 저울질하고 세계 질서의 문제를 생각하는 데에 도움이 될 것이다.

3

이념적 차원에서 무엇이 문제인가를 헤아리는 데에 지표가 될 수 있는 것은 이라크 전쟁에 대한 지식인들의 반응이다. 2003년 5월 31일에 유럽의 대표적 지식인들 — 독일의 하버마스(Jürgen Habermas), 프랑스의 자크 데리다(Jacques Derrida), 이탈리아의 움베르토 에코(Umberto Eco)와 지아니 바티모(Gianni Vatimo), 스위스의 아돌프 무슈크(Adolf Muschg), 스페인의 페르난도 사바테르(Fernando Savater) 그리고 여기에 미국의 철학자 리처드 로티(Richard Rorty)가 가담하여 공동 성명을 유럽의 여러 대표적 신문에 발표하였다. 이들의 공식적인 입장 천명은 유럽 전역에서 상당한 논의의 대상이 되었다. 이 성명은 미국의 이라크 침공을 비난하면서 미국으로부터의 유럽의 독립을 선언하고 세계 질서의 보편적 원칙을 천명한 것이었다.

《프랑크푸르트 알게마이네 차이퉁》(2003. 5. 31)에 실린 하버마스의 글은 미국이 보여 준 것보다 더 보편주의적 원칙이 국제적 행동의 원칙이어야 한다고 주장한다. 이 주장은 그 성격은 다르지만, 그가 1970년대에 『후기 자본주의에 있어서의 적법성의 문제(*Die Legitimationsprobleme im Spätkapitalismus*)』에서 제기했던 문제를 국제적인 질서로 확대한 것이다. 이 적법성의 문제를 다루면서 그는 정치 질서의 적법성은 단순히 힘에 의한 결정이 아니라 진리의 문제에 관계되어 있음을 주장하고, 그것이 의사소통의 보편성 그리고 궁극적으로는 보편적 윤리 규범에 연결된 것임을 논증하려고 했다. 그의 생각을 여기에서 잠깐 살피는 것은 많은 사람이 느끼고 있는 오늘의 상황에 대한 해명에 도움이 될 것으로 생각된다.

하버마스가 오늘날의 세계를 위해 적법한 이상으로 생각하는 것은 모든 사람의 인권이 보편적으로 확보되고 보장되는, 그의 표현으로 '세계주의적 질서(Kosmopolitische Ordnung)'이다. 그의 추상적 논법에도 불구하고 이 세계주의 질서의 이상을 그는 추상적으로 이해하기보다는 유럽의 역사적 체험과 전후의 업적에서 현실성을 얻고 있는 것으로 이해한다. 유럽의 업적의 핵심은 "개인의 인격적이고 신체적인 존엄을 손상케 하는 일에 대한 예민한 감수성"이다. 이것은 민주주의의 근본인 자유를 말하는 것으로 보인다. 그러나 이것이 자본주의 사회에서의 자유를 말한다면 반드시 충분한 안정된 업적이라고 할 수는 없다. 하버마스가 『후기 자본주의에 있어서의 적법성의 문제』에서 지적한 것은 자본주의 사회가 끊임없는 적법성의 위기에 부딪칠 수밖에 없는 구조적 모순을 가지고 있다는 것이었다. 그러나 오늘의 유럽은 여러 사회권의 확보를 통하여 모순의 많은 것을 극복하고 안정된 사회적 기반을 얻게 되었다. — 그는 이렇게 생각하는 것으로 보인다. 그리하여 전후 유럽의 업적으로 노동 운동 등을 통해 얻어진, 평등권의 확립을 든다. 이 평등권은 개인적 성취보다 사회적인 평등을 말하는 것으로 모든 사회 성원의 사회적 권리를 인정하는 것이다. 그의 생각에는 이것이 개인의 인격적이고 신체적인 위엄을 보장하는 핵심의 하나이다.

이러한 업적은 유럽에 한정되어야 하는 것은 아니다. 그것은 인류 공동체에 두루 보편적 의미를 가질 수 있는 것이다. 이것은 추상적 입론으로 말할 수 있는 것이기도 하지만, 역사적 경험에 의하여 실증될 수 있는 것이기도 하다. 전쟁 전후를 통하여 유럽은 권력의 횡포와 스스로 저지른 제국주의 범죄를 경험하였다. 그 교훈의 하나는 국가를 넘어가는 국제적 질서의 필요에 대한 것이다. 그리고 그러한 질서가 필요한 것이 오늘날의 세계 현실이다. 앞으로의 세계가 지향해야 할 것은 국가 주권이 보다 높은 보편적 원칙에 의하여 제한되는 세계주의의 질서이다. 여기에서 보편적 원칙의 내용을 이루는 것은 민족 고유의 권리와 함께 사회적·신체적 권리 — 인권, 아마 그의 생각으로는 사회적 내용을 가진 인권이다. 미국의 전쟁 행위에 대하여 이러한 세계주의의 옹호자와 담지자가 될 도덕적 책임을 가지고 있는 것이 유럽이고 또 유럽의 지식인이다.

하버마스의 글이 발표된 후《프랑크푸르트 알게마이네 차이퉁》에는 그의 글을 비판하는 여러 편의 글들이 발표되었다. 그 비판론의 어떤 주장은 현실적으로 유럽이 미국의 힘으로부터 독립할 힘을 가지고 있지 않으면서 이념적 독자성 내지 우월성을 내세우는 것은 무의미하다는 것이고, 또 다른 주장은 미국과 유럽은 결국 역사적으로 같은 문화와 가치를 발전시킨 문명에 속하는 사회들인데, 미국으로부터의 유럽의 독립을 말하는 것은 옳지 않으며, 서양 문명의 보편적 가치를 실현하는 데는 현실적으로 미국의 힘에 의존할 수밖에 없다는 것도 있다. 이러한 주장들은 일반적으로 서양적 가치의 옹호론이면서 그러한 가치가 현실적인 힘과의 관계에서만 정치적 의의를 갖는다는 현실론이다. 다른 비판은, 과거의 민족주의의 역사로 보아 유럽 민족주의를 환기하려는 것이 문제이며, 서구의 몇몇 지식인이 유럽을 대표할 수 있다고 주장하는 것도 위험한 환상이라는 것이다. 이것은 독일의 여러 지식인들의 반응이지만, 영국의 역사가 에릭 홉스봄도《디 차이트》(2003. 7. 10)와의 인터뷰에서 하버마스나 데리다 그리고 에코와 같은 사람이 주장하는 단일한 유럽의 가능성에 대해 회의를 표명하였다.

유럽의 의견이 하나같이 미국의 이라크 전쟁에 대해 비판적인 것은 아니다. 독일의 경우, 귄터 그라스와 같은 작가는 반전을 말하는 데 비해, 한스 마그누스 엔첸스베르거(Hans Magnus Enzensberger)와 같은 좌파 지식인은 전쟁에 지지를 보냈다. 그런데 적극적인 지지 입장을 밝힌 지식인들 중에 대표적인 사람들은 동유럽의 지식인들이다. 폴란드와 체코 같은 동유럽의 여러 나라들은 이라크 전쟁에서 미국의 입장을 지지했었다. 이것에 대해 이들 나라가 선진 자본주의 국가의 실력을 갖추지 못한 나라들이어서 미국의 강압과 회유 전략에 굴복한 것이라는 해석도 있을 것이다. 그러나 체코의 바츨라프 하벨 대통령, 헝가리의 작가 죄르지 콘라드(György Konrád) 또는 폴란드의 지식인 아담 미흐니크(Adam Michnik)와 같은 역전의 민주 투사들의 이름들을 볼 때, 그들이 단순히 위협과 회유 또는 좁은 의미의 민족주의적 이해관계의 계산에 좌우된 것으로 보이지는 않는다.

폴란드의 《가제타 비보르차》의 아담 미흐니크가 《디 차이트》의 2003년 5월 28일자와의 인터뷰에서 주장한 바에 따르면, 사담 후세인 같은 독재자—"정권에 반대하는 자의 혀를 뽑아 죽이는 독재자"는 어떤 대가를 지불하더라도 제거되어야 마땅하다. 그에게 이라크의 대량 학살 무기의 문제는 이차적인 문제에 불과하다. 중요한 것은 잔혹한 독재자의 문제이다. 국내의 반대 세력이 너무 약하거나 없는 상황에서 외부로부터의 개입은 불가피하다. 더러는 부드러운 방법으로 가혹한 정치를 순치할 수 있다고 하는 견해도 있으나, 그것은 어림도 없는 말이다. 폴란드를 비롯한 공산 국가에서 독재 체제의 붕괴가 가능했던 것은 강경책과 유화 정책이 균형을 잡았기 때문이다.(그는 이와 관련하여 북한의 문제에 대해 언급하면서, 평화 정책만으로 문제가 해결될 수 있다는 데 대해 강한 회의를 표했다.) 그의 대이라크 강경론은 공산 정권하에서 투옥까지 되면서 고통을 겪었던 개인적인 체험에서 유추된 것일 것이다.

그러나 미흐니크의 이러한 입장이 성급한 주관적 주장만은 아닐 수 있다. 앞에서 언급한 《스펙테이터》의 7월 조사에서, 이라크 국민들 중 사담 후세인을 제거하기 위한 전쟁이 옳은 전쟁이었다는 생각을 표명한 사람은 조사에 응답한 사람의 50퍼센트에 이른다. 이에 대하여 잘못이었다는 사람은 27퍼센트이고, 판단을 유보한 사람은 23퍼센트이다. "미국과 후세인 중 어느 쪽을 택할 것인가" 하는 설문에 대해, 어느 쪽에 대하여도 호불호를 표하지 않은 사람이 46퍼센트에 이르기는 하지만, 후세인이 돌아오기를 원한 사람은 7퍼센트에 불과하고, 미국을 선호한 사람은 27퍼센트이다. 전후의 기회주의적 요소를 참작하여야 할 것이나, 미흐니크의 생각대로 많은 이라크인들은 후세인의 지배를 원하지 않으면서도 그에 대하여 적극적인 대응을 하지 않았다고 할 수 있을는지 모른다. 그리하여 미국이 주장하는 바와 같이 이라크 전쟁이 이라크 사람들의 해방을 위한 전쟁이라는 말이 전혀 틀린 것만은 아닐 수도 있다. 다만 부시 대통령에게 이 사실이 구실에 불과한지 아닌지에 대해서는 알 도리가 없다.

4

이런 문제와 관련하여, 앞에서 언급한 하버마스가 생각하는 국가 주권을 넘어가는 '세계주의 질서'의 의미를 다시 검토해 볼 필요가 있다. 하버마스의 반전이 국가 주권 — 그러니까 민족 국가의 범위로 정의되는 민족의 자주권을 옹호하는 입장에서 나온 것은 아니다. 그의 생각에 의하면 보편적 원칙에 의한 국가 주권의 제한은 역사의 발전적인 변화를 나타낸다. 국가 주권의 제한이란 적극적인 의미에서 무력 개입까지도 포함할 수 있기 때문에 세계주의 질서는 절대적인 의미에서의 평화주의 원칙만을 고집하는 것은 아니다. 그것이 이상으로서 평화 질서를 지향하는 것은 사실이지만, 동시에 그 질서의 성취를 위한 현실적 수단으로서 무력 개입을 배제하지는 않는다. 강조되는 것은 평화와 전쟁의 결정에 필요한 절차적 요건이다. 그가 생각하는 세계주의 질서는 단순히 이상이 아니라 제도로서 생각되는 것이다. 제도에서 중요한 것은 정당한, 그리고 될 수 있으면 법률적으로 정의되는 절차이다. 국제 분규 또는 모든 사회 분규에서 절차에 대한 섬세한 고려가 필요한 것은, 그가 다른 자리에서 밝힌 생각으로는, 그것이 이상을 현실 속에 수용하기 위하여 절대적으로 필요한 장치이기 때문이다. 그렇지 않은 경우 이상은 참혹한 현실을 호도하는 구실로 전락할 위험을 가지게 된다. 그에게 이라크 전쟁에서 반대의 가장 중요한 원인이 되는 것은 미국의 일방주의—'패권적 일방주의(Der hegemoniale Unilateralismus)'이다. 그의 반대는 전쟁 자체 또는 전쟁의 성격에 대한 것이라기보다는 이 말이 표현하고 있는 절차적 부당성의 이유가 강하다고 할 수 있다.

하버마스는 2002년 12월 미국의 진보적 주간지《네이션(*The Nation*)》(2002. 12. 16)의 질문에 답하는「미국에 보내는 편지(Letter to America)」에서도 미국의 전쟁 의도를 비판한 바 있다. 그러나 자신의 구분에 의하면, 그는 정치적으로 독일의 친미적 좌파에 동조하는 사람이다. 이라크 전쟁의 경우에 비판은 부시 행정부의 잘못된 정책을 겨냥하는 것이지, "반미 편견의 탁류(the muddy stream of anti-American prejudices)" 자체에 동참하는 것은 아니다. 그에게 국제 관계에서 국가를 넘어가는 보편주의의 모범을 보여준 것은 미국이었다고 그는 회고하고 있다. 1945년 독일 패전 후 미국 점령하의 독일의 청년들은 미국이 과거의 승전국과는 달리 보편주의적 원칙을 존중하면서 전후 처리에 임한 점에 강한 인상을 받았다. 특히 사회 철학자로서 그에게 중요했던 것은 뉘른베르크와 도쿄의 전범 재판이 구현하고 있는 보편주의의 원칙이었다. 그것은 국가 간의 관계가 단순히 힘의 관계가 아니라 인도주의의 보편적 원리에 의하여 규정될 수 있다는 것을 그에게 보여 주었다. 전쟁에서의 잔혹 행위뿐만 아니라 전쟁 자체가 범죄 행위일 수 있다는 것은 국가의 테두리를 넘어가는 어떤 보편적 질서를 상정하는 것인 것이다. 하버마스가 1991년의 미국의 페르시아 만 전쟁과 1999년 나토의 코소보 개입을 지지한 것은, 2차 세계 대전 이후의 전범 처리와 비슷하게, 국가 주권을 넘어가는 보편적 원칙이 국제 질서에 통용되어야 한다는 생각에 따른 것이다.

그러나 이러한 국제적 간섭이 위험성을 내포하고 있는 것은 사실이다. 하버마스가 조심스럽게 생각해야 한다고 하는 점은 이 점이다. 페르시아 만 전쟁에는 이라크의 침공과 이스라엘 가스 공격 위협이라는 분명한 잘못이 있었다. 코소보에서는 인종 청소와 학살이 분명하게 저질러지고 있었다. 후자의 경우, 유엔의 안전보장이사회는 신속한 결정을 내리지 못하고 있었다. 그러나 사안의 성격이 분명했기 때문에 하버마스는 코소보 개입이 정당할 수 있다고 생각했다. 그러면서도 문제가 되는 것은 유엔의 결의가 없었다는 점이다. 이런 점에서 하버마스는 어디까지나 합리주의자이고 제도적 합리주의자이다.

앞에서 비친 바와 같이, 갈등을 일으킬 수 있는 여러 삶의 요청을 적절한 균형 속에 수용하는 데에 필요한 것이 제도이고 법률적 절차이다. 이것은 한 국가 안에서의 시민의 생활이나 국가 간이나 마찬가지이다. 국가 주권에 대한 초국가적 질서의 주장은 저절로 도덕적 정당성의 이름을 갖게 된다. 가령 한 나라의 인권 문제는 보편적 인간성의 관점에서 볼 때에 특정 국가의 통치상의 필요에 우선하는 것으로 생각된다. 그러나 이것이 한 나라의 다른 나라에 대한 무력 제재 또는 다른 형태의 제재 이유가 된다면 그것은 쉽게 전쟁과 침략의 구실이 될 수 있다. 그뿐만 아니라 그것은 그 제재를 가혹한 것이 되게 하고 타협과 화해의 가능성을 축소하는 결과를 가져올 수 있다. 도덕이 설정하는 선악의 대결에서, 적은 철저하게 악의 존재이다. 이렇게 볼 때 적을 우리와 같은, 그리고 우리가 보기에는 잘못된 것이기는 하나, 다른 관점을 가진 인간으로서 간주하기 어려워진다. 도덕적 관점에서 악과의 타협이란 악에 동참하는 것을 의미한다. 그리하여 도덕의 이름으로 행해지는 전쟁은 어떤 다른 명분의 전쟁보다도 격렬하고 전면적인 것이 될 수 있다. 이데올로기의 이름으로 행해지는 전쟁이 이런 것이다.

이러한 국제 관계의 도덕화의 폐단은, 서구의 법치주의 전통에서는 저절로 유추되어 나오는 결과이다. 법률적 권리와 도덕적 의무의 분명한 구분은 법치주의의 중요한 내용의 하나이다. 도덕의 주장은 전면적이다. 그리하여 하버마스는 오늘의 국제 관계 또는 초국가적 세계 상황에서 문제가 되는 인권도 도덕적 차원이 아니라 법률적 차원에서 정의해야 한다고 생각한다. 인권이 도덕적 차원을 가지고 있는 것은 사실이나, 그것은 일반적인 도덕의 범주에 속하는 권리라기보다 제도화된 법 속에서 규정되고 집행될 수 있는 권리이다. 인권은 서구 사회의 현대적 발전에서 기본권의 다른 이름이다.

이 기본권은 어떤 관점에서는 개인을 도덕적 명령으로부터 해방하면서 개인적 선택에 따르는 행동의 영역을 설정하는 것을 목표로 한다. "도덕적 권리는 인간의 자유 의지를 구속하는 의무로서 정당화되는 데 비하여 법률적 의무는 주로 자유 의지에 따른 행동의 권리를 부여한다."[3](이 자유 의지에 따른 행동의 권리는 다른 사람의 자유와의 관계에서 제한되는 권리이기도 하다. 여기에 더 보태어 우리는 도덕으로부터의 해방이 서구적인 관점에서는 깊은 의미에서 도덕의 근본으로의 회귀를 의미한다는 점에 주의해야 한다. 왜냐하면 칸트가 강조한 바와 같이 자유는 바로 도덕의 기초이기 때문이다. 그리고 이것을 구태여 서구적인

---

3 Jürgen Habermas, "Kant's Idea of Perpetual Peace, with the Benefit of Two Hundred Year's Hindsight", *Perpetual Peace: Essays on Kant's Cosmopolitan Ideal*(MIT Press, 1997), p. 139.

관점이라고 하는 것은 그것이 도덕과 인간의 관계에 대한 깊은 관점의 근대적 전환을 나타내고 있기 때문이다.) 이러한 착잡한 이유로 인권은 도덕적 권리가 아니라 법으로서 집행될 수 있게끔 제도화되어야 한다. 그것은 만인의 권리이면서 또 그것이 만인에 관계되는 것인 만큼 적절하게 제한되어야 한다. 이러한 권리의 보호와 제한을 포함하는 구체적인 제도의 맥락을 떠나서 그것이 마구잡이로 추구될 때, 인권도 앞에서 말한 싸움의 전면화와 위선의 구실의 역할을 할 수 있다. 도덕주의가 시민 사회의 기본권을 파괴할 수 있듯이, 국제 사회에서의 '인권 근본주의'는 진정한 평화의 질서에 역행하는 것일 수 있다. 그렇다고 하버마스가 국제 세계에서 문제가 되는 인권의 도덕적 성격을 무시하는 것도 아니고 또 그것이 새로운 세계 질서의 바탕이 되어야 한다는 요청을 가볍게 보려는 것은 아니다. 다만 그는 서구의 법치주의 전통에 따라 도덕과 법의 혼동을 경계하면서, 그것을 바르게 현실 속에 집행할 수 있는 제도적 요건들의 성립을 요구하는 것이다.

제도적 기반을 만든다는 것은 인권이나 또는 다른 보편적 권리를 현실적으로 집행할 수 있는 기구가 있어야 한다는 뜻이다. 평화를 위한 칸트의 구상은 세계의 여러 나라들이 하나로 묶이는 조건에 관계된다. 그런데 이 묶임은 궁극적으로 하나의 세계 국가에서 완성되는 것이지만, 국가 간의 연합이 그 현실적 방안이 된다. 그러나 하버마스는 국가 연합이 모순된 개념이라고 말한다. 국가가 자주적 주권을 보유한다면, 어떻게 국가 간의 갈등을 무력 충돌 없이 방지할 수 있을 것인가. 이러한 문제를 지적한다고 해서 하버마스에게 별다른 방안이 있는 것은 아니다. 오늘날 여러 국가를 하나로 묶는 기구가 있다면, 그것은 유엔과 같은 기구이다. 그러나 이것도 효과적 행정 기구와 독점할 수 있는 군대와 같은 수단이 결여된 상태에서, 칸트의 국가 연합이 가진 모든 결점을 다 가지고 있다고 할 수밖에 없다. 그리하여 하버마스는 국가들의 연합이 아니라 세계 인민이 직접 선출·구성하는 '세계 의회' 같은 것이 양원제의 의회 제도 속에 수립될 가능성에 대하여 이야기한다. 그러나 현실적으로는 지금 있는 바와 같은 유엔에 그런대로 희망을 거는 것으로 보인다. 이처럼 미비한 것일망정 제도에 대한 존중이 그로 하여금 미국의 일방주의를 거부하게 하는 강한 이유일 것이다.

여러 역전 현상이 일어나지 않는 것은 아니지만, 하버마스는 전체적으로 세계가 공동체적 일체성을 향해 나아가고 있다고 생각한다. 많은 국면의 진전은 세계 공동체의 실현이 다가오고 있다는 느낌을 주지만, 이것을 보다 확실한 것이 되게 하기 위해서는 적극적으로 각 국제기구의 기능을 확대하는 노력이 있어야 한다. 또 기본적인 인권이 현실이 되게 하기 위해서는 국민 국가의 권한이 제한되어야 한다. 그런데 실제에 있어서 세계는 하나가 아니라 제1, 제2, 제3세계로 나누어져 있다. 이와 관련하여 하버마스는 두 가지 사실에 주목한다. 그의 생각으로는 "지금 형편에서 세계주의적 차원에 이른 기구라 할 수 있는 유엔이 수립한 규범적 요구에 그 국가 이익을 조화시킬 수 있는 것은 '제1세계'의 국가들뿐이다." 그는 조심스럽게, 간접적으로 제1세계의 국가들이 새로운 세계의 실현에 주도적인 역할을 맡지 않을 수 없다고 시사한다.

5

지금까지 우리는 하버마스의 세계 질서에 관한 생각들을 살펴보았다. 그의 이라크 전쟁 반대는 그의 세계 질서에 대한 이러한 반성을 배경으로 하는 것이다. 그것은 전쟁에 대한 평화의 옹호, 미국의 부당한 이라크 침략 행위 규탄, 강대국의 횡포로부터의 약소국의 옹호 또는 민족의 자주권의 확인 — 단순히 이러한 동기나 입장에 입각한 것은 아니다. 그의 견해의 많은 것은 세계주의적 질서의 이상으로부터 나온다. 그것은 역사의 추세이며 당위이다. 지금의 시점에서 모든 국제 행동은 이 질서의 출현을 돕는 쪽으로 결정되어야 한다. 그리고 현재의 정치력이 어떤 수준에 있든지 간에 핵심적인 것은 모든 국제 행동을 잠재적인 세계 의회인 유엔을 통하여 행하는 것이다. 그러나 이 질서의 실현에 있어서의 실제적인 전위 그룹은 유럽 여러 나라이다. 우리는 그의 생각의 흐름을 이렇게 추적할 수 있다.

이 관점에서 미국의 이라크 전쟁이 유엔의 결정에 따른 것이었더라면, 그의 생각도 상당히 달랐을 것이라고 말할 수 있다. 물론 이론이 어떤 것이든지 간에, 직접적인 의미에서 느껴지는 정의의 감각이 없을 수 없고, 또 그 자신이 알고 있듯이 페르시아 만 전쟁과는 달리, 객관적 기준을 설정하기 어려운 '선제공격 전쟁'을 지지할 수 있었을지는 알 수 없는 일이다. 그것이 어떻든지 간에, 우리가 하버마스의 이러한 생각 또 논의의 맥락을 아는 것은 중요한 일이다. 그리고 우리는 세계의 평화의 전망에 대한, 그의 생각에 깊은 통찰이 들어 있음을 인정할 수 있다. 그의 생각은 가장 포괄적이고 이성적인 입장에서 모든 문제점들을 두루 살피는 일의 중요성을 증명해 준다. 현실을 사람의 질서로 적절한 것이 되게 하는 데 가장 중요한 역할을 하는 것 중의 하나가 이러한 성찰의 철저함이다.

그러나 하버마스의 입장에 문제가 없다는 것은 아니다. 하버마스의 발언 중에서 "유엔이 수립한 규범적 요구에 국가 이익을 조화시킬 수 있는 것은 제1세계의 국가들뿐"이라는 말은 맞는 말인가. 미국의 이라크 침공이 바로 이 말의 공허함을 증명해 주는 것이 아닌가. 다른 서방 국가의 경우는 또 어떠한가. 하버마스는 리처드 쿠퍼(Richard Cooper)의 견해를 인용하여, 제1세계의 특징으로 국경 장벽의 완화, 다원성, 국내 문제에 대한 국가 간의 상호 영향 증대, 내외 정책의 혼융, 공공 영역의 압력에 대한 예민성, 갈등 해소 방안으로서의 군사력 배제, 국제 관계의 법제화, 기대의 투명성과 신뢰에 기초한 안전 연대 관계 등을 들었다.[4] 이러한 기준이 얼마나 타당한가는 자세한 사실적 검토를 필요로 할 것이다.

아마 가장 심각한 것은 세계의 계층화 문제에 관한 그의 비교적 가벼운 관심일 것이다. 하버마스 자신의 표현으로도, 세계 자본주의가 "생산성 증대와 빈곤화의 가속화, 발전과 미발전을 짝지어 놓았다."[5]라고 말하고 있지만, 비슷한 개념을 좀 더 강력하게 표현한 "미발전의 발전"이란 말은 라틴 아메리카의 종속 이론 정치 경제학자 안드레 군더 프랑크(Andre Gunder Frank)의 한 저서의 제목이고 주장의 핵심을 표현한다. 프랑크가 말한 것은 바로 선진국의 발전이 후진국의 미발전 또는 후진성 촉진의 원인이라는 것이었다. 9·11 테러 사건 이후, 많은 논평가들은 사건 자체의 무법성을 개탄하면서도 다른 한편으로는 그 근본 원인이, 팔레스타인-이스라엘 갈등이라는 구체적인 국제 정치의 문제 이외에, '세계의 계층화 문제'에 있다는 것을 지적하였다.

여기에 대한 책임이 서방 세계 — 제국주의 그리고 신제국주의에 있든 그렇지 아니하든, 또는 더러 지적되어 온 바와 같이, 아랍 국가나 기타 제3세계 국가들 안에서의 사회적 불평등 그리고 민주주의의 부재에 있든 — 국가들의 복지의 차이는 오늘의 세계의 불안정의 가장 큰 원인임에 틀림이 없다. 하버마스가 원하는 세계주의 질서의 구축을 방해하는 가장 큰 요소, 또 세계를 전쟁과 테러리즘의 위협으로부터 벗어나지 못하게 하는 가장 큰 원인은 바로 이것이다. 하버마스의 견해는 이 점에 대한 강조가 충분치 않음으로써 참다운 세계적인 지평에 이르지 못한 감이 있다.('세계의 계층화'에 대한 그의 발언은 매우 불분명하고 애매한 언어로 표현되어 있다. 그것의 해소를 위한 노력은 유럽 그리고 제1세계의 의무이지만, 그것을 그가 강한 역사적 요

---

4 Ibid., p. 132.

5 Ibid., p. 131.

청으로 말하는지는 분명치 않다. 그리고 이를 더 애매하게 하는 것은 이러한 과업이 세계의 불평등에 대한 역사의식, 인권에 대한 합의, 평화 목적에 대한 공동 이해를 전제로 한다고 하는 것이다.[6] 이것은 순환 논법이다. 계층화의 완화 이전에 이러한 공동 이해의 성립은 심히 어려운 일이다. 하버마스의 유럽 중심주의는, 2003년 2월 15일에 있었던 세계적 반전 시위를 "역사에 유럽의 공론 영역의 탄생으로 기록될 것"이라고 평가하는 데서도 볼 수 있다.[7] 이는 비서방 세계의 반전 운동은 물론 미국 내의 강한 반전 시위도 무시한 발언이다.)

그러나 이렇게 말하는 것까지도 사태를 단순히 정치 경제의 관점에서만 보는 것이다. 그리고 이것은 사태의 전모를 규명하는 데 충분하다고 할 수 없다. 공허한 듯하면서도, 오늘날 서방 세계와 아랍 세계 사이의 갈등이 문화의 충돌에 의한 것이라는 것도 사실 오늘의 세계를 생각하는 데에 빼놓을 수 없는 관점이다. '문명의 충돌'이라는 개념은, 서방 세계 방어를 위한 전략적 고려를 위하여, 이슬람 세계와 기타 비서방 세계의 무지몽매를 조소하기 위하여, 또는 선진국에서나 후진국에서나 완고한 민족주의를 옹호하기 위해 사용되기도 하지만, 세계와 문명 그리고 인류가 당면한 선택에 대한 거대한 차원에서의 전망을 얻는 데에 도움을 줄 수도 있다. 영국 출신으로 프린스턴 대학 명예 교수인 버나드 루이스(Bernard Lewis)는 서방 세계에서 가장 잘 알려진 아랍 문화 연구자이다. 이슬람과 서방 세계의 갈등에 대한 그의 설명은 비교적 공정하다. 그러나 그것도 궁극적으로는 갈등의 원인이 이슬람 문명의 서방 가치에 대한 몰이해에 있다는 최종적 판단으로 돌아간다. 그러면서도 그의 이슬람론은 그가 생각하는 바와는 다른 각도에서 두 문명 사이에 있는 커다란 간격을 생각하게 한다. 이 간격

---

6 Ibid., pp. 132~133.

7 *Die Frankfurter Allgemeine Zeitung*(2003. 5. 31).

은 루이스가 언급하는 아랍의 사상가의 한 사람의 경우에 비추어 간단히 시사될 수 있다.

사이드 쿠틉(Sayiid Qutb)은 흔히 오늘날 이슬람 근본주의의 대표적인 사상가 및 운동가로 알려져 있다. 그가 활동했던 이슬람형제동맹은 그의 조직 활동의 중심이었고, 그가 나세르 정권하에서 투옥되어 복역 중에 집필한 『길잡이』는 정신적인 영감의 원천이 되었다. 이집트의 교육부에서 근무하던 그는 1948년부터 1950년까지 미국에 유학했는데, 그에게 미국은 정신적·성적 타락의 나락 속에 있는 것으로 보였다. 이 미국 경험은 그로 하여금 이슬람의 정신주의를 다시 발견하게 하고 이슬람의 부흥을 위하여 적극적인 활동을 시작하게 한다. 미국에서는 모든 것이 물질적 향락과 번영의 척도로 재어진다. 종교까지도 그러하다. 그의 미국 인상은 이렇게 대표적으로 집약된다고 루이스는 본다. 그가 미국의 종교에 대해 말한 것은, 루이스의 소개에 의하면, 다음과 같다.

> 미국의 교회는 …… 사업과 비슷하다. 그리하여 고객을 유치하고 이름을 내고, 상점이나 극장의 고객과 청중 유치법을 사용한다. 교회의 목사는, 사업가나 극장 지배인이 하듯이, 성공을 가장 중요시한다. 성공은 크기와 숫자로 측정된다. 손님 유치를 위하여 교회는 광고에 수치를 느끼지 않고 미국인이 원하는 오락을 …… 제공한다. 그리하여 교회의 레크리에이션 회관은 성직자의 축복을 받으며 무도회를 열어 남녀가 만나고 사귀고 접촉하는 장소가 된다. 심지어 목사들이 나서서 불을 어둡게 하여 춤의 열광을 부추기는 일을 한다.[8]

---

8 Bernard Lewis, *The Crisis of Islam*(Modern Library, 2003), p. 79.

루이스는 계속하여 이러한 댄스파티에서 어떻게 남녀의 몸이 서로 맞닿고 음란한 분위기가 넘치게 되는가를 말한 쿠틉의 글을 인용하고 있다. 그리고 전체적으로 이러한 관찰들을 통해서 쿠틉은 미국의 성적 문란을 규탄하면서 반미주의를 강화해 갔다고 루이스는 말한다. 쿠틉이 목격한 일부 교회에서 벌어지는 이러한 일들을 미국이라는 사회를 전체적으로 재단하는 반미주의의 근거로 삼았다면, 그의 태도는 너무 조급한 것으로 보인다. 추측하건대 쿠틉의 미국 규탄에는 더 전면적인 판단들이 있을 것 같고, 우리는 이러한 부분을 예시하는 루이스가 그를 균형 있게 소개하고 있는지에 대하여 의심을 가질 수 있다. 이러한 인용에서 우리가 우선 받는 인상은 일부 젊은이들의 성적 문란을 문제 삼는 쿠틉의 편협한 전통적 도덕관이다. 좁은 도덕적 전통 속에 붙잡혀 있는 사람의 특징은 대체로 성 문제에 대한 편협한 선입견에서 잘 드러난다. 그리고 그것은 일반적으로 세계에 대한 편협한 태도의 특징이다. 루이스가 의도한 것이 특히 쿠틉과 같은 사람의 편협성을 보여 주려고 한 것은 아닐지 모르나 그가 이러한 예를 통해서 오늘날 서방과 이슬람의 갈등이 프로이트 이후의 성 해방을 수용한 근대적 자유주의와 봉건적 도덕의 갈등이라는 것을 보여 주려고 한 것은 사실이다.

그러나 더 생각해 보면, 루이스의 예시는 반드시 부분적이고 편벽된 예시라고 할 수는 없다. 교회가 세속적인 가치 — 성공과 광고와 대중적 호소를 중시한다면, 그것은 상업적 가치와 태도가 가장 엄정해야 할 종교까지, 그러니까 정신의 가장 내밀한 부분까지 침투했음을 말한다. 이러한 상황에서 무엇이 — 정치든, 문화이든, 사회 일반이든, 개인의 삶이든, 정신이든, 물질이든 — 시장의 타락으로부터 자유로울 수 있겠는가. 루이스의 설명으로는 쿠틉의 미국과 서방에 대한 판단은 전근대의 암흑으로부터 나온 시대착오적인 편견이라는 인상을 준다. 그런 면이 있는 것은 사실이다.

그의 성 문제에 있어서의 편견은 오늘의 시점에서 편견임이 분명하다. 그리고 그에 관한 다른 보도는, 그의 반유태주의에는 히틀러의 반유태주의를 연상케 하는 면이 있다고 한다. 그러나 쿠틉이 중세의 산에 살다가 현대의 도시에 갑자기 나타난 예언자는 아닌 것으로 생각된다. 그는 현대 유럽의 사상에 밝았고, 특히 프랑스의 노벨 의학상 수상자이고 가톨릭 사상가인 알렉시 카렐(Alexis Carrel)의 상상에 공감했다고 한다. 카렐에게도 나치스와의 공감이라는 문제가 없는 것은 아니다. 그러나 이런 사상가는 카렐이 아니라도 서양의 내부에서 많이 발견할 수 있다.[9]

루이스의 이슬람 진단에서 그가 이해하기 어려운 것으로, 그러니까 비이성적인 것으로 생각하는 것의 하나가 이슬람 세계의 반미주의이다. 그는 쿠틉과 같은 사람의 반미주의도 그 테두리에 들어가는 것으로 시사한다. 그러니까 쿠틉의 반미주의 그리고 이슬람 세계의 일반적인 반미주의는 근거를 가진 합리적인 것이라기보다는 반미를 위하여 치우친 증거를 갖다 대는 것으로 생각하는 것이다. 아랍의 관점에서 반미주의의 출발은 미국이 그 지역의 제국주의 세력이었던 유럽의 동맹 세력이었다는 사실에 연유한다. 그다음 원인은 미소 냉전 체제하에서 미국이 아랍 지역 내에 군사 거점을 만들고 또 세력 균형을 유지하기 위하여 여러 정치적 전략을 사용한 것이다. 이러한 배경에 추가하여 루이스는 반미주의를 강화했을 몇 가지 구체적인 사연들을 이야기한다. 가장 중요한 것은 이스라엘에 대한 미국의 전폭적인 지지이지만, 이 이외에도 아랍 국가들의 자원을 악용하고, 미국의 편의에 따라 부패하고 억압적인 아랍 정권을 지지하는 등의 요인이 반미를 불러일으킨 원인이 될 수 있었다. 그러나 루이스는 국제 정치의 관점에서, 미국이 크게 잘못한 것은 없다고 생각한다. 중동 지방의 대부

---

9 Rudolf Walther, "Die seltsamen Lehren des Doktor Carrel," *Die Zeit*, no. 31(2003. 7. 31).

분의 문제는 유럽 제국주의의 유산으로, 미국은 그것을 떠맡은 것인데, 실제 미국은 이 물려받은 문제들의 해결에 적지 않은 노력을 기울인 셈이다. 가장 큰 문제인 이스라엘 문제는 유럽 역사의 모순이 만들어 낸 부산물이다. 이것의 평화적인 해결을 위한 미국의 노력은 적어도 초창기에는 아랍 측에 불리한 것으로 해석할 수 없는 것이었다. 때문에 루이스는 미국의 국제 정치상의 성패와 아랍의 과도한 반응 사이에는 수미가 맞지 않는 것이 있다고 생각한다. 특히 미국에 대한 반응이 이슬람 세계의 러시아(구소련)에 대한 반응과 크게 대조되는 점에서 그러하다. 러시아의 아랍 세계에 대한 침공은 근대 이전으로 거슬러 올라간다. 소련은 그 연장선상에서 중앙아시아 이슬람 국가들을 병합하였다. 군사 기지와 영향력 확장에 있어 소련의 이슬람 세계 침투는 미국의 그것에 못지않았다. 그 최후의 무력 침공이 아프가니스탄 전쟁이었다. 그럼에도 이슬람 세계의 소련에 대한 반감은 그렇게 크지 않다는 것이다.[10]

그러면 사실적 정황에 맞지 않는 반미주의를 어떻게 설명해야 하는가? 루이스가 여기에 대하여 정답을 가지고 있는 것으로 보이지는 않는다. 설명이 있다면, 그것은 이슬람 세계가 가지고 있는 자기모순에서 찾아야 한다고 그는 시사한다. 근본 원인은 이슬람 국가들이 변화하는 세계에 적응하지 못하고 근대화에 실패한 데에 있다. 루이스는 『이슬람의 위기』 이전의 저서 『무엇이 잘못되었는가?(*What Went Wrong?*)』(Oxford University Press, 2001)에서 더 넓은 역사적인 관점에서 이 문제를 다루고 있는데, 가령 이슬람 국가들의 근대화의 실패를 나타내는 증거의 하나로서 한국과 같은 나라에서 건설 기술을 빌려 와야 하는 수모를 말하고 있다.(근대화의 실패는 근대 세계로의 잘못된 편입으로 인한 것일 수도 있다. 가령 사우디아라비아에서 석유가

---

10 Ibid., pp. 82~102.

가져온 부는 한편으로 사우디아라비아로 하여금 현대적인 사업 기반을 구축할 필요를 느끼지 못하게 했고 다른 한편으로 이 부의 사회적 분배는 전통적인 사회관계에서 중요했던 공동체적 유대를 약화시켰다.[11])

근대화 실패의 한 원인은 의지의 결여라고 할 수 있다. 그것은 이슬람 문명의 오만에 관계되어 있다. 오랫동안 이슬람은 세계 최고의 문명이었고, 그 변두리에 존재하는 유럽은 아랍인의 눈으로 볼 때 배워 올 것이 없는 미개지에 불과했다. 그러한 인식 속에서, 그들은 빈번한 접촉에도 불구하고 근대적 변화를 흡수할 기회를 놓치고 만 것이다. 이러한 진단이 어느 정도 정확한지는 판단하기 어렵다. 그러나 하나의 문명과 또 문명 안에 사는 사람의 오만과 또 오만을 허용하는 현실 상황이 역전되었을 때 갖게 되는 질시와 분노는, 사소한 개인 심리를 역사의 움직임에까지 부당하게 확대하는 느낌을 주면서도, 문명과 인간의 상호 작용에서 중요한 동기가 될 수 있는 것으로 보인다.

왜곡된 전체 질서 안에서의 자기 정립의 어려움은 국가나 사회 사이에도 작용한다. 어느 나라의 사람이란 사실이 자기 정체성에 가장 중요한 요소의 하나가 되어 있는 오늘의 시점에서 선진, 후진에 의한 국제 사회의 서열화는 그대로 수모와 굴욕의 체제가 되고 심리적 상처의 원인이 된다. 후진국인에게는 선진국인의 악의의 행동은 물론이거니와 후진으로부터의 탈출을 원조하겠다는 선의의 행동까지도 상처와 원한, 르상티망(ressentiment)의 원인이 될 수 있다. 이러한 상호 관계의 변증법은, 가장 평화적인 경우에도 선진국과 후진국의 관계의 깊은 무의식 속에 작용하게 마련이다. 미국이 제국주의적인 정책을 추구하느냐 않느냐를 떠나 반미주의의 토양은 이미 존재할 수밖에 없는 것이다. 이것은 선진국이 되지 못한

---

11 Ibid., p. 130.

모든 나라와 미국의 관계에 작용하게 마련이지만, 루이스가 말하는 대로 세계 최고의 문명이라는 자랑을 가졌던 이슬람권에서 특히 그러리라는 것은 쉽게 상상할 수 있는 일이다.

그러나 감정적인 반미주의 그리고 무엇보다도 르상티망의 정치, 한의 정치가 이슬람 세계나 다른 제3세계의 현실 문제에 대한 답이 될 수는 없다. 말할 것도 없이 갈등의 구체적인 원인이 있다면, 그것이 제거되어야 한다. 그러나 가령 근대화를 불가피한 역사적 추세라고 할 때, 선진, 후진의 서열화는 아니라도 가치화는 불가피한 세계 현실의 일부인 면이 있다. 그것을 받아들이고 그것을 정면으로 마주 보는 것이 아니라 상처의 변증법에 빠져 있는 것은 낭비적인 자기 탐닉이라고 할 수 있다. 그것보다는 근대화의 과제를 받아들이는 것이 건설적인 태도라는 주장이 가능하다. 이 과제는 민주 제도와 산업화의 두 근대화 혁명과 그것을 통한 모든 개인의 사람다운 삶의 확보를 제도화하는 사회의 수립을 의미한다. 이것이 이슬람 세계는 물론 널리 전 지구적으로 가능하기 위해서는, 앞에서 언급한 하버마스의 용어로서 세계의 계층화를 극복하는 전 지구적인 노력이 필요하다. 여기에서 절대적으로 필요한 것은 선진국들의 국가 주권의 제한이고 그 국익 추구에 대한 억제 방책이다.

6

이렇게 말하는 것은 산업화의 확대 자본주의적 발전의 세계적인 확산을 긍정적으로 상정하고 말하는 것이다. 그러한 연장선상에서 세계사가 어떤 고비에 이를지는 아무도 분명하게 말할 수 없다. 그러나 세계사의 끝이 단순히 미국 또는 서구의 모형의 경제 발전의 전 지구적 확산을 의미한다고 할 수는 없다. 그것은 지구 자원과 환경의 제한으로 보아도 불가능하다. 자원이나 환경의 요인이 없다고 하더라도 광범위한 자본주의적 발달이 확고한 세계 질서를 가져올 것인가 하는 점에 대해서는 낙관할 수 없는 이유들이 있다. 그중에도 위험한 것은 자본주의가 내장하고 있는 무한한 갈등 생성의 에너지이다. 정치하고 거대한 억제 장치가 없이, 그것이 평화의 질서로 결과할 가능성은 거의 없다고 하는 것이 옳을 것이다.

그러나 자본주의적 발달에 대한 가장 큰 저항은 인간의 내면으로부터 나올지 모른다. 사람의 정신적 인간 실현에 대한 갈망은 물질생활이 풍족할수록 더욱 강력해질 가능성이 크다. 공산주의 몰락 후의 많은 사회주의자들은 그 인간 우애의 이상은 풍부한 경제력의 발달 이후에야 기대할 수 있다고 말한다. 이것은 20세기에 있어서의 거대한 사회주의 실험이 실패한 후, 많은 사람이 깨닫게 된 인간성에 대한 진실이다. 이것은 특히 마르크스주의자들의 통렬한 깨달음이었다. 이것을 약간 농담 섞인 말로 표현하여 영국의 마르크스주의 문학 이론가 테리 이글턴은 "멋을 부릴 여유가 있는 사회(a well-heeled society)"만이 사회주의 이상, 자유, 평등, 우애 그리고 인간성의 완전한 실현 능력이 있다고 말했다.

이러한 견해는 "먹는 것이 유족하고야 예의가 가능하다."라는 동양의 옛 지혜를 현대적으로 표현한 것이다. 사람이 생물학적 존재라는 점에서 기본적인 물질적 조건의 확보가 있은 다음에야 다른 것이 가능하다는 것은 자명하다. 그러나 동시에 사람은 스스로를 위해서나 사람과의 관계에서나 단순한 물질적인 것 이상의 것을 원한다. 진선미도 사람의 욕망의 중요한 대상이다. 그리고 인간관계에서의 상호 존경과 예의가 없는 사회가 사람이 사는 사회일 수가 없다. 이를 위해서도 물질적 조건의 충족이 우선 필요하다. 그러나 물질의 발전이 정신의 성장을 저절로 가져오지는 않을 것이다. 물질의 운영 자체는 물질이 아닌 인간 정신이 이끌어야 한다.

그러나 사람에게는 이것보다 더 강력하고 거대한 정신적인 갈망이 있을 수 있다. 사람의 삶의 최종적인 테두리가 사람의 경영과 인식과 즐김의 범위를 넘어가는 어떤 것이라는 느낌은 종교적인 것이면서도 일상적인 것이다. 그러면서 기이한 것은 이 알 수 없는 거대함이 사람 외경과 순응의 엑스타시스(ekstasis)와 평화를 줄 수 있다는 것이다. 사람의 삶과 인간 역사에 있어서의 이러한 정신적 체험의 느낌이 단순히 억압과 물질적 빈곤에 대한 간접적인 반응이라고 할 수는 없다. 그러한 의미에서 이슬람과 서양의 물질문명은 역사의 다른 단계가 아니라 사람의 삶의 다른 방식을 대표한다고 할 수 있다. 그런데 놀라운 것은 이슬람 그리고 많은 종교적·도덕적 삶이 표방하는 금욕적인 삶은 정신주의적인 삶의 지표를 말하는 것이면서도, 사실은 가장 현실적으로, 지구의 자원과 환경의 제한을 전제하여 참작한 삶의 방식으로 볼 수 있다는 점이다. 정신과 물질의 금욕주의이며 공동체주의라는 점에서 이슬람은 종교이면서 하나의 총체적인 삶의 방식을 대표한다. 그런 점에서 오늘의 이슬람-서방의 갈등은 참으로 문명의 충돌을 나타낸다고 할 수 있다.

그러나 이슬람적인 삶 또는 일반적으로 금욕적이면서 환경 친화적이며 인인(隣人) 친화적이며 인간적인 삶이 가능하다고 하더라도 그것이 하루아침에 이루어질 수 있다고 생각하는 것은 비현실적이다. 오늘의 세계가 하나가 되어 가는 것은 거꾸로 돌려놓을 수 없는 역사의 흐름이다. 모든 현대인은 지상의 행복의 열매를 이미 먹고 난 후의 시대에 살고 있다. 이 점에서 이미 현대인은 하나가 되어 있다. 현대인의 정신은 극단적인 금욕의 삶을 수용하지 못할 것이다. 그것이 어떤 것이든 이제 인간적 행복의 삶—정신적 행복을 포함하는 인간적 행복의 삶까지도 적절한 물질적 조건이 없이는 다수 인간에 의하여 받아들여질 수는 없다. 보다 높은 정신적 갈구—종교적이고 초월적인 갈구도, 예외적인 인간의 경우를 빼고는 이러한 연장선상에서 충족될 수밖에 없을 것이다. 무엇보다도 중요한 것은 인간 생존의 평정화이다. 그것 없이는 초월적인 정신이 설 자리도 있을 수 없다. 그러나 앞에서 말한 바와 같이 절대화한 도덕은 가공할 전제주의의 도구가 될 수 있다.

인간 정신의 현세적인 조건에 더하여 오늘의 세계화는 이슬람적 세계에 외적인 제약을 가한다. 자본주의적 팽창이 이슬람의 문턱에서 멈추어 설 수 있을까? 오사마 빈 라덴의 미국에 대한 요구의 하나는 이슬람교의 성지인 아라비아 반도로부터 미국 또는 기타 이교도들이 철수하라는 것이다. 이것은 얼른 보기에는 그의 요구 중에도 가장 작은 요구로 보이고 실현 불가능한 요구인 것으로 보이지도 않는다. 그러나 그러한 요구의 심각성이 마음으로부터 긍정되지 않는 한, 이 영역의 침투는 다른 형태로 다른 방법으로 계속될 가능성이 크다. 설사 이슬람과 자본주의 체제가 공존하는 세계를 구상한다고 하더라도 그것은 양측의 강화 조약을 필요로 한다. 그것은 다시 말하여 그 강화의 조건의 집행을 위하여 세계적인 연합 기구가 필요하다는 것을 뜻한다. 그것은 세계적 질서의 구상하에서만 현실적 가능성을 얻게 될 것이다. 하버마스가 시사하고 있는 절차적 발전은 평화의 질서를 위한 유일한 길이다.

하버마스는 자본주의적 세계화가 그 나름의 공적 영역—공론의 광장과 공적 활동의 공간을 낳을 가능성에 대하여 언급하였다. 또 국제적인 분쟁 해결 그리고 지구적인 문제 해결의 기구가 성장해 가고 있는 것도 말하였다. 지금 할 수 있는 일은 아마 작용의 결과이든 반작용의 결과이든, 이러한 새로 출현하는 계기의 숙성을 기다리고 북돋는 일일 것이다. 실존주의자이기도 하고 현상학자이기도 하면서 마르크스주의자였던 메를로퐁티는 "역사의 변화는 마치 시인이 주어진 사물을 비유적으로 전용하듯이 이루어진다."라고 말한 일이 있다. 일차적인 것은 주어진 상황이고 그다음은 그것을 시적인 비전 속으로 거둬들이는 일이다. 이것은 국내의 상황에 도 해당되고 세계 질서의 문제에도 해당된다. 미국의 이라크 전쟁은 엄청 난 사건이면서, 우리에게 세계 질서에 대한 여러 가지 생각을 검토하게 한다. 세계 질서의 전제는 우리가 생각하고 행하는 많은 일의 밑에 가로놓여 있는 근본적 테두리의 하나이다.

(2004년)

테러리즘의 의미

시대와 조건: 김화영, 「알베르 카뮈: 반항과 테러에 대한 성찰」에 대한 토론문

김화영 교수가 이미 지적하고 있는 바와 같이 카뮈의 시대에 못지않게 폭력과 무력이 난무하는 시대에 있어서, 카뮈의 폭력론을 다시 돌아보는 것은 매우 적절한 일로 생각된다. 여기에서 폭력이라 함은 물론 정치적 목적의 폭력을 말한다. 세계적으로 정치적 폭력이 난무할 뿐만 아니라 적극적으로 옹호되는 경향이 강하다. 이러한 때에 폭력의 비판은 절실히 요구되는 일이다. 우리 사회도 많은 폭력을 경험하였고, 또 그것을 옹호하는 정치적 수사를 많이 들어 온 사회이다. 지금도 그것은 멀지 않은 곳에 잠복해 있다고 할 수 있다. 정치에 으레 존재하는 것으로 되어 있는 부도덕의 여러 행태들 — 정치 자금, 부패, 권모술수, 거짓, 이러한 것들은 폭력의 변종이다. 정도를 달리하여 그것도 다른 폭력이나 마찬가지로 인간의 도구화를 당연시하는 것들이다.

김화영 교수가 설명해 주는 카뮈의 정치적 폭력에 대한 생각에 대하여 생각나는 것을 몇 가지 피력하여 김 교수의 보충적 설명을 청해 보고자 한다. 간단히 압축하면, 카뮈의 정치적 폭력 비판은 윤리 의식에서 나오는 것으로 보인다. 김화영 교수가 드는 예에 따르면, 『정의의 사람들』에서 세르주 대공을 살해하기로 한 주인공 칼리아예프는 세르주 대공의 마차에 아이들이 타고 있었기 때문에 폭탄을 던지지 못한다. 무고한 아이들을 죽일 수 없다는 그의 결정은 이 윤리적 태도를 가장 극명하게 나타낸다.

다른 한편으로 김 교수가 지적하는 것처럼, 카뮈에게 정치적 폭력의 억제에 작용하는 것은 엄밀한 의미에서 윤리나 도덕이라기보다는 사람의 삶에 대한 총체적 긍정이다. 그에게 정치에 맞서서 중요했던 것은 바다나 태양과 같은 자연의 아름다움이고 그 안에서 육체를 가진 인간이 느낄 수 있는 행복이다. 이것은 그의 알제리아의 추억에 뒷받침되는 것이기도 하지만, 당대의 정치 상황에도 관계되어 있던 것으로 생각된다. 결국 정치적 테러는 인간의 삶을 지나치게 추상적인 정치적 기획 속에서 이해함으로써 정당화된다. 이에 대하여 카뮈에게는 구체적 삶의 현실이 중요했다. 그에게 인간의 삶의 진실은 추상적 개념에 의하여 완전히 포착될 수는 없다. 윤리의 명령에 못지않게 진리가 문제이다.

그런데 삶에 대한 추상적인 이해로 대표적인 것은 사회주의 혁명의 거대한 정치 기획이다. 당대의 유럽 지식인의 마음은 싫든 좋든 마르크스주의와 소련 혁명의 의미를 두고 맴돌았다. 마르크스주의 기획은 폭력 혁명에 의한 사회의 개조를 포함한다. 그것은 인류 역사의 발전을 위해서 불가피한 것이라고 정당화된다. 마르크스주의와 아울러 카뮈는 독일의 나치즘이나 이태리의 파시즘도 생각했을 것이다. 사람의 삶을 거시적인 추상을 통하여 보는 이러한 이데올로기들에 대하여 구체적인 삶의 행복은 하나의 안티테제가 된다.

오늘의 삶에서 행복을 발견할 수 없다고 생각하는 사람들에게도 이 말이 설득력이 있는 것일까 하는 물음을 가질 수 있다. 카뮈는 가난이 그의 행복을 불가능하게 하지 않았다고 한다. 김화영 교수는 『정의의 사람들』

의 도라와 칼리아예프의 생각을 요약하여, "(1) 추상적이고 (2) 머나먼 미래로 미루어진 '정의'의 이름으로 그보다 더 거센 '불의'를 행하는 것을 거부한다."라고 한다. 어쩌면 이것은 다시 말하여 윤리적 입장을 표명한 것이라고 하겠는데, 거기에 실용적 관점이 추가된다. 유토피아의 계획은 너무 추상적이고 요원하다는 것이다. 유토피아를 버리게 하는 것은 그 요원함이 아니라 비현실성일는지 모른다. 완전히 유토피아적인 행복의 불가능은 오늘의 현실에서 행복을 찾게 한다. 카뮈의 시대에 이미 추상적 기획의 유토피아가 허구라는 것이 드러나고 있었지만, 공산권이 몰락한 지금에 와서 이것은 조금 더 분명해진 것으로 생각된다. 하여튼 사람들이 불의의 일을 행하지 않게 되는 것은 윤리적 판단에서, 그리고 또 그에 대한 현실적 판단에서일 것이다. 김화영 교수의 설명으로는 실현 가능성의 문제보다는 논리적·윤리적 결단의 힘을 카뮈는 믿었던 것으로 보인다.

카뮈 그리고 당대의 지식인들의 마음을 사로잡고 있었던 것이 공산주의 혁명이라는 점은 분명하게 상기할 필요가 있는 일이다. 카뮈의 정치 폭력에 대한 생각을 빌려 오늘의 상황을 이해하려고 한다면 특히 그러하다. 오늘날 테러리즘이라고 불리는 것은 마르크스주의의 이데올로기의 혁명적 폭력과 같은 것은 아닌 것으로 생각된다. 오늘날 많은 테러리즘은 아랍인에 의하여 자행되고 있다. 이것은 흔히 이슬람 근본주의라는 종교적 이데올로기에 의하여 정당화된다. 오늘의 삶의 현실을 저 멀리 초월하는 이념에 의한 오늘의 삶의 훼손의 정당화 — 이 점에서 그것은 소련 혁명에 있어서의 폭력에 비슷한 점을 가지고 있다.

그러나 구체적 원인이 없는 것은 아니다. 아랍 테러리즘의 출발은 팔레스타인 사태이다. 팔레스타인인들은 이중으로 이스라엘로부터 핍박을 받고 있다. 그들은 자신들의 땅에 독립된 국가를 갖기를 원한다. 그것이 불가능하다면, 그들은 이스라엘 안에서 유태인과 똑같은 기본권을 누리면서 살 수 있어야 한다. 지금 이스라엘 정부는 이 두 가지 가능성을 향한 모든 길을 막고 있다. 그것도 막대한 군사력과 정치력과 경제력을 총동원하여서이다. 국가의 무력을 동원한 무차별 살상과 파괴가 여기에 포함된다. 팔레스타인인에게는 극한적인 저항밖에 다른 방법이 없는 것처럼 보인다. 그들은 최소한의 조건을 확보하려는 것이지 어떤 유토피아적 기획을 잔인한 수단으로 수행하겠다는 것이 아니다. 그들의 저항은 카뮈의 반항의 범주에 드는 것이라 할 수 있을 것이다. 물론 그들의 무차별 살상이 정당하다는 것은 아니다. 뿐만 아니라 그것은 아무런 현실적인 결과를 이룩하지도 못하고 그것을 불가능하게 한다. 그러나 더 큰 책임은 이스라엘의 국가 테러리즘—다분히 유태의 신화와 종교에 호소하는 이스라엘의 국가 테러리즘에 있다. 그것이 중단되어야 한다. 그리고 미국은 그것을 조장하는 정책을 지양하고 평화적 해결의 모색에 적극적인 도움을 주어야 한다.

이것은 쓸데없는 남의 이야기이다. 다만 카뮈가 많이 생각하고 있는 것은 혁명적 폭력 그리고 공포 정치, 즉 체제가 된 폭력 이데올로기라는 것을 분명하게 하는 것이 필요하지 않나 해서 말하는 것이다. 생각은 현실 속에 위치되어야 한다. 조금 더 말한다면 카뮈가 생각한 것도 이것일 것이다. 그러나 몇 마디 사족을 붙이면, 카뮈의 많은 발언은 너무 프랑스적 역설—현실의 역설보다는 수사적 역설에 의존하는 인상을 준다. "폭력은 불가피한 것이라도 정당화될 수는 없다." 왜 불가피한가? 거기에 '한계'가 있어야 한다고 한다. 무슨 한계인가? 폭력은 일어나지만, 불가피한 것은 아니다. 한계는 분명하다. 모든 것을 견딜 수 있는 성자가 아닌 사람의 세상에서는 그것은 정당방위의 경우에만 정당하다.(물론 여기에서 제도적 폭력에 대한 대항적 폭력으로서의 혁명은 제외하여야 한다. 제도적 폭력이란 비유에 불과하기 때문이다.)

김화영 교수가 인용하는 바에 의하면, 카뮈는 "나는 정의를 믿는다. 그러나 그 정의에 맞서서 나의 어머니를 보호하겠다."라고 했다 한다. 알제리아 해방 투쟁이라는 현실 상황에서 이것은 여러 의미로 해석될 것이다. 그러나 내가 말하고 싶은 것은, 그것이 서로 모순되는 경우에도, 정의도 지키고 어머니도 지키고 싶은, 이러지도 저러지도 못하는 상황도 있다는 사실이다. 사람 사는 데에 더 많은 것은 이러지도 저러지도 못하는 경우일 것이다. 카뮈의 역설들은 삶의 이러한 상황들에 지적인 표현을 주려고 한 것이라고 할 수 있지만, 어떤 때에는 역설로도 정식화할 수 없는 모호한 일들이 많다. 하나하나의 경우를 잘 들여다보는 수밖에 없다.

(2003년)

주체와 그 지평[1]

1

일반적으로 데카르트의 『방법 서설』이나 『제1철학에 대한 명상』을 근대성의 발원지 또는 근대적 사유 방식의 출발점으로 삼는 것이 통례다. 보다 더 정확하게 말하자면, 근대적 사유 방식은 데카르트가 독일의 울름 근처의 마을에 은거해 있던 1619년 11월 10일을 기점으로 시작되었다고 할 수 있는데, 그날 그는 난로 옆에 앉아 그때까지 자신이 걸어온 지적 행로를 놓고 깊은 생각에 잠기게 된다. 그는 어린 시절부터 문학·언어·철학·신학·당대의 과학을 포함하여 그가 생각하기에 유럽에서 최상의 학파의 지적 자산이라고 믿었던 것들에 대한 학문적 연구에 몰두했던 것이다. 그러나 이처럼 전통적인 학문 연구에 몰두했음에도 불구하고 자신이 오류

---

1 원제는 "The Subject and Its Horizon"으로, 2001년 부산대학교 인문학연구소가 주최한 제2회 인문학국제학술대회에서 발표되었다. 이 글은 영문 원고를 서울대학교 영어영문학과 장경렬 교수가 번역한 것이다.(편집자 주)

와 의혹에서 자유로울 수 없다는 결론에 이르게 된다. 또한 엄격한 검증 과정을 거치는 경우 확실성을 유지하기 어려운 의견이나 편견을 공부하는 데 자신을 맡겼다는 데에도 생각이 미친다. 따라서 그는 일체의 전통적 학문 연구와 거리를 둔 다음 오로지 자신의 이성에 의지하여 진리를 추구하기로 마음먹는다.

이 같은 목적을 실현하기 위해 그가 설정한 첫 번째 규칙은 "대상의 진릿값에 대한 확고한 지식을 얻지 못하면 절대로 그 어느 것도 받아들이지 말자는 것"이었다. 말하자면 "서둘러 결론에 이르거나 선입견을 갖지 않도록 조심할 것, 나의 마음에 너무도 명백하고 선명하게 그 모습을 드러내어서 어떤 경우에라도 그에 대한 의심을 갖지 않을 것들만 판단에 포함시키도록 조심할 것"[2]을 첫 번째 규칙으로 삼았던 것이다. 이처럼 '나'의 판단이 이루어지는 법정에서 모든 것이 '정당화(justification)'의 과정을 거쳐야 한다. 그 밖에 그가 세운 규칙에는, 판단하는 자아가 반드시 공정한 절차—추론적 분석 절차로 명명될 수 있는 절차—를 따를 것이 포함된다. 추론 기능만을 자아에 남겨 놓았을 때, 바로 이 자아에 알맞은 절차를 세우고자 했던 것이다. 즉, 검토 대상을 가급적 세밀하게 여러 부분으로 나누어 놓고, 이렇게 나누어 놓은 부분들을 가장 간단한 것에서 가장 복잡한 것에 이르기까지 질서 정연하게 배열하고자 하였다. 한편 가능한 한 철저하게 검토 대상들을 열거하고 점검하는 일에 차질이 없도록 하고자 하였다.

만일 서양 근대 사상의 근원적 출발점이 데카르트의 '코기토'에 있다고 한다면, 동아시아 전통에서 그와 유사한 출발점을 확인한다면 그곳은 어디일까. 만일 우리가 찾고자 하는 것이 유럽의 지성사(知性史)에서 확

---

2 John Cottingham et al. trans., *The Philosophical Writings of Descartes*(Cambridge: Cambridge UP, 1985), Vol. I, p. 120.

인되는 것과 같은 종류의 선명한 지점 — 예컨대 데카르트적 전환의 순간 — 이라면, 아마도 출발점으로 적시될 수 있는 곳은 어디에서도 찾기 어려울 것이다. 하지만 적어도 필자의 생각으로는 이에 대응 가능한 시점을 찾을 수도 있다고 믿는다. 비록 데카르트적 입장에서 보면 일종의 오류이자 선입관에 해당하는 것으로 볼 수 있을지도 모르나, 동아시아 도덕 철학의 저변을 이루는 우주적 명상에서 바로 그와 같은 시점을 찾을 수 있을 것이다. 세계에 대한 신뢰할 만한 그림을 그리고자 열망하는 인간의 철학적 모험에서 보편적으로 확인되는 것은 '시원(始原)' 또는 '하나의 상징적 영점(零點)'에서 출발하려는 충동이다. 아울러 많은 전통적 사상의 경우, 우주에 대해 응시하는 자아에서 출발하고자 하는 이상, 우주 개념에서 출발하는 것은 너무도 자연스러운 절차다.

한국의 신유교주의와 관련하여 철학사적으로 가장 중요한 텍스트 가운데 하나는 이퇴계(李退溪)의 『성학십도(聖學十圖)』(1568)인데, 이 책은 데카르트가 진리에 대한 방법론에 대해 명상을 했던 시기보다 약 반세기가량 앞서 집필된 것이다. 이는 물론 한국 사상에 새로운 전기를 마련해 주려는 계기에서 집필된 것이 아니라, 다만 간단한 요약을 통해 유교의 정통성을 강화하고자 하는 시도에서 나온 것이다. 요약서가 대개 그러하듯이, 이 책은 학문에 대한 유교적 기획을 간단한 개관을 통해 정리해 놓고 있다. 이 개관서는 유교가 상정하는 우주 모형으로 시작하고 있는데, 주돈이(周敦頤)의 태극도(太極圖)가 바로 그것이다. 이퇴계가 그의 책에 옮겨 놓은 주돈이의 우주 모형은 먼저 우주 생성의 기본 원리를 설명하고 있거니와, 이는 다음과 같다.

> 무극이 태극이다. 태극이 움직이면 양이 생성하고, 그 움직임이 극에 이르면 정지하고, 정지하면 음이 생성한다.

無極而太極. 太極動而生陽, 動極而靜, 靜而生陰.(『성학십도(聖學十圖)』, 제일태극도(第一太極圖))

만물의 생성에 대한 이런 종류의 형이상학적 명상은 만물에 대한 이론이라고도 할 수 있는데, 근대적 인간성과 통하는 것일 수도 있고 그렇지 않은 것일 수도 있다. 그러나 인간성, 사회, 세계에 대한 동아시아 사상에 초석이 될 만큼 대단히 중요한 것임을 부정할 수는 없다. 『성학십도』의 앞부분은 주돈이가 제창한 우주론으로 장식되어 있는데, 이 책의 영문 번역자인 마이클 칼튼(Michael Kalton)이 주목한 바와 같이 이는 유교 철학과 관련하여 "우주 안에서의 인간의 위치 및 인간이 궁극적 자아 완성 및 성취에 이르는 과정을 이해하는 데 핵심적 틀"을 이룬다.[3] 유교 사상을 이해하는 데 더할 수 없이 중요한 텍스트인 『근사록(近思錄)』과 『성리대전(性理大全)』의 앞부분에도 이 우주 원리에 대한 설명이 나온다. 그러나 유사한 종류의 우주관은 유교가 확립되기 이전에 이미 존재했던 것으로, 중국 역사의 초창기로 소급하여 그 존재를 확인할 수 있다. 예컨대 『주역』이나 중국 사상을 대변하는 여타의 고전에서 그 존재가 확인되는 것이다. 이런 점에서 볼 때 이와 같은 우주관은 명백히 동아시아 사상의 근본 개념을 형성하는 것이라고 할 수 있다.

---

3 Michael Kalton trans., *To Become a Sage: The Ten Diagram on Sage Learning by Yi Toegye*(New York: Columbia UP, 1988), p. 37.

2

물론 문제의 우주관을 앞서 보인 것처럼 지엽적 또는 단편적으로 설명하는 경우, 비록 그 우주관이 갖는 은유적 가능성을 가늠할 수 있을지언정 진정한 면모를 파악할 수는 없다. 따라서 우리는 퇴계의 논의를 따라 계속 읽지 않을 수 없다. 음양의 변화에 따라 생성된 오행(五行) — 수(水), 화(火), 목(木), 금(金), 지(地) — 에 관해 약간의 논의 뒤에, 『성학십도』는 하늘과 땅이 조화하고 이 두 힘의 조화에 따라 생명이 탄생하는 단계로 이어진다. 비록 우리는 여기에서 논의되고 있는 천지(天地)의 창조적 상호 작용의 과정에 대해 의문을 떨칠 수 없기는 하나, 이 단계에 이르러 우리는 최소한 우리들 자신이 몸담고 있는 것으로 인식되는 세계와 만나게 된다. 이 같은 우주 창조론을 제기한 의도는 명확한데, 논의의 다음 단계에서 현자는 이 같은 우주 현상을 읽음으로써 자신이 취해야 할 방향이 무엇인가를 깨닫는다.

> 성인은 그 덕이 천지와 일치하고, 밝음이 일월과 일치하며, 그 질서가 사계절과 일치하고, 그 길흉이 귀신과 일치한다.
>
> 聖人與天地合其德, 日月合其明, 四時合其序, 鬼神合其吉凶.(『성학십도』, 제일태극도)

이상과 같은 도덕적 교훈에 확립되어 있는 연계 관계를 풀기란 쉽지 않다. 비록 유교적 미덕을 열거할 때 우리가 음양의 조화라든가 정과 동의 조화가 암시하는 바를 유추를 통해 이해할 수 있지만, 유교적 미덕의 하나인 중정인의(中正仁義)가 우주론적으로 정당화될 수 있을까. 이 물음에 어떤 답이 주어지든 요지는 명백하다. 즉, 인간은 자신이 거주하는 세계를 인식할 때 동원하는 좌표에 맞추어 처신해야 한다. 또는 하늘과 땅과 규칙적인 계절 변화가 그를 인도하는 지침이 되어야 한다.

동일한 우주관이 동아시아의 문학 사상의 근거가 되고 있기도 하다. 문학 사상에 적용될 때 이 우주관은 한결 강력하게 지각적(知覺的)으로 또는 시각적(視覺的)으로 강조되고 있다. 중국의 문학 사상과 관련하여 기초적인 텍스트 가운데 하나인 『문심조룡(文心雕龍)』(501년경)은 천지간(天地間)에 눈에 띄는 형상을 얼마만큼 잘 제시하느냐에 따라 문학의 가치를 평가한다. 이 책의 시작 부분은 다음과 같다.

> 문의 속성은 지극히 포괄적이다. 그것은 천지와 함께 생겨났다. 어째서 그런가?
>
> 文之爲德也大矣, 與天地竝生者何哉.[4]

이어서 이 책의 저자는 글자와 형상으로서 문(文)이 갖는 의미를 이리저리 살핀 다음, 문 또는 문학은 천지간 사물의 빛나는 형상과 색채를 나타내는 것임을 암시한다.

> 위를 쳐다보면 해와 달이 빛을 발하고, 아래를 내려다보면 산과 하천이 아름다운 무늬처럼 펼쳐져 있으니, 이는 위와 아래의 위치가 확정된 것으로, 이로써 하늘과 땅이 생겨난 것이다. 오로지 인간만이 같이 어울릴 수 있으며 영혼을 지니고 있기에 이들을 삼재라고 부른다.
>
> 仰觀吐曜, 俯察含章, 高卑定位, 故兩儀既生矣, 惟人參之, 性靈所鍾, 是爲三才.[5]

---

4 유협(劉勰), 최동호 옮김, 『문심조룡』(민음사, 1994), 31, 35쪽.

한자의 표의 문자적 성격에 비추어 볼 때 글자는 가시적 세계가 보여 주는 형상을 있는 그대로 전사(轉寫)함을 뜻한다. 결국 문학이란 이와 같은 전사 행위와 크게 거리가 먼 것이 아니다. 동일한 논리가 1478년에 서거정(徐居正), 노사신(盧思愼), 강희맹(姜希孟) 등이 양(梁)나라 소명(昭明) 태자의 『문선(文選)』을 본떠 편집한 『동문선(東文選)』의 서문에서도 반복되는데, 이 책에서 우리는 다음과 같은 구절을 발견할 수 있다.

> 하늘과 땅이 처음 나뉘자 문이 생겼다. 위로 벌이어 있는 해와 달과 별이 하늘의 문이 되었으며, 아래로 솟아 있는 산과 흐르는 바다와 강이 땅의 문이 되었다. 성인이 괘를 그리고 글자를 만들자, 인문이 점차 베풀어졌다.
>
> 乾坤肇判, 文乃生焉. 日月星辰森列乎上而爲天之文, 山岳海瀆流峙乎下而爲地文. 聖人畫卦造書, 人文漸宣.(『동문선(東文選)』, 「동문선서(東文選序)」)

동아시아 우주관을 문학적으로 바꾸어 놓았을 때, 그 이점은 앞서 살핀 바와 같이 가시적 세계에 대한 체험에 근거하고 있음을 추론할 수 있게 한다는 데 있다. 비록 이 세계를 우주적으로 확장하는 일이 일상에서 벗어나는 것일지도 모르지만, 가시적 세계가 인간의 삶에 좌표를 부여해야 한다는 논리는 어찌 보면 하나도 엉뚱한 것이 아니다. 인간의 삶과 세계에서 시각적인 것이 얼마나 중요한가는 두말할 여지가 없다. 삼재(三才)인 천지인(天地人)이 수많은 윤리적·철학적 글에서 없어서는 안 될 필수적인 좌표가 되었을 때, 이러한 사정은 시각적인 것이 무엇보다 중요하다는 체험과 관련이 있다고 말할 수 있을 것이다. 그러나 이 점은 일상적 차원에서 보다 더 구체적으로 확인될 수 있는데, 자연이라는 모티프가 더할 수 없이 중요

---

5 같은 책.

하다는 사실이 시나 풍경화를 통해 명상적으로 강화되고 있는 것이다.

3

동아시아 철학자들의 우주에 대한 명상은 데카르트적 명상과 대비될 수 있는데, 사유의 출발점 역할을 한다는 점에서 그러하다. 그러나 이러한 주장의 타당성은 여러 가지 관점에서 비교 논의함으로써 수용될 수 있을 것이다.

유교적 우주관은 근대적 관점에서 재해석하더라도 여전히 데카르트가 탈출하고자 했던 오류와 선입관 가운데 하나로 보일 수도 있다. 그러나 여기에서 우리는 오류나 선입관 자체를 통과하지 않고서는 확실성에 도달할 수 없다는 사실을 잊지 말아야 할 것이다. 데카르트가 의심할 여지가 없이 확실한 진리의 토대에 대해 생각하기 시작했을 때, 생각하는 행위 자체는 그에게 정상적인 마음의 상태에서 한 걸음 물러나 있는 것을 의미한다. 데카르트적 명상에는 이미 걸어온 사유의 길을 되돌아 걷는 일이 포함되는데, 어떤 대상을 향하여 의도적으로 앞으로 나아가는 것이 인간이 하는 정신 활동의 특성이라는 관점에서 보면 이는 다소 비정상적인 것이라고 할 수 있다. 데카르트는 반성적 사유의 과정에 정상적인 학교 교육의 과정을 잘못된 학문의 길이라고 비판한 바 있거니와, 직접 자신의 양식에 기대어 엄밀하게 검토할 수 없는 견해와 편견들을 젊은이들에게 가르친다는 점에서 비판의 대상으로 삼은 것이다. 하지만 오류나 남의 견해를 받아들이는 것과 같은 우회로를 거치지 않는다면 오점 없는 깨끗한 상태의 이성에 도달할 수 없을 것이다. 통상적인 교육의 절차를 놓고 볼 때, 오점 없는 깨끗한 상태의 양식(良識)을 갖춘 상태에서 교육이 시작되는 것은 아니다.

사람들은 의식적으로 받아들인 오류는 아니지만 나중에 오류로 판명될 수도 있는 그런 종류의 의견에서 시작하게 마련이다. 삶을 영위해 나갈 때 필요한 도덕적 길잡이에 대해 생각하지 않을 수 없는 이상, 데카르트도 역시 이를 인정한 셈이 된다. 합리주의자들인 데카르트의 후계자들에게 그의 이 같은 유보적 태도가 얼마 동안이나 호소력을 가졌을까라는 의문에도 불구하고, 이 점을 부정할 수는 없다. 한스게오르크 가다머는, 『진리와 방법』에서 펼치고 있는 아주 중요한 주장 가운데 하나가 합리주의적 실증주의에 대항하여 인문학을 옹호하고 있는 데서 확인되는데, 문화적으로 미리 주어진 선입견인 '편견'이야말로 인문학 교육의 필수적인 요소임을 설득력 있게 주장하고 있다.[6] 윤리학과 문화학을 연구할 때 그 적절한 대상이 되는 것은 넓게 보아 전통에 대한 역사적 체험이라고 할 수 있는 그 무엇이다. 이성과 이성의 자유로운 비판 기능은 전통의 수용 여부를 가리는 일에 딱히 무언가 역할을 한다고 할 수 없지만, 전통 자체는 도덕적 문제를 놓고 수용 여부를 신중하게 가리고자 할 때 그 토대가 된다. 바로 이 전통에는 "상황을 결정하는 데 필요한 모든 요소들이 최종적으로 검토되기 이전에 내려지는 판단"(Gadamer, 270)을 대변하는 편견이 포함된다. 모든 증거가 확연하게 갖춰져 있지 않더라도, 여전히 합법적인 편견이 있을 수 있다. 비록 현재의 상황에 맞춰 재해석되어야 할지 모르지만, 사정은 변하지 않는다.

전통과 전통이 지닌 편견에 대한 가다머의 옹호는 역사적으로 확립된 소중한 인간적 진실을 보존하느냐의 문제와 밀접한 관련이 있다. 하지만 이보다 더 단호한 정당화는 근본적인 인간의 존재 조건에서 나온다. 가

---

6 Hans-Georg Gadamer, *Truth and Method*(New York: Continuum, 1999), pp. 265~290 참조. 이 책에 대한 앞으로의 인용은 본문에서 "Gadamer"로 밝히기로 함.

다머가 하이데거에 기대어 말한 바와 같이, 이해의 작업이 시작되기 이전에 이미 인간은 "이미 갖고 있고, 이미 보고 있고, 또 이미 인식하고 있는"(Gadamer, 265) 상황에 처해 있는 존재다. 전통과 전통의 침전 결과물인 편견의 중요성은 이와 같은 인간의 존재론적 조건에서 비롯된 것이다. 즉, 인간은 역사적 존재인 동시에 역사 속으로 던져진 존재이고, 궁극적 분석에 따르면 그들 스스로가 만든 것이 아닌 상황 속에 내던져진 존재라는 사실에서 비롯된 것이다. 또 하이데거의 또 다른 표현을 빌려 말하자면, 인간과 그의 세계란 본래 동시대적(同時代的)인 것이고, 이런 특성의 규제를 받는 세계-내-존재가 바로 인간 존재라는 구조적 여건에서 비롯된 것이다. 데카르트의 오류가 '생각하는 나'에 대한 반성적 사유 과정에 따른 것이든, 또는 '생각하는 나'의 사유 대상으로서의 '펼쳐진 또는 연장(延長)된 실체(res extensa)'에 대한 반성적 사유 과정에 따른 것이든, 그의 오류는 인간의 총체적 존재 여건 대신 어떤 특정한 존재의 존재론적 양상(樣相)에 관심을 집중했다는 데서 비롯된 것이다. 하이데거의 설명처럼 데카르트는 "현존재(Dasein)의 근원적인 존재론적 문제"로 길을 여는 데 실패했고, 결국 "'세계'의 존재론을 세계 내적으로 존재하는 어떤 특정한 존재의 존재론으로 치환하여 이를 밀고 나갔다."라고 할 수 있다.[7]

4

인문학을 위한 가다머의 신중한 논의나 하이데거의 존재론을 떠나, 사

---

7 Martin Heidegger, *Being and Time*, trans. by Joan Stambaugh(Albany, N.Y.: State U of New York P, 1996), p. 91.

유의 영점(零點)이라는 문제로 되돌아가기로 하자. 데카르트가 독일 어느 마을에 있는 집의 방에 들어앉아 난로 옆에서 자신의 인생 여정을 되돌아 보고 있었을 때, 그는 나소(Nassau)의 모리스 대공(Prince Maurice)의 군대에서 복무하고 있는 군인이었다. 당시 그는 예전에 열기가 식은 상태에서 군인으로서의 자신의 직분에 대해 회의하기 시작했다. 비록 그는 예전에 철학적 훈련을 거치긴 했지만, 그 자신의 원래 인생 활동 — 대부분의 경우 한 인간의 일상적 현실이라고 할 만한 행동의 세계 — 에 거리를 두었을 때 철학이 그를 되찾아 왔던 것이다. 인간의 본원적 자세는 행동하는 인간의 모습에서 찾을 수 있다. 따라서 데카르트의 좌우명은 "나는 생각하기 때문에 존재한다."가 아니라 "태초에 행동이 있다."일 수도 있었을 것이다. 비록 모든 경우에 문제가 되는 것은 행동 자체가 아니라 사유하는 가운데 복원된 행동이라는 사실을 인정해야 한다고 하더라도, 사정은 달라지지 않는다.

인간 정신이 마주하는 본원적인 상황은 무엇보다도 우선하여 한 인간이 어떤 장소에 위치해 있는 상황 — 그것이 비록 세계 내의 존재는 아니더라도 — 이라고 말할 수 있다. 그와 같은 실제적 상황에서 그가 취할 첫 번째 행동은 주어진 장소에서 몸을 움직이는 일일 것이며, 그가 무엇보다도 먼저 생각해야 할 것은 움직인 자신의 몸을 어디에다 위치시켜야 하는가일 것이다. 이때 무엇보다도 다급한 문제는 올바로 방향을 잡는 일이다. 공간에서 자신이 나아갈 방향을 잡는 것은 경험론적으로 결정할 문제이긴 하지만, 이와 같은 방향 잡기는 오로지 방향을 잡는 행동을 하는 가운데 이루어지는 것이다. 따라서 이는 보다 근본적으로 자아와 공간이라는 두 요소가 동시에 참여하여 존재의 초월적 선험 상태를 형성하는 문제가 된다. 메를로퐁티의 입장에서 보면, 나의 몸은 일련의 가능한 행동 체계로서 실재하게 되고, 공간은 이러한 행동이 일어나는 공간으로 실재하게 된다.

그러나 몸과 공간은 객관적 실체로 축소될 수 없다. 왜냐하면 공간은 경험적으로 실행된 행동을 위해 세계 안에 객관적으로 펼쳐져 있는 무대가 아닌 것과 마찬가지로, 몸이란 자연 그대로의 생물학적 신체를 가리키는 것이라고는 할 수 없기 때문이다. 이 점은 메를로퐁티가 공간에서의 몸의 운동성에 대해 성찰할 때 명백하게 드러난다. 즉, 그가 실질적 증거에 근거하여 주장했듯이, 공간이 우리에게 주어질 때 그 공간은 텅 빈 주머니와 같은 공간으로 주어지는 것이 아니다. 오히려 여러 층위(層位)가 존재하고 방향과 지향점을 갖는 그런 공간으로 주어진다. 따라서 그 공간은 "상대적 공간 내부에 존재하는 절대적 공간, 현상(appearance)들을 경시하지 않는 공간, 사실 현상들에 뿌리를 내리고 있고 또 현상들에 의존하는 공간이지만 그럼에도 불구하고 결코 현실적 방법으로 현상들과 함께 주어지지는 않는 바로 그런 공간"[8]의 지위를 획득하게 된다. 지향점을 갖는 공간은 근원적으로 몸과 함께 주어진 공간이다. 이처럼 초월적으로 주어진 공간은 반성적 파악의 범위를 뛰어넘는 경험적 외피의 축적으로 인해 한결 복잡한 것이 된다.

존재란 항상 이미 어느 자리에든 위치해 있는 존재이며, 사유의 한계를 뛰어넘는 세계 안에 위치한 육체적 존재라는 불가사의로 존재한다. 왜냐하면 "나의 개인적 경험이란 내가 경험하기 이전에 이미 존재하는 전통의 되풀이일 수밖에 없기 때문이다. 따라서 나의 저변에 또 하나의 주체가 존재하며, 그 주체의 입장에서 보면 내가 여기 있기 이전에 이미 하나의 세계가 존재한다. 그리고 바로 그 주체가 세계 안에 내가 있을 자리를 결정한다. 이처럼 이미 누군가에 사로잡혀 있는 영혼 또는 천부(天賦)의 영혼

---

8 Maurice Merleau-Ponty, *Phenomenology of Perception*, trans. by Colin Smith(New York: Humanities Press, 1962), p. 248. 이 책에 대한 앞으로의 인용은 본문에 "Merleau-Ponty"로 밝히기로 함.

이 나의 몸이다."(Merleau-Ponty, 254) 따라서 공간 안에 존재한다는 것과 공간 안에서 사물을 인식한다는 것은 바로 이 순간에, 이 공간 안에서 무언가를 인식하는 행위의 주체가 되는 동시에 여기에서 말하는 역사적 주체가 됨을 의미한다. 한편 이 순간, 이 공간 안에서 무언가를 인식한다는 것은 "주체의 핵심부"에 "자신이 탄생했다는 사실과 자신의 육체적 존재가 부단히 기여를 한다는 점"(Merleau-Ponty, 254)을 표상(表象)하는 행위가 된다.

동아시아 사람들은 존재의 우주적 또는 기상학적 좌표에 집착하고 있거니와, 이는 세계와 공간 안에 존재하는 인간의 근원적 특성을 현상적으로 인식하고자 함에서 비롯되었다고 할 수 있을 것이다. 인간 존재를 실천적 존재로, 보다 더 구체적으로 말해 공간적 운동성을 지닌 존재로 보고자 하는 태도를 반영하는 일군의 핵심 개념들이 동아시아의 사상에는 존재한다. 동아시아 사상에서 '도(道)'는 비록 우주와 생명을 지배하는 신비로운 원리로 승화했음에도 여전히 인생의 혼란스러운 가시밭길에 놓인 길이라는 의미를 간직하고 있다. 이는 서양 철학의 전통에서 '로고스(logos)'가 결국에는 자연 과학의 추상적 법칙이라는 개념에 흡수되었던 사정과 대비되는 것이다. 이와 같은 인생의 길이라는 개념은 풍부한 비유적 의미를 담고 있기도 하지만, 공간 안에 존재하는 인간에게 직접 적용될 수도 있다. '도'의 은유적 의미는 '예(禮)'—공간 안에서 인간이 행하는 몸짓에 대한 기호학적·상징적 규범—의 개념에까지 이어지고 있다. 명백히 '예'의 개념은 유교 사상에서 중심적 자리를 차지하고 있으며, 조선 시대의 한국에서 더할 수 없이 심각한 논쟁의 발단을 제공하기도 하였다.

'예'란 개인적으로든 집단적으로든 인간이 지고의 완성에 이른 경지를 가리키는 것임을 더할 수 없이 선명한 논조로 설명하고 있는 미국의 철학자 허버트 핑거렛(Herbert Fingarette)은 '예'를 "인간과 인간 사이의 역동적 관계를 독특한 양식으로 인간화하는 방식"[9]으로 규정하고 있다. 바로 이 방식은 개인에게 "고유한 위엄과 권위"(Fingarette, 76)를 부여하고, "완벽하게 인간적인 도(道) — 또는 이상적 길 — 의 문명을 한층 규모가 크고 이상적으로는 모든 것을 포용하는 의례상(儀禮上)의 조화 속으로 응집시키는 광점(光點)"(Fingarette, 17)을 집합적으로 형성한다. 핑거렛이 제시하는 일상적인 인간 행위의 예에서 명백하게 드러나듯이, '예'의 근원은 어떤 공간 속에 위치해 있으면서 어떤 동작을 취할 것인가 — 비록 대부분의 경우 다른 인간과의 관계 속에서이긴 하지만 — 를 긴급하게 결정할 필요에 직면한 인간의 몸에서 그 근원을 찾을 수 있다. 영국의 인류학자 데이비드 파킨(David Parkin)의 '의식(儀式, ritual)'에 대한 정의에 기대어 말하자면, '예'란 "의식(儀式)의 명령적 또는 강제적 성격을 의식하는 일군의 사람들에 의해 수행되는 공식화된 공간성 그리고 이 공간성에 관해 구체적 말로 통지하거나 통지하지 않은 일군의 사람들에 의해 수행되는 공식화된 공간성"[10]으로 풀이될 수 있을 것이다.

일반적으로 말해, 인간의 공간성에 대한 각성이 아시아에서는 인간의 몸을 축으로 하여 실행되는 다른 종류의 사회화 및 사유 프로그램에서 일별될 수도 있다. 예의를 갖춘 품행·기능 훈련·공연·사상과 예술 분야 — 도형(圖形)까지 포함하여 — 에서 패턴 인식 능력이 두드러지게 강조되는 점, 가족 내에서 이루어지는 정규적인 의식(儀式), 공동체적 또는 국가적 의식이 그 예가 된다. 이 모든 예는 인간 존재의 조건이 공간성 또는 세계-내-존재라는 점을 근원적 직관을 통해 파악하고 있음에서 비롯된 것으

---

9 Herbert Fingarette, *Confucius — The Secular as Sacred*, *Prospects Heights*(IL: Waveland Press, 1998), p. 7. 이 책에 대한 앞으로의 인용은 "Fingarette"으로 본문에서 밝히기로 함.

10 David Parkin, "Ritual as Spatial Direction and Bodily Division", *Understanding Rituals*, ed. by Daniel de Coppet(London: Routledge, 1992), p. 18.

로, 자아를 '펼쳐진 또는 연장된 대상'과 마주하고 있는 반성적 주체로 파악하는 데카르트의 생각과는 대조를 이룬다. 이와 관련하여 데카르트적 사유 체계 내에서는 반성적 주체가 마주하고 있는 대상은 다만 정신이 취해야 할 방향을 잡기 위해 설정한 자아의 법칙에 따라 그 자아가 자유롭게 표상하거나 조종할 수 있는 그 무엇일 따름임에 유의해야 할 것이다.

5

인간을 공간적 존재로 보는 시각은 인간에 대한 동아시아 사람들의 인식 태도에 고유의 유형학적 특성을 이루는 것이지만, 우주적 환경을 존재의 해석학에 일차적 조건으로 보아 이를 중요시하는 태도는 동아시아 사람들만의 것은 아니다. 자체의 근원을 찾으려는 사유의 과정에서 인간은 근원에 대해 사유하는 인간 쪽에 시선을 던질 뿐만 아니라 자연스럽게 인간과 대면하고 있는 세계 쪽에도 시선을 던지게 마련이다. 속기의 형태로 인간의 지성사를 추적하고 또 지성사에서 데카르트적 전환의 순간이 갖는 의미에 대해 논의하는 과정에 찰스 테일러(Charles Taylor)는 서양 사상사에서 근본적 단절의 순간을 '생각하는 자아'가 '우주'를 대신하는 지점에서 확인하고 있다.[11]

인간의 이성적 능력은 서양 전통에서 항상 무엇보다도 분명하고 핵심적인 인간성의 일부분으로 인정되어 왔다. 그러나 우주적 질서 쪽에서의 사유의 생각하는 자아 쪽에서의 사유로의 명백한 전환을 가져온 사람은

---

11 Charles Taylor, "Inwardness and the Culture of Modernity", *Philosophical Interventions in the Unfinished Project of Enlightenment*, eds. by Axel Honneth et al.(Cambridge, M. A.: MIT Press, 1992) 참조. 이 책에 대한 앞으로의 인용은 본문에서 "Taylor"로 밝히기로 함.

바로 데카르트다. 플라톤의 관점에서 보면, 올바른 인간이 되는 일은 이성의 도움을 받아 자아를 정복할 때 비로소 가능하다. 그에게 이성을 사용한다는 것은 곧 "명실상부하게 사물에 대한 올바른 비전"(Taylor, 95)을 획득하는 것이다. 또한 이성을 사용한다는 것은 '이데아(Idea)'들의 질서를 보는 것이고, 또 '선(the Good)'의 이데아를 보는 것이기도 하다. 이는 곧 인간이 이성에 제공한 비전의 명령에 따라 움직이게 될 것임을 의미하는 것이다. 스토아학파의 철학자들에게 이성의 기능은 이론을 위한 것이라기보다는 치유를 위한 것이었다. 하지만 이는 또한 우주적 질서의 진리를 향한 것이기도 하였다. 아울러 그들에게는 모든 것이 이성을 지배함으로써 가능케 되었다고 보았으며, 이를 통해 무언가의 비전 — "우리가 추구할 수 있는 좋은 것들(goods)의 질서에 대한 비전"(Taylor, 96) — 에 눈이 열릴 수 있다고 보았다.

그러나 서양 사상사에 데카르트적 전환의 순간이 닥치면서 이성은 그 어떤 우주적 진리와도 결별하기에 이르렀다. 우주에 무언가 질서가 있다면, 이는 다만 "정신 속에 표상(表象)된 것들의 질서"(Taylor, 97)일 뿐이다. 이 질서의 확실성은 우리 생각의 질서에 의해 주어질 뿐인데, 바로 이 질서는 우리가 구축해야만 한다. 이 같은 질서 구축 작업을 최초로 명시화한 것이 데카르트의 『방법 서설(*Discours de la méthode*)』인데, 이에 대해서는 이 논문의 시작 부분에서 이미 언급한 바 있다. 테일러는 우리에게 다음 사실을 환기시킨다. 즉, "『방법 서설』에서 데카르트가 우리에게 전하는 지침 가운데 하나는 간단한 것을 기초로 하여 복잡한 것을 구축하기 위해 우리의 생각을 관리하라는 것, 또 서로 앞뒤 순서가 없는 대상들 사이에 무언가 질서가 있다고 가정함으로써 우리의 생각을 관리하라는 것"(Taylor, 97)이다. 이처럼 데카르트에게 이성은 더 이상 전체의 질서를 직관적으로 파악하기 위한 길이 아니라, 과학적·기술적 조작을 위해 세계의 질서를 구축하는 방법으로서 기능을 한다.

비록 이와 같은 데카르트적 전환이 세계에 대한 과학적 이해를 증진하는 데 자극제가 되었고, 또한 이 사실에 대해 우리는 감사하는 마음을 가져야 하겠지만, 데카르트적 사유 방식은 근대적 세계가 안고 있는 수많은 병폐의 원인이 되었다는 점에서 마땅히 비난도 받아야 한다. 즉, 인간성과 자연 세계가 착취에 따른 황폐화를 겪게 되었는데, 이는 바로 데카르트적 이성이 본래부터 지니고 있는 것으로 사람들이 간주하는 '지배하려는 의지(the will for dominion)'의 결과물이라고 할 수 있다. 인간의 내적 욕구라는 관점에서 보면, 인간의 능력과 요구가 단순화되었다는 점을 중요한 결과물로 내세울 수 있을 것이다. 서양 지성사에서 데카르트적 전환이 갖는 의미를 다시 한 번 테일러에 기대어 말하자면, 이는 "우주적 질서에 대한 비전을 제공하는 [플라톤적] 이성이 주도권을 행사하는 상황에서 [데카르트적 이성을 통해] 도구에 대한 통제력을 연마하는 주체, 주변과 분리된 채 시간관념에만 투철한 주체가 지배적 개념이 되는 상황으로"(Taylor, 100)의 전이를 의미한다. 인간 주체가 시간관념에만 투철한 채 주변과 분리되어 있어야 한다는 것, 이는 바로 이성이 방법론적으로 요구하는 것이다. 그러나 이 같은 방법론적 요구는 인간성의 본질에는 주목게 하지만 그 밖에 인간성의 다른 측면들이 끼어들 여지를 배제하게 되어, 결국에는 정서와 의지의 관여를 받는 인간 삶의 가치는 감소하게 된다. 아울러 정서와 의지의 구애를 받지 않고 구축된 세계는 자연스럽게 이와 같은 비합리적인 인간 삶의 측면에 비해 상대적으로 가치 판단의 여지를 남기지 않게 된다.

데카르트적 합리주의가 가져다준 궁극적인 결과는 그 합리주의에 의해 구축된 세계이지만, 그 세계의 근원은 인간의 능력을 축소시켜 합리성에만 집중하도록 한 데에 있는지도 모른다. 즉, 사유와 세계에 대한 합리적 지배를 위해 인간 정신을 교묘히 다듬어진 도구로 만드는 능력을 장려한 결과일 수도 있다. 인간 정신을 어떤 경우에 사용하든 이는 인간의 인격성을 감소시키는 요인일 수도 있다. 모든 도덕적 사유나 심지어 외부 세계를 향한 사유까지도 정신 능력을 제한적으로 사용할 것을 요구할 수 있다. 하지만 이와 같은 요구가 반드시 정신이나 세계를 도구적으로 변형시킬 것을 전제로 하는 것은 아닐 수 있다. 이데아들(ideas)의 질서에 대한 플라톤의 견해를 따르는 경우, 이성은 말하자면 비전의 포로가 되는데, 이 비전이 이성의 소유자를 도덕적 삶으로 강요한다. 이처럼 사물의 총체성에 대한 비전이 필연적으로 이끄는 것은 세계 지배에 따른 혜택이 아니라 도덕적 복종의 필요성이다.

유교가 요구하는 세계에 대한 총체적 명상은 유사한 심의(心意) 경향을 유도하는데, 유교적 명상 및 도덕적 훈련의 핵심 목적 가운데 하나가 '존중(尊重)' 및 '유의(留意)'의 뜻으로 풀이할 수 있는 '경(敬)'이라고 하는 정신 상태를 획득하는 데 있다. 이때의 뜻풀이가 적절한 것인 이유는 '경'이라는 개념이 주변의 사물에 주의를 기울일 수 있는 정신 능력 및 세계를 향해 온 마음을 열어 놓을 수 있는 정신 능력을 뜻하기 때문이다. 하지만 이는 물론 권위의 대단함 때문에 생기는 존중심 또는 단순히 생각하는 자아의 인식 능력을 넘어설 정도로 주변 환경이 공간적으로 대단히 엄청나기 때문에 생기는 존중심을 뜻하는 것은 아니다. 이퇴계가 『성학십도』에서 인용한 바와 같이, 주희(朱熹)는 "의관을 바로 하고 존중하는 눈빛을 갖추도록 하고, 마음을 가라앉혀 생활하기를 마치 상제(上帝)를 앞에 모시고 있는 듯 하라.(正其衣冠, 尊其瞻視. 潛心以居, 對越上帝.)"라고 조언하고 있다.(『성학십도』, 제구경재잠도(第九敬齋箴圖)) 이때의 상제는 하늘을 말하기도 하지만, 이와 동시에 정신을 둘러싸고 있는 전체적인 생태 환경을 뜻하는 것일 수도 있다. '유의(留意)'한다는 것은 두려움을 갖는 것일 수 있는데, "털끝만큼이라도 어긋남이 있으면 하늘과 땅이 자리를 뒤바꿀 것(毫釐有差, 天壤易處)"

이라는 말(『성학십도』, 제구경재잠도)에서 그 뜻을 확인할 수 있다. 우주의 거대한 차원에 대한 깨달음은 정신으로 하여금 주변의 사물에 집중하도록 하는 데 전제 조건이 되고, 또한 이퇴계가 자신의 글에서 자주 인용하고 있는 주희의 표현을 빌려 말하자면 정신이 "만물의 흐름과 함께할" 수 있도록 유의 상태를 유지하는 데 전제 조건이 된다.

이와 같은 관점에서 볼 때, 정신의 이성 능력 이외에 모든 것을 '괄호에 넣어 유보하기(bracketing)'와 같은 데카르트식 방법 이외에도 한 인간의 정신을 명료하고 판명(判明)하게 유지하기 위한 방법들이 서양에도 있긴 하다. 즉, 이성이란 주변 세계에 주의를 집중하는 데 필요한 능력이고, 이 능력에 의해 사람들은 객관적 세계를 탐구할 수 있다는 것이다. 그리하여 비록 총체적 사유 체계가 제시하는 대양처럼 폭넓은 교류와는 방법상으로 차이가 있긴 하나, 몸을 낮추어 세계에 순종할 것을 요구한다. 베이컨의 공식에 따르면, "자연에 복종함으로써 우리는 자연을 정복할 수 있다.(natura parendo vincitur)" 그러나 유교의 총체적 비전이 갖는 장점은 그 폭이 한결 더 드넓다는 데 있다. 이는 아마도 세계를 정복하기 위한 의지에 의해 촉발된 것이 아니기 때문일 것이다. 이 개방성은 자아에도 적용이 되는데, 반성적 시선이 자아에게로 향할 때 자아의 이성적 능력에만 반드시 집중하는 것이 아니라 정신의 다른 측면들인 정서적 및 실천적 측면들에서도 시선을 떼지 않기 때문이다. 비록 그러한 측면들을 합리적인 명료한 사유의 지배 아래 두어야 할 필요가 있긴 하지만, 또한 이러한 정신에 상응하는 세계에 대한 비전이 기술(technology)에 의한 세계 정복이 제공하는 비전과 같은 것은 아니지만.

이와 같은 논의는 통일된 우주 안에서 모든 것을 명료한 상태로 존재하도록 할 방법을 희망하는 사람에게 해답을 제공하는 것처럼 보일 수도 있다. 그러나 유교가 우리에게 그러한 방법을 제공한다고 말하는 것은 좁은 시야를 가진 사람들이 드러내는 더할 수 없이 편협한 주장일 수도 있다. 만일 데카르트적 합리주의가 세계를 정복하려는 욕망에서 촉발된 것이라면, 유교의 '경' 개념에도 또한 숨겨진 의제가 있으니 이는 주로 위계질서와 복종심을 강화하려는 동기를 축으로 하는 것이다. 앞서 제시한 인용에서 우리는 '유의'함이라는 개념이 정신 및 정신과 세계 사이의 관계와 관련된 것일 뿐만 아니라 사치를 금하는 규범 및 품행에 관한 교훈과도 관련된 것임을 알 수 있다. 말하자면 위계질서에 순응하는 정신의 틀을 강화하기 위한 것이다. 이와 같은 행동에 대한 규제는 몸의 공간성이 사유의 범위를 뛰어넘어 존재하는 근원적 존재의 장(場)임을 실용적인 예에 기대어 강조하는 가운데 나온 결과다. 우리의 관심이 정신의 자유 — 진리와 도덕적 삶의 전제 조건인 정신의 자유 — 라는 점에서 볼 때, 이퇴계조차 인정하였듯이 그의 '성학(聖學)'은 정신의 자유롭고 무사공평한 사용에 근거하여 정립된 것과는 거리가 멀다. '유의'란 신유교학파의 철학자들이 내세우는 주장에도 불구하고 완벽하게 자유로운 정신 상태를 암시하는 것은 아니다.

세계에 대한 총체적 명상은 총체적 또는 전체주의적 실용론(pragmatics)과 이데올로기로 사람들을 인도한다. 의식(儀式)주의·선입관·편견은 한국 유교에 수많은 양상으로 각인되어 있다. 한국의 근대 초기에 행해졌던 유교 비판론은, 비판론자들이 어떤 방식으로 유교의 엄격주의에 짜증을 냈던가를 잘 보여 준다. 생각하는 정신을 확실성의 유일한 근거로 옹호하는 쪽으로, 또 생각하는 정신이야말로 세계를 구축하는 데 필요한 표상 능력을 지닌 것으로 믿는 쪽으로 데카르트를 따라 전환하는 것 — 바로 이와 같은 데카르트적 전환이 인식적으로, 행동적으로, 사회적으로, 그리고 정치적으로 정신을 자유롭게 하는 유일한 길인 것처럼 보일 수도 있다. 그러나 정신이 지향하는 세계가 존재하지 않는다면 정신은 존재할 수 없다. 합리적인 사물의 구도 안에서 지향된 세계는 인식적으로, 사회적으로, 정치적으로 그 나름의 제약 요소 — 그것이 감추어진 것이든 또는 드러난 것이든 — 를 갖지 않을 수 없다.

6

자유주의의 인간관에서는 개인이란 자신의 생각이나 행동을 주도하고 또 이에 책임을 갖는 자유로운 동인(動因)이라는 의미에서 주체로 가정된다. 이 주체는 과거에 통용되던 의미에서 주체와 다른 종류의 주체인데, 예컨대 과거에는 군주의 신하를 말할 때 이 주체(the subject)라는 단어가 사용되었다. 말하자면 외부의 권력이나 권위의 규범에 '종속되는(be subjected)' 존재라는 의미로 사용되었으며, 이는 상징적으로 유교적 용어인 상제(上帝) 또는 하늘[天]의 개념에까지 확장될 수 있다. 그러나 우리는 이 새로운 주체가 과연 의도된 만큼 자유로운 존재인가라는 의문을 제기할 수도 있다. 에티엔 발리바르(Étienne Balibar)는 그의 흥미로운 논문에서 어떻게 하여 개인이 프랑스 혁명의 과정에 자유를 획득하여 자유로운 주체가 되고, 국가의 법에 종속된 시민이 되는 과정에 그 자유를 상실했는가를 설명하고 있다.[12] 이처럼 주체가 기묘한 이중적 지위를 갖는다는 점은 루이 알튀세의 초기 논리화 과정에도 암시되어 있거니와, 개인은 다만 사회의 지배 이데올로기의 소환(召喚)에 의해서만 주체로 만들어지는데, 이때의 주체는 대문자 S로 시작되는 '주체(the Subject)'로 의인화될 수 있다.[13] 자체의

---

12 Étienne Balibar, "Citizen Subject", *Who Comes After the Subject?*, eds. by Eduardo Cadava et al. (London: Routledge, 1991) 참조.

13 Louis Althusser, "Ideology and Ideological State Apparatuses", *Lenin and Philosophy and Other Essays*(New York: Monthly Review, 1971) 참조.

기반 위에 자유롭게 정립되어 있는 주체란 있을 수 없는 것이다. 이는 항상 개인의 것보다 규모가 큰 주체성의 한 기능으로 존재할 뿐이며, 이 큰 규모의 주체성은 주로 국가 이데올로기나 관례와 같은 다양한 형태의 기재(apparatus)를 통해 그 기능을 발휘한다.

알튀세르의 논리는 단순히 자본주의 역사의 특정 단계에 적용되는 것이 아니라 자본주의 체계 전체에 적용이 될 수 있는 것이다. 나아가 역사의 어느 시점을 보더라도 개인이 사회의 구성원이 되기 위해서는 항상 '주체(the Subject)'로 소환됨에 따라 주체가 될 수 있었음을 그의 논리는 강하게 암시하고 있다. 물론 발리바르와 마찬가지로 알튀세르의 의도는 자본주의 정체가 생산의 조건으로 재생산의 메커니즘에 관심을 가짐에 따라 이 자본주의 정체에 비판을 가하는 데 있다. 하지만 주체가 된다는 것이 지니는 이중적 성격은 프로이트의 '불만'처럼 어떤 체제나 문명에서도 항상 확인되는 것처럼 보인다. 주체 소환이라는 알튀세르적 개념에서 자극적인 비판 요소를 대부분 제거한 다음, 이를 사회적 인간 존재론의 일반 공식으로 삼고 있다고 말할 수 있는 체제나 문명까지도 예외는 아니다.

자유로운 주체로서의 개인이라는 개념은 근대성이라고 불리게 된 역사적 동력(動力)의 형성에 상응하여 대두된 것임은 말할 나위가 없다. 여기에는 데카르트적 '코기토(생각하는 나)'가 하나의 발아 요소가 되었는데, 인간은 자기 생각의 주인이 되면서 자유로운 주체가 된 것이다. 하지만 이는 물론 이성의 규범에 복종한다는 조건에서 가능한 것이다. 합리적 인간의 자유에는 두 극단이 함축되어 있다는 사실은 정치의 영역에서 보다 더 확실하게 명료해진다. '억압으로부터 자유(liberty)'는 근대 민주주의의 탄생에 중대한 역할을 한 슬로건이지만, 이러한 자유를 보장하는 것은 바로 헌법이다. 말하자면 구속력을 갖는 정치적 제도의 일부로 조직화되어야 하는 것이다. 한국을 포함하여 수많은 전통적 사회가 근대 정치 체제로 전환하는 과정에서 겪은 엄청난 경험 가운데 하나는 자유의 헌법이라는 이와 같은 역설이었다. 결국 체제의 전환은 전통으로부터의 해방을 의미할 뿐만 아니라 이러한 해방을 통제적인 제도로 조직화하는 것을 의미하기도 한다.

동서양의 인문학이 공유하고 있는 핵심적 관심사 가운데 하나가 주체의 탄생에 산파 역할을 하고 또 보살피는 일이라고 말할 수 있을 것이다. 즉, 어떻게 하면 개인과 사회 양자에게 모두 혜택을 줄 수 있는 주체를 형성하는 데 인문학적 해석 작업이 기여할 수 있겠는가의 문제가 바로 핵심적 관심사다. 우리가 동양 — 보다 특정하게 한국 — 을 전통 사회에서 근대 사회로 전환하는 과정의 사회로 간주한다면, 주된 관심사는 반성적 합리성을 키우는 일이 될 것이다. 한국 사회 및 새롭게 근대화의 과정을 겪는 그 밖의 다른 사회에서 우리가 목격하는 비인간화의 상당 부분은 전환기에 인간 질서를 무너뜨린 데에서 기인한 것일 뿐, 전환기의 작업을 이끌어 가는 합리화 과정과는 무관한 것이라고 주장하는 사람도 있을 수 있다. 그런 주장에도 불구하고, 근대 사회 제도의 정신은 바로 합리성에 있다는 식의 단순화가 인간의 개성을 축소하여 이성적 능력의 측면에서만 판단하도록 하는 결과를 낳았던 것도 사실이다. 특히 인간의 기능을 일차적으로 도구적인 관점에서 보거나 사회와 자연에 대한 기술적 조작에 봉사하는 수단으로만 보는 가운데 이 같은 결과를 초래하게 되었다고 할 수 있다. 비록 합리성이 인간의 주체성 확립에 근거가 되고, 인간을 자유, 창의성, 책임감의 원천인 능동적 존재로 확립시켜 준 것도 사실이지만, 이 합리성에 대응되는 세계는 미리 정해진 하나의 프로젝트, 사회적 조작 및 기술적 조작 능력의 한계에 따라 규정된 하나의 프로젝트로 취급을 받게 되었다. 아울러 앞서 말한 긍정적 수확물들은 합리적 세계가 제공한 진정한 선물이긴 하지만, 여전히 그 모든 내적 깊이와 풍요를 고갈시키는 역할을 하는 것처럼 보인다. 결과적으로 완벽한 자아실현의 가능성까지 소진되어, 인간의 주체성은 세계를 도구화하기 위해 기술력을 배치하고자 할 때 필요한 지원 지점 이외에는 아무것도 아닌 것이 되고 말았다.

전통적인 주체 소환 체제에서는 인간의 주체성이 지닌 내적 자원의 현실성 — 보다 성숙한 개성을 함양하고 성취감을 얻는 데 중요한 의미를 갖는 이 현실성 — 이 한결 더 명료하게 인식되었다. 소환은 무엇보다도 인간의 우발적 이해관계를 뛰어넘어 존재하는 거대한 넓이의 정신과 세계를 대변하는 주체에서 나오는 것이었다. 그런 소환이 일깨우는 것이 총체적 환경 — 만물이 단 한 치의 오차가 있을 여지도 없이 제자리를 지키고 있는 그런 환경 — 이기 때문에, 그 소환이 요구하는 반응은 개종할 때와 마찬가지로 총체적 수용이다. 즉, 합리적 설득에서 보는 것과 같이 점증적인 수용의 산물이 아닌 것이다. 자연스럽게 이와 같은 전통적 체제는 도식화된 독단적 신념과 상투화된 제한적 의례 절차로 고착화의 길을 걷게 되었으며, 엄격함에 눌려 자유로운 정신과 주체성이 쉽게 죽음에 이르게 되었다.

이 모든 모순을 해결하기 위해, 우리는 합리적이면서 독단에 얽매여 있지 않은 지평, 축소 지향성을 띠지 않은 지평, 그리하여 개개의 인간이 자신을 발견할 수 있는 지평을 마음속에 그려야만 한다. 그런 지평을 그리는 데 손쉬운 방법이란 있을 수 없다. 이 지점에서 최소한 할 수 있는 일은 아마도 인간이 몸담고 살도록 강요된 주체성의 체제를 반성적 시선으로 바라볼 수 있도록 문을 열어 놓는 일일 것이다. 또한 반성은 수많은 방식으로 이루어질 수 있거니와, 데카르트적 방식이나 현상학적 방식도 있을 수 있고, 또 종교적이고 명상적인 방식이 있을 수 있으며, 그 밖에 다른 형태의 방식도 있을 수 있다. 심지어 데카르트주의자들조차 구상주의적 사유의 근원적 순간에 대한 명상을 중지한 지 오래되었다. 그리고 이러한 명상 가운데 정립된 이성은 세계를 기술적으로 정복하는 데 도구가 되고 말았다. 세계에 대한 총체적 비전은 한결 더 용이하게 세상에 있는 모든 것을 정복하게 할지도 모른다. 또는 적어도 인간의 정신과 삶의 생태 환경에 한결 더 어울리는 것일 수도 있다. 이제 자아와 세계를 향한 반성적 귀환을 가능케 하는 모든 문이 닫혀 있는 상태다. 인문학이 해야 할 역할이 있다면 이는 바로 이 문을 또는 문들을 열어 놓는 일이다. 그럼으로써 비로소 세계의 드넓은 지평을 인간은 정신 속에 간직하거나 이 지평에 '유념'할 수 있을 것이다. 또한 그럼으로써 비로소 충만한 인간성과 세계의 생태 환경에 상응하는 인간 번영의 조건이 실현될 수 있을 것이다.

(2003년)

세계와 우리의 변증법적 지평

8월 7일부터 15일까지 홍콩에서 국제비교문학대회가 있었다. 이 학회와 대회가 학문적 관점에서 얼마만큼의 중요성을 가진 것인지를 쉽게 평가할 수는 없지만, 이러한 모임이 문학 연구자가 국제적인 접촉을 가질 수 있는 드문 기회를 제공하는 역할을 한다고는 할 수 있다. 이번 홍콩 대회의 중요성을 어떻게 평가하든, 문학 연구 지평의 국제적 확대는 국가 발전의 한 부분으로서 반드시 필요한 일임에 틀림이 없다. 오늘의 상황에서 문학의 연구는 물론 문학의 창작도 국제적인 지평과 일정한 관계의 설정이 없이는 객관적 타당성의 지평에 이를 수 없다는 것은 분명하다. 그리고 이 보편적 지평에 기초해서만 분명한 자기 정체성을 확립할 수 있다. 물론 이것은 문학뿐 아니라 사회의 다른 여러 분야에 있어서도 마찬가지다.

내가 가 본 홍콩은 예상했던 것보다 훨씬 부유해 보이는 도시였다. 이것은 세계 어느 도시에 못지않게 가장 현대적으로 정리되어 있는 도심부의 건물, 거리 그리고 시설에서 느낄 수 있는 것이었다. 미국이나 유럽에서 온 사람들도 무계획 속에 버려진 곳이 전혀 없는 것처럼 보이는 이 도시를 보면서 홍콩이야말로 세계 도시의 미래를 대표하는 것이 아닌가 하는 의견을 말하기도 했다.

물론 이러한 인상이 반드시 긍정적인 찬탄만을 나타내는 것은 아니다. 홍콩은 내가 찾아본 도시 중 가장 빈틈없이 콘크리트의 인공물로 뒤덮여 있는 땅이었다. 60층, 80층의 건물들이 바늘처럼 꽂혀 있는 시멘트의 땅 위에는 공원이 있고 수목과 화단이 있으나 빌딩들 사이에 조성된 이러한 자연의 상징들조차도 차라리 종이나 플라스틱의 조화 같은 느낌을 주었다. 고온다습의 여름 날씨 때문이기도 하겠으나 하늘을 찌르는 고층 건물들 사이의 협곡을 거닐다 보면 폐쇄 공포증이 일어나기에 안성맞춤이었다. 이것이 세계의 미래라면, 그것은 인공의 체제 속에 인간이 그 복역수가 되는 그러한 미래일 것으로 생각되었다.

지표상으로 홍콩 경제는 침체 상태에 있는 것이라고 했다. 도심 지대는 도시의 부유한 외면에 불과하다. 그 뒤에 얼마든지 비참한 삶이 숨어 있을 수 있다. 그러나 버스로부터 살펴본 서민 아파트들에서의 서민의 생활도 빈곤의 수렁을 헤매고 있는 것으로는 보이지 아니하였다. 고삐 풀린 자본주의의 아수라장이 홍콩이라는 견해가 없는 것은 아니나, 여러 자료로 보아 홍콩은 주택, 의료, 교육 등에 있어서 상당 정도의 사회 보장을 자랑하는 사회였다. 더 자세히 살펴보면 문제가 없지는 아니할 것이나 대체적으로 홍콩이 세계 수준의 부유한 경제를 이룩하고 또 상당한 정도의 사회적 균형을 확보한 곳이라는 것은 부인할 수 없다.

홍콩의 부는 지리와 역사의 복합적 연결망 위의 그 미묘한 위치에 관계되어 있다. 저임금 노동 집약의 산업 기지로서 출발한 경제는 지금은 금융 경영, 기타 서비스업의 중심지로서의 역할에 의하여 유지되는 것으로 보인다. 거대한 중국 대륙을 배경에 가지고 바다로 열려 있는 위치가 홍콩으로 하여금 이러한 역할에 최적의 도시가 되게 한 것이다. 물론 그것은 홍콩 자체에 그러한 역할을 맡을 만한 준비가 있었기 때문이다. 거기에 중요한 것은 좋고 나쁜 역사적 유산들을 하나의 균형 속에 건설적으로 지양할 수 있는 힘이다.

오늘의 홍콩의 위상은 1997년의 중국 복귀의 시점에서 영국 식민주의와 중국의 민족주의의 기묘한 결합으로 보장된 것이다. 또 이 타협된 보장에는 영국 식민주의에 역설적으로 기식한 민주주의와 시장 경제 그리고 중국 공산주의와 민족주의에 깃들어 있는 중국인 특유의 현실주의 등의 요인들이 착잡하게 얽혀 있다. '하나의 국가, 두 체제'라는 기묘한 공식이 이 착잡한 요소를 하나로 수합하려 한 중국적인 사고방식의 표현이다. 놀라운 것은 이 공식 속에서 영국으로부터 중국에로의 주권 이양이라는 엄청난 정치적 격변이 혼란이나 단절이 없이 이루어졌다는 점이다. 정치적 격변에 흔히 따르는 엄청난 대가 — 내란, 유혈, 폭력, 범죄, 생활 세계 파괴 등으로 지불되는 대가를 생각할 때, 이것은 참으로 유례를 볼 수 없는 일이라 아니 할 수 없다.

홍콩 이야기가 길어졌지만, 비교문학대회에서의 중국 학자들의 여러 발표도 이러한 중국의 복합적 성숙성을 반영하는 것으로 보였다. 나는 그전에도 중국의 비교 문학계를 참관한 일이 있지만, 이제 중국의 문학 연구는 중국의 역사적 체험을 구성하는 다양한 줄기 또 그것을 바라보는 여러 갈래의 눈길을 포용하고 새로운 종합으로 나아가는 도정에 들어선 것으로 보였다. 한 나라의 문학은 쉽게 성스러운 경전의 위치에 떠받들어 올려진다. 그리고 그것은 오로지 민족 문학의 정통성의 선양이라는 관점에서만 해석된다. 나는 어느 외국 학자가 한국에서의 문화 연구가 객관적인 관점보다는 주로 경전 해석의 관점에서 이루어지고 있다는 인상을 받는다고 말하는 것을 들은 일이 있지만, 중국의 중국학 연구는 이제 이와 비슷한 민족 문화 정통성 수호의 좁은 사명을 벗어나고 있는 듯하였다.

베이징대 웨다이윈(樂黛雲) 교수의 중국의 비교 문학 연구를 개관하는 기조 연설이 시사한 것도 중국의 문학 연구가 어떻게 외국과의 관계 그리고 거기에서 오는 시각을 비교·수용하면서 참으로 포괄적인 것이 되어 가고 있는가 하는 것이었다. 중국의 특별 자치 구역에서 열리고 있는 까닭도 있어, 이번 대회에는 유달리 중국의 학자들이 많이 참가하였다. 비교 문학이라는 학문의 성격이 그러한 것이지만, 토의의 주제들은 중국과 다른 나라 문화의 이종 교배(異種交配)의 결과에 집중되었다. 그중에 한 토의 그룹의 대상은 중국의 고전에 대한 외국 학자들의 해석이었다. 우리의 고전이기도 한 중국의 고전에 대한 서양 학자들의 해석을 긍정적으로 보아 온 바 있는 나로서는 이러한 국제적인, 그리고 보편적인 해석을 통해서 중국의 문화유산이 오늘의 인류에게 참으로 의미 있는 것이 되고 있다는 것에 쉽게 동의할 수 있었다.

이번 비교문학대회에서 흥미로운 발표 중 하나는 2000년에 노벨상을 수상한 가오싱젠(高行健)에 관한 것이었다. 중국인들도 한국인과 비슷하게 '노벨상 콤플렉스'를 가지고 있던 중 마침 가오싱젠이 노벨상을 타게 된 것인데, 이것은 중국인에게는 아이러니컬한 의미를 가진 것이라는 것이 그 취지였다. 가오싱젠은 중국을 등진 작가이다. 그것은 그가 중국을 떠나 프랑스로 망명하고 프랑스 시민이 된 작가라는 뜻에서만은 아니다. 그는 "민족주의나 애국주의를 포함한 모든 주의를 거부한다."라고 말한 바 있지만, 그가 추구하는 것은 "정치적·상업적 전략…… 국가, 민족, 인민을 초월"하는 "차가운 문학(冷的文學)"이다. 그러나 그가 중국을 완전히 버린 것은 아니다. 논문의 발표자인 장잉진(張英進) 교수의 요약에 의하면, "그는 중국을 떠났으면서도 근대화와 도시화의 광증을 벗어난 중국 고유의 문화와 생태학적 가치를 재발견했고," "세계에 범람하는 상업적 문화 생산에 대항하여 정신적 추구로서의 삶의 방법을 고집하였다."

하필이면 비중국적인 작가가 중국의 첫 노벨상 작가가 된 데에는 서구의 문화 패권주의가 작용한 점이 없지 않을 것이다. 그러나 확실한 것은 세계적인 것일 수밖에 없는 오늘의 삶의 포괄적인 지평과의 관계에서만 자기 자신을 되찾는 문학이 가능하다는 사실이다. 이것은 문화와 사회 그리고 국가의 바른 존립의 문제에도 해당된다. 우리 사회를 휩쓰는 각종의 원리주의를 볼 때, 이러한 복합적 변증법은 다시 한 번 상기해 볼 만한 것으로 생각된다.

(2004년)

의도를 가진 말

매체와 자율적 기율

영국의 시인 존 키츠는 편지에서 당대의 시에 대한 자신의 생각을 토로하면서 숨은 의도를 느끼게 하는 모든 시적 표현을 혐오한다고 말한 일이 있다. 의도를 가진 시란 그에게는 주로 교훈적인 시를 의미했지만, 시가 되기 위하여 스스로 시처럼 보이려고 애쓰는 시도 혐오의 대상에 포함시켰다. 후자는 바이올렛 꽃이 "나를 보라, 내가 얼마나 이쁜가!" 하고 스스로를 뽐내려는 것과 같다는 것이다. 키츠의 말을 우리 상황으로 옮겨서 생각해 보면, 그것은 아마 한동안 많이 쓰이던 이데올로기적 시에도 해당되겠지만, 요즘 쓰이는 기발하고 별난 시들이나 시적인 정서를 한껏 풍기고자 안간힘을 쓰는 시들에도 해당되는 것일 것이다.

의도를 가진 언어는 시에서만 문제가 되는 것은 아니다. 모든 언어는 지칭하고자 하는 것을 가지고 있으면서 발언자의 발언 의도가 있어서 발화된다. 그리하여 말에는 거죽의 뜻과는 다른 속셈이 있을 수 있다. 그런 말은 그 의미가 문제되는 동시에, "왜 하필 지금 이 자리에서 저런 말을 하는 것인가?"라는 이차적인 질문이 일어나게 한다. 속셈을 헤아려야 하는 말만이 있는 세상은 피곤한 세상이다. 겉보기와 속셈의 차이는 모든 언어에 들어 있는 가능성이기도 하지만, 사람과 사람의 신뢰도가 낮은 사회에서 이 차이는 한껏 커질 수밖에 없다.

언론의 존재 이유를 간단히 말할 수는 없지만, 그 기본은 사실의 보도에 있다. 그러나 사실이 무엇이냐고 하면 쉽게 답하기 어려워진다. 또 설령 사실이 객관적 실체로서 존재한다 하여도, 우리에게 필요한 사실은 이미 우리의 필요에 의해서 선택된 것이다. 그리고 그것은 다른 사실에 연결되고 해석되어야 한다. 그것이 우리가 원하는 것이다. 이러한 과정에 주관적 관점이 아니 들어갈 수가 없다. 언어를 가로지르고 있는 주관성은 개인적인 것이기도 하고 사회적인 것이기도 한데, 분열된 사회 또는 다양한 사회에서는 주관의 입지에 따라서 관점은 여러 가지로 달라지게 마련이고, 그러니만큼 언어의 의도적 구성과 그것의 해체적 해독이 불가피해지게 된다. 이것은 반드시 악의적 의도로만 일어나는 것이 아니다. 그것은 사실과 그 해석의 원천적 간격에서 연유한다. 그러니까 사실은 주어지는 것이 아니라 구성되는 것이라고 인식론적 비관주의를 받아들이는 것이 간단할는지 모른다.

그렇다고 하여 적어도 우리의 삶의 필요의 관점에서도 객관적으로 존재하는 사실이 사라지는 것은 아닐 것이다. 주어진 사실이 전혀 없을 수는 없다. 사실들은 사람의 삶의 장을 이룬다. 또 사실에 주관이 개입된다고 하더라도, 이 주관은 스스로 보편적인 관점에 이르려는 노력을 시험할 수 있다. 그러면서도 사실 해석에 필요한 주관은 사실을 벗어난다. 좋은 의도를 가진 것까지도 사실의 넓은 관련을 추구하는 노력은 믿을 수 없는 사실을 만들어 내는 수단이 될 가능성이 크다. 그런데 오늘의 사회는 제도적으로 사회적 언어를 다른 목표와 의도에 복무하게 하는 것을 당연한 것으로 받아들인다. 그리고 그것을 큰 원리를 빌려 정당화한다.

공적 책임과 이윤 추구

사실 보도가 복무하는 상위 원리로서 오늘날 가장 중요한 것은 돈이다. 이것은 언제나 그랬던 것이라고 할 수도 있지만, 옛날에 그것은 음성적인 것이었다. 그러나 오늘날에 와서 이 상위 원리는 적극적으로 언론의 존재 이유도 되고 조직의 원리도 된다.

미국의 원로 언론인 러셀 베이커(Russell Baker)는 미국 언론의 현황을 살피는 최근의 한 글에서, 언론이 사업체가 되어 가는 사실을 지적하고 있다. 미국 언론, 특히 텔레비전 회사들에서는 분명하게, 이윤의 원리가 보도의 충실성 위에 존재한다. 중요한 것은 뉴스 보도의 질이 아니라 경영의 능률이다. 뉴스의 질이 저하되었다고 경영자가 해고되는 일은 없지만, 큰 이윤을 남기지 못하여 해고되는 것은 당연한 것이 되었다고 베이커는 말한다. 언론사의 책임자에 언론인이 아니라 회사 경영을 전문으로 하는 경영인이 임명되는 일이 흔해진다. 《로스앤젤레스 타임스 미러》 회사가 최고 경영자로서, 경영학을 전공하고 식품 회사 제너럴 밀스의 사장을 지낸 인물을 임명한 경우와 같은 것이 대표적인 예이다. 매체(media)라는 말은 베이커의 지적에 의하면, 원래 상품을 소비자에게 매개해 주는 광고 수단을 말하였던 것인데, 매클루언이 언론 일반에 확대하여 쓴 것이라고 한다. 그러나 이것은 언론의 성격 변화를 잘 나타내 주는 말이라 할 수 있다.

물론 언론이 돈과 관계없이 존재할 수 있다고 생각하는 것은 매우 순진한 생각일 것이다. 언론도 회사로 조직될 때, 기업이 될 수밖에 없다. 기업이란 돈을 버는 회사란 말이다. 그러나 언론사가 돈을 번다고 하여도 그것이 이윤의 극대화를 추구하는 여느 회사와 같을 수는 없다. 언론사가 돈을 벌어야 한다면, 그것은 일을 위한 자원 동원이 필요하기 때문이다. 돈을 버는 일과 언론의 사명에 충실한 일 사이에 모순이 생겨나는 것을 피할 수 없는 경우가 생긴다. 그런 경우 상식으로는 이윤이나 다른 어떤 원리가 아니라 언론의 사명을 선택하여야 할 것이겠지만, 그러한 상식은 아마 전 시대의 유물에 불과할 것이다.

베이커는 요즘의 언론에 비하여 사운을 걸고 워터게이트 사건과 같은 일을 보도하게 한《워싱턴 포스트》의 경영자나 사법 처리의 대상이 될 위험을 무릅쓰고, 또 광고료 수입의 손해를 감수하면서 광고 지면까지 사용하여 미국 국방부 문서(Pentagon Papers)를 연재한《뉴욕 타임스》의 경영자를 높이 평가한다. 말할 것도 없이《워싱턴 포스트》나《뉴욕 타임스》도 그 나름의 이해관계를 가지고 있지 않다고 할 수는 없다. 그러나 그가 들고 있는 사례는 적어도 책임 있는 경영자로서 보도라는 공적 책임과 회사 이익의 추구, 이 둘 사이의 양자택일에서 전자를 택할 각오가 되어 있는 신문사의 사례이다.

우리의 언론들은 어떠할까? 순전한 전문 경영인을 최고 경영자로 모시고 그 안목에서 모든 일을 해 나간다는 말들은 별로 듣지 못한다. 아직은 적어도 표면적으로는 언론의 사명을 버리고 상업적 이윤에 급급해하는 일이 언론의 주류를 이루는 것은 아닌 것으로 보인다. 그러나 현실에 있어서 보도를 압도하는 무분별한 광고의 비대화, 언론의 정도에 충실하다고 할 수 없는 소비주의적이고 선정적인 주간지, 월간지, 여성지의 경영, 시청률, 판매 부수 경쟁, 매체들의 부대사업의 내용 또는 선전, 선동, 과장, 왜곡 등이 많아지는 기사들을 보면, 매체들이 엄격하게 보도와 사업의 바른 조화를 생각하면서 운영된다고 할 수는 없을 것이다.

가공되지 않은 사실과 해석의 틀

숨은 뜻을 은폐하고 있는 말은 돈을 겨냥하는 말만이 아니다. 돈의 동기는 오히려 간단하다. 언론사가 이윤 추구를 표방한다면, 독자의 언론 해독은 오히려 간단해질 수 있다. 회사의 존립 이유나 운영도 쉽게 경영 투명도의 기준으로 파악될 수 있다. 해독이 어려워지는 것은 진실 보도의 사명을 버리지 않는 언론 행위에 들어 있는 숨은 동기로 인한 것이다. 이 숨은 동기는 천박한 것일 수도 있고 그 나름의 정당성을 가진 것일 수도 있다. 우리나라에서 언론의 숨은 동기로 많이 작용하는 것은 사회적·정치적인 이해관계이다. 이것도 사적인 의미에서의 이해관계일 수도 있지만, 애국적이거나 도덕적 명분을 가지고 있는 것일 수도 있다. 우리에게 이중의 해독(解讀) 습관을 길러 주는 데에 중요한 역할을 한 것은 사적인 이점을 위한 권력과의 유착이었다. 그러나 공적인 명분을 의도한 것도 반드시 좋은 일만 한다고 할 수는 없다. 그것은 타자와의 관계에서 위장된 지배욕의 표현이 될 수 있다. 그러나 도덕의 다른 문제는 모순된 세상에 존재하는 도덕의 존재 방식 또한 모순된 것이라는 데에 관계되어 있다. 모순된 현실에서 움직여야 하는 도덕은 그 모순된 현실의 방편에 의지한다. 좋은 목적으로 거짓을 하는 경우가 그것이다.

되풀이하여 우리를 숨은 의도들로부터 구하여 우리가 살고 있는 삶의 현실로 되돌려 주는 것은 가공되지 아니한 사실들이다. 중요한 것은 그것에서 눈을 떼지 않는 일이다. 해석의 경우도 사실 자체의 논리에 충실하면서 이루어지는 것이 전혀 불가능하지 않다. 그러나 이것이 어려워지는 것이 오늘의 세계이다. 사실은 반드시 어떤 관점에서 취사된다. 모든 것은 하나의 기획으로 흡수·해체되어야 한다. 이것을 대표하는 것이 자본주의의 메커니즘이다. 모든 것은 경제로 환원되어야 한다. 그러나 대체적으로 오늘의 세계는 모든 것을 하나의 기획에 편입하는 경향이 강하다. 돈이 아니라도 많은 것이 이 기획에 흡수된다. 물론 이것과 돈의 문화 사이에 관계가 없는 것은 아니다. 어쩌면 그것은 돈의 문화의 파생 효과인지도 모른다. 삶의 경제적 단일화는 다른 차원에서도 단일화 경향을 자연스럽게 한다. 자본주의 경제이든 다른 도덕적·정치적 기획이든 우리의 삶이 하나로 통합되는 것을 막을 수는 없을 것이다. 그리고 그것은 그 나름의 좋은 점을 가지고 있다. 사람들이 원하는 것은 그들의 삶을 하나로 거머쥘 수 있게 되는 일이다. 그러나 사람들이 잊어버리는 것은 삶이나 사물이 개체적으로 존재한다는 사실이고, 그것 또한 우리가 인정하여야 하는 삶의 요건이라는 사실이다. 삶의 통합은 모든 것이 하나로 환원되는 논리적인 통합이 아니라 다양한 것들의 서로 모순되는 듯한 유기적 통합이다.

많은 일은 그 일에 전념할 때 좋은 결과를 낳는다. 작은 일에 큰 틀이 개입되어서 반드시 일이 잘되는 것은 아니다. 물건을 만들거나 기계를 운행하거나 법을 집행하거나, 일이 잘되려면 사물과 운영의 자존과 자율이 중요하다. 좋은 사회는 이것을 제도적으로 뒷받침한다. 물론 한 가지 좁은 일에 집착하여 큰 관련을 보지 못하게 되는 것도 좋은 일은 아니다. 그것을 편집광이라고 부른다. 또 자기 나름의 좁은 도덕에 매여 있는 것은 광신이나 독선이다. 그러나 이러한 것도 사실로 옮겨질 때 타당성의 검증을 받을 수 있다. 이러한 경우까지도 작은 충실은 저절로 큰 것에 연결된다. 최선의 경우에도 전문적인 일과 사회 그리고 자원 동원의 수단으로서의 돈 사이에는 서로 모순되는 긴장된 관계가 있다. 개인적으로나 사회적으로나 뜻있는 일을 하는 것은 이 사회에 긴장과 균형을 적절히 유지하면서 이루어진다.

이것은 어떻게 하여 가능해지는가? 가장 간단한 답은 각 분야에 제도적 자율성을 확립하는 일이다. 그러나 최후의 보루는 사람들의 마음가짐이다. 사람들이 자기가 하는 일에 충실할 수 있게 하는 것은 좁게 말하면 직업 윤리이다. 언론의 경우라면, 보이지 않는 큰 기획의 실현보다도 사실에의 충실이 이 윤리 의식의 기초를 이룬다. 이것은 우리가 믿고 있는, 보다 큰 기획과 갈등을 일으킬 수 있다. 물론 작은 충실을 보장하는 것은 작은 것을 에워싸고 있는 보다 큰 관련의 튼튼함이다. 제일 좋은 것은 우리의 일이 큰 관련 속에서 의미 있는 일이 되는 것이다. 큰 관련이란 우리의 일의 궁극적인 인간적 의미에 대한 보장 그리고 그것을 위한 사회 자원의 적절한 배분을 포함한다. 그러한 조화는 정치 질서, 사회 질서 그리고 문화의 건전성이 있어야 가능하다고 할 것이다. 그러나 우리 사회와 문화의 건전성을 낙관하는 사람은 별로 많지 않을 것이다. 여기에 대한 의식이 사람들로 하여금 자기 일을 규정하는 큰 것에 관심을 가지게 하고 그것으로써 자기의 일을 정당화한다.

지금의 상황에서 우리 언론의 언어는 이중의 구조를 가질 수밖에 없는 것인지도 모른다. 사실이 있고 그것을 가공하는 해석이 있다. 이 해석은 이해관계와의 나쁜 유착에서도 나오고, 우리 사회와 정치에 대한 원대한 비전에서도 나온다. 그러나 어느 경우나 그것들은 사실에 대한 조심스러운 충실성이라는 것을 경멸한다.

(2003년)

혁명과 이성

1

4월 15일의 총선거는 집권 세력의 승리로 끝났다. 거기에 어떠한 요인들이 작용하였는지를 설명하는 것은 쉽지 않다. 간단하게는 그것은 노무현 대통령과 열린우리당에 대한 국민의 지지를 표현한 것이다. 그리고 국회의 대통령 탄핵 결의에 대한 부정적인 심판을 내린 것이다. 다른 한편으로는 탄핵 이전에 한국 정치의 핵심적 관심사가 되었던 부정 정치 자금에 대한 국민의 심판이 선거에 반영된 것이라고 볼 수도 있다. 그렇다는 것은 부정 정치 자금 조성에 있어서 압도적인 액수가 한나라당에 의한 것이기 때문이다.

그러나 또 한 번 뒤집어 보면, 이러한 설명이 반드시 맞는 것이라고 할 수는 없을지 모른다. 부정 정치 자금의 경우, 집권 세력의 부정도, 한나라당과의 대비를 생각하지 않고 보다 정상적인 기준에서 본다면 경시할 수 없는 것이다.(다른 사연도 있는 성싶지만, 최근에 리투아니아 국회는 부정 선거 자금

43만 달러를 받은 것으로 하여 대통령을 탄핵·사임케 하였다.) 국민의 심판이 있었다고 해도 그것이 엄격한 것이 아니었던 것은 분명하다. 다만 전체적으로 평가할 때, 부정 자금의 문제는 둘 간의 잘못의 비교 선택이라는 형태를 취하게 되었고, 거기에서 보다 작은 잘못은 관대하게 넘길 수 있는 것으로 생각된 것이라고 해야 할 것이다. 그러니 또 달리 생각하면, 이번 총선이 부정부패에 대한 심판의 의미를 갖는 것은 아니라고 볼 수도 있다. 열린우리당이 크게 승리한 것은 사실이지만, 선거가 한나라당에 엄중한 심판으로 작용했다고 할 수는 없기 때문이다. 몰락한 것은 한나라당이 아니라 민주당이다. 민주당이 정치 자금 문제의 모든 책임을 지게 될 것인가. 노무현 대통령을 당선시킨 선거에서 그리고 그 후의 집권당으로서 민주당의 책임이 없다고 할 수는 없다. 더 소급하여 민주당의 몰락은 김대중 정권에 대한 국민의 심판이었다고 할 수도 있다. 이 모든 것에 연루된 민주당에 국민이 적어도 권태를 느낄 수는 있었을 것이다. 그러나 역시 부정 정치 자금의 문제는 대통령 선거와 관련하여 크게 문제가 된 것이기 때문에, 그 책임이 민주당 안에서도 대통령 주변에 있는 것으로 생각하는 것이 자연스러울 것이다. 이번 정부에 들어서서 부정부패의 사건들로 인하여 문제가 되었던 것은 대통령의 측근의 인물들이었다.

다시 처음으로 되돌아가서 이번 선거의 의미는 집권 세력이 주장하는 바와 같이, 탄핵과 관련하여 대통령에 대한 신임을 천명한 것이라고 볼 만한 사연이 있는 것은 확실할 것이다. 그러나 이 경우 그것은 매우 착잡하게 설명되어야 할 것이다. 탄핵안이 나오기 전까지의 여러 여론 조사에서 대통령의 인기도는 다른 대통령들의 경우에 비교할 수 없을 만큼 낮은 것으로 보도되었다. 탄핵은 이 인기도가 나타내고 있는 신임을 완전히 뒤집어 놓은 것이다. 여기에 비추어 이전의 낮은 인기도는 일정한 범위 내에서의 불만족을 표하는 것이었다고 말하는 것이 가능하다. 그리하여 그것은 말하자면 집안사람끼리의 불만과 같은 것이라고 볼 수 있다. 일단 내부에 들어선 사람들은 서로 싸우고 불만이 있는 경우에도 외부에 대해서는 하나가 되어 집안을 지켜 나가는 수가 있다. 그렇기는 하나 싸움의 승리가 집안과 집 밖의 관계에서 생겨나는 기이한 역학으로 가능해진 것이라면, 집안에서의 불만은 역시 그대로 남아 있다고 보는 것이 옳을 것이다. 그리고 그것은 투명성과 정책에 대한 전폭적인 불만에 관계되어 있다.

이러한 것들을 생각할 때, 이번 선거의 의미는 여전히 모호한 것이라고 할 수밖에 없다. 그러나 구체적인 정치 집단, 정당 그리고 인물을 떠나서 생각하면 그 의미는 조금 더 알 만한 것으로 생각된다. 1987년 이후 우리 사회는 분명하게 민주화의 과정으로 들어서게 되었다. 그때부터 우리가 가졌던 정부는 모두가 계속적으로 민주주의를 표방하는 정부였다. 그리고 정부가 바뀔 때마다 새로 들어서는 정부는 그 대표적인 명분으로 민주주의를 말했고 국민 일반 또한 그것이 필요하다는 느낌을 가졌다. 국민의 투표에 의하여 선출되었다는 점에서는 다 마찬가지이지만, 노태우가 아니라 김영삼, 김영삼이 아니라 김대중 대통령이 민주주의 실현을 향하는 진일보한 지도자라고 생각되었던 것이다. 그리고 민주주의가 어떤 일시적인 결과물이 아니라 지속되는 과정의 성격을 갖는다고 할 때 이것은 맞는 생각일 것이다. 노무현 대통령에 대한 지지는 이러한 가속적인 민주주의에 대한 요구를 타고 가능해진 것이라고 할 것이다. 그리고 이번의 선거는 그것을 다시 확인한 것이다. 이렇게 볼 때 이번의 선거의 결과는 한 지도자나 집권 세력에 대한 뜨거운 지지보다도 역사의 긴 파고를 드러내어 보인 것이라고 할 수 있고, 그 관점에서 이해될 수 있는 것이라고 할 것이다.

2

그러나 노무현 대통령 또는 그를 에워싼 집단 그리고 선거에서 표현된 대로 국민의 다수가 보다 확실한 민주주의를 지향한다고 할 때, 그것이 어떤 종류의 민주주의 또는 민주주의의 어떤 면의 충실화를 지향하자는 것인지는 분명치 않다. 이것이 불확실한 원인은 몇 가지로 생각해 볼 수 있다. 첫 번째 책임은 정치적 목표와 목표 실현의 수단을 분명하게 하지 못한 정치권력의 주체들에 있다. 그러나 민주화 과정 자체가 가지고 있는 본질적인 딜레마 그리고 그 진전에 따른 사태의 복잡한 변화와 같은 것이 여기에 관계되어 있는 것도 사실이다. 혁명적 에너지의 분출로서 일어나는 민주주의에 대한 요청이 새로운 창업의 길고 어려운 과정으로 전환되는 일은 당초부터 쉽지 않은 일이다.

혁명적으로 시작되는 역사의 과정은 동시에 파괴와 건설을 포함한다. 민주주의 혁명은 한편으로 구질서의 파괴 — 불평등하고 부자유로운 그리하여 인간성의 자연에 배치된, 특권의 질서의 파괴로부터 시작된다. 그러나 그것은 새로운 정치 질서의 건설로써만 완성될 수 있다. 많은 것이 둘 사이의 관계에 달려 있다. 미국의 정치 철학자 한나 아렌트가 그의 『혁명론(*On Revolution*)』에서 강조하듯이, 혁명은 해방이 아니라 정치 체제의 확립 또는 '자유의 구성(Constitutio Libertatis)'으로써만 의미 있는 정치적 사건이 된다. '폭풍'과 같은 자연의 힘과 비슷한 혁명은 잘못된 인위적 질서를 파괴하면서 그 자리에 '자연의 상태' — 홉스가 말한 것에 유사한 '자연의 상태'를 실현한다. 아렌트가 말하는 '구성'이란 헌법을 말하는 것이기도 하지만, 그 원의미대로 자연의 상태를 벗어나서 정부를 구성하고 법의 질서를 확립하는 작업을 말한다. 이러한 구성의 힘은 당초 인민으로부터 나오지만, 그것이 만들어 내는 것은 인민을 넘어서는 권위의 체제이다.

그러한 의미에서 이 구성의 작업은 혁명주의자에게는 반혁명으로 비칠 수도 있다. 해방의 목적을 위해서 인민이 단합했을 때, 해방이 목표로 하는 것은 자유와 평등이다. 그러나 평상적인 현실에서 법과 법을 엄격히 수행하는 정부의 힘이 없이는 자유나 평등이 지켜질 수는 없다. 혁명의 수호자들은 동원과 축제 등의 군중 행위를 통하여 혁명의 열기를 지속하고자 한다. 그러나 열광의 시간이 지나면 그것은 대체로 인위적 연출로 전락하고, 혁명적 열기는 위선과 공포와 짝을 이루지 않고는 지탱되지 아니한다. 이데올로기도 여기에서 탄생한다. 그것은 당초의 열기를 현실로 치환하려는 이성적 노력의 결과이지만, 대체로 다시 한 번 현실의 움직임으로부터 벗어져 가는 결과가 되기 쉽다. 그리하여 다시 이 모든 것은 반혁명으로 귀착하게 된다.

혁명의 이러한 불가피한 진로는 분출하는 정열의 단명을 말하기도 하지만, 그것이 인간의 삶의 현실적 작업의 수행에 폭발적 적절한 원리가 아니라는 것을 말해 준다는 사실이다.(이것은 증기나 핵의 에너지가 그 자체로는 현실적으로 유용한 것이 되지 못하는 것에 비슷하다.) 정열은 현실을 넘어가는 에너지의 분출이면서, 그것을 지속적으로 다스리는 원리는 아닌 것이다. 현실은—사회적 현실의 경우에도 물리적 세계와 비슷하게 일정한 항상성에 이르려면 그 나름의 원리와 법칙에 따라서 움직여야 한다. 자유를 구성하는 행위는 이러한 원리와 법칙을 참조하지 않고는 지속적인 현실이 되지 못한다.

1987년 이후 우리의 정치 상황이 혁명적 과정의 계속이었다고 말하는 것은 단순히 비유적인 뜻만을 갖는 것은 아니다. 그 대중적 표현에는 고저가 있었지만, 적어도 늘 새로운 질서 그리고 법과 제도의 구성을 필요로 하고 있었다는 점에서, 혁명은 한국의 정치와 사회 상황에서 하나의 기조를 이루고 있었다고 할 수 있다. 민주주의는 한국의 근대사의 전반을 관통하고 있는 테마의 하나이다.(그런 만큼 1980년대 이후의 민주화는 더욱 정당성을 가진 역사의 과정이었다.) 그러면서 그것은 점진적인 진화가 아니라 몇 번의 대중적 폭발로써 우리의 근대사에 혁명적 분기점을 기록하였다. 그런데 이 되풀이되는 혁명적 폭발은 후속 작업이 미진한 채로 남아 있었다는 것을 말하는 것이기도 하다. 달리 말하면 혁명의 에너지가 구성의 작업으로 전환을 이룩하지 못했던 것이다. 사실 많은 혁명적 변화의 예들이 보여 주는 것은 이러한 전환의 본질적인 어려움이다. 그리고 좌절 속에서 지속되는 부정의 에너지는 보이지 않게 사회적 엔트로피 — 에너지의 고른 분산만을 요구하는 사회적 엔트로피에 이어지게 된다. 민주화에 대한 지향은 남아 있되, 그것이 분명한 방향과 정책 그리고 제도로서 정형화되지 못하는 듯한 우리 상황의 애매성도 이러한 원인으로 설명될 수 있을는지 모른다.

물론 이 애매성은 다른 요인들에서도 심화된다. 이러한 요인들은 모두 혁명적 위기가 부딪쳐야 하는 현실 세계의 무게에 관계되어 있다. 오늘의 혁명의 목표는 단순히 정치적인 것으로 머물러 있을 수 없다. 사실 그것은 최종적으로는 경제적 목표의 다른 표현이라고 할 수 있다. 그러나 오늘의 경제는 정치의 주도하에서 확실한 기획의 수립을 거부하는 면이 강하다. 여기에서 생겨나는 좌절감이 상황을 더욱 모호하고 불투명하게 하는 것이다. 여기에 더하여 한국의 대외적인 위상과 방향의 문제도 좌절감을 키우는 주요 요인이 된다. 개인과 마찬가지로 집단의 경우에도 그 주체적 의식은 대타적 관계에서 생겨난다. 민주주의가 주체적 존재로서의 인간의 자기주장이라고 할 때, 그것이 대외 관계에서 자주성의 주장으로 연결되는 것은 자연스러운 일이다. 민주화의 요청은 종전에 당연시되던 냉전 체제나 미국 중심의 세계 체제를 문제적인 것으로 다시 생각하게 한다. 물론 이것은 단지 민주주의적 주체성의 요구만이 아니라 경제 발전에서 오는 한국의 위상 강화 그리고 국제적인 요인으로서의 사회주의 체제의 몰락이나 초대강국으로서의 미국의 일방주의, 중국의 성장 등과도 연결된 일이다. 어쨌든 정치적 의지만으로 대외 관계에서 일어나는 문제가 확실한 답변으로 바뀔 수는 없다. 이러한 사정은 한국인의 마음에 지상의 과제로 남아 있는 통일 문제에서도 마찬가지이다. 햇볕 정책의 시작은 통일 문제에 역사적인 시작이 되었지만, 그간의 경위는 곧 그것이 일방적인 열의로만은 해결될 수 없는 것이라는 것을 보여 주었다. 이러한 모든 것들이 한국인의 상황 인식을 모호하게 하고, 부정에서 긍정적 건설로의 전환을 어렵게 한다.

그러나 혁명적 정열의 엔트로피는 그 나름의 의미를 갖는 것으로도 생각된다. 적어도 그것은 단순한 사회 조직을 가지고 있던 전근대적 상황과는 달리, 정열과 의지만으로 현대 사회의 복합적 질서를 만들어 내는 것이 불가능하다는 교훈을 알게 한다. 그리하여 우리는 복합적인 현실을 구성 속에 담아 낼 수 있는 힘 — 이성의 움직임의 필요를 다시 생각하게 된다.

3

앞에서 비친 바와 같이 새로운 정치 질서에서 가장 큰 불확실성의 원인이 되는 것은 오늘의 정치 개혁이 사실 경제 개혁의 다른 이름일 수밖에 없다는 데에 있다. 이것은 정신적인 원리나 공적인 명분보다는 보통 사람의 일상적인 삶을 중시하게 된 세속화된 세계에서의 불가피한 발전이라고 할 수 있다. 어떤 해석으로는 민주주의의 역사는 국가의 부당한 억압으로부터 개인의 자유를 옹호하고자 하는 '민권(civil rights)'의 획득으로부터 시작하여 시민의 권리를 광범위한 정치적 참여를 가능하게 하는 '정치적 권리(political rights)' 그리고 다시 소득과 사회 복지의 권리를 말하는 '사회적 권리(social rights)'로 확대해 온 역사이다. 마셜(T. H. Marshall)은 이러한 권리의 확대가 영국 민주주의의 진로였다고 말한다. 이러한 권리가 역사적으로 확대되어 왔다는 것은 그것이 사회적 발전에 병행할 수밖에 없기 때문이다. 즉 권리의 확대·신장은 점점 더 많은 여건과의 복합적 관계 — 그러한 관계의 성숙으로써만 가능했던 것이다.

지난 수십 년간의 한국의 경험을 돌이켜볼 때, 민주화 투쟁의 첫 목표가 되는, '국민의 자유로운 투표에 의한 민간 정부의 수립'이라는 것은 비교적 분명한 실현의 목표가 될 수 있는 것이었다. 신체나 언론의 자유 등의 법률적인 보장도 비교적 분명한 목표가 될 수 있다. 다만 그것은 삶의 작은 부분에까지 삼투되어 있는 문제이기 때문에, 그 현실적 실현은 쉽게 눈에 띄는 효과로 나타나지 않을 수 있다. 그리고 그 외에 이러한 민주적 개혁과 관련하여 문제가 되는 것은 제도나 법만이 아니라 생활의 현실이고 또 그것에 기준과 규범과 습관을 제공하는 문화라고 할 것인데, 이 생활의 습관과 문화의 민주화는 참으로 확실한 정책으로 수립되고 추진되기 어려운 것일 수밖에 없다. 정책의 기획이나 작용이 어려워서가 아니라, 복잡한 현실과 관련하여 가장 어려운 것이 사회적 권리의 확립이다. 사회적 권리는 단순히 정치적·법률적 제도의 변혁이 아니라 소득 배분의 구조 내지 계급 구조의 개혁 내지 수정을 조건으로 하여 가능하다. 그러한 개혁과 수정이 정치적으로 가능하다고 하더라도 그것의 실현 여부는 경제적인 수단의 확보로 결정될 수밖에 없다. 필요한 것은 단순한 정치적 결정이 아니라 매우 구체적인 의미에서의 현실 파악 그리고 현실과의 협조이고 이것은 현실의 불확실성을 정치 과정 속에 받아들이는 것이다.

이러한 어려움으로 인해 사회적 권리는 자유 민주주의가 아니라 사회주의의 정치 강령이며 민주주의의 의미를 크게 수정하거나 부정하는 일이라고 말해지기도 한다. 그러나 사람다운 삶을 사는 데 자유와 평등이라는 '불가양의 권리'의 행사가 필요하다면, 그 권리의 실질적 행사와 향수 그리고 일반적으로 사람다운 삶의 실현을 위하여 필요한 물질적 수단의 문제가 사회 전체의 관심이 되는 것은 당연하다고 말할 수밖에 없다. 그리고 사회적 권리는 정도를 달리하여 민주주의를 표방하는 세계의 모든 정부가 그 정책의 일부로서 채택하고 있는 것이 오늘의 현실이다. 수사적인 대결에도 불구하고 이것은 아마 우리나라에서도 좌파만이 아니라 우파도 받아들일 수밖에 없는 민주주의의 내용의 일부일 것이다.

물론 사회적 권리는 하나의 거대한 기획으로써 해결될 수 있는 문제가 아니다. 그것은 매우 복잡한 현실에 대한 평가와 조정과 적응에서 나오는 정책을 통해, 또 없을 수 없는 시행착오를 통해서만 해결의 목표에 가까이 갈 수 있는 과제이다. 여기에서 중요한 준거점은 사회적 권리의 문제를 하나의 기획으로 해결할 수 있다고 생각한 공산주의의 실패이다. 어떤 기획이 있을 수 있다면, 그것은 극히 유연한 것이어야 할 것이다. 그리고 지금의 주어진 조건에서 적어도 그것은 시장 경제 체제를 받아들이면서 생각되는 것이어야 하는 것으로 보인다. 사회적 권리의 실현도 시장 경제에서 이룩된 과실과 밀접한 관계를 가지고 있기 때문이다. 오늘의 시점에서 세계 정세는 그 이외의 다른 방법이 없다는 것을 이야기하는 것으로 보인다. 그런 의미에서 그것이 민주주의인가 사회주의인가는 별 의미가 없는 일이라고 할 수 있다. 사회적 권리는 이념을 떠나서 많은 경우 그것을 뒷받침할 수 있는 경제력이 부족하다는 사실이나 주장으로 한계에 부딪치게 될 것이다.(오늘날 대부분의 사회에서 이 한계는 소위 선진 산업 사회의 생활 수준과 부의 배분 구조를 받아들이면서 말해지는 것이다. 이론적으로 볼 때, 이 사회적 권리의 실현을 위한 경제력도 이것을 어느 기준에 설정하느냐에 따라서 다른 수준의 것이 될 수 있기는 하다.)

시장 경제를 받아들인다는 것은 성급한 이상주의와 이성주의를 포기하고 삶의 불가피한 비인간적·비이성적 요인으로 불확실성 또는 유동성을 받아들인다는 것을 말한다. 시장의 의미는 삶의 테두리가 고정된 질서 밖에 버려진다는 것을 말한다. 집단으로나 개인으로나 시장 질서 속에 살아남는 일은 많은 복잡한 현실적 고안과 적응을 통하여서만 가능하다. 시장 체제에 대한 많은 비판은 여기에 따른 불확실성과 불안에 관계되어 있다. 그럼에도 불구하고 세계의 대부분의 국가 그리고 개인들이 그것을 받아들이는 것은 그 생산성과 그 생산성이 가능하게 하는 생활의 풍요화를 믿기 때문이다. 이러한 질서가 옳든 그르든 오늘의 정치 체제는 시장 체제의 유동성에 대응하는 것이라야 한다. 사회적 권리는 이러한 대응에 있어서 하나의 동반자로서의 주장을 할 수 있을 뿐이다.

4

물론 시장의 질서 또는 그 혼란을 받아들인다는 것이 완전히 인간적 그리고 이성적 기획의 포기를 의미하는 것일 수는 없다. 시장 속에 있다는 것은, 법칙이든 혼란이든, 그것에 모든 것을 맡긴다는 것을 말하는 것은 아니다. 시장의 법과 혼란에 대처하는 것은 시장 세계 내에서의 한 가지 존재 방식일 뿐이다. 그런 가운데 인간적 삶을 약속하는 기획은 계속 탐구되어야 마땅하다.

사회주의 또는 자유 민주주의도 이미 인간적인 삶에 대한 일정한 가치 지향을 원리로 하는 사회 기획을 담고 있다는 주장이 있을 수 있다. 그러나 현실 사회주의의 실패는 쉽게 잊혀지지 아니할 것이다. 시장 만능주의의 비인간성은 새삼스럽게 말할 필요도 없다. 어떤 경우나 경직된 이념의 체계는 복합적일 수밖에 없는 삶의 현실과 소망을 단순화한다. 더 문제인 것은 이데올로기 — 그리고 절대화한 가치 지향이 조장하는 사회적 갈등과 분열이다. 역사의 진전이 갈등과 투쟁을 통하여 이루어질 수 있다는 것을 부정할 수는 없다. 그러나 이념 속에 굳어지고 권력 투쟁의 명분이 되는 절대 가치는 구원하고자 하는 삶의 현실 그것을 황폐화하고 파괴한다. 출발은 선부른 유토피아적 기획보다도 오늘의 현실에 대한 강한 인식이다. 뒤르켐은 사회 발전의 지표로서 사회의 자기 인식의 발전을 중요시한 바 있다. 사회의 현실적 자기 인식이야말로 사회에 대한 모든 생각과 기획의 토대가 되어 마땅하다.

물론 인간적 삶을 약속하는 모든 기획이 의미가 없다는 말은 아니다. 그것은 앞으로 인간성의 심층—깊은 과거로부터 탐구되어야 할 어떤 것이다. 이것을 위해서는 우리의 사고를 모든 가능성에 열어 두는 것이 필요하다. 그러나 모든 가능성에 사고를 연다는 것은 저절로 자기비판적이 된다는 것을 말하기도 한다. 자신의 모든 것이 끊임없는 새로운 검토의 대상이 되는 것이다. 그리하여 우리의 욕망과 의식에서 태어나는 유토피아도 절대적인 비전으로 존재할 수는 없다. 많은 유토피아의 계획은 그 경직성으로 인하여 유연한 현실을 거머쥘 수 없었다. 이성은 움직임 속에서만 살아 있는 것일 수 있다. 움직인다는 것은 스스로를 다시 되돌아봄을 통해 가능하다. 스스로가 만드는 개념은 다시 이성의 움직임 속에 해체된다. 이러한 개념의 기획으로서의 유토피아는 변화하는 현실 조건 속에서 유연하고 움직이는 총체적 의식 —주일무적(主一無適)의 원리 —이 살아 있는 이성과의 관계에서 발견적 수단으로서 의미를 갖는다.

이러한 유연한 이성의 원리는 시장의 현실을 받아들이면서 민주주의의 사회적 권리를 실현하는 데에 중요한 원리이다. 그것은 인간적인 삶의 실현에 널리 필요한 원리이다. 사회적 권리를 비롯하여, 그것이 아무리 중요하다고 하더라도 한두 가지의 문제의 해결 또는 그에 대한 처방으로 좋은 사회가 실현될 수는 없다. 삶의 조화된 실현에 필요한 문화적·도덕적·육체적 요구 그리고 그것의 개인적 변주가 몇 개의 처방으로 충족될 수는 없는 것이다. 그러나 그 충족을 위한 사회적 조건을 만드는 데는 이성의 인식과 구성력을 빌려야 한다. 그러나 그 경우에도 그 이성은 유연하고 섬세한 것이어야 한다. 욕망과 현실 그리고 그 효과적 균형—이러한 것에 대하여 생각해야 할 것은 너무나 많다.

유연한 이성적 고찰의 작업은 사회적 권리의 경우에도 끝날 수 없다. 사회적 권리의 가장 간단한 실현은 사회적 복지 정책의 형태를 취한다. 그러나 그것은 최소한도의 생존을 보장할 수는 있어도, 최대의 자기실현을 가능하게 할 수는 없다. 또 복지는 더러 비판되듯이 그리고 이미 최소한도의 우리 복지 제도에 드러나고 있듯이, 복지 관료 체제의 비대화를 가져온다. 그리고 복지 대상자를 그에 종속시킨다. 또는 앞에서 비친 바 사회적 권리가 선진국의 생활 수준을 전제하면서 보장되어야 한다고 할 때, 그러한 전제는 참으로 옳은 것인가. 그렇다고 하는 것은 현실의 역학이 그 이하의 것을 받아들이기 어렵게 한다는 것을 말하는 것에 불과하다. 삶의 조건으로서 그것이 참으로 바람직한지 어쩐지는 확실하지 않다. 그러한 바람직한가 아니한가를 떠나서, 그것은 조만간에 환경적 제약과 커다란 충돌을 일으킬 가능성이 크다. 참으로 사람다운 삶은, 개인적으로나 집단적으로나, 어떤 것인가? 그것을 가능하게 하는 사회적 마련은 어떤 것이어야 하는가? 그것은 어떻게 실현될 수 있는가? 그리고 오늘 우리는 무엇을 할 것인가? 이러한 물음은 계속, 조심스럽게 물어져야 한다. 반드시 답변이 없기 때문만은 아니다. 답변이 없는 물음이 헛된 파괴의 유희라면, 물음에 열려 있지 않은 답변은 참다운 답변이 아니다.

그러나 오늘날 우리 사회에 팽배해 있는 것이 반지성적 풍조이다. 우리 사회에 그 미래에 대한 논의가 없는 것은 아니다. 그것은 어떻게 보면 어느 때보다도 활발하다. 그러나 그것을 지배하고 있는 것은, 선의로 해석하여,

혁명의 부정적 정열이거나 경직된 이데올로기로 보인다. 앞에서 비친 바 있듯이 분명하게 표명이 되었든 아니 되었든 사회적 이익의 배분 체계 그리고 삶에 대한 가치 지향의 충돌이 불가피한 상황에서 이러한 사태를 완전히 피할 수 있는 것은 아닐지 모른다. 그러나 지금의 상황에서 그것은 주로 정열과 경직된 이데올로기와 파당적 권력 투쟁의 테두리 속에 남아 있는 것으로 보인다. 정열은 이데올로기에서 지속의 틀을 발견하고 파당 속에서 행동의 수단을 발견한다. 그 정열이 어떻게 보다 확실한 현실 인식이 되고, 보다 현실적인 정치 질서의 구성의 힘으로 전환될 수 있을 것인가? 지금의 시점에서 우리의 공공 영역을 보다 높은 차원으로 옮기는 것이 어떻게 가능할지 그 방편이 쉽게 발견될 수는 없는 것으로 보인다. 어쩌면 크든 작든 역사의 고비는 인위적 방편보다도 정해진 과정을 거쳐서 다음 단계로 나아갈 수밖에 없는지 모른다.

(2004년)

공부의 내적 의미와 외적인 인증

박사 학위에도 가짜가 등장하여 논란의 대상이 되었지만, 대학의 과정에서도 요구되는 숙제나 리포트 등에도 대필이 많다는 보도가 있었다. 그것도 돈을 지불하고 대서가 행해진다고 한다. 이보다 더 큰 사회적인 문제가 된 것은 물론 최근의 수능 고사 부정 사건이다.

간단히 생각하기에는, 시험이나 검증의 제도에 일어나는 부실을 방지하는 것은 시험 감독의 제도나 검증의 절차를 엄격하게 하는 일이다. 그러나 다른 한편으로 시험과 검증의 제도가 해이해지는 것은 사회에 그럴 만한 원인이 있기 때문이라고 할 수 있다. 그리하여 단순한 엄격한 감시 제도의 강화만으로는 문제를 근본적으로 해결할 수 없다고 말할 수 있다. 궁극적으로는 사람이 사람답게 사는 사회가 되고 도덕적 기준이 높아질 때에 문제가 해결될 것이라고 할 수 있다. 그것을 한정하여 말하면, 교육으로 하여금 근본적인 인간적 기준으로 돌아가도록 하는 것이 근본적 해결에 이르는 한 길이다. 다시 말하여 교육을 인간을 위한 교육으로 복귀하도록 노력하는 일이 필요하다. 인간을 위한 교육이란 바로 피교육자 자신을 위한 교육이다. 또 그것은 교육의 근본이 외적인 정보의 집적이나 외적인 인증에 있는 것이 아니라 내면의 발전에 있다는 것을 다시 확인하는 일이다.

우리 옛 선인의 글에 성현의 말씀을 익히는 데 가장 좋은 방법은 어떤 것인가 하는 데 대한 흥미로운 관찰이 있다. 성현의 말씀을 등에다 적어 놓으면 그 말씀이 내 것이 된 것이라고 할 수 있는가, 그게 아니라면 손바닥에다 적어 놓으면 어떤가. 등에 써 놓은 성현의 말씀이 나의 살이 되고 마음의 일부가 되지 않음은 말할 필요도 없는 일이다. 마음에 적어 놓는 것은 어떤가. 어느 학생이 시험 답안지에 너무나 어려운 답을 써 놓아서, 그것을 알고 쓴 것인가 하고 물었더니, 자기도 모르는 것을 적어 놓은 것이긴 하지만, 그것은 선생님이 가르친 것을 그대로 쓴 것이니 적어도 선생님은 아실 것이라고 답했다는 우스개가 있다. 앞의 생각을 우리 식으로 발전시켜 보면, 사실 마음에 적어 놓는 것으로써 교육의 목적이 달성되는 것은 아니다. 마음에 적은 것은 다시 해체되어 내 마음의 일부가 되어야 한다. "배우고 생각하지 아니하면 허망하고, 생각하고 배우지 아니하면 위태로운 일이라."라는 옛말은 이것을 두고 한 말이라고 할 수 있다.

이것은 마음을 기르는 것을 중요한 것으로 보는 관점에서의 이야기이다. 그러나 오늘날 교육은 정보와 기술의 습득을 주안으로 한다. 마음을 기른다는 의미에서의 교육이 중요한 것이 아니라 정보의 집적이 중요한 것이다. 이 관점에서 손바닥에 적어 놓은 정보도 의미 없는 것이 아니라고 할 수 있다. 손바닥에 적어 놓은 것에 비슷한 메모나 정보원(情報源)을 일상적으로 사용하고 있고, 그렇게 접근되는 정보는 날로 중요해진다. 마음에 베껴 놓은 정보는 그다음쯤으로는 중요하다. 정보는 대상적 세계 — 물질적이든 사회적이든 대상적 세계를 조종하는 데에 필요하다.

정보의 중요성과 더불어 일어나는 중요한 문제의 하나는 이와 더불어 독자적인 존재로서의 개체의 의미가 크게 줄어들거나 변형된다는 것이다.

물론 정보를 통하여 세계를 조종하는 것은 나의 주체적인 의식이고, 그러한 의미에서 나의 마음은 소멸된 것이 아니라 할는지 모른다. 그러나 정보 조종의 기능에서 마음은 그 가장 간단한 조종 능력으로 단순화된다. 마음은 대상을 규정하는 만큼 대상에 의하여 규정된다. 정보에 계속적으로 노출될 것을 요구하는 교육은 마음을 수동의 상태에 들어가게 하고 그것을 주어진 정보의 체계에 흡수한다. 그리하여 자신도 모르게 개인은 사회의 한 기능이 된다. 다른 한편으로 우리 사회에서 이러한 경향은 사회에의 절대적인 귀속에만 도덕의 의미를 찾는 사회 풍토에 의하여 강화된다.

교육 과정의 부정은 이러한 사회의 절대적 우위성 그리고 개인의 소멸에 관계되어 있다. 기능적으로는 물론 도덕적 관점에서도 사회를 떠난 개인은 그 자체로는 아무런 의미가 없다. 사람의 존재의 의미는 사회에서 부여하는 기능과 자리에 의하여 정해진다. 또 이 자리는 시험이나 자격증의 외적인 증거로 정해진다. 이러한 체제하에서도 개인이 없어지는 것은 아니다. 다만 그것은 사회가 부여하는 지위와 기능을 위한 경쟁이나 투쟁 속에 표현된다. 이것을 조금 더 넓게 본 것이 요즘의 정치 철학자들이 말하는 인정을 위한 투쟁이다. 이 투쟁에서 개인이 살아남는 데에 필요한 것은, 개인이 사회가 요구하는 기능을 보여 주는 것이다.

사람의 존재의 의미가 전적으로 외적인 인증에 의존하는 것이라면, 그 인증이 실제 내실이 있는 것이든 아니든 그것은 그렇게 중요한 것이 아니다. 그것은 발각되지만 않는다면, 가짜일 수도 있다. 여기에 대하여, 교육이 자기 자신을 위한 것이 되는 경우를 생각해 보면, 이것은 더욱 쉽게 이해될 수 있다. 자신을 위한 교육에서, 부정 시험을 보고, 과제물을 대리로 작성하고, 가짜의 학위증을 만들고 하는 것은 무슨 의미인지 이해하기조차 어려운 것이 될 것이다. 밥을 먹는 것이 제 배고픔을 채우고 제 몸을 위하는 것이라면, 대리로나 가짜로 밥을 먹는 것이 의미를 가질 수 없는 것과 마찬가지이다. 물론 운동을 익히는 경우도 마찬가지이다.

그런데 개인이 사회 기능의 일부가 되는 것은 개인의 소멸을 의미할 뿐만 아니라 사회적으로도 여러 가지 문제를 낳게 마련이다. 사회성의 강조가 가짜의 가능성에 이어지는 것은 이미 말하였지만, 그것은 모든 창의성의 근원을 사회에서 제거하는 결과를 가져온다. 사회에 있어서 정보의 보다 창조적 처리 그리고 새로운 정보의 기능은 낮아질 수밖에 없다.

사회 속에서의 일정한 기능을 수행하는 일이라도, 그것을 깊이 있게 단련하는 것은 단순히 사회를 넘어가는 주체적 노력을 의미한다. 개인의 기량과 가능성을 발전시킨다는 것은 결국 사회적 쓸모를 예상하는 것이라고는 하지만, 그것은 자기에 대한 일정한 반성적 의식을 요구한다. 최소한도 그것은 자기가 잘할 수 있는 것이 무엇인가를 생각하는 데에서 출발한다. 또 습득과 숙달의 과정에서 즐거움을 느끼고 보람을 느끼는 것이 거기에 도움이 된다. 그리고 이 단련의 과정은 선택한 일이 인생의 대체적인 진로에서 어떤 의의와 정당성을 가지고 있는가를 저울질하는 일로 나아갈 수 있다. 이러한 자기의 계발, 자기실현의 도상에 있는 사람에게는, 시험의 부정이나 가짜 자격증이라는 것은 사회를 속이는 일이기 전에 자기를 배반하는 일이 될 가능성이 크다. 정직성은 단순히 외적으로 부과되는 규범에 따르는 것만을 의미하지는 않는다. 그것은 근본적으로 자신에 대한 충실을 말한다. 피상적으로도 부정으로 자격을 사칭하는 것은 자긍심을 상하는 일이다. 이것은 자기의 삶을 살겠다는 사람에게는 자기 훼손을 의미한다. 물론 이것이 도덕적 원칙이 되려면, 다른 도덕적 자각의 계기가 있어야 한다. 그러나 사회적 명분에서 모든 도덕의 근본을 찾는 사람이 잘 모르는 것은 도덕적 삶의 태도가 자기 삶의 의의를 독자적으로 의식하는 일에 관계되어 있다는 사실이다.

자기 삶을 보람 있게 살고자 하는 것은 누구나 가진 인간적 소망이지만,

그것은 보다 적극적으로 추구되는 목적이 될 수도 있다. 그러나 그것은 직업의 훈련에도 개입되는 의식이다. 서양 말에서, 직업을 vocation, calling, Beruf라고 할 때의 '부름', '부르심'의 뜻을 가진 말로 쓰일 때, 이러한 부름으로서의 직업 선택 그리고 그것을 위한 수련의 과정에 작용하는 것은, 그것이 반드시 분명하게 의식화된 것은 아니면서도 자신의 내면을 되돌아보는 일이다. 물론 직업적 선택에는, 그것이 선호의 심리로 변형되어서일망정, 사회에서 오는 여러 영향들이 작용한다. 그러한 까닭에 한 사람 한 사람의 개인이 자신의 선호함을 따라 직업을 선택하여도 결국은 그것이 사회 전체의 필요에 대체적으로 맞아 들어가게 되는 것일 것이다. 그러나 다시 한 번 중요한 것은 사회적 필요에 순응하는 직업의 선택이고 수련의 과정이라고 하여도, 그것이 개인의 자기 발전과 자기실현의 과정 속에서 행해진다는 점이다.

다시 말하여 확대된 삶의 의식으로서의 자기의식을 보다 적극적으로 추구하는 학문의 분야가 인문 과학이다. 더 일반적으로는 그것은 교양이라고 불린다. 따라서 마음의 교육, 개인을 위한 교육의 이상이 실현되기 위하여 필요한 것은 모든 직업 교육이나 전문 교육 이전에 그 기초로서의 인문적 교육이라고 할는지 모른다. 주입식 교육이 아니라 창의적 교육이 강조되고 객관적 시험에 추가하여 주관적 논술 시험이 등장하게 된 것도, 정보가 아니라 능동적인 반성의 능력으로서 그리고 자기 형성의 동력으로서 마음이 중요하다는 것을 생각하는 데에서 일어난 일이라고 할 수 있다. 그러나 우리는 이러한 것들이 시험과 방법 속에서 그 참뜻을 잃어버리는 것을 본다. 대체적으로 인문적 교양도 교육이 되고 시험이 되고 방법이 될 때, 참으로 인간의 능력을 훈련하고 증거하는 데에 크게 기여하지는 못할 것이다. 궁극적으로 인정하여야 할 것은 마음의 본질이 객관화를 거부하는 데에 있다는 사실이다. 중국이나 한국에서 과거(科擧)가 한편으로는 학문의 진흥에 기여하면서 다른 한편으로 그것의 진정한 창의적 발전을 저해했다는 점은 가끔 지적되는 일이다. 정신이 필요로 하는 것은 방법과 요령 시험 그리고 교과가 아니라 자신의 내적 과정을 펼칠 수 있는 시간과 여유이다.

이렇게 말하면 결국 필요한 것은 보다 많은 교육적 간여가 아니라 교육의 자기 한정이라고 할 수도 있다. 고등학교나 대학의 교육에 인문적 교육이나 창의적 교육이 강화된다고 하여 문제가 해결되지는 아니할 것이다. 극단적으로 말하면 필요한 것은 수업으로부터의 해방이다. 적어도 고등학교의 경우 자유 시간의 부여가 자기 발견의 터전이 될 것이다. 물론 이것은 교육이 필요 없다는 것보다, 배움[學]과 생각[思]이 교차되는 것이 바른 교육의 과정이라는 말이다.

(2005년)

잃어버린 마음을 찾아서

성찰과 삶: 인문 과학의 과제

서언: 인문 과학의 사명

인문 과학과 삶의 경제 수년 전부터 우리는 인문 과학의 위기라는 말을 들어 왔다. 이 위기의 의미를 점검하기 위해서는 인문 과학의 상황을 자세히 검토하는 것이 필요할 것이나, 예비적으로 인문 과학의 성격에 대하여 반성해 보는 것도 무의미한 일은 아닐 것이다. 인문 과학이란 무엇을 어떻게 하는 학문인가?

과학이 세계와 인간에 대한 객관적 이해와 설명의 체계이고 활동이라고 한다면, 인문 과학은 그중에 인간에 관한 부분이라고 말할 수 있지만, 아마 더 쉽게 여기에 답하는 방법은 인간의 삶의 경제에서 그것이 무엇을 하고 할 수 있는가를 생각하여 보는 것일 것이다. 과학이란 초연한 지식의 습득을 목표로 하지만, 그렇다고 그것의 방향과 틀을 결정하는 요인으로서 거기에 실용적인 동기가 없는 것은 아니다. 가장 가치 중립적인 지식의 획득을 목표로 하는 인간적 노력에 있어서도, 그것을 규정하고 제약하는 구극적인 테두리는 삶의 이해(利害)이다. 다른 학문에 비해서도 인문 과학은 더욱 삶의 이해에 민감하다고 할 것이다. 그것이 인간에 관계되는 것인 한, 사람에게 가장 중요한 그리고 끈질긴 질문은 '어떻게 할 것인가' 그리고 더 나아가 '어떻게 살 것인가' 하는 문제이기 때문이다.

정신의 성장과 인간의 사명 교양의 이념이 동서를 막론하고 인문 과학의 중심적인 이념이 되는 것은 자연스럽다. 교양은 주어진 대로의 인간이 미완성의 상태에 있으며 형성의 노력을 통하여 보다 완성될 수 있는 존재라는 것을 전제한다. 여기에서 완성이란 어떤 목적으로 상정하는 것인데, 이 목적은 심미적인 또는 보다 심오한 정신적 에스카톨로지(eschatology, 종말론)에서 나오는 것일 수도 있겠지만, 보다 세속적인 차원에서는 인간의 삶의 경제에 있어서 집단의 필요나 개인의 행복에 의하여 정당화되는 것이라고 하여야 할 것이다. 이러한 의미에서 인간의 형성은 인간의 사명이라는 윤리적 의미를 갖는다고 할 수 있다. 다시 말하여 인간은 완성되어야 하는 존재이다. 그러나 이 완성이, 방금 말한 바와 같이, 어떤 텔로스를 향한 움직임을 상정하지 않을 수 없다면, 이 과정에서 텔로스는 의무의 성격을 띠지 않을 수 없다. 뿐만 아니라 그것은 주관적인 의미에서만이 아니라 사람에게 주어진 삶의 조건의 관점에서 정당성이나, 아니면 적어도 현실적 가능성을 가진 것이라야 한다. 그러한 의미에서 인간의 완성은 사명이 된다. 인문 과학은 사실 과학이기 이전에 도덕적이고 윤리학적인 의미를 가지고 있다.

정신의 원초적 상태와 열림 인간의 완성이란 심신 양면을 다 의미하는 것이나, 대체로 학문적으로는 신체적인 것보다는 마음의 형성이 주안이 된다. 이것은 학문이라는 것이 정신 활동인 한 자연스러운 편향이지만, 동시에 인간 존재의 중심이 정신의 주체적 통합 작용에 있다는 사실에서도 연유하는 것일 것이다. 정신의 형성은 그 밑에 들어 있는 비유로 보아 질료를 새로운 형태로 빚어낸다는 것을 말할 수도 있고, 육체나 유기체 비슷하게 성장하면서 일정한 모양을 갖추어 간다는 것을 의미할 수도 있다. 그러나 어느 쪽이든지 간에 이 형성과 성장은 정신이 그러한 가능성을 가지고 있다는 것을 전제하는 것이다. 그리고 이 가능성은 여러 가지로 고무를 받고 북돋음을 받아야 한다.

그러나 정신의 특징은 성장을 기다리며 원초적인 상태에 머물러 있는 것이 아니라 이미 세계 속에 존재하면서 그것과 상호 작용하고 있다. 의식이 무엇을 향한 지향성으로만 존재한다는 것은 일반적으로 세계 속에서의 정신의 존재 방식을 적절하게 설명한 것이다. 그러므로 정신의 바른 성장은 이미 세계를 향하여 있는 정신을 되찾아 원초적인 상태를 회복하는 일을 필요로 한다고 할 수 있다. 이것은 바른 성장을 위한 전제가 될 수 있다. 그러나 그것은 전제 이상의 것이기도 하다. 정신의 성장에 목적이 있다고 하더라도, 그 목적은 스스로의 안으로 숨어 들어가는 것이 아니라 보다 수긍할 만한 세계와의 상호 작용과 그에 따르는 세계의 구성을 의도하는 것이다. 또 세계의 무한함 속에서 이 작용과 구성의 가능성도 무한히 열려 있는 것일 수밖에 없는 만큼, 원초적 상태의 회복은 출발이면서 동시에 종착역이다. 결국 정신의 첫 상태, 그 열려 있는 상태 또는 열려 있을 수 있는 능력은 모든 단계의 정신적 성장의 조건이기 때문이다.

성장은 정신의 내용의 확충을 의미하지만, 그 확충은 폐쇄를 의미하지 않는다. 그것은 열림의 가능성 속에서의 확충이며 내적 충실을 의미한다. 사실 정신의 성장은 열림의 가능성의 계속적인 변용이라고 보는 것이 맞을는지 모른다. 그러한 의미에서 인간의 완성을 위한 노력이 정신의 원초적 상태를 회복하는 데에 집중되는 것은 당연하다.

구방심(求放心)

도심(道心) 맹자에 나오는, "학문의 길은 다른 것이 아니라, 그 놓친 마음을 찾는 것뿐이다.(學問之道無他, 求其放心而已矣.)"(『맹자』, 「고자 장구 상」)라는 말은 인문 과학의 근본적인 사명을 말하는 것이라고 할 수 있다. 그런데 찾아야 하는 놓친 마음은 무엇을 말하는가? 이러한 말을 하기 조금 전의 부분을 보면, 그것은 도덕적 심성을 말하는 것으로 볼 수 있다. 『맹자』에서 구방심의 부분은 "인이 사람의 마음이며, 의가 사람의 길이다.(仁人心也, 義人路也.)"라는 말로 시작된다. 그리고 사람이 개나 닭을 잃어버리면 이것을 찾아 나서지만, 마음을 잃어버리고는 찾을 생각을 하지 않는다고 하고, 놓친 마음을 찾아야 한다고 하는 것이다. 또 여기의 구절은, 다시 조금 앞에서 말했던 측은(惻隱), 수오(羞惡), 공경(恭敬), 시비(是非)의 마음에 이어진다.

심(心)과 의식 구방심이 도의의 회복을 말한다면, 여기에 대하여 오늘의 인문 과학의 사명은 조금 더 광범위하게 생각되지 않을 수 없을 것이다. 학문의 문제를 지나치게 좁은 도덕적 관점에서 생각하는 것이 오늘날의 문제의 근본적인 검토를 어렵게 한다고 할 수도 있다. 그러나 맹자가 무엇을 뜻하였던지 간에, 유교적 전통에서도 이 마음을 단순히 도덕적으로만 생각한 것은 아니다. 유교의 전통에서도 마음은 도덕이나 윤리를 넘어간다. 주자에 있어서 마음[心]은 오늘날 우리가 말하는 주체로서의 마음을 말한다고 할 만하다. 한 해설자가 말하듯이, 그것은 절대 주체이다. 그것은 "신체의 주(主)가 되는 자, 하나이며 둘이 아닌 자, 주(主)이며 객(客)이 아닌 자, 물(物)에 대하여 명(命)하고 명(命)을 받지 아니하는 자이다."[1] 그리고

---

1 오하마 아키라(大濱皓), 「문집(文集) 육십칠(六十七) 관심설(觀心說)」, 『주자 철학(朱子 哲學)』

그것은, "사물의 본질적 이(理)를 지각(知覺)하는 자[道心]이고, 감각적 속성을 지각(知覺)하는 자[人心]"이다.

이와 같은 심(心)의 지각 행위를, 서구의 해설자가, '의식(Bewusstsein)'이라고 번역하는 것은 — 거기에 윤리적 의식(sittliches Bewusstsein)을 포함하여야 한다고 한다면 — 정당하다.[2] 그러니까 유교 철학에서의 마음 또는 심(心)은 정신이나 의식 또는 다른 인간 심성의 주체적 동인과 비슷한 것으로 보아도 무방하다고 할 수 있다. 그것은 도덕적인 것과 함께, 감각이나 감정 그리고 인식의 주체이고 실천적 의지의 담지자이다. 이렇게 볼 때, 놓친 마음을 되찾는다는 것은 도덕적 심성의 회복만을 말하는 것이 아니라 여러 의미에서의 심성이나 의식의 본래의 모습을 되찾는 것을 말한다.

대상 세계의 의식과 그 회복 되찾는다는 것은 잃었다는 것을 전제한다. 어떻게 하여 잃었는가? 한 가지 답은 마음은 쉽게 잃어지는 성질을 가졌다는 것이다. 유교는 이것을 대체로 사람의 욕심으로 인한 것이라고 생각한다. 또는 그것은 욕심이 가져오는 마음의 불균형으로 하여 마음의 참모습이 손상되는 것이라고 할 것이다. 그것은 마음의 두 국면인 도심과 인심에서 보다 엄정한 도심의 작용이 미발달된 경우이다. 보다 넓은 의미에서 사람의 마음이 쉽게 스스로를 놓치게 되어 있다는 것은 현상학의 의식에 대한 통찰에서 쉽게 도출된다. 여기에서의 의식의 회복은 오늘날의 인문 과학의 과제를 생각하는 데에 도움을 준다고 할 수 있다.

현상학에서 의식은 대상을 향한 지향성에 의하여 특징지어진다. 그렇다는 것은 그것이 오로지 대상과의 연계 속에서만 존재한다는 말이다. 그

(동경대학출판회(東京大學出版會), 1983), 147쪽의 인용.

2 같은 책, 150쪽. 앞의 이(理)와 지각에 대한 해석은 『주자어류』의 "도심시지각득도리저(道心是知覺得道理底), 인심시지각득성색취미저(人心是知覺得聲色臭味底)"로 뒷받침된다.(『주자어류』, 「칠십팔, 좌록」) 서구의 해설은 Alfred Forke, *Geschichte der Neueren Chinesischen Philosophie* (Hamburg: De Guyter, 1964), p. 187 참조.

리하여 의식은 이미 대상 세계 속에 나가 있게 마련이다. 현상학은 이렇게 하여 대상 속에 밀착되어 있는 상태가 의식의 자연스러운 상태라고 하고, 이것을 괄호에 넣고 순수한 드러남의 모습을 특별한 반성 행위 — 현상학적 환원을 통하여 회복하고자 한다. 이때 드러나는 것은 의식에 비치는 있는 대로의 현상이면서, 동시에 그것을 가능하게 하는 의식 자체이다. 더 나아가 현상으로서의 세계가 드러내 주는 것은 세계가 의식의 "선험적 결정"에 의하여 구성된다는, 또 그것의 업적이라는 사실이다. 이것은 사물의 세계에도 해당되지만, 의식의 대상이 될 수 있는 모든 것에 해당된다. 그 결과 현상학은 경험의 형식으로서의 모든 의식의 형태를 밝히는 방법이 될 수 있다. 한 해설자가 말하듯이, "현상학자는 그 방법을 물리학의 사물이나 마찬가지로 허구나 신화에도, 지각이나 기억의 대상에나 마찬가지로 상상의 대상에도, 깊은 푸른 바다나 마찬가지로 악마에게도 적용할 수 있다." 그것은 "현상학적 에포케를 통하여, 모든 대상이 경험 가능한 성질을 가진 것이 되고, 이 모든 대상들은 의식의 차원에서는 동등한 권리를 가진" 것으로 드러나기 때문이다.[3]

마음과 가능성 현상학은 세계 속에 흩어져 있는 의식을 새삼스럽게 확인할 수 있게 한다. 이 관점에서 현상학은, 후설이 주장하듯이, 제일 철학으로 또 엄밀한 학문으로서의 권리를 내세울 수 있다. 그러나 동시에 그것은 실천적 의미를 갖는다. 현상학이 드러내는 것은 대상들이 이루는 일관된 세계이고, 또 가능한 세계이다. 다양하게 구성될 수 있는 가능한 세계는 저절로 평가와 선택의 대상이 될 수 있다. 현상학적 성찰과 관련하여 볼 때, 놓친 마음을 찾는다는 것은 이 절대적인 의식의 세계를 되찾고, 거기에서

---

3 Barry Smith and David Woodruff Smith, *The Cambridge Companion to Husserl*(Cambridge University Press, 1995), p. 12.

보다 나은 가능성을 회복하는 것이라고 할 수 있다. 보다 낫다는 것은 세속적인 의미에서의 좋은 삶을 의미하거나 아니면 가능성의 가장 완전한 실현을 의미할 것이다. 그 기준은 보다 분명하게 논리적 일관성, 심미성 또는 도덕이 될 수도 있다.

세계의 구성 의식과 구성 작용의 업적으로서의 세계를 되찾는다는 것은, 이미 비친 바와 같이, 큰 실천적 함축을 가지고 있다. 후설의 철학적인 또는 과학적인 관심사는 늘 사람의 삶 — 지적 그리고 실천적 삶에 있어서의 의식의 주체적 역할을 밝히는 데에 있었다고 할 수 있는데, 그가 이 관심을 가장 분명하게 역사와 사회의 넓은 테두리 속에 자리하게 한 것은 『유럽 과학의 위기와 선험적 현상학』에서였다. 그는 여기에서 주어진 대로의 객관적 세계를 서술·설명하는 것으로 보이는 과학도 결국은 인간의 주체적 활동의 업적이라는 것을 밝히고, 이 관련을 통하여 다시 한 번 과학은 물론 역사의 현실 속에서도 인간의 능동적 역할의 중요성을 다시 확인하고자 하였다. 이 점에 대한 강조는 위 책의 도처에 나오지만, 한 부분의 주장을 살펴보면, 현상학적 또는 '선험적 에포케'는 역사와 삶 그리고 과학에서의 인간 존재의 자연스러운 태도를 바꾸고자 한다. 이 자연적 태도를 중단함으로써,

> 철학 하는 사람의 진리를 보는 눈길은 처음으로 완전히 자유로워진다. 즉 가장 강력하고, 보편적이면서도 감추어져 있던 주어진 대로의 세계의 매임으로부터 자유로워지는 것이다. 이 자유를 통하여 세계 자체와 세계의식 사이의 보편적이고, 절대적으로 자족적인 상관관계가 발견된다. 이 세계의식이란 주체의 의식의 삶을 말한다. 그 주체성이 세계의 진리 타당성을 실행하고, 세계를 그 지속적인 업적으로 소유하며, 능동적으로 새롭게 형성한다. 그리하여 가장 넓은 의미에서 모든 종류, 모든 의미의 존재와 절대 주체성 사이

에 가장 포괄적 방식으로 의미와 존재의 정당성을 구성하는 상관관계가 생겨난다.[4]

이러한 발언에서 분명히 볼 수 있는 바와 같이 후설의 현상학은 넓은 의미에서의 세계의 창조를 위한 실천적 프로그램을 포함하고 있었다. 다만 그는 이것을 어떤 간단한 정치적 혁명의 철학으로 설명하지는 아니하였다. 그에게 중요한 것은 의식의 구성적 능력을 인지하는 것이었고, 그것으로부터 세계를 새로운 가능성 속에서 검토하는 것이었다. 구방심이 출발이었던 것이다. 그러나 그에게 세계를 인간의 업적으로 인지하는 것에 못지않게 중요한 것은 세계의 사실성과 그 법칙성에 대한 존중이었다. 어느 쪽이든 이것은 모두 인간 이성의 업적이었다. 다만 그가 새롭게 확인하고자 하였던 것은 이성의 주체적 근원이었다. 여기의 주체성은 인간의 의식의 삶의 일부이면서, 동시에 단순한 경험적 주체를 넘어가는 초월적 차원을 가지고 있는 것이었다.

물질과 개념의 물신화 그리하여 후설의 현상학에서의 의식의 해방은 철학적인 의미 — 주로 자연 과학을 자신의 영역으로 점유한 실증주의로부터의 해방이라는 철학적인 의미를 가지고 있는 것이지만, 이것은 보다 넓은 영역에서의 해방적 의미를 갖는 것임에 틀림이 없다. 오늘 우리 사회에 범람하고 마음의 중심을 교란하는 것은 물질주의나 국가주의 또 집단적 도덕주의 등이 일종의 실증주의 — 또는 더 엄밀하게 말하여 "잘못 부여된 구체성"의 실증주의의 권위에 의존하는 미검증의 이념들이라고 할 수 있다. 우리는 한편으로 경제적 풍요라는 생각에 사로잡히고, 다른 한편으

---

4 Edmund Husserl, *The Crisis of European Sciences and Transcendental Phenomenology*, trans. by David Carr(Northwestern University Press, 1970), pp. 151~152.

로는 국가, 민족, 역사, 보수, 진보 등의 실체화된 개념들에 사로잡혀서, 이들에 대한 비판적 검토를 허용하지 않는다.

사실성을 떠난 환상과 환각의 강박 그런가 하면 다른 한편으로 환상과 허황한 거대 계획들의 추구가 인간의 자유로운 주체성의 발현이라고 할 수는 없다. 이러한 것들은 인간의 주체적 자유의 표현인 듯하면서도 결국 주체의 법칙성과 규범성을 전혀 무시하는 것이기 때문이다. 주체는 결국 개인적 주체성을 넘어가는 선험적 주체성의 일부이고, 세계의 일부이다. 그것은 내 환상이 아니라 세계 구성의 일부이다. 환상은 저절로 정치적 강제성을 띠게 마련이다. 그렇다는 것은 법칙성이나 규범성의 무시는 그것을 정치력으로 대체하는 것을 요구하기 때문이다. 이러한 점에서 현상학에서든 또는 다른 어떤 철학적 사유에서이든, 놓친 마음을 찾는 것은 환상의 자유, 특히 현실과의 관계에서의 환상의 자유를 의미하는 것은 아니다. 여기에는 독선적 도덕도 포함된다. 잃어버린 마음을 찾는 것은 사실적 세계로부터의 해방과 동시에 세계와 세계의식의 법칙성을 확인하는 것을 말한다.

관심(觀心)에 대하여

사실의 법칙성, 주체의 규범성 이렇게 말하는 것은 다시 인간의 마음, 의식 또는 이성의 다의적인 존재를 확인하는 일이다. 인간의 의식 — 이성을 포함하는 의식의 작용은 주어진 세계의 사실성을 확인하고, 그것의 법칙성을 탐구한다. 그리고 이에 관련하여 스스로의 자유로부터 스스로의 규범을 설정한다.

주체의 존재론적 바탕 이 사실성, 법칙성, 규범성은 주체의 구성적 능력에 불가분의 관계를 가지고 있다. 그렇다는 것은 그것들이 매우 특별한 의미에서의 주체적 자유의 소산이라는 것을 말한다. 구성은 주체적 자유를 전제한다. 그러나 그것은 세계에 의하여 제약되고, 그것에 순응하는 것이라야 한다. 이것은 세계 내에서의 인간의 주체적 의식의 존재 방식이 모순된 것이라는 것을 말한다. 이 존재 방식은 확실성과 모호성을 포함한다. 인간에게 세계 자체가 그러한 것으로밖에 주어지지 않는다. 그러나 세계와 인간 그리고 그 관계에 존재하는 모순은 변증법적 과정을 통하여 통합된다.

반성의 모순 되풀이하여 말하건대 의식의 세계의 가능성을 살필 수 있게 되는 것은 현상학적 환원으로부터 시작한다. 이것은 인식론적 반성을 통하여 대상 속에 함몰되어 있는 마음을 되찾는다는 것을 말한다. 현상학적 환원은 우리가 세계에 대하여 가지고 있는 일체의 믿음을 중단하는 것인데, 말하자면 그것은 어떤 현상을 실재의 맥락 또는 실용적인 관련에서 빼어 내는 것을 말한다. 그렇게 하는 것은 그것을 되돌아보기 위해서이다. 그러나 마음을 되돌아봄으로써 확인하고 되찾는 것이 가능한가? 그러나 그것이 참으로 가능하다고 하더라도 그것은 역설로만 가능하다. 왜냐하면 마음이 마음을 되돌아본다고 할 때, 되돌아보아지는 마음은 객체화됨으로써 그 참모습을 잃고 있는 것이라고 할 것이기 때문이다.

관심의 모순 주자는 불교에서의 마음을 되돌아본다는 말, 관심(觀心)을 반박하여 "마음은 신체의 주가 되는 자, 하나이며 둘이 아닌 자, 주이며 객이 아닌 자"임에 마음을 바라보는 것은 불가능하다고 말한다. 관심이 마음을 되살펴 본다는 말이라면, 그것은 모순되는 말이라는 것이다. 마음은 대상화될 수 없기 때문이다. "마음으로 사물을 보며 사물의 이치를 깨치지만, 다시 그렇게 드러나는 사물과 마음을 본다면, 그것은 마음 밖에 마음을 상정하고, 이것이 앞의 마음을 관장한다는 것이 된다.(……以心觀物, 則物之理得, 今復有物以反觀乎心, 則是此心之外, 復有一心, 而能管乎此心也.)" 그것은 "마음으로 마음을 찾고, 마음으로써 마음을 부려서, 입으로써 입을 물고, 눈으로써 눈을 보는 것과 같다.(以心求心, 以心使心, 如以口齕口, 以目視目.)"[5] 그렇다면 마음을 되찾는 것은 어떻게 하여 가능한가? 적어도 관심에 관한 주자의 생각에 나타난 것으로는 그것은 마음이 주체로서의 위치를 지키며 중심을 잃지 않는 데에서 가능한 것으로 증명되기보다는 느껴지고 시사되어 있을 뿐이다. 마음이 절대적 주체라면, 그것을 되돌아봄을 통하여 객체화될 수 없다.

그러나 반성을 통하여 마음을 되살리는 것은 그 근본적 모순에도 불구하고 전혀 의미 없는 일은 아니라고 할 수 있다. 마음의 본질이 대상적 세계에 묶여 있는 것이면서, 그 대상 세계가 그것에 대응하여 존재하는, 어쩌면 그 업적이라는 사실을 잊은 것이라고 한다면, 마음은 주체이면서 객체로서도 존재한다고 할 수 있다. 그리하여 마음은 객체화된 마음에 대한 반성을 통해서 살필 수 있는 것이 된다. 물론 이때 그것은 주체로서 마음을 말하는 것이 아니라는 것은 사실이다. 그 결과 그것은 되풀이되는 반성에서, 말하자면 곁눈질로써만 살필 수 있을 뿐이다.

주체의 예감 주자에서도 마음의 적절한 사용 방법으로 반성이나 성찰이 말하여지는 것을 볼 수 있다. 그러나 그것은 반성의 작업과는 상당히 다른 것으로 생각된다. 주자의 방법의 차이는 그의 관심의 차이에 관계되어 있다. 불교의 가르침은 세계 자체가 마음의 소산이라는 것을 말하고, 그다음에 그것이 환상에 불과하다는 것을 말하려 한다. 궁극적으로 보아지는 마음이나 보는 마음이나 모두 미몽에 불과하다. 반대로 현상학의 의도는 세계의 실재를 부정하려는 것이 아니다. 그것은 그 구성의 원리를 밝히려는 것일 뿐이다. 그 원리는 결과에 의하여 원인을 추론하려는 자연 과학의 절

---

5 성백효(成百曉) 역주, 『심경부주(心經附註)』(전통문화연구회, 2003), 365~366쪽으로부터 재인용.

차에서 온다고 할 수 있다. 의식의 세계에 드러나는 세계를 보고, 그것이 의식의 소산임을 — 개인적이라기보다도 어떤 선험적 또는 초월적 의식 또는 어떤 경우에는 역사적으로 퇴적된 상호 주관적 의식의 소산임을 확인하려는 것이다. 그러면서 다시 그 생산이나 갱신에 기여할 것을 기대한다. 그러나 여기에서 모든 흔적에도 불구하고 생산자로서의 의식의 존재 자체는 분명하게 대상적으로 인식되지는 아니한다고 할 수 있다.

성리학의 방법은 오히려 인간의 주체적 의식의 담지자로서의 마음[心]을 밝히는 데에 그 나름으로 보다 정당한 절차를 보여 주는 것으로 보인다. 그러나 거기에는 주어진 대로의 현실 세계를 부정하고 그것을 도덕적·윤리적 방법으로 정비할 수 있다는 생각이 근본적 동기로서 작용한다고 할 수 있다. 이러한 미리 정해진 숨은 동기에도 불구하고, 우리가 성리학에 동의하든 아니 하든, 그것은 마음의 존재 방식에 대한 중요한 관찰을 담고 있다.

논리와 회의 『근사록(近思錄)』에서 주자는 "학문의 근원은 생각에 있다.(學原於思)"라고 말하였다. 그 점에서 그도 반성이 아니라면 적어도 성찰이 학문을 닦는 그리고 참다운 마음을 되찾는 방법이라고 생각한 것이라고 할 수 있다. 그런데 이 생각이란 무엇인가? 그것은 분명 우리가 쉽게 연상하는 추리와 방법적 회의도 포함한다. 근사(近思)의 뜻은 바로 "가까운 것을 가지고 미루어 생각하는 것(以類而推)"이다. 그리고 그것은 방법적 회의를 포함한다.(學者先會疑) 그러니까 생각하는 것은 묻고 추리하는 것으로서, 주자가 말하는 바와 같이, 사물의 이치를 하나하나 따지고, 책을 읽어 의리를 밝히고, 옛사람의 인물을 평가하고 사물을 응접하여 그 마땅함을 처리하는 것을 의미한다.

예와 사려 그러나 그것은 무엇보다도 집중이나 집요함으로 특징지어지는 생각을 의미하는 것으로 보인다. "생각이 오래되면 예(睿)가 생겨난다.(思慮久後睿自然生.)"라고 그는 말한다. 이것은 아마 한 가지 것을 오래 생각하고 또 다른 것으로 생각을 옮겨 가고 하는 사색의 훈련에서 생기는 일정한 능력을 말하는 것일 것이다.

맑은 물의 마음 그러나 특이한 것은 골똘한 생각[思慮], 즉 예에 있어 특이한 것은 그 종착역이 사실의 정확성이나 논리의 명증성보다는 어떤 자명한 심리적 확신이 — 카탈렙시스가 된다는 점이다. 주자는 정이천(程伊川)을 빌려, 예의 경지를 다음과 같이 말한다.

> 생각하는 것을 예라고 말한다. 예는 성(聖)을 만든다. 치사(致思)라는 것은 우물을 파는 것과 같다. 처음에는 흐린 물이지만 오래 지나면 점차 맑은 물이 솟아 나오는 것이다. 이와 같이 사려도 처음에는 혼탁하지만, 오래가면 저절로 명쾌해지는 것이다.
>
> 思曰睿, 致思如掘井, 初有渾水, 久後梢引動得淸者出來. 人思慮始皆溷濁, 久自明快.

여기에서 생각의 확신은 감각적 맑음의 느낌에 기초한다.(데카르트의 "맑고 분명하다.(claire et distincte)"라는 기준도 이에 비슷하다. 여기에서도 사유의 궁극적인 근거는 주체적 의식의 직관 또는 느낌에 있다.)

기쁨 이것이 감각적 또는 정서적인 것에서 온다는 것은 『근사록』의 다른 부분에서도 볼 수 있다. "학문을 해서 알았는가, 알지 않았는가를 알려면 자기의 마음속을 살펴야 한다. 마음에 비가 뿌려진 것같이 촉촉하고 기쁘면 실로 얻은 것(欲知得與不得, 於心氣上驗之. 思慮有得, 中心悅豫, 沛然有裕者, 實得也)"이라는 데에서도 이러한 관점은 볼 수 있다.

인격과 도덕적 품성 생각[思慮]하는 데에 작용하는 것이 단순히 논리가 아니고 논리를 초월하는 주체의 정서 또는 더 일반적으로 인격이 풍기는 정서라는 것에 대한 포괄적인 주장은 이천이 횡거의 사유 스타일을 평가하는 말에 가장 잘 대표되어 있다.

이천 선생이 횡거 선생에게 답하기를 "논술한 것에는 대개 고심극력한 자취가 있다. 그러나 너그럽고 온화한 기가 없다. 지혜를 밝게 비추어서 한 것이 아니고 생각하고 찾아서 이에 이르렀다. 그러므로 의견에는 자주 편견이 있고, 말에는 통하지 않는 것이 많으며 때로는 맞는 것이 있기도 하다. 거듭 원하건대 사려를 완전히 길러서 의리에 돌입한다면, 어느 날이고 저절로 이치에 통달하게 된다."라고 하였다.

伊川先生答橫渠先生曰, 所論大概, 有苦心極力之像, 而無寬裕溫厚之氣. 而考索至此, 故意屢偏面言多窒, 小出入時有之. 更願完養思慮, 涵泳義理, 他日自當條暢.[6]

논리적 명증성과 시적 명증성 이와 같이 골똘한 생각이 중요하지 않은 것은 아니지만 그것은 정서에, 그리고 특히 도덕적 품성과 정서 그리고 궁극적으로 인격에 자리한 것이라야 한다. 관용과 온후의 품성이 없이 도대체 사회적 소통이 불가능한 것임은 자명하다. 이것은 사회와 인간의 문제에서 여러 가능성을 검토하는 데에도 필요한 덕성이다. 그뿐만 아니라 사실의 사실성을 인지하는 것도 사실 앞에의 겸허함을 전제로 한다. 모든 지적 탐구는 도덕적 전제를 가지고 있다. 그러므로 단순한 인식을 위해서도 그것을 위한 결단 — 앞에서 말한 모든 수행에 선행하는 인(仁)의 결단에 비슷한 것이 필요하다고 말할 수 있다. 또는 거기에는 진리의 가능성에 대한 믿음이 선행하여야 한다.

---

6 성원경(成元慶) 옮김, 『근사록(近思錄)』(삼중당, 1976), 126~132쪽.

그러나 이렇게 심정적으로 또는 인격의 정서적 움직임으로 얻어지는 생각이 분명한 명제로 표현될 수 있을까? 의식이나 마음이 객체화될 수 없는 것이라면, 이러한 명제화할 수 없는 직관이 궁극적으로 그에 대한 유일한 인식의 방법일 것이다. 그것은 시적인 직관으로써 그리고 시적인 언어로써 암시될 수 있을 뿐이다. 그러나 거기에 그 나름의 명증한 확신이 없는 것은 아니다. 시적 표현은 과학적 기준으로는 모호한 것이면서도 그 나름의 적절성을 가지고 있다.

일반적으로 사유의 세계에서도 모호함은 불가피하다. 그러면서도 거기에, 앞에서 말한 바와 같이, 논리 그리고 맑음의 느낌이나 기쁨의 감흥이 완전히 부재하는 것은 아니다. 이 두 측면은 모순과 역설 속에 병존한다. 모든 것이 명명백백하다면 명증한 인식을 위한 노력은 불필요한 것일 것이다. 맑은 물을 기다리는 노력은 흐린 물이 있기 때문이다. 또는 더욱 나아가 인식의 진전은 맑은 것으로 알았던 것을 흐린 것으로 바꿈으로써 가능하다고 할 수도 있다. 그리고 이것이 세계의 참모습의 일부일 것이다. 그렇지 않고서야 새로운 지식은 존재할 수 없을 것이다. 세계는 사람의 인식의 노력에 열려 있다. 그러나 동시에 그 본질적인 모호성은 그 무한성을 보장한다. 거기로부터 지식의 진전도 무한한 것이 된다.

체험의 모호성과 세계에 대한 믿음 이것은 어려운 이야기가 아니다. 우리의 일상적 경험이 말하여 주는 것도 이것이다. 다만 그것은 인식의 과정이 방금 말한 것보다도 한결 복잡하다는 것을 나타낸다고 할 수 있다. 시각의 세계는 그보다 분명할 수가 없다. 세계는 내가 눈을 뜨고 바라보는 순간 너무나 분명하게 나의 시각의 힘에 대응하고 일치한다. 그러나 그 세계를 과학적으로 이해한다는 것은 별개의 문제이다. 내가 보이는 세계에서 어떤 특정한 장소를 찾아간다는 것 자체가 문제를 제기한다. 그것은 지도를 통하여 비로소 이해할 수 있는 곳이 된다. 그러나 이 지도상의 이해는 다른 필요에서 일어나는 지식에는 맞지 않을 수 있다. 그것은 다시 해체되고 재구성되어야 한다. 심정적인 차원에서 눈에 보이는 세계를 기쁨으로 인지하는 경우도 그렇다.

앞에서 우리는 에피파니의 순간을 말한 일이 있다. 그것은 나의 삶의 어떤 경위와 사건으로서의 세계가 일치하는 순간을 말한다. 세계는 나의 시각 또는 오관에 완전히 열려 있으면서 어떤 삶의 순간에 그 특별한 의미로써 더욱 밝은 것이 된다. 이러한 지각의 세계에서의 예들은 앞에 말한 인식의 과정과 비슷하지만, 단지 분명한 인식의 순간에 선행하여 이미 명증성이 있었다는 점에서 지각과 사유의 구조를 다시 생각하게 한다. 이미 말한 바와 같이 우리가 어디에 있든지 우리가 눈을 여는 순간 세계는 우리의 시각의 힘에 대응하고 일치한다. 이것은 아마 시각에 관계되지 않는 영역에서 진리의 가능성에 대한 믿음에 해당하는 것이라고 할 수 있을는지 모른다. 조르주 바타유는 후설의 전제 없는 사물 자체의 철학으로서의 현상학을 비판하여, 그것은 이미 지식을 위한 결단이라는 전제를 가진 것이라고 말한 일이 있다. 모든 인식의 밑에는 이러한 결단이 있다고 할 수 있고, 더 나아가 장 폴랑(Jean Paulhan)의 표현을 빌려, "세계에 대한 믿음(confiance au monde)"이 있다고 할 수 있다.

모든 인식은 인간이 세계 내적 존재라는 것을 전제로 한다. 명증한 논리적 인식의 가능성에도 이러한 인간적 존재 방식이 선행한다. 반드시 그것이 엄밀한 의미에서 그 근거를 밝힌 것이라고는 할 수 없으나, 앞에서 말한, 주자의 주체적 사려의 방식은 이러한 존재론적 근거에 깊이 관계되어 있는 인식론이라고 할 수 있을 것이다.

이성의 주체적 근거 주체와 세계의 일치를 가장 잘 표현하고 있는 것은 이성이고, 이성에 의한 세계의 구성은 자연과 사회적 삶의 법칙성과 규범성을 확인하고 그것을 체계화한다는 것을 의미한다. 그리하여 이것은 이성의 객관적 실체를 이룬다. 그러나 그것은 객체화할 수 없는 주체로서의 이성 또는 의식의 창조성, 그것의 불확실한 움직임 위에 떠 있다. 그리고 이것에 의하여 참으로 살아 있는 법칙으로 작용한다. 이것은 개인적인 이해의 경우에나 사회적 이해의 성취에도 두루 해당된다. 객관적으로 표현된 사실이나 사실의 법칙은 개체의 살아 움직이는 이해를 통하여 진정으로 사물들을 일관하는 이성의 원리로서 살아나게 되는 것이다.

구방심 그러니까 마음을 되찾는다는 것은 몇 가지 절차와 수속을 필요로 한다. 맨 먼저 필요한 것은 현상학이 말하는 바와 같은 반성을 통하여 세계 속에 흩어져 있는 마음을 되찾는 것이다. 이것은 세계를 마음의 업적으로 인지하고, 그 업적들의 가능성을 서로 비교하는 것을 포함한다. 이 세계는 의식의 대응물로서 존재한다. 여기에서 우리의 지식과 신념은 세계를 구성하는 매개체로 작용한다. 세계를 세계의식으로 옮겨 생각하는 데에는 우리가 객관적 타당성을 가지고 있다고 믿고 있는 지식의 단편과 신념을 비판적으로 검토할 것을 요구한다. 그러면서 동시에 우리는 이러한 것들이 객관적 세계나 우리의 마음을 그대로 나타내는 것이 아니라는 것을 알아야 한다. 마음은 이러한 것들을 되돌아보는 데에 작용하면서 스스로의 모습을 드러내지 아니한다. 그것은 반성의 저쪽에 무한히 후퇴하는 가능성으로만 규지될 뿐이다. 또는 그것은 내공을 통하여 특별한 확신의 바탕으로서 자각될 뿐이다. 그것은 인간과 세계의 숨은 원리의 일부를 이룬다. 인문 과학의 수련은 이러한 마음의 직관을 그 마지막 과제로 한다.

텍스트의 확실성과 가장자리

텍스트와 해석 마음의 변증법적 과정은 우리의 고전 읽기에서도 볼 수 있다. 전통적으로 인문 과학은 고전적인 텍스트 독서나 교습을 그 교육의 핵심 프로그램으로 가지고 있다. 그러나 이 고전 교육은 학생으로 하여금 정전을 익히고 그 견해들을 내면화하게 하여 바른 세계관과 도덕 윤리를 주입하는 과정을 의미하지는 않는다. 고전을 읽는 것은 텍스트에 대하여 의문을 제기하고, 의문을 통해서 텍스트의 중심과 주변에 틈이 벌리게 하고, 그 틈과 주변에 부정의 공간을 만드는 작업을 포함한다. 그리하여 이 과정에서 흔히 받아들여지고 있는 문화의 명제와 주제들은 부정의 바다 가운데 또는 측량할 길 없는 존재의 예감 속에 떠 있는 섬처럼 보이게 된다.

고전과 해석 물론 이것은 대체로는 고전을 나의 것으로 내면화하는 과정의 한 단계를 이룰 뿐이다. 그러나 그것은 보다 커다란 해석의 노력의 일부를 이루는 것일 수도 있다. 고전은 이러한 해석과 해체의 과정을 통해서 나의 이해의 한 부분이 되어야 할 뿐만 아니라, 새로운 현실과 새로운 필요에 응하여 재해석됨으로써 살아 있는 텍스트가 된다. 이것은 고전의 의미가 우리의 내부의 의미 가능성에 맞아 들어가야 되고, 또 그 의미 가능성은 변하고 있는 현실에 의하여 조종된다는 것을 말한다.

주체성의 훈련 그런데 왜 고전을 읽을 필요가 있는가? 자명한 답변은 그것은 우리 자신의 경험과 경험에 대한 성찰이 부족하므로 그것을 보충할 필요가 있기 때문이다. 그러나 고전에 서술되어 있는 경험은 이미 지나간 시대나 낯선 사회의 것이다. 그리하여 그것은 오늘의 현실을 이야기하여 주지 아니한다. 그리하여 고전의 현실은 거의 비현실에 비슷하다고 할 수 있다. 이것은 역사의 경우에도 마찬가지이다. 이러한 점에서 사실이나 역사를 말한 고전도 시나 소설이나 연극과 같은 허구적 구성을 본령으로 하는 고전과 큰 차이를 가지고 있지 않다. 이렇게 볼 때 고전이 우리에게 말하여 주는 것은 경험이나 경험에 대한 성찰에 못지않게 그것을 통한 어떤 연습이라고 할 수 있다. 우리는 고전을 통하여 경험을 성찰 속에 포용하는 방법을 연습하는 것이다.

시작은 정확한 사실에 대한 관찰이다. 그러나 사실은 대체로 그 자체로는 별 의미를 갖지 못한다. 그것은 보다 큰 것과의 연관성 속에서만 의미 있는 것으로 주목된다. 연습이 필요한 것은 여러 경험들을 일관성 속에서 보는 훈련이다. 물론 이 일관성은 생략을 통하여 이루어지는 일관성이 되어선 무의미하다. 그것은 많은 것을 포괄할 수 있어야 한다. 이러한 종합은 그 자체로 있을 수 있는 모든 가능성을 포괄하지 않을 수 있다. 그러나 그것은 가능성의 보편적 지평에 비추어질 수 있어야 한다. 이것은 독서법으로서 자명한 것이지만, 고전적인 저작들은 특히 이 점에서 좋은 훈련을 제공하는 텍스트들이다.

그리고 또 한 가지 상기하여야 할 것은 이러한 사실과 사실의 일관성 속에서의 이해는 사람의 심성의 주체적 존재 요구에 상응한다는 점이다. 물론 이것은 세계의 창조적 법칙성에 일치한다. 이러한 포괄적이고 일관되고 보편적인 능력을 훈련함으로써 주체적 삶을 살고자 하는 주체성의 요구에 합당할 수 있고, 또 세계의 이성에 일치할 수 있다. 그리고 여기에서 일치한다는 것은, 이미 말한 바와 같이, 세계를 새로 구성한다는 것을 의미하기도 한다. 이러한 포괄적인 일관성의 추구는 사람의 마음에 있는 깊은 요구를 실행하는 것이지만, 그것이 비이성적 충동의 성격을 가졌다는 것은 아니다. 포괄성, 일관성, 보편성 등은 삶의 가능성을 가장 적절하게, 조화롭게 포섭할 수 있다는 것을 의미한다. 이것들은 심미적·형식적 완성 속에 가장 잘 표현된다고 할 수 있다. 아름다움의 형식은 삶의 완성의 외적인 표현이다.

이렇게 말하면서 우리가 주의하게 되는 것은 이러한 삶의 완성의 능력이 저절로 주어지는 것이 아니라는 사실이다. 주체적 능력은 삶의 근본에서 나오지만, 그것은 사실적 훈련을 통하여 비로소 현실화된다. 다만 사실은 허구적인 사실일 수도 있고 또 그것은, 고전적 텍스트에서처럼, 형식 속에 수용된 사실일 수도 있다.

세계와 시간 속의 거주 그러나 고전의 의미는 그러한 실용성으로 끝나는 것은 아닐 것이다. 지나간 삶과 그 삶의 적절한 표현은 세계를 우리에게 친숙한 것이 되게 한다. 일찍이 찾아간 일이 있는 곳을 다시 찾아갔을 때, 우리는 거기에서 향수를 충족시킨 듯한 감흥을 갖는다. 일찍이 가 보지 못하였던 곳이라 하더라도 그곳이 우리의 부조(父祖)가 살았거나 지나간 곳이라는 것을 알 때, 우리는 아는 곳을 방문하는 것과 비슷한 느낌을 가질 수 있다. 이것은 직접적인 의미에서는 모르는 사람의 경우에도 해당된다. 유명한 그림에 화가가 아닌 감상자의 시구(詩句)와 낙관(落款)이 주는 감흥도 이에 비슷한 것인지 모른다. 경치가 빼어난 곳에 세워진 정자에 걸어 두게 되는, 그곳을 지나간 시인 묵객이 남기는 편액도 그러한 정서를 환기한다. 고전은 우리를 개체의 시간을 넘어 지속된 인간의 시간 — 역사적 체험의 시간 속에 안거할 수 있게 한다.

주체성 회복의 실천적 의의 이러한 것의 의미는 결국 그 주체성이 "가장 강력하고, 보편적이면서도 감추어져 있던 주어진 대로의 세계의 매임으로부터 자유로워지기" 위한 것이고, "세계의 진리 타당성을 실행하고, 세계를 그 지속적인 업적으로 소유하며, 능동적으로 새롭게 형성"하기 위한 것이다. 그리하여 "가장 넓은 의미에서 모든 종류, 모든 의미의 존재와 절대 주체성 사이에 가장 포괄적 방식으로 의미와 존재의 정당성을 구성하는 상관관계가 생겨"날 수 있다는 것을 증언하려는 것이다.

대우재단 대우재단은 지난 25년간 가장 드물게 볼 수 있는 무사공평함을 가지고 인문·사회 과학 그리고 자연 과학의 교양적 저서의 저술, 고전적 텍스트의 번역을 지원하였다. 그 결과가 대우총서로서 발간된 560권의 책이다. 우리 사회에서는 드문 학문적 저작 지원 사업의 25주년을 기념하는 것은 마땅한 일이다.

(2005년)

정치와 휴머니즘

1

지금 주어져 있는 제목을 위하여 조직위원회가 초청하고자 한 또 하나의 발제자는, 문학이 인간 가치에 깊이 간여되어 있다는 전제하에서, 문학과 정치에 동시에 깊이 개입한 경험이 있는, 정치 속에서 인간 가치를 현실화하고자 한 경험을 가진 분이었다. 오늘날 세계에 그러한 사람이 많지는 아니하면서도 없지는 아니한 까닭에, 조직위원회가 원한 것은 그러한 분으로부터, 부딪치게 된 문제가 무엇이었던가 또는 실천의 현장에서 발견하게 된 가능성이 무엇이었던가에 대하여 경험적 보고를 들어 보자는 것이었다. 그러면서 평화로운 세계 질서의 실현이 어떻게 가능한가를 생각하는 데에 도움을 얻을 수 있지 않을까 생각한 것이었다. 세계의 실천적 현실과 인간성의 주어진 한계를 생각하지 않고, 보다 나은 그리고 보다 평화로운 세계에 대한 가공의 기획을 몽상할 수는 없는 일이기 때문이었다. 설사 그러한 기획이 가능하다고 하더라도 대부분의 사람들에게, 주어진 지구와 인간의 현실을 철폐하고 공상 과학 소설에서 생각할 수 있는 바와 같은 세계 개조나 인간 개조는 원하는 것이 아닐 터이다. 이것은 아마 문학의 관점에서 특히 그러할 것이었다. 문학에 대한 단순화된 정의를 시도한다면, 문학은 세계의 고통에 대한 하소연이고 고발인 동시에, 주어진 세계의 있는 그대로에 대한 찬미이고 찬양이기 때문이다.

그러나 조직위원회는 문학에서 출발하여 정치 행동가에 이르게 된 발표 후보자를 초빙하지는 못하였다. 그리하여 조직위원회장을 맡았던 내가 불가피하게 대타자로 나설 수밖에 없게 되었다. 역부족을 실감하면서, 나는 정치와 문학 또는 문학이 밀접한 관련을 가진 것으로 생각되는 보편적 인간 가치와 정치 — 이 영역의 경계에서 일어나는 사항들에 대한 몇 가지 생각을 제시하여 공백을 메워 보고자 한다.

내가 주로 토대로 삼고자 하는 것은 한국의 민주화 경험이다. 한국에서 민주주의는 적어도 제도적으로는 비교적 새로운 정치 경험이다. 그리하여 민주화의 과정은 관찰자에게 삶의 평정화를 위해 무엇이 필요한가에 관하여 드러내 보여 주는 것이 많을 것으로 생각된다. 여기에서 평정화란 한 사회의 문제이지만, 그것은 궁극적으로 세계의 평화적 질서의 근본을 이룬다고 할 수 있다. 물론 반대로 그것은 세계 평화의 질서 안에서 비로소 가능해지는 것이라고 할 수도 있다. 하여튼 여기에서 내가 생각해 보고자 하는 것은 대체로 한 사회 안에서의 평화적인 정치 질서이다. 말할 것도 없이 나의 경험은 매우 한정된 것으로서, 현실 정치의 경험이 아니라 문학도로서의 체험이다. 한국의 근대사는 문학으로 하여금 사회와 정치에 근접하여 존재할 수밖에 없도록 하였고, 또 실질적으로 정치의 변화에 중요한 역할을 수행하도록 하기도 하였다. 개인에 따라서 관찰과 행동의 편차가 크기는 하지만, 대부분의 문학도는 문학을 생각하면 동시에 정치를 아울러 생각하지 않을 수 없었다. 물론 내가 말하려는 것은 어떤 구체적인 체험이 아닌 일반적이고 추상적인 것이지만, 그것은 불가피하게 철저히 정치화될 수밖에 없었던 시대의 문제들을 반영할 것으로 생각한다.

한국의 정치 상황으로서 민주화를 언급하였지만, 특히 우리의 화제와 관련하여 의미 있는 반성의 실마리를 제공해 주는 것으로 생각되는 것은 민주화 이후의 상황이다. 민주화가 일단 도래한 이후, 어떤 관점은 한국의 정치가 이제 안정된 진로 속에 들어갔다고 보았을 것이다. 물론 정치의 변화는 불가피하겠지만, 폭력 또는 타협할 수 없는 입장들의 충돌로써가 아니라 합리적 토의와 타협으로써 그러한 변화를 이끌어 내는 것이 민주주의 제도의 장점이라고 생각한다면, 안정의 가능성이 커질 것으로 말할 수 있을 터이기 때문이다. 민주화 이후 극단적인 갈등이 정치 현장에서 사라진 것은 사실이다. 그러나 적어도 감정적인 차원에서는, 민주화된 오늘의 한국 정치에서 지배적인 분위기가 평화스러운 공동체적 유대감이라고 말하기는 어려운 것으로 보인다. 그 대신 한국의 정치 현실은 보다 깊은 균열에 의하여 특징지어진다는 인상을 준다. 민주화가 하루아침에 평화로운 형제애와 평화와 화해의 사회를 가능하게 한다고 생각하는 것은 지극히 순진한 기대이다. 그러한 기대를 충족해 주기에는 사회엔 너무나 많은 갈등의 원인이 있다. 이 원인은 모순의 역사를 겪어 온 한국 사회에서 특히 넓고 깊은 것임에 틀림이 없다. 그러나 그러한 경우에도 한 인민의 미래를 향한 소망은, 그들이 일단 발전적 역사 속에 들어섰다는 믿음이 생긴다면, 전체적인 화해를 향하여 발돋움하는 것이 보일 터이다. 물론 그러한 전체적 화해의 가능성이 열리는 경우에도, 그것은 균형을 위한 매우 조심스러운 실천적 관심의 대상이 되기 전에는 쉽게 전복될 가능성이 크다.

그러나 우리는 민주화 이후의 한국의 상황을 보면서, 평화로운 공동체적 일체감을 향한 소망과 그것을 이룩하는 데에 필요한 수단으로서의 갈등의 항진이 모순 관계를 이루고 공존하는 것이 정치 과정이라는 느낌을 갖게 된다. 더욱 착잡한 느낌을 주는 것은, 설사 그러한 공동체적 일체감이 성립한다고 하더라도 그것이 국가 공동체를 넘어서 인간 공동체의 이상으로 발전하기 위해서는 또 하나의 모순을 극복하여야 할 것이라는 예감이다. 달리 말하면 인간 가치와 정치, 휴머니즘과 정치 사이에는, 한 사회에 한정하여 생각하든 그것을 넘어서 생각하든, 몇 중의 모순이 존재하는 것으로 보인다는 말이다.

2

민주주의를 향한 한국인의 오랜 투쟁의 역사가 일단의 제도적인 결실을 보게 된 것은 학생들을 주축으로 한 대중 시위가 격렬해지고 국민들의 보통 선거에 의한 대통령 선거가 시작된 1980년대 말부터라고 할 수 있다. 이 기간 동안 우리는 네 명의 민선 대통령 또는 민주화 과정의 한 타협의 소산이었다고도 볼 수 있는 군 장성 출신의 대통령을 제외하면 세 명의 민선 대통령이 집정하는 것을 보았다. 그리고 지금의 정부가 민주 정부인 것은 분명하다. 이러한 점에서 우리의 민주주의는 역사와 연륜을 쌓아 가고 있다고 할 수 있다. 그러나 동시에 우리가 가지고 있는 민주 정부에 대하여 국민적 실망 또는 환멸이 — 제도 전체에 대한 긍정과 아울러 존재하는 부분적 또는 이율배반적 실망이라고 해야겠지만 — 적지 않은 것도 사실이다. 이에 관련하여 흥미로운 뉴스는 글을 초하고 있는 시점에서 시행된 갤럽 여론 조사이다. 이 조사에서 현 정부를 평가하라는 설문에 대하여 응답자의 74.8퍼센트가 정부가 국민의 뜻을 대표하지 않는다고 답하였다고 한다. 이것은 조사에 포함되었던 61개 국가 중 가장 낮은 수치였다.[1] 이러한 보도가 일방적이고 과장된 부분이 있으리라는 것은 생각할 수 있는 일이지만, 대체로 국민들 사이에 큰 환멸감이 존재하는 것은 부정할 수 없는 사실이다.

방금 사용한 '환멸감'이라는 말은 이번 포럼에서도 발표하게 될 최장집 교수의 『민주화 이후의 민주주의』라는 책에서 따온 것이다. 이것은 그가 민주화 이후의 두 민선 대통령의 민주적 치적을 평가하면서 사용한, 라틴 아메리카의 민주화 이후의 사회·정치 분위기를 한마디로 설명하는 정치학자들의 말 desencanto를 빌려 번역한 것이다. 최장집 교수의 분석에 의하면, 민주화 이후의 국민적 정서를 대표하는 이 말에는 확실한 현실적 이유가 있다. 소득 분배, 교육 개혁 또는 국민 대의제의 개혁 등에서의 실패 또는 성취의 미급함이 그 말로 표현될 수 있는 느낌의 현실적 이유이다. 그러나 여기에는 현실적 이유나 원인을 넘어가는 이유, 여분의 이유와 원인이 있는 것으로 보인다. 환멸은 희망을 너무 높게 가짐으로써, 즉 환상의 차원에 이르도록 높게 가짐으로써 일어나는 심리적 현상이다. 그러나 이와 함께 이 환멸은 단순히 이러한 낭만적 심리의 문제를 넘어 정치에 내재하는 어떤 실존적 조건 또는 적어도 오늘날의 정치의 실존적 조건을 나타내고 또 그것을 넘어서 인간 존재의 존재론적 움직임의 한 양상을 드러내는 것이 아닌가 하는 생각이 든다. 즉 정치는 늘 어떤 고양감을 약속하게 마련인데, 그것은 거의 형이상학적 성격을 가지기가 쉽기 때문에, 거기에 따르는 환멸은 어쩌면 필연적일 수밖에 없다는 말이다.

최장집 교수의 논의의 대상이 된 것은 이전 시대의 정부였으므로 환멸이라는 말은 거기에 한정되어야 한다고 할 수 있지만, 나는 그것이 오히려 지금의 노무현 정부의 경우에 더 맞아 들어가는 것이 아닌가 생각한다. 10년 이상 지속된 민주 정부 통치하에 정치의 활력이 점차 정체 상태에 들

---

1 《조선일보》(2005년 2월 23일).

어가고 보수적 타성의 재등장을 보게 되는 것은 의외의 현상이라고 할 수 없다. 노무현 정부의 노력은 여기에 따르는 환멸의 분위기 또는 안이한 타협의 분위기를 흔들어 깨워 다시 그것을 정치적 정열 또는 혁명적 격정으로 바꾸어 보고자 하는 데에 상당 정도 집중되었다고 할 수 있다. 이러한 노력은 그것을 비판적으로 보는 사람들에게는 사회 분열을 조장하는 일이었다. 그것은 진보와 보수의 구분 또는 사회 안에 존재하는 여러 균열 — 반드시 계급적인 것보다는, 세대, 인간관계 또는 이념적 균열을 따라 적과 동지를 날카롭게 구분해 냄으로써 파당적 분규를 심화시키는 것으로 보였기 때문이다. 그것은 사회 분열을 조장할 뿐만 아니라, 보통 사람의 삶에 의미를 갖는 현실적인 크고 작은 개혁에 써야 할 에너지를 이데올로기와 상징의 싸움에 낭비하는 것으로 생각될 수도 있다. 가령 현 정부의 중점적인 사업은, 적어도 크게 대중적 관심을 불러일으키는 차원에서는, 수도 이전과 같은 유토피아적인 또는 역유토피아적인 기획 이외에, 보수 신문의 힘을 억제하고, 과거의 역사를 현실적으로 시정하거나 또는 서사적으로 새로 서술을 시도하는 일들에 관계되었다. 여기에서 과거의 역사는 독재 치하에서 벌어졌던 불법과 인권 침해에 대한 조사와 복권 그리고 일본의 식민지 통치와 관련해서는 친일 협력 행위의 기록에 대한 조사에 관계되는 것인데, 이것들은 과거의 역사에 관련된 것이면서 오늘에도 그 영향이 미치고 있는 일이기는 하지만, 대체적으로 지금에 와서는 다분히 상징적인 의미를 갖는 것이다. 1894년에 일어난 동학 혁명의 복권을 시도하는 기획 같은 것은 특히 그러한 면을 강하게 드러내는 것이라고 할 수 있다.

여러 가지로 하나의 긍정적 궤도를 그리지 못했던 한국의 근대사에서 이런 착잡한 시정의 노력들이 일어나는 것은 자연스러운 일이다. 그러나 역사의 문제에서만이 아니라 여러 정부 정책에서 이념적 분열 또는 파당화는 투쟁의 정치 노선이 가진 숙명적인 조건이라고 할 수 있는 면이 있다. 이러한 정책을 지지하는 사람들의 동기로 작용하고 있는 것은, 앞에서 이미 비친 바와 같이, 민주화 투쟁의 과정에서 필요로 했던 것과 같은 정치적 정열 또는 혁명적 격정의 유지이다. 그 투쟁 과정에서 막대한 개인적 희생까지도 요구하는 가차 없는 투쟁만이 요구된다는 생각은 자연스러운 것이었다. 이 투쟁은 적과 동지를 분명히 구분하고, 전선을 긋고, 모든 것을 결정적인 판가름의 순간으로 밀고 나갈 것을 요구하였다. 민주화 투쟁기의 유산은 그대로 남아, 그 이후 정치 행동의 뒤에 어른거리는 그림자가 되지 않을 수 없을 것이다. 패러다임이 되는 것은 군사 작전이 아니라도 사생결단의 혁명 투쟁이었다. 투쟁기의 습관은 그것이 필요했던 때가 지나고도 오랫동안 남아 있게 마련이다. 그때란 — 목표가 자유 민주주의였다면, 정치적 자유와 권리가 일단 확립되는 것과 함께 지나는 것이 될 터이다. 마르크스주의적 혁명이라면, 그때는 목표가 달성되었기 때문이 아니라, 남한과 북한의 경제력의 비교 우위가 결정적이 됨에 따라, 그리고 소련과 사회주의권의 몰락과 더불어 그 목표가 증발하였기 때문에 지나갔다고 할 수 있다. 여러 가지 이유로 목표가 사라진 다음에도 정치 행동주의는 과거의 그림자들과 투쟁하는 형식으로라도 계속되는 것으로 보인다. 그리고 그것은 대중 집회, 데모 그리고 공격적인 인터넷 저널리즘에서 강력한 힘을 발휘하기도 하였다. 정치적 목표가 현실에 연결될 수 있는 쉬운 방도가 없는 한, 이 투쟁은 언론과 상징의 영역에서의 일이 될 수밖에 없었다.

3

지금 시점에서 사회의 이념적 대립을 예각화하고 그에 입각하여 임전 태세를, 실전으로 나아가지 못하는 지속적 임전 태세를 강화하는 것은 현실의 변혁이라는 차원에서는 부질없는 일로 보일 수 있다. 그러나 다른 한편으로, 이러한 상태는 정치 공간이 성립하는 기본 요건의 하나가 두드러지게 드러난 것에 불과한 것으로 판단할 수도 있다.

카를 슈미트(Carl Schmitt)는 적과 동지를 날카롭게 구별해 내는 작업이야말로 정치적 공간으로서의 공동체가 발생하는 기본 조건이라고 생각하였다. 그 구분이 없이는 정치적인 것은 존재하지 않는다. 적어도 그가 말하듯이 "적과 동지의 구분은 결합과 분리, 연합과 그 해체의 가장 강렬한 강도를 표시한다."[2] 정치 공동체가 있어서 뒤의 구분이 생기는 것인지, 아니면 이 구분이 있어서 정치 공동체가 성립하는 것인지 분명하지 않지만, 슈미트에게 적과 동지의 구분은 거의 선험적인 요청이다. 물론 그가 말하는 적과 동지란 개인적인 것이 아니고 공적인 차원에서의 구분이며, 그것은 국가와 국가의 대결이라는 점에서 이루어지는 구분이라는 점이 지적될 수 있다. 그러나 이 점만을 강조하는 것은 그것이 성립하는 사실적 경위를 간과하는 것이 될 터이다. 그 구분은 공동체 내적인 의의를 갖는 것일 수밖에 없다. 이것은 이중의 의미에서 그러하다. 외부의 적의 존재는 내부의 결속에 필요한 것이지만, 그것이 가능한 이유는 외부의 적이 내부의 결속에 동의하지 않는 자도 적으로 간주될 수 있게 해 주기 때문이다. 이때에 내부를 하나로 규정하고 외부를 또 다른 하나로 규정하는 자는 누구인가. 그것은 슈미트의 경우 추상적으로는 국가의 절대적인 주권이지만, 구체적으로는 주권자, 즉 권력자이다. 어떤 경우에나 동일성으로부터의 이탈은 허용될 수 없는 반집단적·반국가적 행위가 되는 일이고, 이로부터 출발하여 그

---

2 Carl Schmitt, *The Concept of the Political*, trans. by George Schwab(The University of Chicago Press, 1996), p. 26.

러한 행위가 적과의 내통 행위로 간주될 수 있는 것은 자연스러운 추론이 될 것이다. 그리하여 외부의 적은 쉽게 내부의 적을 알아볼 수 있는 수단이 될 것이다. 결과는 다시 한 번 강력한 내적인 결속이다. 내부의 균열은 다원적인 이해관계를 에워싼 파당적 투쟁—통속적 의미의 정치를 낳을 수 있다. 이것은 자유주의적 관점에서는 합리적 토의나 타협의 계기가 될 수도 있을 것이다. 그러나 자유주의는 슈미트에게 본래적인 의미의 정치성을 파괴하는 비정치성의 정치를 말한다. 내적 균열은 외적에 대한 경우나 마찬가지로 사생결단의 전쟁으로 해결되어야 하는 내란의 상태로 나아가는 것이 당연하다. 내적 균열은 조직된 정치 단위의 약화를 가져올 것이기에 급속히 해결되어야 할 과제이기 때문이다.[3] 그러나 내란이란 이것을 신속히 해결하는 한 방안이 되겠지만, 그러한 극단적인 상황에 이르지 아니하는 경우, 그것은 사실 슈미트의 파당적 정치에 대한 혐오감에도 불구하고, 파당 정치의 처참한 극렬화를 의미할 것이다. 어쨌든 그의 생각으로는 "……모든 정치사에서, 대외 정치에서나 국내 정치에서나 이 구분[적과 동지의 구분]을 못 하거나 꺼리는 것은 정치의 종말의 증후가 된다."[4]

슈미트의 극단적인 생각이 그대로 한국의 정치에 적용된다고 말하는 것은 사실과 이론을 혼동하는 일일 것이다. 그러나 한국의 정치—투쟁의 정치적 진로를 보면서, 우리는 그의 생각이 정치적 투쟁의 한 핵심 또는 정치의 가장 강력한 성격의 일부를 포착한 것이라는 생각을 금할 수 없다. 그리고 이 점을 꿰뚫고 나아가지 않고는 우리는 모든 사람의 화해를 지향하는 인간 가치—보편적 인간 가치와 정치의 관계를 바르게 생각할 수 없을는지 모른다. 꿰뚫는다는 것은 모순의 정당성을 이해하는 것을 말하지

---

3 Ibid., p. 32 참조.

4 Ibid., p. 68.

만, 실천의 장에서 이론은 늘 하나의 추상적 도식에 불과하기 때문에, 현실을 보다 구체적으로 이해한다는 것을 말하기도 한다. 가령 이론의 모순은 시간적 전개 속에서 어느 시점에서는 현실적 의미를 가지지만, 또 다른 어떤 시점에서 현실 이해의 보조로서의 의미를 상실하게 되는 것으로 보인다. 이러한 변화에 대한 섬세한 관찰이 필요하다.

4

이미 말한 바와 같이 오늘날의 한국 사회에 과거로부터 내려오는 원한과 병집이 없었다고 할 수는 없다. 이에 관련된 잘잘못을 가려내고 그에 따라 잘한 사람과 잘못한 사람을 구분할 뿐만 아니라 오늘의 입장에서 적과 동지로 편을 가르는 것은 잘못을 바로잡고 새로운 정책을 수행하기 위한 정치 행동의 필요조건으로 생각될 수 있다. 적과 동지의 구분은 사람에 관계되어 생각되지 않더라도 작업의 성질 자체가 요구하는 것이라고 할 수도 있다. 해야 될 일은, 일단 나 또는 우리에게 맞서는, 극복되어야 할 타자로서 파악된다. 슈미트의 생각은 사람과 사람 간의 관계를 두고 펼쳐진 것이지만, 그의 적과 동지의 개념을 설명하면서 레오 스트라우스(Leo Strauss)는 가령 문화라는 것을 생각할 때, 그것은 자연과 대결하여 이루어지는 싸움의 결과물로서 파악된다고 설명한 바 있다.[5] 물론 작업이 요구하는 타자화는 쉽게 나의 생명, 우리의 존재 자체를 위협하는 의인화된 적이 되고, 다시 그것은 범주적으로 적으로서 구분되는 인간이 된다. 한국의 민주화 운동에서 필요한 것은 작업이고 또 그를 위한 집단적 결속이었다. 그것은

---

5 Leo Strauss, "Notes on Carl Schmitt, *The Concept of the Political*", *The Concept of the Political*, p. 89.

다시 여러 관점에서 동지적 입장과는 달리 식별되는 적과의 투쟁이라는 성격을 띤다. 그러나 그것은 언제나 잠재적으로 외적인 적에도 연결된다. 여기에서 우리는 슈미트가 생각한 외적에 이른다. 국내의 적의 배후에는 늘 식민 지배의 억압자로서의 일본, 분할과 전쟁의 책임을 져야 하는 제국주의 세력으로서의 미국 또는 심지어 한국의 과거 역사의 일부를 자기 것으로 흡수하고자 한 중국의 상징적 제국주의 등이 쉽게 외적의 후보가 될 수 있다. 이 외적들의 존재는 사실 무시할 수 없는 정치화의 계기를 이루어 왔다. 민주화 운동에서 자유와 평등의 구호 못지않게 크게 작용하였던 민족주의의 구호는 바로 여기에 관련하여 생각될 수 있다. 민주화 운동 기간 중 공격의 대상이 된 권위주의적 산업화, 빈부의 격차, 이 모든 것을 뒷받침하는 자본주의의 세계 체제는 민주주의의 이념 못지않게 민족주의의 이념에 비추어 적으로 규정될 수 있었다. 그리고 사실 이 민주주의와 민족주의의 연계에서 아무래도 상위에 있는 것은 민족주의였다.

민주주의와 민족주의는 일단 갈등 또는 모순의 관계 속에 있는 것으로 보인다. 민주주의 또는 자유 민주주의는 사회 집단 속에 완전히 예속될 수 없는 개인의 권리를 통하여 스스로를 정의한다. 이에 대하여 민족주의는 이러한 권리들보다는 그것을 무시할 수도 있는 집단의 요청을 그 우위에 둔다. 물론 민족주의는 그 지상 명령이 개인의 권리를 뒷받침한다고 주장하고, 민주주의에서의 개인의 권리는 정치 집단의 법률적 틀 안에서만 그 권리가 보장될 수 있다. 그러나 원리에 있어서 민주주의적 개인의 권리에는 절대적인 것이 있다. 거기에 집단이 있다면, 그것은 인류 전체를 포함하는 집단이다. 더 절실하게는, 개체성은 그 자체로서 보편성에 일치한다. 그리하여 민주주의의 정치는 보편적 인간 가치에 그대로 열려 있다고 할 수 있지만, 민족주의의 정치는 그에 대하여 폐쇄적 또는 적어도 문제적 관계를 가지고 있다.

그러나 현실에서 민주주의가 정치 공동체의 원리가 되는 경우에도 그것은 보편주의를 제한하는 모순에 편승하는 것이 된다. 민주 공동체의 정치화도 적과 동지의 구분이라는 원리 속에서 구현되기 때문이다. 그러나 일단 민주주의가 참으로 보편성에로 열리는 것이라 하더라도, 그러한 이상은 현실의 여러 가지 제한으로 하여 쉽게 현실이 되지 못한다. 말할 것도 없이, 민주주의에서도 인권은 모든 사람에게 주어지지는 아니한다. 가령 범법자의 권리는 다른 사람의 권리와 동등할 수가 없다. 비판적 사회 이론가는 권리는 사회 제도에 의하여 규정되고, 정의로운 제도하에서만 순정하고 공정한 것이 될 수 있다고 주장한다. 그러기 위해서는 사회 제도가 바뀌어야 한다. 그러지 않는 한 민주주의적 이상은 수사에 불과하다. 이와 비슷한 것은 국제 관계에서도 발견된다. 서양의 제국주의는 흔히 보다 발달된 문명의 이름으로 자기 정당화를 꾀하였다. 그리고 이렇게 내걸어지는 문명은 민주주의를 그 안에 포함하고 있을 수 있다. 그러나 식민 지배 속에 들어간 많은 사회가 경험하는 것은 민주주의를 포함한 보편주의적 이상이 힘 있는 자의 전유물이라는 사실이다. 힘없는 자가 그것을 주장할 때, 그것은 공허한 희극이 되고 만다. 이러한 힘의 변증법에 대한 본능적 이해는 약자로 하여금 보편주의의 쉬운 수용을 기피하게 한다. 경계 없는 가치는 경계를 넘을 힘이 없는 자에게는 의미가 없는 가치이다.

이러한 의심과 현실 정치의 힘의 관계 이외에, 제국주의적 보편주의의 시대에서 전통 사회의 모순은 더욱 착잡한 뒤틀림으로써 보편적 가치의 수용을 어렵게 한다. 이 모순은 전통 사회가 현대 사회로 전환하면서의 여러 착잡한 원인들을 순차적으로 펼쳐 내기 전에는 해결되기 어렵다. 이것은 한국을 포함한 탈식민주의 사회의 민주주의의 문제를 생각하는 데 주의에 값하는 사실이다. 장 폴 사르트르는 일찍이, 알제리인에게 그들의 봉건적 사회 제도를 자유주의적 가치로 대체하라고 말하는 것은 제국주의의 침범에 무방비 상태로 노출될 것을 요구하는 것과 같다고 말한 일이 있다. 그것은 말하자면 낡은 치욕을 새로운 치욕으로 대체하라고 말하는 것과 같다. 즉 다원적 개인이 동등한 권리를 향수하는 민주 제도를 인간의 정치적 역사의 최종 역이라고 말한다면 그러하다.

한국의 현대사에서 쉽게 서구 민주주의의 요구를 받아들이기 어렵게 하는 것은, 정치성이 그 안에 내포하고 있는 모순 이외에, 식민지 경험일 것이다. 그것이 민주주의에 대하여 민족주의의 우위를 절대적인 것이 되게 한다. 그러나 보다 순정한 의미에서의 민주주의의 수용을 어렵게 하는 것은 제국주의에 대한 투쟁이 요구하는 집단적 결속의 필요이다. 이것은 보수적 제도의 수호를 통한 자기방어로 귀착하지는 아니하더라도 전체적으로 민주주의에 일치할 수 없는 권위주의를 강화하는 경향을 갖는다. 민족주의의 지상 명령은 그 나름의 문제점을 가지고 있다. 그것은 되풀이하건대 적대화에 기초하여 집단의 결속을 요구하는 명령이다. 그 명령은 집단의 권위에서 온다. 물론 이 권위는 도덕적 권위이면서 은밀하게 실질적인 권위—권력의 중심과 일치한다. 적어도 집단으로부터 오는 도덕적 권위를 차지하는 자는 집단의 정치적 권위를 차지한다. 이 연결은 특히 가부장적 전통이 강한 사회에서 그렇다. 여기에서 권위를 가진 것은 아버지의 이름이다. 중요한 싸움은 누가 아버지의 이름으로 말할 수 있느냐 하는 것이다. 다사다난한 근대사에서 가장 큰 자산은 역사와 전통과 심리의 모든 권위를 가진 아버지의 목소리이다. 그것은 아버지를 뒤집어엎는 일에 있어서도 마찬가지였다. 그것은 잘못된 아버지를 보다 큰 아버지의 권위로 뒤집어엎는 일이었다. 지난 수십 년간의 민주화 투쟁에서도 이것은 마찬가지였다. 민주주의 투쟁은 계속 민주주의의 에너지를 필요로 하였다. 사실 계속적으로 민주주의의 이상은 민족주의 에너지를 타고 움직여 왔다고 할 수 있다. 민주화 이후의 정치 상황에서 민주주의는 민족주의 또는 그와 비슷한 적대화의 정치에 의하여서만 추동된다고 할 수 있다. 이것은 한국 역사의 착잡한 원인들에 의하여 결정된 일이면서, 동시에 적과 동지의 구분을 요구하는 정치 공간의 필연적 논리에 의하여 그러할 수밖에 없는 일이었다고 할 수 있다.

5

앞에서 말한 역사적 요인들에 의한 복합화에도 불구하고 기본적인 문제는, 되풀이해 말하여 정치의 배타적 성격에 있다. 민주주의의 문제를 떠나서도 보편적 이상이 현실 정치의 일부가 되는 것은 매우 어려운 일이라고 할 수밖에 없다. 제도의 변화는 정치 공간의 구성을 요구하고, 그것은 적과 동지의 구분을 통한 대결을 통해서만 구성된다. 그리고 그것은 보편적 이상을 영원히 유예하거나 패배케 한다. 이것은 마르크스주의의 보편적 휴머니즘에서도 볼 수 있는 것이다. 그것은 모든 인간의 해방과 보편적 인간성의 실현을 표방한다. 그러나 실천적 명제는 적과 동지의 구분과 그에 근거한 혁명적 투쟁에 집중된다. 물론 마르크스주의는 보편적 인간 가치와 적대화의 정치 사이에 존재하는 모순을 하나로 합치는 공식을 가지고 있다. 이 공식으로는 후자, 즉 적대의 정치는 전자, 즉 보편적 인간 가치의 실현을 위한 과도적 단계이다. 사회적 적대 관계를 폭력과 공포에까지 극단화하는 혁명은 인간 가치의 실현을 위한 불가피한 수단이다. 모든 혁명적 이데올로기는 비슷한 모순의 변증법으로 스스로를 정당화하지만, 마르크스주의만큼 보편적 인간 가치에 대한 확신과 그것의 잠정적 유보를 결합한 경우는 많지 않았다. 그러나 마르크스주의는 이제 국제 정치의 현실에서 패배한 까닭으로, 또는 사회 실험에서의 이상과 현실의 너무나 커다란 그리고 오래 지속되는 간극으로 인하여 죽은 이론이 되고 말았다. 그런데 이와 비슷한 보편주의와 현실의 모순은 보다 개방적인 민주주의에서도 볼 수 있고, 절대적인 평화주의에서도 볼 수 있다. 슈미트는 전쟁의 가능성을 없애는 전쟁이야말로 가장 무자비한 전쟁 — 도덕적으로 설 자리가 전혀 없는 부도덕한 적을 철저하게 박멸하겠다는 가장 무자비한 전쟁이 된다고 하였지만,[6] 최근의 이라크 전쟁을 비롯하여, 민주주의와 평화의 이름으로 행해지는 일방적 전쟁의 모순도 우리가 여기에 보태어 생각해 볼 수 있는 예가 될 것이다.

그러나 제국주의의 위선이나 마르크스주의 혁명의 역사적 유예 또는 정치 행동가들의 파당화의 전략 또는 민주화 이후의 한국의 민주 정치에서 느껴지는 것처럼 정치의 현실적 움직임에 대한 불철저한 자기 성찰 그리고 역사적인 요인에 의해서 이 모순이 파악되는 것은 아니다. 모든 정치성은, 그리고 민주주의도 정치 공동체의 현실이 되기 위해서는 이 모순을 포함할 수밖에 없다. 그리고 그것은 내적으로나 외적으로 인간적 가치의 실현을 억압하는 결과를 가져온다. 어쩌면 민주주의는 정치의 모든 모순으로부터 자유롭지 못하면서도, 일단 일정한 범위 내에서의 보편적 이상을 실현할 수 있을는지는 모른다. 적어도 민주주의는 그 실현에 어떤 역사적 유예나 유보의 구실을 주는 것은 아니기 때문에 일정한 국가적 테두리 안에서는 보편적 가치의 실천을 허용할 수 있다.(민주화 이후의 한국 민주주의의 문제는 현실로서만이 아니라 이념적으로도 이 정도의 통합적 비전을 발전시키지 못한 데 있다.) 그러나 이것이 참으로 인류 공동체를 포함하는 체제가 될 수 있느냐 하는 데에는 쉬운 답변을 생각할 수 없다. 그리고 그러지 못하는 한 이 배타성은 거꾸로 내적 총합에서 억압적 원리로 작용하게 마련이다. 민

---

6 Ibid., p. 36.

주주의는 다시 정치성의 모순에 직면할 수밖에 없다.

자크 데리다의 『우정의 정치학』은 민주주의와 슈미트의 명제의 상호 관계를 가장 철저하게 고민하는 긴 명상이다. 그가 되풀이하여 확인하는 것은 민주주의의 현실화에 바탕이 되는 것이 적과 동지를 구분하는 공동체라는 사실이다. 민주 공동체를 포함한 공동체의 계보에 대한 분석은 민주 사회도 무비판적으로 수용된 생물학적 뿌리, "노모스(규범)와 피지스(물리) 사이의 자연스러운 연계…… 정치성과 토착적인 혈연의 연결"[7]에 근거하여 성립한다는 것을 밝힌다. 다시 말하여 공동체의 근거는 "토착적이고 동질적인 우호 관계의 뿌리"[8] 즉 토지와 혈연이다. 나라, 민족 또는 국가, 시민 등 결속과 유대를 지탱하는 적대적 구분들이 이로부터 유래한다.

그렇다면 보편적인 민주 정치는 가능한 것인가? 세계화하는 지구에서 요구되는 것은 인류 전체를 포함하는 민주 공동체이다. 이 문제에 대한 데리다의 답변은 그의 해체주의의 불확정과 불안정성의 모든 특징을 그대로 가지고 있다. 도대체 그는 적어도 단기적으로는 배타적이 아닌 민주 공동체에 대하여 별로 믿음을 가지고 있지 못하다. 그러나 그는 자기비판을 통하여 또는 해체주의적 자기 성찰의 노력으로써 스스로를 넘어가는 민주주의 — 이러한 체제의 가능성을 발견할 수 있다고 생각하는 것으로 보인다. 폐쇄성을 끊임없이 해체·개방함으로써 가능해질 민주주의의 자기 갱신을 배제하지는 않는 것이다. 위에서 비친 바와 같이, 민주주의는 모순에도 불구하고 민주적 공동체를 지향한다. 또 그것은 공동체를 바탕으로 하여 현실이 되면서도 그 공동체를 넘어가는 요소를 스스로 안에 지닌다. 공동체가 옹호하는 것이 개체적 인간성이고 개체적 인간성은 곧 공동체를 넘어

---

7 Jacques Derrida, *Politics of Friendship*(London: Verso, 1997), p. 99.

8 Ibid., p. 104.

가는 보편성이기 때문이다. 이 점에서 그것은 가장 모순에 찬 정치 형태라 고 할 수 있다. 이 모순은 확연하게 갈라 낼 수 있는 적과 동지의 갈등으로만 조장되는 것이 아니라, 이 갈등에 의하여 뒷받침되면서 동시에 이 갈등 안에 존재하는 동지를 넘어가고 적을 넘어가는 원리를 스스로 안에 배태하기 때문에 일어난다. 데리다의 자기 제한적인 민주주의에 대한 어려운 보증은 여기에서 오는 것일 터이다. 그러나 동시에 이루어져야 하는 것은 민주 공동체를 지탱하고 있는 모든 유대의 사실성을 해체하는 것이다. 그것은 "탄생과 출신에서 나오는 인연 관계, 생출, 세대, 가족의 친밀성, 이웃의 근린성에 대한 일체의 신뢰, 신용, 신의, 독사(학설), 에우독사(정설), 의견이나 정견에 대한 수용적 태도, 이러한 말들에서 연기(延期)되는 모든 공리에 대한" 물음을 계속 파헤치는 것을 말한다.

그런데 '비정치화'라고 불러 마땅한 이러한 해체의 과정을 경유하여 어떻게 정치의 재구성이 가능한가? 이 점에 대하여 데리다의 답은 극히 분명하다. 그의 생각으로는 오늘의 민주주의는 잠정적이고 과도적인 것으로만 존재한다. 오늘날 민주주의가 존재할 수 있다면 그것은 "해체적 자기 한정으로서의 아우토스(주체)"로서 존재할 수 있을 뿐이다.(그리고 해체 없는 민주주의는 존재할 수 없고 민주주의 없는 해체는 존재할 수 없다고 그는 말한다.) 이 자기 한정의 민주주의는 "미래의 민주주의"에서 실현될 수 있을는지 모르지만, 지금 중요한 것은 해체의 작업 속에 민주 사회를 두는 일이다. 여기에 따르는 자기 한정은 쉼 없는 과정으로서 일단은 "어떤 규범적 이념과 정의되지 않은 완성에 비추어 진행되면서 동시에 '지금 여기'의 독특한 절실성" 속에서 이루어지는 것이라야 한다.[9]

그러면서도 우리는 하나의 각주처럼, 다시 한 번 해체적 민주주의의 가

9 Ibid., p, 105.

능성에 대한 그의 믿음은 극히 잠정적이라는 사실을 지적하지 아니할 수 없다. 방금 언급한 민주주의에 대한 조건적 긍정은 『우정의 정치학』의 앞 부분에 나오는 결론이지만, 이 책의 마지막 부분에서 형제적 유대 의식에 대한 블랑쇼의 입장을 논할 때, 데리다에게 민주 공동체의 가능성은 다시 한 번 복잡한 회의의 대상이 된다. 블랑쇼(Maurice Blanchot)는 집단적 형제애 — "일체의 규정된 공동체들, 일체의 친족, 연고 — 가족 그리고 민족 — 뿐만 아니라 일체의 주어진 일반적 범주"[10]로부터 초연하고자 한다. 그러나 블랑쇼에게는 형제애를 긍정하는 얼마 안 되는 예외가 있다. 그 하나는 유대인과의 형제 의식을 그들이 받은 나치즘으로부터의 박해를 이유로 하여 확인하는 경우이다. 우리는 여기에 대한 논의에서 다시 한 번 데리다의, 형제애에 대한 자신의 깊은 심정적 체험에서 나오는 고민을 엿보게 된다. "나치의 박해는 우리로 하여금 유대인들이 우리의 형제라는 것, 유대교는 일개의 문화 또는 종교 이상의 것이며, 그것을 넘어 우리가 타자와 갖는 모범이며 초석이라는 것을 느끼게 했다."[11] 블랑쇼는 이렇게 썼다. 철학이나 신조를 넘어서 확인되는 여기의 형제 의식, 유대 의식에 대하여 데리다는 묻는다. 유대인과 '우리'가 형제라는 말에서, 이 '우리'가 누구인가. 그리고 왜 자기 자신은 자신의 이름으로 이러한 글을 쓸 수 없는가를 생각한다. 그것은 유대인인 자신이 그 우리에 속한 사람이 아니기 때문이다. 그는 우리가 되어야 할 대상적 타자인 것이다. 데리다의 의미는, 프랑스인 또는 비유대인과 유대인의 형제됨을 확인하는 블랑쇼의 보편주의는 이미 우리와 유대인의 구분이 전제되어 있다는 것일 터이다. 그리하여 공동체적 기초는 정치 집단만이 아니라 이미 우리의 의식과 언표 안에 너무나 깊이

10 Ibid., p. 304.

11 Ibid.

자리하고 있다는 것을 확인할 도리밖에 없을 것이다. 그러면서도 물론 데리다의 책은 미리 설명할 수 없는 앞으로 올 보편적 민주 공동체를 환기하는 것으로 끝나기는 한다.

6

데리다가 주장하는 것은 자기 한정의 민주 사회 — 한없는 해체 속에 존재하는 자기 한정의 민주 사회이다. 그러나 이와 함께 우리가 필요로 하는 것은 해체나 정신 분석의 무한함 이상의 방법에 의하여 진행될 분석의 노력이다. 정치성은 무엇을 뜻하는가? 이것은 단순히 부정되고 극복되는 것이 아니라 각도를 달리하여 그리고 보다 근본적인 차원에서 다시 물어질 수 있는 것은 아닐까? 그것은 인간 존재의 어떤 바탕으로부터 일어나는 것일까? 정치성은 인간 생존의 필수적인 작업을 나타내는 것인가? 그것은 인간 실현을 위하여 참으로 필요한 사항인가? 이러한 질문에 대한 답변이 긍정적인 것이 된다고 하더라도, 삶의 정치화는 — 완전한 정치화는 좋은 일인가?(슈미트는 정치의 독자성을 인정하는 것이야말로 정치 이외의 삶의 영역의 독자성을 확보하는 일이라고 말한다. 그것이 여러 이념적 체계가 재래하는 "총체적 국가(total state)"를 피하는 방법이라고 한다. 그러나 정치성이 죽느냐 사느냐를 결단하는 계기에 나타나는 정치 공동체를 의미한다고 한다면, 이러한 정치성이야말로 정치로서 삶의 모든 영역을 포괄하는 것이 될 터이다.)

슈미트의 기획과는 달리, 필요한 것은 어쩌면, 정치를 인간 존재의 복합적인 연계망의 전체 속에 다시 삽입하고, 그 연계망 속에서 정당화되는 것으로 생각하는 것일는지 모른다. 그렇게 볼 때 필요한 것은 정치와 인간 가치의 일치가 아니라, 그것의 분리일 수도 있다. 분리 이후에 그것들은 간접적인 방법으로 다시 서로 연결되는 것일 수도 있을 터이다. 정치를 공리로 설정할 때, 전제하는 것은 인간의 다른 존재 방식 — 개인으로서의 존재 방식에 대하여, 집단적 존재 방식이 우선한다는 것이다. 그러나 개체적 삶이야말로 경험적으로 주어지는 제일차적 증거이다. 사람의 사람으로서의 위엄과 양도할 수 없는 가치, 사람으로서의 권리 등 보편적 인간 가치를 말하는 경우, 실제 사람들이 말하는 것은 그 가치의 제일차적인 담당자로서 개인을 말하는 것이다. 어떤 집단에 소속하고 그것을 구성하는 것도 개인의 권리로 생각될 수 있다. 정치와 인간 가치를 서로 연결하여서 생각할 때, 우리 생각의 한 방향은 이것을 정치로부터 접근하는 것이 아니라 개인으로부터 접근하는 것이다. 이것이 어쩌면 보다 근본적인 존재론의 증거로부터 문제를 살피는 일이 될 것이다. 이때 우리의 물음은 인간 행복의 실현이 삶의 정치화를 필요로 하는가, 아니면 개체적 삶의 자유로운 전개가 그것을 위한 필수 조건이 되는가 하는 것이다. 후자의 경우 이 개인적 행복의 실현이 모든 인간의 행복과 어떻게 연결될 수 있는가가 물론 문제로 남는다.

그러나 이 경우에도, 인간 실존의 정치적 구성의 필요는 순환적으로 자명한 것이 된다. 그 부재가 악의와 증오와 폭력의 혼돈 상태, 만인의 만인에 대한 전쟁 상태를 가져온다는 것은 현대 정치사상의 근본인 홉스의 생각이고, 또 이것은 좋든 나쁘든 정치 질서의 붕괴에 따르는 사회적·인간적 혼란에서 증거되는 일이다. 동시에 우리가 주목하여야 할 것은 근대 서양의 정치적 발전에서 해방의 충동은 어디까지나 정치의 우위하에서 일어나는 개인의 자유의 위축을 억제하자는 쪽으로 향했다는 사실이다. 그리고 이것이 서양에 한정되는 것이 아닌 것은 서양의 자유의 모델이 세계 도처에서 수용되게 된 데에서 볼 수 있는 일이다. 만인 전쟁의 혼란에 대한 두려움과 개인적 자유의 충동의 조화를 기하려 하는 것이 자유 민주주의 체제이다. 물론 이것도 하나의 정치 체제이기는 하지만, 그 체제는 집단적 틀에 의한 삶의 구조화가 피할 수 없는 것이라고 할 때, 적어도 시민 사회의 집단적 기율로써 국가의 통제를 대체하려고 한다. 이 체제하에서 개인은 존중되어야 할 존재의 지위를 얻고, 그의 개인적인 관심 — 보통 사람의 일상적인 삶이 신의 섭리나 영웅적 덕성에 의하여 정당화되지 않더라도 일정한 의미를 갖는 것이 되었다.[12](이것을 사회 제도 안에 자리하게 하는 것은 간단한 일이 아니다. 많은 근대적 혁명들은 이것을 정치 제도 속에 정립하려는 노력이라고 할 수 있지만, 그것은 역설적으로 영웅적 덕성을 필요로 하는 투쟁을 요구한다. 그리고 혁명의 영웅들은 그 덕성의 값어치에 대한 보상을 포기하지 못함으로써 많은 문제를 야기한다. 한국에서의 민주화 후의 민주주의도 바로 이러한 면을 가지고 있다.)

그러나 자유주의가 완전한 답이 아니라는 것은 새삼스럽게 말할 필요도 없다. 그것이 참으로 넓고 깊은 의미에서 인간의 자유를 실현시켜 주지 못한다는 것은 너무 자주 지적되어 온 바이다. 자유 민주주의 체제는 그 나름의 사회적 제약 — 기존 체제의 옹호를 의도하는 여러 제약을 가지고 있다. 오늘날 자본주의와 짝을 이루는 자유 민주주의에서 인간의 자유는 주로 소비의 자유를 의미한다. 거기에서 해체된 정치 공간을 대신하는 것은 시장 논리 — 사실은 대기업의 이익에 의하여 지배되는 시장 논리의 제약들이다. 자본주의와 병행하는 자유 민주주의 체제는 정치성의 공백을 채우면서 존재하는 비정치적인 정치성이다. 물론 이 정치성도 국가 권력에 의하여 뒷받침된다. 다만 정치성이 공동체적 유대의 강조와 긴밀한 관계를 가지고 있다고 한다면, 이것은 조금 다르게 정의되는 적과 동지의 구별에 입각한 것이 될 터이다.(이 구별에 입각한 공동체적 강조가 계급 이익을 호도하는 허위라는 것이 마르크스주의의 주장이었다.)

---

12 피안적 가치 체계나 영웅적 덕성이 아니라 일상성이 인간 존재의 바탕으로 인정되게 하는 역사적 경위는 다음의 책에 많이 논의되어 있다. Charles Taylor, "The Culture of Modernity", *Sources of the Self: The Making of the Modern Identity*(Cambridge, Mass.: Harvard University Press, 1989).

7

정치의 공동체적 구성으로부터 보편적 가치로 나아가는 것은 거의 불가능한 것처럼 보인다. 그러면 보편적 가치로부터 정치로 나아가는 것은 가능한가? 또는 달리 말하여 집단에서 개체로 나아가는 것이 아니라 개체에서 집단으로 나아가는 것은 가능한가? 이렇게 말하는 이유는 앞에서 말한 것처럼 보편적 가치란 개체로서의 인간이 가질 수 있는, 그리하여 그로부터 출발하여 모든 인간이 가질 수 있는, 권리와 존엄성과 가능성을 말하는 것이기 때문이다. 그런데 개체로서의 인간은 스스로 안에 보편적 가치를 지니고 있을 뿐만 아니라 그것으로 나아가는 계기를 가진 것으로도 생각된다. 인간 가치는 단순히 주어진 대로를 넘어서 사실의 보편적 가치로의 초월을 상정하는 것으로 말할 수 있다. 이것은 인간의 여러 가지 영역에서의 사실을 초월하는 능력에 깊이 관계되어 있다. 이 초월의 능력 — 또는 그것이 거의 본능적이라고 할 때, 초월의 충동은 어디에서 오는가? 이러한 물음을 통하여 우리가 다시 정치로 나아가는 길은 없을까?

인간 가치에 정치적 의미를 부여하고자 할 때, 그것은 하나의 개체만이 아니라 모든 개체에 공유될 수 있는 것으로 말하는 것인데, 개체로 하여금 자기 자신으로부터 다른 사람에게로 나아갈 수 있게 하는 것은 무엇인가? 다른 사람과의 관계는 인간 존재의 필연적인 조건이다. 그러나 그것은 대체로 직접적인 것이라기보다는 개체들을 초월하는 어떤 것을 통해서 매개되게 마련이다. 이 제삼의 매개자의 개입은 무의식적인 것일 수도 있고, 의식적인 것일 수도 있다. 그리고 의식적인 개입에서도 그것은 매우 다층적인 것일 수 있다. 그러나 가장 중요한 사실은 이 제삼의 매개가 거의 본능적이라는 것이다. 그것은 절대적인 필요와 필연의 지배하에 있을 수도 있지만, 반드시 피할 수 없는 강압성을 가진 것은 아니면서도 스스로를 넘어 나아가는 충동의 하나이다. 필요한 것은 이 초월을 향한 충동을 존재론적으로 확인하는 것이다. 그러나 이것이 쉽게 동료 인간에 대한 관계로 이어지는지는 분명치 않다. 그 관계가 분명하게 발생하는 것은 정치적 공간에서이다. 그러나 정치가 개체적 실존들을 그 자신의 밖으로 끌어내는 최종의 이념이라고 할 수는 없다. 어쩌면 정치는 필요이면서 동시에 개체의 실존이 지향하는 초월적인 것들의 여러 범주 중 하나이다. 그런 의미에서 오로지 정치만이 개체를 초월한 생존의 질서 또는 존재론적 질서의 궁극적 구현이라고 보는 것은 매우 좁은 관점을 나타내는 것이라 할 수 있다.

우선 우리는 정치가 단지 외적 사정에 의하여 강요되는 것이 아니라 초월의 충동에서 나온다는 것을 확인할 필요가 있다. 그것은 공동체의 불가피한 필요이며 공동체 내에서의 개인의 불가피한 필요이면서 동시에 개인의 관점에서는 스스로의 삶을 확충하고자 하는 욕구의 표현인 것이다. 고대의 그리스인에게, 또 고대의 중국인 그리고 유교 윤리의 지배하에 있던 한국인에게, 정치는 인간의 자기실현의 높은 형태 중 하나였다. 그리스의 폴리스에서의 정치적 삶에 큰 관심을 가졌던 한나 아렌트는, 공적 공간에서의 행동이 가져다주는 보상을 "공적 행복(public happiness)"이라고 불렀다. 개체의 내면의 관점에서 보면, 그것은 "수월성을 향한 정열(passion for excellence)"을 실현 가능하게 하는 매체이다.[13] 공적 공간에서의 인간의 행동, 즉 정치적 행동은 사람의 삶을 보다 높은 차원으로 끌어올려 주는 것이다. 아렌트의 생각으로는 현대 사회의 사회 경제에 대한 집착으로 하여 쉽게 망각되는 이 사실을 다시 상기하는 것은 중요한 일이었다. 이 점에서 그의 생각은 슈미트와 비슷하다. 슈미트에게도 정치 공간은 독자적 영역이

---

13 Hannah Arendt, *On Revolution*(New York: The Viking Press, The Viking Compass Edition, 1965), p. 115.

며 사람으로 하여금 그 나름의 독특한 덕과 가치를 발휘하게 하는 공간이다. 다만 그에게서 정치 행동의 밑에 들어 있는 것은 적에 의하여 위협받는 집단의 — 그리고 파헤쳐 보면 개체의 — 생존에 대한 위기감이지만, 아렌트에게 그것은 보다 적극적인 의미에서의 수월성을 향한 충동에 의하여 추동된다. 아렌트의 경우에도 공적 광장에서의 정치 행동이 주는 행복은 귀족 사회에서의 전사들의 덕성의 실현이 주는 만족감과 유사하다고 할 수 있지만, 중요한 것은 전사적 측면보다도 귀족의 공적인 덕성이라고 말할 수 있다. 일반화하여 적의 존재보다도 동지적 우애가 중요한 것이다. 그러나 정치는 — 슈미트에서나 일반적 술수의 정치나 — 고결한 덕성은 저열한 동기에 의해서만 유발된다.

공적 행복의 추구는, 이미 그것이 귀족적인 측면을 가지고 있다는 점에서, 모든 사람이 추구할 수 있는, 적어도 공적 공간의 주역으로서 추구할 수 있는 것은 아니라고 할 수 있다. 또는 모든 사람이 바라는 것 그리고 바랄 만한 것이 아니라고 할 수 있다. 그러나 어떤 형태로든지 그것이 나타내고 있는 바 주어진 대로의 자신을 넘어가려는 자기 초월 또는 작업은 피할 수 없는 것으로 보인다. 공적 행복이란 일단 보다 조용한 개인적 행복에 비하여 지나치게 힘들게 실천되는 행복이라 할 수 있다. 공적 생활에 따르는 보람 못지않게 고통에 대한 호소는 고전 시대의 동서양 어느 쪽에서나 발견할 수 있는 것이다. 그리하여 정치적인 삶에 대하여, 은거와 명상의 삶은 보다 진정한 삶의 실현을 약속해 주는 것으로 말해지곤 하였다. 공적인 삶을 이상이며 보람이라고 생각했던 유교적 삶의 이상은 그와 아울러 은사의 삶 — 산천과 초야에 묻혀 사는 삶의 매력을 잊지 않았다. 삶의 철저한 정치화는 삶의 다른 풍요로움을 잃어버리는 결과를 가져온다. 어떤 경우에나 집단적 유대감이 중요한 덕성임에는 틀림없으나, 개인의 고독을 허용하지 않는 집단성은 견디기 어려운 삶의 조건이 될 것이다. 그러나 이렇게 말하면서 우리가 역설적으로 주목하게 되는 것은 자연 속에서의 은거의 삶도 결코 편안하기만 한 삶은 아니라는 사실이다. 이것은 자연의 삶에 따르는 노동의 어려움만을 두고 하는 말은 아니다. 은거는 대체로 공적인 삶의 함정과 유혹과 광증과의 투쟁에서 얻어지는 마지막 열매이다. 그리고 이것은 지배적인 가치 체계가 정해 주는 삶을 거부한다는 것을 의미한다. 그 점에서 이것은 당대 정치성에 대하여 대항적으로 일어나는 정치성 또는 정치성의 타자로서의 정치성이라고 할 수 있다.

이것은 단지 주어진 정치 — 개인의 삶을 제한하는 삶의 집단적 조건으로서의 정치성을 거부 또는 부정하는 일만을 의미하지 않는다. 초야의 삶을 택한다는 것은 정치의 진리에 대하여 자연의 진리를 택한다는 것을 의미한다. 은둔의 이상 중 하나인 정신의 평정(ataraxia)은 여러 현세적인 가능성에 대한 대항적 에너지(antithetike dunamis)의 소산이다. 여기에 관련되어 있는 것은 진리의 투쟁이다. 그리하여 하나의 진리에 대하여 다른 진리를 대체하는 일이 일어난다. 유학자는 관료로서의 공적 삶을 버리고 자연으로 돌아간다. 그러나 그것은 종종 자연으로 통하는 정신적 편력에 나선다는 것을 의미한다. 유학자들의 정신적 탐구의 전기를 취급한 페이이우(Pei-yi Wu) 교수의 『유학자 역정(*The Confucian's Progress*)』이 존 버니언의 『천로 역정(*The Pilgrim's Progress*)』을 상기시키는 것은 우연이 아니다. 흔히 속세를 떠나 자연 속을 헤매는 그의 탐구는 "하늘과 땅이 맑고 조용하며, 거기에 커다란 조화가 있다."[14]라는 깨우침에 이르러서야 끝나게 된다. 여기에서 얻어지는 정신적 진리가 사환(仕宦)에 필요한 치세의 진리를 대체하는 것이다.

---

14 Pei-yi Wu, *The Confucian's Progress*(Princeton University Press, 1989), p. 129. 여기의 인용은 16세기 중국의 유학자 완팅옌(萬廷言)의 자전적 기록에서 나온 것이다. 그러나 이러한 깨우침에 대한 기록은 무수히 많다.

물론 정신적 깨우침의 경지에 이르지 않더라도, 자연 속의 삶은 그 자체로서 행복한 삶이 될 수 있다. 자연의 특징은, 그 정신적 의미를 떠나서도, 그것이 그 자체로서 감각적 만족이라는 즉각적인 보상을 제공할 수 있다는 것이다. 그리고 그 만족은 일종의 싸움을 통해서 얻어지는 것이라고 하더라도 정치적 공간에서의 삶처럼 극렬한 대인 투쟁의 전리품은 아니라는 이점이 있다. 그러나 거기에 생겨나는 그것은 결국 그의 정신적 의미에 대한 믿음을 통하여 확실한 삶의 방식으로 정착한다. 다시 말하여 순진성의 성찰적 전환은 불가피하다. 진리로서의 자연은 개인의 삶에서의 초월의 가능성을 말한 것이지만, 더 일반적으로 진리에의 초월은 인간 생존의 개체성의 과정에서 피할 수 없는 어떤 조건을 말한다고 할 수 있다. 인간이 주체가 되는 것은 사회에 존재하는 큰 주체의 부름을 통하여서라는 알튀세르의 발언은 사회적 존재로서의 인간에 대한 정치적 이데올로기의 작용 방식을 말한 것이지만, 이것은 인간의 존재론적 조건을 말한 것으로 확대될 수 있다. 사람과 자연의 관계는 개체적 인간과 그를 에워싸고 있는 큰 환경적 힘의 관계로 바꾸어 말할 수 있다. 이것은 지금껏 말해 온 바와 같이 인간의 초월에의 의지에 의하여 설명될 수도 있지만, 보다 간단하게 사람의 실존적 필요에서 오는 것이라고 할 수 있다. 환경과의 적절한 관계 수립은 가장 근본적인 삶의 필요이다. 이 환경은 자연 그리고 사회 — 가족과 친지, 공동체 그리고 정치 집단으로 이루어지는 보다 큰 집단을 모두 포함한다. 이 모든 환경적 조건 안에서 자신의 위치를 분명하게 하는 것은, 사람이 생물학적 존재인 한, 생존의 필요이고, 인간의 실존적 과제가 바른 행동적 선택이라는 형태를 취하는 한, 도덕적·윤리적 선택의 근거이고, 사람의 자아 그것이 환경과의 상호 작용에 의하여 형성되는 한, 자기 주체의 형성의 기초이다.

개인과 정치적 공동체의 관계도 작은 주체와 큰 주체의 부름의 관계로 볼 수 있다. 이 부름은 어느 때에나 거부하기 어려운 것이겠지만, 적과 동지의 확연한 구분과 함께 공동체가 환기될 때, 그의 생존의 사회적 바탕을 더욱 예리하게 깨우친 개체는 어느 때보다도 그의 부름에 답해야 하는 압력을 느낄 것이다. 그리고 집단의 부름에 기초하여 비로소 다른 구성원과의 관계가 새로워지면서 집단적 결속이 가능해진다. 그러나 이러한 집단의 부름이 효력을 가질 수 있는 것은 개체 안에 이미 그 부름을 기다리는 것이 있기 때문이다. 앞에서 한국의 민주화 운동의 결과가 환멸을 가져왔다고 말하였지만, 이 환멸의 바탕에는, 현실적인 의미에서 민주화의 결과가 기대에 미치지 못한다는 느낌과 동시에 거의 형이상학적으로 설명될 초월적 의지의 작용이 있다고 할 수 있다. 이 초월적 의지는 정치 공동체로의 초월을 기대하는 것이면서 동시에 그 이상의 것에의 일치를 추구하는 것이라고 할 수 있다. 그것을 순전히 정치적으로만 해석하는 것은 삶의 충동과 공간을 지나치게 축소하는 일일 것이다. 위에서 말한 바와 같이 이 필요는 다양한 초월적 대상과 공간에 의하여서만 충족의 균형에 이르게 된다. 전통적인 유교 철학의 출사와 은둔의 대조에서 볼 수 있듯이, 그 충동은 정치에 못지않게 또는 그보다는 자연 속의 삶에 의하여 충족될 수 있는 것이었다. 그러나 개체의 초월의 충동에 가장 쉽게 답하는 것은 종교가 말하는 초월적인 존재이다. 또는 사람의 문제가 단순히 바른 선택의 문제라고 한다면, 그것은 윤리의 체계 속에서 충족된다고 할 수 있다.

앞에서 주로 말한 것은 자연이 인간에 대하여 갖는 초월적 의미 그리고 그와 아울러 초월의 지향의 형태이지만, 다시 정치 공동체의 문제로 돌아가서, 이것은 정치도 인간의 초월을 향한 충동에 대응하는 대상에 불과하다는 사실을 새삼스럽게 상기하자는 것이다. 인간의 자기 정의 그리고 자기실현은 정치를 초월한다. 그런데도 문제는, 정치가 사회적 존재로서의 인간의 실천적 작업이 정치를 통하지 않을 수 없다는 사실이다. 그리고 정치는 그 넓은 실천에 필연적인 한정을 가한다. 뿐만 아니라 그것은, 슈미트가 말하는 바 정치의 독자성과 자율성에도 불구하고, 사람의 다른 모든 초월적 소망을 자신에게 봉사하게 하는 경향을 갖는다. 정치는 그로써 구성되는 정치 공동체의 구성원에 대한 윤리적 명령의 근원이 된다는 점에서, 쉽게 윤리와 도덕의 체계에 결부되고 스스로의 우주론적 근거를 제시해야 할 필요성에 의하여 종교적인 도그마에 연결된다. 문제는 어떻게 정치가 다른 인간 활동의 영역들에 봉사하는 것이 되게 하느냐 하는 것이다.

그러나 모든 것을 하나의 체계 속에 통합하려는 경향은 모든 인간 활동의 분야에서 발견되는 것이다. 인간의 윤리나 종교 또는 자연의 진리까지도 그와는 다른 영역들 — 초월적 자기실현의 영역들까지도 스스로의 안으로 흡수하려는 경향을 갖는다. 그중에도 가장 심한 경우는 이러한 영역들이 그 자체로서 정치화하는 것이다. 종교적 교리에 입각한 신정 체제 또는 원리주의적 정치 체제는 오늘의 세계에서 우리가 가장 잘 볼 수 있는 정치화한 종교적 인간 구성이다. 전통적인 한국 사회를 지배한 것은 원리주의적 유교 윤리였다. 정치의 경우와 마찬가지로 이러한 정치화된 초월의 체계는 넓은 인간적 자기실현을 막는다고 할 수밖에 없다. 앞에서 잠깐 언급한 민주 정치 체제에 필요한 해체적 자기 한정은 다른 영역에서도 그대로 해당되는 것이다. 존재론적 전체성 — 종교나 윤리 체계는 이 전체성에 이르려는 기획이다. 이 전체성이 포착되었다고 생각되는 순간, 그것은 일정한 방식으로 전체성을 한정하고, 따라서 인간의 가능성에 대하여 억압적으로 작용한다.

그러나 참다운 의미에서의 인간의 초월적 추구는, 일정한 관점이나 방향으로부터 출발하면서 전체에 이르려는 것이라는 점에서 이미 자기모순을 포함한다. 그러니만큼 이러한 기획은, 정치 또는 정치화된 체계가 허용하는 이상으로, 해체의 동기를 스스로 안에 지니고 있는 것이라고 할 수 있다. 진정한 초월적인 추구는 '부정의 신학(negative theology)'처럼 궁극적인 것을 추구하면서, 동시에 그것을 일체의 언표와 사유의 가능성을 넘어가는 것으로 받아들일 수밖에 없다. 초월적인 것의 내재적 추구의 아포리아는 데리다의 부정의 신학과의 씨름에서 예시될 수 있다. 실재와 언표의 일치의 부정에 바쳐진 데리다의 생각은 부정의 신학에 가깝다. 그러나 이 유사성은 데리다에 있어서, 그것을 부정하는 데에서 드러난다. 그 자신은 부정의 신학에 대해 언급하면서, 해체주의가 그와 유사하다는 것을 적극 부정하였다. 그러나 바로 이 부정 — 부정의 부정이면서 부정으로 남아 있는 그의 입장은 부정의 신학을 넘어서 부정의 신학에 가까워 간다. 그가 부정의 신학을 거부하는 것은, 언표와 사유의 가능성에 대한 부정을 전제로 하면서도, 은밀하게 "세계의 깨트릴 수 없는 일체성" 또는 "이름의 권위"를 상정하고, "일종의 초본질성(hyperessentiality), 존재를 넘어가는 존재(a being beyond Being)"에 이르고자 하기 때문이다. 그리하여 그는 보다 철저하게 부정을 통하여 말하면서 말하지 않는 것을 옹호한다. 그러면서도 그는 부정의 언표를 통해서, 말하자면 기도처럼, "모든 코드와 의식(儀式)과 그리하여 모든 반복에 무연한, 침묵의 가장자리에 있는 말 붙이기"의 가능성을 말하고, 동시에 그로부터 출발하여 다시 "글쓰기, 코드, 반복, 유추 또는 적어도 얼핏 보기에는, 복합적인 말 붙이기, 은밀한 입문"의 가능성을 비춘다.

모든 것은 존재와 무, 말과 언어의 저쪽에 있다. 그러나 계속적인 사건적 과정 속에서도 그것이 일단 멈추어 설 가능성은 사라지지 않는 것이다. 그리하여 결국 사유는 부정을 통해서 궁극적인 존재의 '초본질'에 가까이 가는 것이다. 이러한 모순 또는 해체와 부정을 통해서만 초월적인 의지가 지향하는 초월자는 스스로에 진실된 것으로 남아 있고, 인간의 자기실현의 가능성을 개방의 상태로 남겨 둘 수 있다.

8

그러나 이러한 초월적인 것 가운데 — 존재의 전체성의 여러 유형 가운데에도 자연은 특이한 위치를 차지한다. 그것은 언표 속에 소진될 수 없는 것이면서 동시에 사람의 삶 속에 현실적으로 또 감각적으로 현존하는 어떤 것이다. 그러나 그것은 완전한 근접을 허용하지 않는 초본질이면서 형이상학적 필연성과 윤리적 당위와 그리고 정치적 권위의 근원이 될 수 있다. 자연은 인간의 환경 전체의 한계이고 그러니만큼 인간 생존의 한계를 이룬다. 그러면서 그 한계는 끊임없이 깨어질 수밖에 없다. 자연의 전체 과정에는 한계가 있을 수 없기 때문이다. 그것은 우리의 감각적 삶의 풍요로움 속에서 근접되는 것이면서, 그 무한한 창조성으로 인하여 그것을 넘어간다. 이 점에서 그것은 모든 언표를 넘어가는 무한이 아니라 늘 새로 언표되어야 하는 창조의 무한한 과정이다.

자연은 소진되지 아니하면서 언제나 인간의 경험의 대상이 된다. 인간의 삶에 경험적으로 드러나는 자연의 전체는 보다 경험적으로 말하여 생태적 총체성을 이룬다. 나는 다른 곳에서 이 생태적 전체로서의 자연을 동양의 산수화의 이념으로써 설명하려 한 일이 있다. 산수화는 동양의 회화 전통에서 형이상학적 의미를 가지고 있었다. 그것은 사람이 사는 지구의 지질학적·생태학적 총체를 인간 존재의 궁극적인 바탕으로서 그려내고자 한다. 우리의 감각에 감지되는 것이면서 전체성으로 그것을 넘어간다는 점에서 칸트가 말하는 숭고미의 특징을 가지고 있다. 그것은 감각적 현실이면서 그것을 넘어 무한하여 "초감각적인 바탕(übersinnliches Substrat)"[15]에 이르고, 사유의 대상으로서 존재하면서, 이성적 사유 능력

---

15 Immanuel Kant, *Kritik der Urteilskraft*(Hamburg: Verlag von Felix Meiner, 1974), p. 100.

을 넘어간다. 이 무한성은 수량적일 수도 있고 질적일 수도 있다. 그러나 자연은 질적인 무한성, '초본질성'을 시사할 수도 있지만, 단순히 수량적이고 그러니까 경험적 차원에 머무르면서도 그것이 미치지 못하는 신비의 영역에 있는 것으로 보인다. 산수화는 이러한 자연의 전체를 그려 내려고 하는 것이다. 수량적·경험적 무한성은, 중국이나 한국의 그림 제목으로 더러 사용된 강산무진(江山無盡) 또는 계산무진(溪山無盡)이라는 제목에 잘 드러난다. 이번 포럼에 참가한 미국의 시인 그리고 오늘날 가장 탁월한 아시아적인 시인인 게리 스나이더(Gary Snyder) 선생의 시집에도 『산강무진(*Mountains and Rivers Without End*)』이라는 것이 있다. 스나이더 선생의 제목의 뜻 또는 그의 말이 표현하고 있는 산수화의 이념을 설명하는 대신 나는 그러한 제목의 그림의 외적인 형식에 대해 언급하여 그 의미를 시사해 보고자 한다. 이 산수화는 두루마리의 형식을 취할 수 있다. 그것은 조금씩, 그러면서 마치 끝없이 계속될 듯이 펼쳐진다. 스나이더 선생은 이 시집의 같은 제목의 시에서 주석을 붙여 이러한 그림을 보는 방법을 제시하고 있다. "한 번에 한 꼭지씩, 왼편으로, 오른쪽이 도로 접혀 들어가도록 하면서 펼칠 것. 그러면 장면마다 하나씩 열린다."[16] 이러한 형태 자체가 지구의 생태적 전체가 인간에게 현존하는 방법을 암시한다. 그것은 인간 생존 — 개인적·집단적 또는 세대적 생존을 초월한다. 그러면서도 그것은 이 세계 안에 내재한다. 여기에서 전체성은, 다른 경우나 마찬가지로, 그 너머로에 대한 인간의 접근을 제한하는 한계를 보여 준다. 그러면서 그것은 늘 새로운 감각적 현실의 끝날 수 없는 바탕이 된다. 이렇게 볼 때 세계는 늘 인간에게 현존하면서 동시에 부재한다. 그것은 우리의 표상, 우리의 사유에 현존한다. 그러나 무진성은 우리의 표상을 부정함으로써만 시사될

---

16 Gary Snyder, *Mountains and Rivers Without End*(Washington D. C.: Counterpoint, 1996), p. 9.

수 있다.

자연은 다시 말하여 사람의 경험과 감각에 의하여 접근될 수 있는 것이면서 무한하다. 무한하다는 것은 감각적 경험을 초월한다는 말이다. 이 점에서 그것은 인간 존재가 지향하는 다른 궁극적인 테두리에 유사하다. 그러나 그것은 다른 한편으로 늘 감각에 접해 있다는 점에서 또 다른 경우처럼 하나의 추상적 이념으로, 어떤 초본질로 쉽게 요약될 수 없다는 점에서 차이가 있다고 할 수 있다. 인간이 지향하는 종교적·정신적 성격의 실재들은 언표나 사유를 초월하는 것이면서도 하나의 초본질로 요약되기가 쉽다. 그리하여 실재의 무한함이나 그 궁극적인 신비를 제한한다. 여기에서 그것은 쉽게 원리주의적 도그마로 바뀌게 된다. 이러한 차이로 인하여 생태적 전체성으로서의 자연은 많은 사람들에게, 그들이 인간 실존을 규정하는 궁극적 실재가 무엇이라고 하든지 간에, 일단은 수긍할 수 있는 초월적 전체성일 것이다.

다만 여기에서 다시 한 번 강조해야 될 것은 이러한 경우에도 자연이 직접적인 감각적 확실성으로만 남아 있는 것은 아니라는 사실이다. 그것은 하나의 무한성 그리고 전체성으로서 인식될 필요가 있다. 그리고 그 인식은 다시 인간 존재에 대한 반성으로 되돌아와서 인간의 삶의 유한성과 부분성 — 그 삶과 죽음의 의미에 대한 확인이 된다. 다만 자연은 쉽게 현세를 넘어 있는 초현실자로 사물화되지는 아니한다.

9

인간과 자연 — 환경적 전체성으로서의 관계에서 우리가 다시 한 번 확인하는 것은 어떤 경우에나 사람은 스스로를 넘어가는 전체성을 지향한다는 사실이다. 그리고 정치를 생각하는 우리의 관점에서 중요한 것은 이 전체성이 개체적 인간을 사회적 삶으로 나아가게 하는 데에서 매개자 노릇을 할 수 있다는 사실이다. 사람은 생물로서 스스로의 목숨을 부지하고 자아를 구성하고 또 행복한 삶을 달성하기 위해서 큰 것과의 관계, 부름의 관계의 충족을 필요로 한다. 되풀이하건대 이 큰 것과의 관계는 독단적 폐쇄의 시작이 될 수 있다. 그러나 이 관계는 궁극적으로 세계에로의 열림 — 세계의 무한함과 신비에로의 열림을 말한다. 그리고 그것은 다른 사람들에게로의 열림을 의미한다. 이 열림은 단순히 사실적이면서 형이상학적이다. 이 형이상학적 열림을 통하여 다른 사람은 나의 욕망의 대상 이상의 것이 된다. 나와 보다 큰 것의 관계가 나에게 형이상학적 정당성을 부여하는 것이라면, 그것은 똑같이 다른 사람에게도 그 정당성을 부여한다. 그리고 그것은 나에게 다른 사람의 인정 — 모든 인간적 가능성을 가진 존재로서의 다른 사람의 인정을 윤리적 의무로 부과한다.

이러한 인정의 의무가 정치 행위로 이어질 것인가? 오늘의 세계에서 인권에 관계된 정치가 점점 현실화되어 가는 것을 볼 때, 이것이 중요한 정치적 의미를 갖는 것은 분명하다. 그러나 이것으로 충분하지는 않다. 삶의 정신적 의미에 대한 확신이, 오늘날에나 과거의 역사에서나, 인간 존재의 자기 초월은 가령 종교의 경우처럼 너무 자주 포괄적 휴머니즘이 아니라 배제의 원리로 작용하여 왔다. 물론 이것은 그것이 적과 동지를 구분하는 정치에 연결됨으로써이다. 정치화는 보편적 인간 가치에 대한 위협을 의미하기 쉽다. 그러한 경우가 아니더라도 정신적인 것의 큰 위안 중 하나는 은거의 위안이다. 자연이, 사람을 싫어하는 사람들의 은둔처인 것은 새삼스럽게 말할 필요도 없다. 특히 자연의 경우 자연과 함께한다는 것은 동료 인간의 고통과 행복과 함께한다는 것을 의미하지 않는다. 자연과의 관계는 그것이 인간의 삶의 유한성과 고통의 신비에 대한 느낌으로 — 형이상학적 정서로 확대됨으로써 비로소 보편적 동정으로 변화될 수 있다.

그리고 이에 추가하여 자연과의 관계 또는 일반적으로 인간의 존재론적 조건과의 관계가 정치적 행위로 연결되는 것은 또 다른 계기를 요구할 것이다. 정치에서 적과 동지의 구분은 극단적인 가능성을 상정하는 것이라고 할 수 있으나, 그것이 삶의 매우 원초적인 충동에 깊이 관계되어 있는 것은 틀림이 없다. 이 구분에서 기초가 되는 혈연과 영토는 매우 원시적인 것이면서도 여전히 삶의 기본적 요건이다. 사실 일정한 생물학적 유대 또는 적어도 생존이라는 점에서 서로 유대를 약속한 사람들이 일정한 토지 속에서 생활한다는 것은 삶의 가장 원초적인 토대이다. 많은 일들이, 이 토대에 관계되어서만 죽느냐 사느냐의 심각성을 띠는 것은 자연스러운 일이다. 모든 인류를 포괄하는 보편적 인간 가치와 정치의 모순은 여기에서 나온다. 이 모순에도 불구하고, 인간 가치의 실현에 정치가 필요하다는 것은 인간 가치가 생존의 원초적인 필요에 연결되어야 한다는 것을 말한다.

아마 인간 가치의 실현은, 적어도 일정한 토지에 일정한 생물학적 기초를 가진 공동체에서 실현될 것을 기대하는 도리밖에 없을 것이다. 그러나 이것은 곧 자기모순에 빠지게 될 것이다. 보편성이나 전체성에의 지향은 인간의 자기실현을 위한 의지의 표현이기 때문이다. 일정한 공동체 안에서나마 실현되는 보편적 인간 가치는 저절로 다른 사람들에 대한 똑같은 가치의 실현을 요구하게 될 것이다. 공동체 내에서의 인간적 유대는, 그것이 이 유대의 의미를 단순한 집단성이 아니라 인간의 자기실현의 가능성으로 받아들일 때, 이미 보편화의 가능성을 내포하고 있는 것이다. 다른 사람에 대한 인정은 우선 공동체 안에서의 이질적인 분자에 대한 동등권의 확대로 나타날 것이다. 그런 다음 이것은 경계를 넘어가는 인간 공동체에 대한 꿈으로 성장할 것이다. 앞에서 우리는 미래의 민주주의적 공동체로서 해체적이고 자기 한정적인 민주주의에 대해 언급하였다. 이미 성립한 공동체에 해체의 요구를 제시하는 것은 무엇인가? 그것을 추동하는 것은 바로 내 안에 존재하고 있는 보편성이 아니겠는가? 여기에서 잊지 말아야 할 것은 아마 이 보편성에의 충동이 그 지역적 실천에 뿌리박고 있다는 점일 것이다. 원초적 생존과 그것의 초월은 서로 맞서면서 하나의 순환 고리를 이루는 것일 터이다. 한정된 공동체, 그 안에서의 인간의 보편성의 인정 그리고 그것의 경계를 넘어가는 확대는 불가피한 과정으로 생각된다. 정치 공동체의 확인과 그것의 해체라는 모순은 정치와 보편적 휴머니즘을 분리시키면서 동시에 연결하는 핵심이라고 할 수밖에 없다.

그런데 여기에서 다시 한 번 주목할 것은 이러한 정치의 과정에서 보편성에의 초월이 하나의 중요한 계기를 이룬다는 점이다. 사람은 구체적인 상황 속에 있으면서 전체성 속에 있다. 이 전체성은 대상적으로 인식되어야 한다. 여기에서 일어나는 깨우침은 형이상학적인 것이다. 이것은 다시 인간의 보편적 유대를 확인하는 윤리적 인식이 될 수 있다. 그러나 이것을 보강하는 것은 전체성의 인식이 개체적 삶에의 반성이 될 때에 나타나는 인간의 유한성과 고통에 대한 깨우침이다. 그리고 이러한 인간의 자기실현과 고통에 있어서의 유대의 확인은 인간 전체에 대한 것이면서 개체적 인간에 대한 것일 수 있다. 이것은 좋든 싫든 인간 존재에 대한 형이상학적인 그리고 현실적이고 구체적인 깨우침에 관계되는 여러 지적 정신 작업의 중요성을 재확인하는 것이다. 물론 이것은 단순히 의식의 작업만을 의미하지 않는다. 그것은 현실적 삶의 과정에 깊이 관계되어 있다. 그것 없이는 많은 것이 공허한 그림자의 영역으로 떨어질 것이다. 이것이 보편적 인간 가치의 중요성에도 불구하고 정치의 모순에 끊임없이 대결해야 하는 이유일 것이다. 문학은 그 한 부분에서는 비록 의식과 언어의 영역에서 이루어지는 인간 활동이면서, 이 모든 것에, 즉 인간의 생존의 구체적 현실과 그 안에 들어 있는 초월적 지향에 깊이 관계되어 있는 인간 활동으로 말할 수 있다. 정치와 보편적 인간 가치는 적어도, 언어 시험이라는 차원에서 문학의 가장 중요한 관심사가 되지 않을 수 없다.

(2006년)

우리는 어디에 있으며 어디로 가야 하는가

경제, 정치, 문화, 환경의 오늘의 문제를 생각하며

국면의 전환: 삶의 평범성의 회복

그것이 궁극적으로 인간의 인간다운 삶을 위해서 무엇을 뜻하는 것이든지, 지금의 시점에서 우리 사회는 일찍이 우리 역사에서 보지 못하였던 에너지로 차 있다고 할 수 있다. 이러한 에너지는 물론 지난 수십 년 동안의 발전으로 인한 것이다. 그러나 그간의 발전과 그 업적은 일단의 고갯마루에 이른 듯하다. 그럼에도 불구하고 남아 있는 에너지는 새로운 일을 찾고 있는 느낌을 준다. 물론 새로운 일이란 그간의 일에 비슷한 일을 말한다. 그간에 이룩한 것은 경제와 정치 영역에서의 발전과 업적이다. 한국으로 하여금 소위 선진국 문턱에까지 이르게 한 그간의 경제적 발전 그리고 그에 이어 현대 사회에서 인류 전체가 지향하는 정치 형태로 생각되어 있는 민주주의의 쟁취는, 우리만이 자랑스럽게 여기는 것이 아니라 세계적으로 경탄하는 사실이다. 그럼에도 불구하고 세계적 수준에서나 우리의 자기 이해에 있어서 지금의 사회적 실상이 반드시 그동안 에너지가 집중되어 있던 일을 그쳐도 될 만한 상태에 있다고 할 수는 없다. 선진, 후진이라는 개념이 옳은 것인지 아닌지는 더 생각하여야 하겠지만 — 그리고 이것을 심각하게 생각하는 것은 참으로 가장 중요한 과제라고 할 수도 있지만, 우리가 세계적 선진국의 수준에 이르지 못하였다는 느낌은 틀린 것이 아니다. 여러 통계적인 자료는, 경제나 정치에서 계속적인 노력이 지속되어야 한다는 것을 말하고 있다. 그런 의미에서 경제 발전은 앞으로도 추구되어야 할 국가적인 목적이라고 할 수 있다. 이와 아울러 정치적인 측면에서도 민주주의 제도의 확충과 정착도 똑같이 추구되어야 할 목적이라고 할 수 있다.

그러나 이러한 목적들이 그전과 같은 속도로 또 방법으로 추구될 수 없다는 것도 확실한 것으로 보인다. 경제 발전을 설명함에 있어서 미국의 경제학자 월트 로스토(Walt Rostow)의 경제 발전의 다섯 단계설이 자주 인용되던 때가 있었다. 그것은 군사 정권의 산업 과정에서, 한국이 언제 농업 경제로부터 산업 경제로의 이행이 일어난다고 하는 소위 '도약 단계(takeoff stage)'를 통과하느냐 하는 것과 관련하여 이야기되곤 하였다. 이제 세계적으로나 우리나라에서나 로스토를 말하는 사람은 없지만, 경제 발전에 일정한 단계와 같은 것이 있는 것은 사실이라고 할 수 있다. 적어도 경제 발전의 속도가 그 초기에나 보다 성숙한 시기에나 같지 않은 것은 오늘날 구미의 선진 경제와 신흥 산업 국가인 중국이나 인도의 경제 성장의 지수만을 보아도 금방 알 수 있는 일이다. 지금 한국의 경제 성장의 느낌이 전과 같지 않은 것은 한편으로는 경제적 업적이나 정책에 있어서 오류로 인한 것이라고 할 수도 있지만, 다른 한편으로는 한국의 경제가 처해 있는 단계 — 성숙의 단계에 가까이 와 있다는 것을 말하는 것이라고 할 수도 있다. 필요한 것은 이러한 경제 성장의 속도 그리고 그 실질적 내용의 변화에 대한 확연한 인식이다. 정치와 경제에 있어서 같은 속도 그리고 같은 방식의 발전이 불가능한 것 — 또 바람직하지 않은 것은 분명하다. 이제 전체적인 국면의 전환이 있었다는 것을 알고 새로운 국면에서 무엇이 요구되는가를 생각하여야 한다.

이것은 기대를 재조정해야 한다는 것을 의미한다. 상승하는 기대를 낮추는 것은 어떤 경우에나 쉽지 않은 일이다. 현대에 와서 경제 성장은 정부의 정책에 의하여 조정되기 때문에 정부의 추진력에 따라서는 전과 같은 빠른 성장이 가능하리라고 생각되는 것은 자연스럽다. 더구나 근대화의 초기로부터 경제 발전은 정치적으로 강행되었던 것이었기 때문에 경제 성장을 위한 정부의 정책에 대한 요구는 더욱 큰 것일 수밖에 없다. 지금의 시점에서 발전에 대한 조바심은 과거의 다른 정치적 체험에도 관계된다. 경제 성장이 군사 정부의 강권에 의하여 추진된 것이라면, 민주주의의 체제의 수립은, 비록 힘의 방향은 다른 것이었다고 하더라도 경제 발전의 경우에 비슷한 또는 그보다도 더한 힘의 작용으로 가능한 것이었다. 정치 체제의 변화는 어떤 경우에나 권력 중심의 붕괴와 새로운 구성을 요구한다. 한국 정치의 민주주의에로의 이동도 혁명적인 변화를 거쳐서야 가능해졌다.(물론 다른 민주 혁명의 경우에 비하여 지불하여야 했던 희생이 지나치게 큰 것이 아니었던 것은 다행한 일이었다고는 하겠지만.) 혁명적 전환의 경험은 쉽게 천지개벽의 환상을 낳고, 느린 정치 과정에 대하여 짜증을 불러일으키게 된다.

현 정부의 경제·정치 정책을 어떻게 규정하여야 할 수 있는 것인지는 분명치 않다. 그러나 그것이 의도에 있어서 에너지를 줄이고 속도를 느리게 하는 것이라고 할 수는 없다. 그것은 대체로 군사 정권의 개발 정책의 모델을 이어받고 있다. 문제의 해결은 힘의 집중으로써 가능하다는 태도는 현 정부의 많은 정책의 특징이다. 《녹색평론》의 최근 호에서 우석훈 씨는 일관성 있게 포착하기 어려운 노무현 정책의 방향을 일관된 테두리 안에서 — 포디즘 또는 "강화된 신자유주의"라는 이름으로 종합한 — 알아

볼 수 있는 모양으로 분석하고 있다.[1] 이 정부의 경제 정책의 대표적인 것들은 "클러스터", 기업 도시, 경제 특구, 동북아 허브 계획, 균형 발전을 위한 국토 개편 계획 등등의 건설 토목 공사 계획들이다. 여기에 몇 개의 "신수종(新樹種) 생명 공학이나 디지털 산업이 추가되기는 하지만, 대체로 이것까지 포함해서 이들 산업 분야는 대대적인 "물량 투입" 그리고 "선택적 집중"을 요구하는 종류의 것들이다. 그리하여 정책의 기본 지향은 "저 먼 곳"이라는 경제 유토피아에 의해서 자원과 국민을 동원하는 소위 '동원 체제'에 비슷하다. 이데올로기에 대한 강조가 벌써 그러한 지향을 드러낸다고 할 수 있다. 동원 체제는, 물리적이든 심리적이든, 민족주의와 국가주의에 의하여 정당화된다.(민족의 자주성에 대한 강조에 못지않게 역사 파헤치기의 여러 계획들은 이데올로기적 동원이 이 정부의 중요 계획이라는 것을 말해 준다.)

이러한 체제에 대한 우석훈 씨의 진단은 준엄하다. 동원 체제는 "하루하루 먹고사는 삶"을 더욱 고달프게 하는 결과를 가져온다. 그중에도 자존하는 생태적 단위로서의 농촌에 대한 바른 정책의 결여는 궁극적으로 농촌의 파멸을 방치하거나 방조하는, 일관성 없는 "롤러코스터" 대책만을 생산한다. 그러나 거대 계획들의 가장 큰 약점은 그것이 겨냥하는 먼 곳의 경제 유토피아도 실현되기 어려울 것이라는 점일 것이다. 왜냐하면 그러한 계획들은 대량 생산 체제를 중심으로 발달하던 전 시대의 경제 정책으로서는 유효했을지라도 그러한 체제를 떠나가고 있는 지금의 세계 경제 체제 속에서는 실패할 수밖에 없기 때문이다. 이러한 우석훈 씨의 지적에 추가하여 우리는, 국내적으로도 한국의 경제나 사회가 이미 선택적 집중에 기초한 동원 체제로는 앞으로 나아갈 수 없는 단계에 이른 것도 정책이 빗나가는 주요 원인이라고 말할 수 있다. 저개발의 단계에서 사회나 경제

1 「노무현 정권의 경제 정책, 왜 실패할 수밖에 없나」, 우석훈, 《녹색평론》 2006년 1~2월호.

의 선택된 분야에 대한 집중은 전체를 부양하는 효과를 가져올 수 있지만, 보다 성숙한 단계에서 이미 이루어진 체제는 그러한 부양 효과에 쉽게 반응하지 않고, 오히려 그것을 거부하고 무효화할 가능성이 크다. 사회 체제는 선택된 거대 계획에 의하여 새로운 방향으로 움직이게 하기에는 이제 너무 큰 것이다. 농업 정책에서의 롤러코스터적 변화 또는 다른 정책들에서의 좌충우돌의 연속은 이러한 사정과 관계된다고 할 수 있다.

동원 체제 또는 집중적 물량 투입 계획의 지렛대를 이용한 변화는 박정희 시대의 사고의 습관의 연속으로 인한 것만은 아니라고 할 수 있다. 현 정부의 거대 계획과 이데올로기 선호는 집권 세력의 혁명적 배경을 말하여 준다.(박정희 시대도 그 나름의 혁명의 시기라고 할 수 있기 때문에 서로 방향은 다르지만, 두 시기를 다 같이 혁명의 시대라고 불러서 크게 틀린 것은 아니다.) 지금 그러한 거대 계획과 이데올로기에 문제가 있다면, 그것은 그 작용의 기제를 분명히 의식하지 않고 지나간 시대의 마음의 습관을 계속하고 있기 때문이라고 할 수 있다. 필요한 것은 혁명의 심리 치료이다.

모든 혁명은 — 특히 현대에서 그럴 수밖에 없는, 사회나 국민이라는 전체의 이름을 빌려야 하는 혁명은 모순의 과정이라고 할 수 있다. 그것은 개인적으로나 사회적으로나 에너지의 집중을 요구한다. 영웅적인 행동을 요구하는 것이다. 이것은 보통 사람의 평범한 삶의 많은 것이 부정된다는 것을 의미한다. 그러면서 동시에 그것은 보통 사람의 평범한 삶의 향상을 약속한다. 그런데 혁명의 성공으로 이것이 현실화되는 경우, 그것은 미래를 위한 에너지가 줄어드는 것을 의미한다. 변화를 추구하는 관점에서 이것은 견딜 수 없는 것이다. 혁명의 모순은 쉽게 극복될 수 없는 현실의 문제를 나타낸다. 현재의 삶의 충족은 모든 사람이 희망하는 것이면서 동시에 그것을 위하여서는 그 충족을 뒤로 미루고 미래를 위한 희생을 감수할 수 있어야 한다. 중요한 것은 이 두 가지를 균형 속에 유지하는 것이다.(물론 혁명의 문제는 순정한 것이면서 동시에 거기에는 권력의 문제가 개입되어 있음에 도 주의하여야 한다. 많은 사회 혁명은 정의의 이름으로 움직이지만, 순전한 권력의 투쟁이기도 하다. 혁명의 주요한 과제는 불가피한 권력의 집중을 어떻게 진정한 정의에 봉사하게 하느냐 하는 것이다. 20세기의 많은 혁명들에서 볼 수 있는 바 일단의 정치 체제의 변화가 있은 다음에도 되풀이되는 반혁명 투쟁, 계급 투쟁의 격렬함에는 이 두 가지 요소가 모두 관여되어 있다. 혁명에 수반되는 이데올로기 문제도 이러한 양면을 가지고 있다. 혁명을 위하여서는 사회는 전체로서 제시될 수 있어야 한다. 개념적으로 이 전체화를 수행하는 것이 이데올로기이다. 이것은 또한 사람들을 그 개인 생활로부터 전체로 나아갈 수 있게 하는 수사학으로도 기능한다. 그러면서 그것은 투쟁의 수사학이어야 하기 때문에 적대화의 이데올로기이어야 한다. 계급성이나 당성에 기초한 논리는 이 적대화 작용의 산물이지만, 이것은 쉽게 정당성 없는 자기 정당성의 주장으로 변질된다.)

한국의 현재를 이러한 혁명의 논리로 단순화하는 것은 옳지 않을 것이다. 그러나 혁명에 내재하는 모순의 도식이 이해의 틀로서 무의미한 것은 아니다. 한국은 두 개의 상반된, 그러나 그 중심적 동력을 같이하는 혁명을 경유하였다. 그 혁명적 동원의 열매가 경제 발전과 민주화이다. 경계해야 할 것은 혁명의 모순된 과정의 두 계기에서 하나를 잊어버리고 동원의 열광에 집착하는 것이다. 그러나 평범한 삶의 계기를 기억한다고 하더라도 바로 그것의 향상은 그러한 삶을 넘어가는 변화의 에너지를 요구한다. 그리고 그 에너지는 아직도 존재한다. 그 조바심을 어떻게 처리할 것인가? 되풀이하건대 중요한 것은 모순의 두 요인을 균형 속에 유지하는 것이다. 그러나 지금의 시점에서 더 중요한 것은 그중 현재적 삶의 중요성을 인정하고 변화의 에너지로 하여금 보다 적극적으로 현재의 삶 — 보통 삶의 평범한 삶의 충실화에 봉사하게 하는 것이다. 이것은 혁명의 모순으로부터 일체적인 삶의 과정 — 평범한 삶을 그것을 넘어가는 고양된 삶의 차원으로 끌어올리는 일체적 삶의 과정을 만들어 내는 것을 의미한다.

삶의 문화적 매개

서구의 근대성의 역사를 논하면서, 캐나다의 철학자 찰스 테일러는 근대성의 한 내용으로 "평범한 삶의 긍정"을 든 바 있다.[2] 평범한 삶이란 "인간의 삶에서 생산과 재생산에 관계된 부분, 즉 삶의 유지에 필요한 물건들을 만드는 노동과, 결혼과 가족을 포함하는 성적인 존재로서의 인간에 관계된 부분"을 말한다. 동양의 전통에서 익숙한 말로 표현하면, 생로병사(生老病死)라는, 인간의 생물학적인 토대에 관계된 일들을 말한다고 할 수 있다. 이 인간의 기본적이고 평범한 부분의 일을 정치적인 의제로 끌어올린 역사적 업적이 민주주의이다. 평범한 삶이라는 삶의 가장 원초적인 사실은 거대한 혁명적 전환을 통하여서만 정치 행위의 목적으로 인정될 수 있었다. 그런데 이러한 혁명적 전환을 이룩하는 영웅적 정치 행위의 모순 속에서, 위에서 말한 바와 같이 평범한 삶은 쉽게 부정될 수 있다. 그리하여 혁명의 완성에는 평범한 삶으로의 재전환이 필요하다. 이것은 혁명을 거의 원상으로 되돌려 놓는 것 같은 정치와 정책의 섬세한 조정을 요구한다. 정치와 경제의 전체를 삶의 평범하고 일상적인 필요에 맞게 조정해 나가야 하는 것이다. 그리고 되풀이하건대 그것은 혁명의 두 모순된 요인 가운데 두 번째의 것, 즉 평범한 삶의 중요성을 받아들이는 것을 말하지만, 이것이 저절로 이루어지기는 어려운 일이다. 혁명적 에너지, 영웅의 신화(이것은 사실 혁명을 떠나서 한국 전래의 남성의 신화이다.) 그리고 권력과 부의

---

2 Charles Taylor, *Sources of the Self*(Harvard University Press, 1989).

유혹이 이러한 재전환에 저항할 것이기 때문이다.

물론 이러한 저항에 정당한 이유가 없는 것은 아니다. 혁명적 정열의 포기는 구체제의 복귀를 허용하는 것과 같은 우려를 낳을 수 있다. 뿐만 아니라 평범한 삶의 확장이 혁명의 목적이라고 할 때, 그것을 보장하는 정치·사회 제도는 한 번의 결전(決戰)을 통하여 이루어질 수는 없다. 새로운 질서의 건설을 위한 노력은 계속되어야 한다. 그러나 그것은 영웅적 결단보다 한편으로 큰 비전을 잃지 않으면서 다른 한편으로 오랜 작은 노력의 지속으로 그에 접근하는 것이어야 한다. 그리고 그 결과물은 지금의 현실에서 거의 구질서의 되풀이라는 인상을 줄 수 있다. 그것은, 한국의 민주혁명을 움직인 착잡한 동기와 목적들에도 불구하고 지금의 세계에서 결국 어떤 유토피아적 사회의 실현이 아니라, 다분히 혁명적 파괴의 대상이 될 수도 있었을 자유주의 경제 체제의 실현에 수렴되어야 하는 것으로 보이기 때문이다. 그러나 민주주의의 건설은 계속되는 수밖에 없는 것일 것이다. 그것에는 건곤일척의 혁명에 필요한 것보다도 더 깊고 날카로운 현실 인식과 도덕적 결단이 필요하다. 혁명적 영웅주의는 아니더라도 그 이상주의가 포기되는 것은 아니다. 그것은 다른 형태로서 계속되는 영구 혁명이 되어 마땅하다.

혁명적 동기의 중요한 부분은 보다 나은 삶의 기회의 불평등함에서 나온다. 평범한 삶의 긍정과 확장은 이 기회의 평등화를 위하여 계속될 수 있다. 정의를 위한 투쟁은 여전히 유효하다. 그러나 정의는 삶의 모든 것을 포용할 수 있는 최종적인 이념일 수 없다. 그것은 흔히 원한과 질투와 경쟁심리 그리고 분노와 폭력에 이어진다. 많은 경우 정의의 이데올로기는 이러한 충동을 충족해 주는 적대화의 수단이 된다. 그러나 정의가 진정으로 공동체적 유대의 형성에 봉사하기 위해서는 그 심리적 동기를 원한으로부터 사랑으로 이행할 수 있어야 한다. 이보다 더 필요한 것은 그것이 관용에 이어지는 것일 것이다. 그것은 어느 정도는 정의를 포기하는 것을 의미한다. 그렇다는 것은 자신의 정의에 대하여 다른 사람의 정의를 포용하는 것이 보다 높은 정의의 단계이기 때문이다. 궁극적인 정의는 모든 사람을 그들의 정의로 긍정하고 그들을 수단이 아니라 목적으로 대하는 것이다. 어떤 경우 그것은 원한만이 아니라 사랑의 유대까지도 넘어서야 한다. 사랑도 자율적 존재로서의 사람의 위엄을 손상할 수 있기 때문이다. 이것이 긍정되는 평범한 삶의 궁극적인 의미이다.

그러나 그것이 개인적인 삶—자기중심적인 야욕에 불타는 개인의 자유방임의 삶을 긍정하는 것과 같은 것은 아니다. 그것은 이상적으로 말하건대 윤리적 공동체에 의하여 완성을 말한다. 물론 이러한 공동체가 현실로서 실현될 수 있는지는 분명치 않다. 인간의 현실에 "목적의 왕국"으로서의 인간 공동체를 불가능하게 하는 요인은 너무나 많다. 이것을 규제하기 위해서는 다시 여러 가지 방법이 생각될 수 있을 것이다. 도덕적 명분의 테러의 활용은 어떤 사람이 생각하는 수단의 하나이다. 여기에 국가 권력이 동원될 수 있다. 어떤 경우에나 사회 질서에는 규제가 없을 수는 없다. 그러나 이것이 모든 인간의 보편적 권리를 존중하면서 동시에 사회의 원활한 질서를 보장하는 입법을 통하여 이루어질 때, 이러한 규제는 개인의 존엄과 사회의 필요의 갈등을 최소화하는 것일 것이다.

그러나 개인의 존엄성과 사회의 조화는 규제 이상의 것을 바탕으로 하여 비로소 현실이 되고 인간적 행복을 증진하는 것이 될 것이다. 전통적으로 평범한 사람의 평범한 삶은 흔히 경멸의 대상이 되었거나, 기껏해야 너그럽게 보아야 하는 인간적 약점이 되었다. 앞에 언급한 테일러의 평범한 삶의 긍정은 이 약점에 대한 가치 평가의 전환을 거쳐서 가능하였다. 그가 말하고 있듯, 서양 사상사에서 삶의 두 수순에 대한 구별로서 대표적인 예는 아리스토텔레스에서 찾을 수 있다. 아리스토텔레스는 단순한 "삶(zen)"

과 "좋은 삶(euzen)"을 구분한다. 목숨을 유지하는 데에 필요한 여러 가지 일은 노예나 동물도 종사하는 일이다. 이 "삶"만으로는 사람의 사람다움이 완전히 실현될 수 없다. 이 단순한 "삶"에 대하여 보다 높은 삶—좋은 삶은 도덕적 자기 수련의 삶, 진리의 탐구의 삶이고 정치와 입법 과정을 통해서 공동선을 추구하는 삶이다. 정치 공동체(polis)는 이러한 목적을 실현하는 인간의 연대를 말한다. 경제와 방어를 목적으로 하는 사람들의 연합은 진정한 의미에서의 정치 공동체가 아니다. 그러나 서양의 근대적 발전은 "삶"에 대한 "좋은 삶"의 우위의 전도를 가져왔다. 그리하여 "좋은 삶"은 단순한 "삶" 안에 위치하게 되었거나, 그에 의하여 대치되었다. 그러나 이것이 반드시 좋은 삶의 이상을 부정한 것이라고 할 수는 없다. 위계의 전도는 오히려 단순한 "삶"에서 "좋은 삶"의 가치를 발견하게 된 과정이라고 할 수 있는 면이 있기 때문이다. 평범한 삶의 긍정에는, 테일러의 역사관에 따르면, 과학과 상공업의 발달 그리고 민주 혁명 등이 작용한 것이지만, 그에 못지않게 개인의 삶에서 영원한 영적인 의미를 인정한 기독교, 특히 개신 기독교의 영향도 중요한 역할을 담당했다. 평범한 삶에서 곧 좋은 삶 그 자체는 아니지만, 좋은 삶의 가능성을 본 것이다. 다만 그 후의 역사의 발전은 이 사실을 불분명하게 했다.

삶이 끊임없이 좋은 삶을 향하여 스스로를 넘어가는 경향을 가지고 있다는 것은 하필 서양사의 사건이라고만은 말할 수 없다. 아리스토텔레스에게 정치 공동체에 참여하는 것은 좋은 삶을 향한 발돋움의 표현이었다. 앞에서 말한 혁명적 정열도 비슷한 관점에서 생각될 수 있다. 물론 앞에서 비친 바와 같이 정치적 정열, 혁명적 에너지에는 원한이나 질시 또는 사회적 인정 경쟁이 개입되기 쉽다. 또는 단순히 영웅적 행동의 숭배는 쉽게 반사회적인 무법자 숭배에 일치하고, 보통 사람의 삶 그리고 그것이 가지고 있는 좋은 삶의 가능성을 부정하는 것이 될 수 있다. 또는 다른 한편으로 삶은 좋은 삶을 향한 초월의 충동을 완전히 잃어버릴 수도 있다. 그것은 삶의 유지 자체가 문제가 되는 빈곤 또는 다른 위기의 상황에서 그리고 탐욕의 사회적 경쟁만이 유일한 삶의 동기가 되는 상황에서 쉽게 일어날 수 있는 일이다. 도덕적 수사학의 외침 소리가 드높아지는 것은 이러한 상황에서이다. 또 거기에서 다시 사회 변혁을 위한 정열이 분출하게 되는 것도 당연하다. 좋은 삶을 향한 충동은 여러 부분적인 형태로 또는 뒤틀린 형태로 존재하게 마련인 것이다.

문화는 삶과 좋은 삶의 균형을 바르게 유지하려는 인간의 자연스러운 의지의 표현이라고 할 수 있다. 물론 이 문화에 있어서 어떤 도덕적 기준이 우위에 있어야 한다는 것은 문화의 건강을 위해서 필요한 일이다. 균형과 일체성을 향한 지향, 그것은 곧 "좋은 삶"에의 지향이고, 거기에서 윤리 도덕은 하나의 분명한 기준이 되기 때문이다. 그러나 균형이나 일체성은 단순한 도덕이나 도덕의 격률을 보장할 수 없다. 그것은 훨씬 더 많은 삶의 부분의 조화를 요구한다. 그러한 문화가 어떻게 성립하고 유지될 수 있는가? 쉽게는, 되풀이하건대 도덕과 윤리를 강화하는 모든 방책을 취하는 것이 그러한 문화에 이르는 첩경이라고 할 것이다. 그리고 이 도덕으로 민족을 지상으로 하는 집단적 도덕이 있을 수 있고, 전통적 유교의 사단(四端)이나 삼강오륜을 생각할 수도 있고, 또는 아리스토텔레스의 사회적이면서도 보다 개인주의적인 덕성들 — 용기, 절제, 관대, 진실성 등을 말할 수도 있다. 그러나 그것이 어떠한 것이든지 간에, 도덕과 윤리가 단순히 일방적 교시를 통하여 확실한 것이 될 수는 없을 것이다. 교시는 차치하고라도 교육의 경우에도 사람을 가르친다는 것은 사람의 자율성에 대한 침해가 됨으로써 도덕과 윤리의 근본으로서의 자율성을 파괴하는 행위가 될 수 있기 때문이다. 이러한 자가당착을 막을 수 있는 것은 오로지 교육받는 자의 자발적인 동의를 통하여서이다. 교육은 이 동의의 힘을 기르는 것을 말한다. 동의는 스스로 그 진리를 깨닫는 것을 말한다. 아리스토텔레스가 좋은 삶의 조건으로서 진리의 관조를 포함한 것은 공연한 것이 아니다. 사물에 관한 진리는 스스로 깨달음으로써만 내 것이 된다. 진리는 보는 순간 달리 생각할 수 없는 강박성을 가지고 있다. 도덕적 진리도 이러한 진리로서 깨달아질 때에 비로소 필연이면서도 자유로운 동의의 내용이 된다. 물론 이러한 진리가 광신의 신조가 될 위험도 생각하여야 한다. 중요한 것은 진리가 삶의 여러 가능성의 통합으로서의 문화적 의식 속에 존재한다는 것이다. 이것을 담보하는 것은 진리를 관조하는 마음의 유연성과 개방성이다. 한 사회의 문화는 여기에 대한 대응물의 총체이다. 그러나 되풀이하건대 이러한 문화가 제도적으로 어떻게 가능한가는 쉽게 답할 수 없다.

환경적 제약과 환경에의 귀의

사회의 윤리와 도덕과 문화의 강조가 맨 처음에 말한 경제와 정치, 그중에도 경제적 추구를 불필요하게 하는 것은 아니다. 군사 정권의 문제점이 무엇이었든지 간에 또는 다른 부정된 정책이 어떤 것이었든지 간에, 그 업적의 하나가 경제의 근대화이고, 그 이후의 민주화가 그 경제 근대화에 기초하여 이루어질 수 있었다고 하는 견해는 크게 틀린 것이 아니라고 할 것이다. 그런데 경제 발전이 민주화를 가능하게 하였다면, 도덕적 기준의 향상, 문화의 발전도 그에 덩달아 일어난 면이 있는 것을 부인할 수 없다. 좋은 삶의 추구에는 경제와 정치 또는 경제의 발전이 필수적인 것은 틀림이 없다. 그리고 어떻게 보면 경제의 성장이야말로 좋은 삶을 가능하게 하는 근본 동력이라고 할 수 있다. 자유와 평등, 인권, 정부 행정의 민주화, 약한 자에 대한 배려, 동물과 생태계 보호에 대한 의식 등 — 이러한 도덕적 기준의 향상에 관계되었다고 할 여러 사항에 대한 의식이 공론화된 것은 경제 성장의 이후였다. 물론 이와 함께 다른 한편으로 부정적인 효과가 늘어난 것도 사실이다. 경제의 신장은 국가적으로나 개인적으로나 경제 만능주의를 가져왔다. 탐욕과 무한 경쟁이 조장되고, 그것이 지고의 가치가 되고, 그에 따라 인간 공동체의 파괴, 생태계의 혼란 등이 일어난 것은 그 중에도 두드러진 것이다. 그러나 전체적으로 볼 때, 도덕적 고려가 경제적 성장이 가져온 여유 속에서 움직일 수 있게 된 것은 사실이라고 할 수 있다. 그렇다면 경제 발전의 추구 — 그리고 그것을 촉진하는 또는 그것을 공동체의 요구에 맞게 변주하는 — 공생적으로 또는 대항적으로 변형하는 정치의 발전은 계속 추구되어야 할 목표로 생각할 수 있다. 그러나 그것이 다른 삶의 조건들에 의하여 조정됨이 없이 무한히 추구될 수 있는 것이라고는 말할 수 없다. 이것은 그러한 추구에서 일어나는 작은 범위의 부정적인 효과 때문만은 아니다. 또는 이것은 경제보다는 좋은 삶이 중요하다는 것만을 말하는 것이 아니다. 설사 부정적인 작용들을 억제하는 것이 가능하다고 하더라도 그러한 도덕적 향상이 물질적 풍요를 조건으로 한다면, 그 기반의 취약함을 실로 우려할 수밖에 없는 것이라고 해야 할 것이다. 그렇다면 그것은 아마 곧 불가능한 것이 될 것이다. 이미 많은 사람이 우려를 표하고 있듯이, 무한한 경제 발전은 지구의 물리적 환경이 허용할 수 없는 것이기 때문이다.

대체적으로 말하여 지금 선진 사회라고 말할 수 있는 사회들이 전체적으로 안정된 삶의 질서를 누리고 있는 것은 사실이다. 그 사회들의 가장 큰 국가적인 관심은 경제 성장이다. 그것은 물질적 번영에 대한 무한한 욕망 때문이라고 할 수도 있고, 아니면 그것이 그들 사회의 선진적인 성격을 유지하는 보장이 되기 때문이라고 할 수 있다. 어느 쪽이든지 간에 그것이 도대체 가능한 것인가? 미국의 시인 게리 스나이더는 사람이 일정한 성숙 상태에 이르면 성장을 정지하는 것이 정상인 것처럼, 성숙한 사회는 성장이 그친 상태에 있는 것이 정상적이라고 말한 일이 있다. 그것이 어쨌든지 간에 선진 사회도 경제 성장을 계속 추구하여야 한다면, 그것은 제한된 환경적 조건을 가지고 있는 지구가 견딜 수 없는 일일 것이다. 캐나다의 생태학자 윌리엄 리스(William Rees)와 마티스 웨커네이걸(Mathis Wackernagel)은 "생태적 발자취(ecological footprints)"라는 개념으로 사람과 지구 환경의 관계를 계량해 보고자 했다. 사람이 사는 데 필요한 식량, 물, 건축 자재, 기타 소비재와 그 생산에 필요한 지구 자원을 지구 표면의 면적으로 계산하고 이를 지수화하여 산출한 것이 생태적 발자취의 지수이다. 이러한 계산법에 따르면 인류는 지금도 이미 1.3개의 지구가 필요한 정도의 생활을 영위하고 있는 것으로 계산된다. 물론 이 지수는 평균치로서 선진국과 후진국 사이에는 큰 차이가 있다. 후진국은 대부분 이 지수에 미치지 못하지만, 미국 캘리포니아 주의 생활 수준을 유지하는 데에는 13개 정도의 지구가 필요하다.[3] 한국의 생태 발자취의 지수는 얼마가 될는지 알 수 없으나 부분적인 계산으로도 지구 평균의 두 배 이상이 될 것으로 생각된다. 그렇다면 선진국에서는 물론 한국에서도, 지구 전체의 고른 발전을 생각할 때, 물질적 풍요의 무한한 추구가 불가능할 것임은 분명하다. 지구 환경의 관점에서 경제 발전의 이상은 곧 빠져나올 수 없는 딜레마에 빠지게 되어 있다고 할 수 있다.

그렇다고 지금의 시점에서 경제 성장의 추구를 포기할 수는 없을 것이다. 이러한 상황에 대비하여 필요한 것이, 그것도 다가오는 위기를 이리저리 피해 보는 일시적인 전략에 불과하기가 쉽지만 장기적인 전략이다. 소위 지속 가능한 발전의 환경적 제한을 고려한 것이다. 그러나 이것도 지구

---

3 Augustin Berque, "日本の住まいにおける風土性と持續性",《日文研》, 2500, no. 34.

의 자원과 환경의 절대적인 한계를 생각할 때, 풍요의 계속적인 증대를 약속해 주는 것이기는 어려울 것으로 생각할 수 있다. 새로운 과학 기술이 최소한의 발자취를 남기는 방법을 발견할 것으로 기대해 볼 수도 없으나 그것도 자원의 사용이 불가피한 것인 한 일정한 한계를 가질 수밖에 없다. 경제와 사회 발전의 장기적인 비전은 이러한 것을 모두 종합한(이것도 임시방편의 성격을 갖는다고 할 것이나) 균형 있는 자원 사용의 방법을 연구하고 자연환경과의 면밀한 조정을 꾀하는 것이어야 할 것이다. 동시에 여기에 수반되어야 할 것은 인간의 욕망의 조절과 절제이다. 급진적인 환경론자들이 말하는 것처럼, 인간의 삶은 재생 가능한 에너지를 기본 동력으로 하던 산업화 이전의 삶으로 돌아가는 도리밖에 없을는지 모른다. 그 경우에도 이미 토지와 인구의 비율이 그러한 복귀를 불가능하게 한다고 할 수도 있지만, 산업화 이전의 삶으로의 복귀는 인구의 재조정도 포함하는 것이 되어야 할 것이다. 그러나 이러한 복귀가 일어난다고 하더라도 그것은 환경친화적인 과학 기술을 포함하여 새로운 지구가 제공할 수 있는 삶의 기회에 대하여 고도한 의식을 갖추고 있는, 한 단계 높은 복귀가 되기는 할 것이다.

이러한 이야기들은, 지금의 발전적 에너지가 넘치는 시점에 있어서, 가정의 세계 — 너무나 분명한 확실성을 가지고 있으면서도 팽창적 정신이 지배하는 지금의 시점에서는 사변의 세계에 속하는 것이다. 그러나 확실한 것은 경제에서이든 정치이든 앞으로 이루어야 할 목적으로 말해야 한다면, 그것은 환경에 대한 고려 — 오늘의 환경만이 아니라 미래의 한계 상황에서 벌어질 환경적 조건을 고려하는 것이라야 할 것이다. 미래의 에너지와 살 만한 환경에 대한 고려가 없는 발전의 계획이 오래 지속될 리가 없는 것이다. 국가의 계획에는 어디엔가 이것이 개재되지 아니하면 안 된다.

그렇다고 하여 자연에 대한 고려가 반드시 마지못하여 필요를 받아들이는 것을 의미하지는 아니한다. 설사 인간의 삶이 원시적인 자연으로 되돌아간다고 하여도 그것은 삶이 반드시 궁핍하고 불행한 것이라고 할 수는 없다. 자연환경과의 교환은 단순히 엄격한 주인의 가혹한 억압에 굴복하는 것이 아니라 자기 자신으로 되돌아가는 것이다. 결국 인간은 본래부터 자연의 아들이다. 자연에 귀를 기울이는 것은 자신의 어머니의 말에 귀 기울이는 것과 같다. 여기에서 들을 수 있는 것은 매우 실용적인 것이기도 하고, 삶의 신비한 깨달음에 이르는 것이기도 하다.

사람이 꽃과 나무 또는 산과 물 그리고 맑은 하늘을 보고 아무런 대가 없이 기쁨을 느끼는 것은 어쩐 일인가? 이것을 설명할 수 없는 심미적 즐김으로만 말하는 것은 매우 피상적인 관찰이다. 심미의 근본도 인간 존재이다. 거기에는 실용과 실용을 넘어가는 일체성이 있다. 그 연관을 분명히 밝힐 수는 없어도, 우리는 위에 열거한 자연의 모습들이 맑은 공기와 지형의 증표인 것을 본능적으로 안다. 마술과 실용성을 겸한 풍수지리와 같은 것은 이 두 가지를 연결하는 노력의 소산이다. 도시의 혼란 — 아노미와 범죄는 단순히 사회적인 또는 심리적인 원인으로 인한 것인가? 그보다는 부자연스러운 인공물과 사람들의 밀집에 책임이 있는 것은 아닌가? 오늘의 대도시는 자연 속에 존재하던 전통적인 삶의 한계를 지나치게 넘어가는, 부자연스러운 사물과 인간의 집합체이다. 또는 우리가 그렇게 느끼는 것은, 진화의 역사에서 인간은 신체적 감각으로 알아볼 수 있는 토지 형태와 범위 그리고 사람의 집단에 익숙해 온 때문일 것이다. 도덕의 문제도 이러한 한정된 토지에 거주하는 것에 밀접한 관계가 있다고 할 수 있다. 정직과 친절, 이웃에 대한 고려 등은 작은 자연 공동체에서는 도덕적 화두로서 등장할 필요도 없는 인간 행동의 속성이다. 그것은 생활권에 대한 본능적인 인식 속에 용해되어 있는 자연스러운 인간의 태도에 불과하다. 지형물의 전모를 감각적으로 인지할 수 있게 하는 지표도 없고 아무런 유기적 대물·대인 관계가 없는, 무표정한 건물들과 익명의 사람들만이 군집하는 대도시 — 그것도 추상적인 인지라도 가능하게 하는 계획된 도시 도안도 없는 제3세계의 대도시들이 범죄와 빈곤과 비참함의 온상이 되는 것은 너무나 당연하다. 거대 계획을 만드는 사람들은 인간이 가장 실용적인 의미에서 땅의 존재라는 것을 잊어버리기 쉽다.

그러나 지구의 자연이 사람에게 하는 말은 물질적인 자원의 한계 그리고 실용적인 관점에서의 인간의 거주의 생태적 조건에 관한 이야기만은 아니다. 자연에서 물질을 넘어 존재의 신비를 발견하는 '깊이의 생태학'의 주장은 틀린 것이 아니다. 지구 환경은 물질 자원 이상의 것이다. 물론 이것은 오랫동안 인간을 위안해 온 철학과 시가 말하여 오던 것이기도 하다. 오늘의 정치는 어느 때보다도 이러한 자연의 시적 의미, 존재론적 의미에 대하여 귀를 기울일 줄 알아야 한다. 그러나 이것을 가능하게 하는 문화는 쇠퇴 일로에 있다. 그리고 오늘을 가득 채우는 에너지 — 거대한 계획에 — 거대한 삶의 비전과 세심한 실행 계획이 아니라 거대한 그러면서 삶의 단편화에 귀착하는 계획들에 사로잡힌 경제, 정치의 과도한 에너지는 자신을 겸허하게 가지며 침묵 속에 숨어 있는 말에 귀 기울이는 습관을 잊어버린 지 오래이다. 그러나 사람이 돌아가야 할 곳은 결국 자연이며 그것이 말하여 주는 존재의 쓸모와 깊이 그리고 지혜이다. 지금 허공에 떠도는 거대한 에너지가 궁극적으로 또는 우회적으로나마 이것에 이어질 때, 비로소 삶과 좋은 삶은 실현 가능한 것이 될 것이다.

(2006년)

오늘의 세계의 두 문화

버지니아 공대의 참극을 생각하며

보도를 보면, 2007년 4월 17일에 버지니아 공과대학에서 일어난 엄청난 참극의 희생자를 추모하는 행사에 부시 대통령과 수천 명의 학생과 시민이 참석하여 애도했다고 한다. 우리도 이 애도를 함께하는 것이 마땅하다. 이 사건이 한국 출신 학생이 저지른 것이었다는 사실은 희생자와 그 가족의 슬픔에 대한 우리의 책임을 더욱 깊이 느끼게 한다.

이 사건과 관련하여 재미 한국 이민자의 안전을 우려하기도 하는데, 그것이 크게 걱정할 만한 것은 아닐 것이다. 그러나 미국에서나 세계적으로나 이 사건이 한국의 이미지를 손상할 것임은 틀림이 없다. 《뉴욕 타임스》는 버지니아 공대에서 가르치고 공부하던, 미국, 루마니아, 페루, 퀘벡, 인도, 중국 등 여러 나라 출신의 교수와 학생들이 한 한국 태생의 학생 손에 목숨을 빼앗겼다고 보도하고 있다. 《프랑크푸르트 알게마이네 차이퉁》은 이 사건과 관련하여 황우석 사건, 여중생 탱크 치사 사건과 관련된 반미 시위, 스포츠 열기, 1982년 희생자 58명을 낸 경남 의령의 경찰관 민간인 살해 사건 등을 상기하고 있다. 한국인의 성급함, 집단주의, 과격성 등을 기억해 내는 것으로 보인다. 이 신문은 그간 계속적으로 한국에 대한 보도를 확대해 왔다. 거기에는 한국이 문명 세계의 다른 나라와 같은 정상적인 국가라는 전제가 들어 있었다. 이 사건을 계기로 이 전제가 달라지는 듯한 인상을 준다.

여덟 살에 이민하여 그 후 15년을 미국에서 성장하고 교육을 받은 청년을 한국인이라는 관점에서 이야기하는 것이 옳은 일인지는 확실하지 않다. 그러나 국내 신문은 물론 외국의 신문도 그러한 점을 부각시키는 감이 있어서, 이것을 피할 수는 없을 것이다. 이 사건에 두 이질적인 문화의 간격에 사로잡힌 한국 이민자의 문제가 끼어 있는 것은 틀림이 없다. 우리로서는 희생자와 함께 가해자가 처했던 어려움에 대하여서도 동정을 느끼지 않을 수 없다.

이번 사건을 이해하려면, 사건을 일으킨 조승희 군의 동기를 알아야 할 터인데, 그것을 분명히 알 수는 없다. 다만 처음에 수수께끼였던 것이 이제는 조금씩 풀려 가는 느낌이다. 처음에 나온 보도에 의하면, 그를 집단 살인의 엄청난 범행을 저지르게 한 직접적인 동기는 사귀던 여자 친구가 그를 배반하고 다른 연인을 가지게 된 것에 대한 분노였다고 한다. 그 이후 보도는 이것이 별 근거가 없는 것이라는 설을 내놓았다. 그보다 남학생이든 여학생이든 전혀 사귀는 친구가 없는 외톨이였던 것이 문제점이었던 것으로 이야기된다. 그의 심리적인 문제를 이야기하는 다른 보도는 영문학과 학생이었던 그가 문예 창작반에서 썼던 작품들이 극히 어두운 내용을 가진 것이었다는 점을 들추고 있다. 작품의 하나는 젊은 주인공이 자기 친아버지를 죽였다고 믿는 의붓아버지를 살해하는 내용의 것이라고 한다. 창작반의 지도 교수는 그가 제출하는 작품들이 너무나 폭력적이고 병적인 내용을 담은 것이어서, 그 사실을 학과장에게 보고하고 이 학생을 계속 가르쳐야 한다면, 자신이 사표를 내는 수밖에 없다고 했다고 한다. 창작반 교수 니키 조반니(Nikki Giovanni)는 널리 알려진 흑인 시인이다. 그녀의 시에는 가난과 인종 차별의 문제를 다룬 것이 적지 않다. 조 군의 작품 내용이 어지간한 것이었다면, 조반니 교수는 그렇게 놀라지 않았을 것이다. 또 다른 사실들이 그의 마음 상태를 드러내 준다. 공책에 쓰인 글에, "돈 많은 애들", "퇴폐", "젠체하는 사기꾼들"과 같은, 버지니아 공대 학생들을 타매하는 말들이 있고 "이런 놈들을 죽이지 않을 수 없다."라는 말이 있다고 한다.

단편적인 보도들로 하나의 가상적인 투시도를 만들어 보면, 그는 여자 친구에 배반당했다고 생각하고, 그것을 버지니아 공대 또는 미국 사회 전체의 도덕적 부패의 책임으로 돌렸다고 할 수 있다. 그러나 이러한 내밀한 인간관계는 크게 중요한 것이 아니라고 할 수도 있다. 확실한 것은 그가 미국 사회를 부도덕한 것으로 규정하고 그것을 징벌하여야 한다고 생각한 것이다. 이 글을 쓰고 있는 중 들어온 소식은 이러한 생각이 일시적인 발작 상태에서 일어난 것이 아니라 오래 마음에 지녔던 것이라는 증거가 드러난다는 사실을 전한다.

그러나 여자 친구와의 관계를 완전히 배제할 수는 없다. 사회가 한 사람의 행동과 삶의 궤적에 대하여 안다는 것은 극히 힘든 일이다. 그의 행동 방식 자체는 한 사람의 배반과 사회를 연결시킨 결과와 별반 다르지 않다. 그의 생각에 크게 잘못된 것은 — 그의 생각을 심각하게 취한다고 할 때 — 사회 전체에 대한 판단과 느닷없는 사람들을 하나의 인과 관계로 묶어 놓은 것이다. 오사마 빈 라덴이 부시를 대통령으로 선출한 책임을 물어 미국인은 누구든지 살해하는 것이 정당하다고 한 것처럼, 그는 전체 상황에 대한 결론으로 일정한 개인들의 생명을 빼앗는 것이 정당화된다고 생각하였다. 그의 팔에 쓰여 있던 '이스마일'은 허먼 멜빌의 『모비 딕』에서 침몰한 포경선 피코드호에서 유일하게 살아남은 선원 '이슈밀'일 수 있다. 피코드는 흔히 자본주의 기업을 상징하는 것으로도 해석된다. 조 군은 이 배가 침몰할 때, 유일하게 살아남은 이슈밀 또는 이스마일에게 자신을 비교한 것일까?

이러한 연관보다 중요한 것은 그의 망상의 한 뿌리가 분명 경직된 도덕주의에 있다는 사실이다. 버지니아 공대생이나 미국을 도덕적 타락이라는 눈으로 보게 하는 관점은 이미 그의 가정적 배경에 들어 있었다고 할 수 있다. 그의 아버지는 한국의 가난을 탈출할 목적으로 미국으로 이민하여 세탁소를 경영하여 생활의 기반을 잡고 아이들을 좋은 학교에 보내는 데에 성공한 건실한 생활인이다. 그것은 희생과 피나는 노력의 결과였을 것이다. 조 군은 이러한 집안에서 이미 엄숙한 인생철학을 습득하였을 것이다. 기숙사 동료들의 말로, 그는 으레 저녁 9시에 자리에 들고 아침 5시면 일어나 컴퓨터 앞에 앉았다고 한다. 그에게 다른 학생들의 생활은 돈과 퇴폐와 거짓의 생활로 보였을 수 있다. 그러나 마음에 갈등이 없는 것은 아니었던 것 같다. 아버지 살해를 내용으로 한 그의 연극은 아버지의 권위를 벗어나고 싶은 무의식적 욕구를 표현한 것이라 할 수 있다.

실용적 도덕주의는 한국 이민의 태도 일반에서 발견된다. 영국에서 이민하여 미국에 정착한 작가 조너선 레이번(Jonathan Raban)의 책에 『가슴아픈 씨(氏)를 찾아서』라는 미국 견문기가 있다. 거기에는 이민해 온 한국인 이야기들도 들어 있다. 그가 만난 한국인은 조금도 한눈을 팔지 않고 일하고 돈을 버는 일에 모든 것을 바치는 사람들이다. 그는 이민자들 가운데 한국인이야말로 기독교의 노동 윤리와 17세기 영국 이민의 청교도주의의 후계자들이라고 말하고 있다. 한 한국인 목사는 미국을 쾌락과 오락과 유혹의 나라라고 규탄하고 그의 사명은 한국 이민들이 이러한 미국의 부패에 물들지 않게 하는 것이라고 말했다. 어느 성공한 사업가는 자기 딸이 미국인과 결혼하게 되는 것을 크게 걱정하고 그런 경우 딸을 죽여 버리겠다고 말한다. 레이번은 미국 사회를 별로 고운 눈으로 보지 않는다. 책 제목의 '가슴 아픈 씨(Mr. Heartbreak)'는 미국을 근면하고 성실한 자작농의 낙원으로 그린 18세기의 프랑스인 여행자 크레브쾨르의 이름의 뜻을 풀어놓은 것이다. 오늘의 미국에는 크레브쾨르가 그린 농부보다는 가슴을 아프게 하는 사람이 많다. 그렇다고 해서 레이번이 일과 돈과 편견과 독선에 사로잡힌 한국 사람들을 곱게 보는 것은 아니다.

시야를 조금 넓혀 볼 때, 미국 사회를 부정적으로 봄으로써 자기를 정당화하고 방어하고자 하는 사람들은 한국인만이 아니다. 이슬람 근본주의의 현대적인 시조로 간주되는 사이드 쿠틉의 정신적 각성은 그의 미국 견문에서 시작되었다. 그는 1948년부터 1950년까지 미국에 유학하고, 미국이 여러 가지로 부패한 나라라는 판단을 내린다. 세속적인 광고 전략을 사용하는 데 서슴이 없는 미국의 기독교 교회와 젊은이들의 문란한 성 윤리는 그것을 입증하는 중요한 근거였다. 본국 이집트로 돌아간 다음, 그는 이슬람형제동맹을 창설하여, 오늘날의 이슬람 근본주의 — 그리고 그가 의도한 바는 아니지만, 그 연장선상에서 — 테러리즘의 정신적 토대를 놓았다.

소위 후진국의 사람들이 미국을 비롯한 선진국을 도덕적으로 부패한 나라라고 보고, 선진국 사람들이 후진국 사람들을 편협한 도덕주의에 빠져 인간성을 잃어버린 사람들이라고 보는 것은 오늘의 세계에서 쉽게 볼 수 있는 자기방어 이데올로기이다. 이러한 시각이 많은 단순화와 모순을 포함한 것임은 말할 필요도 없다. 도덕적 부패나 편협한 도덕주의가 어느 쪽에 더 많은지, 그리고 제국주의의 오만과 그 피해자의 왜곡된 심리 중 어느 쪽이 더 사태를 보는 눈을 뒤틀리게 하는지를 정확히 가려내는 일은 쉽지 않다. 그렇기는 하나 사실과 심리의 왜곡이라는 문제를 떠나, 개인이나 국가가 일정한 정신적 기율이 없이 오래 살아남을 수 없고, 편협한 도덕주의가 사람의 삶에서 관용과 평화를 빼앗아 가는 것은 틀림이 없다.

한국인은 지금의 시점에서 이 두 가지 이데올로기의 모순 속에서 심리적·사회적 갈등을 가장 강하게 겪고 있는 국민인 듯하다. 조승희 군의 정신 착란 또는 망상은 이러한 갈등에 관계되어 있다고 할 수 있다. 오늘의 세계에 존재하는 여러 현실적 모순과는 별도로, 이러한 부질없는 이데올로기적 갈등에서 벗어나는 것은 한국인이 당면한 시급한 과제의 하나라 할 수 있다. 물론 그것은 세계의 모든 사람 앞에 놓인 세기의 과제이기도 하다.

(2007년)

투쟁적 목표와 인간성 실현[1]

플라톤의 이상국은 지식인들이 다스리는 나라이다. 근대 서구의 정치 변화에서 지식인은 중요한 선동자 또는 매개자가 되었고, 공산주의 정권에서는—정권의 관점에서 저울질하여—바른 지식으로 무장한 지식인들이 통치자 그리고 정치의 수임자가 되었다. 동아시아에서는 일찍부터, 특히 유교가 지배하던 조선에서, 바른 도덕의 정치는 정치의 이상(理想)으로 받아들여지고, 그 이상의 수호는 학문하는 자의 주요 사명이 되었다.

오늘날 우리 정치에 참여하는 지식인의 위치는 이러한 유학 전통의 학자, 서구의 정치 변화에서의 참여 지식인 그리고 현대사의 민족의 수난에 대처한 애국지사들의 모델로써 정의된다고 할 수 있다. 이 모델은 본질적으로 플라톤이나 공자가 생각한 것이면서, 거기에 저항적이고 비판적인 기능이 첨가된 것이다. 현대 국가는 이 외에도 성격을 조금 달리하는 전문

1 이 글은《경향신문》에서 기획한 연재 칼럼 '민주화 20년, 지식인의 죽음'(2007. 4. 22~8. 31)의 일부로,「II-1 지식인의 현실 참여, 그 복합적 의미」라는 제목으로 게재되었다.(편집자 주)

지식의 보유자 — 정책과 행정 연구자, 전문 관료 그리고 기업 경영인, 근래에 와서 첨단 과학 기술의 전문가들을 필요로 한다. 전문적 지식인의 필요는 날로 더 절실한 것이 되어 간다. 그러나 정치에 참여하는 지식인을 말할 때, 그것은 대체로 이러한 전문적 지식인이 아니라 그 필요의 테두리에 영향을 미치는 더욱 전통적인 의미의 참여 지식인을 말한다고 할 수 있다. 이러한 참여 지식인의 역할이 어떻게 정의되어야 하는지는 분명하지 않다. 지식인의 사회적 역할은 그들이 가지고 있는 전문적 지식에서 온다. 이들 지식인은 자신의 역할을 어떤 전문 지식에 의해서라기보다 특별한 정치 이상과의 관계에 의하여 정의한다. 그리고 그것으로 정치에 일정한 방향을 부여하고자 한다.

이상(理想)을 분명하게 정의하기는 쉽지 않다. 또 어떤 이상이 하필이면 특별한 지적 노력의 소산인가? 정치 이상은 정치적 삶 일체를 하나로 통괄하는 것으로 생각된다. 그것은 전체주의적 성격을 가질 수 있다. 서구에서나 한국에서나, 사회의 현대적 발전의 한 의미는 바로 사회 공간에서 삶의 통괄을 위한 이상이나 목적의 영역을 줄이고 삶의 수단의 신장을 위한 활동의 폭을 넓힌 데 있다고 할 수 있다. 목적 부재의 사회에서 이러한 일반적 지식인의 기능은 모호하다. 목적의 부재는 사회적 아노미 그리고 사회의 불균형 발전의 원인이 된다. 이것이 지식인을 사회 참여로 끌어낸다. 또 많은 사회에서, 수단 — 주로 경제적인 관점에서 파악되는 삶의 수단을 에워싼 갈등은 분배의 정의를 강력한 사회적 쟁점이 되게 한다. 정의는 전통 사회에서도 그 자체로 목적의 성격을 가졌었지만, 현대 사회에서 많은 사람의 마음에 가장 중요한 목적으로서의 의미를 갖는다.

사람이 정치에 관심을 갖는 것은 이상에 이끌리기 때문만은 아니다. 인간은 정치적 동물이라고 한다. 사람을 정치로 끌어들이는 동기의 하나는 억제할 수 없게 솟구쳐 나오는 원천적 정열로 보인다. 이 정열은 정치 질서의 구성에 중요한 동력을 제공한다. 모든 에너지는 명암을 가지고 있다. 정열의 인간은 강한 성격의 인간이다. 정치적 정열은 외고집, 독선 그리고 전체주의의 원천이 될 수 있다. 이 정열에서 나오는 정치 참여욕이 가장 세속적으로 표현된 것이 정치적 야망이다. "남아 이십에 나라를 평정하지 못하면, 누가 대장부라 할 것인가?" 하는 남이(南怡)의 시 구절은 정치적 야망으로 인생을 규정한 대표적인 경우라고 할 것이다. 조선조에서 도덕적 이상은 정치 참여의 명분이었지만, 벼슬은 그 자체로 많은 학자들에게 거의 절대적인 목표였다. "동문에 출세한 사람도 많은데,/ 나 홀로 춥고 가난한 가운데 떨어져/ 나이 서른에 관직도 없는 나그네로,/ 동서를 헤매는 사람" — 이규보(李奎報)는 유교가 국가 이데올로기가 되기 전이기는 하지만, 이렇게 관직 없는 신세를 한탄하는 시를 쓴 일이 있다. 이러한 정치적 야망은 조선에서 벼슬 욕심으로 일반화되었다. 그러나 이러한 크고 작은 야망은 너무나 인간적이면서도 간과할 수 없는 정치 참여의 위험 요소를 나타낸다. 물론 이 위험은 다른 긍정적 업적을 위하여 받아들여야 하는 대가라 할 수도 있다.

개인적인 야망을 떠나서도, 현실에 참여한다는 것은 그 불투명 안으로 발을 들여놓는다는 것을 말한다. 현실 참여는 현실의 논리에 가담하고 그것을 이용한다는 것을 말한다. 프랜시스 베이컨은 자연 과학의 방법을, "정복하기 위해서 복종한다."라는 말로 간략하게 설명한 일이 있지만, 이것은 사회를 정복하는 방법이기도 하다. 현실을 개조하려는 이상은 알게 모르게 현실에 휘말린다. 역사에서 우리는 가장 이상주의적인 정치가 가장 권모술수의 활용을 서슴지 않는 마키아벨리즘의 권화가 되는 것을 본다. 집단적으로나 개인적으로 이상은 현실과 대결하면서 그 스스로 이상 실현을 가장 천박하고 야만적인 전술을 위한 구실로 삼을 수 있다. 현실 정치에 간섭하는 것은 언제나 현실 정치에 의한 간섭이 될 가능성이 많다. 중국의 유학과 정치의 역사에서 "정치를 인간화하려 한 유학자들의 의도"는 "도덕적 상징들을 정치화하여 권력의 이데올로기적 통제"를 편리하게 해 주는 결과를 가져왔다. ―어떤 연구자는 이렇게 말한다. 이것은 우리의 이상주의적 전통의 경우라고 할 수도 있을 것이다.

이러한 모순을 경계한다고 하여도, 지식과 정치의 결합에는 본질적인 어려움이 있다. 사회 현실에 작용하려면, 그것에 대한 이해와 분석 그리고 개입의 전략이 필요하다. 이것을 체계화하는 데 능한 것이 지식인이다. 그러나 사회는 그들의 힘을 넘어가는 독자적인 힘과 무게를 가지고 있다. 마르크스는 현실의 진상으로부터 괴리된 아이디어의 체계를 이데올로기라고 불렀다. 이러한 이데올로기에 대하여 자신의 사회 이론은 삶의 현실에 기초한 과학이라 하였다. 그러나 그의 생각만이 이데올로기적 성격을 면하였다고 할 수는 없다. 나아가 이데올로기를 이데올로기라고 부르는 것도 이데올로기일 수 있기 때문에, 이 문제는 해결 없는 패러독스가 된다. 그러나 이것이 완전한 진실 허무주의를 허용하는 것은 아니다. 그리고 이데올로기가 현실에 대하여 힘을 발휘하지 않는 것은 아니다. 체계적 이데올로기는 기존 질서의 옹호로서 또 정치 혁명의 수단으로서 효과를 발휘한다. 근대 세계사에서나, 우리 역사에서나 정치 혁명은 늘 이데올로기에 의하여 뒷받침되었다. 이데올로기는 사회 구조 전체를 한 관점에서 설명하려 한다. 그런데 부정의 관점은 긍정의 관점보다도 더 쉽게 전체를 드러내 보여 준다. 구조의 긍정적 효과들은 작은 것들이 총계로서만 파악되는 데 대하여 부정적 측면은 쉽게 사회의 구조적 모순에 연결된다. 사회의 복합성은 부정에 의하여 단순화된다. 이것은 삶이 끝없는 세말사인 데 대하여 죽음은 하나의 사건인 점에 유사하다. 혁명적 전복의 시기에 사람이 필요로 하는 도덕도 정의(正義) 하나로 단순화된다.(정의는 다른 덕성에 비하여, 가령 인(仁)에 비하여 부정의 덕성이다.) 부정의 이데올로기는 어떤 역사적 과업에서 결정적 역할을 한다. 그러나 이러한 역할은 어떤 역사적 순간에만 그리고 파괴의 작업에만 현실적 의의를 갖는다.

노무현 정부의 문제도 이러한 관점에서 살펴볼 수 있다. 이 정부를 움직여 온 것은 일정한 진보적 이데올로기였다. 그러나 그것은, 그 전의 민주 혁명의 이념들을 계승한 것이지만, 그보다도 더욱 추상화된, 그러니까 더욱 이데올로기적 성격이 강해진 이데올로기라 할 수 있다. 이것은 의도된 것이라기보다도 혁명적 전복의 대상으로서의 현실이 약화됨에 따라 그만큼 현실 충격의 힘이 줄어들게 된 결과일 것이다. 거대 계획 중심의 정책 발상, 파당성을 강조하는 언어와 인사 정책, 움직이는 현재보다도 과거에 주의를 응고시킨 과거사 바로잡기 등—이 정부의 정책 발상들은 그 사고의 이데올로기적 추상성에 깊이 관계되는 것으로 보인다. 그러나 노무현 정권의 문제는 단순한 의미에서의 합리적 사고력의 부족 때문일 수도 있다. 빈부 격차나 부동산 문제에 있어서 계속되는 자가당착적인 정책들은 현실에 즉하여 그리고 긴 숨결로 끈질기게 사고하지 않은 데에서 오는 결과라고 할 수 있다.

그렇긴 하나, 현실 참여의 과실에는 궁극적 불확실성이 따르게 마련이다. 사회 현실은 간단한 이념의 도면에 따라 또는 몇 개의 손잡이로 움직여지는 기계가 아니라 무수한 자유 변수들의 종합으로 이루어진 복합체이다. 그것은 근년의 과학에서 말하는 바 단선적 사고로 포착되지 않는, 그러면서도 이성적 연산(演算)을 넘어가는 것은 아닌, 복합 체계에 비슷하다. 필요한 것은 하나로 있으면서 현실의 복합성에 조응하여 변화하는 유연한 이성에 이르려는 노력이다. 그에 이어진 도덕적 이상도 좁은 투쟁적 목표를 넘어 넓은 인간성 실현을 위한 윤리적 질서를 지향하는 것이 되어야 한다. 우리의 도덕적 이상은 종종 우리의 원한(ressentiment)의 한 표현일 수 있다. 이성의 사실적·도덕적 명증성은 끊임없는 자기 정화의 과정을 통하여서 — 야망으로부터, 사적인 정열로부터, 마키아벨리즘의 유혹으로부터, 또 독선과 오만으로부터 스스로를 정화함으로써만 근접된다. 이 명증성을 위한 노력은 지식인의 제일차적인 의무이지만, 지식인의 국가와 사회를 위한 봉사의 본령도 여기에 있다.

(2007년)

또 하나의 길을 찾아

경제 위기와 기회

1. 위기와 대책

체제의 위기

지금 세계를 휩쓸고 있는 경제 위기가 커다란 역사적 전기를 시사하고 있다는 것은 틀림이 없다. 이것은 자본주의 체제 붕괴의 조짐으로 볼 수도 있고, 다른 관점에서는 체제의 자체 조정 과정의 한 국면을 나타낸다고 생각할 수도 있다. 일찍이 사회와 역사에 대한 큰 이론의 죽음이 많이 이야기되었다. 이제 큰 이론을 구성하는 것은 아니더라도 다시 체제 전체를 생각하는 것이 불가피한 것으로 보인다. 그러나 그것이 단순한 옛날의 큰 이론의 부활 — 경제 발전론이거나 공산주의거나 또는 다른 이상 사회론으로의 복귀를 의미하지는 않을 것이다. 모든 이론은, 적어도 사회적 실천에 관계되는 것들은, 대안의 가능성이 없이는 생각하기조차 힘든 것이 되기 때문이다. 그러나 자본주의를 대치하는 다른 대체의 등장을 의미하지 아니한다 하여도 현 체제의 수정은, 적어도 보다 나은 세계의 조건을 염려한다면 불가피하고 그것은 어떤 다른 삶의 체제의 시작을 위한 계기가 될 수도 있다.

현 체제의 수정은 일단 경제적 관점에서 본래의 자본주의적 번영을 회복하기 위한 여러 구제 방안이라는 관점에서 생각해 볼 수 있다. 당장의 문제는 금융 체계를 원상 복구하는 것처럼 보이지만, 그것이 금융인들의 재산만 보전하자는 것은 아닐 것이다. 그 복구가 중요한 것은 그 조정 없이는 생산 활동이 마비 상태에 들어가고, 다시 그것은 생활 수준의 저하를 가져오거나 생필품의 생산에 차질을 가져올 것이기 때문이다. 사회적 관점에서 더 큰 문제는 경제 기구의 후퇴로 일어나는 고용 위축이다. 이것은 실직자가 늘어나고 그들이 생활의 어려움에 부딪친다는 것이다. 그러나 순전히 경제적인 관점에서 말하면, 그것은 소비의 위축, 생산과 금융 활동의 위축을 가져오게 되는 것으로 표현된다.

이러한 순환적 관계는, 그 발상이 어디에 있든지 문제의 크기로 인한 것이다. 그리고 이것은 오늘의 경제의 체제적 성격에 이어져 있다. 체제의 자체 조정론의 한 주장은 금융 위기에서 부실 경영의 대가는 해당 업체 자체가 지는 것이 마땅한 것이고 국가로부터의 구제 조처가 필요 없다는 것으로 나아간다. 그러나 손실이나 도산의 규모가 너무 크고 다른 기업들과의 연쇄가 너무 복잡한 것이어서 구제 방안들이 절실할 수밖에 없다는 생각이 더 강하다. 그것은 문제를 일으킨 업체들이 큰 업체들이었기 때문만은 아니다. 그 크기는 금융 업체들 자체의 비대화의 결과이기도 하지만, 오늘의 금융 업계가 세계화의 흐름을 타고 스스로 하나로 묶여 든 결과라고 할 수도 있다. 그리하여 어떤 경우에나 이것은 금융, 생산, 소비 등의 경제 활동이 어느 때보다 강하게 또 세계적으로, 하나의 체제로 묶여 있다는 것을 실감하게 했다.

세 가지 방안

그리하여 체제의 전체적인 도괴를 방지하기 위하여 여러 조처들이 취해지는 것은 당연한 것으로 받아들여진다. 여러 나라들의 정부들은 일차적으로는 특별 예산을 동원하여 금융 업체들 그리고 그 부실에 연계되어 있는 기업들을 구출하려 했고, 지금도 그 노력은 지속되고 있다. 물론 이러한 구출 작업은 단지 이러한 산업 기구들만을 위한 것은 아니다. 그에 못지않게 중요한 것은 대량 실업 사태를 방지하는 것이다. 미국과 같은 나라에서는 부실 신용의 주택 보유자들에 대한 구제도 이제는 보다 광범위하게 일반 시민들에게 직접 그 구조의 손을 뻗치고 있다.

이러한 조처들이 얼마나 실효성을 가질지 지금의 시점에서 예측할 수는 없는 일이다. 그럼에도 불구하고 그것은, 사회 전체가 거기에 말려들어 있다는 점으로만도 시급한 것으로 생각될 수밖에 없다. 그러나 조금 더 거리를 두고 볼 때, 이러한 위기는 체제에 결함이 있다는 것을 말하고, 그 결함은 경제 자체의 움직임에 의해서가 아니라 인위적인 개입에 의하여 시정되어야 한다는 것을 말한다. 체제 자체에 대한 질문들이 일어나는 것은 불가피하다.

마르크스주의의 자본주의 비판의 하나는 그것이 역사적 합리화 과정의 결과이면서도 그 핵심에 들어 있는 비합리성을 버리지 못하는 체제라는 것이었다. 경기 순환은 바로 이러한 비합리성의 한 양상을 드러내는 것이다. 그 근본 원인은 생산과 수요의 부정합이다. 경제적인 관점에서, 마르크스주의가 생각하는 것은 이 두 관계를 직접적으로 연결하여 합리화하려는 것이다. 이번의 경제 위기에서도 국가의 개입이 필요하다는 것 자체가 시장이 자율적 조정 기능이 신화 또는 가설에 불과하고 보다 큰 관점에서의 조정이 필요하다는 것을 드러내 준다.

그러나 총체적 합리화는 그 나름의 문제점을 가지고 있다. 공산주의나 사회주의는 경제 체제를 국가 전체의 관점에서 통제하여야 한다고 주장한다. 그것은 일단 보다 높은 차원의 합리성을 나타낸다. 산업의 국유화 또는 기간산업의 국유화는 바로 경제의 기본을 일부나마 시장의 변덕에 맡기는 것이 아니라 총체적으로 관리하는 체계로 전환한다는 것을 말한다. 국가 차원에서의 총체적 관리는 일단 보다 높은 차원의 합리성을 구현한 경제를 기대할 수 있게 한다. 그러나 지금의 시점에서 여러 나라의 경제 위기 대책은, 사실상 국유화가 이루어지는 것임에도 불구하고 그것을 그렇게 부르지 아니한다. 그것은 국유화의 여러 파급 효과를 두려워하기 때문이다. 공산주의 체제의 몰락이 보여 준 것이 그러한 합리화를 지향하는 계획 경제의 비합리성이다. 큰 규모의 경제 계획은 개인적 필요와 창의 그리고 자유에 대한 요구를 유연하게 수용할 수 없다. 사회 전체의 관점에서 큰 문제는 이러한 경직성과 관련하여 생산성과 경제 발전이 일정한 한계에 부딪치게 된다는 데에 있다. 자본주의 경제는 시장을 통하여 생산과 수요를 보다 섬세하게 조정하는 체제를 말한다. 그것은 대체로 자유주의 체제에 연결되어 있다. 시장은 소비자들의 다양한 필요와 수요 그리고 공급이 자유롭게 만날 수 있게 한다. 시장의 자유는 그 자체로 인간의 필요와 욕망의 자유로운 전개를 조장하고 결국은 자유주의 정치 체제의 기초가 된다. 사회적으로 그리고 경제적으로 중요한 것은 시장을 통하여 필요와 욕망의 상호 조율이 가능해지고 생산에 투입되는 여러 자원의 효율적 배분이 일어난다는 것이다. 그리고 그것이 경제의 능률을 높인다.

그러나 소비와 공급과 생산 그리고 자원의 효율적 조정이 이루어진다고 하더라도, 그것은 전체적인 정합성에 대한 직접적인 고려에서 이루어지는 것이 아니다. 시장의 자유 — 그리고 그 안에 깃드는 자유 일반에 필연성을 부여하는 것은 이윤이다. 경제의 정합성은 이윤의 추구에서 얻어지는 우연한 결과이다. 그러나 이윤의 추구는 또 그 나름으로의 불안정성 속에서 이루어진다. 이윤은 기업들의 경쟁 관계 속에서 극대화된다. 경쟁의 한 결과는 끊임없는 창업과 파산이고 성과의 등락이다. 그리고 그 과정에서 자원 활용과 경제발전이 이루어진다고 하여도, 그것은 많은 시행착오를 포함하지 않을 수 없다. 이러한 불안정과 우연의 요소들이 주기적으로 만들어 내는 것이 경기의 상승과 하강의 파동이다. 마르크스주의 비판에서, 시장 체제는 원천적인 불합리를 내포한다. 이윤은 노동이 창조하는 잉여 가치의 착취로써 생겨난다. 모든 것은 이 착취 관계의 불합리성에서 이미 예견되는 것이라고 할 수 있다. 물론 현대 경제에 있어서 이것은 비가시적인 우회를 통하여 궁극적으로 그렇게 된다는 말이 될 것이다. 이 우회의 술책이 보다 가시적인 것이 되는 것이 경기 후퇴의 시기이다.

2. 전체성과 그 한계

전체성의 전제

경제 위기에 대한 해석과 대책 또는 경제 현상에 대한 해석의 어느 것이 정당한 것인지는 쉽게 판단할 수 없다. 그러나 앞에 말한 몇 개의 접근의 성격을 비교해 볼 수는 있다.

인간사의 경영에는, 많은 것을 하나로 통합하는 전체성의 개념이 필요하다. 사람은 삶의 현실 — 역사와 시간을 포함한 현실을 하나의 조화 또는 법칙성 속에 유지할 수 있기를 원한다. 그것을 위하여서는 우선 그것을 이론적으로 구성할 수 있어야 한다. 오늘의 사태에 대한 대책에도 이 전체에 대한 진단들이 들어 있다. 이 전체의 정당성은 여러 부분적인 대책의 성격에 영향을 미친다. 따라서 그에 대한 바른 평가는, 의식적으로 행해지는 것이 아니라고 하여도 모든 것의 근본이라고 할 수 있다. 그러나 그 평가가 가능한 것인가? 이것은 어려울 수밖에 없는 것이겠지만, 그 이유의 하나는 전체성의 구성 자체가 미리 주어진 가정에 입각하여 가능한 것이기 때문이다. 그것은 일정한 관점과 입장 그리고 자기 제한 속에서만 이루어진다. 그렇다는 것은 전체성이란 대체로 모순을 포함한다는 말이다. 하나의 관점과 입장을 선택한다는 것은, 있을 수 있는 입장에 비추어 스스로를 한정한다는 것을 말한다. 그것이 전체성 구성의 조건이 되는 것이다.

자본주의의 이상형은 번영의 지속 또는 경제 성장의 지속을 보장하는 체제일 것이다. 물론 이것은 일진일퇴를 가진 것으로 생각될 수 있다. 그러면서도 그것은 자체 조정을 통하여 체제적 평형을 유지한다. 여기에서의 일진일퇴는 자기 조정을 통해서가 아니라 국가적 또는 사회적 개입을 통하여 시정되어야 하는 것일 수 있다. 그 경우에도 자본주의는 하나의 체제로서의 균형을 유지한다. 번영의 지표는 이윤과 자본의 집적이다. 마르크스주의 관점에서는 자본주의는 근본적으로 잉여 가치의 부당한 수용 그리고 억압에 기초한 체제이다. 그 현실은 균열을 내포하고 있는 전체이다. 이것은 진정한 전체 그리고 그 원리인 이성을 비껴가는 것이다. 여기에서 이성은 진정한 전체를 움직여 가는 역사의 원리이다. 그것은 억압으로부터의 해방을 향한 움직임 속에 나타난다. 이 억압의 비이성적 성격은 그것이 역사적 발전에 의하여 실현될 수 있는 전체성을 억압한다는 데에 있다. 자본주의는 역사의 한 단계이다. 그 단계에서 그것은 말하자면 역사의 전체이다. 그러나 그다음 단계에서 그것은 보다 큰 전체를 위하여 극복되어야 할 단계이며 부분이다. 이러한 관점에서 전체를 위한 적극적인 움직임은 단순히 현재의 불완전함을 수정하자는 것이 아니라 보다 완전한 전체성을 실현하자는 것이다.

조정을 필요로 하거나 필요로 하지 않는 자본주의 그리고 역사 속에 실현되는 마르크스의 유토피아에 들어 있는 전체성은 이데아로서의 전체성이다.(물론 이러한 이데아는 경험적 현실로써 증거된다고 주장된다.) 그런데 이데아적 성격의 전체성과는 다른 종류의 전체를 생각할 수도 있다. 극단적으로는 사회나 경제에 전체성이 있다면, 그것은 단지 구체적인 행위들의 집합으로 존재한다고 생각될 수 있다. 물론 그러한 경우에도 구체적 행위는 관습이 되고 제도가 되고 그러는 사이에 일정한 관계를 형성한다. 그리고 완전한 제도로 고정이 되었든지 아니 되었든지, 관계의 총체는 구체적인 행위들에 작용한다. 그때 그것은 구체적인 것들을 넘어서 존재하는 실체가 된다. 그러나 이 경우의 전체는—구체의 집합으로서 또는 집합의 제도화의 추상적인 힘의 담지자로서 존재하는 아이디어가 아니다. 그것은 귀납적으로 증거되는 경험적 총체이다. 그러니만큼 그것은 늘 변화에 대하여 열려 있다. 그것은 변화하는 전체성이다.

전체성의 부작용

일찍이 포퍼는 사회 변화를 위한 공적 행동의 방법을 "부분적 사회 공학"과 "유토피아적 사회 공학"으로 구분한 일이 있다. 전자는 그때그때, "사회의 보다 크고 급한 잘못들"을 고치려 하는 것이고, 후자는 그것을 일정한 이상 사회의 이념에 따라 고치려 하는 것이다. 그런데 이 후자는 그때그때의 일은 뒤로 순연되거나 한없이 연기되고, 또 최종적 목표를 위하여 일시적이라고 생각되는 고통과 폭력을 주저하지 않는 사회 행동을 낳는다. 포퍼가 말하는 사회 공학의 대상으로서의 사회가 완전히 경험적 총체로서의 사회는 아닐 것이다. 공학적으로 손질하여야 한다는 언어를 보아도 사회는 기계에 비교되어 있고, 기계는 물론 부분들로 이루어지면서 전체를 이루는 것인데, 사회도 그렇다는 것이 포퍼의 말에 전제되어 있다고 할 수 있다. 그리고 포퍼의 생각에 이 전체가 스스로 변화되어 가는 것인지는 알 수 없다. 그러나 그의 사회 기계가 하나의 이데아로 상정된 것이라고 할 수는 없다. 기계라는 비유는 거의 우연적인 것일 가능성이 크다.

사회 전체에 대한 그의 생각이 어떤 것이든지 간에, 그의 관찰에서 중요한 것은 이데아로서, 특히 역사의 움직임의 이데아로서 상정되는 전체성이 사회적 실천의 전략을 이끄는 원리가 될 때, 거기에 따르는 그리고 그것에 의하여 정당화되는 인간적 고통과 폭력의 대가이다. 포퍼의 이 관찰은 물론 주로 공산주의 체제를 염두에 둔 것이다. 공산주의 체제의 몰락 후에 더욱 많이 밝혀진 그 폭력과 억압의 체제는 실로 가공할 만한 것이었다고 할 수 있다. 자본주의 체제에도 고통과 폭력의 정당화가 없다고 할 수는 없다. 그 원인의 하나는 그 이념적 성격으로 인한 것이다. 경쟁하는 기업들의 퇴출과 파산과 노동 시장에서의 노동 유연성이라는 이름으로 말하여지는 실업과 같은 것은 일상적 차원에서 자본주의가 그 체제 유지의 대가로서 받아들이고 있는 일상적 차원에서의 대가이다. 그러나 이보다 한국은 자본주의적 사회 체제가 요구하는 가혹한 대가를 통렬하게 경험한 바 있다. 가장 원초적으로 생각하여, 자본주의는 시장이라는 공공 공간에서의 자유로운 개인들의 교환에 기초한 경제 사회 체제이다. 그러나 이 교환은 협동적인 것이 아니라 경쟁적인 것이고, 사회적 규제가 없는 경쟁은 폭력과 부패로 이어진다. 이러한 것들을 통제하는 방법의 하나는 독재 권력에 의한 탄압과 감시이고 다른 하나는 정경 유착과 부패이다. 물론 이러한 것들은 보다 큰 명분에 의하여 정당화된다. 이 정당화에는 도덕적 함축을 갖는 국가나 민족의 이름이 사용될 수도 있지만, 가장 큰 명분은 근대화 — 조국 근대화라는 이름의 — 이고, 그것은 자본주의적 경제 사회 질서에서 일정 단계에 이르러야 한다는 것이다.

그러나 그 근본적 신념이 어떠하든지 간에, 또는 그 표현이 어떤 형태를 취하든지 간에, 지금의 대부분의 사람들이 그간의 한국의 자본주의적 성취에 대하여 긍정적 평가를 가진 것이 사실일 것이다. 이 긍정은 그것이 가져온 물질적 번영에 대한 것임과 동시에 그것이 보여 주는 체제적 질서에 대한 것이라 할 수 있다. 자본주의를 추진하는 동력이 사람들의 이익 관계의 경쟁에 있다고 하더라도, 그것이 이기심과 탐욕의 무제한한 방출로 인하여 벌어지는 만인의 전쟁이 되지 않은 것은 거기에 일정한 균형의 질서가 있다는 것을 말한다고 할 수 있다. 그러나 부패, 탄압, 불평등, 직업과 삶의 불안정성, 빈곤 등이 그대로 남아 있는 것도 부정할 수 없다. 이것을 참으로 없앨 수 없는 대가로 받아들여야 한다고 한다면, 그것은 진정으로 체제에 수반되는 커다란 폐해라고 할 것이다.

되풀이하여 말하건대 포퍼는 유토피아로 추상화된 사회 체제의 이념이 비인간적 고통을 낳는다는 것을 지적하였다. 사회 전체에 대한 이념으로서 공산주의가 특히 유토피아적 성격을 가지고 있는 것은 그것이 실현되어야 할 이상 사회를 지향하기 때문이다. 그것은 평등한 — 그리고 궁극적으로는 자유롭고 행복한 사회이다. 자본주의에도 이상적 삶의 꿈이 들어 있지 않다고 할 수 없다. 자본주의 체제에서 사람이 추구하는 것도 행복한 삶이다. 다만 여기에서 그것은 각자가 자기 나름의 내용으로 적절하게 실현할 수 있는 삶의 이상이다. 이 이상이 체제 전체를 추상적 이념이 되게 한다. 그리고 그것은 다시 부분적 고통을 체제의 대가로 간주한다.(이 부분적 고통은 노동 계급 전체의 것일 수도 있다.) 이것은 다시 포퍼가 말하는 유토피아적 이념, 그리고 유토피아가 아니라도 전체화된 이념에 대하여, 구체적인 인간 문제에 대한 부분적 해결이 절실하다는 것을 상기시킨다. 그러나 그때그때의 잘못에 대한 집중은 그러한 잘못을 만들어 내는 근본을 방치하여 쉼 없는 도로(徒勞)를 의미할 수 있다는 사실을 생각하지 않을 수 없다.

전체성과 인간성

이렇게 보면 전체성의 개념을 공허한 것이라고만 할 수는 없다. 그것은 경제나 사회 또는 역사를 파악하기 위한 이상형으로서 중요한 역할을 한다. 그것은 인식론적인 의미만을 갖는 것은 아니다. 그것은 실천적 계획에서 중요한 역할을 한다. 우리의 삶을 계획하는 데에는 그것을 규정하는 것으로 전체적인 범주에 대한 참조가 필요하다. 더 중요한 것은 그것의 집단적 의미이다. 전체성은 역사적 집단의 미래를 투사하고 그것을 강제 명령으로 전환하는 데에 필수적인 역할을 한다. 그러나 앞에서 비친 바와 같이, 그것은 대체로 하나의 관점에서의 전체성이기 때문에 많은 것을 고려 밖으로 밀어내는 효과를 갖는다. 그 하나가 인간의 고통이다. 그것은 견뎌야 하는 것 또는 일시적인 것이 된다. 그런데 보다 적극적으로 하나의 체제 속에서 정의되는 사람의 개념에서는 사람의 사람됨을 이루는 많은 구체적 사항들이 제외된다. 체제와 집단의 한 구성원이면서도 개체적일 수밖에 없는 삶의 인성(人性)의 여러 부분, 설정된 전체의 구성에 큰 역할을 하지 않는 부분들이 보이지 않게 되는 것이다.

20세기 중엽의 서방 마르크스주의에서 중요했던 것은 마르크스의 초기 저작 『경제 철학 수고』였다. 여기에서 그는 인간의 전인적 이상의 실현이 가능해지는 세계를 말하였다. 이러한 가능성은 개체 안에 있고, 동시에 세계와 중층적 관계 — 보고, 듣고, 만지고, 느끼고, 욕망하고, 생각하고, 행동하는 세계와의 상호 작용을 통해서 실현된다. 그런데 이것의 실현을 막는 것이 자본주의라는 것이었다. 그리하여 서방 마르크스주의에서 인간의 본성과 가능성으로부터의 소외의 문제 그리고 인간주의로서의 마르크스 사상이 강조되었다. 그러나 현실 사회주의가 그러한 인간성 실현에 접근한 제도였다고 할 수는 없다. 인간주의의 쇠퇴는 현실적 사정에 의한 것이라고만 할 수 없다. 마르크스주의에서 관심의 대상이 되는 것은 자본주의 체제하에서의 인간의 고통 — 그리고 그 연장으로서의 억압된 인간성이기도 하지만, 다른 한편으로 이것을 극복하는 전략이다. 사회 혁명의 길은 역사의 움직임 속에 지시되어 있는 것으로 생각되었다. 그리하여 이론은 이 역사의 법칙을 밝혀 내고자 하는 데에 집중된다. 역사를 움직이는 것은 경제이다. 사람이 이 역사의 전개에 개입하는 것은 스스로를 경제의 관점에서 정의할 것을 요구한다. 그리하여 계급의 의식화는 가장 중요한 일이 된다. 경제 인간(homo economicus)이라는 말은 자본주의 경제학에서의 인간에 대한 정의이다. 마르크스의 인간 전형도 함의는 다르지만 이 이름으로 부를 만하다.

필요와 욕망

경제 현상 또는 사회 현상의 분석적 이해에서 객관성은 인간이라는 요인을 배제하거나 단순화함으로써 얻어진다. 객관화는 사실일 수도 있고 이론의 이상적 정형성을 위하여 불가피한 것이라고 할 수도 있다. 그것은 인식론적 요구이면서, 앞에서 말한 바와 같이 동시에 실천적 함축을 가지고 있어서, 많은 경우에 체제의 전체성을 강제 명령으로 그리고 도덕적 당위로 바꾸는 데에 출발이 된다. 이것은 특히 마르크스주의 혁명 이론에서 그러하다. 거기에서 경제적으로 정의되는 인간은 자각의 대상이다. 그것은 저항과 혁명의 준비로서 필요하다. 이것은 단순히 개인의 자각에 관계된 문제가 아니다. 인간을 정의하는 것은 그의 계급적 위치이다. 사람은 집단의 일부로서 그렇게 정의된다. 이 집단적 각성은 물론 저항과 혁명에 있어서 더욱 중요한 역할을 한다. 그런데 이러한 억압 체제하에서의 인간 이해는 그 이후의 역사 전개에 있어서도 인간 이해의 기조로 남게 된다. 그것은 전체를 구성해 내는 유일한 인자이기 때문에, 체제의 지속을 위하여 버릴 수 없는 인간 정의이다. 이에 대하여 자본주의적 인간 이해에서 인간의 경제적 동기는 사실적 가설이지 도덕적 당위가 되는 것은 아니다. 그것은 사람이 그렇다는 것이지만, 지켜져야 할 인간의 인간됨의 지주(支柱)로 생각되지 아니한다. 그리하여 일견 자본주의 사회에서 인간성은 더 넓은 것으로 보인다.

기초적인 차원에서 인간을 객관적으로, 그리니까 필연적 법칙 속에 움직이는 전체의 한 단위로 정의하는 것은 어렵지 않은 일이다. 인간을 규정하는 가장 간단한 조건은 생물학적 생존에 관계되는 조건이다. 그에 따른 사회적 조건도 최소한의 차원에서는 쉽게 생각될 수 있다. 그러나 경제가 어느 정도의 풍요의 단계에 들어섬에 따라 거기에는 사람들에게 필요를 넘어가는 다양한 자기실현의 공간이 생기게 된다. 자기실현은 일단은 개체적인 성격을 가졌다고 할 수 있다. 자기실현이라는 말 자체가 개인을 상정한다.(물론 스스로를 내면의 깊이로부터 전체성의 일부로 자각하는 것과 다른 사람과 사회의 인정 속에서 자기를 확인하는 등의 자기실현의 복잡한 변증법이 작용할 수 있다. 그러나 기본적인 전제가 되는 것이 자신에 대한 깨달음이라는 데에는 변함이 없다.) 그런데 어떤 관점에서 보면, 그리고 어떤 특정한 조건 속에서는 사람들의 자기실현의 기획들은 전체로서의 사회 체제를 위협한다. 이 위협을 생각할 때 인간은 여전히 전체의 관점에서 일방적으로 정의되어야 한다. 이것은 인간성의 억압으로 생각된다. 억압은 헛된 욕망에 대한 억압이 될 수도 있지만, 보다 본질적인 인간의 존재 방식에 대한 억압을 의미할 수도 있다.

자본주의의 관점에서도 인간적 삶의 기초적인 조건은 앞에 말한 것과 크게 다르지 아니할 것이다. 다만 그것은 집단적인 한계라기보다는 개인적인 노동의 보상으로 간주된다는 점에서 다르다 할 수 있다. 그리하여 필요 충족의 단계를 넘어서는 데에 생겨나는 자유의 공간은 인간 존재의 개체적 정의로 인하여 보다 자유로운 공간으로 남아 있을 수 있다. 여기에서 인간을 움직이는 것은 필요 충족의 압력이 아니라 욕망이다. 그런데 이 욕망은 주로 경제적 성격을 갖는다. 욕망의 대상은 여러 형태의 물질적 소유이다. 물론 그것은 그 자체로 의미를 가질 뿐만 아니라 인간의 비물질적 욕구 — 개인적이고 사회적인 욕구를 위한 대리 충족의 의미를 갖는다. 이른바 '과시적 소비(conspicuous consumption)'는 가장 소박한 자기 과시의 방법이지만, 소유와 물질 소비는 부귀의 상징적 표현이며 또 부귀는 이 소비의 실현 수단이다.

물론 이러한 소유와 과시의 폭발이 자연스러운 욕망은 물론 인간성의 개화(開花)를 의미한다고 할 수는 없다. 그것은 진정한 의미에서 개인의 개인됨을 증거하는 것도 아니다. 오늘날의 광고와 온갖 대중 매체가 자극하는 것이 이러한 욕망들이다. 또 부와 하나가 되어 있는 귀, 명성과 인정의 제도들에서 끊임없이 발산되는 것이 이러한 욕망의 자극제이다. 이것은 과도 소비 사회가 요구하는 것이다. 이번의 경제 위기는 이러한 과도 욕망 체제의 산물이다. 위기는 금융으로부터 시작되었다. 그것의 단초가 된 것은 생산과 수요의 산업 체제에서 유리된 투기 자본이다. 욕망은 처음에 소유를 향한다. 그것은 인간성의 다른 욕구에 합침으로써 상징화되고 추상화된다. 그러니만큼 그것은 물질적 의미를 초월하여 무한한 거품이 된다. 투기 자본은 이 거품처럼 불어난 욕망에 대응한다. 허영의 소유를 향한 욕망의 가장 쉬운 표현은 기업 간부들의 천문학적 숫자의 보수에도 나타난다.

3. 인간 실현과 문화 제도

인간성의 형성적 에너지

인간성의 자유로운 실현이 욕망의 폭발에 일치하는 것일 수는 없다. 기본적 필요의 충족 이후에 인간의 창조적 에너지에 잉여가 증대하게 되는 것은 사실일 것이다. 이것을 반드시 욕망이라고 하여야 할지는 분명치 않다. 그것은 단순히 물질적 소유나 과시의 허영이라고 할 수는 없다. 여러 광고와 매체 그리고 허영의 사회 제도에서 나오는 암시가 있어서 그것이 구체화된다는 사실 자체가 그 무정형성을 말한다. 그것은 단지 형성되어야 하는 어떤 것이다. 또는 그것은 단순히 형성적 요구나 욕구 자체이다. 그것 자체가 스스로를 형성한다. 그러나 거기에 규범적 정향이 없는 것은 아니다. 그러면서도 그것이 개체의 인격적 특성에 따라 독특한 형식을 드러내게 된다. 생물학적으로 이미 사람의 삶에는 어떤 원형이 존재한다. 이 원형은 사람이 그 환경 속에 살아오면서 진화론적으로 실현된 것이다. 진화란 원형과 변형 사이에서 일어난다. 생물의 생존 방식은 일정한 것이면서도 변화한다. 이 진화의 과정에서 모든 생명체는 원형의 재현이면서 새로운 가능성을 구현한다. 물론 원형은 자의적인 것이 아니라 자연환경과의 교환을 통하여 발견된, 창조적 삶의 형식이다. 이러한 과정은 내적인 자기 형성에서도 마찬가지라고 할 수 있다. 다만 의식의 존재로서의 인간의 내면적 자기 형성에서 창조적 변형의 가능성은 더 크다고 할 수 있다. 이 변형은 단순히 개체적 특이성을 나타내는 것이라기보다는 원형에 내재하던 새로운 가능성을 실현하는 것이라고 할 수 있다.

이러한 형성의 암시는 필요 충족을 포함하여 모든 인간 활동에 들어 있다. 사람의 삶은 물질세계와의 적절한 교환 행위를 요구한다. 이것은 단순한 물질 대사나 인과 관계의 연쇄 속의 행위가 아니다. 생물학적 필요의 충족을 위한 행위도, 단순히 필연의 멍에 속에서 행해지는 고역(苦役)이 아니고 창조적 표현의 성격을 띤다. 그것은 세계와의 관계에서 이루어지는 자기실현이다. 그렇다는 것은 그것이 자의성의 일방적 부과가 아니란 말이다. 물질적 형성은 대상의 이해를 요구한다. 그리고 그것은 감성의 자기 기율을 요구한다. 대상적 파악은 많은 경우 정확한 지각으로 선행되어야 하기 때문이다. 그러면서 형성은 대상의 창의적 재형성이다. 그리고 이러한 과정은 다시 자기 형성의 새로운 계기가 된다.

물론 이러한 형성적 과정은 필요 충족을 넘어가는 풍요의 공간에서 더욱 두드러진 것이 된다. 예술 작품은 그러한 형성적 에너지의 가장 쉬운 표현이고, 인간의 인격적 형성은 보다 복잡한 표현이다. 물론 이것은 집단적 삶에도 작용하는 에너지이다. 오늘의 매체 시대는 이러한 것들이 창조적인 것이라고 하여, 자기 과시적이고 자의적인 변덕으로 이루어지는 것으로 착각하는 것으로 보이지만, 형성적 표현들은 삶의 규범적 가능성을 새로이 드러냄으로써만 참다운 의미를 갖는다. 높은 문화는 이러한 자기 형성의 이념과 그 전범들을 가진 문화이다. 필요 충족의 단계를 넘어가는 인간성의 자기실현은 이러한 것들을 내면화함으로써 가능해진다.

도덕과 윤리

사람과 세계의 관계에 작용하는 형성적 에너지는 단순히 개인적 의미만을 갖는 것이 아님은 물론이다. 그것은 사회 질서에 규범을 부여하고 유지하는 데에 중요한 요인이 된다. 그러면서 그것은 이 규범들을 경직성에서 풀어내어 유연한 개방성을 가진 것이 되게 할 수 있다. 문화의 사회적 의의는 그것이 사회에 부여하는 이러한 내적 규범에 있다.

그러나 문화가 소비 문화의 장식이 된 시대에서 또는 일반적으로 체제의 전체화를 사회적 삶의 기본 과제로 생각하는 경우에, 사회 질서의 내적인 통제는 형성적 문화보다는 도덕과 윤리에 있는 것으로 생각될 것이다. 이러한 규범들은 내적으로 작용하고 또 그러니만큼 인간의 자기 형성의 결과라고 할 수 있으나 그것은 기묘하게 체제의 전체성을 강요하는 심리적 압박의 기제가 되기도 한다. 도덕과 윤리는 사회 체제의 전체성이 강조될 때마다 중요한 심리적 압박의 도구가 되어 왔다.(형성적 에너지가 억압되거나 왜곡된 시대에 그렇게 될 수밖에 없다.) 경제 문제를 순전히 실증적으로 또는 계량적으로 접근하는 경우에 쉽게 놓치게 되는 것은 사회적 안정이 경제 안정의 일부이고 그것은 윤리적·도덕적 선택과 당위에 이어져 있다는 사실이다. 이것은 자본주의 사회의 인간적 질서에 중요한 문젯거리가 된다. 그러나 자본주의에서도 그것이 근대화의 과제로 촉진될 때, 그것은 도덕과 집단적 윤리의 힘을 빌리지 않을 수 없었다. 사람의 일에서, 사람을 내면으로부터 동기화하는 것이야말로 변화하는 사태에 가장 장기적으로 그리고 유연하게 대처할 수 있게 하는 방법이다.

그러나 도덕과 윤리의 공리적 환원은 자가당착에 빠지는 일이다. 자유와 자발성을 떠나서 도덕은 그 의미를 상실한다. 그리고 그것은 공리적 관점에서도 도덕과 윤리의 유연성을 제한하는 것이다. 도덕과 윤리는 하지 않으면 아니 되는 필연성에서 유도된다. 그러면서 동시에 그것은 완전히 자유 의지에서 나온다. 그리하여 그것은 자유롭고 필연적인 당위가 된다. 자유와 필연의 종합으로서의 규범은 인간 본성 그리고 그 가능성에 대한 바른 인식과 그에 따른 자기 형성의 노력에서만 나올 수 있다. 앞에서 말한 바와 같이, 여기에 도움을 주는 것은 형성적 에너지의 표현으로서의 문화이다.

열려 있는 가능성들

문화는 단순히 전범 속에 고정되어 있는 전통이 아니다. 인간의 자기 형성은 인간 존재와 사람의 삶과 세계의 역사에 대한 이해 그리고 거기에서 깨닫게 되는 삶의 의미에 이어져 있다. 그런데 이것은 확정된 의미가 아니라 그것을 향한 탐구이다. 그것은 열려 있는 문제로 남아 있을 수밖에 없다. 그러나 이 열려 있음이야말로 삶에 의미를 부여하는 것이다. 사람의 삶의 이해와 의미를 생각하기 위해서는 형이상학적 차원이 열려 있어야 한다. 또는 이 열려 있음이 삶의 의미를 구성한다.

그러나 이 차원이 독자적으로 존재하는 것은 아니다. 형이상학적 질문으로서의 삶은 물질적·경제적 조건 속에서 존재한다. 그리하여 이 토대의 튼튼함이야말로 모든 것의 토대라고 할 수 있다. 그러나 거꾸로 삶의 비물질적 조건은 물질적 조건의 일부이기도 하다. 이러한 것들은 반드시 개인적 차원의 삶만을 말하는 것은 아니다. 철학적 의미가 아니라 현실적 의미에서의 삶의 전체성과 일체성은 사실 사회적 존재로서의 인간의 삶에 더욱 뚜렷하다.

이번의 사태가 탐욕과 치부에서 나온 것이라고 한다면, 사람의 필요를 넘어가는 탐욕과 치부의 사례들은 사람의 삶에서 이것이 무엇을 의미하는가를 묻게 한다. 그러면서 사람이 여러 형식의 삶을 살 수 있다는 것을 또 생각하게 한다. 다른 한편으로 인간의 역사에서 또 오늘과 같은 물질의 시대에도, 여러 종교적·금욕주의적 실천의 사례들은 사람이 얼마나 시대가 부과하는 그리고 심지어는 생물학적으로 주어진, 물질적 한계를 초월할 수 있는가를 생각하게 한다. 사람의 삶의 형태는 다양하고 유연하다. 그것은 스스로 한계의 줄을 긋기 나름으로 달라진다. 다만 이러한 자기 한정적 삶은 일상적 전형이 될 수 없다. 그리고 집단적 삶에서 이러한 한계는 지나치게 확대될 수 없다. 개인의 삶과는 달라 집단의 삶에서 금욕적 원리가 삶의 원리가 되기는 극히 어려운 것으로 보인다. 또 다른 한편으로 윤리적·도덕적 기율은 제대로 작동하는 집단적 체제를 유지하는 데에 중요한 역할을 할 수 있다. 조금 전에 말한 바와 같이 그것은 형성적 문화 — 그리고 형이상학적 열림을 가진 문화 속에서만 바르게 존재한다.

케인스는 지나치게 장기적인 관점을 취하는 경제관을 비꼬는 농담으로, 사람은 장기적으로는 다 죽게 마련이라고 한 일이 있다. 지나치게 장기적인 관점에서의 대책은 짧은 시간의 리듬 속에서 파동하는 사람의 삶의 문제에 적절하게 대응할 수 없다. 짧은 시간 속의 인간의 삶은 오늘의 세계의 밝음과 어둠, 그 안에서의 기쁨과 아픔에 열려 있는 삶이다. 사람은 이것을 수용할 수 있기를 희망한다. 그러면서 그것을 하나의 의미 있는 것으로 형성하기를 원한다. 그것은 단순히 삶의 신비와 그 신비와 두려움을 의미하는 것일 수도 있다. 물론 케인스가 장기적인 것이 아니라 단기적인 기간의 삶을 말하였을 때, 그것은 이러한 것들을 말한 것이 아니라 경제적 위기에서의 구제책을 말한 것이다. 그러나 그의 구제책에서 중심에 있었던 것은 고용의 문제이고, 이것은 인간의 삶과 고통에 깊이 연관되어 있는 문제이다. 그로부터 출발하여 인간적 전체를 펼칠 수 있게 하는 방안들을 생각해 볼 수도 있을 것이다.

오늘의 경제 위기를 벗어나는 방책들을 내놓으면서 여러 정부들은 케인즈의 공황에 대한 구제책을 참조한다. 그 방책들이 현재의 위기를 넘어 자본주의적 번영을 다시 찾자는 것이라고 하더라도, 이제는 경제적 번영이 단순히 자본가 또는 부자들의 번영만을 의미할 수는 없다. 그것은 결국 체제 전체의 위기를 다시 가져올 것이다. 필요한 것은, 적어도 인간적 필요의 관점에서 볼 때, 이 필요를 사회적으로 돌볼 수 있는 체제를 연구하는 것일 것이다. 그러나 이것이 보다 넓은 자유 속에서의 인간의 자기실현을 어렵게 하는 전체적인 체제가 된다면, 그것은 다시 한 번 역사의 막힌 골목으로 되돌아가는 것이 될 것이다. 그렇다고 욕망의 무조건적인 폭발을 조장하는 것을 인간의 창조적 자유를 확장하는 것이라고 생각하는 것은 아마 위기의 되풀이를 기다리는 것이 될 것이다. 그것은 인간성의 왜곡과 세계 환경의 파괴를 의미한다. 이것을 피하기 위해서는 인간의 자기 형성적 노력을 바르게 유도하는 것이 필요하다. 그러나 이것이 어떻게 제도적인 힘을 가지게 될 것인가를 간단히 가늠할 수는 없다. 다만 이번의 금융·경제의 위기가 새로운 길의 탐색을 열어 놓는 계기가 될 것을 희망해 볼 뿐이다.

(2009년)

행복의 이념

사적 행복과 공적 행복

1. 금욕과 행복

자신을 돌보는 일/수신/금욕 푸코는 밖으로부터 주어지는 정언적 도덕률을 전적으로 거부하는 철학자이다. 그의 윤리 사상에서 출발점이 다른 무엇보다도 자기 자신을 돌보는 일이 되는 것은 자연스럽다. 놀라운 것은 자기를 돌보는 일의 종착역이 윤리적 인간이라는 사실이다. 자기를 돌보는 사람은 에토스(ethos)의 인간, 곧 이 그리스어를 영어로 변형한 데에서 나온 에식스(ethics)의 인간, 윤리적 인간이 되는 것이다. 실제 이렇게 자기를 돌보는 사람은 — 그 방법과 기술을 체득하여 자신을 돌보는 사람은 복장을 비롯하여 몸가짐이 볼만해서 외형적으로 존경을 받는 사람일 뿐만 아니라 다른 사람을 돌보고 사회에 필요한 의무를 다하고 그에 대하여 책임을 지는 사람이기도 하다. 그리고 또 놀라운 것은, 그의 여러 저서들을 보면 금방 드러나듯이, 쾌락(plaisir)에 적극적인 가치를 부여하는 사람이 푸코인데, 자기 돌봄의 기술의 핵심에 금욕의 단련을 둔다는 점이다. 물론 금욕의 단련이, 즐기면서 사는 것을 포기하라는 것은 아니다. 그것은 바로 즐거운 삶을 위해서 필요하다. 자기 일관성을 유지하고 자기의 모습을 일정하게 갖추는 데 금욕이 필요한 것이다. 우리의 관심사인 '형성'이라는 말 자체가 이미 금욕 또는 자기 한정을 함축하는 개념이다. 모양을 갖춘다든지 모양을 만든다는 것은, 백지에 모양을 그려 내는 경우에도, 금을 그어 안으로 끌어들이는 부분과 밖으로 밀어내는 부분을 갈라 놓는 행위이다. 사람의 자기 형성에도 이러한 원칙이 작용하지 않을 수 없다. 얼핏 보기에도 상당히 불확정된 공간에 흩어져 있는 가능성들을 될 수 있으면 널리 포용하면서 이것을 하나의 원리 — 창조적 원리로서 통합하고, 또 공간을 넘어 시간적 지속 속에 일정한 형식을 만들어 내려는 것, 이것이 자기 형성의 핵심이라고 할 수 있다. 그러나 다른 한편으로, 방금 말한 자기 형성의 과제에 이미 그것이 함축되어 있지만, 자기 형성에 있어서의 금욕적 단련은 인간의 삶의 한계에 대한 대처라는 의미를 가지고 있다. 중세 서양에서 생각을 하면서 사는 사람들의 한 관행은 책상에다 해골을 놓아 두고 삶과 죽음에 대하여 명상하는 것이었다.(이것을 '죽음을 잊지 않는 것(memento mori)'이라고 불렀다.) 푸코의 자기 돌봄의 기술에서 금욕적 실천을 위한 명상도 그 대상으로서 죽음을 포함한다. 이것은 죽음을 마주 볼 수 있는 힘을 기르는 것을 목적으로 한다. "무엇을 두려워하고 무엇을 두려워하지 말아야 할 것인가. …… 어느 정도의 희망과 기대가 현실적인 것인가" 등을 알고, "죽음을 두려워할 것이 아니라는 것"을 아는 것(물론 이것은 죽음을 인간의 운명으로 태연하게 받아들인다는 것을 말한다.)이 자기를 돌본 사람의 성취라고 푸코가 말할 때, 그것은 삶의 한계에 대한 인식을 보여 주는 것이다. 자기를 돌보는 것은 이러한 한계 가운데에 적절한 삶을 사는 방법이다. 그러니까 다시 말하여 푸코에 있어서 자기를 돌보는 데에 대한 관심은 비관주의적 인생관에 이어져 있다고 할 수 있다.

삶에 대한 우수는 일관된 정조(情調)로 공자의 언행에서도 느껴지는 것이다.(사실 한시(漢詩)의 주조를 이루는 것도 우수이다. 수(愁)가 '가을의 마음'이라고 한다면, 수심이야말로 인생을 넓은 관조 속에 되돌아보게 하는 심리 상태이다. 시는 많은 경우 수(愁)를 통한 인생 관조의 시도이다.) 그러나 공자에서 삶의 부정적인 요인에 대한 의식은 푸코에서만큼 또는 헬레니즘 시대의 철학자들의 경우에 보는 만큼은 적극적으로 표출되지 않는다고 하여야 할 것이다. 그리고 인생에 대한 바른 태도는 검약한 조건하에서도 기쁨을 찾아야 하는 것이 그의 근본적 자세였다는 것은 앞에서 말한 바이다. 그러면서도 인(仁)의 실현을 위해서는 죽음을 각오할 필요가 있다는 것은 인생에 일어날 수 있는 극단적인 경우의 표현이고 이러한 극한 상황을 그가 무시한 것이라고 할 수는 없다.

공자의 가르침의 핵심의 하나가 예(禮)인 것은 위에서 말한 바와 같지만, 아서 웨일리(Arthur Waley)는 예에 따라 행동할 때 지켜야 할 규칙을 대략 수천 개로 계산한 바 있다. 『예기(禮記)』 등에 나오는 행동 규범은 복잡하기 짝이 없다. 이것을 지키면서 살기는 간단한 일이 아니었을 것이고, 또 사람의 삶에 그러한 규율들이 존재하여야 한다고 하는 것은 인생을 상당한 두려움으로 보는 것이라고 하지 않을 수 없다. 훨씬 후의 일이 되는 것이지만, 성리학에서 이(理)를 강조하는 것 자체가 역설적으로 세계의 혼돈을 가리키는 것이라고 할 수 있다. 주일무적(主一無適) — 하나에 머물러 옮겨 가지 않는다는 원리도 현실의 이러한 두 가지 면을 가리킨다고 할 수 있다. 정이(程頤)가 풍랑에 흔들리는 배를 타고 물을 건너면서 수양이 있는 인간으로서 흔들리지 않고 중심을 지켜야 한다고 각오를 단단히 하고 있다가 풍랑 가운데도 깊은 잠에 빠져 있는 사공을 보고 자신의 태도를 새로이 심화하여야 할 필요를 절감했다는 일화와 같은 것도 이러한 현실과 사람의 관계에 대한 양면적 이해를 드러내는 것이라고 할 수 있다.

억압 없는 행복의 추구 이러한 말은 자기를 돌보는 일이나 수신하는 일이 다 같이 경계심의 인생론이 된다는 말이다. 계근(戒謹), 공구(恐懼), 지경(持敬), 신독(愼獨) — 성리학의 수신 지침을 말하는 이러한 구절들은 다 같이 두려움과 조심을 나타내는 말이다. 퇴계가 경(敬)을 설명하면서 주자로부터 빌려 온 글에서, 경을 지키는 사람은 "개미집의 두덩[蟻封]까지도 (밟지 않고) 돌아서 가"는 사람이라고 한 것은 수신이 기르고자 하는 전전긍긍하는 마음에 대한 대표적인 비유가 될 것이다.[1] 이러한 것들은 사람이 사는 데에 필요한 요주의 사항임에 틀림이 없다. 그러나 자칫하면 이러한 엄숙주의의 표현은 삶의 가능성을 지나치게 제한하는 것이 될 수도 있다. 그리고 그것은 보이지 않는 억압의 원인이 되고 또 처음에 말하였던 바와 같은 도덕주의의 여러 폐단에 문을 열어 놓는 일이 될 수 있다. 그렇다면 이러한 부정적 요소를 완전히 제거한 삶은 불가능한 것인가? 여기에서 생각해 보려는 것은 그러한 가능성이다. 물론 이것이 반드시 퇴폐적인 향락주의에로 나아가는 것은 아니다. 퇴폐적 향락은 삶의 질서 전체가 감추어져 있는 억압으로 인하여 커지는 것인지 모른다. 앞에서 우리는 사회성의 억압적 부과에 대하여 사람이 자기 자신에 대한 관심과 돌봄으로부터 시작하여 윤리적 인간이 될 수 있다는, 그리고 그에 기초한 조화된 사회가 성립할 수 있다는 생각들을 살펴보았다. 그러나 거기에도 사회적 의무에 대한 걱정이 들어가 있다고 하지 않을 수 없다. 그러한 걱정을 떠나서 개인의 삶이 성립하고, 또 사회 질서가 성립할 수는 없는 것일까?

행복과 사회의 관계 이 질문을 생각하는 데에 주가 되는 것은 인간의 행복에 대한 추구이다. 그렇다고 사회를 완전히 이탈한 행복을 생각해 보자는 것은 아니다. 결국 행복도 어떠한 경우에나 사회적 인정의 테두리 안에서

1 윤사순 역주, 『퇴계선집(退溪選集)』(현암사, 1983), 369쪽.

존재할 수 있기 때문이다. 가장 쉽게 생각할 수 있는 것은 그것이 사회 안에 존재하는 별도의 공간을 가지고 있는 경우이다. 이 경우에도, 이것을 존중하거나 보호하는 사회적 틀이 있어야 한다. 그러나 다른 한편으로 행복은 바로 사회 구성의 원리 자체일 수도 있다. 그러나 이때 그것이 존재하는 방식은 간단히 해명할 수 없다. 이와 관련하여 맨 처음에 생각해 보고자 하는 것은 행복에 대한 요구가 바로 사회 구성의 요인이 된다는, 조금은 신빙성이 약할 수밖에 없는 행복의 이념이다. 그리고 그다음에는 사회에 대한 강박을 벗어 버린 듯한 행복의 이념을 생각해 본다.

2. 행복의 공적 공간

행운과 복 행복이라는 말의 어원도 그렇지만, 뜻을 정의하기도 쉽지 않다. 복이라는 말은 옛날부터 있어 왔던 말이지만, 행복은 현대에 와서 중국이나 일본에서 이에 해당하는 서양 말을 번역한 것이 그 시작이 아닌가 하는 생각이 든다. 복은, 흔히 정초에 쓰는 "복 많이 받으세요."라는 말에 시사되듯이, 밖으로부터 주어지는 것을 말하는 것으로 생각되는데, 행복은 이것을 누리고 있는 상황, 외적인 조건에 뒷받침되면서도 심리적으로 만족하고 있는 상태를 지칭한다고 할 수 있다. 서양어에서의 행복이라는 말도, 언어에 따라서 다른 것은 당연하지만, 영어 happiness나 독일어의 Glücklichkeit의 경우, 거기에는 우리가 사용하는 한자어에 비슷하게 우연이라는 뜻이 들어 있다. 행복은 우연히 주어지는 복 때문에 만족스러운 상태에 이른다는 것을 말하는 것으로 생각해 볼 수 있다.

그러니까 행복하다는 것은 수동적인 상태로서, 그것을 향수하기만 하면 되는 심리적 상태 그리고 물론 그것을 뒷받침하는 외적 조건의 균형을 말한다. 이것이 간단한 수동적인 상태의 심리를 말한다면, 그것은 기본적인 생존의 요건만 충족되면, 아무에게나 비교적 일상적인 상태에서 도달할 수 있는 상태로 생각할 수 있다. 수동적인 상태라는 것은 우연히 주어진 것이기도 하지만, 목숨의 조건이라는 차원에서 본다면, 세상에 태어난 사람에게는 다 주어지는 것 또는 주어져야 하는 것이기 때문이다.

행복의 창조 그러나 사람은 이 수동적인 조건에 대하여 여러 가지로 복잡한 관계를 가지고 있다. 달리 말하면 그 관계가 자동적인 것이 아니고 불확실한 것으로서, 행복의 향수자로서의 개체가 스스로의 움직임에 의하여 접근하고 조율해야 하는 관계이다. 수동적인 것이라는 것 자체가 해체와 구성의 작업에 의하여 확인되어야 하는 조건이다. 사람은 스스로를 만들고 스스로의 환경을 만들어 가는 존재이다. 그리하여 이 수동적인 것도 자신의 노력으로 바꾸기를 원한다. 사실 오늘날 수동적인 조건은 이미 사람들에 의하여 변형된 것, 변형된 것의 역사적 퇴적이다. 이러한 특성은 행복을 누리는 사람과 그것을 누리는 심리에도 그대로 해당된다. 수동적인 조건과 그에 반응하는 심리는 조금 더 역동적인 관점에서 이해되어야 한다. 양자는 모두 새로 확인되고 조율되어야 할 조건이다.

현대에 와서 행복은 지속적인 환경과 인간성을 상정할 수 있었던 근대 이전의 시대에 있어서보다 더 동적이고, 더 적극적인 의미를 가진 것이 되었다고 할 수 있다. 설사 최후의 행복한 상태는 수동적인, 그리고 조용한 평정의 상태를 가리킨다고 해도 거기에 이르는 도정은 한결 힘들어진 것 또는 역동적인 것으로 생각되는 것이 요즘의 사정이 아닌가 한다. 그리하여 행복이, 행과 복의 결합이라고 할 때, 이 양극은 더욱더 적극적으로 발견되고 새로 설정되어야 할 조건이다.

행복과 사람의 삶/사회적 테두리 행복은 모든 사람이 원하는 것일 것이다. 그런데 그것은 참으로 보람 있는 추구의 대상이 될 만한 일인가, 그것은 인간 존재의 전체적인 이해에서 어떠한 위치에 있는가? 이것을 물어보게 되면 문제는 복잡하게 될 수밖에 없다.(여기의 문제 제기는 공연한 것이 아니다. 그것은 성(性)이나 먹는 일이 사람에게 자연스러운 욕망의 대상이 된다고 하더라도, 삶의 전체적인 이해에서 그것이 어떤 위치에 있어야 하는가를 문제 삼는 것과 같다.) 행복이 인간에 대하여 갖는 의의를 생각하는 것은 철학적 이해를 요구하는 일이 되지만, 더 쉽게 공적인 성격을 가지게 되는 것, 또 가져야 되는 것은, 행복의 사회적·정치적 의의에 대한 질문이다.

우리 헌법 10조에는 "모든 국민은 인간으로서의 가치와 존엄을 가지며 행복을 추구할 권리를 가진다."라는 규정이 있다. 이것은 일단 앞에서 말한 심리 상태를 말한다고 할 수 있다. 그러나 구체적인 규정은 없지만, 이것은 그것을 뒷받침할 수 있는 조건의 확보가 사회적 책임이 될 수 있다는 것을 말하는 것이라 할 수 있다. 행복하여야 한다는 것은 당연한 것이면서, 그것을 공적 권리로 규정하는 것은 단순하게 행복한 것이 좋은 것이라고 하는 것과는 차원이 다른 일이다. 이 글에서는 행복의 문제를 주로 이 관점에서 접근해 보고자 한다.

삶 전체에서 행복이 차지하여야 하는 비중은 여러 가지로 정의될 수 있고, 위에 말한 것처럼 궁극적으로는 인간 존재의 철학적 정위(定位)를 요구하지만, 전통적으로 그리고 지금에도 그것은 대체로 공적인 세계의 무게에 대비하여 생각될 수 있다. 여러 번 지적한 바와 같이, 한국에서 사람의 도리는 언제나 윤리적·정치적 의무의 수행에 있다고 생각되어 왔다. 개인적인 행복이 없지는 않았다고 하더라도 그것이 국가적 차원에서 문제된다고는 생각되지 않은 것이 전통 사상이다. 민생이 중요했지만, 사적인 행복은 낮은 백성의 차원에서의 문제이고, 보다 높은 삶의 목표는 수신제가치국평천하(修身齊家治國平天下)와 같은 것이었던 것이다. 이것도 앞에서 말한 것이지만, 이러한 생각은 얼른 보아 당연한 것 같으면서도, 정치와 사회에서 여러 가지 왜곡을 가져올 수 있다. 그것은 인간의 소망과 필요의 중요한 부분을 억압하는 일이고, 그러니만큼 억압된 것의 비공식적 재귀(再歸)는 불가피하다. 국가 목적을 위한 개인 희생에 대한 무제한한 요구는 이러한 부분적 인생 이해의 자연스러운 결과의 하나이지만, 공적인 이름으로 일어나는 가렴주구(苛斂誅求)는 모든 것을 공공의 것이 되게 하는 체제에서 일어나는 한 결과라고 할 수 있다. 조선조에서 많은 국가 공무원의 봉급은 원칙적으로는 존재하지 않았다. 사람을 전적으로 공적인 차원에서 보는 유습은 지금에도 큰 영향으로 남아 있다 할 수 있다. 이제야 사적인 존재로서의 인간이 공적으로 인정된 것은 근대화를 시작한 이래 경제 성장이 어느 정도 그 과실을 느끼게 할 정도가 되었다는 것을 의미하는 것일 것이다. 그러나 이것은 인간 존재의 사회적 의미에 대한 전환을 나타내는 일이기도 하다. 현대적인 의미에서의 경제는 단순히 부국강병(富國强兵)이 아니라 국민 하나 하나의 행복을 지향하는 것이 된 것이다. 행복권이 공적으로 정치적 권리로 규정되었다는 것은 이렇게 사상사적 전환의 의미를 갖는다.

물론 행복권이 최초로 헌법에 규정된 것이 1980년이라는 사실에는 이러한 뜻 이외에도 하나의 아이러니가 들어 있다고 하는 해석이 있을 수 있다. 행복권을 최초로 규정한 1980년의 헌법은 쿠데타로 성립한 전두환 대통령 정권의 합법화를 목표로 하는 헌법이었다. 여기에서 사적인 행복 추구의 권리를 규정한 것은 국민으로부터 정치적 권리를 박탈하는 대신 국민을 사적인 행복에 만족하여야 하는 사적인 존재로 규정하려 한 것이라고 할 수 있다. 이것은 하나의 해석에 불과하지만, 그 함축되어 있는 의미는 그 나름으로 행복의 본질적 성격에 관계된다고 할 수 있다.

행복의 공공 의무 행복은 사적인 것인가? 그리하여 그것은 엄숙한 공적 의무에 대립되는 것인가? 그렇다고 하더라도 이 대립이 전적으로 극복될 수 없는 것이라고 하는 것은 민주주의의 근본을 파괴하는 것이고 삶의 근본을 무시하는 일이다. 또 반대로 삶의 근본이 전적으로 사적인 행복에 있다고 하는 것은 공적 공간을 전적으로 사적인 행복을 위한 수렵, 채취의 공간이 되게 하거나 방치된 폐기물의 집적장이 되게 하는 일이다. 결과의 하나는 결국 사적인 행복 자체를 공허하게 하는 것이다. 사적인 행복도 그 실현의 외적 조건을 필요로 하기 때문이다. 대책의 하나는 다시 공적 공간을 절대화하는 것이다. 그러나 그것은 동시에 공적 공간이 사적인 행복의 은밀한 수렵장이 되게 하는 것이다. 이때 난무하는 것이 공적·도덕적 명분이다. 이것은, 앞에 비친 바와 같이 조선조의 도덕 정치에서 볼 수 있는 것이지만, 오늘에도 관찰할 수 있는 현상이다. 필요한 것은 행복과 공적 사회 공간의 바른 관계 — 그리고 그것들과 존재론적인 인간성의 실현, 이 셋 사이의 균형의 기술이다. 이것이 실현은 물론이고 생각하기도 조금 어려운 것이라고 아니 할 수 없다.

3. 공적 행복

행복권 우리 헌법에서의 행복의 추구라는 말은 다른 나라 헌법에서 규정하고 있는 것을 옮겨 온 것이 아닌가 하는 생각이 든다. 그리고 어떤 나라들의 헌법에서 이 조항이 들어가게 된 것은 미국의 독립 선언서에서 연유한 것으로 생각된다. 그런데 미국의 독립 선언서에 이것이 들어가게 된 것도 모호한 상황에서라고 이야기된다. 인간 행복의 의미의 모호성을 생각하는 데에 그 사정은 그 나름으로 하나의 실마리를 제공해 준다.

독립 선언서에 이 말이 나오는 부분은 다음과 같다.

> 우리는 이 진리를 자명한 것으로 취한다. 즉 모든 사람은 동등하게 창조되었고, 창조주에 의하여 양도할 수 없는 일정한 권리를 부여받고 태어났으며, 그 가운데는 생명, 자유 그리고 행복의 추구가 있다는 것을 당연한 것으로 취하는 것이다.(We find these truths to be self-evident, that all men are created equal, and that they are endowed by their Creator with certain unalienable rights, that among these are Life, Liberty, and the pursuit of Happiness.)

독립 선언문에서 행복의 추구라는 말은 원래 18세기의 정치 철학자들에 의하여 인간의 천부의 권리로 말하여지던 생명, 자유, 재산의 권리라는 문구에서 재산(property)이라는 말을 대신한 것이다. 이러한 통념에 따라 원래는 재산이라는 말의 삽입이 고려되었던 것이나, 이 선언문을 보다 보편적 인권에 관한 것이 되게 하기 위하여, 선언문의 기초 위원이었던 토머스 제퍼슨이 이것을 행복의 추구라는 말로 대체한 것이라고 한다. 그렇다면 비록 대체되기는 하였으나, 이 구절에서 행복의 추구는 재산 소유 또는 소유를 위한 노력에 가까운 것을 뜻하였다고 할 수 있다.

공적 행복 그런데 미국 혁명 그리고 프랑스 혁명 등을 다룬 『혁명론(*On Revolution*)』에서 한나 아렌트는 여기에서의 행복은 18세기 정치 철학에서 많이 등장했던 다른 말, '공적 행복(public happiness)'이라는 말에서 나온 것이기도 하다고 주장한다. 그리고 그것을 재산이라는 말에 연결하여 생각하는 것 그리고 '사적인 행복(private happiness)'을 말하는 것으로 해석하는 것은 이 말의 한쪽의 의미만을 이해하는 것이라고 한다. 제퍼슨은, 그의 다른 글들로 미루어 보아, 이 '공적 행복'이라는 말을 이해하고 그에 대하여 깊은 공감을 가지고 있었다. 그렇기는 하나, 그 자신이 행복의 두 가지 의미에 대하여 모호한 태도를 가지고 있었고, 여기에 분명한 판별력을 행사하고 있지 않았기 때문에 이 말에서 '공적'이라는 형용사를 뺀 것이라고 아렌트는 말한다. 그러나 독립 선언서에 나오는 행복의 참다운 의미는 공적 행복을 가리키는 것이라는 것이다.

이것은 사적인 것과 공적인 것을 하나로 융합하는 하나의 방법이다. 그것은, 엄숙한 의무에 사적인 것을 대립시키는 것이 아니라, 행복의 개념 속에 공적 공간을 편입한다. 행복은, 어떤 경우에나 개인의 심리를 경유하지 않고는 별 의미를 갖지 않는다. 그리고 그것이 침해되지 않는 한 공적 의무는 정신적·현실적 의무 그리고 강제력을 뜻하지 않는다. 그러니까 공적인 것에서 행복이 이루어진다면, 그것에서 양자 사이의 모순과 긴장은 해결되는 것이다. 그러나 뒤에 살피는 바와 같이, 이것이 문제가 완전히 사라지게 하는 것은 아니다.

아렌트에 의하면 공적 행복은 공적인 정치 공간에서 얻어지는 행복이다. 그것을 가장 잘 이해한 것은 미국 독립 혁명기에 정치 지도자이고 사상적 지도자였고 제2대 대통령이었던 존 애덤스였다. 애덤스는 시의 대중 집회 그리고 혁명 운동의 여러 모임에서 참여자들이 느끼게 되는 '토의, 숙고, 결정' 등 공적 공간에서의 행위가 주는 만족감, 행복감을 누구보다도 분명하게 의식하였다. 이들의 행복은, 우리가 생각하듯이 반드시 모두가 모여 하나가 된다는 연대감의 확인이나 공동체를 위하여 도덕적 의무를 완수한다는 데에서 오는 만족감이 아니다. 그것은 본질적으로 사회적 상호 작용이 주는 그것 나름의 고유한 가치를 가진 행복이다. 그리고 이것을 원하는 것은 어떤 사람에게만 한정되는 것이 아닌, 모든 사람에게 있는 인간적 본능이다. 아렌트가 인용하는 존 애덤스는 아래와 같이 기록하였다.

> 남자나 여자나, 아이들이나 노인이나 젊은이나, 부자이거나 가난하거나, 높거나 낮거나, 똑똑하거나 어리석거나, 무식하거나 박학하거나, 누구라 할 것 없이 사람들은 주변 사람들, 자신의 알고 있는 범위 안의 사람들이 자기를

보고, 말을 들어 주고, 말을 걸어 주고, 인정하고, 존경할 것을 바라는 강한 욕망으로 움직이는 것을 본다.[2]

이러한 다른 사람과의 관계에 대한 열망을 특히 두드러지게 표현하는 것이 정치 행동이다. 애덤스가 정치 행동을 촉구하면서 하는 말—아렌트에게 매우 중요한 말은 "우리가 행동하는 것을 보여 주자.(Let us be seen in action, spectamur agendo.)"이다.[3] 이러한 사람의 본래적인 사회성에서 탄생하는 것이 정치의 공간이고, 이 공간을 제도적으로 조직화하는 것이 헌법 또는 영어나 독일어로 표현할 때의, 구성이면서 헌법을 의미하는 Constitution, Verfassung이다.

공적 행복과 현실의 문제 그러니까 이러한 정치적 공간은 만인 공유의 행복 추구의 욕구에 의하여 뒷받침되어 그것 자체의 의의를 갖는 것이다. 그것은 사람의 공적 행복에 대한 갈구를 충족시켜 주는 역할을 한다. 그렇다고 할 때, 우리는 몇 가지 질문을 내놓을 수 있다. 그것이 인간 행복의 전부인가? 그렇지 않다면 그것의 다른 형태의 행복에 대한 관계는 어떤 것인가? 그것이 그 자체로서 이미 값있는 것이라면, 그것은 아무런 실용적인 기능을 갖지 않는 것인가? 이 마지막 질문은, 오늘날의 일반적인 관점이 정치를 거의 전적으로 실용적 관점에서 파악하는 것이라고 한다면, 공적 행복의 공간으로서의 정치는 실용적 의미를 갖지 않는 것으로 보이기 때문에 나오는 질문이다. 이러한 물음들에 대하여 아렌트는 분명한 답을 내놓지 않는다고 할 수밖에 없다.

아렌트가 인용하는 바에 의하면, 제퍼슨은, 행복은 "나의 가족의 품에,

---

2 Hannah Arendt, *On Revolution*(New York: The Viking Press, 1965), pp. 112~113.

3 Ibid., p. 133 et passim.

그 사랑에, 나의 이웃과 나의 책의 교류에, 나의 농장과 용무의 건강한 일들에" 있다고 생각했다.[4] 그러나 중요한 것은 이것들이 공적인 행복과는 별개의 행복이었다는 점이다. 아렌트는 『혁명론』에서도 그러하지만, 다른 여러 글들에서도 인간사에서의 공적인 영역과 사적인 영역의 엄격한 분리를 중요시하고 공적 공간은 그 나름의 인간성의 요구에 대응하여 성립하는 것이라고 주장한다. 그의 많은 노력은 정치 공간의 독립적 의미 — 그것이 갖는 독립적 의미를 통하여 정치 공간을 별개의 영역으로 분명히 하는 데에 경주된다.

공적 행복, 이성, 정치 그러면 다시 묻건대 공적 공간은 공적 행복 — 사람들 사이에서 행동하며 자신의 모습을 보여 주는 일 이외에 어떤 현실적 기능을 수행하는가? 아렌트는 이에 대하여서는 더욱 분명한 답을 내놓지 않는다. 그런데 여기에는 의도적인 것이 있는 것으로 보인다. 그러나 우리가 실용적 관점에서 따져 본다면, 공적인 행복의 공적 공간이 만들어 내는 것은 사회의 여러 문제를 다룰 수 있는 이성의 공간을 구성하고 유지하는 일이라 할 수 있을 것이다. 이것은 공적 문제를 바르게 다룰 수 있는 공간이다. 여기에서 중심이 되는 것은 이성이라고 할 수 있다. 그러나 이 이성은 반드시 체계적·이론적 또는 이데올로기적 이성은 아니다. 아렌트의 가장 유명한 저서의 하나는 『전체주의의 근원(*The Origins of Totalitarianism*)』이라는 것이지만, 이것은 전체주의가 내세우는 일목요연한 체계에 들어 있는 합리성의 정치적 폐해를 밝히는 저작이라고 할 수 있다. 그에게 정치적 이성은 어디까지나 사람들의 집회에서 진행되는 '토의, 숙고, 결정' 가운데에 움직이는 원리로서의 이성이다. 이 이성은 틀림없는 진리 그리고 그 확신을 뒷받침하는 것이 아니라 사람이 모여서 엮어 내는 '의견'들을 추출해 내는 데

---

4 Ibid., p. 125.

에서 생겨나고, 그것을 가능하게 하는 정치 공간의 원리이다. 정치에 이성이 작용한다면, 그것은 공적 공간, 민주적 공간에, 그리고 인간의 공적 행복을 향한 욕구에 대응하여 생겨나는 원리이어야 한다.[5] 어떤 경우에 인간의 현실 문제 — 살고 죽는 문제를 처리하는 데에는 철저하게 합리적 이성이 또는 독재 체제나 절대 군주 체제가 더 효율적일 수도 있다.

그러나 다른 한편으로 그것은 궁극적으로는 인간의 행복과 자유를 부정하는 것이고, 결국은 현실의 유동성 가운데에 적절하게 대응할 능력을 잃어버리는 일이기 때문에 현실에 대하여서도 좌초할 수밖에 없는 이성이고 힘의 논리가 된다. 이것과 다르게 존재할 수 있는 것이 그것대로의 독자성 속에 있는 공적 공간 — 인간의 공적 행복을 충족시켜 주는 공적 공간이다. 정치에 이성이 작용한다면, 그것은 여기에서 나오는 숙의(熟議)의 이성이다. 그렇다고 이것이 대중적 집회의 자의성에 일치하는 것은 아니다. 여기에서 작용하는 이성은 사회 전체와 개체의 인간적 상황을 충분히 고려하는 공정성의 원리이다. 이렇게 생각할 때, 공적 행복이 구성하는 공적 공간은, 그 자체의 동기를 제외한 다른 숨은 동기를 갖지 않기 때문에, 행복의 요구에 합당하면서, 동시에 실용의 문제를 다룸에 있어서 균형과 공정성을 유지할 수 있는 가능성을 갖는다고 할 수 있다.

4. 공적 행복의 공간, 사회 문제, 권력의 추구

겨룸, 야망, 권력 그러나 공적 공간의 공적 행복이 참으로 사회적·정치

5 물론 정치에 있어서 이성과 진리의 기능은 더 복잡하다. Hannah Arendt, "Truth and Politics", *Between Past and Future*(New York: The Viking Press, 1961) 참조.

적·인간적 여러 가지로 착종되어 있는 연계를 떠나서, 순수한 행복의 공간—그리고 이성적 숙의의 공간으로 존재할 수 있는 것일까? 공적 공간은 앞에서 비친 바와 같이 일사불란한 단합의 공간은 아니다. 그러면서도 그것이 하나의 통일된 공간으로 유지되어야 하는 것은 틀림이 없다. 이것은 복잡한 역학 속에서의 균형을 요구한다. 공적 행복에서 공적 토의에로 나아가게 하는 심리적 동기 또는 '덕성(virtue)'은 '상호 겨룸(emulation)'이고 '다른 사람을 앞서려는 욕구(a desire to excel another)'이다. 그런데 이것은, 아렌트 자신이 지적하는 바와 같이, 쉽게 '악덕'으로 바뀔 수 있다. 즉 '야망(ambition)' 그리고 '진정한 뛰어남(distinction)에 관계없이' 추구될 수 있는 '권력(power)'에 대한 욕심으로 쉽게 연결된다.[6] 그리고 이 악덕의 힘은 정치적 공간의 파괴를 가져온다.

전체주의의 계획/사회 문제 그렇다면 이 악덕으로부터 정치를 지키는 것이 쉬운 일인가? 아렌트는 전정한 의미에서의 민주주의—공통의 공간에서의 여러 사람의 경쟁적이면서도 수월성의 성취 열망으로 성립하게 되는 민주주의의 질서가 이 악덕의 침해로부터 스스로를 지킬 수 있을 것으로 생각한다. 그러나 그것은, 앞에서 말한 것처럼 일관된 전체주의적 이데올로기를 비롯하여 사실과 진실을 정치 전략에 의하여 조종·호도하려는 많은 시도들에 의하여 손상될 수 있다. 그러면서 그것은 너무나 쉽게 체제에 순종하는 사람들에 의하여 '진부한' 일상성의 일부가 될 수도 있다.(아렌트가 나치즘의 유태인 학살과 관련하여 사용한 유명한 말 '악의 진부성(banality of evil)'은 이것을 지칭한다.) 그런데 이 모든 것이 미묘하게 연결되어 있으면서 정치적 자유와 공적인 행복을 전복할 수 있는 것은 사람의 생활에 있어서의 경제적 요인이다. 아렌트는 정치가 빈곤이 가져오는 '사회 문제'를 중심 의

---

6 Ibid., p. 116.

제로 하면서 정치적 자유와 공적 행복 그리고 정치 공간의 소멸을 가져올 위험에 노출되게 되었다고 말한다. 그의 견해로는 미국 혁명이 민주주의의 지속적인 헌법 체제를 만드는 데에 성공한 데 대하여, 프랑스 혁명이 헌법 질서 전복의 되풀이로서의 정치 운동만을 가져온 것은 사회 문제가 그 중심 의제가 되어 버린 때문이다. 물론 그가 말하는 헌법 체제의 안정이 정치 질서의 경직화를 뜻하는 것은 아니다. 정치의 공적 공간은 끊임없이 움직이고 있는 공공 행동과 언어의 자유를 뒷받침하는 공간이다. 이 공간의 유지 자체가 정치 행동의 '영구 혁명'을 요구한다. 그러나 그것이 근본적인 의미에서의 불안정과 무질서를 의미하는 것은 아니다. 이미 말한 바와 같이, 사회 문제의 해결에는, 앞에서 비친 바와 같이 반드시 민주적 정치 체제가 필요치 않다. 그것을 해결하는 데에는 정치권력은 어떻게 구성되든지 간에 민생을 위한 선정(善政)이면 그것으로 충분하다. 이 경우에 공적 공간은 이 민생 정치를 위한 방도일 뿐이다. 즉 그것은 공적 행복과 이성적 토의가 연출되는 공간이 아니라, 경제적 이익 관계를 조정하는 공간으로의 기능을 갖는 것이다. 그리고 그것은 착취 관계의 해소와 함께 불필요한 낭비가 되고 만다. 사회 문제를 정치의 핵심에 놓은 대표적인 정치 체제는 마르크스주의이다. 그 '인민 민주주의'가 정치의 공공 공간을 파기하고 독재를 지향하게 되는 것은 자연스러운 일이다.[7]

부(富)의 파괴적 효과 그런데 공적 행복의 정치 공간은, 전체주의 체제가 아니라도, 경제 문제에 의하여 파괴될 수 있다. 그것은 처참함과 빈곤의 문제이다. 그것은 기술적 해결을 요하는 문제이다. 그러나 사회 공간은 부에 대한 과도한 욕심에 의하여 침해될 수도 있다.(이것은 빈곤에서 유래하는 원한이 확대된 것이라고 아렌트는 해석한다.) 아렌트가 인용하여 말하는 대로, 18세

---

7 Hannah Arendt, "The Social Question", *On Revolution* 참조.

기에 이미 버지니아의 판사 에드먼드 펜들턴(Edmund Pendleton)은, "급작스러운 부에 대한 갈망"이 공화국의 기초를 무너뜨리는 것을 걱정했다. 그것은 모든 정치적·도덕적 의무감을 파괴하고 공적 행복의 공간을 파괴할 수 있다. 그럼에도 유럽의 경우에 대조하여, 미국은 이 부의 파괴적인 힘을 일정 기간 이겨 내고 공적 공간을 구성해 내는 데에 성공했고, 그것을 지탱할 수 있는 사회적 요인들을 상당 정도 유지하였다. 그러나 그에 대한 우려가 더없이 팽창하게 된 것이 20세기임은 말할 필요도 없다. 아렌트 자신은, 인간의 공적 행복에 대한 갈망과 정치 공간의 자율성에 대한 믿음을 완전히 버리지는 아니하면서도, 부의 동기로 인하여 현대의 미국 사회의 공적 공간이 소멸될 위험에 처하게 되었음을 다음과 같이 말하고 있다.

> 미국 사회로부터 공적 행복과 정치적 자유의 이상이 사라지지는 아니하였다. 그것은 정치 구조와 사회 구조의 일부가 되었다. [그러나] 이 구조가 풍요와 소비에 깊이 빠져 있는 사회의 부질없는 장난질을 버티어 낼 수 있을 만큼 반석 같은 토대를 가지고 있는지, 비참과 불행의 무게로 인하여 유럽 사회가 그랬듯이 부의 무게 아래 주저앉게 될지 어쩔지는 앞으로 두고 볼 도리밖에 없다. 두려움을 안게 하는 증후나 희망을 가지게 하는 증후들이 반반쯤 되어 있는 것이 지금의 형편으로 보인다.[8]

정치, 과도의 부, 권력 그의 정치 철학의 의도는 이러한 위협으로부터, 그리고 권력을 향한 야망과 부를 향한 탐욕으로부터 정치 공간을 — 행복한 토의의 공간으로서의 정치 공간을 옹호하려는 것이었다고 할 수 있다. 그렇다면 그것은 어떻게 가능한가? 사라져 가는 것으로 느낀 정치 공간의 독

8 Ibid., p. 135.

자적인 의미 — 공적 공간으로서의 의미를 다시 일깨우는 일이 필요한 한 작업이라고 아렌트는 생각한 것인지도 모른다. 그러나 그것은 거의 불가능한 것처럼 보인다. 자본주의의 동기는, 흔히 말하여지듯이 이윤의 극대화이다. 이윤의 극대화의 결과는 어디에 사용되는가? 그것은 다시 투자되고 경제 성장을 가져오는 것이 될 수도 있지만, 개인적인 차원에서는 쉽게 과대 소비와 사치를 향한다. 현대 자본주의 경제에서 소비는 필요의 충족보다는 그 자체로 의미 있는 것이 된다. 과대 소비와 사치는 자본주의의 필연적 결과가 될 수밖에 없다. 펜들턴이 말한 부의 위험은 그대로 지속되고 확산된다. 소스타인 베블런(Thorstein Veblen)이 유한 계급의 큰 특징이 '과시 소비'라는 말을 한 것은 1899년의 일이다. 그러나 오늘날 이것은 더 이상 문제시되지도 않는 사회의 풍습이 되었다. 공적 공간이 있다면, 그것은 야망과 권력과 지위와 과시 소비의 무대로만 살아남아 있는 것으로 보인다. 이것은 미국의 이야기이지만, 한국의 경우 그러한 부귀의 병이 조금이라도 덜 심하다고 말할 수는 없다. 물론 공적 도덕에 대한 엄숙한 교훈들이 없는 것은 아니지만, 그것은 많은 경우 권력 의지의 수단이고 표현으로 존재한다. 아렌트가 말하는 공적 행복의 공간의 덕성은 처음부터 악덕으로 전락하게 되어 있다고 아니 할 수 없다.

공적 행복의 하부 구조 모든 정신적 가치에 대한 하부 구조를 생각하지 않을 수 없는 오늘의 입장에서는 공적 공간의 공적 행복에 대하여 그 현실적 토대가 무엇인가를 물을 수밖에 없다. 아렌트는 미국 혁명이 공적 정치 공간을 구성하는 데에 성공할 수 있었던 것은 혁명의 주체가 되었던 사람들이 상당한 자산가였다는 데에서 찾는다. 그들에게 정치의 공간은 사회나 경제의 문제의 해결을 위한 공간이 아니다. 그것은, 앞에서 말한 바와 같이 토의와 숙고와 공적 결정을 위한 공적 자유의 공연 공간이다. 그것의 심리적 동기는 공적 행복의 필요이다. 사회 문제나 경제 문제는 혁명의 행동가들에게 이미 그들의 사적인 노력, 사회적 활동을 통하여 해결된 것이다. 사적 영역에서 또 사회적 영역에서 그것을 해결하지 못하고 있는 사람들을 위하여 이 정치적 공공 공간에서 희망할 수 있는 것이 있다면, 그것은, 이미 앞에서 비친 바와 같이 그것을 위한 공정한 규칙들을 의결하는 것을 기대할 수 있다는 것일 것이다. 그러나 사회적·경제적 문제가 압도적이라면, 어떻게 하는 것이 옳은 것인가? 아마 유럽의 경우에 비하여 볼 때, 혁명기의 미국 정치에 대한 아렌트의 해석은 미국 역사가들이 말하는 미국 예외주의(American exceptionalism)를 받아들여 미국에서는 그것이 공적 영역을 침해할 정도로 큰 것이 아니었다는 것이라고 할 수도 있다. 그렇지 않는 경우, 참으로 정치 공간의 자유가 반드시 유지되어야 하는 것이라면, 그것을 위하여 투표권 그리고 일반적 정치 참여권을 일정한 재산의 보유에 연결하였던 전근대적인 민주 사상을 지지하여야 할 것이다. 아렌트의 생각에 이러한 요소도 들어 있는지 모른다. 그렇다면 그의 정치 공간에 대한 해석은 보편성을 결여하고 있다고 할 수밖에 없다. 자본주의가 세계화된 21세기의 관점에서 볼 때, 그의 모델은 미국을 포함하여 세계적으로 정치 현상의 근본 동력을 설명하는 것이라고 하기는 어렵다고 할 수밖에 없다.

사회에 있어서의 공적 공간의 토대 그렇다고 그의 이론이 무의미한 것은 아니다. 정치의 본질이 여러 사람이 함께 하는 토의와 숙고와 행동의 공간이라는 것 그리고 그것이 인간성 본유(本有)의 욕구인 '공적 행복'의 추구에 대응하는 것이라는 것은 중요한 지적이다. 또 그 존재가 잊히지 않도록 하는 것은 좋은 사회를 위하여 절실하게 요구되는 일이다. 다만 그것을 어떻게 그 순수성 속에 유지하느냐 하는 것은 간단히 처리될 수 없는 과제로 남는다.

공적 공간의 규범과 정치 생각하게 되는 문제의 하나는, 이미 앞에서 시사된 바와 같이, 어떻게 하여 사회적 문제 — 빈곤과 처참함의 문제를 해결하여 정치를 공적 행복의 공간으로서 해방할 것인가 하는 것이다. 물론 이것을 재산에 의한 참정권의 제한이라는 각도에서 해결하는 것은 시대착오의 해결 방식이 될 것이다. 그리고 그것은 대부분의 사람들에게 현실적으로 받아들일 수 없는 것일 것이다. 전제가 되어야 하는 것은 사회·경제 문제의 선행 해결이다. 그렇다고 이것으로 정치 공간의 문제가 끝나는 것은 아니다. 그것은 현실 문제의 공간이 아니라 규범적 사고의 공간으로 구성되어야 한다.(동기는 공정한 규범성이 가능하게 하는 공적 행복이다.) 그리고 그것은 현실 문제를 다루면서도 보다 높은 이상으로, 다음 단계의 이상으로 남아 있어야 한다. 그리고 사실상 어느 시점에서나 이 이상이 공공 공간의 원리가 됨으로써만, 현실 문제의 바른 해결도 가능해진다. 그러나 이러한 이상에의 지향은 이미 빈곤의 격차가 있는 상황에서, 그에 기초한 정치 공간의 구성에서 이루어져야 하는 사회적·정치적 성취이다.

공적 공간의 규범적 수련/대결과 투쟁 현실 문제를 해결하는 데에도, 적어도 그것을 초연하게 볼 수 있는 규범적 사고가 필요하다고 한다면, 그것은 아렌트의 의미에서의 순수한 정치의 공간에서 사회·경제 문제를 긴급 의제로 — 계속되는 긴급 의제로 다루는 것이 되어야 한다. 정치의 공간이 그것 나름으로 스스로를 유지하면서 사회 문제를 해결하는 공간이 되어야 하는 것이다. 그런데 정치 공간이 이미 경제적 압력으로부터 해방된, 공적 행복의 동기에 의하여 행동하는 사람들로 구성되었다고 한다면, 그 공간에서의 모든 결정은 '아랫사람'의 입장에 놓인 사람들에게는 수혜의 굴욕을 받아들이는 것이 될 것이다. 이것은 굴욕적인 것으로 생각될 수 있다. 정치 공간에 무산자가 포용되어 있어서, 공평한 토의와 결정에 참여하는 경우는 어떠한가? 그 경우 무산자는 비참 속에서 비참을 초월할 수 있는 정신적 수련을 가지고 있어야 할 것이다. 그런데 자산가라고 하여 공공 공간에서 자신의 이익을 초월하여 공정한 토의를 벌이고 공적인 결정을 내릴 수가 있을 것인가? 아렌트가 시사하는 바대로 부에 대한 무한한 탐욕이 빈곤과 비참의 심리의 확대라고 한다면, 대부분의 자산가도 이미 수월성 경쟁의 공간으로서의 정치 공간에 참여할 자격 — 공적 덕성을 가져야 한다는 자격을 상실하고 있는 것이라고 할 것이다. 그에게도 탐욕을 — 비참에서 발원했을 수 있는 탐욕을 초월할 수 있는 정신적 수련이 필요한 것이다. 그런데 자본주의적 질서의 어디에서 이러한 수련이 가능할 것인가? 공적 행복에의 충동이 인간 본유의 심성의 한 부분이라고 하여도, 그 수련은 간단하게 얻어질 수 없는 것이라고 할 수밖에 없다. 사적 영역, 공적 영역 그리고 행복의 이상의 적절한 관계의 유지에는 아무래도 이성적 문화의 영역이 별도로 살아 있어야 한다고 생각하는 것이 옳을 것이다. 이것은 경제·사회 문제가 하부 구조의 문제만으로는 해결될 수 없는 문화의 문제이다. 그러나 이러한 이성의 영역 — 숙의를 본질로 하는 사회적 이성의 가능성이 전적으로 분리되고 있는 것이 오늘의 자본주의 문화라고 할 수 있다. 모든 문제의 해결 방식은 이익의 대결과 길항으로, 또 불가피한 협상과 타협에 있다고 생각되는 것이다. 물론 그것은 그것에 저항하는 세력의 경우에도 마찬가지이다. 마르크스주의적인 사고에서도 이러한 대결의 투쟁에로의 고양은 모든 문제에 있어서의 유일한 해결 수단으로 간주된다.

5. 자연과 원시의 행복

인정을 위한 정치 물론 이러한 사정은, 현실적인 요건이 아니라도, 공적 행복의 의미 자체가, 다시 한 번 말하여 매우 복합적인 성격을 가지고 있다는 사실에 관계된다. 앞에서 아렌트로부터 인용한 애덤스의 말은 사람의 사회적 본능의 움직임을 일상적 경험 속에서 관찰한 것이다. 그것은 다른 사람과 어울리면서 다른 사람이 알아주기를 원하는 심정이다. 이것은 많은 사람들이 주목한 현상이고, 그것이 가지고 있는 의미에 대한 해석도 여러 가지이다. 근년에 와서 호네트(Axel Honneth)나 찰스 테일러(Charles Taylor)의 이름과 관련하여 문제되는 정치 철학의 용어로 옮겨서 말하면, 그것은 인정(recognition, Anerkennung)을 향한 인간의 욕구에 일치한다. 이것은 인간의 사회성에서 출발하여 사회생활에 적극적인 자산이 될 덕성의 기초가 된다. 정의, 인권, 상호 존중, 접객에서의 선의(hospitality) 등이 여기에서 나올 수 있고, 칸트가 말하는 바 모든 사람을 수단이 아니라 목적으로 간주하며 자신의 행동을 모든 사람에게서 요구되는 보편적 규칙에 의하여 규제하여야 한다는 실천 이성의 원리가 도출될 수도 있다.

두 주체의 투쟁/과시 소비의 경쟁 그러나 앞에서 언급한 바 아렌트의 '수월성(excellence)'을 두고 벌이는 '겨룸(emulation)'은 헤겔의 주인과 노예의 변증법에서는 생사를 건 두 주체의 투쟁으로 격화될 수도 있다. '과시 소비'에 대한 베블런의 관찰이나 미국 독립 전쟁 당시의 벼락부자의 욕망에 대한 펜들턴의 경고는 소비주의 문화가 일반화되기 이전의 이야기이다. 그런데 이것은 오늘날에 와서 인간 행동의 가장 핵심적인 동기가 되어 있다. 사치가 아니라 검소가 경제생활—특히 지도층의 생활 철학이 되어야 한다는 것은 사실은 로마에서나 중국 또는 전근대의 조선에서 고대로부터 되풀이되던 윤리적 경고이다. 그러나 이러한 경고 자체가 필요했던 것은 욕망이 일정한 테두리에 한정되지 않는다는 사실을 배경으로 한 것이었다고 할 수 있다. 사회성이 가질 수 있는 부정적 효과는 어쩌면 근원적인 것이라고 할 수 있다.

루소에 있어서의 사회적 교류 사람의 사회적 교류가, 그 원시적 출발에서부터, 권력 투쟁과 부의 과시적 경쟁 그리고 일반적으로 인간관계의 악화를 가져온다는 것을 가장 분명하게 경고한 것은 루소이다. 그의 자연 속의 인간이란 바로 사회관계의 타락으로부터 자유로운 인간의 행복한 모습을 이상화한 것이다. 앞에서 우리는 존 애덤스의 서로 경쟁하고 함께 행동하면서 서로를 보이고 자랑하는 인간에 대한 묘사를 인용하였다. 『인간 불평등 기원론(*Discours sur l'origine de l'inégalité*)』에 나오는 인간의 회동(會同)의 효과에 대한 기술은 애덤스의 묘사 그리고 그에 대한 아렌트의 논평에 비교될 수 있다.

인간 회동의 즐거움과 그 타락 물론 루소에게도 사회성이 인간성의 타락만을 가져오는 것은 아니다. 원래 자연 속의 고독한 존재였던 원시인들은 차차 자신들의 초가에서 나와 함께 노래하고 춤추는 것을 즐기게 된다. 이렇게 함께 하는 가창과 무도는 진정으로 '사랑과 여가의 산물'이다. 그러면서 그들은 서로를 지켜보게 된다. 이 '봄'으로부터 여러 착잡한 심리적 특성들이 생겨나게 된다. 만나서 가무를 함께 함에 있어서 사람들은,

> 사람마다 다른 사람을 생각하게 된다. 그리고 다른 사람이 자기를 생각해 주기를 바라게 된다.[루소는 쓰고 있다.] 그리하여 여기에서 공적인 존경이 가치를 얻는다. 누구보다도 노래를 잘하고 춤을 잘 추는 사람, 가장 잘생긴 사람, 힘이 센 사람, 재주 좋은 사람, 달변인 사람, 이런 사람들이 가장 많은 생각의 대상이 된다. 이렇게 하여 불평등 그리고 악덕이 시작된다. 이러한 평가의 차등으로부터 한편으로는 허세와 경멸이 생기고 또 다른 한편으로는 수치감과 질시가 생긴다. 그리고 이러한 새로 이루어진 반죽에서 발효된 결과가 인간의 순결과 행복에 결정적 타격을 가한다.[9]

---

9 Jean-Jacques Rousseau, *Political Writings of Jean-Jacques Rousseau,* ed. by C. E. Vaughan (Oxford: Basil Blackwell, 1962), p. 174.

자연 속의 인간/자애/애기 그러니까 루소에게는 공적 공간은 쉽게 행복의 공간이 아니라 불행의 공간이 된다. 그리하여 대체로 인간의 사회적 만남에서 태어나는 사회 체제는 부패하고 타락한 체제이기 마련이다. 이 타락은 중요한 사회적 함축을 갖는 것이지만, 그것에 못지않게 중요한 것은 그것이 개인의 행복을 크게 왜곡한다는 점이다. 어느 쪽을 위해서나 루소에게 바람직한 인간상은 사회 속에 존재하는 사람이 아니라 자연의 주어진 대로의 삶 속에 있는 인간에서 발견된다. 순결과 행복의 인간은, 사회를 전부로 아는 사람들의 관점에서 보면, 오히려 자기에 몰입되어 있는 이기적인 인간이라는 느낌을 준다. 자연인의 삶의 근본적 동력은 자기에 대한 사랑, '자애(自愛, amour de soi)'이다. 그것은 동물의 생명 보존의 본능에 비슷한 것이다. 거기에는 타자에 대한 의식이 없다. 그러나 이것은 자기 폐쇄적이면서도 그것을 넘어갈 수 있는 도덕적 가능성을 갖는다. 그것은 자애가 자기의 온전함, 진정성, 일관성의 의지의 기초가 된다는 데에서부터 시작된다. 나아가 그것은 연민과 이성으로 열리고, 이것을 통하여 다른 생명체에 이어질 수 있는 가능성을 갖는다. 이러한 기초를 가지지 않는 사회성은 '애기(愛己, amour propre)'가 된다. 이것은 자신을 타인의 눈에 비치는 외면적 효과와 평가로써 값 매김 하려는 이기적 자기 사랑이다. 애기의 자아는 늘 타자를 필요로 하는 까닭에 한없이 다른 사람을 향하여 나아간다. 그러면서 물론 그것은 깊은 동기에 있어서는 자기 팽창의 방편이다. 여기에서의 자기 팽창은 진정한 자기를 왜곡하고 잃어버림으로써 생겨나고 커지는 자아로 이어진다. 다른 한편으로 애기는 다른 사람과의 관계에서 순정성을 없앨 뿐만 아니라, 다른 사람이 그 사람 자신보다도 나를 사랑할 것을 요구하는 폭력성을 띤다. 어떤 경우에나 그것은, 앞에서 본 바와 같이 허세와 경멸, 수치심과 질시의 모태이다. 루소에게 자기만의 삶이 행복의 조건이 되는 것은 당연하다. 그에게 행복한 인간의 이미지는 공적 공간에서 공적 행복을 추구하는 사람이 아니라 숲 속을 거니는 고독한 산보자이다.

6. 단독자의 우주적 행복

감각적 체험/지속적인 생존의 느낌 자연 속의 인간은 타고난 대로의 인간이다. 그는 자연대로의 가능성, 자연의 충동, 성품을 받아들이고 표현한다.[10] 이 자연스러운 인간의 "영혼은, 아무것에 의하여서도 혼란되지 않으면서, 현재의 존재의 느낌에 스스로를 내맡긴다."[11] 이것은 자연의 감각적 쾌락을 향유하는 것을 말하는 것이기는 하지만, 특정한 쾌락을 탐닉하고 그것을 열광적으로 추구하는 것을 의미하지 않는다. 이것이 준비해 주는 것은 행복의 근본이다. "황홀함과 정열의 순간은, 아무리 생생한 것이라 하더라도, 바로 그 생생함으로 인하여, 삶의 진로에서, 흩어지는 순간들에 불과하다." 진정한 행복은 "지나가는 감각의 순간의 다음에도 살아남는 단순하고, 영원한 상태"이다.[12] 그것은 삶의 기쁨과 아픔을 넘어가는 '생존의 느낌'이다.[13] 그러면서도 그것은 생생한 체험으로 존재한다. 이것의 향수는 개인적인 것이지만, 개인적인 범위 안에서의 인간적 사귐을 배제하지는 않는다. 루소의 가장 강한 행복의 추억은 그의 보호자이면서 애인이었던 마담 드 배랭과의 삶이었다. 행복의 상태란, 필자가 의존하고 있는 브리스

---

10 Ronald Grimsley, "Rousseau and the Problem of Happiness", *Hobbes and Rousseau: A Collection of Critical Essays* ed. by Maurice Cranston and Richard S. Peters(New York: Anchor Books, 1972) 참조. 행복에 대한 루소의 생각은 이 글에 따라 요약하였다. 이 부분에서의 루소 인용은 출전 없이 이 글의 페이지만 밝혔다.

11 Ibid., p. 439.

12 Ibid., p. 446.

13 Ibid., p. 447.

틀 대학의 로널드 그림슬리의 목록을 따르면, "생의 충일감(充溢感), 절대적인 내적 일체성, 함께하는 친밀함, 근접한 주위 환경과의 조화되고 막힘없는 연결감, 생생하고 직접적인 체험으로서의 모든 가능한 욕망의 자연스러운 실현"을 포함한다.[14]

행복과 교육과 사회 물론 이러한 행복의 실현은 간단한 의미에서의 자연의 상태를 상당히 넘어가는 것이다. 그러나 이 모든 조건이 스스로를 사랑하고 스스로에 의지하는, 그리고 태어난 대로의 자연인의 연장선상에서 이루어지는 것임은 틀림이 없다. 이러한 행복에 있어서 사회는 어떤 위치에 있는가? 루소는 자기 충족적인 자연인과 사회인의 사이에 큰 간격이 있음을 잘 알고 있었다. 그의 교육론 『에밀』의 주제의 하나는 이 대립이다. 에밀에게도 교육의 종착점은 사회이다. 에밀은 결국 자연으로부터 벗어나 사회로 나아가야 한다. 그러면서도 루소의 생각하는 바로는, 적어도 열두 살까지의 교육의 주안점은 소년 에밀을 사회의 침해로부터 지켜내는 일에 있다. 그러나 사적 행복과 시민적 덕성의 대립은 루소의 사상에서 극복될 수 없는 대립으로 생각되었다는 해석도 있지만, 그림슬리가 말하는 것처럼, 자연의 자질 위에서 도덕적·정치적 덕성을 첨가하여 성장하는 것이 루소가 생각한 이상적인 교육의 방향이었다는 것이 맞는 것일 것이다.

자연/의지 교육/성숙한 행복의 공동체 자연의 삶을 떠나지 않을 수 없게 된 다음, 인간은 자신 안에 잠자고 있던 새로운 가능성을 일깨워야 한다. 그것은 한편으로는 '거짓된 사회적 가치'를 벗어 버리는 것을 말한다. 그러나 다른 한편으로 그것은 사회적 관련 속에서 새로 드러나는 잠재력을 살려 내어 자기를 완성하는 것을 뜻한다. 그것은 "새로운 '자연의 본성'을 선택하고, 특정하게 선정된 이상을 추구할 뿐만 아니라 이 이상을, 신의 의지

14 Ibid., p. 452.

에 못지않게 강한 의지를 가진 다른 사람들과의 관계 그리고 어쩌면 갈등이 개입될, 그러한 상황에서 추구하여야 한다는 것을 의미한다."[15] 이것을 정면으로 대결하는 교육을 통하여 사람은 도덕적 존재가 되고 책임 있는 시민이 된다. 그러나 이것은 구체적인 인간적 교환으로 다시 돌아온다. 보다 성숙한 인간성을 위하여 개발되는 보다 도덕적이고 보다 정치적인 인간 품성에 대응하는 것은 '진정으로 기쁨과 행복에 찬 공동체'이다. 이것은 큰 도시나 국가가 아니라 작은 마을, 마을의 모임이다. 이것은 포도 수확기에 자연 속에서 벌어지는 마을 사람들의 축제와 같은 데에서 구체화된다.

보편적 질서로서의 자연 흥미로운 것은 감각적 체험과 구체적인 인간적 유대가 가능한 공동체를 강조하면서도 다시 이 모든 것의 바탕으로 보편적 질서 — 궁극적으로 신이 창조한 보편적 질서가 상정된다는 것이다. 이것은 루소가, 당대의 제도 종교의 신앙에 일치하는 것은 아니면서 종교적인 믿음을 가지고 있었기 때문이라 할 수 있지만, 그보다도 인간의 주체적 삶에서의 필연적인 요청으로 인한 것이라고 할 수도 있다. 루이 알튀세르는, 큰 주체의 부름을 받아서 사람은 주체가 된다고 말한 바 있다.[16] 루소의 경우에도 그가 독립적 개인의 주체로 서기 위해서는 그 주체성을 호명(呼名)하는 큰 주체가 필요했다고 할 수 있다. 알튀세르에 의하면, 오늘날 이 큰 주체부로부터의 부름을 담당하고 있는 것은 국가의 이데올로기 기구이다. 또 이 큰 주체는 주어진 대로의 사회일 수 있고, 주어진 국가나 사회를 대체하려는 엄숙한 도덕의 교사일 수도 있다. 그러나 많은 경우 이러한 것들은 무반성적인 의식에 침투해 오는 사회적 암시와 그 상징들이다. 소비사회의 소비와 사치는 이것들이 구성하고 있는 사회의 힘을 가리키는 작은 손

---

15 Ibid., p. 440.

16 Louis Althusser, "The State and Ideology", *Lenin and Philosophy and Other Essays*(New York: Monthly Review Press, 1971) 참조.

짓들이다. 어디에서 발원하는 것이든지 간에 '거짓된 사회적 가치'를 극복하고자 하는 루소에게 필요한 것은 사회를 넘어가는 초월적 질서의 부름이었다. 그림슬리에 의하면, 루소는 행복을 완성해 주는 적절한 사회에 더하여 "완전한 행복을 획득하는 데에는 개체가 정치적 질서를 넘어 광활한 존재의 영역, 보편적 질서"[17]를 볼 수 있어야 한다고 생각하였다. 자연은 이 질서를 나타낸다.(오늘날 행태주의자들에게서도 국가, 민족 사회를 대체하는 큰 주체로서의 자연의 역할을 볼 수 있다.) 그러면서 이 주체는 물론 단순히 물질이 아니라 정신을 가지고 있다. 그럼으로써 그것은 주체가 된다. 루소가 명상을 강조한 것은 여기에 관계된다. 명상은 자연의 저쪽에 있는 어떤 신성함이다. 그러면서 그것은 인간으로 하여금 영적인 존재로서의 자기를 깨닫게 한다. 우주의 전 질서를 바라볼 수 있는 행복 — 지복(至福)은 죽음 후에 얻을 수 있는 것이지만, 그에 대하여 명상하는 것은 인간 행복의 하나이다.

보편적 질서의 직접성과 정신성 다만 이것은 지적인 작업만을 의미하는 것은 아니다. 그것은 충만한 현재적 현실의 체험이다. "내가 우주의 질서를 명상하는 것은 그것을 헛된 체계화로 설명하기 위해서가 아니라, 그것을 쉼 없이 찬탄하고, 거기에 자신을 계시하는 창조주를 찬양하기 위해서이다." — 루소는 이렇게 썼다.[18] 완전한 행복은 루소에게 구체적인 생존의 느낌과 공동체와 이것을 뒷받침하는 보편적인 질서를 구성 요소로 하였다고 할 수 있다. 그리고 그것은 그에게 직접적으로 현존한다.

감각적 체험과 반성적 구성으로서의 자연 그러나 이 세 요소의 관계는 삶의 성숙 또는 진행을 나타내면서, 처음부터 서로 맞물려 있는 요소들이라고 할 수 있다. 사회와 인간에 대한 루소의 명상의 출발점은 주어진 대로의 삶

---

17 Ibid., p. 443.

18 Ibid., p. 444.

을 사는 자연 속의 인간이다. 이 삶을 움직이고 있는 것은 자기에 대한 사랑이다. 그러나 루소에게 이 사랑은 그의 반성 속에서 발견되고 주제화된 것이다. 그것은 인류 진화의 최초의 단계를 나타내는 것으로 말하여지면서, 사실상은 지적인 반성을 통하여 구성된 이미지이다. 루소는 이것을 발견함으로써 사회가 무반성적으로 부과하는 거짓된 사회적 가치를 거짓된 것으로 인식할 수 있게 된다. 이러한 이미지의 인지는 그가 이미 삶의 전체를 조감하고 그것을 전체적으로 평가하고 있다는 것을 말한다.

자애/자연에 대한 사랑 이 평가에서 자애(amour de soi)는 무엇이 진정하고 거짓된 것인가를 헤아리는 잣대가 된다. 이 자애의 개념에는 이미 보편성의 지평을 바탕으로 하여 사물을 보는 사유가 움직이고 있는 것이다. 그러면서도 여기의 사유는 추상적인 것만은 아니다. 루소가 사랑한 것은 자연이고 자연의 구체적인 사물이며, 그것이 주는 감각적 기쁨이었다. 그의 최후의 소원은 문필의 세계를 버리고 자연으로 돌아가는 것이었다. 그에게 무엇보다도 큰 위안의 원천이 된 것은 자연의 풍경이고, 또 꽃과 나무들의 식물원이었다. 그렇다고 이것이 감각적 탐닉이나 막연한 자연에의 향수였다고 할 수는 없다. 그것은 어디까지나 식물학적 이해, 즉 지적인 성찰을 수반하는 감각적 향수였다. 거꾸로 말하여 그가 원한 감각과 지성의 일체성에 대한 체험은 보편적·우주적 질서에 대한 명상의 접합점이었다. 이 접합점을 통한 우주적 질서에의 지향이 그의 삶의 궤적을 이룬다. 그는, 앞에서 비친 바와 같이 이 질서의 일부이기를 원했다. 그러면서 그것이 그의 주어진 대로의 삶에서 일어나는 한 사건이기를 ―구체적 체험이기를 원했다. 우주적 질서는 단순히 이론이 아니라 그를 감복(感服)하게 하는 질서여야 했다.

7. 우주적 질서와 실존의 변증법

실존과 이성의 교차 여기에 관련되어 있는 삶의 변증법, 자애(amour de soi)의 변증법은 깊이 있는 실존적 각성에 대한 어떤 종류의 실존주의적 통찰을 생각하게 한다. 가령 루소의 자아와 우주적 질서에 대한 직관은 실존과 이성의 관계에 대한 야스퍼스의 설명으로 이해될 수 있는 것이 아닌가 한다. 야스퍼스에게 모든 것을 포괄하는 질서는 이성의 질서이다. 그에게 이성은 우주적 질서의 원리이다. 그러면서 이것은 정신을 매개로 하여 역동적인 열림이 되고 개체적 실존을 매개로 하여 생생한 현실이 된다. 루소의 자연적 질서가 이성의 질서인가 하는 것은 분명치 않다. 그러나 그것이 포괄적인 질서인 것은 틀림이 없다. 그리고 그것은 무엇보다도 야스퍼스의 이성과 마찬가지로 실존적 체험이라고 할 감각과 생존의 느낌을 통하여 스스로를 드러낸다. 이 우주 질서와 실존 그리고 이성과 실존의 교차를 말하는 글을, 조금 길기는 하지만, 야스퍼스의 『이성과 실존』으로부터 인용해 본다.

우리 존재의 거대한 극(極)은 이성과 실존이다. 이성과 실존은 분리할 수 없다. 하나가 상실되면 다른 것도 상실되고 만다. 이성은 절망적으로 개방성에 저항하는 폐쇄적인 반항을 위해 실존에 굴복해서는 안 된다. 실존은 그 자체가 실체적 현실로 혼동되는 명석성을 위해 이성에 굴복해서는 안 된다.

[그러면서도] 실존은 오직 이성에 의해서만 명료해진다. 이성은 오직 실존에 의해서만 내용을 얻는다.

이성에는 정당한 것의 부동성(不動性)과 임의의 무한성으로부터 정신의 이념의 전체성에 의한 생생한 결합으로, 또 이러한 결합으로부터 정신에 처음으로 본래적인 존재를 부여하는 담당자로서의 실존으로 나아가려는 갈망이 있다.

이성은 타자, 곧 이성에 있어서 명료해지고 또한 이성에 결정적인 충동을 주며, 이성을 지탱하고 있는 실존의 내용에 의존하고 있다. 내용이 없는 이성은 단순한 오성일 것이며, 이성으로서는 지반을 상실할 것이다. 직관이 없는 오성의 개념이 공허한 것처럼, 실존이 없는 이성은 공동(空洞)이다. 이성은 단순한 이성으로서가 아니라, 가능적 실존의 행위로서 존재한다.

그러나 실존도 타자, 곧 자기 자신을 창조하지 않은 실존으로 하여금 처음으로 이 세계의 독립된 근원이 되게 하는 초월자에게 의존하고 있다. 초월자가 없으면 실존은 결실이 없고 사랑이 없는 악마의 반항이 된다. 실존은 이성에 의존하면서 이성의 밝음에 의해 비로소 불안정과 초월자의 요구를 경험하고 이성의 물음의 자극에 의해서 비로소 본래적인 운동을 일으키게 된다. 이성이 없으면 실존은 활동하지 못하고 잠을 자며, 마치 없는 것과 같다.[19]

이성과 실존의 길항과 포섭/그 변증법 "이성이 없으면 실존은 잠을 자며 마치 없는 것과 같다." 자연인은 스스로 안에 갇혀 있는 존재이다. 그것은 보다 큰 질서의 원리를 통하여 정신으로 일깨워지고, 세계에로, 창조적 삶에로 나아간다. 그러나 이것은 반드시 스스로의 동기에 의하여서만 그렇게 되는 것은 아니다. 큰 질서 자체가 그것을 촉구하는 것이다. 또는 달리 말하면 세계와의 관계 맺음은 인간 존재의 근본 충동이 되게끔 되어 있다. 그리하여 사람은 이성의 부름에 의하여 정신의 세계로, 이성의 세계로, 보편적 질서에로 나아간다. 그러나 그것은 완전히 큰 것에 흡수되는 것을 의미하는 것은 아니다. 인간 실존의 관점에서나 이성적 질서의 관점에서, 현실적

---

19 카를 야스퍼스, 「이성(理性)과 실존(實存)」, 하이데거·야스퍼스, 『철학(哲學)이란 무엇인가, 형이상학(形而上學)이란 무엇인가, 철학적(哲學的) 신앙(信仰), 이성(理性)과 실존(實存)』(삼성출판사, 1982), 413~414쪽.

절실성을 유지하는 것은 실존적 행위를 통하여서이다. 또 달리 말하면 사람이 잠자는 상태를 벗어난다는 것은 상황 속에서 그리고 보다 큰 전체성과의 관계 속에서 자신을 되돌아본다는 것이고, 그것은 반성적 사고가 삶의 영원한 원리로 도입된다는 것을 말한다. 그러니만큼 그는 큰 질서에로 나아가면서도 그것에 완전히 흡수될 수가 없는 것이다. 그가 이 질서의 일부가 된다면, 그것은 반성적이고 비판적인 관계 속에서만 일어나는 일이다. 그리고 다른 한편으로 이러한 합일이 단순한 포섭과 동일하지 않은 것은 그것이 창조적 과정이기 때문이다. 그리하여 실존의 움직임은 이성적 질서 자체의 수정과 변형 그리고 창조를 뜻한다. 사람은 이와 같은 실존의 현실과 큰 질서 양극의 긴장된 변증법 속에서 자아를 실현할 수 있다. 또는 이것을 행복의 관점으로 옮겨 말한다면, 완전한 행복에 이를 수 있다.

이성과 실존의 변증법/그 사회적 의의 이것은 중요한 사회적 의미를 갖는다. 그렇다는 것은 큰 이성적 질서와의 반성적 관계에 있는 실존은 사회 질서에 대하여서도 비판적 검증의 기능을 가지게 될 것이기 때문이다. 실존적 검토가 없는 사회 질서는, 이성적 동기를 가졌든 갖지 않았든, 비인간적인 질서가 되기 쉽다. 모든 것을 하나로 포괄하려는 이데올로기적 이성에 의하여 지배되는 사회가 그 대표적인 경우이다.

인간적 질서는 구체적 삶 — 그것도 인간 실존의 전체적 진리에 가까이 가려고 하는 삶에 의하여 검증되고 수정되어야 한다. 그러면서 그 실존은 사회와 진리의 부름을 통하여 진정한 개체적인 의미를 얻게 된다. 진정한 인간적 사회는 살아 움직이는 삶의 논리 — 개체적이면서 집단적인 논리에 의하여 움직이는 사회이다. 어떤 경우에나 그것은 이성과 실존의 창조적 상호 작용 속에서 새로운 질서를 탄생하게 하는 것을 허용하는 사회이다. 반드시 전체주의 사회가 아니라도 인간이 권력 의지를 숨겨 가진 사회 도덕적 가치의 압력, 그리고 소비주의 가치의 세뇌로부터 해방되는 데에는 자신의 실존적 기반으로 되돌아가는 것이 필요하다. 물론 이것이 반성적인 깨달음의 필요를 말하는 것이라면, 또 경계하여야 할 것은 그것이, 오늘날 우리 사회에서 너무 많이 볼 수 있듯이, '사랑이 없는 악마의 저항'에 그칠 수도 있고, 더 나아가 그것을 전체화한 이념이 될 수도 있다는 것이다. 다시 한 번 필요한 것은 쉼 없는 자기반성, 자기비판의 움직임이다.

그런데 추가하여 기억하여야 할 것은, 심각한 의미에서의 실존과 이성의 탐구가 반드시 일반화될 수 있는 것은 아니라는 것이다. 그것은 적극적인 의미에서나 한정된 의미에서나 그러하다. 앞에서 우리는 인간 행복의 중요한 형태로 그리고 큰 사회적 함축을 가진 것으로 공적 행복과 공적 공간을 말하였다. 공적 행복이 참으로 추구되고 공적 공간이 참으로 밝은 공간으로 유지될 때, 그것은 개체적으로나 집단적으로 인간 존재의 차원을 넓히고 높이는 것이 된다. 아렌트가 생각하는 이러한 차원은 평상적인 것들의 명랑함 속에 있는 것으로 보인다. 그것은 자연인의 자연스러운 자애(amour de soi)의 연장선상에서의 사회적 발전을 나타낸다고 할 수 있다. 그럼에도 불구하고 그것은 사회의 다른 곳에서 또는 역사의 위기의 시기에 보다 어두운 실존과 이성의 고뇌에 의하여 회복되어야 하고, 복합적인 사회에서는 그러한 고뇌를 수반하는 반성과 비판의 지속으로 뒷받침되어야 한다.

야스퍼스가 말하듯이 실존과 이성의 합일을 향한 탐구는 결국 '예외자', '단독자'에 의하여 행해진다. 실존의 과정은 공적 공간, 우주적 질서의 과정의 일부이면서 어디까지나 개체적 존재의 책임이라고 하지 않을 수 없다. 그것은 개인의 각성된 자아를 통하여 일어나는 사건이다. 거기에서 개인이 스스로의 삶을 하나의 형성적 여정으로 파악할 필요가 생겨난다. 그러면서도 개인의 각성은, 희망적으로 생각하건대 그로부터 사회 일반으로 퍼져 나간다. 그러는 한에 있어서 공적 공간은 부패와 타락을 피하여 독자적인 영역으로 존재한다. 그리고 개인은 그 안에서 행복한 삶을 누릴 수 있다.

(2009년)

민주 사회에서 인문 과학의 의의

1. 머리말: 자유, 가치, 인문 과학

민주주의는 모든 사람의 자유와 평등을 법적으로 보장하는 제도이다. 민주주의 체제하에서 모든 개인은 자신의 목표와 가치에 따라 살아갈 자유를 누려야 한다. 그 목표와 가치가 어떤 것이어야 하는가에 대하여 정치는 중립을 지킨다. 민주주의 정치 제도가 가치와 목표의 문제에 개입하는 것은 바로 자유와 평등의 보장이라는 제도의 근본적 취지를 전복하는 일이다. 제도적 개입은 오로지 갈등을 조정하는 절차로서만 허용된다. 물론 엄밀하게 말하여, 민주주의 제도에 그 나름의 가치가 들어 있지 않은 것은 아니다. 그것은 모든 개인의 삶과 그것의 자유로운 신장이 중요하다는 것을 가치로 받아들인다. 그러나 이것은 적극적인 것보다는 소극적인 것에 한정된 최소한도로 규정되는 가치이다. 원칙에 있어서 자유민주주의의 중요한 원리가 가치 중립임은 틀림이 없다.

그러나 이 최소한도의 가치로써 민주주의가 지탱될 수 있을까? 모든 제도는 세계와 사회에 대한 일정한 이해에서 비롯된다. 그리고 거기에는 가치에 의한 일정한 관점으로부터의 선택이 들어 있다. 이 가치가 제도 전체에 배어 있고 제도의 세부에서 그것을 움직이는 윤활유 역할을 한다. 그러니까 민주주의를 지탱하는 것도 일정한 가치의 풍토이다. 그러나 최소의 가치 이외에는 대체로 가치의 제도화나 입법화를 거부하는 것이 민주주의이다. 정치학자들이 더러 지적하는 민주주의의 딜레마는 가치 중립을 지키면서도 그 존립의 기초가 되는 가치를 어떻게 지켜 나가느냐 하는 것이다. 가치는 필요하면서 제도화되어서는 아니 된다. 방금 비친 바와 같이 스스로의 자유 속에 있는 개인의 삶이 귀중하고 이것이 민주주의적 인간 이해의 내용을 이룬다고 하면, 그 가치는 제도적인 옹호가 없이도 살아남을 수 있는 것일까? 그리고 그것이 본래의 의미를 그대로 유지하기 위해서는 또 다른 가치들의 뒷받침이 있어야 되지 않을까? 가령 관용과 우애 그리고 상조의 문화 없이 그리고 그것을 촉진하는 사회적 노력이 없이 개인의 권리의 존중이 의미 있는 것이 될 수 있을까? 개인의 권리가 순전히 이익의 보호라는 차원에서 이해될 때 그 사회가 참으로 살 만한 사람의 사회로 남아 있을 수 있을까? 그것은 아마 매우 살벌한 사회가 되고 그것을 보호하는 법률은 인간적 내용이 결여된 쟁의의 규칙으로 전락하여, 구체적인 사례에 있어서 잘못된 판단을 유도하는 경우가 많을 것이다. 한 걸음 더 나아가 개인의 자유를 인정한다는 것은 개인의 존엄성을 인정한다는 것이다. 또 그것은 사람이 가질 수 있는 높은 가능성을 인정하는 것이라 할 수 있다. 그렇다면 궁극적으로 민주주의 사회는 모든 인간에게 보람 있는 삶의 가치를 구현해 주는 사회가 되어야 할 것이다. 적극적인 의미의 인간의 높은 가능성과 가치가 없이는, 사회는 인간 공존의 최저선을 마련해 줄지는 몰라도, 결코 풍부한 인간적 내용을 가진 인간 공동체가 될 수는 없을 것이다.

그러나 되풀이하건대 높은 인간적 이상의 실현을 보장하려는 정치 제도는 모든 사람의 자유와 평등을 보장하려는 민주주의의 기초를 훼손하는 것이 될 수 있다. 이상이 독단적인 신조가 되고 다시 정치 제도의 일부가 될 때, 그것은 다양한 가치의 사회적 추구를 방해하게 될 것이다. 그러나 이상의 포기 또는 그것의 억제는 그 나름의 문제를 갖는다. 사실 서구 민주주의의 위기의 하나는 공적 차원에서의 이러한 이상의 포기에 있다고 할 수 있을 것이다. 전형적 서구 사회가 휴머니즘의 가치를 망각했다고 볼 수는 없다. 그러나 그것은 최소한도의 자유와 평등과 복지의 보장을 주장하는 것에 한정된다. 그리고 그것을 지탱하는 기반도 단순화된 물질적 가치나 정치적 권리 이상의 것이 아니라는 인상을 준다. 서구 사상의 근대적 전개는 세속적 가치 이외의 것들에 대한 공적 관심의 표현을 거부하는 쪽으로 움직여 왔다고 할 수 있다. 그리하여 이제는 그 범위를 넘어가는 이상과 가치에 대한 무관심, 수줍음 또는 혐오감의 표현이 지배적인 태도가 되었다. 그러나 이것은 높은 인간적 가치의 사회적 실현을 포기하는 것임은 물론 결국은 민주주의의 기저 자체를 약하게 하지는 않을까 하는 우려를 갖게 한다. 국제 관계의 공공 광장에서 보편적 인간 이상(理想)이 힘의 현실주의에 대하여 무력하게 되는 것도 높은 가치에 대한 보류가 일반화되어 있는 것과 관계된다. 가령 세계 빈곤의 문제나 생태계의 문제는 개인이나 일개 국가의 물질적 이익의 관점에서는 추리될 수 없는 문제이다. 그러나 지금의 시점에서 거기에 접근할 수 있는 가치 지향적이면서 현실 효과적인 정책을 생각하기는 어렵다. 오랫동안 서구 사회는 비서방 세계의 사회 발전 모델이었다. 그러나 현재의 가치 금기(價値禁忌)적 민주주의 체제가 인간의 인간됨을 충분히 실현해 주는 모델이 되기는 어려울 것이다.

지난 몇 년 동안 인문 과학의 위기에 대하여 많은 논의가 있었다. 근본적인 문제는 오늘의 사회가 그것을 별로 필요로 하지 않는다는 것이다. 모든 학문은 사람의 필요에 의하여 정당화된다. 그 필요는 반드시 개인적인 것이라기보다는 사회적인 필요이다. 특히 그 학문이 국가나 사회의 자원에 의하여 지원되어야 한다면, 학문의 존립은 사회의 필요에 의하여 정당화될 수밖에 없다. 인문 과학의 존재 이유를 문화 산업을 뒷받침하는 학문이라는 데에서 찾으려는 것은 오늘의 지배 체제의 관점에서 그것을 정당화하려는 노력의 표현이다. 산업적 기여라는 이차적인 기능을 통하지 않고는 인문 과학은 별로 존립할 이유가 없는 것이다. 인문 과학을 옹호하는 또 하나의 주장은 그것이 인간 교육의 수단이라는 것이다. 왜 인간 교육이 필요한가? 사회가 인간적 가치를 잃어버리지 않기 위해서는 거기에서 활동하는 사람이 기본적으로 그 가치를 내면화하고 있어야 하고, 그러기 위해서는 인문 과학의 연구와 교육 프로그램이 그것을 일반화하는 통로가 되어야 한다고 할 수 있다. 다시 말하여 사회의 인간적 질서를 위하여 인문 과학이 필요하다는 것이다. 그러나 이것은 대체로 기존의 체제의 원활한 운영을 위하여 예비 교육이 필요하다는 이야기일 것이다.

그 동기의 순수성을 받아들인다고 하여도 문제는 남는다. 어떤 가치와 규범을 교육해야 할 것인가? 사람마다 다른 가치와 규범을 가질 수 있어야 한다는 것이, 앞에서 말한 바와 같이 민주주의의 기본 원칙이다. 가치 선택을 허용하면서, 자유와 자율의 토대 위에서 어떤 규범에 동의할 수 있게 하는 교육이 어떻게 가능할 것인가? 이 미묘한 갈등의 해결책은 어떻게 고안될 수 있을까?

아직까지는 한국 사회에서 인간적 가치의 교육이 있어야 한다는 데에 대한 상당한 동의가 있다고 할 수 있다. 그러나 구체적인 내용에 합의하기는 그리 쉽지 않을 것이다. 그것이 무엇이든지 간에, 사회의 주조(主潮)에서 벗어난 규범은 실천적으로 무시될 가능성이 크다. 최근 문제되었던 학계의 표절 또는 정치와 사회 영역에서의 여러 부정(不正), 이러한 것들이 행동 기준 또는 공직자의 자격 요건으로 흠집이 되지 않는 것을 우리는 최근에 보아 왔다. 이것은 현실의 흐름의 중요한 증표이다. 이러한 것들은 우리 사회의 병적인 측면을 나타내는 것이면서도, 사회 발전의 불가피한 결과라는 면을 가지고 있다. 사회의 민주화는(특히 오늘의 세계화 속에서) 가치 중립적인 쪽으로 발전해 나간다는 것을 의미한다. 물론 여러 부정은 도덕과 윤리 가치의 문제라기보다 법의 문제이다. 그러나 사람들의 마음에 가치 기준이 약화된다면 법도 실질적인 의미를 갖지 못하게 된다. 인문 과학의 문제는 이러한 민주주의적 사회 변화가 가져오는 딜레마와의 관련 속에서 고찰되어야 할 것이다.

2. 법과 윤리/도덕

사회를 일정한 질서로 유지하는 것은 법이다. 법이 있고도 인문 과학의 가치 옹호가 필요한가? 민주주의 사회에서 법은 특히 중요하다. 민주주의 사회는 법치 사회라고 한다. 법은 권력의 전횡을 막고 개인의 자유를 보호하고 자유와 자유 사이의 균형을 유지하는 데에 필요하다. 그것은 반드시 해야 하는 의무 사항과 함께, 해서는 안 될 금기 조항들을 규정한다. 그런데 규정이 있다고 해서 그것이 반드시 준수되는 것이 아님은 말할 필요도 없다. 그래서 제재(制裁)의 제도가 있다. 제재는 신체적인 부자유, 그다음은 재산상의 손해를 강제적으로 부과하는 힘에 의하여 뒷받침된다. 그러나 제재가 필요한 경우라고 제재를 위한 수단이나 집행자가 언제나 현장에 있는 것은 아니다. 제재의 문제가 아니라도 법을 조금 더 자연스럽게 존중되게 하는 방법은 없을까? 여기에서 제일 중요한 것은 법의 타당성에 대한 인정일 것이다. 그러나 개인적인 이해관계가 분명하게 보이는 경우를 제외하면, 이것은 사회의 움직임에 대한 상당한 이해를 전제한다. 사람들은 대체로 법 제정의 절차에 대한 사회의 일반적 관습과 합의에 동의함으로써 법의 타당성을 받아들이고 그 준수에 동의하는 데에 그친다.

법이 필요 없는 정치의 한 방법으로 사람들은 전통적으로 덕치(德治)를 말해 왔다. 이것은 도덕의 사회적 기능을 한껏 활용하는 정치를 말한다. 이때 덕치는 법치에 대조되는 것이라기보다는 자의적인 권력 행사에 대조되는 개념이다. 그러나 법치의 상황에서도 사람의 사회적 행동 일체를 법과 행정으로 다스리는 것은 불가능하다. 법은 그 대강을 다룰 수 있을 뿐이다. 그리하여 사회적 상호 작용의 보다 섬세한 부분들을 다루는 윤리와 도덕이 필요해진다. 법의 시행이나 행정력의 발동에도 대상자들의 동의가 어느 정도 필요하지만, 시행의 대상이 되는 사람의 이해와 동의가 필수적인 것은 아니다. 그것은 언제나 강제력을 동원할 수 있다. 윤리와 도덕은 사람들의 마음으로부터의 동의를 더 많이 전제하기 때문에, 그에 대한 강조는 사회적 질서를 조금 더 자율적인 움직임에 위임하자는 것이라 할 수 있다. 이러한 상태가 현실이 되려면 오랜 전통이 있어야 한다. 전통에 대한 존중은 대체로 인간 심리의 일부를 이룬다. 그러나 더 중요한 것은 교육을 통하여 사회의 윤리와 도덕을 사람들의 마음에 심는 일이다. 전통을 존중하는 것도 교육을 통하여 보강되어야 한다. 물론 법의 경우에도 교육이 필요 없는 것은 아니다. 공민 교육은 모든 국민을 위한 필수적인 교육이다. 그러나 윤리나 도덕은 그 원칙에 있어서 받아들이는 사람의 이해와 동의를 조건으로 한다. 이 동의를 준비하는 것이 교육이다. 전통적으로 이 교육에 깊이 관련되어 있는 것이 인문 과학은 아니라도 인문적 훈련이었다.

엄밀하게 생각할 때 교육되는 윤리와 도덕은 민주주의적 자유와 쉽게 조화의 관계를 갖는다고 할 수 없다. 교육은 아무래도 강제적 또는 의무적 성격을 띠기 쉽다. 그런데 동의는 자연 발생적인 것이라야 완전한 것이라고 할 것이다. 그리하여 윤리와 도덕의 옹호자들도 그것이 사람의 자연스러운 본성에 입각하였다는 것을 주장한다. 삼강오륜의 규범은 가족 관계의 자연스러운, 즉 더 직접적인 감정 관계에 기초해 있다. 종교나 민족이나 국가와 같은 사회적 집단에 대한 충성심도 상당히 직접적인 호소력에 기초한다. 그러면서도 이 후자는 앞의 것에 비하여 더 추상적으로, 조금은 더 간접적으로 사람의 구체적인 행동에 작용한다고 할 수 있다. 물론 삼강오륜의 경우도 사람의 일상적 관계에서 보는 바와 같은 직접적인 감정의 관계를 넘어 일반화된 이념이다. 어느 쪽이나 삶의 직접적인 현장에서 우러나는 것이 아닌 일반화되고 추상화된 개념이므로 개인의 심성에 강제력으로 작용한다 할 수 있다.

그리하여 본성에 입각한다는 것은 매우 애매한 근거를 갖는다고 할 수 있다. 본성이 무엇인가에 합의하는 것도 쉽지 않지만, 그것이 주어진 대로의 인간의 성품을 말한다고 한다면, 그것은 너무 유동적이어서 언제나 믿을 만한 것이 되기 어렵다. 성리학에서 본성의 일부로서의 '기(氣)'와 '이(理)'의 상호 연계가 중요한 논란의 대상이 되는 것은 규범으로 고정되지 않고는 본성의 전부가 믿을 만한 행동 원리가 될 수 없다는 인식이 있기 때문이다. 얼핏 보기에 사람의 본성을 '사단(四端)'과 '칠정(七情)'으로 나눌 때, 앞의 것은 '이'에 더 가깝고 뒤의 것은 '기'에 더 가깝다고 할 수 있다. 그러나 사람이 부끄러워하거나 미워해서는 안 될 것을 부끄러워하고 미워하고, 또는 시비해서는 안 될 것을 시비하는 일이 있다면 그것은 사단이 기와 잘못 결부되어 그러한 것이라고 할 수도 있고, 사단(四端) 자체가 잘못 움직이는 수가 있어 그렇다고 말할 수도 있을 것이다. 이러한 잘못이 일어나는 것이 어디에서 비롯되는 것이든지 간에 시비를 바르게 가리고 바른 윤리적·도덕적 규범을 지키는 데는 섬세한 조율과 훈련이 필요하다.

이러한 조율의 능력을 훈련하는 것은 교육인데, 교육은 스승과 제자 또는 학교 제도라는 권위의 제도를 통하여 사회적 규율을 가르치고 이것을 마음에 새기게 하는 일이다. 이때 교육은 스스로 깨닫게 하는 데에 주력하여야 하겠지만 권위와 제재 또는 보상 제도가 이용되는 것도 불가피하다. 그리고 그것은 교육을 넘어 사회의 상벌 제도에 의하여 뒷받침된다. 이것은 통치나 법에서 보는 바와 같은 물리적인 형태의 상벌 제도에 가까워진다. 사회에서 윤리적·도덕적 규범을 부과하는 데에는 으레 나무람, 비난, 규탄, 명예 손상, 소외, 축출(ostracism) 등의 다양한 형태의 제재가 있을 수 있다. 뿐만 아니라 유교 정치하에서 덕치를 표방하면서도 윤리와 도덕의 사항은 물리적 형벌의 대상이 되었다. 사실 현대적인 법치 국가에서 윤리와 도덕을 공적인 간섭을 넘어가는 자율적 영역이 되게 한 것은 큰 발전이라고 할 것이다. 현대 국가에서의 윤리와 도덕은 단순하게 사회에서 생각할 수 있는 만큼 쉽게 획일적인 것이 되기 어렵다. 개인이 존중되는 사회에서 또는 더 나아가 다양한 전통과 공동체로 구성되는 사회에서, 윤리적으로나 도덕적으로나 단일한 규범 체계를 상정할 수는 없는 일이다. 그리고 윤리와 도덕에 대한 지나친 간여는 개인의 자유, 그 의지와 심성의 자유를 해치는 것으로 생각될 수도 있다.

오늘날에도 법과 도덕의 영역의 분리가 원칙으로 확립되지 못한 곳이 한국 사회다. 여기에는 좋은 점도 있고 나쁜 점도 있다. 마음속이 어찌 되었든지 간에, 아직도 어떤 행동에 대하여 법의 제재가 있기 전에 스스로 남 앞에 부끄러운 일을 하지 않는 경우가 적지 않다는 것은 좋은 유풍(遺風)이라고 하겠지만, 나쁜 것은 그로 인하여 개인의 심성의 자유 그리고 양심의 자유에 대한 분명한 인식이 부족해지는 경우가 많다는 사실이다. 그러나 도덕과 윤리가 사회적 압력의 형태를 띠게 된 결과, 그것이 철저하게 개인의 양심의 자유에 이어져 있다는 사실이 잊혀진다. 대중적 정서에 일치하지 않는 의견을 가지고 당당하기가 어려운 것도 여기에 포함된다. 또 윤리의 자발성에 대한 약한 의식은 진정한 윤리적·도덕적 행동의 범위를 좁히는 결과를 가져온다. 가령 윤리적이고 도덕적인 행동이, 사람의 사회적 관점에서 부끄럽지 않은 행동만을 말한다면 사회의 눈이 미치지 않는 곳에서 그것을 기대할 수는 없는 것이 될 것이다. 사회의 눈이 있느냐 없느냐에 상관없이 윤리적·도덕적 행동이 가능해지는 것은 그것이 완전히 개인의 자유로운 결정에 따라서 이루어지는 것일 때이다.

3. 개인의 자유와 사회 그리고 보편성

도덕과 윤리가 자유 의지의 표현이라는 것을 분명히 하는 것은 민주주의의 기본 이념에서도 나온다. 앞에서 말한 바와 같이, 민주주의의 자유의 이념과 규범적으로 강제되는 가치 사이에는 모순이 있다. 이러한 관점에서 개인의 자유로운 의지를 존중하지 않는 도덕과 윤리의 교육은 엄격한 의미에서 민주주의 제도의 대원리에 맞지 않는다. 엄격하게 말하여 인문과학이 제도화된 윤리와 도덕을 교육의 대상으로 삼는 것도 민주주의의 원칙에 맞는 것이라고 할 수 없다. 공적으로 주장될 수 있는 것은 개인의 자유 — 개인의 의지와 심성의 자유 — 가 존중되어야 한다는 소극적인 규범뿐이다.

1. 자기를 돌보는 방법

일단 개인의 자유가 절대적인 가치라면, 개인은 무엇이든지 자기 뜻대로 할 수 있어야 한다. 그러나 외적인 조건이 개인에게 원하는 모든 것을 허용한다고 하여도 원하는 대로 한다는 것이 쉬운 일은 아니다. 그것은 원하지 않는 것을 마지못하여 하는 것보다 더 어려운 일이다. 사실 사람은 자유 못지않게 끊임없이 행동의 근거로서 필연의 명령을 찾는다. 또는 자유의 진정한 의미는 필연을 선택할 자유에 있다고 할 수도 있다.

자유로운 인간이 원하는 것이 무엇인가? 생물학적 본능에 따라서 행동하는 것 — 가령 음식과 성(性) 그리고 다른 신체적 요구에 따라 행동하는 것은 비교적 쉬운 일일지도 모른다. 그러나 대체로 이러한 본능적 행동도 일정한 선택에 따라서 그 형태를 달리하게 된다. 이 형태를 내가 마음대로 발명하는 것이 쉬운 일인가? 문화마다 다르게 마련인 먹는 것과 성관계의 형태는 구속의 틀이라기보다 편리한 거푸집이 되는 것이 아닐까? 특히 본능의 직접성을 넘어가는 일에 있어서는 더더욱 자신의 결정에 따라 모든 것을 선택하기는 거의 불가능할 뿐만 아니라 부담스럽다. 그리하여 찾을 수 있는 모범은 늘 자신의 선택의 무게를 덜어 주는 좋은 길잡이이다. 다만 자신의 삶을 더 보람 있게 살려는 사람은 — 이러한 소망은 모든 사람에게 본능적인 것이라고 할 수 있다. — 모범과 모방을 반성적으로 선택할 것이다. 쉽게 모범과 모방이 되는 것은 우리가 듣고 볼 수 있는 범위에서 발견되는 현실적인 범례들이다. 소위 역할 모델(role model)은 그래도 일정한 넓이의 사회에서 의식적으로 추천하는 인간적 범례이다. 책을 많이 읽으라는 사회적 강박도 일부는 이러한 맥락에서 이해될 수 있을 것이다. 책은 정보를 제공할 뿐만 아니라 범례를 놓고 그것을 새겨 보는 훈련을 할 수 있게 한다. 책을 통하여 접하게 되는 범례들은 특히 생각을 많이 하게 하는 경우라고 할 수 있다. 책에 나온 것은, 원래는 사실에 근거한 것일 수 있지만, 일단은 허구에 속한다. 그리고 그것은 대체로 전체적인 시작과 중간과 끝의 일정한 형태를 가진 것으로서 최소한 형태의 관점에서 반성된 것이다. 그리하여 책에 나와 있는 모델은 처음부터 반성의 모델로서 제공된 것이다. 그러니까 그대로 따라 하라는 것보다도 그것을 반성의 자료로 삼으라는 것이라고 할 수 있다. 반성의 능력은 여러 책을 보는 사이에 저절로 더욱 유연하면서도 더욱 일관성 있는 것이 될 수 있다.

인문 과학의 일은 이러한 초보적인 삶의 방법의 습득에 관계된다고 할 수 있다. 그것은 어떻게 살아야 할 것인가에 대하여 좀 더 체계적으로 반성의 자료와 방법을 제공하고자 한다.(물론 이것이 그저 기능이라고 할 수는 없다.) 미셸 푸코가 "자신을 돌보는 기술(technique de souci de soi)"이라고 부른 것은 인문 과학의 중요한 부분을 이룬다. 이러한 의미에서의 인문 과학은, 학문에 관심이 있는지 여부와 사회적으로 또는 제도에 의하여 요구되는지 여부와 상관없이, 좀 더 실속 있는 삶을 살고자 하는 사람이면 저절로 관심을 가질 수밖에 없는 생활의 학문이라고 할 수 있다. 물론 사람이 사는 방법을 배우는 데 힘이 되는 것은 여러 곳에서 발견될 수 있다. 점술사와 상의하거나 사주팔자를 보는 것도 그 방법이고 제도화되어 있거나 있지 않은 여러 종류의 종교적 가르침도 사람들이 의지하는 자원의 하나이다. 다만 인문 과학은 자기를 돌보는 방법에 관심을 가지면서도 그것에 더 비판적으로 접근한다고 할 수 있다. 그것은 어떠한 것이 보다 삶의 현실에 또는 진리 기준에 맞을 수 있는가를 생각하면서 삶의 문제에 접근한다. 이러한 점에서 그것은 일단 과학(Wissenschaft)의 이름을 붙여 줄 수 있는 탐구의 수단이다.(물론 무엇이 진리인가 하는 문제가 곧 제기된다. 그러나 인문 과학에서 진리를 이야기한다면, 그것은 바로 이것을 문제적인 것으로 검토함으로써 가능해진다.) 이러한 점에서 자신을 돌보는 문제와 관련하여 인문 과학이 할 수 있는 일의 하나는 삶의 문제에 개입되는 반성의 요소를 방법론적으로 확대한 삶의 기술 또는 그것에 대한 고찰을 제공하는 것이라고 할 수 있다.

2. 개체에서 보편 원리에로

이 방법론은 특별한 의미를 갖는다. 방법론으로서의 반성은 미리 행해진 선택이다. 그런데 이것은 또 하나의 선(先)선택을 함축하고 있다.(이 선택들은 다시 반성되어야 할 부분이기도 하다.) 즉 반성은 나의 선택을 여러 가능성에 비추어 검토하고 그 선택의 적절성이 이성적 원칙에 의하여 판단될 수 있음을 믿고 있다는 것을 말한다. 이것은, 조금 더 확장하면 선택에 보편적 타당성이 있을 수 있음을 받아들이는 일이다. 실존적 상황의 개체적 고유함에 비추어 말한다면, 타당성이란 어떤 출발점의 전제하에서는 어떤 삶의 진로가 그럴싸하게 보인다는 것 정도를 의미할 것이다. 그러면서도 이 타당성은 사물의 인과 관계의 합리적 연결을 받아들이는 것이다. 이것으로부터 자신의 선택이 곧 인간의 보편적인 선택일 수 있어야 한다는 생각은 멀지 않다. 즉 이 선택은 어떤 사람이 나의 입장에 있다면, 그것을 선택하리라는 것을 생각하는 것이고, 또 모든 있을 수 있는 실존적 입장을 포괄하여 생각할 때, 수긍하게 될 선택이 있다는 것을 생각하는 것이다. 그렇기는 하나 역사적으로 볼 때, 인간의 문제에 대한 이러한 이성적이고 보편적인 관점은 매우 오랜 역사적 발전을 기다려서만 성립되는 것으로 보인다.

이 관점에 이르는 것은 개인적으로나 집단적으로나 매우 중요한 발전을 나타낸다. 그것은 앞에서 말한 사회의 근대적 발전과 개인의 자유와 관련하여 특히 중요한 의의를 갖는다. 개인의 자유의 발견은 개인의 긍정이면서 사회의 부정이라는 인상을 준다. 사실 개인의 절대적인 자유는 사회의 질서와 평화를 위태롭게 할 수 있다. 그러나 사실상 개인의 자유의 긍정은 모든 개인의 자유의 긍정에 근거하여서만 대두된다. 그리하여 이 개인의 자유는 보편적 이성의 관점에서 이해된 개인의 자유이다. 그러는 한 개인의 선택은 그 독자성과 함께 그것과 사회 전체의 관련을 긍정한다. 반성적 개인의 선택에는 어떤 방식으로든 이성적 보편성의 원리가 작용하게 마련이다. 더 적극적인 의미에서 이성적 보편성의 원리가 개인적 선택의 원리가 된다면 그 선택이 사회성에 대하여 가질 수 있는 위험은 사라지게 된다. 이때 보편성은 그 나름대로 자유를 옹호하면서 동시에 그것을 제한하고 복종을 요구하는 구속력이 된다. 그러나 사람이 이성적 능력을 가지고 있다는 것을 전제하고 그것이 높은 인간성을 표현하는 능력이라고 한다면, 그것에 복종하는 것은 자신 안에 들어 있는 깊은 원리에 복종하는 것이다. 그렇게 한다고 해서 자신의 자유 의지 또는 심성에 따라 행동한다는 원칙이 손상되지는 않는다. 이때 '나를 돌보는 방법'은 사회를 돌보는 방법과 일치한다. 그러한 방법으로서의 인문 과학은 사회를 위한 보편성의 훈련을 담당한다고 할 수 있다.

물론 현실에 있어서 이 훈련은 완전한 자유도 아니고 완전한 외적인 강제도 아닌 타협점을 제공한다. 법과 윤리와 도덕은 이러한 보편성의 일단의 표현이다. 이러한 규범성의 표현은 개인의 자유를 전제로 하면서 동시에 그것이 사회적 평화를 깨뜨리지 않는 범위를 정한다. 또 하나의 관점에서 보면 이 보편성은 또 하나의 타협을 의미한다. 사회적 규범성 안에 들어 있는 보편성은 역사와 사회가 허용하는 범위 내에서의 보편성이다. 그것이 언제나 가장 넓은 범위의 보편적인 원리를 나타낸다고 할 수는 없다. 특정한 시대, 특정한 사회에서의 보편성은 모순 어법으로 말하면 제한된 범위에서의 보편성일 뿐이다.

4. 보편적 가치와 실존

1. 반성적 균형과 지각적 균형

보편성이 갖는 특수한 제한은 불가피한 인간의 한계에서 온다. 그러나 제한이 있는 대로, 개인이 보편성 속에서 행동한다는 것은 높은 문화적 경지를 나타낸다. 그러나 보편성은 또 하나의 역설로서, 모든 것을 포괄하는 전체(구체적인 전체)가 아니다. 어떤 사안에 있어서 보편 원리를 존중한다는 것은 반드시 상란(上欄)의 모든 것을 그대로 존중하는 것이 아니다. 보편 원리는 사안의 많은 부분의 사상(捨象)을 요구한다. 이것은 보편성에 따르는 인식론적 제한이다. 현실 상황에서 보편적 원리에 따라 행동하는 것은 문제되는 사안의 어떤 부분은 취하한다는 것을 말한다. 여러 사람이 관여된 사회적 상황의 경우라면 사안의 어떤 부분을 무시하는 것은 갈등을 피하기 위한 것이다. 갈등은 자신의 삶을 평화롭게 살 수 없게 한다. 이렇게 볼 때 보편성 또는 보편적 원리에 대한 존중은 사회에 대한 존중이면서 나의 자유로운 삶을 보호하기 위한 하나의 방편이다. 그 동기에는 이기적인 면이 있다. 그렇다면 이러한 보편성이 진정한 의미의 윤리와 사회성을 분명한 기초 위에 세운다고 할 수는 없다. 이러한 보편성이 인문 과학적 교육의 최종적 산물이라고 한다면 인문 과학은 '개명된 자기 이익(enlightened self-interest)'의 학문이라고 할 수 있다.

참으로 이기적인 동기가 완전히 배제된 보편적 원칙은 없는가? 그것으로 도덕과 윤리를 분명한 토대 위에 세우는 것은 불가능한가? "너의 행동하는 바가 모든 사람이 따를 수 있는 보편적인 규칙이 되기를 원한다는, 그러한 격률에 따라 행동하라."라는 칸트의 범주적 명령은 그러한 원칙을 확립하는 것으로 보인다. 사람이 이 명령에 따라 행동한다면, 그는 성인은 아니더라도 참으로 윤리적 인간의 전형이라고 할 것이다. 이러한 사람의 마음에 이기적인 계산이 들어간다고 할 수는 없다. 그러나 칸트의 도덕 철학은 공정하기는 하나 매우 냉정한 느낌을 준다는 비판이 따른다. 니체는 칸트의 범주적 명령에서는 잔인성의 냄새가 난다고 말한 적이 있다. 범주적 명령으로 행동하는 사람이 존경할 만한 시민인 것은 사실이지만, 참으로 인간적인 인간이라고 할 수는 없을지도 모른다. 이러한 사람은 그가 지키는 보편적 원칙에도 불구하고 자신 안에 갇혀 있는 사람이다. 그가 참고하는 것은 마음속에 있는 보편적 원칙일 뿐이다. 그리고 밖에 있는 사물들에 대하여, 또 다른 사람들의 사정에는 별로 관심이 없는 것처럼 보인다. 사람들은 대체로 자신의 특수한 실존적 상황 속에 말려 들어가 있다. 그리고 나의 마음도 이들의 상황에, 이성적 판단 이전에 심정적으로 또 직접적으로 말려 들어가 있다. "내가 원하지 않은 것은 남에게도 행하지 말라.(己所不欲, 勿施於人.)"라는 공자의 말은 이성적 원칙을 따르는 것보다 더 직접적으로 다른 사람과의 심정적 일치를 나타내는 말이라고 할 수 있다. 미국의 철학자 마사 너스바움은, 인간적 상황의 바른 이해에는, 원칙에 따른 객관적인 이해를 넘어서, 구체적인 상황 속에서 사람들의 감정의 절실성을 참조하는 이해가 필요하다는 것을 강조하고 여기에 필요한 마음의 상태를, '지각적 균형'이라는 말로 설명한 바 있다. 이것은 개인들의 이해관계를 합리적으로 중재하여 공평성을 확보하는 데에 필요한 '반성적 균형'(존 롤스의 개념)에 대하여 한 말이다.[1] 이러한 감정적 일체성 속에서 이루어질 수 있는 이해를 요구하는 가장 단적인 예는 사랑에 빠져 있는 사람의 입장과 같은 것이다. 동정적인 이해를 가지고 있지 않은 객관적인 관찰자의 관점은 사랑이라는 상황의 현실에 대하여 바른 판단을 내릴 수 없다. 필요한 것은 당사자의 생각과 감정과 지각을 참조하는 입장으로부터의 동정적 이해이다. 너스바움은 이러한 이해가 법률적 판단의 경우에도 필요하다고 말한다. 그렇다고 이성적 판단을 포기하라는 것은 아니다. 문학 작품의 가장 대표적인 주제 중 하나는 동서를 막론하고 사랑이다. 그 이야기는 대체로 모든 외적인 환경과 판단 기준만으로 접근할 수는 없다. 문학 작품은 당사자의 관점에서 사랑의 절실성을 전하고자 한다. 사랑의 경우가 아니더라도 사람의 사정은 개인적 절박성의 관점에서 이야기되고 변명될 필요가 있다. 그것이 더 넓은 이성적 판단을 가능하게 한다. 이러한 경우에 필요한 것이 문학적 이해, 시적 감성을 통한 이해이다.

---

1 Martha C. Nussbaum, *Love's Knowledge*(Oxford University Press, 1990), pp. 182~183.

2. 실존적 파토스로서의 윤리

남녀 간에 일어나는 정열과 같은 '파토스(pathos)'는 사람의 상황을 규정하는 중요한 인자 중 하나이다. 그것은 개인의 이해관계와 얽혀 있으면서도 필연적으로 개인을 넘어서 타자에 이르는 접착 매체이다. 그러나 그것이 일반적·사회적 성격을 띠면서 윤리와 도덕을 이루는 질료가 되지는 않는다. 남녀 간의 사랑은 두 사람의 정열의 도가니 안에 닫혀 있는 파토스이다. 앞에서 너스바움이 말한 것은 인간관계의 모범으로서의 파토스의 중요성이라기보다는 그것을 동정적으로 이해하기 위해 필요한 지적 조작의 인식론적 중요성이다. 이해는 섬세한 지각적 개입이 없이는 불가능하다. 동정적 입장에 서야만 비로소 이해가 가능해지는 것이다. 그러나 이 동정은 궁극적으로 이성의 보조 수단이다. 이해의 중심은 이성에 있다. 파토스의 상황에서도 모든 절차를 내려다보고 있는 것은, 애덤 스미스의 표현을 빌리면, "사리를 아는 관찰자(judicious spectator)"의 합리성이다.[2] 그리하여 공적 공간에서의 중재자는 다시 공적 또는 사적 이해관계의 총화로서의 합리성으로 돌아간다.

그러나 윤리와 도덕도 파토스의 성격을 띨 수 있다. 이 경우에 이것들은 아무런 중간 매개가 없이 인간 실존에 직접 작용하는 힘이 되는 것으로 생각된다. 도덕적 행위, 윤리 규범의 실천, 양심의 행위 등은 반드시 조심스럽게 사리 판단을 한 결과 일어나는 인간 행동이라고만 할 수는 없다. 그리하여 그것은 윤리적 행위가 더 직접적으로 개인의 심성으로부터 일어날 수 있다는 증거가 된다고 할 수 있다. 그리하여 이 도덕과 윤리가 공리적 계산을 넘어가는 인간 본성의 일부라는 것을 보여 준다.

---

2 Martha C. Nussbaum, *Poetic Justice: The Literary Imagination and Public Life*(Beacon Press, 1995), pp. 72~78.

깊은 의미에서의 윤리적 사회성은 이러한 파토스의 현실에 기초한다. 인문 과학의 임무 중 하나는 그것을 밝히는 일이다. 그리하여 그것은 인간의 사회성을 드러내 보임과 동시에 그것이 개인의 자유와 자유의 일부이기도 하다는 것을 알게 한다. 다만 이러한 증명은 많은 경우 부정적 사례에서 드러나는 것이므로 선(善)이 적극적으로 인간 현실에서 어떻게 작용하는가를 보여 주지는 않는다. 우리가 알게 되는 것은 선의 효과보다도 선의 자연스러운 경로가 폐쇄되어 일어나는 나쁜 결과이다. 그리하여 부정적 증거로 보아 그것이 인간 존재를 구성하는 능동적 에너지일 것이라는 사실을 느끼게 된다.

성선설(性善說)은 선을 향한 의지적 지향이 사람의 본성에 있다는 것을 말한 것이다. 이 전제하에서 선행(善行)은 타자를 향한 것인 동시에 자신의 본성에 충실한 행위가 된다. 서구의 전통에서 18세기 스코틀랜드의 도덕 철학자들이 강조한, 인간 본성에 들어 있는 '선의(benevolence)'도 이러한 본성의 존재를 시사한 것이다. 사실 윤리와 도덕이 진화론적 근거를 가지고 있다는 사회 생물학의 관점도 이에 맞아 들어가는 것이라고 할 수 있다. 이렇게 볼 때 문학 작품에서 사람의 자연스러운 본성에서 비롯되는 선행이 좋은 사회의 기초가 된다는 것을 예시하는 이야기들을 기대하는 것은 당연하다. 권선징악(勸善懲惡)의 동화, 우화 그리고 소설 같은 것이 그러한 일을 한다고 할 수 있다. 그러나 다른 한편으로 권선징악이 지나치게 강조되면 선행의 동기가 불분명해질 가능성이 있다. 선행에 조금이라도 세간적 의미에서의 보상(물질, 사회적 지위, 정치적 이데올로기의 정당화 등에 의한 보상)이 주어진다고 하면, 그 동기의 순수성에 의심이 갈 수 있다. 그리고 인간성의 도덕적 성격이 직접적인 것인가에 대한 믿음은 다시 불확실해진다.

여기에 대하여 윤리와 도덕의 직접성을 보여 주는 것은 불리한 조건에도 불구하고, 그리고 세간적인 의미에서 불리한 결과가 예상됨에도 불구하고, 도덕이나 윤리의 명령이 거부할 수 없는 파토스로 작용하는 경우이다. 가령 마르틴 루터가 종교 재판의 현장에서 자신의 신앙 개조를 취소하기를 요구받았을 때 그 요구를 거부하고 "나는 달리 행동할 수 없다."라고 하였을 때, 그의 태도가 옳든 그르든 간에 그의 양심선언은 거부할 수 없는 파토스의 분출을 표현한 것이라고 할 수 있을 것이다. 문학 작품 가운데 비극이 갖는 호소력의 상당 부분이 이러한 파토스의 장면이 주는 전율감과 관계되어 있다. 흔히 드는 예로서 오이디푸스는 자신이 통치하고 있는 도시의 환난을 구하기 위하여, 위험의 경고에도 불구하고 그 원인을 끝까지 밝히려 하다가 비극적 결과에 이르게 된다. 윤리적 책임과 정의, 진리의 가차 없는 추구가 비극을 초래하는 것이다. 관객이 아리스토텔레스가 말한 연민과 공포를 느끼는 것은 그것이 바로 보편적 인간 상황일 수 있다는 것을 느끼기 때문이다. 윤리와 도덕이 반드시 좋은 결과를 가져오지 않는다고 하더라도 그 파토스적인 강박을 거부할 수 없는 것이 인간 조건인 것이다.

그런데 윤리적·도덕적 강박감에서 나온 행동은 단순히 주어진 규범을 기계적으로 받아들인 결과일 수도 있고, 모든 추상적인 이념이 그러하듯이 일시적으로 일어난 광신적 심리 상태의 표현일 수도 있다. 도덕성의 비극적 시험과 광신 행위의 차이를 가리는 것은 심히 어려운 일이다.(신앙이나 정치적 이념으로 추동되는 테러리즘을 윤리적으로 어떻게 저울질하느냐 하는 문제는 간단히 답할 수 없다.) 그러면서도 여기에 구체적·실존적 개입의 정도가 어느 정도 변별의 기준이 되는 것이 아닌가 한다. 보상의 애매성은 다시 한번 기준이 된다. 그리스 비극에서 어떤 비극적 행동은 절대적인 정의나 진리에 의하여서도 뒷받침되지 않는다. 그렇다고 그것이 이 모든 기준을 확연하게 벗어나는 것도 아니다. 헤겔은 소포클레스의 『안티고네』가 저마다 정당한 두 개의 도덕률 또는 윤리 규범 사이에 일어나는 갈등을 주제로 한다고 해석하였다. 이 두 개의 정의는 각각 절대적인 성격을 지니면서 갈등 자체가 이미 그 절대성을 부정한다. 그리스의 세 극작가가 모두 다루고 있는 오레스테스의 이야기에서 아버지를 살해한 어머니를 살해한 오레스테스는 당대의 가족 윤리의 요구에 비추어 친족 살해에 대한 복수와 친족 살해, 이 두 가지 모순된 일을 하나의 행위로써 행하는 주인공이다. 이것은 헤겔의 경우보다 더 강하게 윤리 규범이 처방하는 정의의 모순을 드러낸다. 그러나 이러한 모순에도 불구하고 주인공은 주어진 규범에 따라 행동할 수밖에 없다. 그것은 그의 실존 속에 깊이 각인되어 있는—당대의 그리스에서의—인간됨의 조건이다. 그는 화해할 수 없는 모순을 살고 그 고뇌를 살 수밖에 없다. 그의 의식 속에 이 모순이 반드시 인지되지 않더라도 그의 행동의 전체 드라마는 그것을 깨우치게 하는 역할을 한다. 적어도 극작가는 그것을 의식하지 않을 수 없고 관객도 그것을 공감하지 않을 수 없다.

윤리 규범이나 사회적 정의의 격률은 그 자체로는 완전히 정당한 것처럼 보일 수 있으나 실존의 구체적 상황 속에서는 매우 복잡한 의미를 갖게 된다. 비극의 모순을 소재로 삼는 극작가가 관심을 가진 것은 이 복잡해지는 의미를 보여 주고 그것을 넘어가는 삶의 어떤 테두리로 관객을 이끌어 가려는 것일 것이다. 그러나 우리의 관점에서는 이러한 드라마의 의의는, 한편으로 구체적 상황을 통한 추상적 규범의 시험이 중요하다는 사실을 새로이 깨닫게 한다는 것과, 다른 한편으로 모든 불행한 결과에도 불구하고 수행되어야 하는 규범의 명령이 얼마나 실존적 파토스로서 사람의 현실 안에 직접적으로 존재하는가를 생각하게 한다는 데에 있다.

비극의 극단적인 경우가 아니더라도 사실 뛰어난 문학 작품은 윤리적·도덕적 규범과 인간의 개체적 실존의 고통스러운 연루를 다루는 경우가 많다. 독일의 영문학자 볼프강 이저는 존 버니언의 『천로역정』을 분석하면서, 이것이 단순히 기독교적 삶의 행동 지침을 알레고리로 예시한 것이 아니라 소설적 성격이 강한 이야기라는 것을 강조한 바 있다. 소설은 도덕이나 윤리보다도 현실의 기술에 초점을 맞춘 글쓰기이다. 거기에 도덕과 윤리가 있다면, 그것은 인간 현실의 절실함 속에서 드러나야 한다. 『천로역정』에서 버니언은 기독교적 행동이 어떻게 경험과 경험에 대한 반성을 통해서 현실적인 삶의 일부가 되는지를 보여 준다. 가령 알레고리는 용기 부족과 불신앙이나 죄에 굴복하지 않고 믿음을 가지고 나아가야 바른 믿음의 사람이라고 말할 것이다. 그러나 믿음의 삶이 추상적인 가르침만 따르면 이루어질 수 있다고 간단히 말하는 것은 현실을 알고 하는 말이라고 할 수 없다. 진정한 신앙의 길은 그러한 현실을 몸으로 경험하고 그 경험의 시련을 통하여 더 견고한 신앙을 지닌 인간으로 단련되는 것이다. 흔들리지 않는 신앙심을 갖고자 하는 사람이라도 '비겁함', '불신', '죄'에 휩쓸리게 되는 경우가 비일비재하다. 이러한 유혹에 맞서서 "실제 싸워 보지 않은 사람은 그러한 싸움이 어떠한 것인가를 알지 못한다."라고 주인공 크리스천은 말한다. 결국 그가 이르게 되는 곳은 '하늘의 도시'이지만, 그 도시는 어려운 싸움 그리고 그러한 싸움이 없는 곳에서의 그 나름의 행복한 상태에서 빚어지는, 시련의 열매라고 할 수도 있다.[3] 이저는 이러한 경험적 내용으로 하여 『천로역정』은 단순한 종교 우화가 아니라 소설에 가깝다고 말한 것이다.

되풀이하건대 심각한 소설은 주인공이 겪는 여러 에피소드들을 서술하면서 그것들이 하나의 이야기를 이루도록 짜여진다. 그리하여 모든 것은 하나로 수렴된다. 이 하나는 반드시 선악의 교훈으로 요약될 만한 것은 아니지만, 인간 실존의 의미의 무게(서술된 체험의 잠재적·윤리적·도덕적 가능성)

---

3 Wolfgang Iser, *The Implied Reader*(The Johns Hopkins University Press, 1974), "I Bunyan's Pilgrim's Progress……," 특히 p. 23 이하.

에 대한 방선(放禪)이 된다고 할 수 있다. 플롯은 사실과 사실의 연쇄가 그럴 수밖에 없었다는 것을 보여 준다. 그리고 사실들은 에피파니(epiphany)에 이른다. "아, 그런 이야기였군!" 하는, 이야기의 끝에 오는 이 느낌은 잠재적으로나마 그럴 수밖에 없었던 삶의 도덕적 의미를 재단(裁斷)하는 것이 아니겠는가? 실존적 출발점을 잊지 않는 철학적 사고도 대체로 비슷한 구조를 갖는다고 할 수 있다. 지나친 일반론의 위험을 감수한다면 모든 근본적 존재론(Fundamental Ontologie)이나 현상학적 탐색은 구체적 상황 속의 현존재와 그것을 넘어가는 존재의 관계를 밝히려 한다고 할 수 있다. (그것을 밝혀야 하는 것은 물론 철학적 문제이지만, 그 형식은 현실적 삶의 반성에 시사되는 구조에서도 자주 보는 것이다. 현상학자, 실존주의자, 마르크스주의자였던 모리스 메를로퐁티의 전쟁 경험의 분석 — 프랑스인이면서 보편적 인간인 병사가 독일인이면서 보편적 인간인 병사와 전선에서 마주 서게 될 때의 괴로운 그리고 철학적인 문제를 다룬 짤막한 글 「전쟁은 일어났다」[4]는 이러한 구조의 가장 간단한 예시가 될 것이다.) 이러한 것들은 글쓰기 양식의 의미를 말하는 것이지만, 반성적 고찰의 대상이 되는 삶은 대체로 사실과 도덕적·윤리적 의미와 그것들의 실존적 얽힘의 구조를 갖는다고 할 수 있다.

윤리적 상황은 규범적 상황인 동시에 실존적 상황이고 그만큼 그것은 보편적 원리만으로는 충분히 해명할 수 없는 부분을 갖고 있게 마련이다. 여기에서 사람이 할 수 있는 것은 최대한 이성의 균형에 의존하면서도 실존적 고뇌와 갈등에 깊이 공감하는 것이다. 여기에서 관용이 생겨나고 삶에 대한 한층 높은 이성적 이해가 가능해진다. 이러한 것들이 인문 과학 학습의 한 소득이라면, 그 수련이 사회의 인간적 깊이를 더하는 데에 중요한

---

4 Maurice Merleau-Ponty, "La Guerre a eu lieu", *Les Temps modernes*, no. 1(Octobre 1945); *Sens et non-sens*(Les Editions Nagel, 1963).

기여를 할 수 있다는 것은 분명하다.

5. 고귀의 이상의 출발

1. 논지의 요약: 인간 존재의 초월적 차원

지금까지의 논지를 다시 말하면 중심 과제는 민주주의가 전제하는 개인 — 그 개인은 자유 의지 그리고 그 이익의 절대적인 불가침성에 의하여 정의될 수 있다. — 이 어떻게 하여 사회성으로 나아갈 수 있는가 하는 것이었다. 인문 과학의 과제는 이 연결을 생각하는 것이다. 개인과 사회를 연결하는 한 교량은 보편성의 원리이다. 이 보편성의 한 의미는 그것이 개인의 자유와 이익의 총화를 나타낸다는 것이다. 이 총화를 만들기 위해서는 개인의 자유에 대한 제한을 받아들이는 타협이 있어야 한다. 그러나 다른 한편으로 이것은 사람이 자신의 이익을 넘어서 전체를 살필 수 있는 능력, 즉 이성적 능력을 가지고 있다는 것을 말한다. 그렇다면 사람은 이성의 힘만으로 이해관계를 초월하여 직접적으로 보편성의 원리에 도달하고 그로부터 사회 평화의 계약을 도출해 낼 수 있다. 그 공적인 표현의 하나가 법이다. 다만 이러한 보편적 원리 또는 이성적 원리가 지나치게 추상적일 때, 그것은 개체의 구체적 상황을 바르게 파악하지 못할 수 있다. 이때 필요한 것은 당사자 개인의 주관적 관점에 일치하여 사태를 재구성해 보는 것이다. 그러면서 그것을 사리에 맞는 판단에 다시 회부하는 것이다. 이러한 개인과 사회의 관계에는 개인과 함께 사회가 필요로 하는 일반적 정의의 원리 — 이성이 작용하고 있다. 이 원리는 개체를 초월하는 객관성을 가지고 있다. 그것이 존재론적 실체성을 가지고 있는가 하는 것은 분명치 않다. 기본 개념은 자기 이익 속에 갇혀 있는 단자적(單子的) 존재라는 것이다. 그

위에 개체들을 통합하는 이성의 법칙이 있다. 물론 단자들의 이에 대한 접근은 이익에 대한 고려에서 또는 개체의 마음에 존재하는 이성을 통해서 가능하다.

그러나 자신을 넘어가는 초월적인 차원에 더 직접적으로 열려 있다는 것도 인간 존재의 부정할 수 없는 진실이 아닐까? 이 열려 있음의 통로가, 적어도 인간의 사회적 관계에서는 윤리와 도덕이다. 그러나 대체로 전통적 사회에서 윤리와 도덕은 개인의 밖에 존재하는 권위에 의하여 개인에 부과되는 것이었다. 그리하여 그것은 자유로운 개인의 의지를 밖으로부터 구속하는 것으로 생각되었다. 그러나 윤리와 도덕은 자유로운 인간 존재의 밖에 존재하는 것이 아니라 본래적인 삶에 충실하려는 사람에게는 거역할 수 없는 실존적 파토스로 그의 삶의 역사의 올과 결을 이룬다. 불행하게도 실존과 윤리와 도덕의 얽힘은 대체로 인간 조건의 비극적인 모순에 가장 절실하게 나타난다. 또는 적어도 문학과 철학에서 그것의 작용은 비극적 모순의 서술과 분석을 통해서 생생하게 예시된다. 그리하여 윤리와 도덕을 현실로 산다는 것 또는 그것을 이해한다는 것은 상당히 복잡한 정신적 능력을 요구한다. 윤리적 파토스, 이 파토스의 현실 세계와의 연루, 그리고 서로 합치고 상충되는 요인들을 하나로 종합하면서 이루어지는 실천적 결단 — 이러한 것들의 문제가 이와 관련된다. 다시 말하여 그것은 실천을 위해서는 물론 지적 이해만을 위해서도 상당한 정신적 훈련을 필요로 한다. 인문 과학적 수련의 한 부분은 여기에 관련된다.

2. 하나의 교육적 사례: 자연, 육체와 실존으로서의 개체, 교사의 권위

그러나 개체적 삶과 윤리 도덕의 보편성의 요구가 실존적 전체성이 되는 것은 무로부터 유가 태어나듯이 반드시 교육과 수련만의 소산은 아니다. 사람의 체험에서 보편적인 것에 대한 느낌은 그렇게 희귀한 것이 아니다. 사람은 자기라는 테두리 안에 도사리고 있는 절대 고립의 존재라기보다는 그것을 넘쳐 나가는 존재라는 것이 옳다. 사람은 가장 원초적인 육체적인 존재로서도 이미 세계 속에 있다. 그리고 종종 자기의 '너머'에 또는 '안'에, 초개인적인 것 — 자신의 존재를 에워싸고 있는 전체가 서려 있다는 것을 느낀다. 낭만주의자들은 무엇보다도 커다란 자연 — 숭고하다고 할 만한 자연을 대할 때 이것이 주제적으로 의식된다는 것을 발견하였다. 동시에 구체적 전체로서의 자연의 체험은 저만치 떨어져 있는 것이 아니라 개인적 체험 속에 융해되어 정서적 확신으로 존재한다고 생각했다. 그리하여 낭만적 체험은 개인의 닫혀진 테두리 — 그 "자아 중심적 숭고함(egotistical sublime)"[5] 속에 갇혀 있는 것으로 말하여지기도 한다. 개인과 자연의 전체성 사이가 어떻게 연결되느냐 하는 문제에 간단히 답할 수는 없지만, 적어도 이 경우는 양극이 하나의 형이상학적 실재(實在) 속에 있다고 느껴진다고 할 수 있다. 그리하여 그 일체성의 확신(catalepsis)은 이성이나 감정적 동정에 있어서보다 더 직접적인 것이 된다고 할 수 있다. 이 일체성이 결국은 더 직접적으로 사람의 사회성의 근거가 된다고 할 수 있다. 뒤르켐이 생각하듯이, 사람이 사회의 존재를 하나의 전체성으로 — 거의 신적(神的)인 전체성으로 느낀다면, 그리고 그것이 인간의 사회성의 공고화에 기여한다면, 그것은 숭고한 자연 체험이 알게 하는 형이상학적 전체성의 일부로서 그렇게 느껴진다고 할 수 있다.

어쨌든 자연의 체험은 감각적 확실성을 가지고 있어서, 많은 절실한 체험이 그러하듯이 개인을 넘어가는 거대한 존재이면서 개인의 실존에 삼투

---

5 이 말은 존 키츠가 강한 자기 의지가 아니라 모든 것에 열려 있는 태도에 대하여, 워즈워스의 자연과 인간의 숭고한 통일성에 대한 비전을 변별적으로 설명하는 데 사용한 말이다. 키츠 이후 이 말은 워즈워스가 말하는 자연과 인간의 숭엄한 현존이 오로지 그 자신의 고독한 정신의 비전 속에서만 나타나는 것으로 생각하였다는 사실을 가리키기 위하여 자주 사용되었다. John Jones, *The Egotistical Sublime: History of Wordsworth's Imagination*(London: Greenwood Press, 1978) 참조.

해 오는 전체성의 체험이다. 그것은 외적으로 부과되는 것이 아니라 자신의 실존의 안으로부터 나오는 것이다. 이러한 거대함과 일체가 되는 체험은 윤리 도덕의 규범적 세계와의 일체성에 대한 체험으로 쉽게 이어진다. 자연에서의 일체성의 체험은 사람의 주어진 대로의 삶이, 윤리 도덕의 규범을 포함하여 더 넓은 세계의 일부라는 것을 인지하는 계기가 되는 것이다. 이것은 워즈워스를 비롯한 낭만주의자들이 흔히 말하는 것이지만, 여기에서는 이것을 헤르만 헤세의 소설의 한 장면을 통해서 간단히 살펴보고자 한다.

독일의 교양 소설의 전통에서도 헤르만 헤세는 젊은이의 정신적 성장의 과정을 그려 내는 데 탁월한 소설가이다. 그의 만년(晩年)의 소설 『유리알 놀이』의 한 부분은 청년기의 정신적 각성이 매우 다양한 요소를 통하여 이루어질 수 있음을 잘 보여 준다. 여기에서 잠깐 언급하고자 하는 것은 이 길고 복잡한 소설 전체가 아니라 사춘기 소년 티토 데시뇨리가 사람의 인격이 성취할 수 있는 고귀함의 이상을 처음 깨닫게 되는 뒷부분의 에피소드이다.

티토의 개인 지도를 맡게 된 정신 수련의 달인(達人) 요제프 크네히트는 그의 제자가 될 소년을 높은 산과 맑은 호수가 있는 알프스에서 처음으로 만나게 된다. 그는 여느 교사들과는 달리 그에게 학문, 덕성, 지성의 엘리트 따위의 상투적인 동기 부여의 언어를 사용하지 않는다. 모든 것은 자연스럽게 자발적으로 이루어져야 한다. 너그러운 이해로 대하는 그의 몸가짐과 언어는 소년으로 하여금 그의 높은 인품을 느끼게 하고 배움의 의무를 순순히 받아들이게 한다. 그리하여 소년은 교사를 접하자마자 이내 자신 속에 "기사적인, 드높은 것을 향한 크게 훌륭한 뜻과 힘"이 있음을 느끼게 된다.

크네히트의 계획은 점진적인 수련의 과정을 통하여 소년으로 하여금

"자신의 능력과 재능을 깨닫게 하고, 과학과 인문 과학과 예술에 대한 사랑을 일깨울 고귀한 호기심, 드높은 불만"을 품게 하는 것이다. 이러한 교육의 계획은 이미 첫 만남에서 자연스럽게 준비된 것이다. 교사의 인품에 못지않게 교육을 준비한 것은 소년의 생활 환경을 이루었던 자연과의 교감이라 할 수 있다. 이 교감은 그의 정신적 보호자의 눈앞에서 심오한 정신의 의식(儀式)으로 승화된다. 알프스에 도착한 다음 날 이른 아침 크네히트는 호수와 기암과 절벽의 알프스에 해가 떠오르는 광경을 본다. 그리고 장엄한 풍경에서 "고요와 무게와 아름다움을 느끼고 거기에서 오묘한 관심과 의미를 감지한다." 그는 호숫가에 나온 소년을 만난다. 레슬링을 좋아하고 등산을 즐기는 소년은 조기(早起)의 습관을 가지고 있다. 크네히트는 이러한 육체적 습관과 운동이 정신적 계발의 수단이라고 생각한다. 더 중요한 것이 있다면 음악을 알게 되는 것이다.

해가 외외(嵬嵬)한 산 위로 떠오르자 소년은 두 팔을 들어 해를 환영하는 춤을 추기 시작한다. 춤으로써 "환하게 솟구치며 퍼져 나가는 원소들과의 깊은 일체성을 표현하려는 것이다." 그는 태양을 향하여 앞으로 나아갔다 뒤로 물러났다 하면서, "팔을 벌려 산과 호수와 하늘을 안고, 무릎을 꿇고 어머니 대지에 인사를 드리는 듯, 또 호수의 물결을 향하여 팔을 뻗으며, 자신을 — 자신의 젊음과 자유와 타오르는 삶의 느낌을, 자연의 신들에게 마치 축제의 제물처럼 바치는 것이었다." 그의 스승에게 그의 찬미의 춤은 소년을 "승려의 엄숙함 속으로 끌어 올리고…… 마치 햇빛이 차고 어두운 산골짜기를 밝혀 주듯이, 그의 마음속 깊고 드높은 성향과 자질과 운명을 드러내 주었다." 헤세의 묘사는 소년의 아침 의식을 다음과 같이 요약한다.

소년은 자기가 하는 일이 무엇을 뜻하는지 모른 채로, 아무 의문도 없이,

그 황홀한 순간의 명령에 따르고, 그의 우러름을 무도로 표현하고, 태양에 기도하고, 경건한 동작으로 그의 환희와 삶에 대한 믿음과 외경심을 고백하고, 그의 무도를 통하여 긍지와 순종을 아울러 태양과 신들에게, 또 그에 못지않게 현인이며 악인(樂人)이며 신묘한 유리알 놀이의 달인으로서 신비의 영역으로부터, 스승으로 친구로 그에게 온, 우러르고 두려워하는 스승에게 드리는 제물로서 그의 영혼을 바쳐 올렸다.

물론 이러한 자연에서의 외경감의 학습이 소년의 인간 교육에 필요한 모든 것이라고 할 수는 없다. 그러나 헤세는 그 이외에 무엇이 필요한가를 이야기하지 않는다. 소설에서 크네히트는 이 아침의 만남 후에 곧 호수에서 익사하는 것으로 되어 있다. 그의 전력으로 보아 소년의 교육의 중요한 부분은 수학과 음악이 될 것이다. 크네히트에게 이것은 인간의 지적 성취의 가장 높은 부분에 해당된다. 그렇다 해도 그것이 전부일 수는 없다. 크네히트가 '유리알 놀이'의 세계를 떠나서 시정(市井)의 세계로 내려온 것은 사람의 의무의 하나가 사회적 기여라고 생각했기 때문이다. 그것이 인간의 인간됨을 완성한다. 티토가 공부와 수련을 계속하는 데에는 다른 여러 과목들이 포함될 것이다. 그것은 앞에서 말한 이성이나 섬세한 지각적 동정심의 중요성 그리고 사람의 삶에서의 윤리와 도덕의 중요성에 대한 이해를 단련하는 공부도 있을 것이다. 그러나 이 모든 것의 기초가 되는 것은 자연과 우주 공간과 삶에 대한 경외심일 것이다. 이것은 기이하게도, 유교에서 '경(敬)'을 수양의 핵심이라고 한 것과 같다. '경'은 영어로 번역될 때, 대체로 'mindfulness(조심스러운 주의)'라는 말로 번역된다. 공부의 기본자세는 주의 집중에 있다. 그러나 그것은 공부의 대상을 존중하는 조심스러운 것이라야 한다. 헤세가 교양의 과정 전부를 말하지 않은 것은 마음의 기본을 말하는 것으로 족하다고 생각한 때문인지도 모른다.

그런데 티토의 교육이 신체적·정서적·지적·정신적 계발에 한정된 것은 아니다. 앞에서 말한 것처럼, 크네히트는 현실 세계에의 기여를 중시한다. 티토의 교육은 지도자를 위한 교육이다. 그것은 지적으로도 심성의 함양에 한정된 것일 수 없다. 다른 분야에서와 마찬가지로 『유리알 놀이』에서 여기에 대한 구체적인 교육 프로그램을 발견할 수는 없다. 그러나 이 점에서도 기본자세에 대한 암시는 충분히 나와 있다고 할 수 있다. 핵심의 하나는 자기를 높게 갖는 것이다. 이것은 정신적 자세이기도 하고 현실 사회에서의 자세이기도 할 것이다. 티토의 귀족 신분은 이것을 상징적으로 표현하는 것이라고 할 수 있다. 또는 민주주의 사회의 관계를 생각할 때, 그것은 그렇게 해석되어 마땅하다. 귀족은 높은 사람이다. 그러나 진정한 의미에서 자기를 높이 갖는 것은 자기를 낮춤으로써 가능하다. 높은 것에 순응할 때 자기는 낮아지고 그럼으로써 자기를 높이는 것이 가능한 것이다.

티토의 자연을 경배하는 무도는 겸허함과 동시에 자긍심의 표현이다. 그는 "긍지와 순종을 아울러" 태양과 신들과 스승에게 인사를 드린다. 소년 티토 데시뇨리는 귀족의 후예이다. 크네히트는 자신의 의무를 "다른 사람들이 복종하고 모범으로 삼게 될 나라의 정치적·사회적 형성에 나갈 지도자의 한 사람"을 교육하는 것이라고 무겁게 받아들인다. 자연을 경배하는 것은 높은 원칙에 따라 행동하는 지도자의 자질을 드러내는 것이다. 물론 이것은 성향의 문제이기도 하고 티토의 계급의 문제이기도 하다.

헤세는 반민주적 사상가인가? 그런 면이 없지 않다고 할 수도 있다. 그러나 헤세의 귀족주의가 반드시 계급으로서의 귀족의 자세를 말하는 것이라고 할 수는 없다. 크네히트는 귀족 출신이 아니지만 티토는 그에게서 귀족을 느낀다. 그가 귀족이라면 그는 인격과 학식과 지혜의 귀족이다. 그것으로 그가 하는 일은 높은 이상으로써 사람들에게 봉사하는 것이다. 그의

이름 '크네히트(Knecht, 종)' 자체가 그것을 의미한다.[6]

귀족주의와 민주주의의 문제를 떠나서, 봉사와 자긍심의 기이한 결합은 모든 지도자 또 긍지를 가진 인간의 특성이라고 할 수 있다. 앞에서 시사한 바와 같이, 사회는 법 또는 외부로부터 부과된 윤리와 도덕으로만 진정 인간적인 사회가 될 수는 없다. 사회의 작은 움직임에서도, 외부의 눈이 없어도, 높은 이상에 따라 행동하는 사람 아니면 적어도 양심에 따라 움직이는 사람이 없다면, 사회는 곧 부정과 부패의 무질서 또는 이권의 독점과 분배로 형성되는 조폭의 사회가 되고 말 것이다. 앞에서 말한 크네히트나 티토의 귀족성(nobility)은 정신의 드높음을 말한다. 귀족 — 적어도 정신적 관점에서 해석된 귀족은 명예의 인간이다. 영어에서 '명예(honour)'는 '정신의 고귀함, 너그러움, 저열함에 대한 경멸(nobleness of soul, magnanimity, scorn of baseness)' 등으로 정의된다. 또 사전에 따라서는 '정직성, 일체성(honesty, integrity)'으로도 정의된다. 이것은 결국 양심에 따라서 행동하는 원리이다. 그 양심의 힘은 윤리나 도덕 못지않게 자존심에서도 나온다. 만인이 자유롭고 평등한 사회에서도 이러한 품성은 사회를 인간적 높이로 유지시키는 핵심적인 요소이다. 그리고 민주주의의 이상인 자유와 평등 그리고 만인의 우애는 바로 이러한 이상의 존재 가능성을 말하는 것이다. 다만 이러한 이상이 쉽게 정치적 특권주의, 권위주의, 위계주의로 이어질 가능성이 있다는 것도 간과할 수 없다. 이러한 우려에서 정신의 고귀함이 후퇴하고 인문 과학의 용도가 불확실해지는 것이라고 할 수 있다.

---

6 Hermann Hesse, *Magister Ludi The Glass Bead Game*(Bantam Books, 1970), pp. 387~391.

6. 교양의 세계: 결론을 대신하여

앞에서 말한 티토의 교육에서 자연, 신체적 발달 그리고 그것의 의례화(儀禮化), 정신적 이상 그리고 겸손과 자존심에 대한 깨우침, 인격적·지적 길잡이로서의 교사의 존재 — 이러한 것들은, 방금 시사했듯이 인간의 정신적 진실, 개체로서 그리고 사회와 우주적 전체성의 일부로서의 인간 존재의 진실에 진입하기 위한 예비적 조건이다. 그다음에 시작되는 것이 더 전통적인 의미에서의 수신 또는 수양이다. 헤세의 생각이 지니는 정치적 의미를 정확히 헤아리기는 쉽지 않지만, 그가 인간 능력의 발전을 중시한 독일의 교양 전통 속에 있는 것은 분명하다. 그리고 그것은 이미 앞에서도 느낀 바와 같이, 교양의 이념의 애매한 성격을 가지고 있다는 것도 부정하기 어렵다.

교양이 주로 내면성으로 향한 길을 나타낸다고 한다면, 『유리알 놀이』는 그러한 교양의 이상을 이야기하는 동시에 그것에 대한 비판을 담고 있다고 할 수 있다. 앞에서 말한 바와 같이 크네히트는 교양의 인간이면서 그 세계를 떠나야 한다고 느끼는 사람이다. 그러면서도 『유리알 놀이』에 반민주적 요소가 있다는 것은 앞에서도 언급하였다. 교양의 전통이 독일의 민주주의적 발전을 저해하고 결국은 나치즘에 이르게 되는 권위주의 전체주의 정치 체제의 대두에 도움을 주었는가 하는 것은 교양 이념에 대한 드물지 않은 비판이다. 영국의 독문학자 브루퍼드의 독일의 교양 전통에 대한 연구의 주제도 그러한 비판이다. 이 책의 중심인물은 어떻게 보면 토마스 만이라고 할 수 있다. 만은 히틀러가 정치에 등장하기까지는 교양의 세계를 정치와 분리하여 생각하였다. 그의 생각에 정치는 교양과 문화의 세계를 비속화한다. 이상이 높은 인간이 추구하여야 할 것은 내면성이다. 내면적 문화 가치는 정치로부터 멀리 떨어진 문학, 철학, 음악, 조형 예술에서 표현된다. 그러나 히틀러 이후의 만은 독일인이 정신문화의 추구를 위하여 정치를 등한히 한 것은 커다란 역사적인 잘못이라고 생각하고 민주주의와 자유 그리고 '연민의 사회주의'는 문화와 교양을 추구하는 사람들의 중요한 관심사가 되어야 한다고 말하였다.[7]

그러나 이에 못지않게 경계하여야 할 것은 정치적 세계에 대한 지나친 강조라고 할 수도 있다. 또는 한 걸음 더 나아가 문화를 정치가 지배하게 되는 것이다. 문화와 정치가 분리된 것이 독일의 문제였다는 평가들에도 불구하고, 사실 독일의 문제도 엄밀한 의미에서는 정치에 의한 문화의 지배라고 할 수 있다. 정신적 가치의 존중을 비이성적 정열, 민족의 신비한 단일성, 공동체적 집단성의 절대적 우위 등으로 변화시킨 것은 정치적 조작의 결과였다고 할 수 있기 때문이다. 사실 만이 지적하는 것도 정신적 가치의 추구가 잘못되었다는 것이 아니라 그것으로 인하여 인간의 삶의 정치적·사회적 측면을 등한시한 것이 문제였다는 것이다. 그는 자신의 정치적 무관심의 잘못을 인정하면서도 그의 근본적 입장이 바뀌었다고 말하지는 않는다. 그가 히틀러 이후에 크게 깨닫게 된 것은 완전히 인간적이 된다는 것은 내적인 것과 외적인 것, 개인적인 것과 사회적인 것을 하나로 합쳐 지니는 것을 의미한다는 사실이다. 그러나 여기에서 우위에 서야 할 것은 정치가 아니라 문화적인 것이다. 브루퍼드가 인용하는 헤세에게 보낸 편지에서, 만은 "선을 의도하고, 진리의 모습에 변화가 이는 것을 조심스럽게 지켜보려 하고, 다시 말하여 이 세상에서 정의와 사리와 도리에 가까이 가고자 노력하려는 원리와 힘과 '성스러운' 배려가 정신이라고 한다면, 그

---

7 W. H. Bruford, *The German Tradition of Self-Cultivation: Bildung from Humboldt to Thomas Mann* (Cambridge University Press, 1975). 특히 토마스 만의 전향을 다룬 11장 "The Confession of an Unpolitical Man" 참조.

정신은 좋든 싫든 정치적이라고 할 것입니다."라고 썼다.[8] 좀 까다롭게 표현되어 있는 이 말의 의도는 선, 진리, 배려 등의 원리인 정신이 오늘의 정치 속에서 일정한 책임을 다해야 한다는 말이라 할 수 있다. 그러나 이러한 경우에도 내면을 향하는 문화의 정신이 거듭하여 정치로부터의 독립성을 다짐하지 않는다면, 그것은 정치의 수단이 되어 버릴 수 있다. 결국 인간됨의 모든 것이 '전체화된 정치'에 휩쓸려 들어가 버리게 될 것이다.

이것은 물론 전체주의의 위협과의 관계에서 한 말이다. 그러나 정신과 정치의 단절은 물질적 추구로 단순화된 민주주의 체제에서도 존재한다. 다만 여기에서의 위험은 정신적 추구가 잘못되어 정치에 연결되는 것이 아니라 그러한 추구가 전적으로 부재 상태에 이르는 것이다. 그러면서 그것은 반성되지 않는 정치의 목표에 흔들리는 것이다. 물질주의적 민주주의는 정신을 버림으로써 정신의 추구를 그 물질주의적 계획에 편입하거나 정신을 고사시킨다. 이것은 전체주의의 경우와는 달리 의도적인 것은 아닐지 모른다. 그러나 일어난 결과는 정신의 본모습의 상실이다.

독일의 교양은 동양에서의 수신이나 수양의 개념과도 유사하다. 굳이 구별하자면, 전자가 개인적인 관점에서의 인간의 전면적 가능성을 말한 것이라면, 후자는 그것을 윤리적인 것에 더 한정하여 말한 것이라고 할 수 있다. 여기에서 윤리와 도덕은 종종 강압적으로 부과될 수 있는 것으로 생각되었다. 그러나 수양에서나 교양에서나 자기완성은 개성적 발달을 의미함과 동시에 보편 인간이 되는 것을 의미하는 것이 마땅하다. 이것은 인간의 가능성을 최대한 자신의 가능성이 되게 한다는 것이다. 그리고 그것으로써 보편적 인간에 봉사하게 된다는 것이다. 이로부터 사회와 다른 인간에 대한 윤리적·도덕적 의무의 성실한 수행이 가능해진다. 이때 이 성실성

---

8 Ibid., p. 255.

은 단순히 외적인 규범에 충실한 것이 아니라 자기 자신에 충실한 것이며 보다 높은 차원에서의 자기실현을 의미한다. 이렇게 하여 개성과 사회성은 하나가 될 수 있다.

그러나 자기완성의 이상은 민주주의와 모순되는 것일 수 있다. 민주주의는 정치적 결사의 전제로서, 높은 정신적 각성을 요구하는 정치 원리가 아니다. 그것은 의식의 정도에 관계없이 모든 사람이 함께 정치 공동체를 구성하자는 정치 원리이다. 따라서 문제가 되는 것은 최소한의 요건을 갖춘 인간이다. 여기에서 인간은 개인의 이익에 의하여 정의된다. 물론 주어진 대로의 상태에서의 모든 인간의 동등성을 인정하는 데에는 높은 철학이 필요하다. 그리고 그것은 잠재적으로 모든 인간이 공공성의 공간에서 공공의 원리에 따라 행동할 수 있을 것이라는 기대를 포함하고 있다. 또 그 기대는 이것을 넘어 모든 인간의 인간적 가능성을 크게 생각한다고 할 수 있다. 그러나 이 가능성은 그 계발을 위한 의식적인 노력이 없이는 현실이 되지 않는다. 그리고 그것이 없는 사회가 참으로 보람 있는 삶을 약속하는 사회가 될 것으로 기대할 수는 없다. 그러나 이러한 정신적 계발에 대한 지나친 강조가 민주주의의 원리 또는 보편적 정치 참여의 원리와 모순될 수 있는 것은 사실이다. 한 사회의 정신문화의 교양적 심화가 필요한 이유는 이 모순을 경계하며 생각해야 하기 때문이다.

(2009년)

4부

인간적 사회를 향하여

세 가지 시작

전통 사회의 이해를 위한 한 서론

서양의 서사시 전통에서, 서사시의 기법으로서 이야기를 "일의 한복판에서(in medias res)" 시작하는 것이 좋다는 것이 있다. 이것은 호라티우스 이후 정착한 비평가들의 처방이지만, 호메로스로부터 시작하여 서양의 주요 서사 시인의 작품의 실제로부터 추출된 관찰이기도 하다. 물론 이야기는 일의 복판에서 하지만, 시인은 다시 이야기의 시작을 설명하는 것으로 돌아갈 수밖에 없다. 자초지종(自初至終)을 설명하는 것은 서사의 기본적인 요구 사항이다. 그런데 이러한 요구는 어디에서나 작용하는 것으로 생각된다.

사는 일에서나 생각하는 일에서나 우리는 일의 한복판에 있다. 그러나 여기에서 처음이 무엇인가를 밝혀낼 필요를 느낀다. 이것은 우선 사유의 필요에서 온다고 할 수 있다. 시작점을 분명히 한 다음에야 그로부터 시작하여, 복판에 있는 사정을 납득할 만한 구도로서 파악할 수 있기 때문이다. 시작을 찾는다는 것은 물론 현실적 의도를 가진 것이기도 하다. 무슨 일을 하든지 순서가 없이는 일이 되지 않는다. 주춧돌을 놓기 전에 기둥을 올릴 수 없고, 기둥이 없는 데에 지붕이 올라갈 수가 없다. 그러나 궁극적으로 시작의 필요는 사람이 모두 개체로서 태어난다는 사실에서 온다. 사람은 모두 하나의 시작이다. 사람이 부딪치는 문제는, 적어도 이론적으로 생각하건대 어디에서 시작하여 나의 삶을 펼쳐 갈 것인가 하는 것이다.

서양 철학에서 가장 유명한 시작은 데카르트의 사유이다. 가장 확실한 것이 무엇인가. 근거 없는 습속과 편견이 아니라 참으로 확실한 시작을 찾는다면, 그것은 어디에서 찾을 수 있는가. 데카르트에게 바로 그러한 질문을 발하는 질문자의 사유 작용, 그것이 철학의 출발점이 되는 것이다. 그러나 우리는 사고를 시작하기 전에 이미 일의 복판에 있다. 생각으로서 시작을 찾는 것은 언제나 일의 복판으로부터 되돌아보는 일이다. 서사시에서나 마찬가지로 일의 복판은 그 단초에 선행한다. 데카르트의 '코기토 에르고 숨(cogito ergo sum)'에서 코기토가 아니라 숨이 먼저 있고 또 더 근본적이라는 말은 실존주의의 관점이기도 하고 우리의 일상적 체험이기도 하다. 사람은 생각하기 전에 존재한다. 그러나 존재한다는 것은 사람에게 그저 주어지는 것이 아니라 과제로서 주어진다고 하는 것이 맞는 말일 것이다. 사람이 사는 것은 주어진 사실이면서 살아야 한다는 강박이다. 삶은 수행되어야 하는 어떤 것이다. 목숨을 부지하기 위하여 양식을 구하는 일의 어려움을 깨달을 때 사람들은 이 수행의 압력을 분명하게 느낄 수 있다. 그러나 그보다는 더 직접적인 의미에서 사람은 삶의 수행적 성격을 강하게 느낄 수도 있다. 사람은 늘 무엇인가를 하지 않으면 아니 되는 것이다. 그냥 주어진 공간의 한 위치에 머물러 있을 수가 없다. 「무제(無題)」라는 제목의 시에서 박목월은 "앉은 자리가/ 나의 자리다"라고 하고, 그리고 또 "세상의 모든 것은/ 앉은 자리가 그의 자리다"라고도 한다. 그리고 "벼랑 틈서리에서/ 풀씨가 움트고// 낭떠러지에서/ 나무가 뿌리를 편다"라고 말한다. 세상의 모든 것이 그의 자리에 놓인 대로 놓인 것이라고 말하는 것이다. 그러나 이 말이 특별한 의미를 갖는 것은 바로 모든 것 가운데 사람은 앉는 자리에 그냥 앉아 있지 않기 때문이다. 사람은 수행적 지상 명령을 몸에 담고 있다.

이러한 의미에서 보면 괴테가 『파우스트』에서 "태초에 행동이 있었다.(Am Anfang ist die Tat.)" 한 말은 수긍이 가는 말이다. 물론 이것은 「요한복음」에 나오는 "태초에 말씀이 있었다."라는 말을 바꾸어 놓은 것이다. 여기에서 말씀은 로고스이다. 흔히 데카르트의 코기토에서 시작하는 것이 서양의 합리주의라고 말한다. 물론 코기토는 로고스보다는 모든 것의 시작을 언어라는 복잡한 구조물보다 — 외면적일 수밖에 없는 구조물보다도 조금 더 내면으로 밀어 놓은 것이라고 할 수 있다. 그것은 언어 행위에 관계되는 주체성의 측면을 더욱 분명하게 부각시키고, 그 나름으로 역사적인 결과를 가지게 했다. 그러나 여기에서 그것을 자세히 따질 필요는 없다. 우리가 하려는 것은 사고의 시작 외에 행동의 시작이 있다는 것을 확인하는 일이다.

사람이 행동적 존재라고 할 때, 그것은 대체로 말하여 두 가지 틀 속에서 일어나는 것으로 말할 수 있다. 하나의 틀은 공리적 구도이다. 사람의 행동은 공리적 의도에 의하여 촉발되고 그 의도의 달성으로 완성된다. 이러한 행동의 가장 원초적인 것은 생존의 필요에서 일어나는 행동이다. 즉 생존의 목적으로 그것을 위한 수단과 절차를 궁리하고 행동하는 경우이다. 여기에서 행동의 대상이며 행동의 장이 되는 것은, 사람의 필요가 생물학적인 것인 만큼, 물질의 세계이다. 그러나 사람의 생물학적 요구가 직접적으로 물질세계와의 관련에서 충족되는 경우는 희귀한 경우이다. 그것은 사회관계의 체계를 매개로 하여 이루어진다. 이것은 농업이나 수렵의 협동을 말할 수도 있고, 생산 수단의 체계에 기초한 사회관계 내에서의 일정한 행동을 말할 수도 있다. 그러나 공리적 행동이든 사회적 행동이든 어느 경우에나 행동이 참으로 시작이 된다고 하기는 어려울는지 모른다. 여기에서의 행동은 시작이 아니라 하나의 중간 과정이 된다. 목적이 먼저 있고 그것을 달성하는 수단으로서 행동이 등장한다. 이 수단으로서의 행동은 합리성에 의하여 지배됨이 마땅하다. 데카르트에게 그의 사유의 모험은 궁극적으로 세계의 '제어(mastery)'에로 나아가는 것이었다. 합리성은 사고의 원리이면서 동시에 물리적 세계와 사회의 경제적 구성을 위한 원리이다.

그러나 행동적 관계에서 사회적 요소를 다시 한 번 살펴볼 필요가 있다. 방금 말한 바와 같이 사람이 생존의 이해관계에서 행동할 때에도 그것은 물질적 세계에 대한 행동이라기보다는 사회관계를 통한 행동이고, 많은 경우 그것은 단순히 사회관계에 대한 행동, 그 속에서의 행동을 의미한다. 이 행동도 그것이 이해(利害)를 동기로 하는 한, 도구적 행동의 틀 안에서 이루어진다고 할 수 있다. 그러나 사람과 사람의 관계를 순전히 이러한 관계에서 파악하는 데 대하여 우리는 주저를 느낀다. 그것은 다른 사람을 도구화하는 것인 까닭이다. 도구적 관계의 총화로서의 사회는 공리적 합리성에 의하여 묶여 있는 마찰 없는 이익 사회가 되는 경우에도 극히 살벌한 사회일 것이다. 윤리적으로 그것은 또 칸트가 생각한 바와 같은 모든 사람이 그 자체로 목적이 되는 목적의 왕국으로부터는 가장 먼 사회일 것이다. 그러나 사실적으로도 사람과 사람의 관계가 반드시 이해관계에 기초하여 생겨나는 것이라고 하기는 어렵다. 대부분의 경우, 인간 행동은 이해관계에 의하여 움직이는 행동까지도, 인간의 단순한 공존의 인정 또는 사회성이 도구적 행동을 바탕으로 하는 것으로 보인다. 즉 이 인정이 도구적 행동을 선행하는 것이다. 이 사회성의 규범을 윤리라고 할 때, 윤리가 도구적 관계를 선행하는 것이다. 맹자가 도의의 근본을 불인지심(不忍之心)—차마 못 하는 마음에서 찾은 것은 여기에 관계된다. 맹자는 불인지심의 발현의 예로서 우물에 빠질 위험에 처한 아이를 보고 전후 계산이 없이 이를 붙드는 행위를 들고 있거니와, 이것은 인간 행동에서 사회성의 직접성을 설득하는 데에 적절한 예가 될 것이다. 여기에서 곧 추출하는 것이 사람 마음에 근본적인 것으로 측은지심(惻隱之心)이다. 물론 도덕과 윤리의 근본으로서의 다른 심성 — 결국은 유교적 도덕의 근본이 되는 인의예지(仁義禮智)의 발단이 되는 심성의 상태가 우물에 빠지는 아이의 사례만큼 직접적인가 하는 것은 문제가 될 수 있다. 더구나 여기에서 출발하여 삼강오륜의 질서가 도출될 수 있는 것인지는 의심스럽다. 그러나 적어도 유교적 전통은 원초적으로 주어진 이러한 인성을 단초로 하여 인간 행동의 질서 그리고 사회적 질서를 구성할 수 있다고 생각하였다.

하여튼 인간 행동의 발단에서 윤리적 관계 또는 사회적 공존의 인식이 하나의 선행 조건이 된다고 할 수는 있을 것이다. 그러나 윤리적 행동이 그 근본에 있어서 도구적 틀을 벗어난 면이 있다고 하여 반드시 그 시작이 순수한 행동이라고 할 수 있는가는 분명치 않다. 맹자가 말하는 네 개의 단초는 인간 심성에 관한 논의에서 나온다. 그것은 심성의 움직임을 말하는 것이다. 여기에 대하여 참으로 태초에 행동이 있었다고 할 만한 경우는 없는가. 순전한 행동 또는 신체적 움직임의 경우는 운동 경기, 체조 그리고 무용과 같은 것에서 찾을 수 있다.(나중에 다시 언급되겠지만, 요가나 기공 같은 것도 이러한 신체적 움직임의 예가 될 수 있다.) 이러한 행동의 근본은 어디에 있는가. 이것은 수단으로서의 행동, 도구적 행동으로 설명할 수 없다. 물론 운동이 건강에 좋고 신체의 단련에 좋다고 말할 수는 있다. 그러나 그것이 운동에 대한 근본적인 설명은 아닐 것이다. 여기의 행동들은 인간 심성의 관점에서 설명하기는 더욱 곤란하다. 그러한 설명을 시도한다면 단순히 사람이 몸을 움직이는 것을 즐긴다는 정도가 될 것이다. 무엇보다도 공리적 관점에서 설명될 수 없는 것은 무용이다. 이것은 순전한 신체의 동작 또는 그것의 일정한 체계가 그 나름의 존재 의의를 가지고 있다는 것을 말하여 주는 좋은 예이다. 여기에서 행동은 그 자체로서 시작이고—또 끝이 된다. 그것은 다른 어떠한 것에 의하여 정당화되는 것이 아니다. 그리고 더 중요한 것은 그것이 일시적 동작에 그치지 않고 일정한 지속성과 구조를 가진 것으로 전개될 수 있다는 점이다. 데카르트의 중요성은 그의 코기토로 하여 우리의 사고와 자아의 근본을 확인하고 그 내면 공간에 칩거할 수 있게 되었다는 데에 있지 않다. 사고의 합리적 시작의 확인은 그것이 세계의 합리적 구성을 가능하게 한다는 데에 있다. 무용은—물론 체조나 운동 경기도, 단순한 신체 동작이 체계나 구조물로 확장될 수 있다는 것을 보여 준다. 그런데 그 영역을 넘어 데카르트의 코기토나 맹자의 인의예지의 사단(四端)과 같이, 그것이 우리의 삶에 깊은 관련을 가진 총체적인 기획이 될 수는 없는 것인가.

운동이나 무용은 사람의 일상적 삶으로부터 유리되어 독립된 행동 영역을 이룬다. 그러나 단순한 신체적 동작은 우리의 삶에 깊이 삼투되어 있는 현상이다. 그리고 그것은 삶의 영위에 있어서 우발적인 첨가물에 불과한 것이 아니다. 이것은 사람들의 몸가짐과 표정과 동작이 사람의 대인 관계에서 얼마나 중요한 역할을 하는가를 생각해 보면 쉽게 알 수 있는 일이다. 이러한 것이 단편적인 것이 아니라 일정한 형태나 체계를 이루는 것일지 모른다는 점은 인류학이나 사회학에서 이미 주목된 바 있다. 레이 버드휘스텔(Ray L. Birdwhistell)이 그의 동작학(Kinesics)으로써 동작의 기호를 체계화해 보려고 한 것이나, 보다 유명한 경우로서, 어빙 고프먼(Erving Goffman)이 인간의 사회적 대면에서의 의식을 관찰하여 일상성의 사회학을 개발하려 한 것과 같은 것이 그 예가 될 것이다. 그러나 널리 알려진 것은 일반적으로 원시 사회에 대한 인류학의 연구에서 언뜻 보기에 공리적 또는 합리적 관점에서 설명할 수 없는 인간 행동의 양식화이다. 원시 사회에 관한 보고는, 합리적 정합성에 의하여 구성되는 도구적 행동보다도 양식화되는 행동이야말로 사람의 생존의 기본적 구성 원리라는 생각을 가지게 한다.

인간 행동의 근본을 이해하는 데에 있어서 아시아의 전통문화에서 나오는 독특한 개념들이 있지만, 그중에도 중요한 것이 나는 예(禮)의 개념이 아닌가 한다. 다른 문화 전통에도 그 비슷한 것이 없다고 할 수는 없지만, 중국과 한국의 전통에서만큼 그것이 중요하고 넓은 의의를 가지고 있던 데는 달리 찾아보기 힘들 것이다. 예는 가장 정치하게 발전시킨, 양식화된 행동의 체계이다. 그것은 기본적으로 인간의 신체 동작에 대한 어떤 관점이면서 세계와 사회에 삼투되어 온 구성 원리이다. 그러나 그 근본이 합리적 사고로써 해명될 수 있는 것은 아니다. 우리는 여기에서 참으로 태초에 행동이 있는 경우를 발견한다. 거의 자의적인 행동(acte gratuit)으로 시작되는 것을 보고, 그것으로부터 생성되는 체계 — 결국 거의 무의미로부터 발생하는 의미를 보게 된다.

예 또는 예의라고 할 때, 우리가 곧 연상하는 것은 그것의 윤리적 의미이다. 큰절을 하는 것은 윗사람에 대한 존경심의 표시이고, 그것은 장유유서(長幼有序)의 질서에 의하여 설명된다. 그러나 몸을 굽히는 행동과 윤리적 질서 사이에 필연적 인과 관계가 있는 것은 아니다. 물론 어떤 생물학적 근거가 전혀 없다고 할 수는 없을는지 모른다. 낮추는 자세가 낮은 지위나 겸손을 표시하는 것은 많은 사회에서 공통된 것으로 보인다. 이것은 생물학적 근거를 가진 것일 것이다. 그러나 그것의 정확한 코리오그라피(안무, 按舞)는 사회와 문화에 따라서 다르다. 서열을 표하는 것이 아닌, 단순한 사회성의 동작은 더 다양하다. 절, 목례, 경례, 악수, 포옹, 코 맞대기 등 — 상호 인정의 신호만 포함되면 그 신체적 표현은 여러 가지로 변용될 수 있다. 여기에서 주의하고자 하는 것은 그것이 의미의 관점에서 고안된 것이 아닌 순전한 동작이라는 점이다. 그러면서 그것은 정치한 체계로 발전될 수 있고 의미를 생성할 수 있다. 이 의미는 우리의 사유 작용으로 포착할 수 없는 어떤 것이다. 그리하여 그것은 한편으로 매우 자의적인 성격을 갖는다. 또 다른 한편으로 그것은 사유 작용을 넘어가는 의미를 암시할 가능성을 갖는다.

예는 우리의 전통 사회에서 사례(四禮)나 오례(五禮)라는 말에서 알 수 있듯이 오늘날 우리가 바른 예의를 말할 때의 예의 의미보다는 넓은 의미를 가지고 있으며, 또 그보다는 형식화된 의례와 의식을 의미한다. 그러나 그것이 인간의 공간 내에서의 거의 자의적인 동작으로부터 출발하는 것은 어느 경우나 마찬가지이다. 의례(ritual)에 대한, 영국의 인류학자 데이비드 퍼킨(David Perkin)의 정의를 빌리면, "의례는 일단의 사람들이 그 의무적 또는 강제적 성격을 의식하면서 수행하는 공식화된 공간성이다." 물론 이것은 전적으로 행동적인 것이지만, 언어가 여기에 일정한 역할을 담당할 수는 있다. 의례의 수행자는 의례의 "공간성을 말로써 보충할 수도 보충하지 아니할 수도 있다."[1] 이 정의는 의례의 여러 면을 잘 압축하고 있다. 그것은 행동이다. 이 행동의 필요는, 어떻게 보면 사람이 어떤 경우에나 공간에 자리해야 한다는 데에서 저절로 일어난다. 우리가 어느 자리에 있다면, 우리는 그 공간에서 어떻게든 움직여야 한다. 행동자의 관점에서 볼 때, 공간은 전후좌우 또는 중심 등의 방향으로 분절되게 마련이다. 행동자의 공간 자체가, 언어학의 용어를 빌려, 음소 분절(phonemic articulation)을 불가피하게 하는 것이다. 이 음소들이 어떠한 의미 체계로 발전될 수 있을는지 그 가능성은 불분명하다. 그렇긴 하나 그것이 위계적인 선택의 체계를 이

---

1 David Perkin, "Ritual as Spatial Direction and Bodily Division", *Understanding Rituals*, ed. by Daniel de Coppet(London: Routledge, 1992), p. 18.

룰 수 있는 가능성은 가장 자연스러운 것이라고 할 수 있다.

인간의 행동은 말할 것도 없이 선택의 위계질서로 짜여 있다. 그 원리의 하나는 생존의 목적과 수단과 결과라는 합리적 계산이다. 그러나 그것은 사회적·상징적 고려에 의하여 수정된다. 또는 많은 전근대적인 사회에서 이 후자가 더 중요한 기준이며 원리가 되는 것이 보통이다. 사회 공간에서의 행동에서 중요한 것은 보이지 않는 사회적 위계질서이다. 사람들의 모임에서 누가 앞에 서고 누가 뒤에 서고 하는 것이 중요한 것은 우리가 다 아는 바이다. 그러나 의례 공간에서 더 중요한 것은 상징적 위계질서일 것이다. 물론 이것은 사회적 위계질서의 반영이지만, 그것은 곧 표면에 드러나지 아니한다. 말할 것도 없이 공간 내에서의 행동의 한 의의는 그것이 언어적 표현에 의한 설명보다도 행동적으로 분명하면서 그 의미는 보이지 않게 한다는 점이다. 동작의 안무와 사회와 상징의 위계로 이루어지는 의례는 개인적으로도 수행될 수 있지만, 집단에 의하여 궁극적인 의미를 부여받는다. 개인적인 의미란 결국 사회적인 의미에 참여하는 것을 뜻하는 것일 것이다. 의례의 기호 체계의 강제성은 상징의 논리에 의하여서도 주어지지만, 궁극적으로는 사회 제도의 규범에 뒷받침되어 생겨난다. 그리고 그것이 행동의 방식으로서 효용을 가지는 것도 이 제도의 규범성에서 온다. 이러한 관련들에서 퍼킨의 정의대로 의례는 집단적 의무의 성격을 갖는 공식화된 사회 규범성을 동작으로 수행하는 행위이다.

앞에서 말한 대로 의례의 의미는 공간 속에 위치한 신체의 논리에서 저절로 나오는 면이 있다. 그러면서도 그것의 의미로부터의 유리는 완전히 극복할 수 없다. 그리하여 어찌하여 똑바로 선 자세는 굽힌 자세보다 높은가, 또 왼편이 오른편에 우선하는가, 또 동쪽은 서쪽에 우선하는가, 이러한 위계를 강화하는 것은 단순히 반복된 수행이다. 물론 이 수행은 이미 존재하는 힘의 체계에 의하여 정당화되는 것이어야 한다. 미국의 인류학자 안

젤라 지토(Augela Zito)는 청나라에서 천자가 수행하는 가장 높은 의식인 대사(大祀)를 분석한 일이 있다. 그의 관찰로는 이 의식의 핵심은 천자가 일정한 공간 속에서 움직이는 동작에 있다. 그는 동서남북, 중심과 주변 그리고 위와 아래를 적절하게 움직임으로써 공간에 위계적 질서를 준다. 물론 대사에 참여하는 다른 사람들이나 사용되는 기물의 공간적 위치도 이를 강화하는 역할을 한다.[2] 모든 의식이 천자에 의하여 행해진다는 것이 의식에 엄숙성을 부여하는 것은 말할 것도 없다. 이것은 천자의 특권이기도 하다. 그렇기 때문에 조선조에서는 임금이 하는 의례 행사로서 제천례(祭天禮)나 제지례(祭地禮) — 원구(圓丘)나 방택(方澤)의 제(祭)를 행하지 못하였다.[3] 대사를 뒷받침하는 것은 천자의 권력 질서이다. 물론 천자의 권력은 대사에 의하여 또는 대사에서 수행되는 공간 질서에 의하여 뒷받침된다.

그런데 이러한 권력과의 연계에도 불구하고 신체 동작의 자의성은 완전히 씻어 버리기 어렵다. 여기에서 그 정당성은 누구나 인정할 수밖에 없는, 그러면서도 그 자의적이고 폭력적 성격을 시인할 수밖에 없는, 권력의 근거 이외의 다른 근거를 필요로 한다. 위에서 말한 지토의 책 제목에는 '몸과 붓'이라는 말이 들어 있지만, 몸의 의미는 붓으로 보강될 필요가 있는 것이었다. 즉 청조의 의례의 권위는 그것을 뒷받침하는 전거를 필요로 하였다. 이 보강 행위는 청조의 훈고학의 발달에 의하여 크게 도움을 받았다. 그런데 훈고학과의 관련이 말하여 주듯이, 붓에 의한 뒷받침이란 전통적 문서를 찾아내고 해석하는 것이다. 문자의 확정성은 저절로 정당성에 일치할 수 있다. 그러나 여기에서 보다 중요한 것은 전통이다. 문자는 오래된 것이라야 한다. 어떤 경우에나 전통은 많은 것을 정당화한다. 오래된 것

---

2 Angela Zito, *Of Body and Brush: Grand Sacrifice as Text/Performance in Eighteenth Century China* (University of Chicago Press, 1997).

3 이범직(李範稷), 『한국 중세 예 사상 연구(韓國中世禮思想硏究)』(일조각, 1991), 95쪽.

은 그 사실 자체가 시작의 불확실성에 대한 의문을 제거해 준다. 이것은 세대를 이어지는 인간 존재의 생물학적 구조로 인한 것이기도 하지만, 오래되었다는 것 자체가 존립의 정당성을 현실적으로 증명해 보여 준 때문이라고 할 수도 있다. 어떤 경우에나 서사(narrative)는 합리적 인과 관계에 대한 탐구를 대신할 수 있다. 개인과 집안의 내력과 역사는 모두 같은 역할을 수행한다.

권력이나 전통의 권위—궁극적으로 자의적이라고 할 수밖에 없는 이러한 권위를 뺀다면, 신체 동작의 의미화는 아예 자의적인 것일까. 우리는 여기에 쉬운 답변을 시도할 수는 없다. 신체적 동작의 미적 승화로서의 무용은 무엇을 의미하는가. 그것의 근거는 심미적이라는 것이라고 할 것인데, 대체적으로 의례의 한 호소력은 그 심미적 호소력이다. 심미감이란 무엇인가. 우리는 이 물음을 생각하여야 한다. 또 의례는 종교에 밀접하게 관련되어 있다. 유교가 종교인가 아닌가는 쉽게 결정할 수 없는 것이지만, 기독교와 같은 종교에 비하여 그것을 세속적 가르침의 체계로 보는 것은 일리가 있는 일이다. 그러나 유교에서 필수적인 여러 제례 의식은 유교를 종교의 엄숙성으로 승화시킨다. 의례화된 신체 동작—또는 행동은 종교에 깊이 관계되어 있음에 틀림이 없다. 사실 요가나 기공과 같은 신체 조작은 자의적인 신체 동작의 집합으로 이루어진 듯하면서도 어떤 정신적 소통의 수단으로서의 효력을 주장한다. 의례는 이러한 개인적 차원이 아니라 집단적 차원에서 형식화된 신체의 움직임이지만, 이에 비슷하게 정신적인 것에로의 통로의 역할을 한다. 사실 우리가 신체로서 세계에 존재한다는 것은 쉽게 분석할 수 없는 신비를 가지고 있다고 하여야 할 것이다.

인류학자로서 의례에 대하여 집중적인 관심을 보였던 빅터 터너는, 하나의 조심스러운 가설로서, 의례의 출발점을 사람의 두뇌 구조에서 찾으려고 한 바 있다. 그는 근래의 두뇌와 인식 작용에 대한 연구를 빌려 인간의 두뇌가 대체적으로 말하여 삼중으로 이루어졌다고 말한다. 진화론적으로 가장 오래된 두뇌는 '파충류적 두뇌'이다. 이것은 우리의 내장 기능, 호흡이나 혈액 순환, 신체의 동작, 정서 표현, 자기방어, 둥주리 짓기 등을 관장한다. 두 번째로 오래된 두뇌는 '원시 포유류적 두뇌'이다. 이것은 체온, 습도, 식물 섭취, 성, 고통, 쾌락, 분노나 공포 등을 관장한다. 다시 말하여 이 두뇌의 소관은 우리의 신체를 유기적 내면 체계나 환경에 대하여 반응하는 통일체로서 그 일관성과 안정성을 유지하는 일에 관계된다. 이 두뇌의 기능 가운데 주목할 만한 것의 하나는 그것이 우리에게 감정과 정서를 전달하여 준다는 것이다.(감정은 신체 조건이나 환경의 적정 상태에 대한 정보를 제공해 주는 것으로 생각된다.) 마지막 두뇌는 '신포유류의 두뇌'로서 이 부분이 추상적이고 분석적인 사고 작용을 담당한다. 다시 말하건대 사람의 뇌의 세 부분은 각각 진화론적 배경을 달리하는 것으로서, 가장 오래된 부분이 신체 동작을 통제하고, 둘째 부분이 감정을 조성하며, 셋째 부분이 보다 복잡한 지적 기능을 담당하는 것이다. 이 세 기능은 물론 서로 다르면서 완전히 분리된 것은 아니다. 한 두뇌 기능은 다른 두뇌 기능으로 넘쳐 나면서도 그것을 동시에 움직인다. 그러나 어느 부분이 주로 관여하는가에 따라서, 두뇌와 인간의 행동 방식이 그 역점과 출발점에서 서로 다른 성향을 나타낼 수는 있다. 터너의 생각은 의례에 관여하는 것은 보다 원시적인 두뇌 — 파충류적인 또는 원시 포유류적인 두뇌가 아닌가 한다. 이렇게 말하면, 의례를 매우 낮은 차원의 두뇌 작용에 돌리는 것이라는 비난을 받을는지 모른다. 그러나 터너는 그것에 대하여 또 그것을 뒷받침하는 특정 부분의 두뇌 작용에 대하여 매우 긍정적인 생각을 가지고 있다. 이 여러 기능의 통합적인 작용이 없이는 인간이 세계에서 바르게 존재할 수는 없기 때문이다.[4]

오늘날은 단순화하여 말하면, 합리성의 시대이다. 과학 기술의 발달이나 민주주의의 사회와 정치 제도를 움직이고 있는 원리는 합리성 또는 이성이다. 그 외에도 이 합리성의 업적은 아무리 과대평가해도 과대할 수가 없다. 그러나 그것에 따르는 여러 역기능도 그에 못지않다. 윤리 도덕의 황폐화나 정서 생활의 고갈, 세계와 삶에 있어서의 성스러운 것의 소멸, 본성을 벗어난 인간의 자기 소외 — 이러한 것들은 자주 지적된 문제점들이다. 그리고 이것은 단지 심리적인 문제점들이 아니라 현실과 현실 제도 자체를 왜곡하고 비인간적이게 한다. 동작과 행동은 생물체로서의 사람이 그의 환경 속에 살아가는 데에 있어서의 기본적인 연계점이다. 감정생활은 우리의 존재의 안녕에 대한 근원적 지표이기도 하고, 윤리적 판별력의 원천이 되기도 한다.

그러나 이러한 것들은 다시 이성에 의하여 조절될 필요가 있다. 신체 행동과 감정이 물질적·사회적 조정 기능을 할 수 있는 것은 비교적 좁은 영역과 짧은 기간 내에서이다. 오늘날과 같이 넓고 지속적인 시공간의 범위에서 생활하기 위하여서는 그것들은 이성에 의하여 조정되어야 한다. 윤리적 규칙도 제일차적 인간관계를 넘어가는 범위에서 참으로 윤리적인 것이 되려면 보편적·규범적 성격을 가져야 한다. 칸트의 보편적 윤리 규범의 이념은 이러한 필요를 표현한 것이다. 즉 현대 사회에서의 윤리는 정서적인 것, 즉 감성에서 발단하더라도 이성적인 것이 되어야 하는 것이다.

아마 이보다 더 중요한 것은 인간의 자유가 많은 것에 대하여 이성적 질문을 발할 권리가 없이는 존재할 수 없다는 것일 것이다. 데카르트의 코기토는 서구인을 중세적 권위로부터 해방하였다. 코기토는 사유하는 개인에게 전통과 관습과 편견을 해체할 수 있는 방법을 주었다. 그러나 윤리적

---

4 Victor Turner, "Body, Brain, Culture", *The Anthropology of Performance*(New York: Publications of Performing Arts Journal, 1988), pp. 156~178.

삶이란 대체적으로 전통에 의하여 뒷받침되어서 비로소 현실이 된다. 더러 지적되듯이, 독일어에서 Sittlichkeit가 Sitte와 같은 어원을 가진 것은 우연이 아니다. 그것은 단순히 전통의 권위로 인한 것이라기보다는 윤리적 삶이 인간의 구체적인 경험을 바탕으로 하고, 이 경험은 세대를 거쳐서 축적되는 것이 되기 때문일 것이다. 그러나 이보다도 더 중요한 것은 윤리적 삶의 출발이 합리성과는 전혀 다른 단초를 가지고 있고, 전혀 다른 방식으로 — 대체적으로는 이성적 도덕 철학을 구성하려는 노력에도 불구하고 사실은 이성으로 이해될 수 없는 방식으로 체계화된다는 사실이다. 그것은 합리성이 간여하기 어려운 영역에 성립한다. 그러나 비판되지 아니하는 전통의 비합리성과 억압성은 새삼스럽게 말할 필요도 없다. 전통과 관습이 합리성에 의하여 도전을 받을 수 없다면, 자유롭고 새로운 삶은 불가능한 것일 것이다. 그러나 전통의 파괴 — 또 사람이 삶을 기초 짓는, 합리성과는 다른 단초의 파괴는 인간의 삶을 보다 인간적이게 하고 보다 만족할 만한 것이게 하는 기초를 파괴한다고 할 수밖에 없다. 앞에서 말한 세 가지 시작 — 이성적 사유, 윤리적·도덕적 직관, 의례에 의한 행동의 기호화는 이러한 문제들에 관계되어 있다.

(2000년)

세계화와 민족 문화

일본 문학이 시사하는 것

오늘날의 세계의 한 주요 특징을 설명하는 말로 세계화라는 말을 자주 듣습니다. 이것이 오늘의 세계의 중요한 일면을 규정짓고 있는 것은 틀림이 없습니다. 그 구체적인 양상이 어떠한 것인가는 자세한 설명이 필요할 것이나, 오늘날 지금 이 자리의 우리의 삶을 결정하는 요인들이 반드시 지금 이 자리에 있는 것이 아니라 세계 여러 나라의 가깝고 먼 고장에서 일어나는 일들이며, 우리가 지금 이 자리에서 결정하고 행하는 일들의 영향과 결과도 지금 이 자리에 한정되는 것이 아니라는 것은 우리가 날로 절실하게 느끼는 오늘날의 삶의 현실입니다. 가령 지금 문제가 되고 있는 바와 같이 중동의 석유 값이 오늘 이 자리의 삶, 특히 올겨울의 우리의 삶에 압박을 가할 것이 분명하다는 사실은 그 단적인 예가 됩니다. 그러나 우리의 생각과 느낌의 영역에서도 이러한 세계 여러 곳의 관계는 날로 긴절해져 가고 있습니다.

이번 고려대학교 일본학연구소 주최의 심포지엄의 주제는 '글로벌리즘과 한일 문화'이고, 특히 이번 섹션은 일본 문학에 나타난 글로벌리즘과 내셔널리즘입니다. 제가 이 주제에 대한 논평을 맡게 된 것은 그 문제에 대하여 하는 것이 있어서가 아니라 오로지 이러한 사사로운 인연들이 있어서인데, 제가 할 수 있는 일은 제가 느끼고 있는 세계화의 현상에 대한 소감을 일본의 문학 연구가나 지식인들과 함께 나누어 보는 정도의 일이 되겠습니다. 사실 글로벌리즘과 내셔널리즘의 문제는 — 여기 주제 제목에 영어를 사용한 것 자체가 이러한 세계화 현상의 한 표현이고, 또 외래어의 차용에 대하여 한국에서는 더 큰 저항감이 있다는 뜻에서 일본적인 세계화 현상의 표현이라고 하겠는데 — 하여튼 이러한 문제는 한국의 문제이기도 하고, 또 일본이나 한국뿐만 아니라 여러 나라나 지역 사회와 문화가 부딪치고 있는 문제입니다. 그리하여 세계적인 문제인 만큼 누구나 한마디 할 수 있는 것이 아니겠느냐 하는 가벼운 기분으로 약간의 췌언(贅言)을 붙이겠습니다.

오늘날 세계에서 사람들은 하나로 되어 가고 또 되어 가야 한다는 압력을 받고 있습니다. 이러한 압력에 대하여 사람들의 반응은 착잡할 수밖에 없습니다. 넓은 세계는, 그것이 무엇을 뜻하든지 간에 사람들에게 그 자체로서 이미 긍정적인 의미를 갖게 마련입니다. 세계화는 넓은 세계에서의 초대를 의미합니다. 그러나 넓은 세계란 두려운 곳입니다. 거기에서 우리는 길을 잃을 수도 있지만, 무엇보다도 자기 자신의 왜소화 그리고 소멸을 경험할 수 있습니다. 자기를 잃어버린다면 세상을 얻는 것이 무슨 의미를 갖겠습니까. 그리고 사실상 자신을 넓은 세계에 주저 없이 맡긴다는 것이 큰 세계에로 나아가는 바른 길인지 그것도 확실하지 않습니다. 큰 세계가 우리에게 의미를 갖기 위해서는 그것은 일정한 질서 속에서 파악될 수 있는 것이어야 하고, 우리 자신과 그것 사이의 관계가 일정한 절차에 의하여 매개되는 것이어야 합니다.

한국에서는 며칠 전에 추석이라는 전통적인 명절을 지냈습니다. 이것은 상당히 요란한 — 특히 모든 사람이 한꺼번에 고향을 찾아가 성묘를 한다는 점에서는 전국적으로 교통의 대란이 일어나는 요란한 명절입니다. 이 추석 쇠기를 보고, 서울의 한 신문에 한국외국어대학의 스와힐리어 교수가 감상을 썼습니다. 이 케냐 출신의 교수는 추석 행사에서 한국 사람의 전통에 대한 집착을 확인하고 있습니다. 그리고 그는 이것을 케냐의 기독교화에 대조시키고 있습니다. 저는 케냐의 사정을 모릅니다만, 그는 한국의 경제나 정치의 안정도를 케냐에 비하여 더 높은 것으로 평가하는 듯합니다. 그리고 그 차이에 대한 원인을 케냐가 전통적 신앙과 관습을 완전히 버린 데 대하여 한국은 그것을 강한 집착을 가지고 지켜 온 것에서 찾고 있습니다. 물론 그러면서 한국이 현대 경제와 정치를 이룩하는 데에 더 성공했다고 보는 것이지요. 그러니까 전통과 현대가 양립함으로써 현대적 발전이 가능하다는 말이 되겠습니다. 이것은 현상적인 관찰이면서 맞는 말이 아닌가 합니다. 제일 간단히 생각하여서도, 사람이 하는 일로 제정신을 버리고 되는 일은 없다고 할 수 있습니다. 그리고 이 정신은 보이지 않는 통합과 움직임의 원리이면서 동시에 경험적인 세계 속에 존재하는 것이기 때문에, 전통적 습속 속에 깃들어 있을 가능성이 많습니다. 그리하여 전통은 죽은 껍질이면서 동시에 살아 있는 정신의 피난처입니다.

짧은 일본 체류에서 제가 느꼈던 것도 이에 비슷한 것이 있습니다. 일본은 선진국입니다. 그러면서도 많은 전통적인 것을 그대로 보유하고 유지하고 있는 나라입니다. 일본은 선진국이라고 할 수 없는 한국보다도 더 전통적인 사회입니다. 그런데 이것은 이번에 스즈키 사다미(鈴木貞美) 교수의 강연 원고를 보면서도 다시 느끼는 것입니다. 물론 강연에서 주제가 되는 것은 단순히 전통적인 것이라기보다는 주체 의식입니다. 전통의 핵심을 이루고 있는 것이 이것이기 때문이겠지요. 스즈키 교수는 거기에서 일본 역사에서의 문화적 내셔널리즘의 계보를 자세히 밝히고 있습니다. 우리는 이것이 얼마나 오래되고 끈질긴 것인가를 보고 놀라게 됩니다. 쇼토쿠 태자(聖德太子)가 중국의 패권에 대하여 "해가 뜨는 곳의 천자" 운운하면서 일본의 대등한 위치를 말한 것은 한국에서도 많이 알려져 있는 일화입니다. 문학과의 관계에서도 주체성은 이미 10세기 전엽의『고킨와카슈(古今和歌集)』에도 표현되었다고 스즈키 교수는 말하고 있습니다. 여기에 「마나조(眞名序)」 이외에 「가나조(假名序)」가 있는 것은 한문에 대하여 순수한 일본어를 지켜야 한다는 주체 의식이 들어 있는 것이라는 점을 스즈키 교수는 지적합니다. 물론 이것은『고킨와카슈』나『만요슈(萬葉集)』의 일본어 노래에 이미 실천되어 있는 것입니다.

한국의 사정을 돌아볼 때, 스즈키 교수의 여러 예시 가운데 가장 극적인 주체성의 주장은 근세에 와서 야마자키 안사이(山崎闇齋)의 말에 들어 있는 일본 의식입니다. 저도 그 전에 안사이에 관한 글을 보면서 놀라움을 금치 못하던 구절이 있었는데, 스즈키 교수의 이번 강연에도 이것이 인용되어 있습니다. 되풀이하건대 안사이는 공자나 맹자와 같은 성인군자를 데리고 일본에 침공해 온다면 어떻게 할 것인가 하는 가상의 문제를 제기하고, "공자를 포로로 잡고 맹자를 참수하는 것이 국은에 보답하는 신자(臣者)의 도리이며, 곧 공맹의 도"라고 말했습니다. 이러한 말은 한국의 유학자들에게는 참으로 생각할 수도 없는 것이었을 것입니다. 이것이 신성 모독이라고 할 수 있는 발언이라는 점에서도 그러하지만, 이만큼 강하게 민족적 독자성을 강조했다는 점에서도 그러합니다.

안사이의 발언은 일본의 주체성을 생각하고 또 세계화되어 가는 현실 속에서 민족 국가의 문제를 생각할 때 여러 가지로 시사하는 바가 많은 발언이라고 생각됩니다. 18세기 말의 한국의 유학자 정약용은 한일 관계에 대하여 왕에게 의견을 내놓은 일이 있었습니다. 그것은 예의의 발전이 사회에서나 마찬가지로 국가 간의 관계를 평화적인 것이 되게 한다는 것을 지적하고, 이것이 중국과 한국의 관계에 평화를 가져온 바와 같이, 일본에서의 유학의 발전의 정도로 보아, 앞으로 일본과의 관계도 선린 관계가 될 것을 기대할 수 있다는 의견이었습니다. 이러한 정약용의 견해가 얼마나 현실적인 것인지는 알 수 없는 일이고, 정약용 자신이 예학과 평화의 변증법을 현실적으로 밝히지는 아니하였습니다. 그러나 적어도 그에게 공맹의 도는 개별적 단위의 투쟁적 관계를 지향하는 보편적 원리 — 그러니까 평화의 원리로 파악된 것입니다. 그것은 논란의 사안이 될 수가 없습니다. 이러한 도의 보편적 차원의 문제가 안사이에게 어떻게 생각되었는지는 지금 저로서는 말할 수 있는 능력은 없습니다. 추측건대 그에게 절대적인 것은 유교 이념의 보편적 가능성에 대하여 일본 내에서의 구체적인 군신의 관계인 것으로 생각됩니다.

안사이의 입장은 보편적 이념의 가능성을 부정한 것으로 말할 수도 있습니다만, 달리 보면 현실에 대한 예리한 인식을 포함하는 것이라고 말할 수도 있습니다. 오늘 여기에 참석하신 사카이 나오키(酒井直樹) 교수의 글로서 제가 읽은 것 가운데 서양의 보편주의를 비판한 것이 있습니다만, 거기에는 오늘의 보편주의란 — 물론 서양 사람들이 즐겨 말하는 보편주의입니다. — 어떤 특정한 입장의 보편화를 말하는 것이며 그런 만큼 지배에의 의지를 담고 있는 것이란 지적을 한 것이 있습니다.[1] 이것은 정당한 지적입니다. 근대 이전의 한국과 중국의 예의의 관계가 중국의 패권주의를 감추는 것임은 말할 필요도 없습니다. 그리고 그것은 그 나름의 혜택이 없었던 것은 아닌 대신 한국 사회와 문화의 독자적인 발전에 중요한 장애의 원인이 되었다고 할 수밖에 없었습니다. 물론 세상에 대가가 없는 것은 없

1 Sakai Naoki, "Modernity and Its Critique: the Problem of Universalism and Particularism", *Postmodernism and Japan*, eds. by Masao Miyoshi and H. D. Hartoonian(Duke University Press, 1989).

다고도 할 수 있기 때문에 어느 쪽도 탓만 할 것은 아니라고 할 것이나, 안사이의 견해는 이러한 현실 인식에서 나왔다고 할 수도 있습니다. 그러나 그것은 아마 보다 넓은 일본적 발상의 방식에서 이해되어야 할 것입니다.

그리하여 여기에 개재된 문제를 논하기 전에 우리는 일본 그리고 민족 문화와 세계적 지평의 관계를 조금 더 자세히 검토할 필요가 있습니다. 그렇기는 하나 여기에서는 안사이의 놀라운 주장은 일본의 독자적 주체성에 대한 믿음이 얼마나 강했나 하는 것에 대한 예로서 생각하는 정도로 그치겠습니다. 스즈키 교수의 강연은 안사이 이후에도 계속된 일본 문화의 독자성 또는 주체성에 대한 주장을 상술하고 있습니다. 이러한 의식이 유지되어 온 것이 일본의 한 특징을 이루고 강점을 이루는 것이라고 생각됩니다.

앞에서 말한 바와 같이 주체성의 확인과 견지는, 개체적으로나 집단적으로나, 사람의 삶이 최선의 이상 상태에서 영위되는 것이 아닌 한, 생존의 한 필요 요건이라고 할 것입니다. 그러나 주체성의 주장은 말할 것도 없이 단순히 '나는 나'라는 자신의 존재에 대한 주장이 아니라 타자와의 복잡한 변증법적 관계에서 나오는 것입니다. 그것은 제일차적으로 나를 위협하는 요소들에 대한 자기주장입니다. 그것은 대체로는 또 다른 주체적 존재에 대한 어떠한 관계의 설정이 없을 수가 없습니다. 이 관계는 네 가지로 설정할 수 있겠습니다. 하나는 앞에서 말한 전제가 있기 전의 것이 되겠으나 각자가 자기의 주체성 속에 따로따로 있는 것입니다. 이것은 무관계의 상태이기 때문에, 가장 좋은 상태이면서도 좁은 공간에 여러 존재가 부딪쳐 병립하는 상황에서는 현실성이 없는 것이겠습니다. 두 번째는 전부가 하나로 뭉치는 관계입니다. 이것은 매우 좋은 일이겠으나, 서로 다른 존재들의 병존이라는 상황에서는 불가피하게 세 번째 즉 위계적인 질서의 설정을 통하여 하나가 다른 하나에 복속하는 관계가 될 수밖에 없습니다. 네 번째는 두 개 또는 여러 존재가 대등한 주체적 존재로 남아 있으면서 다원적으로 공존하는 관계입니다. 그러나 이것도 사실 따로따로 있는 두 개 또는 여러 개의 존재가 그 하나하나를 넘어가는 제삼의 원리 속에 통합되는 것을 의미하므로 앞의 세 번째의 원리로 다시 돌아가는 것이라고 할 수 있습니다. 다만 이때 위계란 두 개의 것 사이의 것이 아니라 제삼의 초월적인 그리고 추상적인 원리가 되는 것인 까닭에 성격이 다르다고 할 것입니다.

이 제삼의 원리가 무엇인가 하는 것을 발견하는 것은 두 개 이상의 주체성의 주장을 통합하는 데에 필수적인 것이라고 할 수 있습니다. 그런데 이것은 다른 존재와의 관계가 없이 주장되는 존재 확인의 경우에도 마찬가지라고 할 수 있습니다. 사람은 그만큼 본질적으로 이념적 존재라고 할 수 있습니다. 어떤 경우에나 자기의 독자적 존재의 주장에는 그 존재의 가치에 대한 주장이 들어 있습니다. 일본의 문화적 주체성의 주장에서 특이한 것은 이 가치의 주장이 어떻게 보면 분명치 않거나, 또는 논리적인 성격을 띠지 않는 것이 아닌가 합니다. 가령 순수한 일본 말의 시가가 옹호될 때, 그 정당성의 근거는 어떠한 것입니까. 그것은 단순히 우리들 자신의 말이라는 점으로 그렇게 말하여지는 수가 있을 것입니다. 또는 신도(神道)적 사상에서 생각되듯이 말의 영혼(言靈, ことだま)을 담고 있는 언어는 일본의 토착 언어라는 생각이 그 배경에 들어 있을 수도 있습니다. 여기에서 이 정당성의 원리가 거기에 있는 것이라고 한다면, 그것은 다른 언어의 사용자에게 그대로 통할 수 있는 원리는 아닙니다.

이러한 비논리성, 비보편성 또는 특수성은 다른 주체성의 주장에도 그대로 특징이 되는 것으로 생각됩니다. 다만 이 경우에는 단순히 자기주장이 아니라 그것이 다른 사람이 그에 따라야 하는 원리가 된다는 점이 더 문제적이라고 할 수 있습니다. 어떤 경우에 있어서나 주체성의 주장이란 개체적 생존의 주장이라기보다는 사회적 성격을 가진 것이고, 그것은 사회적 통합의 원리—통합의 원리이면서 한 개체의 다른 개체에의 또는 사회에의 순응을 요구하는 것이라고 하여야 할 것입니다. 단순한 자기 존재에 대한 주장과 그것의 집단적 의미의 혼재는 여러 가지 문제를 낳을 수 있습니다. 이러한 개념의 사회 제도화의 불투명성은 아세아의 여러 사회에 해당되는 것이지만, 일본의 경우 특히 두드러지는 것이 아닌가 합니다.

일본 사람이 일본 사람으로서의 존재를 확인하는 것은 당연한 것이라고 할 수 있습니다.(물론 여기에도 일본 내부에서의 개인의 사회 순응의 요구가 작용하기는 합니다.) 이때 주장되는 것은 공동체적 단합의 의무입니다. 이 공동체의 범위는 시대에 따라서, 김채수(金采洙) 교수가 일본의 사회적 통합의 단위를 열거하는 것을 빌려, 이에(家), 무라(村), 한(藩) 또는 조금 달리 천(天), 천하(天下), 고향(故鄕), 국(國), 일본(日本)이라는 구체적인 단위로 표현되는 것이었습니다. 이러한 공동체의 원리를 조금 더 일반화하고자 하는 경우에 우리는 그것이 구체적·영토적 개념의 확장이 되거나 감성적이고 직관적인 성격을 띠는 일체성의 원리가 되는 것에 주목할 수 있습니다. 일본이 근대 국가로 재편성되고 제국주의 국가로 확장되어 가는 데에서 생겨나는 필요는 이 일반화를 촉구하였습니다. 이에 따라 근대화 성장기에 있어서, 스즈키 교수가 거론하고 있는 가족 국가론(家族國家論)은 자연스러운 것입니다. 일본적 사회 통합의 원리 또는 삶의 일체성의 원리를 철학적으로 정립하려고 한 경우에도, 니시다 기타로(西田幾多郞)의 철학에서 보듯이, 그 원리는 모든 것의 근원으로서 무(無)에 대한 자각이기도 하고, 스즈키 교수가 지적하듯이, 직관으로써만 파악되는 생명(生命)이라는 원리이기도 합니다.

일본 사회를 묶고 있는 원리가—가령 사회나 문화에 그러한 것이 있다고 상정할 때—비논리적이라거나 또는 논리적 분절화를 결하고 있다는 지적은 마루야마 마사오(丸山眞男)를 비롯하여 여러 사람이 지적한 것입니다. 근년에 비교 사회학의 관점에서 일본을 논한 아이젠슈타트의 주장도 그러한 것입니다.[2] 단순화하건대 아이젠슈타트는, 한국이나 중국을 포함하는 많은 복합적 사회가 사회 통합의 원리로서 보편적 이념을 가지고 있다고 한다면, 일본의 사회는 사회적 통합을 이러한 이념에 의존함이 없이 특수한 관계의 연장으로써 이루어 내고자 한다고 말합니다. 그 원리는 일반화된 특수성입니다. 사회 통합의 원리로서 또 여러 사회의 공존의 원리로서 보편주의 아니면 일반화된 특수성 그 어느 쪽이 바람직한 것인가를 간단히 논할 수는 없습니다. 여기에서 말하고자 하는 것은 일단 이 문제에 대한 일본적 접근을 도식적으로 생각하자는 것일 뿐입니다.(안사이에 있어서 유교적·보편적 이념이 특수한 군신 관계에 수렴되어 버리고 마는 것은 단적인 예가 되는 것이 아닌가 합니다.)

그렇기는 하나, 집단 통합의 일본적 접근에 잘못된 것이 있다면, 그것은 특수주의가 그 범위를 일본의 밖으로 확대하는 경우일 것입니다.(물론 이것도 뒤에 다시 말하겠지만, 일면적으로만 말할 수 없는 것입니다.) 스즈키 교수가 개관하고 있는 일본의 문화 내셔널리즘의 역사에서 분명하게 문제적인 것은 팔굉일우(八紘一宇)의 공동체가 천황(天皇)을 정점으로 하는 가족주의적 사고를 기초로 하여 아시아 전역에 확장될 수 있다는 부분이 될 것입니다. 현실과 이상 사이의 괴리는 언제나 인간 현실의 심한 왜곡을 낳습니다. 국가와 사회와 문화가 다른 넓은 지역이 일반화된 특수성에 통합될 수는 없습니다. 동아시아가 같이 번영하는 공동체가 되자는 아이디어의 결과가 식민주의와 침략과 전쟁을 낳은 것은 새삼스럽게 말할 필요가 없을 것입니다.

김채수 교수는 여러 다른 개체적 단위들을 포괄하는 원리로서, 전체와

---

2 S. N. Eisenstadt, *Japanese Civilization: A Comparative View*(University of Chicago Press, 1996).

중심을 구분하여 말하고 있습니다. 이 구분에 따르면, 전체는 마땅히 인정되고 의식되어야 하는 것이나, 이것이 하나의 중심에서 나오는 것이 될 때, 그것은 전체를 하나의 중심을 가진 힘의 제국주의적 확대로 귀착한다는 것입니다. 이것은 논리적으로 분명하게 한계 지어지지 아니한 주체성의 횡포를 다른 말로써 지적한 것이라고 할 수 있습니다.

한계 의식이 없는 주체성은 문학의 양식에도 깊은 영향을 미칩니다. 근대 일본 문학의 한 중요한 장르가 사소설(私小說)입니다. 김채수 교수는 이 장르의 이념적 근거에 대하여 길게 언급하면서 그것을 위에서 말한 바 전체를 대신한 확산된 중심이라는 관점에서 설명하고 있습니다. 이 중심이란 국가 권력입니다. 이것이 국가주의적 체제 또는 김 교수와는 다른 의미의 조금 더 우리가 통상적으로 쓰는 의미에서의 전체주의적 체제를 낳고, 이것이 개인으로 하여금 이 체제에 적응하여 살아갈 것을 요구한 결과, 이 적응을 점검하고 기록하는 행위로서의 사소설을 낳게 되었다.—제가 바르게 이해했다면, 이것이 김 교수의 사소설에 대한 설명이라고 생각됩니다. 민족적 주체성의 주장은 한편으로 다른 민족의 주체성에 대한 침범을 가져왔고, 다른 한편으로 개인의 주체적 선택에 있어서도 제한을 가하는 결과를 가져온 것입니다. 결국 집단과 집단의 관계에서나 개체와 집단 또는 개체와 개체의 관계에 있어서, 하나의 주체성의 주장은 다른 주체성에 대한 억압으로 작용한다고 할 것입니다. 일본 소설의 특이한 양식을 설명하면서, 이토 세이(伊藤整)도 비슷한 진단을 한 바 있습니다. 다만 김채수 교수가 그 특이성의 원인을 전체와 중심이라는 것으로 설명하는 데 대하여, 그는 그 원인을 합리적 사회 구조의 미발달, 논리적 사고 양식의 결여에서 찾고 있습니다.

일본 근대 문학이 비정치적인 것도 이러한 맥락에서 설명됩니다. 결국 정치적이라는 것은 주어진 공동체적 통합의 원리를 넘어가는 합리성의 관점이 가능함으로써 단순한 사회적 조화의 파괴 행위 이상의 것으로서, 즉 정당한 비판 행위로서 성립할 수 있기 때문입니다. 그 대신 허용된 것이 개인적이고, 심미적이며, 장인적인 문학 표현이었습니다.[3] 이토 세이의 이러한 글은 분명 비판적 관점에서 일본 문학의 특정한 양식, 특히 사소설을 논한 것인데, 거기에는 마루야마와 마찬가지로 전후의 비판적·반성적 분위기가 작용한 것으로 생각됩니다. 어쨌든 사소설과 같은 장르가 논리적 사고나 합리성을 원리로 하는 사회 통합 방식의 부재 또는 그와 다른 일반화된 특수성 또는 미분화된 주체성의 일체적 확대로써 구성되는 사회 통합 등에 관계된다는 것은 일리가 있는 설명으로 생각됩니다. 그러나 이러한 해석이 비판을 포함하는 것이라고 한다면, 동시에 우리는 다른 한편으로 이것이 일본 문학의 성취를 가능하게 하는 원인이라는 것도 생각할 필요가 있습니다. 엄연한 사실은 그러한 문학이 세계적인 인정을 받는 문학이 되어 있다는 것입니다.

물론 우리는 자연과 삶에 대한 섬세한 정감이 심미적 구조를 이루는 가와바타 야스나리(川端康成)의 『설국(雪國)』에 감탄하면서 그 정치적 관련-비관련의 관련을 생각할 필요는 있습니다. 김채수 교수가 지적하고 있듯이, 『설국』은 "만주 사변, 중일 전쟁 등을 통한 일본의 대륙 침략이 진행되는 분위기를 타고 그의 관심이 서구에서 일본으로 진화해 나와서 다시 일본에서 동양으로 전개되어 나가는 과정에서" 창작되었음을 생각하여야 한다는 말입니다. 『설국』이라는 업적은 정치로부터의 도피를 나타내기도 하고, 또 달리 보면 멀리로부터 정치 — 비판되어야 할 정치의 움직임을 방조함으로써 가능해진 것입니다.

그런데 이것은 비판되어야 할 것이면서도 동시에 우리는 그것이 인간

---

3 伊藤整, 「近代日本人の發想の緒形式」, 『近代日本人の發想の緒形式』(他四編)(岩波書店, 1981).

생존의 어떤 근본적인 한 모순을 나타낸 것이라는 것을 인정하지 아니할 수 없습니다. 간단히 말하여 우리는 정치적인 것으로부터의 거리가 바로 문학을 가능하게 하지 않나 하는 의심을 가지게 되는 것입니다. 이것은 합리성이나 논리와의 관계에서도 말할 수 있는 것입니다. 문학은 바로 이러한 원리로부터 거리를 유지함으로써 가능해지는 것이 아닌가 하는 것입니다. 문학의 독특성은 그것이 개인의 구체적인 관점을 필연적인 출발점으로 하여 성립하는 언어 표현의 양식입니다. 그리고 구체성이란 논리를 말하기보다는 체험의 구체성을 말합니다. 그러므로 그것은 논리를 넘어가고, 정치의 집단 논리를 넘어갑니다. 그렇다고 하여 합리성이나 사회나 정치의 요구가 없는 삶이 가능한 것은 아닙니다. 이것이 없는 문학에서도 우리는 이 점을 상기할 필요가 있습니다. 그리고 사실상 이러한 것을 포함하고 있는 문학이 없는 것은 아닙니다. 김채수 교수가 일본 문학의 업적이 진정한 의미에서 세계 문학에 이르지는 못하는 것이라는 유감을 가지고 있는 것은 이러한 이유로 인한 것입니다.

문학이나 삶에서 모순을 이루는 두 가닥은, 다시 말하건대 한편으로 소설과 정치 — 단순히 전체주의적 사회 통합의 정치가 아니라, 이토 세이의 표현으로 "논리와 실증(實證)을 인간 상호 간에 확인하면서 집단의 조화를 꾀하는 근대 유럽계의 사상"에 기초한 정치[4] — 로 말할 수도 있고, 달리는 구체적인 체험 또는 (집단적으로 볼 때는) 역사적 체험 — 그것이 곧 문화가 되는 역사적 체험과 이것을 넘어가는 합리적 질서 — 이 두 가지로 볼 수도 있습니다. 이것은 바로 민족 문학과 문화 그리고 세계화의 문제에 들어 있는 모순의 가닥입니다. 오늘날 세계화는 합리성에 근거를 둔 세계화의 질서에 순응하라는 강한 요구입니다. 그것은 당연한 것 같으면서 — 물

---

4 같은 책, 35쪽.

론 이 세계화는 참다운 의미에서의 세계의 전체보다는 어떤 동기나 이해 관계에 입각한 단순화된 질서를 말하고, 그것은 그것대로 비판되어야 할 것이지만, 이러한 문제를 덮어 둔다고 하더라도—국가와 지역 사회 그리고 더 나아가 개인의 체험적 사실과 역사와 문화를 부정하는 요구로 취하여질 수 있습니다. 우리는 그러한 요구가 정당한 것이 될 수 없다는 느낌을 갖습니다. 그러면서 다른 한편으로 우리는 세계가 어떤 의미에서나 하나가 되어 가는 마당에 세계화의 논리를 받아들이고 그것에 적응해 가는 것이 옳다는 것을 느끼기도 합니다. 어쨌든 세계의 모든 사람들이 하나의 질서 속에 통합된다는 것은 전쟁과 갈등의 지양과 평화를 의미하고, 또 더 나아가 공동의 번영을 의미할 수 있을 것이기 때문입니다. 그렇다면 이 보편적 비전을 위하여 갈등과 모순을 지양할 수 있는 길을 탐색하는 것이 오늘의 과제라는 생각도 듭니다.

나나미 히로아키(名波弘彰) 교수의 강연은 그 자체로서 매우 흥미로운 것이지만, 이러한 문제를 생각하는 데에도 중요한 시사를 주고 있습니다. 나나미 교수는 일본의 고전 문학가로서 오늘날 고전 문학 또는 중세의 문학이 등한시되는 이유를 오늘의 문화적 상황에서 발견합니다. 오늘의 지배적인 문화는 그에 의하면 미국 문화의 주도하에 있는 세계화 시대의 문화입니다. 그것은 횡적이며 보편적인 가치를 존중합니다. 그리하여 문화의 종적인 역사, 문화의 전통은 등한시됩니다. 이것을 그는 일본이라는 나라의 오늘의 특징으로 말합니다. 즉 일본의 근대사는 공간 축에 따른 문화 이동이 지배하여 온 것이어서, 저절로 시간 축을 원리로 하는 문화 전통을 경시하는 경향을 낳은 것이라는 말입니다. 그러나 이러한 특징은 사실 세계화의 바람 속에 있는 모든 나라들의 특징이기도 합니다. 모든 나라들은 공간적으로 하나가 되어 가는 세계에 편입되어 가고, 그 문화의 고유성의 포기를 강요받고 있는 것입니다.

이러한 공간 축의 강조, 시간 축의 경시의 결과의 예의 하나로서 나나미 교수는 『헤이케 모노가타리(平家物語)』와 같은 중세의 작품에 대한 관심의 이해가 사라져 가는 것을 들고 있습니다. 그리고 그는 이 작품의 이해를 위한 흥미 있는 분석을 시도하고 있습니다. 그에 의하면, 『헤이케 모노가타리』의 세계는 현대와 같은 세계가 아니라 "말과 주성(呪性)이 교감하는 세계"입니다. 이 작품의 서사 구조를 지배하고 있는 것은 현대와는 전혀 다른 에피스테메입니다. 그것은 현대적인 인과 관계 — 합리적으로 파악하는 전략이나 전술의 관점을 통하여서가 아니라 중세 특유의 주성을 통하여서만 이해될 수 있습니다.

그런데 이 중세적 에피스테메는 이 작품을 푸는 열쇠로서만 중요한 것이 아닙니다. 그것은 우리에게 다른 하나의 세계를 열어 보여 줍니다. 그러니만큼 나나미 교수의 분석에서 교훈을 끌어낸다면, 그것은 우리의 세계를 넓혀 주고 또 다양한 세계의 가능성을 우리에게 깨닫게 하여 준다고 할 수 있습니다. 그러나 중세적 세계는 우리에게 단순히 하나의 세계를 열어 보임으로써 우리의 지적 호기심을 만족시켜 주는 데에만 의의를 가진 것은 아닙니다. 나나미 교수는 이러한 세계를 알게 됨으로써 생기는 이점을 여러 가지로 들고 있습니다. 그중 가장 중요한 것은 그것이 오늘의 인간의 일상성을 깨트리고 다른 세계를 — 더 근원적인 세계를 보여 준다는 점입니다. 이러한 중세적 이야기의 힘은, 나나미 교수 표현을 빌려, "하나하나의 토지의 주성 — 현대풍(現代風)으로 말하여, 토지가 말하여 오는 것을 듣는" 데에 근거하는 것이기 때문입니다.

여기에서 나나미 교수가 말하는 주성이란 이 토지의 속삭임이 합리적으로 포착될 수 없다는 것을 지칭하는 것일 것입니다. 중세적이든 아니든 자연의 계시는 단순한 합리성으로는 포착될 수 없는 것일 것입니다. 또 이 토지에 사는 사람들의 삶도 그러합니다. 또 그들의 삶의 세대를 넘어선 지속으로서의 역사 그리고 역사 속에 퇴적된 여러 가지의 토지와 삶의 계시도 그러합니다. 문학이 주목하는 것은 이러한 시간적 체험의 구체적 재현인 것입니다. 그러니만큼 문학과 합리성이 지배하는 모든 것 사이에 어떤 갈등이나 모순 또는 긴장이 있는 것은 자연스럽습니다. 그리고 이 갈등은 삶 자체 속에 들어 있는 갈등이기도 합니다. 그리고 이 갈등의 수용이 없이는 삶은 지탱될 수 없습니다. 삶의 원초적인 에너지는 합리성을 넘어갑니다. 그리고 삶의 체험과 기억과 역사도 그러합니다. 삶은 이러한 불합리한 것들의 지배하에 있습니다.

그러나 동시에 삶이 합리적으로 설명되는 인과 관계의 규제하에 있는 것도 사실입니다. 물리학과 생물학의 모든 법칙은 삶의 법칙이며, 사회학이나 정치학 그리고 경제학이 말하는 많은 규칙들도 삶의 규칙임에 틀림없습니다. 세계화는 이러한 삶의 외적인 테두리를 궁극적인 형태로 표현하는 한 방식이라고 할 수 있습니다. 세계화가 하나의 과정이면서 공간적인 개념인 것은 자연스럽습니다. 베르그송이 지적한 바 있듯이 공간은 합리성의 양식입니다. 삶의 근원적 신비와 체험적 구체성과 개체적·집단적 유일성을 존중하는 관점에서 공간화된 합리성의 획일성과 평면성은 위협적인 것으로 비칠 수밖에 없습니다. 그러나 이 합법칙성이 없이는 삶의 균형은 유지될 수 없습니다. 위에서 시사한 불합리한 삶의 분출은, 그것이 주체성, 독자성, 민족주의, 공동체적 일체감, 조화 — 어떤 것으로 표현되든지 궁극적으로 삶 자체의 활달한 운영을 불가능하게 하는 결과를 가져올 수 있습니다. 그것은 아집과 착시와 억압과 갈등과 식민주의와 전쟁의 근원이 될 수 있습니다.

그런데 합리적인 것이 반드시 그것을 넘어가는 삶의 깊이를 말살하는 것은 아닙니다. 합리성은 외면의 원리입니다. 그것은 구분을 하고 테두리를 정합니다. 그러면서 외면적인 관점에서일망정 하나의 통합의 원리로 작용합니다. 이것이 삶의 모든 것이 될 때, 그것은 삶의 근본으로부터 소외된 삭막한 질서의 원리가 됩니다. 그러나 그것이 정하는 한계와 구분과 종합 속에서, 또 그것이 스스로의 한계를 정할 때에, 삶은 깊은 것이 될 수도 있습니다. 삶의 신비한 깊이와 위엄에 주의한다면, 세계화는 적어도 그 한 경향에 있어서는 그것이 고르게 존중될 수 있는 테두리를 지시한다고 할 수 있습니다. 세계화 시대에 있어서 문학의 기능은 한편으로 삶의 고유한 주성을 전달하는 일입니다. 그러면서 그 기능은 이것이 한 사람 또는 한 집단의 망상이 아니라 보편적 세계 질서의 내용을 이루는 것임을 깨우치게 하는 일이라고 저는 생각합니다. 삶의 주성에 대한 직관은 합리적 질서 속에 보편화될 수 있어야 합니다. 여기에서 그것을 설명할 수는 없지만, 사실 삶의 구체성과 그것에 입각한 문학은 이성의 가장 높은 자기실현의 외부에 위치하는 것은 아닐 것입니다.

(2000년)

지식 사회와 사회의 문화
도서 체제와 문화

지식 기반 사회와 전문 지식을 위한 도서관

강내희 교수를 비롯하여 이 토론회에 나를 초대하여 주신 분들의 생각은 책에 관련된 사람이니까 도서관에 대하여 할 말이 있지 않겠느냐 하는 것이었을 것으로 짐작된다. 교수라는 직업 — 특히 인문 과학 분야의 교수의 직업은 책을 떠나서 있을 수 없는 직업이다. 나 자신이 어떤 관련에서이든지 책과 더불어 살아온 것은 틀림이 없다. 그렇다 하여 도서관을 아는 것은 아니다. 도서관 이야기를 하게 되어 난처한 생각이 든다.

나는 도서관을 별로 이용하지 않았다. 사람의 많은 일들이 그러하듯이 도서관의 경우에도 그것을 이용하는 데에는 필요와 편의의 두 가지의 요인이 작용한다. 이것은 서로 다른 요인이면서 또 연결되어 있다. 책을 밑천으로 삶을 꾸려 오면서도 도서관을 이용하지 않은 것은 도서관이 제공하는 편의가 부족하다는 느낌이 습관화된 탓이었다고 할 수 있다. 그러나 필요와 편의는 따로 떼어서 생각할 수 있을 것이다. 필요한 사람은 그 필요 충족의 조건이 웬만큼 불편하여도 필요를 충족시키도록 하여야 한다.

사회의 관점에서는 도서는 물론 개인적인 필요보다는 사회적인 필요로 생각되는 것이 마땅하다. 현대 사회의 생존 조건의 하나가 지식이라는 것은 요즘 특히 강조되는 것이지만, 일반적으로 별로 틀림이 없는 명제일 것이다. 이 필요는 계열화하고 등급화하여 생각할 수 있다. 특정 목적에 봉사하는 도서관이 있고, 일반적인 시민 생활을 위한 도서관이 있을 수 있다. 그리고 특정 목적이란 우리 사회의 경우는 정치적으로 설정되는 사회적 의제에 의하여 정해진다. 현재의 경우 가장 중요한 국가 의제는 경제이다. 듣기 좋은 유행어는 아니지만, 우리는 한참 지식 기반 사회라는 말을 들어 왔다. 이 말이 함축하는 주장은 지식이 그 자체로 중요하다는 것이라기보다는 그것이 경제의 유지에 필요한 것이라는 것이다. 경제는 단순히 경제의 문제가 아니기 때문에 경제의 유지를 위해서는 사회와 정치의 관리 체제에 관한 지식이 필요하다. 또 경제는 과학 기술에 의하여 지탱되어야 하는 것이기 때문에 이에 관련된 지식 그리고 그 발전에 의지하는 것으로 생각된다. 사회적으로 필요한 지식은 우선적으로 경제와 사회 관리 경영 그리고 과학 기술의 지식을 말한다.(특히 정부가 원하는 것은 급속한 IT 산업의 발전이고, 이것이 우리 사회 발전의 기본 관건을 쥐고 있다고 생각하는 것으로 여겨진다.)

이러한 사회적 필요에는, 실질적 내용은 어떻든지 간에, 우리 사회에 이미 그것을 의제로 수행할 수 있는 기구들이 존재하는 것이 아닌가 한다. 도서의 확보라는 점에서도 일을 맡아야 할 기구들은 같은 기구일 것이다. 가령 경제 정책 개발 연구나 원자력 문제에 관한 도서의 필요는 그를 담당하고 있는 기관이 그 필요를 구체화하고 공급을 확보할 것으로 생각된다. 다만 이것을 사회 구성의 정상적인 일부로 만들기 위해서는 몇 가지 보충이 필요할 것이다. 구체적인 상황에서 일어나는 필요 또는 수요는 실질적인 것이기는 하지만, 미래를 내다보는 전체적 계획이라는 점에서는 부족한 점이 있을 것이다. 이 종합화를 위한 공공 기구를 만드는 것은 옥상옥을 만드는 것이 될 가능성이 있다. 그러나 경제 관리와 과학 기술 분야를 통합·조감하는 비전이 사회에 존재하여야 한다고는 말할 수 있다. 더 실질적인 차원에서는 사회 내에 존재하는 도서와 정보를 보다 널리 공적으로 유통할 수 있게 하는 노력이 있을 수 있을 것이다. 가령 어떤 부분에 있어서의 도서와 정보는 어디에서 구할 수 있는가 하는 것이 어느 정도는 공지 사항이 되어야 할 것이고 이것을 사회 전체의 관점에서 체계화할 필요가 있을 것이다.

사회 제도의 편에서 중요한 것의 하나는 이러한 지식들의 사회적 의의를 검토할 수 있는 지식 기반을 만드는 일이다. 관리와 기술의 지식은 당면 문제의 해결을 위하여 또는 경제 동기에 의하여서만 추구되는 것이 아니라 그것의 사회적 의미의 관점에서 보다 적극적으로 기획되어야 하는 것일 것이다. 경제와 과학 기술의 선택도 사회적 목표에 의해 다른 것이 된다. 이것은 추상적인 의미에서의 사회 이론이 필요하다는 점에서보다도, 어떤 정책적 지향이 분명하다면 그에 따라서 여러 경험적 데이터가 달라질 것이라는 의미에서이다. 가령 나는 한국의 교육 제도, 입시 제도 등이 시행착오적으로 시험될 때마다, 그러한 것이 다른 나라의 여러 경험들을 충분히 검토하고 정책을 수립하였던 것이면 좋았을 것을 하고 생각하는 때가 있다. 이미 시험된 것들을 검토하는 것은 불필요한 시행착오를 줄이는 일이 될 것이다. 옛날에 사회주의 국가들에서는 사회 정책의 여러 사례들을 집약적으로 수집하는 일들을 했다. 가령 육아의 문제는 세계적으로 어떻게 대처해 나가는가 — 탄자니아에서, 소련에서, 쿠바에서 — 어떠한 방책들이 시험되었는가 하는 것에 대한 정보를 제공하는 자료를 지속적으로 모아서 참고의 자료로 삼은 것이다. 이것을 위해서는 사회적 프로그램에 대한 전체적 안목이 필요하다.

앞에서 말한 것은 우리의 현실적인 정책의 연구 기구와 그 자료 수집이 어떤 일관된 사회적 지향을 가졌으면 좋을 것이라는 말이지만, 이것이 어떠한 제도로서 현실화될 수 있는지는 간단히 말할 수 없는 일이다.

전문 교육을 위한 도서관

분명한 필요나 수요를 가진 전문적인 지식만이 사회가 필요로 하는 지식의 전부는 아니다. 모든 일이나 기계 또는 기구들은 본체와 부대물로 이루어진다. 부대물이 없이는 본체는 제대로 작동하지 아니한다. 전문적 지식은 그것을 뒷받침하는 다른 부대적 구조에 의하여 지탱된다. 전문적 지식을 다루는 전문인은 교육 환경에서 형성된다. 이 환경은 전문성과 교양의 중간 지대를 이룬다. 여기에서 경영과 과학 기술의 정보는 일반적 교양으로 존재한다. 그것은 특정한 기술보다는 그것의 일반적 가능성으로, 인간의 능력으로 존재하여야 하기 때문이다. 과학 교육은 기술보다는 기술을 가능하게 하는 인간 능력의 함양에 관계된다. 따라서 교양적 지식과 정보의 문제는 경제나 기술 현장의 문제와는 별도의 테두리에서 생각되어야 한다. 그것은 일반적으로 인간 형성의 문제의 일부를 이룬다.

다른 일에서도 그러하지만, 도서와 정보의 차원에서도 사람 살기에 좋은 사회를 만들어 가는 데에 필요한 지식은 관리와 경영 그리고 과학 기술 정보 이상의 것이어야 한다. 과학 기술의 일도 사람이 하는 일이다. 그것이 잘 수행되느냐 아니하느냐는 사람의 됨됨이, 사람의 일에 대한 믿음에 달려 있다. 또 사람이 하는 일은 선택이라는 스위치를 통하여 행해진다. 이 스위치는 서로 다른 여러 회로로 연결된다. 또는 이 스위치 자체가 여러 개라고 할 수도 있다. 이 스위치의 작동과 선택에는 늘 판단력이 필요하다. 아무리 그것이 경제적 또는 물리적 사항에 관계된다고 하더라도, 사물의 판단에는 가치의 선택이 관여되게 마련이다. 적절한 가치 기준이 없이는 판단은 불가능하다. 강에 댐을 건설하느냐 아니하느냐 하는 것은 경제적·기술적 발전과 자연과의 조화 가운데 어느 쪽을 택하느냐 하는 가치에 관계되어 있다. 다른 한편으로 판단은 사실의 정합성에 대한 판단이기도 하다. 부분적으로 말하여지는 개발과 자연환경 어느 쪽이냐 하는 선택은 기술과 삶의 총체적 관계에 대한 사실적 판단이 무엇이냐 하는 데에 관련되어 있다. 어떤 경우에나 삶의 시나리오에 대한 선택과 시나리오 수행의 물질적 수단에 대한 판단은 별개의 것이 아니다. 전통적으로 이러한 판단력은 인문적 훈련의 일부로 생각되어 왔다. 심한 경우 그것은 예술적 감성의 훈련을 통하여 이루어진다고도 생각되었다. 칸트의 미적 감성에 대한 분석이 판단력 비판이라고 불리는 것은 우연한 일이 아니다. 오늘날 가장 등한시되고 있는 것이 인간 생존에 있어서의 이러한 총체적 능력의 의의에 대한 것이다.

이것은 우리가 순전히 경제적 가치를 추구하는 경우에도 마찬가지이다. 경제나 기술 활동에 있어서도 그 과정의 낱낱의 단계에서 작용해야 하는 것은 인간이고 인간의 판단력이다. 이것 없이 경제와 기술이 저절로 돌아가는 것은 아니다. 지식 기반이라는 말을 다시 생각해 보자. 이 말을 만들어 낸 사람들이 그렇게 생각한 것인지 아닌지는 모르겠지만, 지식(우리가 필요로 하는 지적 요령)은 어떤 기반 위에 서 있는 것이라고 할 수 있다. 이 기반은 보이지 않고, 그리하여 얼른 생각하면 필요가 없는 것으로도 생각될 수 있다. 집을 서둘러서 지으려는 사람은 기반을 조성하지 않고 지상 부분만을 지으려 한다. 그러한 집이 어떤 집이 되는지는 우리가 자주 보아 온 일이다. 우리가 필요로 하는 것이 경제 발전이고 그에 대한 정보라고 하자.

이 경제 정보는 경제·과학 기술의 교양과 상식 위에 서 있고, 이것은 다시 더욱 필요 없는 것으로 보이는 인간과 사회에 대한 일반적 이해 위에 서 있고, 또 이것은 그것을 조금 더 희석화한 인문 교양 위에 서 있다. 기반이라고 부를 수 있는 아랫부분은 급한 사람들의 눈에는 보이지 않는 것일 수 있다. 이것은 정책 입안자나 집행자의 경우에도 그러하고 개인의 경우에도 그러하다. 도서와 지식에 있어서 적극적인 사고가 필요한 부분은 인문적 교양에 관계되는 부분일 것이다.(긴급한 실용성을 떠난 과학도 그것이 인간 활동의 한 표현이라는 점에서 인문 과학에 속한다고 할 수 있다. 사실 인문이냐 자연 과학이냐, 이론이냐 기술이냐 하는 분류는 편의상의 분류에 불과하다. 모든 인간 경영은 인간 활동의 한 면이라는 의미에서 인문 과학적 성격을 가지고, 사실적·논리적 엄정성을 가져야 한다는 점에서는 과학적 성격을 갖는다.)

여기에서 지적해야 할 것은 이 인문 교양의 지식에 있어서도 전문적인 부분과 비전문적인 부분이 있다는 점이다. 대중 지향적인 풍조는 인문적 지식에 있어서의 전문성을 전적으로 무시하는 경향을 띤다. 수학은 과학과 기술에 있어서 빼어 놓을 수 없는 도구 학문이 되어 있다. 그러나 수학 자체는 반드시 도구적 성격을 가진 것은 아니다. 수학은 적어도 그 일부에서는 형식화된 사고의 자체 추구라고 정의될 만한 것들로 이루어진다. 그것은 그 자체로는 쓸모가 분명하지 않다. 또 그것이 단순한 사고 자체의 추구 또는 그것의 고도한 놀이라고 할 때, 그것은 누구나 할 수 있는 추구이고 놀이이다. 그러나 알다시피 많은 사람들에게 수학처럼 어려운 것은 없다. 이론적으로는 아무나 할 수 있으면서 실제적으로는 아무나 할 수 있는 것이 아닌 수학은 문명의 한 표현이고 필요이다. 이것은 다른 쓸모가 분명하거나 또는 아무나 쉽게 할 수 있는 것이 아닌 학문의 어떤 분야에도 해당되는 것이다. 데카르트의 『방법 서설』은, 모든 사람이 고르게 가지고 있는 것이 양식이며, 이 양식에 입각해 호소하려는 것이 이 글의 목표라는 것을 전제로 한다. 그러나 그것은 누구나 쉽게 읽을 수 있는 글은 아니다.

적어도 우리는 인문적 연구의 전문성에 대하여 사회의 전체적 유기성이라는 관점에서 생각할 필요가 있다. 프랑스 문학에 관한 인문적 지식이 우리에게 필요한가. 말라르메나 발레리 연구가 필요한가. 오늘의 정책 방향은 여기에 대하여 부정적 답변을 내어놓을 가능성이 크다. 그러나 적어도, 우리 중의 어떤 사람들이 그것을 연구하고 있어야 할 필요가 있는 것은 아닐까. 그것은 우리의 정신생활을 살찌게 한다는 점에서도 그러하지만, 궁극적으로는 세계 체제 안에서의 경제나 정치를 이해하는 데에서도 그러할 것이다.

자명하면서 확인되어야 하는 사실의 하나는 인문 과학의 전문적 연구가 필요하고 그것을 뒷받침할 도서와 정보의 시설이 필요하다는 점이다. 물론 이러한 시설은 대학의 도서관에서 충족되어야 한다. 그러나 오늘날 우리의 대학들이 이러한 필요에 잘 대응하고 있는지는 분명하지 않다. 설사 그렇다고 하더라도 그것은 조금 더 의식적으로 강조될 필요가 있다. 그리고 그것을 위한 집중적 배려와 일반적 고려가 필요하다. 나는 25년 전에 대만의 학술원에 부속하는 미국학연구소를 방문한 일이 있다. 거기에 미국에 관한 기초적 자료와 간행물과 잡지들이 집중되어 소장되어 있는 것을 보고 경탄을 금치 못하였다. 우리나라에도 미국에 관련된 학술 활동들이 많지만, 과거나 현재의 미국에 대한 연구를 뒷받침할 수 있는 기초적 자료가 체계적으로 모여 있는 도서관이 어디 있는지 알지 못한다. 이것은 독일이나 영국이나 러시아나 아프리카나 마찬가지일 것이다.

또 하나 지적할 것은 그러한 시설이 있다고 하더라도 그것이 공적인 성격을 가진 기구가 되지 않고는 바르게 사회 전체를 위하여 봉사할 수 없다는 것이다. 우리의 대학들은 대학의 도서 시설들이 사회 전체를 위한 공공재이며 그런 만큼 공공 목적에 봉사하여야 한다는 생각을 가지고 있을까.

내가 처음으로 고려대학에 근무하게 되었을 때, 나는 입학시험 기간 중에 도서관이 닫히고 도서관이 시험 채점 장소로 활용되는 것을 보고 놀랐다. 대학의 도서관은 대학만을 위하여 존재하는 기구가 아니다.

인문 과학을 포함하여 학문의 총체는 보이게, 보이지 않게 그때그때 시대적으로 생기는 의무에 의하여 규정된다. 이에 따라 의의 있는 것, 의의 없는 것이 생기고 그것이 학문의 성격과 방향을 테두리 짓고 그 자료의 수집과 보존 그리고 분류에 영향을 미친다. 그러나 한 시대의 이러한 틀은 심히 짧은 시각을 가지고 있는 것이 보통이다. 긴 역사에도 불구하고 우리에게는 역사적 문헌이 많지 않다. 삼국 시대나 신라, 고려 시대의 문헌이 적은 것은 병화와 같은 외적인 요인으로 인한 것이기도 하지만, 그것은 한 시대의 학문과 생각과 자료의 의의를 단정하는 관점의 독단성에도 관계된 것이 아닌가 생각된다. 사문난적(斯文亂敵)이라는 말이 표현하는 정통성에 대한 믿음, 그것에서 벗어난 생각에 대한 경멸은 아직도 우리 사이에 있다. 자료의 경중에 대한 태도에도 좁은 가치 판단이 작용한다. 얼마 전 신문에 1980년대, 1990년대의 민주화 투쟁 기간의 여러 문서들 — 유인물들을 포함한 문서들이 미국에는 있지만, 한국에는 없어진 것이 많다는 보도가 있었다.

앞에서 나는 필요와 의의에 의존하여 도서 자료의 문제를 말하였다. 사실 우리는 자료 보존에 대하여 보다 넓은 태도를 취할 필요가 있다. 물론 모든 도서관이 필요와 의의에 관계없이 일체의 문헌을 보존할 수는 없는 일이다. 이것은 국가적 차원에서 또는 도서관의 특별한 의지를 통하여서만 이루어질 수 있는 일이다. 국가적으로 중요한 문서를 보존하는 부처가 있고 모든 출판 도서를 수납·보존하는 기구가 있으면 족할 것이다. 이미 이러한 공기구는 존재하는 것으로 알고 있다. 이것은 더 의식화될 필요가 있다.

시민을 위한 도서관

아마 도서관협회가 가장 많이 관심을 가지고 있는 것은 일단 시민 일반이 이용할 수 있는 도서관이 아닐까 한다. 그 나름의 특수한 목적을 가지고 있지만, 중고등학교 또 초등학교의 도서관도 여기에 포함하여 생각할 수 있다. 이 도서관들은 주로 교양 — 앞에서 말한 바와 같이 전문적인 사회 관리 경영, 과학 기술의 지식들을 뒷받침하는 또는 당장에 긴급한 실용성을 가지고 있지 아니하는 것으로 생각되는 전문 지식들을 포함하는 인문적 교양을 주된 내용으로 하는 도서관들일 것이다. 이러한 도서관이 보다 충실한 것이 되어야 한다는 것은 그 당위성을 쉽게 수긍할 수 있다. 도서관도 더 많아야 하고 도서관의 자료들도 더 풍부해져야 한다. 그리고 그것을 위한 경제적 뒷받침이 있어야 한다. 이 부분에서 우리 사회가 불충분한 것은 숫자에 나타난다. 이 숫자는 이미 배포된 자료들에 나와 있는 것으로 안다. 다만 이러한 주장들도 타당성을 인정하면서도 조금 더 조심스럽게 생각될 필요는 있는 것이다.

도서관을 충실히 한다는 것은 간단히는 장서를 늘린다는 말이고 그것을 위하여 도서 구입 예산을 늘린다는 말일 수 있다. 그러나 책을 늘리는 것은 좋은 책을 늘리는 것이어야 한다. 그러기 위해서는 도서 선정 기능이 바르게 작용해야 한다. 도서관 활동에 보다 전문적인 감별 능력이 작용해야 한다는 말이다. 우리의 문화는 부동산 문화이고 물량 문화이다. 도서관을 세운다는 것은 집을 짓고 책을 산다는 것을 의미하지만, 그와 동시에 그것을 운영하는 우수한 요원을 확보한다는 것을 말한다. 양적으로, 질적으로 사서의 양성과 확보가 필요하다. 또 도서에 관련된 전문적 식별 능력의 공급을 제도화하는 것이 필요하다. 책을 산다면 책을 사는 연구를 하는 데에 돈을 들여야 한다. 대학의 도서관에서까지 도서의 구입에 체계성, 전문성의 투입을 위한 예산이 필요하다는 것이 분명하게 인정되어 있지 아니한 것이 오늘의 실정이 아닌가 한다.

물론 도서의 체계적 선정의 문제는 그것에 대한 인원과 예산의 배정으로만 이루어질 수는 없다. 그것은 좋은 책이 출판되는 것을 전제로 한다. 그리고 좋은 책이 나오려면 다른 여건들이 있어야 한다. 이에 관련하여 한 가지 부가할 것은 좋은 책의 범위를 우리나라에서 출판되는 책에만 한정시키는 것은 다시 생각해 보아야 할 문제라는 점이다. 일반 시민의 도서관에서 외국어 서적을 무한정 확대 구입할 수는 없는 일이나, 현실적 필요에 따라서는 도서 선정의 범위를 국내의 출판 이상으로 확대해야 하지 않나 하는 것이다.

문화와 도서관 문화

성공적인 도서관 체제를 위해서는 책을 넘어가는 여러 여건들이 만족되어야 한다. 오래전 일이지만, 우리 지방 자치체의 도서관을 방문한 일본인 방문단이 자물쇠가 잠겨 있는, 잘 지어 놓은 도서관을 구경한 다음 "참 아깝다."라는 말을 하더라는 것을 전해 들은 일이 있다. 건물도 좋고 투자도 상당히 했지만, 충분히 이용되지 않고 있다는 말이겠는데, 여기에는 여러 가지 원인이 있을 것이다. 이것은 공급이 있어도 수요가 없다는 말로 옮겨 생각할 수도 있다. 어떤 일은 관이나 공공 단체의 이니셔티브로 이루어진다고 하더라도 그것이 아래로부터 올라오는 요구와 맞아 들어가지 아니하면 그 일은 낭비적인 일이 되고 마는 것이다. 가장 좋은 것은 아래로부터 올라오는 요구가 있고 그다음 그것에 대한 사회적 대응이 있는 것인지도 모른다. 그렇지 아니한 경우에도 아래의 요구와 위에서의 정책은 서로 맞물려 돌아가야 한다. 정부의 최근의 개혁 정책들의 실패는 이러한 동력학의 결여에 관계되어 있다. 정책은 어떤 것이 되었든 문화적 기반이 없이는 성공하기 어렵다. 도서관 문화가 성립할 수 있는 문화적 기반과 관련하여 몇 가지 문제들에 대해 언급해 보기로 한다.

앞에서 나는 책을 접하는 데에는 필요와 편의의 두 가지의 요인이 작용한다고 말하였다. 이 두 가지 가운데 필요가 약하거나 긴급하지 아니한 경우 편의는 더욱 중요한 기준이 된다. 편의가 없으면, 사실은 필요한 일도 등한시하게 되는 것이다. 중요한 것 중의 하나는 시민들을 위한 도서관이 편의의 면에서 어떻게 존재하고 있는가 하는 점일 것이다. 그것은 편리한 곳에 위치해 있는가. 교통수단이 편리한가. 도서관의 시설은 쾌적한가. 장서는 대체적으로 요구에 부응할 만큼 적절한가. 대출 절차는 간편한가. 도서에 관한 적절한 정보 제공을 받을 수 있는가 등의 요건들이 활발하게 이용되는 도서관의 중요한 조건들이 될 것이다.

다른 한편으로는 우리의 삶이 시험 준비를 한다거나 당장에 필요한 정보를 얻는다거나 하는 긴급한 동기가 없더라도 독서의 즐거움을 허용할 형태를 갖추고 있는가 하는 것은 일반적인 문제이면서도 더욱 중요하고 심각한 문제이다. 서양에서 철학의 발생을 여가(schole)에 관련하여 말하는 일이 있지만, 교양적 독서란 아무래도 여가와 관련이 있다고 하여야 할 것이다. 가장 구체적으로는 이것은 노동 시간이 책을 볼 만한 여유를 허용하느냐 하는 문제에 관련된다. 물론 여가의 문제에는 노동 시간 외에 도시 교통과 생활의 스트레스와 소모적 시간도 관계된다.

더 근본적인 것은 사회 문화의 정신적 여유이다. 그것은 구체적으로는 도시 계획의 문제로부터 공부와 인간의 정신생활에 대한 사회적 이해 그리고 지배적인 사회 분위기까지를 포함한다. 초기 미국에서 마을을 지으면, 대체로 마을의 중심부에는 공원을 두고 그 주변으로 마을의 집회소, 교회, 학교와 같은 것을 배치하였다. 이것이 촌락이나 도시의 중심이었다. 정치와 종교의 분리를 엄격히 하는 요즘 같으면 교회 대신에 도서관을 포함하는 여러 문화적 상징의 건물을 도시의 중심에 세울 법도 하다. 우리의 도시는 어떤 상징적 체제를 가지고 있는 것일까. 그러한 체제가 느껴지는 촌락이나 도시의 환경에서 도서관에 가는 것은 저절로 공적 의례의 성격을 띠는 것이 될지도 모른다.

공부라는 것은 대체로 필요해서 하는 것이겠지만, 필요해도 그 필요를 조금 느리게 잡아 보는 것이 진정한 공부일 것이라고 나는 생각한다. 미국에서 나는 초등학생이 조지 워싱턴에 관한 글을 써 오라는 숙제를 받고 동네의 도서관에 가서 그것을 조사하여 글을 작성하는 것을 본 일이 있다. 조지 워싱턴이야 어떻게 생각하면 누구나 아는 인물이고 언제 태어나고 무엇을 한 사람이고 하는 것은 교과서에도 있고 선생님이나 부모가 일러 주는 대로 받아 외울 수도 있는 사실들이다. 그리고 초등학생이 그에 관한 논문을 작성한다면 얼마나 독창적인 것을 작성할 것인가. 그러나 아동 스스로가 이 책 저 책을 보고 글을 작성해 본다는 것은 자료를 조사하고 그것을 스스로 종합·정리하고 조리 있게 조직해 보는 훈련이 될 것임에 틀림이 없다. 정신의 성장은 이러한, 느리지만 딛어야 할 징검다리를 거르지 않는 과정을 통하여 스스로의 것이 된다. 그러나 이러한 느린 과정은 우리의 교육과정뿐만 아니라 모든 정신 활동의 분야에서 다 기피하는 바가 되어 있는 것이 오늘의 실정이다.

앞에서 나는 지식 기반이라는 말을 수차례 언급하였다. 그러면서 그 말에 대한 혐오감도 표현하였다. 나는, 이 도서관 운동이 시작될 때에, '지식 사회 만들기 국민운동'이라는 말에 대하여 '문화 사회 만들기'라는 말을 써야 한다는 주장이 있었다는 보고문을 보았다. 짐작건대 이러한 주장을 한 강내희 교수도 지식 사회란 말에, 특히 오늘날 그것이 가지게 된 이상한 연상으로 하여 유보의 느낌을 가졌던 것이 아닌가 하는 생각이 든다. 지식은 두 가지 다른 말에 이어져 있다. 하나는 정보이고 다른 하나는 지혜이다. 나는 지혜란 말도 별로 좋은 느낌을 주는 말이라고 생각하지는 않지만, 정보는 특히 문제적인 단어라고 생각한다. 그러나 오늘날 지식은 정보와 거의 일치되는 것으로 생각된다. 정보는 중앙정보부라는 이름을 연상시킨다. 이것은 우연이 아니다. 정보부에서는 정보를 모아서 무엇을 하는가. 그것을 이용하자는 것이다. 어디에 이용할 것인가. 사태를 파악하고 그것을 적에게 불리하게, 나에게 유리하게 이용하자는 것이다. 오늘날 모든 지식은 이득을 얻어 내는 수단으로 생각된다. 또는 적어도 밖에다 작용을 가하는 수단이다. 인문 교육의 테두리 안에서 지식은 또는 정보는 그것을 이용하여 나에게 유리하도록 다른 사람을 조종하고 사태를 바꾸자는 정보가 아니다. 무엇을 바꾼다면 남을 바꾸는 것이 아니라 나 스스로를 바꾸자는 것이다. 작용의 대상이 있다고 한다면, 그것은 밖이 아니라 나의 안이다. 이것이 수양이고 수신이고 교양이라는 것이다. 중앙정보부에서 정보를 얻어서 정보원이나 정보부장의 자기 수양에 이바지하도록 노력하는 것은 아닐 것이다. 이제 모든 분야에서 지식은 이점을 얻는 데에만 사용되는 것으로 생각된다. 지식 기반 사회라는 말이 연상시키는 것은 이러한 정보화한 지식을 활용하는 사회이다.

정보라는 말은 정치적인 것이라기보다는 기술적인 혁명을 뜻한다고 할 수 있을 것이다. 그러나 IT 혁명의 의미도 대체로 위에서 말한 테두리에서 생각할 수 있는 것이 아닌가 한다. 성경이나 불경을 컴퓨터로 다운로드하여 읽게 된다면, 간편해서 좋은 일일까. 예술 작품을 액자에 넣어 벽에 걸지 않고 가끔 컴퓨터의 모니터로 들여다보는 것으로 그것을 대체한다면 어떠할까. 컴퓨터를 여는 것은 연다는 것 자체가 수행적인 의미를 가지고 있다. 컴퓨터는 어떤 의도를 수행하는 것이다. 그 의도는 물론 정보를 얻자는 것이다. 그 정보는 내가 목표로 하는 어떤 일에 필요한 정보이다. 그것은 나의 마음으로부터 나의 작은 의도와 기획을 없애고 지혜의 개시에 대하여 관조적 수동성을 취하는 정신 태도와는 전혀 다른 것이다. 우리가 듣는 것은 정보와 지식의 사회가 되어야 한다고 하는 주장이다. 우리가 추구하여야 하는 것은 철저하게 개인적으로나 집단적으로나 경제와 정치의 이윤이다. 이러한 문화의 분위기에서 여유 있는 독서가 삶의 중요한 부분이 되기는 어려운 일일 것이고, 도서관이 문화의 중심적 기구가 되기는 쉽지 않은 일일 것이다.

(2001년)

문화의 안과 밖

지방 문화를 위한 하나의 도식

1. 문화의 안과 밖

문화(文化)는 문(文)을 통하여 사람을 바꾼다는 뜻이다. 문은 글을 말하지만, 사람의 삶에서 모양을 뚜렷하게 하는 일체의 것을 말하는 것인 까닭에 많은 것이 여기에 포함될 수 있다. 전통적으로 글에 더하여 예(禮)와 악(樂)이 가장 중요한 것으로 여겨졌다. 예는 일상의 몸가짐과 집단적 의식을 포함한다. 문화라는 삶의 양식화의 수단이 중요한 것은 그것이 정치의 수단이었기 때문이다. 수단이라고 함은 그것이 정치 질서의 유지에 도움이 된다는 말로서, 형정(刑政)으로 대표되는 국가의 강제력의 작용이 없이 저절로 그러한 질서가 유지되게끔 하는 수단이라는 뜻이다. 문화가 삶을 바꾸는 것은 사람의 마음에서 일어나는 동기를 통하여 사회와 정치의 질서를 받아들이게 함으로써 가능하다.

사회 그리고 정치 질서의 내면화에 작용하는 것이 무엇이냐 하는 것을 쉽게 말할 수는 없지만, 문이 가지고 있는 다른 뜻, 즉 문양이나 문채(文彩)

라는 뜻은 이 작용을 어느 정도 설명해 준다. 즉 문채의 미적 호소력이 사람의 마음을 움직여 사람을 바꾸고 사회적·정치적 질서에의 순응을 가져오는 것이다. 그러면서 다른 한쪽으로 이 문채의 값은 그것이 사회나 정치의 질서에 대응하는 정신적 질서의 표현이라는 사실에서 얻어진다. 이러한 문화 해석이 사회의 내적 동력으로부터 문화를 이해하는 것이라고 한다면, 오늘날 문화는 다분히 외적인 것으로 생각된다. 그것은 사회 집단의 질서나 그것의 근본으로서의 정신 질서와는 관계가 없이 단순히 밖으로 나타나는 문채로서 이해된다고 할 수 있다. 그것은 주로 사회적 삶의 외적인 화려함이나 또는 보다 심각한 삶의 여분 또는 장식으로서 존재하는 오락이나 레크리에이션과 관계되는 것으로 생각되는 것이다. 특히 오늘의 상황에서 지방 문화를 말하는 것은, 지방의 삶에서 두드러진 부분을 잡아 이것을 부각시켜 그것으로써 정체성을 부여하고 지방민 스스로에 대하여 그리고 지방 외의 사람들에 대하여 인지도를 높이자는 의도를 가진 경우가 많다.

이러한 문화의 외면적 이해의 가장 극단적인 예는 문화를 관광 자원으로 생각하는 경우이다. 물론 문화에 대한 외면적 이해와 접근을, 문화의 핵심을 왜곡하는 면이 있는 대로 전적으로 무시할 일은 아니다. 그것은 그 나름의 가능성을 가지고 있는 것으로 생각된다. 역설적으로 어떻게 보면, 외적인 것이 내적인 것보다도 더 중요한 역할을 할 수도 있다. 그것은 외적인 것이 우리의 내적인 삶을 규정하는 것이기 때문이기도 하다. 그리고 이것은 규모가 큰 외적인 것일수록 그러하다.

2. 다른 사람의 눈과 내 고장의 아름다움

문화는 대체로 본다는 사실에 깊이 관계되어 있다. 아름다움이 문화의 중요한 요소를 이루는 것도 이에 관계된다. 그런데 보는 일에도 얕은 의미가 있고 깊은 의미가 있다. 바깥 치레를 한다는 것은 내실보다는 남에게 보이는 것을 중요시한다는 것이고 허영심을 삶의 주요 동기로 한다는 것이다. 그것은 자신의 삶의 근본을 다른 사람의 눈에 맡김으로써 자신의 삶의 내실을 공소한 것이 되게 한다는 것을 의미한다. 그러나 다른 한편으로 본다는 것은 동서를 막론하고, 책을 보고, 소리를 보고, 조용히 비추어 보고 하는 표현들에서 알 수 있듯이 바르게 이해한다는 것을 뜻한다. 또 봄은 내가 바르게 본다는 것 이외에 남이 본다는 것을 의식하는 것을 말하는 것인데, 그것은 타락과 비속의 가능성을 가진 것이면서도, 사람을 보다 높은 차원으로 나아가게 하는 계기가 될 수 있다. 옛 수신의 격률(格率)에, 신독(愼獨)한다는 말이 있지만, 이것은 다른 사람의 눈이 있을 때 하듯이 홀로 있을 때에도 조심하여 행동하여야 한다는 말이다. 이것은 피상적으로 보면 다른 사람의 눈이 나의 도덕적 행위의 감시자라는 뜻으로 도덕의 내면적 동기를 손상하는 말 같지만, 달리 생각해 보면 자기 자신을 다른 사람을 보듯이 냉정하게 보라는 말이기도 하고, 또 그러한 냉정한 눈과 자신의 눈을 일체적인 것이 되게 하는 것이 수양의 중요한 과정이라는 것을 말하는 것이기도 하다. 이러한 내적 수양의 관점을 떠나서도 많은 경우 사물을 보편적으로 또 공평하게 본다는 것은 나 이외의 여러 관점에서 보는 훈련을 뜻한다. 다만 보편성의 관점은 구태여 이러한 정신적 조작이 없이도 지적 훈련의 일부로서 저절로 습득되는 것일 것이다. 본다는 것은 천박화, 비속화의 동기이면서, 인간사의 보편적 차원을 구성하는 원리이기도 하다.

우리의 고장에 관광객이 오고, 올 것을 기대하면 우리는 저절로 우리 고장의 외관에 신경을 쓰지 않을 수 없게 된다. 말할 것도 없이 우리에게 중요한 것은 우리의 삶을 사는 것이지 우리의 사는 모양이나 사는 무대가 다른 사람에게 어떻게 비치는가를 먼저 생각하는 것은 일의 순서를 바르게 잡은 것이 아니다. 그러나 다른 한편으로 찾아오는 사람의 눈이 우리의 삶의 차원을 한층 더 높여 주는 역할을 하는 면도 없지 않다. 우리의 고장을 관광과 관련하여 생각하는 것은 우리 스스로 우리 고장을 객체화하여 인식하고 그 인식에 근거하여 그 미화와 개선을 도모하는 계기가 된다. 르네상스 이태리의 여러 도시들의 외관은 다분히 관광객은 아니라고 하더라도 남에게 뽐낼 만한 구조물과 도시의 외관을 만들겠다는 통치자와 상류 계층의 의지를 실현한 것일 것이다. 어떤 경우에는 그것은 공명심의 간접 작용을 거치지 않고 도시에 대한 심미적 의식으로 작용하였을 것이다. 다른 사람이 본다는 의식은 자율성의 손상 또는 비속한 상업화의 가능성을 가진 것임에도 불구하고 우리의 의식과 삶을 한층 높은 차원으로 이행하게 하는 데에 일조가 된다고 할 수 있다. 이렇게 말하면서도 남는 것은 본다는 것 또 그것으로 인하여 일어나게 되는 인간 행위의 결과에 두 가지 다른 가능성이 그대로 존재한다는 사실이다. 남이 보는 것을 의식하는 것은 우리의 고장을 아름답게 한다는 노력을 낳을 수 있으나, 그것이 단순히 비속한 겉치레에 불과할는지 또는 깊은 아름다움을 구현할는지 하는 문제가 남는 것이다.

그렇다면 깊은 아름다움이란 무엇인가? 결이 고운 것이 아름다운 것이다. 다른 한편으로 우리는 눈에 보이는 것에서 일정한 형식적 균형을 발견할 때 그것을 아름답다고 생각한다. 형식적 균형이란 부분과 부분이 통일된 하나가 될 때 생겨난다. 그러나 이 부분들은 단순히 균일하게 나열되는 것이 아니라 무게와 크기와 순서를 달리하면서 하나로 묶이고 그것을 통해서 어떤 의미를 구현하여야 한다. 그리고 이러한 통일된 의미 — 또는 동일성은 모든 부분에 다 같이 드러나는 것이라야 한다. 여기에서 부분은 언제나 전체를 표현한다. 깊이란 부분에 비추어 있는 전체가 주는 느낌이다. 이러한 것들은 매우 초보적으로 형식과 결의 구조로서의 미를 정의해 본 것이지만, 중요한 것은 그것이 우리의 삶에 던져 주는 시사점이다. 방금 말한 미적 구조는 우리의 개인적인 또는 집단적인 삶에도 존재할 수 있다. 물론 우리의 삶은 완전한 형식적 규제성을 가질 수도 없고, 또 그러한 경우 그것은 또 하나의 피상적 삶이 되고 말 것이다. 그러나 대체적으로 말하여 사람의 삶도 일정한 모양을 가지고 있고 우리의 하는 일들이 형식적 완성감을 지향하는 것이 될 수는 있다. 그리고 우리는 그것이 거죽의 치레가 아니라 우리의 삶의 진실한 표현이기를 원한다. 그리고 그것 없이는 우리의 선한 삶의 표현도 바른 모습을 갖추기가 어렵게 된다.

그림이나 조각 또는 공연 예술은 흔히 문화 현상의 대표로서 생각된다. 그러나 그것도 삶의 전체성에 관련되어서만 의미를 갖는다. 그것은 말하자면, 전체적인 삶을 바르게 보기 위한 부분적인 연습의 성격을 가질 뿐이다. 그렇지 않은 경우 그것은 쉽게 매우 피상적이고 일시적인 장식에 떨어지고 만다. 독일의 미학자 가다머는 모든 예술에서 건축에다 특권적 위치를 부여한 바 있다. 그것은 "건축이 공간에다 형상을 주고, 공간은 존재하는 모든 것을 에워싸고 있기" 때문이다. "그것은 모든 표상—조형 예술, 장식을 포용한다. 뿐만 아니라 그것은 시, 음악, 연극, 무용 등 모든 표상 예술에 자리를 제공한다." 그의 생각으로는 그러니까 예술이 아무 데에서나 공연될 수 있는 것은 아니다. "따로 홀로 서 있는 조각도 그것이 장식하는 환경으로부터 따로 있는 것이 아니다. 그것은 그것이 장식적으로 맞아 들어가는 삶의 환경을 드높이는 일을 한다. 가장 자유로운 유동성을 가지고 아무 데에서나 연출될 수 있는 것으로 생각되는 시나 음악도 어느 공간에나 맞는 것이 아니라 적절한 공간, 극장, 공연장, 교회 등에만 어울리는 것이다."[1] 또 예술 작품은 이러한 공간을 마련하는 것이기도 하다. 하여튼 예술 작품과 건축적 환경의 조화를 말하는 것은 궁극적으로 그것이 삶의 전체적인 조화의 일부로서 존재할 때만 의미를 갖는다는 말이다. 되풀이하건대 이 삶의 전체는 물론 파악하기 어려운 것이다. 그러나 그것은 한 고장의 조화된 삶을 말하는 것이고 그 물질적 표현으로서는 고장의 공간적 구성을 말하는 것이다. 한 가정의 삶이 살 만한 것인가 또는 고장의 지역적 구성이 그것을 용이하게 하는 것인가 하는 것은 조금 더 쉽게 말할 수 있는 것이다. 나는 우리가 지방 문화를 말할 때, 좁은 의미의 예술과 문화를 말하기 전에 고장의 전체적인 삶의 현실과 물질적 표현이 문화적인가 아닌가에 주의하여야 한다고 생각한다.

3. 도시와 고장의 공간 구성

위에서 말한 것은 다시 한 번 지나치게 근본적인 관점에서 문제를 살피는 것이다. 우리의 고장이 우리의 삶의 유기적인 표현이 된다면, 그보다 좋은 일은 없겠지만, 다른 편으로 생각하면, 우리의 고장의 미적인 형식이 우리의 삶을 미적인 것이 되게 또는 더 의미 있고 질서 있는 것이 되게 할 수도 있다. 슬픔과 울음의 관계에서, 슬퍼서 우는 것이 아니라 울기 때문에 슬프다는 — 감정에 대한 행동의 우위, 삶의 정서적 내용에 대한 형식의 우위를 주장한 윌리엄 제임스의 이론(제임스 랑게의 학설이라고 불리지만)은 고장의 외형과 삶의 실질의 관계에도 적용된다고 할 수 있다. 도시나 고장의 외형은 삶의 내용을 결정하는 면이 있는 것이다.

---

1 Hans-Georg Gadamer, *Wahrheit und Methode*(Tübingen: J. C. Mohr, 1986), p. 162.

우리의 고장, 특히 도시가 그간에 무질서하게 발전해 온 것은 부정할 수 없다. 관광을 위해서든, 단순한 외형을 위하여서든, 삶의 보다 높은 실현을 위하여서든, 지금 우리에게 절실하게 필요한 것은 그간의 이러한 발전을 하나의 질서 속에 통합하는 일이다. 급선무는 이미 있는 도로나 구획이나 녹지 등을 합리화하는 일이다. 이것은 이미 진행되고 있는 일이다. 그로 인하여 우리의 도시가 많이 좋아지고 있음은 사실이다. 합리화는 형식적 질서를 부여하는 일이다. 합리적 도시 계획이란 도시에서 이루어지는 일을 가장 능률적으로 수행하는 데에 도움이 되는 물리적 공간을 조성하는 일이다.

여기에는 도시를 가시적인 것이 되게 하는 일이 포함된다. 물론 도시가 한 번에 다 볼 수 있는 것이 될 수는 없다. 그러나 가시적인 것으로 투사될 수는 있다. 지도는 도시를 가시적으로 표현한다. 지도는 잠재적으로 우리의 머릿속에도 있다. 이 가시성은 공간의 개념적인 파악으로 이루어진 것이다. 따라서 공간의 개념적 정리는 도시를 잠재적으로 가시적인 것이 되게 한다. 중심과 주변, 상가나 거주 지역, 공원 등의 구분은 도시에 개념적 일관성을 부여한다. 그러면서 그 일관성은 단순히 추상적인 구도가 아니고 도시의 자기 인식을 구현한다. 그것은 하나의 고장이나 도시를 정형적으로 파악하는 것 이상의 것을 의미한다. 도시는 스스로를 명징화하여야 한다. 이 명징화는 삶의 명징화이다. 도시 또는 고장의 외형적 모습이 그 고장의 삶의 모습의 전체에 대응하는 것일 때, 우리는 그곳에서 조화감을 느끼고 또 안주감을 갖는다. 이 삶이란 있는 대로의 삶을 말하면서 동시에 마땅히 있어야 하는 삶의 모습을 뜻한다. 그리고 여기에서 삶의 전체란 공간을 말하는 것이기도 하지만, 시간에 있어서의 전체 또는 적어도 일정한 길이를 말한다. 물론 이것은 이상을 말한 것이다. 그러나 도시나 고장을 생각할 때 이상은 하나의 준거점으로서의 역할을 하여 마땅하다.

문화는 여기에서 몇 가지 일을 할 수 있다. 하나는 도시의 개념적 일관성을 의미 있는 것이 되게 하는 일이다. 이 일관성은 삶에 연결될 때 대체로 상징적인 내용으로 나타난다. 동양에 있어서 수도는 그 중심을 천지인(天地人)의 조화를 나타내게끔 계획되었다. 미국의 초기 도시들은 공회당, 교회, 학교 그리고 공공녹지(common)를 가운데에 두어, 그들의 사회가 민주주의, 신앙, 교육, 공동체 정신 등에 기초한 것임을 표현하였다. 우리의 지방 도시들이 하나의 중심을 가지고 도시 전체가 중심으로부터 일정한 질서 속에 퍼져 나가는 것이라면, 무엇이 가운데에 놓일 수 있을 것인가. 세속화된 오늘의 시점에서 아마 정치와 문화에 관계된 — 가령 시의회나 미술관 또는 공연장과 같은 문화 공간이 거기에 놓일 수 있는 것일 것이다. 또 여기에 추가하여 사람이 어떻게 공공 공간에서 만나서 공동의 목표를 추진하고 공동의 축제와 스포츠에 참여하고 서로 사귀며 그런 다음 개인적인 공간이나 가족의 공간으로 물러가는가에 대한 고려가 시의 모양에 영향을 미칠 것이다. 또 생활의 필요를 충족시키며, 삶을 보다 윤택하게 하기 위하여, 상품으로 교환하는 일이 현대인의 삶의 가장 중요한 부분을 이룬다는 것은 새삼스럽게 말할 필요도 없다.

문화의 기능 중 하나는 오늘의 시점에서 상징성을 도시에 각인하지는 아니하더라도 그 공간에 의미 있는 물질적 정체성을 부여하는 일이다. 앞에서 우리는 도시의 가시성을 말하였지만, 이것은 추상적으로 파악된 공간의 합리성을 말하는 것이면서 동시에 그것의 물질적 구현을 말하는 일이다. 건물이나 그 주변을 아름답게 하려는 일은 그러한 의미 있는 물질적 구현의 한 종류이다. 서양어에서 미학이란 말 aesthetics는 감각으로 감지한다는 그리스어 어원을 가지고 있다. 심미적이란 물질적으로 감지될 수 있는 것이면서 미적 균형을 나타내어야 한다. 그것은 건물의 물질적 실체, 그 총체 그리고 그 주변의 공간과의 어울림에서 생겨난다.

다음의 에피소드는 다른 곳에서 말한 일이 있지만, 나는 여러 해 전에 국제 관계에서 일하는 인도인과 함께 남산에 올라가 서울을 조감하게 한 일이 있다. 그는 서울을 내려다보며, 서울에는 건축물은 많지만, 건축가는 없는 것 같다고 말했다. 지금은 사정이 나아졌다고 하겠지만, 그래도 이 말은 아직도 우리의 도시들에 해당되는 일일 것이다. 그리고 이것은 서울은 물론 지방 도시 또 우리의 시골에도 해당되는 말이다. 아름다움을 경제 이윤으로 환산하면 얼마만 한 것이 될는지는 알 수 없지만, 그리고 그것도 적지 아니할 것이라는 것이 답이 되겠지만, 그것이 사람의 삶에 끼치는 깊은 영향은 쉽게 계량적으로 환산되지 아니한다 하여 적은 것이라 할 수는 없는 것일 것이다. 나는 지금쯤에 와서는 "아름다운 나라를 만들자."라는 것이 구호가 되어도 좋은 것이 아닌가 하고 생각하기도 한다. 지금까지의 한국의 특징은 주로 밖으로 뻗는 에너지였다. 아름다움의 추구는 이 에너지로 하여금 완전히 마음 안으로 잦아들게 하지는 아니하면서 안으로 굽어들게 한다. 그리하여 그것은 우리가 손대는 물건을 완전하게 하고, 우리의 집과 고장을 완전하게 하고, 또 우리의 삶 자체를 완전한 것이 되게 하는 에너지가 될 수 있다. 도시와 고장의 계획에서의 미적 요소에 대한 고려는 이러한 완성을 향한 방향 표지가 될 수 있을 것이다. 물론 이것은 새로운 국토 계획 제도를 필요로 할 것이고, 그 제도의 비관료화와 예술가들의 참여를 요구하는 것일 것이다.(예술가들은 물론 관리가 아니다. 그렇다는 것은 그들이 독자적인 영감으로 그리고 그들 스스로의 이름으로 일한다는 것을 말한다. 나는 우리나라에서 건축가의 이름에 연결되어 있는 건축물, 도시 구역 계획 등을 별로 보지 못했다.)

4. 시간의 구성

건물과 환경의 아름다움이 왜 사람에게 호소력을 가지고 있는가를 쉽게 설명할 수는 없다. 아름다움의 본질이 '구체적 보편성'을 보여 주는 데에 있다는 말이 있지만, 감각과 개념의 일치가 아름다움의 한 비결인 것은 틀림이 없다. 이로 미루어 건물과 환경에 있어서의 아름다움이란 물질 속에 직접적으로 감지되는 판독 가능성 — 그러니까 부분으로써 전모를 느끼게 하는 데에서 생겨나는 효과라고 할 수 있다. 다시 말하여 좋은 건물이나 좋은 조경은 통일된 공간과 그 공간 속에 스스로의 질서를 발견한 삶을 널리 종합하여 느끼게 해 주는 것이다.

판독할 수 있는 통일성이 문제라면, 여기에는 시간적 통일성 또는 지속성도 관계되게 마련이라고 하여야 할 것이다. 한편으로 석조, 콘크리트 또는 목조 건축물 그리고 다른 한편으로 텐트나 다른 임시 구조물 또는 가건물을 비교해 보면, 우리는 보통의 건축물의 자료로서의 물질이 표현하는 것이 그 내구성이고, 이 내구성은 시간을 나타낸다는 것을 곧 알 수 있다. 물론 의도적으로 건조물과 자료의 일회적 성격을 강조할 수도 있다. 그러나 그것도 현대적 환경 속에서는 건조물의 지구성에 대한 반대 명제로서의 의미를 갖는 것일 것이다. 현대 건축의 콘크리트를 비롯한 여러 인공자료는 자연에 대하여 인공성의 승리를 — 결국은 잠정적인 것이 될 수밖에 없는 것이겠으나 그 승리를 외치는 것일 것이다. 사실 모든 집은 시간의 덧없음에 대한 방어이다. 하늘의 집을 생각한다면, 그것은 영원히 변함없는 구조물이 될 것이다. 그러나 사람의 집이 그러할 수는 없다. 그것은 기껏해야 지속성을 대표할 수 있을 뿐이다. 그러면서 사람은 지속적이면서 변하는 삶의 시간의 진실을 그들의 구조물에서 느끼고자 한다. 그리하여 시간의 측면에서 좋은 구조물은 시간을 초월하면서 시간을 포용하는 구조물이다.

적극적인 의미에서의 시간의 지속을 말하는 것은 물론 역사적 건물과 정원 그리고 구획이다. 문화재와 역사적 기념으로서의 건조물의 중요성은 새삼 말할 필요도 없는 일이다. 사람이 만든 것으로 영원한 것은 없는 까닭에 많은 역사적 건조물들의 보존에는 복원과 보수가 불가피하다. 그러나 역사의 보존은 그것을 시간 속에 보존하는 것이다. 따라서 그것은 어떤 경우에는 복원되지 아니한 상태에서 보존하는 것이 옳다. 서양의 낭만주의자들에게 매력적이었던 것은 폐허로서의 유적이었다. 그러나 그 경우에도 중요한 것은 과거와 현재 사이에 시간의 연속을 보이게 하는 것이다. 그리하여 현재와의 연관이 드러나야 한다. 따라서 그것은 말하자면 주변의 공간을 적절하게 처리함으로라도 보존 활동을 요구한다고 할 것이다. 다른 한편으로 많은 문화재는 그야말로 무형의 것이다. 그것은 지나가 버린 삶의 방식을 나타낸다. 나는 작년에 불국사의 인상에 대하여 신문에 칼럼을 쓴 일이 있다. 그것은 불교 활동이 정지된 상태에서의 불국사가 신라 불교 속에 숨 쉬던 삶의 공간으로서의 불국사를 느끼게 하지 않는다는 것을 불평한 것이었다. 많은 문화 유적은 물질의 유적으로서가 아니라 그것을 인간의 삶 속에 살게 했던 삶을 살피게 하는 암시로서 의미를 갖는 것이다. 물질적 크기와 정교함으로 압도하는 유적 이외에도 연면하게 이어지는 삶의 방식으로서 또 인간 심성의 표현으로서 호소하는 문화의 유적도 있는 법이다. 이것은 동양의 섬세한 문화 유적의 경우에 더욱 그러하다.

공연적 성격의 여러 행사들이 문화의 일부를 이루는 것도 이미 널리 인정된 사실이다. 축제나 제전 등의 의식이 전국의 도처에서 행해진다. 이것을 통하여 관광을 진흥하고 지방에 정체성을 부여하고자 하는 것이다. 관광은 몰라도 축제와 제전이 공간적으로 지역적 결집에 기여하고 계절과 시간의 매듭을 만들어 내는 기능을 가지고 있다는 것은 인류학자들이 널리 관찰하는 바이다. 조선조에서 향음례(鄕飮禮)와 같은 잔치는, 비록 널리 실천된 것으로는 보이지 않지만, 향촌의 공동체적 결속을 목표로 한 향약의 실천에서 중요한 부분으로 간주되었다. 오늘날 많은 지방 축제의 문제점은 관광객 유치의 쇼가 되어 깊은 인상을 주지 못한다는 것일 것이다. 단순한 소비 또는 낭비의 축제로서의 축제도 그렇다. 그것은 그것이 지방의 공간과 시간 그리고 그 공동체의 삶으로부터 유리되어 있기 때문이다.

5. 에너지의 구성

문화의 공간이나 시간의 매듭이 설정되고 구성된다 하더라도 그것은 일단은 내용을 담기 위한 그릇에 불과하다. 발달하는 전자 매체가 내용물이 없이는 별로 큰 의미를 가질 수 없는 것과 같다. 미술관과 도서관, 동리마다 문화 회관이 있다고 하더라도 그것을 이용할 사람이 없고 이용해서 이루어져야 할 문화 활동과 업적이 없는 경우를 우리는 쉽게 상상할 수 있다. 문화 내용의 창조를 위하여 특정한 투자를 하고 인재를 기르고 또 제도를 만들어 내는 것도 생각하여야 하겠지만, 궁극적으로는 그것을 뒷받침할 수 있는 사회적 기반이 있어야만 문화 활동은 결국 지속 가능한 기획이 될 것이다. 지방 대학의 육성, 각급 학교 교육에서의 문화적 영역의 확대, 지방 행정에서의 예술 활동을 위한 지원 기구와 지원 제도의 설립, 여가 활동을 가능하게 할 노동 시간의 조정 등등—사회 전체의 변화가 문화 활동의 진작에 모두 관계되어 있다.

이 모든 것은 궁극적으로 지방의 경제에 관계되어 있다. 경제가 저절로 문화를 창조한다고 할 수는 없지만, 경제에서 나오는 에너지가 넘쳐서 비로소, 우리가 흔히 문화라고 할 때 생각하는 외적 화려함으로서의 문화가 조성된다고 하는 것은 대체로 정당한 관찰일 것이다. 앞에서 우리가 문화의 외형과 그 기구를 말한 것은 외형을 만들면 내용도 따라온다는 낙관론을 전제한 것이지만, 참으로 지속적인 문화의 융성이란 경제적 삶의 안으로부터 넘쳐 나오는 부차적 효과이다.

경제가 어떤 방식으로 존재하여야 그것이 문화적 표현을 얻게 될 것인가. 여기에 대한 답변은 경제 전문가가 할 수밖에 없다. 위로부터 아래로 내리 생각하면, 그것이 어디에서 나오든지 간에 경제적 잉여가 만들어지고 그것이 문화에 투자되면, 문화가 진흥된다고 할 수도 있겠지만, 문화가 다양하고 촘촘한 삶의 표현으로서 성장하려면, 경제도 그러한 유형으로 성장해야 되는 것이 아닌가 생각해 볼 수는 있다. 문화가 삶의 표현이고, 삶의 원동력이 경제에 있다고 한다면, 문화에 도움이 되는 경제가 있을 것이다. 그러한 점에서 중세에서 근대로 이행하는 무렵의 유럽의 도시 형태는 매우 시사적인 것으로 보인다.

미국의 컴퓨터 철학자 마누엘 데란다(Manuel de Landa)는 『비선형 천년사(*A Thousand Years of Nonlinear History*)』에서 '복합 구조(complex system)'의 관점에서 서구의 역사를 설명하려고 한다. 이 관점에서 역사는 여러 가지 요인이 복합적으로 결합하여 그 상호 작용이 만들어 내는 에너지의 결과이다. 그것은 하나의 거대한 원인 또는 하나의 전체적 흐름으로 결정되는 것이 아니다. 이것은 도시와 지방의 영고성쇠에서도 볼 수 있다. 중세의 유럽의 중요한 도시들은 대체로 두 개의 체계 — 그가 중심부 그리고 망상 체계(Central Place and Network systems)라고 부르는 체계 속에 위치해 있다. 많은 도시는 중심부 도시가 이루는 피라미드 속에서 일정한 위치를 차지하고 있다. 여기에서 중요한 위치를 차지하고 있는 도시가 정치와 경제와 인재의 중심이 되어 번영하게 되는 것은 쉽게 추측할 수 있는 일이다. 어떠한 도시는 여러 도시들이 이루는 무역의 그물 속에서 어떠한 위치를 차지함으로써 또 새로운 것들에 대한 창구(gateway) 노릇을 함으로써 경제적인 그리고 상당 정도는 정치적인 힘을 확보하게 된다. 가령 베니스와 같은 도시는 이 네트워크 체계의 위치로 하여 번영하게 된 도시의 경우이다. 베니스는 콘스탄티노플을 정점으로 하는 그물 체계 안에서 중심부에 원자재를 공급하는 주변 도시였으나 11세기경부터 많은 소생산업들의 발달에 힘입어 수입 대체품을 만들게 되고 이와 관련하여 다른 후진 도시의 공급자가 되었다. 이들 후진 도시들은 또 그들 도시대로 다수의 유연한 기술공들을 보유함으로써 다른 도시를 망라하는 그물을 지니게 되었다.(그중에 하나가 나중에 스스로 망사 조직의 중심 고리의 도시가 되는 앤트워프였다.) 서열 관계가 없는 것은 아니지만, 반드시 정치적으로 규정되는 것이 아닌 이러한 도시의 그물 조직은 유럽의 도시 발달의 특징이었다. 그리고 데란다의 의견으로는, 이러한 느슨한 도시의 그물 조직 ─ 그리고 경제 조직, 불가피하게 느슨할 수밖에 없는 정치 조직이 궁극적으로 유럽으로 하여금, 모든 것을 중앙 집권적 관료 조직에 의존한 중국과 같은 나라에 비하여, 세계를 제패할 수 있게 하였다는 것이다.[2]

이러한 도시사가 시사하는 것은 작은 것들의 자유로운 연합의 중요성이다. 도시는 그리고 어떤 지방은 고립하여 존재하는 것이 아니다. 그것은 보다 더 큰 통합 속에 존재한다. 그러나 이 통합은 반드시 중앙으로부터 일목요연하게 정립되는 체계의 것일 필요는 없다. 중앙 집권적 통합에 못지않게 중요한 것은 여러 도시들의 횡적인 연결이다. 이것은 자국 내의 것일 수도 있고 국경을 넘어가는 것일 수도 있다. 이것은 도시 내의 조직에도 해당된다. 위에서 든 베니스나 앤트워프의 특징은 서로 얽혀 들어가는 많은 작은 산업체를 가지고 있다는 점이다. 이러한 산업체들은 물론 경제적 번영과 더불어 기술 전문성이 약한 일반 업체로 바뀌었다. 그러나 이것들은

---

2 Manuel de Landa, *A Thousand Years of Nonlinear History*(New York: Zone Books, 1997), pp. 38~50.

대체로 총체적 경제 체제 안에서 중요한 기층을 이루는 것이었다.

문화의 관점에서 볼 때, 이러한 그물 조직의 문화적 장점은 분명하다. 많은 기술들이 얼크러져 만드는 그물은 많은 인간의 창의성과 발명력을 촉발할 것이다. 이것은 또 저절로 문화적 표현으로 넘쳐 날 수밖에 없다. 이것은 가령 베니스와 같은 도시의 문화적 업적과 하나의 산업체 그리고 하나의 회사에 의하여 지배되는 '회사 도시(company town)'의 획일성을 비교하여도 금방 드러나는 일이다.

소규모의 기술 산업의 존재는 중세적 생산 양식의 특징이라고 할 수도 있지만, 오늘날 이러한 생산 체제가 다시 돌아오고 있다고 생각하는 사람들도 있다. 얼마 전 국토연구원에서 있었던 도시의 문화와 경제에 관한 세미나에서 발표된 한 논문은 오늘날 대두되고 있는 문화 산업의 특징을 열거하면서, 소규모 산업들의 유연한 기술 전문성(flexible specialization)을 특징으로 들고 이것이 한 지역에 다양하게 집합(agglomerate)되는 성격을 띠게 됨을 말하고 있다.[3] 즉 문화 산업 또는 더 나아가 현대 산업 일반은 장인들의 기술에 크게 의존하던 중세적 생산 방식의 성격을 닮아 가고 있는 면이 있는 것이다.(이러한 특징에서 집합적 성격이란 한 도시의 소규모 산업의 군집 현상을 지칭하는 것이지만, 이것은 중세 도시에서도 볼 수 있는 것이다. 그리고 위에서 말한 상호 간의 거리에 관계없는 도시 간의 그물망의 구성은 오늘날의 국제 분업의 구성에서 다시 나타난다고 할 수 있다.)

이러한 도시의 상호 의존 체제는, 이미 말한 바와 같이, 오늘날의 우리의 지방 또는 지방 도시의 체제에 대하여서 시사하는 바가 있다고 생각된

---

3 Peter Murphy, "The Cultural Economy of Cities", Papers Presented at International Conference on the Culture and Economy of Cities, Korea Research Institute for Human Settlements and the University of New South Wales, 11~12 October 2001, Seoul, Korea, pp. 8~9. 머피 교수가 참조하고 있는 책은 Allan J. Scott, *The Cultural Economy of Cities*(London: Sage, 2000)이다.

다. 다시 한 번 우리는 도시나 지방이 다른 도시나 지방이 이루는 체계 속에 존재한다는 것을 상기할 필요가 있다. 이 체계에서 지금 우리나라의 형편으로 제일 중요한 것은 서울과의 관계이지만, 지방이 새로운 활력을 얻기 위해서는 이 관계가 보다 수평적으로 다변화 그리고 광역화되는 것이 바람직하다고 할 수 있다. 그 범위는 우선적으로 국내를 말하지만, 지리적·경제적·정치적 장애에도 불구하고 이것은 국제적으로 생각될 필요가 있을 것이다. 여기의 도시 간의 관계란 단순히 친목이나 외교를 넘어서 실질적인, 다시 말하여 경제적인 관계를 말하는 것이다. 이런 관계가 발전하기 위해서는 지방과 지방 도시 자체 능력에 대하여 그리고 다른 도시들에 대하여 자세하고 섬세한 연구가 있어야 할 것이고, 적절한 정책이 있어야 할 것이다.

물론 이것과 더불어 필요한 것은 지방과 지방 도시 내에서의 여러 기술과 산업의 다양한 발달이다. 여기에서 전통 공예가 중요한 자리를 차지할 것은 생각할 수 있지만, 그것도 세계 시장 — 다시 말하면 세계적 심미 기준에 비추어 심화되고 다른 한편으로 다른 현대적 산업 기술과 경영 지식에 연결되는 것이라야 할 것이다. 그렇지 않은 경우 그것은 삶의 퇴행적 경향을 대표하는 것이 될 것이다.(이와 아울러 우리는 지방 문화가 지나치게 전통적인 것에서만 자신의 정체성을 찾으려 하는 일의 문제점을 생각하여야 한다. 지방도 중심부나 마찬가지로 세계 문화에 대하여 적극적으로 열려 있는 것이 마땅하다.)

6. 정책과 자생적 현실: 결론을 대신하여

앞에 든 데란다의 역사는, 이미 말한 바와 같이, 작은 요인들의 집합과 그것들이 이루는 큰 구조들의 상호 작용을 많은 현상 — 역사, 물질, 생명 세계의 현상의 동력으로 보는 '복합 체계'의 이론을 밑바탕에 깔고 있다.

이것은 문화 정책 그리고 사회 정책 일반에 대하여 상당한 의미를 갖는 것으로 말할 수 있다.

'복합 체계'의 이론은 일관된 하나의 인과 법칙이 어떤 현상을 포착한다는 법칙 중심의 관점을 비판적으로 본다. 작은 것들이 모여 일정한 상호 작용을 하다가 우연적으로 에너지의 상승 작용을 일으켜 전혀 국면이 다른 하나의 환경을 이루고, 이 환경 속에서 많은 것들이 새로운 에너지를 발휘하다가 다른 요인들의 대두에 의하여 전적으로 새로운 국면으로 접어들게 된다.—이것이 변화의 근본적 패턴이라는 것이다. 그러니까 이러한 패턴 안에서는 어떤 변화를 적극적으로 추구하려고 하면, 하나의 원인을 조성하여 큰 변화를 추구할 수도 없고 전체 구조를 바로잡아 원하는 결과를 산출하게 할 수도 없다. 일단 가장 중요한 것은 반드시 법칙적으로 제어될 수 없는 작은 요인들이다. 가령 열대 우림(rain forest)의 생태계를 연구하면서 이것을 컴퓨터 시뮬레이션을 한다면, 숲 전체를 보면서 그 안에 있는 여러 유기체의 종들을 살펴보는 것이 아니라, 컴퓨터 안에 여러 식물이나 동물을 풀어 놓고 그 상호 작용에서 나오는 특성을 살펴서 그것을 생태계 전체의 특징으로 파악하는 것이 정당한 생태계 이해의 방법이라는 것이다.[4] 이러한 컴퓨터 시뮬레이션의 방법은 사회 문화 현상에도 적용할 수 있는 것일 것이다. 이 방법을 적용하면, 정책에 있어서도, 여러 부분적 실험들을 통하여 거기에서 나오는 상승 효과—우연을 포함하는 상승 효과를 기대해 보는 것이 좋은 방법이 될 것이다.

그러나 정책은 전체 결과에 대한 예측의 어려움에도 불구하고 전체적인 과정을 인위적으로 가속화하려는 것이기 때문에, 비선형적 복합성의 우연성을 지나치게 의식할 수는 없는 일이다. 데란다의 도시와 산업의 역

4 Ibid., p. 18.

사적 조감에 있어서, 사실 강조되고 있는 것은, 다양한 것이 경쟁적으로 존재하는 시장과 중앙 집권적 이니셔티브의 반시장적 요인들의 공존 속에서 유럽 역사의 변화의 동력이 생겨났다는 것이다. 복합 체계는 다양한 요인들의 상호 작용만이 아니라 이 상호 작용을 인위적으로 변화시키는 힘의 작용까지도 포함하는 체계이다. 다만 이러한 개입의 힘이 정책적 의지의 표현일 때, 그 결과를 간단한 인과 관계로써 예측할 수 없다는 것이 이 이론의 함축이다. 또는 다른 함축은, 선형적으로 추측할 수 없는 현장의 상호 작용과의 섬세한 조율을 통하여서만 정책이 현실적 효과를 낳을 수 있다는 것이라고 할 수도 있다.

이 글의 처음에 말한 바 지방의 삶과 문화의 명징적 가시화에 대한 생각은 일단은 밑으로부터 올라오는 복합적 상호 작용보다는 위로부터의 개입을 주장한 것으로 보일 수 있다. 그러나 이것은 오늘의 단계에서 필요한 것으로 생각된다. 그리고 어떤 문화 행위는 경제 활동과의 연계 작용에서만 일어날 수는 없다. 많은 순수 예술과 학문은 생활 경제의 직접적인 소산으로 생각되기 어렵다. 다만 인간의 삶은, 그것이 참으로 풍요로운 것이 될 때, 스스로를 넘어가는 보편적 차원을 발전시키는 것으로 생각된다. 그리고 이것은 다시 그 초월된 삶을 보다 포괄적으로 보는 것을 가능하게 하기 때문에 그것을 향상시키는 비전과 아이디어의 원천이 될 수 있다. 그러나 궁극적으로 그러한 것도 일상적 삶과 그것의 핵심 부분인 경제의 역학적 맞물림이 없이는 지속적인 인간의 기획으로 살아남을 수는 없는 일이다.

(2001년)

문화적 공공성 구축을 위하여

사람들은 문화에 대하여 두 가지 서로 모순되는 듯한 이해와 요구를 가지고 있다. 하나의 관점에서 문화는 개성의 표현과 개성적 창조로 이루어진다. 다른 관점에서 문화는 사회 통합의 결과이고 수단이다. 하나는 집단에 대하여 개성과 독창성을 문화의 핵심으로 보고, 다른 하나는 문화를 개체로 넘어가는 집단적 순응의 양식으로 이해한다. 물론 이것은 일단의 대조이고 사실에 있어서 문화의 양면은 모순된 것 같으면서도 하나로 작용한다. 개성적 창조물로서의 문화는 집단 속에 흡수됨으로써 객관적 존재로 정착된다. 그리고 그것은 다른 개인들의 자기 정체성의 과정에서 그 매개체가 되고 집단적 정체성의 구성에 기여한다. 거꾸로 보면 개성적 창조가 가능한 것은 사회적 조건이 그것을 가능하게 하기 때문이다. 개체적 창조를 가능하게 하는 문화를 말할 때 이미 그 안에는 이 사회적 조건이 합의되어 있다.

문화 현황의 개선에 관심을 갖는다고 할 때, 중요한 것은 문화의 사회적 존재 방식일 수밖에 없다. 사회적 통합을 강조하는 입장을 밝힐 것도 없이 문화의 사회적 기능을 생각하는 까닭에 그것이 사회 속에서 어떻게 존재하는가를 생각할 것이다. 그런데 개체성을 강조하는 창조가 가능하게 하기 위해서는 그것을 가능하게 하는 사회적 여건이 있어야 한다. 문화적 창조자가 가장 원하는 것이 다른 사람이나 사회의 간섭 없이 자기의 작업에 정진하는 것이라고 하는 경우에도 그 자유의 공간을 사회가 허용해 줄 수 있어야 한다. 어떤 경우에나 사회가 문화의 위치와 가치를 인정하고 그것을 제도 속에 반영하고 문화 활동을 위하여 자원을 배분해야 하는 것이다.

다른 한편으로 사회 행동이 문화를 만들어 내지는 못한다. 좋은 사회적 조건이 개체성의 관점에서 생산적인 문화를 보장해 줄 수는 없다. 설사 인간 현실에 그러한 면이 있다 하더라도 그것이 적어도 진정한 문화와 예술의 창조가 나오는 바탕이 아니라는 것은 상기할 필요가 있다. 창조의 바탕은 좋든 나쁘든 정책적 프로그램으로부터의 자유이다. 진정한 문화 창조는 정책적 조작의 대상이 되기를 거부한 아방가르드 정신과 연결되어 있다.

정책이 작용하려면 거기에는 작용의 대상이 있어야 한다. 문화가 객관적인 물건인가. 문화, 문화를 외치는 일 자체가 쑥스러운 일이다. 그것은 문화를 물화된 것으로 파악한 것이기 쉽다. 문화는 본질에 있어서 객체가 아니라 주체적 정신이다. 객체적으로 존재하는 문화는 문화 과정의 마지막 결과물일 뿐이다. 문화재가 문화 창조의 동력이 되려면, 그것은 복제되고 모방되는 것이 아니라 정신 속에 용해되고 전혀 다른 것으로 태어나야 한다. 문화를 객체적인 물건들로 파악하는 것은 상품의 시대정신에 맞는 일이다. 그러나 상품의 경우에까지도 화폐 가치로 환산되는 것 이상을 부여하는 것이 문화의 정신이다.

살아 있는 문화는 문화재 속에 존재하지 아니한다. 상품화된 문화 속에서도 존재하지 아니한다. 또는 더 나아가 문화는 문화 속에 존재하는 것도 아니다. 그것은 한 사회의 사는 방식, 일의 처리 방식, 사람과 사람의 관계

방식, 물건을 대하고 만드는 방식, 생각하고 느끼는 방식에 스며들어 있다. 그것은 사회 속을 관류하는, 보이지 않는 정신이다. 이 정신은 문화의 역사적 업적으로 형성된다. 이러한 이야기는 문화를 위한 사회적·정치적 행동을 생각할 때 그것이 문화 자체를 대상으로 할 것이 아니라 그 사회적 조건을 대상으로 해야 한다는 말이 된다. 조건은 문화 활동을 가능하게 하는 여러 제도와 기구에서 가장 구체적으로 표현된다. 이러한 제도와 기구는 한편으로 지원의 제도를 말한다. 그러나 그보다 이 제도는, 조금 더 추상적으로, 문화로 하여금 사회의 공공 공간 속에 존재하게 하는 매개체다. 이 공공성은 문화의 기구와 제도의 존재 방식에 이미 구현된다. 그것은 다른 한편으로 존재하는 공공 공간의 일부이다. 문화의 중요한 기능은 이 공공성을 만들어 내고 유지하는 일이다. 문화가 존재하는 방식은 사회의 모든 것에 알게 모르게 스며 있는 공공성을 통해서이다.

문화는 공공성의 한 형태이다. 공공성은 구체적으로는 정치 공동체의 의식에 일치하는 것으로 생각될 수도 있다. 그러나 공동체의 정신은 보다 높은 공공성 — 공변되고 보편적인 것에의 한 매개체일 뿐이다. 문화와 예술은 이러한 열려 있는 공공성에 깊이 관여되어 있다. 개성적 표현에서 정점을 이루는 문화의 경우에도 그러하다. 예술적 영감의 순간은 가장 유니크한 체험의 순간이다. 그러나 그것은 어떤 철학자가 말한 바와 같이 우리의 삶의 한순간이 문득 보다 높은 빛에 의하여 조명되는 순간을 말한다. "보편성에로의 고양"이라는 헤겔의 묵은 표현은 문화를 말하는 데에 있어서 그 바탕을 지적한 것이다.

문화를 통해서 우리는 한 사회의 역사적 업적으로서의 보편성에 접한다. 또 그것은 높은 문화의 경지에서 그러한 역사성을 넘어간다. 문화와 예술의 창조는 이 바탕 위에서 이루어진다. 문화 행동의 목표는 문화와 사회의 공공성 구축이어야 마땅하다. (2001년)

이파리와 바위

세계적 공론의 다원적 형성

1

세계화는 선진국 주도의 자유 무역주의와 동일어로 쓰인다. 그러나 그것은 그러한 정치적 함축이 없이 세계가 하나로 되어 간다는 현상을 나타내는 말로 취할 수도 있다. 어쨌든 세계가 하나로 되어 가는 것은 분명한 세계사의 조류인 것으로 보인다. 물론 이것은 한국에 사는 우리가 가지고 있는 환상인지도 모른다. 한국의 경제 성장이 한국 사람을 갑자기 세계를 향하여 열어 놓았기에, 새로운 경험이 대체로 그러하듯이, 세계라는 것이 우리에게 각별하게 실감 있는 현실로 느껴지는 것일 수도 있다. 한국 상품의 세계 시장 진출은 상당히 오래된 일이지만, 근년의 수입의 증가는 외국의 상품들이 일용품의 일부가 되어 일상생활의 색조를 다르게 하고 있다.

그보다도 더 세계화를 실감나게 하는 것은 여행과 거주를 통하여 세계 다른 지역의 사람들과 풍물이 많은 한국 사람들에게 개인적인 경험의 일부가 된 사실이라 하겠다. 한국인은 이제 여행으로 세계 어느 곳에나 가지 않는 곳이 없게 되었고, 세계 어느 곳에나 살지 않는 곳이 없을 정도로 널리 퍼져 살게 되었다. 한국 안에 외국인들이 거주한다는 것도 자연스러운 일이 되어 거기에서 일어나는 개인적인 접촉들도 우리 생활의 지평을 세계화하는 데 하나의 요인이 되고 있다. 우리가 세계를 삶의 공간으로 느끼게 된 것은 한국의 경제력이 커지고 그 국제적인 지위가 향상된 결과라고 할 만하다.

그러나 경제나 영향력에 있어서의 국제적 지위에 관계없이 세계화가 일어나고 있다는 것은 사실일 것이다. 2003년 9월 멕시코의 캉쿤에서 WTO 회의가 있었을 때, 그것은 부자 나라 가난한 나라 할 것 없이 세계적으로 많은 사람의 관심을 집중시켰다. 그리고 많은 민간인들이 모여들어 회의의 귀추를 주목하였다. 또 그 회의가 깨지고 만 것은 강대국들보다는 제3세계 국가들의 동의를 얻어 내기가 어려웠기 때문이었다. 제3세계의 국제 진출도 분명한 것이고, 국제적 환경은 그들의 의식에도 그 중요성을 각인하고 있는 것이다. 그렇기는 하나, 역시 국제 사회의 현실성은 국가의 국제적 위상에 관계가 없지는 않을 것이다. 강대국들의 시민들에게는 오래전부터 세계가 삶의 지평이라는 생각이 있었다고 한다면, 지금도 세계의 오지 — 가령 티베트의 고산 지대나 니제르나 말리와 같은 나라에서 세계라는 곳은 멀기만 한 곳일 수 있다. 세계화는 이러한 나라들에게는 참다운 삶의 일부가 아니다. 실패로 끝난 WTO 회의와 관련하여 영국의 BBC 방송은 흔히 세계화라는 말로 요약하는 자유 무역 체제의 효과를 다방면으로 보도하면서, 주된 피해 국가들로서 아프리카 여러 나라를 들었다.(여기에 대하여 한국을 포함한 동아시아는 수혜 지역으로 거론되고, 특히 한국은 나이지리아와 대비하여 대표적인 수혜국의 사례로 말하여졌다. 그러나 이경해 씨의 자살이 비극적으로 보여 주었듯이, 수혜 지역에서도 지역과 부문에 따라 그 영향은 매우 다른 것이다.)

세계화가 일어나고 있는 것은 사실이지만, 그것은 어떤 지역에서는 긍정적인 참여가 되고 다른 어떤 지역에서는 부정적 효과를 갖는 수동적 참여가 된다고 할 수 있다. 이렇게 보면, 세계화는 중심부로부터 부채꼴로 에너지가 확대되어 가면서 세계가 하나로 되어 가는 과정이라고 할 수 있다. 제국주의도 세계를 하나로 묶어 가는 결과를 가져왔던 것인데, 오늘의 세계화가 그 연장선상에 있다는 견해가 틀린 것은 아니다. 이것은 국제 관계나 경제나 문화에 있어서의 여러 지표들을 보면 분명한 것이지만, 여러 나라 사람의 아주 개인적인 차원에서의 접촉에서도 곧 드러나는 일이다. 개인적인 호의와 우정 그리고 사랑의 관계는 국가와 사회 그리고 문화를 넘어서 성립할 수 있는 것으로 생각되지만, 국가와 문명의 구조적 테두리를 벗어나는 인간적 관계는 아직도 지극히 어려운 성취로 남아 있다고 할 수밖에 없다. 이러한 것은 외교관들이 나라를 대표하여 교섭을 벌이는 경우만이 아니라 그들 사이의 개인적인 차원의 관계에도 은밀하게 작용한다.

더 자명한 부분은 공적인 차원과 사적인 차원이 교차하는 부분의 일이다. 가령 비자 발급을 신청한다든지 공항에서 입국 절차를 취한다든지 하는 일에도 배경이 되는 국가의 힘의 차이는 중요한 요인이 된다. 이 며칠 사이의 신문 보도에도 한국이 일본과 벌이고 있는 비자 면제 협정 협상에 진전이 없다는 소식이 있었지만, 서울의 미국 대사관 앞에 장사진을 치고 서 있는 사람들을 보면 힘의 불균형이 인간 대접에 반영되는 현실을 쉽게 느낄 수 있다. 이것은 미국과 같은 나라에 한국인이 입국하려고 할 때도 그러하지만, 요즘에 와서 아랍인들이 겪는 고통은 이에 비할 바가 아닐 것이다. 자주 보도되는 바 제3세계로부터 선진국으로 밀입국하려다 생기는 문제들의 참혹함은 또 어떠한가. 이에 관련된 참혹한 비극들은 세계의 힘의 판도에서 열세에 있는 사람들에게만 일어나는 것이다.

2

이러한 경험적 차원의 일들은 국가와 지역 간에 있는 큰 문제들에 비하면 중요한 것이라고 할 수 없다. 개인적인 작은 일들을 결정하는 것은 정치와 경제의 큰 테두리이다. 문제의 바른 이해는 큰 테두리에서 찾아져야 한다.(물론 시각을 키우면 사람이 작아지는 효과가 일어나고, 이것은 많은 잘못된 정치적 판단의 근원이 된다.) 세계화라는 말에도 불구하고, 또는 그로 인하여 불평등과 차이, 갈등과 긴장이 세계의 실상이라고 하는 것이 옳을 것이다. 빈곤과 질병과 무지가 적극적으로 국제적 개선 노력의 대상이 되지는 아니한다. 무력과 폭력은 아직도 문제의 해결책으로 사용되지만, 이것을 대치할 수 있는 국제적인 제도가 성립할 전망은 별로 밝지 않다.

근년에 와서 세계 평화를 위하여 가장 대처하기 어려운 것으로 등장한 것이 테러리즘인데, 이것은 9·11 사건으로 하나의 극한점에 이르렀다. 또 그 이후의 사정이 나아진 것도 아니다. 그런가 하면 소위 예방 전쟁(preventive war)을 통한 테러리즘 대항책이 세계 평화를 위한 해결책이 된다고 할 수는 없다. 미국의 이라크 전쟁 이후 많은 사람들은 평화적 수단을 통한 평화를 위한 노력보다는 압도적인 군사력에 의한 힘의 질서가 적어도 지금의 시점에 있어서 평화의 형태라는 것을 다시 생각하게 되었다.(그러면서도 그것이 평화를 보장해 줄지는 불분명하다.) 이라크 전쟁이 정당한 것이든 아니든, 그것은 세계 인민에게 국가의 군사력이 국제 질서에 있어서 가장 중요한 요인이라는 것을 다시금 강하게 의식하게 하였다.

이것이 중요한 깨우침이 되는 것은 한때 세계화의 수사와 현실이 세계사로부터의 국민 국가의 퇴장을 예견케 하는 것으로 생각되었기 때문이다. 그것은 전 지구에 하나의 정치 질서의 가능성을 열어 놓는 것으로 보였다. 여기에서 하나의 질서란 결국 일정한 집행력을 가진 세계 정부와 비슷한 것을 말한다. 세계 정부가 정말 가능한 것인지 어쩐지는 알 수 없는 것이지만, 지금의 시점에서 우리의 마음에 존재하는 것은 국민 국가의 모형일 수밖에 없기 때문에, 미래에 대하여서도 세계를 통괄하는 비슷한 정치기구로서의 세계 정부를 생각하게 되는 것일 것이다. 정치학자들이 말하듯이, 투쟁적 관계가 인간 집단의 원초적인 모습을 나타내는 것이라고 한다면(이것은 물론 가설에 불과하고, 다분히 자본주의 초기의 격화되어 가는 투쟁적 인간관계를 반영한 것이라고 해야 하겠지만) 그로부터 평화로의 이행은 하나의 국가에 의한 통합이고 그 힘과 법이 될 수밖에 없다고 말할 수 있다. 동시에 국가는 보다 공평한 정당성에 기초한 형태로 발전하는 것으로 상정될 수 있다.

이러한 사실로부터 유추하여, 오늘날 세계가 당면하고 있는 여러 문제들 — 빈곤, 질병이나 교육, 자원과 환경의 문제 그리고 전쟁이나 테러리즘의 문제와 같은 것을, 일정한 공평성의 원리에 입각하여, 필요하면 독점적 강제력을 행사하여서라도 해결할 수 있는 것은 세계 전체를 관장할 수 있는 정부가 아닐까 하는 것이다. 이것이 그렇게 쉽게 이루어질 수 없는 것임은 말할 필요도 없다. 그러나 유엔과 여러 국제기구의 성립도 그러했지만, 냉전기의 무장 평화가 일단락이 된 후 지난 몇십 년간의 세계 담론은 세계가 느리게나마 그러한 방향으로 나아가고 있다는 환상을 주기도 했던 것이다. 세계의 여론이 보편적이고 이성적인 쪽으로 옮겨 가다 보면, 하나의 평화적인 질서에 이를 것 같은 기대가 있었던 것이다. 그러나 미국은 이라크 전쟁에서, 이미 다른 부문에서도 — 가령 환경에 관한 교토 협정 거부나 헤이그 국제 사법 재판소의 관할권 제한 주장에서도 그랬지만, 확연하게 보편 이성이 아니라 국가 이성(raison d'État)의 세계적 우위를 증명해 주었다.

3

칸트는 200여 년 전에 그의 『영구 평화론』에서 세계 정부까지는 아니더라도 세계적 정부 연합의 가능성에 대하여 논한 바 있다. 그것은 주로 추상적인 차원에서 규범적인 조건을 논한 것이지만, 역사적 현실이 그쪽으로 가고 있다는 느낌이 칸트의 생각 밑에 있었을 것이다. 논리적으로 국가 연합이라는 것은, 어떤 학자들이 지적하는 바와 같이, 모순된 개념이라고 할 수도 있다. 주권이라는 개념이 국가의 국가 됨의 기초라고 한다면, 그것이 보다 높은 보편 의지에 종속될 수 있다는 것은 모순이라는 말이다. 그럼에도 불구하고 지난 몇 세기간의 세계사는 국가 간의 다양하고 심화되는 상호 관계가 견제와 균형의 세계 체제로 발전되어 가고 있다는 인상을 주었다. 앞에 말한 바와 같이 최근의 국제 정세는 이에 대한 역전 현상을 나타내는 것으로 보인다. 그럼에도 불구하고 그것은 아마 합리적 세계 체제의 발전이 보다 착잡한 경로를 통하여 진행된다는 것을 말할 뿐일 것이다.

칸트는 영구적 평화를 촉진하는 역사 발전의 힘으로 여러 가지를 들었다. 정치 체제로서의 민주 정부의 확산, 국가 간의 무역의 발달 그리고 이성적 태도의 확산 같은 것이 그러한 것들이다. 하버마스는 칸트의 『영구 평화론』 출간 200주년 기념 논문에서 칸트가 말한 이러한 역사의 요인들을 평가하면서, 이러한 요인들이 반드시 평화적 질서에 기여하지 않았다고 말했다.[1] 그러면서 세계적인 공론의 장이 성립하고 있다는 사실에 대하여서는 약간의 긍정적인 평가를 내렸다.(금년 봄에 잡지와 신문들에 발표된 글에서는, 그는 이라크 전쟁을 전후하여 세계의 들끓는 여론들을 접하면서, 이 공론의 장

---

1 Jürgen Habermas, "Kant's Idea of Perpetual Peace, with the Benefit of Two Hundred Years Hindsight", *Perpetual Peace: Essays on Kant's Cosmopolitan Ideal*, eds. by James Bohman and Matthias Lutz-Bachmann (Cambridge, Mass.: MIT Press, 1997).

의 성립에 대해서만은 더욱 확신을 갖게 된 것으로 보인다.) 평화의 질서가 생겨나는 것은 아니라도 착잡한 대로 세계가 하나로 되어 가고 있는 것이 사실이라면, 그에 따른 세계적 공론의 장이 성립하는 것도 당연하다고 할 수 있다. 일이 일어나면, 그에 따르는 생각이 일어나는 게 당연하다. 오늘의 통신의 발달은 이 생각들을 하나로 묶어서 세계적인 여론이 되게 하고, 쉽게 무시할 수는 없는 세력이 되게 한다.

공론의 장 또는 여론의 장이 성립되어 가고 있다 하더라도 물론 그것이 참으로 이성적인 것이냐 하는 것은 회의의 대상이 될 수 있다. 그러나 이것은 여러 착잡한 요인과 참여자의 착잡한 상호 관계 속에서 서서히 형성되는 것일 것이다. 이 형성의 과정은 명암의 변증법적 과정을 이룬다. 추상화하여 도식적으로 말한다면, 공론의 맨 아래의 토대는 이념이나 이론보다도 생활 체험의 느낌에서 나오는 여러 반응들이다. 그것은 생활의 직접적인 이해관계에 이어져 있다. 그러나 그것은 일반화됨으로써 현실적인 힘이 된다. 삶의 이해에서 나오는 비공식적 여론을 공론화하는 것은 매체와 그에 관련된 지식인들이다. 삶의 이해관계는 이들에 의하여 일반적인 담론으로 정식화된다. 그리고 그 과정에서 그것은 한 단계 높은 합리성을 얻는다.

그러나 이것이 반드시 일직선의 진보의 궤적을 그리는 것은 아니다. 합리화는 그럴 수 없는 것을 합리화하는 것일 수도 있다. 직접적이었던 삶의 이해는 일반화되는 과정에서 보편적 의무로서 표현된다. 그리고 그것은 다른 사람과 다른 집단에 요구되면서 힘의 질서 속에서의 지배 의지를 포함한다. 그리고 정치적 공간에 등장하게 된다. 이 공간 안에서의 담론은 모든 것을 포괄하는 일반적 이념의 성격을 가지고 있다. 구체적인 삶의 이해관계도 그 일부가 된다. 그리고 그것은 이념의 틀 안에서의 일정한 전략으로써만 성취되는 숨은 목표가 된다.

정치적 사고를 왜곡시키는 것은 전략적 고려 때문이다. 전략은 목표하는 현실적 효과에 대해 앞뒤를 가려 보는 데에서 나오는 것으로서 합리적 사고의 한 전형이라고 할 수도 있지만, 많은 경우 그 사고의 근본이 되는 동기 — 일방적으로 이념화된 개인적·집단적 동기로 인하여 진정한 합리성을 손상한다. 동시에 그것은 삶의 이해를 증진하는 듯하면서 그것을 손상한다. 정치화의 과정은 하나의 합리화의 과정이면서 동시에 진정한 합리성으로부터 타락해 가는 과정이다. 이것을 교정할 수 있는 것은 이러한 양의적인 합리화 과정이 다시 삶의 이해로 돌아오는 것일 것이다. 삶의 이해 — 전략적으로 계산된 것이 아니라 직접적인 삶의 체험에서 나오는 여러 이해들은 다시 한 번 합리성의 바탕으로서 상기될 필요가 있다. 중요한 것은 그것이 합리성의 테두리를 한정하는 지표의 역할을 하는 것이다. 어떻게 보면 구체적인 삶에는 절대적으로 합리화를 거부하는 것이 있다. 그러면서도 합리성과 삶의 직접성의 대화가 불가능한 것은 아니다. 삶의 합리화는 되풀이되는 삶과의 대화를 통하여 보다 높고 넓은 이성으로 나아가게 될 수 있다.

위에서 말한 합리성의 착잡한 진전은 한 사회 안에서 일어나는 것을 생각한 것이지만, 이것은 보다 넓은 세계 공간에서도 비슷한 것일 것이다. 하나의 공론 — 평화적 세계 공동체를 위한 이성의 원리가 탄생하는 것도 이러한 착잡한 과정을 통하여서일 것이다.

4

세계가 하나로 되어 가는 사이에 많은 사람들 그리고 사회가 받아들이게 된 것으로 보이는 이성적 가치들이 있다. 그중에 대표적인 것이 인권이다. 이것은 오늘의 시점에서 세계의 공론이 어떠한 단계에 있는가를 잘 나타내 준다. 그렇다는 것은 인권은 중요한 보편적 가치이면서 동시에 일정한 한계를 가지고 있는 개념이기 때문이다.

인권은 간단히 정의하여, 많은 사회에 예로부터 존재하는 집단의 규범에 대하여 개인의 생명의 존엄성의 우선을 인정하는 것이다. 이 개인의 권리는 정치적·사회적·경제적·문화적 권리를 포함하는 것으로 생각될 수 있다. 그러나 현시점에서 그것은 주로 정치적 자유를 의미하는 것으로 한정된다. 신체의 자유나 사상의 자유가 가장 문제가 되는 것이다. 정치적 견해의 차이로 인하여 사람이 투옥되고 고문당하고 하는, 정치적 박해에 대하여 국제적인 관심이 쏠리고, 또 세계의 어느 정부가 되었든지 이 점에 있어서 국제적인 비판을 무시하기 어렵게 된 것이다. 인권의 존중은 국제적인 공론이 존재하고, 그것이 현실의 힘이 되어 가고 있다는 하나의 증거라고 할 수 있다. 지난 수십 년간 계속되어 온 한국의 민주화 운동은 한국민의 자신의 삶을 위한 투쟁이었지만, 그것이 인권을 중요시하는 국제적 환경의 도움을 받은 면이 있었던 것도 사실이다.

인권을 위한 국제적인 공론이 성립한 것은 중요한 세계사적 진전을 나타내는 것이지만, 그것이 진정한 세계 공동체의 출현 또는 포괄적인 세계 공론을 의미하는 것은 아니다. 정치적 표현과 행동의 자유에만 한정된 인권이 인간 현실을 매우 추상적으로 좁게 보는 일이라는 비판은 세계 공동체의 성립과 관련해서 생각해 볼 만한 문제를 제기한다. 인권은 주어진 여건 아래에서 일정한 수준의 인간적 삶을 누릴 권리로 확대 해석될 수 있다. 이러한 확대는 여러 나라에 매우 불편한 문제들을 일으킬 것이다. 여기에서 선진국도 예외는 아니다. 또는 인권의 확대 해석은 선진국을 더 많이 불편하게 한다고 할 수도 있다. 그것은 우선 그러한 권리의 토대로써 세계 빈곤의 문제를 풀어 나가야 한다는 당위를 상기시키는데, 현시점에서 선진국들은 그것을 적극적인 의무로 받아들일 의사가 없는 것이다. 그것은 국제 무역과 자원과 환경에 대한 전적으로 새로운 인간주의를 요구하는 일이고, 선진국의 소비주의 삶의 양식을 재조정할 것을 요구하는 일이 된다.

인권의 문제 해결은 그것을 가능하게 하는 기반의 조성을 필요로 한다. 그것 없이 인권 문제는 영원한 모순의 순환을 의미하는 것이 될 수 있다. 물론 문제를 확대하는 것이 무조건 옳은 것은 아니다. 우선 풀어 나갈 수 있는 것을 풀어 나가는 것이 현실적인 대응책이라는 면도 있다. 사실 인간사를 일체적인 관점으로만 접근할 때, 개선할 수 있는 것까지도 개선 불가능하게 되는 경우는 얼마든지 있다. 현실의 움직임이 그러한 것이라는 것을 인정하는 것도 중요한 일이다. 그렇다고 하더라도 문제의 전반적 테두리에 대한 생각 자체를 억제해 버리는 것도 옳지 않은 일이다. 그것은 앞으로의 과제의 범위를 상기시킨다. 큰 테두리에서 볼 때, 인권은 조금 전에 지적한 바와 같이, 더 큰 상황의 한 부분에 불과하다. 이 상황에 주의하지 않을 때, 인권의 이념은 '인권의 근본주의'라는 말로 불리는 전략적 수단으로 간주될 수 있다.

5

앞의 문제와 관련하여 우리가 생각할 수 있는 보다 큰 문제는 서구에서 시작된 많은 보편적 이념의 추상성이다. 이것은 사람의 삶을 지나치게 추상화하는 경향을 가지고 있다. 그리하여 삶의 문제 — 그 연장선상에서 세계 공동체의 문제가 보다 포괄적인 삶의 지평에 대한 고려에 이어져 있다는 것을 잊어버리게 할 수 있다. 사람의 삶의 조건을 가리키는 좋은 개념들 — 자유, 평등, 정의, 권리, 우애, 행복 등은 모두 삶의 총체적 상황 속에서 존재하고 참의미를 갖는다. 굶어 죽을 자유나 평등 또는 참으로 삶의 질을 높여 주는 것이 아닌 소비와 소외의 노동이 무슨 의미를 갖는가.

이러한 질문들은 비서구 사회의 가치들을 염두에 두고 생각해 볼 필요가 있다. 그것은 서구의 이념들과의 관계에서 드러나지 않거나 잘 보이지 않는다. 비서구 사회 또는 전근대 사회가 가지고 있던 다른 인간적 가치들은, 가령 자유와 평등에 대하여 존중과 공경, 권리의 주장에 대하여 겸양, 우애보다는 더 깊은 원초적·공동체적 인간관계, 물질적 행복을 넘어가는 금욕과 절제의 행복 — 이러한 것들은 현대 사회에서 사라져 가는 인간의 덕성들이다. 또는 이렇게 물을 수도 있다. 모든 물질적 풍요와 개인의 권리가 확보되었다고 하더라도 그것이 인간적 화합과 자연과의 우주적 평화를 대가로 지불하여야 하는 것이라면, 그러한 조건의 추구가 참으로 우리가 선택하여야 하는 것인가. 인권과 더불어 추구되는 오늘날의 삶의 이상들은 다분히 서구에서 나온 것들이고, 서구인의 비교 우위의 우월감을 만족시켜 주는 면이 있다는 것을 부정하기는 어려운 것이 아닌가 한다.

말을 그렇게 하지 아니하여도 오늘을 지배하는 인간 가치에는 서구 역사가 인간의 보편성의 진화를 대표한다는 생각이 잠재해 있다. 물론 인권이나 자유나 사회 정의 등은 오늘의 시점에서 보편적 인간 가치를 나타내고 있는 것임에 틀림이 없다. 인권 사상과 더불어 타자에 대한 관용성, 인간 공동체에 대한 느낌의 일반화 — 이러한 것들도 서구 문명의 발전의 산물로 들 수 있다. 문명이 가능하게 한 물질생활의 향상이나 삶에 대한 이성적 이해와 조직의 발달 그리고 그에 대응하는 감성의 심화 등도 여기에 추가하여 생각할 수 있다. 그러면서도 우리는 그것만이 유일한 가치는 아니라는 생각을 버릴 수는 없다. 더구나 그것이 깊은 의미에서의 인간 보편성의 깨우침이 아니라 특정한 문명의 우월 의식을 바탕으로 한다고 할 때, 이러한 회의는 조금 더 근본적인 것이 된다. 더 필요한 것은 각 사회와 문화에 대한 깊이 있는 이해이다. 삶의 진정한 모습은 많은 경우 추상화한 가치 기준을 넘어서 전체로서만 이해될 수 있다.

물론 역설적으로 이러한 이해에 대한 필요를 느끼게 되는 것도 서양 주도하의 역사 발전의 결과라고 할 수 있다. 서구에 의하여 주도된 세계의 근대사는 과학 기술, 정치사상, 문화적 가치에서 많은 것을 인류에게 선물하였다. 그러나 동시에 그것은 어떠한 발전도 대가가 없는 것은 없다는 것도 보여 주었다. 과학 기술 문명이 가져온 자연환경의 파괴는 그 대표적 사례지만, 그 외에도 빈곤, 전쟁, 약탈, 억압, 공동체의 파괴, 인간성의 훼손 등은 발전의 대가라는 사실을 깨닫게 했다.

그리하여 이제야 인류는 — 서양인들을 포함하여 — 다른 문화들을, 진보 사관의 선입견 없이 여러 문화와 사회를 공평한 눈으로 바라볼 수 있게 되었다. 발전의 관점에서 가장 뒤처져 있는 소위 원시 사회에도 오히려 높은 인간적 삶이 있을 수 있다는 것을 생각할 수 있게 된 것이다. 이것은 서양이 주도한 역사의 역설적인 선물이라고 할 것이다. 또 이러한 상대주의의 발전 그리고 세계화를 향한 발전은 우리로 하여금 역사의 발전이 밝음과 함께 어둠을 포함하는 것이라는 것을 생각하게 한다. 그러면서 미래에 대한 희망을 새로 다짐하게 한다.(물론 역사의 명암에 대한 인식은 현실 인식의 심화와 함께 전략적 사고의 냉소주의의 위험을 포함한다.)

6

역사와 사회 그리고 문화를 보다 선입견 없고 공평하게 보는 눈의 작용에 있어서도 역설은 작용한다. 여러 문화를 공평하게 보는 데에는 과학적 태도가 요구된다. 오늘의 학문에서 이것을 대표하는 것은 인류학이다. 인류학은 원래 식민지 지배의 한 수단으로서의 현지 조사라는 면을 가지고 있었다. 그러나 그것은 동시에 인간의 다양성과 보편성 그리고 가치의 상대성에 대한 인식을 확산하는 데 크게 공헌하였다.

근년의 인류학의 자기비판의 하나는 — 가령 제임스 클리퍼드(James Clifford)나 레나토 로살도(Renato Rosaldo)와 같은 미국의 인류학자들의 글에서 — 표면상 서구의 가치로부터 초연한, 그리하여 무사공평하고 객관적인 것으로 보이는 인류학의 기술과 이론이, 실제로는 주체로서의 서구에 대하여 대상 문화를 드러나지 않게 객체화하고 있다는 것이다. 그렇다고 인류학이 대표하고 있는 과학적인 입장 그리고 그로 인하여 가능하여지는 한 문화 그리고 여러 문화에 대한 이론적 이해 등이 불필요한 것은 아니다. 그리고 그간의 공적들이 없어지는 것은 아니다. 객체화의 위험 — 그 안에 스며드는 근거 없는 우월감에 관한 교훈은 그것에 대한 세심한 경계가 있어야 한다는 것일 것이다.

그렇기는 하나 어떤 경우에나 추상적 이론이 삶의 현실을 대체할 수 없음은 물론 그것을 완전히 포괄할 수는 없다. 인류학의 방법은 '참여 관찰(participant observation)'로 알려져 있다. 로살도는 이러한 전통적 방법에도 문제가 있다는 것을 지적하면서 그에 대신하여, '사적인 이야기(personal narrative)'가 보다 적절한 방법이 될 수 있다고 말한다.[2] 이러한 이야기로서는 아마 가장 뛰어난 것이 문학의 여러 가지 서사일 것이다.(물론 대중 매체나 시각 자료들도, 문제가 없지 않은 대로 이러한 이야기라고 할 수는 있다.) 근년에 세계적인 주목을 받게 된 남아메리카나 인도에서 나오는 소설들은 이 지역 사람들의 삶을 인간화하여 알 수 있게 하는 데 크게 공헌한 바 있다.

---

2 Renato Rosaldo, "After Objectivism", *The Cultural Studies Reader*, ed. by Simon During(London: Routledge, 1993).

소설과 같은 장르의 큰 특징은 사실과 체험 그리고 인간을 밖으로부터의 관점이 아니라 내적인 관점에서 포착하려고 한다는 점이다. 그러면서도 또 하나의 장점은 그 객관성이다. 이 객관성은 소설의 장점이면서도 또 삶의 직접적인 현실로부터의 유리를 말한다.(이 객관성은 소설이 허구라는 사실과 밀접한 관련이 있다. 이것은 객관성의 소재에 대하여 시사하는 바가 있다.) 요즘의 문학 이론에서 듣게 되는 조금 허황된 용어인 '서사 전략'과 같은 말은 우리를 삶의 직접성으로부터 갈라놓는 의도가 문학적 서술에 개입된다는 것을—그리하여 그것이 정치적 전략의 함의를 가질 수 있다는 것을 시사한다. 이렇게 볼 때 우리가 직접적으로 겪는 이질적인 인간과 사회 그리고 문화에 대한 개인적인 체험들은 여기에 보완적인 역할을 한다. 여행에서의 외국의 풍물에 대한 경험, 외국인과의 공적·사적인 접촉들도, 객관성, 일반성이 결여된 대로, 의식의 세계화에 있어서 중요한 요인의 하나가 된다고 할 수 있다.

앞에서 말한 바 세계적 평화 공동체의 발전에 이성의 진전이 하나의 중요한 요인이 된다고 한다면, 그것은 지금 진행되어 가고 있다고 말하여야 할 것이다. 그것은 칸트가 생각한 바의 보편적 이성과 법 그리고 도덕의 전진을 나타내는 것은 아니라고 할는지 모른다. 그러나 보다 삶의 현실에 가까운, 그리고 이성만이 아니라 사람의 전체적인 감성 능력에 호소하는, 소통과 인식의 축적이 보다 깊이 있는 보편성으로의 이행을 준비한다고 할 수도 있다. 그것이 곧 현실적인 힘이 되지는 아니할 것이다. 전쟁과 빈곤과 국제적 불평등의 문제는 물론 갈등과 오만과 수모에 대한 궁극적인 해결은 정치와 경제의 영역에서의 협약과 국제적 집행 기구를 필요로 한다. 그러나 소통의 발달을 통해 일어나는 사람의 마음에 축적되는 작은 진전들도 큰 결과를 거둘 수 있다.

미국의 시인 월리스 스티븐스의 시적 명상의 주제의 하나는 당대의 미국과 서양 문명의 쇠퇴였다. 그것의 회복은 근본적 해결을 요구하는 것이라고 그는 주장하였다. 그러면서도 그는 지엽으로부터 출발하여서도 문제가 해결될 수 있다고 말하였다. 「바위(The Rock)」라는 시에서 그는 이것을 바위와 이파리의 비유로써 다음과 같이 말하였다. 그가 말하고 있는 것은 인간사의 어느 것에나 해당되는 일일 것이다.

이파리로 덮는다고 되는 것은 아니다.
바위를 치유하려면 땅의 근본을 다스려야 한다.
우리 스스로를 다스림은 — 망각을 넘어

다스림은 땅의 다스림에 맞먹는 것.
그러나 이파리가 싹을 틔우고, 싹은
꽃을 틔우고, 꽃이 열매를 맺는다면,

그리고 우리가 새로 거둔 것들의
첫 빛깔들을 먹게 된다고 한다면,
이파리는 근본의 다스림일 수 있다.

(2003년)

민족과 보편적 지평

1

『도덕경』에서 노자가 그리는 이상적인 나라는 사람들이 밖으로 향한 문호를 닫고, 작고 오붓하게 사는 나라이다. 그러한 나라에서는 사람들은 입고 먹는 것과 풍속을 있는 바대로 즐기며, 배가 있고 수레가 있어도 이를 타지 않고, 닭과 개 소리가 들려오는 이웃 나라를 마주 보고 있을지라도 서로 왕래하지 않으면서 늙어 죽는다.[1] 오늘의 세계의 많은 불행은 이러한 자족적인 사회가 불가능하여진 데에 있다고 할 수 있다.

노자의 생각으로는 좋은 나라란 소국과민(小國寡民)의 작은 나라로 다른 나라와 별로 거래가 없는 나라이다. 정치, 경제, 군사 면에서 — 적어도 힘의 불균형 상태에서 손해를 입는 쪽에 있는 경우 — 외부에서 오는 충격은 자명하다. 그러나 보이지 않는 문화적 충격도 마찬가지이다. 그 규모에 관

---

1 『老子 下』(臺灣: 中華書局, 1973), 23쪽.

계없이 한 나라의 문화는 그 나름의 일체성을 가지고 있어서 서로 다른 문화들의 충돌은 커다란 불행의 원인이 될 수 있다. 문화는 모든 것을 하나로 간추려 거머쥐며 그를 재생하고 바꾸어 나가는 주체적 정신의 표현이다. 소위 제3세계 또는 세계 최빈국들의 참상을 보면, 그 문화적인 통일의 파괴가 사회와 윤리와 경제를 혼돈에 빠지게 하고, 오늘의 참상을 가져온 것이 아닌가 하는 생각이 든다. 그렇기는 하나 오늘의 세계의 실상은 변화·확대하는 세계에 적응하는 것만이 살아남는 방법이 되게 하고 있다. 그리하여 소국의 이상이냐 대국의 힘의 추구냐 또는 문화적 단일성이냐 그 복합화냐—이러한 문제에 대하여 바른 대답이 무엇이냐를 생각하는 것 자체가 무의미한 것이 되었다. 설령 작은 나라의 이상을 버리지 않는다고 하여도 노자가 생각한 바 약간의 군비가 있기는 하되 그것을 쓸 일이 없는 체제로는 오늘의 세계에서 살아남기가 어렵다. 세계에로의 개방은 생존의 조건이 되었다.

아마 한국 사회는 세계에서도 드물게 소국의 이상을 받들어 왔던 사회일 것이다. 근대 이전에 한국인은, 노자의 소국은 아니라고 하더라도, 중국의 고대 주 대(周代)의 농업 국가를 이상으로 삼고 바깥세상에 대하여 문을 닫은 쇄국을 국가 질서 유지의 기본으로 삼았다. 이것은 그 나름의 자족적인 사회의 이상을 구현하려 한 것일 것이다. 그러나 가치 판단이야 어찌되었든 한국은 지금 세계에 활짝 열린 사회가 되었다. 경제나 정치에서 세계의 어딜 가나 발견할 수 있는 한국의 상품은 말할 것도 없이 그동안의 한국의 경제적 성장으로 인한 것이다. 한국의 민주화는 한국으로 하여금 문제아가 아니라 정상적인 국가로서 세계 국가 공동체의 일원이 될 수 있게 하였다. 이러한 발전과 더불어 우리는 세계 어디를 가나 여행하거나 거주하고 있는 한국 사람이 있음을 발견한다. 인구 분포의 면에서도 세계에 널리 열린 사회가 된 것이다. 정확한 통계는 확인하지 못했지만, 인구의 세계적 분포와 확산이라는 점에서 우리는 아마 세계에서 중국인, 인도인 그리고 유태인과 더불어 가장 널리 그리고 많이 퍼져 있는 민족일 것이다. 물론 한민족, 조선족 또는 고려인의 이러한 확산과 분포는 단지 한국의 개방적 에너지로 인한 것이 아니라 그 상당 부분이 불행했던 과거의 역사로 인한 것임이 사실이다. 한국 민족의 세계 진출은 아마 단군 이래의 가장 큰 규모의 것이라 해도 과히 틀린 것은 아닐 것이다.

또 방향을 바꾸어 눈을 우리 안으로 돌리면, 국제 관계, 경제와 문화에 있어서 세계가 오늘날만큼 한국 내에 들어와 있는 시기도 한국 역사상 달리 찾기 어렵다고 할 것이다. (중국 문화의 침투에 의한 한국의 중화화와 비슷한 예가 되겠지만) 대통령, 장관, 국회, 대법원 등의 정치 제도, 시장, 회사, 은행, 증권 등의 경제 제도는 물론 주택, 복장까지 서구의 제도를 우리 것으로 받아들인 것에 대하여 지금에 와서 의문을 제기하는 사람은 없다.(서양식 머리스타일의 도입이 온 나라를 혼란에 빠트렸던 이후 복고주의의 사조가 주기적으로 일어나지만, 대통령, 내각, 국회, 대법원을 대신하여 왕, 영의정, 판서 등의 부활을 이야기하는 사람은 없다.) 새로운 변화에는 한국 내에 있어서의 인구의 다양화도 포함된다. 19세기 중엽 함경도 해변에 난파하여 상륙한 러시아 선원을 보고 처음 생각하였던 의문의 하나는 그들이 참으로 사람인가 아닌가 하는 것이었다. 이제 우리는 한국의 복판에 20만 명 이상의 외국인이 거주하고 있는 것을 태연하게 받아들이게 되었다.(물론 이러한 변화의 특이성을 너무 강조할 것은 아니다. 박옥걸(朴玉杰) 교수에 의하면, 고려 시대, 특히 전기에 있어서, 외래인의 유입은 계속된 현상의 하나였다. 초기, 즉 10세기로부터 약 200년 동안 유입된 외래인의 수는 17만 명에 달했다. 당대의 인구가 200만 정도라고 한다면, 이것은 막대한 비율의 외래인이다.[2])

---

2 박옥걸, 『고려 시대의 귀화인 연구』(국학자료원, 1996), 240쪽.

이러한 변화들은 한국 사회의 외부적 조건에 관계되는 것이다. 여기에는 의식의 변화가 따를 것으로 생각할 수 있다. 그러나 의식은 변화한다고 하여도 그 변화의 속도가 외면적 변화와 같은 것일 수 없다. 한 사회의 의식의 습관이나 존재 방식이 바뀌는 것은 말할 것도 없이 손바닥 뒤집듯이 간단히 이뤄질 수 없다. 진정한 의미에서의 사회 변화 — 그러니까 모든 것의 모체로서의 정신, 정신과 감성의 습관, 인간관계의 규칙, 이러한 것들의 변화는 정신의 많은 것이 그러하듯이 그 나름의 속도 — 느린 속도를 가지고 변화할 수밖에 없다. 의식 변화의 느린 속도는 사회 혼란의 원인이 된다.

특히 문제가 되는 것은 한 사회가 사회적 합의를 위하여 받아들여야 하는 기본 전제에 관계되는 의식의 변화이다. 의식의 변화가 어렵다고 하여도 사람의 의식에는 복잡하기 짝이 없는 삶의 여러 습관보다는 조금 더 간단하게 공식화되고 또 변화될 수 있는 부분이 있다. 헌법과 같은 법률 제도는 의식화할 수 있는 사회 구성의 기본에 대한 합의를 표현한다. 이상적으로 말하여, 그것은 일반적으로 받아들여지고 있는 공동생활의 가치 규범을 법제화하는 국민적 합의를 나타낸 것이다. 사회가 폐쇄 사회에서 열린 사회에로 변화하는 데에는 그에 따른 합의가 필요하다. 그리고 이 합의가 의미 있는 것이 되려면, 일반적으로 가치 체계의 오리엔테이션에 변화가 있어야 한다. 열린사회는 사회가 합의할 수 있는 가치로서 개방성, 보편성, 다원성 또는 관용성 등을 받아들인다. 좋은 것이든 아니든 이러한 가치의 수용은 사회의 현실과 의식의 일치를 위하여 필요한 것일 것이다. 그 불일치는 개인과 사회 그리고 그 대외 관계에 있어서 많은 모순과 갈등의 원인이 될 것이기 때문이다.

이것은 어떻게 보면 사회의 기능적 조화를 위한 필요를 말한 것이지만, 다른 한편으로 인간의 삶과 의식에서 보편적인 지평에 대한 요구는 근원적인 것이다. 여기에서 보편성이란 반드시 물리적 의미에서의 넓은 공간을 말하는 것은 아니다. 그것은 우리가 삶과의 관련에서 가지고 있는 막힘없는 상태의 느낌 — 무애(無碍)의 느낌의 존재론적 바탕을 이룬다. 이 느낌은 삶의 현실과 삶을 둘러싸고 있는 지평의 일치 — 보편성의 지평과의 일치에서 일어난다. 전근대적인 우리 사회는 일단 그 나름의 일체성을 가지고 있었다고 할 수 있다. 그러나 여러 가지 이유로 하여 그것은 문제를 가지고 있었다. 19세기 후반 이후에 한국이 근대를 받아들이고자 한 것은 문화적이든 정치적이든 제국주의의 세뇌 작용이나 이존책(以存策)의 불가피함 때문만은 아니었다. 앞에 말한 개방 사회의 가치들 — 보편성이나 다원성 그리고 관용성은 사실 대외적 개방을 통하여서가 아니라도 다시 이룩했어야 할 가치들이었다고 할 수 있다. 그러나 이러한 보편성은 직접적으로 보편성에로의 열림을 뜻하지 아니한다. 그것은 매우 복잡한 경위를 통하여서만 — 모순의 변증법을 통하여서만 성취된다.

개방의 압력은 처음부터 모순된 반응을 일으킨다. 개방의 필요의 인식은 자기방어의 경각심을 동반하게 마련이다. 나라의 문호 개방이 자발적이든 밖으로부터의 압력에 의하여 이루어지는 것이든 개방은 위험스럽고도 두려운 일이다. 특히 이것이 밖으로부터 오는 압력 또는 심한 경우는 침략으로 이루어지는 경우(대체로 자발적인 문화 개방이란 매우 희귀한 일이라고 하여야 하겠지만) 자기방어적 본능이 크게 자극되게 마련이다. 이때 부국강병은 자명한 방어책이다. 또는 한국인이 그 최초의 개방의 도전에 실패하여 그러한 것처럼, 방어적인 체제로서 민족이 중요한 역할을 부여받게 되는 것은 불가피하다. 민족은 개방의 도전에 대한 현실적 답변의 하나이다. 그리고 방어 기제로서의 집단, 국가나 민족은 개방의 도전이라는 관점에서 볼 때, 오히려 개방의 가능성을 축소하는 역할을 할 수 있다. 그러니까 개방의 역사는 동시에 민족주의 역사인 것이다. 물론 강한 국가, 강한 민족 단위는 다시 밖을 향하기 위한 준비가 된다. 개인 생활에 있어서나 집단에 있어서나, 안을 다져야 비로소 밖으로 나가는 것이 가능하다. 그러나 이렇게 하여 밖으로 향하는 경우에도 정신의 자세에서 밖을 받아들이는 것은 아니다. 밖은 어디까지나 생존에 대한 도전이고 혹은 생존의 증강을 위한 기회이다. 그것은 수단이고 전략의 대상일 뿐이다.

그러니까 개방에 적극적인 의미에서의 개방성, 다원성, 보편성과 같은 가치가 삶의 새로운 편성의 가치 전제가 되는 것은 커다란 의식의 전환이 있어야 가능하다. 이러한 대전환이 있기까지는 민족의 이념은 오랫동안 생존권의 주장 또는 우월성의 주장 이외에 가치 연관에서는 빈곤한 상태에 남아 있게 된다. 생존의 긴박성은 이러나저러나 모든 가치를 전략화하기 쉽다. 많은 변화에도 불구하고 이것은 항구적인 상태가 될 수도 있다. 그리하여 새로운 가치 — 보다 확대된 지평, 궁극적으로는 보편적인 지평에서의 가치의 재정립은 매우 어려운 과제가 된다.

그러나 국가나 민족은 그 안에 보편성으로 나아가는 동력을 가진 것으로 보인다. 많은 것은 모순의 변증법을 통하여 이루어진다. 민족이나 국가는 말할 것도 없이 대내적인 개념이라기보다는 대외적인 개념이다. 되풀이하여 말하건대 그것은 단순히 자기 충족적인 상태를 지칭하는 것은 아니다. 국가는 방어적 조직으로 생각될 수도 있지만, 유럽의 민족주의에서 보듯이, 팽창적이고 공격적인 이데올로기일 수도 있다. 두 개의 민족주의는, 현실적으로 다른 의미를 갖는 것이면서도, 본질적으로 같은 움직임의 다른 표현이다. 방어적인 것도 결국 타자에 대한 의식, 그것과의 투쟁적 관계에서 나오는 것이라고 할 수 있기 때문에, 그것의 역전은 이미 예상된 것이라고 할 수 있다. 민족이 자기주장의 힘을 말하는 것이라면, 어떤 형태의 민족의 자기주장도 주체와 주체의 생사를 건 투쟁의 한 단계에 불과할 수 있다.

그러나 여기에 관계되어 있는 것은 투쟁의 논리만이 아니다. 민족은 그것이 지역적 테두리로 존재하는 한, 이미 비친 바와 같이, 삶의 한계 개념으로는 만족스러운 것일 수 없다. 그것은 보편적 주장으로 발전하여야 한다. 그리하여 민족은 다른 민족들과의 경쟁적 관계에서 넓은 보편적 이념을 대표하는 것으로 생각되게 된다. 제국주의 시대에 있어서의 독일에서의 문화(Kultur)의 개념, 프랑스에서의 문명(civilisation)은 그러한 변형된 민족주의를 나타낸다. 또 이것은 세계사의 진보에서 하나의 정점을 이루는 것이며, 다른 사회와 다른 생활 방식은 그것에 의하여 극복될 운명에 있는 것으로 말하여진다. 이러한 이데올로기의 관점에서는 제국주의는 인간 전체의 진보의 실현을 위한 역사의 수단이다.

그리고 이 진보의 내용을 이루는 것으로서, 오늘날 서방 국가들이 내거는 많은 보편적 이념들 — 물질생활의 번영, 민주, 인권 같은 것이 포함될 수 있다. 이것은 국가 내의 발전의 과실을 일반화한 결과이다. 이러한 가치들은 민족이나 국가의 팽창적 에너지가 국내적으로 발전한 결과가 그 밖으로 투입된 결과이다. 민족이나 국가의 단일성에 대한 강조는 국가 조직 안에서의 여러 권익을 배분적인 것이 되게 한다. 다소간에 권리의 평등이 없이는 단일한 조직체의 조직화는 불가능하다. 근대 유럽에서의 국가의 대두는 국민의 권리를 탄생하게 한다. 국가가 동시에 개인을 초월하는 원리로서 그 권리를 유보·박탈할 절대권을 주장하고, 많은 경우 이 절대권은 위계적이고 억압적인 방법으로 행사되지만, 근대 국가는 점진적으로 권익의 보다 안정된 배분을 향하여 나아가는 것으로 말할 수 있다. 그리고 이것은 국제 사회의 역사적 갈등을 통해서 세계사에로 확대된다.

이러한 과정에서 태어난 가치들이 반드시 팽창적 민족주의나 제국주의의 위선적인 명분이라는 것은 아니다. 그러한 것들은 국가주의나 민족주의가 생산해 내는 것이면서도, 보편적 성격을 가진 이념임에 틀림이 없다. 다만 그 현실적 기반이 그것과의 괴리를 드러내는 것이다. 어떤 토양에서 생겨났든지, 보편적 이념은, 많은 제국주의적 국가들에서 보듯이, 식민지에서는 물론 제국주의 모국에서도 모순과 갈등을 일으키게 마련이다. 현대 국가가 개인으로서의 성원에 부여하는 권리는 일단 국경에서 정지하는 것이 당연하다. 그러나 권리는 인간 일반의 권리로 보편화되어 배타적인 조직체인 국가 내에 한정하기가 쉽지 않게 되는 면이 있다. 특수한 사정에서 생겨난 인간의 권리는 늘 보편적으로 확대되는 경향을 갖는다. 이것은 식민지인들의 증언, 가령 프랑스의 인권 사상을 무기로 식민지의 모순에 저항하게 되는 북아프리카인들의 고뇌를 말한 알베르 메미(Albert Memmi)의 『식민자와 피식민자』와 같은 책이 오래전에 밝힌 바 있는 일이다.[3]

민족주의와 보편주의의 기묘한 얼크러짐은 온 지구를 갈등과 분규와 전쟁의 터전이 되게 하였지만, 동시에 그것은 전 지구를 하나로 만드는 효과를 가져왔다. 그리고 오늘의 세계는 바야흐로 이 하나가 어떤 패권적 이념이나 지배의 이념으로서의 하나가 아니라 진정으로 다원적인 하나를 지칭하는 것일 수밖에 없다는 의식의 탄생을 보고 있는 것이 아닌가 한다. 물론 이러한 다원적 하나는 아직까지는 새로 터 오는 의식의 지평일 뿐, 현실이 된 것은 아니다. 그것이 세계의 현실이 되기까지는 많은 시간이 걸릴 것이 분명하다.

민족주의는 한국민 모두가 공유하고 있는 가장 확실한 이념이다. 그러나 우리는 그것을 세계사의 전체적인 관련 속에서 생각해 볼 필요가 있다. 지금 간단히 언급한 것들은 그것을 생각하는 테두리로써 이 세계사의 궤적을 그려 보자는 것이었다. 이 궤적 속에서 한국의 민족주의도 보편화로

---

3 Albert Memmi, *Portrait du Colonisé précédé du Portrait du colonisateur*(Paris: Éditions Buchet, 1957).

나아가는 한 단계로서 이해될 수 있다.

2

보편화의 동력은 여러 역사적 조건 속에서 모순의 변증법으로 표현된다. 그것은 집단 간의 투쟁의 한 양상을 이루면서 동시에 인간 존재 안에 들어 있는 깊은 충동 또는 필요에 대응하는 것이기도 하다. 이 점은 앞에서도 언급한 바 있지만, 조금 더 자세하게 고려할 필요가 있다. 인간의 삶의 공간의 확대는 여러 집단 간의 갈등과 통합으로 설명될 것이다. 의식의 차원에서의 지평의 확대를 가장 쉽게 설명할 수 있는 것은 주체와 주체의 혈투라는 관점일 것이다. 보편성은 의식을 가진 인간들의 혈투 속에서 태어난다. 그러나 주체의 자기 확대의 경향 자체도 다시 설명되어야 할 어떤 것이다. 이렇게 볼 때 이러한 확대로서의 보편성에의 움직임은 인간의 심리에 있는 형이상학적 요구로 볼 수 있다. 그런데 주목할 것은 이것이 더 비근하게 사람들의 안주감에 연결되어 있다는 점이다.

거주감에 있어서 열려 있는 지평의 의식은 필수적 조건으로 보인다. 노자의 작은 나라에서도 거주민은 그 의식에 있어서 좁은 지평 속에 갇혀 있는 사람이 아니다. 그곳의 사람에게도 그의 의식의 지평은 한없이 열려 있다. 그곳에서 사람들은 "문밖을 나가지 않고 천하를 알고, 창을 내다보지 않아도 천도를 본다.(不出戶知天下, 不闚牖見天道.)"[4] 집 안에서 천하를 느낀다는 것은 삶의 넓은 지평에 대한 — 보편성을 향한 열림을 말하는 것인데, 이러한 경우에 보듯이, 보편성에의 지향은 반드시 갈등의 상황에서 생

4 『노자 하』, 7쪽.

기는 것은 아니다. 투쟁적 보편성의 움직임은 타자에 대한 의식으로 복잡하여진 안주감의 손상으로 인하여 이차적으로 생겨나는 것이라고 할 수 있다. 그 이전에 단순한 요구로서 존재하는 것이 제자리에 확실하게 있고자 하는 요구이다. 이것이 쉽게 가능한 것이 작은 자기 충족적인 공동체에서이다. 바로 이 공동체가 주체적인 열림의 공간을 보장한다. 그리하여 작은 공동체의 사람은 바로 그러한 곳에 있기 때문에 언제나 보편성에 열려 있는 사람이다. 또 거꾸로 보편성의 의식이 공동체를 안정된 것이 되게 하고, 사람들이 그 안에서 안주의 느낌을 갖는다.

그러니까 세상의 복판에 있다는 느낌은 매우 단순하게 충족되는 것이기도 하고, 복잡한 사회적 관련 속에서 확인되어야 하는 것이기도 하다. 이것은 민족이나 국가와 같은 경우에도 그러하지만, 개인의 경우에 특히 그러하다. 노자의 작은 나라는 자기 나름으로 따로 존재할 수도 있고, 다른 나라와의 경쟁 관계 속에서도 존재할 수 있다. 후자의 경우 그 나라는 경쟁적 환경 속에서 하나의 독립된 단위로서 존재하는 외에 또 다른 나라와의 경쟁 속에서 그것이 보다 인간성의 진리에 맞는 삶을 구현하고 있다는 느낌을 주어야 할 것이다. 개인의 경우, 많은 시대에 있어서 사람이 복잡한 사회적 관련 속에서도 마치 세상의 복판에 있는 것처럼 존재하는 것은 집단적 공동체의 경우보다 더 어려운 일이다. 특히 오늘날과 같이 국제적인 교류가 많은 경우에 그러하다.

여기에서 중요한 것은 심리학자들이 말하는 "자아의 힘(ego strength)"이다. 물론 어떤 이상적인 상태에서 이 자아의 힘은 힘이어야 할 필요도 없다. 유아의 상태는 힘이 없으면서 세상의 한복판에 있는 경우일 것이다. 노자가 생각한 작은 나라도 이러한 상태의 나라일 수 있다. 그러나 대체로 자아의 힘은 복잡한 경로를 통해서 이루어진다. 종교 개혁의 기치를 들었던 루터가 황제가 자리하고 있는 대회의에서 "나는 여기에 섰다."라고 하였을 때, 그것은 "단독자가 하늘과 지옥과 땅 사이에 가질 수 있는 최선의 것인 [개인의] 양심"을 말한 것이다.[5] 이와 같은 사람은 하나의 양심으로써도 천상천하 유아독존을 선언할 수 있다. 그러나 앞의 루터에 대한 설명은 정신 분석학자 에릭슨의 말을 인용한 것인데, 그는 루터가 양심 하나로써 하늘과 땅 사이에 홀로 서기 위해서 무엇이 필요한 것인가를 설명하기 위해서 책 한 권이 필요하였다. 그것은 그만큼 많은 고난과 수련을 통해서 도달할 수 있는 경지이다. 그러나 이러한 홀로서기의 예는 우리 주변에 보는, 평범할 수도 있고 위대할 수도 있는 사람들의 자기 나름의 삶에서 다소간에 보는 것들이기도 하다. 함석헌 선생이 세계 여행을 할 때, 한복 차림을 그대로 유지하고, 한복 차림으로 미국의 퀘이커 숙소에서 마당 소제를 하는 모습은 그 특이한 예의 하나일 뿐이다.

이러한 것들은 개인에 해당되는 것인지만, 국가나 민족의 경우에도 심리적 동기의 면에서는 유사한 것이 있다. 한 국가나 민족이 당당하게 세계 속에 서기 위해서는 무엇이 필요한가? 오늘날의 세계에서는, 위에 말한 홀로 설 수 있는 힘이 아니라, 정치, 군사, 문화의 힘 그리고 역사의 성취가 세계 공동체 내에서의 한 국가의 민족의 지위를 결정한다. 개인의 자아의 힘 속에도 이러한 집단의 업적이 크게 작용한다. 그렇기는 하나 이 문제를 분명하게 이해하기 위해서는 일단 이것이 깊은 의미에서의 보편성에 굳건히 서 있는 자아의 힘의 유일한 형태가 아님을 생각할 필요가 있다. 그것은 어디까지나 외적인 조건에 의존하는 그리고 그것에 의하여 한정되는 자아의 힘이다. 그리하여 엄밀하게는 방 안에 있으면서도 세계의 길을 알고자 하는 인간의 형이상학적 요구에 미치지 못하는 존재의 상태를 나타낸다. 그리고 현실적으로 그것은, 근본적으로 자기중심적이고 투쟁적

---

5 Erik H. Erikson, *Young Man Luther*(New York: Norton, 1962), p. 231.

인 상태의 지속을 말하는 것이기 때문에, 보편적 화해와 공동체를 위한 근거가 될 수 없다. 인간의 권리나 법 앞에서의 동등이라는 개념은 외적으로 귀속되는 지위를 초월한다. 이상적으로 말할 때, 평화적 공존은 정치적·경제적·군사적·문화적 업적의 차이를 초월한 국가와 민족의 평등을 받아들임으로 가능하다. 물론 사회에서 평등한 권리와 함께 실질적인 차등이 존재하지 않을 수 없듯이, 이러한 것들의 차등적 의미를 완전히 부정할 수는 없을 것이다. 그러나 개인의 경우나 민족이나 국가의 경우에도 존재의 정당성의 기초는 보다 깊은 곳에서 나오는 것이라는 점을 일단 인정할 필요가 있는 것이다.

한국의 경제적 힘이 커짐에 따라 한국의 국제적인 위상이 올라간 것은 사실이다. 그리하여 이것은 한국인의 전체적인 자신감을 크게 하였다. 이것은 한국의 전통을 다시 돌아보게 하고 그 귀중함을 알아보게 하였다. 역사의 회복은 여러 가지로 중요한 것이지만, 무엇보다도 그것은 한국인의 문화적 정체성을 되찾는 데에 크게 도움이 되었다. 그러나 정체성에 대한 집념은 지나칠 수 있고 또 자아의 깊이와 넓이를 더하는 데에 방해가 될 수도 있다. 그런 경우, 그것은 비판적 반성을 통해서만 되찾아질 수 있다.

정체성과 자아의식의 강박이 만들어 낸 말로서 우리가 더러 듣는 말로 "한국 문화의 우수성", "한국인의 우수성"과 같은 것이 있다. 이러한 말이 사용되는 사정을 이해할 수 없는 것은 아니지만, 나는 이러한 말을 들을 때마다 어색한 느낌을 금할 수 없다. 그러한 우수성을 늘 내걸어야 하는 상황이라면, 우수하지 않다는 것을 암암리에 반증하는 것이기도 하고, 그것은 우리가 참으로 보편적 차원에 이르지 못하였다는 증거로 들리기도 한다. 또 우리가 우리를 당당하게 생각하기 위해서 우리의 우수성에 대한 믿음을 필요로 하는 것이라면, 우리의 자아의 힘은 매우 약한 것이라고 하여야 할 것이다. 자기중심적인 주장은 물론 다른 지역에서도 얼마든지 발견되는 것이다. 그렇다고 그러한 자기중심주의가 볼만한 것이 되는 것은 아니다. 다음에 간단하게 조금 복잡한 예를 들어 이러한 문제를 생각하는 데에 실마리를 잡아 볼 수 있다.

미국이나 유럽의 우월감은 그들의 모든 일에 배어들어 있다. 그것은 진정한 인간 공동체 의식에 방해가 될 뿐만 아니라 그들이 보편성의 토대를 그들의 삶 속에 확보하지 못하였다는 증거가 된다. 근대 유럽 그리고 미국의 팽창은 지구의 다른 지역에 커다란 재앙으로 작용한 면도 있지만, 그들의 문명이 인류 공동 문명에의 공헌이 큰 것도 부인할 수 없는 사실이다. 문화적인 것도 있지만, 가령 자유, 평등, 민주, 인권 등의 정치사상과 그 제도도 그러한 위대한 업적에 속한다. 최근의 이라크 전쟁과 관련해서 유럽의 곳곳에서 미국의 일방적 군사 행동에 대한 비판이 있었다. 그러한 비판에서 휴머니즘의 보편적 이상이 말하여지고, 그것이 유럽의 고유한 전통에서 나오는 것임이 강조될 때, 우리는 흠칫하는 느낌을 가지지 아니할 수 없다. 마치 보편적 정의와 평화 공존의 이념은 유럽에만 있는 것인 듯한 주장이 어색한 것이다. 그것은 그들의 의식이 다른 지역을 수용하지 못하고 있다는 증거이고, 그들의 일반론과 보편성 주장이 실질적 내용을 결하고 있다는 증거이다.

어떤 경우에나 개인적 자아든 집단적 자아이든 자아의 뿌리는 외면적으로 내걸고 자랑할 수 있는 업적보다는 더 깊은 곳에 있다. 최근의 이라크 전쟁 중 나는, 미국의 한 칼럼니스트가 그 논평에서(이 글은 미국의 이라크 침공을 비판하는 글이었기는 하지만) 이라크에 간 미국의 병사들은 미국이 세계에서 제일 훌륭한 나라라는 것을 확신하고 애국적 동기에서 출전하고 있다는 내용의 문장을 읽은 일이 있다. 이 문장을 읽으면서 나에게 떠오른 것은 최선의 나라가 아닌 나라의 사람들은 나라를 지키기 위해서 목숨을 내놓을 필요가 없다는 말인가? — 이러한 질문이었다. 김소운(金素雲)

선생이 6·25 전쟁 중에 쓴 수필에 이러한 것이 있다. 그는 동경의 미국 사령부에서 일하고 있었는데, 동료 미국인 한 사람이 말하기를 김 선생과 같은 분이 미국에 태어났더라면 얼마나 좋은 일을 많이 할 수 있었겠느냐 하였다는 것이다. 이에 대해서 김 선생의 대답은 만약 당신의 어머니가 문둥병과 같은 몹쓸 병에 걸렸다고 할 때, 그것으로 어머니를 어머니가 아니라고 모자(母子)의 관계를 부인하겠느냐 하는 반문이었다. 이것은 6·25 전쟁과 같은 극한적 상황에서 말하여진 것이지만, 어느 시기에나 사람의 자기의 삶—개인적 또는 집단적 정체성의 실존적 근거가 무엇인가를 들추어 주는 말이라고 할 수 있다. 자아의 힘은 자기가 자기 이외의 다른 무엇이 아니라는 단순한 사실의 의식에서 출발한다. 미국의 흑인 작가 랠프 엘리슨(Ralph Ellison)의 『보이지 않는 사람(*The Invisible Man*)』의 주인공에게 자기 정체성의 자각의 순간은 모든 것과 단절된 지하실의 생활에서 "나는 나(I am what I am)"라는 것을 확인하게 되는 순간이다. 이러한 단순한 자신의 실존성의 확인은 어떤 외적인 속성 그리고 그에 따른 객체화된 기술을 넘어가는 것이다. 그러한 의미에서 그것은 다른 어떤 것에 의하여 정당화를 필요로 하지 않는다. 그러면서 타자에 대하여 비교 우월을 주장하는 것도 아니기 때문에 궁극적으로 인간 유대—단지 인간이라는 사실에 기초한 유대의 형성에 방해가 되지 아니한다.

물론 이것은 경제력과 정치 영향력과 역사적·문화적 업적의 우수성에 대한 긍지가 필요 없다는 것은 아니다. 그러나 자기 정체성은 그보다도 깊은 곳에 자리하고 있다는 것을 깨닫는 것은 필요한 일이다. 이 깨우침은 자아의 심화와 타자와의 평화적 관계에 필요할 뿐만 아니라 자신의 성취를 객관적으로 이해하고 평가하고 그것이 진정한 의미에서 다시 자신의 일부가 되게 하는 데에 필요한 것이다. 자아는 몇 개의 층위로 파악될 수 있다. 아무것에 의하여도 정당화될 필요가 없는 층위가 있다. 이것은 개체를 정당화하고 모든 개인과 집단을 일단 보편적 유대 속에 묶어 줄 수 있는 인간 생존의 기초이다. 그 위에 역사적 업적이 있다. 이것이 차이를 만들어 낸다. 이 차이는 현실적인 힘의 차이이면서 궁극적으로 문화적 우열의 문제로 연결된다. 여러 가지 업적은 한 사회 또는 인간 일반의 보다 나은 삶에 기여하는 것일 수도 있고, 그렇지 않은 것일 수도 있다. 그러나 진정 높은 수준의 업적과 문화는 인간의 보편적 가능성의 차원을 넘어 보게 하고, 그 현실적 토대의 구축에 기여하는 것일 것이다. 이러한 보편성이 곧 현실화되지는 아니한다. 그러나 적어도 그 스스로의 사회적 삶을 이러한 관점하에서 저울질할 수 있는 문화는 그러한 문화에 가까이 갈 수 있는 문화라고 할 수 있다. 이 가장 높은 층위에서 한 사회의 문화는 다시 모든 인간 공동체 또는 더 확대하여 생명 공동체 내지 지구 공동체의 관점에서 의의 있는 것이 된다. 원래의 주어진 대로의 보편적 존재로 나아가는 인간은 역사와 공동체에의 참여를 통하여 보다 높은 보편성으로 되찾아진다.

3

나는 학교에서 재직하는 동안 학교의 업적 보고서 제출 요구에 늘 거부감을 가지고 있었다. 자기가 이룩한 것을 되돌아보고 기록하고 이것을 자랑스럽게 내놓아 인정을 원하는 것은 자아의 위엄을 손상하는 일이다. 그러나 그것보다도 그렇게 밖에 내놓은 기록을 만들지 않는다고 하여도 외적인 업적을 통하여 자아를 인식하는 사람은 자유로운 주체로서의 자신을 손상하는 것이다. 이 인식에서 주체는 객체로 전락한다. 예로부터의 한국의 전통에서 겸양의 미덕은 자기를 낮춘다는 외에 자유롭게 한다는 복잡한 의미를 가지고 있었던 것으로 나는 생각한다.

그렇기는 하나 자기 서술의 필요를 전적으로 부정하는 것은 소아병적인 자기만족이라는 혐의를 받을 수도 있다. 그러한 필요에 순응하는 경우 그 기술은 엄밀한 객관성의 기준을 유지할 수 있어야 한다. 이것은 어쩌면 고백이나 참회록의 형식으로 표현될 수밖에 없을지 모른다. 그러나 사실의 냉정성은 간단한 이력서의 작성에도 적용되는 기준이다. 이것은 개인의 삶에서 사람들이 적어도 하나의 이상형으로 받아들일 수 있는 것일 것이다. 그러나 이것이 집단적 서사에 얼마나 지켜질 수 있는지 알 수는 없다.

자기의 삶에 대한 기술은 일단은 사회적 필요에서 오는 것으로 보인다. 사회는 삶의 열 길목에서 우리가 누구인가를 설명할 것을 요구한다. 물론 그 사회란 우리에게 익숙한 친척, 친구, 동료 또는 동리를 벗어난 넓은 사회이다. 이렇게 말하고 보면, 또다시 자기 서술의 소외적 성격을 상기하게 된다. 자기가 누군가를 늘 설명하여야 한다는 것은 괴로운 일이다. 현대 사회에서 명사(名士)라는 지위가 중요해지는 것도 오늘의 사회가 모든 사람에게 익명성을 부과하고 동시에 신분증 제시를 요구하는 일에 적지 아니 관계되는 일일 것이다. 자기 서사의 필요는 늘 우리를 따라다닌다. 우리는 그 필요의 추격을 피하여 한껏 달려 나가지만, 결국은 신분증 검사에 걸리고 만다. 검문소에서 우리는 어디에서 왔으며, 무엇을 하며, 어떤 사람인가를 설명하여야 한다.

그러나 이것은 사회의 요구이면서 우리 스스로도 의식적으로 또는 자기도 모르는 사이에 수행하는 일이기도 하다. 나 자신에게 나의 이야기를 하는 것은 어리석은 일인 것 같지만 그 나름으로 깊은 의미를 가지고 있는 일이 되는 수도 있다. 내가 나의 이야기를 하는 것은 반드시 나 자신에게 나의 신분을 밝히려는 것은 아니다.(물론 "내가 누군데 감히……" 하고 자기를 확인할 필요가 있는 경우도 있지만, 이것은 굴욕의 순간에 일어나는 일이다.) 삶의 걷잡을 수 없는 시간성 그리고 의미를 향한 어쩔 수 없는 소망은 나로 하여금 나를 향하여 나의 이야기를 하게 한다. 자신을 되돌아보는 반성적 서사를 통하여 나는 보다 높은 고양된 삶의 차원에서 나 자신의 삶을 되찾아 볼 수 있다. 좋은 자서전이 하는 일이 이것이다. 자서전과 소설의 차이가 무엇인가를 생각하여야 하겠지만, 소설의 많은 것들은 '잃어버린 시간을 찾아서'라는 이름을 붙일 만하다. 삶을 소유할 수 있는 것은 — 높은 의미 속에서 소유할 수 있는 것은 훈련된 기억을 통하여서이고 그것은 서사일 수밖에 없다. 이것은 나 자신의 삶의 필요이다. 익명의 사회에서 사회가 나에게 제시를 요구하는 신분증은 이 필요와 전혀 별개의 것이 아니면서도, 그 차이에 주의하지 않는다면, 전혀 다른 의미 — 소외적 의미를 가질 수 있다.

그러나 개인적인 차원에서 삶의 의미를 향한 근원적 소망이 본질적으로 사회와 무관한 것은 아니다. 차이는 나와 사회의 요구의 성질이 어떠한 것이냐 하는 데에 달려 있다. 나의 이야기는 내가 소속하는 집단의 이야기를 떠나서 존재할 수 없다. 집단의 경우에도 이러한 반성적 자기 회복은 주어진 삶을 소유하는 중요한 방법이다. 집단적 삶의 반성적 재소유는 모든 사람에게 귀중한 삶의 자산이 된다. 그것은 이미 이루어진 역사이기 때문에, 나의 삶과는 달리, 미리 소유하는 것을 가능하게 한다. 이러한 개인의 삶에서의 의의를 떠나서 집단의 역사의식은 집단의 인간됨을 위하여 중요한 요소이다. 그것은 사람들에게 개인의 삶을 넘어가는 시간과 공간의 인간적 의미를 매개한다. 그리고 집단의 서사는 보다 나은 역사를 위해서 필수 불가결한 것이다. 역사가 허구의 날조라는 어떤 포스트모더니즘의 생각, 또 그것이 정치적 목적을 위해서 마음대로 제작될 수 있다고 생각하는 현대의 책사들의 주장의 의미에서가 아니라, 역사는 가장 진실한 경우에도 구성되는 것이라는 말은 맞는 말이다. 그리고 이 구성에는 이미 창조하고자 하는 미래의 비전이 들어가 있다. 그런 의미에서도 역사는 이미 그 자체가 미래의 창조를 위한 발돋움이다.

되풀이하건대 진정한 의미에서의 자기 이야기가 "너는 누구냐?" 하는 사회적 검문에 답하는 말이 아니다. 진정한 나의 정체성은 나의 삶의 역학에서 나오는 실존적 안정(安定)이고 삶의 확장 행위이다. 그러면서 그것은 사회적 요구에 중복된다. 결국 나에 대한 실존적 탐구는, 성장 소설의 소명과 직업 — 독일어에서 그것은 다 같이 부름, Beruf라는 말이 된다. — 으로 이어지듯이, 사회에서의 자기 위치의 확인에 연결되기 때문이다. 집단의 정체성도 이러한 이중적인 의미를 가진다. 집단의 서사가 집단의 정체성의 중요 구성 요소가 되는 것은 당연하다. 그러나 그것이 반드시 같은 외연(外延)을 가진 것은 아니다. 정체성은 서사의 정지의 순간을 나타낸다. 이 정지는 자신의 객관화가 일어나는 순간일 수도 있고, 타자에 의하여 부과되는 객체화일 수도 있다. 우리의 이야기는 우리가 누구인가를 알게 해 준다. 우리의 정체성은 이 이야기에서의 움직임의 주체이다. 물론 우리의 정체성은 "너는 누구냐?"에 대한 물음 — 모욕적 함축을 가진 물음에 대한 자기주장일 수도 있고, 삶의 높고 낮은 차원을 포함하는 인간의 드라마에 대한 의식으로부터 결정화(結晶化)하는 자기 확인일 수도 있다. 물론 이 두 가지 측면은 구분할 수 없게 중첩되는 것이 보통이지만, 거기에 작용하는 다른 요인들을 분별하는 것은 중요한 일이다.

나는 지난 몇 년 동안 미국에서 한국 문학을 가르칠 기회를 가졌다. 강의에 오는 많은 학생들은 한국계 미국인 학생들로서 그들은 한국의 역사에 특별한 관계를 의식적으로 수립할 필요를 가졌다는 것을 나는 깨닫게 되었다. 그들이 필요로 하는 것은 한국의 역사 — 문학이 표현하고 있는 생활 세계의 정신사를 하나의 일관된 서사로, 또는 이미지로 만들어 내면화하는 일이었다. 대체로 고등학교에서 대학에 재학하는 나이의 젊은 학생은 자기가 누구인가를 알고자 한다. 그것은 정신적 성장의 필수 사항이다. 자기가 어디에서 왔는가를 말하여 주는 서사는 특히 이민자의 정체성의 확립에 매우 중요한 요인의 하나이다. 이 서사에서 집단의 역사는 가장 큰 테두리가 된다. 그 서사가 전적으로 아름다운 것이었으면 좋겠지만, 아름답든 그렇지 않든, 일정한 맥락을 가진 것이어야 한다는 것은 필수 요건의 하나이다.

그런데 이 이야기에서 매우 중요한 점은 그것이, 서사가 이루어지는 특수한 환경으로 인하여, 매우 특별한 그리고 중요한 관점을 취하는 것이 아니면 아니 된다는 사실이다. 그렇다는 것은 이야기는 그 서사의 장소의 다른 이야기와의 관련 속에서 이루어져야 하기 때문이다. 그리하여 이야기의 전개는 저절로 보편적 지평 — 한국이라는 민족적 영역과 함께 불가피하게 서사 현장의 지역사도 넘어가는 지평 안에서 이루어질 수밖에 없다. 그런데 이러한 보편적 지평은 해외 거주의 한국인 또는 한국 관계의 사람들만이 아니라 한국에 사는 우리가 바로 필요로 하는 것이다. 한국의 역사에서 지금처럼 한국의 자아의식이 높았던 때는 없었다고 할 수 있을 것이다. 이것은 자신감에서 나오고, 또 이 자신감을 더욱 굳게 하는 데에 필요한 것이다. 그리하여 한국은 한국의 역사와 전통에 대하여 어느 때보다도 많은 이야기를 하고자 한다. 그러나 다음 단계는 우리의 이야기를 객관적이고 보편적인 관점에서 되돌아보는 일이다.

앞에서 시사한 것처럼 거주지의 세계화는 여기에 큰 도움을 주게 될 것이다. 한국인이 단일 민족이라는 말이 맞는 말이든 아니든, 조선조 이후 우리가 단일성을 유지하면서 문을 닫고 살아온 것은 사실이다. 한국만큼 오랫동안 다른 민족과 국가와 문화에 대하여 폐쇄적이었던 사람들도 지구상에 많지 아니할 것이다. 한국의 역사에 있어서 민족과 국가의 일치도 다양성을 경험할 기회를 축소하였다. 다민족 국가는 저절로 차이를 넘어서는 통일과 조화를 배우고 익히지 아니하면 아니 된다. 이것이 보편적 의식을 낳는 토양이 된다. 로마 제국의 다민족 구성이 특정 국민의 실정법보다 일반적인 공정성을 중시하는 '제국민의 법(ius gentium)'을 발전시키는 계기를 이루었다는 것은 더러 지적되는 사실이다. 적어도 삼국 통일 이후로 한국인은 다민족적 사회 경험을 갖지 못했다. 그런데 20세기에 이르러, 앞에서 말한 바와 같이, 국가적·민족적 행운과 함께 불행을 통하여, 한국인은 국가와 민족의 불일치를 경험하게 되었다. 그런데 이것은 한 국가 안에서의 여러 민족이 사는 경험보다는 같은 민족이 여러 국가 안에서 흩어져 사는 형식을 취하게 되었다. 다른 것들이 하나로 합치는 것은 대체로 에너지를 증대시키는 효과를 갖는다.(또는 반대로 증대하는 힘이 그러한 일(一)과 다(多)의 일치를 가져온다.) 하나의 국가 안에서의 다수의 통일은 한편으로 국가의 의식을 일반적이고 보편적인 차원으로 끌어올리면서 다른 한편으로는 그것을 구심적인 힘 — 진정한 의미에서의 여럿의 동등한 공동체를 파괴하는 패권적 힘으로 변형시킬 수 있다. 제국주의는 그러한 모순을 지닌 힘이다. 여기에 대하여 여러 국가 안에 흩어진 같은 민족은 힘에 의하여 정치력을 행사할 수는 없다. 그들의 연대는 보다 평화적인 것일 수밖에 없고, 그들의 보편적 의식도 보다 더 진정한 것일 수밖에 없을 것이다. 그리고 나는 한국의 역사와 전통은 이러한 보편성에 특히 열려 있다고 생각한다.

우리가 한국의 역사를 하나의 서사로 생각할 때, 그것은 어떤 이야기가 될 것인가. 역사의 이야기는 어떤 유별난 특징을 가지고 있는 것이 아니더라도 그것이 연면한 이야기를 이룬다는 것만으로도 중요한 구실을 하는 것이다.(시공간의 인간적 확대야말로 가장 중요한 인간적 특징의 하나이다.) 그러나 청중을 생각할 때, 그리고 이 청중이 반드시 우리 자신이 아니라고 할 때, 한국이라는 서사시의 주된 가닥은 어떻게 잡을 수 있을까. 외부의 세계에 대하여 아마 오늘날의 한국은 산업의 근대화에 성공한 나라로 그리고 군사 독재에서 민주주의에로의 전환에 성공한 — 그러니까 20세기 후반이라는 늦은 시간에 근대 국가의 두 혁명을 완성한 몇 안 되는 나라로 이야기 될 것이다. 그리하여 그 사연은 오늘의 세계의 문제를 생각하는 세계인에게 들을 만한 이야기로 생각될 것이다. 이러한 두 혁명이 본격적인 것이 되기 이전에 한국이 잃어버린 자주성을 회복하고 근대적인 토대 위에서 스스로를 갱신하고자 피나는 투쟁을 펼친 일도 중요한 서사가 되고, 아직도 자주적 근대화를 과제로 가지고 있는 많은 나라들에게 중요한 모범이 될 것이다.

그러나 나는 역사를 돌아볼 때, 한국은 인간의 삶에 대하여 윤리적 관점을 가장 강하게 유지해 온 나라라는 점에서 특이한 나라라고 생각한다. 이 윤리는 우주 생성과 인간의 심성에 관한 그 나름의 이해와 연구에 입각한 보편적 관점에서 생각된 것이었다. 그리고 이것을 국가와 사회의 토대가 되게 할 수 있다고 생각하였다. (다만 이 우주론의 갱신에 대한 지속적인 노력이 없었던 것과 한 시대의 윤리를 좁은 도그마와 강령에 묶어 놓은 것이 큰 문제였기는 하지만) 말하자면 아메리카의 청교도들이 17세기에 하느님의 말씀에 따라서 새로운 종교적 사회를 세우려고 한 것이나, 러시아의 혁명가들이 20세기 초에 그들 나름의 사회 정의의 이념에 따라서 새로운 사회를 세우려고 한 것에 유사하게 의도적으로 윤리 국가를 세우려 한 것이다. 청교도의 신정(神政)과 소련의 공산 통치는 모두 실패로 끝났다. 그리고 그 이상에도 불구하고 두 혁명은, 성질은 다르지만, 많은 불합리와 비인간적인 결과를 낳기도 했다. 조선조의 윤리 사회도 마찬가지이다. 그것은 결코 이상 사회는 아니었다.

그러나 거기에서 전적으로 잘못만을 보는 것은 공정한 판단이 아닐 것이다. 미국의 한국사학자 에드워드 와그너(Edward Wagner) 교수가 지적한 바와 같이, 조선조의 체제가 그만큼 오랫동안 지속될 수 있었던 것은 그 나름의 현실 타당성을 가지고 있었기 때문일 수 있다. 근대 이전의 시기에 공직의 청렴도를 한국만큼 높은 수준으로 끌어올린 나라는 달리 찾을 수 없을 것이다. 또 그만큼 평화적인 국가 체제도 달리 찾아보기 어려울 것이다. 이 평화는 군대는 물론이고 경찰력에도 별로 의존하지 않는 특이한 평화였다. 의존하는 것이 있다면, 비록 외국에서 빌려 온 매우 제한된 고전 교육에 기초한 것이기는 하지만, 높은 개인적 교양을 통한 정치의 문화화였다. 한국의 전근대 사회에서만큼 임금과 재상, 장군과 지방관이 고전을 알고 외국어로 시를 쓰는 능력을 확실하게 갖추어야 했던 나라를 달리 찾아보기는 쉽지 않을 것이다.

이 문화의 정치적 핵심은, 그것이 비록 조화되고 확충된 삶의 이상을 널리 포용하는 것은 아니었다고 할는지는 모르지만, 높은 윤리 의식에 있었다. 정치와 윤리가 분리할 수 없는 것으로 생각되었다. 앞으로의 세계가 평화와 공존과 번영을 이야기할 수 있는 세계가 되어야 한다면, 사람과 사람의 상호 관계 그리고 나라와 나라의 상호 관계가, 힘과 부를 넘어서, 상부상조적인 고려에 입각한 것이 되어야 한다면, 그것을 뒷받침할 수 있는 것은 궁극적으로 인간의 윤리적 관계에 대한 철저한 의식일 것이다. 물론 여기에 말하는 윤리가 조선조 시대의 윤리와 같은 것이라는 말은 아니다. 중요한 것은 사회관계와 정치의 안정된 기반이 윤리를 떠나서 존재할 수 없다는 의식이다. 또 국내나 세계에서나 이것으로 모든 문제가 해결된다는 말은 아니다. 현실에 대한 이념화야말로 모든 광신적 정치 행위의 근본이다. 그 나쁜 결과는 한국의 전통 시대에서나 오늘날에나 너무나 분명하게 증거할 수 있는 일이다. 윤리 의식은 현실을 변형시키는 노력의 숨은 윤리로 남아 있어서 족하다. 필요한 것은 현실을 인간의 윤리적 관계를 지탱할 수 있는 것으로 구축하는 일이다. 윤리적 관계는 그에 맞는 현실의 구조 속에서만 살아남는다. 현실의 움직임이 이 윤리의 움직임에 일치하는 것은 긴 역사의 시간 속에서이다.

하여튼 한국의 역사의 특징의 하나는 정치적 힘과 윤리의 불가분성에 대한 철저한 의식에 있다고 나는 생각한다. 그것은 우리의 미래를 위한 위대한 유산이 될 수 있을 것이다. 역사의 대전환기에서 우리가 새로운 정체성을 찾는다면, 국내적으로나 세계 무대에서나, 개인적으로나 민족적으로나 우리의 정체성의 핵심은 이 이야기를 중심으로 회복되고 구성되어 마땅한 것일 것이다. 이렇게 말하면 물론 많은 사람들이 우리가 이것을 세계를 향하여 말할 자격이 있는가를 물을 것이다. 그것은 우리의 힘이 약해서가 아니라 우리의 실상이 이것과는 전혀 반대의 것이기 때문이다.

우리의 정치 현실 또 개인적인 삶 — 그리고 무엇보다도 우리의 의식을 지배하고 있는 것은 오로지 현실의 힘에 대한 절대적인 신앙이다. 모든 것은 이해관계의 거래와 힘과 전력(戰力)으로만 움직인다고 우리는 생각한다. 어쩌면 우리의 역사 연구의 핵심 과제는 윤리적 정치에 대한 이상과 더불어 어떻게 하여 그것이 가장 철저한 마키아벨리즘과 함께 움직이는가를 밝히는 일에 대한 것이어야 할는지 모른다. 매우 유감스럽지만, 우리의 역사의 주체에 대한 거창한 발언을 이러한 부정적 현실에 대한 말로써 끝낼 수밖에 없다.

(2003년)

문화적 기억과 세계화 시대의 인간[1]

세계화가 오늘날 세계 전체의 대세이다. 세계 대부분의 지역에서 사람들은 지역과 지역이 서로 가까워지고 있다고 느끼고 있는데, 심지어 일상생활의 면에서도 그러하다. 사치 성향이나 이색 취향을 만족시키는 상품뿐만 아니라 최소한의 생계를 유지하는 데 필요한 상품, 재화의 생산과 자원의 채취 과정에서나 이 같은 생산을 위한 환경 변화의 과정에 창출되는 고용 그리고 물자와 사람의 이동이나 정보와 뉴스의 흐름, 어느 쪽을 둘러보더라도 모든 것이 지구에 거주하는 인간들이 서로 관련을 맺고 있다는 사실에 대한 일반적 인식을 일깨우는 데 기여하지 않는 것이 없다.

세계화란 동시에 발생한 별개의 사실들이 융합하여 우연히 세계를 이성적 통제나 이해의 차원을 벗어나는 하나의 거대한 열린 공간으로 변화시키는 것으로 이해할 수 있다. 신자유주의적으로 경제를 전망하는 사람

---

1 이 글은 원래 영어로 쓰인 것으로, 《현대비평과 이론》에 수록하기 위해 우리말로 번역한 것이다.(게재지 편집자 주) 원제는 "Cultural Memory and Global Humanity"이며 장경렬이 번역했다.(편집자 주)

들은 세계화를 온 인류를 번영으로 이끌 무역과 산업의 자본주의적 발전에 따른 결과물이자 그 징후로 보아, 이를 정당화하고 있다. 어떤 이들은 이와 같은 시각을 현실을 호도하는 것, 지구상의 부유한 나라와 가난한 나라 사이의 불평등한 교역을 이념적으로 얼버무리기 위해 동원되는 다양한 장치 가운데 하나로 폄하한다. 세계화를 겨냥한 비난 가운데 하나가 인간 집단 및 개개인의 다양성을 보장해 주는 지구상의 다양한 문화들을 획일화한다는 관점에서 비롯된 것이다. 이와 같은 문화의 획일화는 아마도 자본주의의 발전에 따라 치러야 할 희생일 수 있으며, 이러한 발전은 또한 약속된 번영이 실현됨으로써 정당화될 수 있을 것이다. 하지만 우리는 여전히 문화적 다양성이라는 것이 없어도 되는 사치품 — 향수를 느끼는 사람에게나 소중한 사치품에 불과한 것인가를 묻지 않을 수 없다.

인류학적 관점에서 보면 문화란 어떤 특정한 인간 집단이 고유하게 지닌 일정한 패턴의 신념 및 행위 체계를 가리키는 것으로, 이 같은 신념 및 행위 체계는 한 집단의 구성원들이 자신들의 세계와 인지적으로, 감성적으로, 실용적으로 교류하는 데 필요한 근거의 역할을 한다. 이 같은 특정 패턴의 문화는 역사적으로 형성되고 재형성되는 과정에 해당 집단에게 집단적 정체성을 부여한다. 한편 이 특정 패턴의 문화는 구체적인 삶의 상황에서 다양한 주고받음의 패턴으로 변조되어 문화 집단에 속한 개개인의 개성을 형성하는 데 근거를 제공한다. 보다 중요하게, 문화의 미묘하면서도 복잡한 중재 작용을 통해 우리는 짜임새와 뉘앙스 면에서 부족함이 없는 삶의 느낌을 습득하거나 다양한 인생사에 대처할 수 있도록 하는 판단력을 습득하기도 하는데, 바로 이 과정에 문화는 삶의 도구 가운데 일부가 된다.

세계화된 세계에서 문화는 문제가 되지 않을 수 없는데, 문화란 규범적 배제(排除)를 겨냥한 다양한 코드들에 의지하여 특정 세계를 하나로 묶는 매체, 특수화를 지향하는 매체이기 때문이다. 문화는 보편적 인간성을 제한하고, 이에 따라 편견과 차별의 원인으로 작용하는 가운데 그런 특수화의 기능을 수행한다. 우연히 자리를 함께한 조화롭지 못한 요소들 사이에 있을 수 있는 갈등을 피하고자 하거나, 일반적 사람들에게 다양한 사회 공간과 자원을 보다 용이하게 사용할 수 있도록 하고자 한다면, 세계화된 세계에서는 문화 이상의 것이 요구된다. 이런 목적을 위해서라면 이성적인 모습의 세계화가 가장 손쉽게 수용할 수 있는 것처럼 보인다. 문화는 세계의 구성원들을 이성적으로 조직화하는 데 장애물의 역할을 한다. 문화의 발달에 이성적 계획을 강요하기란 어려운 법이다. 문화란 습관과 관습이 역사적인 침전 작용을 거쳐 만들어진 결과물로 존재하게 되었다는 점에서 그러하다. 하지만 이는 결코 쉽게 제거할 수 있는 침전물 덩어리도 아니고, 단순히 이성이 허용함에 따라 쉽게 취해질 수 있는 것도 아니다. 이는 자신들의 문화가 자신들의 정체성과 존엄성의 전제 조건이라고 느끼거나, 또는 삶을 살아 볼 가치가 있게 만드는 도구라고 느끼는 사람들이 수없이 많기 때문만은 아니다. 문화는 존재론적인 인간의 존재 조건 — 즉 시간 속에 살아가는 존재로서의 인간의 존재 조건 — 에 뿌리를 내리고 있기 때문이다. 인간이란 기억과 역사의 동물이고, 문화란 개별적으로 또한 집단적으로 살아온 시간과 기억된 시간으로부터 추출된 하나의 패턴이기 때문이다.

시간을 따라 진행된 삶에 대한 기억은 현재를 움직이고 또 현재를 어떻게 볼 것인가를 결정한다. 즉, 현재 속에 살아남아 있는 기억은 개인과 사회의 특정한 행동 양식과 그들의 정체성을 확립하는 데 촉진제 역할을 한다. 기억 속에 남아 있는 것을 실행하는 것이 곧 문화이다. 많은 사회들이 오늘날 세계의 공간적 세계화에 위협을 느끼고 있다면, 이는 단순히 그들이 고집스럽게 그들의 문화적 과거에 집착하기 때문만은 아니다. 그들의 존재 자체가 이와 같은 세계화 과정에 짓눌려 버리는 것처럼 보이기 때문이기도 하다.

보편적 질서의 원리로서 이성이 결여하고 있는 것, 그것은 바로 시간이다. 보편적 인생관과 세계관이 이성적인 것일 수 있다면 이는 다만 확장과 포용이 용이하다는 점에서 그러하다. 하지만 이와 같은 보편성은 공간적인 종류의 것이라고 해야 할 것이다. 베르그송이 오래전에 주장한 바 있듯이, 이성이란 공간화의 능력을 말한다. 따라서 필연적으로 한 지역에서 시간적 통일체로 조직화될 수밖에 없는 개인적 및 집단적 삶의 다양한 여정에 무언가 기여를 하기란 어렵다. 개인적인 것이든 집단적인 것이든 삶의 과정 속에 존재하는 시간은 이성적 원리 — 이 같은 통일체를 압도하는 이성적 원리 — 에 근거한 보편성 속에 쉽게 포섭되는 것에 저항한다. 인간 존재의 시간성을 무시하는 세계관은 다만 편파적인 것일 것이다. 그리하여 한쪽으로 치우치거나 불균형한 인간관에 근거한 기획이 야기할 수 있는 위험이 뒤따르지 않을 수 없다.

각 사회 특유의 서로 다른 시간성을 단일 방향으로 진행되는 역사의 흐름 속에 위치한 서로 다른 단계로 인식하는 경우, 이 같은 서로 다른 시간성은 하나의 단일한 구도 안에서 조망이 가능해진다. 헤겔적인 것이든, 마르크스적인 것이든, 또는 자본주의적인 것이든, 보편적 역사관은 단일한 이상 사회의 실현을 목표로 하는 단일한 세계 역사의 여정으로 상이한 사회들을 몰아간다. 하지만 모든 사회를 이런 방식으로 정렬시키는 진보의 구도는 정당성을 상실하여 왔거니와, 많은 경우 식민지 약탈이나 삶에 대한 전체주의적 조직화를 정당화하는 구실이 되어 왔기 때문이다. 최소한 이념만을 살려 축약해 놓은 경우만을 문제 삼더라도, 그것이 인간의 복지 조건에 대한 공평하고도 균형 잡힌 배려에서 비롯된 것이라고 볼 수 없다. 보편적 역사관을 따라다니는 과거의 죄악과 오늘날의 불공정성은 접어 둔다고 하더라도, 이 역사관은 여전히 인간의 행복이 상이한 방식으로 상이한 여정을 따라 전개되고 또 정착될 수 있을 가능성을 배제할 위험을 지니고 있다. 인간의 행복이란 물질적·정치적·이념적 존재 조건 — 현대를 향한 인간의 진보 과정에 두각을 드러낸 것처럼 보이는 이들 조건 — 에 따라 바뀌는 것만은 아니라는 생각에 많은 사람들이 이제 눈을 뜨기 시작한 단계이다. 명백히 현대적인 발전은 중요한 것이지만, 이와 관계없이 존재하는 다른 종류의 심리적 행복이 전혀 다른 물질적·사회적·영적 통합의 단계에서 성취될 수 있음을 우리는 알고 있다. 비록 이처럼 다른 종류의 심리적 행복이 빠르게 변화하는 세계에서 가당치 않은 것이 되어가고 있음에도 불구하고, 우리에게는 상이한 방식으로 행복을 얻는 일을 실행에 옮기고 이를 기억 속에 살아 있도록 하는 것이 중요하다.

역사나 발전에 관한 보편적 이론이 없이도 질서가 잡힌 보편적 공간을 생각하는 일이 가능할까. 만일 문화란 어느 특정 사회에서의 삶을 풍요롭게 하는 질서의 모태라고 한다면, 과연 문화가 오늘날 목도되는 보편화의 과정에서 다리를 이어 주는 매체 역할을 할 수 있을까. 앞서 우리는 문화란 특수화를 지향하는 매체라는 점을 이미 고찰한 바 있다. 하지만 문화적 특수화의 작업은 끊임없이 보편성을 향해 도약한다. 문화는 인간 행위의 우발성과 무상성을 보다 더 거대한 전체적 패턴과 구조 속에 짜 넣음으로써 시간의 흐름을 뛰어넘는 차원으로 끌어올린다. 바로 이런 논리로 인해 문화에 대한 한 차원 높은 의미 개념이 가능케 되고, 이는 결국 다음과 같은 주장을 이끈다. 즉, 문화란 사실상 보편화를 지향하는 매체일 수 있다. 이런 생각을 무엇보다도 잘 보여 주는 것이 있다면, '교양(Bildung)'에 대한 헤겔의 정의일 것이다. 그는 '교양'을 문화에 대한 독일인의 생각을 한 단계 높여 표현한 것 — 즉 '보편성을 향한 고양(Erhebung zur Allgemeinheit)' — 으로 정의한 바 있다.[2] 모든 사회는 숭고한 문화적 이상(理想)을 '자아 계발(self-cultivation)'의 과정을 통해 협소한 범위의 사적 관심사에서 벗어나 사물에 대한 보다 넓은 시각 또는 보편적 인간성에 도달하는 것에 두고 있다.

문화와 관련하여 이처럼 보편성을 주장하는 것에는 물론 문제가 있다. 특정 문화의 보편성이란 종종 자기 민족 중심주의나 편협한 지역주의에 불과한 것이기 때문이다. 이는 때때로 보편성을 명분으로 내세우고 있기 때문에 그만큼 더 해로운 것일 수도 있다. 심지어 한 사회 조직 안에서조차 자아 계발을 통해 보편적 인간성을 획득한다는 생각은 해악을 끼쳐 왔는데, 때때로 권력의 독점을 정당화하는 수단의 역할도 하기 때문이다. 유교적 사회 안에서 지배 계층은 사회를 불편부당한 차원 — 비록 보편성의 차원까지는 아니더라도 — 으로 끌어올릴 수 있는 문화를 소유하고 있다는 논리에서 자신을 정당화하기도 하였다. 이런 현상은 다른 사회에서도 관찰된다. 독일은 이웃 나라들의 문명(Zivilisation)과 구분되는 문화(Kultur)를 소유하고 있음을 자부한 바 있거니와, 이런 논리가 민족적 우월성을 내세우기 위한 요인 가운데 하나였던 것이다. 제국주의적 기도(企圖)들과 관련하여 보는 경우, 문명이란 인간 삶에 소용이 되는 도구적 자원들의 발달 이상의 의미를 갖는 것, 말하자면 인간이 지닐 수 있는 일반적 미덕 면에서 우월함을 증명하는 것으로 쉽게 여겨졌던 점에 주목할 수 있다. 이와 같은 시각은 서양에서나 동양에서나 모두 '문화적 소명(mission civilisatrice)'이라는 명분 아래 식민 지배자들이 내세웠던 것이다. 하지만 우리는 문화적 보편주의와 권력의 독점 — 그것이 개인에 의한 것이든 계층이나 국가에 의한 것이든 — 사이의 관계가 진실로 필연적인 것일 수밖에 없는가를 의심

---

2 이는 사실 가다머가 『진리와 방법』에서 헤겔의 교양 개념에 대한 설명 과정에 사용한 표현이다. Hans-Georg Gadamer, *Wahrheit und Methode*(Tübingen: J. C. B. Mohr, 1986), p. 18.

하지 않을 수 없다. 유교적 엘리트주의가 한국 사회에서 유지될 수 있었던 것은 그 엘리트주의가 진리를 앞세웠기 때문이 아니라 국가적 제도—말하자면 정통파 유교주의자들이 협소하게 규정한 경전에 대한 교육이라는 관문을 통하지 않고서는 국가 관료가 될 수도 없고 정치적 권력을 획득할 수도 없도록 만든 등용 제도—를 기반으로 하였기 때문이다. 물론 고급문화 교육이 관직 등용과 관계없이 실행되던 곳에서나 실행되던 때에는 그렇게 큰 해악을 끼친 것도 아니었다. 제국주의는 숭고한 문화적 목적이라는 미명 아래 나름의 전쟁을 수행하는 동안 보편성과 관련되는 수많은 명분들로 무장하고 있었다. 제국주의 시대가 지난 오늘날에까지도 선진국들이 세계화라는 기치를 내건 채 제시하는 수많은 명분들에 대해 불리한 입장에 있는 나라들의 수많은 구성원들은 과거의 쓰라린 기억으로 인해 의혹의 눈길을 보내지 않을 수 없다.

하지만 과거의 죄과에도 불구하고, 또한 사람들이 보내는 의혹의 눈길에도 불구하고, 중요한 것은 문화는 반드시 그리고 항상 배제의 원리가 아니었다는 점이다. 또한 중요한 것은 문화가 발생학적으로 보나 계통학적으로 보나 특수한 것—그것이 개인적인 것이든 집단적인 것이든—을 생성하는 모태이지만, 이와 동시에 보편화의 원리를 포용하고 있다는 점이다. 이 역설과 관련하여 문제가 되는 것은 어떤 과정을 거쳐 보편성이 특수성을 지향하여 이루어지는 작업에 의해 얻어지는 그 무엇이 되는가이다. 이 과정에 핵심적 역할을 하는 것은 구체적 삶의 현장과 문화적으로 관련을 맺는 가운데 보편성을 수용할 능력을 획득해 나가는 정신 작용이다. 실질적 효용성을 유지하기 위해 문화적 지령(指令)들은 새롭게 제기되는 수많은 구체적 상황에 적절히 대응할 수 있도록 개방적이어야 한다. 그리고 이와 같은 대응은 오로지 정신이 '반성적 개방성(reflexive openness)'을 주어진 상황에 투사하는 가운데 이루어진다. 어떤 문화도 고정된 패턴과 구조를 통해 표현되는 한에는 보편적일 수 없지만, 이러한 패턴화와 구조화는 특수한 것들이 지니는 구체성을 초월하는 인간 정신의 실행 능력을 통해서만 가능하다. 문화란 이 같은 실행 능력을 지니고 있다는 점에서 잠재적으로 보편적인 것이다. 문화적 한계 안에 갇혀 있다고 하더라도 능동적 정신은 삶의 특수성을 경험하는 과정에서, 그리고 이 경우에는 서로 다른 문화들의 특수성을 경험하는 과정에서, 보다 큰 보편성을 향해 나아갈 수 있다. 문화의 보편화란 특수화하는 동시에 보편화하는 문화적 정신 속에서 진행되는 작업이다.

문화적 세계화로의 변화가 이루어지도록 하는 데 선결 조건이 되는 것은 문화란 단순히 엄격하게 순응을 요구하는 유형의 것이어야 할 뿐만 아니라 문화적 제약 안에서조차 특수한 행위 의도와 문화적 규범 사이에 균형이 이루어지도록 끊임없이 조정 작업을 수행하는 능동적 정신을 담은 것이어야 한다는 점이다. 세계화와의 타협은 사람들에게 개인의 특수한 삶에 매진할 것을 허락하고 장려하는 문화에는 한결 쉬운 일이 될 수 있다. 사회적으로 규정된 관행 안에서 나날의 삶을 살아가는 사람들을 관찰하면서 사회학자들이 주목한 바 있듯이, 문화적 관행은 미리 규정된 사회적 관행을 기계적으로 따라가는 일로만 이루어져 있지는 않다. 문화적 관행은 "미리 규정된 상황에서 정해진 법칙을 따르는 것과는 동떨어진 별개의 문제"인데, "사회적 법칙이란 조목조목 구체화되어 있는 것도 아니고 또 규칙적으로 적용될 수 있는 것도 아니기 때문이며, 사회적 상황이란 미리 규정되어 있는 것이 아니라 그 자체가 참여자 자신의 행동에 따라 능동적으로 형성되는 것이기 때문이기도 하다." 이 상황에 개입해야 하는 것은 "단순한 순응 정신이 아니라 어쩌다 발생하는 우발적 변수들을 유능하게 처리할 수 있는 실천적 이성"이다.[3]

하나의 문화가 살아 있다는 말은 이와 같은 구체적 상황에 대처하기 위한 실천적 이성이 살아 있다는 말과 같은 것이다. 그렇다고 하더라도 사회적 관행의 예들과 비교해 보면, 문화는 의식(儀式)의 엄격한 절차에서 확인할 수 있듯이 보다 더 엄정하게 순응을 요구한다. 문화의 존재 이유가 규정된 행위의 실천적 효율성에 있는 것이 아니라 자신이 부여한 가치를 구체화하는 데 있기 때문에, 협상에 응하라는 압력을 그리 심하게 부과하지 않는 경향이 있다. 하나의 문화적 행위는 실용적 필요성에서 나온 명령과 거리를 두고 있기에 그러하다. 하지만 과거가 현재 안에서 되살아나는 과정에서 모든 문화는 변화의 과정 속에 수정되지 않을 수 없고, 또한 무엇보다도 중요하게 모든 문화는 문화적 공동체의 구성원들의 '내부적 동의(inner consent)'에 근거하여 형성된 것이다. 문화란 타고난 것이어서 있는 그대로 받아들일 수밖에 없는 것일 수도 있지만, 대부분의 사회에서 문화의 실천 주체들이 그 문화의 일원으로 정착할 때 거치는 내부적 조정의 순간이 존재한다. 통과 의식을 거치든, 전향을 체험하는 과정을 거치든, 공식적 혹은 비공식적 교육을 거치든, 내부적 조정의 순간이 있게 마련이다. '내부적 동의'라는 이 요소에 대한 인식은 문화마다 다르지만, 잠재적으로 어떤 문화에나 존재하기 마련이며, 특히 문화적 보편성을 얻기 위해 고군분투할 여지를 남겨 놓은 문화에 그러하다. 문화 변용 과정의 한 순간으로서의 '내부적 동의'는, 그것이 어떤 형태를 취하든, 지방 문화를 초월할 수 있는 쪽으

---

3 Thomas McCarthy, "Philosophy and Social Practice: Avoiding the Ethnocentric Predicament", *Philosophical Interventions in the Unfinished Project of Enlightenment*, eds. by Axel Honneth et al.(Cambridge, MA: MIT P, 1992), p. 254. 여기에서 매카시는 경험주의적 사회 사상의 맹습으로 인해 근원적 진리에 대한 이성적 탐구의 철학적 전통이 어떻게 침식당하였는가의 문제를 다루면서, 일상 사회생활에서 작동하는 실천적 이성에 대한 해럴드 가핑클(Harold Garfinkel)의 생각을 상세히 설명하고 있다. 철학과 사회적 실천 양자 사이의 이분법과 관련하여 매카시가 제기하는 문제는 이성적 합리성과 문화 사이의 관계에 대해 제기될 수 있는 문제와 유사하다. 매카시가 논의 대상으로 삼고 있는 가핑클의 논문은 *Studies in Ethnomethodology*(Cambridge, MA: Polity, 1984)에 수록된 "Studies in the Routine Grounds of Everyday Activities"와 "What is Ethnomethodology?"임.

로 잠재적 문을 열어 놓게 된다. 왜냐하면 동의의 행위는 자신의 문화 바깥쪽에 서 있을 수 있는 능력—문화적 신참자가 지닐 수 있는 능력—을 전제로 하는 것이기 때문이다. 아무튼 '자기 계발'이라는 높은 이상을 명분으로 내세우는 문화도 관찰한 바에 따르면 이와 같은 동의의 순간 혹은 자유로운 의식을 보다 더 중시한다. 그리하여 그런 문화에서 이와 같은 동의는 일회적인 사건이 아니라 지속적으로 되풀이되는 과정으로 자리 잡고 있다. 즉, 이는 연속적으로 진행되는 자아 형성의 과정과 관련 있는 것이다.

문화가 구전의 단계에서 텍스트의 단계로 이행됨에 따라, 문화는 강요된 기억의 굴레로부터 벗어날 수 있게 되어 자유로운 정신이 활동할 여지가 보다 더 커지고, 텍스트화한 문화적 제약으로부터 거리를 둔 지점에 설 수 있게 된다.(그러나 이와 동시에 문화적 제약은 텍스트화 과정에 정전으로 굳어질 수도 있다는 점을 가정해야 함도 사실이다. 모순으로 인한 균열 현상은 문화적 과정의 일부이기도 하다.) 오랜 세월을 남아 있는 동안 망각될 가능성과 결합하여, 텍스트화된 문화는 과거와 현재를 연계하기 위한 해석학적 중개 과정을 다양한 형태로 요구하면서, 인간의 정신에 통합적 자기반성 능력을 부여한다. 자기 계발과 관련하여 주자학이 목표로 하는 최고의 이상은 더할 수 없이 유연한 마음을 지니는 가운데 주체성을 획득함으로써 세상만사에 마음을 열 수 있는 경지이다. 즉, "주일무적(主一無適)하여 만변(萬變)에 처한다."[4]의 경지이다. 마찬가지로 헤겔에게도 교양이라는 이상과 관련하여 계발되는 보편성이란, 개념의 보편성을 가리키는 것이 아니라, 특정한 관심 영역에 구애받지 않고 온갖 방향으로 움직이는 의식을 가리키는 것이다.[5]

세계화가 우리 모두에게 거역할 수 없는 현실이 되어 가고 있는 현시점

---

4 윤사순, 『퇴계선집』(현암사, 1982), 147쪽. 이 구절은 주희(朱熹)의 것임.

5 Gadamer, p. 23 참조.

에서, 세계 역사의 특정한 지점에 해당하는 바로 이 시점에서, 우리는 어떻게 하면 특정 문화의 역사적 독자성과 그 업적을 그대로 끌어안을 수 있는 전 세계적 질서를 예견하고, 또 어떻게 하면 이에 이를 수 있을까를 놓고 당장 걱정할 필요는 없다. 앞서 말한 고급문화에서 확인되는 보편성의 순간, 바로 그 순간이 지니고 있는 잠재력을 우리가 기댈 수 있는 자원으로 여겨도 될까? 비록 앞에서 필자는 고급문화와 국가 권력의 결합이 전혀 예상할 수 없는 우발적인 것이었을 수 있음을 암시하고자 하기도 했지만, 아무튼 제국주의와 계급적 엘리트주의가 가져온 폐해에 대해서도 논의한 바 있다. 어떤 경우든 자기 계발이라는 이상이 본질적으로 엘리트주의적인 것으로 남을 수밖에 없다는 사실을 직시해야 한다. 자기 계발이란 시간을 몹시 필요로 하는 것이고 대부분의 사람은 이에 합당한 시간을 낼 수 없다는 단지 바로 그 이유 때문에 이는 엘리트주의적인 것이다. 또한 소중한 자산인 시간을 직접적 이득이 없는 일에 투자하기를 꺼리는 경향이 널리 퍼져 있다는 사실에도 유의해야 할 것이다. 그럼에도 불구하고 각 문화가 소유하고 있는 최상급의 보편성에 기대어 전 인류가 공유하는 보편적 세계의 모습을 예견해 보는 일은 전혀 무익한 일만은 아닐 것이다. 하지만 그런 경우에조차 지방 문화에서 보편적 문화로 갑작스럽게 바뀌는 일은 일어나지 않을 것이다. 한 나라의 문화권 안에서 획득할 수 있을 것으로 예견되는 보편성이란 진정한 의미에서의 보편성이 아니다. 역사를 살펴보면 보편성이라는 개념은 상대가 받아들일 수 없는 우월성을 내세우고 이를 정당화하는 데 되풀이하여 동원되어 왔다. 그런 우월성에 대한 주장이 문화의 내적 통합에 근거한 것이면 그럴수록 더 그 주장은 내적 통합에 위협이 되는 것에 대해서는 더욱 더 철저하게 문을 걸어 잠근다. 하지만 한 문화가 내적 통합의 경지를 향해 나아가는 과정에 얻는 보편성의 순간, 바로 그 순간의 진정한 존재 이유는 이 보편성의 순간이 다른 모습의 문화를 수용하기 위한 열린 틈으로서의 역할을 한다는 데 있다. 만일 이 보편성의 순간이 보편적 세계로 나아가기 위한 열쇠의 역할을 하지 못한다고 하더라도, 최소한 세계의 다양한 문화들을 상호 대화의 자리로 함께 불러 모으는 데 중요한 가교 역할을 할 수 있다고 보아야 할 것이다.

물론 대화에는 대화가 필요하다는 인식이 필수적으로 선행되어야 할 것이다. 대화의 필요성을 인식하도록 하는 데 뒷받침 역할을 하는 것은 문화 바깥쪽에 서서 다른 관점들을 수용할 수 있도록 하는 문화의 보편적 순간들이다. 하지만 그와 같은 인식은 기존 제도를 고려한 이성적 사고의 범위 안에서 세계 상황을 현실적으로 확고하게 파악하는 것을 가능케 해야만 한다. 다시 말해 이성적 세계는 문화들 사이의 대화를 보장하는 보호막으로서의 역할을 할 수도 있다. 이와 같은 이성의 배려로 인해, 다양한 문화들은 한자리에 모일 수도 있을 뿐만 아니라 동시에 독자적인 것으로 존재할 수도 있다. 이때 독자적으로 존재한다는 말은 영원히 다른 문화들과 분리된 상태에서 존재한다는 뜻에서 하는 말이 아니다. 문화는 자기 고유의 것을 구체적으로 내세우면서도 여전히 타 문화가 우리 문화에 어떤 도움을 줄 수 있는가를 합리적으로 고려하는 가운데 다른 문화와 하나가 될 수 있을 것이다. 그것이 바로 절차와 의례의 단계를 뛰어넘지 않는 체제법에 의거하여 다양성을 너그럽게 수용하는 사회에서 이성이 하는 역할이다.

그러나 이성이 법의 배려에 따라 분리와 교류의 상태를 유지하는 데 머무는 경우, 풍요로운 세계 문화의 발전과 전 세계적 인간성 함양과 관련하여 진정한 의미에서 기여할 가능성은 그만큼 줄어들게 된다. 이성과 법에 의존하여 교류 상태를 유지하는 경우 이는 잠시 동안 충돌을 막는 평화 조항의 역할을 할 것이다. 그러나 그것의 주된 목적은 그들 자신에게 알맞게, 말하자면 이성적 구도에 따라서가 아니라 내부의 시각에 맞춰 각 문화들의 가치를 이해하는 일을 장려하는 데 있을 수 있다. 궁극적으로 퇴락에 이르는 대신 상호 풍요로움을 더해 주는 가운데 문화들 사이의 긍정적인 융합이 이루어질 수도 있다. 이러한 과정은 외견상 스스로 닫아 놓은 지평들을 혼합하는 과정, 해석의 지평을 넓히는 길고 긴 과정일 수도 있다. 이는 또한 이성의 과정일 수도 있을 것이다. 지평들의 융합이 가능하기 위해서는 먼저 증거나 이성적 사유에 의한 것이 아니라 하더라도 최소한 심사숙고와 공동의 합의에 근거하여, 또는 선택 가능한 대안의 합리성에 근거하여 모든 문화적 기획들을 수정할 수 있어야 한다. 단일 문화의 지배를 유일한 선택 방안으로 별생각 없이 받아들이는 상황이 그사이에 변화를 겪게 될 것이다. 문화란 총체성을 요구하는 것이기도 하지만, 문화들 사이의 융합 과정에서 이 총체성은 총체성을 결여하고 있는 그 무엇으로 간주되어야만 한다. 이는 오류에서 자유롭지 못한 인간이 만들어 낸 것, 따라서 지속적인 수정 작업에서 벗어날 수 없는 유보적인 것이기 때문이다.

문화들 사이의 보다 더 평화로운 관계는 자연의 순리에 따라 이루어질 것이다. 하지만 보다 더 적극적으로 기획될 수도 있다. 이러한 기획의 과정에 인문학 연구는 인간 존재의 문화적 양상을 세계의 다양한 역사적 문화 속에 표출되어 있는 그대로 완벽하게 평가함으로써 맡은 바의 중요한 역할을 할 것이다. 하지만 주된 초점은 문화의 역동적 움직임 속에서 싹트는 보편성의 순간에 맞춰져야 할 것이다. 다시 말해 자아 계발과 문화의 내적 통합이 거치는 특수화의 과정 또는 유착의 과정이 보편성을 향해 도약하는 순간에 초점이 맞춰져야 할 것이다. 그리고 이런 논리는 실제 세계 — 즉, 국제적 경제와 정치가 실현되고 있는 세계 — 의 맥락에서 검토되어야 한다. 지나치게 신자유주의적인 세계관은 보다 더 복잡할 수밖에 없는 과정을 단순화하기를 원하는 것처럼 보인다.

(2004년)

복간에 즈음하여

뜻을 성실하게 하기

그간 휴간하고 있던《비평》이 복간하게 되었다. 그간의 휴간에 대하여 독자 제위에게 사과를 드리고, 이번에 뜻을 모아 복간을 준비한 여러분께 감사의 말씀을 드린다.

벌써 7년 전이다. 그때의 창간사는 거대 담론의 몰락 그리고 그럼에도 쉬지 않는 이론의 증식 현상에 주목하고,《비평》의 작업은 이러한 계속되는 이론적 번창에 대한 비판적인 그리고 자기비판적인 탐색을 목표로 한다고 창간 취지를 설명하였다. 그리고 이 탐색은 이론 그 자체를 위한 것이라기보다도 우리가 처해 있는 상황을 이해하기 위한 것이어야 하며, 독단론이나 다른 상황에서 나온 이론을 오늘의 현실에 그대로 적용하는 것이어서는 아니 된다고 하였다. 본지를 복간함에 있어서도 이러한 입장은《비평》의 편집 의도가 될 수 있을 것이다.

거대 담론을 대표하는 것은 마르크스주의였다. 물론 이것은 보다 넓은 의미에서의 역사 발전의 이론의 일부를 이룬다. 발전 사관은 여러 갈래의 사상적 흐름이 함께 모이고 또 흩어지고 하여 형성된 것이지만, 지금의 현실에서 그것은 사람들의 세계 이해 아래 놓여 있는 경제 발전이나 성장에 대한 믿음에 요약되어 있다. 다만 이 발전이 곧 문명의 발전이고 인간의 밝은 미래를 약속하는 것이라는 믿음은 20세기 후반부터 역사의 뒤쪽으로 사라지게 되었다. 발전에 수반한 제국주의, 노동 착취, 인간 소외 또는 환경 파괴 등은 많은 사람들로 하여금 그러한 믿음을 더 이상 가질 수 없게 했다. 마르크스주의는 경제와 기술을 통한 생산력의 발전을, 보다 정의로운 사회를 위한 투쟁에 의하여, 참으로 인간적인 미래를 구현하는 것이 되게 할 수 있다고 주장하였다. 그러나 그 주장은 20세기 종반의 사회주의 체제의 붕괴와 함께 현실적 설득력을 상실하게 되었다. 물론 그러한 역사의 진보에 대한 믿음이, 쉽게 넘겨짚고 가기 어려운 문제들을 간과하고 있다는 것은 그 전에도 알려지고 있었다.

우리의 현실 이해에 중요한 역할을 한 이론들은 이에 한정되지 아니한다. 거대 담론의 몰락도 정확히 말하면, 몰락보다는 잠복한 것이라고 하는 것이 옳을는지 모른다. 그것은 여러 단편화된 형태로, 또는 숨은 영감의 원천으로 지금도 그대로 존속한다. 특히 한국에서 거대 담론의 몰락은 반드시 시대에 대한 바른 진단을 나타내는 말이 아니다. 한국 현대사에서 민족주의는 우리의 현실 이해에 가장 중요한 거대 담론의 하나였고 또 하나이다. 식민지 시대에 이것이 그러한 역할을 한 것은 당연하지만, 민족주의는 민주화 과정에서도 민주주의가 함축하고 있는 여러 이상보다도 더 큰 역할을 하였다. 그리고 오늘날 이것은 통일 논의의 밑에 놓여 있는 가장 큰 생각의 바탕을 이루고 있다. 민주화 과정에서의 민족주의의 역할은 보다 자세한 분석을 기다리고 있다. 통일 논의에서 그것이 통일을 재촉하는 중요한 정서적 기반이 되는 것은 자연스러운 일이다. 그러나 그것이 반드시 외세에 대항하고 그로부터의 자주독립을 주장하는 것을 주된 내용으로 한다면, 그러한 민족주의가 오늘의 현실에 부합하는 것인지는 분명치 않다.

어느 시대에나 그러하지만, 착잡한 이해(利害)관계와 힘의 균형 그리고 보편적 이상에 입각한 상호 이해(理解)와 유대 등의 그물로 이루어지는 오늘의 국제 정세 속에서 민족이나 국가의 존립이 안으로 향하는 고립주의를 요구한다고 말할 수는 없다.

민족주의에 이어 사회 이해의 또 하나의 중요한 틀은 역사에 대한 일정한 견해와 그에 대한 믿음이다. 역사 기술이 정치에 동원되는 것은 자주 있는 일이다. 독일에서 비스마르크 시대에 역사는 그의 민족주의 정치를 위하여 매우 중요한 이데올로기적 지주가 되었다. 공산주의 체제에서 역사를 되풀이하여 다시 쓰는 일은 그보다도 더 중요한 정치 기획의 일부였다. 그러나 동아시아에서 역사의 중요성은 그보다도 훨씬 상대(上代)로 올라간다. 역사가 모든 것을 바른 것으로 돌려놓는다는 생각은 고대 중국의 『춘추(春秋)』로부터 계속되어 온 역사 기술에 있어서의 신념이다. 역사를 하나로 파악하고자 하는 인간의 소망이 서구에서는 발전 사관으로 결정(結晶)되었다고 한다면, 동아시아에서 그것은 모든 일에서 사필귀정을 보증하는 것이 역사라는 생각에 압축되었다고 할 수 있다. 참여 정부의 등장을 전후하여 정치 지도자들 또는 참여 사학자들은, 반드시 이러한 전통으로 인한 것이라고만은 할 수 없지만, 역사를 기록이라는 점에서만이 아니라 사실의 면에서도 바로잡을 수 있다고 하고 이것을 정치 기획화하였다.

되풀이하건대 거대 담론의 몰락 이후 이론들은 오히려 더욱 번창하는 것으로 보이기까지 한다. 여성 해방, 인종주의, 구미의 문화 중심주의, 공동체주의, 환경 문제, 차이와 인정의 정치학, 여기에다 포스트모더니즘, 담론의 불가능을 말하는 담론 이론들이 거대 담론에 이어 등장하였다. 또 우리는 여기에 세계화나 신자유주의와 같은 오늘의 국제적인 현실을 설명하고자 하는 이론 그리고 국제적 갈등의 요인으로 작용하는 미국의 신보수주의 또는 이슬람 성전(聖戰)의 이론들을 추가할 수 있다. 이러한 이론들의 많은 것들은 그것 나름으로 문제적인 현실들에서 연유하는 것이며, 그러니만큼 내재적 이해를 요구하는 이념들로 볼 수 없는 것은 아닐 것이다. 그러나 이러한 이론들은 어떤 국지적 현상에 맞아 들어가는 것이면서도 그 전의 거대 이론들처럼 현실의 큰 흐름에 대한 포괄적인 이론이 되지는 아니한다.

그런데 역설적인 것은 이론들의 국지적 성격이 그 사실적 기반을 약하게 하여, 그 이론들로 하여금 주관적 견해나 비유적 가설의 성격을 띠게 한다는 점이다. 이것은 문화 현상에 대한 이론에서 특히 두드러지지만, 정치 이론에서도 큰 차이는 없는 것으로 생각된다. 현실의 전체에 대한 이론이, 바로 다양하고 변화무쌍한 현실의 여러 사실들을 포착할 수 없음으로 하여 공허한 것이 된다고 한다면, 그러한 전체성의 이론이 없는 단편화된 이론들이 근거하는 사실들은, 바른 연관 속에서 파악되지 못함으로써 사실적 설득력을 갖지 못한다. 부분적 관점에 선 정치 이론은 많은 경우 부분적 사실을 주관적 필요에 의하여 전체화한다. 우리가 흔히 보는 원한의 정치학은 현실을 해부하고 시정하는 데에 있어 그 나름의 역할을 가지고 있을 수 있다. 그러나 국지적 관찰이 감정적으로 전체에 대한 비유가 될 때, 그것은 현실의 재조정보다도 갈등의 계속적 재생산에 기여한다. 이론은 그것을 뒷받침하는 동기에 대응한다.

전체적 이론은 인간적 화해의 비전으로부터 나온다. 사실을 총체적으로 또 면밀하게 검토하는 것은, 인간성의 전체적인 요구에 맞아 들어가는 사실 재구성의 가능성을 생각하기 때문이다. 원한의 정치학은 하나의 원한의 관점을 인식론적 창이 되게 한다. 그렇다고 지금 전체적인 이론의 가능성이 눈에 띈다는 말은 아니다. 사실 자체로 돌아가는 것이 우리의 시작이 될 수밖에 없다. 모든 것의 기본은 아무리 작은 진실이나 사실이라도 사실에의 충실성이다. 그것은 사실의 비유적 확대를 최대한으로 억제하는 비판적 사고 속에서만 어렵게 포착된다. 사실의 진실과 언어의 진실이 없이는 사회적 사실의 인간적 재조정은 불가능하다.

진부한 감이 있지만, 천하의 일을 다스리는 데에도 궁극적인 바탕은 사물을 철저하게 가리는 것이라는, 격물치지(格物致知)에 대한 『대학(大學)』의 말은 지금에도 해당된다. 그것에 선행하는 것은 뜻을 먼저 성실하게 하는 일이다. 앎을 다하여 사물의 이치를 밝히는 것과 마음과 뜻을 성실하게 하는 것은 서로 교환 관계에 있다. 지금 우리에게 절실한 것은 자기 정당성의 틀을 현실에 내리 누르는 것이 아니라 선입견 없이 사물 자체로 돌아갈 수 있는 마음을 갖는 일이다. 많은 현대의 이론들은 이것이 불가능하다고 한다. 이것은 냉소주의나 마키아벨리주의의 구실이 될 수 있다. 그러나 이것은 끊임없는 자기비판의 필요를 말하는 것으로 받아들여질 수도 있다. 계간지《비평》이 자기 이익과 자기 정당성의 신념의 언어들 사이에서 진실의 언어, 사실의 언어를 회복하는 데에 도움이 될 수 있기를 바란다.

(2006년)

하나의 세계

그 외면과 내면

1. 2005 프랑크푸르트 도서전 한국 주빈국관 개막식 환영사

프랑크푸르트 도서전 주빈국관 개막식에 오신 것을 환영합니다.

주빈국 행사로서 우리가 계획한 여러 문학, 예술, 학술 행사 기획에 도움을 주고 그 수행에 노고를 아끼지 않으신 독일과 한국의 여러분 그리고 이 개막식 행사에 참여하시고 빛나게 하신 여러분께 심심한 감사를 드립니다. 일일이 성함을 들어 감사의 말씀을 드리지 못하는 것은 우리에게 지원과 노고를 아끼지 않으신 분이 너무 많고, 지금 이 환영사를 짧게 하지 않으면 아니 될 입장에 있기 때문입니다. 양해하여 주시기를 바랍니다.

공식적인 행사 기간은 내일부터 시작하여 며칠 되지 않는 동안이지만, 그것은 3월부터 시작하여 독일의 각지에서 열렸던 여러 행사들의 막바지 고비를 이룹니다. 행사 기간 이전부터 여러 문화 행사가 계속되었던 것은, 이번의 일이 한국으로서는 지대한 중요성을 가진 문화 교류의 기회이기 때문입니다.

최근의 한 미국의 중요한 잡지의 특집 제목은 '지구의 갈림길'이라는 것이었습니다. 과연 지구는 지금 갈림길에 서 있다고 할 수 있습니다. 세계가 점점 작아지고 상호 의존적이 됨에 따라, 그리고 그에 수반하는 역사적 변화로 인하여, 지구의 여러 사회 사람들은 지구가 바야흐로 새로운 미래의 선택을 하여야 하는 기로에 서 있다는 느낌을 갖습니다. 우리가 개인으로서 또 특정한 사회와 국가의 일원으로 부딪치는 여러 가지 도전들은 이제 지구 전체의 지평에 비추어 생각하지 않으면 아니 되게 되었습니다.

최근에 우리는 자주 세계 각처에서 일어나는 홍수나 한발 그리고 지진 등 사람들의 삶을 뒤집고 우리의 마음을 아프게 하는 일들을 경험하였습니다. 이러한 천재지변들은 지역적으로 대비하고 서로 도움을 주면서 대처하여야 할 일들이면서, 동시에 지구 전체의 기후와 환경의 변화라는 관점에서 이해하고 해결하지 않으면 아니 될 사건들입니다. 이것은 하필 문제점을 말한 것이지만, 좋은 일에 있어서도 인류 전체가 하나의 연계 관계 속에 묶이고 하나의 세계적인 광장에 모이게 된 것이 최근의 세계사의 단계인 것이 분명합니다. 문제를 함께 생각함은 물론 21세기의 새 희망을 실현하는 데에도 세계적인 연대가 필요합니다.

우리는 어느 때보다도 분명하게 하나의 세계 속에 살고 있습니다. 이 하나의 세계를 산출하고 있는 것은 과학과 기술 그리고 경제와 정치입니다. 그러나 우리가 이러한 외적인 기구와 수단을 통하여서만 하나의 세계를 이룬다면, 그 세계는 상당히 삭막할 것입니다. 우리는 이 하나의 세계를 내면으로부터 이해하고 그것의 인간적 의미를 포착해야 합니다. 여기에 문화 교류는 중요한 단서의 하나입니다. 이 내면으로부터의 자기 이해 그리고 상호 이해는 우리와 우리의 아이들이 거주하게 될 세계의 아름다운 미래를 위한 가장 확실한 보장이 될 것입니다.

많은 한국인에게 독일 문화의 대표적 인물들, 가령 괴테나 베토벤, 하이네나 헤르만 헤세 등은 어릴 때부터 익히 들어 온 이름입니다. 독일과 한국 사이에는 오랫동안 문화 교류의 흐름이 형성되었다고 할 수 있습니다. 그러나 이 흐름은 대체로 한쪽으로만 흐르는 것이었다는 것을 부정하기 어렵습니다. 우리는 이 흐름이 양방향을 향하는 것이 되기를 희망합니다.

우리는 이번에, 극히 소략한 형태로나마, 독일의 우리 친구들과 일반 국민들에게 한국 문화의 과거와 현재의 일단을 보이고, 독일과의 문화적 교류가 조금 더 양방향적인 것이 될 수 있게 하는 기회를 갖게 된 것을 기쁘게 생각합니다. 우리는 독일의 지평에 동아시아의 작은 일부, 그러나 그 나름의 특성을 가지고 있고, 보다 깊은 문화적·역사적 이해를 열어 줄 수 있는, 동아시아의 일부를 독일의 지평에 보태게 된 것을 자랑스럽게 생각하고 있습니다.

그간의 협조와 지원 그리고 이번의 참여에 대하여, 다시 한 번 심심한 사의를 표하는 바입니다.

(2005년)

2. 2005 프랑크푸르트 도서전 주빈국 행사 보고서 발간사

2005년 프랑크푸르트 도서전 주빈국 행사를 마치고 그간의 사업에 대한 보고서를 발간할 수 있게 된 것을 기쁘게 생각합니다. 자화자찬을 무릅쓴다면, 주빈국 조직위원회가 주관한 이번 행사는 외부 여러 인사와 내외 언론 매체로부터 성공적이었다는 평가를 받았습니다. 격려와 치하의 뜻이 많이 포함된 것이라고 생각합니다만, 그것은 모두 주빈국 조직위원회 안팎으로 행사를 위하여 일하여 주신 분들이 거둔 노력의 결과입니다. 이제 결과 보고서 작성과 더불어 2005 프랑크푸르트 도서전 주빈국 행사에 따르는 여러 일들은 마무리가 되었습니다. 결과 보고서 작성을 위하여 애쓴 주빈국 조직위원회의 직원 여러분 그리고 TBWA KOREA의 직원 여러분의 노고에 감사를 드립니다.

2005 프랑크푸르트 도서전 주빈국 행사는 우리 역사에서 일찍이 볼 수 없었던 크기의 문화 교류 행사였습니다. 가장 중요한 것은 말할 것도 없이, 이 행사를 의미 있게 치러 내는 일이었습니다. 하지만 주빈국 행사에 대한 좋은 결과 보고서를 남기는 일도 결코 의미가 작은 일은 아닐 것입니다. 주빈국 조직위원회가 추진한 사업들에 대해 정확한 기록을 남겨야 된다는 결정은 처음부터 있었던 것이었습니다. 반면에 그 일을 철저하게 해내는 일은 쉽지만은 않은 일이었습니다. 일을 추진하면서 정확한 기록과 결과를 수집하고 정리하는 것은 가외의 긴장을 요구하는 작업이었습니다. 그러나 이 긴장이야말로 기록을 위하여서만이 아니라 계획한 일의 일관성과 합리성을 유지하는 데에 바탕이 되었다고 할 수 있습니다. 왜냐하면 작업이 하나하나의 일을 전체적인 계획 속에 되돌아보게 하는 계기가 되기 때문입니다.

그러나 기록의 의무를 마음에 새겨 둔다 하여도 그때그때 해야 하는 일의 기세에 휘말려 누락되는 일들이 생기게 마련입니다. 사람의 일에서 생각한 대로 잘되지 않는 것이, 일이 있은 다음에, 또는 일을 마친 후에 그것의 처음 자리로 다시 돌아가는 것입니다. 여기에 참을성이 필요한 이유는 심리적인 요인도 있습니다. 잔치를 차리는 일은 어렵더라도 상승되는 에너지의 도움을 받지만, 잔치의 뒤치다꺼리는 하강하는 에너지를 다시 살려야만 할 맛이 나는 법이기 때문입니다. 그렇지만 일의 총체적 정리에 마지막 정산과 결과 보고서가 빠질 수 없음은 물론입니다. 그것이 일을 담당한 사람들의 자기반성의 기회가 아니 된다고 하더라도 다음에 비슷한 행사를 맡을 사람들, 또한 후에 우리 시대의 작고 큰 일을 연구하고 실행하는 사람들에게 검토의 자료가 될 수 있을 것이기 때문입니다.

2005 프랑크푸르트 도서전 주빈국 행사를 추진하면서, 우리는 한국 이전에 주빈국 행사를 맡았던 나라들의 기록을 참조하고자 하였습니다. 하지만 곧 그러한 기록이 많지 않다는 것을 알게 되었습니다. 주빈국 행사의 기록을 남기고, 그것을 기초로 하여 결과 보고서를 작성하기로 한 것은 주빈국 조직위원회의 결정이면서 우리나라의 문화 행사들의 선례를 따른 것이었습니다. 동시에 공공성의 확보를 위하여 모든 공공사에 기록을 남겨야 한다는 것은 예로부터 전해 내려오는 우리 전통의 하나입니다. 여기에도 보이지 않게 우리 전통의 작용이 있지 않나 생각하고 그에 대하여 고마운 생각을 갖게 됩니다.

그간 쇠잔해 가는 에너지를 모아 2005 프랑크푸르트 도서전 결과 보고서 업무를 맡아 완성한 작성자 여러분에게 다시 감사를 드립니다. 물론 이와 더불어 그간 행사에 참여하여 주신 문화계의 여러분, 적극 지원하여 주신 문화관광부와 정부 당국자, 이번 사업에 물심양면으로 지원을 아끼지 않은 여러 재단과 기업에도 심심한 감사의 말씀을 드립니다.

(2006년)

인간적 사회를 위하여

산업화와 민주화의 반세기를 돌아보며

인문학의 위기, 문제와 문제의 테두리

최근에 인문학의 위기가 크게 논의되었다. 위기의 외침이 커짐에 따라 한국 사회와 정부에서도 반응이 컸다고 할 수 있다. 6월에 인문학 진흥에 1000억 원을 쓰겠다는 대통령의 선언은 그중에도 큰 것이었고 그에 이어, 액수는 줄었지만, 그래도 막대하다고 하여야 할 지원금을 배포하기 위해 학술진흥재단이 인문학 연구 프로젝트를 공모하고 전국의 인문학자들이 밤을 새워 가며 연구 계획을 작성하여 공모에 응하였다.

이것으로 위기의 외침이 가라앉을 것인가? 그렇다고 한다면 인문 과학의 위기의식이 한국 경제라는 파이에서 보다 많은 조각을 배정받지 못한 데에서 나온다는 말이 된다. 인문 과학이 참으로 한국 사회에 있어서의 인간의 존재 방식에 대한 근본적인 물음에 관계되는 학문 활동이라고 한다면, 위기의식은 인문 과학 자체의 요구를 포함해서 보다 큰 파이를 요구하는 행위가 무엇을 의미하는가를 묻고, 그것을 가능하게 하기 위하여 이 경제 파이를 부풀린다는 것이 무엇을 의미하는가, 아니면 그것을 그렇게 추구하는 것이 어떤 조건하에서 적절한 것인가를 묻는 일이 되어야 할 것이다. 이 물음은 모든 것을 경제로, 또는 경제 소득의 증대와 분배로 환원하는 우리 사회의 상징체계 그리고 현실 체계가 참으로 인간의 자기 이해의 전부가 되는 것이 옳은가를 묻는 것이 될 것이다. 다른 한편으로 경제주의에 대한 답변으로 쉽게 주어지는 것이 인간이 단순히 경제적인 존재가 아니며 정신적인 도덕적 존재라는 주장일 수 있는데, 그것은 또 하나의 인간 이해를 무반성적으로 받아들이는 것이 될 것이다. 필요한 것은 인간 존재에 대한 근본 물음을 묻고, 이 물음을 바르게 묻기 위한 인문 과학의 방법론을 다시 정비하는 일이다. 연구비의 증대로써 위기와 위기의식이 해소되는 것은 이러한 근본 원인을 생각하고 시정하는 노력을 비껴가는 일이다.

지금 이야기한 것은 대체로 얼마 전 학술진흥재단이 설정한 인문학 주간을 진수(進水)하는 자리에서 행한 강연에서 내가 내놓고자 하였던 쟁점이었다. 인문 과학의 위기가 있다면, 그것은, 이미 말한 대로 위기의 본질에 대한 검토와 분석으로 나아가야 한다. 그것이 아니라 위기를 조성하는 상황 안에서의 일정한 지위의 확보로써 끝난다면, 위기의식에서 나오는 문제의 제기 자체가 문제를 만들어 낸 상황의 테두리에 수용되어 버리는 결과가 된다. 그런데 우리 사회의 다른 문제들의 경우도, 문제와 그에 대한 해답의 관계는 대개 이러한 것이 아닌가 하는 느낌을 주는 경우가 많다.

반복되는 역사

주어진 상황을 벗어나는 것은 극히 어려운 일이다. 그것을 근본적으로 다시 생각한다는 것은 거의 불가능한 것인지도 모른다. 역사에 대하여 마르크스가 한 유명한 말 가운데 다음과 같은 것이 있다. "세계 역사상 중요한 사건과 인물은 두 번 일어난다. 처음에 그것은 비극으로, 두 번째는 희극으로." 역사는 새로 시작되는 것이 아니라 언제나 과거에 이루어진 것 속에서 만들어진다. 그리하여 "모든 죽은 세대의 전통이 악몽처럼 살아 있는 세대의 사람들의 머리를 짓누른다. 그리하여 사람과 사물들을 혁명적으로 쇄신하고, 지금껏 존재하지 않았던 것을 창조하는, 그러한 혁명적 위기의 시점에 과거의 정신을 불러내어 그들 자신에게 봉사하게 하고, 그 이름과 싸움의 구호와 의상을 빌려 이 오래된 가장(假裝)과 빌려 온 언어로 세계사의 새로운 장을 연출한다." 1848년부터 1851년까지의 프랑스 혁명 운동을 두고 마르크스가 한 이러한 말은, 풍자적 의도를 가진 것이든 아니면 사실적 필연성을 말한 것이든, 많은 정치 운동에 해당되는 것이라 할 것이다. 그리고 그것은 우리의 민주화 이후의 정치 과정에도 상당 정도 적용될 수 있다.

역사의 반복이 간단한 것은 아니다. 그것은 복합적인 동기 관계를 갖는다. 그것은 과거로부터의 사고의 습관과 같은 것이 그대로 답습되는 것일 수도 있고, 어떤 정치 행위에 들어 있는 내재적 논리가 비슷한 사고와 행동을 되풀이하게 하는 것일 수도 있다. 또 과거는 직전의 과거의 반복일 수도 있고, 역사 속에 침전되어 있는 어떤 오래된 유형의 반복일 수도 있다. 참여 정부와 관련하여 '신개발주의'라는 말들이 나왔지만, 수도 이전 계획, 행정 수도 계획 그리고 여러 이름의 신도시 계획 등에서 볼 수 있듯이, 이 말이 참여 정부 정책의 가장 중요한 부분을 이루는 것은 틀림이 없다.

참여 정부의 개발주의는 박정희 정권의 개발주의를 반복한 것이라고 할 수 있지만, 다른 한편으로 외형적 건설 계획은 강한 정책적 의지의 가장 쉬운 표현이 된다는 사실도 그 동기가 되었다고 할 수 있을 것이다. 또 하나 참여 정부가 열정을 보인 것은 '과거사'였다. 과거사의 경우, 군사

정부하에서 일어났던 일이나 민주화 투쟁에서 일어난 피해에 대한 보상 문제가 있는 것은 사실이다. 그러나 이 과거사의 치유가 동학 혁명 또는 14세기에 처음 건조되었던 광화문의 원형 복원으로까지 소급된 것을 보면, 거기에 전략적인 고려가 있었다고 추정하는 것이 반드시 틀린 것이 아닐 수 있다. 그러나 이 전략은 군사 정부의 행동 방식의 반복이라기보다 우리 역사에 깊이 새겨 있는 바 역사적 정통성에 대한 믿음의 표현이라고 할 수 있다.

참여 정부에서 느낄 수 있는 가장 중요한 역사의 반복은 혁명의 모티프이다. 앞에 말한 두 가지 계획 — 국토 개발 계획과 과거사 계획은 벌써 혁명적 의지를 상징적으로 표현한다고 할 수 있다. 비유적 확대를 시도하면, 그것은 공간과 시간을 모두 포함하는 혁신 개혁이다. 600년을 지속한 수도를 옮긴다는 발상 자체가 이러한 천지개벽의 개혁 의지를 집약적으로 나타낸 것이라고 할 수 있다. 물론 이러한 역사와 국토의 계획만으로 참여 정부를 말하는 것은 잘못일 것이다. 그 참의도는 복지 국가의 실현이었다고 할 수 있다. 복지, 빈부 격차, 의료, 교육 등은 지속적으로 참여 정부의 관심사였다. 그리고 그러한 부분에서 적지 않은 진전이 이루어졌다고 할 수 있다. 그러나 이러한 사회적 목표는 늘 거대한 역사 계획 속에서 생각되었다. 그것이 이 사회 목표의 현실에 특정한 성격을 부여하였다. 그리고 사회 목표가 반드시 성공하지 못한 원인의 하나는 거대한 역사의 계획의 틀이 그것에 이데올로기적 성격을 부여하고 현실과의 괴리를 만들어 내었기 때문이라고 할 수 있다.

스타일에 있어서도 참여 정부는 일반적으로 자신의 신념을 고집하고 비판과 반대를 타도되어야 할 적으로 돌리는, 강성 의지의 표현을 특징으로 하였다고 할 수 있다. 이것은, 공표된 의도는 전적으로 반대되는 것이지만, 박정희 정부 이래 군사 정부의 특징이 그대로 반복된 것이라고 할 수도 있다. 5·16이 쿠데타인가 혁명인가에 대한 논란이 있지만, 군사 정부 자체가 그렇게 생각하였고 그것이 한국 사회에 가져온 엄청난 변화로 보아 그것이 혁명적 성격을 가지고 있던 것은 사실이다. 이러한 점에서 또 다른 혁명적 변화를 시도한 참여 정부가 그 과거를 반복한 것으로 보이는 것도 무리가 아니라고 할 수 있다.

반복의 극복

앞에서 언급한 역사의 반복에 대한 마르크스의 관찰은 물론 단순한 사실적 관찰은 아니다. 사람은 원하든 원하지 않든 이미 존재하던 상징적·현실적 유산에 사로잡혀 있게 마련이라는 뜻이 없는 것은 아니지만, 참으로 새로운 사회의 건설은 그러한 과거에의 예속을 넘어서는 것이라야 한다는 것을 말하려는 것이 마르크스의 의도이다. 그간의 한국 민주주의 또는 한국 사회의 미래를 생각할 때도, 마르크스가 요구하는 바와 같은 비판적 반성이 필요했다고 할 수 있다. 또는 적어도 그것은 그간의 업적을 평가하는 데에 필요한 일이다.

역설적으로 과거의 반복을 극복한다는 것은 그 필요를 말한 마르크스도 극복의 대상이 된다는 것을 말한다. 이것은 민주화 운동의 많은 특징, 그것의 혁명으로서의 특징도 마르크스주의와의 관계에서 설명될 수 있기 때문이다. 민주화 운동의 이념적 배경은, 말할 것도 없이 '민주주의'라고 하여야겠지만, 민주주의도 여러 가지이고, 거기에는 여러 다른 요소들이 끼어 있었다. 그중에도 민주화 운동에서 보이게, 보이지 않게 크게 작용한 것이 마르크스주의의 영향이었다고 할 수 있다. 그리고 이에 대한 반성은 민주화 운동의 과거와 현재를 살핌에 있어서 중요한 부분이 되어 마땅하다. 그렇다고 마르크스주의로 민주화 운동을 설명할 수 있다는 것은 아니다. 다만 마르크스주의는 혁명적 정치 행위의 원형으로 생각될 수 있다. 마르크스를 극복하는 문제는 민주화 운동을 포함한 여러 혁명적 변화 운동에도 해당된다.

북친과 마르크스

앞에서 『루이 보나파르트의 브뤼메르 18일』로부터 인용한 역사의 되풀이에 대한 마르크스의 말은 미국의 정치사상가 머레이 북친(Murray Bookchin)으로부터 차용한 것이다. 그가 이야기하고자 한 것은 마르크스의 극복이었다. 이 북친의 역설적인 입장은 한국의 민주화 운동을 생각하는 데에도 중요한 교훈을 제공할 수 있다. 북친의 지적 편력은 소련 혁명을 지지하는 마르크스주의자로 시작되었다. 그러나 소련 공산주의의 강압적이고 전체주의적인 체제가 드러나게 되면서, 그는 트로츠키주의를 거쳐 아나키즘으로 옮겨 갔다.

물론 이러한 사상적 편력에서 일관되게 그는 자본주의를 착취와 억압의 체제로서 인간의 자유와 인간성의 실현을 억압하는 인류 역사의 암(癌)이라고 간주하였다. 그러나 그의 관점에서는 사회주의 체제도 그것이 대체하고자 하는 체제의 모든 억압적인 특징을 반복하여 계승하는 체제였다. 1960년대에 그는 미국의 '반주류 문화(counterculture)' 운동에서 아나키즘을 향한 새로운 정치 변화의 기회를 볼 수 있다고 생각하게 되었다. 그리하여 그는 당대의 마르크스주의에 경도하는 학생들을 상대로 마르크스 자신의 말을 빌려 마르크스주의 극복의 중요성을 말한 것이다. 그렇다고 그가 마르크스를 폐기하자고 한 것은 아니었다. 그는 마르크스의 계급 없고 착취와 억압이 없는 사회의 이상을 그대로 받아들였지만, 마르크스의 처방으로 현대 사회의 문제를 해결하려는 것은 잘못이라고 생각하였다. 마르크스는 당대의 사회 이해는 정확하였지만, 새로운 시대에 반복 적용될 수 있는 것은 아니라는 것이다. 그리고 마르크스에는 이미 그 자신의 이론을 변증법적으로 지양하여야 한다는 근거가 있었다.

북친의 생각으로는 마르크스주의의 이데올로기와 정치 조직의 틀을 결정한 것은 '빈곤의 경제'였다. 빈곤의 상태에서 사회를 지배하는 것은 물질 생산의 필요이다. 이것은 자본주의이든지 사회주의이든지 마찬가지이다. 그것은 작업의 조직을 요구하고 작업의 기율의 강제를 — 청교(淸敎)적 노동 윤리이든, 프롤레타리아 윤리이든 — 요구한다. 기율은 권위와 위계에 의하여, 그리고 그에 대한 노동자의 복종으로 보장된다. 어느 쪽에 있어서나 그 권위는 국가 체제를 통하여 행사된다. 두 체제 사이의 차이는 체제의 지배자가 부르주아 계급이냐 당이냐 하는 것이다. 공산주의 체제도 자본주의적 생산을 목표로 하되 그것을 보다 더 체계적으로, 보다 일관된 계획을 통하여 추구한다. 공산주의에서 이것은 일관된 국가 체제가 맡는다. 그리하여 사회주의 체제는 국가 자본주의가 된다. 그러는 사이에 자본주의 체제도 국가와 긴밀한 관계를 발전시켜 계획 경제적인 성격을 띠게 된다. 그리고 그 안에서 노동 계급에게 보다 나은 지위를 부여하여 체제의 일부가 되게 한다.

그러나 이제 서구 사회는 '풍요의 시대'에 들어섰다. 이것은 모든 문제를 뒤집어 놓는다. 그럼에도 위계와 기율의 억압은 계속되고, 진정한 의미에서의 인간의 행복은 달성되지 아니한다. 필요한 것은 풍요의 경제를 참으로 인간적인 목적에 봉사하도록 하는 일이다. 그러나 공산주의가 그것을 가능하게 하지는 않는다. 혁명을 가져올 사람은 노동의 권위주의적 기율을 거부하고 가상의 물질적 번영이 아니라, 보다 자유로운 삶의 스타일을 추구하는 젊은 세대이다.[1] 이것이 그의 마르크스 극복의 이유였다.

1970년대 이후의 북친의 사상적 발전은 궁극적으로 생태적 아나키즘으로 귀착한다. 보다 해방된 인간의 사회가 지향하는 것은 자연과의 조화를 기본 원리로 하는 사회이다. 자연에는 물론 인간의 본성도 포함된다. 자연에 순응하는 사회에서 인간은 자유로우면서도 스스로의 본성의 요구에 합당한 삶을 살 수 있다. 자연에 순응하는 삶은 인간 현실의 직접성을 떠난 거대 국가 조직에서보다는 작은 공동체에서 실현될 수 있다. 큰 규모의 조직이 필요하다면, 그것은 작은 공동체의 '연합'으로서만 인간적인 의미를 가질 수 있다.

1960년대의 '반주류 문화'의 젊은 세대에 걸었던 북친의 기대가 실현되었다고 할 수는 없다. 또 그의 생태적 자유 공동체의 이념은, 그 타당성 여부에 관계없이, 적어도 지금의 시점에서는 현실적 가능성을 가진 것으로 보이지는 않는다. 그러나 마르크스주의적 독단론에 대한 비판은 지금도 타당성을 갖는다고 할 수 있다. 사회주의 체제의 몰락으로 공산주의 유토피아의 실현 가능성에 대한 믿음은 지금의 시점에서 그 현실적 기반을 상실하였다고 할 수 있다.

그러나 마르크스와 그에 유사한 독단론적 사고의 유산은 아직도 많은 사람들의 생각을 사로잡고 있는 것으로 보인다. 그것은 한국에 있어서 특히 그러하다. 그리하여 앞에서 비친 대로, 한국의 진보주의의 문제점의 하나가 마르크스주의 또는 추상적 사회 이론의 기본적인 구도를 내장하고 있다는 점이라고 한다면, 마르크스주의와 기타 독단론의 지양은 우리에게도 중요하다고 하지 않을 수 없다. 다시 말하건대 북친이 마르크스주의에

1 Murray Bookchin, "Listen, Marxist!", *Post-Scarcity Anarchism*(Palo Alto, Calif.: Ramparts Press, 1971) 참고.

서 주로 문제 삼고 있는 것은 그 현실 정치에서의 행동 방식이다. 즉 당이나 국가 또는 이념의 위계와 권위가 현장 현실을 등한시하게 하고 인간적 억압을 항구적인 것이 되게 한다는 것이다. 우리와의 관계에서 특히 지적하여야 할 것은 이러한 사회와 정치의 권위주의적 체계를 뒷받침하고 있는 것이 마르크스주의의 이데올로기적 성격이라는 사실이다.

마르크스주의는 인간 역사의 진로 전체 그리고 사회의 구조와 작용 전체를 장악하고자 하는 지식의 체계이다. 이 지식의 전체성에 대한 주장이 그에 입각한 정치 행동의 방식을 정당화하는 것이다. 전체적 진리는 논리적으로 권위주의적 정치 체제에 귀결하는 것이 당연하다. 이것은 다른 사회 이론의 경우에도 경계해야 하는 점이다.

시스템적 사고와 현실

사실 문제는 마르크스주의가 아니라 현실을 하나의 체계 또는 이데올로기로 파악할 수 있다고 생각하는 모든 지적 기획이다. 마르크스주의는 오늘의 이러한 현실 이해를 위한 하나의 비유적인 모델이 될 뿐이다. 모든 전체적인 또는 전체적인 진리에 대한 주장을 가진 이론 또는 이념은 관념의 세계에서, 그리고 행동의 차원에서도 전체적인 복종의 체계를 요구한다.

우리 전통에서는 우주의 근원부터 인간의 윤리와 도덕에 이르기까지 모든 것을 하나의 정통성 속에 장악하고 있는 것으로 생각하는 성리학이야말로 더욱 철저하게 그러한 연계 관계를 보여 주는 체계라고 할 수 있다. 또는 거꾸로 절대적인 복종의 필요가 정통성의 이데올로기를 낳는다고 할 수도 있다. 어떤 경우이든, 절대 권력과 모든 것을 하나의 이론으로 일괄하는 이데올로기는 상호 의존적인 관계 또는 교환 관계 속에 있다. 이론적 현실 이해와 정치 현실의 관계는 전체화되지 않은 경우에도 문제적인 것일 수 있다. 정책과 현실이 빗나가기 쉬운 것은 이 관계가 본질적으로 완전한 합일을 이루기가 어렵기 때문이다. 개인적인 야심이나 야망이 개입되는 경우, 이 관계는 더욱 문제적인 것이 될 수밖에 없다.

참여 정부가 추진한 정책들 — 여러 개발 계획이나 부동산 정책 또는 빈부 격차를 줄이기 위한 정책들은 정반대의 결과를 낳고, 그 복지, 의료, 교육 정책이 반드시 현실 정합적인 것이 되지 못하였다. 거기에는 여러 원인과 이유가 있을 것이다. 그러나 적어도 장기적인 안목에서 사회의 구조적인 변화를 의도하는 정책의 차질에는 이데올로기적 오만의 책임이 작지 않은 것으로 생각할 수 있다. 의도가 정당하고 그 의도의 실현이 이데올로기적 현실 이해에 의하여 약속된다고 생각하면, 현실에 대한 면밀한 주의는 느슨한 것이 되게 마련이다. 마르크스주의를 비롯하여 모든 거대 이론은 이러한 단순화를 조장한다.

현실의 법칙과 인간성의 요청

그렇다고 현실에 대한 전반적인 이해의 구도들이 불필요하다는 말은 아니다. 사회와 인간에 대한 전체적인 이해가 없이, 또는 주어진 현실을 추상적 개념으로 전이함이 없이 어떻게 현실을 제어하거나 개선할 수 있을 것인가?

자크 데리다의 마르크스주의론인 『마르크스의 망령(*Spectres de Marx*)』(1993)은 여기에 대한 긴 성찰을 주제로 한다. 이것은 극히 난해하고 모호한 책이다. 이것은 데리다의 글쓰기의 습관으로 인한 것이기도 하지만, 마르크스주의에 대한 그의 태도가 착잡한 때문이라고 할 수 있다. 그는 사회

정의를 생각하고 보다 나은 사회를 생각하기 위해서는 현실의 추상화, 그것을 넘어가는 가설들을 만드는 것이 불가피하다는 것을 고통스럽게 받아들인다. 고통스럽다는 것은 동시에 그러한 추상화와 가설화가 출발점의 희망에 대하여 부정적인 결과를 가져올 수 있다는 것을 인정하지 않을 수 없기 때문이다. 요구되는 것은 추상화를 받아들이면서 동시에 그것을 다시 해체하는 작업을 쉬지 않는 것이다. 그러면 어떻게 할 것인가? 그가 다른 데에서 말한 것을 빌려 오건대, 그는 인간 해방의 민주주의는 "자기 한정적인 해체의 주체"로서만 간신히 존재할 수 있다고 생각한다.(『우정의 정치학(*Politiques de l'amitié*)』(1994))

데리다가 말하는 아포리아의 해법은 우리의 편의에 맞게 조금 더 쉬운 말로 옮겨질 수 있다. 즉 그것은, 보다 나은 사회에 대한 큰 비전을 유지하되, 그것을 현실과의 관계 속에서 수정하는 것이 필요하다는 뜻으로 해석될 수 있다. 이 경우에 미래 — 보다 나은 인간적 실현을 가능하게 하는 미래는 인간의 정치 행위를 정당화하는 역사적 필연성의 열매가 아니다. 미래는 반드시 역사 변화의 법칙에 함축되는 것도 아니고, 인간이 역사 법칙을 작동할 수 있는 계기를 쉽게 허용하는 것도 아니다. 그것은 일시적인 가설이 될 수 있을 뿐이다. 그렇다는 것은 그것이 인간의 소망을 표현하기 때문이다. 또는 그것은 도덕적인 요청이 된다고 할 수도 있다. 도덕적 요청이 법칙에 가까이 간다면, 그 법칙은 사실의 법칙이라기보다 인간성의 법칙이다. 요청(Postulat)은, 철학에서 말하듯이, 어떤 사실이 존재하기 위해서 상정해야 할 원리이다. 그러나 이 원리는 증명할 수 없다.

칸트는 도덕률이 존재하기 위하여 상정해야 할 몇 가지 원리들을 '포스툴라트'라는 이름으로 불렀다. 거기에서 도덕률이 나온다. 그런 경우에 있어서도 도덕률은 사실적 목적의 달성에 필요한 기술적인 필연성이 아니라, 도덕적·실천적 행동에서의 당위성을 말할 뿐이다. 가령 "당신의 행동이 모든 사람이 보편적 규범으로 받아들이기를 원하는 규범에 따라서 행해지도록 하라."라는 유명한 지상 명령이 반드시 사실의 관점에서 필연적인 성격을 갖는다고 할 수는 없다.

나의 행동과 다른 사람의 행동 사이에 어떤 보편적 규칙이 있어야 한다는 것을 증명할 도리는 없다. 세상 사람들은 오히려 나와 나의 행동이 그러한 보편성으로부터 예외가 되어야 하는 것처럼 행동하는 것이 보통이다. 사람들이 원하는 특권은 바로 이러한 예외를 원한 결과 만들어 내는 것이다. 규범의 당위성은, 칸트가 생각한 것으로는, 영원히 불사(不死)하는 영혼의 존재와 같은 가설 또는 요청에서 나오는 것이지만, 보다 경험주의적 관점에서, 그것은 자유와 평등에 입각한 평화 공존의 꿈을 위하여 필요한 도덕률이다. 이 요청의 기초는, 다시 말하여 경험적 세계의 유토피아적 가능성이다. 이 가능성은 모든 사람에게 직접적인 호소력을 갖는다. 인간 내면 깊이에 자리한 인간성이 거기에 반응하는 것이다. 그리하여 도덕률은 인간성의 실현을 위한 사회가 요구하는 원리이다. 그러나 그것은 사실적 법칙 속에 자리한 필연성이 될 수는 없다.

꿈과 욕망의 현실 변증법

그러나 보다 나은 사회에 대한 요청, 사람이 갖는 그러면서 다수의 사람들이 동의할 수 있는 유토피아에 대한 꿈 — 이것들은 현실에 대하여 완전히 무력한가? 나는 1970년대에 인도의 유명한 철학자 문인 라자 라오(Raja Rao)를 만난 일이 있다. 하와이 대학의 정원에서 가졌던 긴 대화 중, 그는 그가 가졌던 꿈은 다 실현되었다고 말하였다. 그리고 내가 놀라움을 표하자, 다시 그는, 관건은 그 꿈을 얼마나 절실하게 간직하는가, 그리고 그것을 위하여 얼마나 오래 기다릴 수 있는가라고 말했다. 이 주장은 수십 년이 지난 지금도 황당무계한 것처럼 들리지만, 다른 한쪽으로 그것이 인간 현실을 완전히 잘못 파악한 것이라고 할 수는 없다.

개인적인 것도 그러하지만, 사회적인 꿈의 경우도 그러하다. 물론 꿈을 지니면, 그것을 끈질기게 지니기만 하면, 꿈이 현실이 되는 경우는 거의 없을 것이다. 꿈은 현실에 이어지고 현실에 작용하여야 한다. 그러나 꿈에서 현실로 가는 통로는 필연의 법칙에 의하여 열려 있는 것이 아니다. 사람의 삶은 끊임없이 현실에 대응하면서 지속된다. 그 대응의 동기에는 지금의 삶을 살며 미래의 삶의 가능성 — 나 자신의 미래만이 아니라 다음 세대, 그다음 세대 그리고 다른 인간들의 삶 — 에 대한 고려와 배려가 작용한다. 이 배려는 현실을 변화시킨다. 이렇게 말하는 것은 얼핏 보기에는 순전히 임기응변적인 실용주의만을 말한 것으로 생각될 수 있다. 그것이 실용주의라면, 그것은 인간의 삶의 가능성에 대한 넓은 고찰을 포함하고 그것에 연결되는 현실의 조건을 생각하는 실용주의이다. 이것은 20세기의 사회적 실험이 실패한 지금에 와서, 그래도 남아 있는 보다 나은 사회의 실현을 위한 거의 유일한 방법으로 보인다.

신자유주의와 현실적 대책

오늘날의 현실을 크게 정의하는 말로 '신자유주의'라는 말이 있다. 그렇게 정의되는 현실은 옹호되기도 하고 매도의 대상이 되기도 한다. 이것을 옹호하는 사람들은 신자유주의라는 것을 신앙처럼 받아들이면서, 그것이 결국은 보다 많은 부(富)를 안겨 주게 될 것이라고 생각한다. 그러면 그 추구로 인하여 생기는 사회 문제 — 빈곤층의 문제도 해결되게 마련이라고 한다.

신자유주의 세계화의 한 특징은 자본과 산업의 자유로운 이동이다. 이 이동은 경제 전체에도 문제를 야기할 수 있지만, 노동 시장의 직업 안정성을 크게 흔들어 놓는다. 문제는 노동자들이 직업을 잃게 되는 데에 한정되지 않는다. 저임금 노동 인력을 찾아 산업이 국경을 넘어 옮겨 갈 때, 국가 경제도 새로운 대체 기업이 생기지 않는 한 중대한 시련에 부딪치지 아니할 수 없다. 한국의 경제 발전이 열려 있는 세계 시장에 힘입은 것은 사실이지만, 이 시장의 이점은 다시 다른 나라로 옮겨 간다. 지금의 시점에서 그 이점의 가장 큰 혜택은 중국이나 인도로 옮겨 갔다. 그리고 어떤 경우에나 열려 있는 세계 시장의 이점이 사회 문제를 해결한다고 말할 수 없다. 빈부 격차의 확대가 일어나고 그로 인한 사회 불안과 인간 고통이 증대된다. 순수한 신자유주의 체제 — 그러니까 세계 자본 시장에서의 이윤 경쟁에 맡기면 인간 생존의 모든 문제가 해결되게 된다는 믿음에 입각한 체제가 있을 수 없지만, 미국이 아마 거기에 근접하는 경제 이념에 의하여 움직이는 대표적인 국가가 될 것이다. 미국의 빈부 격차나 가난한 사람의 수는 선진국 가운데 가장 큰 것으로 유명하다.(그렇다고 미국의 빈곤이 아프리카 국가의 빈곤에 비교될 수 있는 것은 아니다.)

그러나 우리 사회의 문제를 신자유주의의 부정적인 효과라는 개념으로 설명할 수 있다고 하는 것은, 추상적인 개념이 구체적인 현실 이해를 대체하는 가장 좋은 예가 된다고 할 수 있다. 그러나 참으로 세계를 하나의 사회 체제에 묶어 놓는 세계 경제 체제가 있는가? 있다고 하더라도 그 안에서 그 피해를 최소화할 수 있는 방법은 없는 것인가? 이러한 질문에 일률적으로 '그렇다'고 대답하는 것은 세계 자본주의 체제 속에 있으면서도 그 나름의 사회 대책을 가지고 있는 유럽의 여러 나라의 존재를 잊어버리는 일이다. 이들 국가는 복지 국가 또는 사회 민주주의 국가로 간주될 수 있는 나라들이다. 미국의 경우만 보더라도 빈곤의 문제나 의료 또는 각급 교육의 문제 등이 완전히 무자비한 자유 경쟁에 맡겨져 있는 것은 아니다.

우리 사회의 문제와 관련하여 신자유주의만을 탓하는 것은 전혀 무익하고 무의미한 일이다. 중요한 것은 그 테두리 안에서도 자기 방위책을 찾는 것이다. 그러나 이 방위책은 동시에 신자유주의적 테두리를 넘어가는 발상을 포함하여야 한다. 그리고 그것은 그 거대 체제를 또 하나의 거대 체제로 대체하는 것이어서는 곤란하다. 이러나저러나 흔히 이야기될 수 있는 방위책은 모호한 의미를 갖는다. 세계화 속에서의 자본의 움직임은 한편으로 저임금과 확대된 시장의 확보를 용이하게 해 주고 다른 한편으로 국가의 통제를 약화시킨다.

기업의 이동이 노동자에게 강요하는 노동 유연성에 대한 하나의 대책은 재교육의 기회를 늘리고 직장 이동의 기회를 넓히는 것이다. 그러나 최종의 대책은 실직에 대한, 그리고 의료나 교육에 대한 복지 혜택을 불리는 것이다. 그러나 교육과 직장 이동 또는 복지 혜택이 진정한 의미에서 적절한 수준의 삶을 보장해 주는 경우는 별로 없다고 할 것이다. 이러한 직장과 생활의 최소한도의 문제를 떠나서, 빈부의 격차는 그것대로, 원인이 세계화에 있든 단순히 자본주의적 불평등에 있든, 사회적 문제를 일으킨다. 그리하여 재분배의 문제는 중요한 사회적 의제가 된다.

그런데 빈부 격차의 해소를 위한 재분배는 기존 사회 체제와 가치에 대한 동의를 함축한다. 즉 그것은 부(富)를 삶의 핵심적인 가치로 인정하고 그것을 생산하는 체제를 사회의 존재 이유로 받아들인다. 경제 성장에 대한 분배의 주장을 '빈곤의 균등한 분배'로 비아냥대는 수가 있지만, 경제 성장을 바탕으로 한 빈부 격차 해소 대책은 '탐욕의 균등한 분배'를 의미할 수 있다. 물론 이것은 이론적인 해석이고 현실은 그렇지 않다고 하겠지만, 적어도 물질적 가치의 긍정이라는 점에서는 그러한 의미를 가질 수 있다. 사회적 평등으로 그것을 정당화한다 하더라도 물질의 무한한 추구는 팽창주의, 제국주의 그리고 환경 파괴의 원인이 될 수 있다. 그리고 이것은 인간성의 왜곡을 가져온다.

이렇게 말하는 것은 문제를 바르게 분석하는 것이 아닐는지 모른다. 다만 이러한 가능성을 지적하는 것은, 서두에 말한 인문 과학의 문제처럼 해결이 문제적 상황의 계속에 동의하는 것이 될 수 있다는 예를 말해 보자는 뜻이다. 또는 그 테두리 안에 남아 있기 때문에 근본적인 해결을 찾지 못하고 마는 것이 될 수 있다는 것을 말하자는 것이다. 노무현 정부의 빈부 문제 해결의 일환으로서의 부동산 문제의 처리에서 보는 것도 그러한 경우라고 생각할 수 있다. 최근의 작은 예만 보아도, 소위 '반값 아파트'의 부진은 오늘의 시대가 규정하는 주거의 테두리에서 문제를 해결하는 것이 곧 자가당착에 부딪치게 된다는 것을 생각하게 한다. 즉, 그것은 이 시대의 규정 자체를 비판적으로 검토하기 전에는 주거의 문제가 제대로 해결될 수 없다는 것을 보여 준다.

'반값' 아파트에 입주 신청이 별로 없는 것은 서민의 수입에 비하여 그 월세가 너무 비싼 탓이라고 할 수 있다. 어쩌면 보다 더 큰 원인은 아파트 구매가 토지 구입으로부터 분리된 것 그리고 구매 이후에 20년간 전매가 금지된 것일 수 있다. 이것이 마땅치 않은 조건이 되는 것은 주거가 주거 목적에 못지않게 재산 증식의 수단이 된 때문이다. 위의 두 조건은 아파트 소유로부터 재산 증식의 의미를 박탈한다. 아파트를 이렇게 주거가 아니라 재산으로 받아들이는 것은 잠재적 아파트 입주자의 잘못이라고 할 수 있다.

그러나 주거의 부동산화 또는 동산화를 촉진한 것은 정부의 부동산 정책이다. 노무현 정부의 집념이 되었던 신도시 건설은 바로 토지와 주택을 재산으로 전환하는 사회 과정을 더없이 촉진하는 방법이었다. 신도시 건설을 위한 보상비가 부동산 투기 자금을 만들어 주었다는 것은 자주 지적되는 바이지만, 그 이전에 그것은 인간의 주거의 유기성 — 기억과 역사와 공동체 그리고 자연과의 조화된 관계로 이루어지는 주거의 유기성을 완전히 추상적인 의미로 단순화하였다. 그러한 정책의 발상에 주거의 유기성에 대한 이해는 전혀 들어 있지 않았던 것이다. 노무현 정부의 주택 건설은 교환이 가능한 편의 시설의 생산을 목표로 하는 것이지, 주택의 인간적이고 공동체적 성격을 향상하자는 것이 아니었다고 말할 수밖에 없다.

이러한 비판은 소위 균형 발전 계획에 대하여도 말할 수 있다. 균형 발전은 단순히 도시의 편의와 부를 지방으로 옮기자는 것으로, 특정 지역을 그 내적인 잠재력을 발전시켜 보다 인간적인 고장으로 개선하는 것이 아니라고 평가할 수밖에 없다. 과거는 반복된다. 기존의 사회 문제를 시정하는 일도, 기존의 사회 문제의 틀 안에서 움직인다.

소비 증대와 작업의 기율

도시를 지방으로 확산하자는 계획은 외부의 계획자들에 의하여 하향식으로 부과된다. 그것이 현지인의 발상으로 이루어진다고 하여도, 계획이 현지에서 자라 나오는 것이 아닌 한 그것은 외부에서 부과되는 것과 같다. 그것은 밖으로부터 배워 와야 한다. 가장 간단한 것은 물론 정부의 정책 입안자가 가지고 있는 국토 계획에 의하여, 전체적인 사회 계획의 정치적 의도에 의하여 지방을 혁신하는 일이다. 빈부 격차의 해소의 경우와 마찬가지로 그러한 기획의 핵심은 자본주의적 경제의 결과로서의 도시를 전국화하는 것이다.

모델은 자본주의적 유토피아이다. 여기에서는 물론 소비가 미덕이다.

소비는 우리의 욕망을 만족시킨다. 그러나 욕망은 시장이 조종하는 것으로서 반드시 나 자신의 본래적인 욕망은 아니니다. 그리고 증대하는 욕망과 증대하는 소비를 위한 수단을 확보하기 위하여서는 자본주의 작업의 질서 속에 편입되어 그 능률과 경쟁의 작업의 기율에 순응하여야 한다. 자본주의적 스타카노비즘[2]의 강화는 불가피하다. 일의 스트레스는 피상적인 오락과 격렬한 쾌락으로 보상된다. 사회 평등의 관점에서는 이러한 생산과 소비의 삶이 어떤 한정된 부류의 사람에게만 접근 가능한 것이어서는 아니 된다. 평등의 정치 이상(理想)은 이것의 시정을 의도한다. 그리하여 적어도 이론적으로는 부 또는 탐욕의 균등 분배를 보장한다. 그리하여 국가자본주의의 정부가 생산의 질서를 부과한 것처럼, 부의 균등 분배는 소비의 질서를 부과한다. 이것은 하나의 권위주의적 절서에 순응할 것을 요구한다. 최악의 경우 최소한도의 생존은 사회 안전망에의 편입으로 보장된다. 그러나 그것은 개인의 자율성을 넘어가는 추상적 통제망(網)에 포획되는 것을 의미하는 것일 수도 있다.

생존의 안전망, 부의 균등 분배 또는 그 약속, 물질생활의 향상 — 이러한 것들을 가볍게 생각할 수는 없다. 또 어쩌면 지금의 시점에서 적어도 사회 전체의 관점에서는, 그것은 모두가 원하는 것이다. 그러나 이것이 반드시 인간이 원하는 행복을 실현시켜 주는 것은 아니다. 거대한 규모의 생산과 소비의 질서는, 국가 체제에 의한 것이든 기업의 체제에 의한 것이든 거대한 조직, 거대한 제도를 요구한다. 거대 제도는 비인간적이고 무자비하다. 이것을 넘어가는 데에는 내적 발전의 기회가 허용되어야 한다. 그러나 이것이 봉쇄되는 것이 거대 제도이다.

---

2 옛 소련에서 노동 생산성을 극대화하기 위해 시행하였던 일종의 성과급 우대 조치로, 원래 석탄 채굴량에서 초인적인 기록 갱신을 거듭함으로써 유명해진 광산 노동자 스타카노프의 이름에서 유래했다.(게재지 편집자 주)

추상적 거대 제도와 구체적 인간

거대 제도의 비인간성을 완화하는 데에는 개인의 구체적인 사정에 대한 고려가 필요하다. 법률과 사회 제도에서 엄격한 이성적 판단의 비인간성을 완화하는 데에는 구체적 인간의 구체적 상황을 섬세하게 고려할 수 있는 '지각적 균형'—사물과 사람의 유동성을 따라갈 수 있는 감각의 보완이 필요하다.[3] 그리고 이런 필요성은 물론 제도의 비인간성을 증언한다. 그것은 보다 인간적이어야 한다. '인간적'이라는 말은 추상적 위계질서의 냉정성 속에 존재하여야 하는 인간적 고려를 표현하는 말이다. 비인간적 제도하에서 이것의 의미는 양의적이다. 그렇다는 것은 부패도 여기에 관련되어 있기 때문이다.

규제가 많은 제도에서 부패는 비인간적 제도에서 구체적·인간적 접촉의 통로를 뚫고 인간적 배려를 확보하려는 의도에 밀접하게 관련되어 있다. 그것은 단순히 회식과 같은 자리에서의 비공식적 접촉일 수도 있고, 실제 뇌물을 제공하는 것일 수도 있다.(엄격한 제도는 부패하게 마련이다.) 그러나 이것은 예외적 보완책을 말하는 것이다. 사람이 원하는 것은 보다 적극적으로 삶에서 자기 나름의 만족을 얻고, 자기를 실현하고 자신을 완성하는 것이다. 이것은 제도와는 에두름의 관계를 가질 뿐이다. 물론 제도적 위계질서에의 편입도 그 나름의 만족을 줄 수 있다. 돈을 벌거나 과시적 소비에 탐닉하거나 관직에 나아가 높은 자리를 얻거나—이러한 일들은 그러한 필요를 충족시키는 방법이다. 그러나 이것은 진정한 의미에서 자기실현과 자기만족을 준다고 할 수 없다. 또 그것은 경쟁과 투쟁을 불가피한 것

---

3 Martha C. Nussbaum, "Perceptive Equilibrium: Literary Theory and Ethical Theory", *Love's Knowledge*(Oxford University Press, 1990).

이 되게 함으로써 평화로운 사회적 생존과 양립할 수 없다. 사람의 행복이 사회적 조화 속에 사는 것을 포함한다고 할 때, 사회의 위계 안에서의 자기 성취는 인간의 반사회적 성향, 사디즘이나 마조히즘을 조장하고, 궁극적으로 진정한 의미의 행복을 파괴하고 만다고 할 수 있다.

행복한 삶의 높은 형태는 자유와 자율성 안에서의 인간적 완성을 통한 자기실현이다. 이것은 자기 스스로 이룩하는 것이면서 사회의 도움을 통하여 보다 용이한, 또 보다 높은 차원의 성취가 될 수 있다. 여기에는 문화적 자기 수련이 도움을 줄 수 있다. 그러나 사회의 물질주의적 체제는 인간의 사회적 관계와 함께 내적 성장의 전통적 방법을 왜곡한다. 그 가장 중요한 기구가 교육이다. 학교 교육이 담당하는 것은 인간의 내적 발전이다. 적어도 부분적으로는 그러하다. 교육은 첫째, 각 개인으로 하여금 자기의 독특한 재능과 소명을 확인하는 것을 돕는 일로 생각될 수 있다. 그러면서 교육은 사회 속에서 일정한 기능 — 자신의 유기적 전체성의 큰 희생이 없이 사회에 필요한 기능을 수행하는 일을 준비하게 하여야 한다. 물론 학교 환경 자체가 이 모든 것의 실습장이 된다. 교육은 단순한 정보의 습득이 아니다.

그러나 오늘날 학교 교육은 오로지 사회 진출의 관문의 역할을 할 뿐이다. 여기에서 경쟁의 비인간적인 치열성이 생겨난다. 그것도 정보 처리 능력 하나가 기준이 되어 벌이는 경쟁이다. 정부에서 학교의 평준화에 집착하는 것은 이 치열함을 완화하자는 것이나 별 효과를 발휘하지 못한다. 정부의 평준화 정책에는 여전히 교육을 획일적인 우수성의 척도로 잴 수 있다고 하는 고정 관념이 들어 있다. 다만 그것은 이 척도를 조금 무디게 하자는 것이거나 우수성의 순위 배분을 고르게 하자는 — 자가당착적 — 의도를 가지고 있다고 할 수 있다. 자격 요건을 어떻게 하든, 또는 그 요건의 규정의 넓이를 크게 하든 작게 하든, 우리에게 교육은 관문이다. 교육을 통한 것이든 독자적인 수련을 통한 것이든 위계질서에의 진출—부와 명성과 권력이 절대적인 무게를 가지고 있는 위계질서에의 진출이 관문 통과의 목적이다.

이러한 상황에서 개인의 진정한 만족이나 행복 그리고 자기실현은 존재하기 어렵다. 개인은 추상적 기준으로 획일화되지 않는 개인의 구체적 가능성을 발전시킬 수 있어야 한다. 제도 교육에서 자주 들먹여지는 우수성이 있을 수도 있다. 그것은 경쟁 질서가 한정하는 우수성이다. 인간의 가능성의 모든 것에 열려 있는 우수성은 한 가지 관점에서 재어지는 것일 수 없다. 그러면서 그것은 개인의 고유한 능력이고 고유한 삶의 진로에서 나온다. 그렇다고 그것이 사회를 떠나는 것은 아니다. 자기 발달은 개체적 발달이면서, 되풀이하여 말하건대 인간의 보편적 가능성의 발달이다. 그것은 이 보편성의 테두리 속에 존재한다. 그 사회적 의미도 여기에서 나온다. 이 개성의 발달에 도움을 주고 그것을 위하여 사회적 공간을 만들려고 노력하는 것이 한 사회의 교육적 기능이다. 그것은 사회의 인간적 가능성을 확대하는 일이기도 하다.

자신의 내적 가능성에 집중하는 개성의 발달은 일정한 기준에 이르면 거기로부터 다시 보편적 지평에 이르게 된다고 말할 수 있다. 교육은 이에 대한 신념에서 출발한다. 그것은 개인의 발달에 초점을 맞추면서 그것을 사회로 확장한다. 그러나 이것은 예외적인 경우라고 할 것이다. 보다 일반적으로 말하여, 사람은 다른 사람과의 상호 작용 속에서 발달한다. 이러한 인간의 사회적 조건이 저절로 교육의 효과를 발휘하고 동시에 삶의 충족감을 높인다. 보통 사람이 원하는 것은 체제화된 교육도 아니고 무작정의 개인 능력의 발달도 아니다. 그것들은 행복이나 삶의 보람의 한 구성 요소일 뿐이다.

개체의 발달에 다른 사람과의 상호 작용이 필요하다는 것은 다행스러운 일이다. 다른 사람과의 관계는 행복의 조건의 하나이다. 개인에게 거의 본능의 일부가 되어 있는 것이 다른 사람들 — 그러나 자신의 구체적 전체를 잃지 않으면서 관계할 수 있는 다른 인간들에 대한 절실한 필요이다. 이것은 극히 친밀한 관계와 조금은 거리를 유지하여야 하는 가까운 사람들을 포함한다. 이 모든 것은 다른 사람들의 협동적 관계가 생존의 조건이 된다는 데에서 시작되는 것인지도 모른다. 그러나 그것을 넘어서 협동적 관계는 개인의 행복의 일부이다. 관료 체제, 추상적 행정 체제가 파괴하는 것은 이러한 구체적인 인간관계의 행복이다. 체제의 일부로서의 인간은 개체로서도 그 구체성을 손상당하게 된다.

큰 사회와 작은 공동체의 인간성

추상적 사고와 거대 기구에 대하여, 인간의 개체적인 발달, 협동적 관계에 대한 요구, 친밀하고 친목하는 관계 또는 한때 이반 일리치(Ivan Illich)가 conviviality라는 말로 유명하게 만든 '함께 사는 즐거움' — 이러한 것들이 현실로 실현될 수 있는 것은 작은 동네이고 공동체이다. 자본주의든 사회주의든 거대 계획이 주의하지 않는 것은 작은 공동체의 중요성이다. 체제주의적 사회 사상에 대항해서 작은 공동체의 중요성 — 감각하고 느끼고 생각하고 다른 사람과 함께하며, 자기를 돌봄과 함께 남을 돌보며, 자연 속에서 노동과 삶을 즐기는, 인간의 안정된 삶의 터전으로서 공동체의 중요성을 강조한 사람의 하나가, 서두에 언급했던 머레이 북친이다. 그는 누구보다 일찍이 환경의 위기에 반응하고, 사회와 인간의 비인간화 문제가 어떻게 인간과 사회의 문제에 이어져 있는가를 선구적으로 이야기한 바가 있다. 일찌감치 1965년에 쓴 『에콜로지와 혁명 사상(*Ecology and*

Revolutionary Thought)』은 오늘날에야 우리의 경각심을 불러일으키는 환경의 여러 문제들을 철저하게 분석해 내고 있다. 그러나 그에게는 환경 문제는 단순히 환경의 문제가 아니라 사회 조직의 문제이다. 작은 자연 공동체를 떠난 산업과 도시화와 체제화 그리고 대중화는 인간성을 파괴한다.

[산업 조직이 가져오는] 자연환경의 단순화, 원초화 그리고 조잡화는 문화적·물리적 차원을 갖는다. 거대한 도시 인구를 다스리는 문제 — 밀집하여 붐비는 수백만의 인간에게 교통, 식료, 고용, 교육, 오락을 마련하여 주는 일은 시민 사회의 행동 기준을 떨어뜨리지 않을 수 없다. 거대한 수의 대중의 틀로써 사람을 보는 것 — 전체, 집중, 조직화의 관점에서 인간을 생각하는 경향이 과거의 개인화된 인간 개념을 압도한다.

관료적 사회 조종 기술이 점차 인간적·인간주의적 방법을 대체한다. 자연스럽고 자발적이고 창의적이고 개성적이었던 모든 것이 표준화되고 통제되고 대중화된 것에 맞부딪친다. 개인의 공간은 얼굴 없는 비인간적 사회 기구가 부과하는 여러 제약으로 계속 좁아져 간다.

개인 고유의 품성은 점점 대중의 최소 공약수의 조종에 내맡겨진다. 계량화된 통계적 방법, 벌통의 벌 다루듯 하는 사람 다루는 법이 섬세하고 질적이고 개체화된 자세 — 고유한 개인의 품성, 자유로운 의사 표현, 문화적 복합성을 존중하는 자세를 대체하게 된다.[4]

위에서 북친이 말하는 것을 되풀이하면, 개인이 전체화, 집중화, 조직화, 관료화된 사회에 편입되고 얼굴 없는 비인간적 사회 체제 속에서 표준화, 계량화된 통계 수치의 일부로 다루어지게 되는 것이 현대 사회의 과정

---

4 Murray Bookchin, op. cit., pp. 65~66.

이다. 이 과정에서 사람의 사람다움을 구성하는 특성인 자발성, 창의성, 독창적 개성이 상실되고 그것을 아낄 수 있는 인간적 또는 인간주의적 태도가 사라지고, 이것들을 보호해 줄 개인의 공간도 사라진다.

이러한 비인간화의 원인은 무엇보다도 사회적 삶의 대규모화와 그것을 관리하기 위하여 필요해진 얼굴 없는 관료 체제에 있다. 그 경제적 원인은 말할 것도 없이 자본주의에 있어서 생산과 소비의 규모가 거대화한 것이다. 이것은 단순히 산업 사회의 비대화라고 하여도 좋다. 이러한 비인간화된 체제는 사회주의 체제에서나 자본주의에서나 마찬가지이다. 후자의 부정적 특징을 착취라고 할 수 있다면, 전자의 특징은 억압이다. 그러나 본연의 인간성 그리고 인간의 가능성으로부터의 소외는 어느 쪽에나 변함없이 존재한다.

이러한 상태를 집약하여 물리적으로 표현하고 있는 것이 도시이다. 어쩌면 도시와 같은 인구 집중과 황폐한 물리적 환경이 저절로 사회의 비인간적 조직화와 인간성 상실을 가져온다고 볼 수도 있다. 그리하여 북친은 현대 사회의 인간적 문제에 대한 해결이 작은 공동체의 사회에 있다고 생각한다. 그는 이를 치유할 수 있는 처방으로 "균형이 있는 사회, 대면(對面)이 가능한 민주주의, 인간주의 기술, 분권(分權) 사회"[5]를 말한다. 이것은 그의 생각으로는 아나키즘의 개념들이지만, 그의 아나키즘은 정치에 한정된 것이 아니라 정치와 경제와 기술의 전면적인 재편성을 요구한다. 그중에 근본이 되는 것은 환경이다. 위에서 '균형이 있는 사회'라는 것은 자연을 인간의 자원으로 그리고 개발의 대상으로 보는 것이 아니라 그것과의 생태적 균형을 갖춘 사회를 의미한다. 자연은 다양한 생명체 사이의 생태적 균형 — 수만 년, 수억 년의 진화의 결과로 이루어진 전체적인 생태 균

5 Ibid., p. 69.

형을 가지고 있다. 이것의 유지, 지속 없이는 인간의 인간다운 삶은 불가능하다. 인간은 스스로의 삶을 위하여 이 자연의 생태적 균형에 순응하여야 한다. 이것은 인간의 필요와 욕망의 자제가 없이는 불가능하다.

필요와 욕망의 자제를 위해서는 생태적 균형에 대한 사려가 있는 기술의 개발이 필요하다. 그러나 무엇보다도 핵심적인 것은 모든 것을 소규모화하는 것이다. 특히 사람이 사는 현실을 서로 지면(知面)이 생길 만한 사회적 틀 안에서 이루어지게 하여야 한다. 이것을 넘어간 사회는 불가피하게 대규모의 조직 — 정치, 경제, 기술, 관료 조직을 끌어들인다. 이것은 정치적 의도의 선악과는 관계가 없는 일이다. 대규모 조직은, 그 정치 이상에 관계없이, 사람의 삶의 자연스러운 유대감은 물론 윤리와 도덕과 문화를 파괴하는 결과를 가져온다.

인간적 사회의 비전과 현실

그러나 북친의 대면 공동체의 타당성을 완전히 인정한다고 하더라도 문제는 그것이 오늘의 사회에서 실현 가능한 것인가 하는 것이다. 북친 자신이 그의 생각이 옛날의 농촌 공동체를 이상화하는 낭만주의자의 향수에 불과하다는 비난을 받을 수 있다는 것을 인정한다. 그러면서도 그는, 여러 가지 증후로 보아서 과학과 산업의 발달이 가지고 있던 해방적 기능은 소진되었고 사회, 정치, 인간성, 환경 등의 관점에서 문제만을 발생케 하고 있기 때문에, 인간의 미래를 생각하는 사람에게 그것이 더 이상 지속될 수 없는 문명의 형태라는 것은 분명할 수밖에 없다고 생각한다. 무엇보다도 북친은 산업 사회에서 일어나는 인간적 감성의 훼손과 인간 소외가 결국 사회 변화의 동력으로 작용할 것으로 생각한다. 그러나 이러한 깨달음—그것이 아무리 여러 사람에 의하여 느껴지는 것이라고 하더라도, 그것이 사회의 근본적 개조에 동력이 될 것으로 보이지 않는다.

북친이 앞에 언급한 글을 쓸 때는 혁명적 분위기가 다방면적으로 일던 1960년대였다. 그것이 그로 하여금 그러한 생각을 현실적인 것으로 생각하게 하였을는지는 모른다. 그러나 그 이후에도 그는 같은 주제를 계속 발전시켜 환경론자들에게 큰 영향을 주었다. 사실 환경의 위기가 심화됨에 따라 결국은 감수성의 변화가 현실로 변하게 될 가능성을 배제할 수는 없다. 그러나 보다 급박한 자연 재난의 위협이 있기 전에는 그것이 사회 변화의 동력으로 될 가능성은 크지 않다. 권력이거나 자연의 위협이거나 힘만이 사람을 복종하게 한다. 하지만 북친이 제시하는 바와 같은, 산업 체제의 비판과 인간 공동체의 제안이나 기획들을 무시하는 것은 보다 나은 삶을 위한 가능성을 포기하는 일일 것이다. 그의 이상에 동조하든 아니하든, 하나의 교훈은 거대 계획을 통하여 오늘의 사회의 문제점들을 근본적으로 고쳐 나가기 어렵다는 것이다.

자본주의 사회 또는 계급 사회에 대한 대표적인 비판은 말할 것도 없이 마르크스주의이다. 반드시 마르크스주의가 아니라도 많은 사회 비판은 직접·간접으로 마르크스의 영향을 받은 것이 많다고 할 수 있다. 이 비판의 강점은 현실의 변증법을 존중한다는 것이다. 미래 사회도 이 변증법의 전개의 최종 결과로 생각된다. 그러나 위에서 말한 것은 이렇게 하여 도출된 미래의 계획이 과거와 현재의 문제점을 개선하지 못한다는 것이었다. 그 현실의 변증법 그것이 이미 현실로부터의 탈출이 쉽지 않다는 것을 말한다. 그런데 마르크스주의를 비롯한 여러 비판 이론에서 비판적 시각은 어디에서 오는가? 그것은 현실 자체에서 나오는 것이라기보다 현실과 인간의 변증법적 관계에서 나온다. 그리고 이 인간성에 비추어 성립하는 비판은 언제나 가능하다. 그리고 그것이 완전히 무시될 수는 없다. 현실이 있는 한 그에 대한 비판은 그 현실에 끈질기게 따르게 마련이다. 그리하여 마르크스주의를 비롯한 사회 비판에서 비판적 부분은 미래의 세계에 대한 투시도보다 더 타당성을 가지며 현실 개혁을 위한 인간의 시도를 유발한다. 그러나 그 개혁은 그 혁명 전략으로 이루어질 수 없다. 비판 이론의 미래에 대한 전망에 타당성이 있다면, 그것은 현실 변화를 위한 혁명 전략으로서가 아니라 소외 없는 사회에 대한 비전으로 타당성을 갖는다. 한때 소위 서구 마르크스주의에서 마르크스의 사회 경제 이론에 대하여 인간적 소외를 논한 글—'인간의 종적 본질' 또는 '인간적 본질'을 비판의 핵심 개념으로 생각한 마르크스의 초기 저작—이 새로운 관심의 대상이 되었던 이유도 이것이라고 할 수 있다.

아마 지금 필요한 것은 마르크스의 초기 인문주의만이 아니라 미래에 대한 여러 다른 비전—마르크스가 비현실적인 유토피아주의라고 생각했던 많은 비전을 다시 돌아보는 일일 수 있다. 오웬이나 푸리에, 크로포트킨의 사회 이상들도 어떤 사회 속에서 인간이 참으로 행복할 수 있는가를 생각하는 데에 도움을 준다고 할 수 있다. 앞에서 조금 길게 언급한 북친의 생각도, 그 현실적 의미를 떠나서, 우리가 고려해야 할 행복한 사회에 대한 중요한 비전의 하나이다. 이러한 비전을 상기하는 것은 사회의 인간적 가능성을 증대하기 위하여 또는 기존 체제의 인간성 훼손을 최소화하기 위하여 작고 큰 시도에 필요한 일일 것이다. 그리고 아마 북친이 설명하려고 하는 바와 같이, 그 시도는 큰 것보다는 작은 것, 작은 것들의 누적이 되어야 할 것이다.

비판적 자아

이렇게 말하는 것은, 북친의 경우에도 그렇지만, 본래적 또는 본질적 인간성 그리고 인간적 가능성에의 접근이 용이하다는 것을 전제하는 것이다. 그러나 그것은 복잡한 움직임을 요구하는 일이다. 북친은 보다 인간적인 사회를 말하면서, 인간의 자연스러운 존재 방식의 특징으로 자유, 자발성, 창의성, 개성과 같은 특징을 든다. 이것이 펼쳐질 수 있는 것이 인간적인 사회이다. 자본주의적 발달이나 사회주의적 혁명 개혁에서 이룩하고자 하는 산업과 사회의 거대 조직이 말살하는 것이 이러한 인간성의 특징이다. 여기에 대하여, 이것을 존중하고 발달할 수 있게 하는 것이 소규모 사회이다.

그러나 정치 기획을 생각하는 한국인에게는 산업과 사회 조직의 강화 그리고 대규모화는 바로 해방의 매개체로서 생각된다. 산업화, 근대화, 집단화 현상은 자랑스러운 성취이다. 우리 진보주의가 포용하고 있는 개발주의는 바로 이 사실을 표현한다. 그런데 사실 자유, 자발성, 창의성 등 개성적 표현을 중요한 가치가 되게 한 것도 거대 조직을 가져온 산업화와 민주화이다. 그러한 인간적 품성에 대한 인정은 근대적이 되어 가는 사회 속에서 일어난다. 개성적 자유는 근대적 자아의 권리이다.

그러나 근대 사회에서 가능한 자아는 그 조건, 즉 산업과 사회의 거대화의 기제에 의하여 규정되는 자아이기도 하다. 자본주의 체제하에서 그것은 생산과 소비의 시스템에 의하여 형성된다. 여기에서 자유는 소비의 자유이다. 근대화는 이와 같이 자유의 확대와 동시에 노예화를 가져온다. 그리하여 본질적 자아, 진정한 자아는 비판적 자아의식에 의하여 회복되어야 할 어떤 것으로 시사될 뿐이다. 어떤 경우에나 인간성이 자연스럽게 주어진다고 할 수는 없다. 물론 인간의 자아가 완전히 역사적 산물이라고 하는 것은 지나친 단순화일 것이다. 적어도 역사를 진화의 역사로 본다고 하더라도 흔들릴 수 없는 인간의 본성이 존재하는 것은 사실일 것이다. 그러나 자아 그것도, 방금 말한 바와 같이, 자기비판적 분석을 통하여 비로소 얻어진다. 보다 복합적인 의미의 자아가 그러한 회복의 절차를 통하여 주체화된다는 것은 말할 필요도 없다.

인간성에 대한 직관의 근거는 나라는 자아이다. 나는 자기반성을 통해서만 접근될 수 있다. 반성으로 자아를 확인하는 것은 용이한 일이 아니다. 뿐만 아니라 내가 오늘날 나 자신이라고 인식하는 것은 대체로 당대의 주체의 체계에 의하여 주어진 것이다. 그것은 당대의 사회 체계에 의하여 형성된 것이다. 이 체계는 한편으로는 욕망의 체계이다. 그러면서 다른 한편으로 우리 사회와 같이 집단적 담론이 강한 사회에서 특히 그러한 것이지만, 집단의 인정의 체계, 정당화의 체계이다. 그런데 진정한 자아가 회복되어야 하는 어떤 것이라면, 회복되어야 할 자아는 존재하는 것인가? 그것도 역사적인 업적으로서만 획득될 수 있다. 우선 생각할 수 있는 것은 비판적 자아이다. 이것은, 그것이 어떤 종류의 것이든지 자아와 세계의 갈등에서 생겨난다. 그리고 그 갈등이 심화되고 자아가 스스로를 정화함에 따라 그것은 데카르트적인 '사고하는 자아'가 된다. 그것은 세계의 법칙적 이해를 위한 무색투명한 원리이다. 이 세계는 사물과 사회를 포함한다. 그런데 이 자아는 인식의 원리로서 내용을 결하고 있는 자아이다. 그것은 자신의 현실을 잃어버린다. 그것이 다시 자신의 현실로 돌아갈 때, 그것은 스스로도 이 법칙의 사실적 세계의 일부라는 것을 알게 된다.

그리하여 스스로를 생물학적 존재로서의 인간의 주체로, 사물의 세계에 던져진 실존적 자아로, 또 사회적으로 규정되는 사회적 자아로 파악한다. 이 자아는 객체화된, 부자유의 자아이다. 다른 한편으로 인간의 구체적인 경험은 생물학적·사회적 조건만으로 한정할 수 없는 유연성과 개방성을 갖는다. 이 경험의 사실성 속에 이 자아는 매몰되어 존재한다. 그러나 다른 한편으로 경험은 그 다양한 변화로 하여 사람에게 스스로를 변화하면서 변화하지 않는 주체로 인식할 수 있게 한다. 그때의 자아는 인간의 구체적인 경험 속에 움직이면서 스스로의 일을 다스리는 원리로서 생각될 수 있다. 이것이 일상성의 이성으로서의 프로네시스(phronesis), 프루덴티아(prudentia) 또는 삶의 지혜를 만들어 낸다. 그렇다고 이것이 특정한 개인의 삶의 전략의 원리가 된다는 말은 아니다. 그것은 개인의 원리이면서, 모든 개인의 원리로서 보편화될 수 있다.

자아 회복은 이러한 복합적인 자아로부터, 그리고 그것을 불투명하게 하는 사실의 세계로부터 자아를 구출하는 작업이다. 여러 층위의 자아의 발견과 확립은 역사적 업적으로 가능해진다. 가령 사고하는 자아, 이성적 자아는 이미 시사한 바와 같이 데카르트의 업적으로 돌려진다. 과학적 이성은 서양에 있어서 근대 과학의 발달에 밀접하게 관련되어 있다. 사회적 존재로서의 자아의식에 크게 기여한 것은 마르크스주의이다. 일상적 삶의 이성적 원리로서의 자아는 문학적 전통의 해석학적 노력에서 드러나게 된다. 여러 학문적 노력은 역사적 업적으로서의 이성이나 삶의 지혜의 담지자로서의 인간의 자기 회복에 도움을 준다. 여기에 사회 과학이나 인문 과학은 중요한 기여를 할 수 있다.

북친이 말하는 자연과 사회 속의 대면 공동체는 이러한 다층위적인 자아를 가장 단순하게 구현할 수 있는 세계를 상상하는 것일 것이다. 그러나 그러한 자아의 실현을 위하여 보다 더 복합적인 세계를 상상할 수 없는 것은 아닐 것이다. 그러나 여러 층위의 자아 그리고 그것에 따라 열리는 부분적인 세계의 담지자로서의 인간 — 자신의 사실적 조건을 이해하고 그것으로부터 해방되고 또 그것으로 되돌아가는 것을 상상한다고 하더라도, 그것은 현실에 있어서의 해방을 의미하지는 않는다. 이렇게 상상되는 자아와 그것을 실현하는 세계 또는 사회는 어디까지나 상상의 노작을 의미할 뿐이다.

산업 기술 사회의 전망

상상이 그려 내는 인간적 소망이 어떠한 것이든지 간에, 과학 기술 산업 사회의 과정은 진행된다. 이것은 감각하고 느끼고 생각하는 주체로서의 개체적 자아도 그것의 일부가 되게 한다. 그리하여 개체적 자아의 주체성 자체가 이 과정에 의하여 규정된다. 그리고 체제는 주어진 조건 속에서의 자아실현을 약속한다. 비판적 자아는 단편화와 단절의 다른 부산물로서 과학 기술 산업 문명의 거대 조직에 저항할 수 있지만, 부산물로서의 한계를 그대로 지닌다. 이런 비판적 자아가 대안적 체제를 생각하고 기획하는 경우, 그것은 현실 속에 개입할 계기를 얻지 못하거나 아니면 체계가 가지고 있는 주제화의 기제에 침윤되어 버리고 만다.

우리나라에서의 사회적 실험을 보면, 대안은 거대 체제 속에 곧 흡수되고 그 체제화의 가속에 기여하는 것이 되어 버리는 것으로 보인다. 참여 정부의 무수한 프로젝트 — 연구와 문화의 프로젝트로부터 각종의 신도시 건설의 프로젝트에 이르기까지 — 거대 계획들이 표현하고 있는 것이 이러한 주체성 침윤의 결과라고 할 수 있다. 인간 해방의 기회는 이러한 사회 발전의 동력이 그 변증법적 소진의 단계에 이르기를 기다리는 도리밖에 없는 것처럼 보인다.

계속되는 거대 체제화의 과정이 현실적인 장벽에 부딪치거나 속도를 늦추게 될 가능성이 없는 것은 아니다. 1972년에 출간된 로마 클럽의 『성장의 한계(*The Limits to Growth*)』는 자원, 인구, 환경 오염 등의 문제로 인하여 경제 성장이 지속되는 데에는 한계가 있다는 경고를 처음으로 사람들의 의식에 크게 각인했다. 이 보고서의 데이터들이 과장된 것이라는 비판도 없지 않았지만, 한 세대가 지난 지금에 와서 그 경고는 인류의 생존을 위협하는 현실이 되어 가고 있다. 설사 물리적 사실로서 이 한계가 그렇게 분명한 것이 아니라고 하더라도(지금의 시점에서 이러한 가정 자체가 비현실적인 것이지만), 무한한 경제 성장은 인간성과 인간의 삶의 황폐화 — 외적인 번영에 감추어진 황폐화를 가져온다. 성장의 한계는, 인간과 사회의 생존에 대한 위협이 현실화함에 따라, 그에 대한 적응을 불가피하게 할 것이다.

성장 한계설에 대한 비판의 하나는 그것이 인구나 자원 그리고 환경 오염을 적절하게 다스릴 수 있는 과학 기술의 발달을 고려에 넣지 않고 있다는 것이다. 이것은 제한된 범위 안에서는 타당한 말이라고 할 수 있다. 인간의 생존에 직접적으로 관련된 이러한 요인들의 통제가, 적어도 문제를 자신들의 생활 공간에 한정해 볼 때, 서방 세계에서 가장 성공적으로 이루어지고 있다는 사실만으로도 이것이 어느 정도는 타당성을 가진 주장으로 보인다. 환경 과학 기술의 발달은, 자본주의 체제하에서의 모든 발전이나 마찬가지로 이윤 창출의 동기에 이어져 있는 것이면서도, 의식의 변화를 나타낸다. 그것은 지구 환경의 한계에 대한 의식이 확산되고 있다는 증거라고 할 수 있다. 이 의식은 보다 넓은 자원 낭비적 삶의 스타일에 대한 비판 의식으로 이어지고, 보다 순정한 인간적인 삶에 대한 탐구에 현실적 의미를 부여할 수 있을 것으로 생각해 볼 수 있다. 그것은 북친이 생각하는 바와 같은 인간성의 실현을 위한 너그러운 사회 조직의 발전으로 이어질 수 있을는지 모른다.

그러나 한국의 경우, 그러한 전기(轉機)가 오고 있다고 하더라도, 그것은 아직 멀리 있다고 하는 것이 옳을 것이다. 한국의 사회와 의식을 부여잡고 있는 것은, 대체적으로 말하여, 보다 풍요한 경제를 향한 열망이다. 그 과실의 분배에 대한 차이가 정치의 좌와 우를 갈라놓고 있을 뿐이다. 그리고 걱정이 있다고 하더라도 그것은 인간 소외가 아니다.(그것이 있다면 자본주의적 자아실현의 장해에서 유래하는 사회적 소외에 대한 것이다.) 이러한 편향된 열망은 단순히 개인적 차원에 한정된 것이 아니다. 선진/후진의 경쟁에서, 선진국에 대한 선망은 한국인의 자아의식의 중요한 부분을 이룬다. 이것은 한국 사회와 인간의 지배적인 담론 형성, 사회적 주체 형성의 기제인 집단주의, 민족주의에 의하여 강화된다. 그러나 선진/후진의 세계적 선망의 체제에서, 한 사회가 일단 선진의 단계에 이르기까지는 대안을 생각할 만한 여유가 생기지 않는 것이 현실 변증법이라고 할 수도 있다.

사실 세계와 인간적 희망

이렇게 말하는 것은, 새로운 전기의 도래를 완전히 배제하는 것은 아니면서도, 오로지 자기 폐쇄적인 역학 속에 움직이는 것이 현실이라는 것을 인정하는 비관론을 말하는 것으로 생각될 수 있다. 그러나 이것은 특히 새로울 것이 없는 비관론이다. 사람의 삶이 사실적 세계에 얽매여 있다는 것은 전혀 새로운 사실이 아니다. 그럼에도 불구하고 사람은 그 나름의 삶을 살아왔다.

지금의 시점에서 이 얽매임이 특히 큰 것처럼 보이는 것은 그 얽매임의 주체가 자연 조건이라기보다 사회 조건이기 때문이다. 그것은 통제 가능의 인상을 준다. 그러나 그 사회 체제의 규모만으로도 구체적인 인간의 자발성에 의한, 또는 대면 민주주의에 의한 통제는 불가능하다. 그리하여 권력과 조직화의 확대를 통한 통제의 유혹을 불러일으킨다. 물론 이것은 과학 기술과 산업화로 자연 자원의 통제가 가능하여진 것에 병행하는 일이다. 이러한 과정에서 인간의 사실적 조건에 대한 진정한 의미에서의 인간적 통제는 무의미한 것이 된다. 인간의 환경에 대한 인간 의지의 개입 — 구체적 인간의 자발성을 억압하지 않는 인간 의지의 개입은 작은 공동체에서만 가능하다. 그리고 그것은 능률의 면에서는 느린 과정이 될 수밖에 없다. 공동체의 규모가 커질수록 능률은 떨어지게 마련이다. 그리하여 그것은 체제의 대규모화 그리고 능률화의 기준에서는 비현실적인 것이 된다.

그러나 다시 한 번 인간 사회가 인간적이 되는 것은 작은 구체적인 상황 안에서의 개성의 존중 그리고 인간의 상호 관계가 살아 있음으로써이다. "살아남은 것은 언제나 낯선 사람의 친절 때문이었다."라고 쓴 작가가 있지만, 사람이 세상을 살아가는 데에 큰 적의의 상황 속에서도 작은 호의와 친절로 살아남는 경우가 많은 것은 사실이다. 오늘날 번성하는 NGO의 뒤에는 그 하나의 동기로서 개체와 개체 사이의 선의의 중요성에 대한 인정이 들어 있다. 철학에 있어서 새삼스럽게 윤리학이 중요해지는 것도 이러한 관계에서 생각할 수 있다. 사람과 사람 사이에는 언제나 상황에 관계없이 구체적인 선의와 배려의 관계가 성립할 수 있다. 사회에 대한 지나치게 체계적인 이해는 이러한 작은 선의의 공간들을 조소(嘲笑)한다. 이데올로기는 이 조소를 체계화하고 추상적인 이념에 의하여 무자비를 정당화한다. 세계의 혁명적 쇄신에 대한 믿음은 자기 확대의 의지와 결합하여 더욱 독단적인 것이 된다.

작은 친절의 행동이 전체적인 상황을 혁명적으로 쇄신하지는 않는다. 그럼에도 어떤 경우에나 필요한 것은 인간의 인간됨을 잊지 않고 그 근거와 다양한 표현을 확인하는 것이다. 그리고 그 관점에서 체제의 필요와 해체를 동시에 말하는 것이다. 그러는 사이에 역사는 조금 더 인간적인 시대를 준비할 수도 있다. 인간됨에서 출발하는 비판은 반드시 현실의 역학 속에 특정한 위치를 점유하지는 않는다. 그러나 그것은, 앞에서 말한 바와 같이, 사람의 인간됨에 대한 꿈으로, 윤리적 요청으로 존재한다. 그것은 그 나름의 끈질김을 가지고 있다. 그리하여 그것은 전체적인 상황 속에 인간적 안식처를 만들어 내고 보다 밝은 전체적인 미래를 준비하는 것일 수 있다.

한국의 근대화 — 산업화와 민주화를 양대 축으로 하는 근대화는 그동안 억눌려 있던 많은 인간적 소망과 욕망을 해방하였다. 그러나 동시에 그것들을 새로운 체제 속에 사로잡히게 했다. 지금 필요한 것은 해방의 열매를 보전하면서 인간성을 보다 본연의 가능성으로 돌려놓고 체제의 비인간적 진행을 수정하는 일이다. 이 일에서 무엇보다도 중요한 것은 체제의 거대화가 가져오는 비인간화이다. 설사 체제의 지속이 사회 발달의 주축이 될 수밖에 없다고 하더라도, 그것을 거대 프로젝트의 강박에서 풀려나게 하고 인간적인 삶의 이상에 세심한 주의를 돌리게 하는 일이 중요하다. 사회적 발전의 체제는 옹호되면서도 인간주의적 해체의 대상이 되어야 한다.

(2008년)

일상성 비판

삶의 작고 큰 테두리에 대하여

1

추상적 이념과 구체적 현실 대통령 선거 결과에 대한 분석들을 보면, 그 추상성에 놀라게 된다. 예외가 없는 것은 아니지만, 신문에 발표된 분석들은, 가령 이라크 파병이나 FTA 또는 신자유주의와 같은 것들을 선거에서 진보 계열이 참패한 원인으로 든다. 중요한 이슈임에는 틀림이 없지만, 이러한 것들이 보통 사람들의 투표에 결정적인 영향을 끼친다는 것은 믿기 어려운 일이다. 빈부의 격차가 커졌다거나 직장을 구하지 못한 사람이 늘었다거나 비정규직이 늘었다거나 하는 것은 사람들의 마음에 더 쉽게 영향을 미치는 일이었을 것이다. 그러나 이러한 것들이 직접적인 동기가 되었다면, 사회적 고려를 우선시하는 후보가 아니라 기업의 번영을 절대적인 가치로 말하는 보수 후보자를 선택한다는 것도 의아스러운 일이다. 논리적으로 그것은 앞뒤가 맞지 않는 선택이다. 물론 기업의 중요성은 그 직업 창출 능력 가능성에 연결되어 있다고 할 수 있다. 뿐만 아니라 많은 사람에게 경기 활성화는 중요한 관심사였을 것이다. 특히 소규모의 자영업체가 30퍼센트 전후가 된다는 것을 생각하면 그렇다. 그렇다 해도 이것이 보수 후보를 택하게 한 것이라면, 그것은 사회적 고려를 내세웠던 정권이 실질적으로는 실업 문제나 비정규직 문제 그리고 자영업자를 위한 별다른 대책을 강구하지 못하였던 것에 더 관계되었을 것이다.

다른 동기를 생각해 보면, 전체적인 분위기가 보수를 선택하는 쪽으로 기울어진 것은 사람들의 관심이 빈부 격차와 사회 정의나 형평보다는 부의 증대에 있었다는 것을 말할 수 있지 않을까 한다. 부에 대한 관심을 크게 한 것은 부동산의 투기화이다. 말할 것도 없이 부동산 투기로 인한 부동산가의 앙등에 제일차의 희생자가 된 것은 무주택자이다. 집 마련을 위해 저축을 하던 사람들도 그들의 목표가 한층 멀어지는 것을 보게 된다. 그러나 주택 구입 준비가 되어 있는 사람들도 구입 주택의 자산 가치에 대하여 불안을 경험한다. 임대 주택이나 저가 주택의 공급에 큰 반응이 없는 것은 앞으로의 자산 가치의 등락을 걱정하기 때문이다. 그것은 보다 나은 주택에 대한 욕망 때문이기도 하지만, 전체적으로 미래에 대한 안정을 보장하지 못하는 사회에 대한 불안의 표시이다. 당장에 주택 문제가 없는 사람들도 부동산가의 앙등으로 그들의 주거가 시장에 노출되어 있다는 것을 알게 된다. 또 부동산 투기나 다른 소위 '재테크'라는 투기 행위로 그들의 이웃이 갑자기 '부자'가 되는 것을 보게 된 많은 소시민들은 부러움과 함께 불안을 느끼지 않을 수 없을 것이다.

부동산 붐과 투기 붐은 수도 이전을 비롯한 정부의 각종 토지 개발 사업과 그로 인하여 방출된 보상금 등이 불러일으킨 열풍이다. 빈부의 격차가 정치적 선택에 영향을 미치는 심리의 일부라는 관점에서는, 멀리 있는 재벌들의 천문학적인 수입과 자산보다도, 가까이에서 갑자기 유산·유한 계급으로 진입하는 이웃들이나 그 소문이 더 직접적으로 부러움과 불안을 자극하게 될 것이다. 부러움은 인간 심리에서 부정적인 요소로서 개인의 극복되어야 할 심리의 문제로 치부할 수 있지만, 그보다도 중요하게 그리고 현실적인 의미를 가지고 작용하는 것은 불안이다. 부동산 붐에서 사람들이 느끼게 된 불안감은 사회를 지배하고 사람들의 삶을 흔드는 주요 원인이 무엇인가를 새삼스럽게 깨닫는 데에서 오는 것이기도 하지만, 일반적으로 이웃들의 생활 수준의 상승은 생활비 상승을 불러온다는 것을 본능적으로 알고 있기 때문에 일어나는 극히 현실적인 심리 작용이라고 할 수 있다. 그러나 이 불안감은 절대적인 것이라기보다는 전체적으로 치부(致富)에 대한 욕망을 불러일으키는 분위기에 의하여 조장된 것이다.

하여튼 정치적 선택에 있어서 중요하게 작용하는 것은 추상적인 이슈보다도 어떤 일들로 인하여 성립하는 심리적 태도의 일반화라고 할 수 있다. 추상적 이슈도 심리 속에서 구체적 느낌으로 전환됨으로써 중요한 영향을 가지게 될 것이다. 이라크 파병 문제나 FTA 문제 또는 남북 긴장 완화와 통일과 같은 문제가 사람들의 현실 생활과 현실 심리에 작용하지 않는다는 말은 아니다. 대부분의 유권자에게 그것은 현실과 현실 심리로 번역된 다음에 뒤늦은 느낌으로 작용할 것이다. 지식인들이 아직 구체화되지 않은 정책들을 문제 삼는 것은 그 현실적 결과를 예견하기 때문이다. 보통 사람들에게 이 예견은 현실적 세부 사항으로 예시될 때에 비로소 대안적 행동을 위한 설득의 가능성을 가질 것이다. 아마 이러한 예시를 통한 설득의 어려움이 조직의 동원, 계급 의식이나 이데올로기적 신념의 주입과 같은 기초 작업을 필요하게 할 것이다.

2

일상성의 의미 그러나 여기에서 말하고자 하는 것은 이 어려움을 어떻게 극복하느냐 하는 것이 아니라 그러한 일반화·추상화된 이슈들을 매개하는 삶의 기반이 있다는 사실이다. 이것이 사람의 일상적 삶이다. 일상성과 그 의식은 극히 그때그때의 기분과 사정으로 끊임없이 변하는 것으로서 분명하게 정형화하기 어렵다. 나날의 삶에서 일어나는 일이나 느낌이나 생각들을 보면 그것은 뜬구름처럼 속절없는 것이다. 그러나 일상(日常)이라는 말 자체는 오히려 나날이 항상적인 상태를 이룬다는 의미를 전한다. 그것은 우리에게 나날의 삶이 얼마나 많은 반복으로 이루어지는 것인가를 상기하게 한다. 그리고 이 반복에는 그것을 지탱하는 기층이 있다. 일과는 일상의 특징이다. 물론 일상은 일과가 있든 없든 존재한다. 그러면서도 그것을 잠재적으로 포함한다. 그것을 현재화하는 것이 일과이다. 일과는 반복되는 작은 일들의 수행으로 이루어진다. 그러면서 거기에는 일상생활을 영위하는 사람의 지속하는 의식이 따른다. 또 그것은 그 외부적 조건의 지속을 의미한다. 일상성의 시작은 생활에 질서를 주려는 노력이 있었다는 점에서 그 자체로 일상적 무의식 상태를 넘어가기 시작하는 움직임이다. 일상의 기반은 삶의 지속성이다. 이 기반에 서 있는 것이 삶의 일상성에 대한 의식이다. 이 사실과 의식의 혼합으로서의 일상성은 인생을 지탱하는 바탕이면서, 그 나름의 구조를 가지고 있다. 거기에는 몇 개의 층위가 있는 것으로 보인다. 그 층위는 가시적이 되기도 하고 시대적인 변형 속에 보이지 않게 되기도 한다.

삶의 시간적 지속/육체와 의식 일상적 삶의 절대적인 조건으로서의 지속은 물론 시간적 지속이다. 지속은 현재의 시간에서 현실화된다. 현재를 떠난 삶이 없다는 것은 삶의 가혹한 조건의 하나이다. 현실화의 시간 또는 현재라는 시간의 단위가 어떤 것인가는 분명치 않다. 그것은 일단 육체적 행위의 범위로 규정된다고 할 수 있다. 그러나 그것은 다시 최소의 한계라는 관점에서는, 육체적 삶의 최소 단위라고 할 수 있는 세포의 삶 — 그 안에서의 화학 물질의 상호 작용에 필요한 나노(nano) 시간에 의하여, 그리고 그러한 작용들의 총체가 생명 현상을 유지하는 데 필요한 시간에 의하여 한정된다고 할 수 있다. 사람이 어떤 사고를 당하고 육체에 상처를 입게 된다고 할 때, 그것이 회복 가능한 것이냐 아니면 치명적인 것이 되느냐 하는 것은 육체 기능의 유기적 통합성에 의하여 정해지는 것이다. 그리고 이 유기적 통합성은 일정한 서열을 가지고 조직화되어 있다. 가령 심장 마비의 경우, 마비 상태가 20분에서 40분 내에 회복되지 아니하면 치명적인 결과가 된다. 심장 기능의 관점에서는 의미 있는 삶의 지속은 이러한 시간에 의하여 제한된다고 할 수 있다. 그러나 신체 부위의 어떤 상처는 그만한 중요성과 시간적 제한을 갖지 아니한다. 사람이 가진 의미 있는 현재적 시간은 신체적 기능을 총체적으로 종합하고 그것이 의식으로 옮겨진 체감(coenesthesia)에 의하여 정해진다고 할 수 있다. 이 체감의 시간은 물론 신체 기능의 시간에 반드시 일치하지 않는다. 그러나 그것은 생명의 지속을 위한 인간의 행동적 대응에서 중요한 단위를 이룬다고 할 것이다.

사람은 단순히 느끼고 일을 받아들이는 존재가 아니라 행동하는 존재이다. 행동의 시간은 체감의 시간보다 조금 더 큰 것이 될 수 있다. 행동은 단순한 육체적 움직임일 수도 있고 조금 더 추상적 계획을 실행하는 것일 수도 있다. 이 관점에서 볼 때, 사람에게 의미 있는 지속으로서의 육체의 시간도 예견하거나 통제할 수 있는 환경의 총체에 이어져서 확장된다고 할 것이다. 지금 내가 어느 지점을 향하여 간다고 할 때, 나에게 참으로 현재적인 시간이 되는 것은 내 팔다리의 움직임이 이루어지는 시간이지만,

그 움직임의 동기는 내가 어느 지점까지 가고자 하는 것이기 때문에, 거기에는 미래에 대한 예상—실현 가능한 미래의 예상이 들어 있다. 그러니까 나의 현재의 시간에는 미래가 투입되어 있다. 이 미래는 그 현실성과의 관계에서 현재에 섞여 들어간다. 행동의 현재는 미래를 포함한다. 앉아 있던 내가 일어나서 물건을 집어 오는 것은 거의 현재의 일부이다. 그러나 이웃집을 방문하기로 하였을 때, 그것이 발로 걸어서 갈 수 있는 거리라면, 미래 속에 있는 나의 행동의 현재성은 비교적 확실하지만, 그 거리가 어떤 교통수단을 이용하여야 하는 것이라면, 그것은 조금 더 현재적인 성격을 떠나서 미래를 예상하는 계획이 될 것이다. 이러한 계획은 더욱 확대될 수 있다. 그러면서도 그것은 대체로 육체적 자아에 관계되어 있거나 육체가 기저를 이루고 있는 자아의 의식—의식이라기보다는 자아의 느낌에 관계되는 한에 있어서, 나의 현재의 시간에 이어져 있고, 현재적 시간의 절실성을 가진 것이 된다. 그러면서 그것은 더욱 먼 그리고 복잡한 미래로 확장될 수 있다. 그때 현재 시간의 절실성이 감소되는 것은 불가피하다. 가령 스스로의 건강을 생각하고 장래의 직업을 생각하는 것은 현재적이면서도 미래에로 넘쳐 나는 계획이다. 이러한 생각은 지금의 문제에 이어져 있을 때, 현재적인 절실성을 갖는다. 그러나 나의 생각과 행동은 다시 확대되어 사회 변화 속에서의 나의 직업의 미래에 대한 일반적 예측이 되고, 더 확대되어, 그것에 관계되면서도 보편적인 함축성을 가진, 사회적 계획에의 참여가 될 수 있다. 다만 이러한 미래의 전망은 현재에 사는 모든 사람에게 절실한 것은 아니다. 그리고 그에 따라 느끼고 생각하고 행동하는 동기가 되지 아니한다.

삶의 목적/삶의 사실성 물론 잠재적으로는 그러한 전망은 사람의 행동의 지평을 이룬다. 이 지평은 현실적으로 나의 계획의 실현 가능성에 대한 사회적·물질적 조건을 말하는 것일 터인데, 어렴풋하게나마 의식되는 것일 수도 있고 세상에 대한 신뢰로서 전제되는 것뿐일 수도 있다. 이 지평의 한계를 이루는 것은 철학적·형이상학적 성격을 갖는다. 결국 나의 행동 전략은 나의 삶 그리고 인간의 삶의 방식에 대한 일반적인 견해와 태도에 의하여 테두리 지어지는 것이기 때문이다. 나의 행동은 궁극적으로는 삶 자체의 의의에 대한 보다 직접적인 고려의 테두리 안에서 정해진다. 그것은 인간 행동을 수단의 차원에서가 아니라 목적의 차원에서 보는 것이 된다. 이 점에서, 철학적·형이상학적 차원에서의 직관이나 사변도 삶의 실용적 기획 안에 보이지 않는 전제로서 포함된다고 할 수 있다. 다시 말하여 그것은 추상적인 것이면서도 구체적인 인간의 실존을 떠나지 아니한다. 사람의 생존의 밑에는 삶 그 자체의 가치에 대한 동의가 있고, 삶의 진화적 충동에 대한 긍정이 있다. 철학적 탐구는 이것을 보다 의식화한 것이다. 물론 이것은 보다 근원적인 차원에서 삶의 현존재에 의하여 수정·보완됨으로써 의미 있는 것이 된다. 모든 삶의 영위와 의식은 삶의 사실적 절대성에 기초한다.

개체적 존재와 생물학적 범주/현상학적 공간과 그 지표 그런데 인간의 생존이 여러 차원에서의 테두리를 포함한다고 할 때도, 그 성격에 따라 또 그것이 인간의 삶에 매개되는 방법에 따라, 삶의 체감의 일부가 되고 또 그 빼어 놓을 수 없는 조건이 되는 것이 있다. 앞에서 말한 행동적 계획에서의 큰 테두리는 선택의 가능성을 허용하는 테두리이다. 그것은 내 생존의 구체적인 현재적 순간과 반드시 필연성에 의하여 묶여 있지 아니한다. 이에 대하여, 구체적 생존의 큰 테두리이면서 필연적인 또는 거의 필연적인 것이 있다. 그 테두리에는 육체적인 근거에 서 있는 것이 있고 현상학적으로 인지되는 존재론적인 것이 있다.

인간 생존은 그 가장 기초적인 요소들에서도 개체적 구체성에 한정되어 지속될 수 있는 것이 아니다. 인간의 육체는 개체의 물질적 토대이지만, 생물학적인 종(種)의 일부로서 존재한다. 그러니만큼 개인의 육체는 생물학적 법칙의 지배하에 있다. 그리고 이것은 다시 생화학과 화학 법칙에 지배된다. 이러한 법칙적 체계로서의 육체는 바깥 세계에 열려 있음으로써만 스스로를 지속할 수 있다. 즉 그것을 가능하게 하는 것은 바깥과의 대사적(代謝的) 교환이다. 그러나 이러한 것들은 의식의 존재로서의 개체성의 바탕에 있고, 아마 암암리에 그의 체감의 차원에 그림자처럼 스며 있는 것이겠지만, 반드시 의식되는 것이라고 할 수는 없다.

이에 대하여 인간의 육체와 의식의 밖에 존재하면서도 거의 자아의식의 일부가 될 만큼 항수적(恒數的)인 것이 존재한다. 사람의 자아에 대한 의식의 현상학적 성찰은 그것이 배경을 이루는 공간 안에서 의식된다는 것을 드러내 준다. 사람은 반드시 공간 안의 어떤 자리에 있다. 그것은 실천적 존재로서의 사람의 존재론적 요건이다. 가장 간단한 몸의 움직임에서도 사람은 공간을 전제한다. 또 그 움직임이 조금만 커져도, 몸은 공간과의 관계에서 그 위치를 정위(定位)할 수 있어야 한다. 한 발로 서서 눈을 감으면 직립 자세의 균형을 유지하기가 힘들어진다는 것은 사람의 일상적 경험이다. 이것은 현상적 자아의식이 공간을 포함한다는 간단한 예가 될 것이다. 의식하지 않아도 서 있는 자세는 보이지 않게 주변 공간의 좌표를 자세의 가늠자로 사용하는 것이다. 이러한 공간적 가늠은 육체적 필요를 넘어서 실존적 필요라고 할 수 있다. 즉 직립 이상의 행동보다 복잡한 육체적 움직임 그리고 일반적으로 삶의 영위에서도 신체적 직립을 위한 공간의 가늠자 그리고 그보다 넓은 실존적 자세를 위한 가늠자가 필요한 것이다. 이렇게 보면, 일상생활은 직접적인 사실이면서도 그것을 넘어가는 틀 속에 있고 그것에 의하여 영향을 받고 또 이러한 것을 포함하는 의식에 의하여 삼투되어 있다고 할 것이다. 일상생활의 시간은, 대상적으로 의식되든 아니 되든, 나노 시간 단위로부터 넓은 사회적·우주적 시간으로 확장되어 존재한다. 다만 그 핵심의 단위, 그때그때의 느낌, 일정한 테두리의 여러 요인들이 이루는 체감 그것을 넘어가는 큰 테두리들은, 이 구체적인 기반에 침전·삼투하는 방식으로만 일상이라는 삶의 평면을 구성한다고 할 수 있다. 일상의 삶은 안정을 위하여 직접성과 큰 차원의 혼합으로 이루어지는 기반을 요구한다. 이것은 단순한 사실이면서 실존적 요청이다.

이렇게 보면, 사람의 삶의 조건을 이루는 큰 테두리에 대한 과학적이거나 사변적인 생각들도 인간 실존의 기본적인 요청이란 관점에서 이해될 수 있다. 어떤 큰 생각들은 이러한 기본적인 요청에 더 가깝고 다른 어떤 것들은 더 멀다. 멀고 가까운 기준은, 일상성의 관점에서는, 사람의 감각적 경험 안에 직접적으로 현존하느냐 하지 않느냐 하는 것이다. 어떤 철학적 인간학은 곧 가시적인 우주론이 되어 추상적이면서도 신체적 인식의 일부가 된다. 가령 성리학의 우주론에 나오는 하늘과 땅과 같은, 시각적으로 확인할 수 있는 —큰 환경의 틀은 매우 구체적인 공간의 지표이기도 하다. 이 천체가 보여 주는 좌표는 현상학적 몸의 의식의 자연스러운 전제라고 할 수 있다. 사람의 공간 인식에서 상하(上下)로 갈라지는 공간의 인식은 기본적인 실존적 필요이다. 이것은 상하를 가려서 그리지 않는 미술 작품이 없는 것과 같은 데에서도 확인할 수 있다. 하늘과 땅이라는 공간은 상하의 공간에 이어진다. 하늘과 땅은 사람이 육체적으로 확인하고 느끼는 실존적 공간으로서는 가장 큰 것이 된다. 그러면서도 그것이 사람의 실존적 배경의 전부는 아니라는 의심이 없을 수 없다. 그리하여 하늘과 땅은 보다 큰 공간을 시사하는 표지물로서 알레고리화되고 상징화되어 보다 형이상학적 성격을 띠게 된다. 그것이 성리학에 나오는 하늘과 땅이다.

퇴계가 『성학십도(聖學十圖)』에서 인용하는 주돈이(周敦頤)의 구절은 인간의 의식과 행동의 지평으로서 하늘과 땅을 말한다. "성인은 하늘과 땅의 덕을 합하고 해와 달의 밝음을 합하고 네 계절의 질서를 합하고 귀신과 더불어 길흉을 합한다." 이것은 비단 성인뿐만 아니라 모든 사람의 삶을 에워싸고 있는 공간적 지평 그리고 기본적 틀의 좌표를 말한 것이라 할 수 있다. 그러면서 그것이 성인에 이어지는 것은 그것이 세계를 다스리는 형이상학적 원리를 대표하기 때문이다. "천지 일월사시귀신(天地日月四時鬼神)의 사자(四者)", 곧 하늘과 땅, 세상을 밝히는 빛, 사계절의 변화가 사람의 삶의 영위에 기본이고 큰 틀임은 틀림이 없다. 물론 이 가운데, 귀신은 현대적인 관점에서는 빼야 하는 것인지 모르지만, 그것을 사람의 삶에 없을 수 없는 삶의 불확실성을 지칭하는 것으로 해석한다면, 그 나름으로 의미가 없는 것은 아니다. 이와 동시에 불확실성이 귀신과 관계있다고 한 것을 달리 해석하면, 거기에 우연적인 것만이 아닌 이치가 있으며, 성인은 그것을 초월할 수 있다는 뜻으로 해석할 수 있다. 조금 더 단편적인 것이기는 하지만, 칸트가 인간의 삶의 지배하는 윤리적 규범을 말할 때도 구체적인 공간과 그것의 상징화를 볼 수 있다. "생각할수록, 나의 마음을 늘 새로운 감동과 두려움으로 채워 주는 두 가지 것이 있다. 그것은 머리 위의 별들이 있는 하늘과 내 마음속에 있는 도덕률이다." 『실천 이성 비판』에서 칸트가 한 이 유명한 말에서, 별이 있는 하늘은 사람의 생존의 지평을 말하고 도덕률은 그에 상응하는 마음의 중심축을 말하는 것으로 취할 수 있다. 이것은 물리적 사실이며 심리적 확신이면서, 동시에 삶의 원리의 안정성을 형이상학적 차원에서 보장한다.

반복과 주기/삶의 역정 앞의 주돈이 인용을 다시 생각하면, 열거된 사자(四者)에는 변함없는 항수가 있고 반드시 그러한 것이 아닌 것이 있다. 그리고 이 후자는 다시 반복되는 것과 보다 불확실한 것으로 나누어진다고 할 수 있다. 불확실성은 인간 실존의 가장 큰 요소일 것이다. 그러나 그것은 항수와 반복에 의하여 완화된다. 계절은 반복적 성격을 가진 항수의 대표적인 것이다. 여기에다 조금 더 나날의 변화하는 틀을 추가한다면, 해가 지고 뜨는 일이나 날씨의 좋고 나쁜 것 같은 정도가 다른 반복에 속한다. 여기에 보탠다면, 반복은 다시 주기(週期)라는 말로 추가적으로 설명되어야 할 수도 있다. 나날의 반복에 비하여, 네 계절은 일정한 진행의 궤적을 가진 것이기 때문에 주기적으로 돌아오는 것으로 생각할 수 있다. 그러나 참으로 중요한 주기는 개체적 삶의 주기 또는 심리학자들이 '삶의 주기(life cycle)'라고 부르는 삶의 역정(歷程)이다. 여기에는 생사(生死)라든지 생로병사(生老病死)와 같은 삶과 죽음의 주기가 있다. 『논어』의 「위정(爲政)」 편에 나오는 잘 알려진 구분으로, 15, 30, 40, 50, 60, 70을 획하여, 지학(志學), 이립(而立), 불혹(不惑), 지천명(知天命), 이순(耳順), 종심(從心) 등의 특징을 갖는 연령대(年齡帶)로 말한 것도 그 나름으로 삶의 주기적 역정을 그려 낸 것이다. 이것은 세대의 연속성을 통하여 보면 반복이지만, 개체로서는 일정한 역정이다.

일상 행위/의식주 반복과 주기는 대체로는 저절로 일어나는 일이고 사람은 그에 대하여 수동적인 위치에 있다고 할 수 있다. 여기에 대하여 사람들이 능동적으로 작용하여서 유지해야 하는 것들이 있다. 예로부터 삶의 필요를 표현하는 말로 의식주와 같은 것이 사람의 노력을 통하여 반복적으로 획득·유지되어야 하는 삶의 조건들이다. 여기에 추가할 수 있는 것은, 반드시 생물학적 필요에 직접적으로 이어지는 것은 아니지만, 자고 일어나고 씻고 정리하고 하는 일들이라 할 수 있다. 이것은 문화적으로 결정되는 것이면서도 모든 인간 조건에 따르게 마련인 작은 동작들이다. 이러한 것들의 정형화에 대한 관심의 강한 표현을 발견할 수 있는 것이 『소학』과 같은 유교의 경전이다.

일상의 크고 작은 차원 앞의 여러 차원과 요인이 일상성 속에 스며들어 일상성에 수반되는 사람의 의식이 된다. 그러나 그것들이 일상적 의식 속에서 다른 비중으로 존재하는 것에 주의할 필요가 있다. 앞에서 말한 것처럼 큰 차원을 분명하게 의식하는 것은 종종 삶의 지혜로 간주된다. 그리고 그것은 사람의 일에 어떤 안정감과 만족감을 준다. 큰 차원을 의식하는 것은 실존을 규정하는 요인들의 근본 또는 전체에 이른다는 것을 말한다. 만족감은 자신의 삶의 전체를 제어하고자 하는 사람의 욕구 — 생존의 안정적 환경의 확보에 관계되는 것인지 모른다. 그것은 또한 보다 정신적 의미를 갖는 것으로 볼 수도 있다. 일상적인 일에서 우리가 가장 많이 의식하는 것은 생존을 위하여 하지 않으면 안 되는 일의 반복적 성격이다. 그것은 대체로 지루하고 하찮다는 느낌을 준다. 그런데 이것이 큰 차원에 연결될 때, 그것은 작은 일상적인 일에도 그 나름의 위엄을 부여한다. 즉 우주적 필연성을 얻은 인간 존재의 필요로서의 현상학적 공간 그리고 실존적 환경은 그 안에서 이루어진 작은 일들에 그 무게를 빌려주게 된다. 또는 이러한 큰 시공간의 환기는, 윤리적 당위성의 기초로 취하지 않는 경우라도, 니체의 운명에 대한 사랑(amor fati)처럼, 작은 일들을, 받아들여야 하는 또는 사랑하여야 하는 운명의 한 부분으로 생각하게 한다.

크고 작은 차원의 분리 그러나 사람의 일의 크고 작은 차원을 한 번에 의식 속에 지니는 것은 쉽지 않은 일이다. 그리고 그것 자체가 지루한 일이 될 수도 있다. 많은 경우 이 다른 두 차원에 대한 의식은 전문화되고 별개의 탐색과 시험의 과정을 구성하게 된다. 그리고 종종 두 다른 차원은 다른 가치 배분을 가지게 되고 그에 따른 신분 제도의 차별의 이유가 된다. 그러면

낮은 차원의 일상적 일은 더 낮은 신분의 또는 더 낮은 의식의 사람의 일이 되고 높은 차원의 오의(奧義)는 보다 발달된 의식과 그것을 관장하는 사람들이 전유하는 것이 된다. 사람의 삶의 여러 차원을 하나로 묶는 일은 사람의 마음에 내재하는 깊은 형이상학적 본능이다. 그러면서도 그것은 큰 차원에의 초월 그리고 작은 차원에서의 함몰—이 둘로 분리된 현실 속에 방황하는 경우가 많은 것이다.

3

사회 변화와 일상성의 큰 차원 통합 또는 분리, 어느 쪽이든 앞에서 말한 일상적 삶의 크고 작은 차원들은 사람의 삶에서 항수적인 성격을 가지고 있는 것으로 언급한 것이다. 그러나 이러한 차원들은 사회와 역사의 변화에 따라서 변화한다. 일상과 그 지평에 대한 의식은 사회적으로 형성된다. 앞에서 이것을 개인의 삶과 그에 대한 의식을 중심으로 말한 것은 하나의 속기술에 불과하다. 삶에 대한 의식은 사회의 문화적 집적과 삶의 물질적 조건에 매개된다. 이 매개 작용에는 사회의 위계질서의 편의를 위한 이데올로기적 조작이 포함된다. 지배 체제는 대체로 인간의 생존 조건과 그것의 우주적 지표에 의하여 정당화된다. 그러니만큼 일상생활이나 그에 대한 의식 또는 그것을 일반화한 철학이나 형이상학 또는 우주론도 시대에 따라 달라질 수밖에 없다.

앞에서 말한 바와 같이 사람의 일상적 삶에서 가장 두드러진 것이 나날의 삶의 유지—의식주를 위한 삶으로 구성된다는 것은 누구나 쉽게 인정할 수 있는 일이다. 그러나 그 내용이 옛 농업 경제 시대와 현대의 산업 사회에서 크게 다른 것임은 말할 필요도 없다. 이것은 생존 유지의 직접적인 필요를 넘어가는 큰 차원에도 해당된다. 수렵이나 채취 또는 농경이 삶의 기본 수단이 되는 시대에, 천지일월 사계절은 철학자나 성인이 아니라도 일반적으로 삶의 테두리로 의식되는 사실이라 할 수 있다. "천지(天地) 조판(肇判)하니 일월성신(日月星辰) 비최도다."로 시작하는 「농가월령가」는 실용적 내용을 주로 하는 시 또는 농업의 지침서이지만, 전통적·철학적 우주론에서 보는 바 천지, 일월성신, 절후와 같은 시공간의 표지에 대한 언급으로 시작된다. 여기에 전통적 우주관의 영향을 간과할 수는 없지만, 동시에 그것은 일상생활의 영위에서도 주의를 요하는 삶의 기본적 사실을 언급하는 것이다. 이에 대하여 이러한 농업 시대의 시공간의 증표는 현대에 와서는 많은 사람들의 의식의 지평에서 흐릿한 것이 되었다고 할 수밖에 없다. 삶의 환경이 달라진 것이다. 또는 그 필요가 없어졌다고 할 수도 있다. 그러나 깊은 실존적 필요 — 실존의 공간적 확인 그리고 거기에서 얻어지는 충족감에 대한 요구가 완전히 사라진 것은 아니다. 현대적 일상의 우울증은 다분히 여기에 관계된다고 할 수 있다.

앞에서 시사한 바와 같이, 신체 의식에 부수하는 현상학적 공간은 구체적이면서 추상적 삶의 지평 전체를 포함한다. 모든 실존적 움직임에는 현실로서 또는 상징적 차원에서 지평이 수반된다. 이 지평, 공간 또는 큰 차원이 부재한 상태에 있을 때, 일상적 삶의 안정감은 크게 감소된다. 그러나 어떤 경우에나 이에 대한 탐색이 그치는 것은 아니다. 삶의 일상적 세말사를 넘어가는 차원의 고양감은 비일상적인 형태의 추구가 될 수도 있다. 마약을 통하여 얻어지는 절정감, 종교에서의 '대양적 일체감(oceanic feeling)' 또는 문학 작품에서 더러 나타나는 (평범한 일에서의 돌연한 의미의 계시로서의) '에피파니(epiphany)'의 체험 등은 그러한 초월적 요구 충족의 단편화된 형태들이다. 보다 일상적인 차원에서 삶에 방향을 주고 그것을 통합해 줄 큰 차원이 쉽게 보이지 않을 때 어떻게 할 것인가? 그때 일상적 삶의 가속화가 그러한 추구를 대신한다고 할 수 있지 않을까 한다. 또는 일상생활을 전체로 설명해 주는 듯한 이데올로기가 중요해진다. 이 이데올로기는 현상 자체를 설명해 주는 이론이기도 하고, 그것을 적대적으로 개혁하고자 하는 이론의 체계이기도 하다.

산업 사회의 일상성 산업 사회의 과학 기술은 인간 생존의 원초적인 조건들을 바꾸어 놓았다. 이 새로운 조건은 전근대적 공간에 대한 직관이나 거기에 기초한 상징체계를 의미 없는 것이 되게 한다. 도시의 밀집된 건조물 안에서 그리고 그 사이에서 사람들은 하늘과 땅을 농촌에서와 같이 가까운 것으로 느낄 수 없다. 해와 달이 세상을 비추어 주는 빛의 근본이었다면, 도시 문명의 인공조명은 해와 달로 하여금 그러한 기능적 의미를 상당 정도 상실하게 한다. 또 해와 달은 — 또는 적어도 해는 사람의 삶의 일상적 영위에서 일정한 시간 단위를 밝혀 주는 것이었다. 그러나 그 기능도 세부적인 의미에서는 시계에 의하여 대체된다. 계절도 난방의 발달로 인하여 상당 부분 직접적인 삶의 조건의 의미를 잃는다.

제일 중요한 것은 생존의 수단이 농사와 땅을 떠났다는 사실이다. 산업화와 시장 경제 체제하에서 생존의 수단은 땅이나 자연과 자연에서의 노동이 아니라 공장이나 사무실 그리고 거기에서의 노동 그리고 그 대가로 지불되는 임금에 관계되고, 임금은 다시 시장에서 구입할 수 있는 물품을 통하여 보다 직접적인 생존의 수단으로 전환된다. 계절은 농사에서 참조하지 않을 수 없는 가장 기초적인 조건이었다. 그러나 도시에서 일은 전적으로 계절의 리듬과 무관한 것이 된다. 땅은 대부분의 사람들에게 원초적인 생존의 수단인 경작지로서의 기능을 상실한다. 뿐만 아니라 도시의 콘크리트와 아스팔트에서 땅이 발밑을 지탱해 주는 기반이라는 것도 느끼기 어렵게 된다.

삶의 공간이 자연 공간을 떠난 것과 같이 삶의 시간도 자연의 리듬을 떠난다. 일상성이 되풀이로 이루어지는 것은 농업 사회에서나 산업 사회에서나 마찬가지다. 다만 이 되풀이는 산업 사회에서 완전히 기계적인 성격을 띤다. 지각의 삶 자체가 기계화된다. 해가 지고 뜨는 것에 맞추어 생활하는 것이 아니라 시계에 따라 생활한다는 것은 삶의 시간이 나의 제어하에 들어온 것처럼 느껴진다. 그러나 그 시계가 효율적이려면, 그것은 사회에서 중개해 주는 표준 시간에 의하여 끊임없이 재조정되는 것이라야 한다. 삶의 조직의 합리화는 전반적으로 삶의 자연스러움을 파괴하고 그 객체화를 증가시킨다. 사람은 자기 일을 독립적으로 하는 경우에도 전체적으로 노동 조직의 그물 속에 편입되어야 한다. 그리하여 기계화된다. 국가 행정 체제의 합리화는 삶을 질서화하고 위계질서적 사회에서의 억압 관계를 조금 더 규제하는 것이 된다. 그러나 그 대신 일반 국민은 그 체제의 일부로서 의무를 다해야 한다. 등록, 신고, 납부 등의 의무는 관료 조직의 하부 집행자가 되게 한다. 합리화된 행정 체제 속에서 관리와 서민의 관계는 법적인 규제 속에 들어가면서, 이전에 있을 수 있었던 인간적 관계의 유연성은 상실된다.(뇌물 수수는 규칙과 인간관계의 기이한 혼융에서 생겨난다.) 얼핏 보기에 삶의 편의를 증가시키는 듯한 전자 소통의 체제는 관리 체제의 일의 더 많은 부분을 일반 서민에게 떠넘김으로써 서민을 완전히 그 체제의 하수인이 되게 한다. 최근의 전자 통신 매체를 통한 관료 체계 또는 관리 체제와의 소통을 시험해 본 사람이면, 적어도 그것이 얼마나 비인간적인 것인가를 알게 될 것이다. 전자 통신 수단의 발달이 완성하는 이러한 인간 생활의 체제 종속화는 합리화, 즉 인간적 삶의 행정 체제화의 최종 단계라고 할 수 있다.

삶의 완전한 체제화나 전체적인 삶의 조직화는 노동 시간과 그에 관계된 삶의 부분에서 더욱 강화되어 나타난다. 그것은 삶의 일부를 그대로 떼어 내는 일을 한다. 시계의 시간으로 규정되는 노동 시간 또 그 시간의 인공적인 가속화 — 일찍이 테일러주의(Taylorism)라고 불렸던 시간의 합리화는 작업에서 자연스러운 리듬을 빼앗아 간다. 최근의 '구조 조정'을 통한 작업량의 증가는 이것을 더 철저하게 하는 것이다. 그리하여 시간은 — 가령 농촌에서의 노동과 달리 — 나의 삶의 시간이 아니라 노동의 시간이 된다. 도시에서 교통에 드는 시간은 노동 시간에 더하여 타율의 시간을 증가시킨다. 물론 이러한 이동이 필요한 것은 직장이 집으로부터 멀리 있기 때문이다. 사람들은 사회가 조직해 놓은 노동의 구역으로 움직여 가야 한다. 노동은 집이나 공동체와 별개로 설정된 공간에서의 노동이다. 그것은, 기계화된 노동의 일과와 함께, 일상적 삶의 가장 중요한 부분을 자신의 영역 밖으로 밀어낸다. 공동체적 인간관계의 위안도 물론 감소한다. 사람들의 사회에서 공동체의 구체적인 형태로서의 동네는 무의미한 것이 된다. 노동은 이러나저러나 생활의 일부가 아니라 별개의 소외 영역에서 이루어지는 고역이다. 노동의 대상도 그 자체로는 생존이나 노동자 자신의 창조성과는 별개의 것으로 밖으로부터 주어진다. 도시라는 공간 자체가 소외의 삶을 강요한다. 거기에서 사람들은 교통의 필요에 종속된다. 유기적 성격을 잃어버린 도시의 사람들과 잡다한 소음과 사물과 그것들의 유혹은 주체적 삶의 통일성을 유지하는 것을 어렵게 한다. 그리하여 삶은 유기적 통일성 속에서가 아니라 단편들의 모음으로 존재한다.

일상성과 전체성 이와 같이 일상생활, 외면적으로 촉진되는 현대적 삶의 속도와 잡다함은 사람을 그 안에 완전히 함몰되게 하면서도 그 안에 정착할 수 없게 한다. 이러한 현대적 일상생활에서 어떻게 하여 통일성이나 전체성이 가능할 것인가? 그것을 넘어가는 큰 차원은 무엇인가? 일상적 노동의 삶은 삶의 거의 전부가 되고 거기에 다른 차원이 개입될 여지가 없는 것으로 보인다. 그러나 큰 테두리에 대한 형이상학적 그리고 현실적 욕구는 없어진 것이라고 할 수는 없다. 또는 그것은 쉽게 손에 잡히지 않는 것인 만큼 더욱 강화된다고 할 수도 있다.

노동이 삶의 전부가 된다면, 거기에 대한 보상이 소비이다. 소비는 수동의 삶에서 유일한 능동적 활동이다. 그런데 중요한 것은 소비 생활도 그 나름의 체제를 이룬다는 사실이다. 이것은 소비를 다시 수동화한다. 그러나 그것은 큰 차원의 긍정에 비슷한 만족감을 준다. 궁극적으로 소비의 동기 자체가 체제에서 오고 그 의미도 체제에서 생겨난다. 이것은 특히 여분의 소비라고 부를 수 있는 소비, 생활에서 최소한의 필수품이 아닌 것 그리고 그것을 넘어가는 물품을 구매·소비하는 경우에 더욱 분명하다. 여분의 소비 대상이 되는 것은 심미적인 가치를 내포하는 물품 — 필수품일 수도 있고 단순히 허영의 상품일 수도 있는, 필수 이상의 상품들이다. 심미적 가치는 그 자체로 의미가 있는 것이라기보다, 사회가 부여하는 것을 개인이 차용하는 가치이다. 소스타인 베블런(Thorstein Veblen)의 '과시적 소비'는 소비의 사회적 의미를 지적한 유명한 개념이지만, 덧붙여 지적할 것은 이 과시가 개인적인 선택에 의한 것이라기보다는 사회 체제에 의하여 인정된 것들의 소비를 의미한다는 점이다. 적어도 베블런 이후 소비 생활의 조직화에서는 그러하다. 소비는 일반적으로 실용의 범위를 넘어 사회적 인정의 표지가 되고 그것을 내면화한 사람에게 자기의 가치를 높여 준다. 즉, 소비 상품의 소비는 소비자로 하여금 사회의 인정 체계 — 부와 사회적 지위가 결정하는 사회적 인정의 체계에 속할 수 있게 한다. 그런데 이 소비의 대상이 소비 체제 속에서 일정한 자리를 차지하고 있을 때, 인정의 체제로서의 소비는 더욱 두드러진 중요성을 갖는 것이 된다. 여기에서 이른바 명품의 소비가 적극적 의미를 갖는다. 그것을 통하여 사람들은 일상성의 모태이면서 그것을 넘어서 존재하는 큰 차원에 접속하고 그것을 확인할 수 있게 된다. 이러한 의미에서 소비 생활의 체제는 소비 사회의 전체성이다. 사람들은 소비를 통하여 이 전체성에 접한다.

소비 체제와 생산 체제 그리고 정치 소비 생활의 체계는 궁극적으로 생산 체제에 종속된다. 소비의 가치 질서를 규정하는 것은 기업과 시장이다. 이것은 실질적인 관계를 말하는 것이기도 하지만, 사회를 인정의 체계라는 관점에서 생각한다면, 심리적인 차원에서의 관계를 말한다. 소비가 사회적 지위에서 중요한 것은 궁극적으로 소비 능력이 생산 체계 그리고 그것의 간접화로서의 금융 체계에서 개인이 확보하는 지분에 의하여 결정되기 때문이다. 이 지분은 개인이 사회적인 힘에 참여하는 데에 지렛대가 된다. 물론 자본주의의 과두 조직에서 보통 사람이 획득하는 생산 소비 질서에서의 지위는 실질적인 것이라기보다는 심리적인 의미를 갖는다. 생산과 소비의 질서는 현실 질서이면서 상징 질서이다. 다시 한 번 사람은 물질적 존재이면서 상징적 존재임을 상기할 필요가 있다.

이 물질적·상징적 체제의 핵심 부분이 정치이다. 정치는 인간을 움직이는 복합적 요인의 매개자이다. 그것은 물질적·사회적인 힘이 보다 상징화된 차원을 구성하여 생기는 결과이다. 그러면서 이 여러 가지를 하나로 통합하여 움직이는 동원 체계이다. 그러나 그것은 주로 상징의 조작을 통하여 총체적으로 작동한다. 그리하여 그것은 심리적으로 말하여 초월적인 상징체계에 근접한다. 물론 현실에서, 그것이 생산 — 그리고 소비의 상위에 있는 독립 변수인지 어떤지는 확실치 않다. 그러나 그 상징적 의미를 과소평가할 수는 없다.

전체성의 이론화 되풀이하건대 사람은 현실적으로 자신의 삶을 전체화할 필요를 가지고 있다. 그것은 계획의 성공을 보장하는 데에 필요하다. 그런

점에서 그것은 현실적 의미를 갖는다. 그러나 이에 대한 필요는 단순히 지적 전체성 또는 상징적 전체성에 대한 것으로 그칠 수 있다. 사실상 삶의 모든 것을 스스로 휘어잡는 것은 가능한 일이 아니기 때문에, 이러한 지적·상징적 요구가 더 중요하다고 할 수도 있다. 물론 그것이 현실적 의미를 가지고 있지 않다는 말은 아니다. 상징과 현실은 여러 차원에서 교차된다. 길을 걸을 때에, 가는 길은 주변과 지평의 관계에서 파악되어야 한다. 그렇다고 이것이 지평 전부를 사실적으로 탐색·조사한다는 것을 의미하지는 않는다. 이것은 다른 삶의 계획에도 적용되는 행동과 의식의 구조이다. 그러한 계획 가운데 포괄적인 것의 하나가 정치이다. 앞에서 말한 바와 같이 정치는 상당 부분은 상징체계를 통하여 움직인다. 그것은 상징적 전체성을 필요로 한다. 그것은 현실 전체를 파악할 필요에서 나온다. 그러나 그 전체성은 현실의 구체적인 움직임에 일치하는 것이 아니다. 그것은 많은 경우, 이론적 또는 상징적 이데올로기의 차원에 머문다. 이 가능성은 구체적인 세부 사항으로 이루어지는 현실과의 부단한 교환이 없을 때 더욱 커질 수밖에 없다. 물론 이 현실과의 간격은 이데올로기를 현실에 부과하는 강제적 힘으로써 메워질 수 있다. 그렇지 않은 경우 그것은 심리적 강요와 자기 위안의 차원에 머문다.

집단적 삶의 공간을 떠나서 개인의 차원에서도, 이미 비친 바와 같이, 전체화의 요구는 삶의 한 부분을 이룬다. 보다 원초적인 삶에서 볼 수 있는 바와 같은, 삶의 지평으로서의 큰 차원에 대한 의식은 더 복합적인 사회에서도 그대로 존재한다. 삶의 사회화가 심화됨에 따라 우주론적인 큰 차원은 집단을 표상하는 여러 가지 범주로 대체된다. 근대 사회에서 큰 차원에 대한 요구는 보다 강하게 사회적 성격을 갖는다 할 수 있다. 사람의 삶이 사회 체제 속에 묶여 들어감에 따라 개인적 일상성을 규제하는 큰 범주는 사회에 있는 것으로 생각되기 때문이다. 이러한 큰 범주 중 가장 중요한 것은 민족이나 국가이다. 그러나 생산과 소비의 조직이 일정한 정도 이상으로 복합적인 것이 될 때, 삶의 테두리로서의 전체성은 집단적 단일성으로 포괄하기 어려운 것이 된다. 그리하여 현실의 전체적 이해는 보다 대중적인 차원에서는 소문이나 소설과 같은 문학 작품 그리고 대중 매체의 뉴스로써 성립되고, 보다 지적인 차원에서는 이론적 탐구 — 사회학, 정치학, 경제학 등의 탐구로써 접근된다.

전체성의 이데올로기 이러한 이론적 전체화 가운데 특별한 위치를 차지하고 있는 것이 위기론적 이데올로기이다. 가령 전쟁이나 역사적 과업 또는 혁명과 같은 상황 또는 상황의 상정은 집단을 쉽게 전체화한다. 모든 인식은 대상화 작용을 요구한다. 사물을 인식한다는 것은 그것을 대상으로 인식한다는 것이다. 대상이란 말의 출처로 생각되는 독일어의 Gegenstand는 그러한 인식의 과정을 드러내 준다 할 수 있다. 이러한 이유로 대상화가 적대화로 보강되는 것은 자연스럽다. 실재하는 것이든 가상적인 것이든 집단에 대한 위협은 적대적인 세력과의 관계에서 사회를 전체로 파악하게 한다. 특히 일정한 혁명적 변화 목표는 전체에 대한 이해를 전제할 수 있어야 한다. 역설적으로 적대적 관점이 이 전체적 이해를 만들어 낸다고 할 수도 있다. 물론 혁명적 도전에 대하여 사회는 방어되어야 할 전체로서 대상화되기도 한다.

방금 말한 바와 같이, 투쟁적 관점에서 이루어지는 삶의 전체에 대한 인식은 많은 사람들에게 현실적 의미를 떠나서도 전체성에 대한 심리적 요구를 충족시켜 줄 수 있다. 마르크스주의의 호소력은 그것이 현실 변화의 계획이면서 심리적으로 모든 것을 설명해 주는 체계라는 데에 있다. 그 매력은 타당성 이전에 전체성에 있다. 자신의 나날의 삶에 함몰되어 있던 트빌리시의 제화공은 어느 날 — 대체로는 고통과 수모의 경험을 통하여 — 전체적인 사회 체제 안에서 노동 계급에 속한다는 것을 알게 된다. 그때 그는 그의 삶이 좁은 일상적 삶의 한계를 벗어나 사회 전체 또는 더 큰 차원으로 열리는 것을 느낀다. 그는 그의 삶을 한정하는 착취와 억압의 체계를 알면서 동시에 큰 사회 체제와 역사에 능동적인 역할을 담당할 수 있다는 것을 안다. 이것은 계급 의식의 의의를 설명하면서 스탈린이 든 예이다. 물론 그에게 중요한 것은 주로 이 의식의 현실적 의미였다. 그러나 그 힘은 상당 부분 심리적 고양감에서 온다고 할 수 있다. 이데올로기는 현실 행동 이전에 이 차원에서 중요한 역할을 한다. 마르크스주의를 통하여 새로운 지적인 지평, 인생의 전망이 열리게 되었다는 것은 많은 마르크스주의자들의 경험이다. 미국의 사회 사상가 링컨 스테펀스(Lincoln Steffens)가 러시아 혁명 직후 러시아를 방문하고, "나는 미래를 보았다. 미래는 현실이다."라고 선언한 것과 같은 말은 새로운 세계를 한눈으로 바라본 감격을 표현한 말이다. 새로운 사상이, '미래', '아름다움', '정의'의 비전을 환하게 보여 준다고 생각했다는 것은 다른 사람들의 예에서도 볼 수 있다. 이러한 종교적 개종에 가까운 체험은 물론 단순한 정서적 감동이라기보다 지적인 개안(開眼)에서 오는 감동이다. 마르크스주의가 아니라도 이론적 일관성을 가진 이데올로기는, 적어도 개종자에게는 세계와 역사의 모든 것을 설명한다. 확신의 출발 자체가 반드시 논리적이라고 할 수는 없지만, 사람들의 확신은 쉽게 논리적 일관성에 의하여 현실 전체를 설명하는 체계로 발전할 수 있고, 또 그것은 현실을 대체한다. 지난번 선거에 대한 추상적 설명을 비롯하여 많은 지식의 현실 이론은 이러한 이데올로기에 의한 현실 대체 현상의 일부라고 할 수 있다. 물론 이렇게 말하는 것은, 길잡이로서의 지평 의식처럼, 현실의 전체를 설명하는 이론들이 현실 정치와 권력에서도 필수적인 기능을 갖는다는 것을 부정하는 것은 아니다. 다만 그것은, 이미 말한 바와 같이, 다양하고 복잡한 현실에 의한 수정을 통해서만 진정한 현실 타당성을 갖는 것이 될 수 있다.

일상적 삶에서의 전체성의 역설 그것이 어떤 것이든지 간에, 전체성은 복합적 사회에서 사람들을 압도하는 일상으로부터의 탈출을 가능하게 한다. 그러나 일상으로부터의 탈출은 언제나 역설적 과정이다. 생물학적 존재로서의 인간은 매일매일 또는 매순간의 유지 보전의 작업으로부터 완전히 자유로울 수가 없다. 그것을 완전히 벗어난다는 것은 허상에 불과하다. 큰 종교적인 깨달음 후에도 다시 일상의 작업으로 돌아와야 한다는 것은 전근대 사회에서의 종교적 구도자의 큰 고민의 하나였다. 그러면서도 전체성은 분명하게 존재하는 것으로 또 구체적으로 존재하는 것으로 느껴진다.

현대에 와서 일상성 탈출은 어느 때보다도 역설적인 것이 된다. 정치는 언제나 일상으로부터의 탈출의 한 방법이지만, 그것은 초월에의 통로는 아니다. 현대 정치는 일상적 삶의 향상으로 정당화된다. 민주주의 정치에서 정치의 명분은 사람들의 일상적 삶의 향상이다. 향상되는 일상생활의 총계가 그 전체이다. 그것은 다른 차원을 이루지 아니한다. 그 전체는 정치나 이데올로기로 존재하지만, 그것은 다시 일상생활로 돌아온다. 소비주의가 일상의 최고 형태라고 할 때, 개인의 삶의 관점에서 일상생활로부터의 탈출은, 이미 비친 바와 같이, 일상생활을 가속화하는 일이다. 농업 사회의 들에서 일하는 사람은 그의 삶의 궁극적인 테두리인 천지일월, 사계절에 언제나 접할 수 있는 것이지만, 전체로서의 생산 소비의 체제는 소비의 차원에 머무를 뿐, 전체성을 구체적으로 접하게 하지는 않는다. 차원을 달리하는 최종적 범주는 늘 부재이다.

4

일상생활의 긍정과 그 문제점 그럼에도 불구하고 산업화 그리고 사회의 전체적인 합리화와 더불어 일상생활 자체가 중요해진 것은 역사적 발전이라고 해야 할 것이다. 전근대 사회에서 일상생활은, 적어도 사회의 이념 체계나 사회 조직의 관점에서는 전체성의 체계에 예속되어 있었다. 일상적 삶은 세상의 큰 의의를 관장하는 삶의 공공 광장에서, 말하자면 전근대적 여성의 삶이 그래야 했던 것처럼, 은폐되어 있어야 마땅했다. 찰스 테일러는, 서양에 있어서의 근대적 자아와 그것을 뒷받침하는 사회적 제도를 분석하는 저서에서 서양 근대성의 특징의 하나로 "보통의 삶의 긍정"을 들고 있다. 여기에서 보통의 삶이란 "삶의 생산과 재생산, 즉 노동, 생명 유지에 필요한 물건 만들기, 결혼과 가족을 포함한 성적 존재로서의 인간의 삶"을 말한다.[1] 즉 우리가 일상생활의 핵심적 요소로 말한 것들로 이루어지는 삶의 기층이 긍정된 것이다. 이것은 삶의 중요성을 전체적으로, 그 어느 부분의 높고 낮음을 가림이 없이, 긍정하는 것이고, 직업과 관심의 높고 낮음에 관계없이 누구나 하지 않으면 안 되는 작업의 긍정이기 때문에 모든 사람의 삶의 고유한 가치를 인정하는 일이고, 인간 사회의 민주적 발전을 의미하는 것이다. 서양 근대성의 소산이든 아니든, 이러한 근대적 발전은 모든 인간을 위한 보편적 발전으로 받아들일 만한 일이라 할 것이다.(물론 그렇다고 이러한 인간됨의 전체적 긍정이 서양의 근대성과의 관계에서만 이루어졌다고 하는 것은 세계사를 너무 일방적으로 보는 일이 되겠지만.)

그러면서도 다시 한 번 이 보통의 삶, 일상적 삶의 긍정이, 그것을 규정

---

1 Charles Taylor, "The Affirmation of Ordinary Life", *Sources of the Self: The Making of the Modern Identity*(Harvard University Press, 1989), p. 211.

하는 전체성, 초월적 차원을 포함하지 않고는 만족할 만한 것이 되지 않는다는 것에 주의하지 않을 수 없다. 보통의 삶의 긍정을 가능하게 하는 서양사의 변증법에서도 벌써 일상성만으로는 삶의 온전한 것이 될 수 없다는 것이 예시된다고 할 수 있다. 테일러의 이해를 따르면, 전통적으로 보통의 삶은 '좋은 삶'과는 다른 것으로 생각되었다. '좋은 삶'이란 아리스토텔레스에서 그리고 대개의 철학자의 삶에 대한 반성에서 정신적 추구, 지적 추구, 귀족적 삶에서의 명예의 추구 등을 중심으로 하는 삶을 의미했다. 그리고 이것은 단순한 생명 유지의 작업과는 구분되는 것이었다. 또 사회의 위계질서는 이러한 삶의 철학에 의하여 정당화되었다.(물론 철학적 구분과 사회적 위계질서의 선후 관계가 반드시 논리적인 선후 관계라고 할 수는 없다.) 보통의 삶에 대한 긍정은 이러한 높은 삶 또는 좋은 삶의 고유한 의미를 해체하는 것이었다. 그러나 이러한 과정의 출발에서 보통의 삶의 긍정은 그 정신적 가치가 새로운 인정을 얻게 됨으로써 가능하였다.

가령 종교 개혁 이후 일상적 노동을 종교적 구원에 직결한 프로테스탄트 신학은 충실한 일상적 삶이 바로 종교적 구원의 의미를 갖는다는 것을 강조하였다.(프로테스탄트 윤리와 자본주의를 연결한 막스 베버의 명제도 바로 이것을 말한 것이다.) 프로테스탄트 신학, 특히 칼비니즘과 같은 교조적 신앙과는 상당한 거리에 서 있다고 할 자연 신학(Deism)도 세계의 모든 것이 신의 법칙적 질서 속에 있다는 것을 설파함으로써 사람의 일상적인 활동이 이 큰 질서 속에 포함되는 데에 정당성을 부여하였다. 그러나 장기적으로는 일상생활에 부여된 높은 의의는 모든 것을 일상생활의 차원으로 환원하는 결과를 가져왔다. 그러면서도 일상생활에 의의를 부여하는 것이 있다면, 그것은 그 자체의 발전을 위하여 일상생활을 보다 합리적인 원리로 조직하는 데에서 생겨나는 의의이다. 여기에서 원리가 되는 것은 개인의 독자적이고 자유로운 의식 속에 있는 이성이다. 처음에 이성은 칼비니즘에서

나 자연 신학에서나 윤리에 밀접하게 연결되어 있었다. 신앙을 통한 개인적 구원을 말하지 않는 자연 신학에서도 이성은 보편적 윤리의 기초로서의 '선의'의 정서에 이어지는 것이었다. 그러나 그것은 곧 세계와 사회의 합리적 이해를 위한 객관적 원리로 한정된다. 그리하여 인간 존재에 있어서의 초월적 차원이나 일상적 차원을 다 같이 하나의 합리적 법칙성 속에서 보는 자연관이 일반화된다. 이 자연관에서 인간은 초월적 차원과는 관계가 없는 욕망과 충동의 존재가 되고, 이성은 그 충족을 위한 기술적 수단이 된다. 그 결과 사회의 삶은 가치 지향을 잃고 단편화된다. 물론 이에 대하여, 인간의 내적 기능, 즉 보다 넓게 이해되는 이성이나 감정 또는 지각을 통하여 전체적인 윤리적 질서나 자연의 초월적 계시를 확인할 수 있다고 하는 사상적 운동들이 없지는 않았으나, 그것은 주류가 된 과학적 합리주의에 대한 반대 운동에 머무를 뿐이었고, 그것이 가치 지향을 잃은 서양 정신의 위기 극복에 성공하지는 못했다.

테일러가 근대적 자아의 역사를 밝히는 의도는 그 출발에 있어서의 정신적 가치를 들추어내고 그 회복의 필요를 강조하려는 것이다. 테일러는 다른 저서들에서, 개인의 주체적 정신에서 그 기초로서의 가치를 되찾고 그것을 공유하는 공동체를 회복함으로써만 서양 정신의 현대적 위기를 넘어서 보다 인간적인 삶을 되찾는 것이 가능하다고 주장한다. 일상적 삶은 여전히 긍정되어야 하는 귀중한 가치이다. 그러나 그것은 주체적 각성과 가치 공동체에로의 지향을 통하여 진정한 인간성 실현의 현장이 된다.

이러한 테일러의 설명은 일상적 삶의 긍정이 일정한 사상사적 발전의 결과였다는 것이다. 한국의 경험으로는 일상성의 긍정은 그러한 정신사적 전개의 결과였다기보다는 사실적인 역사 발전의 과실이었다. 일상적 삶의 경제적 풍요 또는 그 풍요의 꿈이 그것 자체로 일상성의 긍정을 가져온 것이 한국 근대화의 경험이다. 그것을 준비한 것은 고난의 현대사를 통한 전통적 세계관의 소멸이라고 할 수 있다. 모든 전통적 사회가 그러한 것처럼, 전통적 우주론은 일상을 넘어가는 윤리적 필연성의 차원을 중요시했다. 근대화에서 아시아적 가치를 말하는 사람들이 지적하였던 바와 같이, 한국의 전통은 강한 세속주의 요소를 가지고 있었다. 또 실제에 있어서 큰 윤리적 차원은 세속적 가치의 불공평한 배분을 정당화하는 역할로 인하여 중요시되었다고 할 수도 있다. 하여튼 전통적 부귀 사상 그리고 앞에서 말한 바 사자(四者)의 테두리에서의 농업적 삶의 정당화에 들어 있는 세속적 삶의 긍정 — 이러한 것들도 현대적 풍요의 꿈에 기여한 전통문화의 한 부분이라고 할 수 있을 것이다.

그러나 현대적 세속화에도 불구하고 여기에서도 삶의 고차원에로의 승화 자체가 부정되는 것은 아니다. 사실 부귀를 원하거나 풍요를 꿈꾸는 것 자체가 보다 큰 차원에의 그 욕구를 나타낸다. 이 욕구는 분명 일상적 삶의 필요를 넘어가는 어떤 필요의 추구로써 충족된다. 즉 그것이 지향하는 것은 보다 큰 차원이다. 그러나 그 결과는 다른 차원으로의 질적 승화가 아니라 같은 차원에서의 양적 확대이다. 한국의 자본주의를 흔히 천민자본주의라고 말하는 것은 이러한 일차원적 확대 지향을 지적한 것이라고 해석될 수 있다. 일상성 초월의 욕구는 부정할 수 없는 것이면서도 쉽게 단순한 자기 확대의 의지로 타락한다. 이렇게 볼 때, 초월의 욕구가 어떤 형태를 취하느냐 하는 것은 필연적인 것이 아니라 자유 선택의 결과이다. 그렇다고 그것이 개인적 선택으로 끝나는 것이라는 말은 아니다. 그 선택은 삶의 참다운 균형을 위하여서는 개인적으로 또 집단적으로 받아들여야 하는 필연적 요청(Postulat)이라고 할 수 있다.

일상적 삶의 영적 변용 어떤 경로를 통하여 일어난 것이든지 간에, 오늘의 산업 사회에서 삶의 일상성은 긍정과 부정의 양면을 가질 수밖에 없다. 일상성은 보다 큰 차원을 포함하지 않고는 완전한 것이 될 수 없다. 그러나 그것은 쉽게 높은 차원에 의한 일상성의 부정과 위계적 사회의 모순으로 나아간다. 다른 한편으로 무반성적인 일상성 긍정은 일상성 안에서의 허상의 가치의 창조 그리고 그것에 의한 삶의 위계화로 나아간다. 앞에서 비친 바와 같이, 자본주의적 소비주의의 무한한 자기 확대 그리고 빈부 격차의 사회가 그 결과이다.

20세기의 서구 사상가 가운데 일상성의 문제를 핵심적인 분석 대상으로 삼은 앙리 르페브르(Henri Lefebvre)는 일상성 자체가 그대로 질적 변용을 할 수 있는 가능성에 대하여 말한다. 그의 분석은 근본적으로 마르크스주의 전통에 서 있다. 그러나 그는 자본주의나 공산주의 어느 쪽이든 산업 발전이 일정한 시점에서 산업의 자기 확대가 아니라 인간의 행복한 자기 실현을 위한 체제로 지양될 수 있다고 생각한다.

르페브르의 현대적 일상성에 대한 진단은 사상사적 경위보다도 현실적 조건에 근거한다. 그에게도 일상생활이 그 자체로서 삶의 한가운데에 들어서는 것은 역사의 결과이다. 그러나 그것은 사상사적 움직임보다는 자본주의의 발달이 가져온 사회 변화로 인한 것이다. 전통적 사회, 가령 아즈텍이나 그리스 또는 로마 사회의 특징은 전적으로 일상생활이 부재한다는 것이었다. 모든 것은 고양된 차원으로 흡수되었다. 이 고양을 가능하게 한 것은 일정한 '스타일'이었다. 가령 행동, 말, 도구, 연장, 의상 등은 모두 특정한 스타일을 가지고 있었다. 전근대 농촌의 삶의 특징의 하나인 '축제'도 일상적 삶을 다른 차원으로 통합하는 중요한 요소였다. 그것은 일상적 삶을 공동체 속에 그리고 예술적 공동 작업 속에 흡수하였다. 그리하여 이러한 사회에서는 일상적 삶과 고양된 삶, 르페브르의 표현으로, "삶의 시와 산문이 일치하였다." 그러나 19세기 이후 상업과 화폐 경제, 경쟁적 자본주의의 발달은 삶으로부터 스타일을 사라지게 하였다. 그리하여 "존재의 시는 사라지고" 세계는 산문이 되었다. 그 결과가 일상생활이다.[2] 현대의 "일상적 삶의 비참함"은, 그가 나열하는 바에 의하면, "나날의 지루한 작업, 노동 계급과 여자들의 삶에 반영되는 수모—특히 여자들의 삶은 아이를 배고 낳고, 삶의 기본적인 수단을 돌보고, 돈을 관리하고, 상인을 대하고, 먹을 것들을 차비하고, 숫자의 세계에 마음을 쓰고, 물질 현실 이외의 일들, 건강, 욕망, 자발성, 싱싱함 등을 익히고 알고 다스리고 하는, 일상의 생활 조건 유지라는 무거운 짐을 떠맡아야 한다.—그리고 무한한 반복, 벗어날 수 없는 가난, 끝나지 않는 필요와 궁핍, 경제 상황의 변화, 금욕, 괴로움, 욕망의 억압, 천박함, 탐욕" 등으로 이루어진다.[3]

이러한 현대의 일상적 삶의 괴로움으로부터 벗어나는 방법은 무엇인가? 경제, 정치 또는 혁명도 그것만으로는 그 괴로움을 해결하는 방책을 마련할 수 없다. 필요한 것은 삶의 초점을 일상적 삶으로부터 보다 높은 차원으로 옮기는 것이다. 그것을 위하여 혁명이 있어야 한다면, 그것은 권력의 제도화와 국가 권력의 강화로 끝나는 혁명이 아니라, 삶의 전체적인 변화를 가져올 "영구 문화 혁명"이다.(르페브르는 프랑스나 유럽에서의 일상생활의 혁명은 중국의 문화 혁명과 다른 것이어야 한다고 하면서도 모택동의 문화 혁명의 개념에 자극을 받았다. 그가 일상생활에 관한 책들을 쓴 것은 모택동의 문화 혁명의 허망한 무자비성이 드러나기 전이었다.) 마르크스는 이미, 자본주의의 업적을 수용하면서 일상적인 삶을 새로운 것이 되게 할 수 있을 전체적 변화를 예견하였다. 그러나 마르크스의 인간의 삶과 역사에 대한 총체적 사상은, 그 후계자들에 의하여, 경제 발전과 제도의 합리화와 계획을 강조하는 경제주의, 제도와 이데올로기적 행동주의를 강조하는 정치주의, 이 두 가지를 유

---

2 Henri Lefebvre, *Everyday Life in the Modern World*(Harper Torchbooks, 1971), pp. 29~36.

3 Ibid., p. 34.

물주의 역사 철학으로 종합하는 철학주의로 단편화되고 말았다. 삶의 새로운 변화는 삶에 "예술, 창조, 자유, 적응, 스타일, 경험적 가치, 인간성의 개념들"을 되돌려 놓는 것이라야 한다. 변화의 구체적 바탕은 일상적 삶에 있다. 일상생활은 자본주의의 소산이면서 동시에 새로운 가능성의 토대이다. 그것은 자연이나 신이나 인간의 신화보다 하위에 있는, "낮은 의미 구역이면서 새 창조를 위하여 창조적 에너지가 저장되어 있는 곳"이다. 그것은 "하나의 장, 중간 정류소, 멈춤의 장소, 도약대, 여러 가지의 계기들 — 욕망, 노동, 쾌락, 생산품과 업적, 수동성과 능동적 창조성, 수단과 목적 등등의 계기, 가능성의 현실화를 위하여 피할 수 없는 출발점, 변증법적 상호 작용이다."[4] 이러한 일상적 삶에 새로운 활기를 불어넣는 "일상생활의 영적 변용(transfiguration)"이 있어야 한다.[5]

스타일과 축제 이 변용에서 가장 중요한 것은 예술이다. 그러나 르페브르가 생각하는 것은 예술이 삶에 추가되는 것이 아니라 삶 자체가 예술이 되는 것이다. 그러한 예술은, 그의 생각으로는, 삶의 스타일과 축제로 표현된다. 스타일은 일상적 삶에 일관되게 나타나는 예술성을 말하고 축제는 공동의 삶의 확인이면서, 공동의 예술 작업에서 예술이 된 삶을 표현하는 것이다. 삶의 예술화 개념은, 이미 비친 바와 같이, 전근대 삶의 특징에 대한 분석에 나온다. 전근대의 삶의 특징은 무엇보다도 그 일관된 스타일에 있다. 이것이 되살아나야 한다. 전근대 사회에서 축제는 사원이나 기념비적 건조물과 함께 예술적 충동의 중요한 표현을 이룬다. 현대에서도 도시적 삶의 참모습은 이러한 삶의 예술적 형성에 나타난다는 것을 깨우치고 그

---

4 Ibid., p. 14.

5 Ibid., p. 202.

것을 실천해야 한다.

예술이 이와 같이 삶의 핵심에 놓여야 하지만, 르페브르가 말하는 예술은 20세기의 현대 예술은 아니다. 모더니즘의 예술은 일상의 무의미에서 생겨난 가짜의 위안이다. 따분한 일상성에 대하여, "현대적"이란 말은 "새롭고, 빼어나고, 역설적인 것을 대표한다. 그것은 기술적인 것, 세속적인 것의 흔적을 지닌다. 그것은 (얼핏 보기에는) 대담하고, 빠르고 순간적이다. 그것은 그 창의성을 자랑하고 또 그러한 것으로 평가된다." 그러나 이것은 피상적 화려함일 뿐이다. 현대의 "예술과 심미주의"는 진정성을 결한다. 현대가 만든 일상성과 예술의 현대성은 같은 동전의 안팎일 뿐이다. "일상성과 현대성은 서로를 가리키고 위장하고, 정당화하고 균형 견제한다."[6] 참다운 예술은 "흔들거리고 음악 소리를 내는 모빌, 사람의 동작이나 말소리에 반응하여 색깔이 변하는 패널, 음악이 울리는 회랑(回廊), 무대 모양으로 꾸며 놓은 보도(步道) 등"이 대표하는 "'현대적인' 기교"의 예술이 아니다. 그것은 오늘의 삶을 변용하고 그 조건에 적응하는 수단으로서의 예술을 말한다. 그것은 삶 자체의 스타일화이고 축제화이다. 르페브르의 구호는, "일상생활을 예술 작품이 되게 하라. 모든 기술적인 수단은 일상생활을 변용하는 데 사용하라."라는 것이다.

이제 삶의 예술화의 물질적 토대가 형성되었다. 또 정치적 발달도 있었다. 그 가능성이 현실 속에 구체적으로 실천되지 않았을 뿐이다. 아즈텍과 로마 문명은 "권력의 스타일, 지혜의 스타일, 잔인성과 권력의 스타일"을 만들어 냈고, 이집트나 인도의 "귀족적 지혜"도 비슷한 복합적인 스타일을 만들어 냈다. 이러한 스타일은 인간주의적 이상 또는 민주주의적 이상에 맞아 들어가는 것이 아니다. 대중과 민주주의의 대두와 더불어 이러한

---

6 Ibid., pp. 24~25.

스타일, 이러한 위대한 문명은 사라졌다. 그러나 이것은 잠정적이라고 할 수 있다. 결국은 대중적 민주주의에 어울리는 스타일이 태어날 것이다.[7] 그러한 스타일이 태어난다면, 그것은 보다 자유로운, 그리고 자율적인 질서를 구현하는 것이 될 것이다. 새로운 스타일의 탄생을 가능하게 하는 것은 그동안의 기술 문명의 업적에 기초하는 것이다. 그것은 오토메이션의 진전으로 사람을 노동으로부터 해방하고 풍요의 경제를 가능하게 할 단계에 있다. 그러니만큼 보다 예술적인 삶 — 노동이 놀이가 되고 자기완성이 되는 삶이 가능할 수 있는 물질적 토대가 되어 있는 것이다.

그러나 실제에서, 풍요의 경제는 보다 만족할 만한 인간적인 삶이 아니라 날이 갈수록 가속적으로 목적 없는 풍요의 도깨비불을 좇는 삶을 생산하고 재생산한다. 르페브르는 일정한 단계에서 경제는 그 확장을 중단하고, 정치는 국가의 소멸을 지향하는 쪽으로 움직여 가야 한다고 한다. 이것은, 그에 의하면, 이미 마르크스가 예견한 것이었다. 그럼에도 불구하고 마르크스나 르페브르의 예견은 전혀 실현될 것으로 보이지 않는 것이 오늘의 현실이다. 기억해야 할 것은 그의 비전이 1968년의 학생 혁명의 분위기에서 생겨난 것이라는 점이다. 또 그의 생각은, 앞에서 말한 것처럼, (차이를 강조하면서도) 중국의 문화 혁명의 헛성과에 자극된 것이다. 유고슬라비아와 같은 동유럽 공산 국가에서의 새로운 민주적 요소의 도입의 소식이 전해진 것도 이 무렵이었다. 지금의 시점에서 르페브르의 삶의 예술화에 대한 비전은 참고 사항은 되겠지만, 현실적 설득력을 갖는다고 할 수는 없다.

그리고 무엇보다도 외적인 정황들을 고려하면 삶의 예술화에 대한 그의 기대는 매우 비현실적이라고 할 수밖에 없다. 자본주의의 풍요의 경제

---

7 Ibid., p. 33.

에 힘입어 발달하는 예술은 전적으로, 앞에서 르페브르가 비판한 바 "흔들거리고 음악 소리를 내는 모빌, 사람의 동작이나 말소리에 반응하여 색깔이 변하는 패널, 음악이 울리는 회랑, 무대 모양으로 꾸며 놓은 보도" 등이 대표하는 경박한 심미주의의 예술인 것으로 보인다. 그의 비판의 대상이 된 초기의 모더니즘은 그 나름으로 부르주아 속물주의에 대한 강한 비판을 담고 있었다. 그러나 오늘날 부르주아는 그러한 예술의 패트런이 되고, 예술도 완전히 그 속물주의를 수용하고 그 상업주의의 한 부분을 이루게 되었다. 예술은 어느 때보다도 현대 산업과 동전의 안팎을 이루는 짝이 되었다. 또는 현대 상업주의의 반대쪽이 된 것이 아니라 아예 그 한 부분이 되었다.

5

존재의 공간과 예술 사회 변화를 위한 예술의 힘이 믿을 만한 것인가 아닌가를 떠나서, 적어도 일상성의 문제에서, "일상적 삶의 영적 변용"을 위하여 예술에다 그러한 믿음을 두는 것이 옳은가 하는 것을 다시 생각해 볼 필요가 있다. 서두에 천지, 일월, 계절 그리고 귀신을 말하였을 때, 그것은 농경 사회에서의 일상적 노동을 에워싼 환경의 지표였다. 이때 이러한 지표들은 적극적인 의미에서 일상적 노동의 내용을 바꾸어 놓는 기능을 가진 것이 아니다. 그것들은 일상적 노동에 수반하여 존재하며 농업 경영이 참조해야 할 상황을 구성할 뿐이다. 그러면서 그것은 일상적 노동에 위엄을 부여한다. 위엄은 외적으로 주어지는 것이 아니라 독립된 사물이나 사안이 그 자체의 본질에 충실하는 데에서 생겨나고, 그것을 위하여 필요한 조건이다. 위엄은 자연스러운 상태의 존재에 따르는 독자성의 공간인 것이다. 천지일월, 계절은 사람의 존재가 바르게 존재하기 위하여 필요로 하는 일정한 공간의 한계이다. 이 지표들은 농경적 환경에서 공간적 존재로서의 인간의 최대한을 가리킨다. 그리고 그것이 인간의 본연의 존재 방식 그리고 생존의 조건에 맞아 들어가는 것이기 때문에, 그것은 노동의 참조 사항이 된다.

물론 이러한 상태에서도 사람은 일상적 노동이 보다 만족스러운 것이 되기를 원할 수 있다. 농경 기술의 발달은 적어도 어느 한계까지는 이 조건을 파괴하는 것이 아니다. 많은 경우, 그것은 주어진 조건에 대한 보다 조화되는 적응을 나타낸다. 스타일은 이것을 넘어가는 그러나 그것에 조화되는 여분의 발달의 표지이다. 그것은 땅을 경작하고 추수하고 하는 일의 의식화(儀式化) 그리고 농기구를 포함하여, 생활 용구의 장인적·예술적 발달에 나타난다. 노동의 의식화, 생활의 장인적 완성이 일의 실용적 가치를 넘어서 만족을 주는 것임은 틀림이 없다. 그리고 그것은 작업하는 사람의 형성적 의지의 일관성을 표현해 준다. 그것을 통하여 삶은 일정한 형상을 갖는 것이 된다. 물론 이 의지는 개인적인 것이면서 집단적이다. 이 둘 사이의 상호 작용에서 스타일은 경직된 형식 원리보다도 형식 창조의 매트릭스가 된다. 다른 한편으로 그것은 사물, 사안 또는 노동 속에 실현되어야 한다. 그것들의 독자적 속성에의 순응이 없이는 기구나 작업의 심미적 완성이 이루어질 수 없다. 이렇게 하여 스타일은 일상적 삶 속에 존재하면서도 인간성의 창조적 확장 그리고 세계와의 조화에 대한 증거가 된다.

축제는 생활 용구나 생활의 장식품 그리고 삶의 스타일을 넘어서, 조금 더 넓은 범위에서 인간과 그 환경의 조화를 나타낸다. 축제는 농경 사회에서 많은 경우 계절적인 성격을 가지고 있어서 인간의 삶과 자연의 리듬의 일치를 제사 지내는 의미를 갖는다. 그리고 그것은 대개는 공동체적인 성격을 가지고 있어서, 공동체의 존재를 확인하는 일이기도 하다. 축제는 계절의 순환과 관계없이 공동체 자체에 중요한 기념일을 되새기는 것일 수도 있었다. 그러나 그 경우에도 그것은 표지 없이 흘러가는 개인적·집단적 시간에 일정한 리듬의 표지를 새겨 넣는 일이다. 그리고 이것들은 노동에 있어서의 협동 관계를 다지는 일을 하였다. 축제가 일상적 노동의 지루함으로부터 사람들을 해방하는 기능을 가졌던 것도 사실이라 할 것이다. 그러나 그것은, 방금 시사한 바와 같이, 일상적 노동으로부터 분리된 것이 아니었다. 다만 그것은 일상적 노동 속에서 또는 그것을 넘어서 노동의 자연 조건과 공동체적 조건들을 상기하게 하고, 그렇게 함으로써 노동의 의미를 조금 더 높은 차원에 이어 주는 일을 했다.

르페브르가 스타일과 축제의 현대적 가능성을 이야기한 것도 이러한 것을 연상한 결과라고 할 수 있다. 그러나 그가 생각하는 예술화된 삶은 지나치게 낭만적이라 할 수 있다. 그것은 일상적 노동 밖에 존재할 수 있는 놀이 공간의 활동을 말하는 것으로 들린다. 그것은 너무나 쉽게 그가 싫어하는 현대적 '문화'—현대적 일상성의 일부인 '문화'에 빠져드는 것이, 나아가서 그 상업적 활용에 협조하는 일이 되어 버린다. 삶의 예술화에 대한 그의 생각 밑에는 산업 경제의 풍요가 인간을 노동의 지겨움으로부터 해방할 것이라는 과도한 기대가 있다. 노동으로부터의 해방에 대한 과도한 기대는 삶의 기본적인 작업인 유지 보수의 일상적 작업을 버리는 일에 근접해 간다.

노동으로부터의 해방 그리고 놀이 공간의 확장 그 자체가 잘못된 것일 수는 없다. 다만 그것은 보다 기본적인 조건 위에 첨가될 수 있는 여분의 행복—그 반대의 것으로 변할 수도 있는 여분의 행복이라고 생각되어야 할 것이다. 그리고 그 이전에 보다 인간적인 삶의 조건을 확보하는 일은 일상적 삶 그리고 그 중요한 부분으로서의 노동의 자연 조건을 분명히 하는 것이다. 최소한의 사항은, 서두에 말한 바와 같이, 인간 육체의 자연스러운 리듬과 환경을 잊히지 않게 하는 것이다. 육체는 그 나름의 시간을 가지고 있고 그것이 요구하는 자연스러운 공간을 가지고 있다. 여기에서 자연스럽다는 것은, 인간의 진화론적 과거로 인하여 공존의 조건이 된, 자연을 의미한다고 할 수 있다. 일정한 넓이의 하늘과 땅 그리고 거기에서의 인간 이외의 유기체와의 공존은 사람의 행복의 조건이다. 거기에서 사람은 그 나름의 왜곡되지 않은 생물학적 시간의 노동의 삶을 살 수 있어야 한다. 이 자연의 시간과 공간은 사회적인 것이기도 하다. 그것이 사회적으로 정의되는 것은 불가피하다. 특히 사회 조직이 중요해지는 현대의 삶에서 그러하다. 그러나 다시 한 번 사회 조직은 공간이 되어야 한다. 그렇다는 것은 그 조직이 억압의 사슬이 아니라 존재론적 공간이어야 한다는 말이다. 그것은 한편으로 원초적인 삶의 공간을 존중하면서 다른 한편으로 법과 규칙 그리고 선의와 신뢰의 공간으로 구성되어야 한다. 그럼으로써 그 안에서 자유와 위엄, 공적 의무와 협동이 보장될 수 있다. 이러한 공간에서 사람의 일상적 삶은 이미 그 자체로 일상을 넘어가는 차원에 존재한다. 그러나 이 차원에서 스타일과 축제적 고양은 저절로 일어난다고 할 수 있다. 그리고 일상적 삶을 넘어 그것은 예술로써 기억되고 찬미될 수 있을 것이다. 그리고 그와 더불어 삶이 놀이가 될 수도 있을 것이다.

그러나 현대의 산업 체제 안에서 그리고 도시 공간에서 이러한 삶이 쉽게 가능할 것으로 생각할 수는 없다. 그것을 가능하게 하는 것은 미래의 작업이다. 그것도 한 번에 이루어질 수 있는 것은 아니다. 르페브르는 현존하는 사회 체제에 대한 철저한 이론적 비판이 보다 인간적인 삶을 위한 기초가 될 수 있다고 생각하였다. 지금의 시점에서 할 수 있는 최소한은 적극적인 예술의 필요보다도 소극적인 의미의 인간 존재의 자연적 기반을 상기하는 것이다. 가장 중요한 것은 삶의 원초적 공간과 삶의 원형이다. 예술의 중요한 의무의 하나도 여기에 관계된다. 토머스 하디의 시 「'국가가 깨어지는 시대'에(In Time of 'the Breaking of Nations')」는, 산업 사회의 상황에 관계된 것은 아니지만, 사람의 삶의 원초적인 조건 — 일상적 노동과 그것을 에워싸고 존재하는 공간을 그려 준다. 그 그림은 암울한 것처럼 보인다. 그러나 인간 존재의 무시될 수 없는 기반을 상기하게 한다.

1

오직, 묵묵히 느린 걸음으로
밭을 가는 사람 하나,
곁에는 끄덕끄덕 넘어질 듯
말 한 마리 — 둘 다 졸며 걸으며

2

오직, 개밀 풀 더미에서 오르는
불꽃 없는 연기 한 오라기,
허나 이것은 계속되리,
왕조는 무너져 없어져도.

3

저곳에 한 처녀와 젊은이
속삭이며 걸어오느니,
전쟁의 기록은 밤으로 사라져 가리
이들의 이야기 다하기 전에.

(2008년)

지각적 균형

합리적 질서, 성찰적 균형, 지각적 균형

지하철 파업 서울에서 지하철 쟁의의 사례들을 보지만, 쟁의의 방법 중 하나로 준법 운행 투쟁이라는 것이 있다. 지하철을 엄격하게 법규에 맞게 운행하는 것이 파업에 다음가는 효과를 갖는 것이다. 이것은 사람이 하는 일에는 규칙 이외에 상식적인 고려가 작용하여야 한다는 것을 말하여 준다. 이것은 교통 규칙에서도 볼 수 있는 것이다. 교통 위반으로 단속을 받으면서 억울한 경우에는 법규를 위반하는 것이 안전의 관점에서 오히려 옳은 것이었을 경우가 있을 것이다. 가령 교통 신호는 붉은 불이되, 차를 세우는 경우 뒤에서 달려오는 차가 뒤로 와서 충돌할 위험이 있는 경우 어떻게 하는 것이 옳은가? 푸른 신호인데도 길을 건너고 있는 사람은 치어도 괜찮은 것인가? 모든 합리적 절차나 법률적 절차에서 중요한 것은 단순한 법의 적용이 아니라 법의 규정과 그 해석 그리고 그것의 구체적인 상황에 대한 적용의 과정이다. 이 과정에는 상황을 총체적으로 파악하고 생각하는 숙고 또는 숙의(deliberation)가 있어야 한다. 일의 인간적 처리는 그 일에 임하는 사람들의 사유와 감성과 인간에 대한 깊이 있는 이해가 개입되어야 비로소 잘 이루어질 수 있는 것이다. 이것은 민주주의 절차에서도 마찬가지다.

민주주의가 단순히 다수결 원칙의 관철로써 이루어지는 것이 아니라는 것은 이미 많이 지적되어 온 일이다. 거기는 정의와 이성적 원칙이 개입될 수 있어야 한다. 그러나 다른 한편으로 민주주의가 이론적 정의의 관철을 위한 장을 이루는 것이 아니라는 것도 지적되는 일이다. 타협의 가능성은 이것을 인정하는 데에서 생겨난다. 일찍이 하버마스로 하여금 초기의 명성을 얻게 한 『이론과 실천』의 주된 주장의 하나는 정치의 장의 논리가 이론적인 것이 아니라 실천과의 상호 작용 속에서 가변적으로 형성되는 것임을 강조한 것이다. 이것은 나중에 그의 '의사소통의 이론'으로 본격적으로 발전한다. 우리나라에서 아마 가장 부족한 것의 하나는 이 숙의의 중요성에 대한 인식일 것이다. 이것은 의회나 법률의 운영 현실 또는 일상의 작고 큰 회의 과정에서도 볼 수 있고, 법과 교육 제도에서도 볼 수 있는 것이다.

숙고, 숙의 이러나저러나 잘 생각해 본다는 것은 모든 판단에서 가장 중요한 일의 하나이다. 다만 이미 말한 바와 같이 이러한 기본적인 사실이 쉽게 망각되는 것이 사람의 일이다. 우리가 명석하게 생각하고 판단한다고 할 때, 많은 경우 그것은 많은 사람들에게 특히 우리나라에서처럼 단호한 것을 선호하는 사회에서는 하나의 확고한 원리 — 신념으로 굳어진 확고한 원리로부터 구체적인 사항에 곧 연역적으로 나아가는 것을 의미한다. 그러나 거기에 여러 가지 생각하고 검토하는 절차를 생략하는 것은 사실 인간 현실과의 차이를 낳고, 이 차이는 무서운 결과를 초래할 수 있다. 실제적 상황에서의 판단은 매우 복잡하고 다양한 생각의 길을 새로 연다는 것을 의미한다.

롤스의 성찰적 균형 정의론으로 유명한 존 롤스의 '성찰적 균형(Reflective Equilibrium)'의 개념에 따르면, 윤리적 행동의 원리를 결정하는 방법은 있을 수 있는 다양한 가능성을 검토하고, 그것들 사이의 모순을 줄이려고 노력하면서 독자적인 판단과 지각 가운데 가장 근본적인 것을 최대한도로 살려 내는 것이다. 그러나 여기에 미리 주어진 규범은 없다. 중요한 것은 객관적이고 평정된 상태에서 여러 의견을 충분히 검토하는 것이다. 이것은 경험적인 근거에 기초를 두면서 거기에 이성적 반성을 추가하는 숙고의 행위를 요구한다. 전체적인 정의의 판단은 이 과정의 최종적인 결과를 말한다. 사실 앞에서 여러 사람이 그 나름으로 말해 본 여러 가지 이해와 힘의 타협에 기초한 정의의 질서는 이러한 숙고의 결과에서 나오는 정의에 가장 가깝다.

지각적 균형 지금 간단히 언급한 존 롤스의 '성찰적 균형'은 미국의 철학자 마사 너스바움이 또 다른 종류의 균형, 그가 '지각적 균형(Perceptive Equilibrium)'이라고 부르는 사유의 과정을 설명하기 위하여 요약한 것을 다시 요약하여 소개한 것이다. 너스바움은 법률적 판단을 포함한 모든 실제적 판단에서, 이러한 '성찰적 균형'이 자유주의 국가의 — 사회적 양심을 포함하는 자유주의 국가의 근본이 되는 것은 사실이지만, 주어진 상황에 대한 보다 더 충실한 판단을 위해서는 그 이상의 구체적 검토가 필요하다고 말한다. 롤스가 말하는 것은 어디까지나 합리적 차원에서의 숙고를 말하는 것이지만, 필요한 것은 보다 더 구체적인 차원 — 지각의 차원에까지 내려가서 생각하는 것이다. 참으로 어떤 특정한 상황에 대한 정당한 판단은 감각과 감정 그리고 상상력의 총화로써만 접근될 수 있는 '지각적 균형'

에 기함으로써 가능하다. 이 균형에서 "구체적인 지각은 서로 간에, 또 행동자의 일반적인 원칙에 아름답게 어긋남이 없이 어우러지고" 또 균형은 "늘 새로운 것에 반응하여 스스로를 재구성할 용의가 있다."[1]

구체적 상황은 추상적이고 일반적인 공식으로 포용할 수 없는 많은 것을 가지고 있다. 그리고 이 구체성은 이성만이 아니라 감각과 감정 그리고 상상력에 의하여 포착된다. 이러한 구체적인 상황의 극단적인 예는 사람과 사람 사이에 존재하는 사랑과 같은 데에서 볼 수 있다. 사랑의 체험이 단순히 환상이 아니고, 또 극히 단순화된 의미에서의 성관계가 아니라면 (사실은 그러한 경우에도 그러하다고 하여야 하겠지만) 인간 현실로서의 그 진상과 의미는, 너스바움이 생각하는 바와 같이, 사랑의 감정 또는 그것의 체험을 통하여서만 파악될 수 있는 것이라 하는 것이 옳다. 그러나 어떤 경우에나 인간의 현실로서 새로운 감각과 지각과 감정 그리고 새로운 생각과 숙고가 필요를 요구하지 않는 경우가 있겠는가. "세계의 모든 감각적 개별성에 대한 경이"[2]는 끊임없는 것이다. 이것은 경이라고 부를 수 있는 긍정적인 일에서도 그러하지만, 분노와 고통의 원인이 되는 부정적인 일에서도 그러하다.

지각과 사회적 일반성 다만 사람은 세계에 존재하고 일어나는 모든 하나하나의 새로운 것에 주의하고만은 살 수가 없다. 새로운 경이에 못지않게 익숙한 것의 지속을 필요로 하는 것이 사람의 삶이다. 그리하여 지각의 균형은 삶에 늘 적용되기 어렵고, 특히 그것은 법이나 정치의 절차에 도입하기에는 너무나 섬세한 것이라고 할는지 모른다.

---

1 Martha Nussbaum, "Perceptive Equilibrium: Literary Theory and Ethical Theory", *Love's Knowledge: Essays on Philosophy and Literature*(Oxford University Press, 1990), p. 183.

2 Ibid., p. 184

아마 그것은 시적인 대상물이나 개체적 인간과 또 하나의 개체적 인간의 관계 — 그것도 매우 선택된 관계에만 적용될 수 있는 것일 것이다. 학문의 영역으로 볼 때, 그러한 섬세한 개별성의 영역은 문학이라고 할 수 있다. 그것이 사회 과학의 영역이 되기는 어렵다는 우리의 느낌 자체가 그 한계를 말하는 것일 것이다. 그러나 문학에서나 볼 수 있는 섬세한 지각적 판단이 공적인 사회와 법률 질서에 연속적인 것임은 틀림이 없다. 그리고 그것은 사람의 인식이 어떻게 상황에 맞아 들어가는가 하는 문제의 근본을 살펴볼 수 있게 하는 의미를 가지고 있기도 하다. 체험과 상황의 인식에 있어서의 사물의 개별성에 대한 지각을 강조하는 너스바움이 문학에 대한 깊은 관심을 가지고 있는 것은 당연하다고 할 수 있다. 그가 사례로 드는 것들은 대체로 문학으로부터 가져오는 것들이다. 그는 몇 년 전에 브라운 대학의 철학과에서 시카고 대학의 법학 대학원으로 자리를 옮긴 바 있다. 이것은 그가 "법률적 사고력을 완전히 풍부하고 복합적으로 발전시키는 데에 있어서 문학이 특별한 위치를 차지한다."라는 예일대 법대 교수 폴 거워츠(Paul Gewirtz)의 말에 전적으로 동감하는 것에 관계되는 일이 아닐까 추측된다.[3]

균형의 중요성 그러나 문학과 사회적 사고의 갈등은 정도의 차이에 불과하다. 문학에서 중요한 것이 지각이고, 그것을 통하여 드러나는 구체적이고 개별적인 상황이라고 할 때도, 그것은 어디까지나 균형 속의 지각이다. 다시 말하여 그것은 지각으로 체험되는 것에 관계되면서도 반성에 의하여 일단 사유의 균형 속으로 지양된 것이다. 물론 문학의 영역은 지각의 세계이다. 개별적 지각 체험을 빼고는 문학은 설 자리가 없을 것이다. 그러나

---

3 Ibid., p. 101.

그것이 반드시 지각 또는 감각의 세계에 완전히 잠겨 있는 것은 아니다. 언어로 표현된다는 것 자체가 문학이 감각 또는 지각을 넘어간다는 것을 말하여 주고 있다. 그러니까 다시 말하건대 문학은 지각과 사유가 서로 부딪치는 공간이다. 문학의 언어는 이 부딪침에서 태어난다. 사실 지각은 이미 감각을 일정한 의미로 또는 이념으로 형성한 결과에서 생겨난다. 문학의 언어 또 예술의 언어는 지각의 형성 작용의 연장선상에 이루어지고, 또 이 형성에 거꾸로 영향을 미친다. 문학에도 그것이 없을 수는 없지만, 문학의 구체성을 넘어가는 추상적이고 일반적인 언어도 그 뿌리는 여기에 있다. 그리하여 문학은 지각의 현장이면서도 동시에 이념의 현장인 것이다. 그러나 이 현장을 열어 놓는 것은 모든 일반 원칙이 요구되는 사회 현실의 포착에도 핵심적인 중요성을 갖는 것이다. 그리하여 문학의 영역은 전적으로 개인적인 지각의 상황이라고 말하여도 틀린 말이 아니다. 다만 그것을 열어 놓는 데에 지각의 직접성 이상의 것이 필요한 것이다.

너스바움의 저서 중 『시적 정의: 문학적 상상력과 공적 생활(*Poetic Justice: The Literary Imagination and Public Life*)』은 제목이 말하고 있듯이 문학의 사회적 의미를 밝히려는 저서이다. 여기에서 그가 다루고 있는 문제는 주로 공적인 법적 절차, 특히 법원의 판결에 있어서의 문학의 중요성이다. 그러니만큼 법률적 판단의 대상이 되는 사안들을 이해하는 데에 문학적 상상력이 얼마나 중요한가 그리고 법관의 교육에 문학이 얼마나 중요한가를 증명해 보이려 한다. 그러한 의미에서 "문학은 공적 이성의 일부이다." 그러나 그는 여기에 곧 덧붙여 "공감적 상상을 규칙을 따르는 도덕적 추론으로 대신하려는 것은 극히 위험한 일이고, 그것을 제안하려는 것은 아니다."라고 말한다.[4] 주어진 사안을 법률적으로 접근할 때, 감정적인 유연성

---

4 Martha C. Nussbaum, *Poetic Justice: The Literary Imagination and Public Life*(Beacon Press, 1995),

으로써 인간적 현실을 꿰뚫어 볼 수 있어야 하지만, 그것은 동시에 이성의 관점에서 "공적인 명확성과 원칙의 관점에서의 일관성의 기준(a standard of public articulability and principled consistency)"에 맞아야 하고, '제도적 한계' 속에 있다는 것을 참작하여야 하는 것이다. 이러한 관점에서, 너스바움에게 모범이 되는 것은 애덤 스미스가 생각한 '공평한 관측자(the judicious spectator)'이다. "공정한 관측자는 최대한으로 다른 사람의 처지에 자신을 두고, 고통스러워하는 사람에게 일어났을 미세한 사정 일체를 공감할 수 있도록 하여야 한다."[5] 그러나 동시에 그는 그것을 고통의 처지에 있는 것처럼 생각하여서는 아니 되고, "마치 지금의 이성과 판단력을 가지고 바라보듯 바라보아야 한다."[6] 즉 보편적 원칙에 비추어 생각하는 것을 포기하지 않아야 되는 것이다. 그는 곁에서 보는 자이다. 다만 그는 가장 인간적인 친구의 공감을 가진 관측자이어야 한다. 이것은 문학의 입장에 유사하다. 문학 작품은 그 자체로만이 아니라 작품과 독자와의 관계에서, 상황에 즉하면서 상대주의적인 것은 아니고, 인간 행복에 대한 일반적인 개념을 구체적인 상황에 관계시키면서, 잠재적으로 보편화할 수 있는 구체적인 처방을 내리면서, 우리로 하여금 상상력으로 그 안으로 들어가 볼 수 있게 하는 도덕적 추론의 전형을 보여 준다.

지각적 균형의 너머/존재론적 이념

문학의 애매성 그러나 너스바움의 생각에 문학은 애매한 의미를 가지고

---

p. xvi.

5 Adam Smith, *The Theory of Moral Sentiments*, quoted in Martha C. Nussbaum, *Poetic Justice*, p. 73.

6 Ibid., p. 74.

있다. 다시 말하여 문학 작품은 그것이 표현하는 모든 것을 언어 형식의 구조 속에 종합할 것을 지향한다. 이 지향이 실현되는 과정은 사유의 여과를 거치지 않을 수 없다. 그럼으로써 문학은 너스바움이 주장하듯이 공적 합리성의 일부가 될 수 있다. 그러나 너스바움은 이것이 문학으로 하여금 참으로 근원적인 인간의 체험으로부터 멀리 있게 하는 약점이라고도 생각하는 것으로 보인다. 그러나 문학은 여전히 이러한 한계를 넘어 근원적인 인간의 체험을 표현하거나 적어도 암시할 수 있는 표현 양식이다. 그러면서 이 근원적인 체험—언표의 대상이 될 수 없는 인간의 체험에 사유가 깃드는 것이다.

앞에 언급했던 『사랑의 지식』으로 돌아가서, 너스바움은 '성찰적 체험'이나 '지각적 균형'을 말하면서, 이러한 균형을 초월하는 인간 체험이 있음을 강하게 시사한다. 지각적 균형의 예시를 설명하면서 예시가 되는 문학 작품은 헨리 제임스의 『대사들(*The Ambassadors*)』이다. 이 소설의 주제를 담아내는 이야기는 간단하다. 청교도적인 도덕이 지배하는 미국의 매사추세츠의 울릿에 거주하는 뉴섬 부인은 프랑스에 가서 돌아오지 않는 아들 채드윅을 귀국하게 할 목적으로 자신의 대사로서 램버트 스트레더를 프랑스로 보낸다. 그러나 프랑스에 간 스트레더는 향락주의적이고 퇴폐적인 또는 심미적인 프랑스 사회에 물들어 그의 사명에 실패하고 만다. 스트레더가 미국의 도덕주의로부터 프랑스의 심미주의로의 전향을 하게 된 것은 그가 채드의 상황 그리고 프랑스의 문화적인 분위기를 직접 접할 수 있게 되었기 때문이다. 직접 접하고 보니 남편과 별거 중인 유부녀 마담 드 비오네와 채드의 사랑이 충분히 그럴 만한 것이라고 생각하게 된 것이다. 마담 비오네의 아름다움과 교양 그리고 프랑스 문화의 매력에 굴복한 것이다. 이것은 감각적으로 그에게 작용하는 사람과 사물의 여러 모습들이 그의 감정과 상상력을 자극하여 그로 하여금 구체적인 상황을 공감적으로 이해하게 한 까닭이다.

그러나 흥미로운 것은 스트레더의 구체성(particularity)에 대한 항복이 완전한 것은 아니라는 것이다. 너스바움은 스트레더가 채드의 사랑이나 프랑스의 문화에 섬세한 공감을 보여 주기는 하지만, 어디까지나 거기에 대하여 일정한 거리를 지키고 있음에 주의한다. 그의 열의에는 '초연함'이 있고, '무관심'이 있고, 관측자의 '무사공평함'이 있다. 이것은 지각의 명료성을 위하여 필요한 조건이다. 말하자면 지각이 균형을 얻기 위해서는 불가피한 조건인 것이다. 이것은 스트레더의 문학에 대한 관심에도 이어져 있는 심리적인, 그리고 윤리적인 태도이다. "삶에 대한 독자 그리고 작가의 자세는 일정한 감정의 깊이를 희생하며 시각의 명료성을 얻게 되는 자세, 보다 어둡고 난잡한 성적 정열에 빠져드는 것을 포기하는, 또는 경멸하는 자세, 그것들을 단순화한 독자적인 관점에서만 읽을 수 있는 일반적 이야기로 줄여 버리는…… 자세"이다.[7] 너스바움의 생각에는 스트레더가 유지하고 있는 초연한 자세, "지각의 윤리(the morality of perception)"[8]에 의지해서는 인생의 중요한 부분을 놓치고 마는 것이다. 스트레더는 이러한 사유로 채드와 마담 드 비오네 사이에 존재하는 성적 사랑의 깊은 진실을 이해하지 못하고 만다. 사랑이라는 것도, 너스바움의 해석으로는, 자신들의 관계의 내밀성으로 몰입하는 것이 아니라 주변을 둘러보는 것이라면, 그것은 참다운 사랑일 수 없다. 너스바움의 생각으로는 사랑을 이해하는 것은 지각의, 또는 이성적 균형 속에서 가능한 것이 아니라, "맹목과 열림, 배타성과 일반적 관심, 인상의 독해와 사랑의 몰입 사이의 불안정한 진동"[9]으로써만 가능하다. 그런데 이러한 어려움은 윤리적 문제 일반에도 해당

---

7 *Love's Knowledge*, p. 187.

8 Ibid., p. 188.

9 Ibid., p. 190.

되는 것이다. 그는, 윤리적 질문은 우리를 윤리의 임계선으로 이끌어 간다고 말한다. 사람의 삶에 있는 "깊은 요소들은 그 폭력성이나 열도에 있어서 우리를 윤리적 태도의 너머로, 균형 잡힌 비전의 추구 그리고 완전한 적합성의 밖으로 이끌어 간다."[10]라고 말한다.

개체적 실존의 고독 처음에 거론하였던 사회의 전체적인 질서의 문제로 돌아가, 우리는 그것이 필요한 것이면서 개체의 구체적인 상황에 대하여 정당하지 못한 경우가 있다고 말하고, 그것을 완화하여 줄 수 있는 것이 문학적 상상력에서 보는, 그리고 문학이 아니라도 우리가 충분이 섬세한 감성으로 다른 사람의 상황을 대할 때 가질 수 있는 공감적 이성의 자세에서 이루어지는 지각적 균형이라고 하였다. 그러나 그것이 사회적이면서 개체적인 인간의 문제를 완전히 해결해 주지는 못한다. 너스바움은 일반적 사회 이성에 의하여 포착되지 않는 인간의 구체적인 상황을 이해할 필요에 대하여 말하였지만, 다시 균형의 불가능을 말함으로써 그러한 필요가 미치지 못하는 세계가 있음을 인정한다. 즉 그는 철저하게 개체적인 상황은 어떠한 상상력이나 감정이나 사유로써도 포착할 수 없는 면이 있다는 점을 지적하는 것이다. 사실 이러한 개체로서의 인간의 실존적 고독에 대한 인식은 사회적 존재로서의 인간을 이해하는 데에 중요한 것이다. 아무리 좋은 사회적 질서와 그에 합당한 사고의 방식을 생각하더라도 그것이 인간의 모든 것이 아니라는 것을 아는 것은 사회 질서의 이해에 매우 중요한 일이다. 그것이 사회 질서의 전체성 — 나아가서 전체주의적 경향을 완화할 것이기 때문이다.

---

10 Loc. cit.

실존적 성찰 그런데 이러한 인식 자체도 문학적·철학적 추구의 하나이다. 사회적 이성의 일부로서 문학을 말할 때에, 너스바움은, 이미 본 바와 같이, 문학에 두드러진 특징이 되는 지각적 이해에 대하여 경계하는 것을 게을리하지 않는다. 그러나 제임스의 『대사들』의 주인공이 그의 관조적 태도로 인하여 성적인 정열이나 성의 내밀성을 이해하지 못한다고 할 때, 이것이 모든 문학의 특징이라고 하는 것은 조금 과장된 것이다. 우리는 『대사들』의 헨리 제임스에 대조하여 로렌스나 헨리 밀러와 같은 작가를 생각해 볼 수 있다. 그러나 그러한 성적인 문학이 아니라고 하더라도 많은 문학 작품은, 너스바움이 말한 진동의 방법으로 통해서일망정, 성만이 아니라 말할 수 없는 개체적 실존에 대하여 말하고자 한다. 그 경우 아마 가장 중요한 것은 이 실존을 성찰의 대상이 되게 하는 것이다. 그 실존의 진실을 말하는 것은 인간 조건의 냉혹성을 완화해 준다. 그리고 한 발자국 더 나아가 그러한 삶의 아름다움과 또 그 깊은 표현할 수 없는 침묵에도 불구하고 그것의 이념성을 확인하게 한다. 이 이념성은 일단은 사회적으로 결정되는 추상적 이념을 말한다. 그것은 문화와 이데올로기의 이념성이다. 우리의 감각이나 지각도 이것에 의하여 미리 한정된다. 그러나 다른 한편으로 사람의 실존은 그러한 사회적·문화적 한계를 넘어서도 어떤 이념성 — 직접적으로 지각되는 존재론적 공간 속에 존재한다. 아마 사람에게 실존 그 자체도 이념적인 광채 속에서만 존재하는 것일 것이다. 사람은 지각이나 감각의 직접성을 벗어나지 못하는 만큼, 이념성을 벗어나지 않는 어떤 차원에서 존재한다. 그리고 사람은 포착될 수 없는 이념성에서 궁극적인 보람을 찾는 것이 아닌지 모른다. 우리는 이 점을 헨리 제임스 — 너스바움이 예로 들고 있는 다른 제임스의 작품을 보기로 삼아 생각해 볼 수 있다. 다만 여기에서 시도하는 해석은 너스바움의 해석과는 다른 것이다. 너스바움은 토의의 대상이 되는 소설의 장면이 인간의 실존적 체험의 직접성과 불가해성을 말하는 것으로 생각한다. 그러나 여기의 다른 해석이란 같은 장면이 보여 주는 것이 체험의 직접성의 실존적 의미도 추상화되는 이념—문학적이면서 동시에 존재론적인 이념을 통해서만 그러한 것으로 이해될 수 있다는 것이다.

상상된 이미지의 힘 헨리 제임스의 『황금의 그릇』은 매우 난해한 소설인데, 여기에서 우리가 문제 삼고자 하는 것은, 소설 전체보다도 너스바움이 소설의 전개에서 하나의 중요한 계기를 이룬다고 생각하는 한 부분이다. 이 부분은 서로 사랑이 깊은 아버지와 딸이 어떻게 그러한 관계를 초월하여 새로운 인생의 길을 가게 되는가를 보여 주는 부분이다. 두 사람 사이에서 부녀의 사랑은 너무 깊었던 까닭에 아버지는 그 사랑에 상처를 입히지 않고는 딸을 그녀가 사랑하는 사람에게로 떠나보내지 못하고, 또 딸도 아버지를 놔두고 남편을 따라가지 못한다. 아버지와 딸은 정원을 산보하며 부녀 관계 그리고 부부 관계에 대한 이야기를 포함하여 이러저러한 말을 나누던 중, 아버지는 사랑과 체념 속에서 딸을 떠나보내는 것이 옳은 일임을 깨닫는다. 딸이 그녀의 남편에 대한 사랑이 절대적인 것임을 말하고 난 다음 이것을 문득 깨닫게 되는데, 제임스는 깨달음을 주로 이미지를 통해서 표현하고 있다. 여기에서도 구체적 상황의 판단의 중요성이 부각된다. 뉴섬 부인의 문제는 그 청교도적 도덕주의였다. 어머니가 아들의 사정을 이해하지 못하는 것은 아들의 체험의 감각적 풍부성을 느끼게 할 만한 현장에 있지 않다는 것도 중요한 요인이기는 하겠지만, 근본적으로 모든 것에 대한 옳고 그름의 판단을 미리 내리고 있는 도덕주의가 뉴섬 부인의 구체적 상황 인식을 방해하는 때문이다. 『황금의 그릇』의 주인공들인 애덤 버버 그리고 매기 버버의 문제는 오히려 그 심미주의에 있다. 모든 것이 아름다움의 조화 속에 있을 수 있다는 것을 믿게 하는 심미주의가 이 부녀로 하여금 사람의 삶에 존재하는 갈등과 균열—아름다움의 이상으로 뛰어넘을 수 없는 균열을 보지 못하게 하는 것이다. 그리하여 자산가 유한 계급에 속하는 이들은 그들이 사 모으는 골동품이나 미술품처럼 사람이 수집될 수 없다는 것을 깨닫지 못하게 되는 것이다. 사람들에게는 서로 다른 욕망이 있고, 서로 다른 도덕과 윤리의 의무가 있다. 적어도 이 소설에서는 아버지에 대한 사랑과 남편에 대한 사랑은 우선순위에 있어서 어느 쪽으론가 선택되어야 하는, 그리고 그로 인하여 일어나는 인간관계의 균열을 받아들여야 하는 도덕적 과제를 부과한다. 이 선택은 개인이 그의 삶을 선택하여야 한다는 전제하에서 이루어져야 한다. 사람들은 각자가 자신의 삶을 살아야 하는 독립된 존재라는 사실이 모든 것의 기본이기 때문이다. 이야기의 결정적인 순간은 이 아버지와 딸이 그들이 개체적인 존재이며 개체적인 결정을 내려야 한다는 것을 깨닫게 되는 순간이다. 제임스의 묘사에서 이것은 감각적인 요소가 풍부한 구체적인 상황—구체적인 감각과 감정 그리고 상상력이 움직이게 되는 상황에서 일어난다. 가령 아버지에게 딸의 독자적 존재가 전달되는 것은 상상력을 통해서 나타난 매우 생생한 이미지를 통하여서이다. 너스바움이 인용하는 것을 다시 인용하면, 그것을 제임스는 다음과 같이 표현하고 있다.

> 딸의 말에 스며 있는 뜨거운 열정의 파동은, 따스한 여름 바다, 눈부신 사파이어와 은빛의 물 가운데, 총총한 정신으로 빛을 발하며 떠 있는 어떤 생명체인 듯, 위험하면서도 빠지지 않는, 깊은 바다에 떠받들려 있는 어떤 생명체가 일으키는 것에 비슷한 느낌을 주면서, 그 자신은 젊은 시절에도 많은 사람에게 주었다고도 받았다고도 할 수 없는 삶의 황홀감을 가질 어떤 힘임을 그에게 실감나게 다가오게 하고, 조심스럽게 그것에 찬의를 보내게 하였다. 그는 잠시 동안 말없이 숙연해지기까지 하여 앉아 있었다. 처음 아는 것도 아니

면서도, 그러나 그것은 그가 잃어버린 것보다는 딸이 얻은 것을 선명하게 알게 하는 그러한 결과를 가져왔다.[11]

이 소설의 아버지는 딸과의 만남을 통해서 비로소 구체적으로 딸이 독자적 인간으로서의 길을 가야 한다는 것을 깨우치게 된다. 깨달음의 순간이 오기 전까지 아버지와 딸은 긴 산보를 하며 서로를 느끼고 서로의 삶을 생각할 수 있는 시간을 갖는다. 그리고 이 깨달음이 바다에 노니는 물고기의 이미지로 전달되는 것은 너스바움에게는 매우 중요한 의미를 갖는 것으로 생각된다. 이 이미지는 감각과 감정에 작용하면서 동시에 옳은 도덕적인 판단의 계기가 된다. 그것은 딸의 삶의 싱싱한 발랄함을 전달해 준다. 그리고 다른 한편으로 그러한 이미지를 떠올릴 수 있는 것은 아버지가 너그럽고 풍성한 도덕적 상상력을 가진 사람이기 때문이다. 그 감각적 이미지는 구체적이면서도 도덕적인 인간관계의 매개체인 것이다. 사람의 도덕적 인식은 단순히 연역적인 판단으로 이루어지는 것이 아니라 지각이 개입되어 이루어진다. 그것은, "덩어리로 복잡하게 얽혀 있는 현실을 고도로 투명하게 그리고 다양하게 민감하게 보는 것"을 의미한다.[12] 그것을 잘 나타내 주는 것이 위에 본 부녀의 상호 이해의 과정이라고 너스바움은 말한다.

사회적 이데올로기의 틀 물론 감각적인 이미지로 전달된다고 말하여지는 부녀의 바른 관계에 대한 깨우침은 반드시 그로 인하여 직접적으로 촉발되는 것이라고만 할 수 없다. 그것은 한국인의 입장에서는 이해하기 어려운 점이 있는 것에서도 알 수 있는 일이다. 전통적 한국의 윤리 도덕에서

---

11 *Love's Knowledge*, pp. 150~151에 인용된 것을 재인용하였음.

12 Ibid., p. 152.

딸을 시집보내고 남편을 따라가게 한다는 것은 너무나 당연한 일이다. 동시에 한국에서 이것은 도덕적 선택의 문제로 생각되지 아니한다. 주체는 개인이 아니라 딸과 아버지와 남편을 포함하는 사회 제도이다. 아마 한국에서 문제가 발생한다면 그것은 배우자의 선택에 관한 것일 것이다. 이것은 어느 정도는 이 소설의 배경이 되어 있는 영국과 미국의 관습에서도 마찬가지일 것이다. 다만 이러한 모든 관습에도 불구하고 이러한 소설이 우리에게 새삼스럽게 생각하게 하는 것은 이러한 관습 속에도 개인적인 선택의 요인이 암암리에 작용하고 있다는 사실이다. 그러니까 결혼이냐 아니냐, 친가에서 일생을 도모하느냐 아니하느냐 하는 것을 결정하는 데에는 개인의 선택이 있다는 것이 이 소설의 상황에 전제되어 있는 것이다. 그러니만큼 이 직접적인 깨우침에 우리는 문화가 개입하고 있음을 알 수 있다. 결국 거기에는 관습적으로 너무나 당연시되는 일에도 개인의 의지의 자율성은 전제되어 있고, 이 소설의 아버지는 그것을 새삼스러운 깨우침으로 재획득하는 것이다. 그러나 이것이 감각적이고 감정적인 체험으로서 일어나는 것임은 틀림없다. 그것은 체험의 직접성 속에서 새롭게 확인되는 것이다. 그리고 이러한 확인이야말로 하나의 원초적인 증거의 역할을 하는 것이다.

개체적 실존/이해의 포기로서의 이해 사람의 구체적인 상황은 현장적으로만 알 수 있다. 그리고 그것은 상황을 일반적인 관점만이 아니라 당사자의 입장에서 고려하는 것이라야 한다. 그리고 그것은 지적인 노력 이외에 감각과 감정과 상상력도 개입되는 것이라야 한다. 그러함에도 불구하고 이러한 지각적 인식마저도 그 나름의 이념성 속에 있는 것으로 보인다. 어떤 대상의 구체적 현실을 안다는 것이 완전히 감각적 현실에 몰입해 버리는 것을 뜻하지는 아니한다. 앞에 언급한 제임스의 소설에서 아버지와 딸이 어떤 이해에 도달하였다고 하여 아버지나 딸이 상대를 참으로 알게 되었다고 할 수 있는가. 이야기의 이 부분에서 문제가 되어 있는 것은 독자적 인간으로서의 딸이다. 그리고 이루어진 결과는 딸을 떠나보내는 결정이다. 이 떠나보냄은 육체적으로 떠나보냄을 말하기도 하지만, 정신적으로도 독립을 인정하는 것이다. 아마 그 결과의 하나는 아버지가 자기의 인식의 틀이나 필요에 따라서 딸을 안다고 생각하는 것도 포기하는 일일 것이다. 아버지가 딸의 인생을 생각하며 발랄한 물고기의 이미지를 떠올린 것은 딸을 더 잘 알게 되었다는 것을 의미하는가? 물고기의 이미지는 결코 딸의 실체의 일부를 이루고 있는 것은 아니다. 그것은 아버지가 딸을 독자적 존재로 이해하는 데 필요했던 하나의 상상적 수단의 역할을 한 것이라고 할 수 있다. 이것이 상상된 것이라는 것 자체가 대상의 속성에 그것이 들어 있는 것이 아니라는 것을 말한다. 상상력이 필요했던 것은 바로 대상에의 직접적인 인식이 불가능한 때문이다.

그럼에도 불구하고 물고기의 이미지가 부녀 사이에 어떤 이해를 성립하게 한 것도 틀림은 없다. 그 이해는 개별적 존재의 자율성에 대한 것이다. 그러한 관점에서 본다면, 앞의 소설에서의 부녀간의 이해란 하나의 구체적인 이해라기보다는 개체적 인간의 독자성과 자율성에 대한 일반적이고 추상적인 이해와 다를 것이 없다고 말하여야 할 것이다. 내용에 있어서 같은 것이면서도 다른 것은 무엇인가. 그것은 이러한 이해가 감각과 상상력을 자극하면서 전인적으로, 말하자면 정열을 수반하여 이루어진다는 점일 것이다. 그리하여 그것은 추상적인 명제에 대한 동의가 아니라 감격적인 체험이 되고, 감격의 힘은 추상적 동의와는 달리 실천적 의지와 하나가 된다.

에피파니/지각과 이념, 존재론적 깨우침 그러면서도 이 체험과 감격과 의지에는 이미 하나의 이념적 형태가 들어가 있다. 보석처럼 빛나는 따스한 바다에서 자맥질을 하는 물고기 — 그것은 생명체가 일정한 환경 속에 조화되어, 물론 위험도 수반될 수밖에 없는 환경에서 생명을 영위하고 있는 모습을 보여 준다. 이것은 역동적이면서도 공간적인 이미지이다. 이 공간은 하나의 생명체를 떠받들기에 충분한 공간이다. 그 공간은 그것을 독립적으로 존재하게 한다. 그러한 의미에서 그것은 보는 사람으로부터 거리를 만들어 내는 것이기도 하다. 딸을 물고기로 상상하고 있는 아버지는 그 공간으로부터 차단되고, 그 경험을 통하여 딸을 떠나보내야 한다는 것을 저절로 깨닫게 된다. 다만 차단하는 공간은 다른 한편으로 서로를 이어 주는 공간이기도 하다. 아버지가 생명력이 넘치는 독자적인 존재로 딸을 상상한다는 것은 그 모습에 공감하고 동의한다는 것이고, 결국 아버지도 그에 비슷한 공간 속에 독자적으로 존재하는 것임을 받아들이는 것이다. 이 공간은 생명체들을 서로 일정한 간격 속에 두면서 동시에 같이 있게 하는 것이다. 모든 공간의 상상력은 아마 이러한 것일 것이다. 또는 더 나아가 모든 상상력은 그러한 것이라고 할 수도 있다. 그것은 결국 공간적 존재로서의 인간의 원초적인 있음을 직접적인 감각 체험에서 되돌려 놓는 일을 한다고 할 수 있다. 사람이 세계 안의 존재라는 것이 기본적인 실존 조건이라면, 그것은 인간 의식의 가장 기본적인 형태인 감각 속에서 이미 드러나기 시작하는 것일 것이다. 그러니까 여기에서 일어나는 것은 말하자면 일종의 존재론적 이해이다. 모든 존재 — 특히 생명을 가진 존재가 그 나름의 독자성을 가지고 있다는 이해는 존재의 직접성에 대한 직관이면서 동시에 존재의 존재 방식에 대한 총체적 이해이다. 그러한 의미에서 그것은 단순한 사실성의 인정 이상을 넘어서 이념적 성격을 가지고 있다. 그러면서 동시에 그것은 개념적으로 불러낼 수 없는 것이다. 이 이념의 직접성을 강조하는 것은 그것이 깨우쳐지는 방식에 있어서이다. 그것은 하나의 추론의 결과라기보다는 감각이나 지각의 체험으로써 온다. 이러한 구체적 사건의 성격을 가진 이념의 출현을 우리는 에피파니라고 부를 수 있다. 에피파니는 중세의 신학에서 신의 출현을 말하지만, 제임스 조이스가 어떤 깨우침을 가져오는 구체적 사건을 지시하기 위하여 사용한 말이기도 하다.

칸트의 개인의 존엄성 되풀이하여 『황금의 그릇』에서의 아버지의 상상력이 개인적 실존을 확인하는 방향으로 작용한 것은 문화적인 압력 — 모든 개인을 하나의 주체적인 자기 목적적인 것으로 간주해야 한다는 칸트적 윤리의 명제의 압력이 있다고 할 수 있다. 그러나 거꾸로 칸트적 전제는 바로 이러한 원초적 상상력에 의하여 뒷받침된다고 하는 것이 옳을는지 모른다. 사람이 그를 에워싸는 물리적 환경 속에 개체로서 투입되어 있다는 것은 윤리나 관습 이전에 인간 생존의 사실적 조건의 기본일 것이다. 우리의 감각은 늘 이 사실을 우리에게 새삼스럽게 재확인시켜 주는 역할을 수행한다. 이것을 하나의 인식의 순간으로 올려놓는 것이 우리의 물질적 상상력이다. 그러한 의미에서 칸트적 명제는 논리적 필연성이라기보다는 요청(Postulat)이고, 이 요청의 근거는 자신과 타자 그리고 모든 개체적인 존재에 대한 직관에서 나온다. 이것은 일반적인 이해이기도 하고, 위의 『황금의 그릇』에서 보는 바와 같은 하나의 에피파니적 사건으로서 깨우침의 대상이 되기도 한다. 물론 이것은 다시 문화적인 정형화에 의하여 사회 일반의 통념이 된다. 개체의 독자성, 위엄, 그리고 자율에 대한 인정이 반드시 서양의 통념에 한정될 수 없는 것이면서도 서양 고유의 생각으로 받아들여지는 것은 이러한 문화적·사회적 전개로 인한 것이다. 그러나 다시 한번 칸트의 "모든 개인은 목적인 것으로 대접되어야 한다."라는 것은 모든 사람이 직관적으로 알 수 있는 보편성을 가진 윤리적 명제이다. 그것의 보편성은 바로 그것이 다른 원리로부터 연역하여 증명하기 어려운 그 공리로서의 성격에서 드러나고, 다른 한편으로는 그것이 개개의 삶에 있어서 생존의 실존적 기초 또는 부정할 수 없는 사실성(facticity)으로서 확인되는 것에서 알 수 있다. 또는 바로 이 사실성으로 하여 바로 보편적·윤리적 명제의 성격을 띤다고 할 수도 있다.

개인의 존엄성과 사회 그러나 말할 것도 없이 그것이 우리의 감각적 삶의 원초적 지평으로부터 이탈할 가능성은 늘 존재한다. 또 그것은 개인적으로나 사회적으로나 보다 넓고 긴 기획을 위하여 불가피하게 일어나는 일이다. 부정될 수 없는 실존의 사실성의 인정에 칸트의 윤리적 명제의 기본이 있다면, 그것이 확장된 것이 인권 사상이라고 말할 수 있다. 그러나 인권의 실현이 얼마나 복잡한 사회, 정치, 법률 제도의 발전을 필요로 하는가는 새삼스럽게 말할 필요도 없다. 그리고 또 그러한 것이 사실상 원래의 직관을 부정하게 되는 사례도 없을 수가 없다. 그러나 모든 사람이 사람으로서의 권리를 향유할 수 있는 질서의 밑에는 칸트의 직관이 있고, 또 그것을 뒷받침하는 것은 주어진 환경 속에서의 인간의 물질적 실존의 진실이다. 이것은 너스바움이 말한 바와 같은 지각의 판별력에 긴밀히 관계되어 있다. 오늘날 우리가 우리 사회에 경험하고 있는 투쟁적 사회 상황은 정의를 위한 투쟁의 성격을 띤다. 이 정의의 투쟁은 만인 전쟁의 부정적 조건에서 발생하는 것으로 말할 수 있다. 그러면서도 그것이 보다 긍정적인 의미에서의 정의의 질서로 나아가려면, 그것은 인간의 실존적 조건에 이어져야 한다. 그 조건에 이미 이념적 투영은 존재한다. 정의의 질서는 그 가능성의 확장이라고 이해되어야 한다. 그러한 의미에서 우리의 감각적 삶을 온전히 유지하는 것은 극히 중요한 일의 하나이다. 이것을 떠맡고 있는 것이 앞에서 이미 비친 바와 같이 문학이다. 문학이 법률적 심성의 수련에 중요한 기초가 되는 것은 당연한 일이다. 조선조의 과거에서 시를 쓰는 능력을 가장 중시한 것은 이러한 사실을 꿰뚫어 본 때문이라고 할 수 있다. 문학이 참다운 의미에서 지각과 인식 능력의 향상에 기여하지 못했다면, 그것은 사람이 하는 일은 늘 살아 움직이는 삶의 현실로부터 일탈할 가능성을 가지고 있다는 것을 말할 뿐이다.

(2009년)

부름과 직업, 학문의 현실적 의미

스스로를 위한 학문[1]

작년 10월에 독일의 마인츠 대학의 신학부 마리우스 라이저(Marius Reiser) 교수가 겨울 학기만 마치고 사직하겠다는 선언을 했다. 얼마 전에는 사임 이유를 설명한 에세이가 프랑크푸르트의 한 신문에 실렸다. 라이저 교수가 사임하려는 것은 지금 독일과 유럽에서 일어나고 있는 대학 개혁에 항의하는 뜻에서이다. 유럽 연합의 교육부 장관과 교육 관계자들은 1999년 볼로냐에서 소위 '볼로냐 과정'이라고 불리게 된 협약을 맺었다. 이것은 지역 안에서의 여러 대학을 묶어 유럽을 하나의 '고등 교육 공간'으로 만들자는 것이다. 2010년까지 완성될 예정인 이 계획은 각 지역의 대학들의 교과 과정, 학생과 교수들의 왕래, 학점 교환 제도의 새로운 정비를

1 《경향신문》 2009년 2월 13일자에 실린 칼럼을 약간의 수정을 가하여 전재한 것이다. 여기의 글은 이 칼럼에 언급한 사건의 의미 함축을 더 발전시켜 본 것이다.

요구한다. 라이저 교수가 이 협약의 진행에 반대하는 것은 그것이 대학들의 자율성과 학문의 자유를 제약하게 된다고 생각하기 때문이다.

대학의 새로운 정비는 어떻게 보면 지역 통합의 자연스러운 결과로서 불가피하다고 할 수 있다. 대학 간의 교류가 용이해지려면, 일정한 형식에 맞추어 제도를 정비하여야 한다. 수업 연한의 조정, 수업 과정과 방법의 규격화 등이 불가피하다. 그러나 많은 경우 외면적 형식의 부과는 내면적 충실을 어렵게 한다. 그리하여 독자적이고 고유한 학문이 자리를 찾기 어렵게 된다. 표준화된 과정의 수업은 개인으로서의 고유한 인격과 온축(蘊蓄)이 있는 교수보다는 일정하게 훈련된 강사에 의하여 보다 능률적으로 수행될 수 있다. 그리고 제도적 정비 속에서 대학은 규격 상품을 주문 생산하는 '공부 공장' 또는 직업 훈련소가 된다.

다른 한편으로 이러한 변화는 넓은 범위의 제도적 통합 그리고 그에 따른 관료화가 요구하는 불가피한 결과라고만 할 수는 없다. 어떤 것이 되었든 실용성이 있어야 한다는 것이 시대의 정신이다. 볼로냐 협약에 따라 열린 2004년의 대학 총장 회의에서 나온 문서는 그것을 잘 드러내 준다. 라이저 교수가 언급하고 있는 이 문서의 표제어들, "시장 전략, 경쟁력, 범유럽 교수 모집과 채용, 대학 경영, 과학 기반 경제, 품질, 능률, 시너지 효과, 혁신 능력, 사회적·경제적 발전 잠재력" 등등의 말은 대학의 이념을 지배하고 있는 것이 물질주의와 공리주의라는 것을 말한다. 학생의 개인적 관점에서도 중요한 것은 대학에서 얻어 낼 수 있는 현실적 이익이다. 그리하여 대학은 오로지 특정한 직업을 위한 훈련장으로서의 의미를 갖는다. 그리고 대학의 의미는 부와 귀 — 물질적 보상과 명예를 얻기 위하여 거쳐야 하는 통로일 뿐이다.

이러한 시대의 흐름에 대하여 라이저 교수는 대학이 개인적으로나 사회적으로나 실용적인 의미를 가진 기구가 아니라는 것을 상기시키고자 한다. 대학은, 존 헨리 뉴먼의 말을 빌려 "눈에 띄게 번쩍이는 상품들의 장터"도 아니고, 인적 자원으로 상품을 제조하는 "공장"도 아니라고 그는 말한다. 대학의 사명은 학문을 학문 자체로서 추구하는 것이다. 그의 생각으로는 지식 전달도 반드시 학문의 핵심 기능이 아니다. 지식만의 전달은 "스스로의 피상성을 알지 못하는 피상성"을 길러 낸다. 교육의 핵심은 정신의 도야이다. 앎과 인식과 지혜는 이 정신의 소산이라야 한다. 그것은 그 자체로 의미를 갖는다.

그러나 정신이 중요하다고 해서, 그것이 일정한 도덕적 가르침을 주입하는 것이라고 생각하는 것도 잘못된 생각이다. 자연 과학에서는 물론이지만, 정신 과학의 분야에서도 대학의 기능은 지식 정보를 전달하는 것도 아니고 독단적 확신을 심어 주는 것도 아니다. 라이저 교수의 전공 분야인 신학에서까지도, 그 목적이 종교 교육 또는 설교가 되면, 신학은 학문이기를 그치게 된다. 핵심은 자유로운 정신이다. 위대한 학문적 업적은 자율과 자유의 정신에서만 이루어진다.

그렇다면 대학은 어떻게 사회에 봉사하는 것인가? 자유로운 정신을 통하여 높은 학문의 수준을 유지하는 것 자체가 대학의 사회적 기여라고 라이저 교수는 생각한다. 그런데 새로운 제도하에서 학문의 수준은 저하될 수밖에 없다. 라이저 교수가 전문 지식을 통한 사회적 기여를 무시하는 것은 아니다. 그는 특정한 분야의 수요에 대응하는 교육은 학부 이후에 이루어지게 하는 구제도가 옳다고 생각한다.

새로 규격화되는 교과 과정의 구체적인 내용은 알 수 없지만, 그가 열거하는 바 경제와 경영의 관점에서 대학을 파악하는 유럽 대학 총장들의 용어들은 그대로 한국의 대학과 정신생활의 기본 철학을 나타내는 말들이라 할 수 있다. 그가 전 시대의 사상가들을 인용하여 말하는 학문의 이상도 우리 전통에서의 그에 대한 인식에 비슷하다. 다만 그것을 우리는 더 철저하게 잊었을 뿐이다. 가장 간단하게 말하여, 위기지학(爲己之學)이란 말은 바로 비슷한 학문의 이상을 나타낸다. 이것은 학문이 이기적인 목적을 위한 것이라는 말이 아니라 스스로를 위한 학문 — 다른 사람의 눈에 좋아 뵈는 것을 얻으려고 하는 위인지학(爲人之學)이 아니라, 자신의 마음에서 스스로 얻어질 깨달음의 수업이라는 것을 말한다.

물론 사회와 정치는 유학(儒學)의 핵심적인 관심사이다.(이에 대한 지나친 관심 그것이 문제였다고 할 수도 있다.) 그러나 이론과 이상에 있어서 학문의 목적은 학문 자체에 있었다. 그리고 역설적으로 그러한 순수한 학문의 연수야말로 공적인 책임을 바르게 수행할 수 있는 사람이 되는 길이었다. 그러나 현실에 있어서 학문을 국가로부터 분리하는 것은 어려운 일이었고, 개인적으로 그것은 과거나 출세 — 거의 전적으로 세간적인 목적을 위한 수단에 불과한 경우가 많았다. 그래도 이러한 학문의 이상은 존재하였다. 그런데 현실에 대한 안티테제로서의 학문과 정신적 추구의 이상까지도 완전히 소멸된 것이 오늘의 우리 현실이다. 지금 학문은 개인적으로는 부귀의 수단이다. 그러면서 명분상 학문적 수행은 국가의 이름으로 정당화된다. 여기에는 대체로 경제와 국력이라는 관점이 도입되지만, 그에 못지않게 강한 정당성의 테두리가 되는 것은 민족과 사회 정의의 목적이다. 그리하여 학문 그 자체는 미미한 존재 이유밖에 없는 것이 되었다. 오늘날 사라진 것은 인간 활동의 여러 분야가 독자적인 존재로 있으면서 지적(知的) 전체로서의 인간 공동체의 건강에 기여한다는 인식이다. 이것은 학문에서만이 아니라 다른 일에서도 그렇다. 그리하여 일 자체의 존귀함은 사라져 버렸다. 하나의 일에 대한 헌신은 삶의 협소화를 뜻하지 않는다. 하나를 위한 정진은 정신을 다른 정진에로 열리게 한다. 자유로운 정신의 선물의 하나가 이 열림의 자세이다.

학문에서의 순수성의 소멸은 세계적인 추세이다. 이것이 우리나라에서 특히 두드러진 것일 뿐이다. 미국의 저명한 문학 이론가 스탠리 피시(Stanley Fish)는 최근에 자신과 같은 사람은 순수한 인문학자로서 마지막 세대에 속하는 것이 아닌가 하는 생각을 토로한 바 있다. 그는 이것을 불가항력의 시대적 추이로 받아들인다. 라이저 교수는 독일의 대학에서 대학의 새로운 변화에 대하여 불평은 있지만, 저항도 비판도 없다고 말한다. 프로젝트 연구비, 업적에 따른 급료, 자의적인 기준의 평가 등의 제도가 교수들을 옭아매고 있다. 대학의 교원들은 관료제 속에서 완전히 무력하다. 이러한 상황에 대하여 라이저 교수는 자기를 희생하여 비판의 소리를 내려는 것이다. 그는 '모집'에 응하여 교수로 채용된 것이 아니라, '부름'에 답하여 교수가 되었다고 말한다. 이 '부름'이란 독일어에서 '직업'이라는 단어와 같은 어원을 가지고 있다. 거기에는 소명감이 직업의 토대라는 뜻이 들어 있다. 이것은 특히 대학의 학문 연구에서 그러하고 공직에서 그러하다. 그러나 모든 직업은 일단 그 자체로 존귀한 것의 부름에 답하는 행위이다. 라이저 교수는 이제 대학의 교수직은 부름의 직책이 아니라고 한다. 그리하여 그는 사직을 결심했다. 겨울 학기가 끝나는 지금까지 대학에서 그의 사표를 수리하였다는 소식은 없다. 그러나 그는 사임하고, 한 인터뷰에서 앞으로의 계획에 대한 질문을 받고, 채소를 기르면서 공부를 계속하겠다고 답하였다. 라이저 교수의 사임 선언은 작은 사건이라면 작은 사건이지만, 우리에게도 깊은 의미를 갖는 사건이라 아니 할 수 없다.

부름으로서의 직업

위에 말한 것은 독일과 유럽에서 일어난 한 사건을 통해서 우리의 사정을 되돌아보는 계기로 삼아 보자는 것이었다. 신문의 칼럼인 관계로, 또 이러한 문제들을 완전히 논의하는 것이 아니라 사건을 간단히 소개하여 생각의 기회를 갖자는 것이 이것을 이야기한 이유였다. 독일과 유럽의 사정이 우리 사정에 같은 것일 수는 없다. 그리고 라이저 교수의 의견에 우리가 완전히 동의할 수도 없다. 그 이유의 하나는 우리의 전통이, 앞에서 본 바와 같이, 그의 입장에 상통하는 점이 많다고 하더라도 별개의 것이고, 또 그 전통에 대하여 그리고 이 전통의 현대의 학문적 관습과 제도의 관계에 대하여 우리 사회에서 충분한 검토가 이루어져 있다고 할 수 없기 때문이다. 어쨌든 아마 라이저 교수의 입장은, 그것을 특권의 옹호라고 비난하든지 또는 이미 확립되어 있는 좋은 전통의 수호라고 하든지, 개선의 필요는 인정하면서도, 대체적으로는 이미 있는 제도를 방어하는 것이라 할 수 있다.

아직도 발전과 변화 또는 진화 과정에 있는 우리로서는 — 전통과의 적극적 연결에 더하여 — 라이저 교수가 비판하고 있는 볼로냐 과정에서도 배울 점도 많지 않을까 한다. 다만 그러면서도 우리에게도 그가 말하고 있는 바 학문이라는 직업의 정신적 의미를 잃지 않는 것은 중요한 일일 것이다. 이것은 제도적 관련에 못지않게, 대학이라는 개인적인 차원에서도 중요하다. 제도적으로 그것을 움직이는 정신으로부터 이탈된 제도는 유연하게 살아 움직이는 제도가 되지 못한다. 여기에는 그것을 현실에 이어 주는 개인의 정신이 살아 있어야 된다. 그리고 물론 그 개인은 제도의 톱니바퀴가 아니라 주체적으로 깨어 있는 개인이라야 한다. 그러한 개인의 정신이 바로 제도를 살아 있는 것이 되게 한다.

여기에서 조금 더 생각해 보고자 하는 것은 이 정신의 문제이다. 그것에 접근하는 가장 간단한 방법은 앞에서 이미 언급한 부름이라는 말에 시사되어 있다. 그것은 개체적 정신과 그것의 보다 큰 테두리의 관계를 정의해 주는 말이라 할 수 있기 때문이다.

'부름'이라고 말한 것은 이미 설명한 바와 같이 독일어의 'Berufung'

을 번역한 것이다. 그것은 채용되는 것과는 다르다고 라이저 교수는 말한다.("Berufen heißt nicht rekrutiert.") 또 그는, 이미 소개한 바와 같이 "나는 채용된 것이 아니라 부름에 답하였다.(Ich bin nicht 'rekrutiert,' sondern berufen.)"라고도 말한다. 그리고 새 제도에서 이제 "나의 부름의 전체"는 존재하지 않는다.("Die Voraussetzung für meine Berufung aber ist mit dem neuen System in meinen Augen nicht mehr gegeben.") 이것이 그가 교수직을 사직하는 근본 이유이다.

이러한 표현들에서 Berufung이란 사실적으로는 교수 임명을 의미한다. 그것은 교수직(Beruf)에 나아간다는 말이다. 그러나 그것은 보다 동적인 진행의 과정을 포함하는 말이라고 할 수 있기 때문에, 더 구체적으로는 교수 초빙의 절차를 의미한다. 교수 임명에는 독일이라면 법으로 규정된 복잡한 절차가 있다. 이 절차가 필요한 것은 교수직이 공적 성격을 가지고 있기 때문이다. 그리고 동시에 이 절차는 교수직의 권위와 자유를 보장하는 근거가 된다. 그리하여 그것은 어떤 기구의 특정 목적을 위하여, 특히 어떤 이익 집단에서 필요한 직책 수행을 위하여 사람을 채용하는 것과 다른 것이다.

물론 이러한 공적 성격은 교수직에만 한정된 것은 아니다. 사회적으로 필요한 모든 직업, 가령 중세 유럽에 있어서 목수나 대장장이 또는 음유시인의 직업까지도 공적 성격을 가지고 있었다. 그러한 뜻에서 이 모든 직업은 직업(Beruf)이면서 부름(Berufung)이다. 조금 과장하면 부름으로서의 직업은 천직(天職)이라는 뜻에 가까이 간다. 그러나 교수의 경우, 이것은 조금 더 적극적인 내면적 의미를 가지게 되어, 교수직에 나아가는 것은 교회의 성직자가 그 자리에 나아가는 것과 같은 것으로 생각되는 것이 아닌가 한다. 성직자의 취임도 Berufung으로 말하여진다. 그러나 성직자의 경우 그것은 보다 심각한 의미에서 내적 의미를 갖는다. 성직자의 임명 또는 서품에는 마음에서 느끼는 부름이 하나의 요건이 된다. 물론 이것도 많은 경우 단순히 마음속에 들리는 소리라기보다는 밖으로 표현되는 믿음—행동으로 증거되고, 의식 절차를 통하여 확인되는 내외의 과정을 가리킨다. 교수의 임명은 그 초점이 조금 더 외면적인 절차로 옮겨 간다. 그러나 여전히 그 내면적 의미가 완전히 버려지는 것은 아니다. 모든 직업이 세속화된 지금에 있어서도 그것은 단순히 밥벌이의 필요만으로 정의되는 경우는 없다고 할 것이기 때문이다.

물론 이 내외의 종합은 성직이나 교직이 아닌 경우에도 생각할 수 없는 것은 아니다. 사람에게 주어지는 생명의 선물은 그에게만 주어지는 고유한 삶의 실천을 위한 것이라는 생각이 있다. 막스 셸러는 사람에게는 독특한 품성이 있고, 이것에 따라 직업과 일에서 자기를 실현하는 것이 자신의 주어진 운명의 부름에 응하는 것이라고 말한다.[2] 이러한 생각은 세속적인 차원에서 있을 수 있는 것이면서도, 셸러의 경우처럼, 삶과 일에 대한 종교적인 해석에 가까이 가는 것이다. 이러나저러나 사람들은 자신이 하는 일을 자신에게 주어진 일로 받아들일 수밖에 없다. 그래서 그것을 천직에 비슷한 것으로 생각하게 된다. 성격이 운명이라는 말과 같은 것도 이것에 비슷한, 어떤 일이 그럴 수밖에 없었다는 생각을 표현한 것이다. 이러한 것들은 삶을 세속적으로 또 우연론의 관점에서 접근하는 듯하면서도 사람들이 하는 일에 대하여 가지고 있는 어떤 성스러움의 느낌을 표현하는 것이라

---

2 Max Scheller, "Ordo Amoris", *Selected Essays*(Northwestern University, 1973), p. 104 et ff. 이러한 생각은 한편으로 인도에 있어서의 카스트 제도에 이어질 수 있다. 카스트는 모든 사람이 자기에게 주어진 일에 충실하고, 적어도 현생(現生)에서는 그것을 벗어날 수 없다는 철학에 입각해 있다. 그러나 다른 한편으로 소명(召命)으로서의 직업의 개념은 모든 직종은 그 나름으로 개성의 실현이며, 그것은 유기적 질서의 총체의 일부 안에서 그 나름의 의미를 가지고 있는 일이라는 생각으로 이어진다. 셸러의 생각은 이 뒤쪽으로 기우는 것이 아닌가 한다. 우리 교육제도의 많은 문제는 직업과 개성적 인간 성취 그리고 그에 따른 교육 또 유기적 질서 안에서의 모든 직업의 동등성에 대한 이념이 전적으로 결여된 데에서 온다고 할 수 있다.

고 할 수 있다.

교수직은 서구 전통에서도 그러하고 동양 전통에서도 성직자의 직책으로부터 진화해 나온 것이다.(유교 전통에서 유자(儒子)란 원래 죽음의 의례(儀禮)를 수행하는 사람이고, 그들의 직책이 하늘[天]의 개념의 전개에 연계되어 있다는 연구도 있다.) 그리고 그것은 아직도 그러한 흔적을 지녀 가지고 있는 직업이다. 라이저 교수가 교수직의 부름에 대하여 말한 것은 이러한 내적인·외적인 조건에 관계된 것이라고 할 수 있다. 어떤 경우에나 그것은 다른 직업보다 도덕적 차원에서의 의무의 성격을 가지고 있다. 그리고 개인적인 차원에서 거기에는 어떤 필연적인 느낌이 들어 있다. 교수직에 나아가는 사람은 적어도 다소간에 그것이 자신의 성품에 맞는 것이며, 또 그 자체로 할 만한 일이라는 느낌을 갖는다.

그렇다고 교수직을 간단히 성직과 같은 것이라고 할 수는 없다. 또 어떤 관점에서는 그렇게 생각해서도 아니 된다. 또는 역설적으로 그것을 보다 성직에 가까운 것으로 생각하여야 한다고 할 수도 있다. 우리 사회에서 교수직은 사회의 교사로서의 책무를 가진 것이 되어 있다. 그리고 사회와 정치에 있어서의 그때그때의 문제에 직접적으로 발언하는 것이 마땅하다고 생각한다. 또는 거기에 봉사하는 것이 교수직의 기본 사명이라고 생각한다. 서구에도 이러한 전통이 없다고 할 수는 없지만, 이것은 한국의 유학 전통에 의하여 보강되는 생각이다. 이 전통에서 사회와 정치로부터 초연하면서도 그것에 대하여 끊임없이 발언하는 데에서 자기 정체성을 확인하는 것이 유학자이다. 이러한 생각은 성직자에까지도 확산되어 있다. 그리하여 이러한 사회적·정치적 개입이 없이는 본연의 임무를 바르게 수행하지 않는 것으로 생각된다. 이러한 생각들이 반드시 틀린 것은 아니다. 그러나 이것을 지나치게 간단히 생각하는 것은 소명으로서의 그러한 작업의 과제까지도 그르치게 되는 결과를 가져올 수 있다. 전쟁의 혼란 속에서 적

십자의 활동이 가능한 것은, 전쟁의 잘잘못이 없지 않음에도 불구하고 그것에 초연한 입장을 취할 여지를 확보하기 때문이다. 성직과 성직이 수행하는 세간적 작업의 수행 사이에는 — 교수직을 성직에 유사한 것으로 생각하고 하는 말이 되겠는데 — 많은 역설적인 행위와 무행위의 얽힘이 존재한다. 그것은 하나이면서 따로 있는 것이다. 이 모순된 관계가 제대로 인식될 때, 성직의 성직 됨도 유지될 수 있고, 그것의 세간적 임무도 바르게 수행된다. 직선적으로 그때그때 맞부딪는 것만이 일을 해내는 방법인 것은 아니다.

학문의 가치 중립

막스 베버는 1917년 뮌헨 대학에서 「직업으로서의 학문(Wissenschaft als Beruf)」이라는 제목으로 강연을 행한 바 있다. 베버의 글에서 가장 유명한 글의 하나가 된 이 강연의 텍스트의 많은 부분은, 베버 자신이 그렇게 말하고 있지는 않지만, 여기에서 말하는 직업 Beruf가 심각한 의미에서의 부름 Berufung에 이어지는 것이 아니라는 것을 말하려 한 것이라 할 수 있다. 그 논지는 교수직은 단순한 직업이며 성스러운 부름에 답하는 것이 아니라는 것이다.

이 글은 교수직에 따르는 여러 가지 물질적·사회적 조건들을 검토하는 데에서 시작한다. 그는 교수직도 직업이면서, 직업으로서 위험 부담이 많은 직업이라는 것을 강조한다. 물질적 보상의 관점에서 그렇고, 학위 후 본격적 교수직에 진출하는 기회에 있어서 그렇다. 그의 시대의 사강사(Privatdozent)의 형편은 오늘날 우리나라에서의 비정규직 강사들의 어려운 형편을 상기시킨다. 그러나 이 글의 가장 중요한 부분은, 조금 전에 말한 바와 같이, 교수직이 특별한 정신적 의의나 의무를 부여받고 있는 직업이 아니라는 것을 주장하는 데에 바쳐져 있다. 역설적으로 그가 이렇게 말하는 것은 교수직이 정신적 리더십을 제공하여야 한다는 사회적 기대가 컸기 때문이다. 교직에 있어서의 부름의 전통, 당대의 사상적 혼란, 이데올로기에 뒷받침된 정당들의 갈등 그리고 전쟁 중이었던 독일 국내 사정의 절박성 — 이러한 것들이 현실 세계의 투쟁에서 교수가 발언하여야 한다는 압력을 크게 하였다. 이에 대하여 베버의 주장은 사회와 정치 또는 인생의 지침을 제공하는 것이 학문의 기능이 아니라고 하는 것이다.

그러면 학문은 무엇을 하는 것인가? 학문이 할 수 있는 것은 자연 과학의 경우 비교적 간단하게 설명될 수 있다. 그것은 삶의 현실적인 문제를 해결하는 기술을 제공한다. 의학과 같은 것이 대표적인 예이다. 또 대학은 학생이 자기가 필요로 하는 방법과 지식을 살 수 있는 시장에 비슷하다. 대학에서 학생이 얻는 것은 주부가 시장에서 채소와 같은 것을 사는 것에 비슷하다.(베버의 언어는 복합적인 의미로 가득 차 있다. 이러한 말을 하면서도 그가 이것을 그렇게 좋은 상황이라고 생각한 것 같지는 않다.) 그런데 이러한 관점에서 본다면 인문·사회 과학은 시장의 편의와 같은 것도 제공할 수 없는 학문이다. 인문 과학의 연구와 수업은 분명하게 근거를 밝힐 수 없는 개인적 동기로 사람들이 받아들이는 것이다. 구태여 말한다면 그 의의는 그 추구 행위 자체에 있을 뿐이라고 하여야 한다. 흔히 생각하는 것은 인문·사회 과학이 인생의 지침을 밝혀 주는 기능을 가지고 있다는 것이다. 그러나 베버는 그것은 "사람의 삶이나 죽음에 의미가 있는가?" "사람은 어떻게 살아야 하는가?" "우리가 할 일이 무엇인가?" 하는 문제에 대하여서는 전적으로 아무런 답을 갖지 않는 것이 인문·사회 과학이라고 말한다. 이러한 문제들은 학문적으로 답할 수 없는 가치 선택의 세계에 속하는 일이다. 이 학문은 그 자체의 근거와 존재 이유에 대하여서도 답할 수가 없다.

그러나 학문의 삶과 사회에 대한 기여를 완강하게 부정하는 이러한 주장에도 불구하고 우리는 이 베버의 연설에서 그의 학문에 대한 신념과 정열을 강하게 느끼지 않을 수 없다. 이것은 베버가 그러한 지침을 제공하는 일에 대한 반론을 가지고 시대의 열띤 토론에 참여하고, 그러니만큼 일반화된 시대의 요청에 하나의 반대 지침을 내놓으려 하고 있기 때문이라고 할 수 있다. 그것은 조금 역설적인 것으로 보인다. 어쨌든 그는 개인적으로나 사회적으로나 삶의 지침을 제공하는 것은 예언자나 정치 선동가이지 학자가 아니라고 말한다. 서로 다른 입장의 예언자로 넘쳐 나는 것이 오늘의 세계이다. 그리고 그것은 갈등과 싸움의 원인이 되어 있다. 그러나 이것들 가운데 어느 것이 바른 선택이 되느냐 하는 것을 가려낼 기준은 학문에 존재하지 않는다. 교수가 예언자가 되고 시대의 교사가 되는 것은 자유이지만, 그것은 강단에서 할 일이 아니다. 강사가 일방적으로 군림하는 강단에서 그것이 공평하고 정당하게 행해질 수는 없는 일이다.

그렇다면 학문은 참으로 현실의 삶에 대하여 할 일이 없는 것인가? 조금 전에 말한 자연 과학이 그러한 것처럼, 인문·사회 과학도 기술적 지식을 제공할 수 있다고 할 수는 있다. 그 기술은 사물과 인간을 다루는 기술이다. 다음으로 인문·사회 과학은 생각하는 방법을 가르쳐 준다. 여기에서 중요한 것은 명증성(Klarheit)이다.[3] 사실을 분명히 하고 그 상호 관계를 논리적으로 밝히는 것이 학문의 작업이다. 일정한 목적을 선택했을 때 그것과 그에 따르는 수단의 연계를 가리는 데에 이것은 중요한 기능을 발휘한다. 여기에 부차적으로 말하여, 교수가 하여야 하는 일은 "불편한 사실들(Unbequeme Tatsachen)"을 받아들일 수 있게끔 학생들을 훈련하는 것이다. 대개의 파당적 견해는 그에 불편한 사실들을 제외하게 마련이지만 — 그

---

3 Max Weber, "Wissenschaft als Beruf", *Schriften 1894-1922*(Stuttgart: Körner Verlag, 2002). p. 504.

것은 각자가 가진 의견의 경우에도 그러하다. —그것을 그대로 받아들이게 하는 것이 필요하고, 그것은 거의 도덕적인 의미를 갖는다. 또는 그것은 과학이 요하는 당연한 전제 조건이다.[4]

이러한 발언에서 베버가 강조하는 것은 사실과 사실의 인과 관계이다. 그러나 말할 것도 없이 사실은 어떤 실천적 목적에 이어져서 참으로 중요한 것이 된다. 베버의 유명한 입장은, 서구의 근대 과학에서 받아들이고 있는 바 가치와 사실을 분리하고, 전자는 과학적 평가의 대상이 되지 않는다는 것이다. 이 입장에서 볼 때, 사실 세계에의 개입을 불가피하게 하는 수단만이 과학적 판별의 대상이 된다. 사람이 목적을 선택하면 거기에는 필수적으로 따라야 하는 수단들이 있다. 그리고 따라 나오는 결과와 부작용이 있다. 이러한 것들을 분명하게 밝히는 것이 학문이 할 수 있는 작업이다. 학문은 —철학적으로 자기 정향을 하려고 할 때 —사람들 각자에게 "자신의 행동의 의미의 마지막 정산표"[5]를 내놓을 것을 요구한다.

실천적인 관점에서 이 대조표는 어떠한 의미를 갖는가? 적어도 그것은 사람들로 하여금 실천적 선택을 조금 더 조심스럽게 행하게 할 것이다. 사람들은 어떤 행동이 펼치게 될 필수적인 시나리오 전부를 볼 수 있을 때 조금 더 바른 선택을 하게 될 것이라고 베버는 생각한다. 하나의 시나리오가 적당하지 않으면 다른 시나리오를 생각하게 될 것이고, 또 이러한 개관은 모든 시나리오의 검토로 나아갈 것이기 때문이다.

그러나 이것이 반드시 바른 관점에서 —도덕적으로 윤리적으로 정당하다고 할 수 있는 관점에서 이루어진다고 할 수는 없다. 목적과 수단, 결과와 부작용으로서의 결과에 대한 검토는 선택한 수단으로 의도하는 목표

---

4 Ibid., p. 499.

5 Ibid., p. 505.

를 성취할 수 있느냐 하는 관점에서 행해지는 냉혹한 계량이 되지 말라는 법이 없다. 수단과 목적의 연계 관계에 대한 해명은 어떤 목적에도 — 나쁜 것이든 좋은 것이든 — 활용될 수 있다. 어쩌면 이러한 분석은 마키아벨리적인 정치에서 가장 분명하게 도입되는 것일 것이다. 그 특징은 바로 목적과 수단의 정확한 계량이라고 할 수 있다. 국가 목적을 위해서 필요하다면, 힘(forza)와 속임수(froda)를 수단으로 동원할 수 있고, 이것을 정확히 동원하는 것이 바로 마키아벨리가 생각하는 정치 기술이다.

확신의 윤리와 책임의 윤리

그런데 참으로 베버는 학문의 가치 중립을 마키아벨리적 전술에 이어지는 것으로 생각한 것일까? 「직업으로서의 학문」의 논지로 보면, 학문은 가치에 대하여 발언할 근거가 없는 인간 활동이다. 그러나 우리는 그것이 냉정한 이론의 입장을 표현하는 것이 아니라, 앞에서 비친 바와 같이, 당대의 문제 그리고 인간의 실존적 상황에 대한 깊은 정열에서 나오는 선택이라는 사실에 주목하지 않을 수 없다. 학문의 가치 중립성의 주장은 가치에 대한 무관심을 나타낸다기보다는 현실 속에서 가치가 존재하는 방법에 대한 깊은 고뇌에서 나오는 결론이라고 보는 것이 옳을 것이다. 현실은 사람에게 일정한 입장을 취할 것과 실천적 커미트먼트를 보여 줄 것을 요구한다. 이 요구를 외면하는 것은 그것을 수긍하는 것만큼 어렵다고 할 수 있다. 그러나 이에 응하여 현실에 개입할 때, 곧 부딪치게 되는 것이 가치에 개재되어 있는 모순의 가능성들이다. 모순이 생기는 것은 서로 갈등을 일으킬 수 있는 가치를 적절하게 선택할 방법이 없기 때문이기도 하고(다른 문화나 세계관 사이의 갈등이 그 예가 될 수 있다.) 하나의 가치를 가지고도 사회적 테두리에 따라서 충성심이 갈라질 수 없기 때문이기도 하고(민족 국가 또는 국민 국가 체제 속에서 조국에 대한 사랑은 인간에 대한 사랑과 쉽게 갈등을 일으킨다. 또는 충효를 말할 때, 충과 효 사이에 일어나는 모순은 어떻게 할 것인가?) 또는 마키아벨리적 정치 현실에서의 목적과 수단의 모순에서 보듯이, 가치와 현실 사이에 있는 본질적인 분열로 인한 때문이기도 하다. 이러한 모순은 사람의 어떤 행동에나 있을 수 있지만, 정치 행동에서 가장 첨예하게 드러난다고 할 수 있다. 베버가 말하는 학문의 가치 중립은 이러한 가치의 모순 변증법에 연결됨으로써만 바르게 이해될 수 있다.

정치 행동은 개인적 행동의 차원을 넘어서 사회 현실을 통제 또는 개조하려는 것이고, 다른 사람의 삶에 직접적으로 간여하려는 것이다. 그리하여 가치의 현실 관계, 그것에 따른 행동의 윤리적 의미 등이 여기에서 두드러진 주제가 될 수밖에 없다. 그리고 그의 가치 중립론은 이 모순들을 현실의 테두리 안에서 해결해 보려는 것이었다고 할 수 있다. 이러한 문제에 대한 그의 가장 대표적인 노력은 「직업으로서의 정치」에서 살펴볼 수 있다. 「직업으로서의 학문」이 발표된 다음 해인 1918년에 있었던 이 강연의 주제들이 앞의 강연에 연결되어 있는 것은 자연스럽다고 하겠다.

이 강연 텍스트의 가장 많은 부분은 정치의 무윤리적 성격을 분석하는 데에 바쳐져 있다. 이 부분에서 가장 유명한 것은 국가를 "폭력의 합법적 독점의 권리를 주장하는" 기구라고 한 정의(定義)일 것이다. 이것은 하나의 사회 공동체의 기구이다. 여기에는 지도자가 있어야 하고, 지도자는 그의 권위를 통하여 사회를 통치하여야 한다. 또 국가를 폭력과 연결시킨 것 이외에 유명한 것은 이 지도자를 전통과 관습, 법 제도 이외에 카리스마에 의하여 정의한 것이다. 카리스마를 가진 지도자는 스스로 특별한 계시나 확신을 가졌다고 생각하고, 그 열성과 단호함으로 사람들을 이끌 수 있는 인간이다. 그는 '부름'을 받고 정치 운동에 헌신한다. 그리고 그를 추종하는 자들은 그에 대한 절대적인 신뢰를 가지고 그를 따른다.

어떤 경우에나 정치 지도자는 지배하는 자이고, 복종을 요구하는 자이다. 그리고 이 지배와 복종의 관계에 작용하는 것은 지도자의 권위 또는 카리스마적 지도자의 경우 특별한 견인력, 그 윤리적 정당성의 주장 등이지만, 현실적으로 보다 중요한 수단은 윤리로 규정할 수 없는 마키아벨리적 수단이다. 거기에는 두려움과 희망 그리고 여러 가지 군중적 감정도 동원되지만, 가장 중요한 것은 세간적인 이익이다. 정치 지도자는 '정치를 위하여' 사는 사람이기도 하지만, '정치로 먹고사는' 사람일 수도 있다. 그러나 그의 정치적 목적을 위해서 동원되고 조직화되어야 하는 사람들은 대체로 정치로 먹고사는 사람들이다. 그들은 정치로부터 직장과 직위 또는 물질적 보상 등 어떤 이익을 얻어 낼 수 있어야 한다. 이들이 지도자의 도구, '정치 기계'가 된다. 이것은 보다 순수한 정치 의도, 가령 사회의 혁명적 개조를 지향하는 정치 지도자와 정당의 경우에도 마찬가지이다.(베버는 사회 혁명의 기치를 높이 들고 나오는 볼셰비키의 경우에도 이것은 마찬가지라고 말한다.)

그러나 정치의 현실적 수단에 대한 모든 거의 냉정한 또는 냉소적인 관찰에도 불구하고 베버가 보다 높은 차원의 정치가 존재할 수 있다는 것을 부정하는 것은 아니다. 또는 그의 정치 수단에 관한 논의는 보다 높은 정치의 문제를 말하기 위한 전주곡에 불과하다고 할 수 있다. 여러 전통에서의 정치 형태들을 논하고, 또 독일의 정치 현실을 조감하면서, 그는 독일의 경우 가톨릭 중도 세력 그리고 사회 민주당에서 비교적 순수한 동기의 정치 행동가들을 발견한다.(베벨과 같은 사람을 그는 양심적인 정치가로 본다.) 이들은, 그들이 참으로 믿고 있는 세계관과 가치관 그리고 그것의 현실적 실현을 위하여 움직이는 정치 그룹이다. 그러나 그들은 오늘의 주어진 상황에서는 소수자 그룹으로 남아 있을 수밖에 없다. 그러면서도 베버는 다시 순수한 동기의 정치 행동가가 어떤 것인가 그리고 거기에 따를 수 있는 문제를 설명한다. 앞에서 우리가 언급한 여러 대안적 시나리오의 총체로서 그리고 하나의 선택에 따르는 목적과 결과와 부작용의 '마지막 정산표'는 이 진정한 정치 행동에서 빼어 놓을 수 없는 핵심을 차지한다고 할 수 있다. 베버가 생각하는 '정치를 위해서' 정치에 투신하는 정치가는 기본적으로 카리스마의 정치인이다. 또는 어떤 마술적 힘을 행사하는 것은 아니라도 정치를 보다 순수하게 생각하려는 정치인이다. 그러면서 그에게 필요한 것이 학문적 정산표에서 보는 바와 같은 행동의 앞뒤에 대한 정확한 고려이다. 우선 그가 순수한 정치적 인간에서 강조하는 것은 어떤 '사안(eine Sache)' 또는 목적을 위한 헌신이다. 정치에는 반드시 여러 세속적 요소, 앞에서 말한 지위나 물질적 욕망 그리고 특히 권력 의지가 작용하지 않을 수 없는 것이겠지만, 그것은 진정한 정치에서 핵심적인 요소를 이루지 아니한다. 진정한 정치는 오히려 그러한 '허영(Eitelkeit)'으로부터 멀리 있고, 거기에 부풀린 자아의식이 작용한다고 한다면, 그것은 자기에게 주어진 사안을 통하여 자기를 보다 크게 실현하려는 충동이다. 주어진 사안, 부름으로서의 사안은 그러한 의미에서 마음의 깊이와 정열에 이어져 있는 것으로서 단순한 지적 계산의 소산이 아니다. 그러면서도 역설적으로 중요한 것은 이 사안의 사실성(Sachlichkeit)을 받아들일 수 있는 능력이다. 이것은 사안을 객관적으로 파악할 수 있어야 한다는 것을 말하기도 하지만, 어떤 목적을 사실로서 실현될 수 있게 하겠다는 책임 의식으로 이어지는 마음가짐을 말한다. 다시 말하여 정치 행동가는 자기의 사안 또는 목적에 정열을 가지고 헌신할 수 있어야 한다. 그리고 그것을 기어이 달성하여야 하겠다는 책임감을 가지고 있어야 한다. 그러기 위해서 필요한 것이 집중과 평정으로, 현실로 하여금 마음에 작용할 수 있게 할 수 있는 여유—사물들과 인간들로부터 거리를 유지할 수 있게 할 수 있는 균형감, 판단력이다. 베버는 정치가에게 요구되는 이러한 심성적 요건을 정열

(Leidenschaft), 책임감(Verantwortungsgefühl), 균형 의식(Augenmaß)으로 요약한다.[6]

정치 행동에 대한 이러한 설명에서 사실성이나 책임감은 핵심적인 자리를 차지한다. 학문의 엄정성 그리고 거기에 따를 수밖에 없는 중립성은 마땅히 여기에 자리하여야 하는 것일 것이다. 정치가 그에 봉사하는 목적은 일정한 가치에 근거해 있다. 정치가 인간 현실에서 가장 중요한 부분이라고 할 때, 학문이 정치에 연결되는 것을 피할 수 없다고 할 수 있다. 그때 학문의 특징이 되는 가치 중립—사실적 엄정성을 위한 가치 중립은 다시 가치에 연결된다. 그러면서 그것은 복잡한 변증법에 들어가게 된다. 이 변증법 속에서, 학문과 학문의 가치 중립은 하나의 독립된 인간 행위의 영역이면서 동시에 전체의 일부가 된다.

정치는, 가치와의 관계에서—가치들은 세계관과 입장의 차이에 따라서 다른 것일 수 있고, 서로 갈등할 수 있는 것이기는 하지만—일단 또는 적어도 그것을 선택한 사람의 관점에서는 드높은 이상을 나타낸다고 할 수 있다. 그리고 그것은 보다 나은 삶을 실현하겠다는 것인 만큼, 대체적으로 윤리적 의미를 갖는다. 진정한 정치적 행동은 이 관점에서 윤리적 행동이라 할 수 있다. 그러나 문제는 그것이 높은 윤리적 가치를 나타내고 있다고 하더라도, 정치의 이상을 현실 속에 실현하기 위해서는 비윤리적 수단이 사용되어야 한다는 것이다. 정치 행동은 단순히 그 좋은 의도만으로 정당화될 수는 없다. 여기에서, 앞에서 말한 진정한 정치 행동의 특징 가운데 책임 의식은 한결 중요한 것이 된다. 그리고 사실성에 대한 존중은 그 핵심을 이룬다. 정치는 행동의 동기만이 아니라 결과에 대하여 책임을 지는 인

---

6 H. H. Gerth and C. Wright Mills trans. and eds., "Politics as a Vocation", *From Max Weber: Essays in Sociology*(Oxford University Press, 1967), p. 115. 이 책과 함께 독일어 원문을 참조하고, 정확한 뉘앙스를 위하여 독일어 원문에서 독일어 용어들을 보충하여 넣었다.

간 행동이다.

그런데 되풀이하여 말하건대 정치 행동은 폭력을 비롯하여 여러 가지 비윤리적 또는 무윤리적 수단을 사용한다. 그러는 한 정치적 행동은 순수한 의미에서 윤리적인 것이 될 수 없다. 베버가 정치를 말하면서 자주 참조하는 성경의 '산상수훈'의 가르침을 따라서 행동하는 경우 거기에서 나오는 윤리는 폭력을 금지한다. 경찰이나 군대가 대표하는 국가 권력의 폭력적 측면을 제외하더라도 국가는 증세나 몰수, 차압 등의 강제 수단을 사용하지 않을 수 없다. 여기에서 벌써 국가 목적에는, 그것이 좋은 것을 의도하는 것이라고 하더라도, 비윤리적인 수단이 동원될 수 있다는 것을 보게 된다.

이러한 착잡한 현실을 감안하여 베버는 윤리에 두 가지가 있을 수 있다는 것을 지적한다. 그 하나는 '확신의 윤리(Gesinnungsethik)'—의도의 윤리 또는 궁극적 목적의 윤리라고 옮길 수도 있다.—이고, 다른 하나는 '책임의 윤리(Verantwortungsethik)'이다. 확신의 윤리는 간단한 차원에서는, 의도만 좋으면 결과는 어떻게 되었든 별도의 문제로 생각할 수 있다는 윤리이다. 그렇다고 이것이 좋은 의도를 위하여 비윤리적 수단을 사용한다는 것을 의미하는 것은 아니다. 여기에서 문제되는 것은 진정한 의미에서—또는 일단 선택한 가치의 관점에서는—선을 향한 행동 의지이다. 그러면서 그러한 의지로 행동하는 사람은 결과를 신의 뜻에 또는 다른 사람에게 맡긴다. 조금 나쁘게 생각하면 결과는 다른 사람들의 책임이라든가, 또는 신의 책임이라고 생각하는 것이라고 할 수도 있다. 그러한 의미에서 그것은 무책임의 윤리에 가깝다. 그렇다고 그것이 언제나 나쁜 의미에서 무책임의 윤리인 것은 아니다. 그것은 선을 위하여 거기에 따르는 부정적 결과를 생각할 수 없는 경우를 포함할 수 있다. 가령 순교자의 경우와 같은 것이 그러한 것이다.(요즘 같으면 자폭 테러리스트의 경우를 생각할 수도 있다.)

베버는 자기희생적인 — 그것은 곧 타자 희생적인 것이 될 수 있다. — 높은 동기의 윤리 행위가 인간 생존의 깊은 윤리적 의미를 밝히고, 그 불꽃을 꺼지지 않게 하는 데에 중요한 역할을 할 수 있다는 것을 인정한다. 또 그렇게 함으로써 오히려 현실의 윤리적 고양에 영감이 될 수도 있다.

그러나 현실 자체의 개혁을 의도하는 정치를 위한 윤리가 그러한 것일 수는 없다. 정치는 현실을 일정한 형태로 형성하는 데에 책임을 지고자 한다. 이때 정치는 책임의 윤리를 받아들인다. 그러나 이때 정치는 비윤리적 수단을 사용하지 않을 수 없는 경우가 있다는 것을 받아들이는 것이 될 수 있다. 그때 그것은 확신의 윤리의 관점에서는 진정한 의미에서의 윤리가 되지 못한다. 목적을 달성하기 위해서는 비윤리적 수단의 동원을 받아들이는 윤리 — 이것이 정치 행위의 윤리가 될 수 있는 것이다. 이것은 극단적인 경우, 목적이 수단을 정당화한다는 가장 냉혹한 현실주의 정치 철학이 된다. 여기에 사실성의 정확한 계산이 필요해진다. 베버가 주장하는 사안의 사실적 성취에 대한 책임의 강조는 마키아벨리적인 정치적 사고에로 연결되는 가능성을 가지고 있다. 피렌체 공화국을 위하여 동원될 수 있는 폭력과 술수나 마찬가지로 모든 정치 혁명에 불가피한 폭력도 결국은 윤리적 목적의 달성을 위한 비윤리적 수단으로서의 의미를 갖는다고 할 수 있다. 정치는 아무리 고상한 목표를 가지고 있다고 하더라도 베버의 생각으로는 "악마의 힘과의 협약"을 요구하는 것이다.

그러나 다른 한편으로 절대적인 윤리적 목표가 반드시 윤리적 결과를 낳는 것은 아니다. 목표에 입각한 행동이 그 결과에 대하여 책임을 지지 않는다면, 그것은 결국 현실을 악마의 손에 맡겨 두는 결과가 된다. 여기에서 필요한 것도 "삶의 현실을 가차 없이 직면할 수 있는 정신적 단련"이다.[7]

---

7 Ibid., pp. 126~127.

이때 대결의 상대는 무엇인가? 그것은 삶의 현실이면서 그것을 움직이고 있는 악마의 힘이라고 해야 할 것이다. 그러니까 책임의 윤리를 실천하고 있는 정치 행동은 사실 악마에 맞서는 선의 힘이라고 할 수 있다. 다만 이때 선에 봉사하는 것은 단순히 선의 힘이 아니라 악마의 힘 — 폭력과 술수가 될 수 있다. 그러면서도 중요한 것은 악마의 힘을 제어하려는 의도인 것은 틀림이 없다. 이 관점에서 베버가 말하는 책임의 윤리는 선악의 엇갈리는 비극적 상황 속에서의 선의 실현에 대한 책임보다도 그것에 따르는 악의 효과를 최소화하는 데에 필요한 것이라고 할 수 있다. 그것은 적극적 실천에 대한 책임보다도 (선의) 실천에 따르는 나쁜 결과와 부작용에 대한 경각심을 일으켜 주는 윤리라고 하는 것이 옳을는지 모른다.

이러한 의도는 국가가 사용하는 비윤리적 수단으로 그가 드는 예들이 적극적인 의미에서의 악과 술수가 아니라는 사실에서도 추측할 수 있다. 앞에서 이미 말한 바와 같이 베버는 증세나 강제 수용과 같은 조처도 당연한 국가의 기능으로 받아들이기보다는 윤리적으로 애매한 의미를 가진 것으로 본다. 그에게 이것은 절대적 윤리가 요구하는 바 사람의 자유의사의 옹호에 반하는 강제 수단으로 비치는 것이다. 이와는 대조되는 다른 윤리적 요구의 경우를 보면, 그는 절대적 윤리 규범이 요구하는 사실적 정직성도 섬세하게 고려하여야 하는 것이 정당한 정치라고 생각한다. 가령 국가적 이해관계에 대한 고려가 없이 모든 문서는 공개되는 것이 옳은 것인가? 절대적인 정직성의 원리는 이것을 요구한다. 그러나 그것은 국익을 해칠 수 있을 뿐만 아니라 자료의 정당치 못한 이용과 부적절한 감정을 유발하여, 진정한 의미에서의 공정한 검토와 연구를 방해하는 것이 될 수 있다. 노동 문제에 있어서의 스트라이크나 혁명에 대한 요구도 절대적 윤리의 관점에서는 허용될 수 없는 것이 되지만, 이것은 사실적 고려를 무시하는 일이다. 핵심은 사실적 정황에 대한 충분한 고려이다.

베버가 생각한 책임 윤리의 섬세한 의미는 지나치게 개념적인 어떤 혁명 전략에 대한 그의 태도에서 가장 잘 나타난다고 할 수 있다. 당대의 혁명적 사회주의자들은 1차 대전에 대하여 복잡한 태도를 가지고 있었다. "혁명이 수년간의 전쟁의 지속에 연결되는 경우, 그리고 당장에 평화가 이루어지고 혁명이 없는 경우 두 선택이 있다고 한다면, 우리는 전쟁이 수년간 더 지속되는 것을 선택할 것이다." — 이러한 선택을 주장하는 혁명적 사회주의자에 대하여 베버는 그 혁명이 이룩할 수 있는 것이 무엇인가를 묻고, 예측되는 결과가 진정한 사회주의 경제도 아니고 (아마 역사 발전의 단계론에 따라) 단순히 부르주아 경제의 재현이라고 한다면, 이 작은 결과를 위하여 몇 년의 전쟁의 계속을 선택하는 것은 정당화될 수 없는 일이라고 생각한다. "아무리 강한 사회주의적 신념을 가진 사람도 그러한 수단을 정당화하는 목적을 받아들일 수는 없다고 할 것이다." — 베버는 이렇게 말한다. 이에 이어서 윤리적 목적과 그에 전적으로 반대되는 수단을 사용하는 정치 계획 — "폭력에 대하여 사랑을 내세우고 외치면서 모든 폭력이 사라져 없어지게 할 최후의 폭력 행위를 위하여 힘을 사용할 것을 부르짖는" 정치 계획의 부당함을 베버는 말한다.[8]

필요한 것은 윤리적 의도와 그것을 위한 현실 행동 사이의 상관관계를 분명히 하는 것이다. 책임의 윤리는 이것을 행동의 핵심으로 하는 윤리이다. 이 윤리의 고려에서 사실의 사실성을 분명히 하는 것은 가장 기초적인 행동의 조건이다. 거기에서 나올 수 있는 것이 어떤 목표를 선택할 때의 의도와 결과와 그 부작용에 대한 마지막 정산서이다. 「직업으로서의 학문」에서 베버가 학문의 사명이 이러한 계산서에 한정되어야 한다고 말할 때, 그것은 학문의 가치 중립성을 말하면서 동시에 진정한 의미에서 학문이

---

8 Ibid., pp. 121～122.

현실적 윤리 실천에 기여할 수 있는 가능성을 말한 것이라 할 수 있다. 그것은 진정한 정치 행동의 요건인 균형 있는 판단력의 발현이 되고, 현실적 책임의 수행의 기초가 된다. 그러나 학문만으로 책임의 윤리가 실천될 수는 없다.

학문의 위업, 인간의 위엄 그리고 인간 윤리 경제학의 세 부분

학문적 엄정성 그리고 그것을 위한 가치 중립은 그 자체로서 중요한 것이면서, 앞에서 설명하려고 한 바와 같이, 삶의 현실에서 중요한 의미를 갖는다. 그리고 그 안에서 그것은 가치와 일정한 관계를 갖는다. 사실 베버는 학문의 가치 중립을 말하면서 그것을 주장하는 것 자체가 가치 선택이라고 말한다. 그는 또 단순한 주지주의를 지지하지 않는다고도 말한다. 앞에서 이미 말한 것이지만, 학문적 훈련이 요구하는 것이 '불편한 사실들'의 인정이라고 한다면, 그것은 그 나름의 도덕적 결단이 필요한 일이라고 해야 할 것이다. 그런데 그는 더 적극적으로 행동의 인과 관계에 대한 분석적 이해를 추구하는 것은 "'윤리적인' 힘('sittliche' Mächte) — 의무와 명증성과 책임감의 도덕적 힘"[9]에 봉사하는 것이라고도 말한다. 학문의 윤리적 중립성에 대한 강조에도 불구하고 학문은 도덕적 결단 위에서만 성립한다. 그러면서도 학문은 그것만으로는 사람을 움직이고 현실을 형성하고, 또는 그 과정에서의 폐해를 최소화하는 데에 충분한 힘이 될 수 없다. 그것은 복잡한 인간 현실의 한 부분일 뿐이다.

이성을 완전히 무력한 것으로 치는 것은 아니면서도, 정치를 움직이는

---

9 Max Weber, "Wissenschaft als Beruf", p. 505.

힘이 이성이 아니라는 것은 베버의 근본적인 테마의 하나이다. 정치는 절대적인 의미에서의 선과도 일치하는 관계에 있지 않다. "정치의 원동력이 되는 신은 사랑의 신…… 또는 기독교의 신과의 내적인 갈등 속에 있고" 또 그 신이 이기게 되어 있는 것이 현실이라는 것이 그의 관찰이다. 마키아벨리를 언급하는 한 구절에서 그는 정치가 신의 힘과 이성의 힘을 넘어가는 것임을 다음과 같이 말한다. 기독교의 신을 대표하는 교회는 서양사에서 상당히 강한 힘이었다. 그리하여 그것은 "칸트적 윤리의 이성적 판단에 의거하는 냉정한 정의"를 넘어갔다. 그러면서도 그것은 피렌체에서 시민들의 항쟁에 대적하지 못했다.[10] 그러니까 이러한 데에서 현실을 움직이는 힘으로서, 서열은 시민들의 정치의식, 교회의 초세간적이면서 세간적인 힘 그리고 칸트적 실천 이성의 힘 — 이러한 순서가 된다고 할 수 있다.

그렇다고 정치의 강한 힘이 완전히 초윤리적인 폭력에 의하여 움직이는 것은 아니다. 그것은 '윤리적 모순'을 감수하고 나아가야 할 뿐이다. 그런데 이것을 감수하고 나아갈 힘은 무엇인가? 앞에서 살핀 바와 같이 정치가의 자격 요건의 핵심은 정열이다. 이 정열은 어떤 사안을 향하여 헌신할 수 있는 정열이다. 사안이란 자기 자신을 위한 계산된 목적으로 추구하거나 포기할 수 있는 성질의 것은 아니다. 정치적 정열은 사실적인 것에 이어져 있고, 그 나름의 강박성을 갖는다. 그리고 그것은 단순히 권력과 명예의 강박성이 아니라 윤리적 결단의 강박성이다. 그것은 궁극적으로 '삶의 전체적인 윤리 경제학(die sittliche Gesamtökonomie der Lebensführung)' 그리고 '윤리의 자리'에 위치한다.

정치적 정열의 성격은, 실패에 면하였을 때, 정치가가 보여 줄 수 있는 자세에 잘 나타난다. 정치적 실패의 예를 들면서 그가 사용하는 말에 '기사

---

10 H. Gerth and C. Mills, op. cit., p. 126.

적 품격(Ritterlichkeit)'이라는 말이 있다. 가령 여성과의 사랑에 실패했을 때, 여성을 탓하면서 자기변명을 발명하는 것은 '기사'적인 행동이 아니다. 이것은 정치적 실패에서도 마찬가지이다. 전쟁에 졌을 때, 정치 지도자는 자신의 실패에 대하여 전적으로 책임을 질 수 있어야 한다. 문제가 되는 것은 잘잘못을 따지는 일이 아니다. 위엄을 잃은 탄식이나 노여움이나 증오를 보이는 것도 옳은 자세가 아니다. 실패는 실패로 받아들이고, 그 현실에 기초하여 국가의 미래를 책임을 가지고 생각하여야 한다. 그러한 경우 지도자의 태도에 표현되어야 하는 것은 "객관성(Sachlichkeit), 기사적 품격(Ritterlichkeit), 무엇보다도 위엄(Würde)"이다.[11] 그리고 궁극적으로는 자기의 행동에 대하여, 마치 루터가 보름(Worm) 회의에서 말한 것처럼 "나는 어떻게 달리 할 수 없다. 이 제자리에 서 있는 도리밖에.(Ich kann nicht anders, hier stehe ich.)"라고 하고, 자기 입장을 밝혀야 한다. 이러한 순간에 확신의 윤리와 책임의 윤리는 하나가 된다고 베버는 말한다.[12]

정치적 지도력이 가장 분명한 모습으로 표현되는 전쟁에 있어서 취하여야 할 지도자의 태도는 정치적 행동의 성격을 가장 분명하게 드러내 준다. 전쟁에 졌을 때 지도자는 어떻게 행동해야 하는가? 그것에 관한 베버의 접근은 그의 책임 윤리 이론의 여러 관련 — 그의 집착, 신분적 배경 그리고 현실에서의 행동 방식을 드러내 주는 것으로 생각된다. 그리고 그의 정치론이 얼마나 깊은 체험적 심성에서 나온 것인가를 알 수 있게 한다. 베버는 1918년 1차 대전이 종식된 후 독일 대표단과 함께 베르사유 강화 회의에 참가하였다. 그는, 독일군의 최고 장교들이 전쟁의 패배에 대한 책임을 지고 스스로 "목을 내놓아야 한다."라고 생각하고 있었다. 그리고 전쟁

---

11 Ibid., pp. 117~118.

12 Ibid., p. 127. 베버의 인용은 보통 루터가 한 말이라는 것과는 순서가 다르다. "나는 이 자리에 서 있다, 달리 할 수가 없다.(Hier stehe ich, ich kann nicht anders.)"가 그 순서이다.

의 총지휘관이었던 루덴도르프에게 그런 내용으로 편지를 쓰고, 또 직접 만나서 그것을 권고하였다. 그렇게 함으로써만 독일군의 '명예'가 회복될 수 있다는 것이 그의 생각이었다. 루덴도르프는 이에 답하여, 자신은 그런 방법이 아니라 다른 일로써 조국에 기여할 것이 있다고 말하며, 베버의 요청을 거절하였다.[13] 이러한 사례는 베버가 정치와 같은 공적 광장에서의 행동을 생각할 때, 그것을 사실적인 관점에서 또는 현대적인 사실성의 관점에서 생각하기보다는 거의 중세적 기사의 행동 규범에서 나올 듯한 명예의 관점에서 생각하였다는 것을 보여 준다. 그에게 정치의 동력은 개인의 명예심 — 자신의 행동에 대하여 책임을 지고, 그것을 개인적 인격과 용기로 뒷받침하는 기사적 명예심에 있는 것이었다. 그렇다고 이것이 순전히 개인적인 자만심이나 야망을 말하는 것은 아니다. 그가 말하는 명예심은 한편으로는 윤리적 의무감 또 다른 한편으로는 냉정한 이성적 판단에 이어져 있는 정신의 힘을 말했다.

베버는 정치 행동의 근본적 동력을 윤리적·이성적 능력을 아울러 가진 파토스에 두었다. 여기에서 윤리는 철저하게 자기가 간여하는 현실에 대하여 책임을 지는 윤리이다. 그러니만큼 그것은 절대적인 가치의 윤리보다도 더 윤리적인 윤리를 말하는 것일 수 있다. 이 책임의 윤리를 위하여 필수적인 것이 사실성 또는 객관성이다. 그것을 통하여 비로소 자기 행동의 결과와 부작용에 대하여 검증이 가능하다. 학문의 객관성도 사실은 이 테두리에서 이해되어야 하는 것이 아닌가 한다.

이러한 사람의 정신적 능력과 기능에 관한 베버의 생각은 인간의 영혼의 기능에 관한 플라톤의 생각에 비슷하다. 베버의 학문과 정치에 관한 생

---

13 Ibid., pp. 41~42. 이것은 거스와 밀스가 마리안네 베버의 전기에 의존하여 번역·출판한 책의 서문에서 언급하고 있는 사실이다.

각을 이해하는 데에 이것을 잠깐 상기해 보는 것은 도움이 될 것으로 생각된다.

플라톤은 영혼을 세 부분으로 이루어진 것으로 말하였다. 그것을 정확히 이름하기는 쉽지 않지만, 흔히 이성과 욕망과 정신 — 윤리적이면서도 반드시 윤리에 일치하지 않는 정신이, 그것이라고 해석된다. 『파이드로스』에서의 재미있는 비유는 사람의 영혼을 한 사람의 전차(戰車)몰이 전사(戰士)와 두 마리의 말 — 하나는 목전의 감각적 자극에 따라 충동적으로 움직이는 검은 말이고, 다른 하나는 전사의 명령과 가르침에 따라 움직이는 흰 말이다. 영혼의 완성은 이 두 말을 순치하여 진리와 아름다움을 알게 하고, 그에 따라 행동하게 하는 것을 말한다. 이 완성의 과정에서 물론 주인이 되는 것은 전사인 이성이다. 그러나 현실에서 힘이 되는 것은 흰 말이다. 흰 말은 자제와 중용을 모르는 것은 아니면서도, 명예와 영광을 추구한다. 그리하여 치우친 행동으로 나아갈 수 있다. 이것을 바로잡는 것이 전사인 이성이다. 그러나 핵심적인 것은, 다시 말하건대 흰 말이다.

『공화국』에서 정치 질서의 수립과 유지에 중요한 역할을 하는 것은 이 흰 말에 비슷한 성질을 나타내는 '티모스(thymos)'이다. 이것은 정신이라고 할 수도 있고, 욱하고 끓어오르는 정열, 기개, 호연지기, 파토스라고 할 수도 있다. 이상국에서 수호자에게 필요한 것은 적을 상대로 싸울 수 있는 급한 성질이고 용기이다. 또 그것은 정치의 핵심 원리인 정의를 수호하게 하는 심리적 동력이 된다.

근래에 와서 정치를 추동하는 중요한 심리적 동력으로서 티모스에 대한 관심을 새삼스럽게 불러일으켰던 것은 프랜시스 후쿠야마의 저서 『역사의 종말과 최후의 인간』이다. 후쿠야마는 티모스를 자유 민주주의의 정신적 동력으로 생각한다. 근년에 자존심과 인정에 대한 욕구는 정치에 있어서 중요한 심리적 동기로 말하여진다. 여기에 관계되어 있는 것이 티모스이다. 그러한 의미에서 그것은 극히 개인주의적인 인간성의 표현이다. 그러면서 동시에 그것은 공적 덕성인 "용기, 베품, 공공성"의 근원이 된다. 물론 과대한 개인적 '영광'의 추구도 그 특성의 하나이다. 후쿠야마는 근대성을 경제적 합리화 또는 욕심의 해방으로 설명할 수도 있으나, 민주주의의 진정한 정신은 티모스의 균형을 제도적으로 이루는 데에 있다고 말한다.[14] 베버도 인간 심성에서 티모스적인 부분이 그 핵심을 이룬다고 생각했다고 할 수 있다. 다만 후쿠야마가 티모스를 귀족적 심성이면서도 자유 민주주의에 계승될 수 있다고 생각한 데 대하여, 베버는 그것을 민주주의에서는 쉽게 기대하기 어려운 귀족적인 심리로 생각한 것이다. 앞에서 언급한 정치적 정열에서의 기사적인 요소의 강조는 그러한 회의의 표현이라 할 수 있다. 그리고 그 어두운 면 그리고 현실의 비윤리성을 생각할 때, 그는 티모스를, 또는 정치에 있어서의 티모스적인 정열을, 반드시 긍정적으로 받아들인 것이라기보다는 사람의 비극적인 현실 조건의 하나로 생각하였다. 그런 만큼 그는 그 문제적인 성격을 강하게 의식하고, 인간 정신의 다른 부분에 대한 티모스의 관계를 더 넓은 의미 연관 속에서 의식하였다고 할 수 있다. 이것은 플라톤의 경우에도 마찬가지이다.

플라톤에서 티모스는 결코 이성과 분리되어 말하여지지 않는다. 그것은 한편으로는 제어하여야 하는 욕심 그리고 다른 한편으로는 그것 자체를 제어할 수 있는 힘으로서의 이성에 이어짐으로써 비로소 긍정적인 의의를 갖는다. 가장 초보적인 차원에서 티모스로 움직이는 공화국의 수호자는 사나운 개에 비교된다. 그들의 기본 본능은 나라와 사회를 지키는 전투적 강인함이다. 그러나 그것은 적군만이 아니라 아군을 향하는 사나움

---

14 Francis Fukuyama, *The End of History and the Last Man*(New York: The Free Press, 1992), pp. 181~191.

이 될 가능성을 가지고 있다. 그렇기 때문에 아군이나 공동체의 성원에 대해서 수호자들의 사나움은 부드러움으로 바뀔 수 있어야 한다. 그것은 적과 우리를 식별할 수 있는 능력과 함께 있어야 하는 것이다. 그 점에서 그것은 본능이면서 '철학적인 본능'이다. 그리고 결국 지식과 이해를 원하고 철학의 지혜를 함축하고 있다고 할 수 있다. 이상국의 수호자는 "신속하게 움직일 수 있고, 힘이 있고, 분연한 성질이 있고, 철학적인 인간"[15]이어야 하는 것이다.

그런데 철학적 본능은, 플라톤에 의하면 사나운 번견(番犬)에도 인지될 수 있는 것이지만, 이것은 수련과 학문 수련을 통해서 이성적 능력으로 형성될 수 있어야 한다. 수호자는 지혜로워야 한다. 이 지혜는 물론 현실 문제에서 많은 것을 고려하고 협의하고, 어떤 특정한 일보다도 공화국 전체의 일을 바르게 해낼 수 있게 하는 현실적 지혜이다. 그러나 그것은 사실의 세계를 넘어서 — 플라톤의 생각으로는 현상계를 넘어 참으로 존재하는 실재의 세계에 대한 인식을 갖는 것으로 완성된다. 이 이성의 세계에 눈을 뜨는 데에는 오랜 심신의 훈련이 필요하다. 이 훈련에는 음악이나 천문학과 같은 학문도 필요하지만, 가장 중요한 것은 정수학(整數學)과 기하학과 같은 수학이다. 물질적 세계를 넘어가는 추상적 사고의 훈련이 중요한 것이다. 이 지적 훈련은 이성으로만 알 수 있는 이데아와 선(善)에 대한 직관 또는 지식(noesis)에서 정점에 이르게 된다.

이러한 지적인 고양은 철학자의 직분이지만, 동시에 최고 통치 계급의 자격 요건이기도 하다. 이데아의 세계에 이르는 지적 추구는 그 자체가 큰 보람이다. 그러면서 거기에서 얻어지는 선과 아름다움 또는 정의에 대한

---

15 Francis MacDonald Cornford trans., *The Republic of Plato*(Oxford University Press, 1964), pp. 64~66.

이해는 이상국의 통치에 중요한 역할을 한다. 철학적인 통치자가 그의 이념을 현실 속에 실현하려 하는 것은 자연스럽다고 할 수 있지만, 사실 그들이 공적인 봉사를 바르게 할 수 있는 것은 공직에서 — 그것이 나누어 주는 부나 귀에서나 얻을 것이 없기 때문이다. 그들은 진선미의 추구 그것에서 가장 큰 만족을 얻기 때문에 공직에서 얻을 수 있는 것이 아무것도 없는 것이다. 그리하여 그들이 공직에 나아가는 것은 자발적 의사로 그러는 것이 아니라 사회의 부름에, 말하자면 거의 마지못하여 답하는 것이다. 이에 대하여, 공직을 통해서 부, 권력 또는 자신의 행복을 실현하고자 하는 사람은 공직에 가장 부적합한 사람이다.[16]

『공화국』의 마지막 부분은, 앞부분에서는 분연한 마음인 티모스를 그 나름의 기능이 있는 것으로 평가했지만, 그것이 이성의 기능을 찬탈할 때에 일어나는 여러 가지 폐단과 병폐를 논하는 부분으로 되어 있다. 그중에도 플라톤은 명예 또는 귀(貴)의 추구를 중시하는 정치 제체를 티모크라시(timocracy)[17]라고 부른다. 티모크라시에서의 이성의 기율을 벗어난 야심과 명예 또는 남보다 뛰어나겠다는 경쟁적 열정은 통치자, 수호자 계급 그리고 국가 전체에 내분과 부패를 가져온다. 플라톤에게는 이러한 티모스의 체제에 민주주의를 포함시킨다.

여기에 대하여 후쿠야마는 이 인간의 본성이 활발하게 움직이면서 일정한 균형을 이룰 수 있게 하는 것이 민주주의 제도라고 생각한다. 베버에게도 윤리로 매어 놓을 수 없는 티모스적인 힘이 인간 현실을 움직이는 힘이다. 이렇게 생각하지 않을 수 없는 것은 세속화된 세계에서 플라톤적인 이상화된 이성의 존재를 생각할 수 없기 때문이라고 할 수 있다. 이성은 베

---

16 Ibid., p. 135.

17 Ibid., p. 268.

버에 있어서 선택된 가치에 수정의 가능성을 제공할 수 있을 뿐이다. 그러나 앞에서 비친 바와 같이 수정이 일어나는 경우, 제2의 선택이 될 가능성을 배제하지는 않았다고 할 수 있다. 현대적 이성의 근원은 초월적인 형상의 세계에 있는 것이 아니라 세속적인 사실의 세계에 있다. 이성이 밝혀내는 하나의 선택의 총체적인 계산서는 좋은 목적을 위해서 그리고 나쁜 목적을 위해서 — 그 어느 쪽을 위해서나 활용될 수 있다. 그러나 베버의 개인적인 선택을 생각하여 본다면, 계산표의 의미는 그런대로 가장 윤리적인 선택을 전제하는 것이라고 할 수 있다. 베버는 사실 이성적 선택과 보편적 선의 비전의 연결의 가능성에 대한 생각을 버리지 않았다. 앞에서 말한 바와 같이, 이성적 작업 자체에는 스스로를 도덕적이라고 내세우지는 아니하는, 그러면서도 도덕적인 기율의 힘이 이미 작용하여야 한다. 그리고 이러한 사실적인 이성에의 의존은 보다 도덕적인 선택을 위하여 필수적인 과정을 이룬다. 그리고 이것을 보다 보편적 선의 비전에 연결하려는 노력이 있을 수 있다. 그러나 그 경우에도, 서로 다를 수밖에 없는 세계관들이 경쟁하는 세계에서, 그 비전에 입각한 정치적 선택도 완전한 것이 될 수는 없다는 것이 베버의 고민이었다. 뿐만 아니라 선의 질서로서의 국가는 그 자체로서 완전한 보편적인 질서가 될 수 없다. 그것은 이미 그 자체로서 적과 우리를 구분하고, 국격을 상정하고 있기 때문이다.

아가페, 로고스, 티모스

1. 합리화의 사회에서의 아가페

되풀이하건대 플라톤에 있어서 정치 행동의 동력은 티모스에 있다. 그것을 제어할 수 있는 것은 이성이다. 이것은 적과 우리를 가리고 사회 전체의 정책의 경과를 계량하고, 정의롭고 조화된 정치 질서의 확보에서 기본 원리가 된다. 그러면서 그것은 이 모든 것을 넘어가는 진선미의 이데아의 관조에서 가장 완전히 실현되는 원리이다. 베버에서도 정열 — 일정 사안에 대한 정열(Leidenschaft)은 정치 행동에서 티모스와 같은 동력이 된다. 물론 이것도 이성에 의하여 매개되어야 한다. 그러나 이 경우에 이성은 정열을 제압하는 것이 아니라 그것에 도구로서 봉사한다. 둘 사이에는 갈등이 있을 수 있지만, 이 갈등에서 우위에 있는 것은 정열이고, 정열이 참으로 책임 있는 것이 되려면, 그것은 당연히 이성을 활용하여 그 지휘하에 놓아야 한다. 그러니까 정치 정열에 대하여 참으로 큰 갈등의 대상이 되는 것은 일단 이성이라기보다는 윤리이다. 플라톤에서는 이성은 이미 그 자체로 윤리를 내포하고 있다. 이성에 의하여 제어된 국가는 이미 선의 질서를 구현한다. 그러나 앞에서 비친 바와 같이, 이것이 완전히 보편적인 선의 원리를 대표하는지는 분명치 않다. 아마 플라톤에 있어서도 헬레네인과 야만인 사이의 구분은 그대로 존재하는 것일 것이다. 그러나 일단 국가 내의 질서는 선의 질서를 이룬다고 할 수 있다. 그것은 시모스가 이성, 'logos' 또는 'nous'의 높은 비전에 의하여 인도되기 때문이다.

이에 대하여 베버에 있어서는 사회, 국가 또는 세계가 권력의 질서를 넘어 선의 질서가 되려면, 정치적 정열에 이성이 아니라 윤리가 새로 첨가되어야 한다. 그러나 이것은 지난한 일이다. 특히 그러한 것이 근대 사회의 특징이다. 이성은 높은 비전이 아니라 정치 수단의 현실적 계산의 수단이 되어 있다. 윤리는 별도로 생각되어야 하는 것이고, 그것은 현대적 상황 속에서 국가 권력이나 현대적 합리성과 공존하기가 어렵게 되어 있다.

원래 그 시발이 어디 있든지 간에 근대적 사회의 특징이 되었다고 할 수 있는 이성 또는 합리성의 원리는 인간의 삶에서 윤리가 들어설 수 있는 자리를 좁혀 놓는 효과를 갖는다. 이 합리성은 삶의 많은 영역에서 수단의 계량에 필수적인 것이라고 할 수 있지만, 이것은 그 자체로서 하나의 독립성을 획득할 수 있다. 이것은 현대 사회에서 특히 그러하다. 베버에게 근대성의 역사의 특징은 합리화에 있다. 이것은 경제에 있어서 특히 그러하지만, 정치, 사회 또는 지식의 분야에 있어서 합리화는 절대적인 역사의 지상 명령이 된다. 그리하여 그것은 모든 영역에서 그 자체의 정당성을 갖는 것이 된다. 그리하여 정치도 그러한 합리성의 지배하에 들어간다. 그리면서 그것을 정치 목적 자체를 위하여 반성적으로 사용하는 것이다. 티모스의 정치는 권력과 명예를 지향하는 것이면서 동시에 그것은 공동체적인 의무의 범위 안에서 움직인다. 그리고 그것은 높은 이성의 원리하에서 윤리적 성격을 가질 수 있다. 그러나 합리성의 원리하에서 정치는 합리성 자체를 또는 경제적 이익의 합리성을 위한 수단이 된다. 거기에서 정치의 티모스는 단순히 욕망에 봉사하는 것이 된다.

원래부터 정치와 윤리적 요구 사이에는 넘어설 수 없는 균열이 있고 갈등이 있다. 베버가 생각하는 윤리는 확신의 윤리이다. 그것은 여러 가지 유토피아를 지향하는 혁명적 이상에 대한 확신일 수도 있지만, 절대적인 선에 대한 요구 — 결과에 관계없이 추구되어야 하는 절대적인 선의 추구를 말한다. 이것과 갈등이 일어나는 것은 정치가 비윤리적인 수단 — 위에서 비친 바와 같이 매우 엄격하게 정의된 윤리에 비춰 보았을 때의 비윤리적 수단을 사용하지 않는 현실 행동이기 때문이다.

더 근본적으로는 정치 질서는 기본적인 사회 집단, 가족, 부족, 지역 또는 현대에 와서는 국가의 테두리 안에서 의미를 갖는다. 그러기 때문에 거기에서 그것은, 잠재적으로 적과 우리, 저쪽과 이쪽을 확연히 구분하는 투쟁을 그 조직 원리로 한다. 이에 대하여 절대적인 선에 대한 요구는 그것을 무시하고, 모든 인간 또는 생명체를 보편적 행동 규범에 따라 대할 것을 요구한다. 이러한 요구는 세계적인 종교에서 두루 발견될 수 있다. 여기에서 나오는 것이 '형제애의 종교 윤리(religiöse Ethik der Brüderlichkeit)'[18] 이다. 이것의 특징은 전통적 사회 집단의 규범을 초월한다는 것이다. 그리하여 로버트 벨라가 강조하듯이, 베버의 종교 윤리는 '사랑의 비세계주의(Liebesakosmismus)'라는 말로 가장 적절하게 표시될 수 있다.[19] 그것은 전통적인 사회의 구조를 넘어 이방인, 외국인 또는 심지어 적까지도 포용하려고 한다. 그 특징은 '무세계적인(akosmistisch)'이라는 것이다. 이것은 현세를 거부한다는 뜻으로 취할 수도 있지만, 그보다는 현세에 존재하는 공동체에 대한 대안을 찾는다는 의미로 생각될 수도 있다.

사람의 비세계주의는 전통적 사회에 있어서의 사회적 유대와 윤리가 이완된 것에 관계된다. 이것은 베버보다는 벨라가 지적하고 있는 것인데, 보편적 형제애의 대두는, 더 긴 역사의 관점에서 볼 때, 추상화하는 인간 역사의 자연스러운 단계를 나타낸다고 할 수도 있다. 추상화는 결국 대립적 관계를 가지게 되는 사랑의 추상화 그리고 정치, 경제의 추상화에 공통된 현상이다. 이것만으로도 이것을 단순히 사회사적으로 설명하기는 어려울는지 모른다. 하여튼 세계 종교는 전통 사회가 이루는 세계 질서, 코스모스에 대하여, 피안의 이상으로 — 다른 또 하나의 세계의 가능성으로써 이를 대치하고자 하는 움직임이 된다. "세계 질서가 전체적으로 의미 있는 세계, '코스모스'이고, 그렇게 될 수 있고 되어야 한다."라는 생각이 대두하는 것이다. 이러한, "의미 있는 코스모스에 대한 형이상학적 요구"[20]는 현

---

18 H. Gerth C. and Mills, "Religious Rejections of the World and their Directions", op. cit., p. 329. 이것은 원래 "Zwischenbetrachtung: Theorie der Stufen und Richtungen religiöser Weltablehnung"라는 제목으로 출간되었다. 여기에서 주로 고려하는 것은 이 논문이다. 중요한 용어는 독일어 원어를 첨부하였다.

19 Robert Bellah, "Max Weber and World-Denying Love: A Look at the Historical Sociology of Religion", *The Journal of the American Academy of Religion*, vol. 67, no. 2(June 1999), www.robertbellah.com.

20 H. Gerth and C. Mills, "The Social Psychology of World Religions", op. cit., p. 281.

실적 사회 형태로서는 "사랑하는 형제들의 공산주의" 그리고 심성의 관점에서는 모든 고통스러워하는 자들을 위한 '사랑(caritas)'의 실천을 지상의 윤리적 의무의 실천으로 귀착한다.[21] (이 'caritas'는 앞에서 잠깐 언급한 플라톤과 관계하여 기독교적인 사랑을 말하는 'agape'라는 말로 옮겨 볼 수도 있다.)

그런데 되풀이하건대 이 보편적 사랑의 윤리는 전통적인 사회의 연계 관계를 초월한다. 이것은 단순히 구조화된 사회 조직뿐만 아니라 그 추상성으로 하여 인간의 경험적 현실을 초월한다. 베버가 이러한 윤리를 불러 "대상 없는 사랑의 비세계주의(eine objektlosen Liebesakosmismus)"[22]라고 한 것은 이것을 의미하는 것으로 생각된다. 베버의 고민은 지역적 사회 구조와 경험적 현실을 넘어가는 윤리적 요구가 참으로 현실 삶의 원리로서 정착하는 것이 가능한가 하는 것이었다고 할 수 있다. 사회 윤리는 물질적으로나 정신적으로는 구체적 대상들의 교환 관계가 성립할 수 있을 때 현실적 힘을 갖는다. 그리고 그것은 개인으로서의 인간 — 단순히 계산하는 것이 아니라 분노와 정열을 느끼는 인격적 존재로서의 인간을 통하여 작용하는 것이라야 한다.

그런데 보편적 사랑의 윤리를 참으로 현실적 동력으로 작용하기 어렵게 하는 것은 세계 종교의 추상적인 비세계주의보다도 또 하나의 비세계적 원리이다. 이것은 반드시 지역 공동체의 구체적 현실의 한계 — 적어도 그 추상적 한계인 국경을 넘어가는 것은 아니다. 그것의 문제는 그보다는 구체적인 인간과 그 사회 공동체적 뿌리를 넘어간다는 것이다.(오늘날의 '세계화' 현상을 볼 때, 그것은 출발부터 이러한 한계를 넘어갈 수 있는 가능성을 충분히 가진 것이었다고 할 수 있다.) 여기에서 또 하나의 비세계적 경향이란 경

---

21 Ibid., "Religious Rejections of the World and their Directions", p. 330.

22 Ibid., p. 330.

제와 사회에 있어서의 합리주의이다. 근대사를 이해는 데에 있어서 베버의 핵심적 개념은, 앞에서 비친 바와 같이, '합리화(Rationalisierung)'와 '탈마법(Entzauberung)'이다. 이것은 사회의 중요한 구조화 작용을 공동체 속에 존재하는 개체적 인간을 넘어가는 동인(動因)에 맡기는 결과를 가져온다. 이 합리화는 경제 영역에서 제일 두드러진다. 경제가 합리화됨으로써 개인과 공동체 그리고 세계와의 마법적 관계 — 정열과 공동체적 윤리와 이익의 계산을 적당히 얼버무릴 수 있게 했던 마법적 관계가 사라진다. 합리화된 경제를 움직이는 것은 물론 돈이다. "돈은" 베버가 말하고 있듯이 "인간 생활에 존재하는 가장 추상적이고 '비개체적인(unpersonlich)'인 요인이다." 단적인 예를 들어 "쉬지 않고 이전되는 명의의 저당권자와 쉬지 않고 이전되는 명의의 은행의 부채자 사이에 어떠한 개체적 또는 개인적 관계는 존재할 수 없다."[23] 이러한 비개인적인 합리화된 상황에서, 형제애의 윤리가 경제를 완전히 사갈시하고, 독자적 논리로 움직이는 경제가 윤리에 무관한 것이 되는 것은 자연스러운 경과이다.(이 보편적 형제애의 윤리와 합리화된 체계로서의 경제의 긴장과 모순을 하나로 묶어 낸 것이 청교도주의이다. 여기에서 청교도주의는 '비형제애의 관점'에 이르게 되고, "구원의 종교이기를 그친다."라고 베버는 말한다.[24] 물론 베버의 저서 가운데 가장 유명한 것은 이 모순의 일치의 역사를 추적한 저서이다. 여기에 관련되는 이념의 복합적 맥락을 여기에서 살펴볼 수는 없다.)

형제애의 윤리와 정치의 긴장과 대립은 앞에서 이미 잠깐 살펴보았다. 정치는 공동체적 유대를 전제하는 사회, 그 안에서의 전투적 의지, 권력 — 이러한 세속적 정열 속에 움직인다. 그리고 그것은 비윤리적 수단의

---

23 Ibid., p. 331.

24 Ibid., p. 333.

사용을 수용하지 않을 수 없는 현실적 가능성의 기술이다. 그리하여 절대적이고 보편적인 인간애의 요구에 합당한 것이 될 수 없다. 그런데 이것은 합리화를 통해서 더욱 종교적 가치로부터 멀리 떨어져 나가게 된다. 국가 기구의 합리화는 관료제의 강화와 그 규칙의 강화를 말한다. 여기에서 "정치적 인간은, 경제적 인간이나 마찬가지로, 인격체로서의 인간에 관계없이 사무적으로", "분노도 열의도 없이(sine ira et studio), 미움도 없이 그러니까 사랑도 없이 행동한다." "그 비개인화로 인하여, 관료 국가는 과거의 가부장제 국가보다도 더 실질적인 도덕화를 수용하지 못한다." 가부장제는 적어도 "개인적인 충성의 의무"를 요구하고, "하나하나의 구체적인 사안의 시비를 구제적인 개인과 관련하여 고려하는 것에 기초하였다."[25]

물론 종교의 형제애와 정치가 완전히 대립적 관계로만 존재하는 것은 아니다. 역사적으로 여러 가지 타협의 형태가 있었다. 국가가 사회적인 고통을 받아들이게 하는 '유기적 사회 윤리'는 그 형태의 하나이다. 종교적 명분이 있을 때에만 받아들여지는 전쟁 — 십자군이나 크롬웰의 청교 전쟁, 하느님과는 별도로 카이저의 것을 카이저에게 돌려주어야 한다는 종교와 현세적 정치의 분리(루터교나 가톨릭교의 입장은 이것에 가깝다 할 수 있다.) — 등도 타협의 형태이다. 그러나 근본적으로 형제애의 윤리는 전쟁에 절대적으로 반대하는 평화주의에 바르게 나타난다고 할 수 있다. 이것은 국가의 존립 방식에 극단적으로 대립되는 것이다.

베버는 합리화의 대세 속에서 독자적인 활동 영역으로 성립하게 된 것으로 정치와 경제 이외에 심미, 성(性), 지적인 영역을 든다. 미의 영역은 사실 합리화된 것이라기보다는 합리화의 결과로 달리 자리를 찾을 수 없는 인간의 감정적 욕구가 독자적인 충족의 공간을 발전시킨 것이라고 할 수

25 Ibid., p. 334.

있다. 보다 직접적으로 합리화의 소산이 되는 것은 독자적으로 전개되기 시작한 지적 영역이다. 그리고 결론은 그것이 보편적 형제애의 요구에 맞아 들어갈 수 없다는 것이다.

합리적인 지적 추구가 종교와 양립하기 어렵다는 것은 일반적으로 인정되어 있는 사실이다. 물론 종교가 반드시 합리적 지적 노력으로부터 늘 멀리 있는 것은 아니었다. 그것은 교리를 합리적으로 옹호하는 변증을 필요로 하였다. 그리고 자라는 세대의 교육을 독점하였다. 이러한 가운데에서 종교의 체제에 반대하는 예언자와 자유 사상가들이 생겨나기도 하였다. 그러나 근본적으로 종교와 긴장과 갈등 관계에 있을 수밖에 없다. 이것은 근대의 합리화의 흐름 속에서 특히 그럴 수밖에 없다. 이것은 "합리적이고 경험적인 지식이 세계의 탈마법화에 이르게 되고, 세계를 인과 관계의 기계로 전환하게 한" 불가피한 결과이다.[26] 종교는, 신이 창조한 세계는 의미와 윤리를 포함하고 있는 '코스모스'라는 '윤리적 공리'를 가지고 있다. 이에 대하여 경험 과학과 수리 과학의 전제는 "모든 세계 내적인 현상이 의미를 가지고 있다는 모든 지적인 견해"를 부인한다.[27] 그런데 지적인 노력도 문제를 갖지 않는 것이 아니다. 세계를 인과 관계의 연쇄로만 본다는 것은 그것의 무의미를 인정하는 것이다. 이 무의미에 대하여 주장되는 것이 문화적 가치의 중요성이다. 그것은 무시간적 가치를 가진 것으로 생각되어진다. 그것은 개인적인 자기 교양으로 구현된다. 그러나 그것은 완성될 수 없는 것이다. 지적인 추구는 끝날 수가 없다. 뿐만 아니라 모든 학문적 추구가 단편화되고 분과화하는 상황에서 한 사람의 지식은 매우 선택적이고 단편적인 것이 될 수밖에 없다.

---

26 Ibid., p. 350.

27 Ibid., p. 351.

종교가 요구하는 보편적 형제애의 윤리라는 관점에서 볼 때, 합리적 작업을 보다 직접적으로 무의미한 것이 되게 하는 것은 그것이 불가피하게 하는 엘리트주의로 인한 것이다. 그것은 "교육의 장벽과 미적 교양"이라는 "가장 견디기 어려운 신분적 차이"를 만들어 낸다.[28] 이것은 단순히 정신적인 문제에 그치지 아니한다. 그것은 물질적 기반을 가져야 한다. 이것은 합리화된 경제 질서의 세계에 이어져 있고, 그것은 감추어 있기는 하지만, 사랑의 결여가 결부되어 있다. 다시 말하건대 과학의 세계는 "자연의 인과의 세계(코스모스)"를 만들어 내고, 그 자체의 궁극적 의미에 대하여서는 아무런 답을 제공할 수도 없다. "지적 능력은, 모든 문화 가치가 그러한 것처럼 합리적 문화의 소유에 기초한, 그러면서 모든 개인적인 윤리적 성품과는 관계없는 귀족을 만들어 냈다. 그리하여 지적 능력의 귀족은 비형제애적인 귀족이다."[29] 지적인 삶은 자연의 순환에 순응하여 사는 농부가 삶에 대하여 갖는 완성감과 대조된다. 이 모든 것이 문화 가치의 추구를 충족감이나 의미에 찬 것이 될 수 없게 한다. 문화는 "유기적으로 한정된 자연스러운 삶으로부터의 해방"을 말하는 것처럼 보인다. 그러나 바로 이 이유로 하여 "문화가 앞으로 내딛는 한 발자국은 더 절망적인 무의미에로 나가는 것이 되어 있다."[30]

그런데 역설적인 것은 원래 형제애의 윤리를 말하였던 종교 자체도 결국은 비슷한 비윤리화의 결과에 이른다는 사실이다. 그것도 유기적 사회를 떠나면서 지적인 작업과 같은 종착역에 도착한다. 지적이고 신비주의적인 방법을 통한 구원의 노력에서 나올 수 있는 카리스마는 누구에게나 고루 접근 가능한 것이 아니다. 그리하여 "신비주의적 구원은 구원 종교이

28 Ibid., p. 354.

29 Ibid., p. 355.

30 Ibid., pp. 356~357.

면서 귀족적 종교성"을 의미하게 된다. "직업적 일상 작업을 위하여 조직화된 문화에는, 경제적으로 걱정이 없는 계층이라면 몰라도, 그 외의 사람들에 통할 수 있는 무세계적인 형제애를 위한 공간은 거의 존재하지 않는다." "비형제애의 세계 지배"는 합리화가 가져오는 삶의 원리일 수밖에 없다고 베버는 결론을 내린다.[31]

2. 로고스의 근원

베버의 비관적 결론과 관련하여, 아가페와 로고스 그리고 티모스의 문제로 돌아가 본다면, 베버의 생각으로는 '사랑의 부세계주의'는 불가능하다. 인간의 삶의 모든 것은 공동체 속에 있다. 공동체의 원리는 티모스이다. 티모스의 주재하에서 거기에 논리가 있을 수 있고, 아가페의 요구도 어느 정도 수용될 수 있다. 그러나 보편적 사랑의 원리는, 적어도 그것의 원리주의적 표현에 있어서는, 로고스에 의한 합리화의 소산이다. 그러나 그것은 합리화의 변증법 속에서 자기 폐기의 결과에 이르게 된다. 합리화의 원리는 이성이지만, 이 이성은 그 유기적 뿌리를 떠나면서, 세계를 인과 관계의 기계로 환원한다. 그것은 인간을 비개성화하고 단편화한다. 그리하여 이것을 떠나서 존재할 수 없는 윤리를 폐기하는 결과를 가져온다.

그러니까 아가페와 로고스 그리고 티모스의 관계를 생각할 때, 마땅히 주재하는 원리가 되어야 하는 것은 티모스이다. 그 주재하에서 제한된 형태로의 아가페의 원리가 수용될 수 있다. 그런데 근대의 문제는 로고스가 모든 것을 지배하는 것이 오늘의 현실이라는 점이다. 그것이 가장 좋은 유토피아를 건설하는 원리는 아니지만, 보다 인간적인 균형이 있는 사회를 위해서는 로고스는 티모스에게 그 지배적 위치를 내주어야 한다. 그것은

---

31 Ibid., p. 357.

「직업으로서의 학문」에서 말하고 있는 것처럼 보다 철저하게 종속적인 위치에서 오로지 목적과 수단의 결산표를 작성하는 일에 종사하여야 한다. 그러면서 티모스가 움직이는 정치의 이성적 선택을 보조할 수 있어야 한다.

이와 관련하여 우리는 여기에서 주로 참조한 「종교의 세속 거부의 단계와 그 방향」이란 논문이 1915년에 출판된 것을 다시 상기한다. 그것에서 베버의 고민은 유기적 공동체의 파괴인 것으로 보인다. 이것은 합리화의 진전과 보편적 사랑의 원리의 요구에 관계된다고 생각한다. 그리하여 그는 공동체가 다시 회복되기 위해서는 이러한 추상화된 발전과 요구를 비판하고, 공동체가 성립할 수 있게 하는 현실 원리를 회복하는 것이 중요하다고 본 것일 것이다. 그 결과가 1917~1919년간에 쓰인 두 개의 직업에 대한 글이다. 「직업으로서의 정치」에서의 현실 정치 원리로서의 정치 강조는, 개인의 원칙 지향적인 정열과 거기에 따른 윤리적 원리로서의 '책임의 윤리'의 보다 원리적인 윤리에 대한 강조라고 할 수 있다. 그리고 다른 한편으로 「직업으로서의 학문」은 이성적 사유에 기초하는 학문이 정치적 지도 이념을 제공할 수 있다는 것을 부정하고, 그것이 수단의 학문으로서의 한계를 지켜야 한다는 것을 말한 것이라 할 수 있다. 이것은 그의 전기에 대한 더 깊은 연구가 필요한 것이지만, 민족주의자로서의 베버의 중심 과제는 전쟁에 반대하고 그리고 혁명 운동이 내세우는 국제주의적이고 추상적인 이념을 비판하는 것이었을 것이다. 그렇다고 베버의 마음이 반드시 일방적인 시비의 관점에 있었다기보다는 양편에 그 나름의 정당성이 있는 것을 인정하고, 그것을 고민하는 입장에 있었다고 하는 것이 옳을 것이다. 그의 논문들이 우리에게 많은 것을 생각하게 하는 것도 이러한 고민의 태도로 인한 것이라고 할 수 있다.

많은 것이 현실과의 씨름에서 생각되어야 하고 이 현실은 개체적인 인간의 정치적이고 윤리적인 정열이며 그것이 사회적 뿌리라는 것은 아마 많은 사람에게 설득력 있는 변증법의 한 부분을 보여 주는 것일 것이다. 그러나 이성이 좁은 경제와 정치의 도구에 불과하고, 보다 넓은 의미에서 인간의 발전을 나타내는 것이 아니라는 것과 또 그것이 보편적 인간애의 확장에 기여할 수 없다는 것은 문제를 지나치게 미리 정해 놓은 선입견으로 본 것이라고 아니 할 수 없다. 그러나 베버가 로고스, 이성의 본질적인 의미를 이렇게 본다고 할 수는 없다. 그것이 완전히 자연의 인과 관계를 확인하는 도구가 되고, 정치에서의 목적 합리적인 정산(精算)의 방편이 되고, 경제와 일상적 삶의 계량의 기준이 된 것은 오로지 이성의 오늘의 상태를 말하는 것이라 할 수 있다.

『직업으로서의 학문』에서, 베버는 오늘날 학문하는 사람 또는 과학도가 과학적 합리성을 단순히 얄팍한 고안과 계량의 수단으로 생각한 데 대하여 과학에 대한 헌신은 원래 삶의 예측할 수 없는 정열에 관계되어 있는 것이라고 말한다. 그리고 플라톤에서 진리의 탐구는 일종의 삶의 총체적인 경험이다. 그것이 그림자만을 보던 어두운 동굴에서 나와서, 밝은 세상을 보고 그것을 밝히는 해를 보는 것 그리고 다시 어두운 곳으로 돌아가 그것을 다른 사람들에게 말하는 경험으로 이야기한 것은 이 근본적인 진리와 이성의 경험을 말한 것이다. "[진리를] 깨달은 자를 다른 사람들은 미친 헛소리를 한다고 할지 모른다. 그러나 그는 빛을 보는 법을 배운다." 여기에서 빛의 원천으로서의 "태양은…… 과학의 진리이다. 그것은 허상과 그림자가 아니라 참된 존재를 손에 잡은 것이다."[32] 학문하는 사람이 그의 탐구에서 얻게 되는 것은 개념이다. 그러나 이것은 이데아의 세계의 일부를 이룬다. 그의 개념을 통한 진리의 파악은 거기에 드러나는 진리와 선과 아

---

32 H. Gerth and C. Mills, op. cit., p. 140.

름다움의 세계로 깨어나는 것을 말한다. 그리고 바른 삶의 지침도 거기에서 얻어진다. 베버는 『공화국』에서의 진리 탐구자의 바른 개념 발견의 "엄청난 경험"을 다음과 같이 요약한다.

> [이 경험에서] 아름다움과 선과, 또는 예를 들어 바른 용기 또는 영혼의 참된 개념을 찾기만 하면, 참된 존재를 파악할 수 있다는 결론이 나온다. 그리고 이것을 다시 인생에 있어서 바르게 행하고, 무엇보다도 국가의 시민으로서의 행동하는 것을 알고 가르치고 할 수 있는 길이 열린다. 이것은 철저하게 정치적으로 생각했던 헬라스의 사람들에게 가장 중요한 것이었다. 이것이 학문을 하는 이유였다.[33]

이러한 전체적인 경험, 개인으로서 전체적이고 전인간적이고 폴리스의 일원으로서 필수적이었던 진리의 경험이 "차가운 계산"[34]으로 협소화된 것이 오늘의 과학이고 학문이다. 그리하여 "오늘의 젊은이는 과학적 구성을 인위적 추상들의 비현실적 영역으로 생각한다. 현실로 따라잡음이 없이, 그 추상성으로 진정한 삶의 피와 집(汁)을 잡으려 하는 것이다."[35]

다시 말하건대 베버가 지적하는 것은 진리의 경험은 전인적인 경험이고, 그것이 단편화되고 비개성화된 것이 잘못이라는 것이다. 진리의 탐구 그리고 진리의 원리가 이성이라고 한다면, 이것은 이성의 타락에 관계되어 있다. 근대성의 역사의 원리로서의 합리화는 이 타락한 이성의 표현인 것이다. 맨 처음에 말한 목적 합리적 수단의 계량으로서의 이성은 이 타락한 또는 위축된 이성의 모습을 나타낸다. 그러나 이성의 총체적인 맥락을

33 Ibid., p. 141.

34 Ibid., p. 135.

35 Ibid., p. 141.

뼈아프게 알고 있는 베버는, 그런 가운데에도 그 이성은 보다 나은 정치적 선택을 위해 엄정한 봉사를 시도하여야 한다고 한 것이다.

그런데 보다 전인간적인 의미에서의 이성 — 플라톤이 동굴의 우화에서 말하는 바와 같은 전인적 이성 또는 총체성 이성을 회복하는 방법은 없는가? 베버는 이 점에 대하여 극히 비관적이라고 할 수밖에 없다. 그러나 베버 시대에서 오늘에까지 진행된 비윤리적 합리성의 체제의 확대를 볼 때, 그의 비관에 타당성이 없다고 할 수는 없지만, 그 비관론은 조금 극단적인 것이라 할 수 있다. 상황의 진전은 그렇다고 하더라도 인간성의 어떤 한계와 방향에도 변함이 없는 것이 있다고 생각하는 것이 옳을 것이다. 가령 보편적 사랑의 요구는 단순히 초월적 종교에서 나오는 요청(postulate)인가? 가부장제 사회에서의 교환 관계를 이야기하면서, 베버는 그것이 "오늘의 당신의 필요는 내일의 나의 필요"라는 원칙에 입각한 것이라고 말한다.[36] 이것은 『논어』에서 인(仁)의 실천적 규칙으로 "내가 원하지 않는 것을 다른 사람에게 행하지 말라.(己所不欲, 勿施於人.)"에 비슷하다. 또 이것은 "남에게 대접을 받고자 하는 대로 너희도 남을 대접하라."라는 기독교 성경의 말씀에도 비슷하다.(「마태복음」 7장) 이것으로부터 칸트의 『도덕의 형이상학 기초』나 『실천 이성 비판』에 말하여진 지상 명령 — "행동을 함에 있어서는 그것이 보편적인 법칙이 되기를 의지할 수 있는 격률에 따라 행동하라."라는 지상 명령까지는 별로 거리가 멀지 않다고 할 수 있다. 이러한 격률은 많은 사람의 행동에 거의 본능적으로 작용하는 것이고(칸트에게도 지상 명령은 직접적으로 작용하는 것이었다.) 약간의 차이는 이성적 숙고가 개입하는 정도로 일어나는 것이라고 할 수 있다. 벨라가 지적하듯이 하버마스에게 보편적 인권 윤리는 칸트적인 이성의 논리의 결과물이라고 할

---

36 Ibid., p. 329.

수 있고, 이것은 베버의 형제애의 보편 윤리에서 멀지 않은 것이라 할 수 있다.[37]

그런데 이러한 고려 — 거의 본능적인 반응과 거기에 들어가는 이성적 고려는 베버가 말하는 가치 중립적인 계량적 접근에도 이미 들어간다고 할 수 있다. 「직업으로서의 학문」의 주장에 의하면, 학문은 하나의 목적과 관련하여 그에 필요한 또는 따라 나올 수 있는 행동의 총체적 전개에 대한 검토를 제공하는 일을 할 수 있을 뿐이다. 그러나 목적 그리고 목적이 나오는 가치와 가치 체계를 평가하는 데에는 아무런 할 말이 없다. 그러나 결과와의 관련에서 가치를 평가하는 것이 그대로 선택된 가치 자체에 대한 평가로 이어질 가능성을 완전히 배제할 수는 없다고 할 수 있다.

가치는, 다른 관점에서는 잘못된 것으로 보일 수도 있다고 하더라도, 그것이 삶을 적극적으로 고양하는 것이기 때문에 선택되는 것일 것이다.(물론 삶을 희생하는 가치 선택이 있을 수 있지만, 그것은 다른 의미에서 삶을 고양하는 것이기 때문에 선택되는 것이라 할 수 있다.) 어떤 행동의 목적이, 그 사실 관계의 총체로 볼 때, 원래 선택된 목적이 대표하는 가치를 손상하는 것이라고 생각된다면, 그것에 대한 수정이나 포기는 불가피할 것이다.

이것은 자신과의 관계에서 삶의 가치를 손상하는 것일 수도 있고, 다른 사람과의 관계에서 그리하는 것일 수도 있다. 사물을 일반화하고 보편화하는 것이 논리라고 한다면, 논리적으로 후자는 사실 더 큰 호소력을 가져야 마땅하다. 아마 사람이 어떤 가치를 선택할 때, 그것은 자신의 삶을 위해서만이 아니라 모든 삶을 위해서 그것이 바른 선택이라고 생각할 것이다. 그러니까 여기에는 다른 사람을 위한 고려가 선택의 한 기준으로 개입된다. 사실 어떤 선택이 순전히 자기만의 선택이고, 그와 같은 원칙에서 다

---

37 Robert Bellah, op. cit.

른 사람은 다른 선택을 할 것이라고 한다면, 갈등은 오히려 줄어든다고 할 수 있다. 나의 선택이 모든 사람의 선택이라고 할 때, 그것은 원천적으로 강제와 폭력의 가능성을 열어 놓는 것이 된다. 나의 바른 선택이 오히려 갈등의 원인이 되는 것은 여기에 관계되는 경우가 많다.

이러한 가치 선택의 보편성을 정당화할 수 없는 것이 현대 사회이다. 베버에게 현대성의 특징은 합리화이다. 합리화는 대체로 검토되지 않은 이익의 목적에 봉사한다. 이 이해관계는 개인적인 것이기도 하고, 집단적인 것이기도 하다. 여기에 민족적 이해도 포함된다. 그리하여 이해의 상충은 갈등의 원인이 되고, 보편 윤리의 상실의 원인이 된다. 그러나 다른 한편으로 이 이해의 차이는 새로운 통합의 출발점이 된다고 할 수 있다. 보편적 윤리 명령의 문제는 그것이 이익의 문제를 지나치게 소홀히 한다는 점이다. 보편성이나 전체성의 관점에서 볼 때, 개인의 이익은 무시되어야 하는 흠집이다. 그런데 이 개인의 이익은 개인의 생명이라는 이익을 포함할 수 있다. 이것은 사람다운 삶을 위한 조건으로 확대될 수 있다. 근대 민주주의의 인간의 삶을 바르게 펼치는 데에 하나의 큰 전기가 되는 것은 바로 개체의 생명 이익과 행복의 이익을 공적인 고려의 대상이 되게 한 것이라고 할 수 있다.

그러면서 이 차이와 갈등을 만들어 내는 이익은 다시 통합의 원리 속에 포함될 수도 있다. 이익의 조정으로서의 공평성의 원리가 여기에 태어난다. 이것이 조금 더 윤리적 규범이 될 때, 그것은 앞에 언급한 역지사지의 격률이 된다. 사회적으로 여러 복지 제도 또는 복지 국가의 이념은 이러한 이익의 상호 조정, 배분적 공정성, 공동 이익의 확인 등의 현실화를 표현한다. 그리고 지금에 와서 전 지구적인 빈곤 구제의 문제, 원조의 문제, 또는 환경과 기후의 공동 과제를 위한 협조는 — 지지부진한 면이 있으면서도 이성적 고려가 국경을 넘어 확대되고 있다는 것을 말하여 준다.

그러나 이러한 이성적 발전이 어떤 근원적인 정열 그리고 거기에서 출발하여 일상성의 영웅적 초월을 가능하게 하는 고양의 경험을 제공하지 못하는 것은 사실이다. 사람의 존재는 이익의 균형으로서의 공평과 정의의 규제 속에서 바른 실현을 얻을 수 있는 것은 아닌 것으로 보인다. 역시 인간은 어떤 초월적 차원에서 최종적인 자기실현에 이른다고 할 수 있다. 그러나 이것이 영웅 행위 — 특히 다른 사람과의 관계에서 폭력과 강제를 도입하는 영웅 행위일 수는 없다. 그것이 인간의 전체성, 그의 사회적 근지(根地), 자연과의 연계 — 이것과의 조화 속에서 성립하기 위해서는 역시 높은 이성의 중개가 필요하다. 여기에 바탕이 되는 것이 플라톤적인 고양된 경험에서 깨닫게 되는 이성의 경험일 것이다. 이것은 그것을 위한 별도의 수련이 필요하다고 할 수밖에 없다. 학문의 궁극적 의미는 여기에 이르는 데 있고, 또는 역으로 다른 계량적 기능은 여기에서 우러나옴으로써 참으로 의미 있는 것이 된다고 할 수 있다.

그러나 높고 낮음 또 그 강도에 있어서 차이가 있기는 하겠지만, 인간 존재가 그에 이를 수 있는, 그리고 거기에 기초한 고양된 차원의 경험이 사람의 일상성 속에서 일어나는 실존적 경험과 별개의 것은 아니다. 가령 개체들의 이익의 차이는 합리적 조정을 통하여 이 차이를 하나로 통합할 필요를 만들어 낸다. 이것은 이익의 조정과 배분을 말하기도 하지만, 존재론적 인식 — 고유한 존재이면서 하나의 존재의 열림에 참여하는 것이 인간이라는 존재론적 인식을 바탕에 가지고 있다고 할 수 있다. 이것은 사람을 존재의 신비에로 열어 놓는 일을 한다. 그리고 그것에 기초하여 보편적 형제애의 사건이 일어날 수 있다. 그러나 이것은 기계적 법칙의 적용으로 그저 일어나는 것이 아니다. 그것은 거의 우발적으로 일어난다. 또는 적어도 그때그때의 선택으로 일어나는 하나의 사건이다. 그럼으로써 거기에 고양감이 따르게 된다.

베버는 기독교와의 관계에서, 구원 종교의 발전된 합리성은 "형제애(兄弟愛) 윤리의 보편화"를 가져온다고 생각하였다. 그리고 현대적 상황에서의 그 소멸을 생각했다. 그는 이것을 현실로서 수용하였지만, 사실은 그 실현의 가능성을 생각했다는 평가도 있다.[38] 적어도 그가 그것을 고민한 것은 틀림이 없다. 그 자신이 그의 학문적 연구를 보다 인간적인 사회의 실현을 위한 것이라고 설명한 바 있다. 앞에서 말한 바 학문에서의 목적과 수단의 시나리오에 대한 포괄적 고려는 보편적 관점에서의 사고 능력을 전제한다. 거기에 쉽게 수반할 수 있는 것이 보편적 형제애 또는 인간애의 요소이다. 베버의 학문의 동기는, 그 이성적 원칙에 충실하면서, 이 보편적 인간애의 확대를 기하려는 것이었다고 할 수 있다. 다만 이것을 이성적 논증 속에 연결할 수 없는 것이 그의 고민이었다고 할 수 있다.

그런데 여기에 관련된 것은 현실과 논증의 문제만은 아니라고 할 수 있다. 그것은 한편으로는 인간의 내면의 삶에 대한 존중에 관계되는 것으로 해석할 수 있다. 윤리적 선택은 내면의 깊이로부터 나와야 한다. 그것은 자유로운 선택이다. 칸트가 주장하듯이 윤리의 근본은 자유 의지이다. 윤리적 명령은 하지 않으면 아니 되는 당위를 말한다. 그러면서 그것은 사람의 자유 의지에서 나옴으로써만 의미를 갖는다. 학문이 어떤 행동인에게 행동의 전말을 보여 줄 때, 그것은 행동하는 사람으로 하여금 완전히 자유로운 선택을 하면서도 보편적 당위의 관점에서의 선택을 하게끔 도움을 줄 것이다.

이러한 윤리적 행동이 의미 있는 것이 되는 것은, 다른 한편으로 절대적인 것이 아니고 인간 실존의 조건에서 나오기 때문이다. 그리고 도덕적 행

---

38 H. Gerth and C. Mills, "Religious Rejections of the World and their Directions", op. cit., pp. 127~130. Christopher L. Walton's essay on Weber on the internet 참조.

위는 당위성에도 불구하고 실존의 착잡한 모순을 그대로 내장하고 있다. 현실 세계에서의 윤리는 인간의 문제이지, 세계나 존재 자체의 문제는 아니라는 말이다. 윤리적 선택은 다른 모든 선택이나 마찬가지로 많은 대안들 가운데에서 하나를 선택하면서 자신의 삶을 살아야 하는 인간의 삶의 필요와 한계에서 일어난다. 이 결단은 영웅적이면서 실존적인 결단이다. 그러면서도 거기에는 인간 존재를 가로지르고 있는 근원적인 운명의 벡터가 작용한다. 높은 윤리적 결단, 또 다른 이성에 입각한 높은 결단은 개인 의지의 결단이면서 주어진 당위의 실현인 것이다.

무가치의 존재와 대긍정

시인은 때로 바위나 나무 — 자연의 존재를 찬양하고 부러워한다. 이러한 것들이 그러한 실존적 또는 도덕적 선택이 없이 주어진 그대로 존재할 수 있기 때문이다. 릴케가 『두이노 비가』의 서두에서 "천사가 갑자기 나를 껴안는다면, 천사의 강한 존재 앞에서 나는 죽을 것이라"라고 한 것도 인간 존재의 한계 — 그러면서 그로서는 인간됨의 보람을 나타내는 비극적 한계를 지적한 것이다. 천사의 완전한 존재(Dasein)를 사람이 받아들일 수 없는 이유를 릴케는 아름다움이 두려운 것들의 시작이기 때문이라고 말했다. 아름다움만이 아니라 선한 것도 두려운 것들의 시작이라 할 수 있다. 이러한 것들은 추함 또는 악과는 다른, 그것에 대항하는 선택을 요구한다. 이 선택의 불가피함은 삶의 멍에이다.

종교는 가치를 체계화한다. 그리고 그 가치에 대하여 절대적 성격을 부여한다. 그러나 이것은 모순을 말하는 것이다. 가치가 가치로 되는 것은 그것이 무가치에 대하여 또는 다른 가치에 대하여 우위에 있기 때문이다. 그렇다는 것은 가치란 절대적인 것이 아니라 상대적으로 존재한다는 것이다. 그렇다면 절대적 가치란 가치를 초월하는 가치여야 한다. 그런 경우 이 가치는 인간의 관점에서는 가치가 아니다. 「직업으로서의 학문」에는 이러한 모순의 변증법에 대한 베버의 의식을 드러내는 흥미로운 부분이 있다. 기독교 성경의 산상수훈에는 "악한 자를 대적하지 말라." 또는 영어나 독일어 번역으로는 "악에 대항하지 말라."라는 가르침이 있다. 이것은 과학적으로 논증할 수도 반박할 수도 없는 입언이라고 베버는 말한다. 산상수훈의 윤리학은 '무가치(무위엄)의 윤리학(Eine Ethik der Würdelosigkeit)'이다. 그러면서 종교의 가치와 위엄을 말하는 것이다. 인간은 이 종교에서 나오는 '종교적 가치(위엄)(die religiösen Würde)'와 '인간적 가치(위엄)(die Manneswürde)' 둘 가운데 하나를 선택하여야 한다. 인간의 윤리는 "악에 저항하라."라는 명령을 내린다. 그에 따라 행동하지 않으면, 세상에 악이 범람하는 데에 대하여 연대 책임을 져야 한다. 일단 하나는 악마의 명령이고 하나는 신의 명령이라고 하겠지만, 현실의 선택에서 무엇이 악마의 선택이고 무엇이 신의 선택인가? 사람은 각자 내내 어느 것이 악마의 소리이고 어느 것이 신의 소리인가를 결정하면서 살아가야 한다.[39]

그러나 다시 한 번 신의 윤리학은 무위엄의 윤리학이다. 그러나 이것이 반드시 실존적인 선택에 직면하는 인간에게 괴로움의 근원이 되는 것은 아니다. 그것은 사람을 가치 선택의 괴로움과 선택한 가치에 대한 집착으로부터 해방하여 준다. 물론 무위엄은 허무주의에로 나아갈 수 있기도 하지만, 일체의 존재에 대한 대긍정을 의미할 수도 있다. 아름다움의 세계가 어쩌면 그러한 것이다. 심미가는 선악과 시비를 가리지 않고 어디에서나 아름다움을 발견할 수 있다. 물론 베버는 심미를 윤리와 진리로부터의

---

39 Max Weber, op. cit., p. 501.

도피라고 생각하였다. 성경은 아름답지 아니하면서도 진실된 것이 있음을 이야기한다. 그러나 니체는 반대로 진실하지 않더라도 또는 바로 선하지 않기 때문에 아름다운 것이 있음을 말한다. 이것을 이름하여 보들레르는 그의 시집의 제목에서 "악의 꽃"이라고 하였다. 그는 악에서 꽃이 피는 것을 긍정한 것이다. 베버는 이러한 무차별, 무가치의 태도가 '대상 없는' 형제애의 행위에서도 발견된다고 말한다. 종교적 신비가는 자선을 한다. 그러나 그는 자선의 대상이 되는 '사람'에는 관심이 없다. 그는 셔츠도 벗어 주고 코트도 벗어 주지만, 그것은 대상이 되는 사람을 위해서보다 자신의 희생의 이상을 위해서이다. 이것은, 보들레르의 말을 빌려 베버가 말하는 것으로는 "정신의 매음 행위"이다.[40]

그러나 모든 자선 행위의 뒤에는 구체적인 인간에 대한 배려와 함께 보편적 윤리 규범에 대한 성심이 없을 수가 없다. 또는 바로 이것이 앞의 자선 행위를 가능하게 한다고 할 수도 있다. 기독교에서나 불교에서나 사람의 삶이 영원한 것이 아니라는 것, 그리하여 허무한 것이라는 것이 강조되는 것은 그것이 생명체에 대하여, 존재에 대하여 보다 너그러운 마음을 가질 수 있게 하는 바탕이 되기 때문이다. 보들레르의 시의 제목은 악에서 꽃이 필 수 있다는 것을 말하고 있다. 이것은 이미 선악의 차이를 의식하고 의도적으로 이것을 무시하려 한 것이라고 할 수 있다. 존재는 그러한 차이, 그러한 도전을 넘어서도 긍정될 수 있는 것일 것이다. 릴케는 『오르페우스에게 바치는 소네트』 1부 일곱 번째 소네트에서 다음과 같이 말한다.

> 찬미하는 것, 그것이다. 찬미의 소명을 받은 자,
> 그는 돌의 침묵으로부터 광석이 나오듯 나온다.

---

40 H. Gerth and C. Mills, op. cit., p. 333.

그대의 마음은 덧없는 술의 압착기,
사람을 위하여 한없이 술을 짜내는.

하늘의 모습이 그를 사로잡았을 때
그의 목소리는 쌓이는 티끌에도 그를 버리지 않아
모든 것은 포도밭이 되고 모든 것은 포도가 되어
그의 느낌의 남방에서 무르익나니.

왕들의 무덤에서 생기는 곰팡이도
그의 찬미를 거짓이 되게 하지 못하고
신들로부터도 그림자 어둡게 하지 못하니.

그는 남아 있는 사자(使者)이니.
죽음의 문 앞에서도 찬미의 열매를 담은
그릇을 손에 바쳐 들고 있나니.[41]

가치와 위엄을 버릴 때 모든 것은 찬미의 대상이 된다. 모든 위엄을 위한 투쟁은 인간적 차원에서 일어나지만, 그것은 어디까지나 인간의 차원에 한정된 것이다. 그것은 그대로 긍정될 수 있는 존재의 바탕 위에서 전개되는 일이다. 진리 탐구도 이 존재에 이르는 데에서 최후의 층위에 이르게 된다고 할 수 있다.

물론 종교는 그 나름의 합리성을 통하여 여러 귀신들을 몰아내고 — 타협과 상대화를 해 나가면서 — 삶의 외적인 형식을 합리화한다. 그리하여

---

41 "Rühmen, das ists! Ein zum Rühmen Bestellter".

선택은 조금 더 쉬워진다. 그러나 이것은 일정한 문화 — 종교에 기초한 문화 내에서의 이야기이고, 그 합리화 또는 평정화는 하나의 문화 영역의 범위에 한정된다. 그것도 현실로 그렇다는 것보다도 이론적으로 그럴 수 있다는 말이다. 그런데 한정된 합리화에 있어서도 합리화의 결과의 하나는 종교의 힘의 약화이고, 그에 따른 귀신들과 분쟁의 부활이고 재발이다. 합리화된 세계에서 귀신들이란 비인격적인 형태를 가진 이념들이다. 이것이 오늘의 상황이라고 베버는 말한다. 그러나 그것은 인간 생존의 영원한 조건이라고 할 수 있다.

인간은 어느 때나 그 실천적 선택에서 형이상학적 진리와 인간의 실존적 필요 사이를 갈라놓는 심연을 건너뛰어야 한다. 어디로 건너뛰어야 하는가에는 정당한 기준이 존재하지 않는다. 합리성은 현실적 실천을 위한 하나의 기준이지만, 그것은 다시 갈등의 이념들을 태어나게 한다. 그러나 이것들은 다시 삶의 평정화의 수단으로서의 합리성의 의미를 무력화한다. 그것은 합리성의 약속을 부정하는 것이다. 자기모순은 불가피하다. 그러나 이 모순 앞에서 인간은 무력하다. 합리성의 소산으로서의 학문은 합리성의 차원에 머물러야 한다. 그것이 할 수 있는 것은, 앞에서 이미 말한 바와 같이 목적과 수단과 결과 그리고 부작용에 대한 정합 관계를 밝히는 일일 뿐이다. 그리고 나머지는 선택하는 자의 자의적인 선택에 맡기는 도리밖에 없다.

그러나 이것도 앞에서 이미 말한 것이지만, 베버는 행동의 시나리오의 개관에 있어서 깊은 내면의 장으로부터 나오는 사람의 선택은 바른 선택 — 형제애를 최대화하는 선택으로 기울어질 것으로 전제한다고 할 수 있다. 또는 기울어지는 것이 아니라 당위의 필연이 된다고 할 수 있다. 이때의 선택은 독단론적 확신에 의하여 뒷받침되는 것이 아니다. 선택은 하나만의 선택이 아니라 대안들 가운데에서의 하나의 선택이다. 이 대안들을 사실적·논리적 관계에서 펼쳐 보여 줄 수 있는 것이 — 인간의 이성이 허용하는 한도에서, 또는 그것에 동반하는 성실성, 명증성, 도덕적 책임감에 순응하여 — 이러한 대안들을 보여 줄 수 있는 것이 학문이고 과학이다. 이때 대안들의 의미에 대한 판단은 오로지 개인의 내면으로부터 나온다.

그런데 흥미로운 것은 대안들의 동등함에 대한 학문적·과학적 입장은 모든 가치를 동등하게 보는 종교의 입장에 일치한다는 것이다. 이것은 가치와 그 선택의 정당성에 대한 — 그것이 어떤 가치든지 — 확신을 줄어들게 한다. 이것은 허무주의와 절망의 원인이 되면서 동시에 관용의 바탕이 된다. 이러한 과정을 통한 선택은 가장 큰 의미에서의 도덕과 윤리 — 무가치의 윤리에 열릴 수 있는 것이다. 그것은 결국 여러 있을 수 있는 선택의 하나에 불과하다. 물론 우리의 선택은 심연을 뛰어넘는 결단이기 때문에 강력한 결단일 수밖에 없다. 그러면서도 이 선택은 여러 있을 수 있는 선택을 배경으로 하여 이루어진다. 그러하여 이 배경은 관용과 모든 것의 긍정이 최고의 덕성이라는 것을 시사한다. 모든 선택은 있을 수 있는 선택이다. 모든 것은 동등하게 값이 없다고 할 수도, 있다고 할 수도 있다. 이 최후의 입장에서 볼 때, 모든 존재는 성스럽다.

그런데 이러한 배경에서 이루어지는 선택의 원리는 참으로 없는 것인가? 위에서 그것은 존재하지 않는다고 하였다. 그러나 선택의 문제에 대한 질문 자체가 이미 선택의 방향을 지시하는 것이 아닐까? 질문한다는 것은 실천적 목표를 전체적으로 살펴본다는 것이다.(삶의 지속이라는 관점에서만도 사람에게 실천은 불가피하다. 삶 자체가 실천이다.) 살펴봄은 사물을 그 자체로 살펴보면서 선택하겠다는 것이지만, 동시에 그것은 선택이 가능하다는 것을 전제한다. 거기에 외적인 기준이 없다면, 그것은 자신의 마음에서 우러나오는 기준에 따르겠다는 것이라 할 수 있다. 목소리가 여럿이라고 한다면, 그것은 목소리 가운데 가장 강력한 것을 따르겠다는 것이다. 그러나 위에서 말한 바 전체적으로 살펴보겠다는 결정은 이 내면에서 들려오는 목소리가 전체 속에서 비교 우위에 있는 것을 따르겠다는 것을 의미하기도 한다. 이 우위에 있는 목소리가 무엇인가를 쉽게 말할 수는 없다. 가장 간단히 말한다면, 그것은 삶의 전체적 균형과 조화에 기여하는 것이라고 할 것이다. 이것은 개인의 삶이면서, 동시에 사람이 사회적 연계 속에서 사는 것인 한, 사회적인 삶을 말할 것이다. 그러나 아무것도 보장되는 것은 없다. 또 존재의 모든 것이 높고 낮음이 없이 긍정된다고 한다면 — 또는 부정된다고 한다면, 우리가 선택하는 목소리는 다시 한 번 실존의 모순 변증법 속에서 이루어지는 것이라고 할 수밖에 없다.

이 모순을 최소화하는 전략은 조심스러움이다. 가장 조심스러운 것은 아니 하는 것이다. 계속하면서 아니 하는 것이다. 소크라테스는 모든 것을 회의하였다. 그에게 확실한 것은 아무것도 없었다. 그러나 어떤 구체적인 일에 당하여 그에게는 행동을 금지하는 내적 명령이 있었다. 이것을 그는 마음 안에서 들려오는 다이몬의 소리라고 하였다. 그것은 소크라테스로 하여금 무엇을 하라는 것이 아니라 무엇을 하지 못하게 하는 소리였다. 그러면서 그는 진리의 탐구자로서, 아테네의 시민으로서 그의 의무와 책임에 충실하였다.

이 부정의 규범은 대개의 윤리적 명령이 금지 사항으로 표현되는 것에도 나타난다고 할 수 있다. 윤리와 도덕의 규범 가운데 가장 포괄적인 형제애 또는 인간애의 명령도 인간의 고통에 대한 문제를 그 핵심 과제로 하는 경우가 보통이다. 인간애는 인간의 고통에 대한 공감 또는 고통의 구조에 대한 명령으로 주어진다.

도덕적 윤리는 구체적 행위에서 실천된다. 그것은 보편적 윤리에서 나오는 실존적 명령이다. 보편성이란 아무런 조건에도 매이지 않음으로써만 가능하다. 그러니만큼 윤리의 관점에서, 보편 윤리는 주어진 가치 체계나 도그마의 체계보다 그것을 넘어가는 넓은 전체에서 나온다. 그것은 실천의 현장에서 모순된 선택이 된다. 그것은 저절로 주어지지 않는다. 그것은 상황 속에서의 고민의 결과이다. 대안들에 대한 지적인 고민은 이 고민의 드라마의 일부이다. 이 보편적 대긍정과 실존적 선택의 고민의 전개를 도와주는 것이 — 또는 예비적으로 도와주는 것이 인문·사회 과학이다. 사회 과학은 이 고민의 사회적 연관을 해명하려 한다. 인문과학은 보다 구체적인 상황의 문제에 집중한다. 그중에 이 고민의 과정의 개체적인 경험에 주의하는 것은 문학이다. 그런데 이 존재와 실존의 드라마는 일정하게 논증될 수 없는 것이면서 그 나름의 질서를 가진 하나의 의미의 총체를 이룬다. 학문의 부름은 이 논증될 수 없는 전체성의 이끌림을 표현한다. 학문은 직업의 한계 속에 있으면서 바로 그것을 통하여 부름에 답하여 일어나는 인간 활동이다.

(2009년)

봉사와 보람으로서의 직업

추양국제의료봉사단 창립 축사

1

추양국제의료봉사단의 출발을 축하하는 말씀을 드리게 된 것을 기쁘게 생각합니다. 얼마 전 우연한 기회에 한국재 선생님을 뵈옵게 되었는데, 그때 한 선생님이 관여하시는 국제 의료 봉사 활동에 관한 말씀을 들었습니다. 그리고 그 자리에서 이번 의료봉사재단의 창립식의 축사에 대한 부탁을 받고, 제가 창립식을 빛낼 만한 사람인가에 대한 앞뒤 헤아림도 없이 그것에 즉각 동의하였습니다. 필리핀의 봉사 활동 또 몽골에서 계획되고 있는 봉사 활동의 말씀이 저를 감동하게 하기에 충분하였기 때문입니다.

모든 전문적인 활동과 직업은, 직업이라는 것 이상으로 봉사의 성격을 가지고 있습니다. 그러나 이 면이 특히 두드러진 것이 의학 분야라고 하겠습니다. 의료 활동을 윤리적인 관점에서 규정하려는 모든 노력에 있어서 이것은 언제나 지적되는 사실입니다. 어떤 다른 부분의 인간 활동에서보다도 이것이 빠질 수 없는 것이 의료 활동입니다. 그러나 오늘날 많은 사람들이 이 봉사의 개념의 현실성을 실감할 수가 없는 것이 오늘의 의료 현장입니다. 그런데 이러한 느낌이 현실의 전부를 표현하지 않는다는 것을 단적으로 이야기해 주는 것이, 여러분이 지금까지 수행해 왔고 또 앞으로 계획하시는 일이 아닌가 합니다. 뿐만 아니라 여러분의 봉사 활동은 모든 전문적 인간 활동에 있어서 봉사적 성격을 빼어 두고 그것을 바르게 생각할 수 없다는 것을 다시 상기하게 합니다.

봉사의 개념이 희박해진 것은 간단히 개인적인 차원에서 또는 윤리적인 차원에서만 말할 수 있는 것은 아닙니다. 봉사 개념의 희석화는 일단 의료 사업이 금전적인 대가에 지나치게 밀접하게 연결되었다는 점으로 설명될 수 있다고 할 수 있지만, 거기에는 그 외에도 여러 가지 현대 사회의 문제들이 관련되어 있다고 하겠습니다.

의과나 치과에 지원하는 학생들 또는 그 학생들의 가정에서 동기로 작용하는 것은 사람들의 생명의 온전함을 보존하는 일에 헌신하겠다는 것보다 경제적 윤택함과 사회적 지위의 안정에 대한 소망입니다. 이것은 유독 의학을 지망하는 데에만 해당하는 것이 아니라 전문적 수련을 필요로 하는 다른 많은 분야에도 중요한 동기입니다. 그것을 탓할 수는 없습니다. 그리고 이러한 선택에서도 그것만이 목표가 되는 것은 아닙니다. 부귀를 추구하는 것이 유일한 목적이라면, 그것은 오히려 다른 분야에서 보다 직접적인 추구의 대상이 될 수 있다 하겠습니다. 사람들이 원하는 것은 할 만한 일을 하면서 이러한 것들도 확보할 수 있게 되는 것이겠지요. 그러나 오늘날의 사회에서 다른 분야도 그러하지만, 이 부차적인 목적이 본디의 목적을 앞서가게 되는 경우가 많은 것을 부인할 수는 없습니다.

돈과 관련하여 잠깐 더 말한다면, 의료 수가가 상승하는 추세에 있는 것은 사실입니다. 그것은 의료인의 경제적인 이익 추구에 못지않게 과학 기술의 발달, 생활 수준의 향상 등에도 연관된 일입니다. 그러나 여러 원인으로 의료 수가의 문제가 환자에게 부담으로 작용하고, 또 의료 행위에서 인간에 대한 봉사 활동으로서의 의미를 줄어들게 한다면, 그것은 사회적인 대책으로 대응될 수 있는 문제가 아닐까 합니다. 이것은 의료 보험 제도에 의하여 상당 정도 해결될 수 있는 일입니다. 물론 우리나라의 의료 보험 제도가 미비한 상태에 있는 것은 사실이지만, 이것은 경제 발전과 사회의식의 변화와 더불어 나아질 것으로 기대해 볼 수 있지 않을까 합니다. 그러나 다른 많은 인간 활동에서 그러한 것처럼, 금전적 대가의 문제가 아니라고 하여도 일반적으로 경제 체제의 강화 또 현대 사회의 특징으로서의 조직화는 결국 봉사의 이상에 문제를 일으킨다고 할 수 있습니다.

2

사전에 나오는 봉사의 일차적인 의미는 "남의 뜻을 받들어 모시는 일"인 것 같습니다. 그러나 우리가 흔히 쓰는 뜻으로 말하여 여기의 '남'이라는 말은 단순히 타인이 아니라 자기를 넘어가는 어떤 큰 타자(他者)를 말하는 것으로 생각됩니다. 봉사는 공적인 것에 헌신하는 것을 말한다고 할 수 있습니다. 그러나 그것은 우국봉공(憂國奉公)과 같은 어구에 나오는 봉공이라는 말과는 다른 것으로 생각됩니다. 이것은 나라나 임금 또는 조금 추상적인 공공의 의무에 몸을 바치는 것을 말하는 것인데, 봉사는 조금 더 복잡한 의미를 갖습니다. 그것은 어쩌면 영어의 '서비스(service)'의 번역인지 모르겠습니다. 이때 서비스는 물론 그 모든 뜻을 포함하는 것이 아니고, '서비스 아이디얼(service ideal)'이라는 말—어떤 큰 것을 위하여 일하는 것을 표현하는 이 말에 관련된 것을 지칭하는 것으로 생각됩니다. 여기의 큰 것은 나라나 민족 같은 것을 뜻하기보다는 큰 것이면서도 동시에 작고 구체적인 것을 포함하는 큰 것을 뜻한다 할 수 있습니다. 봉사란 저절로 사회 봉사나 인도주의적 봉사를 지칭하는 것이 됩니다.

크면서도 구체적인 것 — 의료 봉사 활동이 그 대상으로서 가리키는 것이 바로 이것이라고 하겠습니다. 의료 활동은 어떤 경우에나 봉사가 되는 일이지만, 그것을 '의료 봉사'와 같이 봉사의 요소를 특히 강조하는 활동으로 규정할 때 그렇다고 할 수 있습니다. 의료 봉사 활동은 인도주의(humanitarianism)에의 봉사입니다. 인도주의는 두 개의 복합적 층위를 가지고 있습니다. 일단 봉사 활동의 대상이 되는 것은 모든 인간입니다. 그러면서 여기에서 모든 인간은 동시에 인간 하나하나 — 개체로서의 인간을 말합니다. 의료 활동은 모든 사람을 대상으로 하면서도 한 사람 한 사람을 대상으로 하지 않고는 의미 있는 것이 될 수가 없습니다. 봉사가 제대로 되고 있느냐 하는 것은 이 작은 것, 개체와의 관계에서 평가되기가 쉽습니다. 그런데 오늘의 사회 조직이 이 개체에 대한 관심과 주의와 존중을 어렵게 하는 것으로 보입니다.

의학은 역사적 발전의 산물이고, 사회 전체 속에 성립하는 조직적 활동의 결과입니다. 그리고 그것을 윤리적으로 뜻깊게 하는 것이 보편적 성격을 가진 인도주의적 봉사의 이상입니다. 그러면서 의료 활동의 대상은 병에 시달리고 건강을 지켜 나가고자 하는 사람들입니다. 물론 여기에는 공동체 전체에 있어서의 예방적 조치들이 포함되지만, 결국은 의료 활동의 종착역은 개개의 인간에 대한 배려입니다. 그런데 전체와 구체를 포괄하는 봉사의 이상이 저절로 손상되기 쉬운 것이 오늘의 상황인 것입니다.

오늘날 모든 것은 경제의 관점에서 조직화되지 않을 수 없습니다. 무슨 일이 되었든지, 무슨 목적을 위한 것이든지 간에 지속적인 사업이 되려면, 거기에는 경제적인 자립 능력이 부수되어야 합니다. 그것은 경제적인 관점에서의 합리화를 요구합니다. 그런데 합리화는 모든 것을 하나의 질서로 통합할 수 있게 됨으로써 완성됩니다. 그것이 어떤 사업을 위한 것이라 하더라도, 경제적 합리화는 그것을 위한 경제 자립이 아니라 제한 없는 이익 증대의 추구에 이르러서야 스스로를 완성한 것이 됩니다. 그리하여 목적과 수단의 전도가 일어납니다. 앞에서 이러한 일이 직업 선택과 같은 개인 차원에서 일어난다는 것을 말하였지만, 이러한 변화와 전도는 조직적 차원에 있어서는 더욱 억제할 수 없는 것이 됩니다. 조직은 개인적 선택과 판단을 넘어가는 관성의 힘을 가지고 있기 때문입니다.

의료 활동에서도, 경제적 사고와 경영적 사고의 효과를 무시할 수 없습니다. 병원 운영의 경제적 합리화 또는 단순히 합리화와 체계화는, 병원 체제의 자립을 위해서 필요하고, 또 의료 서비스의 질을 높이는 데에 필요한 일입니다. 중요한 것은 이러한 수단에 대한 주의가 본래의 봉사의 목적과의 균형 속에서 파악되어야 한다는 것입니다.

의료 제도의 합리화, 특히 경제적 조직화와 더불어 우리는 병원의 시설과 서비스에 큰 차등화가 일어나는 것을 보게 됩니다. 우리는 이것을 단적으로 치료와 대접의 차등화에서 느끼게 됩니다. 히포크라테스의 맹서에서 출발하여 제네바 선언으로 표현되고 우리나라에서도 널리 알려진 제네바 선언의 의료 윤리의 규정은, 의료인은 인종, 종교, 국적, 사회적 지위 등등에 관계없이 모든 사람을 똑같은 치료 대상으로 대하여야 한다고 되어 있습니다. 그러나 그것이 반드시 그렇게 되고 있다고 할 수는 없습니다. 사람들이 원하는 것이 개체가 무시되는 동등성이 아니라고 한다면, 이것은 더욱 그러합니다.

반드시 경제적 의미에서의 차등 질서가 생기지 않더라도 조직화는 — 필요한 것이면서도 — 인간의 삶의 유연성을 크게 손상할 수 있습니다. 병원을 찾으면서, 사람들은 높은 사람의 소개를 찾고 친지와 알음을 통한 연줄을 찾습니다. 이것이 반드시 병원의 진화에 따른 차등화나 차별화를 피해 보자는 데에 기인한 것은 아닙니다. 우리 사회에서 인간관계는 원초적으로 위계화되어 있습니다. 그렇지 않아도 시혜자와 수혜자라는 비대칭적 관계에 들어가게 되는 의사와 환자의 사이에서, 이것은 금방 작용하는 사회적 효과가 됩니다. 이것을 완화시키고자 하는 것은 자연스럽습니다. 그러나 앎의 연줄을 찾는 보다 중요한 이유는 의료 행위에서의 인간관계가 극히 개인적이고 사사로운 관계이기 때문입니다. 그리하여 될 수 있는 대로 비개인적인 관계를 개인적인 관계로 전환해 보려는 노력이 생기는 것이지요.

이것은 정서적인 문제일 뿐만 아니라 실제적인 의미를 가지고 있는 일입니다. 많은 사안에서, 일의 성공적인 처리에는 대상에 주어지는 주의의 질이 중요한 역할을 합니다. 오늘날 의료 행위는 조직과 체계 속에서 움직입니다. 의료 기기의 발달로 인하여 더욱 그러한 것이 되었습니다. 진단과 치료도 어느 때보다도 정밀한 것이 되었습니다. 의료 기구의 발달과 기술의 발달로 인하여, 인간의 자연스러운 능력을 초월하는 정밀하고 집중된 주의가 가능해진 것입니다. 그러나 참으로 의미 있는 주의는 세부적인 것일 뿐만 아니라 세부와 세부의 관계 그리고 그러한 세부들이 이루는 전체 — 유기체의 경우, 유기적 단위와의 관계를 향하는 것이라야 합니다. 필요한 것은 세부적 관찰과 함께 세부가 이루는 전체적인 게슈탈트에 대한 직관입니다.

이러한 것은 물론 저와 같은 국외자가 아니라 전문 의료인들이 잘 아는 문제일 것입니다. 그러나 오늘날 의료 행위의 조직화, 합리화, 과학화의 결과 환자가 심히 불편하게 느끼게 된 것은 의료 과정에 있어서의 인간적 관계의 비인격화입니다. 우리나라의 경우만 그러한 것은 아닙니다. 얼마 전 미국의 신문에도 오늘날 병원에 가는 것은 의사를 면담하기 위한 것이 아니라 컴퓨터를 면담하러 가는 것이라는 기사가 있었습니다. 인간적 관계의 부재를 단적으로 말하는 풍자적 표현이라고 하겠습니다. 모든 과학적 사실은 조사의 정밀성이 사람의 숙고와 판단에 이어짐으로써 의미 있는 것이 됩니다. 인간이라는 극히 민감한 유기체에 관계되는 일에서 이것은 더욱 그러한 것일 것입니다.

의학의 학문적·기술적 심화는 환영하여 마땅한 일입니다. 그러나 동시에 그것은 인간 존재 총체에 대하여 — 개인으로서, 사회와 인간 공동체 전체로서, 그것이 인간에 대하여 갖는 다양한 의미 관계에 의하여 저울질될 필요가 있습니다. 인간을 대상으로 하는 과학은, 인간의 실존적 현실로부터의 거리를 요구합니다. 또 현대의 과학은 조직화된 과학 기구 속에서 발전합니다. 그리고 그것은 사회의 합리화와 제도화 과정의 일부를 이룹니다. 이러한 과정 속에 삽입되는 인간은 저절로 인간의 비인간화 또는 무인격화, depersonalization의 과정의 한 부분품이 되기 쉽습니다. 의료의 경우, 이것은 환자에만 한정되는 것은 아닙니다. 그것은 의사에게도 일어나는 일입니다. 그리고 또 그 직업 자체에도 일어나게 됩니다. 그리하여 일의 보람의 성격이 변하게 됩니다. 의료 활동에서 보람의 핵심은 봉사에 있습니다. 그것은 일 자체에서 발견되는 보람이고, 일은 인간에 대한 봉사입니다. 그것이 다른 외적인 것에 의하여 변질되는 것입니다. 여러분의 의료봉사의 결심은 이러한 현대 사회의 진행 과정으로 되돌려 원래의 봉사의 의미를 살리는 일입니다.

3

봉사란 봉사의 대상을 위해서만 뜻있는 것이 아닙니다. 그것은 우리 자신이 참으로 의미 있는 삶을 사는 데에 필요합니다. 저는 얼마 전에 대학에 진학하려는 학생에게 이러한 충고를 한 일이 있습니다. 지원 학과를 선택하는 데에 있어서 누구에게나 중요한 고려의 대상은 일단 세속적인 이해관계입니다. 학생 자신이나 학부모나 저절로 경제적 안정과 사회적 지위에 대한 고려가 진로의 선택에 작용하는 것은 극히 자연스러운 일입니다. 그러나 이러한 세간적 관점을 무의식적으로 받아들이기 전에 학생은 내가 선택하려는 공부를 내가 좋아하는가를 물어볼 기회를 갖는 것이 바람직한 일입니다. 그다음에 물어야 할 것은 그것을 '참으로' 좋아하는가 하는 것입니다. 그리고 마음속에서 극히 작은 목소리로나마 꼭 그것을 하고 싶다는 소리가 들리는가 생각해 보아야 할 것입니다. 그다음은 그것이 보람 있는 것이 될 것인가를 물어야 합니다. 그리고 그 보람의 느낌이 참으로 객관적으로 의의 있는 것인가 하는 데에로 나아가야 합니다. 그렇게 하여 그 공부와 그에 따르는 작업에 집중하고, 또 헌신할 수 있게 된다면, 아마 원래 생각했던 경제적 안정과 사회적 지위는 저절로 따르게 될 것입니다. 사람이 참으로 깊은 흥미를 가지고, 관심을 가지고, 그리고 보람이 있는 것이라고 생각할 수 있는 것이라면, 그것은 세상이 필요로 하는 것일 것이고, 그에 대한 적절한 보상이 있게 마련입니다. 우리 안에 절로 일어나는 마음이 진정한 것이라면, 그것을 포용해 줄 만큼 세상은 넓고 너그러운 것이 아닌가 합니다.

이러한 이야기를 여기에서 하는 것은 우리가 직업에 대하여, 우리의 선택에 대하여 얼마나 중심을 잃어버리기가 쉬운 것인가를 말씀드리기 위하여서입니다. 보통의 일에서도 우리의 보람은 일 자체에서 오고, 또 거기에 보상이 있게 마련입니다. 세상에는 일의 세속적 득실을 생각하기보다는 자체의 의미를 중시하고, 그것을 위하여 헌신하는 사람들이 없지 않습니다. 그리고 우리가 깊이 느끼는 일 자체란 반드시 자기에게 돌아오는 이익과의 관계에서 정의되는 것이 아니라 어떤 경우는 자기희생에서 오는 것일 수도 있습니다.

우리는 나 자신을 돌보는 일을 중요하게 생각합니다. 그리고 그것은 이익을 — 부와 귀를 챙기는 일로 생각합니다. 그러나 가장 보람 있는 일은 큰 것에 봉사하는 일입니다.(여기의 큰 것은 추상적인 큰 것이 아니라 작은 것을 포함하는 큰 것일 때 더욱 의미 있는 것일 것입니다.) 그것은 자기를 버리는 일이면서 자기를 얻는 일입니다. 독일어의 직업이라는 말, Beruf는 berufen(부름)에 관계되어 있는 말입니다. 직업은 부름에 응하는 일입니다. 부름은 나 자신 안에서 일어나는, 그러니까 내가 하고 싶은 일, 나를 위한 부름입니다. 그러면서 그것은 나를 넘어가는 보다 큰 어떤 것의 부름일 수 있습니다. 나 자신의 안에서 일어나는 부름과 그것을 넘어가는 어떤 것의 부름, 그러면서 내 안에서의 부름 — 이 두 개는 따로 있으면서 또 일치합니다. 이 두 개의 부름이 완전히 일치할 때, 우리는 다른 큰 것을 위해서 살면서도 우리 자신을 위해서 삽니다. 큰 것을 위하여 — 그중에도 큰 것인, 모든 사람의 온전한 삶을 위하여 가장 구체적인 차원에서 봉사하는 일이야말로 가장 보람 있는 일일 것입니다. 여러 가지의 어려움을 무릅쓰고 그리고 세속적인 이해관계를 초월하여 의료 봉사 활동을 계획하는 분들의 이야기를 듣고, 저는 오직 감동하고 경하의 말씀을 드릴 수 있을 뿐입니다. 계획하시는 모든 일이 좋은 열매를 맺기를 기원하겠습니다.

(2009년)

5부

추억 몇 가지

이 선생님의 말씀[1]

연구실에 있던 나는 선생님이 입원하신 후에도 선생님의 연구실에 출입해야 할 경우가 있었다. 헛배가 부르고 소화가 안 되고 하여, 별일은 없겠지만, 예방적인 진단을 해 보기 위하여 입원하셨다고 말씀하시는 선생님을 대학 병원의 한 어두컴컴한 병실에서 뵙고 난 며칠 후 내가 선생님의 연구실에 들어갔을 때 햇볕이 잘 드는 책상 위에는 빨간 사과 한 알이 놓여 있었다. 그 후 곧 퇴원하시게 된다는 기약은 밀리고 밀리어 두서너 달 만에 급작스럽게 선생님은 세상을 뜨시고 말았다. 1월 초까지만 해도 괜찮아진다는 말씀이었으나 중순 이후는 병실 문 밖에서 병세의 진전을 지켜보게 되었다. 모든 것이 끝나 버린 다음 고인의 유물을 정리하기 위해 연구실의 문을 다시 열었을 때 휑뎅그렁한 방에는 엷은 먼지가 덮이고 책상 위에는 그대로 사과가 놓여 있었다.

내가 대학에서 선생님을 처음 뵙게 되었을 때 선생님은 이미 인생의 대

1 정병조 편, 『이양하 교수 추념문집』(민중서관, 1964)에 수록.(편집자 주)

부분을 뒤로하고 계시는 반백(半白)의 노교수였다. 그때나 그 후에나 선생님의 뒤에 서린 긴 세월의 깊이는 나에게는 헤아릴 바 없는 것이어서, 선생님은 근접하기 어려운 분이었다. 그의 가르침을 받아 나간 수많은 제자들 가운데 나는 거의 마지막 그룹에 속했던 것이었다. 그래도 사분지일(四分之一) 세기 이상의 거리와 가까이 모실 수 있었던 기간의 짧음에도 불구하고 나는 선생님을 배울 수 있는 기회를 비교적 많이 갖는 행운을 얻었던 셈이었으나, 지금에 와서 선생님의 모습은 허공에 잦아들어 멀기만 하다. 선생님께서 이렇게 급히 떠나실 줄 행여 알았더라면, 선생님의 흔적이 조금이라도 내 마음에 묻어날 수 있도록 짧은 기간일망정 보다 느껴지는 감동을 가지고 보내었을 것을 — 이러한 뉘우침만이 남는 것을 어찌할 수 없다.

선생님은 말 없는 분이었다. 강의실에서의 일(一)과 다(多)의 형식적 관계를 조금이라도 넘어서 선생님을 마주 대하게 된 것은 내가 대학을 졸업할 때였다. 졸업 논문을 두고 약간의 격려의 말씀을 해 주신 것을 계기로 졸업 후에도 가끔 선생님을 찾아뵙게 되었다. 선생님은 나에게 많은 실제적인 도움을 주셨다. 그리고 그가 말 없는 분인 만치 그러한 도움은 감동을 주는 것이었다. 그 복잡한 도미 수속(渡美手續) 가운데, 꼬이는 매듭에 있어 선생님께 여쭐 일이 있는데, 선생님께서는 의외에도 그런 사소한 일로 문교부까지 나와 주시기도 했다. 나는 그 후에도 여러 번 이러한 번루(煩累)를 선생님께 끼쳐 드렸지만, 그런 때 선생님은 나의 바람을 넘어 흔연하셨다. 그러나 나는 이러한 일을 통해서 선생님이 나에게 직접 말씀을 주시는 것이라는 느낌은 가질 수 없었다. 그는 여전히 말 없고 가까이하기 어려운 분이었다. 돌이켜 생각건대 선생님께서 어려움에 당한 젊은 제자를 위하여 번설(煩屑)한 일을 마다하시지 않은 것은 그의 자기 성실의 한 표현이었던 것 같다. 묘비명으로 남기신 시구에서 말씀하신 바와 같이 이 세상에 성실 또는 자기에 대한 성실이란 것이 얼마나 있기 힘든 것인가를 생각할 때, 나는 부질없는 초조함으로 "말씀하여 주십시오. 왜 말씀이 없으십니까. 말씀하세요. ―무엇을 생각하십니까. 무슨 생각을? 무슨? ―무엇을 생각하시는지 도무지 알 수 없어요. 무엇을 생각하세요."라고 선생님을 번거롭게 한 것이었다.

계절이 몇 번 바뀌어도 어느 고목의 가지에 퇴색해 가는 지연(紙鳶)이 걸리어 있음을 보듯이, 나는 어느 날의 한 미소를 기억하고 그러한 미소를 통해서 선생님께서 꼭 한 번 말씀한 것이 아닌가 한다. 연구실의 계단에서 선생님은 내려가던 걸음을 멈추고 고개를 뒤로 돌리며 미소하시었다. 국방색 스포츠 재킷을 입으신 선생님의 머리 위로 가을 하늘이 트인 창이 있었다. 그러한 웃음을 불러일으킨 것이 무슨 이야기였던지 이야기의 주제는 허공에 사라졌지만, 내 마음에 그때의 영상은, 완전히 가려낼 수 없는 이야기를 암시하며 그대로 남아 있다. 산짐승이 웃는다면 그러할 야성의 천진과 지략을 동시에 내포한 미소. 갈색의 마스크 뒤에 선생님은 세상의 순박한 것들을, 그러한 것이 행여 있기만 하다면, 곧 반겨 맞아들이려는 부드러운 마음씨를 가지셨던 것이 아니었을까?

그러나 선생님은 자주 실망치 않으실 수 없었을 것이다. 긍정적인 의사를 나타내실 때 잘 쓰시던 "고럼, 고럼" 하는 말도 그러한 속마음의 한 표현이었을 것이다. 문제가 결국 아카데믹한 것에 지나지 않는다는 것이 판명되었을 때, 말 없는 선생님의 얼굴은, 비로소 안도하시는 듯, 가장 천진난만한 동안(童顔)이 되시던 것을 나는 기억한다. "그래, 그래, 좀 앉아서 생각해 보지." 선생님은 이렇게 말씀하시며 약간 비만한 몸을 의자에 앉히시는 것이었다. 그러나 세상에는 "고럼, 고럼" 하시며 동안으로 웃으실 일이 그다지 많지는 않았을 것이고, 나도 불행히 그러한 행운의 기회를 많이 갖지는 못하였다.

나는 지금 선생님이 쓰시던 방, 고요한 오후의 햇살 속에 빨간 사과가 놓여 있던 바로 그 책상에서 이 글을 쓴다. 사람이 있고 사물이 있어 거기에 기다림과 약속이 있었으나, 사람은 가고 또한 기다림과 약속은 걷히어 스러지고 겨울 하늘이 트인 유리창 아래 말 없는 물건들만 남아 있다. 선생님은, 지금에 와서 알 길이 없는 이야기를 약속하셨으나, 침묵과 부재만을 남기고 가시고 말았다. 선생님이 별세하시고 두 번째로 내가 연구실에 들어갔을 때, 기다림 속의 사과는 보이지 않고 빈 책상만이 빈방에 남아 있었다.

(1964년)

무상의 가르침

우리로 하여금 우리가 되게 하는 요인들을 어떻게 다 가려내며, 그 과정에 입은 은혜를 어떻게 다 기록할 것인가? 생각나는 대로 나의 옛 스승의 일 몇 가지만을 여기에 적을 뿐이다.

오늘날 밤하늘을 바라보면서 저것이 카시오페이아좌이며 또 저것은 오리온좌라고 하는 것을 아는 것은 오로지 중학교 2학년 때 물상을 가르치시던 양배근 선생님으로 인한 것이다. 선생님은 여름밤에 우리를 학교에 나오게 하여 운동장에 모아 놓고 운동장의 단 위에 서서 하늘을 가리키시며 별자리들을 일러 주시었다. 수업 시간에 배운 내용들도 나의 머리의 어디엔가 남아 삶의 지침이 되고 영양이 되는 일을 했겠지만, 여름밤에 가르쳐 주신 별자리들은 그 밤의 하늘과 별과 선생님의 모습과 함께 길이 남는 기억이 되었다. 6·25 전쟁의 한 회오리가 지나간 후 다시 학교로 갔을 때, 양 선생님의 모습은 보이지 아니하게 되었고, 소문은 어떤 비극을 시사하는 것이었지만, 아이들의 무감각으로 그 소문의 자세한 내용도 규명하지 못하고 세월만 가고 말았다.

고등학교 3학년 때의 담임 선생님은 나종일 선생님이셨다. 나 선생님은 나중에 서울대학교 사학과 교수가 되어 영국사를 가르치셨지만, 그때에는 전쟁 등으로 아마 손에 잡히는 직장에서 주어진 과목을 가르치시게 된 까닭인지 독일어를 가르치셨다. 나 선생님은 3학년의 서너 명을 지적하여 방과 후에 독일어를 더 공부하게 하셨다. 지금처럼 정규 수업 후에도 과외를 하여야 하는 것이었다면 불가능한 일이었을 것이다. 우리가 받은 독일어 수업이 과외라면 과외겠는데, 요즘 세상과는 달리 이러한 과외로 선생님에게 물질적 또는 다른 형태의 보상이 돌아가는 것이 아니었음은 물론이다. 선생님 댁에 따라가서 식사를 하는 경우도 있었다. 그러나 우리는 선생님 댁에 선물을 사 들고 가야 되는 것이 우리 사회의 관습이라는 것도 알지 못했다.

나 선생님의 독일어 수업은 특혜를 베풀어 주신 것이었지만, 영어를 가르치시던 이종은 선생님은 교과서 외에 허버트 조지 웰스의 『세계사 대계』의 첫 부분을 등사하여 모든 학생을 위한 보충 교재로 삼았다. 당시의 영어 교과서는 교과서 자체가 높은 교양적 내용을 가진 것이었지만, 웰스의 글을 통해서 나는 영어가 새로운 지적 세계를 열어 주는 길잡이가 됨을 느낄 수 있었다. 등사한 웰스의 『세계사 대계』는 마침 생물의 진화의 과정을 설명하는 부분이었는데, 진화의 과정에서 사람의 친척에 해당되는 오랑우탄이 등장했다. 아마 그 소리가 재미있게 느껴졌던 때문이었을 터인데, 선생님의 별명이 오랑우탄이 되었다. 별명에 악의가 있었던 것은 아니었지만, 되돌아오는 것 없이 베푼 선생님의 너그러움을, 철부지의 학생들이 충분히 인식하지 못했던 것은 틀림이 없다.

우리가 1학년 때였던 것으로 생각되는데, 장준한 교장 선생님이 학교에 부임해 오실 때에는 상급생 주동의 집단적 취임 반대 운동이 있었다. 전임 채규탁 교장 선생님의 인망이 높았고 도 학무국에서 오시는 장 교장님은 그분을 몰아내고 들어서시는 것으로 막연한 소문이 있었기 때문이었다. 처음에 눈에 띄는 것은 장 교장님의 긴 조회 훈화였다. 하는 사람만 신이 나고 듣는 사람은 지겹기 한이 없는 것이 훈화이다. 장 교장님의 긴 훈화도 학생들의 적의를 샀다. 그러나 얼마 안 있어 우리는 장 교장님의 온화한 성품과 선생님의 조용한 열의와 자상한 배려를 느끼게 되었다. 지금은 그 내용에 대한 기억이 없지만, 훈화는 공허한 수사가 아니라 구체적이고 자상한 내용을 담은 것이었다. 교장실을 찾아 인생을 말하고 철학적 질문을 하는 학생도 있게 되었다. 장 교장님은 공부를 잘하는 학생들을 교장실에 불러 격려의 말씀을 해 주시기도 했다. 나도 그러한 격려의 모임에 나갔지만, 하시는 말씀이 엄숙하고 차가운 것은 아니었다.

학교를 졸업하고 대학에 진학한 다음에 장 교장님은 졸업생 중 몇 명을 불러 하기 강좌에서 가르치게 하셨다. 나는 독일어를 가르쳤다. 장 교장님의 뜻은 우리에게 자신감을 길러 주고 용돈을 벌게 하시려는 것이 아니었나 생각된다. 서울에 오실 때도 장 교장님은 우리를 불러 점심을 사 주시곤 하셨다. 나는 이러한 일들을 어느 교장 선생님이나 하시는 당연한 일처럼 여겼다. 그렇지 않다는 깨달음과 감사의 마음을 전할 수 있는 기회를 가져야겠다고 생각하기 시작했을 무렵에 장 교장님은 일본에 가 계시게 되었고, 그러다가 다시 뵈올 기회가 없이 돌아가시고 말았다.

(1995년)

나의 자서전과 나

1

며칠 전 서류 때문에 동사무소에 들렀더니, 그때가 주민 등록 정정 기간이었다. 어떤 부인이 동회 직원과 물음을 주고받는 것을 들으니, 주민 등록에 본적이 강원도 고성군으로 되어 있는데, 그것은 경상남도 고성군을 잘못 적은 것이니 고쳐야겠다는 것이었다. 나도 비슷한 정정 사항이 있다. 나의 주민 등록 그리고 호적 등본에 보면, 나는 1937년생으로 되어 있으나, 어렸을 때부터 들어 온 것으로는 1936년이 맞다고 한다. 생일도 일정한 월일이 주어져 있으나 음력 생일과의 간격으로 보아, 호적에 나와 있는 것은 맞는 달과 날짜를 기록한 것이 아닌 것이 아닌가 하는 의심을 가지고 있다. 그러나 맞는 생일이 있다면, 그것은 면사무소의 기록에 대하여 나의 아버지와 어머니의 구전에 따른 것이다. 왜 틀리게 되었는지는 정확한 설명을 듣지 못했다. 신고자인 큰아버지와 면소 직원 사이에 일어난 오류일 것이라는 것이 막연하게 들은 설명이다. 그러나 관계되었던 분이 돌아가신 지도 수십 년이 지났고, 이것을 다시 소급하여 확인할 방도는 없다. 설사 다시 알아본다고 하여도 서류의 오류와 흐려지는 기억 사이에 무엇이 무엇인지 분명하게 고증할 수는 없을 것이다. 아마 많은 사람들의 신상 사실에도 이러한 점들이 있을 것이고, 대체로 사람들의 믿음과는 달리 문자상의 기록이 그렇게 믿을 만한 것은 아닐 것이다. 문자의 기록은 많은 경우 사회의 필요에 의한 사회의 약속에 불과하다.

그런데 생년월일 정정이 지금 나에게 무슨 의미가 있을까. 생년월일을 포함하여 많은 사실들의 의미는 그 인간적인 함의에 있을 터인데, 내가 그것을 바르게 알 수 있을까. 생년으로 1936년과 1937년의 차이는 무엇일까? 제일 분명한 것은 서류상의 날짜로 정년퇴직이 1년 늦어졌다는 것이다. 우리 식으로 하면 1년 이익을 본 것이고, 프랑스식으로 하면 1년 손해를 본 것이다.

어느 해가 맞는 것이냐에 관계없이 1930년대 중반을 약간 넘어 태어났다는 것은 일제하에서 태어났다는 말이고, 해방 당시에 국민학교를 다니고 있었다는 말이고, 6·25 동란은 중학교를 다닐 때 맞이했다는 말이 된다. 결국 사람의 삶은 시대의 역사적 상황과 긴밀하게 관계되어 있는 것이지만, 우리의 생애에 영향을 끼친 것들을 다 헤아리는 것은 온 세상의 의의를 알아내려는 것처럼 어려운 일이라 할 수밖에 없다. 삶의 수동적인 바탕으로서의 시대의 영향은 그렇다고 하더라도 자기가 한 일은 자기가 알 것이라고 생각할는지 모른다. 그런데 그것도 반드시 그런 것은 아니다.

4·19는 우리 현대사에서 커다란 사건의 하나이다. 나는 그 무렵에 중요한 자리에 있었던 사람으로부터 유혈 데모가 일어난 직후, 자신이 이승만 대통령을 만나 하야를 권고했고, 그 후 얼마 안 있어 이 대통령이 하야했다는 말을 하는 것을 들은 일이 있다. 이것은 역사의 중요한 계기에서 행한 자신의 역할을 말한 것이지만, 혹 그의 권고로 하여 대통령의 결정이 내려

졌다고 생각한다면, 그것은 100퍼센트의 역사적 진실은 아니라고 해야 할 것이다. 이승만 대통령은 아마 그 외에 수명 또는 수십 명의 충고를 들었을 것이고, 또 그 자신이 데모 사태에 대하여 달리 그 나름으로 느끼는 바가 있었을 것이다. 그때 앞에 말한 사람이 경무대에서 이승만 대통령과 나눈 대화의 의미를 완전히 해명하려면, 그것은 많은 조사 연구가 있은 다음에야 가능한 일이 될 것이다.

정치가의 회고록은 역사에 있어서 자신의 역할을 과장하여 서술하는 것으로 생각되기 쉽다. 그러한 경우가 많기는 하겠지만, 반드시 그것은 거짓 과장의 의도가 있어서만 그러한 것은 아니다. 모든 사람은 자신의 삶의 주인공이고 역사적 사건 속에서의 자신의 일이 자기중심으로 전개되는 것으로 생각되는 것은 극히 자연스러운 일이다. 그러나 그의 정직하고 사실적인 진술이 반드시 진실을 구성하는 것은 아니다. 가장 정직하게 자신의 일을 말하는 경우에도 거짓 반 진실 반을 말하고 있기가 쉬운 것이다. 그러나 극히 개인적인 일에서도 우리에게 일어나는 일의 의미를 우리가 아는 것일까.

2

나는 지난 10월 초에 나의 모교가 되는 광주고등학교를 방문할 기회가 있었다. 그것은 꼭 49년 만이었다. 거기에서 나는 동기 동창생들을 상당수 만날 수 있었다. 그중에 하나는 대학 때에 만난 후 처음 다시 만난 동창생이었다. 그와 내가 같은 대학을 다닌 것은 아니었고, 또 젊은 시절에 그와 특히 가까웠던 것도 아니었다. 그와 나를 이어 준 것은 그와도 가깝고 나와도 가까웠던 제삼의 친구였다. 이 친구는 고등학교와 대학을 거쳐 나와는 가장 가까웠던 친구였다. 그는 학업 성적도 뛰어났지만, 운동에도 관심이 많았고 음악을 좋아하여, 그 시대로는 하기 어려운 일로, 취미로 바이올린을 공부하기도 했다. 대학에 다닐 때에 성냥갑 맞대듯 빼꼭하게 청계천 위에 매어 달린 널려 있던 판잣집 가게들 사이에서 헌 음반 상회를 소개해 준 것도 이 친구였다. 음반 가게의 주인은 나비넥타이를 맨 노신사로 우리에게 베토벤의 피아노나 바이올린 소나타며, 크라이슬러나 자크 티보, 알프레드 코르토 같은 연주자들을 소개해 주고 들려주었다. 이 친구는 그 집의 조카딸과 사랑에 빠졌으나, 거기에서 어떤 현실적인 결말이 나지는 아니하였다.

이 친구는 철학이 전공이었다. 그는 고등학교에서 이미 독일 철학에 관심을 가지고 일본어와 독일어로 독일 철학과 문학을 읽기 시작하고 있었다. 고등학교 졸업 때에, 그는 학교 잡지에다 「자애로서의 출발」이라는 철학 에세이를 발표했다. 이것은 우리가 다 읽고 있던 일본 작가의 『사랑과 인식의 출발』이라는 책의 제목을 딴 성싶었지만, 나에게는 매우 놀라운 첫 출발의 신호로 보였다. 문학과 철학, 특히 독일 철학과 문학에 대한 관심은 우리가 공유하고 있는 것이었다. 우리의 대학 시절에는 전후의 분위기에 맞게 실존 철학이 크게 유행하였다. 그는 하이데거에 관심을 많이 가지고 있다가 하이데거의 가르침에 따라 그리스 철학을 하고, 석사 논문으로 헤라클레이토스를 비롯한 소크라테스 이전의 철학에 관하여 썼다. 나중에 그는 벨기에의 루뱅 대학을 거쳐 파리 대학으로 옮겨 다니면서 서양 중세 철학의 학위 논문을 완성했다.

그가 오랫동안 프랑스에 체류하는 동안 나는 그의 일을 지켜볼 시간을 갖지 못하고 있었다. 그가 파리에서 갑자기 돌아온 것은 하필이면, 1980년 5·18 광주 학살 사건이 나고 얼마 지나지 아니하여서였다. 이 친구는 전혀 당시의 정세를 알고 있는 것 같지 않았다. 그것은 그가 20년 가까이 한국에 돌아오지 않고 유럽에 거주하고 있었던 때문만은 아니라는 것이 분명했다. 그의 정신은 어떤 이유로인지 현실과의 정상적인 연관을 갖지 못하고 헤매는 것으로 생각되었다. 삼엄한 군사적 분위기에서 그는 도처에서 사진을 찍고 다녔다. 서울에서 그랬고 광주에서 그랬다. 파리에 있는 그의 외국인 부인과 아이들에게 한국의 정경을 보여 주려는 것이 그의 의도라고 하였지만, 그의 세상 물정 모르는 듯한 행동은 나를 불안하게 했다. 이윽고 정보기관에서 나온 사람을 만나야 하는 일도 생겼다. 나는 우리 집에 머물고 있던 그를 급하게 설득하여 파리로 가는 비행기에 태웠다. 얼마 안 있어 나는 정치적인 변화와 연관하여 구속 조사를 받게 되었지만, 전체적으로 나 개인으로나 사회 전체로나 불안한 시절이었는데, 그는 그러한 것을 눈치채는 것 같지 않았다.

그 후 정치적 상황이 조금 가라앉은 다음에 그는 가족과 함께 한국으로 돌아와 중세 철학의 교수가 되었다가 몇 년 전 정년퇴임하고 딸과 아들이 있는 파리에 갔다. 나는 그가 여행을 떠나기 전에 그를 만났다. 그는 파리에 도착한 직후 엽서로써 소식을 전해 왔다. 그러나 나는 얼마 안 있어 그의 부인으로부터 그가 파리에 도착한 후 2주 만에 갑자기 심장 마비로 사망하였다는 소식을 듣게 되었다.

지난번 광주에 갔을 때, 그곳의 우리 친구와 그의 이야기를 하게 되었다. 그것은 1980년 초여름에 그가 광주에 들렀을 때의 일이었다. 그의 집은 본래 광주에서 얼마 떨어져 있지 않은 시골이었고, 그의 어머니가 그곳에 살고 있었다. 그러나 1980년 그가 광주에 갔을 때에 그의 어머니는 광주에 살고 있었다. 그는 홀어머니 밑에서 자랐다. 아버지는 중국을 드나들며 자주 집을 비워 안 계신 것이나 다름없다가 작고하였다는 이야기였다. 그러나 어머니는 가게를 경영하고 또 토지가 있었기 때문에 학교 다니는 동안 그는 집안이 어렵다는 인상을 주지는 아니하였다. 그러나 광주 사건이 있던 해에 광주에 들렀을 때, 그의 어머니는 육촌 조카가 운영하는 작은 여관에서 주방 일을 하면서 연명하고 있었다. 그의 어머니는 광주의 우리 친구에게 아들이 프랑스로 돌아가지 않도록 설득하여 줄 것을 부탁하였다. 1980년 광주를 방문한 후 그는 이러한 이야기를 전혀 나에게 비치지 아니하였다.

나는 이번 방문에서야 이런 사정을 전해 듣고 내가 아는 그의 개인적인 사정이 얼마나 피상적인 것이었던가를 깨닫게 되었다. 그리고 나는 그때의 그의 괴로움과 고민을 생각했을 뿐만 아니라 그의 일생 동안 괴로웠을 어머니와의 관계를 생각했다. 그는 중학교 때 이미 어머니를 떠나 광주로 유학하고, 광주에서의 고등학교를 거쳐 서울에서 대학을 마치고 대학 강사 생활과 군대 생활 이후에 유럽으로 떠났다. 나는 그의 어머니를 두어 번 그의 시골에서 만나 뵌 일이 있지만, 그분은 수줍고 말이 없는 시골 분이었다. 아마 서울에서 대학을 다니는 아들의 친구를 만나는 것이 그렇게 편한 것은 아니었을 것이다. 중학교 1학년에 어머니 품을 떠나 19세기 독일로, 그리스로, 중세의 교부들의 세계로 떠난 아들에 대하여 시골 어머니는 어떤 생각을 가지고 있었을까.

나의 친구는 시대의 현실적 의식으로부터 멀리 이국의 먼 시대의 사상과 음악이 이루는 관념적 세계에 살고 싶어 하는 사람이었다. 이 먼 세계에 대한 그의 우수—독일 사람들이 페른베(Fernweh)라고 하는 우수는 그의 전라도의 한 벽지와 점점 거리가 멀어질 수밖에 없는 어머니로부터의 거리와 관계가 있는 것이었을까. 아무런 경제적 뒷받침이 있을 수 없는 그의 파리 생활도 괴로운 것이었음에 틀림이 없지만, 그의 오랜 외국 체류 이후 여관의 주방 일로 연명하는 어머니를 대면했을 때, 그의 심정은 어떠했을까. 그가 파리로부터 돌아온 다음에 돌아가실 때까지 어머니를 모시고 지내게 되었던 것은 특히 다행한 일이었다. 그의 외국 출신의 부인도 그것을 자연스럽게 받아들이는 것으로 보였다.

그러나 내가 이 되돌림의 다행을 — 파리와 외국인 부인과 아이들 사이에서 찾은 다행을 그리고 그의 어머니와 그의 외로움을 생각한 것은 이번의 광주 방문에서 돌아오는 길에서였다. 그가 죽고 나서 3년이 지난 다음이었다. 우리가 잘 알고 있다는 일을 우리는 얼마나 잘 모르고 있는 것인가. 어두운 숲 속의 길과 같은 삶의 길을 가면서 그 숲의 나무들 사이를 가지만, 그 나무들, 그 나무들의 깊은 사연들을 알고 가는 경우는 많지 않은 것으로 생각된다. 그 나무들이 이루는 빛과 그림자들의 효과가 우리의 삶을 밝게도 하고 어둡게도 하는 것을 알고 있기는 하지만, 우리는 그 나무들에 관하여 무엇을 알고 있는 것일까. 우리는 우리의 친구들을 참으로 아는 것일까. 또는 우리는 우리의 어머니나 아버지 그리고 어머니와 아버지가 되기 위하여 바쳤던 고통의 대가를 알고 있는 것일까. 시대의 무엇이 우리를 우리이게 한 것일까.

3

나의 이력서에 대해서는 비교적 분명한 말이 가능하다. 그러나 그것을 쓰고 보는 나의 마음이 단순한 것은 아니다. 이력서는 작성 요령 나름으로 간단할 수도 있고 복잡할 수도 있다. 미국의 대학에서 작성하는 이력서는 매우 상세하다. 그것은 지금 여기의 작은 모임과 같은 것도 자세히 기록한다. 그것이 모두 업적에 들어가기 때문이다. 그러한 것을 보고 있으면, 사람이 업적의 노예가 되어 간다는 느낌을 받는다. 처음에는 자기가 한 일, 그중에도 할 만했던 일을 기록하다가 나중에는 기록을 위해서 일을 한다. 우리나라에서의 이력서는 아직은 조금 간단해서 좋다. 인간과 이력서가 아직은 동일시되지 않는다는 증거다. 그러나 다른 각도에서 인간의 외면적 자취 — 특히 공적 기구에서 인정하는 자취 또는 자격은 사람을 규정한다.

말할 것도 없이 이력서는 내가 필요한 것이 아니라 사회에서 필요로 하는 것이다. 사회에서 나를 평가하는 대략적인 자료로 사용하려는 것이다. 그것은 사회가 나를 쓰려고 할 때, 어디에다 어떻게 쓸 수 있을까를 결정하는 데에 참고 사항이 된다. 이 평가와 용도는 주로 자격 인증 제도 그리고 경력이라고 부르는 경험의 기록에 의존한다. 이 제도는 방금 말한 것처럼, 일정한 사회적 용도라는 관점에서만 의미를 갖는 것인데, 그것도 심도 있게 이 용도에 맞는 능력이나 준비 상태를 검사하는 것이 아니라 어디까지나 대략적이다. 참으로 깊은 측정과 판단은 별도로 이루어지는 것이 마땅하다. 그리고 여기에 우리의 주관적인 판단 — 내가 여러 군데에서 써 온 말로는 객관성을 얻으려고 수련을 쌓은 주관적 판단이 들어가야 하고, 또 어떤 경우는 이것을 더 중요시하는 것이 옳다. 사람들은 이것을 종종 잊어버린다. 그리고 가장 부적절한 것은 이력서를 사람과 혼동하는 것이다. 바쁜 세상에 그것이 일어나는 것은 불가피한 일이라고 할 수도 있지만, 나를 잘 아는 사람, 나의 친구, 나의 애인, 가족까지 이 두 가지를 혼동하는 수도 있다. 그런데 아마 참으로 우스운 것이 되는 것은 나 자신이 나를 나의 이력서와 혼동하는 것이다.

우리가 흔히 듣는 인간의 삶에 관한 상투적인 공식들도 마찬가지이다. "그는 일찍이 네 살에 천자문을 떼고, 여섯 살에는 주어진 운자에 맞추어 한시를 짓고…… 어릴 때부터 효성이 극진하고……" — 이것은 또 얼마나 맞는 인간 이해인가. 얼마 전에 어떤 전기적 기록을 보니까, 다음에 비슷한 것이 있었다. "선생은 일찍이 교육만이 나라를 구하는 방책이라고 생각하시고 일본에 유학하여…… 모 대학을 졸업하고, 일본 사람들의 감독이 없는 사립 학교 교원이 되어……" 이러한 사람의 전기는 어디까지가 진실이고 어디까지가 상투형의 나열일까. 그러나 이 묘사보다도 어처구니없는 것은 — 그러면서 빠져나올 수 없는 것은 우리의 삶 자체가 사실 사회가 주는 시나리오를 사는 것에 불과한 것이라는 것이다.

그러면 사회적 낙인과 상투적 유형을 떠나서 나는 누구인가? 나는 나라고 하는 답을 하는 수밖에 없다. 내가 나라는 것은 무엇을 말하는가? 적어도 내가 나를 아는 데에 이력서가 필요한 것은 아니다. 도대체 나는 그러한 외적인 관점을 넘은 다른 관점 — 어쩌면 내적인 관점에서 보아질 수 있는 어떤 존재이다. 그런데 내적인 관점이란 하나의 모순 어법이다. 내가 나를 볼 수 있는가? 나의 얼굴이 나의 일부라고 하고 그것을 보려고 할 때, 나는 거울을 보게 되지만, 그것은 남이 보는 것과 같은 나, 내가 남이 되어 나를 보는 것이다. 그러면 다시 '나는 나다'는 무엇을 말하는가, 또는 내가 나를 본다고 할 때, 그것은 무슨 뜻인가? 거울의 내 얼굴은 남이 보는 나의 얼굴이다. 내가 누구인가 하는 물음에 답한다는 것은 한없이 복잡한 일인데 — 그러면서 매우 중요한 문제이다. — 이것을 더 따져 보는 것은 중단하는 수밖에 없다. 그러나 내가 나의 이력서와 동일한 것이 아닌 것은 분명하다.

나의 이력서 가운데에 우리 사회가 중시하는 준거점에 따라 몇 가지 적기되는 사항이 있지만, 그중에도 중요한 것은 아마 미국의 하버드 대학에서 학위를 취득하였다는 것일 것이다. 내가 쓴 글에 붙는 필자 소개에 보면 대개 그 사실이 언급된다. 그런 때 나는 더러 생각한다. 나는 박사 학위가 조금 늦었던 것인데, 그 이전, 그 이후의 나의 인생에 비하여 그것이 정말 중요한 것인가. 또는 하버드가 나의 인생을 정말 달라지게 했는가 — 이것은 더 심각한 질문이다. 세속적인 의미에서 그것이 한 점 얻고 인생을 살게 해 주었을 가능성이 있지만, 그것이 나를 다르게 했을 성싶지는 않다. 형성적 영향을 말한다면, 그 점에서는 하버드보다 내가 전라남도 광주에서 서석국민학교를 다녔다는 것이 더 중요할 것이다. 사람의 기초는 어린 때에 이루어진다. 내가 하버드에 갔을 때에는 이미 나는 서른을 넘어 있었다. 하버드가 나를 형성하는 데 작용했다기보다는 내가 하버드를 선택하고 지나쳐 간 것이 아니었을까. 내가 지나쳐 간 다른 모든 경험이나 마찬가지로. 경험은, 특히 혹독한 경험 또는 절정의 경험이라면 몰라도 대체로는 나를 형성하는 면을 가지면서도 내가 스스로 선택하고 지나쳐 가는 것일 것이다. 나는 1960년대와 1980년대에 이화여대에서 한 학기씩 가르친 일이 있지만, 그것의 형성적 의미는 어떤 것이었을까.

하버드와 관련하여 나의 학위에 대해서 약간의 혼동이 있다. 필자 소개란에서의 소개는 내가 영문학 박사라고 하기도 하고 미국 문명사 박사라고 하기도 한다. 영어의 표현과 개념을 정확히 옮긴 것은 아니지만, 후자가 원뜻에 가깝다. 이 학위에 대하여서는 약간의 설명이 적절하다. 그것의 뜻이나 내용 때문이 아니라 나의 삶의 한 가닥이 거기에 들어 있기 때문이다. 미국 문명사는 흔히 말하는 미국학(American Studies)에 해당한 과정을 하버드에서 그렇게 부른 것이다. 나는 영문학을 하려면 영국에 가야 한다는 생각을 가지고 있었다. 그러나 그다음에 미국에 가게 된 이상 미국 문학을 하는 것이 좋다고 생각하게 되었다. 그러다가 미국 문학을 공부하려면 미국의 사회와 역사와의 관계에서 그것을 공부하는 것이 좋겠다고 생각하였다. 그러한 생각이 마침 장학금 공여의 기회와 맞아떨어졌다.

그런데 중요한 사실의 하나는 학위야 어찌 되었든지 내가 미국 문학이나 문명사의 전문 학자가 되지 못하고 말았다는 것이다. 미국학을 하겠다는 생각은 문학을 하면서도 현실과의 관련에서 그것을 공부하겠다는 것이었다. 그러나 한국의 현실 속에서 미국 문학이나 미국학은 충분히 현실적이 되지 못하였다. 나의 학문적 관심은 처음부터 문학과 철학 — 그것들이 가리키는 관념의 세계를 향하는 것이면서도 동시에 현실을 향하는 것이 아니었던가 한다. 그리고 그 사이를 배회하였던 것으로 생각된다. 나는 대학에 들어갈 때 정치학과로 들어갔다. 그러나 곧 영문학과로 전과하였다. 고등학교 시절부터 아이디어의 세계가 나의 마음의 고향이었으나 나는 그곳을 가는 길을 택하겠다고 마음을 정할 수가 없었다. 영문학과를 다니면서는 그것을 심각하게 공부하겠다는 생각을 하기가 어려웠다. 나에게 나의 현실은 한국의 사회였고 그 문학이었다. 유학을 가면서도 나는 그러한 생각을 했다.

처음에 서울대학에서 가르치기 시작하였을 때, 나는 내가 가르치고 있던 16세기와 17세기의 영시에 대한 논문을 썼다. 그러한 논문을 쓰면서 마음에 생기기 시작한 결심은 우리 현실에 관계도 없고 아무에게도 의미 없는 글은 쓰지 말아야겠다는 것이었다. 그리하여 나는 한국 문학에 대하여 그리고 한국 사회와 정치에 대하여 쓰기 시작하였다. 이렇게 하여 나의 현실에의 관심은 이것도 저것도 아닌 나의 지적 방황의 동기가 되었다. 그런데 이것은 나만의 생각이 아닐 것이다. 한국에서 영문학이 대학의 학과로는 매우 큰 것이면서도 중요한 업적이 별로 없는 것은 여기에 관련된 것일 것이다. 학문의 동기는, 의식이 되든 아니 되든, 현실로부터 온다. 이 현실과의 연계가 막연한 것이 될 때 학문의 결과가 큰 것이 될 수 없다. 이것은 외국 학문을 하는 것은 불가능하다고 하는 말이 될 수도 있다. 그러나 반드시 그렇다는 것은 아니다. 그러면 어떻게 하여 외국의 학문이 살아 움직이는 연구의 대상이 되겠는가 하는 문제가 일어난다. 그것이 답이 불가능한 질문은 아니다. 그러나 이것을 여기에서 생각하는 것은 주제에 맞지 아니하는 일이 된다.

4

대학이 하는 일은 지식 정보를 주는 일이고 사람을 형성하는 일이다. 형성적인 의미에서 하버드가 무엇을 나에게 주었는가는 나에게 아직도 불분명하다. 앞에서 말한 것은 하버드가 나에게 준 것이 아니라 하버드가 이미 존재했다고 할 수 있는 나의 성향의 어떤 면을 표현해 주었는가 하는 점에 관한 것이다. 여기에 드러나는 것은 한편으로는 현실에의 의지와 동시에 자아에 대한 외면적인 규정의 거부라고 말할 수 있을 것으로 생각된다.

위에서 말한 나의 현실에의 의지가 가리키는 것은 아마 일차적으로는 한국 사회의 현실일 것이다. 돌아보건대 나의 평론들은 잡지사나 출판사의 주문에 따라서 생산된 것이 대부분이지만, 그것들은 대체로 한국 현실에 사회적·정치적인 의미를 갖는 작가 시인에 관한 것이었다. 한용운, 윤동주, 신동엽, 김지하, 고은, 이문구, 황석영 등이 나의 평론의 소재가 되었다. 박목월, 정현종, 황동규, 최승호, 김광규 같은 시인에 관하여 쓴 것들도 대개 그들의 작품이 한국의 현실에 아프게 스치고 지나가는 부분을 생각하는 글들이었다. 물론 이것은 시대가 그러한 때문이라고 할 수도 있고, 대개 글이란 그러한 것이라고 말할 수도 있다는 관점에서 설명될 수 있을 것이다. 오든은 예이츠를 추모하는 시에서, "미친 아일랜드가 당신을 아프게 하여 시를 쓰게 했다."라고 했지만, 이것은 많은 작가에게, 특히 우리 시대의 작가에게 해당되고 또 내가 우리 문학과 사회에 관하여 글을 쓰는 데에도 동기가 되었다고 할 수 있다. 그러나 시대가 우리를 아프게 하고, 그것이 우리로 하여금 외침 소리를 내게 하지만, 동시에 아픔은 우리 자신을 느끼게 하는 하나의 기회가 되기도 한다. 그리고 많은 경우 이 아픔은 자기 확인의 방법이다. 물론 그러한 의미에서 그것은 정신적 도착을 수반하는 일이라고 할 수도 있다.

시대의 아픔을 말하는 것은 시대의 많은 것을 거부하는 것을 의미한다. 그것은 자아의 확인이라는 관점에서 말하면, 되풀이하여 말하건대 세간의 제도가 그려 주는 어떤 삶의 역정도 나의 삶을 버티어 주는 바탕이 되지 못한다는 느낌을 가지고 있다는 말이 된다고 할 수 있다. 이 부유하는 심리 상태는 바로 내가 문학을 하게끔 되어 있었다는 것을 말하는 것으로 생각될 수도 있다. 이렇게 볼 때, 적어도 문학에 의하여 매개되는 현실적 관심은 지독한 자기중심주의와 이어져 있는 경우가 많을 수 있다.

라이어널 트릴링은 현대인의 성격적 특징을 설명하면서, 전형적 현대인을 "비뚤어짐의 도깨비(the imp of perversity)"에 들린 사람이라고 말한 일이 있다. 이 말은 에드거 앨런 포의 단편에서 빌려 온 것인데, 높은 벼랑에서 위험하니까 뛰어내리지 말아야 한다고 하면 뛰어내리고 싶은 충동을 느끼고, 어떤 일이 이치에 맞다고 하면 이치에 안 맞는 일을 하고 싶어지는 충동을 가진 사람의 비뚤어진 심리를 말하는 것이다. 그러한 사람에게는 주어진 가치와 관습에 대한 파괴적 저항이 삶의 지향이 되는 것이다. 이것은 작가의 경우 — 특히 현대 작가의 경우에 흔히 해당되는 것이 아닌가 한다. 나를 움직였던 것, 그리하여 나로 하여금 한 가지의 주어진 일에 머물지 못하게 하였던 것, 군사 정권하의 한국의 현실에 부정적인 관심을 가지게 한 것도 "비뚤어짐의 도깨비"가 아니었나 하는 생각이 든다. 물론 이 도깨비는 매우 작은 놈임에 틀림없었을 것이다. 나는 작가가 아니고 작가가 될 소질도 없었고 작가가 될 생각도 없었고 크게 일탈과 저항의 길을 간 일은 없었으니까. 다만 나의 비뚤어짐이란, 학문이나 직업이나 지위에 있어서, 인간이 사회적으로, 외적으로 규정될 수 있다는 것을 받아들이고 싶지 않은 정도에 그친 것이라 할 수 있을 것이다.

다시 작가의 비뚤림으로 돌아가 이번에 노벨 문학상을 탄 존 쿳시의 소설에 『젊음(*Youth*)』이라는 자전적 소설이 있다. 주인공은 남아프리카 공화국의 대학에서 수학을 공부하고 영국으로 가서 문학의 길을 찾고자 한다. 그러나 그의 이야기는 주로 그가 모든 주어지는 직업의 기회 — 잘나가는 컴퓨터 프로그래머로서의 직업에서 극심한 불행을 느끼며, 그러한 기회를 버리게 되는 이야기이다. 최근의 우리 소설에서 성장 소설의 장르에 드는 것으로 분류할 수 있는 박범신의 『더러운 책상』도 비슷한 거부의 삶을 그린다. 제목의 '더러운 책상'이란 무엇보다도 출세의 수단이 되어 있는 고등학교나 대학의 공부를 말한다. 주인공 고등학생은 그러한 공부를 경멸하고 그것이 열어 줄 수 있는 모든 사회적 상승의 기회를 거부한다. 그는 고등학교 시절부터 난해한 현대 문학의 대표작들을 읽고 문학에 깊이 빠져 있다. 그러나 문학으로 출세를 하겠다는 생각을 하는 것도 아니다. 물론 주인공은 결국 대학을 다니고 문학을 하는 사람이 되지만, 그것을 수치스러운 일로 생각한다. 그는 사회가 주는 어떤 역할도 본래적 가치를 가진 것으로 받아들이지 않는 것이다.

성장 소설은 대체로 처음에 방황하는 주인공을 그리다가 주인공이 일정한 '보케이션(vocation)' — 즉 직업이라고 번역할 수도 있고 부르심이라고 번역할 수 있는, '할 일'을 찾음으로써 끝나게 된다. 이 할 일은 사회에서 일정한 자리를 가지고 있으면서도 스스로 만들어 내어야 하는 삶의 작업이다. 『젊음』에도 그러한 구도가 없지 않다. 그러나 이야기는 주인공이 그러한 '보케이션'을 발견하는 것으로 끝나는 것이 아니라 그 발견의 불가능을 확인하는 것으로 끝난다. 쿳시의 주인공은 작가의 길이 없는 것이 현대 사회라는 것을 알게 되는 것이다. 적어도 이 소설에서 주인공이 접근할 수 있는 영국은 그러한 길을 보여 주지 않는 것이다. 박범신의 주인공은 사회에서 허용하는 직업을 찾기는 하지만, 끝까지 그 직업의 정당성을 받아들이지 아니한다. 그의 타협에도 불구하고 사회에 진정한 삶의 의미를 확인해 주는 할 만한 일이 없음을 선언하는 것이다.

되풀이하건대 작가 또는 예술가는 스스로의 삶 또는 일을 창조하는 사람이다. 그것은 분명한 과정의 직업의 기회를 거부하는 것과 밀접한 관계를 가지고 있다. 그러면서도 그의 직업은 대체의 윤곽에 있어서는 사회에서 인정하는 인간 활동의 구역을 구성하고 있다. 그런데 쿳시와 박범신의 주인공들은 이것마저 거부하는 것이다. 이것은 오늘의 사회가 작가의 일, 예술가의 일을 진실된 모습으로 유지할 수 없게 하고 있기 때문이다. 그러나 다른 한편으로 이것은 오늘의 인간들의 고도한 주체적 의식에 관계되는 일이라고 할 수도 있다. 『젊음』의 주인공의 정신을 채우고 있는 것은 포드 매독스 포드, 엘리엇, 에즈라 파운드, 카뮈, 사르트르와 같은 작가이다. 박범신의 주인공이 읽고 있는 작가는 이어령, 최인훈, 김승옥도 있지만, 대체로는 서구의 현대파 문학자들이다. 그중에 사르트르와 카뮈는 『젊음』의 작가들과 겹친다. 그리고 아마 이 주인공에게 제일 중요한 것은 위악을 통하여 사회적 윤리를 거부한 주네이다. 사르트르의 주네론에 의하면, 주네는 비뚤림의 방법으로 사회에 의하여 시도되는 주체의 객체화를 거부한 사람이다. 도둑이 됨으로써 도둑의 낙인으로 사람을 객체화하는 사회 제도를 비웃는 것이다. 많은 현대 문학은, 사르트르나 주네가 아니더라도, 그 속물적 가치로써 인간을 객체화하는 현대 사회의 부정을 주제로 가지고 있다. 그리고 극한적 상황에서도 확인되는 인간의 주체성 ―사물성을 넘어가는 주체성을 확인하고자 한다. 이것이 이러한 작가들로 하여금 사회에서 부여하는 기능을 거부하게 하는 것이다. 그들에게는 이 거부가 작가를 규정한다. 이것은 극도의 주관화가 진행된 현대 서양 사회의 한 면을 나타내면서 동시에 그것을 넘어가는 어떤 의미를 가지고 있는 것으로 생각된다.

그러나 이러한 극단적인 주관과 주체의 강조는 거기에서 끝나지 아니한다. 사르트르나 주네의 작가적 힘은 어디에서 오는가? 주체성은 단순한 의미에서 자기주장에 일치하는 것은 아니다. 한계에까지 밀어 올려진 그들의 주관 또는 주체는 그들에게 많은 것을 새로 펼쳐 보이는 바탕이 된다. 현대파의 철학자나 문학자에서 이것은 지나치게 강조되는 면이 있기는 하지만, 안으로 들어가는 길이 밖으로 나가는 길이라는 것은 많은 정신의 모험자들이 말해 온 것이다. 문학과 철학의 모험은 이러한 신비를 통하여 가능해진다.

5

내가 이들 작가와 같은 자질이나 성향을 가지고 있었다는 것은 아니다. 그러나 그들의 입장은 충분히 이해할 만한 것이라고 생각한다. 하나의 정해진 직업 또는 사회적으로 부여되는 기획 속에 자신의 정체성이 있다고 하는 것은 정당한 인간 현실의 이해를 나타내는 것이 아니라는 느낌을 나는 금할 수가 없다. 워즈워스의 체험에서 가장 중요한 것은 케임브리지가 아니라 그의 고향의 강 위에서 우연히 돌아본 저녁 무렵의 산이 불러일으킨 신비감이다. 프루스트에게 그의 삶의 의미를 열어 주는 것은 마들렌과 같은 작은 감각적 체험이다. 강한 감각적 경험들이 그 자체로서 무엇인가 강한 인상을 준 것이다. 그리고 그렇기 때문에 그것은 이들에게 오래 기억된 것이다. 또 그것은 그들에게 어떤 형성적 의미를 가졌을 가능성이 있다.

우리는 대학을 가고, 깊은 인상을 주는 책을 읽고, 모범적 교사가 될 만한 사람을 만나기도 하고, 어떤 경우에 역사적 사건 속에서 행동인이 되기도 하지만, 우리의 삶의 없을 수 없는 바탕이 되는 것은 한순간도 쉬지 않고 연속되는 우리의 감각적 삶이다. 역사적 행동의 플롯도 감각적 체험으로 번역되어 우리에게 주어진다. 나는 소련 혁명이 진행되는 혼란 가운데에 레닌이 병원에 있는 누님을 위하여 우유를 구해 가지고 찾아가는 장면을 읽으며 인간 현실의 현장감을 갖는다. 그러나 다른 한편으로 혁명에 동조했던 시인 마리나 츠베타예바의 체험에서 혁명은 주로 폭력과 살인과 약탈을 의미하였다. 워즈워스가 프랑스에 갔을 때에 그곳에서는 혁명이 진행되고 있었다. 그는 혁명에 대하여, "그 새벽에 살아 있다는 것은 축복이었다."라고 썼다.(*The Prelude*(*1805～1806*), BX. X) 그에게 혁명은 이념의 흥분이기도 했으나, 파리의 잡다한 풍경이고 불어를 배울 목적으로 정착한 루아르 지방에서의 우정과 사랑이었다. 혁명은 그에게 이러한 것들이 현실적인 경험에 삼투되어 들어오는 흥분이었다.

릴케의 『오르페우스에게 바치는 소네트』에 들어 있는 한 시는 사물과 사건에 대한 공적인 표제와 체험적 내용의 차이를 잘 드러내 준다.

도시의 산만한 공원들에서 놀던
지나간 어린 시절의 몇 안 되는 벗들이여,
우리는 서로 만나고 머뭇거리다 어울리고
설명을 입에 문 그림 속의 양처럼,

말하지 않고 말했다. 우리의 기쁨은
누구의 것도 아니었다. 누구의 것이겠는가.
그것은 지나가는 사람들이 있으면 흩어지고
긴 세월의 근심들 속에서 흩어졌다.

우리 곁으로 마차들이 낯설게 지나쳐 가고
집들이 서 있었다, 무겁게 그러나 참이 아니게.
아무도 우리를 알지 못했다. 무엇이 실재했던가?

실재는 없다. 공들의 멋있는 포물선이 사실일 뿐.
아이들도 아니다. 그러나 자주 한 아이가 등장했다.
낙하하는 공 아래, 아, 스러져 가는 한 아이가.

—「에곤 폰 릴케를 추억하며」

이 시는 어른들의 세계와 완전히 별개로 존재하는 아이들의 세계를 회상한다. 공원에서 노는 아이들의 세계는 그 곁을 지나가는 어른들과 마차 그리고 집들과는 아무 관계가 없이 존재한다. 밖으로 지나는 사람과 사물은 그 세계의 마력을 이해할 수 없다. 그러나 그 놀이의 경험은 우리에게 설명하기 어려운 의미를 갖는 것으로 추억 속에 남는다. 릴케가 이 시에서 추억하고 있는 에곤 폰 릴케는 그의 사촌으로서 『말테의 수기』에서는 에릭 브라헤라는 이름으로 등장한다. 이 수기에서 에릭은 어린 말테의 유일한 동무로서 이야기되어 있다. 우리가 정확히 그 의미를 알 수는 없지만, 하여튼 릴케에게 그는 추억에 남는 중요한 인간의 하나임에 틀림이 없다. 릴케는 그의 편지에서 이 사촌의 복장, 목, 턱, 눈매 등을 분명하게 기억하고 있다고 말한 일이 있다. 그의 모습은 그에게 어린 시절의 슬픔을 상징하는 무엇이었다. 우리의 삶은 이러한 추억으로 이루어지고, 그것은 밖에서 해명할 수 있는 다른 어떤 것보다 의미를 가질 수 있다.

6

그런데 이 의미는 반드시 나에게만 은밀하게 무엇을 전달해 주는 것은 아니다. 문학 작품은 흔히 작은 삶의 세계의 단편들을 모아 많은 사람들이 공감할 수 있는 의미를 거기에서 추출해 낸다. 문학적 색채를 띤 자서전도 그러한 체험들의 단편들을 모아 하나의 의미를 구성하는 수가 있다. 우리는 프루스트에 대해 언급했지만, 프루스트에게 그의 마들렌은 그의 어린 시절에 대한 열쇠를 가지고 있다. 그것이 열어 주는 그의 추억들은 그에게 또 다른 추억들을 열어 준다. 사람의 설명할 수 없는 추억을 그리는 것이 그의 소설이다. 그러면서 그것은 그러한 추억의 단편들에 그치지 않고 하나의 의미를 이룬다. 그 의미는 그의 소설의 전체 구조이다. 그리고 그의 삶의 의미이다.

그러나 참으로 우리의 삶의 총체가 이렇게 외적인 의미로 환원될 수 없는, 안으로부터 우러나는 의미를 이룬다고 할 수 있을까. 잊혀진 추억의 단편들을 기억해 내고, 그것을 하나의 일관된 의미 속에 재구성하는 것이 사실 정당한가. 어떤 순간 우리의 삶은 하나의 거대한 의미 속에 종합되는 것 같은 느낌을 줄 수 있다. 프루스트의 경우 그리고 그의 자전적 시 『프렐류드』의 워즈워스의 경우, 그들은 경험의 많은 것을 되살림으로써 삶의 의미를 그것으로부터 새겨 낸 것으로 보인다. 우리에게 널리 알져진 다른 경우는 그러한 의미가 하나의 커다란 깨우침으로 오는 경우이다. 불교나 성리학의 자기 수양에서 커다란 깨우침을 갖는 것과 같은 경우다. 이 깨우침의 순간에 사람의 작고 큰 모든 일과 시간은 하나의 각성 속에 통합되는 듯한 인상을 준다. 그러나 그러한 깨우침을 경험한 사람들도 그 순간이 지나고 나면 다시 일상적인 삶으로 — 의미는 흩어지고 되풀이되는 나날의 삶으로 돌아온다. 프루스트의 잃어버린 시간을 찾는 작업은 그의 삶에서 이루어지는 것이면서도 그의 삶 자체는 아니다. 그의 소설은 자전적이면서도 여전히 소설이다. 어떤 사람의 전기가 소설처럼 하나의 의미를 형성한다면, 아마 그것은 정직한 전기, 더구나 자서전의 기록은 아닐 것이다.

자세히 읽어 보면, 앞에서 인용한 릴케의 시는 내면의 의미로만 존재하는 사적인 경험에 대한 것이라기보다는 그러한 경험의 의미에 관한 것이다. 그 의미는 얼핏 생각할 수 있는 것보다는 훨씬 위태로운 존재의 드러남으로만 현실이 된다. 그가 회상하는 어린 시절의 동무와 즐거웠던 놀이가 외부의 시각으로 포착될 수 없는 아이들만의 절실한 현실이라고 하면서, 그가 묻는 말, "세계에서 무엇이 실재했던가?(Was war wirklich im All?)" 하는 말에 대한 대답은 무엇인가? 그 답에 의하면, 아이들도 실재하는 것이 아니다. 아마 지나다니는 사람들도, 마차도, 집도, 세상의 무엇도 실재하는 것은 아닐 것이다. 유일하게 현존하는 것은 공들이고 낙하하는 공들이 그리는 화살의 궤적이라고 한다.("Nur die Balle. Ihre herrlichen Bogen.") 아마 이것이 말하고 있는 것은 아름다운 기하학적 포물선만이 유일한 실재이며 다른 것은 일체 허상에 불과하다는 것일 것이다. 이 포물선은 아이들의 놀이에서 생겨난다. 놀이는 아이들의 것도 아니고 어느 누구에게 속하는 것도 아니다. 그러면서도 그것은 아이들을 통해서 현실로 나타난다. 그리고 아이들은 이 놀이 — 아름다움을 만들어 내는 놀이를 통하여서만 현실감을 얻는다. 그것은 포물선이라는 기하학적 도형 속에 포착된다. 그것이 아이들의 놀이라는 삶의 열광 속에 드러난다. 그러나 그 포물선은 우리가 기하학에서 보는 정태적인 그림은 아니다. 그것은 에너지가 그리는 선이며, 에너지가 없이는 드러나지 않는다. 그런 의미에서 그것은 포물선도 아니다. 그것은 잠깐 비추었다 사라진 영원한 형상의 암시일 뿐이다. 기하학의 포물선은 이 사건의 한 잔해라고 할 수 있다.

릴케에게 특히 생생한 인상을 준 것은 그의 사촌 에곤이었다. 이 놀이는 에곤으로 하여 생생하고 또 놀이는 에곤으로 하여 생생하다. 그 놀이의 생생함이 에곤을 기억할 만한 것이 되게 하고, 에곤에 대한 애틋한 정이 그 순간을 영원한 것이 되게 한다. 릴케의 생각으로는 시인은 주어진 삶의 자료로부터 이 아름다운 포물선의 이데아를 — 시의 건조물을 만드는 사람이다. 이러한 시인의 작품으로 대표적인 것의 하나는, 예를 들건대 집단적인 상상력의 소산이기는 하지만, 가령 아름다움과 순결의 상징으로서의 일각수(unicorn)이다. 그것은 서양 중세에 사람들의 소망이 존재로 끌어내 온 신화의 동물이다. 그러나 이것이 자의적인 것은 아니다. 그것은 존재의 가능성으로부터 나온다.("die Müglichkeit, es sei", *Sonnette an Orpheus*, II, 4) 그리고 그것은 순전히 시인의 개인적인 창조력에서 나오는 것만은 아니다. 소네트의 첫 시에서, 릴케는 오르페우스 또는 시인을 귀 안에 상상의 신전을 짓는 사람으로 말하지만, 이 음악의 신전을 향한 충동은 음악의 분명한 구조를 갈망하는 동물들의 갈망으로부터 나왔다고 말한다. 이것은 아홉 번째의 비가에서 시인이 지상의 것을 노래하는 것은 지구가 시인의 마음에서 내적인 의미로 태어나고자 하기 때문이라고 말한 것에 이어질 수 있다.

또 다른 소네트에서 릴케는 인간과 인간의 소망과 신적인 것의 결합으로서의 예술 작품에 대한 그의 생각을 다음과 같이 표현한다.

> 찬미하는 것, 그것뿐이다. 찬미를 위하여 부름받은 자,
> 그는 돌의 침묵으로부터 광석처럼 나아온다.
> 그의 무상한 심장으로부터 사람에게 가없는
> 포도주가 압착되어 빚어진다.
>
> 신적인 모양이 그를 사로잡을 때면,
> 그의 목소리는 티끌에 맺히지 아니한다.
> 그의 따스한 남녘의 기슭에서 모두가
> 포도원이 되고 모두가 포도송이가 된다.
>
> —I, 7

시인이란 바위에서 금광을 캐는 사람이다. 그는 세상을 잠깐 스쳐 가는 것일 뿐인 사람의 마음에서 영원한 포도주를 빚어낸다. 그것은 그 자신의 창조적 힘이나 소망으로 인한 것이기도 하겠지만, 신적인 모델로부터 영감을 얻기 때문이다. 그리하여 시인에게는 이 돌과 금, 가슴과 포도주, 신의 모범과 인간의 목소리를 찬미하는 외에 다른 소명이 없다. 그는, 이 시의 이미지에도 들어 있고, 『오르페우스에게 바치는 소네트』와 『두이노 비가』의 다른 모티프들이 드러내듯이, 삶의 어려움에도 불구하고, 그것의 가없는 무상함과 고통과 슬픔에도 불구하고, 주어진 세계를 찬미하는 사람이다. 그는 창조하는 사람이기도 하지만, 그의 창조는 그로써 세계의 아름다움이 나타나게 하는 하나의 기제일 뿐이다.

이러한 시인의 삶의 의미는 사람의 삶 일반에도 그대로 해당되는 것이라고 할 수 있다. 사람들은 많은 것을 보고 많은 것을 행하고 많은 것을 만들어 낸다. 그러나 그들이 보고 행하고 만든 것은 세계가 가지고 있던 존재론적 가능성에 참여한다는 것을 의미한다. 그것의 참다운 의미는 그들의 자아에서 오는 것이 아니다. 그들의 자아는 그러한 것들을 떠받드는 매체가 될 뿐이다. 그들이 보는 일과 행하는 일과 만드는 일을 통하여 세계로부터 세계의 아름다움을 드러나게 하였다면, 그들은 행복한 삶을 살았다고 할 것이다. 그러나 그들의 행복은 그들 자신이 만들어 낸 것도 아니고 그들 자신에게서 온 것도 아니다. 그들 자신은 형용할 수 없는 삶의 분출로, 고통으로, 권태로 이어지는 하나의 지속, 태어나서 죽음에까지의 지속일 뿐이다. 그러한 의미에서 사람은 모두 동등하다. 이 동등은 모든 생명을 가진 것들과의 동등성이라고 할 수도 있다. 그것은 단순히 일정 기간 흐르는 삶의 강물일 뿐이다. 마치 강물이 기슭의 아름다움을 비추고 하늘과 구름과 별들의 아름다움을 비추면서도 그것과는 전혀 따로 있는 것이듯. 이 삶의 지속의 공허함을 메꾸기 위하여 우리는 세상의 모든 큰 것 — 학력과 경력의 큰 표적, 세상의 큰 이념, 지위와 힘에서 자신의 정체성을 찾지만, 그것은 내가 참여하는 어떤 것일 수는 있어도 나는 아니다. 또는 나의 삶의 체험적 순간들을 모아 나의 자서전을 구성한다고 하더라도 그것은 나와 의미의 해후에 근접하는 것일 뿐, 나를 말하는 것은 아니다. 삶의 의미는 내가 무엇이 되든지 나에게 있지 않다. 삶에 의미가 있다면, 그것은 내가 나의 말로써, 나의 행동으로써 증언할 수 있는 세계에 있고, 나는 참여하고 증언하고 그런 연후에 단순한 목숨으로 지속하였을 뿐이다.

릴케는 그의 삶에 관하여 이러한 사실을 잘 알고 있었다. 그러나 다른 많은 사람들도 결국은 그들의 삶은, 그것이 무엇이든지 간에, 그러한 것이라는 것을 알 수밖에 없을 것이다. 학문을 한다는 것을 생각해 볼 때, 그것은 자기의 주어진 또는 선택한 영역에서, 세계의 의미에 대하여 증언하는 것이다. 그러나 그것은 그의 삶 자체는 아니다. 그리고 그가 증언하는 의미도 세계가 보여 주는 의미의 한 가능성이지 의미의 전부도 아니고, 또 세계 자체는 더구나 아니다. 그렇다면 그것은 참도 아니고 현실도 아니다. 그러나 시나 학문이 증언하는 의미의 가능성은 이 세상을 보다 의미 있게 하는 데에 도움을 준다.

7

나는 지난여름 그곳의 이론물리학연구소에서 근무하고 있는 딸로 인하여 이태리의 트리에스테를 방문할 기회를 가졌다. 많은 일이 그러하듯이 멀리서 보면 그다지 중요한 것이 아니던 것도 가까이 가 보면, 거기에 하나의 세계가 있는 것을 알게 된다. 트리에스테는 멀리서 생각하는 것보다는 여러 사연이 많은 곳이었다. 이탈리아와 오스트리아와 슬로베니아가 만나는 땅이어서 정치적·문화적 복합성이 높은 곳이었다. 간단한 문학적 견문으로도 그곳은 이탈로 스베보가 살았고, 제임스 조이스가 오래 머물던 곳이고, 중세로 올라가면 단테의 망명의 발길이 미친 곳이기도 하였다.

그런데 그 근처에는 릴케가 『두이노 비가』의 첫 부분을 집필한 곳인 두이노 성이 있다. 나는 트리에스테에 간 김에 그곳을 들러 보고 싶었다. 두이노는 트리에스테에서 멀지 않은 곳에 있었다. 그러나 성은 1년에 한 번인가 매우 짧게 방문객에게 개방될 뿐 통상적으로는 닫혀 있는 곳이어서 들어갈 수가 없었다. 그리고 닫혀 있는 것은 성만이 아니고 그것을 둘러싼 넓은 정원과 수풀의 구역이었기 때문에 성을 멀리서 보기도 어려웠다. 다른 곳에서 멀리 본 것으로는 그것은 바닷가의 높이 솟은 벼랑 위에 배치된, 갈색의 지붕을 얹은 비교적 높지 않은 일군의 베이지색 건물인 것 같았다. 『두이노 비가』의 첫 시작, "내가 외쳐 부른다 한들 천사의 반열에서 어떤 천사가 나의 외침을 들으리오?" 하는 절망의 부르짖음으로 하여 나는 높은 파도와 세찬 바람과 어두운 북구의 고딕 성을 상상했었다. 그러나 여름의 아드리아의 바다와 해 그리고 풍광은 지극히 밝았고, 멀리서 본 두이노 성이 밝은 이태리식 건물인 것은 자연스러운 일이었다.

『두이노 비가』는 말할 것도 없이 그 제목처럼 슬픔을 말한 것이다. 이 슬픔은 그 개인의 것이라기보다는 인간의 실존의 심연에 관한 것이라고 하여야 할 터인데, 이 심연의 두려움과 절망감, 그러면서도 인간의 삶의 애달픔과 아름다움과 영웅적 정열 그리고 허망한 듯한 인간 존재의 사랑과 행위와 고통의 귀중함 그리고 이 모든 것의 우주적인 의미 — 이러한 복합적인 것들을 말하는 이 시는 나에게 늘 강한 인상을 주는 시였다. 이 시에 대한 내가 가지고 있던 이러한 인상으로 하여 나는 평온한 느낌을 주는 이태리적 풍경보다는 어둡고 원초적인 풍경을 상상했던 것이다. 물론 릴케가 『두이노 비가』를 쓸 때에 두이노는 내가 멀리서 본 두이노와는 달랐다고 할 수 있다. 그가 이 시를 쓰기 시작한 것은 1911, 1912년의 겨울이었다. 그의 편지에 따르면, 그가 머물고 있던 바다 높이 솟아 있는 탑 위의 방은 "비어 있는 바다 공간, 말하자면 우주 공간으로 곧장 통하는 듯"한 곳이었다. 또 릴케에게 시적 영감이 내리던 1912년의 겨울에는 강한 폭풍이 불고 파도가 높아 자연도 '비가(悲歌)'적인 것이었다.

그러나 시의 분위기와는 달리 그 무렵 두이노는 매우 화려한 사교의 장소였다. 두이노 성의 여주인인 마리 폰 투른 운트 탁시스 호헨로에 공주의 초청을 받은 저명한 예술인, 지식인 그리고 정치 지도자들은 성에 머물면서 자유로운 시간을 보내며 서로 만나고 프란츠 리스트가 연주를 한 일이 있는 피아노가 있는 살롱의 연주회에 참석하였다. 그렇다고 모든 것이 화려하고 행복한 것만은 아니었다. 거기에도 인간 존재의 비극이 잠재하고 있었다. 릴케와 같은 때에 두이노에 머물던 시인 루돌프 카스너에 의하면, 그가 두이노를 방문하기 조금 전에는 영국의 키츠너 경이 그곳에 들렀고, 또 그의 체재가 끝날 무렵에는 오스트리아의 프란츠 페르디난트 대공이 들렀다. 그런데 두 사람은 다 얼마 안 있어 비명의 죽음을 맞았다. 프란츠 페르디난트는 그곳을 떠나 사라예보로 갔다가 암살되고(그것이 1차 세계 대전의 직접적인 원인이 되었다.) 영국의 식민지 정복과 경영의 영웅이었던 키츠너는 두이노를 방문한 2년 후에 스코틀랜드의 북쪽에서 선박의 침몰로 죽었다. 같은 해에 두이노 성도 이태리군의 공격하에 크게 파괴되었다.

릴케가 두이노의 상류 사회에 끼게 된 것은 1903년 파리에서 그의 시를 읽은 마리 공주의 초대로 그녀의 호텔에서 차를 같이 한 후 그녀와 친밀한 우정 관계를 갖게 된 것으로 인한 것이었다. 그러나 마리 공주와 같은 귀족과, 명성은 있을지 몰라도 돈 없는 시인의 우정이 참으로 평등한 우정이었을까. 거기에 어떤 불균형이 없었을까. 릴케가 여기에 대하여 어떻게 생각하였을까. 이러한 질문이 일어나는 것을 우리는 어찌할 수 없다. 이러한 문제에 대한 의식은 아마 그의 시에도 어떤 영향을 주었을 것이다. 또 생각되는 것은 두이노라는 장소와 건물을 두고 마리 공주와 같은 주인과 릴케 같은 시인이 가질 수 있는 관계는 어떻게 다른 것일까 — 두이노와 관계하여 이러한 질문이 일어나는 것은 불가피하다. 아니면 이러한 질문은 부와 힘에 사로잡힌 우리와 같은 사람에게만 일어나는 것일까.

볼프강 레프만의 전기에 의하면(여기의 사실들은 이것 외에도 이 전기에서 취한 것들이다.) 그들의 우정은 "호혜 원칙에 기초하였다." 릴케는 두이노와 다른 마리 공주의 소유지에서 환대받으면서 공주의 고민에 대한 하소연을 듣고 거기에 대하여 충고와 위로를 주었다. 또 어떤 때는 릴케는 마리 공주의 부재중에 집안일의 형편을 알려 주는 일을 하기도 했다. 이들의 우정의 호혜적 측면을 보면서 우리는 릴케가 아무리 위대한 시인이라고 하더라도 당대의 역학 관계 속에서 그의 시적 위대함이 반드시 귀족 사회의 현세적인 힘에 대등한 것은 아니었을 것이라는 사실을 생각하게 되는 것이다. 그러나 이러한 생각을 갖는 것은 우리의 속된 마음 때문이라고 할 수도 있다. 적어도 두이노와의 깊은 관계라는 점에서는 릴케의 관계가 그곳을 스쳐 간 어떤 권력자보다도 또는 그 소유자보다도 의미 있는 것이었다고 할 수도 있다.

두이노 성에 가지 못한 나와 우리 일행은 다시 트리에스테를 향하여 가다가 거기에서 멀지 않은 관광지로 미라마레 성으로 향하였다. 이 성도 같은 아드리아 바다에 면해 있고, 바다로부터 높이 솟아 있는 벼랑에 있고, 두이노가 그랬을 것처럼, 바다 전망이 일목요연하였다. 미라마레는, 단테가 들렀을 정도로 오랜 두이노와 같은 고성이 아니라, 19세기에야 지어진, 그러니만큼 하얀 대리석이 더욱 깨끗하고 아름다우면서도 조금은 가짜의 느낌을 주기도 하는 건축물이었다. 소개 책자들에 의하면 이 건물의 주인이었던 오스트리아 황실의 후예 막시밀리안 대공은 이 건축물과 그 둘레의 넓은 공원이 지어지던 1856년부터 1860년까지 4년 동안 근처에 거주하면서 공사를 지휘하였다. 예술적 취향이 있었던 그는 이 구조물을 참으로 아름다운 미술품처럼 만들기를 원했고 건축이 끝난 다음에는 집 안을 많은 미술품으로 채웠다. 미라마레를 짓게 한 것은 이러한 그의 소망 때문이기도 하였지만, 그는 그것을 그의 결혼의 보금자리로 생각하였다. 그는 1857년, 그러니까 건축이 시작된 이듬해에 벨기에의 샬로트 공주와 결혼하였다. 그러나 그는 1864년, 건축이 완성된 후 4년 만에 멕시코 황제가 되라는 초청을 받고 샬로트와 함께 멕시코로 떠나게 되었다. 그리고 그는 그의 통치력뿐만 아니라 그의 이해를 넘어가는 멕시코의 정치적 분규에 휩쓸려 1867년에 총살되었다.

권력, 혁명, 낭만, 문화 갈등 등의 주제들이 얼크러져 있는 막시밀리안의 생애는 비극이나 멜로드라마의 소재가 될 만하다. 아마 그의 생애는 이미 소설이나 연극의 소재가 되어 있을 것이다. 그런데 흥미로운 것은 그가 미라마레를 짓고 그곳의 아름다움을 즐길 수 있었던 기간이 멕시코로 떠나기 전 4년에 불과했다는 점이다. 소유한 영지가 그곳에만 한정된 것이 아니었기 때문에, 미라마레는 그의 모든 것을 기울여 이룩한 최후의 결과는 아니었을 것이다. 그렇다고 하더라도 그의 예술적 경향, 청춘, 결혼, 비교적 자유주의적 정치관을 가지고 있었던 그의 정치적 소망이 부딪쳤던 좌절감—이러한 것들을 생각할 때, 아름다운 은일과 즐거움의 장소로서의 미라마레는 상당한 의미를 가졌을 것으로는 생각할 수 있다. 그럼에도 불구하고 그가 그것을 향수하는 기간은 매우 짧은 것이었던 것이다. 1866년 멕시코에서 단신으로 유럽으로 돌아온 샬로트 황후도 그곳을 오래 즐겼던 것 같지는 않다. 이들에 비하여 잠시나마 그곳을 참으로 즐기게 되었던 것은 그곳을 찾아오는 관광객들이라고 하는 것이 옳을 것이다. 방문객이나 관광객이 그곳의 풍광을 즐긴 햇수가 적어도 총계를 내어 본다면, 훨씬 긴 것이다. 좋은 미술관 같은 것을 짓고 공원을 조성하여 그 발주자에게 4년의 거주 특권을 주고 그 후에는 그것을 공익 재산이 되게 한다면, 아마 대부분의 민주주의자나 평등주의자도 그러한 특권을 시새워 하거나 부당하다고 하지는 아니할 것이다.

나는 유럽의 문화유산을 돌아보면서, 그것들의 진정한 의미를 어떻게 해석해야 할지 모르겠다는 느낌을 갖는다. 소위 문화유산이라는 것은 대체로 백성의 고혈의 소산이다. 그러므로 그것을 일반적으로 자랑스럽게 생각할 것은 되지 못한다고 할 수 있다. 고통스러워하는 사람의 피가 한 방울이라도 섞이는 것이라면, 파르테논과 같은 신전은 없는 것이 낫다는 사르트르의 말은 심각하게 생각되어야 할 삶의 규범이라고 나는 생각한다. 그러나 나는 문화유산이 된 부와 권력의 상징물들을 소유욕이나 지배욕의 관점에서만 보는 것은 인간 존재에 대한 지나치게 단순한 해석이라고 생각한다. 어떤 궁정이나 사원의 경우처럼 80년, 100년이 걸리는 건축물의 건조는 직접적인 의미에서의 개인의 삶의 길이와 넓이를 넘어가는 것일 수밖에 없다. 물론 후손에 대한 생각이 들어 있는 것은 사실이겠으나, 개인의 힘을 넘어가는 역사의 영고성쇠를 생각한다면, 그것은 미래를 기약할 수 있는 의도는 아니다. 기념비적 건축물은 개인에 의하여 시작되는 것이라고 하더라도 결과적으로 개인을 넘어가는 어떤 거대한 정열 — 거의 비개인적인 파토스의 분출을 표하는 것이 아닌가 하는 생각이 드는 것이다. 개인은 그 매체가 되었을 뿐이다.

미라마레라는 건조물의 역사에서 막시밀리안의 힘과 재산은 충분히 강력한 것이 되지 못했다. 마리 공주의 힘도 반드시 절대적인 것은 아니었을 수 있다. 두이노 성은 그녀의 아들에 의하여 상속되고, 지금도 그 가문의 소유로 남아 있다. 물론 이 수백 년간 계속된 소유는 소유 이상의 것일 수 있다. 그것은 적어도, 그 나름의 불합리를 가지고 있는 대로, 오늘날 보는 부동산 소유와는 다른 면을 가지고 있다고 할 것이다. 그러나 가장 의미 있는 관계는 릴케의 그곳에 대한 관계일는지 모른다. 릴케는 삶이 제공하는 깊은 아름다움의 기회에 감사하고 그를 찬미하는 것이 삶의 진정한 의미라고 생각하였다. 그러나 그는 거의 아무것도 소유한 것이 없었다. 그의 시적 직관은 인간의 지상에서 일어나는 많은 일의 진정한 의미를 향하는 것이었다. 그가 두이노를 어떻게 생각하였는지를 알 수는 없지만, 그의 두이노 체재에는 그것이 충만한 있음이 되어야 한다는 생각이 있었을 것이다. 아홉 번째의 『두이노 비가』의 한 구절은 말한다.

> 참으로 여기에 있음은 너무 가득한 있음이다.
> 모든 여기에 있는 것, 우리에게 다가오는
> 덧없는 것은 우리를 필요로 하는 것이 아닌가.
> 가장 덧없는 것이 우리임에도. 모두가 한 번,
> 오직 한 번. 한 번 그러고는 다시는 없는. 우리 또한
> 단 한 번. 다시는 되풀이 없이. 그러나 이
> 한 번 존재했던 것, 단 한 번에 불과해도.
> 땅 위에 있었던 것, 그것은 되물릴 수 없다.

두이노 성을 보지 못한 것은 섭섭한 일이었다. 나는 그것을 스쳐 지나는 것으로 그쳐야 했다. 그러나 그곳을 들렀더라도 그것을 지나쳐 간다는 사실에 큰 차이는 없었을 것이다. 물론 그 지나침은 잠시나마 조금 더 자세하게 그리고 어쩌면 더 깊게 느끼는 것으로서 조금은 더 가득히 있고, 조금은 더 삶의 놀라움을 생각하게 해 주었을는지는 모르지만.

영문학이나 미국 문학 또는 한국 문학 그리고 우리 전통과 사회에 대하

여 읽고 쓰고 거기에서 어떤 나 나름의 의미를 찾으려고 노력하였다. 그러나 거기에서 어떤 의미를 찾을 수 있었는가. 설령 그러한 것을 발견하였다고 하여도 그것은 그야말로 광대무변한 모래사장에서 한 줌의 모래를 집어 본 것에도 미치지 못한다. 다른 한편으로 학문의 정처 없는 방황 속에서 나는 늘 진정한 삶의 현실은 다른 곳에 있다는 느낌을 떨쳐 버릴 수 없었다. 그리하여 나에게 늘 목전의 일은 더 중요한 일인 것처럼 보이고, 그것에 주의하는 것이 옳다는 생각이 들었다. 그러나 삶은 그보다도 더 아래, 학문과 현실과 일상적 의무의 아래 저 멀리 지하의 강물처럼 흘러가고 또 멈추는 것일 것이다.

(2003년)

서서 기다리는 사람들의 공헌

우리의 시대는 모든 사람에게 영웅적인 삶을 살기를 요구해 왔다. 그리하여 그러한 요구에 부응하는 삶을 살아오지 못한 사람은 늘 죄의식과 자괴감을 면치 못한다. 그러나 어려운 시대는 비영웅적인 삶에도 영웅적이랄 것은 없어도 작고 큰 시련을 가져오는 수가 있다. 시대에 비켜서 산 나의 삶에도 더러 그러한 시련의 순간이 있었다.

1979년의 가을에서 그다음 해의 여름까지는 안타까운 희망과 큰 불안과 위협이 뒤섞인 복잡한 시기였다. 그런 시기였기에 1980년의 늦은 봄에 나도 서대문의 한 수사본부에 연행되어 잠깐 동안 유치장에 있게 되었다. 거기에서는 주로 취조를 받고 자술서를 몇 번이고 고쳐 쓰고 하는 외에는 같이 잡혀 와 있는 사람들과 더불어 취조실 밖의 복도에 앉아서 기다리는 것이 일과였다. 이 대기의 시간에는 단정하게 꿇어앉아 있어야 했다. 앉아 있는 사람들을 감시하는 젊은 경찰관이 있었다. 그런데 그는 복도 끝에 있는 문 위로 뚫려 있는 조그만 창으로 복도의 저쪽을 내다보며 그의 상관인 감독자의 접근 여부를 확인하고 꿇어앉아 있는 우리에게 편안하게 앉아 있을 것을 권하는 것이었다.

어지러운 시대에 어떤 사람이 삶의 현실 어디에 놓이게 되느냐 하는 것은 자신의 의식적 선택에 의하여 정해지기보다는 그 반대의 경우가 오히려 많게 마련이다. 사회가 정의와 부정의의 투쟁에 말리게 될 때에, 어떤 사람들은 잘못된 자리에 자신이 놓인 것을 발견하게 된다. 그렇다고 하여 보다 바른 삶에 대한 그들의 느낌이 완전히 지워져 없어지는 것은 아니다. 내가 유치되어 있는 곳에는, 나중에 반공적 발언으로 민주 투사들의 눈 밖에 나게 된 박홍 신부가 있었다. 박 신부와 주고받은 이야기 가운데, 한 경찰관에 관한 이야기가 있었다. 그 전에 그가 체포되어 조사를 받을 때에 취조를 담당했던 경찰관이 말하기를, 자기는 가톨릭 신자인데, 신부님을 심문하는 입장에 놓여서 심히 괴롭고, 그러한 일을 하다 보니 성당에도 가지 않게 된다고 했다. 박 신부의 대답은, 직업상 그러한 일을 하는 것은 별수 없는 일이니까 너무 괴롭게 생각하지 말라는 것과, 다만 그러한 일을 함에 있어서 최대한으로 인간적으로 피의자를 대하도록 노력하는 것이 성당에 가지 않더라도 그리스도의 말씀에 충실한 것이라는 것이었다. 말하자면 사람을 사람으로 대하는 그 순간이 하느님을 예배하는 성당의 순간이라는 것이다.

나는 얼마 안 있어 석방이 되고 학교로 돌아갈 수 있었지만, 더러 정보부원의 방문을 받는 일이 있었다. 그런 때에 방문객은 근황을 살피는 말을 하다가 나와 더불어 시대 사정에 관한 간단한 말들을 주고받기도 하였다. 그러면서 나는 이들 방문객들이 별로 군사 독재의 정당성에 대한 확신을 가지고 있지 못한 것을 확인할 수 있었다. 그들에게는 그들 나름의 방황이 있는 것 같았다. 그리고 이것은 나에게 민주화의 날이 머지않음을 느끼게 했다.

1987년에 거리에 넘쳤던 데모 대열에는 우리 신문에도 그러한 보도가 있었지만, 외국의 보도에서 특히 '넥타이' 부대가 많이 참여한 것이 화제가 되었다. 소시민들이 시위 대열에 많이 끼게 된 것이었다. 그중 적지 않은 사람들은 평소에 군사 정부의 독재적 질서에 순응하면서 살다가 그 질서가 깨어지는 순간에 자신의 속마음을 행동으로 표현하게 된 사람들일 것이었다. 그들 중에는 억압의 질서 속에 순응하고 살면서도 마음으로 그에 동의하지 않고 박 신부의 경찰관처럼 작은 인간됨으로써 고통받는 사람들에게 도움을 준 사람들이 있었을 것이다.

1987년의 민주화 움직임은 사실 국민 전체에 의한, 또는 적어도 그 동의에 입각한 혁명적인 사건이었다. 물론 그때 그러한 결정적 전기를 가져온 주체가 이 조용한 참여자들이었다고 할 수는 없을는지 모른다. 민주화는 박정희, 전두환 시대의 반독재 투쟁 전사들의 집적된 노력과 고통과 희생의 결과물이라고 할 만하다. 그러나 더 소급하여 보면, 그것은 4·19로부터 시작하여 19세기 말까지도 되돌아보아야 할, 한국인의 오랜 민주적 열망이 얻어 낸 역사적 선물이었다.(여기에는 나중에 배반과 부패와 독재의 장본인으로 투쟁의 대상이 된 사람들의 업적도 포함된다.) 한 역사적 성취의 관련은 한없이 복잡하다. 그러나 1987년 이후의 민주화를 놓고 볼 때, 그것은 민주투사들의 업적이면서 동시에 그러한 영웅적인 행동에 이르지 못하면서도 작은 관심과 참여 그리고 궁극적인 동의를 보내 준 국민 대다수에 의한 혁명의 산물이라고 하여야 할 것이다.

민주화가 그에 따른 훈공 배분이라는 관점에서 취해지는 것을 볼 때(그것을 논공행상으로 계산하는 것 자체가 부끄러운 일이지만) 나는 거기에서 수감자를 편하게 해 주려 하던 젊은 감시원은 어떤 자리에 있을까를 생각한다. 그러나 참으로 아쉬운 것은 오늘의 정치판의 과열된 수사(修辭)들이 민주화 투쟁 기간 중에 존재했던 넓은 동의를 자산으로 키워 가는 것이 아니라 탕진하는 것을 보는 일이다. 다른 맥락에서 말한 것이기는 하지만, 혁명주의

자였던 밀턴의 시구에 하느님의 일에 복무해야 할 자신의 무력을 탓하면서 "서서 기다리기만 하는 자도 하느님에 복무하는 것이다."라고 스스로를 위로하는 것이 있다.

보통 사람은 서서 기다리는 사람들이다. 바로 이러한 서서 기다리는 사람들을 받드는 것이 민주주의이다. 영웅들은 기림의 대상이 될 수도 있지만, 참으로 삶의 핵심을 이루는 사람들은 아니다. 그러나 종종 기림에 도취한 영웅들은 그들이 역사의 주인공이며 현실의 주역이라고 착각한다. 그리하여 다시 한 번 역사는 반복된다.

(2005년)

순정성과 삶의 미로

부탁받은 글의 전체적인 제목이 '회상의 언덕'인데, 내가 다니던 고등학교에는 과연 높은 언덕이 있었다. 네모난 교정의 한 변을 차지한 언덕에는 아름드리 벚나무들이 서 있었고, 시간이 있을 때면, 나무 밑에 앉아 있기가 좋은 곳이었다. 언덕은 학교 울타리를 넘어서 계속되어 보리밭이 되었다. 학교가 시작되기 전 아침에는 스피커에서 서양의 고전 음악이 방송되었다. 그중에는, 지금의 기억으로는, 슈베르트의 미완성 교향곡이 있었다. 축음기도, 전축도, 연주회도 있기 어려운 시절에 아침의 음악은 우리의 정신 안에 적지 않은 여유의 공간을 만들어 주었다. 이것은 아마 나중에 여러 가지 행적으로 보아 낭만주의자이고 이상주의자였던 장준한 교장 선생님의 배려로 인한 것이었을 것이다. 일본 동지사대학에서 공부한 장 선생님은 조회에서 긴 철학적인 훈화를 하는 것이 보통이었다. 처음에 그의 훈화는 학생들을 지루하게 하였으나 조금씩 학생들을 감화시켜 갔다. 그리고 그는 존경받는 교장 선생님이 되었다. 집으로부터 학교까지 시내로 가로질러 가는 길가에는 전쟁 중에 쓸려 나온 일어나 영어의 헌책들을 쌓아 놓는 헌책방들이 있었다. 전쟁은 계속되고 있었다. 그러나 우리의 삶에 낭만주의적 공간이 없는 것은 아니었다.

대학에 진학하고자 하는 학생들에게는 대학 입학에 못지않게 장래의 삶의 진로를 결정할 학과의 선택도 큰 고민의 원인이 된다. 그것은 나의 경우에도 마찬가지였다. 나는 전공으로 물리학과 같은 과학을 생각하지 않은 것도 아니었으나, 문학이나 철학 서적을 탐독하는 학생으로서 문학이나 철학을 공부하는 것이 자연스러운 일일는지 몰랐다. 그러나 문학이나 철학을 일생의 업으로 할 수 있을 것 같지는 않았다. 법과대학 진학을 원하는 가족들과의 타협으로 결국 내가 선택한 것은 정치학과였다. 그러나 입학 후 정치학과 과목들을 들어 보니, 이것들은 내가 생각했던 것보다도 더 내 취향에 맞지 아니하는 학문으로 보였다. 강의의 방식 때문이기도 하였겠으나, 당대의 정치학은 당대의 현실로부터도 내가 생각하는 내면적인 문제들로부터도 너무나 동떨어진 학문으로 느껴졌다. 나는 입학 후 얼마 되지 아니하여 보따리를 싸 광주의 집으로 되돌아갔다. 학교를 결석하고 한 달여를 집에서 보냈으나 학교로 돌아가는 외에는 별다른 도리가 없었다. 그러다 1학년을 마쳐 갈 무렵 나는 영문학과로 전과를 신청하게 되었다.

진로를 고민하던 긴 과정 중 괴테의 『파우스트』에 나오는 구절은 나에게 적지 않은 힘이 되었다. 『파우스트』를 제대로 이해했는가도 문제이고, 또 어떤 특정한 구절이 힘이 된다는 것도 이상한 일이지만, 사실 진로에 대한 생각은 나의 마음에 적지 않은 방황의 원인이 되었기 때문에, 어떤 특정한 짧은 구절의 암시도 의지가 되었다. "사람은 찾아 애쓰는 동안 잘못된 길을 헤맨다."라는 것이 그것이다. 프롤로그에 나오는 구절은 다시 마지막 부분에서 천사들에 의하여 반복된다. 뒷부분의 구절은 다음과 같다.

정신세계의 드높은 형제는
악으로부터 구해지도다.
"쉼 없이 찾으려 애쓰는 자는
우리가 구원하나니."
축복받은 천사들
천상의 사랑을 나누어 지닌 그를,
심심한 환영으로 마중하리니.

이러한 구절들이 말하는 것은 결과보다 그것이 무엇이든지 간에 목적을 향하여 노력하는 것이 값있는 것이고 정당한 것이라는 것이었다. 즉 삶의 의미는 정해진 목적의 달성에 있다기보다는 목적을 알기 위하여 노력하는 것 그리고 그 노력의 과정에 있다는 것이었다. 파우스트의 삶에서 보는 바와 같이 이 목적은 세간적인 어떤 것이라기보다는 한편으로는, 그러한 것이 있다면, 목적의 탐구이고 다른 한편으로는 보다 충만한 삶의 실현이라는 것이었다. 이러한 메시지는 진로의 선택을 조금 더 심각하게 그리고 가볍게 생각할 수 있게 해 주었다. 결국 무엇을 하든지 중요한 것은 아직은 분명히 알 수 없는 어떤 의미를 향하여 간다는 것이라 할 수 있었기 때문이었다.

내가 대학을 다니던 1950년대 중반에 학생들에게 중요한 철학은 실존철학이었다. 그것은 전쟁의 후유증의 일부였다고 할 수 있겠는데, 아무 확실한 근거도 없이 세상에 던져진 것이 사람이라는 실존주의의 생각은 삶의 허무감을 설명하고 그 안에서 삶을 지탱해 주는 명제가 되었다. 이러한 던져짐 가운데에도 자신의 삶을 자신의 결단에 의하여 살아가야 한다는 것은 실존주의의 다른 교훈의 하나였다. 이 스스로 사는 삶에는 일정한 기준이 있었다. 그것은 순정성(Eigentlichkeit, authenticity)의 기준이었다. 이 기준은 전적으로 자신의 내면으로부터 나오는 것으로서, 사회나 다른 사람에 의하여 주어지는 척도와는 관계가 없는 것이었다. 이러한 실존주의의 내면 지향은 『파우스트』가 나에게 일러 준 교훈 — 삶의 진로에서 중요한 것은 전적으로 자기 스스로가 정하고 추구하는 삶이고, 그것은 밖으로부터 평가되는 수확물들이 아니라는 생각을 보강하여 주었다.

물론 이것은 나만의 생각이 아니었다. 우리 세대의 많은 사람들의 삶이 낭만적 실존주의의 영향하에 있었다. 이것은 술이나 기타 방탕한 삶으로도 표현되었으나, 이들의 삶에 어떤 순수성을 부여하는 요소가 되기도 하였다. 좋은 학점을 받으려고 애쓰고, 대학을 졸업하고 학위를 취득하여 취직하고 하는 것을 포함하여 세속적인 이점의 추구는 비본질적인 것으로 생각되었다. 나의 경우에도 외국의 대학원에서 공부를 하고 취직을 하게 되기는 하였지만, 이러한 이력에서 세간적 동기는 반드시 크게 중요한 것이 아니었다. 지금 돌이켜 보면 그럴 수밖에 없었던 것 같지만, 적어도 그러한 과정 중에는, 적어도 의식의 차원에서는, 그것은 우연적인 사건에 불과했다.

『파우스트』나 실존주의의 영향은 일단 세간적 부귀나 지위 또는 명예로부터 나를 자유롭게 하였다. 이것은 고사(高士)연하는 진술이라고 할 것인데, 아마 더 정확한 표현은 그로 인하여 부귀에 대하여 초연하다는 것보다도 자신을 대상화하여 받아들이기를 기피하게 되었다는 것일는지 모른다. '앙 수아(en soi)'가 아니라 '푸르 수아(pour soi)'적인 것이 사람의 존재 방식이라는 사르트르의 생각을 따르면 세간의 값 매김, 다른 사람의 눈이 고정하는 객체화된 이미지를 자신의 모습으로 받아들이는 것은 사람의 주체적인 자유를 버리는 일이고 자신을 물건의 위치로 낮추는 일이었다.(사르트르가 1964년에 노벨상의 수상을 거절한 것은 어쩌면 자유인으로서의 그의 위엄을 지키기 위한 가장 두드러진 제스처였다고 할 수 있다.)

그런데 달리 보면 부귀나 사회적 지위를 탐하지 않는다는 것은 개인의 자유와 위엄을 지키는 일이기도 하지만, 반드시 고상한 일이라고만은 할 수 없는 면이 있다. 그것은 모든 것을 포기하고 최소한의 자기를 지키려는 옹졸한 소인배의 이기주의라고 할 수도 있을 것이기 때문이다. 다만 이러한 자기방어, 자기 보존의 방책은 혼탁한 세상에서 조금이라도 순정한 자아로서 살아남는 최소한도의 길이라고 할 수는 있을 것이다.

이 무렵에 본 것은 아니지만, 나에게 강한 인상을 준 영화의 하나는 로베르토 로셀리니(Roberto Rossellini) 감독, 비토리오 데시카(Vittorio De Sica) 주연의 「로베레 장군」이다. 실화에 기초했다는 이 영화의 줄거리는 간단하다. 밀라노에 진주한 독일군은 감옥에 갇혀 있는 저항 운동가들을 탐지해 낼 목적으로 좀도둑 한 사람을 저항군의 지도자인 로베레 장군으로 가장하여 감옥에 투입한다. 그러나 좀도둑은 그를 진짜 로베레 장군으로 오해한 수감자들의 존경심을 한 몸에 받게 된다. 그 결과 그는 자신을 로베레 장군에 일치시키고 그 역할을 해내다가 총살에 처해지게 된다. 이 감동적인 영화에서처럼 밖에서 주어진 역할과 정체성에 자신을 일치시킴으로써 자신의 삶을 보다 높은 차원으로 끌어올리는 수도 있는 것이다.

자아와 사회, 주체와 객체는 기묘하다고 할 수밖에 없는 교환 관계에 있다. 사람들은 자기를 넘어가는 책임 있는 자리가 주어지면, 그로 인하여 스스로의 한계를 넘어가는 일을 할 수도 있다. 아마 높은 자리를 얻은 정치가로서 이러한 경험을 갖게 되는 경우가 적지 않을 것이다. 토마스 아 켐피스의 저서 『그리스도의 모방』이라는 책의 제목이 말하여 주듯이 자신을 닦아 성스러운 인간이 된다는 것은 그리스도를 모방함으로써 가능하다고 할 수 있다. 다만 여기에는 철저하게 자기를 버리는 각고의 노력이 필요하다. 그리하여 자신과 모방의 대상 사이에 간격이 없어져야 한다.

미국 사람들이 잘 쓰는 말로 '역할 모델(role model)'이라는 말이 있다. 여기에 들어 있는 것은 자라나는 아이가 모범이 될 만한 사람을 골라 그 사람처럼 되기를 희망하게 되는 것이 아이를 바른 길로 가게 하는 데에 도움을 줄 수 있다는 생각이다. 물론 이 경우 이것은 아이에게나 사회로 보아서나 이익이 된다는 것이다. 그러나 이 이익의 생각이 남아 있는 한, 어떤 모범을 따라 자신을 만들어 가라는 것은 가짜의 자기를 만들어 가라는 충고가 될 수도 있다. 많은 정치가나 공적 활동에 종사하는 사람의 경우에도, 공적인 명분은 자신의 이익의 추구를 호도하는 거짓일 가능성이 크다. 그리하여 정치화한 사회에서 명분과 이기 사이에 가득한 거짓들은 사람 사는 전체 환경을 부패하게 한다. 주어진 역할을 자신의 본모습으로 내걸고 그것을 참다운 것이 되게 하는 데에 필수적인 것은, 앞에서 말한 바와 같이, 자기를 죽이는 일이다. 이것은 다시 말하면, 높은 이상과 함께 자신의 순정성을 위한 노력을 쉬지 않는 것일 것이다. 이때 이 순정성의 축은 주어진 자아가 아니라 이상 쪽에 놓여야 할 것이다. 물론 이것은 국회 의원이 아니라 국회 의원으로서의 권력을 행사하고 그러한 대접을 받기를 원하는 것과는 다른 것이다. 이 경우에는 국회 의원이라는 명분은 단지 나의 허영심을 만족시키는 역할을 할 뿐이다. 아마 참다운 국회 의원은 그것이 요구하는 봉사를 철저히 하는 외에는 다른 생각이 없을 것이다. 그는 동시에 무한히 겸손한 사람일 것이다.

『파우스트』의 교훈이나 실존주의적 순정성의 추구는 사람을 세간적인 것으로부터 자유롭게 할 수 있으나 그것이 참으로 큰 삶을 살게 하는 것은 아니라고도 할 수 있다. 삶의 선택은 그러한 것만으로 저울질하기에는 너무나 복잡한 모순의 변증법 속에 있다. 젊은 날을 되돌아보면서 실존적 순정성이라는 개념이 준 자유의 선물을 귀한 것이 아니라고 할 수는 없지만, 나는 인생의 미로를 그 지표만으로 헤쳐 나갈 수 있다는 것도 좁은 생각에 불과하다는 것을 깨닫지 않을 수 없다.

(2005년)

전체성의 모험

글쓰기의 회로: 나남 문선 출판에 부쳐서[1]

나무는 스스로에
금을 긋지 않으니. 그대의 체념의 조형(造形)에서
비로소 사실에 있는 나무가 되리니.
—라이너 마리아 릴케

1. 체험과 사실 정보

1. 기억과 정보

말과 사물

글을 쓴다는 것은 무엇을 뜻하는가? 생각나는 대로 이런저런 것을 들어 이 문제를 궁리해 보자는 것이 이 글의 의도이다. 글을 쓰는 일은 여러 가지 사실들을 하나의 일관성 속에 연결하려는 노력이다. 더 야심적으로 말하면, 사실들을 모아 사실들의 전체 내지 전체성에 이르고자 하는 일이라고 할 수 있다. 또는 거꾸로 준비한 전체성으로 사물들을 재단하려는 것이다.

생각해 보면 말을 하는 것 자체가 그러한 일이다. 어떻게 말의 밖에 있는 것들을 말 속에 담을 수 있는가? 그것은 사물들을 말의 체계에 수용하

---

1 『체념의 조형: 김우창 문학선』(나남, 2013) 서문.(편집자 주)

려는 것이다. 달리 말하면 그것은 자기도 모르게 말의 체계에 사로잡히는 일이다. 왜곡은 불가피하다. 그리하여 말보다는 침묵이 사물의 진실에 가까이 가는 것이라는 주장도 나오게 된다. 말은 너무나 익숙한 것이기 때문에, 우리는 말의 본질적 왜곡을 쉽게 느끼지 못한다. 이 왜곡은 개념적 주장, 이념이나 추상적 체계에 의지하여 판단을 내리고, 그것을 말이나 글로 옮기는 일에서 가장 심각한 것이 된다. 그러나 이 경우에도 우리는 언어와 사물의 진상 사이의 간격을 느끼지 못하거나 개의치 않는다. 사람이 사는 세계 전체를 언어로 표현하고 그것을 체계화하고자 하는 것은 모든 지적 노력의 근본 동기이다. 이것은 흔히 고귀한 동기로 간주된다. 또 그것은 사람이 가지고 있는 설명할 수 없는 앎의 추동력이다. 이러한 동기는 혼란기의 사회에 특히 강하게 작용한다. 삶의 사회적 조건에 대한 체계화를 갈망하는 경우를 생각하면, 그것은 사회적 혼란이 심화되는 시대에 불가피한 생존 본능이 아닌가 한다. 지도(地圖)는 생존의 필수 도구이다. 사물들을 개념의 지도에 그려 넣었을 때, 사람들은 사물을 진리의 그물 속에 사로잡았다고 생각한다. 그리고 거기에서 자랑을 느낀다. 이 자랑은 혼란의 시대에 대한, 또 그러한 시대의 험난한 대인 관계에서의 승리감이기도 하고, 그 연장선 위에서 자연의 지적 해부는 거대한 적수로서의 자연에 대한 승리감이기도 하다.

말과 사물의 간격 그리고 그 변형을 벗어날 도리는 없다. 이것은 초보적 논리학에 나오는 "소크라테스는 사람이다." 운운하는 명제에서도 알 수 있다. 사실을 일반적인 범주에 잡아넣는 포섭(subsumption)의 관계가 없이는 이러한 문장을 발화할 수가 없다. 단순한 지시 기능을 가지고 있는 언어에도 그러한 포섭이 들어 있다. "단풍 든 잎이 다 졌다."라고 하는 말은 단순한 서술이지만, 그것은 사실을 의식의 연속 속에 확인하고, 그 확인을 주장한다. 그리고 낙엽이 가을의 현상이라는 판단이 들어 있다. 그렇지 않다면, 낙엽에 대한 다른 설명이 필요하다. 그러니까 "단풍잎이 다 졌다. 가을이 깊었다." "가을이 깊었다. 단풍잎 지는 것으로도 이것은 알 수 있다." 하는 일반적인 배경에 대한 이해가 거기에 들어 있는 것이다.

사실을 이미 알고 있는 테두리에 편입하는 것이 불가피한 언어의 기능이고 그것이 사실과 언어의 장벽을 이룬다고 하더라도, 언어를 통하여 조금 더 진실에 가까이 가고 조금 더 절실한 진리감을 가질 도리는 없는 것일까?

기억의 양의성

이러한 문제를 조금 더 복잡하고 섬세하게 생각하는 데 기억의 문제는 흥미로운 테마가 될 수 있다. 기억은 사람이 겪는 일을 시간 속에서 연결하는 행위이다. 그런데 이 연결은 내적인 것이기도 하고 외적인 것이기도 하다. 이 두 가지 연결 방식은 인간의 삶의 진실이라는 관점에서 장단점을 가지고 있다. 조금 엉뚱한 것으로 보이기는 하지만, 기억의 두 가지 방식은 부분과 전체의 문제를 생각하는 데에 하나의 실마리가 될 수 있지 않을까 한다.

기억과 시간 속의 삶

사람의 삶에 기억이 어떤 의미가 있는지는 분명치 않다. 신경 질환에 대한 어떤 보고에 보면, 장기적 기억에 문제가 있는 사람들 가운데는 사람을 볼 때마다 전에 만났던 사람이라는 것을 잊어버리고 처음 보는 사람을 만나는 것처럼 새로 인사를 하고 신상에 대하여 물어보는 환자도 있다고 한다. 의사의 관점에서는 물론 그것은 심한 질병의 증세이고, 무엇인가 잘못된 것이 있는 것으로 판단하는 것이지만, 따지고 보면 그것이 왜 잘못되었다는 것인지는 분명치 않다. 등산길에서 보게 되는 이른 봄의 야생화는 별

의미 없이 반가운 마음을 일으키는데, 꽃은 사실 그 전해에 본 장소에 그대로 피어난 것인데도 새로 만나는 기쁨을 준다. 사람을 만나서 늘 새로운 느낌을 갖는 것은 왜 그것과 달라야 하는가?

어떤 이유로인가 사람은 언제나 계속되는 서사(敍事) 속에서 살아야 한다는 강박을 가지고 있다. 사람은 일어났던 일을 다시 이야기해야 한다. 사람들은 사람을 만나면, 집에서나 길거리에서나 지하철에서나 자신에게 일어났던 멀고 가까운 사건들을 곧 이야기한다. 세상은 사물들로 차 있는 곳이 아니라 이야기로 차 있는 곳이다. 모든 것은 이야기되어야 한다. 그것이 맞는 것이든 아니든, 깊은 것이든 천박한 것이든. 나는 나의 삶을 이야기 속에서 산다. 나 자신의 삶의 경우에 그러하지만, 그로부터 유추하여 또는 직접적으로 일어나는 공감을 통하여 다른 사람도 그러해야 할 것으로 생각한다. 이것은 사람이 시간 속에 살고 있다는 사실에 연관되기 때문일 것이다. 시간은 사람의 삶을 하나의 삶이 되게 하는 삶의 다발 속에 있는 심지와 같다.

조금 복잡하게 따지고 보면, 자연의 경우도 마찬가지이다. 산에서 피는 꽃은 늘 새롭지만, 새로 피는 꽃은 다른 한편으로 우리에게 시간을 의식하게 하는 사건이다. 새로 피는 꽃 — 특히 새봄에 피는 꽃은 계절이 바뀐다는 것을 또 그것이 순환한다는 것을 느끼게 한다. 그러면서 동시에 같은 산, 같은 길에 피는 꽃은 자연의 많은 것이 지속한다는 것을 알게 한다. 지속은 한편으로 우리가 간단하고 급하게 느끼는 시간을 초월하는 것이면서 시간을 확인하게 하는 사건이다. 자연의 지속은 자연이 시간 속에 있으면서도 사람의 시간의 가벼움을 넘어가는 긴 리듬의 시간 속에 있다는 것을 말하여 준다. 그리하여 그것은 사람에게 위안의 요인이 된다.

사람에게 기억이 중요한 것은 사람의 삶도 이러한 긴 리듬 속에서 어떤 맥락을 가지게 되는 것을 소망하기 때문일 것이다. 물론 기억은 이러한 것이상의 여러 가지 의미, 중요하기도 하고 문제적이기도 한 의미를 가지고 있다.

기억과 기억의 참의미

개인뿐만 아니라 집단의 경우에도 기억은 중요한 의미를 갖는다. 그것은 집단의 정체성을 구성하는 데에 중요한 요소가 된다.(그리하여 그것은 불필요한 논쟁과 선전의 동기가 되기도 한다.) 학문을 구성하고 있는 것도, 그 많은 부분이 기억되어 있는, 또는 기억에 남아 있는 여러 사실들과 사실들의 연관들이다. 그리하여 여러 문화 전통에서 기억을 강화하는 방법들이 고안되었던 것을 볼 수 있다. 서구의 전통에는 고전 시대부터 기억술(mnemonics)이라는 것이 생겨나서 사람들이 이것을 사용하여 자신들의 기억을 튼튼히 할 수 있다는 생각이 있었다. 이런 기억술은 어떤 의미를 갖는 것일까?

너무 많은 것을 기억하여 살기가 어려워지는 경우도 없지 않다. 소련의 심리학자 루리아(A. R. Luria)가 쓴 한 유명한 책에 보면, 앞의 정신과 환자의 경우와는 달리, 기억이 너무 좋아서 살기가 어려워진 사람의 이야기가 나와 있다. 과거를 너무 완전하게 기억하기 때문에 그 환자는 길을 가는 일이 힘들어진다. 현재의 일과 과거의 일이 뒤섞여 현재 속에서 자기가 가는 방향을 바로잡을 수가 없는 것이다. 이런 병적인 경우가 아니라도 기억의 의미가 왜곡되는 것들을 볼 수 있다. 기억은 늘 좋은 것인가? 기억은 어떤 것이라야 좋은 것인가?

좋은 것도 그 근본이나 바탕을 떠나 수단으로서의 측면이 강화되면, 왜곡이 일어나는 것이 사람의 삶, 특히 오늘의 삶이다. 조금 샛길로 들어서는 것이지만, 이것을 잠깐 말하면, 물질적 수단은 의미 없는 소유와 사치가 되고 수단화된 정신의 기술은 요령이 된다. 요령이 된 삶은 일의 본말을 전도하는 결과를 가져올 수 있다. 요령의 지배하에서는 어떤 것도 그 자체로는 뜻있는 것이 되지 못하고 다른 이익에 봉사하는 수단이 되어 버린다. 최근 어떤 미국의 경제학자가 쓴 글을 보니, '인격술(character skills)'이라는 말이 있었다. 그것은 어릴 때부터, 참을성이나 너그러움 등의 습관을 기르면, 그것이 나중에 평균 수입을 높이는 데 한 요인이 된다는 것이다. 이 글에는 그것을 뒷받침하는 통계도 나온다. 이 글의 바탕에 있는 생각은 인격을 닦는 것도 그 자체로 의미 있는 것이 아니라 소득을 올리는 데 도움이 됨으로써 의미를 갖는다는 것이다. 기억과 관계해서, 오늘날 기억이 중요한 것은 입학시험이나 학교의 시험의 경우이다. 이러한 시험에서 기억은 가장 중요한 요소의 하나인데, 시험되는 것은 얼마나 많은 것을 기억하는가 하는 것이다.

나의 삶을 기억으로 통합할 때, 될 수 있는 대로 모든 사항을 기억하는 것이 좋은 일인가? 나는 기억으로써 나의 삶을 소유했다고 느낀다. 그것은 나의 자만을 북돋아 준다. 내가 소유하는 삶의 사실은 이력서에 나오는 사실들과 같은 것인가? 하여튼 이력서는 나의 삶을 일정한 사실에 요약할 것을 요구한다. 그리고 이력서를 쓰는 사람도 그렇고 그것을 받는 사람도, 될 수 있는 대로 사회적인 스펙이 될 만한 사실들의 열거를 기대한다. 그러나 그것이 참으로 나의 삶을 뜻깊게 요약하는 것일까?

기억 과다/기억 왜곡

그것이 어쨌든 기억을 좋게 하는 일은 긴급한 실용적인 의미를 갖는다. 그리하여 기억을 도와주는 약품까지 신문에 광고되는 것을 본다. 서양의 기억술의 전통에서 르네상스기에 이르기까지 기억은 그 자체의 의미를 넘어서 여러 처세의 요령이 될 수 있었다. 그래서 그것에 지나치게 역점을 두는 일이 비판의 대상이 되기도 하였다.

이러한 비판을 글에 남긴 사람의 하나가 16세기 독일의 사상가 코넬리우스 아그리파(Cornelius Agrippa)이다. 그는 『인문학과 과학의 불확실성과 허영』[2]이라는 저서에서 기억술의 폐단을 여러 가지로 열거하였다. 기억술에는 기억을 돕는 방편으로, 기억해야 할 사항에 기괴한 이미지들을 연계시키는 기술이 있다. 그것이 기억을 돕는다. 그러나 이 기괴한 것들이 사실은 정상적인 기억을 손상하게 된다고 아그리파는 말하였다. 그의 말 가운데 오늘의 시점에서 더 의미 있는 것은, 기억을 좋게 한다는 것이, 무한한 분량의 정보로써 사람의 마음에 과부하를 주고, 그것이 "심오하고 확실한 기억을 주는 것이 아니라 사람을 미치게 하고 날뛰게 한다."라는 것이다. 아그리파는 계속하여 이러한 정보의 지식을 내세우는 데에는 "유치한 자기 과시"가 들어 있다고 한다. "읽었던 여러 가지 것들을, 속은 텅 비어 있으면서, 장사꾼들이 상품을 진열하듯이 늘어놓는 것은 창피한 일이고, 창피한 품성의 표시이다."라고 그는 말했다.[3]

2. 정보와 자기방어

기억과 정보/정보의 폐단

아그리파의 이러한 말들은, 기억의 문제와는 조금 다르게, 오늘의 정보 시대 — 여러 대중 매체와 전자 매체의 발달로 정보 매체의 시대에 그대로 해당된다고 할 수 있다. 폭발하는 정보의 시대인 오늘이 있기 훨씬 이전에도 과다한 정보들이 진정한 정신적 의미를 가질 수 없다는 점을 경고하여야 한다고 느낀 사상가가 있었다는 것은 놀라운 일이다. 오늘에 와서 특히

---

2 우리말 번역은 불확실하여, 원래 제목을 첨부한다. 라틴어 제목은 *De Incertudine et Vanitate de Scientiarum et Artium*(Antwerp, 1530), 영문 제목은 *Of the Vanitie and Undertaintie of Artes and Sciences*, trans. by James Sanford(London, 1569)이다.

3 Jonathan Spence, *The Memory Palace of Matteo Ricci*(New York: Viking Penguin, 1985), p. 12. 아그리파의 글은 이 책에서 재인용한 것이다.

우리는 넘쳐 나는 정보들이 과연 무슨 의미를 갖는가 물어보지 않을 수 없다. 이 정보들을 얻는 데에는 사실 기억도 별 필요가 없는 것이라고 하겠는데, 필요 없다는 것은 전자 매체의 발달로 하여 말하자면 우리의 기억이 아니라도 저장된 기억이 ―기억력을 보강할 필요도 없이― 엄청나게 늘어났기 때문이다.(그리하여 기억은 나의 기억이면서 나의 기억이 아닌 것이 된다.) 유사 기억으로 공급되는 정보는 진열의 대상이 되고 자기 과시의 수단이 된다. 그리고 집단적 소통 수단이 되었을 때는, 사람을 미치게 하고 날뛰게 하는 방법이 된다.

수없이 쌓이는 정보가 자만과 광증(狂症)과 열광을 넘어, 그 자체로는 별 의미가 없다고 한다면, 정보와 동시에 내어놓게 마련인 여러 의견들은 어떤 의미를 갖는 것인가? 아그리파가 정보 과다를 타매(唾罵)한 것은 그 자체로 그러한 것이라기보다는 그것이, 적어도 그가 보기에는 쓸모가 없는, 주장들을 내놓는 구실 또는 작전의 수단이 되기 때문이었을 것이다. 사실 그의 글은 그가 보기에 독단적 주장으로 보였던 당대의 글들에 대한 반박으로 쓰인 것이었다. 지금은 정보의 시대이면서 의견의 시대이다. 정보는 자주, "너희가 이것을 아는가?" 하는 형식을 취한다. 이렇게 표현되는 의견은 대체로 회의를 나타내는 것이기보다는 독단을 고집하고 그것으로써 스스로의 우위를 주장하는 무의식적 의도를 가지는 것이 보통이다. 그리고 이 독단은 집단적 신조를 선언하고 자신이 보기에 옳다고 주장하는 집단적 목표를 위한 작전의 일부가 된다.

정보와 핵심적 진리

아그리파의 기억술 비판은 그 자체를 나무라는 일이라기보다는 그것으로 하여 보다 핵심적인 진리들이 감추어지게 되는 것을 개탄한 것이다. 그는 그의 비교(秘教)주의, 마술 취향 또 나중에는 유일한 진리의 원전으로서의 기독교 성서에 대한 절대적 신뢰 등으로 알려진 사람이다. 그의 수없는 논쟁과 논쟁적인 글들에도 불구하고, 그의 기본적인 입장은 생애의 마지막에 한 말, "학문의 현묘한 것들을 따지면서, 고상해지고 오만해지다가 악마의 손아귀에 걸려드는 것보다는 차라리 백치가 되고 일자무식의 사람이 되고 신앙과 자비심을 신뢰하고 신에 가까이 가는 것이 낫다."[4]라는 말이 요약한다고 할 수 있다. 진정한 앎은 비교(秘敎)의 앎이다. 밖으로 드러나지 않는 지혜이다. 그러나 비밀을 혼자 지녔다는 것은 다시 자만심을 북돋는다.

위에 든 단편적 발언에서도 볼 수 있듯이, 아그리파는 당대로서도 가장 논쟁적인 사람이었던 것으로 보인다. 그러나 그의 근본적인 관심은 당대의 논쟁을 벗어난 곳에 있었다. 그의 관심은, 이미 말한 바와 같이, 주로 비교(秘敎)적 신비주의(cabala)와 신앙에 있었는데, 그것은 한편으로는, 적어도 그의 생각으로는 근본적 문제의 영역에 속하는 것이었고, 다른 한편으로는 마음의 깊이의 문제에 관계되는 것이었다고 할 수 있다. 다시 말하여 그에게 중요한 것은 마음에 깊이 울리는 근본 문제들이었는데, 이러한 관심에 집착하였기에 당시의 정보와 논쟁들을 피상적인 것이었다고 생각하고, 역설적으로 그로 인하여 논쟁에 가담하게 된 것이다.

정보의 경적

모든 정보, 모든 논쟁적 논의들은 일단은 아그리파와 같은 비판적 눈으로 보아야 한다고 할 수 있을는지 모른다. 그것은 말하자면 우리의 주변을 채우는 소음이고, 우리가 원하는 고요함 또는 우리가 듣고자 하는 아름다

4 "Agrippa von Nettesheim, Henricus Cornelius", *The Encyclopedia of Philosophy*(New York: Macmillan Co., 1975).

운 음악에는 관계가 없다고 할 수 있다는 말이다. 그렇기는 하나 정보가 소음이라고 무시할 수 있는 것은 아니다. 그것은 주로 부정적인 경고의 역할을 할 수 있기 때문이다. 그것은 경적(警笛)이다. 소음이 일면, 우리는 그 원인을 알아야 한다. 경보가 울린다든지 구급차의 사이렌이 울린다든지 할 때, 그 원인이 밝혀질 때까지 안심할 수 없는 것이 정상적 인간이다. 이때 사람들의 본능적 반응은 자신의 안전에 관계되어 우선적으로 안전 대책을 생각하는 것이다. 정화되지 않은 정보는 대체로 부정적 또는 경고적 의미를 가져서, 이것이 습관화됨에 따라 사람들의 삶의 자세는 일반적으로 방어적인 것이 된다. 작은 정보들이 긍정적인 의미를 갖는다고 하더라도 그것은 이 부정적이고 방어적인 자세의 일부가 된다.

잡다한 정보의 처리는, 반드시 의식적으로 그런다는 것은 아니지만, 이런 각도에서, 즉 나의 안전 그리고 조금 더 나아가 나의 이익을 챙기는 일을 표준으로 이루어진다. 어떤 음식을 먹어야 몸에 좋고 어떤 운동을 어떻게 하는 것이 건강 유지에 도움이 된다는 정보 — 맞는 것일 수도 있고 맞지 않는 것일 수도 있는, 건강과 복지에 관한 정보가 가장 많이 떠도는 정보인 것은 이러한 사실을 증거해 준다. 생물학적 생존이 가장 기본적인 관심사가 되는 것은 당연하다고 할 것이다. 그러면서 이러한 일상적이면서 일상을 넘어가는 정보는 그것을 먼저 얻은 사람으로부터 다른 사람에게 전달되는 정보가 된다. 그것은 선의에서 나오는 것일 수도 있고, 선의와 더불어 자기 과시의 증표가 되는 것이기도 하다. 세계의 멀고 가까운 곳에서 들어오는 지진, 홍수 등 천재지변의 뉴스가 금방금방 전해지는 것이 오늘날인데, 이것이 큰 뉴스가 되는 것도 아마 생물학적 관심이 환경에 마음을 쓰지 않을 수 없게 하는 때문일 것이다.

가장 직접적으로 이익에 관계되는 정보는 말할 것도 없이 증권에 투자한 사람에게는 증권 시장의 추세일 것이고, 부동산 투자에 관심을 가진 사람 또는 단순히, 요즘의 관례가 그러하듯이 집도 마련하고 그것을 투자로 도 생각하는 사람에게는 부동산 시세가 중요한 정보가 될 것이다. 정치적 '관시(關係)'와 인맥 관계와 파당적 이익에 따라 움직이는 사람에게는 물론 정치 증권 시세의 등락이 주요 관심사가 된다. 그리고 다른 경우보다는 삶과 사회에 대한 믿음에 관계되기 때문에, 정치 시세의 등락은 천재지변과 관련된 뉴스만큼이나 생존의 환경에 대한 정보를 알려 주는 것이라고 할 수 있다. 사람의 생존에서 기초적인 자연 조건에 못지않게 사회적인 조건이 중요한 것이 현대이다. 이러한 정보는 개인적으로도 그러하지만, 집단적으로도 중요하다. 집단과 관련하여 정보는 집단을 위한 전략의 도구가 된다. 정보 담당의 부처가 하는 일이 이 도구를 수집하는 일이다. 이러한 분위기 속에서 모든 정치는, 공론은 전략의 논의가 된다. 명분은 물론 집단의 이익이다. 그것은 공론자의 지위를 높여 준다.

삶의 안정된 질서

물론 모든 종류의 정보들 또 그에 관한 의견들이 다 같은 의미를 갖는 것은 아니다. 그것은 단순히 전략적 의미에서만 그런 것은 아니다. 정보 — 또는 정보화된 사실은 본래적인 삶의 균형을 파괴한다.

말할 것도 없이 소음은 경고가 되면서 우리의 심리적·신체적인 안정을 교란한다. 정보는 많은 사실들을 한데 모으는 것이면서 일관성을 결여한다. 그리고 일단의 일관성과 전체적 질서를 가진 우리의 삶을 흩트려 놓는다. 사람들이 무엇보다도 원하는 것은 심리적 안정이다. 소음은 이에 대하여 절대적인 방해 요소로 작용한다. 우리의 안전에 관계된다고 하여도 소음으로서의 정보들은 근본적인 것에 관계되지 않는 한 우리의 마음을 혼란하게 하고 우리의 일상의 여유를 앗아 가도 좋을 만큼 중요하다고 할 수는 없다. 가령 건강에 관련된 정보라고 하여도 모든 정보가 우리에게 도움이 될 수는 없다. 또는 도움이 된다고 하여도 진정한 의미에서 도움이 되는 것인지를 판단하는 데에는 더 깊은 생각을 요한다. 어떤 종류의 신체장애는 지니고 견디는 것이 치유 처방을 찾아 헤매는 일에 따르는 신경과민보다 나은 일인지 모른다. 죽음에 이른 사람이 불필요한 치료를 사절하고 위엄 있는 죽음을 맞이하는 것은 극단적이면서도 수긍할 수도 있는 태도라고 할 것이다.

앞에서 말한 것처럼, 사회 조건과 그에 대한 정치적 조정은 무엇보다도 중요한 삶의 조건이 되었다. 그렇다고 모든 정치 문제가 중요한 것은 아니다. 정치에서 일어나는 많은 것은 이해관계의 관점에서 정치 증권의 등락을 나타내는 것으로 볼 수 있다. 정치 상황에서의 큰 진동은 중요한 사건일 수 있지만, 삶의 공간을 교란하는 일에 불과할 수도 있다. 그때그때의 정치 상황에 대한 판단은 역사와 사회의 전체적인 흐름이라는 관점에서 판단되어야 할 것이다. 물론 무엇이 이러한 흐름을 이루는가, 어떤 것이 불가피한 것이라면 그것을 피할 수 있는 방도가 있는가, 또는 역사의 흐름이 참으로 보다 나은 미래를 약속할 수 있는가, 그것을 위해서는 무엇이 이루어져야 하는가 — 이러한 의문을 제기하고 그에 대한 답을 찾는 일은 아무나 해낼 수 있는 일은 아니다. 그러나 그러한 바른 물음에 답하는 것이 좋은 정보라고 하여도, 그것은 궁극적으로 삶의 유일한 지혜가 전략이라는 편견을 만들어 낸다. 그리고 사람과 사물과 세계와 우주를 있는 대로 받아들일 수 있는 감성을 없애 버린다. 오늘날 존재에 대한 외경심은 가장 지니기 어려운 감성의 태도이다.

3. 사실과 자연: 그 인간적 맥락

삶의 테두리/자연

어떤 경우에나 가장 중요한 것은 어떤 사건이 전체성의 기준에 비추어 어떻게 판단될 수 있느냐 하는 것일 것이다. 이 전체는 여러 가지일 수 있다. 결국 사람의 삶을 둘러 있는 조건의 테두리는 여러 폭의 동심원을 이루고 있다고 할 수 있기 때문이다. 이 동심원들은 서로 연결되어 있고 상호 작용 속에 있으면서도, 사람에 따라 다른 의미를 갖는 것일 수 있다. 중심에는 말할 것도 없이 개인의 실존이 있다. 개인의 실존이 무엇인가? 그것의 바른 지향은 어떤 것인가? 세상의 중심으로서 개체를 생각할 때 이러한 문제가 있을 수 있다. 그리고 심각하게 삶의 문제를 생각한다면, 이러한 문제에 대한 반성을 피할 수는 없다. 그러나 우리의 눈은, 우리 자신의 삶을 생각하기 전에 그 삶을 에워싸고 있는 세상을 향한다. 이 세상은 언제나 우리 주변에 있다. 그것은 그것대로 여러 층위를 이루고 있어서 가족과 친척, 친지, 인맥, 마을 사람 등 개인적 의미를 가진 사람들의 여러 층이 나선형의 고리를 구성한다. 이러한 동심원 또는 고리의 너머에 넓은 의미에서의 삶이 있다. 그 너머에 사회가 있고 세계 또는 인류가 있고 생물학적 또는 자연적 조건이 있다. 물론 그 너머에는 우주 전체가 있다. 이 우주는 주로 지적인 호기심의 대상이 되지만, 그에 관한 지적 정보는 실용적인 의미도 갖는다. 오늘날 인간의 큰 걱정거리의 하나인 기후변화의 문제는 인간이 책임져야 할 일이기도 하지만, 가장 길게 볼 때에는 여러 별들 사이의 인력의 장에서 지구의 축이 뒤틀리는 일에 관계된다는 설도 있다.

다시 말하여 위의 인간의 삶의 테두리들은 따로따로 존재하면서 서로 삼투되어 하나로 존재한다. 그리고 그것은 인간의 가장 일상적인 경험 세계의 바탕 조직이 되어 있다. 첫머리에서 우리는 등산길에서 보게 되는 야생화를 말하였다. 그것은 그 나름으로 존재한다. 다른 자연물도 그러하다. 그러면서 산천과 산천의 동식물은 우리에게 가장 가까이 있는 자연 환경의 중요한 구성 요소이다.

문득 그윽한 골짜기를 찾고 既窈窕以尋壑

다시 험준한 언덕을 넘으면 亦崎嶇而經丘

나무 무성하여 꽃피려 하고 木欣欣以向榮

졸졸 샘물의 흐름 여기 처음 시작하고 泉涓涓而始流

만물이 때 얻음을 찬양하며, 善萬物之得時

내 삶의 가고 쉼을 깨닫노라. 感吾生之行休

이 시는 꽃이 피려는 나무를 보고 그 환경을 두루 이야기한다. 깊은 산에 들어가니 나무가 꽃을 피우려 하고, 산골 물이 흐르기 시작한 것을 볼 수 있는데, 그것은 만물이 일정한 시간의 리듬에 따라 성쇠(盛衰)한다는 사실을 느끼게 하고, 동시에 보는 사람의 삶도 그러한 시종(始終)을 가지고 있음을 자각하게 한다.

위에 인용한 것은 도연명(陶淵明)의 「귀거래사(歸去來辭)」의 뒷부분에 나오는 것으로서, 「귀거래사」는 관직을 버리고 자신의 고향에 돌아온 자신의 행각을 서술한 것이다. 귀향은 관직보다는 전원의 삶을 택한 것인데, 그것은 고향의 전원이 그의 마음에 드는 것이기 때문이기도 하지만, 그것이 삶의 근본적인 모습에 더 가까이 사는 것이기 때문이다. 마음이 그렇게 움직이는 것 자체가 전원의 삶 또는 자연 속의 삶이 더 사람의 삶의 참모습에 근접한 것이라는 것을 말한다. 도연명은 그의 결정의 이유를 이렇게 설명한다.

사람은 얼마나 오랫동안 육신에 들어 사는 것인가? 寓形宇內復幾時

가고 오고 머무는 일을 어찌하여 마음의 자연스러운 움직임에 맡기지 않을 것인가? 曷不委心任去留

주체적 존재로서의 인간

사회와 자연은, 적어도 평상적인 관점에서, 인간의 삶의 가장 근본적인 두 개의 테두리이다. 사회는 물론 개인적인 관계의 전체를 말하기도 하고 동네와 같은 작은 공동체를 말하기도 하지만, 조금 더 추상화된 관점에서 정치의 세계를 말한다. 정치는 삶에 질서를 주는 방법이기도 하지만, 도연명의 경우도 그러하지만, 특히 근대적인 사회에서는 부귀를 얻는 길이기도 하고 인정과 지위를 얻는 공간이기도 하다. 그러나 자연은 인간의 보다 근본적인 바탕이고, 사실에 있어서는 개인적 삶에 보다 직접적으로 이어져 있다. 자연의 삶으로 돌아가는 것은, 도연명의 경우에 볼 수 있듯이, 쉽게 열려 있는 원점 복귀였다. 물론 이것은 가장 직접적인 의미에서 자연 속의 생활이 가능했기 때문이다. 산업 사회에서 이것은 쉽지 않은 일이 되었다. 그리하여 그 안에서의 나의 삶이 어떤 것이어야 하는가 하는 문제는 간단히 귀거래(歸去來)로 해결되지 않는다. 이것은 단순히 산업 사회가 자연의 삶에 대조된다는 뜻에서만은 아니다.

오늘날 산골로 돌아간다고 하더라도 산을 돌보고 밭을 일구는 일이 쉽게 되지 않는다. 산은 목재나 다른 자원의 개발의 대상이 될 수가 있고 밭은 주거 단지 개발의 대상이 될 수도 있다. 그리고 산천으로 돌아간다고 하여 그것이 보다 큰 사회나 정치에서 쉽게 분리될 수 있는 것은 아니다. 거기에서도 사회 조직이나 인간관계의 질서가 있게 마련이다. 그것에서 완전히 분리되는 삶은 거의 불가능하다. 명상의 세계에 들어가는 은자(隱者)들까지도, 어느 사회에서나 그것을 사회의 일부로 받아들이는 지원이 있어서, 은자의 삶을 유지할 수 있다. 그러니 삶의 사회화가 극단에 이른 오늘에 있어서, 진정으로 사회에서 유리된 삶이 가능하겠는가?

이 모든 것을 결정하는 원리는 무엇인가? 간단히 생각하여, 모든 삶의 결정에서 기본이 되는 것은 생존의 원리고 또 생존의 생물학적·환경적 조건이다. 그것은 다시 보다 복잡한 관점에서의 물리적 조건, 그러니까 유전자, 분자, 원자 그리고 다른 한편으로 전 우주적 환경 조건까지도 포함될 수 있다. 그러나 인간의 삶의 조건은, 그것이 무엇이 되었든지 간에, 반드시 일방적으로 강요되는 것은 아니다. 도연명의 경우에도 그의 결정에 관직의 삶에 대하여 전원의 삶을 택하는 선택의 원리 — 자유로운 선택의 원리가 작용하는 것을 볼 수 있다. 얼핏 생각하기에는 어리석어 보이는 카뮈의 말, "인생에서 유일하게 심각한 문제는 자살하느냐 아니하느냐 하는 것이다."라는 말은 그 나름으로 삶의 모든 선택이 개인의 절대적인 자유 의지에 달려 있다는 것을 극적으로 표현한 것이다.

산길에서 마주치는 들꽃은 그냥 지나치는 것이면서도 그 아름다움으로 마음을 행복하게 하지만, 사람을 그냥 지나치는 것은 어찌하여 기쁘기만 한 일로 간주할 수 없는 것인가? 간단하게 답하여 그것은 인간이 주체적 존재이기 때문이다. 지나가는 사람은 그의 삶이 있고 나는 나의 삶이 있으며, 그것을 떠나서는 그도 나도 의미가 없다. 그것의 근본은 사람이 의식을 가지고 있으면서 스스로 선택하고 선택한 행동의 결과를 추구하고 기억하는 존재라는 말이다. 우리의 사람에 대한 의식에는 늘 이 사실이 그 바탕에 들어 있다. 그러나 사람이 선택의 주체라고 할 때, 주체로서의 사람은 무엇을 어떻게 선택하는가? 선택의 기준은 무엇인가? 여기에는 일단 위에 말한 외적인 조건들에 대한 고려가 관계된다고 하겠지만, 내적인 요인도 생각하지 아니할 수 없다. 결국 외적인 조건을 평가하는 것도 내면적 고려의 결과이다. 특히 이것은 인생의 심각한 문제를 대상적으로 평가하는 경우 그렇다. 그때 외면과 내면의 대조 또는 분리는 결정적인 요인으로 작용한다.

4. 사실과 체험

내외의 분리와 단절은 인간 의식의 조건이다. 앞에서 기억의 이야기를 했지만, 기억은 외적 사실로서 기억하는 것이 있고 내면화된 경험으로 기억하는 것이 있다. 또 사실이 있고 체험으로서의 사실이 있다. 우리가 이력서에 기록하는 것은 사실이고, 단순한 물질적인 사건을 말하는 것은 아니다. 그러나 그것은 사회적으로 중요시되는 사실이고 반드시 우리의 체험으로서 중요한 사실은 아닐 수 있다. 이러한 분리 또는 단절은 거의 피할 수 없는 것으로 보인다.

교리 문답과 사실의 체험화

이 분리는 인간의 사실에 대한 이해 방식에도 큰 차이를 가져온다. 이 차이는 가령 다음의 기독교 신앙에 대한 대조적인 태도 같은 데에서 흥미롭게 또 깊은 함축을 가지고 드러난다고 할 수 있다. 에벌린 워(Evelyn Waugh)의 소설 『다시 찾은 브라이즈헤드(*Brideshead Revisited*)』에는 한 여성과 결혼하고자 하는 사람이 사랑하는 사람의 결혼 승낙 조건으로 가톨릭이 되어야 한다는 요구에 따라 가톨릭 교리를 교습받는 장면이 있다. 가르치는 사람이 어떤 이야기를 해도 그는 알아들었다고 한다. 그는 무엇을 뜻하는지는 상관하지 않고 수긍하고 기억하고 되풀이하면 되는 것으로 안다. 워는 이러한 이야기로써 깊은 뜻을 생각하지 않는 배움을 진정한 신앙의 기준으로 삼는 일을 풍자한 것인데, 오늘의 우리 삶의 도처에서 큰 관문이 되는 시험에 제시되는 많은 사항들은 같은 관점에서 기억되고 이야기되는 사실들 또는 명제들이다. 그것을 외는 것과 그 깊은 의미를 깨닫는 것은 대체로는 별개의 문제이다.

기독교의 의식화(儀式化)된 서사에 '십자가의 자리(Stations of the Cross)' 또는 '십자가의 길(Via Crucis)', '슬픔의 길(Via Dolorosa)'이라는 것이 있다.

그것은 예수가 십자가를 메고 가던 수난의 길을 구체적인 이미지의 연쇄로써 재현하려는 것이다. 이야기는 일곱 또는 열넷 또는 스무 단계로 나뉘어 펼쳐진다. 그것들은 모두 실감을 나게 하는 장면들이다. 멈추어 서는 곳은 예수가 처형 선고를 받는 장면, 십자가를 메고 가다가 쓰러지는 장면, 안타까운 마음의 다른 사람들의 도움을 받는 장면들이 포함된다. 이러한 장면들은 원래 예루살렘 순례에 나선 사람들이 예수 수난의 길을 순례하던 것에서 시작하여, 하나의 풍습이 되고, 교회에 설치하는 작은 기념물이 되고, 조각이 되고, 다시 교회의 채색 창의 그림들이 되었다.

이에 비슷하게 마리아의 고통을 그린 「스타바트 마테르(Stabat Mater)」라는 성가도 사건의 흐름을 이미지 또는 멈추어 서는 장면으로 변화시킨 음악으로 작곡한 것이다. 제목의 뜻은 '어머니가 멈추어 섰었다'는 것이다. 앞의 station이나 stabat는 다 같이 '멈추어 선다'는 뜻을 가진 라틴어에서 나온 것이다. "비탄의 어머니는 아들이 달려 있는 십자가 곁에서 눈물 속에 멈추어 섰다(Stabat mater dolorosa/ Juxta Crucem lacrimosa/ Dum pendebat Filius……)"로 시작하는 성가는 다시 어머니의 심장을 [아들의 심장을 꿰뚫는] 창이 뚫었다고 말하고, 그것을 명상하는 나로 하여금 그 아픔들을 함께 느끼게 하고 그리스도를 사랑할 수 있게 하여 달라는 바람으로 끝난다.

체험의 재현/감정과 예술 형식

이것은 단순히 거명되는 사실과 그것의 내적 체험이 어떻게 다른 것인가를 예시하여 준다고 할 수 있다. 이에 더하여 하나 주의할 것은 성가 「스타바트 마테르」가 기독교의 틀 밖에서도 유명한 것은 성가 자체로가 아니라 거기에 붙게 된 페르골레시, 비발디나 하이든과 같은 작곡가의 음악으로 인한 것이라는 사실이다. 이것은 여러 가지 함축을 갖는다. 음악은 그것이 불러일으키는 감정 — 매우 특이한 감정이 없이는 존재할 수 없는 예술이다. 음악이 된 성경의 사건은 그리스도의 수난이나 성모 마리아의 고통이 단순한 사실이 아니라 감정적인 요소를 포함한다는 것 그리고 이 감정적인 요소가 그것을 돌이켜 보는 데에서도 체험적 구체성을 더한다는 것을 생각하게 한다. 흔히 하듯이 고통의 계기에 울고불고하는 것은 이러한 감정을 되살리려는 생각에서 발전해 나온 관습이라고 할 수 있다. 이것을 조금 더 형식화한 것이 곡(哭)이다.

또 생각할 것은 문제의 체험이 아니라 체험의 기억이라는 것이다. 기억되는 체험은, 자기 자신의 체험인 경우에도 그러하지만, 타인의 체험을 내면화하려는 것일 때는 더욱 실제의 체험으로부터 일정한 거리를 가지고 있는 체험이다. 이에 더하여 그것이 음악이나 미술로 재현될 때, 이 거리는 더욱 멀어지는 것이 된다. 그러면서 예술은 이 체험을 뜻이 깊은 진실로 지양한다. 그것을 가능하게 하는 것은 예술의 형식성이다. 형식은 사물의 구체성을 정리한다. 그러나 그것이 반드시 체험의 구체성을 사상(捨象)하는 것은 아니다. 음악에서 체험의 감각적 성격은 청각으로 단순화되고 번역되어 남는다. 중요한 것은 체험을 모방하면서 다시 그것에 의미를 부여한다는 점이다. 의미는 의미가 비어 있는 형식에 의하여 고양된다.

형식과 실존

되풀이하여 말하건대 형식은 지나간 사건을 한 번에 되돌아보고 살펴볼 수 있게 한다. 이 조감(鳥瞰)이 조감에 그치지 않고 알 만한 것이 되는 것은 형식적 짜임새가 있기 때문이다. 이 형식은 복합적인 의미를 갖는다. 흔히 이야기되듯이 음악은 시간의 예술이다. 그러나 형식은 근본적으로 공간에서 감지될 수 있는 것이다. 그리하여 음악의 형식은 시간을 공간화하는 일을 한다고 할 수 있다. 또는 그것들을 합친 시공간의 형식이 되어 사람으로 하여금 의미를 느끼게 한다고 할 수 있다. 즉, 음악은 사건을 시간적 존재로서의 인간의 체험의 전체성 속에 편입한다. 이런 점에서 형식은 인간 실존에 내재하는 모순을 순치하는 방편이다.

그러나 형식은 또 다른 차원의 의미를 가지고 있다. 형식은 그 균제(均齊)의 미(美)를 통하여 체험을 더 높은 차원으로 끌어올린다. 그것은 형식만의 세계, 이데아의 세계를 연상하게 한다. 그렇게 하여 이것을 앞에서의 기독교의 그리스도 수난과 관계하여 생각하면, 수난의 사건을 섭리(攝理)의 일부로서, 또 이것을 일반화하면 우주적 질서 또는 조화(調和 또는 造化)로서 찬미할 수 있게 한다.

5. 사실과 공동체: 벤야민의 견해

사실과 체험/공적 공간과 내면 공간

예술의 형식화를 통한 기억과 체험의 변용은 더 깊은 검토를 요하는 문제이다. 그것이 체험의 사실을 공적 차원으로 전이한다는 것은 틀림이 없다. 이 공적 차원은 여러 가지로 생각할 수 있다. 위에서 생각해 본 이데아의 세계라든지 우주적 조화와 같은 것들은 그 가장 높은 차원들이다. 이것은 다시 조금 하위로 내려와 생각하건대, 사회적 차원이 거기에 존재한다고 할 수 있다. 그리고 오늘의 세계의 편향으로 볼 때, 이것은 무엇보다도 우선하는 차원이 될 것이다. 그런데 참으로 그러한가?

위에서 말한 것의 하나는 세계의 사실이나 사건을 수용하는 근본적 지향에 서로 다른 것들이 있고, 그 근본적인 차이를 외면적 사실과 내면적 체험의 차이로 특징지을 수 있다는 것이었다. 그리고 이 차이에서 사실과 체험의 차이는 공적인 것과 사적인 것의 차이로 설명될 것으로 말할 수 있다. 물론 사실은 나의 개인적 기억 또는 정신 작용의 소산일 수도 있다. 그러나 체험이 나의 또는 인간의 내면에 깊이 관계되어 있는 것은 틀림이 없다. 그러한 점에서 사실은 공적인 세계의 소산이라는 것도 틀린 말은 아니다. 그러나 어떤 견해로는 사실과 체험의 분리가 일어나는 것은 인간의 사회적 삶의 퇴화에 관계된다고 한다. 그것은 일단 수긍할 수 있는 견해이다. 그러나 다른 한편으로 체험이 완전히 내면의 주관적 삶에 속한다는 것은 다시 검토해 보아야 할 명제라는 생각이 든다. 내면은 다시 더 깊은 공적인 공간에 이르는 길일 수도 있지 않은가 하는 것이다.

기억과 추억

화제를 조금 바꾸어, 앞에 언급한 중세 유럽의 기억술의 중요한 부분은 단순히 말하자면 시험에 대비하듯이 사실들의 기억을 머리에 새겨 넣는 기술만을 말하는 것이 아니라는 것이었다. 그것은 단순한 의미의 사실적 기억 이상의 것에 대한 생각을 포함한다. 앞에 언급한 기억술의 논쟁은 중국 사학자 조너선 스펜스(Jonathan Spence)가 마테오 리치의 기억술을 말하는 데에서 따온 것이지만, 스펜스는 이 점을 의식하고 있는 것으로는 보이지는 않는다. 또는 그의 저서가 중세 유럽에 있어서의 기억술을 본격적으로 다루는 것은 아니었기 때문에 그럴 필요가 없다고 느꼈는지도 모른다.

다시 기억의 종류를 잠깐 생각해 본다면, 그것은 인간의 삶 전체에 걸쳐 존재하는 깊은 균열의 문제를 엿보게 한다. 이력서의 사실과 나의 삶의 내용으로서의 기억의 차이가 이런 차이를 말한다는 것은 앞에서 지적한 바와 같다. 연대기적 사실의 나열과 문학적 서사 — 특히 소설로서 말하여지는 이야기의 차이도 이에 비슷하다고 할 수 있다. 프루스트의 소설에서 이야기되는 구체적인 체험 — 사물과 인물과 사건의 구체적인 체험이 이러한 소설적 이야기의 가장 두드러진 예라고 할 수 있다. 프루스트의 소설의 제목은 *À la recherche du temps perdu*인데, 영어 번역은 대체로 *Remembrance of Things Past*이다. 여기에서 'remembrance'는, 'memory'라는 기억으로 끌어낼 수 있는 비교적 건조한 과거의 사실에 비하여, 그것이 방금 말한 구체적인 체험으로서 되살려지는 추억이나 회상을 말한다. 이 추억은 대체로는 쉽게 되돌릴 수 없기 때문에 프루스트는 이것을, 쉽게 기억해 낼 수 있는 '수의 기억(memoire volontaire)'에 대하여 '불수의 기억(memoire involuntaire)'이라고 불렀다. 그것은 어렵사리 되찾아질 수 있을 뿐이다.(여기의 추억도 반드시 사실에 충실한 것이 아니라 예술적으로 변형된 것이라는 것은, 「스타바트 마테르」가 그러하듯이, 또 하나의 차이가 된다.)

공동체의 의례/뉴스의 세계

하여튼 이 외면적 사실과 내면적 체험, 추상과 구체, 의지와 비의지, 공적 자료와 사생활, 정보와 체험의 균열은 어떻게 하여 일어나는가? 이미 시사하였듯이, 그것은 시대적 산물이라는 답이 있다. 발터 벤야민은 보들레르를 논하는 글에서 이 균열을 설명하여, 그것이 불가피한 사물의 본질로 인한 것이 아니라 시대적인 사정으로 인한 것이라고 말한 바 있다. 프루스트적인 체험 또는 더 일반적으로 개인적인 이야기가 나타나는 것은 사람이 자신의 세계의 여러 사실들을 내면으로 흡수하지 못할 때이다. 그리하여 체험의 내용이 될 자료들이 '정보'가 되는 것이다. 신문은 정보 시대의 한 증상이다. 신문은 사실을 정보화하고 그것을 조장하는 역할을 한다. 신문의 본질은 바로 사람이 접하게 되는 사건들을 체험의 세계로부터 격리시킨다는 데에 있다.(이러한 벤야민의 생각에 덧붙여 정보는, 앞에서 이미 비친 바와 같이, 무반성적 자기방어 반응을 불러일으킨다. 또는 역으로 개인적 이해관계의 방어가 사실을 정보화한다.) "뉴스는 새로워야 하고 간략하고 읽기 쉬워야 하고, 무엇보다도 여러 뉴스 항목들 간에 연속성을 가질 필요가 없다.—이러한 대중 매체의 정보 원칙들" 그리고 신문 페이지의 구성이나 스타일 등이 사실의 체험으로부터의 소외를 조장한다. 이에 대하여, 벤야민의 생각에 따르면 사회적 기구로서의 서사나 공동체의 제례(祭禮)와 의식(儀式)은 사람의 개인적 체험과 공동체의 기억을 하나로 합침으로써 기억의 두 측면을 하나가 되게 하였다. 이러한 집단적 서사의 양식의 소멸과 함께 개체의 기억도 둘로 쪼개어지게 된 것이다.[1]

내면과 외면의 근원적 분리

벤야민의 설명은 이러한 것인데, 그것은 지금 말한 균열의 진실을 어느 정도 설명한다고 할 수 있지만, 완전히 설명한다고 할 수는 없다. 그의 설명은 한편으로는 전근대적인 공동체에 대한 낭만적 동경과 다른 한편으로는 마르크스주의자로서의 산업 사회에 대한 비판 의식의 소산으로서, 문제의 현상을 너무 간단하게 보는 것이지 않나 한다. 공동체의 관점의 확실성이 인간적 진실의 확실성을 보장할 수는 없다. 그것은 낭만적인 그리움의 대상이 되고 추구하여야 할 이상이 될 수는 있지만, 적어도 그것에 모든 것을 맡길 수는 없는 일이다.[2]

어떤 사회에서나 자아와 자아의 세계, 그 거리로 하여 불가피하게 되는 내적인 관점이 외적인 관점에 완전히 일치할 수는 없다. 그것이 참으로 일치할 수 있는 것이라면, 제일 간단히 말하여 원시 사회로부터 봉건 사회에 이르는 과정에서 살인, 잔인한 도살 행위나 형벌 등이 일어날 수가 없었을

---

1 Walter Benjamin, "On Some Motifs in Baudelaire", *Illuminations*, trans. by Harry Zohn(New York: Schocken Books, 1969), pp. 178~179.

2 이와 관련하여 — 간접적인 관련이기는 하지만 — 떠올리게 되는 것은 우리 사회에서 끊임이 없는 역사 논쟁이다. 이 논쟁은 상당 부분 역사에 하나의 진실이 있다는 전제하에서 일어난다. 그리하여 과거의 사실을 보는 데에는 여러 관점이 있고 관점의 차이에 따라서는 사실들이 다른 연쇄 속에 들어갈 수 있다는 것이 간과된다. 전근대 사회에서 공유하는 역사의 신화는 공동체를 유지하는 데에 중요한 역할을 하였다고 할 수 있다. 전부가 그런 것은 아니지만, 역사 논쟁이 드러내 주는 것은, 좋게 말하여 우리 사회가 아직도 보다 사실적인 근대적 합리성을 확립하지 못하였다는 것이 아닌가 한다. 그렇다고 근대적 합리성이 모든 문제에 대한 답이라는 말은 아니다. 그러나 공동체의 신화에 지나치게 의존하는 데에 따른 더 큰 문제는 그것이 인간적 고통의 많은 것을 보지 않게 한다는 것이다.

것이다. 가령 고대 중국의 발뒤꿈치를 도려내거나 뜨거운 물에 담가 죽이는 형별 또는 서양의 중세에 사형수의 심장을 도려내는 형벌과 같은 것이 쉽게 존재할 수가 없었을 것이다. 공동체가 모든 문제를 해결할 수 있는 것이라면, 위에서 말한 바와 같이, 서양의 중세에서 르네상스에 이르는 동안 체험을 되살리는 명상의 절차로서의 기억술은 필요한 것이 아니었을 것이다.

또 하나 주목할 수 있는 것은 되살려진 체험도 그것이 외면화될 때 너무 쉽게 다시 체험적 내용의 절실성을 상실하게 된다는 사실이다. 기독교에서 십자가의 길의 정지점은 쉽게 허식처럼 공허한 것이 된다. 앞에서 언급한 이블린 워의 소설의 등장인물에게 가톨릭의 교리문답은 간단히 학습할 수 있는 자료이다. 그뿐만 아니라 또 기독교에서만이 아니라, 종교의 깊은 진리가 간단한 동의와 암기의 대상이 되는 것은 너무나 쉽게 일어나는 일이다. 또 마르크스주의를 비롯하여 많은 이데올로기는 교리문답의 공식이 되어 버린다. 이것은 평상적 삶의 서사를 다루는 소설의 경우도 마찬가지이다. 고전적인 성취로서의 소설과 삶을 통속적 이야기로 재연(再演)하려는 실화(實話)의 차이도 이러한 퇴화의 용이함을 증거한다.(우리 사회에서 유행하는 이른바 스토리텔링도 삶의 상투화 통속화 현상의 한 표현이다.)

6. 삶의 사실화

언어와 진실의 현현

체험적 진실 그리고 그것을 통하여 되찾아지는 사실의 전체적인 맥락은 늘 새로운 표현으로 재생되어야 한다. 보다 일반적으로 말하여 사실은 언어 또는 일정한 형식으로 담아질 수 있는 것이 아니라 말하여질 수도 없는 어떤 것이다. 그러면서 말하여질 수 없는 것이 새로운 언어 표현에 담겨야 한다. 이때 말은 그것이 말하여질 수 없는 것으로부터 나타나 오는 것이라는 것을 암시할 수 있어야 한다. 이러한 현현(顯現)을 느낄 수 있게 하는 것이 최선의 시적 표현이지만, 진실된 언어에는 언제나 언어를 넘어가는 진실이 스며 있다고 할 수 있다.

삶의 사회적 사실화

그렇다고 체험적 언어 또는 체험적 진실의 재생이 어떤 경우에 있어서나 사실적 진술에 우선할 수는 없다. 동사무소에 보관되는 인사 관계 자료를 자서전으로 대체할 수는 없는 일이다. 사회 조직은 인간의 주체적 현실을 단순화한다. 사실화는 불가피하고 또 필요한 일이다. 이러한 전이는 개인으로도 필요한 일이고 또 일상적으로 일어나는 일이다. 사실화를 통하여 사회적 관계는 개인에게도 관리 가능한 것이 된다. 이것은 비개성적인 사회 기구와의 관계에서 특히 필요한 것이지만, 극히 개체적인 관계에서도 일어나는 일이다. 어떤 사회에서는 관직 등 사회적 직위가 사람을 알아보는 데 중요한 열쇠가 된다. 그러한 꼬리표가 없이는 사람으로 인정되지 않는 것도 흔히 볼 수 있는 일이다. 사회적 위계를 나타내는 증표는 인간적 소외가 심한 사회일수록 중요하다. 벼슬이 없이는, 또 오늘날에 있어서는 대중적 차원에서의 지명도가 없이는, 사람으로 인정이 되지 않는다. 이러한 점들은 인간적 현실을 왜곡한다. 이러한 왜곡은 어느 다른 사회에서보다 우리 사회에서 두드러진다.

그러나 보다 진정한 세계 구성에서도 추상화된 사회 조직이 아니라 개체적인 관계 — 말하자면 인간의 복잡성을 받아들이는 관계가 허용된다고 하여도 — 모든 것이 개체적 주체의 관점에서만 접근될 수는 없다. 사람이 가진 이름 자체가 사람을 사실화한다. 그것은 사회적 효용을 위해서 개체라는 복잡한 실상을 단순화한 것이다. 사람이라는 단순한 사실에 기초하여 사람을 존경으로 대하여야 한다는 것은 민주적 정치 체제 또는 인간적 사회 체제의 기본이다. 또는 사람이 어떻게 부모나 자식, 남편이나 아내 또는 친구의 내적인 세계를 완전히 알 수가 있겠는가? 알지 못하는 것이 비인간적인 결과를 낳을 수도 있지만, 완전히 알 수 있다고 하는 것도 불행의 원인이 될 수 있다.

개체적 삶의 사실화

자기 자신은 바르게 알 수 있다고 할 것인가? 자신의 경우에도 자신의 삶을 프루스트처럼 체험으로 재구성하려면, 일상적인 삶의 영위는 큰 어려움에 부딪치게 될 것이다. 삶을 사는 것은 삶을 일정한 모양으로 조직함으로써 가능해진다. 이것은 삶의 사실화를 요구한다. 하루를 살기 위해서는 하루의 일정(日程)을 가져야 한다. 일정은 삶의 복합적 현존을 단순화한다. 일정에서 제일 중요한 것은 생명을 유지하기 위한 작업을 수행하는 것이다. 밥을 먹고 일을 하고 잠을 자는 것은 그러한 일정을 말한다. 그러한 과정은 저절로 자신의 주변과 내면의 단순화를 요구한다. 여기에서 기준이 되는 것은 그에 필요한 일들의 사실적 요건들이다. 일의 수행은 일의 대상의 성격에 복종함으로써 가능해진다. 그것은 객관적 원리 — 사물의 물리적 법칙이든 작업의 협동에 필요한 사회적 기율(紀律)이든 객관적 원리에 따라서 행동할 것을 요구하는 것이다. 이때 자신의 체험적 내용은 간과되는 수밖에 없다. 다른 사람의 관점과 주체적 체험의 내용도 무시된다. 물론 이러한 관점에서 살아가야 하는 삶은 자기 소외와 인간적 소외의 삶이라고 할 수 있다.

여기에서 다시 필요해지는 것은 외면의 세계를 다시 자신의 일부로서 내면화하는 일이다. 이 내면화에 대한 인정과 그를 위한 노력은 다시 작업의 과정에 흡수되고 그것의 조직화에 변화를 가져올 수 있다. 이러한 과정이, 즉 노동에서의 주체와 객체가 작용과 반작용 속에서 충돌하면서 나아가는 과정이 어떻게 개체의 주체적 의식과 자아의 발전 과정 그리고 사회 전체에 있어서 알아볼 만한 역사 과정을 이루는가를 설명한 것이 헤겔의 변증법이다. 이것은 우리가 일상적 체험에서 관찰할 수 있는 일이기도 하다.

과학의 세계/사회 조직

이에 비슷하게 사람이 살고 있는 세계를 과학적으로 이해하고 설명하는 일도 우리의 체험의 사실적 단순화를 요구한다. 과학의 세계는 완전히 사실의 세계이다. 여기에서 사실과 사실을 연결하는 것은 논리이고 인과법칙이다. 출발점은 수행되어야 할 일—삶의 기술적 필요라고 할 수 있다. 일을 수행함에 있어 결정적인 것은 물질세계의 인과 법칙을 따르고, 물질세계 각 부분을 그에 따라서 하나의 연속 과정으로 구성하는 일이다. 그것은 그러니까 개체적 체험을 최소화하고 필수적인 것은 물질세계의 인과 법칙에 순응하는 것이다.(그러나 법칙의 구성, 그에 대한 순응의 현장은 개인이다.)

이러한 법칙적 관계 또는 법과 규범의 관계는 사회적 삶에서도 필요하다. 실용적 의미를 가진 일을 해내는 데에는 사회적 협동 또는 조직이 필요하다. 거기에도 인과 법칙과 논리가 작용한다. 물론 모든 사회 조직이 실용적 의미에서의 과학적인 법칙에 따르는 것은 아니다. 그러나 대체로 일정한 질서를 가져야 하는 것은 틀림이 없다. 구조주의 인류학이 밝히려는 것은 이러한 질서의 독자적인 존재이다. 그러나 근대화는—엄격한 의미에서 그러한 것은 아니지만—사회 조직 자체의 과학화를 요구한다. 사회 조직은 조금 더 인과율과 논리를 따르는 것일 수 있고, 그렇지 않은 것일 수도 있으나 물질세계와의 관계가 복잡하고 넓어짐에 따라, 또 그에 병행하여 사회 조직의 규모가 커짐에 따라, 사실과 논리의 중요성은 커지게 마련이다. 이것은 불가피하게 삶의 체험의 사실화를 요구한다.

7. 사적 영역의 등장과 그 극복

사회와 개인

그 한 결과는 물질과 사회가 보다 더 인격적인 존재로서의 인간—즉 주체적 체험의 인간으로부터 유리되어 있는 것이 된다는 것이다. 그리하여 최선의 경우에도 세계는 사회적 영역과 개체적 영역으로 쪼개어진다.(최선의 경우라는 것은, 다음에 설명하듯이 인간의 체험과 내면의 삶이 전적으로 사회화되어 개체가 그에 완전히 흡수되어 버리는 경우도 있기 때문이다. 그 경우 삶은 사회적으로 조직되는 일차원의 것이 된다. 최선의 경우란 그러한 극단을 피하여 최대한으로 인간의 개체로서의 필요를 참조한 사회 체제를 두고 하는 말이다.)

그 결과 인간의 사회적 소외감 그리고 더 나아가 세계로부터의 소외감은 커질 수밖에 없다. 그러면서 영역을 넘어 체험으로서의 세계의 회복이 절실한 요구가 된다.

사적 영역/개체의 위엄

그러나 공사(公私) 영역의 양분화가 반드시 부정적인 의미만을 갖는 것은 아니다. 거기에서 사적 영역이 대두한다. 그리고 분리된 영역 사이의 새로운 변증법이 시작된다. 사적 영역은 인간의 세계의 사실적 조직화의 부산물이고 그러니만큼 부정적인 의미를 갖는다. 역설은 그것이 새로운 요청이 되기도 한다는 것이다. 개인적 삶이 독자적인 위엄을 갖는다는 사실에 대한 사회적 인정은 그러한 요청의 한 표현이다. 이것은 공적 영역의 구성에서 새로운 요인이 된다. 민주주의는 이러한 사적 영역의 대두에 대한 사회적·정치적 응답이라고 할 수 있다. 그러나 그것이 무조건적인 사적 존재들의 집합을 말하는 것이라고 할 수는 없다. 사적 이익과 권리 또는 권익을 추구하는 사인(私人)들의 집합이 참으로 인간적인 공동체를 이룰 수는 없을 것이기 때문이다. 그러한 사인들에게 외부로부터의 제한을 어떻게 부과할 수 있는가 하는 것은 민주적인 정치 체제에서 해결하기 어려운 과제가 된다.

개체의 고독/내면의 심화

이상적으로는 일단 집단의 일체성과 개체적인 독립, 이 두 모순된 요청을 하나로 할 수 있는 인간 이념이 있다고 생각해 볼 수 있다. 개체적 인간은 주어진 그대로의 인간을 말한다고 할 수 있다. 그러면서도 그렇다고 인정하는 것 그리고 그것이 존중되어야 한다는 것 자체는 이미 사실성을 넘어 가치로 나아가는 일이다. 그 가치에 대한 인정이 없이는 사실을 인정하고 그것에 자리를 내주는 것이 가능하지 않을 것이다. 아무 값이 없는 것에 자리를 내줄 이유가 있는가? 흔히 쓰는 말로 개인적 삶은 그 나름의 위엄을 갖는다. 이러한 테제는 개체로서의 인간이 그 나름으로 가치를 갖는 존재이고, 그 가치는 다시 보다 큰 가치의 가능성을 갖는 것으로 설정한다. 그런데 개인의 위엄은 어디에 있는가? 그것은 밖에서 알아볼 수 있는 사물의 속성이 아니다. 위엄의 가치는 상당이 내면적인 성격의 것이라고 할 수밖에 없다. 그렇기 때문에 내면은 인간 존재의 새로운 차원이 되어 새로 탐색되고 구성되어야 할 대상이 된다.

개체와 보편성/자유의 공동체

이것은 물론 개체적 존재로서의 자족성과 동시에 고독을 심화한다. 그러나 이 심화가 바로 가능성을 연다. 심화는 주어진 한계를 벗어나는 인간성의 완성을 예상하게 하고, 궁극적으로 그것은 존재와 실존의 신비를 깨닫게 하는 과정이 될 수 있다. 이 과정을 통하여 개체적 인간은 다시 사회와 세계로 회귀한다. 개체적 내면성의 심화는 의식을 모든 인간과 사물을 포용할 수 있는 보편성으로 확대하는 것을 포함하기 때문이다. 인간은 어떤 경우에나 사회적 존재이고 세계 내의 존재라는 조건을 벗어날 수 없다. 그러나 이것은 개체가 그 심화 과정에서 이르게 되는 하나의 정착점이기도 하다. 여기에 필요한, 개체의 완성으로서의 보편성은 개인의 탄생 이전의 전체성과 같은 것은 아니다. 공동체는 자유를 넘어가는 사회적 의무에 순응할 것을 요구한다. 그러나 이 공동체의 전체성은 강제력이 아니라 자유에 기초한다. 그것이 구성하는 공동체는 자유의 공동체이다. 그렇다고 자유로운 인간 — 보편성에 이른 인간의 공동체라고 하여 '아름다운 영혼' 들의 공동체인 것은 아니다. 내면적 존재로서의 개체는 하나하나의 개체의 내면성의 심화를 넘어 모든 가능성으로서의 인간의 실존 자체이다. 따라서 이러한 심화의 사회 조직 내에서의 의미가 반드시 분명한 것은 아니다. 어떤 경우에나 내면적·주체적인 존재로서의 개체와 사회를 함께 수용하는 사회 조직이 어떤 것일는지는 분명하지 않다. 다만 말할 수 있는 것은 사회적 전체성을 생각하는 데에 있어서 이러한 요인들이 끊임없는 고려의 대상이 되어야 한다는 사실일 것이다.

과학의 인간적 심화 효과

앞에서 말한 바와 같이, 사회의 사실적 조직은 그 나름의 의미를 갖는다. 비슷하게 자연 세계의 사실적·논리적 조직화도 중요한 인간적 의미를 갖는다. 그러면서 두 의미가 같은 것은 아니다. 앞에서 말한 바와 같이 사실 중심의 삶은 일상적 필요와 사회적 필요의 강박에서 나온다. 결국 자연에 대한 인간의 태도의 기초에 있는 것도 자연적 존재로서의 인간의 필연성이다. 이미 비친 바와 같이, 과학을 움직이는 것은 일단 공리적 목적 — 인간이 그것에 가할 수 있는 작용, 상상 속에서 또는 실제적으로 가할 수 있는 작용이다. 그러면서도 자연에 대한 과학적 설명은 반드시 실용적인 의미를 갖는다고 할 수는 없다. 출발의 동기가 어찌 되었든, 과학의 연구는 그것을 넘어 그 시각을 무한소(無限小)와 무한대(無限大)로 넓혀 간다. 그리하여 자연 세계는 실용적 동기를 넘어 확대되어 독자성을 얻는다. 실용은 생활 세계의 주제이다. 우리의 세계가 무한한 것에로 확대될 때, 실용의 동기는 희석화될 수밖에 없다. 그리고 대신하는 것은 사람의 영혼에 내재하는 형이상학적 지향이다. 또는 무한대 또는 무한소의 세계에서 두 동기는 하나로 혼융된다고 할 수 있다.

그런데 그러한 공간적 요인이 없다 하여도 법칙이란 이미 무한을 연상하게 하는 개념이다. 법칙은 언제나 보편적이다. 그리고 보편성을 시사한다. 이것은 되돌아와 사람의 실용적 세계를 무한함에 비추어 볼 수 있게 한다. 사실 물리적 대상의 실용은 물리 법칙의 보편성에 편승하여 가능하고, 이 실용이 직접성을 잃을 때, 드러나게 되는 것은 법칙적 세계의 독자적 존재이다.(그러나 이 독자성이 출발의 주체적 동기를 완전히 벗어나는 것은 아니라고 할 수 있다. 이것은 지금의 상태에서 증명할 수는 없지만, 과학적으로 파악되는 물리적 세계가 반드시 있는 대로의 현상 또는 진상을 드러내 주는 것일 수 없다는 추론을 가능하게 한다.) 하여튼 어떤 방법론적 고안을 통해서든지 인간이 이르게 된 객관적·물리적 세계는 다시 인간의 주체적 의식으로 되돌아온다. 그때 그것은 사람의 체험의 세계를 넓히는 결과를 가져온다. 이렇게 깊어지고 넓어지는 체험의 세계는 심미적 정서와 기율을 아울러 가진 보다 높은 경계(境界)를 보여 줄 수 있다.

거대 사회 조직의 비인간성

그러나 자연과 사회의 사실적 확대 또 법칙화는 서로 다른 성격을 갖는다. 자연의 경우나 마찬가지로 사회의 사실적 조직은 인간의 사회에 대한 이해를 보다 넓은 것이 되게 할 수 있다. 그러나 사람과 사람의 관계는 근본적으로 개체적인 상호 관계 속에서만 인간적 의미로서 존재한다. 거대한 사회 조직은, 어떤 종류의 권력 지향의 인간의 경우를 제외하고는, 소외감을 키우고 또 비인간적 상호 작용을 조장할 수 있다. 확대되는 인간 조직의 비인간화를 억제하는 방법을 찾는 것은 개인적으로도 그러하지만, 사회적으로도 중요한 과제라고 아니 할 수 없다. 중요한 것은 확대되어 가는 인간 조직 속에서 개체와 인간적 범위의 인간관계를 유지하도록 노력하는 일이다. 구체적으로 이것이 어떻게 가능한지는 새로 연구되어야 할 것이다. 특히 사회가 지역을 넘어 하나가 되고 세계화 속으로 편입될 때, 이것은 인간의 집단적 삶에서 가장 중요한 과제의 하나라고 할 것이다.

세계화와 인간/구체적 공동체

그러나 이것이 필요하다는 것은 세계화가 반드시 전체적 체제의 강화를 의미하기 때문만은 아니다. 개체의 보편성에로의 신장(伸張)은 개체를 사회의 구속으로부터 해방하는 기능을 갖는다. 마찬가지로 세계화는 개체로 하여금 좁은 지역적 한계를 넘어가는 존재가 되게 한다. 결국 실존적 범주로서의 보편성의 진화 그리고 인간적 관계망의 세계화는 개체를 관습적 사회 조직의 사실 경계로 한정하기가 어렵게 한다고 하겠다. 그러나 그러한 해방은 의식의 해방을 수반하여야 한다. 개념적·사실적 테두리의 확대는 개체의 해방에 도움이 될 수 있다. 이 점을 생각할 때, 앞에 말한 지역 사회의 구성은 폐쇄적인 공동체의 공간을 만든다는 것이 아니다. 문제는 이러한 거대한 범주 안에서 구체적인 삶의 구역을 어떻게 분명히 하느냐 하는 것이다.

사람은 열린 상태를 갈망하면서도 구체적인 테두리 안에서의 삶 — 물리적으로, 자연환경으로, 인간관계에서, 또 심미적으로 일정 수의 항목과 그 체제 속에서 사는 삶이라야 편안한 마음으로 살 수 있는 존재이다. 낭만적으로 말하여, 고향은 늘 사람들의 그리움의 대상이다. 그것은 개체의 시

공간과 인간적 관계망을 구체적으로, 물리적으로 포용하는 것으로 생각되기 때문이다. 그러나 그것은 향수(Heimweh)를 불러일으키지만, 동시에 사람의 다른 심리적 견인력이 되는 먼 곳에 대한 그리움(Fernweh)으로 하여, 그리고 세계화가 만들어 내는 현실적 힘의 벡터로 하여, 많은 사람에게 고향에 사는 것은 불가능한 일이 되었다. 그리하여 여러 심리적·사실적 요인들을 포용하면서 고향과 같은 유연하면서도 구체적인 사회 조직을 어떻게 창조해 내느냐 하는 것이 세계화 속의 인간이 깊이 생각하지 않을 수 없는 과제가 되는 것이다.

8. 예술적 승화

개체와 보편성의 출현

이러한 문제들은 공적 영역과 사적 영역 그리고 거기에 대응하여 외면적 사실과 내면의 체험의 대조로 다시 환원하여 말할 수 있다. 다시 강조하지 않을 수 없는 사실은 이러한 것들이 확연히 구분되는 것은 아니라는 것이다. 조금 전에 말한 것을 다시 말하면, 어떤 사회 공동체의 성원으로서의 개체는 그를 한정하는 사회의 테두리를 넘어갈 때 하나의 개체가 되는데, 그것은 고독한 존재가 된다는 것을 말하면서 동시에 큰 인간 공동체에 속하는 자가 되고 다시 보편적 의미에서의 인간 존재로 — 생물학적으로, 정신적으로 또는 존재론적으로 인간이라는 아이디어로 파악될 수 있는 존재가 된다는 것을 말한다. 여러 다양한 사회와 제도 속에 있는 인간에게 인권이라는, 말하자면 보편적 인간의 권리가 있다는 생각도 이러한 역설적 현상을 나타낸다. 인권의 이념을 확대하면, 보편적 존재로서의 개체를 인정함으로써 특정한 집단의 테두리는 절대적인 것에서 상대적인 것으로, 경험적인 것으로 바뀌고 조금 달리 생각하여야 하는 것이 되고, 이때에 개체 또는 개인은 보편적 인간 개념의 담지자로서 사회적 집단을 해체하는 역할을 한다.

그러기 때문에 개체의 내면세계도 완전히 폐쇄된 개체의 영역을 말하는 것은 아니다. 그것은 누누이 말한 바와 같이, 보편에의 길이 트이는 영역이기도 하다. 이 사실은 매우 깊은 의미를 갖는다. 쉬운 예로써 말하여도, 프루스트가 『잃어버린 시간을 찾아서』에서 시도한 것이 완전히 폐쇄된 사적인 영역의 사적인 체험을 실토하는 것이라면, 그것이 어떻게 독자에게, 그와는 관계가 없는 타자인 독자에게 의미 있는 것이 되겠는가? 이것은 문학 작품에 일반적으로 해당된다. 또는 더 낮은 차원에서, 개체의 체험 세계가 완전히 폐쇄적인 것이라면, 남의 이야기를 듣고 그것을 이해하고 공감하는 것도 불가능한 일이 될 것이다.

공감이 가능한 것은 체험의 세계가 개인의 것이면서도 보편적인 것이기 때문이다. 인간의 진실 — 그러니까 보편적으로 동의할 수 있는 근본은 간추린 이력서가 아니라 마음으로 또는 온몸으로 체험한 삶이다. 그 삶이 진실을 나타낸다. 사실적 단순화는 일시적 방편에 불과하다. 그리하여 체험의 진실은 단순화된 사실의 진실을 공허한 것이 되게 한다. 그것이 개인적으로 삶의 현실이라는 것은 쉽게 시인할 수 있지만, 새삼스럽게 확인하게 되는 것은 그것이 인간의 보편적 현실이기도 하다는 것이다. 그럼으로써 체험적 차원에서의 소통이 가능하고, 그것이 참으로 우리 마음에 충족감을 줄 경우가 많은 것이다.

체험과 예술/구체적 전체

다만 이렇게 말하면서 주의하게 되는 것은 실제의 체험과 문학 작품이 재현하는 체험의 차이이다. 이것들의 체험적 내용의 차이는 앞에서 '십자가의 길'을 말하면서 일단 논의한 것이다. 그것은 체험을 살려 내는 데에 사실의 구체적 연출이 필요하다는 것을 말한 것이지만, 일반적으로 인간의 삶에 있어서 예술이 하는 것도 이에 비슷한 것이라는 것도 이미 지적하였다. 또 우리는 앞에서 체험과 사실 그리고 정보의 차이를 논하면서, 그런 차이가 생겨나고 인간의 삶이 그 일체성을 잃어버린 것은 공동체의 삶 그리고 그 삶에서의 의례(儀禮)가 사라진 것과 관계가 있다고 한 벤야민의 생각에 대해 언급하였다. 그리고 이것은 조금은 지나치게 단순한 관찰이라는 말을 하였다. 그렇기는 하나 예술이 사람의 삶의 체험적 내용의 보존과 재연에 기여한다는 벤야민의 관찰은 맞다고 할 것이다. 예술이 적어도 개체적인 차원에서는 체험을 승화하는 효과를 갖는다는 것은 널리 인정되어 있는 사실이다. 다시 이것을 확인하고 그것을 보다 넓은 차원에서 생각해 보기로 한다.

이야기와 이야기의 사실들

다시 말하여 예술 작품에 재현되는 체험은 아무리 실감이 나더라도 그것이 있는 그대로의 체험을 말하는 것은 아니다. 문학의 경우 체험은 문학적 상상력에 의한 재구성이다. 재구성이란 말은 일정한 모양을 갖추고 앞뒤가 맞는 이야기가 된다는 것이다. 중요한 것은 이것이 만들어 내는 전체성이다. 그 일단의 조건은 부분과 부분의 연결이다. 그러나 여기의 부분은 추상화된 부분이 아니라 구체적인 사물들이 모여 전체를 이루는 것이다. 그것은 단순히 집합으로서의 전체가 아니다. 구체적인 사항들이 전체에 들어가는 것은 그것에 의하여 삼투된다는 것을 말한다. 전체는 반드시 구체를 넘어서 별개로 존재하지 않는다. 가장 대표적으로 전체를 나타내는 것은 이야기이다. 그것은 물리적 세계의 법칙적 세계 ― 사실들이 알고리즘 속에서만 정당성을 갖는 물리적 세계의 전체와는 별개의 전체성이다.(물리학적 인과율과 심미적 형상의 전체성은 유사하면서 다른 것인데, 이 둘 관계는 심각한 성찰이 필요한 주제이다.)

이야기는 구체적인 계기들을 떠나서 존재하지 않는다. 동시에 이야기는 구체적인 것들을 단순화한다. 그러나 근대, 현대 소설이 성취하는 것은 이 단순화를 최소의 것이 되게 하면서도 이야기를 구성해 낸다는 것이다. 프루스트의 잃어버린 시간을 찾으려는 이야기에서 있어서 마들렌이라는 과자의 역할은 이제 유명한 이야기가 되었다. 그것의 구체적인 실체가 과거를 불러일으킨다. 즉 사물을 마주하고 앉아 있는 순간에 삼투되어 있는 삶의 체험을 다시 살릴 수 있게 한다. 어떤 경우에나 추억은 구체적인 이미지와 더불어 되살아난다. 그리고 프루스트의 소설에서처럼 철학적이고 심리학적인 사변들이 거기에 끼어들게 된다. 문학으로서의 이야기는 엄격한 것은 아닐망정 이러한 것들을 전체적인 서사 속에 마무리한다. 이러한 전체성을 생각하면, 체험 세계는 사실 현장에서 체험되는 것이면서도 회고 속에서만—특정한 예술적 능력을 통하여 재구성되는 회고 속에서만 실재한다.

형식, 시각, 공간, 시간

재구성된다는 것은, 다시 말하여 구체적인 세부들이 선택적으로만 전체로 합쳐진다는 것을 말한다. 전체가 구체의 선택을 통제하는 것이다. 이 통제에 작용하는 것은 어떤 일반적인 명제라기보다는(이데올로기적 통제가 있을 수는 있지만) 형식적 그리고 논리적 질서이다. 물론 그것은 직접적으로 주어진다고 할 수 있는 감각에 드러나는 형식과 논리이다. 그것이 심미적 느낌을 자극한다. 이것은 예술의 여러 형태에서 다른 모습 그리고 다른 역점을 가지고 드러난다.

형식이란, 이미 앞에서 지적했던 것이지만, 시각적인 조감(鳥瞰)의 가능성에서 가장 직접적으로 또 가장 기본적으로 드러난다. 형식은 혼란의 감각 체험에 일정한 질서를 부여한다. 그렇다고 그 형식이 지나치게 단순하게 경직된 것이거나 상투적인 것이어서는 아니 된다. 예술의 형식은 삶을 초월하면서도 삶의 자발성을 억제하는 것이 아니라 자극하는 것이라야 한다. 사람은 공간 속에 산다. 그 공간은 알아볼 수 있는 것이라야 한다. 결국 그것은 생물학적인 관점에서의 삶의 필요라고 할 수 있기 때문에 생명을 촉진하는 역할을 할 수 있어야 한다. 그리하여 공간의 양식은 처음부터 그것에 모순되는 계기를 포함한다고 할 수 있다. 그러니까 다시 말하건대 인간의 원초적인 공간 체험을 이해할 만한 것으로 바꾸어 주는 것이 예술의 양식화이다.

그런데 지금까지 말한 것은 시각 예술에 주로 해당하는 것이라 할 것으로 생각된다. 소설과 같은 서사 장르에서 그럴싸한 의미를 만들어 내는 데 가장 중요한 역할을 하는 것은 이야기의 줄거리이다. 줄거리는 우리가 흔히 체험하는 또는 체험한다고 생각하는 사실과 사건의 이어짐에 그 뿌리를 가지고 있다고 할 수 있다. 그러니까 인과 관계, 동기 관계 그것이 구성하는 상황의 자발적인 전개 등이 여기에 관련되어 있다. 그것은, 간단한 의미로 그렇게 말할 수는 없지만, 사건들의 논리에 이어짐으로써 설득력을 얻게 되는 사실들의 구성이다. 서사의 형식은 공간의 조감에 해당한다. 그것은 공간과 시간 두 차원에 걸쳐 살면서 그 혼란에 대응하려는 인간적 노력이라고 할 수 있다. 여기에 대하여 음악은 앞에서 말한 바 있듯이 순수한 시간적 형식이라고 할 수 있다. 그러나 리듬이나 되풀이 또는 시작과 전개와 끝의 요인 등을 생각하면, 음악도 완전히 공간을 벗어날 수는 없다고 할 수 있다.

음악의 질서

그럼에도 불구하고 음악이 시간의 형식화인 것은 틀림이 없다. 이것을 되풀이하여 말하는 것은 그러니만큼 그것은 순수하다는 것을 상기하자는 것이다. 공간이나 시간은 예로부터 사람이 분명하게 감지하거나 이해하기 어려운 삶과 존재의 차원들이다. 그중에도 알기 어려운 것이 시간이다. 간단히 말하여도 공간은 "이것이 공간이다."라고 가리킬 수 있는 것으로 말할 수 있지만, 시간은 그러한 것을 예시하기가 퍽 어려운 존재의 차원이다. 음악도 물론 순수한 시간의 형식화일 수 없다. 음악의 감각적 질료는 소리이다. 예술에 불가결한 감각적 요소를 대표하는 것이 소리인데, 소리는 물질적 세계에서 가장 먼 감각 질료이다. 그런 데다가 음악의 소리는 사실 소리가 아니라 일정한 합리성 속에 조율되어 있는 음(音)이다. 그리하여 그것은 당초부터 형식과 분리될 수 없는 감각 질료이다. 그리하여 그것은 그 자체로써 지상의 물질의 무게가 아니라 천상의 가벼움, 그것의 초경험적 질서를 시사할 수 있다. 문학에서도 시(詩)는 이러한 소리, 사람의 말이 가질 수 있는 소리와 소리의 규칙적 되풀이와 장단을 차용함으로써 단순한 표의를 넘어가는 지속과 초월성을 획득한다.

형상의 세계

예술의 형식성은 삶의 체험을 보존하면서 그것을 더 높은 차원으로 지양한다. 이것이 개인적으로 의미 있는 일인 것은 틀림이 없다고 하겠으나, 예술에 지양되는 체험은 정형적인 것이 됨으로써 체험의 순수 지속을 넘어간다. 체험이 초개인적인 차원으로 옮겨 가는 것이다. 그렇게 함으로써, 개인과 개인의 폐쇄를 넘어, 개인적인 체험으로 남아 있을 수 있다. 이렇게 볼 때, 그것이 사회적인 의미를 갖는 것은 분명하다. 그러나 그것이 공동체의 의례에 국한되는 것은 아니다. 개인의 체험을 담고 있는 예술이, 그 배경에 존재하는 형식의 플라톤적 성격으로 하여, 어떻게 사회적인 의미를 갖게 되는가는 더 깊이 생각해 보아야 할 과제일 것이다. 형상의 세계는 어디에 있는가? 그것은 어떻게 사회 공간에 이어지는가? 그것을 떠나서 개인은 개인으로서 존재할 수 있는가?

체념의 조형

이것은 다른 자리에서 논한 일이 있는 것이지만, 다시 한 번 되풀이하여 생각해 본다. 릴케의 시에 공간의 두 모습 — 외면 공간과 내면 공간을 이야기한 것이 있다.(이 시는 서두의 에피그라프에도 인용하였다. 원시의 처음은 다음과 같이 시작한다. "Durch den sich Vögel werfen……")

새들이 날아가는 공간은 그 모습 뚜렷한,
그대가 믿고 있는 공간이 아니다.
(저 열린 공간에서 그대는 부정되고
돌아올 길이 없이 스러지고 말리라.)

공간은 우리에게서 뻗어 사물로 건너간다.
나무의 있음을 확실히 하도록, 그를 둘러
그대 안 본유의 공간에서 내면 공간을 던지라.
나무를 경계로 두르라. 나무는 스스로에
금을 긋지 않으니. 그대의 체념의 조형(造形)에서
비로소 사실에 있는 나무가 되리니.

동물은 형태 없는 공간에 존재한다. 이에 대하여 인간은 스스로 인지하는 공간에 존재한다. 칸트식으로 말하여 공간은 인간에게 인식의 직관 형식이다. 그 형식에 의지하지 않고는 인간에게 모든 사물은 정의할 수 없는 어떤 것이다. 의식의 밑에 공간이 있어서 사물은 일정한 모양으로 존재하는 것일 수 있다. 나무는 이 내면 공간에서 뚜렷한 모습을 드러낸다. 이 공간은 동시에 외면의 공간이다. 그렇지 않다면 우리가 객관적인 사물로 인정하는 나무는 나의 환상에 불과할 것이다. 이러한 공간의 모순에 축이 되는 것이 인간의 자기 체념이다. 극기(克己)와 자기 체념이 없이는 객관적 사물의 바른 인지는 존재할 수 없다.

이러한 작용은 역설적으로 자신의 내면에 뿌리를 내리고 있는 체험의 경우에도 마찬가지이다. 혼란스러운 경험으로부터 냉연(冷然)한 거리를 두지 않고는 경험의 모습을 제대로 인지할 수 있는가? 예술가로서의 규율에 철저함이 없이 잃어버린 시간을 알아볼 수 있는 모습으로 재구성할 수 있는가? 또는 경험은 처음으로 구상력의 기율을 통해서 그 모습을 드러내는 것이기 때문에, 다시 말하여 경험을 재구성이 아니라 구성할 수 있는가? 체험을 이야기한다는 것은, 대체로는 전혀 앞뒤가 맞지 않는 횡설수설이 되거나, 앞에서 말한 대로, 통상적인 실화(實話)의 상투적 이야기체를 빌려, 그것을 거푸집으로 하여 자신의 이야기를 찍어 내는 것이다. 형상이 있어서 비로소 이야기는 진정한 이야기가 된다. 그리고 그 이야기는 최대한으로 사물과 사건을 있는 대로 조명할 수 있다.

이 형상은 어디에서 오는가? 그것은 경험을 넘어가는 어떤 다른 세계에서 오는 것인지 모른다. 그것은 형상이면서, 늘 새롭다. 그것은 상상되는 세부에서 발견되는 형상이다. 이 형상의 모태가 되는 것은 심화된 의식의 내면이다. 이 내면은 형상이 열리게 되는 바탕이다. 말하자면 글씨가 쓰이고 그림이 펼쳐지는 캔버스이다. 그러나 그것은 완전히 정지되어 있는 캔버스가 아니다. 그것은 형상을 만들어 내는 창조의 모태이다. 그것이 사람의 새로운 체험을 인지하고 재현할 수 있게 한다.(문학에 있어서의 체험의 재구성은, 기율 없는 그러면서 세속의 상투적인 틀에 찍어 낸, 자기의 잡스러운 이야기 — 오늘날 유행하는 이른바 '이야기'는 아니다.)

개인적 이해 그리고 자기 존재의 과시를 비워 낸 체념의 내면 공간은 어디에서 오는가? 말할 수 있는 것은 스스로를 체념한 그 바탕 위에서 체험의 진실은 물론 예술과 과학의 객관적 인식 그리고 사회적 질서에 대한 인지 — 이러한 것들이 가능해진다는 것이다. 형상은 그 위에 쓰이는 판독 가능한 글씨와 같다. 내면으로 내려가면서 동시에 밖으로 열리게 하는 정신 작용이 미학에서 말해 온 관조(觀照)는 이런 작용의 한 단초를 말한 것이라 할 수 있다.

2. 체험의 심화와 존재의 느낌

1. 체험과 진실

삶의 부조리/외면적 사실과 내면적 체험

그러나 이러한 심화된 내면은 보통의 삶에서 쉽게 발견할 수 없는 것이 아닌지 모른다. 그리하여 사람의 삶의 내용이 되는 것이 체험이라고 하더라도, 그 위치는 늘 허약하다. 이것은 깊은 의미에서의 체험의 경우에도 그러하고 통상적인 의미에서의 체험에서도 그러하다. 이것이 보통의 삶에서 의미하는 바를 다시 생각해 본다.

되풀이하건대 삶은 체험보다는 사실로 이루어진다. 그리고 체험의 복구 작업은 언제나 쉽지 않은 일이다. 틀림이 없는 것은 언제나 잃어지고 어렵사리 되찾아지는 것이 시간이라는 것이다. 예술은 이 체험의 덧없음을 극복하려는 허무한 인간적 작업일 뿐이다. 예술적 개입 이전에도 인간의 체험과의 불확실한 관계는 이 세계에 존재하는 방식이고 — 섭섭하지만 어떻게 할 수 없는 관계이다. 인간은 사실과 체험의 사이에 존재한다. 그리고 그 어느 하나에도 안주하지 못한다. 그것은 인간의 삶의 실존적 구조이다. 그것을 조건 짓는 것은 압도적으로 물질적이고 사회적인 조건이다. 그것은 경험의 주관적 재처리 공정에서 얻어지는 체험에 근본적인 제한을 가한다. 이러한 사실은 체험화의 매체가 되는 문학 작품의 서사에서도 쉽게 확인할 수 있다.

인간 실존의 부조리는 카뮈의 문학 작품에서 일관된 삶의 원리라고 한다. 그러나 서사하는 그의 묘사 자체가(사실 다른 문학 작품들도 그러하지만) 삶이 모순에 찬 것이라는 것을 드러낸다. 작품이 어떤 것이든지 간에, 사실과 체험의 불균형 그리고 그것들의 교차와 혼재는 삶의 현실이다. 『이방인』의 첫 문장은 "오늘 어머니가 죽었다."이다. 이것은 그 매정한 어조로 하여 유명한 시작이 되었다. 그러나 그 시작이 좋다거나 카뮈의 대표적인 스타일을 보여 주기 때문이 아니라, 우리가 일상생활을 어떻게 영위하는가 또는 그것을 어떻게 정리하여 마음에 지니는가를 예시하기 위하여 그 첫 부분을 조금 긴 대로 인용하여 본다.

> 오늘 어머니가 죽었다. 어쩌면 어제인지도 모른다. 양로원에서 온 전보에는, "모친 사망, 내일 장례, 근조"라고만 쓰여 있었다. 정확한 내용이 없다. 어제였는지 모른다. 양로원은 알제에서 80킬로이다. 두 시에 버스를 타면, 오후 안으로 도착할 것이다. 밤샘이 있을 테니까 내일 저녁에는 돌아올 수 있을 것이다. 사장한테는 이틀 휴가를 신청했다. 사정이 그러니 휴가 신청을 거절할 수는 없었겠지만, 허가하면서 사장은 심기가 편한 것 같지 않았다. 나는 "죄송합니다, 어쩔 수가 없네요."라고 말했다. 나중에 생각해 보니 그렇게 말할 것이 아니었다. 사장이 응당 조의를 표했어야 하는 것이 아닌가. 내가 돌아온 다음에 내일모레 상복을 입고 있는 것을 보면, 그럴지는 모르겠다. 지금으로는 어머니가 아직 돌아가시지 않은 것과 다름이 없다. 장례를 지내고 보면 실감이 날 것이다. 공적으로 인증이 되는 것일 터이니까.
>
> 나는 2시 버스를 탔다. 덥기 짝이 없는 오후였다. 점심은 셀레스트 식당에

서 먹었다. ……

소설 전체의 분위기가 그러한 것이라서 그렇다고 하겠지만, 위의 서두만으로는 소설의 주인공 뫼르소가 특히 냉정한 인간이라고 하는 것은 성급한 판단일 수 있다. 냉정하다고 한다면, 그것은 그의 삶의 사실적 테두리가 그럴 수밖에 없기 때문일 것이다. 어머니는 멀리서 살고 계셨다. 그보다 중요한 것은 어머니의 죽음을 처리하는 데 필요한 사실적 절차이다. 장례에 가기 위해서는 허가를 받아야 한다. 버스 사정도 생각하여야 한다. 이런 것들을 고려하면서 그에 알맞은 휴가도 받아야 한다. 그리고 물론 밥도 먹고 일상적 생존도 유지하여야 한다. 그리하여 어머니의 사망 통지 이후에 급한 일은 죽음의 사실을 직면하고 그것을 처리하는 데 필요한 여러 사회적인 절차와 물리적인 여건을 돌아보고 행동 방안을 생각하는 일이다. 이러한 것들은 어머니의 죽음을 슬퍼한다거나 그 의미를 생각할 마음의 여유를 주지 않는다.

물론 어머니의 죽음은 주체의 관점에서 그리고 그것을 나누어 갖는 주체적 체험의 관점에서 중요한 의미를 갖는다. 그러면서 그것은 사실이다. 이 사실은, 우리와 상관없는 생물체의 죽음, 가령 식료품이 되는 동물의 죽음처럼 매우 간단한 사실일 수도 있다.(사람의 경우에도 전쟁에서 총에 맞아 죽는 적군이나 테러리즘 또는 다른 살인의 대상자의 경우, 죽음은 비슷한 의미를 갖는다고 할 수 있다. 별다른 이유가 없이 뫼르소가 쏘아 죽인 아랍인의 경우도 마찬가지이다.) 그러나 귀중하게 생각하여서 마땅한 목숨의 존재가 사라지고 그것을 여러 각도에서의 주체적인 체험으로 취하는 경우에도 불가피한 것은 죽음을 처리하는 사실적 절차이다. 대부분의 사회는 죽음의 주체적 의미를 되새기고 그 사실적 처리를 순조롭게 하려는 절차를 가지고 있다. 그 절차의 중심에 그것을 하나의 사회적 연출로 — 즉 의미를 가진 행동으로 분절화한 장례의 의식(儀式) 또는 의례(儀禮)가 있다.

사실 논리와 윤리 규범

그러나 이러한 의식은 개인의 일을 사회에 수용하는 방식의 한 부분일 뿐이다.(의식을 윤리적 규범에 일치하게 한 것을 의례라고 할 수 있다. 뫼르소의 사회에서 중요한 것은 의례보다 의례에서 예의가 약화된 의식(儀式)이다.) 앞에 인용한 부분은 현대 사회에서 사회적 삶의 여러 테두리를 넘겨볼 수 있게 한다. 장례에 참석하기 위해서 뫼르소는 휴가를 받아야 한다. 그의 사회관계를 규제하는 것은 반드시 서로 맞아 들어가는 것이 아닌 두 가지의 행동 원리이다. 휴가의 절차는 사람의 삶을 현실화하는 매체가 되는 사회적 규제의 일부이다. 뫼르소가 장례를 위하여 휴가를 받고자 할 때, 휴가를 허가하고 허가하지 않는 것은 사장의 권한이다. 따라서 그것은 회사의 사정과 사장의 의사로 결정될 수 있다. 그러나 그것은 전체적으로 사회적 관습 또는 규범의 통제하에 있다. 이에 따르면 허가는 당연히 주어야 하는 것이고 또 사장은 그것을 못마땅하게 생각할 것이 아니라 그에 대하여 조의를 표하여야 한다. 사장의 허가는 이 두 가지 규범의 갈등 속에서 주어지고 그것은 뫼르소의 마음에 착잡한 반응을 일으킨다. 아마 한국에서라면, 회사의 사정을 넘어서 조의를 표해야 한다는 사회적 규범이 더 강하게 작용하여야겠지만, 카뮈가 사는 세계는 그보다는 더 사물 중심의 사회 조직이 일반화된 세계로 — 더욱 근대화된 세계로 편성되어 있는 것일 것이다. 그렇기는 하나, 뫼르소에게 휴가를 주는 사장도 그의 어머니의 죽음을 무시할 수는 없다. 그것을 무시하는 것은 인간의 기본적인 삶의 규범을 깨트리는 일이다.

벤야민은, 앞에서 언급한 바와 같이, 공동체적 의식의 붕괴는 체험의 정보화를 가져온다고 생각한다. 정보는 체험적 내용의 사실화의 한 결과이다. 그렇다는 것은 그것이 주체의 내면성으로부터 유리된 사실 사항들이란 말이다.(그러면서도, 앞에서 말한 바와 같이, 그것은 삶의 영위에 있어서 그 나름의 쓸모를 갖는다.) 뫼르소가 근무하는 회사의 사장에게 — 반드시 완전히 그러한 것이라고 할 수는 없지만 — 그의 어머니의 죽음은 하나의 정보에 불과하다. 뫼르소에게도 그것은 정보에 가깝다. 전보(電報)라는 것 자체가 어머니의 죽음이 정보로 단순화되었음을 말한다. 그것은, 앞의 텍스트에 시사되어 있는 바로는, 현장에서 구체적 사건이 될 것으로 짐작할 수 있다. 그러나 사건의 전개를 보면, 현장도 반드시 사건의 구체성과 그 내면적 의미 또는 인간적 의미를 회복해 주지 못한다. 인간 현실의 정보화는 벤야민에 의하면, 앞에서 말한 바와 같이, 공동체적 의례의 붕괴로 인한 것이라고 한다. 여기에서 중요한 것은 정보화 자체보다도 그 배경이 되는 의례의 붕괴이다.

감정과 의례

공동체의 의례는 개인의 체험을 사회 속으로 지양하는 방식이다. 그것은 주체적인 체험을 사회가 인정하는 행동적 공연으로 표현한다. 강한 주체적 의미의 체험은 주로 감정의 강화로 전달된다. 그것이 외적 표현을 필요로 하는 것은 반드시 마음에 쌓이는 감정을 쏟아야 할 강박이 있기 때문이 아니다. 체험은 표현을 통하여 객관적 실체성을 얻는다. 표현의 객관성은 주로 그 형식적 성격으로 인한 것이다. 물론 거기에는 외적인 사물과 사건이 들어 있다. 그러나 이것은 전체성 내에 자리함으로써 그 모습을 드러낸다. 사물이나 행동에 전체성을 부여하는 것은 앞과 뒤 그리고 부분과 부분을 통합하는 양식화이다. 이렇게 연출되는 사건 그리고 그것을 체험으로서 나타나게 하는 감정의 공연은 사회적 관습으로 고정되어 거의 물질적 세계의 무게를 획득한다. 의식(儀式)의 의미를 이해하는 데에는 그 작용이 반대 방향으로 움직이는 것에도 주의하는 것이 필요하다. 거꾸로 말하면, 사람은 사회적으로 인정된 양식화를 통하여, 어떤 사건의 체험적 내용에 접할 수 있게 된다고 할 수 있다.

더 간단하게, 사건 연출의 사회적 양식화로서의 의식은 그에 관계된 감정을 보존하고, 의식 참여자는 의식을 통하여 감정을 경험함으로써 어떤 사건의 내적 의의를 직감 내지 직관하게 된다. 이것은 의식의 연출에서 일상적으로도 볼 수 있는 일이다. 우리는 추도식과 같은 데에서 식전(式典)이 진행됨에 따라서 눈물을 흘리게 되는 것을 본다. 체험과 관련하여 환기된 감정이 일단 잠잠하여졌다가도 의식(儀式) 행위가 시작되면서 다시 감정이 고양되는 것이다. 가족의 죽음과 관련하여 이러한 것을 양식화한 것이, 앞에서 비쳤듯이, 우리의 상례(喪禮)에서의 곡(哭)과 같은 절차이다.

요약하여 의례는 체험으로서의 사실 그리고 그에 대한 인간적 인식의 기능으로서의 감정을 유지하는 수단이 된다. 물론 중요한 다른 사회적 기능이 없다는 것은 아니다. 여기에서는 주로 개인적 체험의 공적 표현이라는 관점에서 이 문제를 생각할 때 그러하다는 것일 뿐이다.(의식은 앞에서 논의했던 음악이나 다른 예술의 형식화에 비슷하다. 물론 그것은 조금 더 현실 사건에 가깝다. 그리고 주목할 수 있는 것은 그것이 음악과 같은 예술의 완전한 형식성에는 이르지 못한다는 점이다. 그러니만큼 그것은 초월적 차원보다도 사회적 차원에 남아 있는 형식화이다. 이 사회적 차원은 이미 합리와에 의하여 사실 중심으로 조직된 사회로 표현된다. 그리하여 의식은 간소화되어 있다.)

의례의 간소화 그리고 그 과장

다시 『이방인』으로 돌아가, 뫼르소가 참가하는 장례는 — 또는 여기에서 주안이 되는 것은 무엇보다도 매장이기 때문에 보다 정확히 말하여, 시신의 매장 절차는, 극단적으로 최소화되어 있다. 버스와 도보로 어머니가 사시던 양로원에 도착한 뫼르소는 수위와 관리인을 만나고 그 안내를 받아 시체를 안치한 지하실로 간다. 어머니의 시신은 이미 관에 들어 있고, 뫼르소는 관 뚜껑을 열어 어머니를 보겠느냐는 관리인의 물음에도 불구하고 어머니의 시신을 직접 보지 않는다. 또 한 번의 기회가 있지만, 그때도 그는 어머니의 시신을 보지 않고 만다. 이것은 흔히 그의 무정함의 증표로 말하여지지만, 사실 장례 절차 전체가 극히 간소화되어 있고 냉랭하다. 뫼르소의 태도는 이 냉정해진 절차의 일부이다. 그렇다고 감정이 유발될 만한 의식(儀式)이 전혀 없는 것은 아니다. 뫼르소는 밤샘을 하고, 어머니의 양로원 동료들 열 명이 찾아와 말없이 밤샘을 함께한다. 그중 어머니와 제일 친하였다는 노인은 쉼 없이 눈물을 흘린다. 신부(神父)가 와서 종교적 절차를 취한다. 다음 날 아침 신부와 운구하는 사람들이 함께 와서 시체를 운반하여 공동묘지로 옮겨 간다. 외부인으로는 어머니와 가까운 반려자였다는 남자 친구만이 운구 행렬에 참가하는 것이 허용된다. 그 외의 일가나 친구는 볼 수 없는 쓸쓸한 장례이다. 감정도 말도 거의 없는 상태에서 모든 것이 끝난다. 매장이 끝난 다음 알제로 돌아온 뫼르소는 근무처의 사무직원과 섹스를 갖는다.

『이방인』의 서두의 에피소드는, 뫼르소의 인간됨, 더 나아가 인간 존재의 본질적인 부조리성의 문제로 해석하기도 하지만, 공동체의 언어로서의 의례가 현대적 인간의 삶에서 어떻게 작용하는가 또는 작용하기 어렵게 되었는가를 보여 주는 예로 취할 수도 있다. 지나치게 간소화된 매장의 의식은 다시 말하여 체험과 사실의 갈등을 사회적 양식화로 지양할 수 있는 공동체가 사라졌다는 것, 달리 말하여 사회가 공동체적인 전체성에서 합리화된 체제로 바뀐 것에 관계된다고 할 수 있다. 이러한 간소화된 매장 절차와 대비하여 오늘날의 한국의 장례 그리고 일반적으로 관혼상제(冠婚喪祭)는 과장된 경우가 많다. 이것은 사회화가 개인적 체험을 양식화하고 보존하는 것이라기보다는 그것을 사회 경쟁과 과시의 도구로 변형시킨 결과라고 할 수 있다.

2. 주체적 체험과 인식 능력의 변용

개인적 체험의 심화

그렇다고 벤야민의 암시에 나와 있는 것처럼 공동체적인 의례를 통하여 인간의 체험이 객관적 실체를 얻고 그것을 보존할 수 있다고만은 말할 수 없다. 이것은 이미 앞에서 비판적으로 검토한 바 있다. 개인적 사건이 얻게 되는 실체성이 사회적인 의미를 갖기는 하겠지만, 그것이 참으로 체험의 실체 또는 삶의 진실을 말한다고 할 수는 없다. 근본 문제는 사람이 참으로 그에 이를 수 있는가 하는 것이다. 어떤 관점에서는 그것은 사회적 의례를 벗어남으로 가능한 것으로 보인다.(물론 체험의 실체 또는 삶의 진실이 무엇인가는 다시 문제가 된다.)

근대화를 시작할 무렵 전통적 사회를 넘어 근대로 나아가고자 할 때 우리 사회에서 많이 쓰인 말에 허례허식(虛禮虛飾)이라는 말이 있다. 그것은 전통 사회에서 굳어진 의례의 공소(空疏)함을 지적하고 이것이 타파되어야 한다는 것을 말하는 것이었다. 그리하여 소설이나 시의 시작은 의식화(儀式化)된 감정과 행동을 벗어나서 개인적 경험, 무엇보다도 개인적 감정의 확인을 요구하는 사회적 명령에 반응하는 일이었다. 자유연애와 같은 것은 개인의 감정과 결단의 존중으로써 가능해지는 새로운 경험이었다. 물론 그러면서 자유연애도 사회적으로 발전되고 허용되는 경험의 양식이라고 하여야겠지만, 그것은 그 나름으로 공허해진 사회적 행동 방식을 꿰뚫고 어떤 진실에 이르는 방법이었다고 할 수 있다. 그러나 내면의 관점에서도 절실하게 되는 진실이 참으로 공동체적 의례의 붕괴로만 얻어지는 것일까? 공동체적 삶의 붕괴가 원인이라고 하더라도, 그것으로 하여 대두하는 개인의 내면성은 그 나름으로 공동체적인 의례로써는 밝힐 수 없는 진실을 밝히는 데에 기여하는 것이 아닐까? 아마 감정을 포함하여 주관적 체험의 근본적 의미는 그것이 역설적으로 진실—객관적 진실에 이르는 방법이라는 데에 있다.

감정의 주체성

앞에서 말한 바와 같이, 개인의 주관적 체험에서 주요한 것은 감정이다. 연애는 어떤 감정 상태를 떠나서 생각하기 어렵다. 그러나 그것은 단순히 감정 현상이 아니다. 연애는 삶의 결단을 나타내는 것이기도 하다. 그것은 어떤 감정을 주체적 자기주장의 동기로 수용함으로써 일어나는 현상이다. 그러면서도 감정과 주관이 개입한다고 하여 그것을 반드시 주관적인 것이라고만 할 수 없다.

감정과 현실

이와 관련하여 우리는 전통적으로 동양의 사고에서 '정(情)'의 뜻이 어떤 심리 상태만을 가리키는 것이 아니라는 것을 상기할 수 있다. 미국의 중국 철학 연구가 채드 핸슨(Chad Hansen)은 동아시아의 사상에서 정(情)의 의미를 설명하면서, 정(quing, 情)이라는 단어에 영어로 'reality input(현실 입력)' 그리고 'reality response(대현실 반응)'이란 토를 달아 그 뜻을 서양어에서 감정을 표현하는 말과 구분하여 말하려 한 일이 있다.[3] 이러한 해석에 들어 있는 감정의 현실성은 지금도 '정보(情報)', '사정(事情)', '정세(情勢)', '정황(情況)' 등에서 볼 수 있다. 몰론 정은 흔히 말하는 감정이다. 그리고 '감정적'이라고 말할 때에 짐작할 수 있는 것처럼 객관적 인식에서 벗어난

---

3 Chad Hansen, "Quing(Emotions) 情 in Pre-Buddhist Chinese Thought", *Emotions in Asian Thought: A Dialogue in Comparative Philosophy*, eds. by Joel Marks and Roger T. Ames(Albany, N. Y.: State University of New York Press, 1995).

심리적 격앙 상태를 지칭하는 수도 있다. 그러나 어떤 경우에도 그것이 사람이 현실과 대응하는 어떤 심리적 기능을 말하는 것임은 틀림이 없다. 그리고 흥미로운 것은 그것이, 사정, 정세 또는 정황이라는 말들에서 짐작할 수 있는 바와 같이, 막연한 느낌을 말한다는 것이다. 그것은 순수한 우리말에서 '낌새'라는 말에 비슷하다. 이것은 느낌으로 판단되는 형상, 모양새를 말하는 것일 것이다. 그러면서 이 형상은 짐작되는 전체성을 암시한다. 정이라는 글씨가 들어가는 앞에 언급한 말들도 전체적인 상황을 말한다.

여기에 추가하여 우리가 주의할 수 있는 것은 감정은 주체가 없이 존재할 수는 없다는 점이다. 연애의 감정이 그것을 느끼는 개인의 결단—즉, 삶의 방향에 관계를 갖는다는 것은 이미 말한 바와 같다. 정보나 정세를 현실 입력 그리고 그에 대한 반응이라고 할 때, 여기에 일정한 관점이 상정된다는 것을 생각할 필요가 있다. 정보는 내가 반응해야 하는 사태를 전해 준다. 정세도, 세(勢)의 의미에 이미 함축되어 있는 바와 같이, 나의 전술적 움직임에 참고해야 하는 현실의 모양을 말한다.('세(勢)'는 프랑수아 쥘리앵의 해석에 따르면, 『손자병법』에서, 전술에서 그리고 보다 일반적 중국적 현실관에서, 핵심적 개념이다. 그것은 현실을 전술적·전략적인 관점에서 접근할 때, 참고해야 하는 전체 상황을 가리킨다.)[4]

물론 군중집회의 감정과 같은 것은 반드시 일정한 주체적인 관점을 숨겨 가진 것이 아니라고 할지 모른다. 그러나 많은 경우 군중들의 열광은 개인적 주체가 집단적 주체에 통합된 경우라고 할 수 있다. 이것은 군중의 격양된 감정이 쉽게 집단의 공격적 행동의 단초가 된다는 사실에서 단적으로 드러난다.

---

4 François Jullien, *Le Propensite des choses: Pour une histoire de l'efficacité en Chine*(Paris: Gallimard, 1992) 참조.

감정의 인식 기능

다시 한 번 주목할 것은 감정이 현실과의 관계에서 가지고 있는 인식론적 기능이다. 공동체적 의례가 체험을 보존하고, 거기에서 그 감정적 내용의 유지가 중요한 부분을 구성한다고 할 때, 그것은 체험과 감정이, 또는 어떤 감정적 체험이 주관적인 관점에서만이 아니라 현실 관련이라는 점에서도 인간의 현실 참여를 넓고 깊은 것이 되게 하기 때문이다. 그런 의미에서 체험과 감정은 현실 인식의 통로이고, 그것은 여러 가지로 심화될 수 있다. 그리고 이 심화는 공동체의 한계를 벗어남으로써 도움을 받을 수도 있다.

칸트는 인간의 정신 능력을 세 가지로 말한 바 있다. 그중 인식 능력은 말할 것도 없이 지적 능력이다. 그다음 감정의 능력은 사물에 접하여 좋고 나쁜 것을 느끼고 판단하는 능력을 말하지만, 여기에서 좋고 나쁘다는 것은 전체적인 조화(Übereinstimung, harmony)의 측면에서 좋고 나쁜 것을 말한 것으로서, 그것은 판단력의 기초가 된다. 그러면서 이 조화는 인과 법칙에 밀접한 관계를 가지고 있는 것으로서, 판단력은 구체적인 사물의 전체적 연관을 인지하는 데 필수적인 인간의 정신 능력이다. 그리고 이 호오(好惡)의 감정은 욕망으로 이어진다. 그런데 칸트의 생각으로는 욕망의 능력(Begehrungsvermögen)은 최선의 상태에서는 도덕적 명령에 따라서 행동할 수 있는 능력을 말한다. 그것은 마음속에 있는 아이디어나 이미지나 계획에 따라서 행동할 수 있는 능력을 말하는데, 여기에 호오나 쾌락과 같은 것이 동기로 섞일 수는 있지만, 궁극적으로 그것은 자유로운 자기실현의 의지의 움직임이다. 그리고 칸트의 생각으로는 이것은 도덕적 이성의 명령에 따른다.

이러한 능력들은 인간이 현실 관계의 교량이 되는 능력들이다. 이러한 인간의 능력 — 세 가지로 나누어 생각되는 능력에 대한 탐구는, 말할 것도 없이, 칸트의 세 개의 비판서에서 더 자세하게 이루어지는 것인데, 그중에서도 가장 중요한 것은 순수 이성에 대한 비판서이다. 그것은 지적인 인식의 근거를 밝히면서도, 그것의 한계를 말한 것이다. 한계가 있다는 것은 인간의 지적 인식이 인간의 이성의 능력과 별개로 존재할 수 없고, 그러니만큼 이성적 탐구, 결국 과학적 연구가 될 수밖에 없는 이성적 탐구도, 있는 그대로의 현실을 드러내 줄 수는 없다는 것을 시사한다. 이것은 다른 두 가지 능력, 심미적 판단의 능력이나 실천적 능력에도 그대로 해당시킬 수 있는 일이다.

3. 인간 실존의 존재론적 뿌리

한계/방법론적 절단/전체

다시 말하여 현실을 대하고 그것에 작용할 뿐만 아니라 그것을 파악하려고 하는 노력은 다원적이다. 그것은 궁극적으로는 지적인 파악의 노력이라고 할 것이지만, 인간의 정신생활에서 사물에 관계되어 일어나는 감정이나 도덕적 의무감도 이 능력의 다른 부분이다.(사실 이 후자의 능력은 현상 자체를 일어나게 하는 것이면서, 동시에 그것을 반성적으로, 즉 지적인 파악 속에서 내면화하는 능력이다.) 그러한 인간 능력의 인지력을 간과하는 것은 삶의 진실의 파악을 위한 노력을 충분히 고려하지 않는 일이다. 물론 보다 본격적인 지적 능력이나 마찬가지로 체험과 감정의 지적 기능도 한계를 가지고 있다. 이것도 대상으로부터 완전히 벗어나는 것은 아니면서, 그것에 고유한 한계를 갖는다. 대체로 이 한계는 스스로 의식의 대상이 되지 않는다.

일상생활에서 사람들이 사물을 대할 때에 대체로 거기에는 일정한 의도나 전제가 들어 있게 마련이다. 그리고 다시 그 배경에 세계에 대한 전제가 들어 있다. 그것이 의도와 행동 그리고 인식을 조건 짓는다. 그런데 일상생활의 무반성적 접근이 아니라 보다 고양된 의식적 접근에서도 대체로는 비슷한 조건과 한계들이 작용한다. 학문은 많은 경우 스스로의 한계와 방향과 전제를 분명히 하는 데에서 시작한다. 그러나 역설(逆說)은 한계를 정의함으로써 현실 자체 그리고 현실 전체를 설명하고 이해할 수 있는 것이 된다는 것이다. 물론 이때 한계는 그렇게 인식되기보다는 방법론적 절차로 생각된다. 그리하여 그것이 삶의 총체를 절단(切斷)하는 것이라는 것을 자각하지 못한다. 사물에 대한 과학적 접근이 과학이 정형화하는 개념과 법칙의 관점에서 미리 결정된다는 것은 새삼스럽게 말할 필요도 없다. 그러면서 그것으로써 현실 전체를 설명하고자 한다. 또 그것이 가능해지는 것처럼 보인다. 그것이 가능하다는 것이 현실에 대한 가정이다. 결국은 구체적인 사물에 대한 과학적 관심은 과학 이론의 전체적인 퍼스펙티브하에서만 정당화되고 통제된다. 물론 거꾸로 현실에 대한 과학의 이론은 구체적인 사물에 대한 실험적인 관찰을 통해서 보완되고 수정된다. 이것은 다시 말하여 결국 그 현실에 대한 접근이 일정한 전제 속에서 일어난다는 말이다.

인간 생존의 일반적인 문제로 되돌아가건대, 사람이 사는 현실 생활은 과학이나 학문적 접근에서처럼 방법론적 반성이 없으면서도 그 나름의 현실에 대한 전제 속에서 움직인다. 인간의 마음에 저절로 작용하는 이러한 한계와 영역화(領域化)를 보다 분명하게 하려는 것이 일상생활의 사회학이고, 이것을 조금 더 법칙적으로 추상화하여 일반화하는 것이 여러 사회 과학적 기획이라고 할 수 있다.

인간의 평상적 행동과 관련하여, 현실적으로 자명하지 않으면서도 별도의 법칙 또 규범을 도출할 수 있는 초월적 세계가 있느냐 하는 것은 철학이나 윤리학에서 영원한 과제라고 할 수 있다. 도덕률이 어떻게 인간의 삶의 현실 — 개인적인 현실 그리고 사회적 현실에 작용하느냐를 규명하는 데에는 어려운 학문적 반성이 필요하다. 물론 쉽게는 그러한 도덕률은 사실적 근거가 불분명한 독단론 그러니까 현실적으로는 권위주의적 권력의 결정에서 나오는 것이라고 말하는 것이다. 그러나 권위주의적 사회 공간을 포함하여, 공적 공간에서의 사회 행동이 일정한 도덕적 수사에 의하여 정당화되는 것은 너무 자주 보는 일인데, 그것이 사실적 인간성 그리고 그것의 초월적 법칙의 세계와의 연관을 떠나서 설명할 수 있다고만은 할 수 없다.

전체에 대한 물음

이런 것들을 생각해 보는 것은 다시 한 번 인간의 현실에 대한 접근이 부분적이고 한계를 갖는 것이라는 사실을 확인하는 일이다. 그러면 인간의 현실에 대한 접근 ― 행동적·인식론적 접근이 보다 전체적인 것이 될 수는 없는 것일까? 물론 인간의 현실에 대한 접근이 인간적인 것일 수밖에 없다는 것은 토톨로지(tautology, 동어 반복)이면서 자명한 사실이다. 그러면서도 부정할 수 없는 것은 부분성에도 불구하고 부분적 접근도 역시 현실에 닿아 있다는 사실이다. 그리하여 현실 그 자체 그리고 그 전체에 이르는 것은 이 부분적 접근의 심화를 통해서 이루어질 수 있다고 할 수도 있다.

그런데 이것을 더 깊이 생각하기 위해서는 다른 한편으로 현실 그것, 그 전체에 이르는 것이 어떠한 의미를 갖는 것인가를 물어볼 필요가 있다. 사람은 어찌하여 있는 대로의 현실 그리고 그 전체를 알고자 하는 것인가? 되풀이하여 말하는 것이지만, 제일 간단한 답은 현실의 전체적인 파악이 생명 보존과 안전 그리고 그것을 위한 전략을 위해서 필요한 것이라는 것이다. 사실의 정확한 파악이 없이는 사람이 직면하는 현실에 대하여 적절하게 반응하고 그에 작용하는 일은 불가능할 수밖에 없다. 여기에서 중요한 것은 가장 근본적으로는 충실하고 충만한 감각이다. 그러나 그것은 동시에 이성적 구도 속에 편입될 수 있어야 한다. 이 구도는 행동적 의도가 요구한다. 현실에 최소한의 합리성이 없이는 행동과 작용은 불가능할 것이기 때문이다. 그러나 이러한 구도가 반드시 그러한 실용성에만 관계된다고 할 수는 없을지 모른다. 지각(perception)은 심리학에서 감각(sensation)이 사람의 인지 능력에 의하여 조직화되기 시작한 결과를 말한다. 그것은 형상화를 포함한다. 그것은 감각에 비친 것을 사물에 대한 정보로 바꿀 수 있다. 그러나 지각에 나타나기 시작하는 형상이 단순히 정보화의 수단으로서의 기능만을 갖는다고 할 수는 없다. 게슈탈트 심리학에서 말하여지듯이 지각은 결국 세계의 형상적 파악의 기초가 된다. 세계의 심미적 감식과 이해의 기초도 마찬가지라고 할 수 있다.

이러한 관찰과 관계하여 우리의 물음은 사람이 어찌하여 사물의 현실의 정확한 파악과 함께 전체를 알고자 하는가 하는 데로 되돌아간다. 그리고 그에 대한 답은 생물학적 이해타산만으로는 설명할 수 없는 인간의 본능 또는 희망을 나타낸다고 할 수 있지 않을까 한다. 그렇게 말하면서 우리는 인간이 생물학적·사회적 존재이면서 동시에 철학적·형이상학적 존재라는 것을 인정하지 않을 수 없다. 전체를 안다는 것은 존재하는 모든 것을 안다는 것이다. 그리고 그것은 불가피하게 그것들을 일관하고 있는 형상 그리고 법칙을 파악한다는 것을 말한다. 그리하여 그것은 하나가 된다. 이 일관성과 전체성은 단순히 사실적 차원에서는 확인될 수 없다고 하여야 한다. 그리하여 이미 앞에서 시사했던 대로, 플라톤의 이데아 그리고 그것이 변함없이 존재하는 세계는 오늘날까지도 관심의 대상이 된다.(가령 이것은 수리 물리학자 로저 펜로즈(Roger Penrose)의 저서들에서 중요한 주제의 하나이다.) 그런데 이 관심은 이미 사람의 호기심, 그것의 형이상학적 확대 속에 드러난다고 할 수 있다.

과학의 동기를 현실의 기술적 지배나 통제에 있다고 할 수 있지만, 무한소, 무한대에 대한 호기심과 연구가 반드시 이러한 동기만으로 지속된다고 할 수는 없을 것이다. 또는 예술의 경우, 감각적 체험의 형상적·공간적 재구성의 노력이 없이 예술을 생각할 수 없다고 할 때, 그것으로 인하여 가능하게 되는 세계에 대한 심미적 체험을 반드시 실용적 의미의 관점에서만 평가할 수는 없다. 현실의 전체적인 파악에 실용적 필요가 들어 있는 것도 확실하지만, 자신이 사는 세계를 실용을 넘어가는 전체성으로 확인하고 그것이 이 전체성의 일부라는 것을 느끼는 것은 가장 근본적인 인간적 소망이 아닌가 한다. 이것은 자기 존재의 뿌리에 대한 느낌을 확인하고자 하는 본능 — 본능이면서 인간 심성의 형이상학적 솟구침에 관계된다.

존재의 진리

하이데거는 인간 존재 — 거기 있음으로서의 인간 존재의 특성을 사물의 사실적 존재(ontisch)에 대조하여, 존재론적(ontologisch)이라고 정의한 일이 있다. 즉, 자신을 전체적인 테두리에서 되돌아보고 다시 거두어들이고자 하는 존재라는 것이다. 그에게 철학의 근본 문제는 이 전체적인 존재의 진리를 드러내고자 하는 노력이다. 그러한 노력의 소산이 존재론이다. 여기에서 존재는 "실재하는 사물의 전부(das All der Seienden)" 또는 추상적 개념으로 종합될 수 있는 있는 것들 전부가 아니라, 존재 자체이다. 그것은 개념화되고 추상화되는 존재에 선행하고 그것의 바탕이 된다. 개념적으로 파악되는 존재는 그 나름의 영역을 구성하고 이것도 구체적인 사물의 파악에 선행한다. 개념적 명증(明證)이 없다 하여도, 일정한 종류의 사물들을 정의하는 부분적이고 지역적인 존재론(regional ontology)이 있을 수 있다.

그러나 하이데거는 물론 존재론의 논의까지도 넘어가는 — 모든 것을 넘어서는 바탕에 존재 자체가 있다고 생각한다. 그의 생각에는, 그것은 스스로를 드러내면서 동시에 스스로를 감춘다. 드러난 모습이 진리다. 그러나 그 진리는 그대로 진리로 남아 있을 수 없다. 존재의 진리는 드러나면서 감추어진다. 그러나 일단 드러난 존재 — 그러면서 존재 자체를 떠난 존재는 역사적으로 사실적으로 설정된 존재의 방향과 구역의 바탕이 된다. 그리하여 모든 개념과 표상의 모태가 된다. 이것은 역사적 지평을 이루면서도 반드시 근원적 존재에 일치하는 것은 아니다. 이 근원적인 존재는 늘 새롭게 갱신되어야 한다.("Über die Wesen der Wahrheit" 참조)

존재의 진리와 오류

존재가 어떻게 드러나고, 인간이 어떻게 그것을 체험하게 되는가는 — 하이데거의 철학적 노작의 많은 부분이 거기에 바쳐져 있지만 — 분명한 방법이 있는 것으로 보이지는 않는다. 일반적으로 말하여, 존재의 진리, 그것의 드러남 속에 있다는 것을 아는 것은 초월의 세계의 진리에 대한 종교적인 깨우침에 비슷한 것이라고 할 수도 있다. 그러나 동시에 사람은 그것을 벗어 나간 경우에도 결국 그 안에 설정된 구역적 존재의 지평에 있다고 할 수 있다. 사람이 존재의 진리를 벗어난다고 하여 자신의 근본인 존재의 바탕을 떠나서 존재할 수 있는가? 그리하여 하이데거는 여러 곳에서 존재의 진리에 이르는 길은 역사적으로 그로부터 벗어난 '잘못 든 길(das Irre)'로부터 찾아져야 하고 그것이 유일한 길일 수도 있다고 말한다. 존재의 진리는 잘못에도 이미 들어 있는 것이다. 잘못의 경우에 못지않게 부분적 진리 — 가정된 진리의 경우도 그렇게 볼 수 있다. 이미 말한 바와 같이 실용적인 관점에서나 학문적인 관점에서 사람과 현실의 관계가 부분적인 것이 될 수밖에 없다고 하더라도, 그러한 부분적인 관계도 이미 현실 그 자체와의 관계가 없이는 존재할 수 없다고 하여야 한다.

일상적 삶/삶의 느낌/존재

그러면서 이 부분적 존재에도 스스로를 넘어서 전체를 지향하는 것이 있다. 부분적이라는 것은 실용적 또는 학문적 관점과 영역화를 말하기도 하지만, 사람의 일상적인 느낌의 어떤 부분을 말하기도 한다. 앞에서 우리는 동아시아의 말 가운데, 정(情)에 대하여 언급한 바 있다. 정은 현실에 대한 주관적인 반응이면서도 어떤 상황의 전체에 대한 느낌을 나타낸다. 하이데거는 존재 전체에 대한 느낌으로서, 권태, 기쁨, 행복 등의 '기분(Stimmung, Befindlichkeit)'의 중요성을 말한 바 있다. 그것은 어떤 대상에 대한 개인의 행동적·심리적 반응이나 정향을 표할 뿐만 아니라 "사람이 사물들의 전체 속에 있으며, 그에 의하여 삼투되어 있다는 것"을 말하여 주는 것이다. 그리하여 현실 존재들의 전체를 알리는 "감정의 상태는 우연한 사건이 아니라 [거기 있음으로서의] 인간 존재(Dasein)의 바탕이 되는 현상이다."[5]

과학적 탐구와 경외감/존재와 인간

물론 하이데거가 생각하는 것처럼, 존재의 전체가 반드시 이러한 감정의 체험을 비롯하여 주관적 체험으로 감지될 수 있다는 것은 조금 지나친 주장일지 모른다. 앞에서 이미 말한 바 있지만, 과학은 소립자(素粒子)로부터 우주의 끝까지를 밝히는 유일하게 신뢰할 수 있는 방법이라고 할 수 있다. 그것을 추진하는 힘은 거대한 우주에 대한 호기심이라고 할 것이다. 그리고 이 호기심은 많은 경우 경외감에 이르러 정지한다. 또 경외감은 존재 전체에 이르고자 하는 형이상학적 동기의 다른 표현이라고 할 수도 있다. 이 모든 현상은 우주론적 추구가 인간의 주관적인 느낌과 관련되어 있다는 것을 말한다. 하이데거의 존재론에서 세계가 반드시 인간의 주체성

---

5 Martin Heidegger, "What is Metaphysics?", *Existence and Being*, ed. by Werner Brock(Chicago: Henry Regnery, Gateway Edition, 1968), p. 334.

에 대립하여 파악된다고 할 수는 없지만, 그가 그것을 인간 존재와 무관계한 것이라고 생각하는 것은 아니다. 존재가 스스로를 드러내는 것이 진리라고 한다면, 사람은 그 진리의 열림의 공간(das Öffene)에서 자기를 확인한다. 이런 의미에서 사람은 진리에 대한 증인이라고 할 수 있다. 그리고 이 증인의 끊임없는 물음이 없이는 진리는 존재하지 않고 존재도 드러나지 않는다고 할 수 있다. 그리하여 사람은 진리의 담지자이다.

내면성과 존재의 진리

이렇게 보면 앞에서 문제로 삼았던 인간의 내면적 체험은 단순한 주관적 체험이라고만 할 수는 없다. 그것은, 기분이 그러한 것처럼, 심리 속에서 일어나면서, 존재의 열린 공간 속에서 일어나는 사건이다. 인간의 내면성의 탐구는, 그것을 심화할 때, 존재의 탐구의 길이 된다. 결국 인간은 존재의 열림 속에 존재하고, 내면의 깊이로 내려간다는 것은 그 존재의 근본으로 내려간다는 것을 말한다. 사람의 마음을 헷갈리게 하는 여러 외면적 사건과 정보에도 불구하고 사람은 사람이 뿌리를 내리고 있는 바탕을 떠날 수 없다. 그리하여 사람의 행동과 생각은 이 바탕이 부과하는 한계 안에 있다. 사람이 늘 그렇게 의식하는 것은 아니지만, 마음을 떠나지 않는 살아 있다는 느낌은 곧 이 바탕에 대한 느낌이다. 많은 삶의 일화들이 이 느낌에 어떻게 이어지는가를 가늠하는 것이 시(詩)라고 할 수 있다.

양심

그러나 존재의 바탕을 떠나는 일은 늘 일어나는 일이므로, 더러는 그 바탕에서 오는 부름을 특히 분명하게 듣는 경우가 없지 않다. 양심은 이 바탕의 존재를 극적으로 통보해 오는 소리이다. 하이데거는 양심은 외적인 여러 유혹으로부터 자기 자신(Selbst)으로 돌아오라는 부름이라고 하고, 그것은 “자기 존재의 최선의 가능성”의 부름이라고 한다.(『존재와 시간』) 소크라테스는 자신으로 하여금 어떤 행동을 단호하게 거부하게 하는 다이몬(Daimon)이 자신의 마음 안에 존재한다고 말한 일이 있지만, 어떤 금기를 환기하는 마음의 명령이 양심이라고 한다면, 그것이 반드시 최선의 가능성을 향한 부름이라고 할 수는 없을는지 모른다. 이 경우에 양심은 전진이 아니라 후퇴를 명령하는 것이기 때문이다. 어떤 경우에나 틀림없는 것은 사람의 마음에 인간 생명의 바탕이 되는 존재의 진리를 상기시키는 어떤 움직임이 있다는 사실일 것이다. 반드시 이것이 앞에 나오는 것은 아니라도 문학 작품의 한 보이지 않는 동기가 되는 것이 양심 또는 인간 존재의 구역을 만들어 내는 지역적 존재론의 지평 또는 그것보다 깊은 존재의 근본에로의 회귀라고 할 수 있을 것이다.

3. 글쓰기에 대하여: 어떤 개인적 동기

무궁화 이야기

개인적인 이야기가 되어서 말하기 주저되는 것이기는 하지만, 글쓰기와 관련하여 어릴 때의 일로 잊히지 않는 사건이 있다. 해방이 되고 얼마 되지 않아서, 국민학교 시절 어떤 글쓰기를 한 일이 그것이다. 소재는 무궁화였다. 우리는 해방 후에 ‘눈에피꽃’이라고 부르던 꽃의 이름이 무궁화라는 것을 처음으로 알게 되었다. 무궁화 울타리가 있는 곳을 지나면서, 마침 피어 있는 무궁화를 한 송이 따 가지고 가려 했는데, 끈질긴 줄기가 쉽게 끊어지지 않았다. 결국 끊어 내기는 했던 것 같은데, 작문 시간에 이것을 소재로 하여 글을 썼다. 글의 요지는 무궁화가 쉽게 끊어지지 않는 것으로 하여 우리 민족의 끈질기고 강한 힘을 깨닫게 되었다는 것이었다. 이 글을 제출한 다음에 나는 곧 이 글의 억지스러움, 그 거짓됨을 느끼게 되었다. 그리고 그것 때문만은 아니었겠지만, 그러한 글에 대한 혐오감을 본능적으로 가지게 된 것은 이때 썼던 글로부터가 아닌가 하는 생각이 든다.

그런데 이 글의 서두에 말한 것처럼 모든 글이 그러한 가능성을 가진 것이라면, 글을 쓴다는 것은 무엇을 뜻하는가? 이 글의 맨 처음에 이러한 문제를 생각해 보려고 한다고 한 것은 이러한 경험과도 무관계한 것은 아니었을 것이다. 즉, 글이 경험의 왜곡을 피할 수 있는가 하는 것이 문제 제기의 동기라고 할 수 있기 때문이다.

억지스러운 비유나 우화는 대체로 역겨운 느낌을 준다. 상투적인 이야기, 구절, 개념들도 마찬가지이다. 나는 유럽의 어떤 필자가 많은 정치 지도자들의 연설이나 발표문을 마치 "상투적인 말들과 개념들을 레고처럼 쌓아 가는 것과 같다."라고 비하하는 것을 읽은 일이 있다. 교훈적인 이야기나 설교도 비슷한 혐오감을 주는 언어 사용의 예일 수 있다. 도덕적 교훈이라는 것은 대체로는 지겨운 것이라고 할 수 있지만, 그런 이야기를 하지 않을 수 없는 그럴 만한 이유가 없는 것은 아닐 것이다. 그러나 교훈이 지겨워지는 것은 어쩔 수 없다. 교훈은 사람을 가르치려고 하는 것이기 때문에, 그것이 아무리 가볍다고 하더라도 지배하려는 의지를 드러내고, 그것이 교훈을 지겹게 하는 하나의 이유라고 할 수 있다. 또 하나의 이유는 그것이 상투적인 것이기 쉽다는 사실이다. 그것은 새로움의 매력이 없다. 그래서 레고 쌓기에 비슷하게 된다.

이에 대하여 새롭고 진정한 내용을 가진 교훈은 그 나름의 감동을 줄 수 있다. 톨스토이의 우화들은 여기에 속한다. 지나치게 잔꾀를 강조하지만, 이솝 우화가 수천 년의 인기를 누리는 것도 창의적이고, 추상화된 우의에도 불구하고, 경험적 사실성을 가지고 있기 때문일 것이다.

설교 기계

젊은 세대의 방황과 오늘의 현실을 아이러니를 가지고 또 풍자적으로 그리는 데 뛰어난 시인 황병승 씨의 시에 「목책 속의 더미(dummy)들」이라는 것이 있다. 이 시는 설교하는 사람들을 기계에 비교한다. "아저씨들은 설교를 하지요. 하나같이 한번 설교를 시작하면 그칠 줄을 모릅니다. 일단 머릿속에 빨간불이 들어오고 나면, 아저씨들은 곧장 설교 기계가 되어 버리니까요." 이러한 설교의 시작은 "네가 아직 뭘 몰라서 그러는가 본데……"라고 이 시는 말한다. 그리고 설교는 "정말로 완전히 배터리가 나갈 때까지 계속된다"라고 한다. 그러니까 이러한 설교를 하는 사람들은 다른 사람들을 낮추어 보고 또 기계처럼 상투적인 말을 나열하는 것이다. 시인은 설교자를 '어른' 아닌 사람, 어린아이와 같은 사람이라고 한다. 더 적절한 묘사는 제목이 말하는 것이다. 설교자는 멀리 보는 사람들이 아니고 목책 속에 갇혀 있는 사람으로서 '더미', 곧 바보이고 무더기로 다수 대중에 사로잡혀 있는 사람들이다.[6]

체험, 사실, 진실, 형식, 존재

그런데 이러한 설교 기계에 나오는 말들은 우리 주변에서 한없이 울려 퍼지는 소리들이다. 학교 교육에서 그렇고 정치계에서 그러하다. 다만 요즘의 학교에서는 교훈이 다분히 처세술과 인생살이의 요령으로 옮겨지는 것으로 보인다. 서두 부분에서 언급한 것이지만, 인격의 훈련이 금전적 보상을 받는 데에 한 역할을 할 수 있는 '인격술'이 되는 것이 오늘날이다. 그렇다고 이것을 모두 나무랄 수는 없다. 인격술은 좋게 볼 수 없지만, 도덕과 윤리의 교육은 필수적이라 할 수밖에 없고, 문제는 그것이 어떻게 진실

---

6 황병승, 『육체쇼와 전집』(문학과지성사, 2013).

한 것이 될 수 있느냐 하는 것이다. 정치 담론의 지겨운 상투성도 어느 정도는 같은 관점에서 생각해 볼 수 있다. 특히 정치의 경우에 그러하지만, 중요한 것은 상투화될 수 있는 구호와 교훈을 경험적 사실로 다시 살리는 일이다. 그러나 그것이 얼마나 쉽지 않은 일인가를 생각해 본 것이 앞에 말한 것들이다.

앞의 이야기들을 되풀이해 보면, 나는 사실을 글에 담는다는 것은 불가피하게 구체적인 것을 큰 테두리에 포섭하는 일이라고 말하였다. 그런데 그 방법에는 사실을 나열하는 것이 있고, 개인적인 체험을 서사적으로 펼쳐 보는 일이 있다. 체험으로서의 사람의 삶을 되찾는다는 것은 그것을 일관성 속에서, 그렇기 때문에 일단의 전체성의 암시 가운에 삶을 구성하는 것이다. 사실적인 관점에서 사람의 삶을 파악하는 것은, 적어도 그것이 체계적인 노력이 될 때, 인간의 환경적 조건 전체를 밝히려는 작업이 된다. 그러나 그것은 인간을 완전히 외적 조건에 지배되는 또 하나의 사실로만 보는 것이 되기 쉽다. 인간의 사실화는 가장 초보적인 관점에서의 인간의 직관 — 느끼고 생각하고 행동하는 주체로서의 인간의 직관에 어긋나는 것이다. 적어도 해명을 요구하는 것은 이러한 자유와 자발성의 느낌과 가능성이 어떻게 생기는가 하는 것이다.

그런데 이러한 내면적 그리고 외면적 조작(operation)은, 어느 쪽이든지 간에, 전체를 말하는 것이 아니라 부분을 말하는 것이 되고 만다. 그것은 현실의 분열을 전제한다. 벤야민은 이러한 분열이 공동체적 의례가 붕괴된 결과라고 한다. 체험의 공인(公認) 과정이 없을 때, 그것은 순전히 주관적인 상상의 조작물이 된다. 다른 한편으로 새로이 강조되는 사실은 사람도 외면적 조종의 대상물이 되게 한다. 그에 따라 많은 사람들은 자신을 덮쳐 오는 사실을 자신 나름으로 조종하여야 한다는 강박을 갖는다. 그 관점에서 사실의 많은 것은 일관성이 없는 정보로 전락한다.(물론 그것은 조종되어야 하는 사실 체계의 일부이기도 하다.) 그렇게 의식하지 못하지만, 적어도 정보는 사실을 대하는 주체가 무반성적인 자기중심적 존재가 되었다는 것을 말한다. 집단적으로 중요한 정보의 경우도 삶의 사실을 대하는 태도의 중심에 집단적 이기심을 전제할 때, 의미 있는 것이 된다. 이 집단 이기주의의 관점에서 외면 세계는 전략적 조종의 대상이다.

내면의 세계

외면 세계의 상승과 더불어 주체는 별도로 체험 세계를 만들어 낸다. 그것의 근거지는 내면이다. 내면의 성장은 소외의 표현이다. 동시에 인간 존재의 심화를 매개하는 수단이 되기도 한다. 그러나 인간 세계는 그것이 소외의 결과이든 아니든, 주체적 체험과 외면적 사실을 가진 세계이다. 삶의 필요는 이것이 조건이 되게 하고 또 그것을 요구한다. 중요한 것은 단순한 삶의 체험적 실감을 재확인하는 것도 아니고 사실적 세계를 적절하게 전략적으로 조종하는 것도 아니다. 사실적 세계를 떠나서 삶의 보람이 어디에 있겠는가? 그것 없이 삶은 미몽(迷夢)에 불과하다. 또는 세계의 현실이 삶의 보람을 떠난 사실들만으로 이루어진다면, 삶의 의미는 어디에서 찾을 것인가?

사람이 원하는 것은 삶의 진실이다. 내적 체험의 심화의 참의미는 그것으로 구상될 수 있는 자기 탐닉(自己耽溺)의 세계가 아니라 삶의 진실에 이르는 새로운 길을 가리킬 수 있다는 데 있다. 체험은 예술을 통하여, 아니면 재구성의 노력을 통하여 구성된다. 구성적 노력은 경험을 형식적 균형 속에 포착한다. 그럼으로써 경험은 그 의미 있는 모습을 드러낸다. 형식적 구성의 바탕에는 주체가 펼치는 캔버스가 놓여 있다. 그것은 사실들에서 형식을 포착하기도 하고 형식을 창조하기도 한다. 그것이 지시하는 것은 초월적으로 존재하는 형상의 세계이다. 그러나 예술이나 체험의 현실에 비추어 볼 때, 이 세계는 구체적인 사물과 사건 속에 삼투되어 있다. 이 관점에서 볼 때, 이 초월적이면서 현실적인 세계가 현현(顯現)하고 있는 것은 존재하는 모든 것을 포괄하고 있는 존재이다. 이 존재의 진리는 체험의 세계를 넘어 형이상학적·철학적 탐구의 대상이 될 수 있다. 존재의 진리 또는 진실은 사실의 세계를 넘어 열리는 것이면서, 사실 세계의 근본이 된다. 그러면서 사람은 이 존재의 열림에 참여한다. 그런 의미에서 사람은 형이상학적 존재이다. 어쩌면 인간의 삶은 깊은 내면의 체험, 학문적 탐구, 형이상학적 명상을 통하여서만 완성될 수 있다.(또는 장자(莊子)의 지혜를 빌리면, 기술의 연마야말로 진실에 이르는 현실의 방법이다.)

일상적인 삶의 풍요

그러나 사람의 삶은 어떤 경우에나 존재의 밖에 존재하는 것이라고 할 수는 없다. 이 존재에 뿌리를 내리고 있는 것이 사람의 삶이다. 그것은 일상적인 삶의 경우에도 그러하다. 그리고 일상적인 삶은 학문적 집중이 요구하는 삶의 협소화를 넘어 또 다른 가능성의 넓이를 갖는다. 이것은 순수한 삶의 풍요와 기쁨의 현실과 전망을 말한다. 학문적·관조적·명상적 삶은 일상적 삶의 타락으로부터의 구원을 찾는 노력이라고 할 수 있다. 그러면서 삶을 위한 하나의 지주가 된다. 이 삶은 건전한 일상적 삶을 포함한다. 좋은 삶을 위한 보이지 않는 지주가 아니라면, 명상적 삶(vita contemplativa)이 구원의 방도가 될 수 없을 것이다.

말, 소통

그러나 명상은 삶을 단순화한다. 그러지 않고는 그것이 좋은 삶을 위한 수단이 될 수 없을 것이다. 단순화를 통하여 그것은 삶을 하나로, 하나의 전체성으로 볼 수 있게 하고, 스스로의 삶의 정향(定向)을 도울 수 있다. 그러나 단순화는 단순화이면서 동시에 단순화하라는 시사와 명령을 내포한다. 앞에서 말한 바와 같이 이것은 모든 언어적 표현에도 함축되어 있는 의도이다. 앞에서 나는 정언적 명제가 포섭(subsumption)의 당위를 요구한다고 말하였다. "너희가 이런이런 것을 아느냐." 하는 말 또는 앞에서 언급한 시에서 이야기되는 것처럼 "네가 아직 뭘 몰라서 그러는가 본데……." 하는 말에 들어 있는 것처럼, 정보를 포함한 지식의 주장은 많은 경우 자만감과 압박을 내포한다.

흔히 언어는 소통의 수단이라고 말하여진다. 이것은 특히 직접적으로 주고받는 언어의 경우에 그러하다. 가장 순수한 예는 인사말의 교환에서 보듯이 언어가 정서적 교환의 기능(pathic function)을 수행할 때일 것이다. 그러나 소통은 물론 의견의 교환을 가리킨다. 그러나 "그 사람은 소통이 되지 않는 사람이다."라고 할 때에 볼 수 있듯이, 소통은 암암리에 발화자의 말이 통하지 않는다는 것을 말하고, 발화자의 숨은 명령에 승복하지 않는다는 것을 말한다. 우이독경(牛耳讀經)은 그 가벼운 증상을 진단하는 것이고, "말귀를 못 알아듣는다."는 조금 더 고집이 센 경우를 말할 것이다. 그러나 모든 집단을 환기하는 언어, 가령 집안, 가문, 학교, 동창, 민족 등 또는 가치를 실은 말들, 가령 충효, 도리, 정의, 민주주의 등의 말은 이러한 압력을 숨겨 가지고 있다.

글, 자체 구성

그런데 사람 사이에 주고받는 말과 달리 글은 조금 더 자립적인 언어일 수 있다. 예이츠는, 시는 시인이 혼자 중얼거리는 말을 곁에서 우연히 엿들은 것과 같은 언어 사용이라고 한 일이 있다. 그러니까 청중을 상정하고 하는 말이 아니라는 것이다. 그러나 언어의 본질로 보아서도 듣는 사람이 없는 말이 어디에 있겠는가? 다만 언어 소통은 늘 직접적인 대인적(對人的)

의도를 노출함으로써만 이루어지는 것이 아니다. 혼자 중얼거리는 사람을 보게 되면, 조금은 기이한 느낌이 들지 않을 수 없을 것이다. 그러나 말을 하는 것이 아니라 글 쓰는 것은, 시가 되었든 산문이 되었든, 참으로 혼자 하는 행위이다. 그러니만큼 조금 더 정신을 글에 집중할 수 있다. 그렇다는 것은 미문(美文)의 작성에 주의한다는 것이라기보다 논리와 사실 그리고 사실의 귀추에 충실하게 된다는 말이다.(잃어버린 시간을 재구성하는 것도, 앞에서 말했던 것처럼, 주관적인 체험을 사실로 전환하여 그것을 관찰의 대상이 되게 함으로써 가능하게 된다.) 이것은 결국 진실과 진리에 가까이 가기 위해서 생각하고 사실을 검토하고 하는 데에 요구되는 금욕적 절제로 이어진다. 이 두 가지에 비슷한 태도가 있는 것이다.

가치 중립적 언어

막스 베버는 학문과 정치의 관계를 설명하면서, 학문하는 사람의 기본적 사명은 정책적 선택의 사실적 귀추와 결과 그리고 부작용을 밝히는 일이라고 말한 일이 있다. 그리하여 정책의 좋고 나쁜 것을 직접 가리는 것이 아니라 정치가가 그것을 선택하는 것을 도와주는 것이다. 학문은 가치 중립적이어야 한다는 말이다. 그렇다고 학문을 하는 사람이 정책의 좋고 나쁜 것을 가릴 수 있게 하는 가치관을 가지고 있지 않다는 것은 아닐 것이다. 베버는 정치적 선택의 사실적 전개의 여러 결과를 볼 때, 정치가도 그에 대한 윤리적 판단을 할 수 있는 능력을 가진 것이라고 생각한 것일 것이다. 즉, 그의 윤리적·도덕적 직관을 신뢰할 수 있다는 것을 전제한다고 할 수 있다. 그러니까 사실의 전개를 보여 주면, 그는 스스로의 자유 의지에 의하여 도덕적 선택을 할 것이라는 것을 기대하는 것이다.

사실을 사실로 규명하는 사람의 경우에도 전제되어 있는 것은 같은 도덕적 선택의 가능성일 것이다. 사실적·중립적이면서, 깊은 의미에서 도덕적·윤리적인 가치들을 상정하는 것은 다른 글쓰기의 경우에도 두루 해당된다고 할 수 있다. 글쓰기의 의의는 사실과 논리에 충실한 데에 있다. 다만 어떠한 글도, 말도 사실과 앎의 지평 더 나아가 시대적으로 선(先)선택된 구역 존재론의 영향으로부터 자유로울 수 없다. 앞에서 진술한 대로, 말한다는 것이 이미 그러한 지평과 바탕의 힘 그리고 언어의 특별한 왜곡에 순응한다는 것을 뜻한다. 그리하여 그것도 반드시 가능한 것은 아니지만, 끊임없는 반성과 비판, 해체와 재구성의 되풀이만이 이러한 지평적 제한을 어느 정도 극복하는 방법이 될 것이다.

4. 감사의 말씀

이번의 문선(文選)의 첫 발상은 나남출판사에서 시작했다. 『나남문학선』 시리즈에 초대하여 준 조상호 사장께 깊은 감사를 드린다. 그리고 아울러 이런 긴 변론(apologia)을 작성하느라고 출판 작업을 지연하시게 한 것에 대하여 사과드린다. 이번 문선을 구성하는 데에 참으로 주인 역할을 한 것은 문광훈 교수이다. 흩어져 있는 남의 글을 철저하게 그리고 광범위하게 검토하여 적절한 글을 골라 책으로 만든다는 것은 보통 어려운 일이 아니다. 그것은 엄청난 노동을 요구하는 일일 뿐만 아니라, 엄청난 정신력의 집중을 요구하는 일이다. 잡다한 사실들에서 일관된 줄거리를 잡아내는 일이기도 하기 때문이다. 조상호 사장께서 이 일을 직접 저자가 맡아 달라고 하였더라면, 아마 나는 그 일을 해내지 못하고 말았을 것이다. 그것은 시간과 정력이 모자란 탓도 있지만, 쓴 글을 시간이 지난 다음에 다시 읽어 보는 일을 나는 잘하지 못한다. 그 일에는 발견의 재미가 없기 때문이 아닌가 한다. 그리고 다시 읽으면 결여된 사항들이 너무나 많이 새삼스럽게 눈에 들어오게 된다.

문선에 덧붙이는 글이 길어진 것도 이러한 것들에 관계된다. 자신의 글을 다시 읽고 일관성을 찾아내고 하는 것보다는, 글을 쓰기 시작한 지가 수십 년이 되었지만, 그것을 추동한 동기와 관점과 입장이 있지 않겠는가 하는 생각에서, 그것을 밝혀 보고자 한 것이 여기에 덧붙이는 글이다. 그런데 그것도 수없는 샛길로 빠지는 일이 되고 말았다. 하여튼 스스로 중심이 되는 입장을 밝혀 보자는 것은 문 교수를 돕겠다는 의도가 없지 않기 때문이었다. 그러나 결국 그 장황함으로 폐가 되고 말았다. 사과드린다. 그러나 물론 사과 이전에 어려운 작업을 맡으신 문 교수에게 깊은 감사의 마음을 전하고 싶다. 그리고 다시 한 번, 처음 발의하고 기다려 주신 조상호 사장께 감사드린다.

(2013년)

피천득 선생님에 대하여

1. 시가 만드는 현실: 금아 선생의 시집 출판을 기념하여

며칠 전 금아 선생님을 만나 뵈었을 때 처음으로 이 모임의 말씀을 듣고, 또 이 모임에서 제가 선생님의 시를 중심으로 이야기를 하였으면 한다는 말씀을 전달받았습니다. 충분히 생각할 시간이 없음과 또 그 맞지 아니함에 조금 당황하기도 하였습니다마는, 제가 그 일에 맞지 아니하면서도 그것은 영광스러운 일이고, 또 선생님의 시집 출판은 저로서도 마땅히 축하드려야 할 일이어서, 어설픈 준비를 가지고 이렇게 나와 말씀을 드리게 되었습니다.

제가 며칠 전에 선생님을 찾아뵈온 것은 매우 중요한 개인적인 사연이 있어서였습니다. 개인적인 것을 말씀드려 조금 송구스럽습니다마는, 중요한 사연이란 이러한 것입니다. 벌써 여러 해 동안, 10년은 되지 아니하였나 합니다마는, 선생님은 해마다 연초에 저에게 달력을 한 권 전해 주십니다. 이것은 따님이 미국에서 보내오시는, 화려하게 인쇄한 그림들이 들어 있는 그러한 달력입니다. 선생님은 이것을 간직하셨다가 정월의 적당한 시기에 저에게 주시는 것입니다. 이것은 저에게 또 저의 집 식구들에게 하나의 중요한 신년 행사입니다. 금년 들어 이 일을 며칠 전에야 할 수 있었던 것은 제가 작년 가을부터 외국에 가 있다가 여름에야 돌아오게 되어 신년의 세배도 드리지 못했고, 또 이 달력 주시는 것을 받아 오게 될 기회도 갖지 못했기 때문이었습니다.

저는 나이로는 제자가 되고도 남을 정도이나 선생님께 직접 배움을 받을 행운을 갖지는 못하였습니다. 글을 통하여 뵈온 것 말고 선생님을 뵈온 것은 제가 문리대에 취직을 한 다음의, 그러니까 1960년대 초의 일이었습니다. 그러나 학교에서 우연히 뵈온 이후로 선생님은 저를 제자에 못지않은 넓은 생각하심으로 대하여 주셨습니다. 말하자면 명예 제자의 자리 정도에 저를 편입하여 주신 셈입니다. 선생님이 베풀어 주신 것은 많지만, 그 중에도 해마다 주시는 달력은 그 생각하여 주심을 하나의 아름답고 정례적인 행사로 표현하여 주시는 일이 되었습니다.

다시 말씀드려 선생님께서 저를 이렇게 생각하여 주시는 일이 이렇게 표현되는 것입니다마는, 이것은 저를 위하여 해 주시는 일이면서 또 선생님의 삶의 한 전형적인 표현으로 말씀드릴 수 있습니다. 이러한 선물이 저에게만 베푸는 것이라면, 제자들과 또 선생님을 기리고 따르는 많은 사람들의 시샘의 표적이 될 수도 있게 이렇게 공개하지 아니할는지 모릅니다. 이러한, 아름다움과 깊은 생각과 또 개성적 연구를 담은 일은, 방금 말씀드린 바와 같이, 선생님의 전형적인 삶의 표현이라는 면을 가지고 있기 때문에 이렇게 공개적으로 말씀드리는 것이고, 또 그렇기 때문에 아마 똑같은 형태는 아닐망정 다른 제자들과 가까이 모시는 젊은 사람들에게도 같은 일을 베푸실 것으로 짐작이 되기 때문에 말씀드리는 것입니다. 그런데 이렇게 말씀드리고 보면, 또 다른 면으로 섭섭한 느낌이 들 수도 있습니다.

그렇다는 것은 나만을 조금 더 생각하여 주시는 것이라면 하는 소원을 제자의 위치에 있는 사람들은 갖기 쉽기 때문입니다. 그러나 선생님의 선물은 고르게 나누어 주시는 것이면서 그와 동시에 우리가 각각 살고 있는 낱낱의 삶들에 대한 깊은 생각하심이 있어서 생각 없이 돌리는 무더기 선물이나 뇌물과는 전혀 다른 것입니다. 보편적이면서도 유니크한 성격을 지니고 있다고 하겠습니다.

그런데 여기에서 선생님의 독특한 선물을 말하는 것은, 선물의 방식까지가, 선생님의 다른 일들이 그러한 것처럼, 시대의 어지러움에도 불구하고 사람이 그 자신의 힘에 의하여 아름다움을 창조하면서 살아갈 수 있다는 것을 암시해 주기 때문입니다.

선생님의 시 「이 순간」에는 이러한 구절이 있습니다.

이 순간 내가
별들을 쳐다본다는 것은
그 얼마나 화려한 사실인가.

또 한 구절은 이렇습니다.

그들이 나를 잊고
내 기억 속에서 그들이 없어진다 하더라도
이 순간 내가
친구들과 웃고 이야기한다는 것은
그 얼마나 즐거운 사실인가

여기에 이야기되어 있듯이, 인생의 많은 부분은 또는 전부는 덧없는 일로 이루어져 있습니다. 그러면서도 그 덧없는 인생을 사는 사람에게는 덧없는 순간들이 가장 절실한 현실을 이룹니다. 이 허깨비처럼 덧없는 '이 순간'이 그래도 덜 덧없는 것이 되는 것은 그 절실함을 절실함으로 아는 순간의 되돌아봄에 의하여서입니다. 멈추어 생각하고 느끼고 기억하는 것으로써 덧없는 순간은 조금은 다른 것이 됩니다. 더 나아가 그것은 기억으로부터 출발하여 그것을 더욱 풍부하게 하고 되살리게 하는 의식이 될 수도 있습니다. 예술이나 제례 의식이 이러한 일에 도움을 줍니다. 이 중에도 아마 눈에 보이게 삶의 영구성에 기여하는 것은 예술일 터인데, 한 사회의 예술이 풍부하고 연면하게 있어서, 그 사회의 삶은 조금은 덜 짐승스럽게 짧은 것, 덧없는 것이 되지 아니할 것입니다. 선생님의 달력은 저에게 이러한 것 — 예술적 창조 또는 아름다운 의식을 생각하게 하는 것입니다.

우리 시대는, 물론 긴급한 시대의 요청이 있어서 그렇게 된 것이라고 하여야겠지만, 우리의 삶에 — 정신없이 어지럽고, 모양 없고, 그렇기에 더욱 덧없는 삶에 영구성을 부여해 주는 그러한 예술의 혜택은 별로 받지 못한 시대가 아닌가 합니다. 우리는 드물게만 내가 별을 보는 이 순간을 절실하게 해 주고, 그리하여 그것을 정신없는 삶의 추구로부터 구해 주는 예술을 만날 수 있습니다.

이야기가 조금 미리 나와 버린 감이 있습니다마는, 제가 이런 생각을 하게 되는 것은, 방금 말씀드린 바와는 또 다른 의미에서 달력과 — 이번에 선물로 주신 달력과 관계가 있습니다. 금아 선생님이 저에게 주시는 달력은 어떻게 보면 한결같은 것입니다. 그것은 선생님이 사랑하시는 뉴잉글랜드의 풍경이나 아니면 그림의 복제를 싣고 있는 것인데, 그림으로는 대체로 인상파의 그림을 인쇄한 것이 보통입니다. 금년에 주신 것은 보스턴의 미술관(Boston Museum of Fine Arts) 소장품 속에서 고른 인상파의 그림들인데, 이번 그림의 특이한 점은 우리가 흔히 아는 피사로, 드가, 모네, 르누아르, 시슬리 등 외에 잘 알려지지 아니한 미국의 화가들, 가령 윈슬로 호머, 메리 스티븐슨 카사트, 프레더릭 차일드 하삼, 프랭크 웨스턴 벤슨, 알드로 히바드 같은 화가들을 싣고 있다는 것입니다. 여기에 실려 있는 미국의 화가들은, 그것이 일반적인 특징인지는 알 수 없으나, 더 잘 알려진 인상파 화가들에 비해서, 더 많이 인물들을 등장시키고, 인물들을, 어떻게 보면 주로 센티멘털한 관점에서 그리고 있는 것으로 보입니다. 그러니만큼 기교상의 관점에서 또 시각의 실험이란 관점에서는, 프랑스의 인상파 화가들에 비해 떨어지는 감이 있는 것으로 보이지만, 구미 인상파의, 또는 일반적으로, 그림의 인간적 의미를 더 쉽게 느끼게 하는 것 같습니다.

이 달력을 받아 온 며칠 전 밤에 그림들을 넘겨 보면서, 새삼스럽게 이것들이 우리의 일상적인 삶의 한순간, 곧 사라지는 것이면서도 절실한, 그리하여 우리가 조금 감상적으로 과장하고 싶어 하는 순간들을 아름답게 포착하고 있다는 데에 감명을 받았습니다. 가령 메리 카사트는 특히 센티멘털한 작가로 보입니다마는, 그녀는 참 맑고 감각적인 수법으로 어머니의 코가 눌리게 한 정도로 볼을 어머니의 얼굴에 들이대고 있는 아이와 그 어머니의 다정함, 너무 크고 엄숙한 나들이 복장을 한 어린아이의 시무룩한 심각성, 차 도구와 정장의 어설픈 위엄 속에 드러나는 차 의식의 질서 — 이런 것들의 순간을 포착하고 있습니다. 또는 존 싱어 사전트의 「피스크 여사와 그 딸 레이철」은 어머니의 세련에 대조되는 사춘기의 딸의 뾰로통한 엄숙성이 젊은 처녀의 아름다움의 하나라는 것을 새삼스럽게 상기하게 합니다. 윈슬로 호머의 「초원의 아이들」의, 세상의 관습에 순치되지 아니한 미국 농촌의 아이들의 여름의 한가한 한때 — 이것은 호머의 그림 가운데에도 유명한 것 중의 하나입니다. 이런 것에 추가하여 보스턴 공원의, 해 질 무렵에 산보 나온 유한계급의 선남선녀들, 찰스 강가의 풍경, 뱃놀이하는 보트의 어머니와 딸 또는 아이들을 포함한 가족들 — 이런 것들도 그림 속에 포착되어 있습니다.

서양화의 전통에 초상화가 있고 또 사건을 다룬 것들이 있습니다. 그러나 이러한 초상화의 인물이란 중요한 인물이며, 사건들은 신화나 역사에 나오는 유명하고 중요한 사건 또는 적어도 이야기되고 기념이 될 만한 사건입니다. 그러나 인상파는 최초로 보통의 삶에서의 보통의 이야기 — 이야기랄 것도 없는 순간들을 그대로 화면에 포착했습니다. 이것을 미국의 작가들이 한결 두드러지게 깨닫게 합니다. 그리하여 우리는 르누아르가 잡은, 프랑스의 부르주아의 일상적인 삶의 장면들 또는 그에 유사한 드가나 반 고흐의 그림들을 다시 생각하고, 또 모네나 피사로 또는 시슬리의 풍경, 들녘의 색채, 정물들의 의미를 이러한 관점에서 다시 느끼게 됩니다. 이러한 그림들의 기능은 삶의 한순간을 혼란으로부터, 또 덧없음으로부터 구출해 내는 일인 것처럼도 보이는 것입니다. 또는 거꾸로 이 그림들은 우리를 싣고 가는 시간의 혼란한 급류 속에도 얼마나 많은 아름다운 구도가 숨어 있는가를 생각하게 합니다.

그런데 이 그림들은 단순히 우리의 흩어지는 순간들을 고정시키는 것이 아니라, 그것으로부터 의미와 의식 그리고 사회적 삶의 내적 질서를 태어나게 하는 것이라고 저는 생각합니다. 가령 르누아르가 그리는 보통 사람의 춤과 뱃놀이와 목욕과 빨래는, 그것들로 하여금 받아들일 만한 삶의 계기가 되고 관습이 되게 합니다. 흘러가는 삶에 형식을 주는 가장 중요한 것 중의 하나는 축제나 명절일 터인데, 이러한 것도 비슷한 삶의 계기의 영구화에서 생겨나는 것이 아닌가 합니다.

간략하게 이야기한다는 것이 엉뚱한 미술 이야기가 되었습니다마는, 저로서는 오늘의 행사에 맞아 들어가는 점이 있다는 생각에서 이러한 개인적인 잡담을 늘어놓았습니다. 앞에 말씀드린 것은, 되풀이하건대 금년에 금아 선생님이 저에게 주신 달력을 보며 생각하게 된 것입니다. 그러니까 그 생각 자체가, 반드시 의도하신 바가 아닐는지는 모르지만, 선생님께서 저에게 주신 선물입니다. 따라서 이것을 말씀드리는 것은 저 개인적으로는 감사의 말씀을 드리는 일이 됩니다.

그러나 선생님의 문학 전부 또한 이 비슷한 생각을 하게 합니다. 선생님의 작품에 대해서는 이미 몇 편의 글로써 저의 외람된 생각을 밝힌 바 있습니다. 거기에서 저는 금아 선생의 문학 세계가 작은 것들을 존중하는 세계라는 것 또 그것이 마음의 섬세한 기미에 주의하는 세계라는 말을 한 바 있습니다. 이런 의미에서 선생님의 문학 세계는 인상주의와 비슷한 바가 있습니다. 또는 인상주의에도 나타나는 예술의 근원적 충동에 충실한 것입니다. 아까 든 「이 순간」도 그러한 요소를 가지고 있지만, 아마 더 감각적인 표현으로 발언되어 있는 것을 예로 들자면, 「이슬」과 같은 시도 들 수 있습니다.

그리도 쉬이 스러져 버려
어느새 맺혔던가도 하시오리나
풀잎에 반짝인 것은 이슬이오니
지나던 순간은 의심치 마소서

「이슬」은 이렇게 작은 순간, 작은 계기의 중요함을 말하고 있습니다. 그러나 선생님의 문학 세계를 인상주의적이라고 말하는 것이 꼭 적당한 것은 아닙니다. 어쩌면 어떤 면에서 비슷한 점이 있고, 또 그것도 단순히 그들의 예술적 의지의 어떤 면에서만 일치하는 것이라고 말하는 것이 더 적절한 것인지 모릅니다. 금아 선생의 시가 인상주의 그림에서 보는 바와 같은, 현실 세계의 감각적 현실을 그대로 포착해 보여 주는 것은 아닙니다. 그러한 것이 중요함을 말씀하시는 것은 사실이라고 여겨집니다마는.

그러나 이렇게 조심스럽게 말하여도, 그것이 선생님의 시 또는 문학에 딱 맞아 들어가는 것은 아닐 것입니다. 선생님 자신께서 저의 해석의 부족함을 지적하신 일이 있습니다. 선생님의 문학에서 작고 고운 것만을 말하여, 그것이 마치 시대의 큰 요청들로부터 멀리 비켜만 서 있었던 듯한 인상을 주는 것이 유감스럽게 생각되신 것으로 짐작됩니다. 이 자리를 빌려 저는 저의 견해가 너무 좁은 것이었음을 시인하고자 합니다.

선생님의, 도산을 비롯한 민족 지도자와의 깊고 성실한 관계는 우리가 다 알고 있는 일이며, 선생님의 시 가운데에도 뜨거운 애국시가 있으며, 옛날을 들추지 아니하더라도 우리가 익히 보아 온 금아 선생과 관련하여 우리가 생각하게 되는 것은 드높게, 한결같이, 또 깨끗하게 걸어오신 그 삶의 자취입니다. 그것은 도덕적 삶입니다. 다만 그것은 상투적인 지사의 상에 꼭 맞아 들어가는 것은 아닙니다. 도덕적으로 또는 도덕보다 더 넓은 의미에서 높고 한결같게 또 맑게 사는 데에는 여러 경로가 있습니다. 저는 이것이 가냘픈 것들에 대한 관심과 반드시 분리되는 것이라고 생각하지 아니합니다. 이것이 분리된 것은 우리 시대의 험악함을 말하는 것이기는 하지만, 본래의 도덕적 삶이 그러한 것이라는 것은 아니지 않은가 하는 것입니다.

금아 선생의 경우에 있어서도, 선생님의 문학 세계가 있는 대로의 삶의 이 순간을 위한, 다양한 찬미보다는 그러한 찬미의 필요성 또 그러한 것을 위하여 필요한, 마음의 준비에 기울고 있다고 하겠는데, 그것은 험악한 시대가 부르는 도덕적 요구에 금아 선생 나름의 응답을 아니 할 수 없으시었기 때문이라고 말할 수 있습니다. 금아 선생의 시에서 보는 바와 같은 섬세한 것에 대한 주의, 특히 마음의 음영에 대한 주의가, 궁극적으로는 우리의 전통적 수양에 있어서의 마음의 수양 — 은미신독(隱微愼獨)의 자기 성찰을 도덕적 인격 완성의 근본으로 보는 전통적 수양법에 비슷하다는 점을 저는 지적한 일이 있습니다.

오늘은 가시적 작업의 시대요, 외면적 물질의 시대입니다. 그리하여 모든 것은 물질에서, 제도에서, 행동에서 시작하여 거기에서 끝난다고 생각합니다. 그러나 도덕적 삶의 근본이 마음에 있고, 그것 없이는 삶의 어떤 현실적 표현도 사람다운 것이 되기 어렵다는 것은 예나 지금이나 마찬가지입니다. 이익을 위하여, 사회 공의의 실천을 위하여, 또는 제 성깔 때문에 몰아붙여 가는 바쁜 삶에서 우리는 삶의 내적인 의미를 모조리 잃어버렸습니다. 이 내적 의미는 쉽게는 도덕적 삶의 그 자체로서의 충만성입니다. 그러나 그것은 세상의 아름다움에서 오는 충만한 느낌과 전혀 별개의 것은 아닙니다. 작게 그것은 어떤 순간이 지닌 아름다운 회화적 구도일 수도 있습니다. 인상파 예술가 또는 예술가는 삶의 미친 급류로부터 한발 비켜남으로써 우리에게 놓쳐 버린 삶의 순간을 되돌려 줍니다. 이 여유는 도덕적 삶의 근본에도 이어져 있습니다.

금아 선생의 여러 시의 정조를 결정하고 있는 가장 중요한 태도는 조심스럽게 기다리는 태도일 것입니다. 편지를 쓰고도 보내지 아니하며, 그리움과 꿈이 있어도 그것을 실은 배를 기슭에 매어 두고 기다릴 뿐이며, 사랑하는 사람이 있어도 그이의 발자취에 귀 기울이며, 그를 멀리서 우러를 뿐입니다. 이것은 몇 편의 시에 나온 설화의 줄거리를 간추린 것이지만, 대체로 금아 선생의 어느 시에나 들어 있는 근본적 태도가 아닌가 하는 것입니다. 거리를 가지고 생각하는 일 그리고 사물과 다른 사람들의 삶에 대하여 조심하고 또 생각하는 일 — 이것이야말로 도덕적 삶, 바른 사회의 정신적 기초가 되는 것일 것입니다. 그리고 또 이것이 공정성과 정의에 이어지는 것일 것입니다. 이러한 내면적 연결이 끊어져 버린 것이 오늘의 시대입니다. 그리하여 섬세한 마음은 시대의 거창한 도덕적 요청과는 관계가 없는 것처럼 되어 버린 것입니다.

사르트르는 메를로퐁티를 평하는 자리에서, 그의 시대는 살인자의 시대인데 메를로퐁티는 섬세한 인간이라는 말을 했습니다. 그것은 다분히 좋든 싫든 살인자의 시대에는 섬세한 인간이 아니라 살인자의 시대에 적합한 인물이 요청됨을 지적하는 말이었습니다. 이것은 우리가 살아온 시대에도 해당되는 것입니다. 그러니 긴 안목으로 볼 때, 인간 세상은 섬세성이 있어 인간의 세계입니다. 살인자의 시대에 걸맞은 불같은 도덕과 정의의 의지도, 섬세함이 동시에 수반되지 아니할 때, 결국은 단순한 살인의 날카로운 칼끝이 되어 버린다는 것이 역사의 숨은 교훈의 하나가 아닌가 합니다.

선생님께 여쭈어 보니, 새로 내신 시집이 예상보다 잘 팔리고 있다는 말씀이었습니다. 이제 우리도 살인자의 시대에서 보다 섬세한 시대로 들어가고 있다는, 그리하여 도덕적으로 충만한 삶이 가능한 시대로 옮겨 가고 있다는 증거가 아닐까 하는 희망을 갖게 합니다. 그러한 시대에서 선생님의 삶과 문학은 우리에게 하나의 준거가 될 것입니다.

(2003년)

2. 피 선생님의 추억 하나[1]

선생님이 돌아가시고 벌써 한 해가 지났습니다. 선생님이 세상을 떠나신 세상은 더 쓸쓸한 곳이 되었습니다. 추억은 가족, 친지, 제자 여러분에게 이 쓸쓸한 공간을 조금은 메우는 일이 되지 않을까 합니다. 한 조각의

1 선생님이 작고하시고 1주기가 되는 날에 이야기했던 것을, 원고를 잃어버렸기에, 기억으로부터 재생해 본 것이 이 원고입니다. 그리하여 반드시 그때의 이야기와는 일치하지 않을 것으로 생각합니다.(저자 원주)

추억도 중요한 것이기에, 작은 것이기는 하지만, 다른 분들과 나누어 가진 일이 없는 것이어서, 그래도 의미가 있을 것으로 생각하고 하나의 추억담을 보태고자 합니다.

선생님이 미국 국무성 초청으로 미국을 방문하셔서 여러 대학에서 강연을 하시게 된 해인 1969년에 저는 마침 하버드 대학에 머물고 있었습니다. 코넬 대학에서 석사를 마친 다음에 귀국하여 문리대 영문과에서 몇 년 근무하다가 저는 휴직을 하고 하버드의 박사 과정에서 다시 학업을 계속하게 되었습니다. 그리하여 하버드대의 대학원 기숙사에 기숙을 하고 있었습니다. 그해 봄 어느 날 선생님께서 의외의 전화를 주셨습니다. 그것은 선생님이 버펄로 대학에서 강연을 하신 직후였습니다. 곧 보스턴 지역으로 오시겠는데, 저의 기숙사에 머물렀으면 좋겠다는 말씀이셨습니다. 선생님은 전화를 하신 후 밤새 버스를 타시고 케임브리지에 도착하셨습니다.

제가 기숙하고 있던 대학원생 기숙사의 방들은 19세기 말에 지은 것이어서 요즘 기준으로는 상당히 넓은 것이었습니다. 방은 벽난로가 있는 널따란 거실이 있고 그보다는 작은 침실이 있는 여유 있는 구조로 되어 있었습니다. 당초에는 그것을 한 학생이 썼겠지만, 제가 거기에 살고 있을 때는 방을 학생 두 사람이 같이 쓰게 되어 있었습니다. 그래서 방을 같이 쓰게 된 사람들은 그것을 나누어 한 방씩 쓰기도 하고, 한 침실에 두 침대를 놓고 거실은 거실로 또는 공부방으로 쓰기도 하였습니다. 조지프 브래들리라는 제 짝은 위스콘신 주에서 온 러시아사 전공의 공부꾼 학생이었습니다. 저는 피 선생님이 오신다는 말씀을 듣고 이 학생의 도움을 받아 기숙사의 지하실에 있던 매트리스를 3층의 방에 들어 올려다 놓고 또 기숙사 관리 사무실에 이야기하여 이부자리를 빌려 잠자리를 준비하였습니다. 한 침실에 두 침대를 놓고 잠을 자던 우리는 90도로 엇비껴 놓여 있는 침대

사이에 매트리스를 놓았습니다. 선생님을 제 침대에 주무시게 하고 가운데의 매트리스는 제가 쓸 생각이었습니다. 그러나 버스 정거장에서 모셔온 선생님은 기어이 매트리스를 선생님이 쓰시겠다고 말씀하셔서, 불편한 자리를 선생님께 드릴 수밖에 없었습니다. 물론 식사도 학생 식당에서 함께 드셨습니다.

선생님이 하버드에 도착하신 후 모시고 맨 처음 갔던 곳은 도서관이었습니다. 우리는 서고 안으로 들어가 하워드 멈퍼드 존스 교수의 연구실로 갔습니다. 존스 교수는 80세에 가까웠지만, 정정한 인상을 주었습니다. 존스 교수는, 피 선생님을 극히 반갑게 맞이하였습니다. 존스 교수는 14년 전 피 선생님이 하버드에 1년 동안 머무시는 동안 잘 아시게 된 미국 문학 교수였습니다. 그때 선생님은 여러 사람들과 교분을 가지시게 되었는데, 그 중에 한 분이 존스 교수였던 것 같습니다. 시인 로버트 프로스트를 만나셨던 것도 그때였던 것으로 생각됩니다. 우리가 도서관에서 존스 교수를 만난 것은 미리 연락이 있어 그랬던 것은 아니고, 학교로 들어가 옛날에 아셨던 분으로 학교에서 만날 수 있는 사람을 만나려는 것이 선생님의 생각이셨는데, 마침 존스 교수가 연구실에 계셨던 것으로 기억이 됩니다.(존스 교수는 은퇴를 한 것이었으나, 퇴직 교수에게도 연구실을 제공하는 것이 하버드의 관례여서 존스 교수를 만날 수 있었던 것으로 생각합니다.)

선생님이 케임브리지에 머무시는 동안 가장 기억에 남는 것은 함께 보스턴 심포니의 연주회에 간 일이었습니다. 분명히 기억되는 것은 그날 공연의 중심이 되었던 영국의 가수 재닛 베이커입니다. 베이커는 연가곡을 불렀습니다. 그 후에 듣게 된 음악과 무의식에 잠긴 음조의 막연한 기억을 참조하건대, 그때의 노래들은 「죽은 아이를 위한 노래」, 「떠도는 기술공의 노래」와 같은, 구스타프 말러의 노래가 아니었던가 하는 생각이 듭니다.

선생님은 이틀 정도 머무시고 버스로 뉴욕으로 떠나셨습니다. 그때 선생님의 방문은, 말할 것도 없이, 선생님의 말씀이나 인간적인 면면을 깊이 접할 수 있는 기회가 될 만큼 길지 않은 것이었습니다. 그러나 돌아보면, 선생님의 풍모를 짐작하는 데에 전혀 의미가 없는 만남은 아니었다는 생각이 듭니다. 버펄로에서 보스턴까지 밤새 버스를 타시고 먼 길을 오신 것은 호텔에 머무시는 것이 지겨운 때문이라고 말씀하셨던 것으로 기억이 됩니다. 비인격적인 호텔이 싫으셨던 것입니다. 그때 선생님은 환갑을 맞이하실 무렵이었는데, 보다 젊으실 때 정답게 또는 뜻있는 곳으로 느끼셨던 고장을 돌아보고 싶으셨던 것 같습니다. 오신 다음에 찾아보신 것은 주로 개인적으로 의미 있는 곳으로 생각됩니다. 케임브리지 시내에서도 옛날에 머무셨던 거리를 잠깐 함께 걸으셨지만, 아시는 분으로 존스 교수를 만나시고, 또 당시의 한국에서라면 도저히 즐기실 수 없었을 것이기에 더욱 의미가 있었을, 보스턴 교향악단의 연주를 다시 들으시고자 하셨습니다. 교향악 연주의 프로그램은, 억지로 끌어내어 본 기억이 맞는 것이라면, 모든 독일의 리더 가운데에서도 가장 낭만적이면서 절실한 느낌을 주는 말러의 가곡들이었습니다. 그때 선생님이 심포니의 프로그램을 미리 알고 계셨는지는 모르겠습니다. 지금과 같은 전자 매체가 없던 시절이라 확인이 쉽지 않으셨겠지만, 신문으로 미리 아시고 계셨을 수도 있습니다. 그 점에 대하여 이야기를 나눈 기억은 없습니다. 심포니홀에 가서 표를 산 것은 예약 없이 그랬던 것 같습니다.

그때 선생님과 시간을 보낸 것은 극히 짧은 것이었고, 선생님도 여러 가지를 돌아볼 시간을 가지실 만한 여유가 없으셨으나, 찾아보신 것은 외면적인 이름이나 풍문으로 찾아볼 만한 것으로 알려져 있는 것이 아니라, 개인적인 의미를 가진 것들에 깔끔하게 한정된 것이었다고 하겠습니다. 선생님의 삶과 글에서 우리가 깨닫게 되는 것은, 세상 소문에 들떠서 소문난 것들을 찾아 헤매다가 자신의 삶을 놓쳐 버리는 오늘의 세상에서 자신에게 순정한 것을 지키고자 하셨다는 것입니다.

선생님에게서 우리가 받는 교훈의 하나는 이에 대한 것이 아닌가 합니다. 그렇다고 그것이 삶의 모든 것을 자신의 삶으로 좁혀야 한다는 것을 말하는 것은 아닙니다. 삶을 넓히되 진정으로 넓히는 것은 뜻있는 세상의 조각들을 자신의 감성의 진정함 속으로 거두어들이는 것일 것입니다. 그러나 여기에서 옛일의 한 토막을 회고하는 것은 이러한 교훈을 위해서가 아니라 매우 빈약한 것이기는 하지만, 여러분의 선생님에 대한 추억에 조그만 것이나마, 하나를 더 보태 드리고자 하는 뜻에서입니다.

(2014년)

3. 금아 선생의 별들

금아 피천득 선생님이 돌아가시고 이제 3주기가 되었다. 돌아가실 때에 아흔일곱이셨으니 장수하셨다고 할지 어떨지, 더 오래 사실 수도 있었으니까 또 삶의 시간 속에서 오늘의 시간은 한이 없는 것일 수도 있기에, 수의 길고 짧음을 간단히 말할 수는 없는 일이다. 이러나저러나 끝나는 것이 목숨인데, 그 길고 짧음을 시간의 길이로 재어 말한다는 것은 큰 의미가 없다고 할 수도 있다. 긴 인생을 짧게 살 수도 있고, 짧은 인생을 길게 살 수도 있는 일일 것이다. 그래도 선생님은 장수하신 분이라고 하는 것이 맞는 말일 것이다. 선생님은 세월의 껍질을 헤아려 보는 것과는 상관없이 가장 오래 또 드물게 행복한 삶을 사신 분이라는 생각이 든다. 그것은 선생님의 삶에 스쳐 간 일들을 하나하나 분명히 지켜보시고 마음에 또는 종이에 새기셨으니, 그저 흘러가 버린 시간이 별로 많지 않게 사신 것이라 할 수 있기 때문이다.

「나의 사랑하는 생활」은 사람의 시간 속에 사랑하시게 된 것들을 목록처럼 기록하신 것이다. 선생님의 수필은 대부분 이와 같은 목록으로 이루어진다고 할 수 있다. 세상에 아끼시는 귀중품들을 잃어버리지 않도록 적어 놓으시는 일이 그 수필인 것이다. 그리하여 그것들을 산호와 진주처럼 길이길이 간직하실 수 있었다. 이 귀중품 목록에 들어 있는 것들은 적어 놓지 않았더라면, 너무도 쉽게 잃어버리고 잊어버릴 수 있는 것들이다. 그리하여 이것을 적어서 되새기지 않았더라면, 영영 사라져 버렸을 또는 있는지조차 몰랐을 귀중품인 것이다.

「나의 사랑하는 생활」의 목록은, 제일 간단히 말하면 사람의 다섯 가지 감각에 좋은 느낌을 주는 일상적인 작은 사건들이다. 촉각으로는 고무로 된 신발 바닥을 통하여 느껴지는 아스팔트 길, 손에 만져지는 새로 나온 잎, 시각으로는 만폭동의 단풍, 가을 하늘, 진줏빛, 비둘기 빛, 청각으로는 종달새 소리, 봄 시냇물 소리, 갈대에 부는 바람 소리, 이 소리가 조금 더 인간적으로 변주된 따님의 말소리, 후각으로는 뒷골목 선술집에서 풍겨 오는 불고기 냄새, 꽃향기, 소나무 향기, 또 미각으로는 사과의 맛, 호두와 차, 향기로운 차 등을 들 수 있다.

이러한 것들은 물론 그것만 따로 존재하는 것으로 생각되는 것이 아니라 생활의 일부로 파악된다. 금아 선생은 군밤을 주머니에 넣고 걸으면서 먹는 것을 좋아하시고, 미국의 케임브리지에 있는 찰스 강변을 거닐며 먹었던 아이스크림을 기억하신다. 이것은 모두 삶의 여유의 일부가 된다. 그리하여 선생님은 모든 시간과 기운을 생활의 노동에 소진해 버리지 않고 이러한 것들을 즐기며, 목욕을 하고 가족을 기쁘게 하며 벗과 교환할 수 있는 시간적 여유를 가질 것을 원한다. 물론 거기에는 어느 정도의 금전적 여유가 있어야 한다.

이러한 것들을 하나로 하는 데에 토대가 되는 것은 집이다. 선생님이 글에서 흐뭇하게 생각하신 것은 "아홉 평 건물에 땅이 오십 평이나 되는 나의 집"이다. 재목은 쓰지 못하고 흙으로 지은 이 집에는 화초를 심을 여유가 있고, 책을 들여놓을 공간이 있다. 집 내놓으라고 재촉할 주인이 따로 없으니, 여기에서는 오랜 안정된 생활이 가능하다. 그리하여 "오랫동안 이 집에서 살면, 집을 몰라서 놀러 오지 못할 친구가 없을 것이다." 그 후에 "기름 때는 아파트"로 이사하시고 그것을 분에 넘친다고 하셨다. 그래도 선생님을 찾아뵐 때면, 제대로 된 새 가구도 없고 장식도 없는 이 아파트는 우리에게 오래된 시골집과 같은 느낌을 주었다. 아홉 평의 흙집도 그러하지만, 지금은 반포의 이 집도 소위 재건축의 모래바람 속에 없어지지 않았나 한다.

이 수필 「나의 사랑하는 생활」이 아니라도 금아 선생의 수필들은 아름다운 일과 사람과 순간들을 목록으로 작성하시겠다는 결단의 열매들로 보인다. 이 목록의 내용은 「종달새」, 「봄」, 「오월」, 「이야기」, 「잠」, 「술」, 「장난감」, 「눈물」, 「토요일(土曜日)」, 「송년(送年)」 등 수필의 제목들만으로도 추측해 볼 수 있다. 계절과 계절에 다시 보는 아름다운 것들, 길고 짧은 시간과 삶의 주기(週期) — 누구나 빤히 아는 것처럼 보이면서 새로운 느낌과 깨달음으로 되돌아오는 것들 또는 일상적인 일이면서도 중요하다고 보는 일이 별로 없는 사물들을 찬양하는 것이 이 목록을 만드시는 이유이다.

또 여러 수필은 선생님의 문화적인 순례의 기록이다. (가령 「순례(巡禮)」의 예에서 보는 것처럼) 이 순례기에 오랫동안 문학을 가르치며 일생을 보내신 선생님으로는 문학과 문화에 대한 언급이 많은 것은 당연하다. 이것들은, 분석적인 또는 역사적인 해설이 아니라 특히 찬양의 대상이 될 만하다고 생각되는 문학과 문화의 흔적들에 대한 감흥을 간단히 적은 것들이다. 여기에 연결되어 있는 것이, 「가든파티」, 「반사적(反射的) 광영(光榮)」과 같은 데에 기록되어 있는, 고양된 기분을 가지게 하는 높은 사회적 만남이다. 여기에서 그러한 기분이 정당한 근거를 가지고 있는가 하는 것은 문제가 되지 않는다. 그것에 관계없이 표현되어 있는 그 단순 소박한 감동은 독자의 마음을 움직인다.

여기에 작용하고 있는 것은 사회적 허영과는 관계없는, 그것이 비록 일시적인 환영에 불과하더라도, 자연스럽게 일어나는 어떤 사회적인 아름다움에 대한 느낌이다. 금아 선생이 찬양하는 것은 그 계기에 대한 것이다. 생각하게 되는 것은 이러한 광영의 느낌의 원형적 존재이다. 또 이것은 개인적인 허영과는 별로 관계가 없는 일이다. 「낙서(落書)」에서 금아 선생은, 세상 사람들이 외모, 말씨, 자세 등으로 사람을 판단하는 것에 맞추어, "가슴을 펴고 배를 내밀고" 하는 식으로 자신의 인상을 향상해 보려 한 일화를 말하고 있다. 이 수필은 그러한 일이 별 효과를 내지 못하였고, 또 자신에게는 자연스럽지 못했다는 그러한 시도에 대한 솔직하고 유머러스한 보고이다. 이러한 글에서 우리는 선생님의 높은 것에 대한 우러름이 자기를 높이는 것과는 관계가 없는 일임을 알 수 있다.

선생님이 높이 보는 행동의 예로서 가장 대표적인 것은, 「멋」에서, 강원도 산골에서 동서 아니면 시누이, 올케 관계의 두 여인이 서로 물동이를 빼앗아 이고 가고자 다투는 광경에 보이는 것일 것이다. 이것은 가장 원초적인 인간관계에서 보게 된 예와 상냥함이 어려 있는 행동을 말한 것인데, 이러한 사례만을 강조했다면, 그것은, 흔히 보듯이 계급적 평가에 의하여 선판단(先判斷)하는 유행을 따른 것이 되었을 것이다. 피 선생님에게 아름다움의 행동은 어디에서 보이든지, 그것의 실상이 무엇이든지 그 자체로서 기리고 기억할 만한 일이다. 다시 말하여 그것은 간단히 다른 기준으로 잘라 낼 수 없는 심성의 원형을 짐작하게 한다.

선생님이 사랑하시는 귀중한 것 가운데 각별한 것은 어머님과 따님이다. 이것은 새삼스럽게 말할 필요도 없이 이제 세상에 널리 알려지게 된 이야기이면서 전설이 되고 신화가 되었다. 어머니의 사랑 그리고 어머니에 대한 사랑은 세계의 어디에 가나 가장 확실한 인간 심리의 진실이다. 아름다움의 행위를 헤아려 보는 데에 첫머리에 어머니가 말하여지는 것은 당연한 일이다. 선생님에게 어머니는 한없는 사랑의 어머니이면서 동시에 청초하고 고결한 이상의 여인, 「구원(久遠)의 여상(女像)」이다.

선생은 어머님을 열 살에 잃으셨다. 놀라운 것은 어머니와 경험한 여러 작은 일들을 자세히 기억하고 계셨다는 사실이다. 수필에 적으신 여러 자세한 일들로 하여 어머님은 마음속에 살아 계신 것일 것이다. 또 그렇게 하여 살아 계시게 하는 것을 선생님이 의도하신 것이 아닌가 한다. 숨바꼭질하고 구슬 치고, 옷을 입혀 주실 때 고분고분하지 않고, 이러한 일들이 모두 자세히 기억되어 있다. 따님의 경우에도 태어난 후 젖을 먹는 모습, 학교에 다니기 시작하여 학교에 가고 집에 와서 물을 마시고 하던 모습들이 고스란히 마음에 보존되어 있다. 「송년(送年)」에 적힌 신년의 희망에, 커피와 파이프 담배를 더 즐기고, 하지 못했던 유람 여행을 하겠다는 외에 추가하여, "이웃에 사는 명호"와 구슬치기를 하겠다는 것이 들어 있다. 그것은 어머님 그리고 따님의 추억에 그대로 이어지는 것이다. 물론 중요한 것은 그러한 일이 사람의 삶의 기쁨이 된다는 사실이다.

금아 선생은 어려운 시대에 사신 분이다. 수필에는 어려운 시대의 느낌이 별로 드러나지 않는다. 그리하여 어떤 평자들은 선생님의 수필의 비정치성을 탓하기도 한다. 필자가 선생님의 수필의 주제가 삶의 작은 아름다움뿐이라는 인상의 발언을 한 데 대하여 선생님 자신이 섭섭함을 표현하신 일이 있다. 상해에 계실 때, 선생은 도산 안창호 선생의 비서 격으로 일하신 일이 있다. 도산이 형무소 복역 중 병보석으로 경성제국대학 병원에 입원하였다가 작고했을 때, 평양에 체류 중이던 금아 선생은 도산의 장례식에 참석할 뜻으로 평양역에 갔다가 경찰 단속이 심하여 기차를 타지 못하고, 평양으로부터 몇 정거장 떨어진 시골 정거장까지 걸어가 기차를 타고 서울로 갈 수 있었다. 이것은 이런 문제를 주고받으면서 선생님에게 직접 들은 이야기였던 것으로 기억한다. 나날의 삶의 진실과 정치의 큰 테두리는 착잡한 관계 속에 있다. 두 길은 합치기도 하고 갈라지기도 한다. 중요한 것은 한결같은 마음의 진실에 충실한 것일 것이다.

선생님의 수필의 주제가 나날의 삶의 작은 아름다움인 것은 틀림이 없다. 그렇다고 선생님이 쾌락주의자였다거나 관능주의자였다는 말은 아니다. 쾌락이라고 하더라도 그 쾌락에는 청결함이 있고 관조의 기율이 있다. 선생님은 "진정한 멋은 시적 윤리성(倫理性)을 내포하고 있다."라고 말씀한 바 있다. 윤리성은 선생님의 아름다움에 대한 기쁨을 규정하는 기본 범주이다. 그리고 바른 정치가 맑은 아름다움에 불가분의 관계에 있다는 생각은 수필의 여러 곳에 표현되어 있다. 나날의 삶을 살 만한 것이 되게 하는 작은 아름다움에 대한 깊은 고려가 없는 정치가 무슨 의미를 갖는 것일까? 한국 사회의 문제의 하나는 계속되는 정치의 큰 문제에 휘말려 진정한 삶의 내실을 이루는 작은 기쁨에 대한 고려가 완전히 상실되었다는 것이다. 이것이 오늘의 삶을 황막한 것이 되게 한다. 이 작은 고려를 회복하고 보존하는 것이야말로 한국 정치의 당면한 과제라고 할 수 있다.

정치를 무시할 수는 없지만, 사람의 삶의 테두리 그리고 핵심을 이루는 것은 그것만이 아니다. 사람의 삶을 이 세상에 매어 놓고 그것을 한시도 떠날 수 없게 하는 것은 사람의 감각이다. 그것을 괴로워하면서도 고맙게 생각하고 그 아름다움을 바르게 보는 것이야말로 인생의 핵심이다. 이것이 없이 사람과 사람을 하나로 하는 사랑과 연민이 어디에서 나올 것인가? '하나가 되자'고 무섭게 외치는 정치 구호만이 참으로 사람과 사람을 하나로 하는 것일까? 작은 아름다움은 삶의 내용이다. 궁극적으로 우리로 하여금 보다 높은 삶의 의미에 이어지게 하는 것도 작은 아름다움이 계기가 됨으로써이다. 사람의 모든 가치는 서로 착잡하게 얽히는 여러 차원에 존재한다. 어려운 시대에 이 차원들은 하나가 되기도 하고 따로 분리되기도 한다. 그러나 그 일치에 대한 희망을 버릴 때, 삶의 많은 것들은 그 인간적 의미를 상실한다.

릴케는 『두이노 비가』에서 삶과 죽음의 거창한 문제들을 이야기한다. '비가'라는 이름이 말하여 주듯 삶의 고통과 무상함은 이 시의 주제이다. 그러나 이러한 고통과 무상함 가운데에서도 사람에게 위안을 주는 것은 사람이 사랑하는 작은 물건들, "세대에서 세대로 이어지며, 손과 눈에, 우리 것이라고 익숙하게 된 사물들"이다. — 릴케는 이렇게 말한다. 비가의 마지막 장면은 비탄(悲歎)의 여신이 막 죽어서 죽음의 세계로 온 젊은이를 안내하여 죽음의 관점에서 세계를 다시 돌아보게 하는 장면이다. 그 결과 죽은 젊은이는 모든 고통과 허영과 허무 그리고 죽음에도 불구하고 삶을 대긍정 속에 받아들인다. 최후의 장면에서 한 흥미로운 부분은 여신이 먼 별들을 가리키며 그 이름들을 부르는 부분이다.

> 더 높은 곳에 별들 그리고 새로운 별들. 여신은
> 서서히 슬픔의 나라의 별들의 이름을 부른다. "여기
> 보아요. 기사, 지팡이 그리고 별 가득한 성좌, 과일 엮음
> 그리고 더 멀리 북극 가까이, 요람, 길, 불타는 책, 인형, 창……
> 그리고 남녘의 하늘로, 축복받은 손 위에 살풋 놓인 듯 깨끗한,
> 맑게 빛나는 M 자, 어머니를 뜻하는.

앞의 이름들을 다시 되풀이하건대, 별들에는 '기사', '지팡이', '과일 엮음', '요람', '길', '불타는 책', '인형', '창(窓)'이 있고, 또 어머니를 의미하는

'M' 자의 성좌가 있다. 여기의 별들은 — 한 가지 의미로 해석할 수는 없지만 — 한편으로는 실제 존재하는 성좌들을 릴케 나름으로 설명하여 말한 것이면서, 사람의 삶을 인도하는 여러 표적들을 가리키는 것으로 볼 수 있다. 이것들은 일반적인 뜻을 가지면서도, 사람이 어릴 때부터 접하는 여러 물건들을 말하는데, 그것들은 사람의 그리움과 향방을 형성하는 힘을 갖는다. 그리하여 삶의 지침이 거기에서 생겨난다는 것이다. 그렇다고 어릴 때 좋아하던 것을 좇아 일생을 산다는 말이라고 할 수는 없다. 그것들이 사람의 삶을 보다 높은 차원으로 승화하게 하는 계기가 된다는 말이다.(여덟 번째의 『오르페우스에게 바치는 소네트』가 말하고 있는 것이 인간의 소망과 고통이 승화되어 별이 된다는 것이다.)

앞의 별들 가운데, 요람은 물론 가장 어릴 때에 익숙하게 되는 물건이다. 자라면서 아이는 어머니를 따라 길을 간다. 그리고 아이는 자라면서 책을 읽고, 마치 모세가 불타는 숲에서 십계명을 얻었듯, 강한 인상을 남기는 책을 만난다. 인형은 어린아이들이 갖는 장난감이면서 다른 사람의 존재를 익히는 수단이다. 그러나 여기의 인형은 인형극의 인형일 가능성이 크다. 인형극을 통해서 또는 연극을 통해서 아이들은 사람의 일에 관심을 가지게 된다. 그러면서 집에서 밖을 내다볼 수 있는 창을 통하여 넓은 세상이 있고, 아직 가지 않았으니 가게 될 길이 있음을 짐작한다. 성장은 많은 음식을 먹는다는 것을 말한다. 그러나 그와 동시에 그것은 감각의 즐거움을 통하여 세상을 흡수한다는 것이다. 이것도 자라는 과정에서 읽었던 이야기들에 관계되는 것일 터인데, 그다음에 자라는 아이들이 생각하게 되는 것은 조금 더 높은 차원에서 인생의 행로를 선택하는 일이다. 그중에 가장 중요한 선택은 출세의 입신인가 또는 출세간의 정신의 길인가 하는 것이다. 기사가 상징하는 것은 높은 이상과 용기로 현실 세계 속의 삶을 추구하는 것이고, 지팡이가 말하는 것은 정신적 순례의 부름을 말하는 것일 것이다.

이 모든 것은 어머니의 사랑으로부터 시작한 것이다. 별들을 깊게 바라보면 그것들은 결국 어머니에 이르게 된다. 이 비가에서 별들의 이름의 순서는 점차로 어머니를 향하여 가는 것으로 나열되어 있다. 이 순서대로라면, 인생행로는 요람, 길, 불타는 책, 인형, 창에서 시작하여, 생명의 의욕의 상징으로서의 과일들을 지나고, 삶의 두 갈래를 말하는 기사와 지팡이 어느 하나를 택하여 가야 한다. 어쨌든 이것들은 모두 사람이 어릴 때부터 친숙하게 가까이했던 것들이 삶의 지표로 바뀌고, 다시 가장 큰 세계—우주의 상징물이 된다는 것을 말한다. 그러면서 이것들은 전부 어머니의 사랑의 범위 안에 있다.

피천득 선생님은 수필 「만년(晩年)」에서 하늘의 별을 볼 때면, 내세가 있었으면 한다는 말씀을 한 일이 있다. 다른 수필에 보면, 어릴 때 선생님의 어머님은 별들을 보이고 가르쳐 주셨다. 별들은 사람의 세계를 넘어가 멀리 존재하면서 또 사람이 사랑하는 많은 것들로 이루어진다. 그리고 사람의 삶을 이끌어 가는 것이 하필이면 어떤 한정된 상징이겠는가? 귀중한 많은 것들은 마음에서 하나로 이어지고 하나의 우주를 구성한다. 선생님의 수필은 어린 시절부터 만년까지 경험하고 눈여겨보았던 사랑스러운 것을 찬양한다. 그것들은 선생님의 일생을 아름답게 해 주었던 것이다. 또 그것들은 우리에게 삶의 아름다움을 알게 하는 지침이 된다. 그러한 아름다움과 사랑의 연속이 없다면, 별들도 아름다운 것으로 보이지 아니할 것이다. 이것은 우리가 생각하는 많은 삶의 큰 테두리에도 해당하는 것일 것이다.

(2014년)

출전

* 날짜 혹은 연도만 있는 경우는 미발표 원고의 완성일을 표시한 것이다.

1부 시적 객관성과 문학 비평

흐린 주점의 시, 청동에 새긴 시 — 오늘의 시에 대한 세 낱의 생각, 《시와시학》 제37호(2000년 봄호)

불확실성의 시대, 불확실한 시, 제19회 김수영문학상 심사평, 《세계의 문학》 제98호(2000년 겨울호)

중용의 미덕, 그리운 선비의 글멋 — 김태길 교수 수필집 『초대』 서평, 《경향신문》(2000년 10월 18일)

주의 깊게 본 작은 현실, 제46회 현대문학상 시 부문 심사평, 《현대문학》 제553호(2001년 1월호)

삶의 다양성과 이론의 획일성의 사이, 제47회 현대문학상 평론 부분 심사평, 《현대문학》 제556호(2002년 1월호)

역사와 인간 이성 — 조세희, 『난장이가 쏘아 올린 작은 공』 사반세기, 《작가세계》 제54호(2002년 가을호)

문화 시대의 노동 — 최종천 시집 『눈물은 푸르다』에 부쳐, 최종천, 『눈물은 푸르다』(시와시학사, 2002)

시적 객관성, 《현대문학》 제583~584호(2003년 7~8월호)

이윤학, 『꽃 막대기와 꽃뱀과 소녀와』, 제22회 김수영문학상 본심평, 《세계의 문학》 제110호(2003년 겨울호)

김경수 시집 『지구 밖으로 뻗은 나뭇가지』 발문, 김경수, 『지구 밖으로 뻗은 나뭇가지』(민음사, 2003)

절도와 감흥 — 김종길 선생의 최근 시, 김종길, 『해가 많이 짧아졌다』(솔, 2004)

오늘의 새 물결과 현실을 분명히 이해시키는 평론, 제52회 현대문학상 심사평, 《현대문학》 제625호(2007년 1월호)

세계 속의 한국 문학 — 문학의 보편성에 대하여, 시인협회 '한국 현대 시 100년의 성과와 전망' 기조 발제(2007)

시집 발간을 축하하며 — 김현곤 시집 『사랑해』에 부쳐, 김현곤, 『사랑해』(청연, 2007)

삶의 근본에 대한 성찰 — 김동호 시집 『노자의 산』에 부쳐, 김동호, 『노자의 산』(문학아카데미, 1992; 2007)

바다의 시 — 바다를 읽는 몇 가지 방법, 《문학바다》 제1호(2009)

작가는 어디에서 말하는가? — 큰 이론 이후의 문학, 《현대문학》 제649호(2009년 1월호)

2부 다원 시대의 문학과 교육 — 시장, 세계화, 교육

21세기 외국 문학 · 문화 어떻게 연구할 것인가, 한국일본문학회 추계학술대회 특별 강연, 《일본문학연구》』 제2집(2000년 5월호)

가지치기와 뿌리 다스리기 — 과외 자유화와 더불어 떠오르는 이런저런 생각, 《문학평론》 2000년 여름호

문학과 세계 시장, (원글) 세계화 시대의 시장과 문학, 《21세기 문학》 제9호(2000년 봄호); (개고) 문학과 세계 시장, 《비평》 제3호(2000년 하반기); 『경계를 넘어 글쓰기: 다문화 세계 속에서의 문학』(제1회 서울국제문학포럼 자료집)(2000); 김우창 외, 『경계를 넘어 글쓰기: 다문화 세계 속에서의 문학』(민음사, 2001)

다원 시대의 문학 읽기와 교육, 한국문학교육학회 제17회 학술발표대회 기조 발제(1999); 《문학교육학》 제6호(2000년 겨울호)

영어 교육의 효용 — 언어의 구체성과 추상성, 《외국어교육연구》 제3집(2000년 12월호)

문학과 존재론적 전제 — 비교 시학적 관점에서, 서울대학교 제5회 인문학포럼 발표 원고(2002년 11월 26일)

대학과 대학원의 변화 그리고 학문의 이념, 《고려대학교대학원신문》(2002년 5월 6일)

대학과 국가 — 평등과 수월성, 『'한국 사회에서 서울대학교는 무엇인가' 토론회 자료집』(서울대교수협의회, 2003)

홍보 전략과 문학 — 번역 사업에 대한 몇 가지 생각, 한국문학번역원 '한국 문학 세계화의 현실과 전망' 토론회 원고(2006년 7월 20일)

21세기 아시아와 동아시아 문학 — 동아시아문학포럼에 부쳐, 《대산문화》 제29호(2008년 가을호)

2008 제1회 한일중 동아시아문학포럼 환영사, 동아시아문학포럼 한일중 조직위원회, 『제1회 한일중 동아시아문학포럼: 현대 사회와 문학의 운명』(2008년 9월 30일~10월 1일)

보편적 담론을 향하여 — 동아시아와 출판문화, 2008 국제출판포럼 기조 발표문, 출판도시문화재단, 『파주북시티 국제출판포럼 2008: 아시아 출판의 미래, 경쟁 속의 협력 방안』(2009년 5월)

3부 진실의 기율 — 정치와 철학 사이

『문명의 충돌』에 대하여, 아시아 · 태평양 평화재단 '문명충돌론과 아시아와의 관계' 세미나 코멘트(1996년 3월16일)

통일의 조건 — 지역 환경과 시민 사회(2000년 12월 17~18일)

정치 변화의 이상과 현실 — 지금 우리는 어디에 있는가(2003년 7월 23일)

진리의 삶에 이르는 길 — 이문영, 『인간·종교·국가』, 《경향신문》(2001년 10월 26일)

진실, 도덕, 정치, 《당대비평》 제16호(2001년 가을호); 『깊은 마음의 생태학』(김영사, 2014)

미국의 이라크 전쟁과 세계 질서, 고려대학교 아세아문제연구소, 《아세아연구》 제113호(2003년 10월호); 《당대비평》 제27호(2004년 가을호)

테러리즘의 의미 — 시대와 조건: 김화영, 「알베르 카뮈: 반항과 테러에 대한 성찰」에 대한 토론문, 대한민국예술원 제32회 국제예술심포지엄(2003년 10월)

주체와 그 지평, "The Subject and Its Horizon", 2001년 부산대학교 인문과학연구소 제2회 인문학 국제학술대회 발표 원고; 장경렬 옮김, 주체와 그 지평, 부산대학교 인문학연구소, 《인문논총》 제58집(2002); 장회익 외, 『삶, 반성, 인문학: 인문학의 인식론적 구조』(태학사, 2003)

세계와 우리의 변증법적 지평, 한국비교문학회, 《비교문학》 제34집(2004년 10월호)

의도를 가진 말 — 매체와 자율적 기율, 《저널리즘비평》 제33권(2002년 10월); 『시대의 흐름에 서서』(생각의나무, 2005); 《당대비평》 제21호(2003년 봄호)

혁명과 이성, 「한국의 민주주의, 탄핵 너머로 가는 길: 혁명과 이성」, 《당대비평》 제26호(2004년 여름호); 『시대의 흐름에 서서』(생각의나무, 2005)

공부의 내적 의미와 외적인 인증, 《학교운영위원회》 제60호(2005년 3월호); 한국교육개발원 연계체제운영실 엮음, 『미래를 여는 교육 렌즈』(한국교육개발원, 2005)

잃어버린 마음을 찾아서 — 성찰과 삶: 인문과학의 과제(2005)

정치와 휴머니즘, 제2회 서울국제문학포럼 발표문(2005년 5월 24일); 김우창 엮음, 『평화를 위한 글쓰기』(민음사, 2006)

우리는 어디에 있으며 어디로 가야 하는가 — 경제, 정치, 문화, 환경의 오늘의 문제를 생각하며(2006년 5월 24일)

오늘의 세계의 두 문화 — 버지니아 공대의 참극을 생각하며, 「미국 문명사 권위자 김우창 교수가 본 버지니아 참극」, 《한겨레》(2007년 4월 21일)

투쟁적 목표와 인간성 실현, 《경향신문》(2007년 5월 7일)

또 하나의 길을 찾아 — 경제 위기와 기회, 《비평》 제22호(2009년 봄호)

행복의 이념 — 사적 행복과 공적 행복, 『한국사회학회 심포지엄자료집』(2009년 9월)

민주 사회에서 인문 과학의 의의, 《통합인문학연구》 제1권 1호(2009)

4부 인간적 사회를 향하여

세 가지 시작 — 전통 사회의 이해를 위한 한 서론, 《대동철학》 제9집(2000년 8월호)

세계화와 민족 문화 — 일본 문학이 시사하는 것, 고려대학교 일본학연구소 개소 기념 국제학술심포지엄 자료집, 『글로벌리즘과 한일 문화』(일본학연구소, 2000)

지식 사회와 사회의 문화 — 도서 체제와 문화, 도서관 콘텐츠 확장과 책 읽는 사회 만들기 국민 운동, 『제1회 국민 토론회 '도서관 장서, 이대로 좋은가?' 자료집』(2001); 《문화과학》 제26호(2001년 여름호)

문화의 안과 밖 — 지방 문화를 위한 하나의 도식, 『지역 사회, 지역 문화 토론회 자료집』(한국문화정책개발원, 2001); 충북개발연구원 · 충북학연구소 엮음, 『충북 문화론: 올곧은 충북의 문화를 찾아서』(충북개발연구원, 2003)

문화적 공공성 구축을 위하여, 문화연대편집위원회, 『당신의 문화 쾌적합니까』(문화과학사, 2001)

이파리와 바위 — 세계적 공론의 다원적 형성, 유네스코 아시아 · 태평양 국제이해교육원, 《국제이해교육》 제11호(2003년 가을호)

민족과 보편적 지평, 《교포정책자료》 제65집(2003); 한민족문학네트워크, 『제3회 한민족문화공동체대회 자료집』(2003)

문화적 기억과 세계화 시대의 인간, (원글) "Cultural Memory and Global Humanity"; 장경렬 옮김, 《현대비평과이론》 제21호(2004년 봄여름호)

복간에 즈음하여 — 뜻을 성실하게 하기, 《비평》 제13호(2006년 겨울호)

하나의 세계 — 그 외면과 내면; 『2005 프랑크푸르트 도서전 주빈국 결과보고서』(2005 프랑크푸르트도서전 주빈국 조직위원회, 2006)

인간적 사회를 위하여 — 산업화와 민주화의 반세기를 돌아보며, 민주화운동기념사업회 · 《프레시안》 공동 주최, '민주화 20년, 한국 사회 어디로 가나?' 강연문(2007년 11월 1일); 《녹색평론》 제97호(2007년 11~12월호); 최장집 외, 『우리는 무엇을 할 것인가』(프레시안북, 2008)

일상성 비판 — 삶의 작고 큰 테두리에 대하여, 《비평》 제18호(2008년 봄호)

지각적 균형, 이화여자대학교 강연(2009년 4월 12일)

부름과 직업, 학문의 현실적 의미, 한림대학교 수요세미나 강연(2009년 4월 15일)

봉사와 보람으로서의 직업, 추양국제의료봉사재단 창립식 기념 강연(2009년 3월 21일)

5부 추억 몇 가지

이(李) 선생님의 말씀, 정병조 엮음, 『이양하 교수 추념 문집』(1964)

무상의 가르침, 《교육개발》 제94호(1995년 2월호)

나의 자서전과 나, 이화여대한국문학연구원 심포지엄 발표문(2003)

서서 기다리는 사람들의 공헌, 《우리길벗》 제1호(2004년 10월호); 『시대의 흐름에 서서』(생각의나무, 2005)

순정성과 삶의 미로, 《철학과현실》 제67호(2005년 12월호)

전체성의 모험 — 글쓰기의 회로: 나남 문선 출간에 부쳐서, 『체념의 조형』(나남, 2013)

피천득 선생님에 대하여

시가 만드는 현실, 김우창 외, 『산호와 진주와 금아: 피천득을 말하다』(샘터, 2003); 피 선생님의 추억(2014년 2월); 금아 선생의 별들, 김우창 외, 『피천득 문학 연구』(푸른사상, 2014)

김우창

1936년 전라남도 함평 출생. 서울대학교 문리과대학 정치학과에 입학해 영문학과로 전과했다. 미국 오하이오 웨슬리언대학교를 거쳐 코넬대학교에서 영문학 석사 학위를, 하버드대학교에서 미국 문명사 박사 학위를 취득했다. 서울대학교 영문학과 전임강사, 고려대학교 영문학과 교수와 이화여자대학교 학술원 석좌교수를 지냈으며 《세계의 문학》 편집위원, 《비평》 편집인이었다. 현재 고려대학교 명예교수, 대한민국예술원 회원으로 있다.
저서로 『궁핍한 시대의 시인』(1977), 『지상의 척도』(1981), 『심미적 이성의 탐구』(1992), 『풍경과 마음』(2002), 『자유와 인간적인 삶』(2007), 『정의와 정의의 조건』(2008), 『깊은 마음의 생태학』(2014) 등이 있으며, 역서 『가을에 부쳐』(1976), 『미메시스』(공역, 1987), 『나, 후안 데 파레하』(2008) 등과 대담집 『세 개의 동그라미』(2008) 등이 있다. 서울문화예술평론상, 팔봉비평문학상, 대산문학상, 금호학술상, 고려대학술상, 한국백상출판문화상 저작상, 인촌상, 경암학술상을 수상했고, 2003년 녹조근정훈장을 받았다.

김우창 전집 10

다원 시대의 진실 :현대 문학과 사회에 관한 에세이, 2000~2009

1판 1쇄 찍음 2016년 8월 12일
1판 1쇄 펴냄 2016년 8월 26일

지은이 김우창
발행인 박근섭·박상준
펴낸곳 (주)민음사

출판등록 1966. 5. 19. 제16-490호
주소 서울시 강남구 도산대로 1길 62(신사동)
강남출판문화센터 5층 (우편번호 06027)
대표전화 515-2000 | 팩시밀리 515-2007
홈페이지 www.minumsa.com

ISBN 978-89-374-5550-6 (04800)
ISBN 978-89-374-5540-7 (세트)